NAISSANCE

Né en 1968, Yann Moix est écrivain et réalisateur. Il a entre autres publié chez Grasset *Jubilations vers le ciel* (1996, prix Goncourt du premier roman), *Les cimetières sont des champs de fleurs* (1997), *Anissa Corto* (2000), *Podium* (2002), *Partouz* (2004), *Panthéon* (2006) et *Mort et vie d'Edith Stein* (2008), *Une simple lettre d'amour* (2015).

YANN MOIX

Naissance

ROMAN

GRASSET

ISBN : 978-2-253-00081-5 – 1re publication LGF

À Maria

Dieu n'ayant pu faire de nous des humbles fait de nous des humiliés.

Julien GREEN, *Journal*

PREMIÈRE PARTIE

Soleil brutal

1

J'allais naître. Pour moi, l'enjeu était de taille. Si c'était à refaire, je naîtrais beaucoup moins – on naît toujours trop.

— Il surnaît ! s'était indigné mon père à ma sortie des viscères maternels.

On devrait arriver en silence, faire son entrée sur la pointe des pieds. Se faire oublier d'avance. On n'est jamais si prétentieux qu'en naissant. Il n'y a pourtant pas de quoi : mon père, lassé par un jeu télévisé où des vachettes locales entraient en excitation sous les huées d'un parterre de campeurs méchants, s'était dirigé, braguette ouverte, vers la salle de bains où ma mère glissait du fil dentaire entre deux douloureux chicots. Il avait soulevé le tulle de sa nuisette rose praline, s'était frayé un passage dans la pilosité de sa femme puis, entre deux râles de marcassin balancé sur une ligne haute tension, avait dégoisé des insanités en la secouant comme un flipper. Mouillé comme une éponge, rouge comme un chasseur de perdrix compressé dans son gilet après une dégustation de pomerol, il vérifia l'exagération de ses propres grimaces dans la glace, propulsa dans les entrailles de ma mère changée en cyclotron un jet de spermatozoïdes fusant à la vitesse des quarks, puis s'affaissa sur elle tel un figurant de film de guerre au coup de sifflet. Il était minuit.

— Il surécrit ! s'était scandalisé mon père à la sortie de mon premier roman. Je ne comprends pas qu'on ait pu donner le Goncourt, même des bacs à sable, à une telle surenchère d'outrancières épithètes ! Nul. Zéro. À dégager ! Qu'on ne compte pas sur ma mansuétude, ni sur ma pitié, pour ranger cette cagade dans ma bibliothèque. Cela contaminerait les vrais livres qui s'y tiennent, *eux*, avec la dignité requise. Si j'étais critique littéraire, fils ou pas fils, je lui aurais brisé les dents. Balancez-moi ça dans la poubelle ! Nous avons pour habitude, dans cette maison, de ne point faire collection de produits avariés.

Cet écrivain nul, cher lecteur, vient d'achever le livre que tu tiens entre les mains – ce livre est épais, glanduleux, visqueux, radical, oblong, coupant, muni de poils étoilés, il est (grossièrement) denté, il est purpurin, jaune pâle, tube, il est bracté, il est cilié.

— Je te fourre mon billet que vous ne le terminerez pas, messieurs mesdames, ce roman ! ricana mon père. Il est des écrivains autrement plus urgents à lire que les diarrhées de cette espèce d'imbécile. D'ailleurs, la critique est unanime, voire unanimissime, pour crier que ça sent le navet.

Après trois essais de mauvais goût, Yann Moix, fasciné par Yann Moix (il ne partage, au monde, ce triste privilège qu'avec lui-même), revient avec un roman autobiographique qui se voudrait grand, mais qui, *in fine*, n'est que gros. Retournant à cette enfance qui ne nous intéresse pas, la sienne, il multiplie les effets, abuse des facilités, sollicite toutes les redondances pour nous infliger, nous qui étions déjà depuis longtemps affligés, les interminables délires d'une prose qui se voudrait poétique, mais ne parvient dans le meilleur des cas (sans le vouloir) qu'à être pathétique. Nous recommandons à cet auteur (tout vaut mieux que de le qualifier d'écrivain) de persister dans le cinéma, art qui se prête plus judicieusement à la vulgarité de ses dons. Car il a des dons, Yann Moix, au premier rang desquels celui, parce que nous veillons en ces colonnes à rester polis en toutes circonstances, de nous *agacer*.

Gilbert-Alain NÉHANT,
Le Libre Lombric du 27 août.

Pauvre petit Moix, pauvre petit chimpanzé. Que faire de ce gars ? Il est perdu pour la littérature, n'est-il pas ? Tellement perdu tout court, verbiage à la main, colère au cou, prêt à vomir la terre entière, lui si minuscule, si ridicule, si chose en « ule », si ventricule, si tubercule, j'oserais dire si pustule. Si vérule et si pédoncule. Nous le vomissons.

Jean-Flegme ANONYME,
Viande magazine du 1er septembre.

Au fou ! Il sort encore un livre. Je dis « il » mais vous avez deviné de qui il s'agit. Tel est le dilemme auquel nous contraint l'infect Yann Moix : lorsqu'on veut dire du mal de lui (ce qui est un devoir), il faut imprimer son nom. Ce n'est plus un écrivain, celui qui nous accule à un tel reniement de notre dignité (professionnelle, humaine) : c'est un *salaud*. J'appelle, oui, j'appelle à une battue. J'assume, dussé-je en rendre compte devant une cour internationale : venez le tuer, rendez-vous en bas de chez lui, mesdames, messieurs (surtout messieurs), puis fracassez-le enfin, fracassez-le *vraiment*. Il s'agit d'en finir avec un tel malade. Quelque bras en moins, pour qui publie d'aussi pornographiques salmigondis, bâclés, dégoûtants, puérils, désagréables, sera toujours ça d'arraché, d'arraché à la mauvaise littérature, chiendent des Fnac, amanite des bibliothèques.

Michèle MOUISE,
Aigreur hors série du 3 septembre.

Franchement, nous ne demandons pas à Yvan Moix d'avoir la vie trépidante de Garibaldi, mais son dernier opus, dans lequel il ne nous épargne aucun détail d'une biographie sans relief, se lira moins volontiers qu'un recueil sur les taux d'intérêt ou qu'une étude sur le biston du bouleau (*biston betularia*) dont l'envergure, très supérieure à celle de Moix, se situe entre 41 et 61 millimètres. Chez le biston, contrairement à ce que nous croyons comprendre à la plupart des déjectives productions de l'auteur de *Partouz*, la femelle est plus grande que le mâle. Le même biston, dont les circonvolutions sont bien plus palpitantes qu'une seconde passée dans la peau de Moix, vole de mai à août : on rêverait que certain auteur de « romans » s'en inspire, qui n'atteindrait jamais septembre.

Pascalin VALIUM et Baptiston LIGATURE,
Chose littéraire parade du 7 octobre.

Vous connaissez la viande avariée ? Vous en prendriez au déjeuner ? Non. Il en va de même, estimons-nous, de la littérature. Oui, il existe de la littérature qui n'est point consommable, autour de laquelle ne tournent plus, elles-mêmes écœurées, que quelques mouches hésitantes, quelques mouches vacillantes. Ouvrez le dernier Yann Moix : c'est la seule façon de pouvoir le refermer.

François MÉCHANT-TRÈS,
Le Fier Bruxellois du 16 octobre.

Yann Moix n'aime pas la vie. Nous sommes deux : car je n'aime pas non plus la vie de Yann Moix (et je dirais même que je n'aime pas que Yann Moix vive). C'est pourquoi la vie de Yann Moix racontée par Yann Moix est insupportable à lire. Une écriture illisible qui raconte une vie invivable, cela est trop pour moi. La vie est trop courte pour lire la vie trop longue de quelqu'un comme Moix.

Louis JEVOUHÉ, *Tatane* du 26 octobre.

Chez Yann Moix, la vulgarité a toujours le dernier mot et, lorsqu'il sera mort, on pourra dire sans exagération qu'il aura, même petitement, contribué à rendre le monde encore plus laid qu'il ne l'est – chapeau ! Il fallait le faire ! Yann Moix n'est point fou : cela serait lui faire trop d'honneur. C'est seulement un gnome, affreux, méchant, qui n'aime pas les gens et ne parvient même pas à exprimer sa haine avec style. Le monde, sur lequel il crache et vomit, saura bientôt, et très bien, se passer de lui. Notre rédaction ignore et condamne toute forme de racisme. Mais le physique de Yann Moix, si particulier dans la hideur, nous incline à penser que quelques humains ont la laideur qu'ils méritent. Et au lieu de se cacher, que fait Yann Moix ? Il se montre, se répand, se venge et nous impose ses sécrétions, ses vomis, ses biles, ses éruptions. Nous aimerions lui dire, ici, à quel point nous prions pour qu'advienne au plus vite son décès, oui : sa mort *biologique*.

Ysambire DE PISSEFOUETTE,
Chienlits et Galons du 30 octobre.

Ha ha ! Hi hi ! Oh oh ! Hue ! Vous avez vu ce gros pas beau livre ? Il a été écrit par un zoziau zéro. C'est du boudin blanc. Pi-pire c'est du caca. Pas de la littérature littéraire. Nous voulons oh Duras ou Coelho, nous voulons oh Ducasse ou Musso. Mais pas ça ! Pas ça ! Ça non non, ça non non, nous ne voulons-lons pas. Lonlaine, lonla. Mon gars, mon gars, avec ce pavé-là, le Gon-Gon le Goncourt jamais-mais tu n'auras. C'est pas beau, c'est pas beau, oulala, de publier ces galimatias.

Francis MESCALEROS,
Cynisme et délabrement du 2 novembre.

J'eus malgré tout un article dithyrambique qui sauva mon honneur et qu'ému je recopie maintenant :

Rapato Yann Moix balulu, na *Naissance*, kiba loumbo zazagaloug ! Loupidu, kilim, zatalik, glu tedil kankan, Joyce, Céline zu Kafka boul tibalu zizo zizo. Fouza, kiolo ne turbita, flavi zo : masta ouek, lu vimbi zé. Futu lezem, zaz : biliz lolop (kulu dam…). Zabozaba Yann Moix kulu zi lologam nabi deba. Kingi gol !

Gilles-Genou TANPISSE,
Zozo Kinka Polopi du 6 octobre.

2

Je sentais, depuis peu, que ma mère allait finir par me catapulter. L'instinct commence bien avant la vie. J'étais caché, protégé : très peu tranquille pourtant. Je ne pourrais plus longtemps regimber contre l'aiguillon qui me poussait. Chatouillé par le sursis. Travaillé par les imminences. Cerné. Enroulé dans une gifle.

On m'avait repéré. Je n'allais pas moisir là-dedans. J'étais branlé par l'espèce. La nature n'oublie pas ses échantillons dans les mères. Elle veut que ça sorte. Que tout sorte, en pus. Le vivant s'entête à fourmiller. Le monde est là pour multiplier le monde. C'est la quantité qui compte. Pourvu que ça naisse. La foule fournit sans cesse plus de foule. On naît au carré.

Emmêlés dans l'ovule, ascendants comme des givres, éparpillés, fusées, les spermatozoïdes paternels, munis de leurs clameurs, avaient fendu ma mère, ma mère aux murs de chair, fissurée-fracassée : de plaisir. Montées de danses. Flux suspendus, lames, profilés mimosas, guerres. Têtards électrocutés. De fines ruées blanches, en caravelles filandreuses, s'abîmèrent. Arriver le premier : parmi ce faisceau de spécialités. Flottilles d'atomes, volts serpents et pressés. Effilées foudres, chargées de mission. Ce fut un mélange au sommet, une illumination intérieure, pour que je naquisse-naisse. Virtuoses du hasard, ambassadeurs de la nécessité. Spermatozoïdes.

— Bleu ! avait gueulé mon père en jouissant.

Naître n'était plus pour moi qu'une question technique : sur le principe, sur la notion, sur l'idée, un consensus social avait eu lieu à l'extérieur, parmi les hommes ; sur l'évidence, sur l'imminence, sur l'instance, un consensus biologique était venu s'ajouter au consensus social, à l'intérieur, parmi une femme – avait eu lieu comme une injonction parallèle, synchrone, différente de la première, mais tout aussi têtue, tout aussi puissante. L'ordre venait tout à la fois de dehors et de dedans. Bref, à mon père près, tout voulait que je naisse.

— Je le sens qui bouge. L'enculé ! Ah ! Il me le paiera.

— Calme-toi, mon loup... tempéra ma mère. Après tout, c'est dans l'ordre des choses.

— Je vais lui en mettre, moi, de l'ordre, dans ses choses ! Dès qu'il sort, c'est bien simple, je lui fous ma main dans la gueule ! Ou bien : un coup de bottine dans ses micro-roupettes ! Je ne suis pas d'humeur – que les choses soient claires entre nous ma chérie – à me faire caguer dans les après-ski par ce petit mecton.

Quand j'entendais ces mots, je me prenais moi-même à rêver d'une fausse couche, d'un avortement tardif. Amorphe bille mauve morte, à gueule de clou – pané dans les régions maternelles, entre foies et vessies :

— C'est un petit mort, madame.

— C'est mon mari qui va être déçu. Il voulait tellement que ça soye une fille.

Oignon décédé, poubelle. Incinération, terminus le boyau des glaises, la fosse à bébés sans queue ni tête, viciés sous un géranium. Molécule pourrissante, orties ronces, au biberon des lombrics. Arête sur le goudron, aplati bitume : il était *malvenu*. Tant mieux – c'eût été un domestique, un sans souffle, un moindre salarié, un guichetier amer, un préposé sans magnétisme. Il eût navigué entre ses habitudes et ses intérêts. Comme tous les morts qui – momentanément – sont en vie.

J'étais pris en tenaille entre deux forces fondamentales qui résument l'impénétrabilité particulière à l'âme humaine et se font perpétuellement équilibre : vouloir vivre et vouloir mourir. J'y reviendrai. J'y reviendrais toute ma vie.

— Tête pourrie, va. Naufragé !

Les mots outranciers, les insultes, les menaces, les fatwas à mon égard étaient proférés par mon père à de très hauts niveaux de décibels.

— Testicule ! Carabus ! Homme de lettres !

Heureusement, l'intensité sonore agrégée à tant de haine décroissait en raison des espaces sphériques que les invectives devaient traverser à l'intérieur des tissus et des graisses de ma mère. Mon père me traita encore (la liste n'est pas exhaustive) de pus de con, de sale sandwich, de carne à couilles, de jus de poulet, de teckel intrinsèque, de kiki gris, de prépédé, de gogol logo, de peu probant Turc, de frottis sur pattes, de godasse bègue, de casse-destin, de gras gars, de pli dévastateur, de viande cassée, d'incontinent bourrelet, de vomi prétentieux, de couscous à l'œuf, de bruititi, de

20

fente de bourdon, de prolo maboule, de glande hagarde, de yoghourt chinois, de cancéreux sagouin, de tapette horrible, de suce-culotte, de puant dégât, de gorille à crotte, de sainte truite, de surhaute fiente, de réalité misérable, d'anti-messie, de purée-macadam, de tendinite du genou, d'uncool criquet, de chauve truffe, de grippe-type, de mi-cuit rastaquouère, de méchant tube, d'hallali salé, d'archi-frite, de reflux salaud, de farine de pneu, de sauce au pou, de marron trou, de cata cata, de demi-gnou, d'acidité congénitale, de dragée d'œsophage, de nem kebab, d'english boulon, de surpet, de proche bougnoule, de chose à pas faire, de dard au beurre, de louloupé, d'incube crotteux, de cafardeux cafard, de tête à taper.

3

La grossesse – particulièrement les dernières semaines – avait été pour mon père un avant-goût de ma volonté d'empiéter sur son territoire, d'envahir ses habitudes, de modifier son équilibre, de polluer son espace vital. J'annexais sa tranquillité. J'étais l'Anschluss.

— J'eusse mieux fait de le concevoir à 187 ans, comme Mathusalem avec Lamek. À 182 comme Lamek avec Noé. Noé qui a eu trois fils à l'âge de 500 ans ! Cela m'aurait permis de respirer un peu. De profiter de la vie… De souffler. De voir venir. De penser un peu à moi. Ma générosité me tuera. Et puis qu'il reste emmuré, qu'il reste enseveli dans sa mère, tiens ! Ce n'est plus mon problème !

Tout se moquait que je vienne au monde, mais tout se mettait simultanément en branle pour que je ne pusse pas ne pas y venir. Incompréhensible. Vous êtes convoqué ici-bas, mais par l'indifférence. J'étais attendu mais par personne. Je savais qu'une fois sorti, j'aurais mille fois moins d'importance qu'au moment précis de sortir. Tout mon intérêt résidait dans le passage de l'*intra* à l'*extra*. Je n'étais qu'un événement. J'étais quelque chose qui arrive *aux autres*. On ne naît jamais pour soi.

— Pendant que Léo Ferré chante *C'est extra* dehors, « lui » il doit chanter *C'est intra* dedans ! avait lancé mon père en faisant suivre cet aphorisme d'un petit rire de surmulot électrocuté.

Je serais le pitoyable héros d'une seconde et d'une seule, après quoi je rejoindrais l'océan de mes toujours déjà semblables. *Echad mikem yirdof revava*, dit la Bible. Un seul d'entre vous en chassera dix mille. Il faut faire de la place. Pour un Yann Moix né, on abattra dix mille innocents – à moins qu'ils n'acceptent (ce serait beau joueur) d'eux-mêmes de partir lassés par une existence close dans une société close, une existence engourdie dans une société engourdie, une existence désublimée dans une société désublimante. Finalement, pour me faire cette fameuse place à laquelle ma naissance me donnait droit on abattit des chiens, des veaux, des méduses ainsi qu'une couvée de rats.

— Malheureux est-il, cet homme qui descend en ma demeure ! s'exclama mon père.

Oui, c'est ainsi que parla l'oracle.

4

J'ai cru un instant (on est naïf à zéro an) que j'allais incarner un progrès dans l'humanité : en naissant dans les derniers, me situant en matière de naissance à l'extrême pointe de l'actualité, peut-être allais-je représenter une race nouvelle d'humain, dont la biologie avait gagné, de manière excitante, en complexité. Tu parles. Tout a toujours été déjà très neuf

– sans moi. Tout sera toujours déjà très vieux. Le progrès, c'est davantage de science dans ce bocal où l'homme reste à jamais le même poisson. Mêmes relents de hareng mâle que tous les mâles avant moi, mêmes pores et même corps, mêmes cris et déjections, bourrelets du même mauve, replis de similaire viande, même pourriture annoncée, auréolée de toutes les sempiternelles mêmes mouches.

— Avouons-le : je n'ai guère d'accointance, précisa mon père, avec ces choses qui naissent. Ces choses du naissant ! Je n'ai pas de dilection particulière pour ce lassant, ce redondant, ce fatigant miracle de la nature. Désolé, mais mon cœur ne bat pas la *moindre* chamade ! Que sait-on, en fait, du gars qui va venir au monde ? Pourquoi lui ferait-on confiance ? En vertu de quoi, au nom de qui lui ferait-on *crédit* ? L'avenir, ce n'est pas un dépotoir ! Je ne suis pas comme tous ces veaux niais qui, parce qu'ils ont pondu des gosses, sont sur un « petit nuage ». Je t'en donnerai, moi, du nuage ! Du cumulus, du stratonimbus ! Une fille, tu as peur qu'elle soit hideuse, un fils, tu as peur qu'il soit débile ! Ou pédé ! Dans tous les cas, fils ou pas fils, que monsieur ne compte point sur moi pour l'introduire dans le monde. Ce n'est pas parce qu'il sort tout droit de *ma* chair qu'il pourra escompter entretenir des relations privilégiées avec moi ! J'ai entendu dire que certains moutards tentaient d'extorquer des avantages à leurs parents, qu'ils comptaient même sur ces derniers, qui ont bon dos, pour leur *faciliter* la vie et leur *simplifier* l'existence. Eh bien, pas de ça chez nous ! Les pistonnés, je les connais. Il ira promener ses ambitions ailleurs ! Il se débrouillera *seul*. Pour l'entregent, mon gars, tu iras voir là-bas si j'y suis !

On allait me lâcher parmi. M'abandonner à. Me livrer aux. Seul dans la nature, au milieu des fougères et du lin, lavande et primevères, fenouille et macres, ophrys et lupin, sale petit misanthrope en devenir. Qui écrirait un jour un gros roman fumeux (pas de manuscrit, c'est fini, pas d'encre, de pages et de giclures, de griffures sur vélin, pas de ratures fauves sur les carnets, mais des écrans, illuminés, parfaits et morts, tellement lisses) : les premières années, envahies de hontes, de broussailles, de fleurs pointues, de toutes les orties. Des bout à bout pour les anthologies imaginaires, du jus de style, un livre auquel survivre mais pas trop. Un catalogue de mes chutes, de mes rhumes. La surintime collec des toux, des croûtes aux genoux.

L'enfance : elle se déroule sans argent, sans passeport, sans métier. On pense assez peu au suicide, aux impôts, au vagin des femmes. Il n'y a pas d'enfant banquier, pas d'enfant proxénète, pas d'enfant éditorialiste. Ni gloire ni désespoir. Minimum de passé, maximum d'avenir : un présent perpétuel, sans la moindre littérature. C'est sain de partout. C'est gratuit dans tous les sens.

— Oui, je l'avoue, je regrette un peu d'avoir joui dans ma femme, avait confié mon père à un de ses collègues. Cet enfant, je ne le désirais pas. Je n'en ressentais pas la nécessité. Pas l'envie, pas la faim. Pas le goût. Pas d'inclination pour. Pas d'intention de. Pas de vocation. Pas de penchant. Pas de souhait.

5

J'étais donc là, dans le périmètre restreint de ma mère. J'entendais le monde. Ça me disait moyen. Le plus difficile, dans l'acte de naître, c'est de l'expurger de toute notion de fatalité. On s'accoutume à la vie, et même, on s'accoutume à la mort – on ne s'accoutume jamais à la naissance.

— Je sens que j'ai *mal* éjaculé, avait continué mon père. J'ai joui de travers. Ça ne peut rien donner de bon ! On ne peut pas toujours réussir le jet parfait. Mais là, je sais que c'est parti en torche. Je ne serai donc pas étonné d'avoir produit un torchon. C'est parti en chiffe. Je ne serai donc pas étonné d'avoir conçu un chiffon. C'est parti en chique. Je ne serai donc pas étonné d'avoir engendré un chicon. C'est parti en dinde. Je ne serai donc pas étonné d'avoir fabriqué un dindon. Je n'aurai jamais la certitude que c'est cette femme-là que j'aurais dû féconder. Je ne suis pas sûr d'avoir optimisé toutes les ressources qu'offrait ma semence, avec *elle*. C'est un peu de la confiture donnée aux cochons. Mais on ne peut pas essayer toutes les filles avant d'enfanter ! C'est le problème. On devrait porter autour du cou un moulage de son phallus. En collier. Ainsi, les femmes nous choisiraient d'instinct. Et même, celles-ci devraient en faire autant, tiens ! Comme les ex-voto de Ponte di Nona. Les ex-voto de Ponte di Nona représentent des sexes masculins *et* féminins. Avec ma méthode, les humains se compléteraient mieux. Il n'y aurait pas de mauvaise surprise. Jamais ! Puisqu'il est quand même acquis, n'est-ce pas, que lorsqu'une femme élit un homme c'est instinctivement son *sexe* qu'elle élit. C'est pourquoi je propose de simplifier le processus. Montrons nos verges en même temps que nos visages ! La prochaine fois, j'essaierai – si prochaine fois il y a – d'être davantage sélectif. Je ne puis m'en prendre qu'à moi. Ne déduisez pas de mes propos que je n'aime pas ma femme ! Cela n'a strictement rien à voir. Je ne vous parle ici que sous l'angle strictement reproductif. Je parle en termes de finalité de procréation pure. *Liberorum procreandorum causa !* Espérons juste que cet enfant ne soit pas un artiodactyle, un bovidé, un capriné. Je lui demande juste d'avoir l'air d'un humain. Ce n'est pas la lune !

La naissance est le produit parfait d'une multitude de si débiles chaos, d'hésitations fausses, de décisions aléatoires et brutales – elle mathématise d'informes amas d'amer présent. Elle couronne un fumier de contingences. Résume, sous forme de chair hurlante, les fractales ramifications d'un passé sans queue ni tête, arbitraire, loqueteux. Elle rend miracles

les minuscules carambolages humains. Consécration du rien. Justification, *a posteriori*, des contresens et des ratages ; victoire, par lisibilité rétroactive, du granit sur les brouillards. Tout nous pousse à être et être, quand rien n'était fait pour que nous fussions.

— Je vous présente mon premier jet ! dira plus tard mon père, parlant de moi. Malheureusement, on ne m'a point fourni la gomme.

Par une ruse de la raison dont la biologie a le secret (cette abrutie), les parents humains, une fois penchés sur le berceau de leur fraîche-neuve progéniture, « savent » qu'ils attendaient ce fils précis, cette fille exacte, effrayés maintenant à la seule pensée qu'ils pussent être autres, très légèrement différents même.

Tout n'est que mascarade – un carnaval des dénis orchestré par la loi des espèces. Espèces perpétuantes, perpétueuses, perpétuées : on décore/déguise, on travestit en libre choix, en cadeau du destin, en élection divine, les horreurs que notre condition nous inflige. Tel fardeau, telle tannée, telle malédiction, maquillés comme sapins de Noël ou tapins, font figure de bénédiction. D'où cette étrange propension, chez l'homme, à non seulement *supporter*, mais ressentir des sentiments à l'encontre de sa progéniture pestilentielle, bâtée, grêle, bubonneuse, turgescente, limoneuse, agaçante, aguicheuse. Mon père incarnait l'exception :

— Il n'est pas né que j'en voudrais déjà un autre. À la place.

6

On allait me donner la vie ; jamais on ne me fournirait (je le savais bien !) de quoi la remplir. On nous fournit le contenant, non le contenu. Je barbouillerais cette vie d'ennui, comme tout le monde. Ce qui me guettait derrière le rideau de ma mère, c'étaient des dizaines de milliers de jours vierges qu'il faudrait écrire, inspiré ou non. J'en ressentais, non pas tant un trac, mais une paresse. C'était trop à vivre, surtout d'une traite.

— Franchement, je n'aimerais pas être à sa place. La place du né ? Je préfère la place du mort ! *(Rires, ha ha)* Je n'exclus d'ailleurs aucunement de le prénommer « Maur ». *(Rerires, ha ha)*

On devrait inventer un système différent : vivre quatre-vingts ans, mais *à la carte*. On pourrait alors expérimenter huit fois les dix premières années, ou quatre fois les vingt premières, ou découper l'existence en tranches : se reposer quelques siècles avant de changer de dizaine. Avoir 20 ans sous Nabuchodonosor, puis 30 ans au temps d'Alexandre, 40 ans sous Charlemagne, 50 dans le Versailles de Louis XVI, 60 ans sous l'Occupation, 70 ans aujourd'hui.

Je pensais à toutes les infimes bestioles tout aussi légitimes que moi sur cette planète et dont j'allais causer – volontairement ou non – la mort tragique.

— Saint Pierre, me dirait ma mère quelques années plus tard (en juin 1974), quand tu arriveras au purgatoire, voudra savoir combien de vies tu auras détruites durant ton passage sur terre. Il fera les comptes. Et l'accueil qu'il te réservera sera basé sur le nombre de cadavres que tu auras laissés derrière toi. Eh oui ! Eh oui oui. Il faut donc faire *très* attention aux vies que tu es susceptible d'anéantir, aux petites bêtes que ta méchanceté naturelle te portera à vouloir massacrer.

Je m'imaginais devant une porte immense, aux dorures bleutées, face à tel moustachu nanti d'ailes de pigeon, qui vérifiait ses calculs dans un registre à l'épaisseur de mille annuaires des Postes.

— Moix Yann, c'est bien cela ?

— Oui.

— Oui mon chien.

— Oui mon saint Pierre.

— Je ne vous ai nullement autorisé à vous asseoir. Bien, alors, je vois – vous me dites si jamais je me trompe, mais je ne me trompe *jamais* – que dans le bas monde que vous venez de quitter tout à l'heure, vous avez, pêle-mêle, entre la date de votre naissance et celle de votre décès, écrasé, exterminé, écartelé, lacéré, piétiné, foulé, déchiqueté, étouffé, noyé, estropié, laminé, découpé, écrabouillé, immolé, démembré, torturé, énucléé, tailladé, ébouillanté, transpercé, calciné, décapité, lapidé deux cent trente-six cafards, cent vingt-cinq gomphus, vingt et un psoques, soixante-quatorze œdipodes, soixante-deux coccinelles, vingt-six sténobothres, quarante-trois mille quatre cent trente-deux forficules, cent quatre-vingt-dix dectiques, cent quarante-huit conocéphales, six cent trente-neuf punaises, cent vingt et une courtilières, vingt-neuf phasmes, cinq cent quatre-vingt-dix-sept termites, deux mille trois cent quatre-vingt-six bacilles, quatre-vingt-trois criquets, huit cent trente-neuf vers, soixante-deux sympètres, un anax, vingt-sept sauterelles, quarante-trois phryganes, vingt-cinq hémérobes, deux cent quatre-vingt-onze chenilles, quatre-vingt-deux papillons, vingt-quatre collemboles…

— Mais je ne sais même pas ce que c'est !

— Eh oui, et vous croyez quoi ? Que parce que vous ne connaissez pas le nom des choses que vous détruisez, vous ne les détruisez pas ? Que parce que vous êtes inculte, vous les extermineriez moins ? Que parce que vous ne savez pas ce qu'est le pancréas, le cancer du pancréas n'existe pas ? Vous avez écrasé *vingt-quatre collemboles*, monsieur Moix. Vous êtes leur Monsieur Jourdain et en même temps leur Himmler. Je continue. Car votre *curriculum vitæ* fait vraiment figure de Shoah animalière. Je n'avais point vu cela depuis le Docteur Petiot… Une hécatombe ! Tenez, vous voulez la suite ? Trois mille six cent trente-neuf moustiques, trois zygentomes, trente-quatre protoures – ça, vous me le paierez ! –, soixante-douze scarabées, neuf æschnes bleues, quatre cent vingt-huit larves, quarante et un lestes, huit agrions, trente-six cochenilles, neuf cent quarante-deux asticots, deux mille sept cent vingt-sept mouches, cinquante-six carabes, quatre-vingt-un lépismes, dix-sept grillons, dix-sept mille cinq cent quarante-trois poux, cinq embies, cent vingt-quatre bourdons, quatre-vingt-huit perce-oreilles, soixante-deux borées, quatre-vingt-dix-neuf taons, deux cent quinze blattes, trois poissons d'argent, six calopteryx, vingt cigales, quatre mantes, deux tipules, quarante-sept cicadelles, vingt-deux chrysopes, cinquante-quatre thrips, quatre-vingt-douze panorpes, neuf cent quatre-vingt-sept pucerons, vingt-huit libellules, six perles, deux sialis, trente raphidies, mille trois cent quarante-cinq fourmilions, cinq éphémères, soixante-dix-sept doryphores, mille cent trente-deux guêpes, huit cent quatre-vingt-six abeilles, trente-deux mille cinq cent quarante-trois fourmis, six cent soixante-six vermisseaux, deux cent soixante-quatorze gendarmes… Et je ne compte pas, évidemment, toutes les bêtes qu'on a dû abattre pour satisfaire à votre appétit. À vos petits « goûts culinaires » ! Ces êtres vivants, si vivants, si *heureux* de vivre, d'être là parmi nous, qui dans son pâturage savourant sa belle herbe fraîche et verte, qui dans son étable s'ébrouant parmi les siens, n'étaient pas voués – dussé-je froisser votre ego – à se retrouver en misérable barbaque dans votre assiette, assaisonnés, cuits, aromatisés, épicés, préparés selon le caprice de monsieur… Ils étaient *aussi* légitimes que vous à la surface du globe terrestre vous savez ? Mais à cause de vous, ils allaient devoir le quitter, assassinés, pour que votre existence humaine, l'estomac susténté, pût se dérouler sans complications. Cette débauche de mort qu'a engendrée votre naissance, ces génocides de petits veaux, de jeunes chevreaux, de truites joyeuses et sautillantes, qui ont découlé, tout naturellement, tout mécaniquement, de votre venue, il fallait bien qu'ils fussent comptabilisés un jour. Eh bien voilà, ce jour est venu.

Il faudrait (pensais-je tandis que saint Pierre me faisait la morale) que des spécialistes – mais des spécialistes de *quoi* ? – écrivent, écrivissent (écrivassent) une thèse sur la corrélation entre les « gendarmes » et l'enfance – le sang laiteux de cet insecte au dos recouvert d'un masque bantou (deux taches noires pour les yeux sur la corie rouge) gicle ainsi que le pus d'un bubon – préfiguration du liquide séminal répandu dans les mains de l'adolescent latent. Le nom scientifique du gendarme est *pyrrhocoris apterus*. Il aime à dévorer le cadavre de ses desséchés frères. Cafard des récrés, faisant gigoter ses pointus abattis, sous écorce partout, gravissant les chênes, collé le plus souvent à son jumeau, hideux, infiniment pareil, en colonne nombreuse, en ordre agité, sans utilité ni préférence, inétudié, sans la moindre aile, inconscient de ses tatouages, sans conteste inintéressant, ultraquotidien, parfois plus orange que rouge, toujours africain du dos, rassurant, gesticulant, fugitif et lent (n'a pas les moyens de sa peur), monstrueux, un tout petit peu attachant, un tout petit peu dégoûtant, éternellement jaillissant – est-il ici le dimanche, quand il n'*y a pas* classe ?

7

J'aurais bientôt la sensation de vivre – en réalité je n'en finirais pas de mourir. Il y a deux manières d'exister : soit en se donnant en spectacle comme quelque chose de *vivant* (sans cesse en train de vivre), soit en se livrant au monde comme quelque chose de *mourant* (sans cesse en train de mourir). Est-ce le processus vital qui fonctionne ? Ou le processus mortel qui s'exerce ? Passe-t-on son séjour humain à vivre, ou à mourir ? Est-ce la vie qui en nous, *en cet instant précis*, se déroule ? Ou est-ce la mort ? Est-on en amélioration ? Ou en dégénération ? En progression ? Ou en dislocation ? En construction ? Ou en déréliction ?

Cette jolie femme admirée, fourrée dans ses dentelles, dont les seins blancs, oblongs, semi-lourds, se dégorgent d'une chemise chantilly : elle est en train, en ses biologiques intérieurs, de donner du travail à la mort mortelle, grignotée par l'œuvre sourde et fabuleuse, invisible, mystérieuse, de la mort. La mort ne sera tranquille, ne sera *à jour* qu'une fois terrassée mademoiselle, Mademoiselle Chantilly, crevassée devenue, blême et tavelée, installée parfaitement dans une maigreur désenchantée, hésitante, tremblant ses mots hachés, courbée fourbue, à 36 ans : cancer. À 24, quand ses hanches paradaient sous le soleil, la tumeur était déjà à son bureau, ourdissant ses plans simples, répertoriés, mais la jeune fille, tendue vers tous ses avenirs, vivait dans l'absolu bonheur du présent, pieds nus dans l'eau, le corps harcelé par de fortes et fraîches bites, agonie de plaisirs et de voyages en avion, quand les avions criblaient l'azur des horizons d'un sillage blanc sur le bleu si tapissé du ciel. Pendant son gentil sommeil – elle était engourdie dans un coton, dans un miel –, le cancer *travaillait* : il avait tout son temps ; sa magie viendrait, sourde, opératoire, il n'éprouvait pas le moindre sentiment de panique. Le cancer dormait avec elle, couchait avec elle, allait faire ses courses avec elle, faisait du vélo avec elle, allait avec elle à la piscine. Mais point besoin de maladie : la mort, simple et nue, est là chez nous, entre les organes, proposant son incessant magistère – elle contrôle, lâche, donne du lest et rectifie, autorise et reprend ses autorisations. Elle s'amuse.

Je ne savais que penser : dans le floconneux silence de ma mère, je n'existais guère, je le concède, mais en même temps j'étais un petit peu éternel. J'étais le moins vivant possible et le moins mortel possible. Tant que je ne naissais pas, je ne pouvais mourir. Aussi longtemps que je ne naîtrais pas, je ne mourrais pas.

À la sortie, ce n'étaient pas des giclées de lumières, de sons, de couleurs, qui m'attendaient : mais les dents du temps. Je serais cet abruti petit morceau de gruyère que le temps, dès la première seconde de son empressé magistère gourmand, commençait de grignoter, fou d'appétit, d'une folie calme, d'un méthodique appétit, d'une folie qui ne se voit pas, d'un appétit qui ne se dévoile que tardivement dans la vie, quand planté (lividissime) devant le miroir de sa salle de bains, l'homme qu'on est devenu à notre insu ne voit dans son reflet que les restes, les restes de poulet appelés sa « figure », elle-même devenue carcasse. C'est la première fois, me dirai-je à 66 ans, que je suis aussi vieux. Et c'est la dernière fois que je suis aussi jeune.

Sans temps, pas de mort – mais sans mort, pas de vie. J'étais coincé. Pourtant la mort n'est pas le revers de la vie (me disais-je). Elle n'est pas même sa condition. La vie n'est faite que de mort. La vie, *c'est* la mort. Être en train de vivre, ce n'est rien d'autre qu'être en train de mourir. On ne peut mourir que de son vivant ; on ne peut vivre que de son mourant. On vit pendant qu'on meurt ; on meurt pendant qu'on vit.

8

J'étais plié dans le placenta, petit saxophone façonné en cylindre, courbé au col, puis tout droit et recourbé à l'extrémité avec un pavillon aplati qui me servait de bulbe. Qui eût accepté de jouer de moi ? Archie Shepp ? Albert Ayler ? Hank Mobley ? Charlie Parker ? Johnny Griffin ? Ben Webster ? Charles Lloyd ? Sonny Rollins ? Michael

Brecker ? James Carter ? Jimmy Hamilton ? Wayne Shorter ? Stan Getz ? Benny Carter ? Dexter Gordon ? Sonny Stitt ? Hank Crawford ? Grover Washington Jr. ? Cannonball Adderley ? Coleman Hawkins ? Louis Sclavis ? Steve Grossman ? Roland Kirk ? King Curtis ? Branford Marsalis ? Eric Dolphy ? Steve Lacy ? John Coltrane ? Michel Portal ? Anthony Braxton ? Gerry Mulligan ? Joe Henderson ? Ornette Coleman ?

— Le jazz, ça devrait être interdit (*dixit* mon père, dans le salon, sur le canapé, le dimanche 3 novembre 1974, à 15 h 43). C'est insupportable. Inhumain ! C'est soit de la musique d'ascenseur, soit des couinements de truie qu'on égorge ! Tous ces Noirs à cravate qui soufflent en sueur dans des tubes, à quoi ça rime ? Mozart était-il noir, lui ? Non. Il ne faut pas prendre les gens pour des gigots ! Et puis ces noms : « Dexter », « Lacy », « Stitt » – je ne les donnerais pas à mon clébard ! Heureusement, je ne possède pas de clébard. Je déteste les chiens. Je déteste les chiens plus encore que les hommes. Car la plupart des hommes détestent les hommes. Tandis que la plupart des chiens les adorent.

Puis :

— Non, les jazzmen, non ! Pis encore : les fans de jazz ! Les amateurs. Les maniaques ! Tout ce qui dépasse 1954 les dépasse. Les dégoûte. Les navre. Les chagrine. Ils parlent de Chambers, mais on ne sait pas si c'est Dennis, Joe ou Paul. Tu as chez toi un disque de Miles Davis, de Davis Miles, comme tout le monde, n'est-ce pas, eh bien voilà que ce Davis-là ne leur plaît pas, ne les agrée point, ne les contente nullement ! Ces snobinets eussent voulu que tu possèdes du Davis, certes, mais pas Miles. « Ah », commencent-ils avec leur gueugueule de chien déçu, très vaguement faussement choqué, « en Davis, tu n'as que du Miles ? Tu n'as pas du *Anthony* Davis ? Voire du *Art* Davis ? Ou du *Nathan* Davis… Pas un seul disque de *Jesse* Davis ? Ni de *Walter* Davis ? Oh je suis sûr que c'est une blague, que tu caches un *Charles*

Davis quelque part ! Comment ? Tu n'as jamais entendu parler d'*Eddie* Davis, le saxophoniste ? Tiens ! Je t'ai apporté du *Kay* Davis. C'est autre chose que ton *Miles* ! Oulala, je m'écouterais bien un peu de Davis, *Lem*, tu en as ? Aïe ! J'ai cru que tu avais acheté le dernier *Ham* Davis… Mais non, je m'aperçois que tu n'as que du *Miles*, Davis. Salut, tu vas bien ? Qu'est-ce que tu penses du dernier Davis ? Je ne parle pas de *Miles*, évidemment, mais de *Maxwell*. Oui, *Maxwell* Davis, né en 1916 à Independence, au Texas. Son *Hey Lawdy Mama*, de 1948, avec Gene Phillips, reste un sommet inégalé. Mais bon, je vois que tu stagnes à *Kind of Blue*. Pas grave. Tant pis. Bon, je vais rentrer, j'ai du *Wild Bill* Davis à écouter, notamment son album avec Art Blakey. Oui, non, mais Ornette Coleman d'accord, mais essaye *Bill* Coleman, essaye *Earl* Coleman, laisse-toi tenter par *George* Coleman ! »

Pour être sûre d'être féconde, que ma trogne pût quelque jour faire grimacer les sublunaires foules, ma mère avait mis toutes les chances de son côté. Une voisine camerounaise, native de Douala, lui ayant vanté (contre l'avis de mon père) l'inattendu bénéfice des pharmacopées excrémentielles, elle avait passé des jours, souvent des nuits, à badigeonner la peau de son ventre de déjections canines, félines (les chats et les chiens venant remplacer au pied levé les crocodiles et les hippopotames de l'ordonnance originelle), mais aussi de fientes de mouette, de crottes de lapin, de hamster, de tortue d'eau, de lézard, ainsi que de chiures de mouche dûment, patiemment recueillies par mon père (lequel, chaque samedi matin et chaque mardi soir, devait encore lui introduire dans la cavité vaginale des épines d'acacia finement broyées, de la résine de térébinthe, de la coloquinte, de la gomme arabique, de l'herbe de bœuf, mélangées à des dattes et du miel, le tout étendu, comme il en va des tartines beurrées, sur un tampon de fibre – ce, afin que sa femme ne tombât pas une nouvelle fois enceinte pendant sa grossesse). Ce n'est qu'ensuite, un peu plus tard, après des semaines passées dans d'effroyables remugles dont tout l'immeuble avait eu la nausée, qu'elle apprit par une amie zaïroise, native de Kinshasa (dont mon père se méfiait comme de la peste), que le traitement aux matières fécales n'était susceptible de fonctionner que prodigué sous forme de fumigations. Ma mère finit alors par tout simplement porter une amulette autour de son cou, reproduction miniature d'une terre cuite de l'art inca – une déesse de l'enfantement en train d'accoucher. Sur le téléviseur noir et blanc multistandard à transistors Sony 9-306 UM (modèle 1967), elle avait placé une réplique en ivoire d'éléphant d'un couvercle de boîte à fard retrouvé à Minet el-Beida représentant une déesse mère en train de nourrir deux facétieuses chèvres.

9

Ma mère avait exigé de mon père que l'exercice de la saillie eût lieu une nuit où la lune était aussi pleine que dans un film de Méliès (au pire de son plagiaire Ferdinand Zecca) parce que, prétendait-elle, « les événements terrestres sont alors en sympathie avec les choses d'en haut ». Lorsqu'elle doutait de ses capacités à mettre bas – une sorte de concurrence se faisait sentir entre ses amies du même âge et elle : c'était à qui ferait le plus *grand* nombre de *beaux* bébés ; il fallait par conséquent faire vite *et* bien –, elle enfournait dans ses entrailles une gousse d'ail recouverte de chocolat Poulain et implorait le dieu Sobek : si à l'aube, dans sa bouche (puisqu'il est avéré, depuis Ptah-Hotep, que l'utérus communique avec le larynx), le goût de l'ail l'emportait sur celui du cacao, elle n'accoucherait que d'un furoncle ou d'une môle hydatiforme. Ou bien (c'était une alternative) elle buvait des litres d'aneth pilé dilué dans l'eau de Vichy, attendant qu'une démangeaison vînt agacer la région ombilicale. Parfois, triant les extraits de légumes parmi les glaires acides, elle tentait de lire dans ses vomissures des morceaux d'avenir me concernant. (Mon père était par ailleurs invité à étudier ses vents.)

Ma mère sut officiellement qu'elle était grosse grâce au test préconisé par une voisine suédoise, native de Stockholm (que mon père vénérait – on sut plus tard qu'il avait essayé de pratiquer sur sa personne une levrette dans les escaliers de secours, en vain) :

— Bois du jus de courge dans du vin. Si tu vomis de suite, c'est que tu es enceinte. Si le doute persiste, tu placeras de l'orge et du blé dans deux sachets de toile que tu arroseras de ton urine chaque jour que Dieu fait : pareillement de l'orge et du blé, du sable dans les deux sacs. Si l'orge et le blé germent tous deux, tu enfanteras. Si c'est l'orge qui seule germe, ce sera un garçon. Si c'est le blé qui seul germe, ce sera une fille. S'ils ne germent ni l'un ni l'autre, tu n'enfanteras point.

L'examen des tétons, selon qu'ils étaient rouges ou noirs, permettait en outre (je goûte la sévère désuétude de la formulation « en outre »), par sécurité, de vérifier l'arrivée d'un *petit garçon* ou d'une *petite fille*. Une texture jaunâtre annonçait un avorton. Mon père prétendait pouvoir influer sur la détermination de mon sexe. Espérant une fille, il avait pris soin, outre d'éviter le vin blanc, de posséder ma mère exclusivement avant ses ours (ma mère disait : « j'ai encore mes *connasses* ») et, lorsqu'il la pénétrait (voir photo ci-dessous), il pinçait le scrotum de sa couille droite à l'aide du pouce et du médius.

— Hors de question de mettre au monde un petit queutard !

Les testicules de mon père, caverneux et creux, reçurent l'humeur coctionnée dans ses vaisseaux. Son sperme (blanc Canson, visqueux, écumeux comme une larme d'adieu) tomba dans le fond de la matrice. Il s'avéra d'abord incapable de l'enduire tout entière, en raison d'excroissances semblables en tout point à des cornes. Dedans lesdites cornes se déversa un flux spermatique issu des testicules féminins de ma mère. Cette dernière émit du sperme ensemble avec mon père.

— Tu es certaine de vouloir qu'il sorte vivant ? s'enquit mon père. Sera-ce sans regret ? *Vraiment ?*

— Vraiment, confirma ma mère.

— Je te préviens, c'est irréversible, comme *truc. (Un temps)* Comme tu voudras. Je t'aurai prévenue.

On vit encore mon père (en réalité personne ne le vit) attacher ma mère à une échelle, par les pieds, tête en bas, la secouer telle une canette afin que l'utérus d'icelle ne descendît point trop – puisque la femme est ainsi faite que les petits mâles sont plus à l'aise dans les hauteurs de leur maman.

Au premier mois de la grossesse, Saturne, planète froide, influa sur la semence de mon père. Au deuxième mois, Jupiter, chaude et humide, dessina mon moule fœtal et me prodigua le souffle de vie. Mars, planète chaude et sèche, créa au troisième mois les os de mes entrailles ainsi que mon sexe. Le Soleil bâtit au quatrième mois mon cœur et mon foie. Au cinquième mois Vénus dessina les orbites de mes yeux. Mercure produisit au sixième mois mes orifices (bouche, anus, tympans, urètre) ainsi que ma langue et mes reins. La Lune s'occupa des poumons, d'organes divers et variés nettement moins intéressants.

10

— Tout le monde, en fin de compte (commença mon père), y va de sa petite création. Les écrivains font des livres, les parents font des enfants. Faut que ça crée. Que ça turbine.

Le marché de l'être humain est saturé, ceux de la littérature, de la musique, du cinéma, de la peinture, de la photo, tout autant, tout idem, tout pareil, tout jumeau : excès d'offre, surabondance de créativité. Les gens sont des vaches laitières. Ils ne peuvent pas s'empêcher de s'exprimer. De donner libre cours à leur « petite veine artistique ». Surproduction de nature, surproduction de culture ! On n'a pas le temps de lire : alors on écrit. On gratte. Tout le monde, partout, tout le temps, et que je te griffonne ! Et que je te ponds ! Perpé-tuelle obèse fabrication d'œuvres, infatuation du « faire » : nul n'écoute nul, personne ne lit personne. Il y a plus de livres que d'arbres ! Plus de pages dans ces livres que de feuilles sur les branches de ces arbres ! Plus d'enfants que de parents. Aliénation par les tonnes. Par les tomes ! Les quantités tuent. Nous croulons sous les subjectivités, nous crevons sous le très pesant poids des personnalités, des par-ticularités, des individualités, des spécialités, des unicités. C'est la dictature des différences. Déversements d'univers. Ceux qui sont « à part » sont devenus mille fois, un million de fois plus nombreux que les autres, les gens normaux, les banals, les qui ne créent pas. Le monde chie de l'excep-tion à tout-va. Milliards de génies décrétés, de compositions essentielles, de tableaux fabuleux, de refrains divins, d'inouïs chapitres, de sculptures célestes. Pour quoi faire ? Personne ne s'arrête dix secondes pour se poser la question. Non : ça défèque ses génialités partout. Pour qui ? Mystère et boule de gomme. Créations sans public, errant dans les espaces vides, dérivant dans les cosmos inhabités, flottant sur toutes les indifférences, chefs-d'œuvre sans chefs, disséminés sur le globe, multipliés par les artistes pullulants, fresques et sagas, sonates et films, pièces et fables, nouvelles, chansons, poèmes, solos, collages pour *personne*. Inédite fusion de la quantité et de la qualité. Grouillance des petites musiques, prolifération des voix. Individualité de masse ! Je te foutrais tout ce joli monde dans des trains, moi. Direction la Pologne. Tu verrais le voyage !

— Calme-toi, loup, suggéra ma mère. Tu as mangé trop de citrons aujourd'hui. Cela, tu le sais, ne te réussit guère.

— Mais ma caille ! Les gens veulent tous être uniques ! C'est invivable. Ils s'imaginent tous, individuellement, que c'est *eux* le héros. Cela ne peut plus durer. Il faudra bien que quelqu'un se penche sur ce dossier. Un nouvel Hitler, mais non antisémite. Un Hitler antiunique. Cette trouille, monumentale, de ressembler à quiconque : chaque humain voudrait mourir plutôt que de ne se distinguer point de chaque humain. Tu veux te détacher de la masse : tout élément formant cette masse crie à gorge déployée qu'il s'en détache. On peut définir la masse ainsi, ma chérie : somme des individus qui refusent de faire partie de la masse ! Tous se ressemblent en ceci qu'aucun ne veut ressembler à aucun. Leur ressemblance absolue, leur gémellité totale, fondamentale, provient de ce qu'ils exigent que soit enregistrée, que soit homologuée leur *différence*. Toutes ces créatures demandent à être regardées, à être envisagées, à être traitées, à être considérées comme des « créateurs ». Alors je dis : qu'ils crèvent. Je dis, mais calmement : déportons-les. Il s'agit d'interdire l'art à tous ceux à qui il n'a pas *vraiment* sauvé la vie. Comprends-tu ? Stopper l'hémorragie. Qu'on réglemente, ainsi que dans la pire des dictatures, l'accès aux pinceaux, burins, guitares, stylos, feuilles de papier : vérification des souffrances, certificat de folie pure, test d'inadaptabilité au monde, étude au peigne fin des démences, des tristesses solides, des mélancolies. Examen des escarres. Contrôle des brûlures ! Autorisations, délivrées bien entendu – ainsi que les visas pour la Corée du Nord – au compte-gouttes, d'écrire, de dessiner, de sculpter, de bâtir, de composer, de chanter, d'imprimer, de filmer, d'interpréter. Établir une intolérance mondiale, instaurer un universel empêchement. Jugulons, oui, l'épidémie des inspirations !

Je n'avais aucune chance de pouvoir me soustraire à cet événement : ma naissance. M'enfuir dans les amères eaux de ma mère, brasse crawl papillon, n'eût servi à rien – ils m'auraient retrouvé, ceux qui voulaient à tout prix que je connaisse le parfum des sycomores, la puanteur des pots d'échappement, les chagrins d'amour, les devoirs surveillés de topologie. La seule chose que j'ignorais, c'était la manière dont j'allais réaliser le voyage d'outre-mère : part-on chez les vivants en bateau, en avion, à pied ? Existe-t-il un métro dans les génitrices pour parvenir jusqu'au goût du monde ? Et le monde, de quoi se compose-t-il ? Est-il un archipel de mères dans lesquelles on passe successivement sa vie ? Si cela se trouvait, ce qu'on appelait « le monde » n'existait pas – j'allais tout simplement changer de mère, changer de ventre aqueux, et ainsi de suite, de ventre en ventre, jusqu'au tout dernier.

Je craignais que ma vie ne vînt contrarier la vie. On ne pouvait dire que j'existais. Mais on ne pouvait dire, non plus, que je n'existais pas. Je me situais entre la vie et ma vie. « Rien n'est mort que ce qui n'existe pas encore » (Apollinaire) : je sentais bien que je n'étais point mort, mais je sentais tout aussi bien que je n'étais point vivant. J'aimais les nouveaux départs – le départ tout court, je l'appréhendais. On n'a pas tous les jours zéro an. J'eusse aimé comprendre pourquoi on me faisait naître moi, et non un autre. L'état de planqué, de nourri, de logé dans ce ventre-là, un ventre lambda à température idéale (saturé d'odeurs de chêne pourri), me satisfaisait ; l'erreur que j'avais failli commettre était de le considérer comme une habitation définitive – les entrailles sont provisoires.

J'étais parfaitement ajusté à mon confinement. Je ne voulais pas que s'ouvrent, que s'ouvrissent, devant moi éberlué, les grandes murailles du monde. J'eusse voulu que le monde ne fût qu'un simple morceau d'écorce, une jambe, une bille, un mollet. J'eusse, surtout, voulu mourir dans maman, que les mains accoucheuses sortent, sortissent, de ses poils un petit cercueil de buis, lustré de baves intimes, mes initiales gravées dessus, les dates confondues de ma naissance et de mon décès. Je craignais enfin que ma mère ne s'ennuyât une fois soulagée de ma masse. Qu'elle ressentît un vide abyssal au tréfonds de son orphelin corps.

Je n'avais point été *formé* pour la vie. Les mères ne font que nous porter, en clapotis dans leur gueule ventrale. Nous sommes les abrutis Jonas de ces baleines qui suent. Il faut avoir d'abord vécu pour apprendre à vivre. Nous sommes les passagers de ces engrossées : nul ne nous prépare à la vénéneuse mortalité des incertains dehors, où nous guettent la guerre, mendiants guenilleux (Roumains dans le métro, jouent du Piaf à l'accordéon), drus sévices et chair agrippée des poux. Si je devais rester ici encore, je commencerais, sans la moindre dent qui pousse, à grignoter ma mère avec les lèvres, à la téter à l'envers, dans un halo lampe à pétrole, entre nuit et nuit. J'avais des crampes ; j'étais sans voix, sans écriture, sans judas pour apaiser ma curiosité. Je ne comprenais pas ce qui se tramait par-delà ma mère close. Il faudrait percer les mères pour voir de l'autre côté – tracer un hublot.

J'étais seul dans l'habitacle, mais, sur terre, d'autres que moi partageaient mon sort : des Kalmouks, des kangourous, des Munichois, des carpes et des girafons. Ma mère, sans aucun doute (*aucun*), ne m'avait pas désiré *personnellement* : il s'agissait pour elle de vérifier son pouvoir de procréation, sans lequel elle se fût suicidée. Elle voulait un enfant, mais ne voulait pas de l'enfant qu'elle aurait (moi). Ne pas en avoir, rester vide, les bras ballants, eût dramatisé le senti-ment de vieillissement que les femmes qui ne mettent au monde que des bavardages ressentent au moment de mourir seules, sans engeance pour accompagner leur ultime soupir. (C'était l'espèce humaine qui, via ma mère, exigeait un enfant de plus.)

12

J'entendais, sourdement, une voix bourdonnante et mâle : mon père. Qui répétait, en boucle, que l'attente était « un peu longue », qu'il avait hâte de retrouver sa femme dans son état naturel, filiforme.

— Tu es sûre que cela fait neuf mois ? demandait-il à ma mère, méfiant, comme si celle-ci avait eu l'intention de le gruger sur les horaires, les dates.

— Pas tout à fait, mon loup.

— Bizarre. J'ai l'impression que cela fait deux ans que tu as *ça* dans le bide. Il va falloir penser à s'en débarrasser, là. À le chasser, le déloger. À l'éjecter ! À l'exmatrier. Il y a un tas de positions sexuelles auxquelles, par sa faute, nous ne pouvons plus nous livrer. Auxquelles, de son fait, je n'ai plus accès. Cela devient *extrêmement* frustrant. C'est un miracle que je ne sois pas allé voir ailleurs.

Mon père n'attendait qu'une chose : que je sorte, sortisse, afin qu'il puisse, qu'il pût reprendre le cours de ses vicieuses activités.

— Sors de là si t'es un enfant !

— Calmons-nous… dit ma mère.

— Mon vieux, il s'y plaît dans son aquarium ! Je vais encore en être quitte pour me soulager solo dans les sanitaires. C'est pénible cette manie qu'ont les femmes de donner la vie par le ventre. On prétend que sur la lune, c'est différent.

— Sur la lune ? Mais il n'y a personne.

— Que tu crois, caille. Qu'on voudrait nous faire accroire. Qu'on voudrait nous persuader que. Un ami physicien, à la faculté, ne tient pas tout à fait le même discours. Nous serons bientôt fixés. La mission Apollo est prévue pour l'année prochaine. La Nasa et le Pentagone n'ont point trop intérêt à communiquer sur ce dossier. Pour des raisons évidentes. C'est comme pour les ovnis. L'ami dont je te parle est un ufologue fort réputé et s'occupe également du Gépan, sis à Toulouse.

— Le quoi ?

— Le Gépan, Groupe d'étude des phénomènes aérospatiaux non identifiés. Je puis te dire que le dossier ovnis, gros de plusieurs centaines de milliers de pages classées secret défense, est explosif. Cet ami – Lucien de Samosate, très sympathique, je lui ai promis que nous l'inviterions un soir à dîner – m'a parlé des Sélénites. Ils sont non seulement réels, mais plus nombreux qu'on ne l'imaginait de prime abord. Quoi qu'il en soit, chez les Sélénites, ce ne sont point les femmes, mais les hommes qui donnent la vie. Ils ne portent pas leurs petits de lune dans leur ventre, mais dans leur mollet. Ce sont leurs jambes qui enflent. C'est nettement moins désobligeant. Lorsqu'ils accouchent, ils ont recours à l'incision du mollet. On en retire un enfant mort mais rendu aussitôt à la vie par exposition au grand air, la bouche grande ouverte. Il est ainsi dans l'univers, chatte, un lieu où l'homme procrée en place et lieu de la femme. Ce qui paraît plus raisonnable. Mais Lucien m'apprenait qu'il avait eu vent d'une *autre* catégorie de Sélénites, les Dendrites. Chez les Dendrites, l'homme désireux d'enfanter se coupe le testicule droit puis le plante en terre. Attend enfin, après moisson, que son fils ou sa fille pousse. Tout cela pour dire que si c'était l'homme qui portait les enfants par les jacots, nous serions plus à l'aise pour kama-sutrer comme nous l'entendons. Du moins, comme je l'entends moi !

Mon père, tyrannisé par une harassante libido, n'avait pourtant point hésité à pénétrer ma mère durant sa grossesse. J'eusse été une fille, il m'eût mise enceinte avec. Je subissais l'incessant ballet de son membre énervé entre les quatre murs de « maman ». Les coups de boutoir (des béliers en colère) me tarabustaient le bulbe et faisaient vibrer mon cockpit ainsi qu'un vieux coucou cubain.

Einstein, Galilée, Freud, Ronsard, Newton, Lucrèce eux-mêmes furent en proie à leur bestialité, pilonnant des croupes, en feu poulopant dans les matrices, mus par les exhortations du reproduire, oubliant sur leur table – le temps d'une évanouie spirale – la manifestation calculatoire ou poétique de leur génie. Ils avaient posé leur tête, comme on pose un casque de moto, sur l'établi des équations, des quatrains, pour s'intituler reins furieux, débraillés clébards, hurleurs de gueux mots, dans des tourbillons de lourde sueur. Les génies sont génésiques. Imagine-t-on Louise Michel à quatre pattes sur un sommier, Rosa Parks en levrette, Marie Curie agenouillée avec, dans la bouche, autant de glands lustrés que de clarinettes simultanées dans celle de Wilbur Sweatman ? Faire l'amour c'est se comporter de façon *malhonnête* face aux lois biologiques – c'est se servir d'un décor *naturel* pour réaliser contre vents et marées son propre film de fiction pure, avec costumes d'époque, musique originale, foireux accessoires.

J'avais la respiration coupée. Furieusement, mon père continuait de pilonner. Son sexe, spiralé dedans la coquille d'une peau, était un animal lisse et brillant, d'un noir bleuté : il attaquait les flaques de maman, elle étroite et elle fendue – bombé conique, ici pointu, doré rond là comme l'œuf, il élargissait sa proie, venant chercher son oxygène à la surface où il prenait aussi la lumière, avant d'encore-foncer dans la végétation. Nous naissons bêtement de cet assaut caudal, des attaques de cette chair électrocutée, qui retombera comme une algue, et stagnera comme un étang décédé.

Avait-il *besoin* de faire l'amour ? En avait-il *envie* ? Le sexe présente la particularité de ramasser ces deux notions dans un même élan. Pour les biologistes, il est besoin déguisé en envie ; pour les autres, il est envie travestie en besoin. Mon père, lorsqu'il brandissait son méat, n'aurait su garantir qu'il était tout à fait soumis aux immémoriaux commandements de l'instinct, celui-là même qui permet aux gibbons, aux candirus, aux hippocampes de se perpétuer. « Papa » était en tout cas *préoccupé* par cette crampette à tirer – rien, au moment de s'y consacrer, ne lui semblait plus important dans les siècles. Encastré dans ma mère, le cul formant bifide figure, il avait l'air, abîmé dans ses secousses, d'une rainette porno.

Les étudiants de mon père, à la faculté des sciences d'Orléans-La Source (aussi bien que ses collègues, ses relations), n'eussent pu deviner à quel point, sexuellement, c'était un joli détraqué. Au lit, cette larve se transformait en taureau. J'ai toujours pensé (j'ai raison) que la « vraie » vie des gens était leur vie sexuelle. Que leur vie cachée, c'était la vie qu'ils montraient, qu'ils exhibaient en se promenant dans les rues, en se rendant au travail. Les humains ne sont « normaux » sur les boulevards, dans la blouse de leur métier, munis de cravates et de strictes chaussures, que dans le têtu but de s'offrir ce qui constitue leur seule existence réelle et vraie : la secrète catalepsie des ébats, l'intime folie du sexe.

— Pisse-moi dessus grosse pute.

Tout le reste est faux, tout le reste est théâtre. L'homme n'est animal social qu'afin d'être sexuel bestiau.

— Chie-moi dans la bouche, mon orchidée d'amour.

La seule part de nous-même qui ne triche pas, qui est dévoilement, qui est apocalypse, c'est le sexe. Tout se met tranquillement en branle, dans la société, pour que soit possible son exercice (son magistère, son ministère). À cela, il existe toutefois un singulier dérèglement, une exception unique : l'art. L'art est l'unique activité que nous pouvons préférer à l'activité de l'homme social ainsi qu'à l'activité de l'homme sexuel. L'intimité de l'art fait concurrence à l'intimité du sexe. L'art nous révèle plus à nous-même que la pénétration *in vagino*.

Souvent l'épée paternelle manqua de me transpercer. Bombardements : les mères baisées sont des guerres. Maman Dresde. Les élastiques ne tiendraient plus très longtemps entre les muscles. Halètements. Des cris me trouaient les tympans – ces cris étaient des aiguilles. C'était moi qu'on visait. Ainsi qu'il en va pour l'assistant au froc souillé d'un lanceur de couteaux bolivien (moustaches en ouïes de violon, yeux plissés comme les poils desséchés d'un pinceau, foulard de cow-boy autour de la glotte, boucle d'oreille au diamètre de cerceau, râtelier troué par endroits transformant les dents absentes en chicots noircis), le miracle seul faisait dévier de sa cible le petit rescapé provisoire que j'incarnais.

— Vas-y doucement, mon biquet… avait suggéré ma mère.

— Quoi doucement ? Quand je baise, je baise ! Ce n'est pas un fœtus qui va dicter sa loi. Hors de question que je me laisse intimider par ce type. Qu'il fasse d'ailleurs bien attention. J'ai encore le pouvoir de le réduire à l'état d'avorton ! À sa place, je me ferais tout petit…

Accélérant la cadence et la brutalité de ses saillies :

— Prends ça, petit pourri !

Sonné, je ne trouvais plus le sommeil. Je voyais des étoiles – azurements bleu mouche, éclats glacés (infini galactique glabre et denté, foliacé de nervures : givre). La Dunhill menthol que fumait ma mère après l'amour me provoquait des nausées. Des cactus nains me poussaient dans les branchies ; à travers sa lymphe gélatineuse des alvéoles veinés se gonflaient de fumée, palpitaient comme des goitres de crapaud.

Je la sentais qui suait comme le sergent Garcia après une course-poursuite à dos de bourrique sous le cagnard zénithal du Mexique. C'était lorsque la quiétude revenait, qu'une mer d'huile (aux teintes d'iris changeantes) s'installait enfin au creux de ma mère, qu'une queue de loutre venait alors de nouveau me fracasser l'occiput : à califourchon sur mon père, les mains cramponnées à ses mollets maigres et poilus, ma mère se faisait jouir jusqu'au sang et transformait son fils inachevé en dégoulinant goudron.

14

Sortir d'une mère n'était pas sans danger. Les nourrissons, au contact de l'air, s'effritaient le plus souvent et n'étaient plus, entre les mains du médecin, que confettis ; ou bien ils s'enflammaient comme des torches et brûlaient vifs – ne restait plus d'eux qu'une poignée de cendres. Certains sortaient les mains croisées sur leurs genoux, puis, après avoir esquissé un sourire de tranquille supériorité et fixé leur mère droit dans les yeux, comme chargés de dynamite, explosaient entre les bras de la sage-femme. D'autres encore se métamorphosaient instantanément en papillons, en lucioles, et s'envolaient par la fenêtre ou allaient se loger dans un coin du plafond. La plupart coulaient entre les doigts, à la manière d'une salive, pour achever sur le carrelage un destin de limace (la limace est le plus *orange* des animaux). Nombreux étaient ceux qui, en une sorte de rituel majeur, lançaient un sort à leur génitrice dans un premier cri strident également ultime, avant de s'encastrer dans la fenêtre, mus par une force désespérée. On ramassait leur petit corps criblé d'épines de verre avec la minutie qu'appelle la manipulation des oursins.

Quelques énergumènes tentaient la sortie par les tympans. Après avoir pénétré la boîte crânienne (une gélatine à la blancheur sale), ils déchiraient le tympan jusqu'à ce que leur petit bras, leur petit pied surgissent au milieu des hurlement vrillés. Des rumeurs prétendaient qu'un nourrisson de Salt Lake City avait tenté de s'échapper par les aisselles, où résidait un mystérieux orifice qu'il s'agissait de repérer, puis d'ouvrir à la façon d'une fermeture éclair. Quelques cas furent signalés (notamment dans le Middle West) de mises au monde intestinales. J'ai connu un couple de jumeaux que la mère vomit par la bouche après qu'ils eurent tenté de lui jaillir par les orbites.

Je ne compte point m'attarder sur les enfants de mes parents qui vinrent au monde sous forme de pied, de main, de verrue, de trachée, de cæcum, de prémolaire, de vulve, d'œsophage, et pour qui ma mère ne fut qu'une cuve à formol abritant de l'ADN hébété. Ces tronçons, dans la phratrie – bien que claquemurés comme nous tous dans la même marâtre –, n'étaient guère considérés. Frangins gris plomb à buste de poulpe, reliquats de noirs nains surpoilus, boiteux sans bouche multimunis de gras groins, blondinets nantis d'écailles de hareng, ris de poupon, atrophiés suintants jambons, variqueux sciapodes, bossus semi-clebs, tuberculeux pygmées, sylvains à la coque, faunes, troncs atroces octoverges, duses privées de tête et de pieds aux bras terminés par des pattes de rainette, hilares larves de mutille, cynocéphales roteurs, gros lutins incubes, superfoireux prototypes, cruels grumeaux, couennes pliées, gencives d'âne à pattes de moustique, implorants replis étalés, lardons sertis d'épines, rouquins hermaphrodites recouverts de nombrils, cyclocéphales baveurs, imagos cancéreux, translucides trognes trash-bouffies, velus trisomiques coq-goitreux, vieillards accélérés, minigosses morts à trompes, bouffons branchiopodes, amanites aux yeux bleus agitant leurs petits bras dodus, tomates à pifs, satyres paraplégiques, sacs oculaires, gras anus à mâchoires, moignons épileptiques, foirons omphalosites, fractions de bouses à pattes, fœtus enceints, cyclopes bigleux, culs-de-jatte opisthobranches, gratterons de sirènes avariées, oblitérés ibex, tritons macabres, puddings de panaris, caillots à duvet, résidus cinglés, mâchoires unijambistes accolées par les reins, frangipanes de fœtus, chétifs tapirs, singes carrés, filets de chairs écharpées, harengs anencéphales, viscères sympas, méduses bouclées, crachats roux solides, rigolos déchets gluants, cicatricules caractérielles, hétéradelphes prognathes, baves estropiées, débris débiles de bébés, comprimés hermaphrodites, fromages d'onocentaures, hachis de carpes, jarrets albinos, tourbeux mâles à macules, triples jumeaux décapités, priapes triocéphales, terrines de tubes à glottes, croûtes d'hippocentaures, mongoliens clavicornes, boursouflures hémiplégiques, surdouées mutilations, boudins de bouffons, bouilles broyées, muets gnomes rhynchophores, broutes de mamelles aphones, barbus nabots sans cou, fillettes à pieds tordus dotées de queue de rat, suceurs segments de bidoche blême, flanchets de phoques fondus, bourrelets à nageoires, gruyères de gibbons, anucéphales à coquilles, ouistitis chlorés, fricassées de gosiers, jivaros éventrés, mousses de gorgones multibulbeuscs, chenilles mortes aux grandes oreilles, moelles d'huîtres à bec-de-lièvre, enfants à trois pieds et une main, visqueux cônes rose crevette, gigots de siamois violets, globes à cornes tordues tantôt, choux à fistules et branchies, tétragones chauves méchants, enrhumés acéphales, bœufs parlants, cratères à babouches, languettes hurlantes pustuleuses, enfants à quatre mains et quatre pieds, aveugles boules, korrigans abdomenopathes, fœtus cochinchinois, besaces d'ongles arrachés, oblongs bâtards mandibulés, piriformes succubes, téguments quadrumanes, rameaux multibouches, pruneaux téteurs, bouillies de faciès effarés, gamins œufs, trous très morbides, bouches pourries à huit pattes, hémorroïdes androgynes, têtes de céropales, opossums cacochymes, agrumes barbares, balafrés têtards, hapalémurs nuls, larves grasses à moues cadum, saucissons brunâtres à éperons, zizis sans yeux, bulots bigleux grêlés, sœurettes-cratères à l'abdomen de pompile dont les jambes furent deux lombrics violets, limaces de jumeaux démunis d'œil : qu'ils reposent où ils sont, en la citadelle végétale de l'humus, hotus gloutons humains, vers le néant moussu, dans un firmament composé d'ongles et de foies, de vésicules et de glandes et de muqueuses, de tendons et d'ambulacres et de viscères, où les pancréas filent comme en notre ciel ainsi que les météores, et vont se planter dans le tympan de leur dieu.

Ils évoluent, avec leurs capes de petits super-héros, dans la noire constellation du Ventre, là où les étoiles répandent leur poudre de lait. Ils se cognent aux mamelles roses, là-haut tourbillonnent, effleurés de chauds souffles, à jamais perdus pour la naissance terrestre, satellites aux lippes téteuses. Comme devait l'écrire l'un de mes meilleurs biographes, Maximon de Fulgence-Fresnel, « ces pâtes d'avortons formaient dans le ventre maternel un amas confus, tourmenté, raviné de débris pulvérulents » (*Yann Moix, Petite vie grande œuvre ou grande vie petite œuvre ?*, tome II, page 1456, éditions du Singe, 2025, épuisé).

Je ne parlerai pas non plus de ce frère subsidiaire destiné à porter un jour le prénom de « Tancrède » et qui, mort étranglé avec son cordon ombilical au fond de ma mère, fut extirpé de celle-ci à l'état d'embryon, puis pilé dans un seau à glace avant d'être abandonné à deux chiens que cette pâtée ravit.

15

J'allais devenir le premier être humain à sortir de cette femme-là. Les deux entités qui, avant moi, avaient tenté l'aventure – Cloud et Watriquet – étaient restées coincées dedans. C'était ça ma mère : un tombeau. Elle contenait des cadavres. Mère-Lachaise.

— Vas-y, toi, nais ! Sors de là-dedans, venge-nous ! Pourris-leur leur vie à ces enculés ! m'avait lancé Cloud, ce frère jamais né.

Cloud « souffrait » d'une absence complète de bras, de jambes et sur chacune de ses épaules était greffée une main. De chaque côté du bassin sortait un pied. Il ressemblait à un phoque.

— Heureusement que je ne suis pas né, finalement, m'avait-il un jour confié, la larme à l'œil. Les phocomèles ne sont pas destinés à une vie très heureuse au-dehors. Bien sûr, nous possédons nos idoles, nos saints. Nos héros. Nous avons notre *Who's Who*. Nos phocomèles célèbres ! Comme Marc-Cattoze. Qui a passé toute sa vie à parcourir l'Europe. Par monts, par vaux, par tout. À exhiber sa monstruosité en échange d'un peu de zozotte. Marc-Cattoze, avec ses mains lui faisant des épaulettes d'officier. Incapable d'applaudir : faisant en sorte qu'on l'applaudisse. Car pour applaudir il ne suffit pas d'avoir des mains. Encore faut-il posséder des bras. Mais nous autres, phocomèles, nous nous passons très bien de bras. Nous sommes des hommes de mains. Nous ne portons pas le monde à bout de bras, mais il est entre nos mains. Nous trouvons grossiers tout ce qui est de l'ordre du biceps et du lever de coude. Les bras nous semblent par trop corrélés à la notion de virilité. Et puis la main, c'est celle de Dieu. Le bras, lui, ne renvoie qu'au Christ. « Le bras de mon fils », dit la Vierge. Le phocomèle est davantage du côté de Dieu que du côté du Christ. Va donc crucifier un phoque ! Cela n'aurait aucun sens. Du moins, ce serait particulièrement inesthétique, comique. La main donne, le bras reprend. La main fabrique, le bras détruit. La main crée, le bras massacre. La main caresse, le bras frappe. La main est symbole, le bras est instrument. La main est paix, le bras est guerre. La main, c'est l'art. Le bras, c'est la loi. La main possède cinq doigts, le bras ne possède que deux mains. Doigts qui sont les jambes des mains ! La main est légère, le bras est lourd. Je connais de jolies mains, je ne sais point de jolis bras. Mains tavelées, longilignes, comme des faisceaux, posées en apesanteur sur le clavier, lunaires sur Liszt, morceaux sacrés de chair douce. Deux anémones de sensations. L'écriture est au bout, tremblante ou sûre : on n'écrit pas avec les bras, ces poteaux. Avec les bras on télégraphie. Avec les mains on danse. Intelligentes araignées. Que serait la Vénus de Milo nantie de ces deux membres superfétatoires ? Une statue parmi d'autres. Qui viendrait admirer, en votre Louvre, sa non-absence de bras ? Personne. Quel dommage qu'elle soit munie de jambes ! Car il en va de même pour le bas : les pieds nous suffisent amplement. Nous laissons les jambes aux lâches, à ceux qui fuient, aux adeptes de la déroute et de la débandade. Nous abandonnons les jambes aux trouillards. À ceux qui les prennent à leur cou. Et puis, cela nous permet de réaliser de considérables économies sur les bénards. Marc-Cattoze, sans bras, sans jambes, mais doté de mains comme personne, mais jouissant comme nul de ses pieds, a parcouru les pays en chantant, jusqu'à l'âge de 62 ans, sans connaître de lassitude au faîte des collines ni au croisement des fleuves. Ce manuel absolu parlait nombre de langues et savait contenter les femmes. Nous eûmes aussi Thomas Schweicker. Qui vint au monde sans bras, comme il se doit, et passa sa jeunesse à éduquer ses pieds. Il parvint à les utiliser avec la même habileté que ses mains. Il portait avec ses arpions les aliments et les boissons jusqu'à ses lèvres et calligraphiait comme une bénédiction, taillant lui-même ses plumes avec minutie. Il sculptait également, non sans dextérité. Nos parents m'eussent-ils fait naître tout à fait, que j'eusse appris le solfège, eusse roulé comme un ballon sur un piano. J'eusse interprété Liszt et Chopin. En attendant, va les trouver, ces parents, nos parents, ces fils de pute au faciès clos, au regard sourd, au cœur granitique. Va les trouver de notre part. Tu leur diras : « Mes petits frères vous parlent à travers ma bouche. Ceux de la vie desquels vous n'avez point voulu. » Qu'importe ou non que ces têtes de nœud t'écoutent. Ils sauront qu'ils compteront un prophète parmi eux. Petit frangin vengeur, tu es notre dernière chance. Ne les crains jamais, n'aie pas peur de leurs paroles, ne sois point effrayé. Ce ne sont rien que des adultes, rien que des bouquets d'épines.

— Des gerbes de ronces, dit Watriquet.

— Des gisements de scorpions, dit Cloud.

— Ce n'est pas une raison pour avoir peur. Tu vas entrer dans un monde nouveau pour toi. Ne t'étonne de rien. Et surtout, ne tremble pas, dit Watriquet.

— Ne les imite jamais, dit Cloud.

— Ne deviens pas comme eux, surenchérit Watriquet. Nous sommes des avortons, c'est un fait. Mais eux sont des ratés. Nous avons raté la vie, mais eux ont raté leur vie. Nous avons raté notre naissance, mais eux ont raté leur existence.

Du temps où je placentais, Cloud et Watriquet me répétaient de telles choses des heures durant. Si je me suis décidé à naître vraiment, c'est parce qu'eux ne l'avaient pu, restés mous squelettes, ossicules en calcite, abrégés dans le maternel cosmos. C'étaient les ouistitis du néant.

Tu vas ouvrir bien grand ta bouche, petit frère, ordonna Cloud, et avaler ce qu'on va te donner.

Watriquet tendit sa main vers moi. Dans cette main, il y avait un nem. Il le déroula sous mes yeux ; le nem était recouvert de mots en caractères cunéiformes (de l'akkadien) : lamentations, supplications, larmoiements, sanglots, gémissements, pleurs, pleurnicheries, implorations, gémissements, cris.

— Ce sont toutes les phrases que tu prononceras dans ta vie, une fois dehors, m'expliqua Cloud.

— Je ne parle pas l'akkadien, protestai-je.

— Ne t'inquiète pas. Au contact de l'air, ces mots écrits se transformeront en mots parlés, dans la langue de ta mère, ta « langue maternelle ».

— *Combien* sont-ils là-dedans ? se plaignait ma mère. Ça tambourine tellement que j'ai l'impression qu'ils sont des dizaines ! Quelle souffrance ! Je suis un être qui subit force désagréments d'ordre physique, physiologique. Cela me tourmente. Cela m'assaille.

Elle ne se trompait pas : elle abritait un infernal trio, dont un seul, conseillé par ses brouillons, était appelé à vivre (l'auteur de *Naissance*).

— Si tout va bien, ta naissance est pour demain ! m'avertit Cloud. Venge-nous, montre-leur. Fais-les-en baver à toutes forces. En cas de difficulté, nous t'aiderons à sortir de là, nous pousserons ! Nous pousserons comme les damnés que nous sommes !

Je n'avais plus le choix.

— L'utérus, c'est la voie royale ! me glissa Watriquet.

16

Ledit Watriquet avait été criblé d'aiguilles à tricoter cinq ans auparavant, lors d'une journée d'avril où le soleil frappait radicalement sur les tuiles du toit de notre maison comme au plein cœur de l'été (des parfums de passiflore encerclaient la clinique), tandis qu'un de ses successeurs, Philibert, était décédé sur le coup un jour où notre mère, ivre morte, était tombée façon créole klaxonnée dans les escaliers. Cloud et Watriquet m'avaient entretenu d'un autre mystérieux avorton – Ernestito – fauché par une balle perdue à l'instant même où il fut extirpé d'entre les cuisses blanches, velues, de cette mère partagée. Un règlement de comptes avait eu lieu dans le quartier, entre bandes rivales. Le hasard n'avait fait qu'une seule et unique victime, collatérale, innocente, gesticulante et tout nouvellement vivante : Ernestito, mon arrière-grand-frère. Admissible en ce monde, il avait échoué au dernier moment. Son existence humaine avait été une des plus courtes qui fussent jamais ici-bas : vingt-neuf secondes. Si j'écris demain sa biographie, elle tiendra dans un haïku.

Aujourd'hui, ce brave Ernestito aurait 47 ans et demi, vivrait claquemuré dans un pavillon crème au jardinet parsemé de fuchsias, de petits galets arrondis bleutés – devant le petit portique rouillé, un marronnier servirait d'agrément. Le bois de cet arbre pourrit comme une pucelle octogénaire, filandreuse, mollasse. Entourant le jardinet, une haie mélangées de lambrusques, d'orties blanches, de muguet quand le printemps s'annonce. Ernestito (sa gueule ovale, lancéolée, radicale, campaniforme, molle, rouge, criblée de pustules) attendrait l'heure de la retraite à Dry-les-Cotons, collectionnant les éditions originales de San Antonio, et partagerait ses soirées avec une épouse saturée de bactéries. Très probablement, elle se serait appelée Bisabelle (les yeux globuleux de Bisabelle, son corps menu, sa touffe coupe-appétit) et aurait la fesse concave des bourgeoises. Ernestito et Bisabelle auraient fait l'amour, puis les courses, sous le crayeux ciel de Beauce. En l'espace de leur vie partagée, ils auraient rempli neuf fosses septiques entières d'excréments. Leur chambre aurait empesté la cire. Ils seraient allés se promener le dimanche, dans la gorge une boule molle leur rappelant que le suicide n'est pas fait pour les chiens. Ils auraient découpé le saucisson en lamelles fines avant que leurs invités n'arrivent, seraient allés fleurir des morceaux de granit frappés de noms de famille et de dates au petit cimetière sous des giclées de soleil écœurantes, leurs corps blanchâtres enveloppés dans les têtus parfums de jasmin, de calypso, de grémil, d'herbe à coton, de girouille, de nerprun, de gratteron, d'hypociste, de lilas, de groseillier, d'illecebra, de cyclamen, de trolle, de gouet, de plantain des Indes, de lysimaque à grappes, de cuscute, de laurier-rose, de jacobée, de gratiole, de herniole, de girandole, de succise des prés, d'hépatique, de trigonelle, d'if, d'uvette, de galé, de panicaut, d'immortelle, de gui, d'hydre cornu, de malaxis, de racine-de-corail, d'hélianthème, de marjolaine, de lavande, d'héliotrope, de jonc (que font des joncs dans un cimetière ?), de narcisse, de hieracium, de ményanthe, de pigamon, de massette, de lycopode, de guède, de livèche, de jonquille, de pimprenelle, de mélisse, de mélilot, d'herbe aux cuillers, de piloselle, de guimauve, de lèche, de pervenche, de houblon, de lonkite, de marum, de phalangère, de jusquiame, d'ivette, de meum, de gaude, de lilas, d'hysope, de pesse-d'eau, de mauve, de marguerite, de mélinet, de nombril de Vénus, de pivoine, de larme-de-Job, de mignardise, de laurier-cerise, de pensée, de nielle, de millepertuis, d'iris, de perce-mousse, d'œil-de-bœuf, d'oreille-de-souris, de paliure, d'orvale, de minson, de lampsane, de luzerne, d'herbe aux panaris, de martagon, de nostoc, de jacée, de perce-feuille, de micocoulier, de mufle-de-veau, de kermès, d'ophioglosse, de galéope jaune, de jacinthe, de mercuriale, de laitron, d'obier, d'œnanthe, de liseron, de hêtre, de laurier-tin, de glaïeul, de laiche, de julienne, de macre, de nénuphar, de lupin, de myrte, de nez coupé, de lierre terrestre, de jasione, de nard celtique, de grassette, de jujubier, de lampourde, de mouron, de lotier, de joubarbe, de lauréole, de gainier, de lonicère, d'œillet, d'ophrise, d'impératoire, de limoselle, de houx, de garance, de lemma, de boulette, de genêt, de haricot, de grenouillette, d'origan, de licnide, entourés jusqu'à la nausée de tiges rondes, velues, rougeâtres, grosses comme des auriculaires. Ils auraient éteint leurs mégots dans un cendrier mouillé, laissant une mélasse grise au fond, exhalant une tranquille odeur de mort absolue. Le sperme d'Ernestito aurait possédé une texture de glaire farineuse, filandreuse comme une écharpe d'algues et de lait, troublée de grumeaux. Bisabelle en aurait recueilli, de son vivant, l'équivalent de deux bouteilles et demie de San Pellegrino, ce qui est à la fois beaucoup et fort peu. C'est peu quand on baise toute une vie, c'est beaucoup quand on boit les deux bouteilles et demie successivement, d'une traite.

Leur descendance, peu fameuse, se résumerait à deux raclures de bidet, Nénuphar et Clindindin. Nénuphar, largement médiatisé entre Huisseau-les-Borgnes et Bucy-Saint-Busc, aurait défié les lois de la République avec une fillette de 7 ans sur un chemin de traverse craquelé bordé d'orties. Clindindin aurait écoulé ses journées d'Assedic prostré devant son téléviseur à guetter l'intensité dramatique d'une rencontre Guingamp-Sochaux. Il ne se serait jamais intéressé à la conversion au catholicisme de Raïssa et Jacques Maritain ni aux galaxies spirales qui pourtant fusent dans la constellation du Dragon.

Comme tout le monde, Ernestito aurait « fait le Brésil et la Chine » – les gens ne visitent pas les pays, ils les *font* –, rédigé des romans impubliés et impudiques truffés de détails et d'anecdotes sans intérêt inspirés de son existence sans vie. *Pénétration de la guêpe*, *Baptême à l'eau de morue* et *Robert Brasillach au Far West* auraient été refusés par Gallimard, *On a marché sur l'abeille*, *Otto Abetz contre Godzilla*, *Avant la césure*, *Autres casquettes*, *Une dernière goutte de tequila dans la jargouinte* par Le Seuil et *Vacances sous mes ongles*, *Orly-Merlan*, *Pluches et Peluches*, *Pourquoi n'est-il infiny* par Grasset. Les gens de chez Fayard n'auraient pas pris la peine d'ouvrir l'épais paquet renfermant les sept cents premières pages de *L'Anus de Gershom Scholem*. Ernestito n'aurait pas eu la patience d'attendre, pour *Les Singes d'eau* (mille pages), une réponse des Éditions de Minuit (petite pluie fine, rue tortueuse, entrée minuscule). Une occasion lui aurait été alors offerte de publier à compte d'auteur, chez Dégâts et Fistons, le premier tome d'une saga intitulée *Il reste un poil sous cette aisselle*, deux mille sept cent cinquante pages pleines d'aventures rococos. Il y aurait eu dedans, alentour de la page 87 du tome premier, la description d'une inaccessible femme mariée promenant son abruti caniche sous le ciel de Saint-Malo. Enfin, des spectres rétrogrades, ramenant Ernestito à son passé, l'auraient fait déborder de mélancolie au chapitre dix-neuf du tome troisième, réfléchissant une vérité sommaire mais somme toute essentielle : celle d'avoir mené une existence de merde et d'écrire comme un contrôleur de la RATP.

— Les gens écrivent trop ! explosa un jour mon père après être tombé sur ma toute première ébauche de roman (juin 75) et l'avoir balancée par le balcon de notre immeuble où elle atterrit dans une flaque d'eau. Tous ces bouquins inutiles, poursuivit mon père, lus par personne... Souvenirs des tranchées, poèmes pornos, hymnes à des chats décédés, essais techniques sur le citron, biographies de la Mère Michel, gloses pour footeux et apologies de la crotte, manuels sodomites et mémoires d'Arabes ! Stop ! Et je te dédicace ceci, et je te dédie cela... Et que l'action se passe à New York, et que l'assassin se cache à Chaingy ! Que je suis sur la liste du prix Roupy-de-Sansonnet – douze mille dollars –, que je suis bien placé pour la bourse Panurge. Qu'ils rééditent *Passe-moi le sel* en Folio. Et que *Idées fixes à Porc-city* vient d'être acheté pour le cinéma... « Ah au fait ! Tu n'es pas au courant ? Anaphase Flair du *Nouvel Observateur* et Rémi Gluten de *L'Express* ont été dithyrambiques sur *Tout le chlore de toutes les piscines*, deuxième tome de *Verticalité du lierre*... Ils ont adoré les sept chapitres où je décris l'ascensionnelle propagation de cette plante fascinante, si romanesque, et sa manie de pousser toujours plus haut, sans jamais s'en laisser conter. » Au feu tout ça ! J'autodafe ! Un fils écrivain ! Ha ha ! Je préfère encore un fils macaque ! Ou pédé, tiens ! Si tu deviens « aaaûûteur » mon fils, je mets un contrat sur ta tête. Et pas un contrat d'éditeur !

17

Mon jour « J » arriva. J'entendais, provenant du dehors de ma mère, des mots se frayer le passage. Leur énonciation était différente des autres jours : ils s'agrippaient à ma mère. C'étaient des mots qui venaient pour me chercher. Des mots humides, vivants, gigotant comme des poissons dans un évier. Chaque phrase me visait *personnellement*. Les voix humaines (éclats de silex) qui m'encerclaient seraient recouvertes tout à l'heure de visages, mes premiers visages – tubérosités frontales, crêtes occipitales, cavités orbitaires, protubérances mentonnières, zygomatiques arcades.

J'ignorais tout de la configuration zoologique d'un humain : eussent pu, en lieu et place, m'apparaître des scarabées géants et lustrés, d'un rose fraise, des gastéropodes à gueule de lama (avec billes de porcelaine ou punaises rouillées en guise d'yeux), que je n'eusse point été plus étonné que de découvrir la tête idiote d'un moustachu ventripotent, d'un bubonneux rouquin ou d'une infirmière au carénage postérieur agaçant le sang des bites.

Une chose qui ne laisserait pas de m'étonner, dans ce morceau de ma vie intitulé « futur » (le futur, n'existant que dans le présent, ne parvient jamais à être *lui-même* ; il est toujours un autre, telle est sa nature, telle est sa malédiction), c'est que les hommes et les femmes, pour faire l'amour, pour s'aimer, n'aient le choix qu'entre les hommes et les femmes. Hétérosexualité, homosexualité, bisexualité, monosexualité, asexualité sont les seules et misérables combinaisons, les seules et misérables issues (une fois exclue l'attirance pour les enfants, les animaux et les morts) proposées par la nature pour satisfaire nos désirs et faire taire nos pulsions. Cette étonnante restriction des possibilités de pouvoir désirer des corps qui ne soient ni masculins ni féminins, ni mâles ni femelles, comparée aux milliards d'êtres porteurs chacun d'une sexualité propre, originale et inédite, est intenable. On comprend mieux l'attirance, jamais sordide, jamais malsaine, jamais moche, jamais douteuse, jamais hideuse, jamais louche de certains, de certaines, pour les paraplégiques, les nains, les sœurs siamoises, les hommes-troncs, les femmes à barbe ou les trisomiques : ils ouvrent des perspectives nouvelles, terres neuves, ils gouvernent des mondes inconnus. Vivent les membres supprimés, vivent les membres superflus ; les appendices inutiles, les anomalies qui ôtent ou surajoutent. Monstres, cessez vos mélancolies ! Nous sortons par vous, grâce à vous, des imaginations closes, des butées obligatoires, des habitudes barbelées. Deux têtes et un bras, pas de tête et pas de bras, simples genoux à l'envers greffés sur un œil qui roule, le nez planté dans un dos sans épiderme.

À l'extérieur de la maternelle bedaine, on mélangeait sans cesse, à très vive allure, les mots *souffle*, *respiration*, *enfant*, *courage*, *madame* et *docteur*. Ils flottaient, imbéciles et gratuits, entre les murs de la chambre : c'étaient des mots qui misaient sur moi. Il y en avait des jaunes, des froids, des qui sentaient la prune mouillée, des qui craquaient comme une noix. Des ordres étaient donnés. L'ambiance était militaire.

La vie était cette chose à quoi il allait falloir se cramponner. Des lieux m'attendaient, des dates sur le calendrier. On sort comme s'ouvre le tulle d'une moustiquaire. On crève un édredon. Jusque-là, le monde ç'avait été moi. Dans quelques instants tout basculerait, tout s'inverserait. Je serais moins important que tout le reste. On se croit unique ; on est superflu.

— Bon, il va sortir oui ! Je n'ai *vraiment* pas que ça à foutre ! s'époumona mon père.

Il n'avait pas complètement tort : je ne pouvais plus rester là-dedans. Je finissais par tourner un peu en rond dans ma mère. L'envie de voir autre chose : des maisons, l'océan, un hypermarché, des ruisseaux sonores, une station-service, des herbes hautes, un petit chien. On y voit mal dans une mère :

autant que dans un étang – on voit comme Borges, comme Œdipe, comme Joyce, comme Daredevil, comme Tirésias, comme Art Tatum, comme Homère, comme Roland Kirk. « Voir ne signifie pas tant que ça, disait Kirk. Quand vous dormez, vous n'avez pas besoin de voir... Ou quand vous mangez. Les seules choses qui ne sont pas permises sont de conduire une voiture ou de piloter un avion. Si je conduisais une voiture, même en voyant, je pourrais renverser des gens. Ça arrive chaque jour. Des avions s'écrasent aussi. »

Je n'avais plus aucun enseignement à tirer de cette vie intra-utérine. C'était une page de mon existence qu'il s'agissait de tourner. Il devenait urgent de changer de cosmogonie. Je sentais l'utérus se déchirer à la manière d'un vieux drap (des grumeaux de placenta cachaient mal un intestin en mauvais état, des vésicules usées se perçaient comme des abcès, se vidant de pus et m'asphyxiant de leurs gaz). Ça sentait le jambon et la sueur. L'œuf pourri dans ma mère. Il était temps que je dégage.

J'espérais finalement que jamais je n'aurais à retourner à l'intérieur de cette mère boueuse, remplie d'algues, ce cloaque de tripes dans lequel on ne voyait goutte. Cette chaleur tropicale. Ces mouvements rotatifs qui portaient à dégobiller. On peut mourir dans une mère. C'est la raison pour laquelle on nous en extirpe : non pas tant pour que nous existions au-dehors, que pour éviter que nous ne périssions au-dedans. L'accouchement est un acte qui nous somme d'aller *mourir ailleurs*.

18

Naître, c'est se faire des ennemis. Très vite, je m'en fis deux pour la vie : le premier était une femme intitulée « maman », le second, un homme appelé « papa ». Ces deux appellations sont ridicules. Nous aurons à les employer sans cesse, même à l'âge de 40 ans (parvenus, le teint de cire, sur la pente sableuse de la mort), puis à les subir en sens inverse, quand nos propres enfants (mordillant leur pointe Bic) nous affublerons de ces immémoriales et mortifères dénominations. J'avais hélas *techniquement* du mal à sortir de ma mère.

— Le salopard ! Il ne veut pas céder ! hurla mon père. Il croit quoi ? Qu'il va passer sa vie dans ma femme ? Nous aurons une petite explication, à la sortie, tout à l'heure, tous les deux. D'homme à homme ! On leur donne *ça* (ponctua-t-il en coupant son avant-bras puis son bras tout entier avec sa main), ils prennent *ça* !

— Ce faisant, vous risquez de le traumatiser, objecta le médecin.

— Un enfant qui ne tremble pas, c'est un enfant qui s'ennuie ! rétorqua mon père.

Note – qui eût sans doute mérité de figurer en bas de page si je n'avais en horreur les notes de bas de page : j'écris négligemment « le médecin » mais mon carnet de santé comporte encore son tampon – Dr Lazare Boule-Touchée. 48 ans en 1968 (il faut le faire ! Avoir 48 ans quand d'autres en ont zéro, c'est assez incroyable… Vous êtes *à peine* sur terre, que vous apprenez que d'autres y sont, non pas depuis dix ou quinze jours, six mois, deux ans, mais depuis pratiquement la moitié d'un siècle. Preuve qu'une forme de vie existait *avant* vous, que des *choses* se sont bel et bien déroulées sur cette planète *avant* que vous n'y mettiez les pieds. Je ne trouvais pas très agréable d'imaginer qu'on avait vécu à l'endroit même où j'allais m'installer, un peu comme une maison qu'on vous vendrait comme neuve, mais dont vous apprenez qu'elle fut habitée depuis toujours, si bien qu'il est difficile de vous en attribuer l'âme, de vous en agréger l'histoire, de vous en approprier le souvenir. Cette sensation que vous avez des prédécesseurs en tout, dont vous n'êtes qu'une réplique aveugle, mécanique, dépourvue de la *moindre* originalité. Tout cela sentait l'arnaque. Surtout, vous vous demandez comment les êtres, pendant toutes ces années, parfois ces centaines et milliers d'années, ont pu supporter de vivre sans vous).

Boule-Touchée (« ancien interne des Hôpitaux de Paris ») était un homme aux traits géométriques. Nez droit, oreilles circulaires, yeux ellipsoïdaux. Ses pieds schématiques, aussi longs que des skis, étaient enfermés dans des chaussures cirées noires. Boule-Touchée n'était pas une figure dressée, mais pliée, mais courbée. Mais voûtée. Au pays des points, il eût été d'interrogation plutôt que d'exclamation. Voyez la sueur sur son front : huileuse. Elle perle. Il luit. Boule-Touchée suinte. Ce n'était pas un homme : heureux. Cravates tachées de sauce ; cols de chemise élimés. Mouchoir à croûtes sèches. Il avait jadis aimé une prostituée canadienne répondant au prénom d'Ursule, et qui s'était suicidée un dimanche de février, à l'aube, derrière un buisson d'aubépine en retrait d'un axe routier où elle nettoyait généralement son sexe entre deux clients. Ursule avait avalé une lame de rasoir. Les différentes causes de son manque d'appétence pour sa propre existence étaient : A) le départ, en juin 1966, de Betty, une lycéenne aux genoux lisses et roux comme des œufs ; B) l'absorption journalière de somnifères ; C) son incapacité à devenir Picasso.

— Dans tous les cas, c'est bien un garçon ! fit remarquer Boule-Touchée.

— Ne m'en parlez pas, soupira mon père. J'ai pourtant pris soin de me pincer la couille droite.

— Vous vouliez une fille ? demanda Boule-Touchée. Vous avez bien pincé le testicule droit, côté foie ?

— Affirmatif ! confirma mon père. Je rêvais d'une petite fille pensive, au front pur ombragé de longs cheveux fauves, aux yeux limpides d'un bleu pâli de pervenche.

— Je ne comprends pas, reprit Boule-Touchée. Il n'est en effet pas illogique de prétendre que les parties droites engendrent les petits mâles et les parties gauches, les petites femelles. Il existe un double principe de la génération des mâles, l'un chez la femelle, c'est la matrice droite, l'autre chez les mâles, c'est le testicule droit. Mais il peut arriver, c'est sans doute le cas dans votre couple, que la matrice de madame Moix, vaincue par la chaleur de votre sperme, ait laissé le fœtus devenir mâle, de femelle qu'il était.

— Vous voulez dire que nous sommes en train de donner naissance à un transsexuel ? blêmit mon père.

De très inhumains hurlements jaillirent à cet instant comme des aspics de la bouche de ma « maman ».

19

Boule-Touchée tirait sur moi comme un forcené. J'étais une balle à extraire de la chair de ma mère. On se serait cru en 14. Boule-Touchée savait ce qu'il était en train de faire : il créait de l'irréversible. Je ne serais plus jamais inexistant. Même si je mourais, là, tout de suite, entre les gros doigts de ses grosses mains, j'aurais eu, fût-ce pour quatre secondes, ma place sur cette putain de terre.

On existe à peine et tout voudrait nous tuer (bactéries, accidents vasculaires ou de la route, virus, maris jaloux). Je ne savais plus à quel saint me vouer : avancer, reculer, régresser, arrêter. Tout déjà était compliqué. La vie est si simple quand on n'existe pas. On ne peut jamais naître du bout des doigts, naître *pour voir*, développer une technique d'approche. Une fois qu'on commence à sortir, qu'on progresse dans l'Être, il n'y a plus aucune souplesse dans le processus, plus la moindre tolérance : on est aussi éloigné du placenta que du ciel étendu. On naît toujours pour la première fois et on naît toujours pour la dernière fois. Tous les cadavres vous le diront : c'est strictement la même chose avec la mort.

Je fis soudain un morceau (un semblant) d'apparition – avant d'être brièvement réenglouti par les cavités matrimoniales.

— Vous avez vu ça ? Quelle horreur ! s'exclama mon père (traits du visage vrillés) tandis que ma mère, crispée et poussant de toutes ses forces, versait des grosses larmes. Et vas-y que je montre mes fesses ! Ce babouin naît par le cul !

— C'est son crâne, infirma Boule-Touchée.

— Eh bien c'est du crâne de cancre, ça, docteur ! Ça c'est sûr que lui, il fera pas médecine ! Ni professeur de mathématiques ! Il a des lobes de littéraire ! se lamenta mon père.

— Son crâne, *a priori*, offre à la région frontale une saillie considérable, fit remarquer Boule-Touchée.

— Je ne comprends pas qu'avec toutes ces techniques modernes, on en vienne à mettre bas semblable demeuré. Nous rêvions d'un enfant prodige ! Et que voici ? Un fanfaron ! Qui nous fait poireauter, qui plus est. Je tiens à préciser que, pour ce qui me concerne, le temps de la patience est terminé. Il faut qu'il sorte, là ! Ou bien je porte plainte contre lui !

J'avais mangé mon pain blanc. Mon âge d'or était derrière moi. Je naissais vaincu.

— Venir au monde n'est pas un dû ! Il faut bien qu'il s'enfonce cela dans le crâne.

— Il est encore un peu jeune pour s'aviser de telles choses, tenta d'expliquer à mon géniteur le docteur Boule-Touchée (une larme de sueur était en train de slalomer sur sa tempe veinulée).

— Tu sais mon bonhomme, m'avertit mon père (il courba sa tête énorme vers ma tête minuscule encore non tout à fait sortie d'entre les jambes ruisselantes de sueur et de sang), des comme toi j'en défèque deux trois dès l'aurore. Tu ne feras pas la loi ! Tu ne me marcheras pas sur les pieds. Docteur, pouvez-vous lui expliquer, vous, qui est le chef, icigo ?

— Désolé, monsieur Moix, mais je m'exécuterai ultérieurement. Je dois pour le moment user de toute ma concentration. L'instant est crucial, la manipulation, périlleuse. Il ne veut point intégralement sortir.

— Je vois le genre, poursuivit mon père. Il veut le beurre et l'argent du beurre ! C'est « je commence tout, je ne finis rien ». Rien de plus détestable. Cela dénote un manque de volonté, de persévérance tout à fait étranger aux us et coutumes de la famille Moix. Il va *tout* gâcher. Il va contaminer la lignée. Il va pourrir notre arbre généalogique. Cela faisait des générations et des générations que tout allait bien, que tout se déroulait à merveille, mousse et pampre, que les Moix avaient fière allure, et voilà le résultat. Tout ça pour *ça*. Quelle guigne. Vraiment ! Mais on va s'expliquer à la sortie.

— Ça ne sert à rien de lui parler, tempéra ma mère. Tu t'épuises en pure perte, doudou. Comment veux-tu qu'il te comprenne ?

— Il comprend très bien, va ! se défendit mon père. Il fait mine de. J'espère que ce morpion n'est pas trop porté sur la tendresse, parce que cela va lui faire tout drôle. Il va avoir un choc à l'atterrissage, je vous prie de me croire !

Puis, de nouveau à mon endroit (les bras serrés l'un sur l'autre, comme un surveillant général en blouse grise ignifugée s'avisant du retard d'un collégien mouillé de sueur) :

— Ne te gêne pas, surtout, prends ton temps. Ta mère et moi n'avons que cela à foutre ! Je puis vous assurer, docteur, que s'il doit un jour plancher, en philosophie, sur la notion de bonheur, ce petit gueulard aura quelques difficultés. Il remettra aux appariteurs la copie blanche du siècle. La joie de vivre est une notion qui relèvera pour lui, je pense, de la pure abstraction. Qui a dit, après tout, que la vie *devait* être une partie de plaisir ?

66

20

Le docteur Boule-Touchée me tirait à présent par l'oreille. Un bout de mon crâne réapparut derechef.

— Vous avez vu ça docteur ? Il a l'air usé ! On dirait qu'il a déjà servi. Il est immonde !

— Sa colonne vertébrale semble présenter deux bosses très marquées. Mais il est encore tôt pour en juger complètement, diagnostiqua Boule-Touchée. Quant à son nez, il apparaît épaté et fort long. Enfin, ses orteils ont l'air d'atteindre des dimensions qui lui font des pieds disproportionnés. Attendons qu'il sorte pour étudier cela de près.

— Dire que ce tire-au-cul s'est nourri à l'œil dans ma femme pendant des mois ! postillonna mon père.

Je respirais de plus en plus mal. J'étais parcouru de fourmillements, comme lorsque tu cours sous une pluie d'aiguilles (ne me dis pas que tu ne cours jamais sous une pluie d'aiguilles !). Un étau m'écrasa les parois du crâne. On voulait m'attraper. On m'écorchait. Je me craquelais. On me saignait. On m'arrachait. On me soustrayait.

J'allais atterrir dans un monde dont je ne pourrais plus m'échapper. On ne s'évade pas du monde comme on s'évade de sa mère. On s'évade de sa mère par la vie ; on s'évade du monde par la mort. Je me trouvais encore dans la grotte de ma mère quand je poussai mes premiers vagissements ; ils rebondirent contre ses parois.

— Je déteste les gens qui naissent en braillant ! lança mon père. Qui croit-il épater ? Il a beau faire le malin, il y en a eu d'autres avant, il y en aura d'autres après ! Quel chiqué ! Ho ! Tu vas arrêter de beugler, dis ?

— Je suis d'accord avec vous, monsieur Moix, dit Boule-Touchée. Je ne saurais trop déconseiller à votre imminent fils de ne pas hurler d'intempestive manière, surtout tant qu'il n'est pas, si j'ose dire, tiré d'affaire. Par leur action mécanique sur le canal thoracique – qui contribue à l'expulsion de lymphocytes du centre à la périphérie – il ne se rend pas compte que ses cris augmentent considérablement le nombre de ses globules blancs. Ce qui, croyez-moi, n'est bon ni pour lui, ni pour la maman.

Ma mère fut alors prise de terribles convulsions. Haletante, elle m'expulsa de quelques supplémentaires centimètres. Il restait encore un gros morceau de viande de moi dedans elle. Elle souffrait comme une damnée, gesticulait comme une possédée. Ce n'était plus un accouchement : c'était un exorcisme.

— Pique-assiette, va ! Parasite. Crevard ! Vautour ! (Vous aurez reconnu la voix de mon père.)

Ma mère poussait, poussait.

— Assisté ! Gauchiste ! (Même remarque.)

Nous étions en mars 1968 ; il s'en fallut de peu que mon paternel ne me traitât de soixante-huitard – une de ses récurrentes insultes tout au long de sa vie. Et tandis que ma mère poussait, mon père me repoussait.

— J'appelais de mes vœux, et ma femme également, un fils concis, un fils *net*. Pas cette chose informe ! Ah docteur, c'est un malheur très grand que de recueillir pareille merde dans une famille honnête et travailleuse ! Regardez cette engeance qui ne veut pas se laisser engendrer. Il transpire le ratage. Il suinte l'échec. Il est déjà tombé dans l'oubli. À peine né ! À peine non-né ! La nature, dans les autres foyers, ne manque pourtant pas d'imagination. Elle sait s'y prendre, elle a plus d'un tour dans son sac. Elle donne tout ce qu'elle peut. Elle fait au mieux. Elle se concentre. Elle qui se surpasse en félicité, en créativité, en grâce, en beauté aussitôt qu'elle en a l'occasion, voici qu'elle se relâche chez nous, qu'elle s'abandonne, qu'elle vient pisser sur mon paillasson. Ce n'est pas juste et ce n'est pas correct.

Ma mère était en larmes – ma mère assassinée. Elle poussait de profonds soupirs. Je lui faisais non seulement regretter d'être mère, mais d'être femme. Lèvres saillantes : entre elles mon alopécique petit crâne avait l'air d'une noix de pécan. Ma mère avait autant peur de mourir que moi de vivre. Elle râlait. Je n'avais aucun endroit où me réfugier : dans la vie, il était trop tôt ; dans la mort, il était trop tard. (Pour l'instant, aucune des deux ne voulait de moi.) Je me débattais. Je soubresautais. « Maman » était abolie, déchirée, vieillie, crevée comme une baudruche, en sang, en nage, en eau. Ses yeux, gros comme des œufs de toucan, se fissuraient de nervures rougeâtres semblables à celles qui, lorsque l'automne est définitif et roux, décorent les feuilles suicidées. Son haleine était chargée (méphite ammoniacale, soufre). Son souffle eût à Verdun connu un succès comparable à l'ypérite.

— À l'assassin ! Il va la tuer ! s'égosilla mon père. Ce salaud va tuer ma femme ! Docteur, faites quelque chose. Il faut prévenir la police ! Si mon épouse meurt et qu'il s'en sort, je le fais coffrer. Ma femme n'est pas une machine à produire du fils ! Toute cette gymnastique pour un trou du cul pareil ! On marche littéralement sur la tête !

21

Vous devez vous demander comment je fais pour me souvenir de tout cela. C'est très naturel. « Tant il est vrai, comme on le dit, que ce qu'on apprend dans l'enfance reste merveilleusement dans la mémoire ! Pour moi, en effet, ce que j'ai entendu hier, je ne sais si je serais capable de me le remettre entièrement en mémoire ; ce récit au contraire, que j'ai entendu il y a si longtemps, je serais tout à fait surpris si quelque chose m'en eût échappé » (Platon, *Timée*).

— Je n'en peux plus docteur, gémit ma mère. C'est un supplice ! Une torture, que m'inflige cet enfant.

— Ne vous faites pas de mauvais sang, madame Moix, la pria Boule-Touchée. Ce serait mauvais pour la suite : le sang, après avoir nourri l'utérus, se rend aux mamelles y recevant la qualité du lait que vous dispenserez à votre enfant.

— C'est une bête sauvage... sanglota ma mère. Que lui ai-je donc fait ?

— Ça va aller, ça va aller, répondit Boule-Touchée concentré mais inquiet. Il y a tout simplement eu excessive accumulation de pneuma dans l'utérus. C'est la première fois que vous accouchez, madame ?

— C'est surtout la dernière ! grimaça ma mère.

— Votre pneuma tourne, comme lion en cage. Cela se manifeste par un prolapsus utérin. Une descente de l'utérus si vous préférez. Il est descendu chez vous jusqu'à la vulve. J'ai déjà vu cela. C'est répertorié. C'est ce qui contrarie la sortie de votre petit. En outre, j'observe un dysfonctionnement – bénin je vous rassure – de vos séminaux conduits. Ceux-ci se jetant dans la vessie, il faudra craindre une infection urinaire.

— Pourquoi toute cette rage ? Toute cette rancœur ? pleurnicha ma mère.

— Excusez-moi de vous poser cette question maintenant, monsieur et madame Moix, osa Boule-Touchée, mais avez-vous souvent eu des rapports sexuels pendant que madame Moix avait ses religieuses ?

— Non. Pas vraiment. Pas notamment. Pas sciemment. Pas souvent, répondit mon père.

— Vous m'en voyez rassuré, fit le médecin. C'est une période chez la femme où celle-ci est porteuse de mort.

— Est-ce que j'enfanterais un Alexandre ? beugla ma mère. Dites-moi... Un César ? Un Himmler ? Un Attila ? Un Hitler ? Un Gengis Khan ? Un Staline ? Je vis un cauchemar ! C'est la campagne de Russie dedans moi ! Il me mutile les intérieurs.

— Et avez-vous beaucoup coïté pendant la grossesse ? s'enquit encore Boule-Touchée.

— Heu… hésita mon père.

— Oui, docteur, oui ! Nous n'avons pas arrêté. Je vivais sous la menace que mon mari aille voir ailleurs.

— Et alors ? s'insurgea mon père. C'est grave ? Je suis un chaud de la frite. Je l'avoue volontiers.

— Pour éviter d'avoir à détruire le produit d'une conception, il vaut beaucoup mieux ne pas concevoir, expliqua Boule-Touchée.

— Tu vois ? Je te l'avais dit ! lança ma mère à mon père. J'en étais sûre.

Et elle se mit à pleurer de plus belle.

— Attends, pucette, oh ! Relativisons, relativisa mon père. Tu n'es pas la dernière pour manger la soupe à la quéquette.

— À titre personnel, reprit Boule-Touchée, quand mon épouse est gravide – j'ai six fils : Hugon, Genséric, Wibertus, Conon, Trithème et Vicelin, et deux filles : Volmar et Jutta – je m'abstiens. Je crains toujours que l'embryon soit souillé par la semence superflue. Cela ne doit pas être simplement empêché par violence mais en toute droiture – non pour des raisons strictement médicales, cliniques, biologiques, physiologiques, mais pour l'amour des enfants. L'humaine génération est établie pour procéder à l'œuvre de la procréation en toute honnêteté. Aussi, dans cette situation, je préconise l'abstinence périodique ou le *coïtus interruptus*. Vous pouvez également avoir recours aux tampons vaginaux imprégnés de jus de moules marines, de mayonnaise de homard, de poudre de champignons, de beurre d'estragon, d'un peu de godiveau-ciboulette, voire de ballottine de faisan à la gelée – les merlans en lorgnette sont possibles, mais pochés – dans ce cas, roulez-les en paupiettes. Les meilleurs résultats semblent obtenus toutefois par recours à l'éternuement volontaire. L'exécution de mouvements saccadés violents reste aussi possible, bien que je déconseille les sports de combat.

— Je vous préviens docteur, si c'est moi qui vais le cher-cher, ça va faire mal. Si elle meurt, je le tue ! paniqua mon père

— Calmez-vous, je vous en conjure, implora de nouveau Boule-Touchée (qui envisagea à cet instant de placer une poire d'angoisse dans la bouche maternelle).

— Je n'aime pas *du tout* sa façon de naître, ne se calma pas mon père. Depuis tout à l'heure il me cherche. Il me cherche, je vous dis ! Il me défie. Eh bien, il va me trouver. Il va recevoir une de ces daudées ! Regardez-moi cette arro-gance. Cette suffisance ! Ce temps qu'il met à sortir. Cela fait *neuf mois* qu'il se peaufine dans son bunker, à jouer les bernard-l'ermite ! Vous ne trouvez pas que cela sent le tirage-au-flanc ? Ces gens de gauche. Tous les mêmes ! Il a fallu que j'engendre un hippie. Un gauchiste. Un anarchiste. Un étudiant des Beaux-Arts. Un auto-stoppeur. Il faut toujours que les gens abusent, profitent du système. Cette manière de se croire au-dessus des autres. Au-dessus des lois ! Dès sa sortie c'est mon pied dans le foirpette ! Il n'est pas encore complètement né, pas encore totalement fils, que je l'ai déjà dans le collimateur. Heureusement, dans cent ans, dans mille ans, tout ça sera balayé. Regardez cette atroce tête !

— Je ne la vois que trop bien, monsieur Moix ! confirma Boule-Touchée. Et je partage votre avis. Il devient mani-feste que celui qui est en passe de devenir votre fils arbore une désinvolture affichée. Cet enfançon ne fait aucun effort pour naître. Tentez néanmoins de vous maîtriser. En pareille situation, l'énervement ne mène à rien, l'agitation ne fait qu'ajouter à la confusion.

— Le docteur a raison ! Calme-toi, mon cœur, borbo-rygma ma mère. J'ai déjà tellement mal. Je suis une mère martyre.

— Mais c'est *lui* qui a commencé ! s'insurgea mon père en me désignant du doigt. Il me provoque ! Il me manque de respect !

— Par pitié, docteur, implora ma mère, débarrassez-moi une bonne fois pour toutes de ce corps étranger qui me triture les intestins, me griffe l'utérus et me ravage les reins !

— Votre fils glisse, madame Moix. C'est un nourrisson qui offre peu de prise. En sus, sa tête est particulièrement molle. Je crains qu'en forçant davantage, cela n'entraîne d'irréversibles dommages.

— On s'en tape ! trancha mon père. Cette petite comédie n'a que trop duré. Allons-y pour les dommages ! Allons-y pour l'irréversible !

Toujours semi-bloqué dans ma mère (je n'en étais pas encore au thorax), j'envoyai une salve de hurlements dignes d'un chacal abusé par une armada de quadrumanes. Les veines frontales de mon père se gonflèrent de sang. Il devint rouge comme en banlieue de Leeds la brique misérable des maisonnées de supporters (ils promènent dans la brume grise et oscillante les morceaux de chair de leurs corps précaires, l'avenir ravagé par les respirations de colle à rustine et le chicot noir pendouillant aux gencives). Son cou montrait des artères en pleine pulsation : boyaux de buffle énervé avant la charge. La haine à mon égard prit définitivement place en lui, comme une bille dans son escarcelle de bois. Il s'approcha très près de moi, se confondant avec sa matière sonore et manqua me crever le tympan gauche qui, l'invective achevée, ruissela d'un sang noir et brûlant, de ce sang qui répand sa lave irradiante et nerveuse sur l'île de Stromboli après que les divinités volcaniques ont craché à la figure des cieux la bile cuivrée des tréfonds de la terre.

23

— C'est une manière de naître, ça ? éructa mon père. C'est une manière de naître, dis ?

— Moins fort, se plaignit ma mère. Tu vas me rendre sourde !

— Pardon, mon ange. C'est que je n'appelle pas ça naître. J'appelle ça se donner en spectacle !

— J'aurais préféré, je vous l'avoue, n'avoir pas à contribuer à cette naissance, finit par lâcher le docteur Boule-Touchée, empêtré (à la manière d'un joueur de mikado atteint de Parkinson) dans des mouvements qui échouaient toujours à m'arracher aux bas-fonds de ma mère. L'animal est coriace... Une gillardeau sur son rocher.

— À la maison, expliqua mon père, nous étions six frères – Macaire, Badoul, Angilbert, Odule, Chilpéric et moi – et trois sœurs – Pulchérie, Radégonde et Léocadie. *Jamais* nous ne nous serions permis de naître en faisant tant de difficultés. *Jamais* papa et maman n'eussent toléré tel manque de savoir-naître !

— Aïe ! cria ma mère.

— Pardon, madame Moix ! balbutia Boule-Touchée. Je crois que je vais tenter une césarienne. Ce bébé est pire qu'un goujon. Il me danse entre les pattes. Impossible de s'en saisir. En outre, je n'ai point beaucoup d'ongles.

Au mot de *césarienne*, on eût dit qu'une bombe nucléaire venait d'exploser. Peu porté sur les modalités techniques, je ne fus pas effrayé par la décision en elle-même : mais s'installa dans la chambre une atmosphère de panique. Le terme *césarienne* est fort étrange, qui fait s'inviter César en des mésaventures bien éloignées de ses excessives conquêtes et de son ininterrompue gloire. Peut-être fallait-il plutôt y voir un hommage à la littérature de Pagnol – que je n'avais pas encore lue.

J'allais naître dans un monde qui contenait *physiquement* Fernandel. Fernandel, croisé de jument de labour et de ouistiti frénétique, possédait une mâchoire au râtelier de gencives saillantes et hautes qui, se soulevant à la manière des mers retroussées, permettait des sourires gargantuesques. Fernand perdu dans le romarin, roulant son accent, sa bosse de bossu, Fernand luzerne et lavande, en marin, tricot de peau à galurins, Fernand cravate et Fernand chasuble.

— Une césarienne pour *ça* ? se scandalisa mon père. Pardonnez-moi docteur, mais c'est donner de la confiture à un porcinet ! Moi, je suis né sans sophistications particulières ! Je suis né à la main. À l'époque, on naissait avec les moyens du bord. Avec sa bite et son couteau. Sa bite pour concevoir l'intéressé, le couteau pour trancher le cordon. Le reste, on s'en passait très bien. Ce sont des fioritures. Des manières. Le progrès, je suis contre ! Le monde va à rebours, croyez-moi. Nous en avons la cinglante démonstration avec la venue de ce dégénéré nabot.

— L'époque a changé, monsieur Moix, le raisonna Boule-Touchée. Et puis, il en va de la vie de votre épouse.

— Faisons comme le docteur dit ! Mais vite ! craqua ma mère.

— Ah, il la savoure sa victoire ! Sa césarienne ! La céésââârienne de môssieur est avancée ! Il s'imagine au Festival de Cannes. Je ne changerai pas d'avis à son sujet ! C'est un *personnage*. Un *personnage* ! renchérit mon père en appuyant exagérément sur le *per* de *personnage*.

Une infirmière fit son entrée pour assister le docteur Boule-Touchée. Son visage m'apparaît, dans le repli des années, pareil à celui d'une figurine de cire ou d'une boule de naphtaline. Elle dégageait une odeur forte, javellisée, de sueur et m'apparaissait oblique dans la lumière bleu benzène ; je perçois, aujourd'hui encore, la pulsation blanche de sa spectrale présence – si elle me lit quarante ans après, au lieu que d'être morte, enterrée sous un bousier horizontal et fleuri, je la salue, je baise sa luisante main.

— Un *personnage* ! poursuivit mon père. Un pacha, mademoiselle ! Voilà ce que c'est. Un décontracté qui décide de naître à l'américaine, par césarienne, les mains dans les poches, *cool*. Monsieur naît *cool*. Sa mère et moi nous faisons un sang d'encre, mais non, lui, il relativise, il a confiance en son destin, c'est le grand confort ! C'est César ! Mesdames, messieurs, voici l'Empereur ! César pénètre dans Rome. Pour un peu il exigerait l'accouchement en piscine. Ou dans un jacuzzi ! Sous Schumann. Sous Bach ! Sous Lully !

— Tu n'as pas tort, mon chou, gémit ma mère. Mais la douleur est intenable. Docteur, croyez-vous qu'il y en ait encore pour longtemps ? Je me sens calancher... Vous êtes sûr que ce n'est point un rat que j'ai dans le bidon ?

— Ça va aller, madame Moix, sourit artificiellement Boule-Touchée. Cette fois c'est la bonne...

— Oui, eh bien j'irai quand même, par loisir, jeter un œil sur votre *curriculum vitæ*, cher ami, avertit mon père. Certes, vous m'êtes sympathique, je suis témoin des constants efforts et de l'application entêtée que vous mettez à la tâche. Mais il semble que vous ne soyez pas nécessairement le plus doué pour venir à bout de cette affaire.

— Comme vous voudrez, répliqua Boule-Touchée. Sachez que je fais de mon mieux. La mauvaise volonté de votre progéniture à venir au monde va s'accentuant. Je me vois dans l'obligation de pratiquer une *double* césarienne.

À ces mots, ma mère manqua de s'évanouir.

— Madame Moix ! Madame Moix ! hurla Boule-Touchée, paniqué, tandis que l'infirmière l'aidait à la gifler.

24

— Personne, je dis bien *personne*, tambourina mon père, ne nous a jamais posé autant de problèmes !

Il fallait se rendre à l'évidence : ma naissance ne serait jamais comprise de mon vivant. Je me raccrochai pour survivre à l'idée que je naissais pour l'avenir. Je naissais pour des raisons posthumes.

Perdu pour perdu dans cette *contemporanéité* (pour utiliser, non sans cuistrerie, le vocabulaire des diplômés chevelus que le temps viendrait métamorphoser en vieilles chenilles chauves et déguenillées draguant les écolières nubiles) qui m'était instantanément hostile, je relâchais la tension, traitant ma venue au monde avec la liberté suprême du *serial killer* portoricain attendant son aube définitive dans quelque texan couloir de la mort. Au milieu plasmatique du placenta il faudrait, dans quelques secondes maintenant, confronter la texture, abrasive, d'une réalité nouvelle.

— Ça y est ! Je crois qu'on tient le bon bout, s'exclama Boule-Touchée. Il ne peut plus nous échapper.

La lumière me parvenait par giclées ; le jour me rinçait. Dégradés de mauve, orange radiations. Je cesserais d'être un pur élément plongé dans le flot des ventres, entre estomac et poumons, pour prendre ma place dans le temps. J'allais, comme vous, voyager dans les années. Comme les morts avant moi, comme les vivants après.

J'étais fait comme un rat. On croit toujours que l'étymologie du rat provient des caves, des douves bordées d'eau rousse et croupie, des catacombes, des couloirs souterrains saturés de détritus : le rat vient du ratage, de ce que tu rates, et de ce que tu ratures. Je naissais raté. Le rat reste forclos dans sa géodésie, son studio, ses deux trois femmes parcourues. La queue du rat, violette et ridée, est immobile vermiceau aussitôt qu'on la tranche. Une machette fait l'affaire. La bête, aussi dangereuse que craintive, frôle dans l'obscurité des berges quelques ajoncs que le vent ploie. Sur le fleuve noir et froid, cette Loire emmêlée de courants qui se contredisent et se combattent, flottent des silhouettes de décédées sorcières qui sont en vérité des troncs. Saisi par le typhus, qui le traverse sans le gêner, transportant sans ciller la future maladie des hommes, le rat s'agite dans les hautes herbes et les crânes de pierre, aux aguets sous la même lune, dans le giron puant des égouts. De légers cliquetis d'eau (*chlik ! chlik !*) trahissent sa présence. Si tu le croises, il est aussi désarmé que toi, plonge aussitôt dans l'abîme velu des berges polluées de canettes, de pourritures, de capotes. Un giclement flaqué le rend à son gouffre liquide, il quitte le vénéneux rivage et continue à la nage, ligne droite sur clapotis, regagnant sur l'autre rive les entrepôts désaffectés d'une usine de pneus. Est rat l'homme qui sombre en sommeil à fond de cale, dans l'abruti roulis des jours. Est rat celui qui ne détonne pas, marine dans ses acides, ne se modifie pas. Si mes mouvements restent ici, cloués sur la même place inchangée, je me suiciderai sans peine. On s'habitue davantage à l'idée de mourir qu'à celle de quitter son appartement.

Depuis un an, je ne sors plus du mien – ce livre à écrire, que tu tiens entre tes mains. Les jours sont enfermés en mes murs. Ils ne peuvent plus s'échapper. Chaque heure vient grésiller sur moi, se carbonise phosphorescente tel le moustique sur la lampe à rayons ultraviolets. Le temps grille là sur place. Brasillement des saisons. La nature, « dehors », à mon insu se déploie. Derrière mes aveugles volets, implacablement clos, le soleil entoure de ses brûlants bras des femmes tellement légères qu'elles s'envolent dans le ciel d'été. Le printemps finissant aura coloré les choses, nuancé les feuillages.

Quand arrive l'été, la plus sinistre des saisons, « Yann Moix » se sent basculer dans une baignoire de goudron, de merde, une très géante cuve formant rectangle noir. Les reflets d'or luisant sur la Seine, ils éblouissent. L'air ultrableu, bouffi par une gaieté très éloignée des prémices de la mort, ne me nargue pas : résilié, le contrat qui me liait abusivement avec toute excessive forme de bonheur. C'est dans l'ennui que s'écrira ma vie, un ennui bâti sur mesure, avec ses îlots pleins de souvenirs, ses lagunes trempées de remords et ses petites églises où ma mémoire se déroule comme une prière. La solitude n'est pas cette punition qu'ont définie les hommes pressés, inintéressants, pour fuir la perspective de n'avoir qu'eux-mêmes à contempler. Elle est une crevasse dans l'espace et le temps, une déchirure dans nos vitesses où, arrogance abolie, valises posées, se crée la possibilité dérisoire et vitale de se proposer comme rempart à la débilité du monde.

Monde auquel, en ce dimanche 31 mars 1968 (ciel violacé, nuages flasques), j'allais devoir m'arrimer – que cela me plût ou non. Aucun cri de révolte ne pouvait rien y faire. Je répétais inlassablement les mêmes accords monotones, stridents, accroissant leur puissance et la furie de mon père. Combien d'entre nous accepteraient-ils de naître s'ils connaissaient leurs parents ?

25

Il fait froid outre-mère. Le froid est fourni avec la vie. C'est toujours l'hiver quand on naît. Au fond, la naissance et la mort sont les deux moments les plus intéressants de la vie. Entre les deux, on s'interroge sur la naissance et on s'inquiète de la mort. Mais la naissance, ce n'est pas naître, et la mort, ce n'est pas mourir. On naît et on meurt à chaque instant de la vie.

Comme il y a des hommes du naître, il y a des hommes du mourir. La vie humaine vacille entre les deux, étourdie.

Une existence est toujours inférieure à la vie. L'existence est compliquée mais la vie est simple. La vie regarde passer les existences comme des trains. Elle assiste à la production perpétuelle d'hommes qui succèdent à des hommes.

Je tentais de me faire oublier du plus que je le pouvais, de me soustraire au maximum de la réalité, mais *rien* n'y faisait. J'étais trop voyant, et bien que j'eusse voulu être invisible et qu'on m'oubliât, tout tournait autour de ma personne, les choses me forçaient à avoir de l'importance et à monopoliser, en cette minute et dans cette chambre, tout l'intérêt mondial disponible. Mes parents ne me pardonneraient jamais d'avoir à ce point été contraints de s'intéresser à moi, fût-ce sur une aussi brève période.

— C'est le centre du monde, ma parole ! Il n'y en a que pour lui ! se fâcha mon père qui aurait préféré que je montre davantage d'humilité dans l'apparition, que je compense l'importance de l'événement en courbant infiniment l'échine.

— Il s'accroche comme un morpion ! s'énerva le docteur Boule-Touchée, fouetté au visage par une giclée de sang.

— C'est une bête humaine ! surenchérit mon père tandis que ma mère, blanche comme un suaire, poussait, poussait, poussait encore. Poussait non tant pour me donner la vie que pour reprendre enfin le cours de la sienne.

Aux nouveau-nés de l'avenir, j'avais envie de crier : ne naissez pas ! Mais ils ne m'eussent point écouté, tant chacun de nous commence toujours sa vie en se persuadant que son existence est plus principale et plus vitale que celle des autres, plus légitime et plus importante que toutes les autres vies venues avant dans toute l'histoire de l'humanité.

— Je ne sais pas ce qui me dégoûte le plus, grommela mon père : que ce soit une bête ou qu'elle soit vivante.

Une bonne moitié de ma tête pointait à présent. Je hurlais.

— Tu comprends quelque chose à ce qu'il raconte, toi ? demanda mon père à ma mère.

— Aïe ! eut ma mère pour toute réponse.

— Le cauchemar touche à sa fin, madame Moix, affirma Boule-Touchée. Ça va aller !

— Il faudrait savoir si c'est un cauchemar ou si ça va aller, répliqua mon père du tac au tac. Il y a comme qui dirait contradiction entre les deux énoncés. De plus, je ne sais pas pour vous, mais je ne comprends personnellement *rien* à ce qu'il nous gueule. C'est du baragouinage. On m'avait dit « tu vas voir, une naissance c'est très émouvant » et je réponds : c'est faux. Même s'il sort intact, ce n'est certainement pas ce misérable ce misérable bonobo qui va me faire y aller de ma petite larme.

— Une naissance est généralement un des plus beaux moments de la vie d'un homme, fit remarquer Boule-Touchée. Mais j'avoue que là, je suis très partagé.

— Il n'est guère coopératif, admit l'infirmière, qu'on n'avait point entendue jusqu'ici.

— Il nous prend vraiment pour des imbéciles, ne put s'empêcher de ponctuer mon père.

— Et pour ses larbins ! ajouta, épuisée, l'infirmière.

26

Elle était rousse et dotée d'une poitrine que des dizaines, des centaines d'hommes avaient dû utiliser, pétrir, gifler – mordiller. Les hommes qui étaient sortis avec elle étaient en réalité sortis avec ses deux seins oblongs et lourds. Une fois en sa compagnie, ils savaient, tous autant qu'ils furent, que ses seins seraient disponibles et accommodants. Ils pourraient alors les exploiter tout à leur aise. Ces seins, ils en avaient rêvé, les avaient voulus et à présent les obtenaient. De quelle possession s'agissait-il vraiment ? Que peut-on *réellement* faire de deux obus devenus nôtres à satiété ? Ces

hommes concentrés de longue date sur la poitrine extraordinaire de l'infirmière avaient cru, suite à maints malaxages
et autres frénésies salivaires, atteindre leur objet. Mais cette
matière molle et chaude, régressive et rassurante, une fois
rendue à l'objectivité d'une érection, n'exprimait plus de
réalité tangible. Les seins, une fois exploités jusqu'à la morsure, n'étaient plus tout à fait des seins. Une fois consommés
comme purs produits d'excitation, ils regagnaient sagement
leur biologique affectation, en compagnie des aisselles, des
vésicules et de tout le reste.

Une fois advenue l'éjaculation, nous comprenons moins
nettement l'obsessive quintessence de la glande mammaire,
reléguée à sa moche pesanteur, à sa chair utilitaire, à sa
clinique omniprésence sur l'organisme féminin, à son apparence incongrue, hors sujet soudain, avec les boîtes à fantasmes où nous allons – non sans puérilité – chercher un
vital hochet de jouissance. Nous voudrions croire qu'en tant
que tel, dans son abstraction semblable au mollusque, en sa
morne gratuité physiologique, le sein soit excitant de toute
évidence, de toute éternité : tentez d'en poser un spécimen
sur votre bureau, arraché à son port d'attache, déconnecté de
la femme qui le possède et isolé de son frère jumeau, ou sur
le rebord d'un évier jouxtant un faisan mort et un couteau
de boucher : pas la plus petite érection ne viendra entériner
le pouvoir animal, furieux, de cette protubérance renvoyée
à sa laitière fonctionnalité, parfois territoire privilégié de
malignes tumeurs.

Nous cherchons trop ailleurs les raisons de l'amour : le
génome humain, aveugle et réglé, photocopie l'espèce et
la mène aussi loin qu'elle peut. Les chansons douces, une
déclaration d'amour à l'abri d'un tilleul sont les émanations,
scientifiquement attestées, d'un entêtement des êtres à se
procurer de l'avenir, à s'imprégner dans le futur, à ne jamais
décrocher des choses. L'espèce ne se repose jamais. Pas un

seul instant d'inattention : elle est terrible dans sa volonté, folle de survie, cramponnée au Vouloir-être.

Danse, camarade, mais n'oublie pas que le corps qui sera toupie entre tes doigts, et dont le visage ne manquera point de te sourire, t'est adressé par une nécessité transcendante, une universelle obsession dont tu n'es, armé de ta queue frétillante et de ton verre de gin-tonic, qu'un piteux maillon. Déjà ta cavalière, dressée par l'instinct, a reconnu à quatorze centimètres de toi un géniteur plus sain, un père plus prometteur, un torse davantage propice à la sécurité, à la survie. *Amen.*

27

— Je suis allé jeter un coup d'œil aux nouveau-nés des chambres voisines et franchement, c'est autre chose ! *Ça,* c'est du nouveau-né ! s'exclama mon père, les poings posés sur les hanches. Les autres nourrissons sont autrement plus agréables que notre vermisseau. Plus évolués, nettement plus passionnants que cette tête de buse !

— Occupe-toi plutôt de ce qui se passe ici ! s'insurgea ma mère, à bout. C'est *ici* que ça se passe ! Il faut toujours, docteur, que mon mari s'occupe de la copie du voisin.

C'est que je n'avais pas encore totalement été délivré d'elle. On en était à peu près aux deux tiers.

— Je te demande pardon, s'inclina mon père. Mais si tu voyais les chambres voisines. Ce sont de vrais enfants, avec tout l'avenir de l'homme dedans. Ce sont de vraies espérances pour leur famille et pour la société. Je te conseille d'aller y faire un tour aussitôt que tu auras mis bas. Tu sentiras la différence avec ce qui nous guette. Tu verras le genre humain renaître de ses cendres, la nation se perpétuer. Le renouvellement de l'humanité dans sa fleur ! Tu rencontreras, juste à côté, là, à quelques mètres seulement, dans ce même couloir, d'aimables créatures gentiment endormies sur leur heureuse maman, créatures dont la candeur, la naïve simplicité, la confiante docilité m'ont arraché – je le concède – quelques larmes, ont gagné mon affection, faisant naître des présages aussi heureux que le nôtre est malheureux. Moi qui suis aussi athée qu'un macaque, j'ai cru y déceler la bénédiction de Dieu et le dépôt du ciel ! Oh les belles âmes innocentes et langées, dont les passions n'ont point encore troublé le paisible sommeil, dont la droiture n'a point encore été altérée par les enchantements du mensonge et les illusions de la société ! *(Un temps)* Tu ne trouves pas que cela empeste ? Ça sent la charogne… Cette odeur de loutre éventrée, docteur, serait-elle *sienne* ?

— Non, rassura Boule-Touchée, très concentré sur son travail.

C'est qu'à l'étage juste au-dessous de ma naissance, on disséquait force cadavres. Une odeur pestilentielle envahissait l'espace. Je naissais sur des morts. De grosses mouches vertes remontaient des sous-sols. J'avais plus peur de la vie que je n'avais peur de la mort. Comme les macchabées, j'étais tout nu. Pour eux, il était trop tard pour ne pas mourir. Pour moi, il était trop tard pour ne pas vivre. Je trouvais la vie comme eux avaient trouvé la mort. J'allais devoir finir seul ce que mes parents avaient commencé sans moi : ma vie. Les morts et les nouveau-nés ont en commun l'impossibilité de se suicider. Je courais vers une vie promise. L'abolition de la peine de vie n'est toujours pas inventée. On empêche des êtres de venir au monde, qui l'eussent pourtant désiré de toutes leurs forces ; parallèlement l'on fait tout pour que des naissances soient réalisées, dont les principaux concernés, s'ils eussent été concertés, eussent opposé une fin de non-recevoir à la proposition d'exister.

— Prends-moi la main, mon loup, ânonna ma mère. Ce supplice n'en finit pas.

Mon père s'exécuta ; il prit la main de ma mère dans la sienne. C'était une main sèche comme du bois, une main qui voudrait tôt ou tard régner en maître et s'abattre sur moi. Main aux doigts écartés pour s'acquitter, avec art et perfection, des fessées qui patientaient sagement dans mon futur encore neuf, mais déjà saturé de désespoirs. Main qui travaillait toute la semaine, se crispait sur le volant des automobiles, signait quelques chèques mais surtout serait main en chef pour toute la gestion des sévices et des raclées, des baffes et des roustes, des tannées et des soufflets, des hématomes et des contusions, des représailles et des corrections, des rectificatifs et des explications, des règlements de comptes et des éducations.

J'avais la tête orientée en direction du plafond. Les visages m'apparaissaient inversés. Ces gueules de mon père, du docteur Boule-Touchée et de l'infirmière, sauvages, géantes, formaient un tourbillon de chairs et de grimaces qu'il m'était impossible de trier, d'isoler, d'étudier tranquillement comme j'eusse pu le faire, confortablement installé à mon bureau, leurs photos sous les yeux.

— J'y suis presque… se crispa Boule-Touchée.

— Docteur, j'en ai assez de vos « presque », le reprit mon père. Je n'aime pas le « presque », voyez-vous. L'univers flou lâche facile inabouti, du « presque ». Cette notion ne s'applique qu'aux ratés. Si vous réussissez *presque*, c'est que vous échouez, non ? Êtes-vous, vous, *presque* né ? Seriez-vous par hasard *presque* médecin ? Connaissez-vous des gens qui se sont *presque* dit « oui » et qui, sortant *presque* de l'église, étaient *presque* mariés ? Ces mêmes gens qui eurent *presque* beaucoup d'enfants et vécurent *presque* heureux. En effet, cela je vous l'accorde, on peut dire que *presque* tout le monde est malheureux, mais on ne peut pas dire que tout le monde est *presque* malheureux. Je vous assure que dans cinq minutes, s'il n'est pas né, ma femme avortera !

— Impossible. Ce n'est pas légal, avertit Boule-Touchée.

— Ce serait assimilé à un assassinat, précisa l'infirmière.

— Je suis prêt à le commettre, décréta mon père.

Mon père était rasé, ses cernes étaient creusés de mauve. De ce mauve malade, souligné, qui donne à l'épuisement ce paraphe morbide, quelque peu complaisant, qu'on rencontre en fin de film chez Visconti, lorsque le personnage principal perçoit, front luisant et scansion hachée, les nuées de poussière noires qui le réclament, indiquant sur Verdi qu'a sonné l'heure de prendre possession des poussières. Il arborait le regard d'un évasif assassin. L'allure fripée d'un macaque – les singes sont de nature à me plaire, l'anus violet suspendu dans les feuillages, sans vêtement, gencives soulevées dans un ricanement gratuit, grattés jusqu'à la couenne.

La bouche à l'envers de mon père, grande ouverte, laissait passer des jurons sonores qui m'assommaient comme des poings. Celle du docteur Boule-Touchée, tout aussi retournée et tout aussi ouverte, laissant apparaître des dents taillées en scie, disposées en double rangée, me donna l'impression que la chambre était infestée de requins.

28

— Pourquoi n'avez-vous pas pris plus de temps pour en faire un mieux, un plus élaboré ? demanda le docteur Boule-Touchée sans qu'on pût relever dans cette question (malgré toutes les recherches entreprises depuis par mes exégètes) la moindre trace d'humour.

— Bonne question, docteur ! répondit ma mère. Mon mari est sans arrêt en train de courir. De donner ses cours, de corriger les examens, de faire partie de tous les jurys de tous les concours. De diriger les thèses de tout le monde… En particulier de ses jolies étudiantes !

— Il suffit, trancha mon père. Je veux bien t'apporter mon soutien dans l'épreuve que tu traverses, mon amour, car cette épreuve m'engage aussi personnellement pour les décennies qui viennent – encore que des idées précises commencent à germer dans mon esprit afin de me débarrasser au plus vite de cette vermine –, mais si tu m'attaques aussi bassement, je me verrai dans l'obligation de douter du lien organique qui m'unit à l'étron humain qui me regarde de travers depuis tout à l'heure d'une façon qui n'est pas convenable. Même si je n'ai *aucune* inclination à devenir son père, cette manière qu'il a de mettre en cause mon autorité paternelle est inadmissible, est indigne. Est inimaginable. Est insupportable ! Est infamante. Est humiliante ! Est blessante. Est inélégante. Est rabaissante. Est scandaleuse.

— Pardon, mon chéri ! soupira ma mère. Mais comprends que je sois à bout. Je préférerais être morte que d'avoir à revivre une seule fois dans ma désormais maudite existence ce que présentement j'endure.

— Moi qui n'ai pas d'enfant, déclara l'infirmière à seins, je peux vous dire que le spectacle que j'ai sous les yeux – et plus particulièrement le comportement de son principal protagoniste – me dégoûte à jamais de faire la plus petite tentative d'être mère.

Deux pinces de crabe continuaient de me compresser le crâne en ce jour de pluie battante qui, si j'étais mort quelques heures après que d'être né, n'eût pu me laisser la moindre chance de deviner la moindre existence du moindre soleil dans le moindre univers.

— Il est mal tombé, l'animal, c'est moi qui vous le dis ! soliloquait mon père

Quelques secondes encore auparavant, j'opérais dans le néant maternel de longs mouvements lents et tournants, j'étais sous-marin. Je n'avais pratiquement plus pied dans ma mère. Je ne faisais plus qu'y tremper. J'étais aérien du haut, aquatique du bas. Je sentis des cahotages, des cahotements, des cahots. J'essayai d'ouvrir les yeux : mes paupières étaient cousues.

Le temps commençait à devenir plus dense, la réalité à se charger de motifs compliqués, variés, ce qui changeait du tout au tout de l'habitation que je quittais, moelleuse, où tout s'écoulait de manière uniforme, isotrope, éternelle. Le temps n'existe pas à l'intérieur des mères. Dans la cellule amniotique, des harmonies bulbeuses battaient un tempo infiniment ralenti. Des bruissements sourds m'endormaient. Les choses étaient mouvantes et simples.

— Tu as vu les clichés ? C'est un monstre ! Ce type ne mettra pas les pieds chez moi. Nous ne sommes pas l'Armée du Salut ! Il fait son petit intéressant, là, avec sa naissance, mais je puis vous assurer, docteur (et pendant que mon père éructait Boule-Touchée se concentrait pour me faire sortir de ma mère qui ne m'eût pas supporté en elle un jour, une heure, une minute, une seconde de plus), que sa naissance n'intéresse que lui. Que lui !

— Je m'en veux tellement d'avoir cédé à ton désir, lança ma mère à mon père qui, un instant, resta interdit. Voilà où nous mènent tes pulsions sexuelles !

— Ne commence pas à être malhonnête, ma chérie, se défendit mon père. Tu étais partie prenante dans ce projet d'avoir un enfant.

— J'en conviens, reconnut ma mère. Mais quand j'entrevois le résultat, la maternité ne m'agrée plus. Rien qu'à l'idée de savoir que cette chose a le même sang que le mien, mes vertiges me reprennent.

— Je te concède, mon amour, que cette production commune ne restera pas dans les mémoires comme relevant du chef-d'œuvre. Et crois bien que je suis particulièrement solidaire de toi. Je partage le même effroi que toi, le même dégoût nourri que toi. Et je puis t'assurer, mon ange, que je ne m'apprête pas précisément à être celui qui, en ce bas-monde, aura contribué à adoucir le sort de cette infâme petite pourriture. Si cet enfant était en mesure d'évaluer en cette minute précise le nombre exact de claques, coups de pied dans le derche et autres sévices que l'avenir et moi-même lui réservons, je te garantis qu'au lieu de jouer les fiers-à-bras comme il a manifestement choisi de le faire, il irait directement se jeter dans la plus proche poubelle.

— Tu es gentil, mon cœur. Tu es un homme bon et loyal. Sache que tes paroles me rassurent. Mais si tu savais combien je souffre, grimaça ma mère, proche de l'évanouissement.

— Il a vraiment de la chance de vous avoir, docteur, recommença mon père, car n'eussent été que mon épouse et moi-même, il aurait terminé son périple extra-utérin en un giclement d'eau dans la plus petite pièce de notre appartement.

Le docteur Boule-Touchée ne put s'empêcher d'arborer un sourire de connivence, soulignant ainsi que, dans les grandes lignes, il semblait en parfait accord avec cette analyse de la situation.

— Je ne pense pas, en effet, renchérit Boule-Touchée, que celui dont je tenaille actuellement la boîte crânienne vous donne beaucoup de joie dans le futur. J'éprouve à son contact une sensation désagréable. Dans le cas d'un autre nouveau-né, j'aurais eu quelque scrupule à vous annoncer si brutalement la mauvaise impression qui m'est ici communiquée – d'autant qu'on peut se fourvoyer. Pour ce qui le concerne, de tels scrupules seraient néanmoins déplacés. Ce nourrisson n'est, de toute évidence, pas quelqu'un de bien. Je ne suis pas là pour exciter vos craintes, monsieur Moix, mais mon avis en l'occurrence est très arrêté. L'existence de cet enfant annonce d'assez démesurés tourments.

— Je suis venu assister à sa naissance, insista mon père, tout le monde est témoin n'est-ce pas, je suis là, j'ai fait le déplacement, mais je fais le serment qu'à son enterrement, ce sera sans moi ! Il ne m'aura pas deux fois. Il n'y a pas marqué « pigeon » !

Le docteur Boule-Touchée, pendant ce temps, tentait le diable pour me faire jaillir de maman et découvrir le vaste monde, ses peines existentielles, ses déboires fameux, ses douleurs répertoriées, ses flaques de sang, ses vallées de larmes. Tout autre que lui (le docteur Kouik, le professeur Chassepingot) eût déclaré forfait.

Boule-Touchée prouvait, malgré les redondants sarcasmes de mon père, qu'il était le bon. Son atout résidait dans sa ténacité, peut-être dans son inconscience. Au plus fort de la tourmente, il avait su rester méthodique, calme, concis.

— Vous savez, docteur, reprit mon père, voilà maintenant neuf mois qu'il fait souffrir le martyre à ma femme, qui pourtant ne lui a rien fait, du moins *pas encore* ! Car croyez-moi que la pauvre n'aura de cesse de lui rendre au centuple, voire au milluple, aussitôt qu'elle le pourra, les souffrances qu'elle a endurées dans le silence et la dignité.

Ma mère s'évanouissait, revenait à elle, suffoquait, me maudissait. M'insultait. Dans la chambre où j'étais en train d'arriver étaient disposés des vases en céramique avec des fleurs dedans, des fleurs dont j'ignorais les noms. Sans doute, trente ou quarante ans plus tard, serais-je encore incapable de les nommer, tant les végétaux nous passionnent peu au cours de nos existences, sinon à l'approche de la maladie, de la vieillesse, de la mort, phases durant lesquelles, par une opération dont la mystique échappe à la pleine santé, nous les affublons d'une aura spéciale.

Aux abords de l'agonie, l'être humain force son intérêt pour le genre floral, aux fins de se ramasser, de se condenser en des choses qui lui semblent aussi simples, vaines, éphémères et inoffensives que lui, je veux dire aussi *faibles*. Cette existence durant laquelle glaïeuls, mimosas, iris, coquelicots, améthystes ne représentèrent *absolument rien* pour lui, sinon de hautains motifs de ricanements intérieurs méprisants, voilà qu'elle se tourne soudain, l'air désolé, confus, le cœur rempli de remords, vers les tiges, les corolles, le pistil, comme si les fleurs avaient le secret pouvoir de lui éviter la mort. La mort sent la fleur. Et réciproquement.

Jeune, tu achètes des bouquets à toute vitesse, pour les offrir à la femme convoitée, dans l'espoir d'être apprécié d'elle et de recevoir *in fine* les faveurs de son corps exercé. Tandis que le fleuriste t'énumère, dans une lenteur étirée sur des siècles, les noms indifférents et compliqués des échantillons qu'il prélève, tu le méprises dans une politesse rentrée, pressé de n'avoir plus qu'une touffe à offrir pour passer à l'acte. Les fleurs, alors, auront terminé leur travail introductif, social, coutumier, et pourront crever, désormais hors sujet avec tes préoccupations ciblées, dans le pauvre vase abîmé de l'amoureuse achetée au prix de trois roses au détail. Tandis qu'au royaume de la vieillesse, la fleur remplit tout l'espace : sacralisée, connue, identifiée, cueillie, entretenue, caressée, aimée, elle accompagne l'être humain jusqu'à sa terre dernière, dans une sorte de paix qui sert de répétition générale au sommeil éternel et permet une vision méticuleuse, dégagée, de la vie. L'âge se concentre sur ce que la jeunesse a méprisé, comme en une prière de désolation qui signifie que l'essentiel règne désormais, une fois écartés les promesses, l'avenir, et empêchées la souplesse miraculeuse des muscles, la solidité des tendons, la vitalité du souffle, la ponctualité des systoles.

— Je ne lui raconterai jamais d'histoires ni de contes avant de dormir, je le jure ! Il ne le mérite pas ! tonna mon père. Au lieu de ça, je lui cracherai dans l'œil et j'éteindrai la lumière de sa chambre !

— Au toucher du crâne, dit le docteur Boule-Touchée, je crains qu'il n'ait quelque disposition à la tuberculose. On sent assez nettement un individu fibreux. Vous n'avez pas fini d'en baver avec lui, c'est une garantie.

— Je le hais déjà ! clama mon père. Et quand je hais, cher Boule-Touchée, je puis vous dire que je hais coriacement. C'est même la haine que je lui porte, qu'au demeurant je lui portais déjà du temps qu'il emplissait l'estomac de mon épouse, parasitant les victuailles qu'elle consommait, c'est cette haine-là qui me maintiendra en vie aussi longtemps que je saurai lui rendre la monnaie de sa pièce. Parce que je suis désolé, docteur, mais lorsqu'on naît, il y a des règles de bienséance à respecter. On commence d'abord par se faire oublier. On demande pardon à la mère qui a eu l'obligeance de se transformer pour l'occasion en matrice, en porteuse, en biologie à disposition. Et, subsidiairement, en grosse imbaisable boule ! Au lieu de cela, cet effronté contraint son monde à une césarienne, puis hurle à la mort, à la mort alors que, bon sang, c'est tout de même la vie que nous sommes en train, tous ensemble ici, de lui donner ! De lui offrir ! De lui consentir ! Je n'aime pas du tout – mais alors *du tout* – cette manière ostensible qu'il a de considérer que la vie se donne à n'importe qui, n'importe comment. Voyez son petit aspect triomphant, comme s'il était vainqueur de quelque chose. C'est proprement insupportable. Il nous nargue, avec sa naissance évidente, sa sortie qui coule de source.

— C'est peu de dire que je partage votre avis, répondit Boule-Touchée. Hélas, tous les parents ne possèdent pas votre lucidité, qui s'imaginent mettre au monde un nouvel Einstein, un Bouddha junior ou un petit Schubert. La plupart du temps, du moins par chez nous, à Orléans, ces misérables peuvent au mieux espérer un expert-comptable, un chef de rayon à Baroud, un responsable de la sécurité au parking de Suma. En cas de miracle, un professeur de dessin industriel qui commencera sa carrière au lycée Benjamin-Franklin et l'achèvera au lycée Pothier. Ou l'inverse.

— Dès aujourd'hui, je puis vous dire que l'avortement compte un adepte supplémentaire, confessa mon père. Et ces cris ! Ces cris ! Ces déclamations insipides annoncent, en germe, le drame qui frappe notre foyer habitué à une quiétude de tous les instants. Ah ! c'en est bien fini de toute cette paix enveloppante et cotonneuse.

Ma mère (regarde, lecteur, ses violacés bourrelets) n'ajouta cette fois aucun commentaire. Ses muscles se contractèrent. Son visage bleuit. On lui donna à mordre un mouchoir de cuisine maculé de sauces et de graisses. Elle se cabra. Soubresauta. En proie à des électrocutions. On eût dit qu'elle allait se vider de grimaçantes gargouilles ou de dragons aux nageoires saillantes, coupantes, de monstrueuses matières, verdâtres, bâtardes – hilares. Dans ses regards de suppliciée, elle continuait d'implorer, mordant son torchon, que cessât ma mise à bas semblable à la défécation de mille rasoirs.

— Rarement vu un élément aussi peu précoce, s'indigna mon père. Je ne savais pas qu'on pouvait mettre au monde le *contraire* de Pascal ! Je le sens mal barré pour le bachot ! Je m'en vais t'expédier toute cette engeance en apprentissage, que ça ne saurait tarder ! Et encore ! Il semble peu probable qu'il fasse un mécanicien acceptable ni même un boulanger honnête. Il ne sait rien faire de ses dix doigts, regardez. Même pour naître, il lui faut tout un arsenal, toute une équipe autour. Il se croit à Bethléem ! *(Long soupir)* Je suis désespéré, docteur, à la seule idée d'avoir à accueillir cet individu chez moi.

— Surtout pour un séjour aussi prolongé, ajouta une seconde infirmière, plus vieille, accourue pour participer à l'acte final.

Je sus plus tard qu'il s'agissait de l'infirmière principale. C'était une femme laide, gibbifère, travaillée de blêmes traits. Elle devait avoir 30 ans. Des soldats de passage lui mettaient à l'occasion une cartouche. Son regard, comme son corps, respirait la perforation. Sa prunelle fixait approximativement les êtres. Sans doute son père l'avait-il violée dans une allée d'orties, par un dimanche d'avril semi-pluvieux où le ciel portait le deuil. Je l'ai peut-être croisée, dix, quinze, vingt ans plus tard, sans qu'elle me reconnût, sans que je la reconnusse. Ses bras étaient maigres : des branches ; ses mains, des épis. Le flanc rachitique. L'infirmière principale, plus qu'une chair, était une esquisse de femme, un croquis lâché dans la nature. Les hommes l'avaient aimée en raison de cet inachèvement même, de ce dépouillement d'où perçaient, sous la peau grêle, une défaillance, une fragilité de petite fleur commencée, abandonnée par le peintre sur l'aquarelle, par les dieux sur son aberrant roc, en à-pic.

31

— Sans compter les frais que cela va occasionner, trouva la force de préciser ma mère à moitié agonisante. On ne parle jamais de l'aspect financier de l'affaire, mais il compte. Il est même central.

— Je vais devoir me priver de loisirs pour permettre à cette saloperie de bénéficier, en parfait privilégié, d'une certaine quantité de calories journalières, d'une éducation qui se respecte, d'une scolarité entraînant des frais, se scandalisa mon père. Je te fourre mon billet que monsieur exigera tôt ou tard de consommer des denrées périssables, type alimentaires, et de jouir de biens matériels en circulation sur le marché. S'il parvient à l'âge enfant, il voudra dessiner. Enfin : gribouiller. J'ignore le prix des cahiers, des trousses et des feuilles Canson, mais ce doit être la fête. Ils n'ont pas la réputation de se moucher avec le dos de la cuiller, chez Canson ! Sans compter les cahiers de brouillon, les feuilles par milliers à grands carreaux, petits carreaux, moyens carreaux... Tout ça pour recueillir les médiocres productions de son imagination tarée. Quel navrant gâchis. Si le hasard veut bien me faire croiser un de ces gars-là, un de ces spécimens de chez Canson ou de chez les cahiers de brouillon Seyès, cinquante-deux pages, grands carreaux, ils vont m'entendre. L'entretien risque d'être plutôt musclé. Pareil pour les détraqués qui commercialisent les crayons de couleur hors de prix, vous savez, docteur... Dans ces boîtes de luxe qui en jettent plein la vue...

— Caran d'Ache ?

— Exactement ! Si je croise monsieur Caran d'Ache dans un parking, poursuivit mon père, il risque de passer un mauvais quart d'heure. Il sait très bien que les enfants ne savent *pas* dessiner. *Aucun* enfant n'a jamais su dessiner, ce n'est pas vrai ! Même Picasso ! Picasso a attendu d'être adulte pour dessiner comme un enfant ! Alors qu'on ne vienne pas me raconter d'histoire. En outre, nous sommes bien obligés d'insister sur le fait qu'autant de gradations dans les couleurs est une aberration. Vert foncé, vert demi-foncé, vert caca d'oie, vert kaki, vert étang, vert reinette, vert crapaud, vert têtard, je t'en foutrai, moi, des nuances ! Un seul vert suffit bien, même en guise de bleu. Bleu ciel, bleu Méditerranée, bleu ecchymose, bleu yeux, bleu Atlantique, bleu lagune, bleu bleu de travail, bleu azur, bleu turquoise, bleu Klein... Tout cet arsenal pour barbouiller des crottes !

Quand plus tard vint le temps de l'école, ma mère m'acheta un cartable plus gros que moi : les études étaient à ses yeux plus importantes que la santé. Ma trousse était neuve, ma gomme sentait bon. De nombreux crayons de couleur étaient disposés dans une boîte métallique. J'étais fasciné par certains individus de cette boîte : les crayons dont les couleurs ne servaient pratiquement jamais. Rose très pâle, vert passé, jaune invisible, blanc complet, gris moyen. C'étaient les vilains petits canards de la gamme. Tandis que leurs collègues crânaient sur les cahiers, investis par leurs coloriages à tout-va ou leurs incessants soulignements, les laissés-pour-compte égrenaient des jours maussades dans leur étui de ferraille, sans la moindre perspective d'avenir ni de promotion. Un bleu-gris ne deviendrait jamais un bleu d'océan lointain, et la probabilité qu'on eût soudain besoin, à l'échelle universelle, de décrire le monde en marron glaise frisait le zéro. Le plus eunuque de tous était le crayon blanc. Outre que ses collègues ne perdaient pas une occasion de lui rappeler qu'il n'était pas une couleur (ils faisaient de même avec le noir, mais le noir, qui pouvait à tout moment les recouvrir de son inexorable charbon, suscitait la crainte), il eût fallu pour que le blanc devînt le héros qu'un décret vînt contraindre les élèves de maternelle à dessiner sur des feuilles noires, ce qui restait exceptionnel (et était chaque fois perçu comme un exotisme, quelque chose d'extraordinaire). Tandis qu'une demi-douzaine de crayons, cruellement ostracisés, s'ennuyaient *à crever* dans leur cercueil, je pratiquais de véritables orgies avec les autres, ceux qui portaient beau. Le vert contenait des forêts de hêtres, de magnifiques collines de sapins, cuites par le jaune citron d'un éclatant soleil. Un sentier beige donnait sur le jaune paille d'un immense champ de blé, le tout se jetant dans les bleus gribouillés de la mer où naviguaient des triangles rouges, orange ou violets. Des taches roses et souriantes se baignaient.

— Et les compas, les doubles décimètres… précisa le médecin en me tirant sur le cou de plus en plus violemment.

— Rouge vif, rouge pas vif, rouge gifle, mitrailla mon père, rouge mer Rouge, rouge brique, rouge rougeole, rouge rouge-gorge, rouge mais pas très, rouge-bleu, rouge orangé, rouge rougi, rouge roux, rouge colère, rouge feu, rouge Rackham, rouge communiste, rouge-brun, rouge sang, rouge rhésus A+, rouge B–, je vais t'en mettre, moi, de la nuance, du dégradé, du subtil. Mon nuancier est beaucoup plus net : ma main dans la gueule.

— Les taille-crayons, les critériums ! continuait le docteur Boule-Touchée, presque machinalement, emporté par l'énergie paternelle.

Mon père s'avança près de moi, vers l'entrecuisse de sa femme. Puis :

— Toi mon gaillard, tu es un homme mort.

32

Au même moment, cent vingt kilomètres plus au nord, à Paris, Duke Ellington interprétait ses opus en l'église Saint-Sulpice. Pierres au bord des larmes, lumière étoilée, urnes en suspens. Duke s'était avancé, gominé, mâchant son chewing-gum hérétique. Grande allure de cheval frimeur. Yeux plissés comme un drap de soie noir. Cool et géant. Bach avait recommencé sa vie dans ce nègre élastique et dru. Son sourire déconnant profana la lumière. Cierges. Spéciale black messe. Ses doigts planèrent au-dessus du clavier. Vautours et phalanges. Ils semblaient appartenir à deux mains sectionnées flottant dans la pénombre. Deux mains parallèles et sœurs, froides encore. Deux mains qui fermaient les yeux. L'une d'elles s'abattit soudain sur une touche (un *fa*), en piqué. La gauche était une danseuse appliquée, grand écart, tonique tempo. Elle assurait, rassurait, filtrait les accidents.

Elle imprimait à la nef un rythme ineffaçable. La droite se suicidait. Elle était plusieurs. Cokés kamikazes. Tantôt était enclume et tantôt frôlait la note, s'excusait dessus, la réveillait comme on réveille un enfant, l'ouvrait comme on ouvre une plaie.

Ce dimanche-là (31 mars 1968), Duke accumula les mélodies, les fondit en une seule qu'il fit monter aux cimes. Le chorus stagna un court instant dans l'atmosphère : une nouvelle idée le rattrapa, l'abîma – le creva, le troua. Le son contredit le son. Flammes glacées. Parfois c'était un seul doigt le héros – il avait le pied marin dans cette tempête (mais c'est un doigt qui désirait qu'on l'aimât, émettant un son qui désirait qu'on l'aimât, tous deux propriété absolue, indivisible, d'un homme qui désirait qu'on l'aimât et qui, non aimé, coupé de son génie, eût pu suivre des gens sous la lune afin de faire des trous dedans) ; aussitôt d'autres doigts, parfaitement nègres également, accoururent et se multiplièrent (se reproduisirent). J'oublie les doigts qui restèrent plantés dans la note, à jamais, comme des piolets dans la roche, des panneaux sur le bitume, des ifs sur le tapis d'aiguilles. Rouleau de phalanges. Bleu sur bleu. Une harmonie s'installa, un essaim d'évidences, elle prospéra, s'établit, s'amplifia, s'étira – qui viendrait la casser ? Le Duke l'acheva d'un coup sec, comme on achève un blessé.

Le grand œil de Duke, l'œil gauche (le droit ? rempli de vice) était triste ; grand et triste. Et jaune. Grand et triste et jaune. Et las. Grand et triste et jaune et las. En jouant ce soir-là il voulut me faire naître. J'aurais dû atterrir directement dans ses bras, balancé sur son piano, c'était mieux que la froide paille du petit Jésus, messie entouré d'haleines bovines dans une étable encombrée. Enfermé dans le swing ellingtonien plutôt que morfondu entre les coudes raides de « maman », dans un hôpital aux mornes murs, au fond d'une morte caisse intitulée « Orléans ». Mais Orléans, puisque j'étais en train d'y naître, allait devenir mon énorme univers, mon immense décor.

33

En une douleur raccourcie, ultime, ramassée, je me multipliai : j'occupai en une seule seconde des milliers de points de l'espace. Mausolée de têtards. Je devins un être du monde. Il y eut une phénoménale accélération. Je passai du monde passé de ma mère au monde futur du monde. J'entendis ma voix dans des voix. Tous les bruits vinrent me frapper : j'eus toutes les oreilles. J'entendis des voix dans ma voix. Vortex, drame, naufrage, râle, soleil. Jamais je n'avais été aussi jeune. Ni aussi vieux. C'était donc ça le temps.

Mon absence à l'extérieur devint impossible. Ce fut comme si on venait m'arrêter. Passage aux poignets des menottes. Cet instant ne reviendrait jamais. On m'emmenait à la vie comme on emmène à la mort. Existence, plexus. Je n'étais pas moi-même, mais moi-même et le monde. Douleurs, commencement. Fourmillements bleus. Écartement, passage, étranglement, alerte. Caillasse et réalité. Fuir mais comment. Des murs m'attendaient, partout des murs. Siphon, cyclone. Ouvertures, fermetures, alvéoles, éclats, soleil brutal. Les choses me crachaient au visage. Le jour est plus dangereux que la nuit. J'ai tourbillonné. Je me suis cogné, j'ai rebondi. Lois. Aveuglement écoulement avenir plis lèvres murmures doigts mains yeux bras jambes mots. Craintes. Angoisses ! Nuées disparition apparition. Honte. Corps. Précipices. Je ne connaissais rien par son nom. Quelques explosions. Mouvements partout. Béance et plaie. Sang sueur guerre. Tête et graisse. Veines lacis cris. Sexe et matière. Gélatine espaces pisse. Os matrice fémurs. Volcan cubitus

chair rate foie poumons. Ma moelle mon estomac. Glandes
viscères squelette gauche droite écho jour un. Plaisanterie
mémoire. Déluge comas eczéma corpuscules. Scission. Bactéries atomes. Nervures. Danse commencée. Aérations. Bulbes.
Carrefours. Bain de lucioles. Entrecuisses. Consistances. Jar-
ret grumeaux. Suffocations réalité morceaux. Émanations
pores lippes. Anatomie catapultes. Accidents. Morve salive
beurre sperme. Orbites. Neige dilatations. Ma bouche et
mes pieds. Incendies incubations globules. Premières distinc-
tions. Genèse parvis. Oxygène. Des reflets d'hommes. Déga-
gements. Morceaux de pensée. La foudre. Électrocutions.
Le froid. Puits. Des battements de cœur et tambour. Fou
pouls. Tempête et rage. Gouffres. Pluies drues de pierres.
Drame échos. Jets de monde. En piste. Action. Les cieux
s'ouvrirent (c'étaient des terres), j'eus des visions divines
(c'étaient des humains). Impétueux vent nuée gerbe de feu
éclats de lumières blanches (morceaux affûtés de métal, airain
poli), vomi de flammes lécheuses.

Je vis une dernière fois quelques monstres frangins oubliés
dans la vase de ma mère, vase devenue plafond, ventre bestiaire, ventre ciel : quatre petits tératofrères animaliers, par
bribes hommes, parmi flammèches, giflés d'étincelles tous,
chacun d'eux ayant quatre faces et quatre ailes. Leurs ailes
étaient jointes entre elles. Ils marchaient droit dans le maternel giron. Quant à la figure de leurs grimaçants très joyeux
fous faciès : face humaine, face lionne à droite, face bovine
à gauche, tête d'aigle. Leurs faces et leurs ailes étaient séparées par le haut. Deux de leurs ailes étaient jointes l'une à
l'autre et deux couvraient leurs corps. Ils allaient selon le
vent qui soufflait dans ma mère. Baladés par les souffles de
ce ventre-ci. Trimbalés, balancés. Bercés oh, si secoués. Ils
ne tourbillonnaient pas. C'était droit devant que le vent les
poussait. Ils naviguaient sur ces souffles, parmi les ondes, au
milieu des crachats furieux de tous les feux claquant – et claquant comme claque ce fouet. Slaloms et Bengale, charbons

ardents, felouque poils à plumes sur le nuage des braises, becs et griffes élancées sur les grands toboggans célestes, zig-zags entre les foudres, éclairs hop. Je regardais ces frangines bêtes : il y avait une roue devant leur quatregueule figure, une roue (luminescente, translucide, aux reflets verts infiniment réfractés dans l'univers ventral bleu-noir) taillée dans du cristal de péridot et conçue sur la petite île de Zabargad. Quatre figures, quatre roues en rotation, en conflagration, en torré-faction, faisant un léger bruit d'hélicoptère, de frottement, d'accélération, d'aberrant moustique, de guêpe pressée, et les quatre roues avaient la même forme, chaque roue paraissait imbriquée dans la roue voisine. Géantes jantes : foudroyées. Dans les cieux colères. Étincelles all over. Le souffle dans les roues, les têtes là, narines béantes, bœuf bec crinière, roussie crinière, roulant dans les incendies. Flambées d'animaux, feulements embrasés. Tourbillons autodafés. Accélèrent dans l'holocauste. Rallye fournaise. Le Mans bûcher. Les roues crissent au virage du brasero, freinage au tison, virages gri-sou. Flamboiements et carcasse, ailes déployées frottées dans les feux orange et jaunes, animaux frères très rôtis, fracas de flots flambés, brûlures pétillantes. Champagne et furolles. Un trait de feu d'un éclat étincelant partit du ciel entrouvert, pénétra tout mon cerveau et tout mon cœur, à la façon d'une flamme qui chaufferait sans brûler. Peur. Je diffère encore. Je suis vaincu. Une souffrance travaille dans mes moelles, arde dans mes veines. Je sens que ce sera ce qu'on appelle « être ».

34

— Ça y est ! Je l'ai ! Il est né ! triompha Boule-Touchée. Félicitations, madame Moix.

— Enfin te voilà, petite salope ! s'écria mon père.

Dans la lumière éclatante, je vis une chose agitée, vrillée, violacée. Un voile aussi transparent que le cristal la couvrait : mon dabe en chair et en os – lui que je ne connaissais jusque-là qu'en menaces et hurlements.

— Et merde ! Il est vivant !

Mon père n'avait pu retenir sa déception – il n'avait pu totalement s'empêcher d'espérer un décès de toute dernière minute. Sa tête, couverte de pustules et d'ulcères, était très allongée et se concluait par un groin. Ses dents, sans émail et composées de prismes hexagonaux, étaient, comme chez les tubulidentés, disposées en colonnes. On eût dit, entre porc et chacal, une anthropomorphique transposition de l'oryctérope du Cap. Ses ongles ressemblaient à ceux du chien. Cinq verrues circulaires, formant des tells hideux et poilus, elles-mêmes encerclées par des gogoles scrofuleuses, marquaient son visage : verte, rouge, blanche, jaune, noire. Elles semblaient remplies d'un mortel venin. Ses yeux se projetaient sanglants et enflammés. Ses oreilles étaient longues et velues. La morve au piton, ses narines et sa gueule semblables à celles d'une vipère. De cette gueule sortaient des tourbillons de flammes qui, se partageant, se dirigeaient soit vers le ciel, soit vers moi, soit vers l'abîme. Tout noircissait quand il parlait.

— Quelle pauvre et chétive petite forme ! vomit-il. Serait-il pas en sus hors d'équerre ?

— On dirait un œuf... s'inquiéta ma mère.

— Il est trisomique, docteur ? interrogea mon père. Et regardez-moi ces ailerons !

— Ne vous mettez point martel en tête, rassura Boule-Touchée. Nous sommes tout au plus ici en présence d'une petite malformation achondroplasique. Si le nanisme est probable et le rachitisme avéré, les organes vitaux semblent en parfait état de fonctionnement.

Un changement complet de direction, un retour ès flancs maternels, n'était point de l'ordre des choses qu'il m'était permis d'accomplir. L'auteur de mes jours ne tarda toutefois pas à s'en aviser, qui lança à ma mère un regard de bête enragée.

Je m'éprouvai local, marginal, puis progressivement global, graduellement mondial. Je me gravais dans les choses, je m'écrivais. Je m'emplissais d'air frais. Je remplissais l'espace. Et l'espace me remplissait.

— C'est une infection ! hurla mon père en un mouvement de recul dégoûté. Il emboucane ! Quel fromage ! Et Dieu quelle laideur ! Quelle laide laideur ! Il est *immonde*. Ne pourrait-on pas le mettre immédiatement à mort ? Il y aurait avantage à différer la consommation d'un sacrifice suffisamment justifié par une monstruosité notoire. Je prétends, je proclame que tout père devrait avoir le droit d'assassiner son enfant. Les monstres privés de forme humaine sont inaptes à succéder. Ma méthode assurerait à notre bonne ville d'Orléans une population forte, saine, exempte d'infirmités. Visez-moi ce crapaud ! Ce sujet doit être susceptible d'une réglementation, je suis désolé ! Il n'est selon mes critères aucunement apte à être *élevé*. Comment un tel « fils », docteur, pourrait-il être un jour le dépositaire de mes éternelles destinées ? Comment un tel « fils » pourrait-il assurer demain la sécurité de ma tombe ? Je mets le noble mot de *fils* entre guillemets car ce gigot, croyez-m'en, n'aura jamais jouissance de ma paternité.

— Monsieur Moix, je pense que vous avez besoin de vous reposer un peu, conseilla Boule-Touchée. Si vous le souhaitez je peux vous administrer un somnifère. Je vous sens à bout.

— Ne détournez pas la conversation, docteur, rétorqua mon père. Il y a vice de conformation ? Ou il n'y a pas vice de conformation ?

— Je vous le concède, répondit Boule-Touchée. Votre fils est fort contrefait, et semble exister contradictoirement avec la nature.

— Comme vous dites !

— Calme-toi, loup… émergea ma mère.

— Il a un museau de singe ! Le pied droit fourchu !

— J'entends bien, fit Boule-Touchée. Mais cette même nature peut parfois agir contre sa propre coutume.

— De quel bestial commerce ce truc peut-il bien provenir ? s'acharna mon père. Ma femme ne m'aurait tout de même pas trompé avec un bonobo cul-de-jatte !

— Vous savez, monsieur Moix, tenta le médecin, les gens comme lui étaient vénérés en Inde. En Égypte, ils étaient admis dans les sépultures sacrées.

— Pas dans le Loiret ! s'étouffa mon père. Pas dans le Loiret ! Ici, dans le 45, l'homme et l'animal ne se confondent point ! À la première occasion je me débarrasse de cet oignon !

— Vous commettriez une insigne lâcheté si vous veniez à décliner vos responsabilités, recadra Boule-Touchée.

Puis ce dernier se saisit d'un dictaphone. REC.

— Naissance, à 1 h 47 du matin, ce dimanche 31 mars, à Orléans, du nourrisson Moix. C'est un corps de veau que surmonte une tête humaine, au sommet de laquelle se déploie un voile membraneux qui a la forme d'une mitre. Son front est très élevé, car il dépasse la hauteur d'une palme. Ses deux paupières sont tout à fait closes. De chaque côté de la tête se dresse une oreille qui ne dépasse pas en dimension celle d'un chat. L'orifice gauche est totalement obturé. Les lèvres sont largement béantes. Le menton est orné d'un bouquet de poils, dont la disposition rappelle celle de la barbe du bouc. Le cou est très allongé. La poitrine ressemble à celle du veau. Les membres antérieurs se rapprochent eux-mêmes de ceux de ce dernier animal, tandis que les postérieurs ont la conformation des pieds du porc. La peau du corps est presque partout noirâtre et glabre. Quant au sexe, il est masculin, mais semble féminin.

35

— L'égorgement, vous avez entendu parler, docteur, de l'égorgement ? bava mon père.

— Franchement, ce que je vous recommanderais, monsieur Moix, c'est de relativiser, tempéra Boule-Touchée. Je suis médecin, j'en vois passer des choses. Je mets des tas d'êtres vivants au monde. Lorsque je contemple la multitude innombrable d'individus épars sur la surface de la terre, dans ses entrailles et dans son atmosphère, quand je compare la pierre à la plante, la plante à l'insecte, l'insecte au reptile, le reptile au quadrupède, j'aperçois, au travers des différences qui caractérisent chacun d'eux, des rapports d'analogie qui me persuadent qu'ils ont tous été conçus et formés d'après un dessin unique, dont ils sont les variations graduées à l'infini : ils m'offrent tous des traits frappants de ce modèle, de ce prototype qui, en se réalisant, a successivement revêtu les formes multipliées et différenciées sous lesquelles l'être se manifeste à nos yeux.

— C'est bien joli, tout cela, docteur, râla mon père. Mais je fais *quoi*, moi, en attendant ? Comment en est-on arrivé *là* ? On dirait un cadavre. Je savais que j'avais giclé de travers, mais à ce point, point !

— Peut-être n'aurez-vous pas scrupuleusement respecté le protocole nécessaire à la conception, comment dire, d'un enfant réussi... osa Boule-Touchée.

— Le protocole ? Quel protocole ? s'agaça mon père.

— De nombreux paramètres sont à surveiller, monsieur Moix, expliqua doctement Boule-Touchée. Le moment envisagé pour l'élaboration de l'enfant, mais aussi le choix de l'épouse, quel que soit le respect, bien entendu, que j'éprouve à votre égard, chère madame Moix. Mais enfin, nous autres spécialistes savons que bien choisir sa compagne est une des clefs de la réussite. Les parents ne veulent pas l'entendre et désirent gagner sur les deux tableaux : avoir la femme qui leur plaît et l'enfant qui leur plaît. Nous ne pouvons, dans la vie, comme dit ce si suranné mais si juste adage, posséder le beurre et l'argent du beurre. Tenez, moi par exemple, ma femme, Bertrade, est une matrone.

— Vos propos sont extrêmement insultants pour ma personne, docteur, soupira ma mère, à peine remise.

— Je suis entièrement d'accord, acquiesça mon père. Et en même temps, ma chérie, constate par toi-même. Regarde ce que tu viens de mettre au monde. Le docteur ne doit pas avoir totalement, absolument, intégralement tort. Il y a, très manifestement, très clairement, très évidemment un problème. Tout seul, je n'aurais jamais donné vie à un truc pareil. Ce sont tes gènes à toi qui sont venus tout gâcher. Je t'aime et cela n'enlève rien à l'amour que je te porte, mais du moins te demandé-je d'être un tant soit peu honnête. Et de reconnaître qu'il y a eu dysfonctionnement. Comme si ton ADN était venu faire dérailler le bon déroulement du mien. Mais c'est la vie. Je ne peux t'en vouloir. J'ai joué, j'ai perdu. Je n'aurai pas misé sur le bon numéro. C'est la roulette. Ta nature l'aura emporté sur la mienne. Ta biologie aura terrassé ma biologie. Je serai beau joueur, pas de souci. Mais j'ai le droit de l'avoir quelque peu en travers du gosier. Avec tous les atouts que j'avais au départ ! Que ça se termine comme ça, par la victoire de ton génome à toi, avec toutes les tares de ta tarée de famille... Ce n'est pas de chance. J'ai pourtant toujours remporté toutes les compétitions auxquelles j'ai participé. Je me sens vexé, humilié. Ton héritage aura eu raison de ma callipédique puissance. J'aurais peut-être dû t'introduire des gousses d'ail dans le vagin. On dit que cela aide à concevoir de plus beaux bébés.

— Cela ne marche pas dans tous les cas, avertit Boule-Touchée. Franchement, ne regrettez rien. Je conclurais plutôt, pour expliquer ce raté, à une malformation de la matrice de madame Moix. Sa morphologie me semble en effet malheureuse.

— Je suis vraiment navrée, loup, se désola ma mère.

— Peut-être que c'est ma faute, après tout, suggéra mon père en plissant les rides de son front. Je n'ai peut-être pas su saisir le *kairos*. Je n'aurai pas ensemencé ta matrice au moment opportun.

— Il faudrait peut-être aussi que vous vous interrogiez sur la qualité de votre liquide séminal ! balança l'infirmière à mon père. C'est un peu facile de toujours accuser les femmes.

— Vous êtes ignoble, s'insurgea mon père, ignoble ! Je puis vous assurer que ces mots, que vous venez céans de prononcer, je saurai me les rappeler. Vous ne les emporterez point au paradis ! Même en crachant dans un vagin, je pourrais enfanter un môme parfait ! Un Renoir, un Liszt, un Socrate ! En outre, sachez qu'avant de concevoir cette bestiole – dont le ratage ne peut en rien m'être imputé au vu de l'extrême sophistication de ma semence et des spermatozoïdes excellents qu'elle draine et contient –, sachez disais-je, qu'avant l'apparition décevante, étonnante, de cet asticot, je me suis nourri quasi exclusivement de laitue.

— C'est vrai, confirma ma mère. Je suis témoine.

— C'est la technique que conseillait Min, le dieu protecteur de la lune, chez les Égyptiens, frima mon père.

— Le dieu de la fertilité et de la végétation, compléta ma mère. Un des dieux préférés de mon mari. Lui qui est très solaire, ils se complètent bien, avec Min.

— Nous nous complétons *à merveille* ! insista mon père.

— Il est exact, reconnut le docteur Boule-Touchée, que la laitue renferme des vertus génésiques en vertu de la texture laiteuse de sa sève.

— Évidemment. Tout le monde le sait. Ce sont les bases ! fit ma mère.

— Quelqu'un de ma trempe, de ma nature, déclama mon père, n'a probablement nul besoin de quelqu'un d'autre pour donner la vie. Tout au juste me faut-il, comme il est nécessaire d'avoir un moule pour préparer une tarte, le réceptacle adéquat. Je puis, cela mis à part, procréer tout seul. Cela, je le garantis.

— Mon mari est très fort, assura ma mère. Il possède en effet de nombreuses qualités.

— Je n'en doute pas, ironisa l'infirmière.

— Personne n'en doute, temporisa Boule-Touchée. Et il est vrai, la médecine est d'accord là-dessus, que la femme joue un rôle relativement mineur dans la conception d'un enfant.

— Bien entendu, soupira mon père. La science ne s'y est pas trompée, *elle*. Elle n'est point folle. La nature, encore moins. Il n'est point misogyne, tout de même, que de dire que l'homme est l'être qui possède le pouvoir d'engendrer un autre être et que la femme n'est qu'une sorte de bassine qui permet de porter, puis d'éjecter l'engendré. À la base, mesdames, le miracle est bel et bien *mâle*. La science, la nature et moi en sommes véritablement navrés. Veuillez nous en excuser.

— Cependant, mon loup, nuança ma mère, force est de reconnaître – pardonne-moi de le faire en public – que ta semence était peut-être un peu trop épaisse… Grumeleuse… Elle aura manqué en moi de vitesse, de légèreté. Elle n'aura pas su me badigeonner au mieux dans les recoins.

— Ah, nous y voilà, fit l'infirmière, que cette information semblait intéresser vivement.

— Faux ! s'insurgea mon père. Mon foutre – puisqu'il faut bien appeler un chat un chat – est très liquide. Et aussi fluide que l'eau d'un torrent. Les hyménées dont je te gratifie, chère épouse, sont d'une irréprochable facture, tant au plan quantitatif que qualitatif.

— Une semence trop claire peut tout aussi bien expliquer ce naufrage, renchérit l'infirmière.

— Votre infirmière me hait, docteur, se plaignit mon père. C'est intolérable. Je ne lui ai rien fait. En attendant, je suis bien accablé. Moi qui désirais démarrer une gentille et douce lignée, me voilà battu. Me voici vaincu. Ce n'est pas une descendance que cela, c'est une punition.

36

Je suis arrivé au monde en retard : presque deux mille ans après la naissance du Christ. Je devrais dire « Jésus », mais Jésus n'a pas existé. Il est un assemblage historique de délirants voyageurs arpentant les dunes jusqu'aux villages pour dispenser des vérités sur l'après du monde. Le monde, disaient Jésus au pluriel, est perpétuel renouveau : parvenu à son terme nous le recommencerons ensemble, remplaçant la guerre par la paix, le futur douteux par le passé sempiternel. Les temps messianiques sont souvent décriés : ils sont possibles dès lors que l'humanité consent à se retourner plutôt qu'à fuir droit devant, à se souvenir au lieu de commémorer, à se réjouir d'être en vie – ici et maintenant.

« Jésus » est le nom historique de la présence humaine du Messie, il n'intéresse que les romantiques et les groupies. Quant au Christ, trinitaire et transcendant, il est le Prénom du Nom, il est le Fils du Père : il nous concerne à présent puisque le présent, c'est lui. Sur sa Croix passionnelle, son bras droit est une flèche lancée vers le passé, son bras gauche désignant, sur la même abscisse, la direction du futur.

Il est très ironique de penser que la figure historique de Jésus-Christ, qui s'appelle Jésus, est celle qui précisément n'a historiquement pas existé. Alors que le pôle mystique, la face nord de Jésus-Christ intitulée « Christ », possède – elle qui pourtant n'en réclame aucune – une existence parfaitement réelle dans la réalité qu'elle s'est créée sur mesure, à sa mesure. Si, de son « vivant », l'entité nommée *Jésus* avait croisé l'entité nommée *Christ*, nous ne sommes pas certain qu'il eût eu grand-chose à lui dire – et réciproquement. L'alliage solide et fragile qui unit Jésus au Christ et le Christ à Jésus (et nous rappelle que l'un et l'autre sont liés avant que d'être confondus), c'est ce trait d'union entre les termes : Jésus-Christ. Cela ne se voit pas, mais il a été ici placé en italiques. Lorsqu'on souligne quelque chose et que ce soulignement ne se remarque pas, on appelle cela : la Grâce. La Grâce est la forme que prend l'humilité du Christ quand il désire être historique – celle d'un homme, *le premier venu*. Le premier venu, et le premier à revenir. Le premier et le dernier puisque le premier est le dernier. Les juifs ont inventé le messianisme, les chrétiens ont inventé le Messie.

Il n'a point toujours été vrai qu'on naquît après Jésus-Christ. On a tendance à l'oublier. Caché derrière les apocalyptiques métaphores dont il raffole, Marc insiste sur la figure messianique de Jésus : c'est pourquoi situer chronologiquement notre venue au monde importe, pour le jour où toutes les dates n'en feront plus qu'une.

— Il est vrai que le Messie est attendu, *lui...* se plaignit mon père. Je me demande quand même qui était derrière la procréation de Jésus. J'ai beau être catholique, bien que sans trop d'inutile ferveur, il y a quand même quelque chose que je ne m'explique pas très bien.

— Vous n'êtes pas le seul, répondit Boule-Touchée, mais ce miracle, ce Mystère constituent le fondement même de la religion catholique.

37

— Quelle aventure… gémit ma mère, cette mère dont j'avais (j'étais prêt à le reconnaître, la pauvre) lacéré les entrailles comme un chardon furieux.

— Bon. On sait déjà qu'on ne l'appellera pas « Jésus », précisa mon père au docteur Boule-Touchée concentré à recoudre les maternelles plaies. Car peu d'enfants sur cette planète, depuis que le monde est monde et l'univers univers, auront nécessité aussi peu de miracle pour naître. Regardez l'état dans lequel ce petit monstre a mis mon épouse. Regardez-moi ce chantier ! C'est qu'il me l'a abîmée à jamais ! Voyez docteur, mais voyez donc comme il l'a déchirée.

— C'est pour ça que le docteur est en train de me recoudre, amour ! répondit ma mère, ivre de soulagement.

— Je ne suis pas près d'oublier cet accouchement, reconnut le docteur Boule-Touchée, les gants ensanglantés et le front trempé. Je ne vous cache pas, monsieur, poursuivit-il en fournissant les ultimes efforts nécessaires à ma définitive mise au monde, que des individus de cet acabit n'annoncent pas forcément la promesse d'une humanité meilleure et délivrée.

— Je n'aimerais pas être là pour assister à la suite de ses aventures ! lâcha l'infirmière principale.

— On ne sait jamais, dit l'infirmière à la poitrine prisée, qui fut, ainsi, *le premier être humain à prendre ma défense*. On n'est finalement jamais à l'abri d'une bonne surprise. Cet être qui, force est de le reconnaître, s'avère particulièrement repoussant tant par son aspect physique que par ses caractéristiques comportementales peut devenir une personne de qualité.

Mon père, ulcéré qu'on osât (qu'une subalterne, qui plus est, osât) formuler à mon sujet une hypothèse aussi dénuée de fondement (et pour tout dire aussi délibérément provocatrice), emprunta un ton fort véhément dans l'exposition de la suite de ses idées, de ses convictions quant à mon avenir.

— Mademoiselle, non seulement je suis au regret de vous informer que la psychologie vous fait gravement défaut, mais, en sus, je vous demanderai d'avoir l'obligeance de ne vous manifester que dans les strictes limites de votre savoir-faire. Ce savoir-faire ne consiste pas à exprimer des idées mais à soumettre des corps humains fraîchement conçus à la réalité de l'environnement. Étant, moi, seul père de cet enfant dont je n'admets que très difficilement l'existence et la présence parmi nous – et plus particulièrement parmi ma femme et moi –, j'ai un droit qui prévaut sur le vôtre de décrire mon désenchantement. Un désenchantement manifeste qui cache mal une envie de me tirer de ce pas une balle dans la tête. Je ne commettrai pas ce suicide eu égard à mon épouse que j'aime, mais enfin, je suis un bien malheureux homme. Et, voyez-vous, ce qui dans cette triste affaire de mise à bas de ce triste cochon me rend particulièrement amer, c'est de savoir qu'il arrive à destination dans un milieu « aisé ». Il n'est point de justice. « Machin » ne connaîtra pas la naissance au milieu d'une favela sordide et criminelle, misérable et violente. Il réclamera, alentour des années 80 – qui ne manqueront pas tôt ou tard de venir –, des gadgets électroniques, des machines de divertissement informatisées au lieu qu'une justice parfaitement immanente l'eût expédié, à coups de tatane là où je pense, sous un soleil de plomb à transporter dans la sueur des sacs de plâtre à dos de mulet.

38

À Orléans, comme c'était le cas dans de nombreuses autres bourgades de la planète, on naissait méthodologiquement et consciencieusement après Jésus-Christ. Une vision du monde nous était livrée non seulement *à* la naissance, mais *avec* la naissance. Toute ma vie, je ne manquerais pas (je le fais encore aujourd'hui) de spécifier cette postériorité christique sur mes papiers administratifs, de même que je le précisai toujours, au lycée, dans les fiches de renseignements destinées au corps professoral et enseignant : « Yann Moix, né à Orléans le 31 mars 1968 *après* Jésus-Christ. » C'est donc en chrétienté que je me retrouvai braillant, perdu, déboussolé, hagard, éberlué. Tout nu.

La manie de marquer le temps à partir de la naissance du Christ définit l'ère de l'Incarnation. La naissance de Jésus ne fut jamais chrétienne, mais parfaitement juive.

Après toutes ces péripéties, j'avais enfin mérité le titre (si envié par mes Cloud, Watriquet, Philibert, Ernestito et consorts) de « nouveau-né ». J'étais monté en grade dans les échelons de la vie. L'appellation me plaisait bien : « nouveau-né ». Cela ne signifiait point que je venais d'inventer une façon nouvelle de naître, mais que tout simplement je jouissais du privilège d'être un des hommes les moins âgés qui fussent. Les plus jeunes que moi étaient encore enfermés dans leur mère, à attendre que toute une usine biologique, extrêmement rodée il faut le reconnaître, se mît en branle pour les cracher dans la lumière.

J'étais passé du côté de la vie comme un athlète, en saut en hauteur, passe de l'autre côté de la barre, la frôlant et la faisant légèrement vibrer. On ferait un effet *rewind*, repassant les images à l'envers, on ne serait pas certain que le miracle se reproduirait, que cette fois la barre ne tomberait pas.

Sur cette naissance la critique, du moins locale, se montrait fort mitigée. Dans *La République du Centre* datée du 1er avril 1968, on pouvait lire ceci :

C'est hier qu'est venu au monde le futur écrivain et cinéaste Yann Moix. Le déroulement de l'accouchement ferait l'objet d'un ouvrage à lui seul. Grâce aux progrès de la science, et au sang-froid d'un ancien interne des Hôpitaux de Paris, par ailleurs ancien élève du lycée Jean-Zay d'Orléans et ancien étudiant à la faculté de médecine de Tours, une naissance qu'on eût jugée autrefois impossible est arrivée à une solution, la double césarienne, qui assurément laisse place encore à bien des aléas, voire à des accidents, mais qui suffit pleinement à se réjouir aujourd'hui, si tant est qu'il faille se réjouir de l'irruption, en ce bas monde, d'un « artiste » aussi résolument médiocre. Yann Moix est né un 31 mars, mais tout porte à croire qu'il était destiné à naître un jour plus tard, sous la forme d'un poisson d'avril.

Éric BARLUCHE DE MONTACANAR.

La Nouvelle République, sous la plume de Félicien Grue, ne m'épargna pas non plus :

Passablement inutile sur cette terre, Yann Moix, calamité littéraire et imposture cinématographique en puissance, s'est évertué hier, en dépit de nombreux avis défavorables, à venir au monde malgré tout. On décèle chez lui, dès ce stade, une propension à faire le malin et à vouloir à tout prix faire parler de lui qui est bien à l'image de la postmodernité qui, en ce moment même, semble sourdre dans les universités et ravager la jeunesse. C'est la santé de notre société qui est en jeu. On s'interrogera, une fois encore, sur les nécessités bénéfiques de l'euthanasie.

Quant aux *Nouvelles d'Orléans*, elles furent à la fois plus laconiques et plus virulentes :

Parmi les non-événements du jour, on relèvera la mise à bas de l'écrivaillon Yohann Moix *(sic)*, dont nous nous

114

engageons à ne republier le nom que dans quelques années, dans la rubrique nécrologique. Nous adresserons alors à ses parents toutes nos félicitations, de la même manière que nous leur adressons aujourd'hui nos plus sincères condoléances.

Sandric LAVEMENT.

Enfin, dans *Le Carillon 45*, cet entrefilet d'Abdon Bouillou :

L'enfant Moix Yann est né ce matin, très tôt, trop tôt. Son front est très bombé. Le nez est court et déprimé. Les jambes et les bras sont volumineux. Les mains et les pieds sont larges. Les doigts atteignent à peu près tous la même longueur. Les reins sont fortement ensellés. L'intelligence est sensiblement au-dessous de la moyenne.

39

— Ce soi-disant « fils » est puant dans tous les sens du terme, conclut, parfaitement dépité, mon père. Nous nous sommes fait avoir comme des bleus par notre viviparité. L'ovulation est une arnaque. On ne nous y reprendra plus ! Je veux bien être père, mais à condition de ne pas avoir de fils !

Quant à moi, je voulais bien être fils, mais à condition de ne pas avoir de père. L'auteur de mes jours n'était pas, tant s'en faut, un de mes auteurs préférés.

— Nous l'avons raté et nous l'admettons, docteur, s'inclina mon père. Quand j'ai joui dans mon épouse, il n'était pas concevable, il n'était pas imaginable que les conséquences fussent aussi énormes. Ni aussi tragiques. La punition est terriblement disproportionnée. C'est à vous dégoûter de la vie sous toutes ses formes ! On va prendre combien ? Trente ans ? À se faire des soucis pour lui ? Le mandat est trop long. Comment en démissionner ? De quel droit ce trou du cul peut-il prétendre s'inscrire dans la lignée qui est mienne, se suspendre, tel un ouistiti, aux branches de mon arbre généalogique ? J'aurais préféré voir sortir une chenille, un hippopotame, une machine à laver ! Il est évident que cette petite larve va répandre un virus nouveau. Un virus qui risque de se propager aux quatre coins du monde. Pendant mille ans. Et à une vitesse vertigineuse. C'est une pandémie à lui tout seul. Il est inopportun. Il est envahissant ! Plus rien désormais ne pourra atténuer sa présence. Son existence est avérée, tout est trop tard. Il ne sera plus jamais plus là. On ne peut pas raturer son évidence, nier sa présence, gommer son volume, casser sa solidité, évacuer son être. Je le briserai, je le broierai sous la roue de la souffrance jusqu'à ce qu'il ne soit plus qu'une misérable et dolente chose où la douleur aura fait son nid d'épines ! Et s'il avait des dents je les lui casserais. C'est peut-être notre enfant, mais nous refusons d'être ses parents.

— « Avoir un enfant » n'est pas une simple expression ni même une manière de licence poétique, expliqua Boule-Touchée. C'est une situation qui, et ce depuis des millénaires, possède une signification concrète. Loin des obscurités para-normales, des énigmes mathématiques ou des mystères de la charité, cet état de fait, porteur d'une invraisemblable quantité de désagréments, segmente le temps en deux époques irrémédiablement distinctes : avant et après. Tous les parents vous le diront.

— Tout ça c'est du surplus démographique inutile ! continua mon père.

— Votre fils vient, il est vrai, de contribuer à l'accroissement de la population mondiale, admit Boule-Touchée.

116

— Peut-être même que sa naissance est la naissance de trop, la goutte d'eau qui fera déborder la planète, s'inquiéta ma mère.

— Des modes viables de consommation et de production ne pourront être atteints et maintenus que si la population mondiale ne dépasse pas un chiffre écologiquement viable, compléta mon père. La Terre tiendra-t-elle ? Supportera-t-elle sa présence en sus ?

— Chaque seconde, quatre hommes arrivent sur la Terre quand deux la quittent, dit Boule-Touchée, ce qui engendre un solde positif de deux humains par seconde, soit cent vingt par minute, soit…

— Sept mille deux cents par heure, calcula mon père. La planète carbure donc à sept mille deux cents habitants à l'heure ! *(Un temps)* Avec l'arrivée de ce merdeux-là, la surcharge de capacité humaine à la surface du globe risque d'être définitivement atteinte ! s'effraya-t-il.

— Tu as raison, mon amour, renchérit ma mère. La situation est calamiteuse !

— C'est un fait. La venue de votre fils risque d'aggraver une Terre déjà en surchauffe… insista Boule-Touchée. Je vous exhorte à l'avenir d'éviter ce genre de naissances non désirées. L'humanité déjà en place n'en respirera que mieux.

— Ce nain est clairement responsable du réchauffement climatique, ce n'est pas la peine de tergiverser, conclut mon père.

— Il ne faut pas non plus exagérer, dit l'infirmière aux tentants seins.

— Mais enfin, mademoiselle… Êtes-vous débile ou bien ? s'insurgea mon père. Regardez comme il respire. Il ne cesse pas de respirer ! Regardez-moi cette obscène quantité de dioxyde de carbone qui sort de sa bouche. Regardez comme il abuse de la respiration… Il faut le dénoncer aux associations antipollution ! Possédez-vous leurs coordonnées ? Le fait est que l'existence de ce petit jouisseur nous envoie tout droit vers l'Apocalypse. Le docteur Boule-Touchée a raison. Il est parfaitement clair que son irruption parmi nous constitue une aggravation réelle de la surpopulation.

— Et tout aussi clair, par voie de conséquence, que sa naissance sera la cause de notre mort, précisa Boule-Touchée en fronçant des sourcils qu'il avait très épais (je ne le précise que maintenant).

— Pendant que ce petit hédoniste à la mords-moi-le-cake se livrera à des orgies d'oxygène, poursuivit mon père, vous et moi périrons dans d'indescriptibles souffrances, asphyxiés par le gaz carbonique et l'ammoniac produits par monsieur. Nous crèverons dans une Orléans polluée par lui et ses gigalitres de CO_2 sournoisement déversés dans nos rues et nos chaumières. Orléans qui, par parenthèse, n'avait avant la naissance de ce singe-là aucune vocation à devenir mégalopole ! Il a mégalopolisé Orléans ! Connard, va. Tu ne pouvais pas nous laisser respirer en paix, dis ? Tu ne pouvais pas préserver la planète ? Tu as du respect pour quoi, toi, hein ? Tu as le vice dans la peau, mon gars ! Même les Chinois font des efforts… Qui va devoir éponger tes déjections, recycler tes déchets, écouler tes échappements de dioxyde de carbone ? Tu t'en fiches, n'est-ce pas ? Cela n'a pas l'air d'être ton problème. Tu es au-dessus de ça, bien sûr. Il portera toute sa vie, comme une croix, la responsabilité de l'épuisement des ressources naturelles. Toute sa vie ! Docteur, pour la peine, ma femme et moi sommes prêts à vous signer une décharge dans laquelle nous nous engageons – du moins jusqu'à sa majorité – à restreindre le seuil de consommation calorique journalier de ce fils qui nous fait déjà tellement honte… Ce sacrifice bien naturel permettra à la moitié du monde qui, elle, en a réellement besoin et n'est pas née comme lui dans le confort et l'abondance, de se nourrir décemment.

— Il n'est peut-être pas encore tout à fait en âge de comprendre, mais le fait est qu'il ne se rend pas compte de ce qu'il vient de faire en étant, dit ma mère.

— On vit en tout cas désormais dans un monde où l'on sait qui est en trop, adjugea mon père. Déjà que la plupart des gens le sont, en trop... Alors, lui, dont personne n'a jamais voulu, ne veut pas et ne voudra jamais, *a fortiori* ! Surtout que ce cochon-là ne manquera pas de se reproduire à son tour ! Il suffit de le fixer bien droit dans les yeux pour voir immédiatement à quel genre de vicieux on a affaire. Il faudrait qu'on trouve le moyen d'empêcher ce type d'engendrer. Sa descendance peut faire de sacrés dégâts. Il faudra censurer ses instincts. Il s'agira de veiller, au plus tôt, à ce que cette vermine manque de santé, de vitalité, de vivacité, de ressources. Il serait parfaite folie qu'il devînt un jour père de famille : il est déjà trop nombreux quand il est tout seul : le laisser se multiplier équivaudrait à assassiner en nous toute possibilité d'avenir.

— Il est décidément si laid que cela ne sera pas une grande perte ! contresigna ma mère.

— Les experts s'attendent à approcher les neuf milliards d'êtres humains sur la planète d'ici 2050, chiffre qui, à cause de ce fils inutile, sera atteint d'autant plus rapidement. Dans quelques minutes, par sa faute, un premier iceberg, en Antarctique, va se décrocher d'un seul bloc, éclatant en cristaux et faisant un bruit de tonnerre mou. Les neiges éternelles vont commencer à fondre plus vite. La neige ne se maintiendra plus à la neige, et les durs morceaux de rocs glacés vont branler du chef, ils vont s'affaisser, se ramollir, et tout ça pour que ce petit marquis respire. La blancheur deviendra plus grise et plus goutte et plus eau. Par endroits, de l'herbe jaune apparaîtra là où la neige avait de tout temps posé son éternité indiscutable et sévère. *(Un temps)* Il va fermer sa gueule !

Je reçus de lui ma première gifle au bout de dix-sept minutes de vie. Je cessai aussitôt (mais très momentanément) de hurler.

— Vous êtes fou ! s'indigna l'infirmière mammaire.

— « Le clou qui dépasse attire le marteau » ! rétorqua mon père. Proverbe chinois !

— D'autant que ce n'est pas cela qui va l'empêcher de se remettre à crier de plus belle, précisa l'infirmière principale, elle aussi choquée – mais moins.

— Je confirme, confirma Boule-Touchée.

— Le propre de la force est d'obtenir des résultats, sinon durables, du moins immédiats, fit observer mon père.

— Bien fait ! lança ma mère. Moi j'approuve. Ce sera pour les effets de serre !

40

En portant la main sur moi, mon père venait de détruire un certain état du monde : je ne serais plus jamais ingiflé. Je tentai pendant quelques secondes de maintenir une extériorité tout entière faite d'indifférence (je voulais qu'on me considérât d'emblée comme une nature) ; mais aussitôt ma disposition aux cris reprit ses droits.

Voici ce qu'écriraient mes exégètes à ce sujet bien des années plus tard :

Hélas, tout biographe est contraint, au vu des témoignages, de démentir la première des très nombreuses légendes moixiennes. Ainsi, l'improbable scène de la gifle qui, renseignement pris auprès de l'expéditeur et géniteur, semble avoir été inventée de toutes pièces par le cerveau mythomane du pur génie qui nous occupe ici. (*Yann Moix, une vie*, Grasset, 2054, 72,30 euros, page 39.)

Je m'en expliquerais aussi dans un livre d'entretiens avec le fameux Fedor Petrowicz (spécialiste de l'écrivain napolitain Aldo Strutonzo, Prix Nobel de littérature 2032) :

« FEDOR PETROWICZ : Il y a des informations très contradictoires sur le début de votre vie. On dit généralement que vous auriez pris une claque alors que vous n'aviez que quelques jours. C'est bien cela ?

YANN MOIX : Non, pas du tout. On vous aura mal renseigné – et je sais qui vous aura mal renseigné. J'ai reçu une claque, comme vous dites – car il me semble que le terme de gifle est plus noble, plus littéraire, plus intéressant, plus dramatique –, tandis que je n'étais âgé que de quelques minutes. Dix-sept exactement, du moins d'après les connaissances de la recherche actuelle. » (*Conversations moixiennes avec Yann Moix*, Cahiers du Cinéma, Collection « Atelier », 2021, 27 euros, page 15.)

« Si j'avais été tentée de sous-estimer l'importance de la gifle paternelle sur le plan littéraire », devait dire plus tard Angela Grüdensackel von Siegschnabürkeitweldheim-Höffelhartwig lors d'un colloque à moi consacré, « en dépit des sévères accusations quant à la véracité de l'épisode en question, mon attention eût été mise en éveil aux environs de 2016 lorsque, accompagnant à des banquets mon père qui était alors président de la chambre de commerce du Loiret, j'entendis le secrétaire organisateur déclarer avec emphase pour célébrer dans un toast l'excellence du repas et sa parfaite ordonnance : "J'ai bien connu une des infirmières, aux charmes particulièrement charnus, qui a assisté le docteur Boule-Touchée lors de la naissance de notre cher Moix. Elle m'a tout raconté et ce, croyez-m'en, dans les moindres détails. Cette histoire n'est en rien une affabulation surgie de l'imagination il est vrai surpuissante que nous connaissons tous et qui a changé nos vies par bien des aspects. Ainsi, la suprématie de cette scène primitive, loin de concrétiser dans l'œuvre moixienne le syndrome de mythomanie, porte au contraire en son sein la lumière de la vérité." » (Actes du colloque « Yann Moix, œuvre-vie ou vie-œuvre ? », Centre Yann-Moix, Orléans, 12-17 juin 2061, Presses universitaires du Wisconsin.)

DEUXIÈME PARTIE

Calcium

1

Depuis le temps que les hommes meurent, qu'accumulés dans l'Histoire tous les cadavres reposés se taisent parmi les tas, Platon, Napoléon, Liszt, Dickens, Joyce, on devrait comprendre qu'une saute d'humeur dans une épicerie, une impatience dans la queue d'un cinéma, un agacement dans la foule, une exaspération sur la ligne 12 du métropolitain ne sont rien face à l'évidence lumineuse de la mort. L'absence d'éternité, chez l'homme, ne dispense étrangement ni de la médisance ni de la mesquinerie. On devrait aimer la vie avec l'intensité de feu qui nous fait craindre la mort. Nous sommes victimes d'une éternité que nous ne possédons même pas.

Il y a ceux qui sont nés sans vivre, qui n'ont fait que naître : morts enfants, sans connaître le ressentiment ni le coït, Venise, le Grand Canyon, l'intégrale de Roberto Rossellini. Ils sont passés comme des flammes, ils furent créés pour rien. Leurs trésors, espoirs et vanités sont restés muets pour toujours. Ces vies étaient faites pour être vécues, elles attendaient qu'on vînt les remplir de sable, d'amour, de violence, de fleurs, de goudron, d'ambition. Au lieu de cela, elles ne furent qu'inutile production de glandes passagères et de poumons provisoires, d'organes sans queue ni tête. A-t-on le droit d'appeler ça des vies ? Au lieu d'une vaste contrée, habitée par des mystères et peuplée d'aventures, où des felouques plissent sur la mer très infinie très bleue : une séchée crotte.

Une vie longue a besoin du monde entier, puisque le temps recherche l'espace pour s'étaler, se remplir, occuper son ennui, allonger ses jambes. Une vie de quelques mois, de quelques années, se satisfait d'une ruelle et d'un bac à sable. Tous ces humains morts enfants qui, jamais, n'auront accédé à la liberté ni au verbe. Ils n'auront connu de l'existence qu'un chien, un morceau de moquette, la soumission à des adultes inflexibles et ratés.

— Ta mère et moi avons raté notre vie, commença mon père avant de me laisser le temps de souffler (j'étais blotti dans les bras de ma mère et lui tournais le dos). Nous t'avons mis au monde pour chasser l'ennui de notre quotidien et remplir un vide qui n'était plus supportable. Ne pas savoir comment occuper ses journées est une malédiction, car tu verras que l'existence est constituée d'une quantité effroyable de journées. Si tu as la chance d'avoir un travail, tes journées seront concises et drues, mais impersonnelles et méchantes. Un chef sans imagination, sans culture et sans destin te tourmentera jusqu'à l'heure de la retraite. Si tu ne travailles pas, tes journées seront laides et flottantes. Elles seront comme des gouffres. Trop grandes, trop vastes pour y placer le talent que tu n'auras pas. Journées informes et sans géographie, qui durent, insistent, reviennent : elles seront insensibles et jumelles, infiniment vierges et recommençantes, horriblement nouvelles et uniformes, permanentes et interminables, aveugles, sans commencement et sans fin. Tu erreras dedans, sans métier, sans pouvoir leur donner le moindre visage, car elles seront plus fortes que toi, et finiront par t'écraser. Rares sont ceux, tu le comprendras, qui parviennent à s'offrir des journées intéressantes. Des journées graphiques. Des œuvres d'art de journées, qu'on croirait préparées à l'avance tant elles semblent réussies, parfaites. Ces journées-là présentent des volumes et des lacets, des péripéties mystiques et des accidents merveilleux. Elles sont remplies de caprices, de femmes improvisées, de voyages inopinés. Elles sont sculptées par ceux qui les vivent. Elles se détachent les unes des autres. Elles ne semblent pas copiées les unes sur les autres. Les femmes ? Ah les femmes ! Je me demande s'il est bien pertinent d'entamer ce chapitre… Sans le moindre doute, elles voudront difficilement de toi, car elles ne s'obtiennent qu'à la condition de comprendre deux ou trois choses très simples sur l'existence, que tu n'entendras jamais parce que, comme tous les gens qui pensent être plus intelligents que la moyenne – alors qu'en réalité tu végètes bien au-dessous –, tout sera compliqué pour toi. Alors, tu verras des êtres simples te ravir sous le nez les plus belles des créatures, et les livres que tu auras lus ne te seront d'aucun secours. Bestiole remplie de science, tu rentreras chez toi tel l'escargot en sa coquille, tu seras la proie des larmes et des lamentations. Tu es voué à te lamenter sur ton sort et tu as mille fois raison : le charme, cela ne sert à rien par les temps qui courent, et pour peu que tu en sois pourvu – ce qui reste à démontrer –, il te faudra de la force mais je te sens déjà affaibli par le poids des choses et de la vie, tu es un vaincu, par où qu'on t'envisage tu es un vaincu. Vers 20 ans, mon petit bonhomme, alors que tu seras encore puceau, tu regarderas ton visage, en reflet, dans la vitrine d'un fleuriste, d'une librairie et, horrifié, tu comprendras que tes cheveux ne sont pas implantés sur ton crâne pour la durée de l'éternité, que les premières touffes se sont envolées à ton insu, profitant de tes nombreux moments d'inattention et de ton arrogance à te croire jeune jusqu'à la fin des temps. La génétique aidant, moi, ton paternel que tu haïras comme jamais tu ne haïras personne de ta vie en dehors évidemment de toi-même, je te donnerai un joli coup de pouce pour t'accompagner dans la calvitie, j'accélérerai, par mes incessants sarcasmes, l'alopécique processus, je verrai les jeunes filles se détourner de mon fils en moquant sa tonsure, et tout cela me rendra profondément heureux.

2

— Tu ne le sais pas encore, mais si tu te décides, au mépris de mes contre-indications, à vivre malgré tout, les maladies te choisiront comme terrain d'expérimentation. Tu tousseras, tu vomiras, tu cracheras du sang. Tu ne supporteras pas l'alcool et seras sujet, non seulement à la mélancolie – qui déjà a commencé en toi son travail atroce – mais aux allergies, aux démangeaisons, aux picotements, picoti, picota. Tout cela respire le calvaire. Tu porteras sur tes imparfaites petites épaules le poids du monde, hélas, mais aussi toutes les tragédies concernant la famille, les drames qui demandent à sortir de notre habitacle comme du pus, et qui sont étouffés, et qui chaque jour pèsent un peu plus. Nous te les transmettrons, tu devras les ingérer, ils détraqueront ton estomac voué tôt ou tard à certaines métastases qui pourraient entraîner la mort. Car je t'annonce mon ami que tu n'es pas immortel. C'est d'ailleurs moins pour vivre que pour mourir que tu es venu parmi nous. La mort, tu y penseras souvent, quand la solitude aura fini par t'accompagner mécaniquement en tout, dans tous tes déplacements, dans tes décisions, dans tes nuits surtout. C'est que tu n'auras pas reçu suffisamment d'amour pour avoir, dans ton sang le plus intime, l'absolue garantie de plaire, de séduire, d'embobiner. Les humiliations que ta mère et moi t'aurons fait subir à l'envi auront provoqué, de manière irréversible et têtue, une incapacité d'aller vers l'autre qui te poussera tout naturellement au suicide. Tu te réfugieras momentanément dans le sport, ou dans une occupation artistique aussi méprisable que toi, et, pendant quelques mois, au mieux quelques années, tu auras l'impression qu'une passion remplit la vasque grotesquement creuse de ton être. Ta véritable vocation, qui en réalité ne sera qu'un leurre et n'aura jamais existé – je serai d'ici là parvenu à l'empêcher, à la piétiner, à la détruire, eh oui !

qu'est-ce que tu crois ? –, aura été remplacée par le sentiment du ratage, inéluctable dans notre famille. Tu pourras tourner la question dans tous les sens, faire le bilan de tes élucubrations, maudire les raclées que je n'aurai pas manqué de te coller à longueur d'enfance, tu n'auras pas vaincu l'obligation d'avoir échoué. Vers 13 ans, tu refuseras de porter des vêtements que tu jugeras humiliants en rapport aux jeunes filles, mais ta mère et moi continuerons à t'accoutrer de la façon qu'il nous plaira. Nous ne sommes point gens à nous plier à la mode. Tu suivras notre pente, nous t'emporterons vers la même tragédie que nous, avec la même haine pour les choses, les animaux et la quasi-totalité du genre humain. Tu maudiras les plus puissants que toi, que nous, parce que tu ne peux les égaler, les dépasser, et tu exécreras les plus petits parce que cela fait du bien. Vers 15 ou 16 ans, tu seras sujet, stupidement, à une passagère crise mystique qui te fera te tourner vers quelque prie-Dieu. C'est répertorié, c'est homologué, c'est prévu, comme sont programmées tes petites révoltes verbales et la cutanée poussée d'aberrants bubons qui serviront de thème principal aux débats, très abrégés, qu'aura la gent féminine à ton misérable endroit. Tu as voulu naître ? Eh bien tu es né ! Très bien ! La belle affaire ! Nais, nais tout ce que tu voudras, nais de tout ton soûl, ne te gêne pas, je t'en prie, *be my guest*. Mais ne compte pas sur moi pour te défendre lors des combats et rixes. Je serai essentiellement là pour les coups de pied dans le cul, les restrictions, les limitations, les punitions, les vexations et autres désagréments rimant avec les précédents mais qui, pour l'heure, ne me viennent pas à l'esprit. Une fois que nous t'aurons détruit par les névroses qui nous ont détruits nous-mêmes, ta mère et moi, nous te lâcherons dans la nature en te coupant les vivres et en riant un bon coup. Tu habiteras une poussiéreuse masure, fichant le cafard, et dont la cuisine et la salle de bains, pourries de champignons et envahies par les miasmes, seront aussi grandes que l'intérieur d'une lampe de poche. Tu ne gagneras pas suffisamment ta vie pour vivre ailleurs qu'en province, et nous ne t'aurons pas inculqué suffisamment de courage pour que tu sois capable de quitter Orléans. Tu resteras enfermé dans cette putain de ville qui t'aura vu naître et n'aura eu de cesse que de te voir mourir. Des rumeurs circuleront sur ton compte – la ville est petite et malveillante pour ses enfants. Tu n'auras que fort peu de raisons de vivre. Tu connaîtras tout de la cité, jusqu'au moindre de ses cailloux. Tu auras la sensation, morbide, de tourner incessamment en rond. Tu verras comme l'ennui fait tourner la tête, vertigineusement vite, te donnera des migraines et des haut-le-cœur. Orléans deviendra ta cage, tu chercheras en vain une ruelle inédite, un visage que tu ne connais pas. Tu seras fait comme un rat dans ta ville natale, fait comme une pauvre petite belette délavée, avec Jeanne d'Arc plantée en son milieu et la même cathédrale raide sous le sempiternel même ciel aux pluvieuses tendances : mais tu sauras, bien rapidement, que la ville est plus écœurante encore sous un soleil de plomb, scindé que tu seras entre l'obligation de profiter du beau temps et l'effroi de ne savoir où aller, sinon dans le strictement même café que la veille et l'avant-veille, empruntant le même boulevard à la même allure, affrontant les mêmes bruits, avalant la même réalité. On peut se suicider à cause du soleil. Le soleil n'est pas fait pour la ville. Ce rayon oblique qui, depuis deux cents ans, vient taper chaque jour de beau temps sur le même morceau surchauffé de parpaing, de brique, de tuile, de gouttière contient en soi toute l'impossibilité du moindre bonheur. L'enfer, ce n'est pas les autres : c'est un soleil qui frappe sur le toit des maisons, sur le pavé des rues, sur la grille des bouches d'égout par un début d'après-midi, où chacun n'a rien d'autre à faire que de penser à la mort. Chacune de tes journées à Orléans, où à peine né tu es déjà coincé pour toujours, sera comme le tour de roue d'un hamster. Alors, épuisé, épuisé par la fatigue et l'ennui, tu guetteras la vieillesse, qui par ailleurs ne t'avait pas attendu pour s'imprégner de toi, tu te délabreras, tu t'affaisseras, tu mourras. Ta mère sera sans doute encore de ce monde – elle a la peau dure, crois-moi –, elle assistera à tes obsèques et je te préviens dès aujourd'hui que je ne partagerai pas avec toi la *moindre* sépulture. C'est en compagnie de mon épouse que j'entends reposer, et peu m'importe que le hasard ait décidé qu'elle soit aussi ta mère. Le mariage l'emporte sur la bagatelle, l'amour sur le résultat accidentel de l'amour. Tu n'auras pas de destinée particulière, mais une inutile vie, que tu meubleras par l'achat d'un téléviseur, d'une chaîne haute-fidélité. Contaminé par mes habitudes, tu auras bien du mal à fabriquer ton propre goût et tu reproduiras les miens en écoutant les mêmes ritournelles que moi, en achetant les mêmes disques que moi, en privilégiant les mêmes programmes télévisés ou radiodiffusés que moi. Tu ne pourras jamais te débarrasser de mes préférences, évacuer mes lacunes, rectifier ma trajectoire : tu es marqué d'ores et déjà, puni jusque dans tes viscères, et la figure à dépasser, la mienne, te hantera pendant des années jusqu'à te gâcher ton cheminement d'homme, qu'aucun psychologue, psychanalyste, psychiatre ne parviendra, malgré vos efforts conjoints, à parfaire, ni même à esquisser. Je pèse sur ta tête, Machin, je te méprise de toutes mes forces. Je déteste ta faiblesse et la manière inexcusable dont tu en joues. Je ne sais pas comment tu comptes t'y prendre, mais vivre, pour toi, peut *officiellement*, à partir de cette seconde, être considéré comme la pire des choses qui soit arrivée à un être depuis que le monde est monde, en tout cas depuis que je suis ce que je suis.

— Calme-toi, mon loup, supplia ma mère.

— Votre femme a raison, intervint le docteur Boule-Touchée.

— Je parle à mon fils, permettez ? coupa mon père. Merci !

131

3

— Entre 18 et 20 ans, tu voudras être diplômé, n'est-ce pas ? Un peu comme moi, qui enseigne à haut niveau les mathématiques. Ce ne sera pas possible : je t'aurai écrasé de tout mon poids bien avant que tu n'atteignes un niveau scolaire convenable. Je vais te préparer, non aux études, mais à leur *contraire*. Tu auras de toi, de tes éventuelles capacités intellectuelles une si piètre opinion, que c'est par insuffisance psychologique, mentale, que tu échoueras de toutes *mes* forces aux concours prestigieux. Il est évidemment hors de question que, dans cette famille, quelqu'un s'avise – fût-ce quelqu'un que j'ai contribué à mettre au monde – à outre-passer mon niveau universitaire. Les études brillantes ont été effectuées *une fois pour toutes*. Par *moi*. Tu iras végéter ailleurs, loin des campus. Tes capacités intellectuelles te serviront, non à gravir les échelons, mais à broyer du noir. Tu seras intelligent dans le malheur, plein de finesse pour ce qui concerne le chapitre de la mélancolie, et c'est dans la douleur que tu exerceras à la fois ta mémoire, dans la souffrance que tu iras raisonner. Autant de catégories qui gâchent la vie de ceux qui pensent trop, car l'intelligence, la profondeur, tout bien pesé, cela ne me dérange pas que tu en sois affublé : l'horreur que s'apprête à être ta vie n'en sera que plus aiguë. Je vais faire en sorte que jamais, je dis bien *jamais*, tu ne sois en pleine possession de tes moyens devant une copie d'examen, ou seul devant toute ta classe au tableau noir. Je te veux, dans ces occasions, rongé par les complexes, le doute, le manque d'assurance, le ridicule, l'incapacité à te concentrer, à faire face, à gérer le stress, à te dominer. Et puisque tu ne parviendras pas à te dominer, par un mécanique et fluide phénomène de vases communicants, ce sont les autres qui te domineront. Des moins intelligents que toi, peut-être, mais qui te piétineront. Moins intelligents que toi, mais

davantage accompagnés, davantage aimés, davantage préparés. Le bras de fer entre l'intellect des abîmés et l'assurance
des remplis d'amour est perdu d'avance au détriment des
premiers. Les études, ce n'est pas très difficile. Ce n'est pas
avec des raisonnements qu'on décroche les belles écoles, mais
avec l'assurance qu'on saura les tenir. Idem pour les filles :
ce ne sont pas les beaux garçons qui les attirent, mais les
garçons *persuadés* d'être beaux. Ce ne sont pas les étudiants
intelligents qui entrent à Polytechnique, mais ceux qui n'ont
aucune raison de douter qu'ils le sont. La tâche à laquelle je
vais dès à présent m'atteler, si ta mère est d'accord et si
finalement je décide de t'élever – je t'avoue que je n'ai pas
encore pris ma décision –, consiste par conséquent à détruire
en toi toute espèce de confiance. De casser à l'intérieur toute
possibilité de sérénité. Non seulement je vais te programmer
pour que jamais, au grand jamais, tu ne puisses te considérer,
fût-ce une seconde dans ta pauvre vie, comme beau et intelligent, mais je vais m'employer, quitte à mettre les bouchées
doubles, à ce que ta laideur physique et tes insuffisances
intellectuelles résonnent en toi comme des évidences. C'est
un travail de longue haleine. C'est un chantier qui se démarre
sans perdre une minute ! Oh, je sais bien que tu vas essayer
de tricher. De trouver une compensation, un adjuvant, une
issue. Tu vas tenter de te frayer une voie secrète pour t'exprimer envers et contre tout. Notamment par ce que tous ces
demeurés appellent *l'art*, et n'est qu'un mot. Un mot inventé
par des gens incapables de résoudre une équation du
deuxième degré. Tu voudras, immanquablement, t'adonner
à cette manie, à ce cancer : *l'art*. Tous les adolescents tombent
dans le panneau. Ça ne rate jamais. La musique, impossible,
nous n'achèterons jamais *un seul* instrument – hé ! nous ne
sommes quand même pas nés de la dernière pluie, ta mère
et moi. Si tu me ramènes une flûte à bec, je t'encule avec.
Un piano ? Il te servira de cercueil – de toute façon tu n'en
auras financièrement *jamais* les moyens. Tu vas me dire : une

guitare. Je te réponds qu'avec les cordes, je t'étranglerai tellement fort que tes yeux sortiront de leurs orbites. Le plus probable, en réalité, reste que tu essaies de nous damer le pion par l'exercice clandestin de l'écriture ou la pratique frauduleuse du dessin. C'est un problème, je dois l'admettre, mais nous l'avons déjà anticipé avec ta mère. Il est de mon devoir de te prévenir que ces activités, strictement prohibées sous mon toit, seront sanctionnées avec une exemplaire sévérité. Toute esquisse, toute ébauche, toute fresque sera dûment déchirée, tout manuscrit, brûlé. Les poèmes, nous les lirons publiquement, dans une tablée, pour faire rire amis et voisins, en présence de l'auteur, puis immanquablement les rétribuerons d'une gifle, d'une résiliation en chambre, d'une durable privation, non de dessert – ta mère fait du diabète – mais de nutrition tout court. Je t'avertis en sus que si tu comptes nous rouler en exécutant ces œuvres au prétexte qu'elles sacrifient au rituel de la fête des mères, ou des pères, ou des canards ou que sais-je, ce sera peine perdue ! Quel qu'en soit le motif, ces activités régressives et gratuites ne seront point tolérées. Je ne suis pas contre faire de toi un enfant martyr – autant appeler un chat un chat – dans l'hypothèse, pénible, où tu contreviendrais à ces règles. Les gens s'imaginent que sous prétexte qu'ils ont, ou ont eu, une enfance malheureuse, ils peuvent devenir Proust ou Chateaubriand ! C'est une vue de l'esprit. Il est irresponsable de faire croire des choses comme cela à des jeunes gens. Ce serait trop simple : avec un raisonnement pareil, tout le monde rêverait d'avoir une enfance malheureuse. Moi, l'enfance malheureuse que je te concocte, avec l'amicale participation de ta mère, c'est *vraiment* une enfance malheureuse. Pas une de ces simili-enfances malheureuses qui te permettent contre vents et marées de construire quelque chose sur le malheur, ou à partir du malheur. Si l'on tire des romans de son enfance, c'est qu'on veut y retourner, dans cette enfance, et que – par conséquent – elle n'a pas dû être aussi malheureuse que ça ! Je m'excuse mon bonhomme, mais c'est ce qu'on appelle de la logique ! L'enfance malheureuse comme je l'entends moi, ce n'est pas l'enfance malheureuse qu'on nous vante et qu'on essaie de nous vendre à tout bout de champ pour faire du fric ou des bouquins ou des opérettes ou je ne sais quoi. Tu verras. Une enfance malheureuse réussie, cela doit être comme un trou noir. Rien ne peut, rien ne doit en sortir. Aucune lumière, pas le moindre début du plus petit verbe, pas un croquis, pas une note de piano, un film encore moins. Rien ne peut s'en échapper, c'est dense et clos. Il n'y a pas dessus matière à ruminer, à philosopher, à réfléchir, à critiquer. L'enfance malheureuse telle que je la conçois – et j'espère que je serai à la hauteur de mes ambitions –, tu ne parviendras jamais à la décrire, ni à l'analyser, encore moins à t'en moquer. Tu ne pourras ni t'en vanter, ni t'en plaindre. Tu ne sauras pas qu'elle aura été une enfance, d'une part, et d'autre part, qu'elle aura été malheureuse ! Elle s'apparentera à la division par zéro en mathématiques : tu vivras dans l'incroyable impossibilité de la définir, de l'appréhender, de lui donner une forme. La seule manière de la dire, c'est de la vivre. Et la seule manière de la vivre, c'est de l'avoir vécue. Une enfance malheureuse réussie, idéale, parfaite, c'est quand l'avoir vécue et la vivre se confondent. Quand l'avoir vécue il y a longtemps, c'est la vivre encore longtemps après, chaque jour que Dieu fait – ou plutôt défait. Je n'ai point encore fini d'en discuter avec ta mère, mais je ne suis pas totalement opposé à la solution de la maltraitance – j'entends : la maltraitance *physique*, parce que je crois qu'en ce qui concerne les sévices psychologiques, tu as vu que je n'avais pas perdu une minute, n'est-ce pas ? Comment ? Non, la petite giflette que je t'ai gentiment administrée tout à l'heure, ce n'était rien, c'était comme un cadeau de bienvenue. Ne crois pas que cela entre dans ma définition à moi de la maltraitance physique. Ne confonds pas ce qui remet les idées à leur place et les coups et blessures. Ne mélange pas la nécessaire administration d'une leçon avec outrage à la personne. N'assimile pas ce qui est bénéfique à la circulation du sang au démontage de gueule en bonne et due forme. Sinon – crois-moi – tu risques de tomber d'un peu haut ! Je ne possède point encore toutes les connaissances techniques pour te transformer en véritable enfant martyr ni te faire connaître un calvaire digne de ce nom, je le concède humblement. Mais c'est dans mes projets. C'est quelque part dans un coin de ma tête. Ne nous interdisons rien. Tu verras, les nouvelles et les romans, tu n'y penseras même plus en rêve. Quant aux dessins, mon pauvre ami, crois-tu que tu auras encore la force de tenir un pinceau ? Vois-tu, mon but n'est pas tant de « gâcher » ta vie, que d'empêcher que tu en aies une. Ce n'est pas exactement la même chose. Tout le monde peut voir sa vie gâchée. C'est à la portée du premier venu. Mais être là et ne pouvoir vivre alors que pourtant on est en vie, c'est cela qui est fortiche, non ? Être incapable de vivre alors qu'on n'est pas encore mort, c'est cela mon ambition pour toi, c'est cela que je fomente. Je ne sais pas ce que tu en penses, mais je trouve que ça ressemble à quelque chose, que ça vaut le coup en tout cas d'être tenté, même si cela se conclut par une foirade. Personne ne pourra me dire que je manque d'ambition. Là où l'immense majorité des pères indignes se fussent contentés de pourrir l'existence de leur progéniture, de faire de leur vie un immense vide-ordures, je nie moi carrément le bien-fondé de cette existence, je réfute le droit de vivre cette vie. Je vise à empêcher toute forme de développement, à contrecarrer toute velléité d'émancipation, à étouffer – si possible dans l'œuf – toute promesse d'épanouissement, à décapiter tout frémissement de construction de soi. Balèze, non ?

4

— À 30 ans, tu n'auras encore rien fait de passionnant, ni laissé aucune trace. Tu auras essayé d'aimer, de publier tes chiures, mais, en conclusion, tu te feras la remarque suivante : « J'eusse mieux fait de ne rien faire ! » Ce sera le début de la dépression, une dépression qui jamais, *jamais* ne te quittera. Ton crâne sera lourd, tu ressentiras des fourmillements dans tes mains. Tu seras la proie de nausées terribles, tu perdras peu à peu l'appétit. Des gouttes de sueur tantôt glacées, tantôt brûlantes, couleront sur ta nuque. Tu n'auras pas la force, le matin, de sortir de ton lit. Rien, pourtant, ne te semblera plus écœurant que de rester dans ce lit, rien sauf le monde, le monde à vivre, le monde à percuter, le monde qui t'écrasera de sa masse de monde. Tu n'auras jamais soif. Tu n'auras jamais la moindre envie, ni, ce qui est un comble, le moindre besoin. Tu seras enroulé dans une matière morte, et cette matière morte ce sera ta vie. Tu ne seras plus capable d'être amoureux. Tu seras vaguement agressif, toujours injuste avec ceux qui voudront tenter, mais en vain, de te venir en aide, de t'aimer. Tu sentiras mauvais. Tu perdras le sommeil et la dignité à peu près en même temps. Tu vieilliras plus vite que d'habitude. Tu confondras sans cesse le jour et la nuit. Les aliments, du carton, auront toujours le même goût dans ta bouche asséchée. Tu auras des tremblements de grippe. Tu n'auras jamais la force d'atteindre, depuis ta chambre, le couloir de la cuisine. Pourquoi te rendrais-tu dans la cuisine ? À quelle fin ? Tu seras livré à toi-même en tes murs, juif errant dans ton propre appartement. Les poubelles commenceront à empester. Tu ne changeras jamais de caleçon. Tu sentiras l'urine et la merde. Les mois passeront ainsi, dans le noir. Tu auras perdu douze kilos environ. Tu n'auras pas ouvert un livre, pas regardé un seul film, pas écouté un seul morceau de cet infâme jazz que je hais tant.

Tu n'auras pas pris une seule douche, pas un seul bain. Des croûtes rosâtres et brunes auront recouvert ton visage, tes hanches. Tu sentiras le saumon pourri et tes ongles seront exagérément longs. L'instinct de survie aidant, tu finiras doucement par reprendre du poil de la bête, expression étrange parce que entre-temps tu seras *devenu* une bête – encore que rien n'est plus proche de la définition de l'humain que cette faculté à s'approcher de l'animal. Tu voudras commencer une analyse, mais n'auras pas suffisamment de patience, ni d'argent, pour la mener à bien. Tu feras de courts séjours à la campagne, chez des « amis », mais la campagne ne guérit rien – je te laisse le découvrir à tes dépens – et surtout : les amis n'existent pas. L'amitié, c'est une vue de l'esprit, ça ne se déroule que dans la tête, lorsqu'on est doté d'une pauvre naïveté comme la tienne, qui fait peine à voir. Tu confieras des choses importantes à des gens, ces gens que tu définis suivant le terme d'« amis », donc, et ils s'en iront les répéter, les photocopier, dans le but de te rendre risible et ridicule, dans le dessein, mon fils, de t'affaiblir, toi qui es déjà totalement absolument à terre. Si tu crois au progrès, considère que tu es mort : cela n'existe pas non plus, ni à titre individuel, ni et encore moins à titre universel ! La seule chose qui progresse, c'est le cancer, la mort, le temps dedans ton corps chaque jour davantage flétri. Tu ne pourras jamais tranquillement réfléchir à la vie sans que la pensée de la mort vienne te cueillir. Sauf à compter sur une mutation de l'espèce – en te reniflant présentement je mise plutôt sur sa triste régression, sur sa sourde dégénérescence –, tu subiras tout, tout le temps.

— À 40 ans, à mi-vie, tu n'auras toujours pas fondé de famille. Ni femme ni enfant. Rien. Du vent. Dans l'hypothèse où tu aurais réussi à séduire des femmes, je prédis que tu n'auras fait que cela : les séduire. Sans parvenir à les aimer, à les écouter encore moins. Tu les auras collectionnées. Comme on collectionne des voitures, des poupées, des soldats de plomb napoléoniens. Tu te seras figuré être un grand séducteur, sans t'apercevoir – pauvre nouille – qu'en agissant de la sorte, tu précipitais ta chute. Se servir des femmes pour avoir l'impression d'exister, en les multipliant, en ne se les arrogeant que sous le pauvre et humide aspect de « conquêtes », c'est *précisément* cela le leurre absolu, c'est *précisément* cela se faire rattraper par le néant, asseoir comme seule autorité sur les choses, sur la vie, un mépris malade et morbide. À chaque fille baisée, puis relâchée dans les eaux comme on relâche une carpe, tu pourras me remercier : ce sera le signe, tangible, que ta vie n'a pu avoir lieu, ce sera là la marque d'une enfance malheureuse digne de ce nom ! J'aurai alors réussi mon grand œuvre : te donner la mort plutôt que la vie. Chaque femme que tu séduiras te conférera sur le moment un petit vertige supérieur, te donnant l'illusion que tu es quelqu'un, que tu as du pouvoir, du charme, du « charisme ». Au vrai, chacune de ces femmes abusées, méprisées par ton égoïsme, ton donjuanisme effarant, pathétique, infantile, sera comme un clou planté dans ton cercueil. La séduction perpétuelle est un enfer. Comme tout ce qui est perpétuel. À chacune de ces femmes estimables, remplies de sentiments pour toi, prêtes à t'aimer et à t'offrir le meilleur d'elles-mêmes, tu aurais pu, tu aurais dû t'arrêter, leur donner quelque chose, mais *quoi* ? Tu n'as – remercie-moi je t'en prie – que de la merde à leur offrir, des orties, des ronces, quelques cailloux. Cela porte un nom : la misère. Tu auras fait défiler ces beautés, les unes après les autres, pour satisfaire ta vanité, réparer tes fissures, combler ce narcissisme qui chaque jour t'injecte davantage de venin dans les veines. Tu auras invité ces femmes à déjeuner, à dîner, tu les auras manipulées pour qu'enfin elles acceptent de te rejoindre dans ton lit, elles amoureuses et toi cynique, elles sans méfiance et toi simplement disposé à pénétrer leur corps, leur jetable corps que tu jetteras dans une fosse commune, commune à toutes celles que tu auras pénétrées, avant de recommencer avec une nouvelle, une neuve, jusqu'à ce que le temps t'abîme, te défigure en riant aux éclats, te laissant seul dans un recoin du monde avec la satisfaction d'avoir abusé de ces épouses potentielles et malmenées, rejetées, éjectées, humiliées, transformées à présent en autant de tumeurs, de scorpions, de rats qui te rongent les intestins, le foie, l'estomac, le cœur – j'ai fait en sorte que tu n'en possèdes point – et les poumons. Sans oublier l'œsophage. Le duodénum. Le côlon ! Ah, mon non-fils que je hais tellement, un jour, avant moi j'espère, tu quitteras cette vallée de larmes, de ton propre chef si tu es vraiment lucide. Alors, nous pourrons enfin écouter celles à qui tu as fait du mal, ce afin d'instruire ton Procès en abjection et en dénaissancification, et de faire de toi un saint à l'envers, un *malsaint*. Toi qui jamais ne sauras inspirer le respect, mais seulement la crainte, nous ferons après ta mort, après ton voulu décès, défiler toutes les femmes de ta vie, une par une – je ne parle pas de tes « coups », des réceptacles de ton amer petit foutre, mais de celles que tu as cru aimer, et que tu n'auras fini que par détruire, anéantir, affaiblir, flétrir. Ton petit folklore, tout empreint de sauvagerie, sera rendu public pour les siècles. Ta biographie intime, super sentimentale, mise à nue devant tous, délivrée de ses énigmes, jetée comme contre-exemple aux foules choquées, bientôt hilares, refoulant par le rire immonde la manifestation de tes comportements, de tes sales attitudes. Tu ne fascineras pas, non : mais tu repousseras, oh mais tu dégoûteras. On crachera sur tes exactions périmées. Sur ta tombale tombe, bien des vessies s'iront soulager, maudit. Oui, nous ferons défiler tes femmes, corps après corps, âme après âme, leurs langues blessées se délieront, elle témoigneront pour l'exercice des enfers. Ta vérité découlera, jaillira de la multiplication frottée de ces émouvants témoignages, naïfs, durs, touchants. Un discours fait de tous les discours confrontés, secoués. Une vérité faite de toutes les exactitudes entendues. Dans ton infernale boue, tandis que tu habiteras tranquillement les sous-sols, des gerbes d'orties pousseront dans tes orifices, bouchant tes tympans. Tu riras d'un rire de pierre, minéral et figé, compact et impossible, tellement dense. Quelques millions de larves te sortiront des yeux, qui danseront, danseront sur des musiques atones.

6

« Paris, cc samedi 26 juillet 2025

Cher Monsieur Moix,

C'est avec une joie très vive, vous vous en doutez, que j'ai approuvé et encouragé la publication du Procès en abjection et en dénaissancification de votre fils indigne, l'intitulé Moix Yann, maudit soit-il, que nous avons entreprise avec un groupe de professeurs de l'*Antimoixianum*.

Offrir au monde un document fondamental qui éclaire la dégueulasserie et l'immondité dudit, voilà certes une initiative qui répond pleinement aux vœux de tous ceux, et fort particulièrement de toutes celles, dont cet excrément humain aura plus ou moins définitivement pourri la vie.

Les témoignages du Procès furent recueillis quelque treize ans après le salubre suicide de votre fils et sont donc riches de données irremplaçables pour aider à mesurer tant l'ampleur de son cynisme que la violence de sa cruauté et la hauteur de son sadisme – sans oublier l'intensité de sa perversité.

Nous ne doutons aucunement, aussi, que ce travail sera bénéfique à toutes et à tous, et apprécié à la fois des connaisseurs de l'homme et de ceux qui n'en auront qu'ouï les méfaits.

C'est de grand cœur que, par conséquent, nous présentons ces travaux, non pas seulement à l'imprimerie, mais à la publication.

Thomas Totaure-Youls, éditeur »

7

INTERROGATOIRE DES TÉMOUINES

Dans le but de faciliter la lecture de chaque déposition, nous donnons ici un résumé des trente demandes prévues pour l'interrogatoire des témouines.

1 – Serment : – obligation très grave, sincérité, intégrité ; – excommunication éventuelle ; – obligation du secret.
2 – Présentation de la témouine.
3 – Pratique sacramentelle de la témouine.
4 – La témouine a-t-elle été accusée publiquement de quelque crime ?
5 – La témouine a-t-elle été frappée de quelque censure ?
6 – La témouine a-t-elle subi quelque pression en vue de ses dépositions au Procès et, si oui, de quelle manière ?

7 – Dans quelles dispositions la témoine vient-elle témoigner ?

8 – Sources des informations de la témoine : contacts personnels, intimes avec l'enflure ? Informations dues à des tiers ? Informations tirées d'écrits ?

9 – Sentiments, amour de la témoine pour le saligaud. Désire-t-elle sa dénaissancification ? Pourquoi ?

10 – Réputation, foi, conduite, caractère des parents de la vermine.

11 – Éducation donnée par ses parents à la saloperie.

12 – Comment la merde humaine se comportait-elle dans les relations amoureuses ?

8

— Tu n'auras point de famille, mais tu n'auras pas pour autant gagné sur les autres tableaux. Notamment, tu n'auras pas dégagé la *moindre* vision personnelle du monde. Tu penseras, éprouveras la même chose que tes voisins de palier que tu pensais pourtant écraser de ta supériorité. À qui auras-tu été supérieur ? À personne, pas même à toi. Pas même à moi. J'appelle cela une malédiction. Tu auras 40 ans, oh oui tu les auras. Tu seras, tu deviendras ce qu'il y a de plus triste, de plus sinistre, de plus moche au monde : un Français de 40 ans. Un Français de 40 ans, cela boit, cela a bu. Cela se voit que cela boit. Cela se voit que cela a bu. Un Français de 40 ans cela aime le vin. Quelle atrocité que ce vin bu, que ce vin aimé, que toute cette consommée vinasse. Le nombre de milliers de litres engouffrés par un Français qui vient de fêter ses quarante ans, ses quarante françaises années, années de vin clairet, de piquette et de vigne, de bordeaux, de choses, d'étiquettes et de bouchons, de litres et de litrons, de verre et de cave, d'inclinaison des vignobles, ignobles vignobles, ridicules ballons de rouge – rien n'est plus abominable, mon « fils », que l'expression « ballon de rouge ». Tu seras quadragénaire, franchouillard consommateur de cette vinasse, de cette piquette, de ce vinaigre, de ce jus pue-la-mort, tu seras rougeaud, tu seras rougeâtre, tu seras rosacé, tu seras rosâtre, couperosé, avec ton rogomme, ta sale haleine beurk. Tu sueras le vin, sous ta cravate. Tu te croiras spirituel à table, le carnet de chèques engoncé dans la poche, avec tes petites histoires drôles à raconter aux collègues mortifères, tes souvenirs africains, le nombre approximatif de tes maîtresses. Tu ne seras pas un grand penseur. Tu auras raté le moment de penser. Tu seras un peu vantard, un peu pédant, un peu cultivé, un peu inculte, pas très maigre, pas très gros, pas très chevelu, pas encore chauve, pas en très grande forme, pas énormément avachi, pas absolument dépressif, mais presque. Tu balanceras des sophismes, notamment aux femmes draguées. Les femmes draguées ne pourront point aller vérifier si ce que tu leur dis – dans la seule perspective d'ailleurs de coucher avec leur corps – est exact, est vrai. Parce que tu sauras les choisir un peu moins cultivées que toi, plus jeunes surtout que toi. Je n'exclus pas que tu deviennes un peu raciste, vaguement intolérant, méchant avec les petites mains, super-carpette avec les puissants. On est souvent comme cela à 40 ans, quand on est français. On est souvent comme cela, Français, quand on a 40 ans. Tu auras statistiquement choisi Paris comme terrain de chasse, comme terrain de vie, comme terrain de travail, comme capitale de mort. Cette pollution, cette vitesse : cette falsification très permanente des importances. Cette purulence, ces camions, ces soufflées foules. Les artifices, les modes, les croupions féminins sur les boulevards, auxquels, si tu n'es pas nanti d'un peu de notoriété – ce qui sera évidemment le cas –, tu n'auras pas accès, *jamais*. Tu te haïras d'avoir été mis au monde, je dis bien : tu *te* haïras. Pour ce qui me concerne, tu ne me haïras plus depuis un moment puisque tu auras fait ton scélérat petit travail de psychanalyse, tu auras installé ton squelette sur un divan, position de macchabée, position couchée, celle du fatigué, du mort, du défunt, de l'accablé, du perclus, de l'éternelle victime – du vaincu. L'analyse sert à cela, tu verras : à pardonner à ses parents pour s'en vouloir à soi-même. À retourner contre soi seul les haines autrefois adressées à ses géniteurs. Ce sera une grande joie pour toi, une grande libération, de t'apercevoir que tu te hais davantage encore que tu me haïras jamais. Une grande joie, une grande libération : une grande souffrance. Hé, hé ! 40 ans, Français… Immonde statut. Dégueulasse destinée. Méchant avenir. Tu n'as strictement rien à attendre d'une telle configuration. Sans compter qu'à 40 ans, très doucement, l'idée de la mort te cheminera dans les veines, derrière la tête, comme une litanie jolie gentille. Ô fiente. Avenir ô fienté. Tes petites défaillances, qui poindront. Des minuscules nausées d'abord, menus évanouissements. Léthargies soft. Qui annoncent les grands tracas, les maladies terribles pour juste un peu plus tard. 40 ans, tu les auras sans doute. Tu auras encore de quoi être un peu amoureux, tu auras encore quelques restes à faire souffrir, auprès de jolies jeunes petites qui te regarderont avec de moins en moins de sentiments au fond des yeux, de moins en moins de douceur, de moins en moins de cœur, de plus en plus de douce froideur, de plus en plus de gentille méchanceté, de plus en plus de tranquille cruauté. Elles finiront par t'en vouloir un peu de vieillir, d'avoir vieilli, de n'être plus tellement un jeune homme. Elles te trouveront moins appétissant, plus pesant, moins beau tout simplement. Ta bouche les intéressera moins. Il faut du vice pour s'intéresser à, pour se pencher vers une bouche de 40 ans, une bouche française de 40 ans, ses caries, ses replis, ses anfractuosités, ses varices, ses abominations, ses abîmées choses. Le flétri, le moisi, le cassé, le fissuré, l'usé, le plissé. Un homme de 40 ans, c'est la définition du vide. Il n'a plus le plein de la jeunesse, le plein d'avenir, le plein avenir. Il n'a pas le plein de la vieillesse, le plein de passé, le plein passé. Il n'a plus l'orgueil ni l'espoir. Il n'a pas encore la sagesse, je rectifie : l'abdication. Il n'est ni dans l'espérance ni dans la conclusion. Il n'est nulle part. Il flotte dans rien. C'est visqueux le rien. L'homme de 40 ans est une coquille vide, une entité pluvieuse, qui n'a aucun sens. C'est informe et c'est douloureux. En dépit de son ultime apparence de jeunesse, les inquiétudes fondamentales sont installées dedans lui : tumeurs, obsèques, solitudes qui grimpent comme lierre, montent vers lui, tralala montent. À la misère que j'évoquais tout à l'heure succédera ce qu'il y a de pire chez l'humain… Cette chose qui s'insinue en lui sans qu'il y prête attention, atrophie ses traits, les creuse à son insu, rend son haleine fétide par interne pourrissement du digestif appareil. Cette chose qui se situe à mi-chemin entre la volonté de continuer le combat et celle de rendre les armes. Cette chose qui voudrait être renaissance et se sait davantage démission. Cette chose qui n'est point tout à fait de la force et non complètement du renoncement. Cette chose qui est faite à la fois d'abdication et de résolution, où chaque jour la première gagne du terrain sur la seconde. Cette chose qui se souvient du désir et se transforme graduellement en envie. Cette chose qui, au lieu de prolonger la jeunesse, convoque prématurément la vieillesse. Cette chose qui ment sur les espoirs et refuse d'officialiser l'échec. Cette chose qui fait caler le moteur à l'instant précis où il se faisait accroire qu'il allait redémarrer. Cette chose qui est pire que la jalousie, parce que dans la jalousie, il y a la possibilité d'un ressort, il y a la provocation d'un élan, il y a de la vie. Cette chose dont je parle est comme la version morte de la jalousie, son avatar cancéreux, son équivalent putréfié. Cette chose, qui contrairement à la jalousie ne s'avoue à personne, surtout pas à soi-même – elle agit comme une honte sur le corps, qui perfore chacune de nos cellules –, c'est : l'aigreur.

9

— Une fois l'aigreur vraiment installée, tu seras foutu. Pas trop tôt ! Ce sera le véritable couronnement de mon œuvre. Ce sera là le véritable début de la fin – même si je pense que tu es déjà, au bout de quelques minutes sur terre, largement fini. Petit à petit, malgré les valeurs que l'école et la société t'auront inculquées, tu te sentiras te désemplir progressivement de toute idée de tolérance. Tu commenceras à vomir la philosophie héritée des Lumières et autres billevesées savamment présentées aux imbéciles et aux lâches sous le nom sommaire de « droits de l'homme ». Tu haïras l'humanité comme je te hais présentement et la boucle sera bouclée !

— Vous allez *vraiment* le terroriser, interrompit le docteur Boule-Touchée.

— C'est la terreur, docteur, qui convient aux animaux de son espèce, se défendit mon père. Ce petit salaud est voué à l'humiliation. Je voudrais qu'il le fût publiquement, humilié. Pour ma part, je vais faire ce que je peux. Je saurai être méchant, impitoyable, buté. J'aurais tellement aimé que ce fût la société qui le laminât. Hélas, il ne faut compter que sur soi-même. Je vais tout mettre en branle pour qu'il devienne ennemi public, sadique sexuel ou tueur en série. Ne rigolez pas ! Je compte placer la barre très haut. Lorsque, de force, je l'aurai contraint à ingérer ses propres excréments, j'estime que pour réaliser à partir de lui le détraqué dont je parle, j'aurai mis toutes les chances de mon côté. Oui, docteur, j'aurai servi mon pays ! Je n'ai que de la haine à lui donner : brûlures, escarres, claques et claques et claques encore, coups de fouet, coups de latte. Mon rêve le plus fou ? Faire de lui un chien. Un clébard ! Ouah ! Ouah ! Qu'à 50 balais, il erre dans les rues d'Orléans, entre la rue d'Illiers et la rue de Bourgogne, aboyant. Supprimer en lui le langage, pis : la parole ! À ces fins, cher docteur, j'agirai méthodiquement – vous verrez.

— Tu parles trop, chaton, se plaignit ma mère. En outre, il ne peut comprendre tous ces conseils que tu lui prodigues. Je suis heureuse de constater que c'est avec efficacité et zèle que tu t'attelles à ta tâche de père de famille, d'éducateur avisé, mais je crains que ce discours ne s'avère de la confiture donnée aux cochons.

— Votre femme a raison, acquiesça l'infirmière aux intéressants seins.

— Je lui explique ce qui lui pend au nez ! se justifia mon père. Ces avertissements sont généreux en regard de l'abyssal mépris que je lui voue. Là, il naît accompagné, il s'imagine que la vie c'est cela, être sans cesse entouré, être tout le temps en bonne compagnie. Mais il faut bien qu'il sache que c'est seul, *tout seul*, qu'il finira ses jours.

— Il existe toujours la possibilité d'être accompagné par Dieu, suggéra Boule-Touchée.

— Dieu, ah oui ! Dieu. Nous l'avions oublié celui-là. Mon fils deviendra effectivement tôt ou tard plus ou moins catholique. Cela le mènera à s'imaginer plus profond qu'il ne l'est. Dieu ou pas Dieu, il faut bien qu'il se carre dans son hydrocéphale crâne qu'il finira comme nous tous, sec comme un haricot, dans une tombe imbécile et lourde. Il sera un croyant orléanais, un pratiquant petit-bourgeois, trouillard et chafouin, obséquieux, poussiéreux, parsemé de pellicules, terne, limité, rapetassé, ridicule, et parmi ses « amis » alentour, il ne croisera que ces écœurants avatars de sa médiocrité : d'autres petits-bourgeois, et comme ça à l'infini. Je suis, j'ai toujours été un subalterne, sa mère est une subalterne : nous engendrons de la subalternité. Et rien d'autre ! Il passera toutes ses années en ce monde à serrer des mains subalternes, à congratuler des subalternes subalternatifs et subalternatoires. Il subalternera avec eux. De concert ! La tare absolue du petit-bourgeois, son portatif enfer, sa lie, est de ne pouvoir avoir accès qu'à ses semblables, ses doubles, ses photocopies. Pas assez courageux pour devenir ouvrier, se jugeant trop intelligent pour l'être – ce qui est par ailleurs très juste –, pas assez courageux pour devenir patron, ne se jugeant pas assez intelligent pour l'être, ce qui est toujours aussi exactement juste. Vous voyez les bornes de cet enfer : limité par le bas et limité par le haut, oui, borné ! Aucune évasion possible par les sous-sols, aucune évasion permise par les toits. Pas de spéléologie, mais pas d'aviation non plus.

— Il aura quand même une famille... glissa l'infirmière à seins.

— Ma famille et celle de sa mère veilleront à lui transmettre le plus grand dégoût de ce que représente la notion de famille, répondit mon père. Il finira par en vomir la définition, en refuser le concept, puis en récuser la terrible réalité. Lieu de toutes les névroses, bâtiment de tous les conflits, capitale d'infinis complots, où chacun voudrait haïr son prochain, mais culpabilise de porter en lui cette haine envers une personne de son sang. Dans une famille, chacun hait l'autre de ne pouvoir le haïr. Chacun rend l'autre coupable d'empêcher cette détestation qui, si nos frères et nos sœurs, nos pères et nos mères, nos cousins et nos cousines ne formaient pas une partie de nous-même et réciproquement, finirait par transformer autant de rancœurs et de poison ravalés en dévastateurs assassinats. Ce débile avorton ira roucouler aux abords de tantes mauves, parfois vertes, toujours délabrées, qui passeront leurs osseux doigts entre ses cheveux remplis de poux – il aura plein de tantes, tout un tas de tantes, une chiée de tantes, tantes qui auront elles-mêmes des tantes, car il y a pour chacun de celui qui décide de pénétrer dans l'existence humaine un très gros stock de tantes toutes prêtes. Elles se plieront vers lui, les tantes, se courberont en expectorant des crachats, les tantes, et perpétueront dans la poussière des jours le rance parfum de leurs corps aigre et duveteux. Les tantes !

10

— Comme tous les petits tocards, comme tous les merveilleux ratés, il fera broder ses foireuses initiales sur ses
chemises. Je le vois d'ici, ça ! Oh c'est un signe qui ne trompe
pas. C'est à cela qu'on reconnaît les ploucs. Vous, docteur,
ce n'est pas la même chose sur votre blanche blouse. Il s'agit
d'une bande patronymique. C'est pour les nécessités de votre
travail. Mais lui ? Ses initiales grotesques ! Il aura, toute sa
vie, l'air aussi louche que l'air qu'il affiche à présent. Bref, ce
qu'il est communément admis d'appeler une sale gueule. Il se
sentira toujours coupable, ha ! ha ! ha ! et cela se verra sur
ladite sale gueule. Il attendra qu'on l'accuse comme d'autres
attendent ce fameux Messie que nous évoquions tantôt, la
fonte des neiges, le bus, le printemps, le Déluge, etc. Il se
fera arrêter tôt ou tard. Je le sais, je le *sens*. Je le pressens.
Et s'il ne termine point sa vie en prison, il la terminera dans
une prison bien plus lugubre et terrible : lui-même. Je ne
souhaiterais pas à mes ennemis les plus anciens, les plus vils,
d'être enfermés dedans lui. N'importe qui y deviendrait fou.
Dans la ville, notre bonne et chère vieille Orléans, de noires
légendes se propageront sur son compte : qu'il fouette des
jeunes femmes dans les secrètes pénombres de sa chambre,
qu'il consomme de la coke, peut-être même de la cocaïne.
Qu'il ne compte surtout pas sur moi – au cas où il le serait
vraiment, drogué – pour lui venir en aide de quelque manière
que ce soit : à titre personnel, je n'ai jamais sniffé que des
bâtonnets au menthol pour soigner des rhumes ! Mais il
sera bien trop trouillard, de toute façon, pour avoir une
vie de drogué : même ça il n'en sera pas capable. Il n'aura
pas les couilles. Toute sa vie, ses burnes garderont la taille
dont elles sont actuellement dotées ! Même loque humaine,
il n'y arrivera pas ! Il est voué aux chocottes ! Eh, son enfer
sera bourgeois : emprisonné dans le moyen. Dans ce qui ne

dépasse pas, ni par au-dessus, ni par en dessous. Cadenassé dans le médiocre. Enlisé dans le normal. L'unique addiction connue de lui restera, son travail mis au pair, la banale fréquentation des piscines, hélas nécessaire pour nager. *(Me fixant, ses yeux exorbités dans mes yeux semi-clos)* Pauvre moyenne merde ! Ce qu'il doit bien saisir, cher docteur, c'est que le bonheur n'existe pas. Ce n'est pas contre lui, hein, je ne m'acharne pas sur quiconque en disant cela. C'est un constat. Il est bon de le connaître et de le faire connaître à son tour. J'ai personnellement eu la chance d'avoir une famille qui m'en a informé fort tôt dans la vie. Cela m'a évité un grand nombre de désagréments. On montre souvent du doigt les êtres, sombres, gothiques, ténébreux, adolescents, qui surjouent le drame d'être né. On ne parle point assez de la symétrique exagération, plus taboue, bien plus terrible, qui nous exhorte à mimer la joie de vivre ainsi que des automates et des tricheurs. Il y a une pose dans la douleur comme dans l'allégresse. Qui nous pousse à déployer chaque jour cette épuisante gymnastique du sourire, de la bonne humeur, de la gaie gaieté. La vie n'est guère supportable. Nous sommes livrés à la comédie, pourquoi ? Et surtout : pour quoi faire ?

— Ce qui me chagrine c'est qu'il est vraiment laid, déplora ma mère.

Pendant des années je me suis trouvé laid. Un autre paquet d'ans succéda à l'ère des complexes où, dans une inverse aberration, je me trouvai aussi beau qu'un petit berger de l'*Énéide*. Maintenant qu'est révolue l'immature manie des extrêmes (les extrêmes sont semblables aux vaccins ; il s'agit de se les inoculer au plus vite, d'en goûter les précipices pour ne plus avoir à les vivre), j'admets que je ne suis ni beau ni laid. J'accepte sans résistance l'idée que mon physique est davantage la conséquence de ma vie que celle de ma naissance. Davantage la conséquence de ma biographie que celle de ma biologie. (Je suis heureux d'avoir la bouche charnue : je fuis les êtres aux lèvres minces et pincées.)

— Évidemment qu'il est laid ! ricana mon père. Connais-tu un seul monstre, ici-bas, qui soit beau ? Sur cette petite gueule de doryphore c'est tout un destin qui se profile, tout un avenir qui se dessine… Faut-il vraiment avoir de la fiente dans les mirettes pour ne pas s'en apercevoir !

— Il n'est jamais très bon de se livrer à une science aussi aléatoire, et à vrai dire aussi peu scientifique, que la morpho-psychologie, tint à nuancer Boule-Touchée.

— Ça, docteur, c'est un raisonnement de gauche, c'est une remarque de gauchiste, dégaina mon père. Les gauchistes nous exhortent, pour parer aux soi-disant tentations fascistes, à suspendre en nous tout jugement sur la personne inspiré de ses traits physiques.

— C'est en effet préférable, insista le docteur.

— Connerie. Cet interdit n'est nullement basé sur l'absurdité de la démarche, grimaça mon père, mais sur ce qu'au contraire il produit d'efficace, de pertinent et de juste – ne vous en déplaise ! C'est précisément parce qu'on est sûr de ne jamais se tromper qu'il s'agit de contourner cette tentation, ce réflexe, pour approcher autrement notre prochain, lui laissant illusoirement, au bénéfice du doute que nous n'avons pas, la chance d'être différent de ce que son menton pointu ou ses orbites enfoncées dans son crâne de proboscidien nous ont averti qu'il était ! Être civilisé, c'est saborder provisoirement son instinct, remettant ses conclusions à *plus tard*. La vie, qui ne s'explique pas, a tôt fait de nous enseigner demain que la gueule de traître a vraiment fini par te trahir, que la tête de garce t'a bel et bien piqué tout ton fric, et passé la honte d'avoir basculé dans le scientisme racial, nous sommes soulagés d'avoir conservé intacte l'acuité de nos instincts animaux, plus sûrs que le dogme névrosé de la tolérance à tout crin, de la dignité universelle communiquée par les droits de l'homme puis entérinée par la psychanalyse, et du sacro-saint respect de l'autre sur lequel, docteur, j'ai le grand honneur de vous annoncer que je pisse !

11

Je me retournai vers ma mère et envoyai ma toute première salve de vomi (texture pâteuse, jaunâtre), ce qui me valut de sa part, et jusqu'à la fin sinon des temps, du moins de nos temps à nous, son hostilité la plus vive. Ma mère avait la manie – qu'elle devait garder sa vie durant, qui dure encore – de faire des listes noires de ses ennemis et, dessus, je vins à figurer en bonne place (la première). Quarante ans après, j'y figure toujours, toujours au même rang.

Un soleil « radieux » tapait à présent sur les carreaux sales de la clinique. La pluie était allée pleuvoir ailleurs. Elle tombait maintenant dix kilomètres plus loin au sud de la Loire, sur de tristes tuiles et des carreaux, des graviers écrasés par les roues des véhicules, sur quelques mornes têtes et des herbes mortes. Nous apercevons sur cette photo un petit couple d'amoureux partis se mettre à l'abri (l'homme a des cheveux blonds fraîchement coupés, la femme possède un regard caressant et un anorak bleu nuit). La pluie, importante, mais inutile, s'abattait sur le toit des usines Michelin, qui sentaient le pneu brûlé. Elle mouillait des animaux. Elle contentait le fleuve. Elle poussait des êtres très différents les uns des autres à se mettre à l'abri sous des tentures aux couleurs incroyablement banales. Elle remplissait capricieusement certaines échoppes aléatoires. C'était une pluie de Loire, molle et glacée, et ses gouttes gonflées de tristesse s'écrasaient par millions sur les choses abattues de cette région du monde qui n'avait pas le goût de la capitale et encore moins des voyages. C'était une pluie qui clouait les gens dans ce coin trempé de l'univers, où les années se succédaient comme les averses, sans véritable orage, sans réelle tempête puisque les tragédies, les exagérations, les séismes avaient décidé une fois pour toutes de se dérouler *autre part*.

À Orléans circulait, fait de grands lacets noueux, boueux, un fleuve parfois jaune et toujours brun. Cette Loire, charriant des troncs et du chagrin, impossible à éviter, offrait ses chemins, ses promenades aux longs dimanches remplis de larmes, de solitude, de petits chiens tenus en laisse. En remontant la laisse jusqu'à son sommet, l'observateur, avec un dégoût habité de pitié, apercevait sans joie une main vieille et tavelée, crispée sur le cuir. Les Orléanais se promenaient le long des quais, connaissant précisément le point exact auquel ils ne manqueraient pas de faire demi-tour, ainsi qu'ils l'avaient fait le dimanche précédent, et le précédent encore, et le précédent toujours, puisque au-delà de ce point géodésique la vie cessait brusquement de vivre, bloquée par ce mur invisible par-delà lequel tout devenait le monde, c'est-à-dire dangereux. Cette limite symbolique était entrée dans le cortex du chien lui-même, qui automatiquement amorçait le mouvement de promenade inverse avant même que de dépasser l'infranchissable, l'impossible, *l'ailleurs*.

Dans son dernier opus, une navrante merde, Yann Moix ne recule devant rien : pas même devant la description de ce liquide étrange qui parfois inonde l'écorce terrestre et que les météorologistes connaissent généralement sous la barbare appellation de *pluie*. Nous ne sommes pas payés pour donner des conseils à un non-écrivain : dans le cas de Yann Moix, toute tentative d'amélioration n'aurait aucun sens. Elle est loin, l'époque où deux ou trois de nos avinés confrères avaient pu se convaincre, pour la frime, que ce sieur était digne de faire une œuvre. Il faut dire, à leur décharge, qu'il s'agissait alors d'un premier roman : c'était un ratage cuisant, certes, mais un premier roman raté a souvent plus de charme qu'un douzième roman réussi. Ce que nous voudrions simplement dire, aujourd'hui, en forme de « conseils à de vrais écrivains vraiment futurs » (des écrivains pour qui ce n'est pas trop tard), c'est qu'il faut s'abstenir d'engager, dans un livre, la conversation sur les rives et autres lacets des fleuves, de même que sur cette pluie fameuse que nous évoquions plus haut. Décrivez plutôt la réalité brute, sans passer par la description des intempéries, parfaitement inacceptable. Il faudrait toujours écrire comme s'il ne pleuvait jamais (ou comme s'il pleuvait sans cesse). Chassez la météo de vos livres. À titre personnel, nous ne lirons plus jamais un seul roman dans lequel les conditions climatiques sont relevées. Nous attendons de vous, jeunes gens, que vous écriviez quelque jour le roman *le moins météorologique* de tous les temps.

Hubert-Coco RASEBOULE,
Je vais nulle part hebdo du 5 septembre.

12

Je hurlais à la vie. J'étais resté trop longtemps les yeux fermés dans ma mère. Sans moi, il faisait à présent très vide à l'intérieur d'elle. Je ne tardai pas à poser des problèmes graves à mes parents ; la première nuit, je faillis mourir étouffé dans mon vomi. J'avais dégueulé avant même de savoir ce qu'était que manger. Je commençais à l'envers.

Le docteur Boule-Touchée, exténué, se tenait debout à mon chevet. J'étais l'être humain qui avait le moins de relations, de réseau, de carnet d'adresses au monde. Même mon cordon venait d'être coupé. Je n'étais plus relié à la *moindre* mère : je pouvais tourner sur moi-même sans faire de nœuds. Parfois, des gens que je ne connaissais pas, dont je ne me souviens pas, se penchaient pour me voir.

— Ce bébé commence mal, décréta ma mère, c'est déjà une source de problèmes. Non seulement ce n'est pas une fille, mais il me vomit déjà. Il a rendu tout ce dont je l'ai nourri pendant des mois. Et vous avez vu ces glaires ?

Mon père cherchait le sommeil, sans le trouver hélas, sur une petite chaise située en face du lit de souffrance de ma mère, encore maculé de mon sang.

— Qu'est-ce qu'on va faire de lui ? paniqua mon père. On voulait une fille avec ma femme. À partir de quel âge on peut les abandonner ?

— Je ne saisis pas très bien votre humour, monsieur Moix, avait répondu un parfait inconnu (un inconnu parfait). Vous avez là un beau bébé qui, j'en suis sûr, vous donnera entière satisfaction.

— Remarquez, ç'aurait pu être pire, soupira ma mère. J'aurais pu mettre au monde un jeune trisomique.

— Ce n'est pas que je m'ennuie, mais je dois partir, j'ai du travail ! abandonna mon père.

Il quitta la clinique emportant avec lui la difficulté d'être père, les miasmes de mon existence neuve, les commentaires mitigés qu'il avait proférés à mon sujet durant toute la nuit. Quelques secondes plus tard, un drôle de blond entra (par erreur ?) dans la chambre.

13

La vue étant le premier et le plus immédiat, le plus étendu des sens, c'est une description physique plus exhaustive de ce blond entré par erreur qu'il s'agit d'entreprendre. La littérature est l'art de tous les arts. Elle ne donne pourtant ni à voir, ni à entendre, ni à toucher, encore moins à sentir et goûter. Sa grandeur vient de là : les sens en sont absents. Il s'agit de tout faire naître par le cerveau, c'est un art cérébral. La musique s'appuie sur l'ouïe, tel est son handicap.

La peinture sur la vue, là réside sa faiblesse. Le cinéma, qui réclame musique et peinture, est doublement affaibli. La littérature vole au-dessus des sens. Elle les invente à chaque fois. Lecteur, je vais te faire *voir* Marc-Astolphe Oh.

C'était un homme de 32 ans, probablement 34, qui au premier abord paraissait accuser beaucoup moins. Les narines étaient béantes et il portait des favoris, Marc-Astolphe Oh. Des favoris qui grimpaient comme lierre sur les tempes. De ses cheveux illisibles et très jaunes (quelque chose d'albinos : les cheveux, bien qu'officiellement blonds, étaient en réalité blancs) avaient été arrachées deux touffes qui officiaient dorénavant en tant que sourcils. Ceux-ci étaient grossis mille fois par les loupes monstrueuses d'une énorme paire de lunettes Curtis & Samson, modèle carré, 1966. Avec ses lunettes quasiment astronomiques, aux montures disproportionnées, Marc-Astolphe eût pu prendre place parmi les figurants pigistes des *Hommes du président*. Les verres étaient *vraiment* correcteurs : pour lui, un grain de sable était un petit animal, une plante verte la forêt vietnamienne. J'ai essayé quelques jours ses binocles. J'en suis resté sans doute encore un peu aveugle. Elles donnaient des pattes aux atomes. La chimie tout entière devenait un zoo derrière ces carreaux-là : molécules musclées, ions aux mollets de cycliste, quarks caressables de la main. Les puces de son chien Hugo (un boxer énurésique) possédaient soudain des tendons.

Il prisait le port, selon les modalités esthétiques de l'époque, de cravates énormes, qu'on ne trouve plus aujourd'hui que dans les cirques, les marchés aux puces, ou les reconstitutions historiques. Costumes à carreaux, chemises pelle à tarte, parfois des sous-pulls : marron, vert pomme, bleu pétrole. Ou blanc immaculé. Quelques bagues ornaient quelques phalanges. À ses pieds, des bottines de chevreau, striées de lamelles d'azoar. Pattes d'éléphant : texture de coton, gris cendre. Cravate large à pois, d'un clown. Pois rouges, sur fond blanc crémeux. Vrais airs d'Elton John, mâtinés de Pierre-Jean Rémy.

Pour Oh Marc-Astolphe, l'existence humaine ne semblait point un calvaire, mais une brioche odorante, bien cuite, à peine sortie du four. Une immense joie de vivre l'habitait. On distinguait à travers ses traits roses (deux rouelles de chorizo couvraient ses joues) et poupons l'enfant, conservé intact, qu'il avait été. Le haut de la tête s'affichait insouciant et détendu, aussi lisse que le front d'un bébé vieilli que ne serait venu plisser aucune pensée de la mort ni froisser aucun souci d'argent. Sa bouche se composait d'une lèvre inférieure obèse et d'une lèvre supérieure aussi fine qu'une droite prélevée dans les *Principes* d'Euclide, si bien que l'une donnait l'impression d'être enceinte de l'autre. Tout ce qui sortait de cette grotte charnue semblait voué à l'hypertrophie (sourires) ou bien à l'exagération (paroles).

Une démarche langoureuse, tel le regard qui traînait, s'attardait sur les formes des femmes. On sentait que la politique internationale l'intéressait un tout petit peu moins que les seins, les fesses, les cuisses, les genoux. Son honnête figure rougissait, plutôt rosissait sur le passage des filles : il eût souhaité se marier avec *toutes*. L'été, chemise retroussée, sacoche serrée, brouillonne cravate au vent emmêlée, il s'asseyait sous les grands marronniers du parc Pasteur et, dans l'air qui formait autour de lui un duvet bleu et frais, il contemplait les mères avec leur poussette, les adolescentes à sucette, les sans âge repliées dans une mortifère indifférence.

— C'est votre fille ? demanda Oh, très dragueur, à ma mère.

Sa voix détachait parfaitement les syllabes, et les *k* notamment (surtout dans la locution *okay* dont il abusait) avaient un petit air de guillotine sec, précis, tranchant ; du tranchant méditerranéen, chaleureux.

— Non, c'est un petit garçon, regretta ma mère.

158

— Ah okay ! Quel heureux minois ! s'exclama Oh. Mais quelles sont ces deux choses magnifiques et animées que je vois chaudement dissimulées sous de splendides chaussons tricotés par quelque marraine fée ? Seraient-ce ses pieds ?

— Oui. Ce sont ses pieds, concéda ma mère, étonnée.

— Sachez madame qu'ils sont prodigieux ! Ce sont des petons comme seuls en sont dotés les princes, et monsieur votre fils, qui m'inspire un respect tel que je ne puis le fixer dans les yeux sans pâlir, doit être une folle source de fierté pour sa maman. Je crois bien que vous êtes une artiste : car pour introduire tel chef-d'œuvre au monde, madame, il faut avoir été bénie par toutes les grâces du ciel et de l'après-ciel, il faut avoir tutoyé des dieux bénéfiques et compter parmi les amies personnelles de Vénus. Je suis surcomblé par cette inopinée rencontre ! Veuillez prendre note de ce que jamais, jusqu'à mon soupir ultime, je n'oublierai le spectacle de telle perfection, ces petits laineux petons ficelés par des lacets rose bonbon, les joues spectaculaires de ce bébé à la flamboyante santé, la profondeur de son bleu regard, ses petites menottes qui sont comme les marionnettes du Seigneur ! Alléluia ! J'en ai connu des perfections, savez-vous : de Delphes en passant par la Syrie, des ruines de Palmyre jusqu'au visage brun sable des contorsionnées Brésiliennes de Leblon, des Cariatides aux Ménines en passant par Mona Lisa, mais ce que vous avez pondu là, ô madame ô, avec l'innocence des bienheureuses, relève exactement de la mystique. Je voudrais bien vous embrasser pour cela, je voudrais oui communier, jeté à vos genoux, pour parfaire cet instant qui a déjà marqué ma vie pour toutes les éternités, quand tant de matrones ne donnent vie qu'à des portions de truite, à de petits gesticulants gorets secoués de vices et de bave, entailles de saucisson sec venant à grand culot encombrer nos moelleux paysages, nos campagnes puissantes. Ola ! Je suis saisi de frissons madame quand je fixe, éberlué, les curvilignes mollets de votre descendance. Qu'ils sont dodus beaux. Qu'ils sont si pleins de notre bouillant sang de France, fait du mouvement noueux de la Loire et de la force cinglée de nos vents d'Est. C'est une pureté que votre enfant. Un Christ. Comme ce petit corps est simple et pur ! Ah ! Je comprends que l'enfance ait été si chère au dégraissé Dieu de l'Évangile ! Tout respire en elle l'innocence et la grâce ! Il y a dans cet enfiévré petit monsieur dont ma compagnie s'honore déjà quelque chose qui vient plus récemment du ciel, qui appelle toutes les bénédictions de cette main divine, et nous représente ici-bas les attraits les plus doux de la candeur et de la vertu. Quant à être l'heureux parrain de ce charnu gaillard que vous venez d'administrer à notre froussarde humanité, c'est immédiatement acquis. Ce poupon vôtre aurait parfaitement sa place au Louvre parmi les Van Dyck, les Velasquez et les Titien. Ouh... Mais s'agirait-il d'une aberration de mon inventive sensibilité, ou m'adresserait-il un sourire ? Je crois bien que nous venons sciemment, lui et moi, dans un foudroiement tout aussi amical qu'immédiat, de nous apprivoiser. Voire de nous adopter ! Sous ces mégoteurs cieux, il est intéressant d'avoir un net ami pour contraverser l'existence. Je tiens les rencontres pour le plus grand don des dieux : ces accidents nonuplent la félicité de vivre et recèlent d'éberluants trésors. Comment ferai-je, madame, pour vous revoir sans modifier le stable équilibre qui vient d'être instauré dans votre famille par l'événement considérable dont je serai témoin dès que la postérité l'exigera ? Cet original petit enfant, qui semble si heureux d'emplir ses poumons neufs de notre vieil oxygène johannique, écarterait de lui-même, j'en suis sûr, l'hypothèse d'une maman éparpillée à chacun des sommets d'un triangle isocèle formé par deux hommes accomplis et un hommuscule en strict devenir. Laissons à l'impétrant la jouissance de la priorité première. Mais demandons-nous qui, aussitôt après, sera l'heureux bénéficiaire de la priorité seconde...

— Vous êtes bien aimable, monsieur, remercia ma mère en me serrant (trop) fort dans ses bras. Mais, outre que le moment me semble assez mal choisi, je vous informe que je suis fidèle à mon mari.

— Sûrement ! renchérit Marc-As sans se démonter. La fidélité conjugale est un idéal auquel je suis moi-même exagérément attaché. C'est pourquoi, le figé vent de l'époque tournant à la dilatation des mœurs, je suggère que nous en parlions avec le seul habilité à vous satisfaire à ce jour – à savoir votre mari – afin que l'usufruit de votre intimité soit équitablement réparti entre lui et moi. Nous ne sommes point pressés, naturellement, et je puis attendre jeudi ou même vendredi. Vous pourriez par exemple venir à la maison avec le père de cet inédit prodige à l'heure de l'apéritif. Tandis que tinteront glaçons dans les verres de brandy, nous étudierons de concert les logistiques tracas induits par cette innovante situation. Je suis navré de ne point vous proposer les nombreuses et divertissantes combinaisons qu'offre la configuration triolique, mais la balance libidinale de mon hétérosexualité s'avère vertigineusement excédentaire : je ne supporte les organes génitaux que concaves ! À la perspective de frôler un vit, je puis instantanément m'évanouir de dégoût. La seule idée d'un gland distinct du mien m'apparaît aussi fantastique, dans l'horreur, que le croisement d'une mouche à crotte et d'un rat. Disons qu'en matière de trio, je suis davantage partisan d'un élément viril unique – *moi* – dûment encadré par deux vicieux spécimens de votre gent, à savoir : une copine à vous et vous.

— Vous ne manquez pas de charme, admit ma mère, mais je vous assure que le mieux est que nous en restions là. Vous m'êtes sympathique néanmoins et je propose que nous devenions bons amis. Je crains que ni moi ni mon mari ne soyons intéressés par votre proposition, même si celle-ci s'inscrit dans l'air du temps. Chez nous, hélas, nous sommes restés traditionnels, vieille France… Enfin, pour ce qui est du parrainage de l'enfant, je n'y vois personnellement aucun inconvénient. L'occasion, comme on dit, fait le larron.

— Je respecte votre décision, s'inclina Astolphe. Sachez simplement que je fais assez systématiquement jouir les femmes.

— Je n'en doute pas une seconde, dit ma mère. Mais je vous saurais gré de ne plus trop insister.

14

— Laissez-moi au moins me présenter, chère madame, emboîta Marc-Astolphe. Je m'appelle Marc-Astolphe Oh et suis spécialisé dans la machine à photocopier. Si vous êtes en mal de duplicatas, je suis à votre très entière disposition. J'officie, chez Rank Xerox, et depuis trois ans, à un poste que ma modestie elle-même ne peut s'empêcher de situer à d'orbitales altitudes. Pour aujourd'hui, je tairai si vous le voulez bien le pharaonique niveau de mes émoluments : il faut savoir, concernant ce genre d'Everests, garder pour soi certains secrets. Personne, dans ma société, n'est d'ailleurs au courant du montant de mes exotiques revenus. Leur pornographique divulgation ne manquerait pas d'entraîner une destruction systématique et instantanée de mon excellente personne. Elle pourrait en sus largement modifier votre insolite résolution de ne point m'abandonner votre corps, ce que je ne me pardonnerais pas tant j'ai scrupule à n'être aimé que pour mes qualités propres. Mais cessons là ces abstraites conversations sur mon embarrassant salaire : en bon kantien, j'éprouve généralement de la gêne à évoquer ce qui dépasse l'entendement.

— Vous savez, mon mari gagne également très bien sa vie, riposta ma mère.

— Très drôle ! répliqua Oh. Je possède à présent la preuve que nous serons des amis véritables : je ne puis résister une seconde à tel sens de l'humour, que je peine à trouver chez d'autres contemporains que vous. Madame… Madame quoi au fait ?

— Madame Moix…

— Madame Moix, sauf votre respect, sourit Marc-As, comprenez que la probabilité que votre époux parvienne, sur deux ans ou même douze, à chatouiller la plante des pieds du dixième de mon salaire mensuel est cent fois moins importante que de voir l'humanité – trois milliards d'hommes – disparaître d'ici aux Jeux olympiques de Montréal prévus pour 1976. En toute franchise, pareille hypothèse est trop aberrante pour être concevable, trop turque pour être prise au sérieux.

— Combien pouvez-vous donc gagner par mois, que ce soit à ce point incroyable ? demanda ma mère intriguée.

— Oh, ce n'est pas une question de croyance, s'esclaffa Oh, mais d'astronomie. Il ne s'agit pas tant, ici, de jouer avec les infinis mystiques que de savoir manipuler les infinis mathématiques. Mais je ne vous répondrai point : outre que, passé un seuil magique et transcendantal, les chiffres finissent par ne plus vouloir dire grand-chose, je suis favorable à la censure quant aux informations toxiques. Puis vous me jugeriez aussitôt tout autrement et notre convulsive amitié en serait altérée jusqu'aux farfelus confins du futur. Même si je sais qu'immanquablement, la révélation de mes illimités traitements déclencherait en vous la dissidente envie de quitter sur-le-champ votre homme aux fins de partager mon très extraordinaire destin. Je dis bien : *destin*. Car je n'incarne point simplement l'un des géants orléanais de Rank Xerox, madame : je suis aussi écrivain.

— Vraiment ? se méfia ma mère.

— Mais que ce petit d'homme est merveilleux ! Il m'émeut, fit Marc-Astolphe en approchant ses hublots de mon visage. Oui, vraiment, reprit-il. Je suis écrivain. J'ai même été *publié*. Voyez-vous, n'écrire que pour soi, proposer sa prose à la seule postérité d'un tiroir de commode ne m'intéresse nullement. Aussi, il m'a semblé plutôt vital de transmettre à l'humanité, comme le fit jadis Hermès avec l'écriture, une neuve architecture pour penser l'humain monde. Je dois dire que j'ai trouvé en mon éditeur un être presque à ma dimension : cet envoûtant ouvrage, fruit d'un labeur de titan, est tout simplement destiné à fixer le soleil en face. À son heureux lecteur, à son thuriféraire sérieux, à son maniaque et studieux possesseur, il donne le pouvoir sur la terre, l'océan et quantité appréciable de corps célestes. C'est un livre définitif, dangereux, énorme et bouillonnant comme la lave : après lecture, les choses sont comme recouvertes – m'ont avoué certains correspondants fanatiques – d'une matière grumeleuse et noire. Un chapitre de plus, une année supplémentaire à y travailler, et cet hypnotique petit recueil eût permis non moins que la résurrection des morts.

— Vous m'intriguez, monsieur Oh, concéda ma mère. Et ce livre, comment s'appelle-t-il ? Comment puis-je me le procurer ?

— Dans ma poche, s'exclama Marc-As en brandissant l'ouvrage avec une modestie très feinte. Je vais même me permettre de vous le dédicacer.

Sur la page de garde, après avoir biffé de son Montblanc le titre et le nom de l'auteur, Marc-Astolphe rédigea ce qui suit d'une traite, sans le moindre temps de réflexion.

Pour madame Moix, ce vent frais déployé sur l'esprit du monde, pour en finir une fois pour toutes avec l'obscurité. Puisse-t-elle, abordant sans ménagement ces hardis royaumes, ne point être entièrement effrayée par la très phénoménale audace de leur profus architecte. À la maman d'un nouveau-né, par le papa d'un nouveau souffle. Marc-Astolphe, en ce dimanche 31 mars 1968.

Et prestement, le geste haut, le regard impérial et enfantin, il lui tendit le précieux exemplaire :

— *Photocopie et Reprographie* ? Collection « Que sais-je ? » ? s'étonna ma mère.

— Affirmatif ! répondit Oh Marc-As comme s'il venait d'élucider à lui seul l'assassinat de Kennedy, l'énigme des Bermudes et la conjecture de Fermat. Presses universitaires de France ! Dépôt légal de la première édition : premier trimestre 1968 ! Je vous dédierai la deuxième ! Belle bête n'est-ce pas ? Je voulais d'abord l'intituler simplement *Photocopie*, ce qui claquait plutôt bien, mais mon éditeur – rendons à César ce qui lui appartient – a eu le coup de génie de créer cette heureuse euphonie : *Photocopie et Reprographie*. Ce qui à mon sens multiplie la force du propos. Grâce lui en soit rendue !

— Eh bien, mais heu... Je vais le lire... bredouilla ma mère, abasourdie.

— À vrai dire, je suis passablement outré, commença Marc-As (le visage soudain endeuillé), j'irai même volontiers jusqu'à dire *choqué*, qu'aucun critique littéraire n'ait parlé de cette œuvre. Pas même les gens du *Figaro*. Je l'ai pourtant adressée à François Nourissier, qui n'a pas cru bon remuer son érudit fessier pour en faire écho. Viansson-Ponté, au *Monde*, est resté muet comme une carpe aphone. Et Renaud Macaque, du *Magazine littéraire*, a préféré évoquer la défectueuse parution d'une bluette hermétiquement intitulée *Belle du Seigneur* plutôt que d'annoncer ma révolution. Auteur lui-même, sans nul doute se sera-t-il senti menacé. On a peine, en ces rustiques milieux des lettres parisiennes qui forment marigot, à envisager avec bienveillance l'injection d'un nouvelle variable dans l'équation du talent universel. Cela forcerait tous ces petits messieurs à repenser tous leurs calculs... Mon intrusion soudaine, par son aveuglante importance, fausse l'arithmétique des clans. Je prétends pourtant, madame, que mon *Photocopie et Reprographie* relève de la pure littérature. Et de la littérature qui n'a rien à envier à celle des ingénieurs fossilisés qui font famille autour du

Nouveau Roman ! Il n'est, pour s'en convaincre de définitive façon, que de lire tel paragraphe sur le procédé inversion-transfert ou encore mon impeccable dégagement sur le poudrage à sec dans le chapitre consacré à la copie électrostatique. Je suis à ma manière – dans un style trop neuf j'en conviens pour immédiatement complaire aux creuses foules – un écrivain considérable. Et puis : je sais de quoi je parle, *moi* ! Le défectueux marquis de Sade décrivait sans fin des choses qu'il ne connaissait point, des libidineux outrages qu'il n'avait commis que par l'imaginaire. Tandis que moi, lorsque j'évoque – vous le verrez – le procédé de Schwigen ou le positif Copyroof, c'est du vécu à l'état pur. Swift a-t-il jamais mis les pieds sur l'île de Sumatra ? Ce carabiné imposteur a-t-il jamais conversé avec un homme de la taille du palais de Tokyo ? J'en doute terriblement. Aura-t-il accosté en ces latitudes qu'il n'y aura en toute vraisemblance rencontré aucun lilliputien. Ces gens-là s'occupent à soigner leurs folkloriques et drus délires : tandis que le principe de la diazocopie, madame, fait intégrante partie de mon ADN. Les rouleaux d'essorage, je ne les ai pas rêvés. Que reproche-t-on finalement à mon œuvre phénoménale ? De ne relever point de la stricte fiction. Eh quoi ? C'est ma liberté ! J'ai choisi de graver mes increvables pas dans ceux, moins géants que les miens mais plus antérieurs, d'un Norman Mailer ou d'un Truman Capote. J'avoue : j'ai besoin comme appui de dame réalité. Serait-ce un crime ? Si j'avais imaginé de part en part mon *Photocopie et Reprographie*, sans rien en connaître, optant pour le romanesque atone ou la rêverie neu-neu, il ne fût pas doté de ce caractère de beautiful véracité – austère parfois mais toujours implacable – dont mes fascinés premiers lecteurs eurent l'aimable diligence de me rendre compte par voie postale ou téléphonique. Je remercie Dieu de n'avoir aucune inclination pour le conte de fées. Je refuse de mentir à mon euphorique lectorat ! Une structure claire comme une lemniscate de Bernoulli, un style concis telle la lame d'un sabre malais, une ponctuation aussi ordinaire qu'une golden posée dans une assiette en porcelaine de Jouy ne me semblent pas, je m'excuse bien, des obstacles majeurs pour avoir un jour son rond de serviette dans la circonférence bénie des écrivains français qu'on respecte. Oui, ma langue est classique ! – Toute révolution établit ses forages dans la tradition, n'est-ce pas ? – Oui, ma caduque écriture penche davantage du côté de Bossuet ou de Maupassant que des cuits babouins Guyotat-Sollers ! Oui, la diaphane rectitude de mon expression chamboule les avant-gardes établies ! Et alors ? Je n'ai pas honte à dévoiler ce que mon « Que sais-je ? », mille cinq cent et unième de la collection, doit aux *Maximes* de La Rochefoucauld ou aux *Réflexions* de Vauvenargues. Oui, les ennemis de La Bruyère sont mes ennemis et réciproquement ! Devrais-je pour cela faire allégeance au petit cloaque hautain de la capitale ? Oh Marc-Astolphe préfère déranger. Et je puis vous dire, chère madame et amie, que le jour où le Goncourt viendra à moi – car je n'irai pas exécuter la moindre gymnastique parisienne pour honorer son palmarès de mon décrié patronyme –, certaines cacochymes assemblées apprendront à se familiariser avec les déconcertants symptômes de la jaunisse. Ceux qui passent par la vallée des larmes la changent en source.

— C'est un monde de requins, reconnut ma mère.

— Peut-être, répondit Oh. Mais de requins édentés.

15

La nuit était passée sur moi, sur tous les orléanais humains. Oh avait regagné son logis, non sans laisser ses coordonnées à ma mère. Et non sans lui avoir lu, à haute voix, l'intégralité de son chapitre sur la microcopie.

— « Nous n'avons pas l'intention de traiter de façon complète ce sujet, pourtant passionnant. En effet, une étude remarquable en a été faite dans cette collection (*Le Microfilm*, « Que sais-je ? », n° 1221) par M. Relier, et nous engageons vivement le lecteur à se reporter à cet excellent ouvrage. C'est pourquoi nous nous contenterons de n'aborder que les *grandes lignes* du sujet. Pour d'identiques raisons, nous nous cantonnerons dans le domaine de la "reprographie générale", négligeant volontairement celui de la documentation (cf. *Les Techniques documentaires*, « Que sais-je ? », n° 1419). » Cela vous plaît-il, madame Moix ? Continué-je ?

Les infirmières du matin livraient à présent leurs considérations sur ma taille, mon poids, s'extasiaient sur les trois pauvres cheveux qui ornaient pitoyablement mon crâne difforme et violet. « Pas beaucoup de chapelure sur le jambonneau ! » (*dixit* mon père).

Il faut profiter de l'état de nouveau-né. Les femmes nous font des compliments sur tout, en particulier sur notre laideur. Plus tard dans la vie, même la beauté fait débat. Tandis qu'à la naissance, la hideur met tout le monde d'accord :

— Qu'il est beau !

Dans mon cas, il devait toutefois sans doute s'agir de politesse. Si la société avait permis qu'on me laissât choir dans un champ d'orties, tout le monde en eût été soulagé.

— Dans quel monde il arrive ! osa une vieille dame passée me voir et dont je ne sais toujours pas, à l'heure où j'écris ces lignes, qui elle pouvait bien être – un monde qui meurt.

Elle portait un chignon désuet et un collier de grosses perles couleur d'anis. Elle sentait le parfum des églises ; un crucifix ornait sa poitrine maigre. Elle était fripée. Avait la voix éraillée.

— Mon mari et moi-même ne sommes *a priori* pas très chauds pour le garder, expliqua ma mère. Nous avons trouvé un éventuel parrain, il est vrai. Un écrivain de chez Rank Xerox. Mais cela ne doit pas nous exhorter pour autant à l'accepter chez nous. Dans l'immédiat, je suis obligée de le prendre un minimum en charge, mais si cela vous intéresse, ou si vous connaissez quelqu'un que ça peut intéresser...

— On raconte dans toute la clinique qu'il a vomi avant de naître. Et même : qu'il vous vomissait dans le ventre, répondit la vieille en me toisant avec sévérité.

— C'est parfaitement exact, reconnut ma mère. Il est allé appeler burque. Je puis vous assurer qu'il ne l'emportera pas au paradis.

— Après tout ce qu'on fait pour eux ! lâcha la vieille. On les porte pendant des mois, on se saigne pour les mettre au monde, et voilà la récompense. Je vous comprends. Si j'étais à votre place, j'aurais fait une fausse couche. C'est tout ce qu'il méritait, celui-ci. Avec son vomi ! Un de mes fils aurait vomi, serait allé appeler burque, je l'aurais flanqué à la porte sans crier gare, nourrisson ou pas.

— Quelle chance vos enfants ont eue d'avoir une mère comme vous... soupira ma mère.

Puis la vieille repartit pour toujours, faisant claquer sur le carrelage glacé à damiers bleu et blanc les petits talons aigus de ses souliers à boucle. Deux forces me maintenaient au monde : l'instinct de survie et contrarier ma mère.

16

Je ne pouvais alors nullement deviner que, dehors, existaient à l'état naturel des choses aussi différentes que le rossignol, la pensée de Martin Heidegger, Martin Heidegger, les Beatles, les conférences de Lacan, l'alligator, la pluie, la pénétration, l'Espagne et les sonates de Beethoven. Je ne savais pas encore que rien, absolument rien, n'a de sens sur cette terre. Ni les blondes espacées qui ouvrent leurs sourires sur les grands boulevards, ni le bimoteur vrombissement du taon qui glisse comme un bouchon duveteux, gras, sur les ruisseaux apprivoisés de l'air, ni les mathématiciens, ni les crémeux lombrics, ni les déjeuners au soleil, ni le camphre des feuilles laciniées, rougies, quand elles croupissent à l'automne dans une flaque où le ciel, qui s'y reflète avec ses lieux indifférents et violets, devient aqueux, miniature, peuplé de dytiques, de tritons vitaux. Une vipère morte, couchée parmi les herbes hautes, n'est pas moins essentielle à la brumeuse intention du Seigneur que les arpèges de Roland Kirk, que les allures ioniques d'un cocotier perdu dans la houle immobile et bleutée de son altitude.

La couleur jaune, avec son jus, n'a aucun sens : elle fut inventée dans les citrons, sur une marche qui mène aux sphères et halos, balustrade après balustrade, vers les spirales de Ravello. J'y ai, bien des années plus tard, rempli le ciel de ma sueur, je l'ai salée comme une mer. On voudrait se baigner dans les nuages, au milieu des statues, Villa Cimbrone, où le perron est infini. J'ai marché sur des groseilles écrasées, appuyé mon pas sur de juteux citrons abandonnés aux fourmis. Sur la pierre fissurée comme vitre, le lézard est immobile ou saccadé d'accélération. Il n'existe pas d'entre-deux du lézard ; de marche-démarche tranquille, à la cheval croupé, dans une sorte d'apaisé chaloupage cool et quiet. (Noter que le lézard n'a pas de fesses.) On entend les grillons ; les ailes sont pliées sur leur dos (ils sont jaunes, mais blé, mais foin). Ils rongent des tiges – ça pond sous les brûlées feuilles.

Dans les rues, vers 9 heures, en juin, le corail plane ; il vient d'en haut doucement, répandre sur tout ça un peu de crépuscule : aucun sens alors (non plus), la nuit qui vient tout aplatir, munie de cristaux tremblotants, d'allumées épines, de bougies, de sciures d'or, répandues loin, jusqu'aux confins du cerveau, de la compréhension et des petits matins, jusqu'à Dieu et sa banlieue. Il y a des citrons cloués sur cet océan noir, tout noir ; et les morts volent au-dessus des touristes, des statues, des vierges, des linteaux, des grappes, comme des moucherons, en nuées, en essaims d'étincelles : ils agrippent les nuques, arrachent les casquettes, viennent donner des coups de pied, nous mordre jusqu'au sang parce qu'ils sont *jaloux*. Ils savent que nous ne savons pas le prix de la vie, l'honneur de respirer, le privilège de transpirer. Chaque mort (chaque étoile, c'est la même chose) se bouscule dans la mer, son reflet triste et coupant, crie du fond des choses que ce qui est noir est : définitif.

Pour maquiller autant d'absurdité l'homme eût pu embrasser la théodicée des clowns : il opta pour le sérieux maximal (cols amidonnés, comptabilité analytique, Déclaration des droits de l'homme, camps de concentration). Afin de se soustraire à la perspective de sa pierre tombale (le marbre noir luit comme un perfecto), il choisit de donner de l'importance à ce qui n'en a pas. Le cheveu blanchi, approchant les brouillards inexpliqués de la mort, l'homme s'en veut (c'est trop tard) de n'avoir pas sauté du pont de Mostar, ni consacré sa vie à collectionner les flocons de neige, à la voir défiler suspendu, tel l'opossum, aux aisselles feuillues d'une grande femme rousse aux seins gorgés d'eau de mer, le corps pâle, tournoyant dans l'été rose, dans l'été bleu – l'été a toujours eu pour moi l'opalin tcint des poupées japonaises.

J'avais un âge composé d'heures. Un jour, je pourrais compter les étoiles du ciel en compagnie d'une *amoureuse* aux yeux brûlés par le soleil, et même je lui prendrais la main : cela ferait monter aux yeux les larmes mêmes de l'humanité, celles que tout le monde avait connues avant moi, connaîtrait après.

Je criais, je pleurais, je m'installais dans des moitiés de sommeil. Personne ne faisait attention à moi en dehors de ceux qui étaient payés pour. Le personnel médical, habillé de bleu délavé, inspectait stratégiquement mon corps, en profitant pour lorgner le décolleté de ma mère. L'être humain n'est jamais rassasié de chair. Dans les situations en apparence les moins propices à l'éclosion du désir (exemples : une pauvre femme lessivée qui vient d'accoucher, une déportée courant nue en hurlant sous la neige et les coups de fouet, une sans-abri pas encore totalement ravagée et dont un morceau de cuisse, de poitrine, s'expose toute dignité perdue aux regards des passants), il y aura toujours un homme pour chercher l'excitation tel un cochon sa truffe.

17

Je commençai de pisser partout sur ma mère. Une nouvelle infirmière, une infirmière toute neuve, fraîche (couettes rousses comme des ailes orange incrustées dans sa tête), sortit de ses gonds :

— On ne peut pas travailler dans ces conditions. Ce bébé a réellement un problème. Je vais prévenir en haut lieu ! Et même : en *très* haut lieu !

— Tu as raison, Annie. Et il le fait exprès pour nous rendre chèvres.

— Il y a aussi là-dedans une question d'éducation.

— Je suis d'accord avec toi. Les parents font montre d'un laxisme extravagant.

— Je vous précise à toutes fins utiles que mon bébé n'a que quelques heures, se défendit ma mère. Que vous le chargiez, je ne suis pas contre, mais que vous chargiez les parents, je ne suis pas d'accord. Nous n'avons guère eu le temps de lui inculquer les bonnes manières. Pourtant, croyez-m'en, mon époux s'y est essayé une bonne partie de la nuit.

— Manifestement en pure perte ! insista, cinglante, la fameuse Annie.

— Ce que dit ma collègue semble hélas frappé au coin du bon sens, insista l'autre infirmière, dont le nom est impossible

172

à reconvoquer. On est tout de même responsable de ce que l'on met au monde.

— Dans une certaine mesure, nuança ma mère. La chance, le hasard ont malgré tout leur mot à dire. Un enfant résulte de multiples tribulations génétiques. Mais je vous rejoins sur un point, qui me chagrine : j'ai l'impression qu'avec cet enfant, l'humanité, *pour la toute première fois*, vient de faire marche arrière.

— Comme si elle rebroussait chemin ? demanda Annie.

— C'est cela, soupira ma mère. Comme si elle rebroussait chemin. Comme si elle n'était plus d'accord pour avancer, évoluer, s'adapter. Une contre-offensive de la race contre elle-même. Une démission. Un renoncement. Une mutation, mais régressive. L'humanité qui, soudain, déciderait pour se saborder elle-même d'abandonner toute dignité.

— Toute combativité.

— L'humanité qui mettrait fin à sa propre comédie.

— Et de son propre chef.

— L'humanité qui, via lui, déclarerait forfait.

— Curieuse leçon de stoïcisme.

— Curieuse façon de se saborder.

— Le sens des choses va changer.

— Nous n'en avons quand même pas complètement les preuves, dit (on ne sait plus vraiment qui dit quoi).

18

Sans doute faudrait-il instaurer, pour couper court au moindre problème, au moindre malentendu, entre le nouveau-né et ses parents, un entretien de motivation. On ferait venir un traducteur langage enfant/langage adulte, et tout se déroulerait comme à ces oraux de grandes écoles de commerce (ou d'ingénieur) où des post-adolescents encravatés expliquent à un parterre de semi-chauves (généralement satisfaits d'être ce qu'ils sont momentanément encore) pourquoi ils désirent intégrer cet établissement, à quel point ils en crèvent d'envie.

Les parents seraient là, tous les deux, face à leur engeance.

— Nouveau-né Moix, veuillez vous avancer.

J'avance, puisqu'on me le demande (puisqu'on me l'ordonne). Une nonne me porte dans ses bras. J'arrive. Mes parents sont assis derrière un mobilier scolaire, le même genre de mobilier scolaire que celui dépeint par le nègre d'Alphonse Daudet, Paul Arène, dans son poème intitulé *Mobilier scolaire*.

L'école était charmante au temps des hannetons,
Quand, par la vitre ouverte aux brises printanières,
Pénétraient, nous parlant d'écoles buissonnières
Et mettant la folie en nos jeunes cerveaux,
Des cris d'oiseaux dans les senteurs des foins nouveaux ;
Alors, pour laid qu'il fût, certes ! il savait nous plaire
Notre cher mobilier si pauvrement scolaire.
À grands coups de canif, travaillant au travers
Du vieux bois poussiéreux et tout rongé des vers,
Nous creusions en tous sens des cavernes suspectes,
Où logeaient, surveillés par nous, des tas d'insectes :
Le noir rhinocéros, qui porte des fardeaux,
Le taupin, clown doué d'un ressort dans le dos,
Le lucane sournois, mais aimable du reste,
Le charançon, vêtu d'or vert, et le bupreste...
J'oubliais l'hydrophile avec le gribouri.

Nous ne sommes pas dans une école, mais à la maternité. Je ne perçois pas la moindre présence de hannetons. Une vitre est ouverte, certes, et je sens, en léger vent coulis (formule poétique), une printanière brise. Mon cerveau est jeune ;

174

derrière le bureau cisaillé par d'anciens coups de canif, mes parents font une mine de déterrés. Ils se tiennent droit. Le premier, mon père prend la parole. Je ne suis accompagné que de mon traducteur, un triste type au crâne dégarni.

— Nourrisson Moix, vous savez pourquoi vous êtes ici ? Bien… Je vous présente la femme qui vous a mis au monde. Cela ne vous autorise en aucun cas pour le moment à l'appeler « maman ». Vous n'y êtes pas encore habilité. Cela n'entre point encore dans vos prérogatives. Vous n'êtes pas encore reçu. Vous n'avez point encore intégré notre famille. Vous comprendrez que nous sommes obligés d'être sévères.

— Vigilants, insiste ma mère.

— La concurrence est rude, renchérit mon père. Nous ne sommes pas au Zimbabwe, où tout le monde naît n'importe où, n'importe comment.

— Et de n'importe qui, ajoute ma mère.

— Nous ne vous cachons pas, poursuivit mon père que les critères de sélection sont un peu plus sévères qu'autrefois. Beaucoup d'appelés, comme on dit, mais peu d'élus.

— Je le confirme, confirme ma mère.

Mon père feuillette rapidement les pages d'un dossier qu'il tient entre ses mains, dont la pochette est couleur vert grenouille.

— Vous avez donc décidé, continue mon père, de postuler au titre d'enfant de notre couple, et plus explicitement, plus précisément, plus exactement au poste de fils.

— Tout à fait, dis-je.

— Bien… Alors sachez, tout d'abord, me fixe mon père, que chez nous, que dans notre famille, nous n'employons *jamais* l'expression « tout à fait ». Nous trouvons cela louche. Nous ne trouvons pas normal, ni cela sain, de remplacer par une expression alambiquée, contenant trois mots, une expression aussi simple, universelle, pratique que « oui » et composée, elle, d'un seul et unique mot. Cela nous semble trahir un usage inutilement compliqué de la langue française, habituellement si prompte à la concision.

— Pardon. C'est que... m'excusé-je.

— Laissez-nous terminer, me coupe mon père : dans notre famille, dans notre couple, personne n'est habilité à couper la parole à personne, en particulier pas les impétrants, les postulants, les bizuths. Les bleus.

— Les apprentis, ajoute ma mère.

— Les rien-du-tout, tu peux le dire ma chérie, grimace mon père. Au risque d'être redondant, je vous le répète : vous n'êtes point encore admis parmi nous. Je me permets de vous le faire remarquer derechef. De le souligner. Pour l'instant vous n'êtes qu'*admissible*.

— Je sais, dis-je.

— Encore un monsieur Je-sais-tout, soupire ma mère.

— Pour en revenir à vos regrettables manies de langage, poursuit mon père, nous pensons, et de toutes nos forces, que l'emploi de l'expression « tout à fait » – en sus du désagrément qu'elle ne manque pas de causer phonétiquement à l'appendice auditif – révèle un vide important chez l'individu qui abusivement y recourt.

— Il me semble que je ne l'ai employée qu'une fois, me défendé-je.

— Il lui semble ! explose mon père. Je vous en prie, contrairement à vous, votre mère et moi ne sommes pas nés de la dernière pluie : lorsqu'un être emploie l'expression, *insupportable*, de « tout à fait », il ne le fait pas sporadiquement, il le fait *sans arrêt*.

— Il en abuse, appuie ma mère.

— Mais...

— Cette expression dénote chez le sujet un manque de profondeur, de relief, de vécu, relève mon père. Vous manquez de vécu mon jeune ami, permettez-moi de vous le dire : vous manquez dramatiquement de vécu. C'est ce qui nous apparaît, par-delà une certaine outrecuidance dans votre manière de fixer les gens sans ciller, un des plus fâcheux aspects de votre situation. Ce n'est pas parce que votre mère biologique et moi-même vous avons biologiquement mis au monde que nous avons obligation, et encore moins vocation, de vous accepter parmi nous et de vous prendre en charge depuis A jusqu'à Z. D'où la nécessité d'un tel entretien, qui permet de jauger votre profil, vos motivations à être notre enfant, et surtout l'éventuel apport, l'hypothétique bénéfice que vous représentez pour la petite entreprise, harmonieuse et ma foi solide, que nous formons depuis des années avec votre mère. Hormis quelques disputes aussi passagères que futiles et trois malentendus aussitôt dissipés, nous nous entendons elle et moi à merveille depuis notre rencontre et nous n'accepterons pas que quiconque, à commencer par vous – tout bébé que vous êtes –, vienne semer la dissension, la zizanie au sein de notre foyer sans autre histoire que notre histoire d'amour.

— L'anarchie, dit ma mère.

— Nous n'aimons pas du tout les pistonnés, inutile de vous le préciser...

— Je vous assure que je suis né par moi-même.

— Non. Cette assertion est prétentieuse et erronée. Vous êtes né parce que votre mère et moi-même nous sommes donné du mal pour cela.

— Un mal de chien, grimace ma mère.

— En effet, les gens ne parlent systématiquement que de plaisir, ils vivent dans l'obsession du plaisir ! s'emporte mon père. Pour nous, vous mettre au monde n'a pas été chose commode. Je ne parle point seulement de la manière, homérique, dont il a fallu vous arracher comme chiendent de la matrice, mais également de ces nuits où mon épouse et moi-même avons sacrifié nos heures de sommeil pour tenter, tant bien que mal, de vous concevoir.

— J'en suis désolé.

— Vous le pouvez, mon ami, croyez-moi. Vous le pouvez !

— Il le peut, souligne ma mère.

— Pardon, madame.

— Cessez de vous excuser sans arrêt. Cela est exaspérant ! crie mon père. La première question que ma femme et moi voudrions vous poser est la suivante : pourquoi avoir entamé une démarche pour vous établir chez *nous* ? Autrement dit : pourquoi avoir choisi de vouloir être élevé, éduqué, nourri, blanchi par *nous* ? Après tout, même si telle démarche peut paraître flatteuse, vous ne nous connaissez pas. Ne croyez pas que nous soyons plus méfiants que la raison ne le commande, mais enfin, cela a éveillé en nous certaine forme de circonspection dont je crois honnête de vous informer sans attendre. Veuillez, je vous prie, répondre à cette prime question : pourquoi pas *chez les autres* ? Pourquoi *chez nous* ? Pourquoi pas *chez nos voisins de palier* ?

— Les Roule-Bouton, dit ma mère.

— Qu'est-ce que vous nous trouvez à la fin, monsieur ?

— J'ai pensé (bredouillé-je) que c'était sans doute la chose la plus logique. Du moins, la plus naturelle. Celle qui coïncide le plus avec les usages.

— Pouvez-vous nous présenter des garanties que vous ne risquez aucunement, *jamais*, de devenir homosexuel ? demande mon père.

— Ni drogué, précise ma mère.

— Heu... Oui.

— Levez votre menotte et dites « je le jure ».

— Je le jure.

— À quel âge comptez-vous être propre ?

— N'essayez pas de nous emberlificoter, menace ma mère. Donnez-nous une réponse *réaliste*.

— Les couches, ce n'est pas à promptement parler notre dada, enchaîne mon père. Nous attendons en outre d'un fils qu'il fasse ses nuits sans ameuter tout le quartier, en particulier ses parents. Ma femme et moi avons un penchant très appuyé pour le repos. Il est inutile de me regarder en écarquillant ainsi vos globuleux gros yeux : nous attendons généralement de notre sommeil qu'il soit réparateur.

Ma mère me désigne alors, appuyant de toutes ses forces sur une feuille posée sur le bureau avec son index au risque d'écraser un bupreste ou un lucane sournois (mais aimable du reste), une annotation.

— Ah ! Merci ma chérie, dit mon père. Ma tendre épouse me fait remarquer que vous n'avez pas rempli la case concernant les modalités de votre unicité : il est de notre bon droit, vous ne l'ignorez sans doute pas, de vous doter d'un petit frère – Dieu nous en préserve –, voire d'une petite sœur. Verriez-vous un quelconque inconvénient à devoir partager votre enfance avec une ou des tierces personnes ?

— Non.

— Bien. Bien. Très bien. Ceci étant établi, je tiens à vous mettre en garde au sujet d'autres dossiers. Nous ne supporterons pas les demandes répétées d'argent de poche ni les crises onanistiques dont l'adolescence semble regorger. Pour être tout à fait clair, monsieur, vous prendrez la porte au premier secouage de quéquette. Sommes-nous bien d'accord ? Ce qu'il faut *absolument* que vous compreniez, avant que nous faisions affaire ensemble, c'est que c'est toute une vision de l'être humain, ici, qui se trouve dès à présent engagée. Nous estimons que les responsabilités du nourrisson sont considérables à l'égard de ses parents. Mettez-vous à notre place : nous allons, en acceptant d'être vos parents, entrer dans un monde nouveau fait d'excréments, de vocabulaire archaïque et onomatopéique, de virus et de bactéries, de pleurs, de grippes et de maladies, de rougeoles, de vaccins, de réveils en sursaut, de risques d'étouffement du nourrisson, et tout cela n'est pas inscrit dans nos habitudes. Dans notre histoire. Dans notre destinée.

— J'imagine que vous ne savez ni lire ni écrire, mon jeune ami, lâche ma mère sur un ton méprisant.

— Non, dis-je.

— Cher ami, vous l'aurez compris : c'est à vous de faire en sorte que cette rencontre, si rencontre il devait y avoir, soit possible et fructueuse, conclut mon père.

— Ne pissez pas au lit, *jamais* ! supplie ma mère.

— Je vais essayer, je vous le promets.

19

— Nous ne vous laisserons en aucune manière nous détruire, mon petit bonhomme, se renfrogne mon père. Vous arrivez dans un siècle où les humains n'ont que trop souffert. La dernière guerre s'est achevée il y a vingt-trois ans et l'individu – notamment via fascisme et nazisme – a été martyrisé plus que de raison. Nous ne pourrions par conséquent tolérer que vous malmeniez la race humaine déjà en place, et je vous fais grâce de ce qui se trame en cette minute dans les camps de travail du Vietnam... N'essayez jamais de surajouter au Mal votre contribution personnelle. Auquel cas, nous nous verrions dans l'obligation de vous écraser comme un vermisseau. Ce que nous attendons de vous – dans l'hypothèse où vous réussiriez cet entretien de motivation et deveniez officiellement notre fils – c'est que vous nous aidiez de votre côté à devenir des personnes vraies, authentiques, justes, des adultes véritablement adultes, bons, avertis, humains. Cela vous confère de lourdes responsabilités. Il n'est pas à la portée de n'importe quel enfant de faire des parents. Nous exigerons ainsi de vous une attention de tous les instants. Comme disait mon adjudant, l'affaire n'est pas branlée ! Votre mère et moi ne sommes pas de simples appareils génitaux, les objets naïfs, passifs de la nature qui, par le sot truchement d'une nuit d'amour, nous a expressément commandé de participer à la perpétuation de l'espèce. Nous avons un cœur.

— Qui bat, complète ma mère.

— Nous ne sommes pas de simples et vulgaires géniteurs, nous sommes des *parents*. Vous atterrissez dans une société, ne vous en déplaise, où le parent est de plus en plus considéré comme une personne, ayant par suite le droit au respect.

— À la dignité, insiste ma mère.

— Nous sommes également incommodés par la fumée, grimace mon père. Je vous garantis que si nous venions à vous surprendre en train de consumer des cigarettes en notre présence, nous n'hésiterions pas à prendre les mesures nécessaires, comme par exemple saisir le Conseil constitutionnel, qui serait amené à trancher sur une question qui relève des questions prioritaires. Il vous arracherait alors *manu militari* à la cellule familiale.

— Nous voulons un enfant non fumeur, martèle ma mère.

— Le Conseil censurera les dispositions d'adhésion à notre famille. Il rectifiera le tir, dit mon père. Cette décision mettra ainsi fin à l'injustice manifeste qui consiste à mentir sur la marchandise. Je déteste me faire rouler. Je ne supporte pas que ma confiance, qui est encore loin de vous être accordée, soit trahie.

— Je comprends.

— Je tiens également à attirer votre attention sur le fait que vous vous apprêtez à pénétrer dans un monde dangereux. Cette planète, pour bleue qu'elle soit, est un nid de terroristes. Vous deviendrez de ce fait la statistique proie de rudes attentats. Nous acceptons, pour bonne part, d'assurer votre sécurité, ce, dans les limites de nos possibilités : aussi la fréquentation des espaces extérieurs sera-t-elle restreinte au maximum. Vous aurez de toute manière dissertations et problèmes d'arithmétique à mener à bien. Ces restrictions de votre liberté vous permettront d'accumuler et de multiplier notoirement les bonnes notes, de faire de vous un élément au parcours scolaire exemplaire, dont la tâche préparatoire à l'impitoyable vie d'homme consistera à écraser vos condisciples par l'excellence de vos résultats – si possible à les humilier dans chaque matière jusqu'à susciter en eux l'éventualité du suicide. La revanche sociale que nous désirons prendre, par votre approximatif intermédiaire, est à peine exprimable par les mots du langage ordinaire. Réviser votre mathématique ou votre géographie, non seulement vous préservera des dangers du monde, mais sera pour vous une manière de stocker du savoir et des connaissances pour votre avenir professionnel.

— La diminution du pouvoir d'achat chez les anciens cancres est une réalité, indique ma mère. Nous tenons les chiffres à votre disposition.

— Nous voulons bien examiner votre projet de faire vie commune avec nous dans un espace partagé, limité, mais sachez qu'à la moindre incartade, nous ferons machine arrière, menace mon père. Vous seriez corrigé dans un premier temps – car nous entendons pratiquer la religion des représailles physiques sans nous laisser impressionner par les discours laxistes que manipulent allègrement les gauchistes –, puis mis à la porte sans garantie de suivi sécuritaire. Nous allons de toute façon vous demander, bien que vous ne sachiez pas tenir encore le moindre crayon…

— Pas le moindre ! s'agace ma mère sur un ton de reproche exagérément sévère.

— … de bien vouloir parapher, sous la forme la plus scripturale dont vous soyez capable – nous acceptons l'écriture cunéiforme –, ce document que je suis en train de vous tendre en forçant un peu mon sourire il est vrai, stipulant que vous acceptez, sans faire de manières, qu'en échange de notre acceptation – encore conditionnelle car une délibération doit s'ensuivre – de renoncer à cette barbarie des temps modernes qu'est le libre arbitre. Que vous acceptez les réglementations, toutes les réglementations, en vigueur chez

182

nous, comme celle de vous déchausser quand vous pénétrez dans *notre* maison. C'est à cette condition que nous vous considérerons fidèle à nos gènes. Que nous reconnaîtrons votre ADN comme ayant quelque rapport avec le nôtre. Nous vous demandons, et votre traducteur va vous aider à y voir plus clair, de bien lire ce document et de bien vouloir en approuver chacun des points, ce, sans la *moindre* réserve.

— Interdit de mettre le doigt dans son nez, ajoute ma mère.

— C'est la clause « 28 a », ma chérie, ne t'inquiète pas, fait observer mon père. Je pense n'avoir rien omis. J'ai passé des jours et des nuits à relire ces six cent quatre-vingt-deux pages très serrées avec maître Boualiba-Lafargo. Monsieur, tout bébé qu'il est, va *vite* comprendre qu'il n'est pas tombé sur des plaisantins.

Prenant mon courage à deux mains :

— Je pense malgré tout que vous n'êtes pas sans savoir que, malgré mon très jeune âge – je n'affiche que quelques heures –, je ne suis pas un simple tube digestif. Je ne suis pas un sphincter greffé sur une bouche. Nous ne sommes plus dans les années 50. Nous sommes en 1968. Je ne suis pas simplement orificiel, mais épidermique, voire psychique, et même : psychologique. Oui, je possède une psychologie propre. Malgré les apparences qui sont effectivement contre moi, je ne suis pas réductible à une mécanique activité alimentaire. Ce que je tente de vous expliquer, bien que cela puisse vous paraître farfelu, c'est que je suis une personne.

— Plaît-il ? ricane mon père.

— Oui, une personne. Un début de personne, si vous voulez, un commencement de personne, un incipit de personne, mais une personne. Une personne qui, plus tard, aura un milieu de vie et une fin de vie. J'ai des droits. J'ai des droits comme ont des droits toutes les personnes qui sont des personnes.

Mon père, s'adressant alors, le visage rougi, à mon traducteur :

— Ce que ce petit mec essaye de nous dire, c'est qu'il a droit au respect ?

— Et à la dignité, répond mon traducteur.

— Je n'accepte pas cette vision des choses, se défend mon père sachez-le, monsieur. *(À moi :)* Vous confondez tout, mon ami.

— Tout ! renchérit ma mère.

— On entend souvent dire, se lance mon père, que si le bébé est soudain devenu digne, respectable et même beau, fabuleux, prodigieux, c'est parce que les parents, par pur narcissisme, se projettent et se mirent dedans. Se contemplent dedans. Ils en sont aussi fiers que Balzac du *Père Goriot* ! Et encore, Balzac était critique au sujet du *Père Goriot*. Mais les parents, eux, trouvent leur œuvre fantastique. Pourquoi ? Parce que cette œuvre, non seulement est d'eux – ils n'en reviennent pas d'avoir réussi, pour une fois dans leur vie, à créer quelque chose, à achever quelque chose qu'ils avaient commencé –, mais aussi et surtout parce que cette œuvre leur ressemble comme deux gouttes d'eau ! Las ! votre mère et moi nous insurgeons face à cette vision des choses, nous nous rebellons. Nous ne nous admirons point à travers vous. Nous n'avons nul besoin de votre truchement pour nous contempler dans un miroir. Ce n'est pas vous qui déciderez si nous sommes beaux ou laids. Nous sommes comme nous sommes, et nous sommes des adultes : mon narcissisme vous emmerde, cher petit monsieur.

— N'y allez quand même pas trop fort, intervient (mesurant toute la responsabilité de son acte) mon traducteur. Attention à ce que votre fils ne fasse pas une dépression du bébé.

— Une dépression du bébé ! explose mon père. Je vous arrête immédiatement ! Un bébé qui fait une dépression, c'est comme un quadragénaire qui mettrait des couches pour aller au bureau, cela ne fait pas sens ! La dépression du bébé me paraît un objet de luxe, aussi aberrant que de donner des tranches de jambon de Bayonne à un chat, du saint-estèphe à une cloche !

20

J'ai signé. Ma décision était le résultat d'un processus commencé il y a treize virgule sept milliards d'années, au moment de ce que les scientifiques, en attendant de s'apercevoir qu'ils étaient totalement à côté de la plaque, appellent encore le « big bang ». Demain, le big bang, avec son nom ridicule, nous semblera aussi puéril, aussi archaïque, aussi désuet qu'un vieux manège de chevaux de bois, qu'un pneumatique, qu'un fiacre, qu'un toupet de marquis, qu'un bilboquet, que la théorie sur l'électricité de Marat, que la thèse de la panspermie, que la plume d'oie, que la machine à écrire, que la mémoire de l'eau, que la présence de joyeux lurons sur la Lune ou que l'*Almanach Spirou* 1944 (magnifique couverture de Jijé).

À l'époque du big bang, il y avait dans l'espace autant de matière que d'antimatière (ce qui déjà ne signifie pas autant de choses que le pensent les scientifiques ; la physique, comme le reste, est faite de mots ; ce sont en réalité les mots qui dominent le monde, l'inventent, le créent, l'ont créé. Les formules mathématiques, en dépit leurs prétentieux atours, malgré leurs manières et leurs allures de hautaines princesses, ne sont que des mots creux, du verbiage, du bavardage ; des mots travestis en absence de mots, des mots travestis en contraire de mots, en antimots comme il existe de l'antimatière. Il y a belle lurette que j'ai compris qu'un coucher de soleil peint par Monet était mille fois plus précieux pour l'humanité, plus précis pour les générations futures, plus vrai, plus juste, plus *réel*, que les équations d'optique toujours déjà fausses, toujours déjà obsolètes et dépassées, toujours susceptibles de corrections, d'améliorations, de précisions, de rectifications – tandis qu'on ne rectifie pas un crépuscule de Turner, une aube de Corot, une aurore de Courbet. Ils sont justes et réels et vrais du premier coup, ils sont justes et réels et vrais pour toujours, resteront justes et réels et vrais à jamais. Ils ne prétendent pas à l'exactitude, comme cette pauvre vieille folle hystérique qu'est la science, mais à la vérité – et l'atteignent). Si je puis écrire ces lignes, lecteur, naître devant tes yeux, face à la défaite gueule de mes déçus parents, c'est, selon les physiciens (aussi utiles à l'univers que des piliers de bar, aussi condescendants que des serveurs du Flore), grâce à la victoire de la matière sur l'antimatière. La matière, proclament-ils, bénéficia d'une chance incroyable : sa probabilité de remporter le combat était de un sur dix milliards.

Nous sommes peu de chose, mais peu de choses surtout font ce que nous sommes ; en leur regard, nous sommes beaucoup, nous sommes énormément, nous sommes incroyablement énormément de choses. Bonjour, la Terre ! Je suis venu exister, j'ai quitté mon enroulement de plissures, mon ciel de mère. Prêt à abréger mon existence en la *vivant* : ce n'est plus à présent la vie que j'aurai à affronter, mais la mort. Mon prochain important rendez-vous me verra squelette, en chambre mais funéraire, le corps non identifiable, sans yeux dans les orbites, calciné, broyé vingt fois, abrégée matière. Prêt, maman papa, à venir m'égarer parmi les particules, en les asymétries du monde, exemplaire unique et banal d'homme, à signer papiers, remplir fonctions, chercher emplois, chercher gloire et même y renoncer, tel le plancton. Nul ne connaît aucun plancton célèbre. Prêt à rester sans faire de bruit, d'avance vaincu, incrédule, idiot travailleur ; prêt, petit frivole carnivore sous les astres, à pousser soupirs sur ventres de femmes, espérer bonnes nouvelles, tenir huit promesses, mettre au monde à mon tour des êtres vivants – pas des petits humains, je n'ai pas cette prétention : céphalopodes, seiches, calamars, vides et sonores coquillages, mais qui seront le sang de mon sang ; prêt à enfanter des grand-mères, des papis, des vieux, des algues, des pneus, des fleurs exotiques, des qui-poussent tiges.

Je me tiendrai sagement, sur un bord de la réalité, en équilibre instable, offensé, blessé d'avance. Je n'inaugure-rai jamais la moindre originalité, odieux avec des femmes qui m'aimeront (de toutes leurs forces), jaloux, cruel. Je ne me fais aucune illusion sur moi-même. Je saurai comment détruire le bonheur, décapiter les joies, irriter la paix, rendre funeste ce qui aime et veut vivre. Je saurai devenir un préten-tieux salaud, un lâche impatient, un mythomane, un mani-pulateur. Je saurai être cruel avec des êtres qui ne m'ont pratiquement rien fait. Je comprendrai la façon d'outrager filles, enfants, animaux, malades, paralytiques, aveugles, sourds, muets. Sanguinaire, sanglant, fumier. Je frapperai facilement. Je tomberai dans les facilités. Mon existence sera suicide, imposture, malheur, gâchis, aberration. Ineptie. Je serai nocif, je serai perdu, je serai très inutile. Je mépriserai la terre entière comme je me mépriserai. De ma pauvre pré-sence terrestre, demain, il ne restera que voile de fumée, buée sans nom, déplacement d'air, molécule, néant.

— Il manque de calcium. Non ?

TROISIÈME PARTIE

Une surprise

1

Sang, déjections, pisse, hurlements, ballet des infirmières, difficultés du docteur Boule-Touchée, scandales occasionnés par mon père : tout cela avait fini par se savoir dans l'enceinte de la maternité. L'administrateur de la clinique, M. Bart-Grönstein, s'émut de tant de brouhaha. Ma naissance avait (comme je l'avais craint dès la première phase de ce roman) pris des proportions trop importantes.

Bart-Grönstein : gras homme, moustachette gris tuile. Commençait à perdre ses cheveux, refusait d'y croire. Un tas de pommades, de lotions entretenaient la fiction d'une jeunesse prolongée, indéfectible – il lui paraissait injuste que les années pussent-puissent passer sur lui, sur son corps, sur son crâne, de la même manière qu'elles passaient sur les humains extérieurs à sa personne. Chacun d'entre nous considère comme une *particulière* injustice le fait de vieillir : nous étions tellement mieux prévus que le voisin pour rester ancrés dans l'âge de 20, de 30 ans. Autrui est davantage que nous fabriqué pour l'érosion, l'abîme, les détriments, l'usure. Je ne supporte pas d'être appelé « monsieur » puisque l'avenir, à mes yeux, est impossible. Je ne suis construit que de ce passé clos, éternel, insouciant, où j'enfile un short, cours en sueur, dans les jets d'eau, sur les tondues pelouses qui dégagent un parfum de femme, de genou, de dentelle, de coude enfantin. Je flotte dans le passé, la lumière est chaude, la neige est bleue, placée sur les branches, en crème, en lait froid.

Les nuages forment, au-delà de ma tête bouclée, des fleurs et des gueules aux démoniaques abords. Un cheval crache une flamme : c'est poncé, c'est orange, c'est lessivé. Je reste enfant si je cours, dans l'haleine de l'effort, rempli de mouvements, de chutes, d'hématomes, jambe griffée par la ronce – je me fais peur quand la nuit commence, avec sa ronde lune. La zone carrée des usines, dont je brise les vitres sales par des jets de pierres. Sur ces vitres des doigts avaient, dans la poussière, tracé des initiales, des prénoms d'amoureuses, des cœurs traversés d'une flèche. Les enfants qui jouèrent, sur cette accumulation de fraîches herbes, au milieu des années 70 (sous le poids d'un soleil jaune, brûlant, livide) sont, pour quelques-uns, décapés dans un rectangulaire tombeau. Impassibles désormais. Oh tellement tranquilles, si désolés, les yeux crevés, fous d'encombrements muqueux.

Une des principales manies de Bart-Grönstein consistait à se fourrer l'auriculaire dans l'oreille, puis à le secouer. Il arborait des cravates au nœud relâché, trop courtes, qui retombaient (grotesques) au-dessus du nombril et de nombreux bourrelets. Ce qu'il avait retenu du Brésil était les *churrascarias*, restaurants dans lesquels la viande était servie à volonté. Il aimait les chips, les cornichons, la bière blanche – et redoutait la durée, le temps. La défécation lui procurait une certaine joie. Sa femme avait jadis collectionné les poupées aux blêmes traits. Des ombres bleuâtres soulignaient ses yeux ; gestes saccadés, heurtés. Il ne supportait pas l'Islande, à cause des vapeurs de soufre, des volcans, des effluves de requin pourri qui s'échappaient des cuisines. Tout le monde le craignait.

— Que se passe-t-il dans cette chambre ? interrogea Bart-Grönstein. Toute la ville en parle.

La réponse de l'infirmière-à-seins, revenue sur le lieu de tous ces crimes, ne se fit point attendre :

— Le sans-prénom des Moix, innommé parce que par ailleurs innommable, nous rend la vie impossible. Ce serait un chien, on l'aurait déjà piqué !

Bart-Grönstein, par égard pour ma mère, fit un visible effort pour raturer le sourire qui avait commencé de s'esquisser sur sa figure. Des gouttes de sueur roulaient sur son front, si bien dessinées, si parfaitement distinctes les unes des autres qu'on eût dit des boules de mercure.

— Voyons mademoiselle, un peu de retenue. On ne pique pas un bébé... répondit-il en faisant un clin d'œil à l'infirmière. Du moins, pas dans notre établissement. Jusqu'à nouvel ordre.

L'infirmière rougit. Bart-Grönstein eut avec la bouche une sorte de tic entendu, visqueux, une façon de plisser les lèvres qui signifiait une connivence charnelle et clandestine entre eux. C'était un code qu'eux seuls pouvaient lire. Je l'avais remarqué parce que pour moi, les choses du monde n'étant pas encore organisées dans une logique hiérarchie, par ordre d'importance, toutes les manifestations de la réalité se valaient. Un sourire mystérieux était égal à une attaque nucléaire, elle-même égale au froissement du tissu d'une blouse, ou à la façon dont chaque œil de Bart-Grönstein (il souffrait d'un strabisme) tentait de s'éloigner de l'autre, comme si leur choc pouvait produire une explosion. Je me serais contenté de cette appréhension égalitaire du monde, mais, petit à petit, je comprenais que l'importance d'un homme de 40 ans doté d'une blouse, sur l'échelle de la vie qui m'attendait, l'emportait sur une cheminée en brique, qu'un dossier rempli de feuilles strictement agrafées était supérieur au tournoiement gratuit des éperviers sur un tapis de nuages laiteux.

2

— Dire qu'hier à cette heure-là j'avais ce personnage dans le ventre ! Cet individu ! Cet alien ! s'écria ma mère, que mon enfantement avait fait vieillir de douze ans et quatre mois et qui, de toute évidence, ne pouvait déjà plus me supporter. On porte pendant neuf mois dans ses entrailles des gens qu'on ne connaît pas. Si cette créature avait 40 ans, je ne suis pas certaine que j'aurais grand-chose à lui dire. Qu'en pensez-vous, monsieur Bart-Grönstein ?

Bart-Grönstein, strabisant comme un échappé de l'enfer, replaça sa cravate à carreaux dans son col de pull en « V ». Il racla sa gorge pour faire à ma mère une importante réponse. Il lissa ses moustaches (tire-bouchonnantes) ainsi que dans une opérette de 1857 et regarda ma mère avec commisération. D'une voix de femme, haut perchée :

— D'après les dossiers qu'on m'a remis à son sujet, il apparaît madame que votre fils file un mauvais coton. Il gêne, de par son inadmissible comportement, de par ses outrances incongrues, de par ses provocations multiples et répétées, il gêne, disais-je, le bon déroulement des accouchements dans les chambres voisines et même – me rapporte-t-on – il perturbe les agonies du bâtiment d'en face. Nous avons contre nous toutes les infirmières par sa faute, et tous les prêtres. Cette petite comédie ne saurait perdurer dans mon établissement. Au risque de paraître vieille école, sachez qu'il n'est pas arrivé, le jour où un morpion de cet acabit parviendra à me damer le pion.

Nous sommes d'abord des morpions, puis nous devenons des pions. Il faudrait étudier la liste des mots en *pion*. Elle en dit long sur le destin des hommes. Lampion, pour éclairer le chemin de sa vie. Champion, pour greffer une gloire sur l'absurdité de l'existence. Arpion, pour se faire marcher sur les pieds.

Bart-Grönstein ajouta avec une douceur implacable – la même qu'une lame de guillotine qui tranche un bloc de neige :

— Il faut rentrer chez vous avec votre enfant, ce, dans les délais les plus brefs. Cela est souhaitable pour votre réputation ainsi que pour celle de l'enfant. Nous ne voudrions point que votre souvenir parmi nous restât attaché plus longtemps aux déjections pantagruéliques ni aux hurlements dantesques de ce doryphore. Je ne veux pas vous effrayer, madame Moix, mais c'est de la graine de commissariat que tout cela.

Brutalement, il s'approcha de moi, en profitant pour me souffler dans les bronches une haleine sur laquelle des molécules d'éthanol exécutèrent une sorte de samba.

— Tu te crois où, là, mon garçon ? me lança Bart-Grönstein. Hein ? Où te crois-tu ? *(À ma mère :)* Si jamais vous refaites un enfant nous serions ravis de vous accueillir. J'entends, un enfant *digne* de ce nom.

— Merci, monsieur, s'excusa ma mère. Vous êtes bien aimable.

— Ne me remerciez surtout pas. Je ne suis pas gentil, je suis un professionnel. Je ne fais que mon métier.

— Permettez-moi de vous dire que vous le faites très bien, fayota ma mère.

— Je suis homme d'équité, madame, protesta Bart-Grönstein. Je ne vois pas pourquoi les éventuels successeurs de ce maudit se verraient punis par une attitude dont ils ne sont aucunement responsables et qui ne doit pas peser sur eux comme une tare. Vous avez bien assez d'ennuis comme ça.

Bart-Grönstein jeta un regard professionnel sur une feuille professionnelle collée sur une plaque métallique qu'en grand professionnel il ne quittait jamais. Il cocha professionnellement une case puis se dirigea vers la sortie tout en lançant à ma mère des mots apaisants. C'est alors qu'un jeune homme d'environ un mètre quatre-vingt-dix (taches de rousseur, œil de grenouille, odeur d'algue marine, absurde survêtement, baskets usées – un individu sans la moindre importance qui répondait au nom de Rambert Felipe) surgit, paniqué :

— Au secours ! Venez vite ! Ma femme vient de faire un malaise !

3

Bart-Grönstein et les infirmières se précipitèrent dans le couloir. Au bruit de leurs pas, on devinait que le drame avait eu lieu dans la chambre immédiatement voisine de la nôtre, la 132. Quand elle revint à elle, ce ne fut pas de la chaleur, d'un manque d'aération quelconque ou d'une carence en vitamines que la jeune femme en question (Rambert Astrida), qui s'apprêtait à accoucher d'un instant à l'autre, se plaignit d'être la victime, mais de « la 132 ».

Je prenais trop de place dans un univers qui avait eu la bonté de s'écarter un peu, de s'absorber quelque peu en lui-même pour m'en octroyer une. Le problème est que, désormais, j'étais là. La difficulté d'être logeait dans ce mot de *désormais*. J'étais un désormais. Un désormais parmi les autres désormais. Il allait falloir désormais compter avec moi, mais dans un environnement où il était hors de question que je comptasse.

Il faudrait se faufiler entre les lourdauds, les couards, les couillons, les béotiens, les profanes, les salauds, les porcs, les méchants, les pervers, les fumiers, les mesquins, les sadiques, les calculateurs, les drogués, les pourris, les cre-vures, les enflures, les malhonnêtes, les crevards, les vermines, les enculés, les manipulateurs, les pédophiles, les zoophiles, les soupeurs, les détraqués, les colonialistes, les communistes, les gaullistes, les alcooliques, les beuglards, les fiers, les

196

grandes gueules, les plus malins – l'homme passe infiniment sa vie à faire infiniment le malin. Le problème majeur reste qu'il ne l'est toutefois point. L'être humain est une étrange créature. Des salles de musculation de banlieues floues où il soulève de la fonte, aux promenades de Venice Beach où il pratique frénétiquement le footing, en passant par tous les gymnases où il sculpte son abdominale figure en suant par les multiples pores de son épiderme aux fins de mimer Spartacus, je note qu'il se passionne pour son corps, qu'il ne supporte guère la graisse et les remplissages, les saturations et les glucides. Il ne se livre pas à l'exercice équivalent dans le domaine de l'intelligence. De la réflexion. De la pensée. Il se moque éperdument de se tailler un svelte jugement parmi la complexité du monde : surusés clichés, réflexes nationalistes, erronées habitudes, systématismes éculés, préjugés ancestraux, identitaires replis collent à son sang comme le cholestérol, le sucre, la gélatine, les lipides. À la perfection de son outil d'analyse, il préfère, en sueur, celle de son outil de reproduction, de séduction, d'adéquation publicitaire au néant.

Par la fine cloison qui nous séparait, j'entendais assez nettement la voix de ladite Astrida :

— Je compte porter plainte. Je n'ai pas fermé l'œil de la nuit. Cela est indigne d'une maternité comme la vôtre.

— Non seulement vous avez raison, mais nous appuierons votre plainte, renchérit Bart-Grönstein. L'auteur des troubles ne serait pas né la nuit dernière, que nous aurions déjà prévenu la police.

— Rien ne nous empêchera de nous retourner contre les parents du coupable ! trancha sèchement Felipe.

— Voilà ce qui arrive quand on autorise le premier venu à venir au monde, démontra Bart-Grönstein. Je ne cesse d'en avertir mes collègues lors de nos différents symposiums. Cela fait dix ans que je hurle dans le vide. La société actuelle est trop permissive. Nous nous vautrons dans le laxisme. C'est une orgie de naissances. Il faudrait faire passer des examens aux géniteurs pour savoir *qui* a le droit de mettre bas. Ça devient l'anarchie, sur ce caillou.

— Je vous préviens monsieur, poursuivit Felipe, je ne suis pas du genre à faire du scandale, mais c'est la dernière fois qu'un de mes enfants naît chez vous. Ils iront dorénavant naître ailleurs. Voyez dans quel état est mon épouse...

— Je comprends parfaitement votre gêne, opina Bart-Grönstein. Nous hésitons malgré tout à lancer une procédure exceptionnelle – ce que nous pourrions toutefois envisager puisque cette procédure existe dans les statuts de notre clinique – mais nous avons jugé, mon conseil d'administration et moi-même, de laisser une chance à une jeune maman – en l'occurrence cette pauvre madame Moix – qui n'est au fond pour rien dans cette regrettable affaire. Mettez-vous à sa place. Ce n'est pas facile pour elle non plus. Imaginez qu'elle va devoir élever ce barbare que la nature lui inflige, elle qui rêvait d'une jolie petite fille, et partager vingt ou trente ans de sa misérable existence avec lui... Nous voulions que l'accouchement de madame Moix fût réalisé par le meilleur de nos médecins, le docteur Cabassou, mais Marius Cabassou est décédé la semaine dernière.

— Comment ça décédé ? sursauta Felipe. Vous voulez dire mort ?

— C'est exactement ce que j'entendais par là, cher monsieur. C'est à la virgule près ce que je voulais dire.

— Je me méfie des gens qui *décèdent*, expliqua Felipe. Ils m'ont toujours paru douteux. J'aime les gens simples, vous comprenez. J'aime les gens qui meurent. J'aime les gens qui naissent, tout simplement, et qui tout aussi simplement meurent.

— Il y a quoi qu'il en soit un préjudice moral évident dans cette histoire, interrompit Astrida dont l'intérieur du ventre s'agitait de plus en plus. Comment s'appelle le nourrisson en question ?

— Le nourrisson ? Vous êtes bien gentille, gémit une infirmière (que je ne vais pas décrire ; c'est un travail fastidieux que de passer son temps romanesque, à décrire les infirmières ; je puis signaler qu'il ne s'agissait pas d'un mannequin, qu'elle avait ses règles, que son visage faisait songer à une figue, que ses cheveux avaient quelque chose de pelucheux, son nez semblable au bec d'un kamichi ; pour le reste, je voudrais que tu fasses un effort d'imagination : trop de description enraye le roman). C'est une plaie. Ah si je me retenais pas, je lui aurais collé une de ces roustes ! Il est vrai aussi qu'on est peut-être un peu moins tolérant avec les enfants des autres.

— Quel est son nom ? demanda Felipe.

— Il n'en possède point encore et, si vous voulez mon avis, il n'est pas près d'en être affublé ! Comment voulez-vous qu'on ait envie d'aposer un prénom nom sur un zombie pareil ? Il en faut de l'inspiration, je vous le dis ! On serait plus inspiré pour baptiser une limace ! balança l'infirmière.

Tandis que pleuvaient sur moi toutes ces considérations comme autant de condamnations, je cherchais un peu de bonheur lové dans la chaleur maternelle. Mais ma mère resta froide : on aurait dit un père.

4

Ils étaient nombreux ceux qui, dans le néant, attendaient leur tour de naître. Les hommes de demain qui ne possédaient rien encore, n'étaient rien encore. Ils rêvaient de se retrouver là où moi j'étais à présent. À choisir entre être dans le monde ou dans ma mère, autant être dans le monde. Au moins dans le monde étais-je libre de mes gestes. Je pouvais avoir des projets. Peut-être devenir médecin, ingénieur, chef des ventes, directeur du marketing. Dans une mère il n'y a pas de débouchés.

Aucun nourrisson n'admettra qu'il vaut mieux être abandonné dans un hangar que de rester blotti contre le sein maternel. Pourtant, si les bébés n'étaient pas si conformistes, ils s'enfuiraient dès le premier jour, à l'aube. On les verrait se détacher sur un décor de brume. Ils couperaient le cordon avec les dents qu'ils n'ont pas et partiraient longer les autoroutes. Ils parcourraient des kilomètres, cordon au vent tournoyant en lasso, jusqu'au premier supermarché. Ils seraient heureux. Dans les champs, on ne les verrait pas dépasser des hautes herbes.

Dans la chambre, plaqué contre ma mère, je m'ennuyais ferme. Ne pouvant, pour des raisons bassement physiologiques, immédiatement m'enfuir, je dus prendre mon mal en patience.

— Si c'était à refaire, je partirais sur une île lointaine, confia ma mère à un interne de garde (face de vieux pou, maigre, teint violacé, accro à la méthadone suite à un accident de moto entre Trouville et Honfleur en juin 67 – jour non spécifié ; l'heureux lecteur peut compter sur moi, pour les dates : je m'informerai). Je n'aurais pas rencontré ce mari-là.

— Vous n'aimez pas votre mari ? s'enquit l'interne, qui répondait au nom de Gonfaron Martial.

— Bien sûr que si. Ne me faites pas dire ce que je n'ai pas dit, se défendit ma mère. Mais si j'en avais rencontré et épousé un autre, j'aurais eu un autre enfant. Forcément. Et pas celui-ci. Qui est un cauchemar éveillé.

— C'est vrai qu'il déconne assez sévèrement, lâcha Gonfaron Martial.

— On ne vous a pas demandé l'heure ! coupa soudain une voix.

C'était celle de mon père.

— Pardonnez-moi, monsieur Moix, bredouilla Gonfaron Martial.

— Vous n'êtes en rien habilité à formuler sur ma famille des supputations qui outrepassent vos qualifications, se fâcha mon père.

— Vous avez raison, paniqua Gonfaron Martial.

— Voudriez-vous que j'en informe vos supérieurs sur-le-champ ? menaça mon père.

— Je vous supplie de n'en rien faire, monsieur Moix.

— Nous verrons cela, dit mon père.

Mon père avait décidé de venir nous voir chaque soir vers huit heures, au moment où la nuit décidait de tomber. La nuit et lui, c'était la même chose. Il apportait à ma mère des fleurs qu'elle n'aimait pas (myosotis, seringas, géraniums, ficus) et des sucreries (nougats, pâtes de fruits, gelée de coing dite « de Cotignac » présentée dans de minuscules boîtes de camembert ornées d'un dessin de la statue de Jeanne d'Arc ; il fallait y planter la langue, laper un peu, tel le bouledogue, pour récurer) qu'il engloutissait finalement lui-même jusqu'à s'en faire péter l'abdomen.

Sa journée, mon père la passait à la faculté des sciences, où il enseignait comme indiqué plus haut les mathématiques à des loupés étudiants. Les bâtiments dans lesquels il officiait, sur le campus d'Orléans-La Source (installé au milieu de HLM), étaient gris, d'un gris de Balkans, gris fissure, gris triste vodka, gris béton, gris sommeil, gris mort. Ne manquaient plus, tout autour pour faire joli, que des cadavres de carpes, de truites, jonchés sur les gravillons. On arrivait dans le bâtiment « sciences » par une allée d'agapanthes qui, à l'automne, quand les cours reprenaient, exhibaient leurs ombelles de fleurs mauves en trompette. C'était le seul moment poétique de l'année, hormis quelques hivers de neige.

Lorsque mon père arrivait, il endossait une blouse sur laquelle étaient cousues ses initiales et sa gloire, blouse ornée de stylos Bic dépassant de la poche poitrinaire (un de chaque couleur, alignés comme à l'armée – c'étaient comme ses troupes, les stylos étaient à ses ordres). Les étudiants craignaient essentiellement le Bic rouge : c'était lui qui corrigeait les copies, en proie à de furieux assauts, à des colères (intempestives), des injustices et d'hystériques ratures, des assassinats, des préjudices (irréversibles). Le stylo Bic rouge de mon père était craint de tout l'amphithéâtre – à côté, le vert, le bleu, le noir (mais le vert surtout, qui jouait les figurants) semblaient inoffensifs et cléments. Ils rassuraient, ils déployaient mille efforts pour contrebalancer, à trois, la furie du premier, sa méchanceté, ses horreurs, ses saillies, mais on sentait bien, à leur pacifisme béat, leur naïve gentillesse, qu'ils n'étaient pas de taille, qu'ils ne faisaient pas le poids. Les membres de ce décoratif trio ne sortaient de la poche de la blouse qu'en de très rares occasions : ils n'étaient que de simples potiches venus compléter une collection, former une armada, définir un alignement.

Dans la poche du bas, une boîte de craies. Mon père les sortait une à une, ses craies (elles provenaient des carrières de Combleux, de Crécy-sur-Loire, de Pithiviers), les posait sur le long bureau de chêne clair (des nœuds formaient des volutes), et déroulant savamment les tableaux fraîchement épongés par un étudiant désigné, il les faisait *crisser*. Quand le tableau noir était trop mouillé, les craies patinaient – on eût dit que mon père écrivait sur du savon. Ses formules, ses phrases, ses équations s'effaçaient, disparaissaient, bues, à mesure qu'il les inscrivait de sa petite écriture maniaque et serrée, parfaitement géométrique, stable, installée, sûre d'elle-même mais effrayée, terrorisée à l'idée de déborder, de s'aventurer, d'abroger les frontières et les limites et les lois.

Mon père n'était point ce qu'il est convenu d'appeler un aventurier des mathématiques : il haïssait l'improvisation parce qu'il en était incapable. Quelques-uns de ses collègues jouissaient d'une capacité intellectuelle qui leur permettait d'essayer en direct, devant un parterre d'étudiants (d'étudiantes) bluffés, des propositions neuves, des chemins vierges, d'inédites pistes – quitte à s'apercevoir que ceux-ci ne menaient qu'à des impasses ; mais les lacets, les montées, les circonvolutions théoriques à culs-de-sac semblaient plus prodigieux que le résultat lui-même dont on avait parfois, en chemin, oublié l'existence, la nécessité.

Mon père ne travaillait pas sans filet. Il était jaloux de ces artistes de l'équation, qu'il croisait chaque matin dans la salle des professeurs et au regard desquels, malgré des diplômes parfaitement identiques, il se sentait minuscule. Son cours se devait de suivre un déroulement éternel, immuable, parfait – sa terreur était, à chaque rentrée universitaire, qu'un étudiant surdoué vînt semer la panique en proposant des solutions plus imaginatives que les siennes, de foudroyants raccourcis, des démonstrations impensables avant lui ou remplies d'intuitions hors programme. Face à ces cracks, mon père tentait de puiser, avec mesquinerie, dans sa professorale autorité : il jouait le galon contre l'intelligence. Il s'agissait, actionnant les seules inadmissibles manettes de la hiérarchie et de la légitimité administrative, universitaire, de clouer au pilori les fulgurances étonnantes de ces éléments précoces en les faisant passer pour autant de délires, de coquetteries, d'aberrations – de provocations.

La stratégie consistait (mon père avait fini par acquérir dans ce domaine une redoutable dextérité) à discréditer le prodige au plus vite par un sarcasme implacable et public propice à déclencher l'hilarité générale. Hélas, il arrivait parfois que l'étudiant vînt faire montre au tableau de sa dextérité, de sa virtuosité, de sa vivacité, pour étayer son propos, expliquer par écrit ce que mon père avait fait semblant de ne pas comprendre mais qu'au tréfonds de son être il avait reconnu, vexé, blessé, meurtri, comme portant la marque unique, reconnaissable entre toutes, si simple et si particulière, semblable à la perfection glaciale d'un flocon, du génie mathématique.

Il ne pouvait refuser que quiconque passât au tableau démontrer une proposition, un théorème. Là, son calvaire était à son apogée : il ne tenait plus le premier rôle et se renfrognait au point que les rides de son front finissaient par ressembler aux plis (roses, rosâtres, rosés) des musaraignes ou des mulots quand ceux-ci viennent au monde – ces espèces viennent au monde également, mécaniquement, sans suivre d'autre pente métaphysique que l'injonction naturelle, bête de faire fonctionner la génétique, l'aveugle rythme, mystérieux, de la naturelle nature, de la biologique biologie. Des rats naissent sous la Grande Ourse. (Rats, petites chiures posées, dents de rasoir, générations accumulées, yeux petits brillants rouges, blancs. Longeant les cloaques… Six millions de rats sous mes pieds, dans les décharges et les déjections, formant antique danse, courant sous les éboulis, effarés, balbutiant, piaillant, circulant, parcourus de maladies, de frissons, abrutis, mouillés, dispersés, multipliés, dégoulinant, dégueulasses, noirs, gris, bleutés, guettant dans des grottes. Sous le goudron, efflanqués, gras, flottant, flotteurs, empoisonnés, vénéneux, contaminés, malins, enfermés, grouillant, violets.)

5

— Je ne suis pas près de relire la Bible, blasphéma mon père. « Croissez et multipliez-vous », enseigne la Genèse. La Genèse des ennuis !

— Pourquoi me parles-tu de la Bible ? répondit violemment ma mère. Tu vois bien que je suis en enfer, clouée sur ce lit à regarder mes journées partir en fumée ! C'est ma jeunesse qui se consume ici. Les jours défilent. Pendant ce temps je ne fais rien. Rien que me faire mordre les seins par ce monstrueux petit que nous avons conçu je ne sais trop comment.

— Mais ma chérie enfin, il n'a pas de dents, fit observer mon père.

— C'est le démon ! beugla ma mère. Il n'a nullement besoin de dents pour mordre.

Les séances de tétée furent de véritables supplices. Ma mère broyait ma tête spongieuse entre ses mains aux griffus ongles (ongles peints en rouge vif, l'odeur du vernis me portait au cœur) et me compressait jusqu'à l'étouffement contre sa poitrine blanche, gelée comme un lac suisse en hiver. Je ne respirais qu'en pensées. J'entrevoyais, qui formaient des araignées d'eau géantes, ses veines bleues serpentant sous mes yeux. J'eusse voulu prendre le temps de m'installer sur le téton, trouver une position de la bouche m'assurant nourriture et sécurité, mais ma mère me dévissait le cou et je ne tétais que des échantillons de chair sans lait. J'eusse voulu me débarrasser d'elle, ne garder que la citerne de lactose que biologiquement elle était. Plaqué contre elle par la titanesque force de ses avant-bras, je soufflais sur le sein comme dans une trompette. Je n'avalais rien puisque ne me trouvais qu'accidentellement en face du trou dont était censé jaillir mon bon lait.

Je prélevais ces repas sur ma mère trois fois par jour. La manière dont je dépendais d'elle m'était intolérable. J'eusse aimé avoir une mère chaude aux seins remplis de cacao, une mère-petit déjeuner où m'engoncer et non une mère-bitume sur laquelle me fracasser l'occiput. Je courbais l'échine sans appétit, figure aplatie contre sa cage thoracique dont les côtes saillantes, en acier, me transperçaient. Chewing-gum collé.

— Il va me vider de ma semence. C'est une sangsue. Mon lait ! Mon lait !

C'était un mal pour un bien : amère, elle sécrétait un lait impossible à digérer. Je le vomissais.

— On l'appelle comment alors ?
— Vomi ?
— Aristophane ?
— Malédiction ?
— Pour les chiens, c'est l'année des *Y*.
— Yaguara ?
— Youyou ? Youyou Moix ?
— Yamato ?
— Yousouf ?
— Yaghans ?
— Ypsilon ?
— Yacoubia ?
— Ypsilanti ?
— Yacundas ?
— Yaboticabal ?
— Yack ? Yack Moix ?
— Yaki !
— Yakko !
— Yaccas ?
— Yacht-Club.
— Yung ?
— Yabousse ?
— Ysabeau.
— Yucca.

6

Mon père commença à suer par litrons :
— On verra les prénoms plus tard. Il m'épuise… Je suis
en train de me rendre compte que si nous ne faisons rien,
nous allons devoir vivre avec lui, peut-être même l'éduquer.

— Ne nous voilons pas la face : c'est au-dessus de nos forces, avoua ma mère. Aucun de nous deux – je nous connais comme si nous nous étions faits – n'y parviendra. Nous n'avons d'ailleurs aucunement à nous sacrifier pour lui. Ce n'est pas notre faute si nous l'avons fait.

— Tu as raison, enchaîna mon père. Ce n'est pas lui que nous voulions.

— Si j'avais su ce qui nous attendait, j'aurais avorté… gémit ma mère.

— Ne regrette rien, ma chérie, la rassura mon père. L'avortement provoque des traumatismes. Maintenant qu'il est là, il nous faut agir. On ne peut rester ainsi, les bras croisés.

— Dès qu'il m'aura pompé tout mon lait, décréta ma mère, je le refourgue à une association. Il y a forcément des organismes qui récupèrent les nouveau-nés dont les parents ne veulent plus. Regarde ! Il m'a derechef bavé dessus. Il passe le plus clair de son temps à baver, vomir, pisser, chier. Sur moi, sa mère ! Pas le moindre respect, ni le moindre égard. Je n'ai aucune autorité sur lui. Il se moque de tout. Il ne cesse de s'enfoncer dans cette infernale spirale de la provocation. Je sais qu'il agit ainsi pour me rendre folle ! J'ai bien compris son manège. Je ronge mon frein, mais rira bien qui rira le dernier.

— Tu crois qu'on peut commencer à *vraiment* le frapper ? interrogea mon père.

— Il faudrait que je me renseigne auprès des infirmières – elles le haïssent autant que moi, sinon plus. Si nous le frappons de travers et qu'il meurt, cela va encore nous retomber dessus. Je ne veux pas finir ma vie en prison à cause de monsieur.

— Je me demande franchement ce que nous avons fait au bon Dieu pour mériter toute cette merde, soupira mon père en passant sur son front dégoulinant un vieux mouchoir sale et séché par la morve.

— J'ai peut-être un moyen de vous en débarrasser, susurra une infirmière (au lieu de la décrire dans les moindres détails, je vous fais passer sa photographie, c'est plus simple pour tout le monde : finalement, aucune description littéraire au monde ne parvient à *montrer* quiconque) qui venait de pénétrer dans la chambre, avait tout entendu, et portait comme joli prénom Bianca.

— C'est vrai ? sourit ma mère, comme si elle venait de renaître.

— Dites-nous ! fit mon père. Nous sommes ouverts à *toutes* les propositions.

— Avec votre concours, reprit l'infirmière et à condition évidemment que vous gardiez le secret jusqu'à la fin de vos jours, je puis vous indiquer une manière rapide, efficace, sûre de l'étouffer. Avec deux doigts seulement. Deux bons gros doigts. C'est une technique que j'ai vu faire lors de mes études d'infirmière à Bucarest.

— Vous êtes hongroise ? demanda mon père.

— Bucarest est en Roumanie, rectifia l'infirmière.

— Vous êtes roumaine ? demanda ma mère.

— Non. Je suis hongroise, dit l'infirmière. Je suis née à Budapest.

— Nous avons failli y aller il y a deux ans, dit mon père.

— Mais nous n'avons que failli, précisa ma mère. Finalement, nous sommes allés chez mes parents, à Vitry-le-François.

Faillir est une des autres grandes passions des hommes, un peu moins connue que celle de *peser*, mais tout aussi importante. Les gens *faillissent*. Exemple : le chauve qui a *failli* venir cet après-midi a *failli* me présenter un bassiste qui a *failli* jouer avec un musicien qui a *failli* avoir la carrière d'un de ceux qui, au Golf-Drouot, ont bien *failli* être aussi célèbres qu'Eddy Mitchell, qui a *failli* devenir Johnny Hallyday. La mode a *failli* connaître un jeu de chaises musicales : hier soir, le groupe Œdipe a *failli* annoncer qu'il avait *failli* mettre fin à la collaboration d'Éculé Jean-Louis, l'homme qui l'an dernier avait *failli* remporter le trophée du meilleur haut couturier. J'ai *failli* jouir. J'ai *failli* intégrer l'École nationale d'administration. J'ai *failli* mourir. J'ai *failli* la baiser. J'ai *failli* naître. J'ai *failli* vivre.

Je me souviens de la première fille que j'avais *failli* baiser. Elle s'appelait Vesna. J'emploie le verbe *baiser* parce que c'est le seul qui convient : il y a dans l'expression *faire l'amour* une disparition, du moins une occultation, de l'amour au profit du faire qui m'a toujours embarrassé. L'amour, ça ne se *fait* pas. C'est même la seule chose qu'on ne puisse *faire* – c'est lui qui nous *fait*. Nous défait, le plus souvent.

Dans mes premiers livres, j'étais romantique : c'était une époque où je souffrais, un temps où les femmes me maltraitaient. Ces hématomes, je me les faisais seul en réalité. Je passais par les femmes pour me frapper moi-même. J'ai chassé mon romantisme dans les romans suivants. Romantique, lecteur, tu peux l'être autant que tu voudras : c'est un leurre. J'abandonne le romantisme au profit de la sensibilité, voire de la sensiblerie. Un rien me fait pleurer. Il y a des pleureuses. Je suis, j'ai toujours été, je serai toujours un pleureur.

Titubant de larmes, culbutos devant la Lorelei, nous rentrons en nos tanières réitérant pour la centième fois les mêmes pompeuses niaiseries sur l'injustice du ciel et la promesse de faire gicler notre cervelle contre le papier peint de la salle à manger. Ce que je dis aux romantiques, s'ils veulent interrompre cette souffrance dans laquelle ils se débattent comme des coléoptères englués sur une tartine de confiture de griottes, c'est que l'inaccessible et demoiselle icône qui leur procure ces vertiges sait savamment ouvrir les cuisses ailleurs, non loin de la falaise crayeuse au vide duquel elle semble les vouer, pour accueillir en son intimité le colossal mandrin des abrutis de passage, des garçons de ferme et des rustauds les moins hyperboliques. Vous écrivez d'altruistes alexandrins, que seuls les nuages recueillent. Une femme est une femme. C'est lui faire immense injure que de la reléguer aux célestes peuplades, aux forestiers recueillements, aux florales douceurs, quand la nature (la vraie) a décidé que ces déesses inventées *de toutes pièces* par de chagrins cerveaux préféraient la visite d'une éméchée fanfare à celle d'un troubadour en collants.

Werther et ses perpétuels balancements de douleurs n'ont *jamais* existé. Dans la vécue vie, ledit « Vértère » eût préféré flageller les fesses d'une puisatière à chicots plutôt que de s'inquiéter de savoir si le temps virerait tantôt à l'orage dans l'évanescente pupille de son impossible maîtresse. Avec leur fascinant Zohar de la pleurniche, les romantiques ont eu tôt fait de me déplaire. Jamais vous ne verrez un poème de leur cru envisager le problème d'une casserole à lustrer, d'une dette de boucherie à honorer, d'une porte qui grince à huiler. Comme vous n'assisterez pas, dans leurs romans zébrés d'éclairs, au spectacle vraiment pathétique, pour le coup, d'un René visage aigre défait, la mine épouvantée, le regard perdu, cisaillé non par les imaginations de l'amour mais par la préoccupante accélération d'une diarrhée.

7

Le seul et véritable romantique que j'ai pu vraiment approcher de près fut Marc-Astolphe Oh. Derrière ses érotiques obsessions, permanentes, insinuantes, marquées, se dissimulait un cœur d'artichaut. Six années après ma naissance, en 1974, devenu un intime de notre famille (le hasard, avait voulu qu'il habitât dans la même résidence que nous, quai Saint-Laurent, sur les bords de Loire), il était venu nous rendre visite afin de nous lire une lettre d'amour par ses soins composée, adressée à l'actrice Carole Laure.

Carole Laure avait le cheveu de jais, d'un noir métallique, pratiquement bleu, sous lequel s'étonnaient deux grands yeux ronds (au milieu d'une figure blanche). Elle incarnait l'esquive, le velours agile, la liberté oblique. Elle ne s'atteignait pas. Sosie de poupée, lisse, visage à lécher, chair à mordre. Elle dévoilait sur les écrans sa délicatesse incompatible avec la brutalité du monde, un intérêt vif pour l'amour au prix de toutes les blessures, une feinte docilité. À l'intérieur de cette frêle inaccessible beauté logeait un gros chat.

Avec la sienne verve, à laquelle je dois ma vocation d'écrivain, Marc-Astolphe avait décidé de communiquer à Carole ses sentiments à la sortie de *Sweet Movie* – film au cours duquel il avait été secoué par une révélation (Carole prenait dans ce film un bain, nue, dans une piscine remplie de chocolat fondu). Il eût préféré se faire couper la main droite plutôt que de l'admettre, mais notre Astolphe était un grand sentimental. Il ne riait en public que pour se donner le droit de pleurer en privé.

Marc-Astolphe s'était, un beau jour, écroulé en larmes parce qu'il avait découvert que la pâtisserie dans laquelle il achetait à son père, chaque samedi, son flan favori continuait de fabriquer et de commercialiser le fameux dessert. Il en fut profondément choqué. Choqué parce que, jamais, il ne s'était figuré que d'autres que son père pussent avoir accès à ce flan, en eussent eu envie, en connussent seulement l'existence et le prix. Choqué, peiné, bouleversé, parce qu'il ne parvenait pas à concevoir, en son cœur resté désespérément pur, qu'une chose aussi dérisoire qu'un flan (nature, qui plus est) pût posséder, en sus de son vanillé parfum et de sa mollasse texture, l'outrecuidance de survivre non simplement à un homme, mais à l'homme qui lui avait donné la vie, à lui Marc-Astolphe. Tandis que son père était assommé par le néant d'une amorphe sépulture, quelque part entre des entrelacements de lierres défaits (absents dans leur ascension à toute émotion, à toute pitié, étrangers à tout sentiment de la vie et à toute prémonition de la mort du monde), le flan pour ainsi dire continuait de vivre. Il avait survécu à Monsieur Oh père et, comme si de rien n'était, poursuivait avec une indifférence manifeste la ronde habituelle de ses multiples commerces. Dans son entêtement à être, avec la même croûte jaune mouchetée de brun qu'on eût dit taillée dans la peau d'une girafe, dans la constance pénible où il s'évertuait à apparaître malgré la disparition d'un de ses plus grands fidèles, d'un de ses plus anciens admirateurs, le « flan du samedi » (qui en réalité se vendait très bien les autres jours de la semaine, en particulier le mercredi où les enfants se le disputaient, faisant de lui non pas le dessert absolu dédié à un vieillard unique, mais une friandise parmi d'autres jetée à l'ingrate multitude de la jeunesse) était un salaud. Il se prostituait. La persévérance de ce flan inspirait le même dégoût qu'inspire aux proches, voire à tout un village, la continuation par un jeune veuf, avec des conquêtes neuves, de la vie sentimentale et sexuelle qu'il avait entamée du temps (à peine évaporé) que son épouse vivait.

Nous savons tous qu'une lutte à mort fut engagée, il y a des millions d'années, entre le virus et l'homme, et qu'à la toute fin c'est le plus fort qui l'emportera. Le flan portait sur son destin le même raisonnement : c'était lui ou les autres, c'était sa vie à lui contre la vie d'Oh père, sans doute même contre celle d'Oh fils. *Personne* n'aurait sa peau, il lui fallait foncer (aveugle même au bonheur et au contentement de délice qu'il pouvait offrir au vieil homme centenaire), yeux fermés et gélatine onctueuse, parfaitement cuite pour craquer légèrement sous la dent, sans prendre le temps de dire aucune messe, d'afficher la moindre sentimentalité ni d'accorder le moindre remords. Un bon flan, devait-il se dire, est un flan sans pitié.

Oh fils, avant que d'envoyer sa missive à Carole Laure, avait pris soin de photocopier sa missive, ce qui lui permit de venir la lire à mes parents (vendredi 17 mai 1974) alors qu'il l'avait déjà postée. Son acte était, sinon irréparable, du moins irréversible. Cet envoi, je le recopie ici, sans en modifier une virgule.

« Ma bien chère Madame,

Je vous écris une lettre absurde et ridicule. Mais la stérilité de ma dignité ne connaît désormais qu'une rivale en ce triste monde : la brutalité sans appel de drôles de sentiments à votre égard. Mon intelligence, qui par son écrasant ministère maltraitait depuis la prime enfance une sensibilité de pâquerette, vient d'être – c'est grâce à vous – destituée de son aberrant trône par une toute neuve folie qui rappelle ce qu'une communiste majorité d'humains intitule ici-bas *l'amour*.

Je suis heureux d'avoir, hier au soir, fait la connaissance (en la salle 2 du cinéma Le Martroi, bâti en dur au numéro 51 de la rue d'Illiers à Orléans), en avant-première, de votre bidimensionnel et granuleux avatar projeté avec un virginal éclat sur la toile immaculée de notre écran le mieux tendu.

Sachez, Madame, que dans l'espace d'une année, je me rends aussi souvent au cinématographe qu'un violeur de scouts au confessionnal de Saint-Pierre-aux-Bœufs. Aussi, l'élévation au cube de tous les hasards entremultipliés de l'Univers (depuis son hermétique conception par notre Miséricordieux Seigneur) eût-elle plus facilement débouché sur la fécondation d'une charolaise à cinq pattes par un lézard à deux têtes que sur la formation du merveilleux couple que l'avenir nous invite, vous et moi, à former dans les plus brefs délais.

Nul besoin de surveiller notre humaine imagination quand la vie vient gratifier ses bénéficiaires des miracles de la sienne. N'entrons point en compétition avec les romances de son cru et les scenarii qu'elle propose ! C'est pourquoi je suggère à chacun des membres de notre duo de n'attenter d'aucune manière aux saines résolutions du destin. Comme vous donc, je soumettrai dorénavant, à dater de cette journée qu'embrase un soleil biblique, le déroulement de mes impeccables caprices à l'insolente logique de notre histoire commune.

Jamais, non jamais, je n'oublierai comment, vous ayant aperçue le corps plongé dans une piscine de chocolat fondant, c'est mon cœur qui fondit.

Voilà, chère Madame, j'en ai fini de mon idolâtre bavardage. Ayant certaine instruction des façons et ne manquant point de genre, je me suis installé dans la tête l'idée de ne point immédiatement vous désigner par le considérable prénom de *Carole*. Néanmoins, vous aurez su déceler dans cette candide comédie des politesses, importée du temps jadis, un balcon ouvert à tous les vents de Mai 68, vents qui soufflent leur haleine fraîche sur les us les plus rances et permettent aux inconnus modernes de confronter leurs corps avant même d'avoir comparé leurs âmes. "Carole, j'ai envie de te baiser" eût été la version révolutionnaire (et concise) de l'amoureuse proclamation que voici et qui, je l'espère, servira de modèle à nos enfants futurs lorsque à leur tour, ivres de brouillonne passion, ils béniront l'auteur de cette lettre et de leurs jours, recopiant mot à mot ce que vous venez de lire et qu'ils feront semblant d'écrire pour la première fois aux fins de s'attirer les faveurs de l'être aimé.

Bien à vous,
Oh Marc-Astolphe
Quai Saint-Laurent, Orléans

PS : Ne possédant pour l'instant nul moyen d'obtenir votre adresse, j'envoie cette culminante démonstration d'amour à votre agent. Je somme cet individu, que je prie de croire à toute absence de plaisanterie, de vous transmettre ma prose. »

8

Marc-Astolphe, avant que de vendre des machines à photocopier, avait entrepris (pour les abandonner) des études de médecine. Il avait manqué d'assiduité aux cours, mais tout autant de vocation. Il se voyait davantage sur la scène médiatique qu'au bloc opératoire. Sans doute les photocopieuses, par le rapport ténu qu'elles entretenaient avec la chose imprimée (même si ce n'étaient là que choses *photographiées*), lui donnaient-elles la sensation de se rapprocher des éditeurs. Marc-Astolphe Oh n'avait qu'une véritable manie – en dehors de prodiguer le maximum de plaisir aux femmes – et c'était l'écriture. Je précise les intentions médicales (avortées) de Marc-Astolphe, puisque j'ai eu accès, accidentellement, à une pile de lettres par lui écrites, qu'il avait pris soin justement de photocopier, tant il tenait sa correspondance comme une maisonnée.

Il était question, dans cette correspondance, d'une jeune fille, Aurore, dont Oh s'était intrépidement épris, et dont le père, hypocondriaque sans doute mais en proie à une maladie bien réelle, semblait chercher en la personne de Marc-Astolphe un spécialiste des diagnostics rassurants. Pour peu que j'eusse saisi ce que j'avais lu, Marc-Astolphe avait très manifestement exagéré ses compétences. Il avait menti sur son statut, se faisant passer pour interne des Hôpitaux de Paris tandis qu'il végétait, depuis trois années de fiestas, noces, sur-pattes et autres noubas, en année préparatoire à la faculté de médecine de Tours. Ce qui apparaissait dans les astolphiennes missives (adressées aussi bien à la fille qu'au père, car par le père il voulait s'assurer des sentiments de la fille, voire influer sur ceux-ci), c'est que Marc-Astolphe exerçait, de par son supposé savoir, une influence disproportionnée sur le géniteur de sa bien-aimée. À mesure que déclinait la motivation d'Aurore à son endroit, Oh aggravait la conclusion de ses diagnostics. C'était pure manipulation que tout cela. Pour peu qu'on laissât de côté la morale, on pouvait constater que, chez notre ami, la passion amoureuse frôlait la passion littéraire.

« Très chère Aurore,

Mon endémique timidité, l'autre soir, n'aura point su convaincre mon courage. Depuis, ces deux-là se sont expliqués. Ils ont décidé, mettant leurs forces en commun (puisqu'il est avéré qu'ils jouissent chacun d'un charme distinct), de me dicter cet harmonieux billet. Mais il faut que je compte beaucoup sur votre discrétion pour me décider à intervenir, avec l'effervescence peu feutrée qui va suivre, dans votre boîte aux lettres.

Vous n'ignorez pas tellement que mon actuelle fiancée, épouvantablement intitulée Ghislaine, possède parmi nombre de signes particuliers celui d'être votre meilleure amie. Ce statut est heureux, en ce qu'il est cause que vous et moi pûmes nous rencontrer ; mais ce statut est malheureux, notamment par la censure qu'il exerce sur les sentiments pétris que propulse mon cœur en direction du vôtre.

Je ne tortillerai pas, cela déjà vous l'aurez compris. Ouida ! Cette rétrograde bafouille est amoureuse, inutile d'en chloroformer le tempérament. Depuis que je vous ai croisée, une lamartinienne poussée d'acné lyrique a recouvert le chagrin visage de mon existence. Moi si calme, je m'affole. Moi si bitume, je m'envole.

Des milliers de fuligineux quatrains dorment à présent, dans l'éternité scrupuleuse de ma corbeille, au cimetière des enthousiasmes approximatifs et des couplets abouliques. Ne doutez point qu'au firmament des mirlitons, on sait par cœur ma poésie.

Au diable les hémistiches ! C'est par la face prose que j'entreprendrai votre ascension. Non qu'elle soit plus aisée, mais sans doute, pour y paraître tout isocèlement présomptueux, semblerais-je moins piteux dans l'escalade. C'est donc au piolet, et pour vous mettre au courant de mes alpinistes projets, que je vous écris aujourd'hui ces mots étourdis d'altitude.

Certes, vous m'êtes montagne. Incapable d'être votre Dante, je serai votre Maurice Herzog. Cela exige du candidat tout autant de souffle – l'Annapurna n'est pas moins proche des nuages que le paradis.

Sachant, bien entendu, que le paradis existe par celle qui l'incarne autant que par celui qui l'atteint.

Marc-Astolphe. »

Aurore ne répondit pas à cette première lettre – ce qui n'impressionna guère Marc-Astolphe. Qui se remit aussitôt à sa table, concoctant un courrier neuf.

« Très chère Aurore,

J'ai adoré la fondamentale perfection avec laquelle vous n'avez pas répondu à ma lettre. Tout y était : la clarté de l'irréciproque, la concision du silence, la cristalline mathématique du néant.

Cette inexistante lettre est pourtant une des plus belles qui m'aient été adressées ; son style lapidaire, sa fulgurante densité, son économie de moyens, son refus prononcé pour toute forme intempestive de spectaculaire me vont, sachez-le bien, droit au cœur.

On reçoit tellement de lettres écrites qui déçoivent, que je suis fier d'avoir reçu une lettre jamais écrite qui m'enthousiasme.

J'apprécie tout également, soyez-en assurée, la compromettante manière dont vous et moi nous complétons : d'un côté, mes lettres qui vous parlent ; de l'autre, les non-vôtres qui se taisent.

En résumé, ma matière aime beaucoup, vraiment beaucoup, votre antimatière. Nos intraitables tempéraments, dirait-on, cheminent déjà main dans la main.

Je n'ai point vocation à placer la tête de mes amours sous la guillotine de l'indifférence – je sais fort bien ce que j'ai déclenché par mon précédent envoi : une autre que vous en eût été perturbée pour les quatre cents siècles à venir.

Que peut-on répondre à une déflagration ? Rien. Et c'est ce que vous avez fait, et je vous en félicite, et c'est pour ce sens exact et raffiné de la repartie que je vous aime. Car non seulement je vous aime encore, mais je vous aime toujours.

Marc-Astolphe. »

À cette deuxième lettre, Marc-Astolphe ne reçut toujours pas de réponse. Il ne se laissa pas abattre.

« Toujours très chère Aurore,

Si j'ai adoré, la semaine dernière, recevoir votre emballante et magnifique absence de lettre, je ne vous ai point demandé, non plus, de m'en envoyer chaque jour une de ce type.

Caprice ? Immaturité ? J'avoue que j'ai fini par me lasser quelque peu de trouver dedans ma boîte, tous ces affreux matins, les mêmes mots non tracés, les mêmes propos non tenus, les mêmes aveux non lâchés, les mêmes désirs non exprimés, les mêmes déclarations non proférées.

Certes, la constance est une qualité que je place à de boliviennes altitudes. Mais le renouvellement de l'inspiration, du moins de ses modalités, n'est pas non plus fait pour me déplaire.

Je ne vous demande pas tant de m'étonner, que de changer la manière que vous avez de le faire.

Je ne saurais croire qu'une orthographe capricieuse, une syntaxe arbitraire ou quelque défaillance dans l'expression fussent la cause obscène de votre mutisme andouille. Ce qui m'attendrissait hier, je vous le fais remarquer, pourrait tantôt produire une balkanisation de mes nerfs.

Aussi, super belle Aurore, serais-je heureux comme un coït que vous voulussiez bien recourir à une politique diamétralement contraire à celle que vous m'imposez aujourd'hui : renoncez s'il vous plaît à votre silence comme je renonce moi-même à penser de vous des choses qui coûtent beaucoup à l'implacable estime dont je vous gratifie.

Je vous rappelle, au cas où l'oubli serait chez vous aussi prescient que chez moi le génie, que je réponds au nom de *Oh Marc-Astolphe*. Et qu'Oh Marc-Astolphe semble toujours disposé (quant à présent) à vous aimer pour toute la vie et même au-delà si affinités.

Marc-Astolphe.

NB : Ayant appris, de source sûre, que votre papa est fort malade, je reste, en ma qualité de futur médecin, à votre entière disposition pour quelque consultation que ce soit. Inutile, bien sûr, de vous préciser que ces déplacements de ma science ne seront facturés que sur le livre de comptes de l'empathie que j'ai pour autrui, livre dont chaque page porte le sceau du plus splendide désintéressement, de l'abnégation la plus déraisonnable et de la plus granitique gravité. »

Aurore, cette fois, se fendit d'une réponse – réponse qui plongea le destinataire dans un océan de bonheur.

« Vraiment très chère Aurore,

J'ai reçu votre lettre ce matin. Ma décision est prise : je serai heureux jusqu'en 2014. J'ai porté l'originale à ma banque, où un coffre-fort des plus inviolables, réglé à température idoine et fermé à octuple tour, la protège de la barbarie des curieux et des assauts du temps jusqu'à la mort des étoiles.

C'est la photocopie de votre liturgique manuscrit que je relis donc : je m'en contente comme les Romains se satisfont, aux fontaines de la place Navone, d'une pâlichonne copie du Maure quand sa face de pierre touchée, frottée, taillée par le culminant génie du Bernin dort en sécurité entre les murs capitonnés de la Villa Borghèse.

Lisant vos culminants mots, les relisant jusqu'au tournis (devant eux je suis comme un derviche-lecteur), j'approuve sans restriction les deux fautes d'accord que vous proposez à la langue française, qui a rudement besoin d'être dépoussiérée par de jeunes âmes telles que la vôtre, conquérantes âmes, aventureuses, fécondes et fertiles qui ne s'embarrassent jamais de la mesquinerie piégeuse et dogmatique de nos grammaires exagérément caduques.

Certes, je regrette un peu que l'unique sujet de votre lettre concerne la personne de votre esquinté géniteur. Mais la santé de monsieur votre père, qui eut non seulement le définitif honneur mais l'inaccoutumé talent de vous concevoir, passe avant l'extravagante chimie de nos affinités.

Nous reparlerons d'amour quand ce vôtre papa sera rassuré. Je suis certain que remis sur pied, il me concédera plus facilement votre main.

Fixez-moi, en attendant, une date à laquelle je puis venir ausculter le corps malade.

Et sachez, quand même, que j'ose redire à quel point je vous aime, à quel point j'aime vous aimer, à quel point j'aime aimer vous aimer.

Marc-Astolphe. »

Marc-Astolphe obtint un rendez-vous avec le malade, qui présentait (il refusait par hypocondrie de faire des examens poussés) des signes digestifs préoccupants (vomissements, diarrhées) et des symptômes urinaires sévères (brûlures, saignements). Marc-Astolphe devait jouer de son état de carabin pour tenter d'arranger ses affaires sentimentales. Si Aurore se rapprochait, il décréterait sans ambages la guérison du père, du moins il le rassurerait, l'accompagnerait, le guiderait ; si Aurore venait à s'éloigner (à rester aussi distante, en définitive, qu'elle l'avait toujours été), alors le père, oui le père serait tout simplement la proie des impitoyables mâchoires de la mort. Voici, pour plus de clarté, quelques extraits de la correspondance de Marc-Astolphe avec ledit malade.

« Cher Monsieur,

Je suis heureux d'avoir pu vous visiter ce soir. J'eusse volontiers salué votre fille Aurore mais je ne l'ai point croisée – aussi, je vous saurais gré de bien vouloir l'inonder de mes gazouillants compliments quand vous aurez l'hypnotique privilège de la croiser. C'est une jeune personne à laquelle je tiens autant que vous, bien que fort différemment. J'espère d'ailleurs vous faire part, aussitôt que les beaux jours se seront décidés à congédier un hiver qui a honteusement outrepassé ses prérogatives, d'un projet qui devrait vous plaire beaucoup. Il y est question d'Aurore, de moi, d'amour et notamment de la manière dont j'aimerais combiner ces trois éléments.

Arrivons maintenant à votre santé. Je vous préviens : je suis de ceux qui ne ménagent point leurs patients ; si la vérité est pour eux un droit, elle est pour moi un devoir.

Vos fièvres, vos coliques, vos urinaires douleurs vous causent plus de mal qu'elles ne me causent de peur. Ce sont là quelques signes de surmenage, de soucis divers et multipliés, qui auront abruti votre système digestif et malmené l'élasticité de vos conduits. Quatre aspirines par jour, accompagnées de frais gingembre, apporteront autant de paix à votre organisme qu'à la chrétienté les armées de Charles Martel fondant sur Poitiers. Non seulement cette maladie ne m'effraie en rien, mais j'entends bien m'en faire une amie.

À tout à l'heure, très cher Monsieur : ne manquez pas de m'écrire ou de me téléphoner en cas d'urgence. Je serre cordialement toutes les mains que vous voudrez bien me tendre.

Marc-Astolphe Oh »

Le même jour, Marc-Astolphe envoya la lettre suivante à la fille :

« Supertendre Aurore,

Je me suis rendu, ce soir, au chevet de l'auteur de vos jours. En tant que celui qui partagera ceux qui vous restent, je me suis senti légitimement proche de cet homme dont la stupéfaction face à la vie rappelle par endroits celle d'Ézé-chiel en sa vallée des ossements.

Ce beau diable, sublime Aurore, montre des signes diges-tifs préoccupants. J'ai pratiqué sur monsieur votre papa une palpation réglementaire ainsi qu'un très facultatif toucher rectal afin de bannir, à jamais, l'abominable hypothèse d'une fièvre cancéreuse. Votre fier géniteur semble en proie à des brûlures mictionnelles et autres hématuries qui, alliées à une irradiation crurale et associées à une spectaculaire anomalie de la statique lombo-sacrée, caractérisent une salpingite aiguë que je prétends soigner, avec toute la science requise, par des infusions de racines d'ellébore fétide, des pastilles de violette et du jus de clam. Pour peu, en outre, qu'il observe avec les scrupules et la minutie d'un comptable fasciste le régime gingembre-chèvrefeuille que je lui ai conseillé, il pourra ramasser autant de médailles au marathon de São Paulo que les petites filles de pâquerettes dans les verts pâturages de Carinthie.

Je préfère de toutes forces éviter l'endoscopie et la colos-copie, aussi pertinentes à mon goût dans le cas de monsieur père vôtre que la prescription de l'échangisme à une veuve.

Je soignerai votre cher père, sublime Aurore, et ce avec d'autant plus d'ardeur que je vous croiserai à son douloureux chevet. Chevet que vous désertâtes, tout à l'heure, bien que parfaitement informée de ma fabuleuse venue, au profit de récréations nocturnes qui vous éloignent non seulement de moi, mais de vous-même.

Recevez mon violent amour,
Marc-Astolphe. »

Je vous livre à présent, sans commentaire superfétatoire, la suite des lettres de Marc-Astolphe.

« Monsieur, très cher ami,

Je ne vous écris point pour vous parler du comportement de votre fille Aurore envers ma droite et pure personne, qui converge vers l'inadmissible, mais pour vous entretenir du comportement de votre maladie envers vous, qui converge vers l'inéluctable. J'ai décidément tendance à imaginer, même si cela paraît tiré d'un conte pour les petits enfants, qu'il existe un étrange parallélisme entre l'attitude de ces deux femmes ; quand madame votre maladie s'aggrave, c'est généralement que mademoiselle votre fille me bat froid ; inversement, il suffit que la jeune et solaire Aurore daigne m'offrir un peu de sérénité, m'entrouvrir les portes blindées de l'espérance, pour que l'évolution de votre méchant mal se mette à stagner et vous garantisse, à votre tour, une appréciable paix. Je travaillerai demain à éclaircir ces espiègles coïncidences dont la science, qui a toujours eu quelque difficulté à *penser*, mettra peut-être mille ans, trois mois et vingt-six jours à percer l'excitant mystère.

En attendant cet éclaircissement lointain, la main levée en direction d'Hippocrate (dont le portrait égaye, aux côtés d'une photographie volée de votre fille, l'augustinienne austérité de mon abondant bureau), je vais vous informer franchement sur la réelle réalité de votre état.

Je ne vous cache nullement qu'après ce que je m'en vais maintenant vous révéler – et qu'Aurore ignore, car pour lui en causer encore eût-il fallu que je la visse –, mille ouvrages référencés sur la notion de calme, et signés des auteurs zen les plus avisés, des esprits les mieux renseignés sur la question, ne suffiront point à complètement vous apaiser.

Je ne puis cependant m'empêcher, avant de lâcher les mots techniques qui vont brutalement faire changer votre tranquillité d'adresse, de vous demander de reconnaître l'amazonienne étendue de mon courage : annoncer à un homme qu'il s'éloigne de la théorie de la mort pour avancer plus avant vers sa pratique n'est pas une tâche qu'un lâche saurait correctement remplir.

Ce courage est d'autant plus notable que si vous êtes auprès de votre fille pour apprendre la nouvelle, c'est sans elle auprès de moi, en revanche, qu'il m'est infligé de vous l'annoncer. J'ai enfilé une cravate noire, à pois rouges certes mais une cravate noire, pour rédiger cet assez peu féerique compte rendu et ma chemise est trempée d'une sueur glacée.

Je ne sais si vous l'avez fait exprès, mais vous souffrez d'une érythroblastémie de Klebikorivosky dont la ostéo-médullaire biopsie mettrait immédiatement en évidence la polichinelle propagation de cellules malignes. À cela, je note en sus, à mon grand regret et pour votre malheur plus grand encore, une asomatognosie qui, alliée à des réactions anxio-dépressives, trahit, en sus de monsieur votre cancer, la cru-cifiante signature du marquis d'Alzheimer.

Si votre Aurore était plus aimante avec moi, je serais moins pressant avec elle, si bien qu'elle en deviendrait plus sereine et ne dégagerait point ces ondes délétères qui favorisent à mon avis très humble la spectaculaire aggravation de votre état de santé.

Je suis plutôt conscient de ce que mon diagnostic ne saura totalement vous satisfaire ; ses conclusions défigureraient bien des cow-boys : mais je vous sais adepte d'une témérité sans faille, et vous assure avec joie de mon soutien médical aussi bien qu'amical.

Vous avoir comme beau-père n'eût évidemment pas nui à l'assistance appliquée que je vous prodigue, mais les sen-timents humains sont en proie eux aussi à leurs propres tumeurs, et je crois bien que je suis moi-même le cancéreux de service dans le lien qui m'attache, sans autre espoir que le deuil, à votre Aurore de fille.

Je vous adresse mille fraternelles attentions, et vous communique mes courages. Le moment est venu de croire qu'il y a un bon Dieu.

Marc-Astolphe. »

« Chère et tendre Aurore,

Ne cherchez point entre les lignes de cette lettre quelque matière à espérer quant à l'état de santé de monsieur votre père.

Sur les conséquences de sa maladie, je suis aussi optimiste qu'un non-voyant abandonné au sommet du Chomo Lonzo sur des skis de 1954 prêtés par le 27ᵉ bataillon de chasseurs alpins.

Sur les causes, je serai notoirement sévère puisqu'il s'agit d'un *homicide*. Plus spécialement d'un parricide, puisque vous aurez réussi à tuer votre père. Votre comportement, cela est dur à entendre aussi bien qu'à écrire, n'a pu qu'accélérer le méchant, l'infernal, le barbare processus cancéreux : là où vous eussiez dû, par une croissante proximité envers ma personne si finement appréciée de lui, là où vous eussiez pu, par un ascendant mouvement vers mes aspirations tant et tant louées par sa lucide bonté, gratifier ce malheureux des consolidantes manifestations de votre humanité, vous avez choisi d'opposer votre refus à mes spirituelles sollicitations, vous avez consenti à diriger vos belliqueux obus contre mes charnelles propositions, vous avez bouilli de dresser vos infantiles talus devant mes sexuelles adjurations.

Témoin de ces sourdes guerres, abîmé par ces diffus conflits, monsieur papa aura capitulé par la biologie. Il fut l'auteur de vos heureux jours, vous serez l'unique liquidatrice des pauvres siens.

Je sais de lui, quand bien même voudra-t-il auprès de vous le nier, qu'entre au Panthéon de ses aspirations les plus chères la frétillante hypothèse d'un petit Marc-Astolphe. Un Marc-Astolphe junior qui pourrait, sinon l'emmener vers la guérison, du moins l'accompagner jusqu'aux banlieues du ciel, d'où il pourrait l'observer grandir et jouer au milieu des animaux, garni du bonheur de ses deux émerveillés parents.

À cette perspective de vie, mille milliards de fois hélas, vous semblez préférer la mort – celle de mon amour que vous tuez dans son élan, celle de notre fils que vous tuez dans l'œuf, celle de votre père que vous tuez dans son lit.

Aussi, je ne vous dis point au revoir, ni adieu tout à fait, mais *amen*.

Marc-Astolphe. »

« Cher Monsieur, cher ami, cher Monsieur mon ami,

Depuis quelques semaines, je n'entends plus parler de vous. Ni de votre diaphane enfant qui tant me plaît. L'un d'entre vous aurait-il quitté cette planète, ou bien les deux tout ensemble ?

Ayant nuitamment circulé sous vos fenêtres, ainsi que les formidables lois de mon culot m'y autorisent tant et si bien qu'elles m'y poussent, je sais en réalité que votre humaine existence se déroule encore sur la terre, parmi la sublunaire et orléanaise populace : la loupiote de votre chambre illuminait hier au soir vers 23 h 36 une portion de la rue tandis que celle de la chambre voisine, allouée à mademoiselle votre Aurore, illuminait les derniers morceaux de mon existence brisée.

Je devine, Monsieur, qu'il ne vous reste à écrire que quelques très courts et surfutiles chapitres du livre que vous ouvrîtes il y a soixante ans et des poussières, poussières dont vous pourrez tantôt savourer la volatile compagnie et partager l'immémoriale texture.

Puissiez-vous donc, avant de confortablement vous installer dans votre disparition, glisser aux défectueux tympans de votre fille – dont je suis pour mon malheur épris comme un macaque – toutes les publicités que vous jugerez nécessaires afin qu'elle devienne amoureuse de mon irréfragable personne.

J'entretiendrai de ce fait, croyez-le solidement, votre sépulture avec le respect fleuri que les vivants doivent aux trépassés, le mouvement à la fixité, le présent escorté de tous ses futurs à la Mémoire accompagnée de tous ses passés.

Alléluia, Monsieur. Alléluia.

Votre Marc-Astolphe ici-bas, votre Marc-Astolphe pour les siècles d'en haut. »

« Monsieur,

Je prends à l'instant connaissance de votre scrofulaire missive et acte de son odieux contenu. N'ayant point été élevé en soue, je ne puis répliquer à vos insolites incongruités par des formules plongées dans une fange de pestilence égale.

Si toutefois je réagis aux émanations de telles vesses, c'est par décoctions d'un parfum que vous ne méritez point, mais que je choisis christiquement de répandre sur l'humanité quand l'humanité complote avec le cochon.

Vous m'exhortez gentiment à vous "foutre la paix" (*sic*) mais cette exhortation a lieu sur le très paradoxal ton de la guerre, ce dont vous aurez à répondre lors qu'armé d'un solide bâton de merisier, je m'insinuerai frauduleusement dans votre pavillon des cancéreux aux fins de vous administrer par l'injure corporelle les conventionnels rudiments de l'urbanité.

Quant à votre très expresse menace de "porter plainte pour harcèlement sur la personne de [votre] fille" (*sic* encore, *sic* toujours), je l'accueille avec la fructueuse sérénité d'un bonze pendu. Cette minuscule prostituée, jetée au monde par vos soins et connue pour la vaillance tarifée de ses prouesses buccales – généralement prodiguées dans les sanitaires d'où sort tout également son éducation –, finira recroquevillée dans la même tumeur que son gentil papa : la maladie n'est pas tant la récréation d'un corps défectueux que la manifestation d'un esprit déréglé. C'est par sa parfaite débilité que votre famille toute seule se décimera.

Sachez enfin que concernant mes "diagnostics complètement faux" et ma "médication aberrante" que vous souhaitez "soumettre à l'ordre des médecins et au doyen de la faculté de médecine de Tours", je suis aussi tranquille qu'une mésange sifflotant sa mélodie en *si* bémol sur une branche de mélèze : j'ai choisi de me radier moi-même de cette franchouillarde confrérie de knocks pour embrasser, remarquable de lucidité et gourmand de métamorphose, une très américaine carrière dans la photocopie, la diazocopie, la microcopie et autres électrostatiques procédés qui dépassent de stratosphérique façon un entendement aussi agricolement agencé que le vôtre.

Et maintenant, bien que mon temps soit infiniment moins compté je crois que le vôtre (ce serait, n'est-ce pas, comparer l'océan Pacifique au gobelet d'un distributeur à café), je m'en vais prendre congé de vous ; j'ai en effet davantage souci de m'éloigner de la bêtise que de la mort.

Sachez enfin qu'ayant la vessie facétieuse, je me réserve le droit de répandre sur la pierre moussue qui accueillera votre dépouille avant la Toussaint le naturel désinfectant qui chez vous s'intitule le purin et chez moi l'urine ; cela lavera *grosso modo* l'humiliation présente et contribuera épiphénoménale-ment à nettoyer votre froide figure de macchabée putréfactif.

Pour ce qui est de la grosse commission, Noël me paraît être une heureuse date. Chaque année, déposant comme le Père éponyme mon joli paquet, je serai aussi fidèle à cet ignoble rendez-vous qu'un hépatique sans logis à la célébra-tion du nouveau beaujolais.

Bonne mort, Monsieur du départ, et puisse mon mépris vous accompagner jusqu'aux sous-sols fameux que vos cou-sins gorets fouillent de leur groin en remuant cette petite queue dont la forme tire-bouchonnée résume à merveille votre existence quasi close.

Marc-Astolphe Oh. »

« Chère Aurore,

C'est avec une indéfectible tristesse que d'hébétés butors m'ont ce matin interdit l'entrée du petit cimetière de Pithi-viers, où votre considérable paternel vient d'embarquer pour l'éternité. J'imagine que les ordres donnés émanent posthu-mément du défunt sieur, ou peut-être bien de la comique duègne qui vous sert de maman quand elle mériterait d'ins-tamment mourir à la place de son mari afin qu'aussitôt elle se réincarne en crachoir.

Car je ne puis croire que vous ayez choisi vous-même d'empêcher un chrétien d'accompagner un autre chrétien au Royaume des royaumes. Si tel était le cas (mais cela n'est qu'une option théorique proposée à mon raisonnement pour qu'il l'écrabouille d'emblée), sachez que vous signeriez cha-cun de mes chagrins jusqu'au surgissement de l'Apocalypse.

Un beau jour – avant ou après ma disparition physique, qu'importe –, vous comprendrez que je fus moi aussi un sensible terrien, composé de sang qui souffre et d'un cœur qui saigne. Lorsque je pleure, mes larmes forment un bassin dans lequel les malheureux du monde, les condamnés, les oubliés, les orphelins et les petits blessés nagent des crawls tristes et muets.

Je ne suis pas quelqu'un de fort, Aurore : mais un faible déguisé, une grande fissure masquée qui complète ses indécents handicaps par un survoltage d'arrogances crâneuses, une ésotérique panoplie de culots, un accablant arsenal de courages falsifiés.

Aussi eussé-je escompté, dans mon intime malédiction, moi l'affreux compagnon des larmes amères, moi le permanent citoyen des morbides meurtrissures, qu'un peu d'humanité me fût offerte en ce jour de deuil. Je ne doute pas qu'à cette seconde, votre père habite désormais une scintillante étoile des paradis. Son habitat n'est pas pour nous d'un facile accès ; mais par mes fraîches prières, par la mouillure de mes larmes triviales, mon âme accoste à sa demeure dernière, et tremblant d'humilité je le salue.

Et non seulement je me prosterne, mais lui promets d'occuper les jours de la terre à précipiter le bonheur de sa fille. Je dédie mes innocents matins, mes précieux midis, mes impatients soirs à votre personne, belle Aurore tendre, et ne quémanderai point d'amour, mais simplement l'amitié sans faille que savent partager les cœurs purs.

L'amour – il s'agit de m'y résoudre *une fois pour toutes* – ne veut point de mes services ; il ignore le relief des montagnes que je puis soulever d'une marc-astolphienne chiquenaude, il reste aveugle aux printaniers sautillements de ma gentillesse. Je suis voué à la tristesse des pierres – Dieu a créé d'autres êtres que moi qui ont devoir de gazouiller quand mon faciès est gribouillé de larmes. Je me défends mieux en souffrance qu'en espérance. J'ai la douleur concupiscible : elle m'aimante et j'accours, regardant les couples se former alentour, et naître les enfants multipliés.

Prévoyez belle Aurore que je ne serai point votre amant, ni quelque chevalier, prince charmant, sauveur ni héros : mais cet arrogant vermicelle à piétiner, un caniche bêcheur pour les ternes jours, une petite crotte à gifler servant de défouloir à vos crépusculaires crispations. Je ne suis rien et voici : devant vous je m'agenouille, super gueux, dans les lambeaux d'un légume, afin que vous punissiez chez moi le fragment qui reste à châtier.

Que chaque laid matin m'apporte des tortures nouvelles, que chaque moche soir me propose des cauchemars salissant mon sommeil ! Je me vautre dans vos étrons, je me roule en riant dedans vos tessons, je me souille beuglant sur l'indifférente nef de vos chaussons jolis. Nommez-moi ministre plénipotentiaire de tous vos vomis, sergent-chef de vos interdites sécrétions, Père Noël ou Moïse chez vos fabuleux acariens : je veux commander vos moustiques, consommer vos urines et déguiser en petites fées les mouches à miel qui vrombissent en loopings dans ce vôtre appartement dont je serai la rustique et fidèle et canine bestiole.

Fanatiquement je laverai votre anus, académiquement je sucerai vos pieds salis, je planterai mon visage de cétacé tristos dedans l'ignominieuse bassine de vos plus maudites diarrhées. Je me laverai le visage de ce sirop de merdes floues, je serai mille fois sanctifié par ce qui vous putréfie.

J'exige, postulant à l'ignoble, de vous obéir dans l'inobéissable. De vous satisfaire dans l'impossible, de vous ravir dans l'inavouable. J'entends passer des heures aux fourneaux à concocter des desserts avec vos ongles ramassés, avec vos résidus si pieusement collectionnés. J'entends insérer, si tant est qu'un caprice vôtre y corresponde jamais, dans le tréfonds de mon cul des branches de futaie, de hêtre ou de saule, des becs d'autruches, des têtes de fœtus ou des bras de babouins.

J'irai, pour vous, déguisé en clown blanc, lécher des utérus de fillettes mortes en 1912. J'aspire à être fou dans la folie, dangereux dans la dangerosité, insupportablement normal dans la normalité. Je veux être excessif en tout, en particulier dans l'excès. J'accepte de manger un harmonica, de compisser une adolescente noyée, d'enfoncer la plupart de ma bite dans le rectum d'un rat décapité – tandis que tranquillement je mâcherai sa tête.

Je viendrai, sur un seul mot de votre divine bouche, téter les yeux d'un mort-né, je jetterai des centaines de blattes dans un mixeur pour m'en confectionner un jus. Et ce jus, m'urinant dessus en même temps, je l'avalerai cul sec. J'apprendrai, *par cœur*, des ouvrages de mille pages sur les différentes sortes de béton, sur la notion de carrelage, sur les mousses qu'on trouve tapissant nos forêts. J'écrirai en votre hommage des alexandrins sur la buée, je découperai mon gros orteil, sans anesthésie, avec une lame Bic tandis que passera le disque rayé d'*Au clair de la lune*.

En attendant ces festivités, je pleure devant la buée de mon miroir, vous conseillant pour accompagner votre deuil de traiter vos nerfs au manganèse et à la rhubarbe votre foie.

Votre ami sur les calendriers à venir,

Marc-Astolphe ! »

« Chère Aurore, mon adorée pour la terre et pour le ciel aussi,

On dit que le monde des morts est lugubre et froid, parsemé de verrues bleutées. Je verrai bien : mon voyage pour l'Hadès se prépare maintenant, avec une tranquillité dont bien des anachorètes à colonnes voudraient cambrioler la recette. Là où m'en vais me promener, par-delà les altitudes d'Orion, sous les terribles terrains d'où suppure l'affreux magistère de Belzébuth, ou dans quelque purgatoire qui ne concerne aucun vivant, là où m'en vais promener, gentille

Aurore, je ne risque point de croiser votre visage dont les perles brillantes s'appellent chez vos contemporaines des yeux et chez vous, des regards. Les regards sont ces enclaves installées dans l'espace-temps, où les amoureux logent quand ils n'ont pas les moyens de s'installer dans un appartement. Les regards sont ces crachats d'amanite mâchée que vous recevez au visage et vous défigurent comme le burin les statues de granit quand celle que vous adorez les détourne de vous ou les métamorphose en vipères hideuses.

Les rivages de la mort n'effraient pas ma petite embarcation ; j'y emporte quelques binocles pour la vue, quelques bibles pour la vision. Je ne suis point prophète, ou bien si peu, mais je tiens pour hypercertaine l'infaillible probabilité selon laquelle, dans les semaines qui se fussent annoncées pour moi aussi brutales que les jets de pierres sur la petite anatomie de l'humble Seigneur de Nazareth, vous eussiez rencontré un homme, je veux dire : *un homme qui n'est pas moi.*

L'homme qui n'est pas moi est déjà, sans le savoir, un homme heureux. Mais l'homme qui est moi est très malheureux et n'aime pas cela ; aussi, cet homme-là, cet homme malheureux et qui est moi et qui n'aime pas ça, profite-t-il des surplus de courage dont la nature l'a abondamment pourvu pour embrasser la carrière de décédé.

Je ne vous dis pas au revoir, mais vous adresse un adieu simple comme bonjour.

Amen,

Marc-Astolphe.

NB : Si, par mégarde, vous étiez décidée à raturer mon entrée à l'académie des ténèbres ou au firmament des déçus par une dérogation qui viendrait de votre cœur subitement assailli par l'amour ou une éventuelle pitié (je suis preneur aussi), faites-le savoir avec une accélération supérieure à la vitesse de Dieu, dont la main, contrairement à la vôtre, m'est d'ores et déjà tendue et les bras, généreusement ouverts. Je préfère de loin votre béatitude à la sienne, et saurai pardonner vos risibles aveuglements quant au modeste génie de ma personne surconvoitée en dehors de vous. »

« Chère Aurore,

Je suis mort hier à 12 h 47 environ. Les modalités de mon propre assassinat vous seront révélées par la presse quotidienne régionale. C'est pourquoi les détails techniques de ma mort technique ne vous seront pas livrés dans ce très posthume courrier.

Si vous avez souci de vérifier la qualité des informations que je vous livre à présent, vous pouvez appeler mon cadavre au 76 34 55. Vous tomberez sur une messagerie vocale, étant attendu que malgré les élans de politesse qui les parcourent comme des spasmes de 100 000 volts, les corps morts des hommes accusent une tendance certaine à ne pratiquement jamais décrocher leur téléphone.

Si votre méfiance ou votre curiosité n'étaient point rassasiées par ce morbide coup de fil, demandez donc à votre courage de visiter ma dépouille à l'heure du thé, ce jeudi, où elle vous accueillera de tout son silence et de cette inertie particulière aux gens qui n'existent plus.

J'ai laissé sous mon paillasson une clef de mon appartement : introduisez-la sans crainte dans la serrure ; mon visage de mort est plus heureux, vous verrez, que le visage de vivant que vous faisiez grimacer de douleur du temps que vous lui refusiez le plus petit baiser.

Quant à moi, je me porte à merveille ; ce corps balourd, qui ne suscitait chez vous qu'une émotion comique, et contre lequel vous n'eussiez accepté de vous frotter que devant la menace d'une déportation de votre famille vers les faramineux goulags de la Kolyma, ne m'embarrasse plus. Je ne suis vêtu ici que de mon âme, qui, loin de s'enrhumer, découvre avec merveille l'illuminée banlieue des profonds ciels.

J'attends, d'un siècle à l'autre, mon affectation. Selon que j'aurai péché comme un babouin partouzeur ou que j'aurai suffisamment capitalisé de gratuites bontés en votre bas monde qui paraît aussi minuscule d'ici qu'une poussière dans l'œil d'une tique, je saurai si les énarques des hautes nébuleuses où j'ai passé ma première nuit d'éternel sommeil m'orientent plutôt vers les bleus départements du Seigneur ou vers les épineuses bolges de son antifrère cornu. Cette ambiance rappelle quelque peu le régiment. Puissé-je avoir, sur les épaulettes, les étoiles qui font durer les firmaments.

Votre très décédé Marc-Astolphe. »

« Chère Aurore,

Votre colère, non seulement je la comprends, mais je la partage. Je ne saurais toutefois être responsable de ce que madame la Mort, qui pourtant m'avait prescrit les somnifères dont j'avais sciemment abusé pour me retrouver dans ses bras rachitiques, n'a pas daigné me recevoir.

Quant aux sapeurs-pompiers, ces ennemis du romantisme et de l'amour noir, je ne leur avais nullement indiqué de me ranimer. Leur zèle, qui a gâché ma mort comme l'absence du vôtre aura gâché ma vie, sera puni par mes soins dans le tribunal compétent qui saura juger sereinement de la shakespearienne ampleur de mon désespoir.

Je m'excuse ainsi auprès de vous, non seulement de n'être pas si mort que prévu, mais d'être davantage en vie que je ne l'eusse souhaité. Considérez toutefois que je suis définitivement retraité des vivants, puisque le bonheur m'a foutu un de ces gullivériens coups de pied dans le derrière qui vous envoient, jusqu'au souffle ultime, subir votre existence sur les vomitives cimes d'une décharge publique appelée ironiquement : l'avenir.

Oui, Aurore, sans vous mon futur est un vide-ordures ; je l'entrevois, effrayé, en pinçant mes narines là où jadis, lors que je vous apercevais dans les interstices du monde affreux, tout pincement était réservé à mon cœur.

Je vous abandonne à présent, pour toujours, et même à jamais, persuadé que notre amour trouvera d'autres existences que les nôtres, ailleurs et demain, pour s'incarner malgré tout.

À bientôt dans l'univers, quand le hasard se montrera moins impoli.

Votre peu vivant Marc-Astolphe. »

« Chère Aurore,

Ne cherchant presque jamais à m'informer des aventures de votre existence, j'ai néanmoins appris, pas plus tard qu'il n'y a pas longtemps, qu'un individu de sexe mâle avait pénétré dans votre vie. La force de mon caractère, dont l'étude pourrait bien rassasier vingt-huit sciences, est bien connue des Orléanaises en général et de vous en particulier.

Aussi, même si ma tolérance a fait plusieurs fois les championnats régionaux, je vous prierai de demander au malchaussé venu répandre sur l'intimité de votre moquette les excédents de testostérone d'où il tire très probablement sa semence et sa fierté de quitter, dès la minute où ce mot vous parviendra, les limites géographiques de notre bonne ville, dont la médiévale enceinte inventée jadis pour nous protéger des Anglais fut préservée jusqu'au jour d'hui pour éloigner les foutriquets.

Je suis homme de lame, doublé d'expert en les armes à feu : dites à Nénesse de modifier ses intentions à votre égard, et surtout la désobligeante trajectoire de ses lubriques rendez-vous, ce, sous peine d'avoir à subir de corporels désagréments susceptibles d'entraîner quelque chose comme (par exemple) la mort.

Je suis un citoyen responsable, un contribuable exemplaire, un automobiliste prudent et, je crois bien, un homme accompli : mais ne doutez point, Aurore, que je saurais s'il le faut devenir un prisonnier modèle dans la maison d'arrêt où je suis *extrêmement prêt* à être condamné afin de réparer cet irréparable dont votre lugubre étalon aura fait les frais.

Les terrains vagues sont friands de faits divers, tout autant que les morgues, je crois, aiment recueillir la viande froide des baisouilleurs au sang chaud. Je serai celui, vous en voilà informée, qui saura faire baisser la température de ce zizi sur pieds.

Cette lettre, dont la prose réjouira sans doute la sourde assemblée du commissariat de vos quartiers, est la première de trois avertissements dont deux encore sont à redouter. Après quoi, je signerai ma folie par des *actes*.

Votre assez jaloux Marc-Astolphe. »

« Chère Aurore,

Voici, comme promis, le deuxième tome de l'annoncée trilogie de mes menaces. Sans doute, un abus de douceur aura compromis la bonne intelligence du premier tome, puisque mes informateurs m'annoncent, avec force et pénibles preuves, que l'odieux ballet pour pénis en perdition n'a point cessé de se jouer sur la scène de votre chambrette.

Je crois bien que les allées et venues de ce moustachu dans votre maison, doublées des allées et venues qu'il se permet parallèlement dans une demeure plus intime encore, me sont davantage insupportables que ne l'est le recours à l'atome pour balayer le genre humain.

Je préfère être convoqué au dernier étage des bureaux de la mort, douce-amère Aurore, que de rester sur cette planète affreuse à vérifier que quelqu'un vous fait jouir jusqu'au sang.

Pendant que ce boucher garçon vous falsifie le ventre, le buste en sueur, les fesses à l'air libre et le visage atrophié par de risibles grimaces d'éléctrocuté farfadet, moi, Oh Marc-Astolphe, je reste aplati sur ma couche, maudit de mélancolie, à masturber ce qui me reste de viande sur l'échine, éjaculant les larmes où se noient mes cris comme de frais chatons dedans les eaux tourmentées de la Durance.

J'imagine, seul comme le dernier chien de la dernière race, les obscènes configurations auxquelles vous livrez votre anatomique petit jeune corps et votre esprit qui ne sait plus très bien ce qu'il fait, quand Nénesse, dans une odeur de tripes pourries, vous pile à la minuit de son nonosse, ainsi que les innumérables négrillonnes de l'Afrique pilent avec leur bâton le manioc et le saka-saka pour la préparation du matapa.

Ah non, vous ne méritez pas votre poétique et nietzschéen prénom auroral ! Vous mériteriez – c'est ce que je commence à faire dès cet envoi fâché – que je vous rebaptise "Berthe", et ce jusqu'au méchant matin de votre irrévocable disparition.

Oh oui Berthe, vous m'avez déçu ; et le macaque qui vous administre ces poilus plaisirs, entremêlés de soupirs déplacés, de gestes intolérables et de néolithiques secousses – le tout prenant place dans une inadmissible sueur –, celui-là je le provoque à la toute prochaine aube en duel, à moins qu'il ne préfère que je l'assassine dans son sommeil très repu avant que de le tuer dans l'exercice de toute son imbécile conscience.

Sur le vermillon catalogue de ma vengeance, je laisse à ce pornocrate de potager le soin de choisir l'échantillon de la mort qui lui conviendra.

Votre chatouilleux Marc-Astolphe. »

« Chère Aurore,

Voici le tome troisième. De toutes neuves menaces ont germé dans mon cerveau. J'ai pensé louer, pour mieux faire connaissance avec votre enfariné ami Nénesse, une salle de dissection. Ou bien asperger d'essence la moindre importance de son corps si gênant pour l'épanouissement fécond de mes espoirs.

Vous vous doutez peut-être que je ne compte pas abandonner, malgré des défaillances passées mais passagères, l'incalculable quête amoureuse que j'ai entreprise auprès de votre très indifférente, très ingrate, très brutale personne. Las ! Ce refus que vous m'opposez, je le reçois comme un bouquet de myosotis barbelés tant la détestation me sert en réalité de destin. Destin confié par païennes exhortations au ministère d'Arès, mon dieu de prédilection, aussi exécré de l'Olympe que je le suis de vous, et dont l'armure d'airain brille dans les océans d'étoiles tel le signal miraculeux de mon inéluctable victoire.

En lieu et place de ces menaces qui ne fonctionnent pas bien sur vous, j'ai décidé d'écrire à votre Goliath de pissotière. Il semble plein à craquer de testostérone et je me suis pris à rêver que je transpercerai sa débauchée bedaine en duel. Il gémira d'autre chose que du plaisir qu'il tire de votre anatomie, et cela attentera à son ordurier délire.

Quant à l'édification de sa mémoire éternelle, une fois qu'il sera tombé sous la précision sévère de mon fleuret, je propose quelques centilitres pissés d'une bière wallonne, aux extraits de cerise, qui saura redonner sourire à sa dépouille, à la condition bien sûr que ladite dépouille soit davantage encline à la facétie que ce matamore du dimanche ne le fut de son vivant.

Marc-Astolphe. »

« Cher Monsieur,

Nous ne nous connaissons pas, puisque si nous nous étions rencontrés déjà, votre inspirituelle personne aurait été tout aussi déjà, complètement totalement absolument retranchée de ce monde que vous contribuez à rendre aussi peu accueillant que les girons de l'Enfer. Oh, je ne vais pas tergiverser, monsieur.

Je n'attends de la vie et de vous-même qu'une concomitante chose. Cette chose serait que vous cessassiez très très instamment de répandre le jus de vos mousseuses gousses en l'abdomen rosâtre et fleuri de la séraphine Aurore, dont je vous prie de retenir par cœur qu'elle portera de dodus garnements voulus et conçus par le supérieur maniement de ma viviparité.

Je maîtrise toutes les lames, à commencer par celles de l'Opinel et du rasoir, mais si vous évoquez quelque prédilection pour l'épée, je suis encore votre homme, et par là, sachez-le, le dernier que vous verrez jamais sur cet approximatif terrain de souffrance que nous aimons à désigner, avec une pompe de cuistre, par le scientifique nom de *globe terrestre*.

J'eusse pu vous envoyer mes gens. Mes gens, soucieux de vous aider à combattre le rudimentaire priapisme qui vous égare sur les terres jalouses de mes obsessions malades, vous eussent fait boire de l'huile de ricin avant de concasser votre chancroïde faciès à l'aide de spécimens bien triés de ces roches calcaires qui font la spécificité de notre région comme celle de Cavaillon les melons gonflés de sucre à l'eau.

Je ne nie pas qu'ils en eussent profité pour mettre un terme clinique à l'épileptique bébête que vous abritez dans les profondeurs de vos pantalons comme le loch Ness recouvre de ses eaux fangeuses les mythiques plésiosaures. Car, ainsi qu'il n'y eut jamais le moindre rhombopteryx dans ces eaux d'Écosse, je puis vous confirmer que vous faillîtes vous-même vous retrouver muni, entre les cuisses, d'une tout aussi légendaire absence de reptile.

Mais je suis un gars droit. Aussi, je vous laisse une chance assez vague de faire durer votre vie, à défaut de votre honneur, sur un terrain de combat que je choisirai et qui vous vaudra je le crains une carrière neuve parmi les hautes herbes et le grès, le nez planté dans quelque chose de glacé où vous arpenterez les surprenants sentiers de la mort.

Il n'est plus question, mon ami, d'agiter votre sceptre flou dedans le Royaume des lâches, où l'on me dit que votre magnificence resplendit de toute sa couardise. Je vous demande, pour un minuscule épisode de votre existence, un bref échantillon de ce que les gens de ma cosmogonie nomment le courage. Vous verrez, cela n'est pas déplaisant ; même si je vous avertis que jamais plus vous n'aurez d'occasion d'en user, puisque ma lame précise signera votre épitaphe.

Je vous prie de faire des adieux plutôt définitifs à votre arrogance, à vos imbéciles penchants pour le mode pornographique, ainsi qu'aux quelques proches qui regretteront sans doute de vous avoir connu mais vous sauront gré de mettre fin à la carrière d'une vie mal si vécue.

À imminemment bientôt,

Monsieur Marc-Astolphe Oh. »

9

— Je suis partante pour votre histoire de doigts dans la bouche, mademoiselle, déclara ma mère à Bianca.

— Tu es sûre ma chérie ? vérifia mon père.

— Oui, mon gros loup. Je ne me vois pas mère. Nous nous sommes précipités. Tu as raison depuis le début. Je ne t'écoute jamais suffisamment. Nous avons présumé de nos forces. Nous avons eu les yeux plus gros que le ventre. Nous n'avons rien à faire avec ces histoires. Nous avons péché par mimétisme. Tout bien réfléchi, je ne souhaitais pas tomber enceinte. Nous sommes victimes d'une certaine mode.

— Une mode qui dure depuis des millions d'années, rétorqua mon père.

— Une mode quand même.

— C'est que voyez-vous, tenta d'expliquer mon père à Bianca, j'ai toujours eu beaucoup de mal à refuser quoi que ce soit à ma femme. Lorsqu'elle a voulu un enfant, je me suis fait fort de le lui procurer. Nous espérions une fille. Au pire, un garçon, mais pas *lui*.

— Vous n'avez pas à vous justifier, l'interrompit Bianca. Ça ne me regarde pas. Je me propose juste de vous aider.

— Nous sommes éventuellement prêts à en faire un autre, expliqua mon père, à repartir sur de bonnes bases. Si nous conservons celui-ci, qui n'est qu'un brouillon pour les vrais autres à venir, il risque de contaminer ses frères et sœurs. C'est de la mauvaise graine. Un chiendent. La vie est assez dure comme ça. Une voix intérieure me dit que c'est une bonne action que nous nous apprêtons à faire. Si les parents Hitler avaient pris leurs responsabilités, nous n'en serions pas arrivés là… Nous ne faisons que notre devoir. Ce type *(il me lança un regard halluciné)* est peut-être un tortionnaire en puissance. Un Mengele !

— Mengele ? Josef ?

— Lui-même.

— Mon mari a raison, mademoiselle. Imaginez qu'il devienne un nazi.

— Il est plus prudent de nous en défaire, trancha mon père. Nous refusons d'abriter un nazi à la maison.

— Surtout un nazi SS ! insista ma mère.

— Vos raisons ne me regardent pas, coupa court l'infirmière. Vous avez de l'argent ? C'est une opération qui n'est pas sans risque. Et c'est par conséquent une opération qui ne saurait non plus être gratuite.

— Quels sont vos tarifs ? demanda mon père, refroidi.

— Mon mari et moi n'avons aucune honte à reconnaître que nous sommes près de nos sous, glissa ma mère en me berçant afin d'éviter que je ne me mette à hurler pendant la phase de négociation.

— De mon côté, il est vrai que nous sommes radins de père en fils, précisa mon père. Et même de grand-père en petit-fils. J'espère, pour le patrimoine familial, que nous continuerons de l'être d'arrière-grand-père en arrière-petit-fils. Ou d'arrière-grand-père en avant-petit-fils, je ne sais pas comment l'on dit. Car les pères, les grands-pères et les arrière-grands-pères sont situés en *arrière*, dans le temps, tandis que les fils, les petits-fils et les petits-petits-fils sont situés à *l'avant*.

Mon père s'était lancé dans cette explication pour reculer le moment où Bianca allait annoncer ses tarifs.

— Je vous fais l'assassinat de votre fils à deux mille dollars, proposa Bianca.

— Deux mille dollars ! Vous ne vous mouchez pas avec le dos de la cuiller ! se liquéfia mon père.

— C'est hors de prix ! se plaignit ma mère.

— Je prends mille dollars par doigt introduit, dit Bianca. C'est à prendre ou à laisser.

10

— Avec quels doigts comptiez-vous agir ? se renseigna mon père.

— Secret professionnel, se retrancha Bianca. Je ne peux vous révéler mes petits secrets. De quoi vivrais-je sinon ? Je vous le demande.

— Ne vous offusquez pas, répondit calmement mon père, en sueur. Je vous posais cette question parce que si vous comptiez lui planter dans la bouche l'index et le majeur, je me disais que vous pouviez éventuellement les remplacer par le pouce. Ce qui nous eût permis de réaliser la substantielle économie d'un doigt. Soit mille dollars. Ce qui, par les temps qui courent, est plutôt appréciable.

— D'autant plus, renchérit ma mère, que – cela mon mari n'ose pas vous le dire, mademoiselle – nous n'aimons pas les transactions en dollars. Cela nous effraie, voyez-vous. Les dollars, cela fait trop mafia, trop Hollywood... C'est une monnaie qui nous dépasse un peu mon mari ct moi. Nous sommes beaucoup trop français et beaucoup trop petits, beaucoup trop humbles pour entrer dans des combines et des combinaisons où circulent des dollars. Nous préférons de très loin les transactions en francs. Cela nous rassure. Les dollars, cela se termine toujours en prison. Les dollars, ce n'est pas pour des gens comme nous. Les dollars, c'est loin. Loin de chez nous, c'est-à-dire loin de tout. Mon mari et moi ne désirons pas d'embêtements. Avec la monnaie américaine, nous entrons dans une dimension qui n'est pas apaisante. Nous n'avons pas les épaules pour une devise telle que le dollar. Désolée.

— Je ne voulais pas le reconnaître, de peur que vous ayez une bien piètre opinion de moi, mademoiselle, admit mon père. Mais j'avoue que rien que le simple mot de *dollar* me donne des sueurs froides. Ça donne le trac le dollar. Ça fout la pétoche.

— On avait un chat, on était bien ! Il faut toujours que tu en fasses trop… lança ma mère à mon père, s'apercevant qu'elle ne lui avait pas adressé jusque-là suffisamment de reproches.

Je fixais Bianca. Elle avait (tu as gagné, je la décris) la peau rose et mouchetée et possédait la pulpeuse bouche d'une frénétique amante. Elle ne semblait point sotte, malgré un gras menton qui lui donnait un air de charcutière. Ses seins étaient académiques – d'un académisme charnu. J'eusse aimé me glisser dans le couloir du temps, me laisser happer comme sur un toboggan et la revoir le jour de mes 20 ans. Je l'aurais reconnue sans la reconnaître, tel un peintre mature retombant au hasard d'une rétrospective sur une toile de ses débuts.

Ce fut Marc-Astolphe Oh, dont ma mère avait longuement parlé à mon père, qui finalement me sauva la mise. Il ne trouva pas irraisonnable de me laisser une chance dans la vie et persuada mes parents de me la laisser (la vie). Mon père, qui se méfiait décidément de cette histoire de dollars, se sentit soulagé. Ma mère fut plus difficile à convaincre :

— S'il m'inonde encore de ses flaques, je l'étrangle de mes mains ! De mes mains gratuites !

Nous restâmes ma mère et moi encore trois jours complets à la maternité, durant lesquels je ne fis pas de scandale notoire.

— Cela cache quelque chose… répétait en boucle ma mère, et Bianca qui n'avait pas totalement renoncé à son rémunéré crime acquiesçait exagérément, rajoutant de l'huile sur le feu.

Vint le jour où, dans cette chambre 132 que M. Bart-Grönstein nous exhortait à quitter chaque jour, ma mère présenta Marc-Astolphe à mon père. Passé un petit round de méfiance, celui-ci, contre toute attente, l'adopta. Marc-Astolphe lui avoua tout, immédiatement. Il lui révéla sans ambages qu'il avait caressé l'espoir de faire l'amour avec ma mère, qu'il trouvait fort à son goût.

Mon père fut instantanément fasciné par la liberté de ton de Marc-Astolphe, et Marc-Astolphe apprécia illico, chez mon père, une notable droiture d'esprit. Le seul sujet qui semblait les séparer totalement concernait ma personne : Marc-Astolphe m'adora aussi promptement que mon père m'avait haï. Les deux hommes étaient complémentaires. Très vite, ils devinrent (bien que continuant à pratiquer le vouvoiement) amis intimes, passant des dizaines d'heures à se raconter des anecdotes masculines. Ma mère n'était pas au courant de la plupart de leurs conversations. Elle préférait par exemple ignorer tout ce qui, dans leurs souvenirs, se rattachait au sexe.

— Je suis, cher ami, un des plus grands fornicateurs de l'Orléanais, s'était vanté Marc-Astolphe. Je sais par leur prénom toutes les irréfrénées pécheresses du Loiret. Ces prodigieuses gourmandes connaissent aussi peu de limites que les effrayants confins de l'Univers. Ayant, pendant quelques années, pratiqué en condottiere l'art du porte-à-porte dans toute la région aux fins de recaser mes photocopieuses, je puis témoigner du transsudant intérêt de ses jeunes habitantes pour l'empressement à la débauche. Ce que les femmes peuvent s'ennuyer, cher monsieur, pendant que leurs scrupuleux maris s'en vont écumer les marchés de l'emploi ! Enfermé dans de luthériens principes, j'ai dans un premier temps cherché à modérer les gênants appétits de ces solitudes affamées. Refusant de précipiter mon corps dans l'étourdissant maelström des biologiques festivités, je raisonnais ces toutes belles par un discours implacable et rodé. Leur démontrant les bienfaits de la fidélité conjugale et les malédictions de l'adultère, je mettais en avant, dans le même impassible topo, les satisfactions morales que me procurait l'exercice d'une conscience professionnelle aussi inflexible aux marées du désir que l'est au vent du soir notre drapeau tricolore en berne sur la place d'armes des régiments décimés. Hélas, devant les piètres succès de ce discours, mes apologétiques élans finirent par s'émousser : et c'est avec un émerveillement sincère que j'ai finalement pris le pli de satisfaire par un réitérable et lapidaire coït le formidable besoin d'affection des créatures qu'on délaisse.

— Extraordinaire ! bêla mon père admiratif (lui qui n'admirait personne). Absolument extraordinaire ! Que leur faites-vous sexuellement ? *Exactement ?* Que demandent-elles ?

— J'ai, cher ami, poursuivit Marc-Astolphe, la chance de jouir d'un organe dont la légende n'est plus à perpétuer entre Joué-lès-Belles et Sully. Je ne suis pas très avare en sève, et le char d'assaut qui défigure mes linges stupéfie les plus veuves. Aussi est-ce un devoir pour moi que d'en profiter et d'en faire profiter. Je n'appartiens pas à ce vaporeux ramassis de lymphatiques qui, une fois introduits dans l'alcôve des femmes, préfèrent les réparations du sommeil aux démolitions du matelas. Les sommiers vivent avec moi dans l'épouvante perpétuelle ! Une fois dûment installé sur leur couinante ferraille, j'entre dans une irrespectueuse folie, mêlée d'insultes abominables et de manies tordues. Je respecte très notamment la tradition des fessées, et je sais – de même que nos ancêtres obtenaient le feu par têtu frottement de cailloux – faire jaillir le plaisir avec un simple auriculaire. Aussitôt que ces dextres prestations – mégafrénétiques, superobstinées – deviennent insupportables aux sens, je sors ma langue de son buccal étui, puis dévore l'entrefourrure de mes blondes comme un écolier bavarois les gélatineuses tartines de son *Frühstück*. J'ai, je ne vous le cache pas, pris rapidement goût à ces roboratives gymnastiques. S'il m'est aujourd'hui tout à fait indifférent de sauter un repas, je ne saurais survivre aux journées sans les entre-découper en fines lamelles de rendez-vous vicieux. Je suis devenu quelque peu porcin ! Je me suis graduellement surpris à reculer les frontières de l'extravagance... Les scolaires emboîtements des premiers temps, les syndicales acrobaties inscrites au Répertoire et les positions répertoriées du Kâma-Sûtra ont fait place chez moi à certaine boucherie malade. Une frénésie peu sacerdotale m'est montée dans les couilles, en sus d'un monstrueux raffinement. Croyez-moi, mon ami, le hors-programme a ses reliefs ! J'ai visité un à un les sentiers les moins balisés, et me flatte aujourd'hui d'en être l'un des plus assermentés explorateurs. Je me suis dès lors senti aussi libéré, aussi heureux, aussi puissant qu'un nain lépreux et bossu survivant seul sur la terre avec une shampouineuse à une déflagration nucléaire. Comme tous les néophytes, les conformistes et les pressés, je n'avais fait en phase initiatique – pardonnez la marécagéosité de l'expression – que colmater des béances. Ah, mon cher ! Si étonnantes sont les propriétés d'un orifice ! Si infinies ses possibilités ! Les obturer par simple intromission de notre viande serait sacrifier au culte de la facilité. Nous ne sommes point cochon de Panurge ! À tel niveau d'artisanat, on ne parle plus de fornicotement, mais de magie noire. Oh Marc-Astolphe connaît les formules secrètes, et les régions où elles opèrent. Mes roboratives manutentions conduisent ces dames aux étoiles.

— Quoi ? Comment ? Où ? saliva mon père.

— Désolé, mon ami. Je suis très jaloux de mes vices ! Une diffusion trop rapide et répandue de ma science me confronterait au péril de la concurrence et réduirait l'irrationnelle étendue de mon insatiable cheptel. Je suis homme à prendre mon pied, pas à me tirer une balle dedans ! Mais rassurez-vous… Dans mon vieil âge, je publierai un exhaustif *Guide du trou* dans lequel les détraqués du rossignol pourront compléter leur formation. Je suis vicieux, mais point sadique au point de me faire inhumer avec mes équations. Les chantres du sale et du plus sale encore, les zinzins du zigouigoui, les brûlants du nonosse, les flibustiers de l'intime, tous les jouisseurs du futur ont trouvé en moi leur chantre. Je vois cela comme une grosse encyclopédie. L'œuvre évangélique d'une vie d'écrivain avant tout. L'amateur de curiosités s'y retrouvera. Je ne m'adresse point aux foutriquets ! Pour un *Manuel du marteau-piqueur* ou un *Bescherelle de la galipette* on sera prié d'aller voir ailleurs si j'y suis.

— Bien sûr, fayota mon père, bien sûr.

— Voici comme je vois la cathédrale : tome I : *L'Anus*… Ses trésors cachés, ses richesses, les merveilles qu'il réserve à l'honnête homme, mais ses pièges aussi, ses dangers, ses zones d'ombre. L'amateur se réjouira tout autant du tome II : *La Bouche*. Ce qu'il faut savoir sur elle, comment l'utiliser au maximum de ses capacités. J'amorcerai d'ailleurs dans ledit volume une copernicienne révolution en apportant la démonstration que l'on peut faire jouir une bouche autant qu'une bouche peut nous faire jouir !

— Révolutionnaire ! s'écria mon père.

— Au bas mot ! répliqua Oh. Non content d'être le Vasco de Gama des cavités, je suis le Newton du plaisir. Un Kant pornographique si vous préférez.

— Magnifique ! Et quel sera le tome troisième ? s'ébahit mon père impatient.

— Vous moqueriez-vous ? Mais *Le Vagin*, citoyen, *Le Vagin* !

— Évidemment ! Où avais-je la tête ? s'excusa mon père.

— Cet opus, riche d'un bon millier de pages, sera aussi rafraîchissant pour l'esprit humain que le *Nouveau Traité de diplomatique* de dom Tassin, aussi salubre pour le relâchement des mœurs que les *Délibérations* de Sieyès.

— Je n'ai pas consulté ces ouvrages, reconnut mon père.

— Voilà qui fait toute la différence, sourit Marc-As, énigmatique. Dans ce tome III, je réunirai à l'attention des disciples posthumes, et sans charabia, l'hypermassive somme de mes connaissances sur cette muqueuse si célèbre et pourtant mal connue. J'ai classé ce fleuron de l'anatomie féminine, tout en chausse-trappes et labyrinthes, en huit cent dix espèces exactement, estimant à mille six cent vingt le nombre d'inadmissibles protocoles qu'il m'a fallu inventer, à ce jour, pour lui administrer du ciel.

— Il y aura donc trois tomes, récapitula mon père.

— Quatre, indiqua Oh.

— Mais il n'y a que trois trous… s'étonna mon père.

— Que vous croyez, cher ami. Que vous croyez ! Je vous laisse vous endormir sur vos dogmes et paître sur l'inculte prairie de vos anémiques préjugés… Cela dit, je ne vous cache pas que les âmes soucieuses de profiter pleinement des peu guillerettes originalités de ce byzantin fascicule – intitulé *Zones de non-droit ou les Saveurs du hors-piste* – seront priées dès l'incipit de laisser au vestiaire, en sus de leur slip, toute prédilection trop appuyée pour la chose poétique. Les esprits trop sages, trop sains, trop purs, s'indigneront que les configurations décrites et les récréations proposées soient si mal traduites du médiéval mandarin ou de quelque lubrique hébreu. Gageons que les principes courtois, hérités de coquebins troubadours à chaussons de feutrine, y seront aussi triturés qu'aux enfers. Alors que franchement, lorsqu'on y réfléchit un peu, je n'y conterai que du vécu, du naturel, de l'expérimental… Bref, sans conteste de l'hyperincongru, mais du *faisable*. Du dégueulasse inouï, du limite légal, mais du *réalisable*. Pour peu qu'on s'en donne la peine évidemment ! Vous connaissez nos humains… Ils ont la crispation bien prompte. Un duvet les terrorise. Un ectoplasme les effraie. Et dame paresse les terrasse.

— Certes, certes. Mais je ne comprends toujours pas *exactement* ce que vous leur faites, aux femmes, avoua mon père. Sans me révéler vos trucs, dont j'ai bien compris qu'ils valaient gisements de pétrole, vous pourriez malgré tout m'éclairer dans les *grandes lignes*. D'autant que je jure ici, sur la tête de mon fils, de ne jamais vous trahir.

— Bien essayé ! tempêta Oh. J'aime à constater chez l'ami le fin maniement des ruses. Mais voyez-vous, je n'ai pas effectué ce midi mon entrée dans la communauté des mortels. Vos mignons collets, je vous suggère de les appliquer en nos roux décors solognots, quand l'automne est à la chasse et la belette au bois. N'allez pas croire, maintenant, que je surjoue les prodiges ou les mystérieux : avant que de faire jouir comme j'éternue, avant que de constater le goût de l'empyreume des gynécées, j'ai dû survivre à l'éprouvante aventure de la pratique. Ce n'est pas en deux soirées qu'on attrape l'art de faire hurler les muqueuses. De baldaquins en sofas, de banquettes automobiles en bureaux d'acajou, il a fallu que je bâtisse en serrant les dents cette réputation que la postérité ne pourra plus m'ôter. En commençant sur-le-champ, ce n'est qu'en 1999 que vous serez diplômé des sueurs !

12

— La Providence vous envoie, cher Marc-Astolphe. Vous m'êtes, par vos maximes et vos expériences, un véritable maître, s'inclina mon père, ébahi.

— Perforer des baudruches freine mon processus d'avachissement cellulaire, acheva Oh. Chaque tringlotte m'est canette de Jouvence. Il est pitié que nous ne puissions dès

l'enfance être concernés par la pornographique fécondation !
Je ne crois pas que nous vieillissons jamais : au vrai nous
nous alourdissons.

— Je crains de ne pas vous suivre, cher ami, confessa mon
père. Pourriez-vous étayer votre propos ?

— Okay, okay ! J'explique, démarra Marc-Astolphe,
que les années nous font peser davantage qu'elles ne nous
creusent. Elles viennent appuyer leur balourde gravité sur
nos maigres épaules, et nous nous enfonçons dans le sol, nous
nous enlisons en les sables, grimaçants et voûtés, jusqu'à ce
que glaise nous recouvre. Quand nous vivrons mille ans, nos
pieds finiront bien par toucher le noyau terrestre. Nous ne
pourrons plus nager, nous coulerons à pic. Engloutis par les
fonds parmi les épaves dans la nuit de la mer. Auréolés de
plancton et de bancs de poissons minuscules dont les noms
dorment dans les encyclopédies arides et les dictionnaires
irrémissibles… On pourrait voir des obèses arpenter les rues,
dont la finesse et les saillies seraient aussi affûtées que des
rasoirs, mais c'est un carnaval inverse qui défile sous nos
yeux : des corps affûtés lestés d'une connerie de plomb. Ah
les scaphandriers ! L'obésité est de pensée, croyez-moi. Les
conversations pataugent dans l'élucubration d'une langue
postillonnée, ânonnée, faisandée, croupissant dans une glu
de suintante cochonnaille : nos gros gras contemporains
décryptent le monde avec leur bide, avalant force pâtés !
C'est le sabbat des bedaines. Nous faisons trop le poids,
contrairement au céleste Seigneur, impondérable en ses firmaments, dont nous quémandons à pleurs perdus l'affable
parousie mais qui la refuse, de peur qu'elle ne se conver-
tisse en pesanteur. Nous séjournons abusivement dans notre
poids.

— Je vais méditer ces paroles, promit mon père.

— Vous feriez bien, camarade, l'encouragea Oh. La médi-
tation fut inventée pour modérer cette gravité, nous soustraire à elle de toutes nos pauvres forces, nous alléger enfin,

produire moins de masse, remplacer ce qui s'enfonce par ce qui doucement se déploie, ce qui s'aggrave par de vitales intermittences. Dans quel monde arrive mon génial filleul ? Enfin, mon filleul : je devrais dire « mon fils spirituel » !

L'expression « fils spirituel », « père spirituel » fut inventée parce qu'il est induit que ce n'est jamais un esprit qui enfante un esprit, une morale une morale, une intelligence une intelligence, une acuité une acuité, mais un corps un autre corps, un corps père un corps fils. Il fallut même, dans le monothéisme concerné, inventer un Esprit saint pour combler cette lacune qui faisait, du Fils extrême et absolu, du plus Fils de tous les fils, un fils beaucoup trop corporel pour l'avènement d'une révolution résolument spirituelle. Mais les larmes de Marie, en quoi est-ce de la sueur ?

— « Génial ? » Vous exagérez, cher Astolphe, se renfrogna mon père.

— Vous avez raison ! s'excusa Oh. Mais j'exagère à l'envers. Je rectifie : je retire le génie, optant pour le demi-dieu. Ce demi-dieu, pourtant moitié moins sujet que la moyenne aux lois butées de l'universelle attraction, naît subitement dans un espace criblé d'ondes gravitationnelles ! Il ne marche point encore, que je sens ses cris choir sous l'effet de la pesanteur, ses gestes tomber par terre, au pied de son lit natal. Tout en lui déjà – Dieu sait pourtant si nous parlons d'un spécimen humain arraché aux fangeuses constantes de la physique newtonienne – est pesant... Même un esprit comme le sien, dont le siècle à venir ne peut que requérir le vertigineux patronage, ne parvient pas à s'arracher du plancher des choses. Le temps des flottaisons, en vogue sur les tièdes eaux du placenta, est révolu par l'ère du ratatinage contre bitume. Nous sommes des êtres d'incrustation dans les glaises, d'appui sur les corniches, d'enfoncement dans les gadoues, d'enlisement dans une boue, de disparition dans les bayous. Nous sommes de catacombaux gueux ! Engoncés, enlisés, arrimés. Destination les marécages. Nous

sommes fort peu libellules. C'est photon qu'il eût fallu être !
De masse nulle. Neutrino ! Mais strictement vivants, des
humains véritables infiniment légers, strictement réels, transportant nos amours, nos névroses et nos œuvres, toutes nos
pensées, nos décisions et nos bureaux par impulsions, par
rotations. Injectons du spin aux hommes, en échange de leur
irréversible lourdeur ! Faisons-les pivoter autour de l'axe
de leur funèbre squelette, transformons ces réfractaires en
derviches : l'homme marche quand il faudrait qu'il tourne.
Il avance au lieu de s'envoler. Quel affreux con, monsieur !

13

Un psychodrame éclata lorsque M. Bart-Grönstein vint
présenter la facture de ma naissance à ma mère. Ce dernier
expliqua à mes parents, en présence d'un Marc-Astolphe
outré, que mon séjour avait été cause de nombreux départs,
tant des patients de la maternité que du personnel de l'établissement, et que cela « aurait sur la réputation de l'établissement de dommageables répercussions ». Bart-Grönstein
craignait également, concéda-t-il, pour son avenir personnel. Ses supérieurs hiérarchiques ne manqueraient pas de lui
imputer l'intégrale responsabilité de la situation.

— Votre fils a déclenché un séisme, conclut-il.

— Nous ne paierons jamais ce supplément ! hurla mon
père. Est-ce clair, monsieur Bart-Grönstein ?

— Je puis vous provoquer en duel, lança Oh à M. Bart-
Grönstein. Ma lame est la plus fine du département ! Quant
aux armes à feu, sordide lézard, considérez que mes mains
eurent cinq canons chacune avant qu'on ne leur greffe des
doigts... À moins que vous ne vouliez plutôt deviser de
karaté : mon niveau est si élevé qu'on ne sait plus quelles

nuances de noir inventer pour teindre ma ceinture. Oui monsieur, oui : on me craint jusqu'aux murailles de Beaugency. J'œuvre dans la vengeance, l'effroi, le redressage de torts et l'expéditif hématome. Je troue les empêcheurs d'être heureux. Je crible les multicons. J'ai la mort facile. D'où : méfiance mon amigo. Je suis assidu pour les punitions. Je vis séparé de toute forme de peur. On s'alarme à Tigy, à Ouzouer, à Dry, à Jargeau de ma pointe. Au moindre dépit d'un de mes collaborateurs, d'une de mes maîtresses, d'un de mes neveux, d'un de mes amis, j'accours solitaire et fâché. Je suis un maniaque du secours. Je fonds, monsieur l'éventrable, sur les méchants. Ils tremblent devant mes arrivées fameuses. Ils toussent puis meurent. Je les pique et reprends la route, grandi par mon humilité, anobli par mon inoxydable instinct de camaraderie. Voilà, en alexandrins parfaitement inespérés, ce que se disent mes victimes au-dedans de leur tête :

« À qui donc est ce bruit qui ressemble au tonnerre ?
J'ai le pressentiment que gronde la colère
J'ai achevé le mal commencé sur ma proie
Qu'on me dit à l'instant amie de Oh Marc-A
J'eusse connu d'abord ses réseaux d'amitié
Que ma violence inouïe plus clémente eût été.
Aux oreilles de Marc-A courut l'information :
Aux miennes en cette heure s'annonce la punition.
Il me reste deux genoux enfoncés en terre,
Deux yeux effrayés, deux mains pour la prière,
Et la pitié j'espère de ce photocopieur
Qui me laissera vivre si j'augmente mes pleurs. »

— Si vous ne vous acquittez pas de ce supplément, s'entêta Bart-Grönstein sans prêter la moindre attention non seulement à la présence mais à l'existence de Marc-Astolphe, j'avertirai mon beau-frère, sous-préfet du Loiret, que vous avez tenté cette nuit d'éliminer votre fils. Mademoiselle Bianca m'a tout raconté.

Ma mère exigea sur-le-champ qu'on fît venir Bianca. La jeune femme arriva, arrogante et crâneuse.

— Monsieur Bart-Grönstein nous informe à l'instant que vous auriez vendu la mèche, mademoiselle… commença ma mère.

— Monsieur Bart-Grönstein dit vrai, répondit l'infirmière. Que croyez-vous ? Vous pensez que, sous prétexte d'avoir accouché d'une monstrueuse pustule, vous êtes les maîtres du monde ? J'ai voulu vous aider à sauvegarder votre dignité de femme, et de mère, en éliminant ce… truc, et vous en avez fait une affaire d'argent.

— Ce « truc » est mon filleul ! s'énerva Oh. Je te préviens, doux veau, éjecta-t-il en direction de Bianca : à la prochaine épithète notablement vexatoire, je shoote dans cette boîte à outils qu'un abus de charité permet tout juste de référencer au registre des derrières humains !

— Que je refuse, dans un monde aussi cynique et difficile que celui dans lequel nous sommes, d'effectuer gratuitement la moindre tâche, c'est je crois parfaitement compréhensible, argua Bianca. Mais achever cet avorton, acte salubre s'il en est, partait d'un élan d'altruisme.

Oh s'apprêtait à botter le train de Bianca quand mon père, *in extremis*, le retint. Sur mon cas, les deux amis étaient aussi partagés que les eaux du Nil au passage de Moïse.

Officiellement, Oh était le meilleur ami de mes parents ; officieusement, c'est de *moi* qu'il était déjà l'ami. Et le resterait jusqu'à cette heure, tandis que je m'acharne sur ce manuscrit. Marc-Astolphe Oh était nanti d'une imagination non bornée. Elle dominerait la mienne et la domine encore, quarante ans après. J'accaparerais ses idées, je calquerais les miennes sur les siennes. Je copierais ses attitudes, ses réflexes, ses mimiques. Oh ferait sur ma personne l'effet d'une contagion. Il me transmettrait (sans le vouloir, sans le savoir) ses névroses, ses panoplies, ses mots. Ses attitudes. J'aurais besoin de lui pour faire le plein de gestes nouveaux, de points de vue inédits, d'impensables réflexions. Lui et moi composerions, à sa totale insu, deux corps qui ne feraient qu'un seul esprit : le sien.

— J'ai vraiment cherché à vous venir en aide, poursuivit Bianca. Vous ne l'avez pas compris – ou bien vous aurez fait mine de ne pas le comprendre –, et c'est tant pis pour vous. Je vous conseille de régler au plus vite la somme exigée par monsieur Bart-Grönstein.

— Bien parlé ! s'exclama Bart-Grönstein, aux anges.

— Parce que vous croyez que vous nous faites peur ? s'indigna ma mère.

— Je crois que vous ne m'avez pas pris au sérieux, entonna Oh. Laissons, si vous le voulez bien, le karaté de côté. J'admets que sa puissance d'intimidation, entamée par l'intempestive démocratisation qui gangrène aujourd'hui jusqu'aux laiteuses altitudes de Courchevel et fait pousser sur les courts de tennis autrefois pamprés le calamiteux chiendent des comités d'entreprise, n'inquiète plus qu'une chagrine assemblée de grenus grabataires. Battons-nous autrement ! Je suis aussi bien agrégé de kendo, de ju-jitsu et de taekwondo. Diplômé de lutte gréco-romaine. Licencié de toutes les boxes – avec mention. Boxe cognée, boxe frappée, boxe crochetée, boxe liftée, boxe frottée... Boxe giflée, boxe griffée, boxe crachée, boxe criée, boxe mordue, boxe boxée ! Je suis un être de combat, de tuerie, de boucherie. Un homme de parade et d'esquive. Je sème les contusions au vent mauvais des rixes. Je massacre avec application ce qui agace mes sommeils. Je perce volontiers le laid babouin qui porte outrage à mes amitiés.

— Quelqu'un pourrait-il faire *taire* ce type ? craqua Bart-Grönstein. Enfin monsieur ! hurla-t-il à l'adresse de Marc-Astolphe. Ce n'est pas possible ! D'abord qui êtes-vous ? Cela fait des jours que vous traînez vos guêtres dans nos locaux, vous mêlant à toutes conversations. Or je ne vous connais pas, personne ne vous connaît ici, et chaque fois que nous croisons votre risible silhouette c'est pour l'entendre pérorer.

— Eh, ce pompeux diable voudrait connaître mon identité, riposta Marc-Astolphe. Mon nom, bel œuf-à-caca, est « prends garde à tes figues ». Je suis prince des amitiés, ambassadeur des susceptibilités !

— Vous êtes surtout le roi des cinglés, mon vieux, conclut Bart-Grönstein. Il serait sage d'aller consulter. Nous nous flattons d'avoir ici même d'excellents psychiatres. Cette bulle dans laquelle vous entassez les mots et accumulez les vantardises se doit d'être crevée. Je vous trouve inquiétant, monsieur. Et non seulement je vous trouve inquiétant, mais vous m'inquiétez.

— Très bien, Burt-Holstein, très bien, sourit Oh. Vous l'aurez voulu. Je vais vous demander de me suivre. Nous allons nous battre en duel. Sur-le-champ. Dans la cour. Je dois simplement m'en aller quérir tout mon petit matériel chez moi. Ce n'est plus la peine d'échanger des mots. Confions nos langues à la grammaire de l'acier !

Oh s'approcha de Bart-Grönstein. Lui ausculta le crâne en passant sa main dessus.

— Tu perds tes tifs, Zéphyr ! Méfie-toi des vents coulis… Tu risques d'ici décembre d'être aussi caillou du cuir que sainte Marie l'Égyptienne. Puissé-je uriner dessus, que cela ferait un fort bel thé au Sahara !

Soudain, Bart-Grönstein, chatouilleux sur les affaires d'alopécie, leva son poing et se dirigea vers Marc-Astolphe, le visage empourpré.

— Pas les lunettes ! Pas les lunettes ! beugla Marc-Astolphe, pris de terreur, disposant ses mains sur sa tête et se recroquevillant au sol, pleurant, implorant, en puni petit garçon. Ça va repousser ! Il y a des traitements miracles ! Et puis cela vous sied ! Cela vous met beau !

Bart-Grönstein, installé dans sa furie, n'entendait plus rien. Après avoir asséné un terrible coup de pied dans les côtes de Marc-Astolphe, il éjecta de la chambre 132, devant mes parents interdits, l'insultant représentant en photocopieuses. On entendit Oh hurler dans sa fuite, proférant force jurons, menaces de toutes catégories. Ses invectives étaient chargées d'une invraisemblable outrance qui mêlait, dans un ordre confus, les notions de mort et de procès, d'Apocalypse et d'imminent carnage.

14

— Monsieur Oh vient d'être pris par vous en traître, s'indigna ma mère. Mais il n'est point le seul, en ces murs, à pouvoir vous anéantir. Mon époux possède à la maison de multiples couteaux, munis de lames effilées, tranchantes ! Faites attention à la folie de mon mari !

— Ces menaces ne sont point acceptables, répondit Bart-Grönstein. Je vais porter plainte, madame ! Vous et votre mari, peut-être même votre fils, ferez de la prison. En famille !

— Comme vous voudrez, frima ma mère. De toute façon vous n'avez que ce mot de *plainte* à la bouche. Plainte que monsieur Oh ne manquera pas de vous appliquer pour coups et blessures. Ce dont nous sommes tous ici les témoins.

— Pour ma part, je n'ai rien remarqué, dit Bianca.

— Ne perdez pas de vue, tous, que mon mari n'est pas à sa place parmi les gens dits normaux et que vous ne l'emporterez pas au paradis. L'autre jour, rue de Vauquois, il a manqué de tuer un enfant de 12 ans qui parlait trop fort ! Mon époux n'est pas un homme en totale possession de lui-même. Je sais de quoi je parle. Il dort fort mal, n'a d'ailleurs jamais dormi de sa vie – cela a fini par peser sur ses nerfs et sur son destin. *Achtung*, monsieur, avec votre plainte et votre sous-préfet : *Achtung !*

— Calme-toi, ma chérie ! On ne peut pas passer toutes nos journées à se battre, tempéra mon père en se curant nerveusement la narine gauche. Ce gosse nous coûte déjà la peau des fesses. Nous ferons tout ce que vous voudrez, monsieur Bart-Grönstein. Nous nous acquitterons de la somme que vous nous réclamez.

— Tu me le paieras ! maugréa ma mère à mon intention en m'arrachant de son sein dans un *pop !* de ventouse.

— En attendant, c'est vous qui allez me payer, chère madame, rebondit Bart-Grönstein avec dans la voix les trémolos d'un champion montant crânement sur le podium.

Ma mère fixa mon père :

— Il faut *absolument* que tu lui trouves un stage en entreprise. Pour ses 18 ans. Qu'il nous rembourse au plus vite.

— Si je puis me permettre, dit Bart-Grönstein l'air hautain, placez-le en apprentissage ou en usine dès 16 ans. Vous n'allez pas attendre sa majorité pour réparer ce préjudice, n'est-ce pas ?

— Mon épouse et moi-même souhaiterions que vous vous mêliez de ce qui vous regarde, ordonna mon père.

— Allons donc ! Nous avons tous été stupides dans cette histoire, admit Bart-Grönstein. Moi, dans la manière dont je vous ai présenté ma petite note en vous la fourrant sans ménagement sous les yeux puis en molestant votre insupportable ami – auprès duquel je ne manquerai pas de m'excuser –, et vous, en vous mettant dans des états qui ne peuvent que nuire à votre santé et à celle du petit. Je suis prêt à passer l'éponge, monsieur Moix, et à enterrer toutes ces sordides histoires de dépôts de plainte. Je propose par exemple que nous empruntions dorénavant la voie de la conversation cordiale ou même de la correspondance dans l'hypothèse où mon commerce vous paraîtrait par trop insoutenable. Je vous le dis : vous êtes des parents qu'à tout prendre j'aime beaucoup. Voilà.

— Nous ne pensions pas totalement à mal, se ravisa ma mère, émue par l'inattendu compliment. C'est que nous sommes des gens sanguins... N'est-ce pas mon loup que nous sommes des sanguins ?

— C'est vrai, acquiesça mon père. Nous avons tendance à nous emporter facilement.

— Mon beau-père est psychanalyste, glissa Bart-Grönstein. Je peux rapidement vous obtenir un rendez-vous. Lundi 16 heures ?

— N'oubliez pas la question du paiement des frais de maternité supplémentaires, relança Bianca en ajustant sa coiffe.

15

— Je vous propose la formule suivante, entama Bart-Grönstein.

— Vous nous faites un peu peur, se crispa ma mère.

— N'ayez point d'inquiétude, madame Moix, continua-t-il. Il s'agit en fait de contracter entre la famille de cette sale petite merde et nos services administratifs un moratoire de seize années, disons, assujetti à l'obligation d'opérer par virements bancaires, au bénéfice de notre établissement, tout l'argent de poche et les cadeaux en espèces que recevra votre fils à dater d'aujourd'hui, 31 mars 1968, jusqu'au 31 mars 1984 inclus.

— La solution paraît bonne, reconnut ma mère.

— Vous ne devriez pas être aussi généreux avec des gens comme ces gens ! se braqua Bianca en regardant Bart-Grönstein droit dans les yeux, ce qui le fit loucher car le strabisme de celui-ci avait tendance à empirer dans les situations extrêmes (de même que la taille des gouttes de sa sueur sur son front). Il faut les écraser. Les faire raquer sans plus attendre. Ils vous rouleront, disparaîtront, ou bien mourront, vous verrez. Ils lâcheront leur vie plutôt que de lâcher leurs sous ! Ils essaieront de vous apitoyer avec leurs maladies à venir. Ils viendront vous exhiber leurs métastases pour ne pas cracher au bassinet. Ce serait moi, j'appellerais immédiatement votre beau-frère le préfet, escorté par des gendarmes, et je jetterais tout ce joli monde en taule, lui y compris !

Agitée de spasmes, Bianca me désignait du doigt. Il n'y a rien de plus laid sur la terre que de désigner un homme (*a fortiori* un enfant) du doigt. J'entrais dans un monde de doigts. Doigts tendus nerveusement vers les coupables, plus coupables encore quand ils sont faibles, plus faibles encore quand ils sont innocents. *Désigner du doigt* : exercice où l'homme me semblait exceller. Délatrice humanité. On m'avait accusé de naître. Puis, on m'avait accusé d'être né. On m'avait ensuite accusé d'avoir survécu à cette naissance. Enfin, accusé de continuer à être en vie. Des dizaines de doigts pointés m'avaient déjà transpercé la chair. J'étais criblé d'accusations comme certain saint de flèches.

Qu'avaient donc tous ces adultes avec leurs doigts ? Cela virait à l'obsession. Doigts qui tantôt voulaient se précipiter dans ma bouche pour m'assassiner, tantôt se braquaient vers moi comme des bergers allemands. Ces doigts tendus comme des nerfs, à qui s'adressaient-ils ? À moi ? À l'être neuf en moi ? Ces doigts, plus particulièrement l'index, guidaient-ils, régissaient-ils le monde ?

Mon premier sentiment fut que l'humanité comptait beaucoup trop sur ses doigts, prolongés d'ongles, noircis, rongés parfois jusqu'aux sangs. De ces mêmes doigts humains pouvaient tout aussi bien jaillir une sonate de Schubert, mais les doigts qui s'étaient donné rendez-vous dans ma chambre n'étaient pas musiciens. C'étaient des doigts politiques, non des doigts artistiques. C'étaient des doigts juridiques et rituels qui fondaient sur vous comme des vautours sur un lapin, vous marquaient d'un coup de bec, puis repartaient faire un tour dans les airs en préparant un nouvel assaut.

Tous ces doigts (généralement ces index) voltigeaient au-dessus de ma tête, me frôlaient : il n'y avait dans la vengeresse rectitude et leur goût de l'immédiate décapitation aucune trace de mansuétude ou de frivolité. Dans cette pièce, ainsi que dans une volière de doigts, les index de Robespierre et de Saint-Just, dressés dans ma direction comme des têtes d'ogives, croisaient ceux de Torquemada et de Hitler, grand homme de doigts devant l'Éternel.

Oui, le Führer avait été un des plus grands hommes de doigts de tous les temps. Si l'on écrivait une histoire du nazisme en se plaçant du seul point de vue du pied d'Adolf Hitler, ou d'une de ses paires de bottes, nous ne comprendrions pas exactement ce qui s'est joué pendant la guerre. Tandis qu'un film documentaire entièrement centré sur l'index de ce dictateur, pour qui le doigt était *tout*, serait étonnamment fidèle à l'histoire du Reich. Il y a dans le doigt de Hitler pointé vers les cieux païens une électrique volonté de déclencher la foudre. Doigt scandé lacérant l'atmosphère à la façon d'un poignard. Après que Hitler a parlé et fait parler la colère par son doigt, l'air est en lambeaux. Doigts des imprécateurs et doigts des oracles, doigts des accusateurs et doigts des procureurs. Jungle de doigts.

— Il suffit, mademoiselle ! tonna Bart-Grönstein à l'intention de Bianca. Ces gens tout à fait charmants auront compris que j'agis dans l'intérêt général. À propos d'intérêts, il va de soi que les facilités de paiement que je viens d'établir y seront soumises. Je vous propose 30 % par an pour les quatorze premières années, et 20 % pour la quinzième année, à titre de geste commercial que la maison n'est au passage nullement tenue de vous accorder.

16

— Nous n'avons pas le choix, chérie, regretta mon géniteur en fixant ostensiblement ma génitrice.

— Je préviendrai donc, entonna celle-ci, tous les oncles et toutes les tantes de mon... *(elle hésita à prononcer ce mot qui la dégoûtait)* « fils ». Chaque fois qu'ils auront versé à son intention une somme d'argent, nous opérerons mon mari et moi-même, automatiquement, et d'autorité, un prélèvement à la source.

— Bien, fit Bart-Grönstein. Voici un langage clair, sage et concis qui me séduit, je ne vous le cache pas. Je vous pardonnerais presque d'avoir souillé ma chemise et de m'avoir brisé les os du nez ! Sachez toutefois, à toutes fins utiles, qu'un de mes cousins germains est l'organisateur d'une mensuelle bourse aux jouets et qu'au cas où le... l'enfant, disons, recevrait des jouets, vous pourriez aisément les revendre afin de régulariser votre situation.

— C'est monsieur Oh qui s'occupera d'une grande partie de son éducation intellectuelle, morale, culturelle, précisa mon père. Mais nous serons vos débiteurs.

— Vous êtes certain de ce choix ? demanda Bart-Grönstein surpris.

— À cent pour cent, confirma mon père. Monsieur Oh, malgré l'incident qui vous lie désormais à lui dans la haine, s'est pris, je ne sais pourquoi ni comment, de passion pour Machin. Aussi lui confions-nous, en sa qualité de *parrain*, la mission de faire de cette chose enfantée ce que bon lui plaira : un homme, une machine, un type honnête, un tueur en série, un journaliste. Il ne supportera ce lascar qu'à mi-temps, car il n'aura pas que cela à faire, mais pour nous, ce sera toujours ça de pris !

— Nous avons parfaitement confiance en monsieur Oh, confirma ma mère.

— Bien, fort bien ! La décision vous appartient. Dans cette démission parentale, en laquelle je ne vois qu'une preuve supplémentaire de sagesse, je vous approuve à mon tour « à cent pour cent », pour reprendre votre expression. Vous avez raison de ne point vous mêler à tout cela ! Il n'y a que des coups à prendre. En vous évertuant à vouloir l'élever, vous n'auriez réussi qu'à vous détruire. Mieux vaut ne pas essayer d'inculquer quoi que ce soit des règles de notre civilisation à ce délinquant programmé. Vous eussiez sué sang et eau pour lui faire une situation dans la vie, et, tel qu'il est parti là, il n'eût pas manqué de vous le reprocher. Il vous eût peut-être même frappés. Les parents battus sont une espèce moins rare qu'on ne l'imagine. Nous en rencontrons souvent. Je vous félicite pour votre décision : vous vous épargnez les pires tourments. Et des maladies mortelles. Il ne faut jamais sous-estimer les ulcères et autres malignes tumeurs que peuvent provoquer chez leurs parents les agissements de pareilles racailles. En outre, il est probable que la patente folie de votre monsieur Oh fasse allègrement son miel d'une si intenable situation. Laissons les insanes avec les insanes. Ce sont gens qui n'ont point au monde le même rapport que nous autres.

— Tout cela est parfaitement résumé je trouve, approuva Bianca à l'instant exact où un rayon de soleil vint danser sur la pornographique échancrure de son corsage rempli de seins – seins entre lesquels on aurait pu jouer pendant des heures sans qu'on sache évidemment très bien pourquoi on a envie de jouer à ce jeu, ni sur quel secret fondement finalement il repose, si ce n'est une bonne vieille ruse immémoriale de la nature pour que l'espèce humaine se perpétue.

— Merci, Bianca, vous êtes bien aimable. Il est vrai, sourit Bart-Grönstein en faisant rouler son strabisme en une acrobatique figure spécialement conçue pour des yeux, que je suis ces derniers temps très en forme. Nombreuses sont les femmes qui acceptent d'aller prendre un verre avec moi.

Elles refusent de coucher dès le premier soir, mais du moins ne voient-elles aucun inconvénient à reprendre rendez-vous avec moi dans la perspective amusée, tacite, d'une relation sexuelle éventuellement récurrente. Ce que j'essaie de faire, c'est de ne jamais me départir de ma joyeuse propension à pratiquer les mots d'esprit, voire de tendancieux calembours quand je devine que mon interlocutrice n'est pas née de la dernière pluie – les femmes avec lesquelles je fais connaissance après mes heures de bureau sont pour la plupart des femmes mûres. Je n'ai pas la patience de m'accoupler avec des adolescentes. Elles ont tendance à faire du trampoline sur les sommiers et je n'ai rien à leur dire. Je n'écoute point leur musique et elles ne s'intéressent à rien. Je préfère rester seul avec un livre de philosophie morbide – auquel je n'entends couic – plutôt que de gaspiller sueur, argent et liquide séminal en compagnie de petites grues qui risqueraient de me donner un fils comme le vôtre. D'ailleurs, fit mine de s'inquiéter Bart-Grönstein, lui avez-vous trouvé un prénom ?

17

Je n'avais toujours pas de prénom. Je n'étais pas prénommé. J'étais vide et vague, installé dans un abîme d'anonymat. Je n'avais pas d'identité valide, j'étais un corps sans étiquette. Il y avait eu un instant, étiré, de l'univers où le ciel lui-même était innommé, où la terre ne s'appelait pas. C'est Apsu l'initial qui les avait engendrés, la causale Tiamat qui les avait enfantés. Comme leurs eaux se mêlaient ensemble, aucune demeure divine n'était construite, aucune cannaie n'était identifiable. Aucun des dieux n'était apparu, n'avait reçu de nom, n'était pourvu de destin. Ils furent alors créés en leur sein.

— Nous hésitons encore, dit ma mère. J'avais pensé à Philon.

— Et moi à Roland ! s'exclama mon père.

— Ou bien Paulo, dit ma mère.

— Ou Éclaboussure, dit mon père.

— Ou Rastaquouère, dit ma mère.

— Ou Léon-Blum, dit mon père.

— Ou Olivier, dit ma mère.

— Ou Lycurgue, dit mon père.

— Ou Chiure-de-mouche, dit mon père.

— Ou Timothée, dit ma mère.

— Ou Lave-Vaisselle, dit mon père.

— Ou Tibère, dit ma mère.

— Ou âaâ. Cela signifie *sécrétion corporelle* en égyptien. Plus simple encore : a. Le *sperme*, en sumérien.

— Ou Charles-Péguy, dit mon père.

— Ou Épaphras, dit ma mère.

— Ou mieux : Printemps, car ma femme et moi nous sommes rencontrés au printemps. Et puis il y naît, au printemps...

— C'est très joli, dit ma mère. Trop, à mon avis, pour ce type. Il faudrait une saison plus moche : l'hiver ?

— Non, non. Hors de question ! L'hiver est une saison magnifique : le velours légèrement bleuté des cimes, la mathématique du givre, le silence entre les sapins. La buée sur les vitres et la profondeur de la nuit... Automne ?

18

Bart-Grönstein accompagna mes parents jusqu'à la mairie d'Orléans, où son demi-frère, M. Grillon, dirigeait (c'était là pur hasard) le Bureau municipal d'enregistrement des prénoms (B.M.E.P.). Le déplacement se fit en voiture, une Fiat 500 ancien modèle, dans laquelle nous étions compressés comme des morts. Bart-Grönstein opéra un détour par la cathédrale Sainte-Croix, dont l'un des motifs, expliqua-t-il à mon père, l'intéressait vivement. Il s'agissait d'une gargouille qui se fourrait ostensiblement le doigt dans le nez. Les doigts des humains aimaient à s'introduire et s'enfoncer dans les narines humaines. Planète dérisoire, dont les locataires pouvaient composer des cantilènes et se fouiller les orifices nasaux à s'en défigurer.

— Fascinant, n'est-ce pas ? sourit Bart-Grönstein à mon père. Je vous conseille de vous intéresser à cette figurine de pierre, que personne n'a regardée en dehors de moi depuis quinze siècles. Je voudrais la partager avec vous, monsieur Moix. Je voudrais que vous et moi, et votre femme qui s'est endormie dans ma Fiat avec votre innommé fils, nous disions à Balbin – je l'ai appelé « Balbin » – qu'il n'est plus seul en ce monde. Que nous sommes là, avec lui. Qu'il n'est pas isolé au milieu des vieilles pierres et du vieux ciel. Que nous savons, tous deux – car vous le saurez désormais aussi bien que moi, n'est-ce pas – qu'il a une vie là où il est, qu'il respire le soleil du matin et s'endort dans la fraîcheur du soir. Nous imaginons les effroyables hivers qu'il a traversés. Les averses qu'il a essuyées.

Nous continuâmes à rouler pendant cinq minutes.

— Nous arrivons ! lança Bart-Grönstein. Hélas avec un retard qui risque de déplaire à mon demi-frère. J'espère qu'il ne vous en tiendra pas rigueur. Vous l'ai-je dit, ou aurai-je omis ce détail ?

— Quel détail ? De quoi parlez-vous ? s'inquiéta mon père.

— Mon demi-frère, monsieur Grillon, est un redoutable caractériel, expliqua Bart-Grönstein. Une de mes sœurs, l'aînée, Agathange, que je vous présenterai quelque autre fois, prétend qu'il est fou. Il est vrai qu'il a tenté à plusieurs reprises de défigurer la Pietà de la basilique Saint-Pierre.

— Mon mari et moi ne voyons pas nettement ce qu'est cette Pietà, mais ce que nous savons, c'est que nous n'avons pas l'intention de faire connaissance avec votre sœur Agathange, se réveilla ma mère.

— Nous y sommes. Vite ! s'excita Bart-Grönstein. Dépêchons-nous, j'aperçois mon demi-frère par la fenêtre du premier étage en train d'enfiler sa veste. Vous allez rater votre rendez-vous.

Bart-Grönstein se gara en faisant crisser les pneus sur le gravier. Un peu à la manière de ces chefs scouts qui non seulement exagèrent leurs responsabilités mais semblent même les générer, les inventer, les faire sourdre de nulle part, il distribua à notre petite troupe des ordres nets et précis, secs, destinés à faire accélérer notre allure. Ma mère, sensible au relief du parcours, me transmettait des secousses qui me firent dégobiller derechef. Elle hurla, pesta, s'emporta contre moi, jura ; mon père l'assista en sortant de la poche de sa veste un mouchoir usagé en tissu.

Bart-Grönstein était déjà loin devant nous. Sa silhouette avait franchi la porte vitrée du hall d'entrée, et s'engouffrait dans un ascenseur jaune sur lequel était scotchée une affiche syndicale ornée d'un poing de travailleur.

19

— J'allais partir, fit Grillon quand nous le croisâmes dans un couloir qui s'allongeait tellement qu'il me donna, pour la toute première fois de ma vie, une idée de ce que pouvait être (topologiquement) l'infini.

Plus tard, je saurais qu'il y a des infinis ouverts et des infinis fermés, des infinis bouclés et des infinis inachevés, des infinis conclus et des infinis suspendus, des infinis continus et des infinis discrets, des infinis définitifs et des infinis provisoires.

— Excuse-nous pour le retard, dit Bart-Grönstein. Ces gens-là ne sont pas prévisibles.

— J'accepte tes excuses, Clodomir, car entre frères, même demi, s'excuser est une chose difficile, et je sais combien elle te coûte.

— Vous vous prénommez « Clodomir » ? demanda mon père, surpris, à Bart-Grönstein.

— En quoi cela vous dérange-t-il ? rougit Bart-Grönstein.

— Si vous vous moquez du prénom de mon frère tant aimé, déclara M. Grillon, je puis vous assurer que la séance est terminée.

— Nous vous présentons nos plus plates excuses, s'étrangla ma mère en malmenant mon père du regard.

— Je préfère ça, souffla Grillon. Aussi, je différerai sensiblement, de façon tout exceptionnelle, l'heure de mon souper afin d'enregistrer dans les règles le prénom de cet enfant.

— Merci, dit mon père.

— Merci, dit ma mère.

— N'en parlons plus. Il faut savoir se montrer clément avec les... gens, décréta-t-il en jetant un air de dédain sur mes parents. J'espère que vous avez fait votre choix. Rien ne m'est plus insupportable que les indécis.

Nous entrâmes, nous entrâmes dans son bureau. Grillon était un homme de 50 ans, qui arborait une fine moustache rousse ainsi que des lunettes à double foyer.

Son bureau, éclairé par un grésillant néon qui diffusait une lumière aveuglante, était petit et poussiéreux, recouvert de bibelots et de dossiers de couleur bleue. Derrière le fauteuil du bureau se trouvaient des centaines de casiers métalliques ornés de la même étiquette : « Formulaires ».

— Il va vous falloir me remplir un formulaire, expliqua Grillon en allumant un petit cigare brun qui m'arracha les poumons. Nous sommes gens de formulaires. L'usage du formulaire est particulièrement approprié dans une société aussi embrouillée que la nôtre. Les gens, ainsi, sont libres de formuler, mais formulent à l'intérieur d'un cadre que nous avons choisi. Ils ne formulent point en tous sens, comme des artistes ou des écrivains, pire : comme des peintres !

— Mon demi-frère ne supporte pas les peintres, glissa Bart-Grönstein à mes parents. Ni les sculpteurs, ni les peintres. Ni les cinéastes. Ni les artistes en général.

— C'est une position que nous apprécions, se réjouit mon père. Ma femme et moi serions favorables à ce que l'art soit interdit par la Constitution.

— Que fait le Parlement ? tempêta ma mère.

— Tout cela est de la faute de Malraux... lança Grillon.

— Il faut assassiner Malraux ! ponctua mon père.

20

Grillon invita mes parents à s'asseoir. Bart-Grönstein prit le parti de rester debout, la main posée sur l'épaule de mon père, qui en semblait gêné. Ma mère tentait de me bercer pour que je m'endormisse-endorme et d'essuyer (à l'aide du multisouillé mouchoir de mon père) les reliquats de vomissures qui ornaient ses habits (une robe à fleurs désuète, un petit blouson de cuir acheté aux puces sur le Mail).

— Quand je suis entré au Bureau d'enregistrement municipal, commença Grillon en faisant disparaître ses yeux lilliputiens derrière la fumée d'usine de son cigarillo, j'étais loin encore d'en devenir le chef. Mon désir était d'accéder au rang de responsable des formulaires ou d'adjoint à la mise en fiche. Puis, lorsque la formulatique est arrivée, il y a une petite dizaine d'années, vers 1960, on s'est tourné vers le modeste préposé aux prénoms composés que j'étais. J'avais eu le nez creux en passant, après deux années de mathématiques appliquées à la faculté des sciences de Tours, une licence en télématique. Je passais mon temps à m'occuper du sous-département des prénoms composés, à enregistrer les Jean-Stéphane, les Marc-Francis, les Alcide-Imbert, les François-Xavier, les Gaspar-Aubin et les Paul-André. Ma fonction ne se résumait pas à celle d'une simple caisse enregistreuse : mes prérogatives incluaient une part d'aide à la décision – les indécis sont légion, j'ai appris à les haïr – et une certaine aptitude à la création. Un prénom composé ne se compose pas au hasard. Cela demande une bonne dose d'imagination, de savoir-faire et d'expérience. Un bon prénom composé, il faut que ça claque, que ça crée comme une évidence. Une évidence dans la bouche. Mais également une évidence écrite. Un prénom composé digne de ce nom doit être réussi tant à l'oral qu'à l'écrit. Il doit être aussi agréable à entendre qu'à lire, aussi joli à prononcer qu'à écrire. Je prends souvent l'exemple du bouquet de fleurs pour expliquer aux parents, aux tuteurs, la particulière alchimie qui caractérise le prénom composé réussi. Je ne tape pas dans le mille à chaque fois mais enfin, il y a dans mon œuvre certaines réussites qui, dix ou quinze ans après, font encore la fierté des parents, voire des enfants eux-mêmes. Devenus adolescents ou adultes, ces derniers ne manquent d'ailleurs jamais de passer me voir pour me remercier du prénom que je leur ai composé. Pas plus tard qu'à l'heure du thé, un Bertrand-Guy, dont le prénom m'avait donné jadis des sueurs – mais que j'avais trouvé *in extremis* au moment où sa pauvre mère commençait à désespérer de mon manque d'inspiration – est venu m'apporter des galettes bretonnes. C'est un garçon qui aujourd'hui a 17 ans et se destine à une carrière de chirurgien. Il passera en juin son baccalauréat scientifique avec une année d'avance. Lorsque je vois des jeunes propriétaires d'un prénom composé que j'ai trouvé – parfois en deux secondes, parfois après des pages et des pages de ratures et de brouillon –, je me dis que je suis sans doute pour beaucoup dans leur réussite et leurs succès, ce dont je ne suis pas peu fier. Un jour, qui sait – on peut rêver –, l'un d'entre eux portera un de mes prénoms jusqu'aux marches de l'Élysée. Lorsque à leur tour ces jeunes gens deviennent parents, ils réclament généralement que je m'occupe personnellement de la composition du prénom de leur nouveau-né. Vous allez croire que c'est une tâche facile, mais détrompez-vous, monsieur et madame... ?

— Moix, dit Bart-Grönstein.

— ... Monsieur et madame Moix... Détrompez-vous ! Car jamais, vous m'entendez, *jamais*, et je parle en présence de mon demi-frère, jamais je n'ai octroyé deux fois le même prénom composé ! Je vous prie de croire qu'au bout de quelques semaines, cela devient déjà un enfer. Or j'ai exercé mes talents pendant six ans dans ce service ! On m'appelait le Bach du prénom composé. Pas seulement en hommage à ce merveilleux prénom composé qu'est Jean-Sébastien et qui est déjà une œuvre en soi, une œuvre qui ressemble elle-même à celle de Bach, mais parce que Bach composait sa musique comme moi mes prénoms. Avec un mélange parfait de mathématique et de poésie. J'ai là, si vous voulez vous donner la peine de les consulter – je vous demanderai de le faire promptement car je suis pressé d'aller souper d'une salade de tomates aux endives et d'une poule au pot dans le petit restaurant où l'on me réserve chaque soir la même table –, des archives classées année par année où tous les formulaires de prénoms composés par mes soins ont été conservés.

21

— Je propose que nous revenions faire cela dimanche soir, tard. Car une soirée assez chargée nous attend encore, les parents de l'anonyme et moi, glissa Bart-Grönstein à son demi-frère.

— Parfait ! Cela tombe d'autant mieux que je ne sais jamais comment occuper mes dimanches soir. Jadis, j'allais jouer au poker chez des amis. J'avoue qu'on se saoulait à l'alcool de prune ou à la liqueur, mais mon médecin m'a conseillé de surveiller mon foie. Le poker sans boire a perdu de son attrait. Même si je ne vous en ai pas proposé parce que je ne suis pas du genre à offrir, je n'ai toutefois pas renoncé aux cigarillos. Ces petits cigarillos me procurent bien du plaisir ! Mais nous allons si vous le voulez bien, madame et monsieur Moix, passer à ce qui nous occupe à présent et justifie votre venue : l'entérinement du choix d'un prénom pour votre fille.

— *Fils*, rectifia ma mère. C'est un fils. Enfin, cela y ressemble.

— J'ai pensé que tu pourrais trouver un prénom anglais, turc ou yéménite, dit Bart-Grönstein à son demi-frère.

— Si les parents sont d'accord, je n'y vois pour ma part aucun inconvénient, dit Grillon en ôtant pour la première fois ses lunettes à double foyer, ce qui multiplia la taille de ses yeux par six. Il ne faut pas plaisanter avec cette histoire de prénom de l'enfant… Une chose dépourvue de prénom n'existe pas. Être prénommé c'est venir à l'être, tout être a un prénom, le prénom est l'essence de l'Être.

— Nous le sommes, confirma mon père. J'imagine que vous savez ce que vous faites. Ceci étant posé, nous ne sommes en revanche pas pressés que notre bébé vienne à l'Être. Il s'en tiendrait au néant que cela ne serait pas pour nous déranger.

— Je suis solidaire des propos de mon mari, souligna ma mère. Je n'accorde pas une importance démesurée à cet enfant. Pour être honnête, nous n'allons d'ailleurs pas l'élever totalement nous-mêmes.

— Il ne nous plaît pas, surenchérit mon père. Il a des manières qui ne nous agréent pas. Il a semé le trouble, la panique, la terreur et la confusion dans la maternité de monsieur Bart-Grönstein pendant plusieurs jours. Dieu sait que je ne suis pas un grande adepte de votre demi-frère, monsieur Grillon, mais là, le prénom de cet accident de parcours n'est pour moi qu'une administrative formalité.

— C'est pourquoi nous voudrions, compléta ma mère, en finir au plus vite.

— Dites tout de suite que mon discours vous ennuie, lâcha Grillon vexé. Ce n'est guère délicat de votre part, car s'il y a bien quelqu'un qui a attendu, ici, c'est moi. Et d'après ce que je sais de vous par mon demi-frère, il semblerait que vous n'êtes guère en position de récriminer contre quelqu'un ! Vous prendriez-vous, madame, pour la Messie ?

Les différents dossiers que je consulterai plus tard au sujet du messianisme ne parlent jamais d'*une* Messie. Il faut sans doute y voir, plutôt qu'une haine du féminin ou du moins quelque méfiance ancestrale envers le sexe faible – qui est en réalité le plus fort de tous les sexes possibles –, une preuve supplémentaire que le Messie n'est ni un homme ni une femme, mais un moment de l'humanité. Le Messie ? Mais c'est l'art, l'écriture – le livre parfait qui court devant nous, s'éloigne, arc-en-ciel. Ce qui échappe... Le Messie manie, le Messie comme transe. Comme impossibilité – impossibilité première de faire autre chose, d'attendre autre chose de la vie que cela : le livre prochain, meilleur.

Je ne sais pas ce que je pourrais faire d'autre (hormis me suicider chaque jour à heure fixe) si je n'écrivais pas. L'écriture est le seul domaine où je ne reviens pas en arrière. Je ne me relis jamais, je ne rature pas, je ne relis pas mes épreuves.

Suffit-il, pour être heureux, de lancer des personnages, des surmoi, des aventures et des situations, parfois originales, souvent plates et ressassées ? Non. Pour écrire des romans, il s'agit de s'assurer de l'impossibilité de travailler dans la vraie vie, assis au bureau des sacrifices et des salaires, parmi les chefaillons grenouillants. Il s'agit de s'assurer que la mort vaut mieux qu'une vie de payes et de collègues, d'ascenseurs partagés, de tickets-restaurant, de cantines.

Pour écrire, il suffit d'être capable de préférer la mort au salariat, aux responsabilités, à l'adulte monde. Le reste coule de source. Il suffit de laisser filer sa folie. Elle risque d'être la plus forte. Il y aura toujours quelqu'un pour la sponsoriser, l'admirer, la rechercher spécialement. Le plus difficile, ce sont les débuts, se garantir à soi-même qu'on décédera plutôt que de craquer. Tenir. Une fois que tu es lancé, il s'agit de faire surgir du nouveau, sans cesse du nouveau, à partir de toi-même. Soit tu bouges, et tu as de l'inédit à cracher, soit tu ne bouges pas, tu es immuable, et alors tu dois creuser les profondeurs pour atteindre au gisement.

— Les romans contemporains me déçoivent, me confia un jour Marc-Astolphe. Ils ne sont pas arrachés aux tripes, mais au temps qu'il fait. Ils sont météorologiques. L'auteur ne travaille pas dans la boucherie, il vend des parapluies ! Parfois même des ombrelles. De jolies bariolées ombrelles. Il y a aussi les écrivains qui s'appliquent sur leur thème, traitent leur « sujet », ne débordent jamais. Je ne les supporte pas, quand je n'adore que ce qui est en crue, se barre, dénote, détruit l'ensemble, gâche, emporte. Le hors-sujet, voilà mon sujet de prédilection. En littérature comme dans la vie.

22

— Ce sont des individus qui ont tendance à mépriser autrui, indiqua Bart-Grönstein à Grillon sur le mode de la désolation. Surtout la femme. Il leur manque une intelligence des choses, une clairvoyance sur leur situation en particulier, qui devient problématique pour ceux qui tentent de les tirer du pétrin dans lequel ils se sont fourrés tout seuls depuis la naissance de ce petit cornichon.

— Ma femme vous prie de bien vouloir accepter ses excuses, s'aplatit mon père en arborant un air de cocker battu à sang.

— De toute façon il faut que j'inspecte l'enfant ! trancha Grillon qui commençait à trahir une susceptibilité hors catégorie.

Ma mère s'approcha du bureau et me déposa dessus, non tant comme on dépose une offrande à la crèche, mais comme on se débarrasse, soulagé, d'un sac en plastique de réveillon oublié dans un coin de cuisine et dont la pestilence – due au pourrissement des carcasses de fruits de mer – soulève le cœur, renvoyant chacun à la conscience aiguë que la mort est une certitude.

— Cruel dilemme ! s'exclama Grillon.

— Mais encore ? interrogea mon père.

— Chez nous, nous n'aimons pas les mots dont nous ne comprenons pas instantanément la signification, tint à préciser ma mère.

— J'aimerais que vous laissiez monsieur Grillon faire son métier, intervint Bart-Grönstein. Nous avons montré à l'égard de votre couple et de l'enfant dû à la viviparité de ce même couple une patience sans bornes, et nous ne sommes plus en mesure de supporter plus longtemps l'intempestivité de vos interventions déplacées.

— Tu as beau ne l'être qu'à demi, sache que je te considère comme mon frère à part entière, déclara Grillon à Bart-Grönstein qui eut quelque mal à dissimuler la rougeur qui envahit brusquement ses joues.

— Viens par là, toi, mon gaillard ! lança Grillon à mon endroit.

C'est alors que je sentis me saisir les pires mains de la création. Cela faisait comme du crin, du crin qui sentait le mauvais tabac et le sperme rance, la liqueur et le vinaigre vieux, la saucisse avariée et le fromage de chèvre, l'albatros séché et la rascasse éventrée, la chaussette d'adolescent et le purin chaud, la friture et le métro parisien, la fleur d'oranger et le pneu brûlé, la brillantine et les urinoirs de quai de gare, l'entrefesson confiné et la sueur d'aisselle, le vagin de vieille salope et l'intérieur d'intestin, la litière de chat mort et la cabine de routier, la carie de flic et la flatulence de grabataire, la tartine carbonisée et l'eau de Cologne, l'andouillette et la poudre de frein, la Pataugas trempée et la tortue d'eau malade, l'évier bouché et le foie, l'arrière-cour de fast-food et la chambrée de biffins, l'haleine d'aigri et le lait caillé.

— C'est vous qui avez mis ça au monde ? interrogea Grillon.

— Plus précisément ma femme, dit mon père.

— Mais il fut conçu avec la participation de mon mari, ici présent, rétorqua ma mère comme à la bataille on pose sur la table un valet de pique à la suite d'un valet de trèfle.

— Notre fils vous promet qu'à l'avenir il ne naîtra plus, dit ma mère.

— Les promesses, c'est bien gentil, emboîta Grillon, mais ce morceau de chair que je palpe présentement en tous sens, j'ai beau le tourner et le retourner, je ne sais comment l'intituler. J'ai l'imagination fertile et je me crois malgré tout capable de trouver, à défaut d'un nom propre, un mot de la langue française qui conviendrait à ce macaque-là.

— Merci, monsieur Grillon, dit ma mère.

— Merci, monsieur Grillon, dit mon père.

— Je crois en l'enfance, je crois généralement en l'enfant, au miracle de l'enfantement, en lequel je vois la main de Dieu.

— Super, fit ma mère.

— Mais ici, je crains fort de trouver mes limites, tempéra Grillon. C'est qu'on rencontre très rarement tel avènement terrestre du n'importe quoi, de l'informe – et du dégoûtant.

— Je suis d'accord, intervint Bart-Grönstein.

— Ce répugnant petit être ne mérite aucun prénom humain répertorié dans les nations, et je vous déconseille de lui en choisir un, car aussitôt son prénom aurait valeur d'universelle insulte. Nous n'avons, je le crains bien, dans nos archives, et même dans nos dossiers les plus anciens, dans nos grimoires les plus troués par le temps et le plus volontiers rongés par les rats, *aucun* prénom à la disponibilité de semblable taré. Il y a bien, ici, un préposé aux affaires délicates qui traite éminemment des cas de débilité profonde et de trisomie. Trouver le prénom adéquat pour un handicapé mental est en effet, comme vous pouvez l'imaginer, une délicate affaire. Ceux qui, chez nous, ont la charge de telles attributions sont… Oh ! Mon Dieu !

L'exclamation de Grillon n'était pas une exclamation normale : ni tout à fait un cri, ni tout à fait une exclamation. S'y mêlaient de l'effroi, un zeste d'écœurement, pour ne pas dire de dégoût, mais surtout une vive consternation. Grillon était aussi blême qu'une banane écrasée dans du lait.

— Que se passe-t-il ? s'effraya ma mère.

— Que se passe-t-il ? demanda mon père.

— Que se passe-t-il ? interrogea Bart-Grönstein.

— Comment cela que se passe-t-il ? Vous vous moquez ou bien ? Quelqu'un, parmi vous, s'est-il déjà donné la peine de regarder *vraiment* cet enfant ?

23

La réponse à cette question était : non. Ma mère ne comprit pas de quoi il retournait. Mon père, le front plissé, commença à paniquer. Bart-Grönstein lui-même, qui se targuait de tout savoir, et aimait à le montrer, s'affaissa sous le poids de la « surprise ».

— Quand cet enfant est-il né ? demanda Grillon avec dans la voix quelque chose de tranchant que l'on retrouve chez les professeurs sévères – et l'on se demande souvent, élève, pourquoi les professeurs sont sévères alors qu'ils pourraient ne pas l'être ; on se dit qu'ils sont sévères parce qu'ils se croient professeurs, ou bien qu'ils sont professeurs parce qu'ils se croient sévères, mais cette sévérité ne mène à rien, ou plutôt elle mène à la mort tout simplement, tout bêtement, comme toutes les sévérités.

— Il y a quatre jours, répondit ma mère. Enfin, je crois.

J'avais trois jours et dix-huit heures. Je te fais grâce, lecteur, des minutes. Même si, à cet âge-là, les minutes sont l'équivalent des mois chez un homme adulte. J'avais trois jours et dix-huit heures et me trouvais dans un cul-de-sac. Retourner dans le ventre de ma mère, plutôt mourir ; rester en ce monde, impensable.

Entre l'impossible et l'impensable, je choisis l'impensable. Vivre, je commençais à me dire qu'il allait falloir que j'aime ça, coûte que coûte, sinon ce ne serait pas vivable. La mort aurait pu m'être une consolation solide ; hélas, les meilleurs psychologues expliquent que, chez l'enfant, l'idée de la mort ne se développe que vers la quatrième ou la cinquième année. J'étais en train de vivre sans m'imaginer une seconde que cela pouvait s'arrêter un jour. Effroi.

Je pensais que l'homme était immortel. Que des hommes, il en arrivait sans cesse et qu'il n'en partait jamais. Que le monde se remplissait et qu'il ne se vidait pas. Cette vision des choses était rendue possible par l'ignorance à peu près totale que j'avais de la superficie de notre planète. Je n'avais pas la moindre idée de ce que pouvait être la terre, sa rotondité, sa surface habitable, ses ressources naturelles, sa capacité d'hébergement, sa tolérance à la multitude, à la masse pesante de cette multitude. Peut-être (tout au plus) avais-je le sentiment que, trop encombrée par la foule, la réalité pouvait craquer, comme les coutures d'un habit fait sur mesure par une couturière imbécile.

J'étais d'autant plus pessimiste que j'ignorais tout des plaisirs que vivre promettait. Je croyais que l'existence, c'était juste exister, que la vie, c'était simplement vivre, c'est-à-dire être. J'imaginais que vivre, c'était être posé dans un hall d'immeuble, à attendre, en respirant, à ne rien faire du tout, qu'exister.

Quand, pendant le trajet entre la clinique et la cathédrale d'Orléans, puis entre la cathédrale et le Bureau municipal d'enregistrement des prénoms, j'avais aperçu des gens marcher dans la rue, je n'avais pu suspecter une seconde que ces gens marchassent vers une destination *précise*, qu'ils allassent *quelque part*. Pour moi, « aller » était quelque chose de parfaitement suffisant. Il n'était besoin de surajouter un but, un « quelque part » au simple fait d'aller.

Jamais je n'aurais pu me figurer que derrière les briques rouges et la pierre des maisons, le ciment des habitations à loyer modéré, le marbre des immeubles luxueux, pussent se dérouler des scènes dans lesquelles le plaisir sexuel entrât pour bonne part dans la régulation sociobiologique de l'espèce humaine en milieu urbain.

Je ne pouvais pas davantage me projeter dans une chambre nue avec un livre à la main, tournant les pages pour en dévorer les chapitres, les phrases, n'en laissant que l'arête. Je ne savais pas, finalement, que ce qu'on appelle vivre ne consistait pas à faire profession d'être là pour toujours et d'errer sans but dans les rues d'Orléans (entre la maternité et la cathédrale Sainte-Croix). Je ne me doutais pas encore que le ciel pouvait servir à être heureux quand il était bleu et que le soleil pouvait doter les êtres, non pas seulement d'une énergie vitale propice à la préservation des espèces, mais d'une envie d'aller au travail le matin, d'écrire des élégies ou de pratiquer les sports nautiques entouré de filles aux cheveux orange et aux espérances simples (rire, se caser, pondre, rester belle). J'ignorais qu'on pouvait éprouver des sensations en prenant dans sa main la main d'une femme.

— Je n'ai jamais vu ça, continua Grillon. Jamais !

24

Grillon, en prononçant cette phrase, avait expulsé des postillons qui me fouettèrent le visage – plus précisément l'œil droit. Je n'en criai que plus fort car sa salive piquait. C'était une salive chargée de vinaigre et de malhonnêteté. Il ressemblait à une des gargouilles extravagantes, monstrueuses de la cathédrale Sainte-Croix et, se fût-il enfoncé l'index dans la narine qu'il se serait pétrifié devant nous tous, comme par miracle, puis envolé de ses propres ailes de granit effrité, pour aller s'accoler, en plein ciel, auprès des figures amies qui là-haut, tout là-haut sur les corniches des tours, l'attendaient comme un vieux chien attend son maître qui ne reparaîtra plus.

— Mais quoi à la fin ? s'impatienta ma mère.

— Madame Moix a raison, Grillon : *quoi* ? trépigna de suspense Bart-Grönstein dont le strabisme était si accentué que ses yeux ne louchaient plus.

— Nous ne pouvons patienter davantage ! s'insurgea mon père. Que se passe-t-il de si grave pour que vous manifestiez votre surprise avec tant de vigueur ?

Des gouttes de sueur grises, argentées, bleutées, déferlaient comme de gros cailloux sur la colline frontale de Grillon.

— Regarde, cher demi-frère, dit-il à Bart-Grönstein tout en se plaçant devant mes parents afin qu'ils ne vissent rien.

— Juste ciel ! Ce n'est pas possible... blêmit Bart-Grönstein.

— Madame Moix, monsieur Moix, il faut que je vous parle sérieusement, bredouilla Grillon.

— Et même très sérieusement, insista Bart-Grönstein, livide.

— L'heure est grave. Et je vous demande d'être forts, se concentra Grillon. Ce que j'ai à vous apprendre est difficile à croire. Mais comme aussitôt après vous l'avoir appris je vous le montrerai, vous ne pourrez me prendre très longtemps pour un mystificateur ou un charlatan. Pour habitué aux spectacles de la nature que je sois, tout rompu à ses extravagances, la nouvelle que j'ai à vous communiquer n'est pas de l'ordre de l'anecdote. J'y vais ?

— Allez-y, balbutia ma mère.

— Nous sommes prêts, hésita mon père.

— Votre fils est né circoncis.

QUATRIÈME PARTIE

Le juif de la famille

1

Cette page voit ton gros si gras visage, lecteur, ne te leurre pas : tu lis mais tu es lu. Contre-plongée. Mon livre et moi voyons tes rides, la narine de ton nez, l'épaisse feuille de ta lancéolée peau, rosâtre, en charcuterie. Par-dessous, ta laideur est spéciale : tu deviens médical. Tes éparses poilures, ta dissémination d'acné. Tes nervures humides, ce qui violace, ramifie vers les bourgeons, signifie la mort (ces lobes en corolles, l'usure des vaisseaux, le transbahuté sel, l'ocre éclatement des veinules, infinitésimales, malades, malsaines, disséminées, fouillis : les spaghettis de la mort). Nous devinons ces semi-larves, enlacées, qui concourent à te surtrouer le concombre.

Je te vois, à l'envers mais net, tourner les pages avec cette grimace. La moue des difficiles, le genre suspicieux (« Oulala. Moix cherche encore à se distinguer »). La méfiance qui te confère cette allure de navet, de Français, de douillet mulot. Il est possible que tu me lises sur la plage, avec à portée de main ta femelle orange. Si tu es une femme (ce sont les femmes qui lisent), tu es sans aucun doute allongée aux côtés de ton petit homme, cette blanche verrue posée sur une serviette elle-même posée sur le sable brûlant, ton conjoint, mari, fiancé, compagnon de trouille, humain de compagnie.

Observe-le : tu ferais mieux de passer ta vie avec moi, avec Oulala Moix, Moix Oulala, qu'avec lui Louis, lui Carloman, lui Jean-Philippe, lui Éleuthère, lui Eusèphe, lui Faustin, lui Claus, lui Mahmoud, lui Némorin, lui Luc. Observe ton conjoint : il est vert, reflets gris-chauve, étriqué, il n'est pas international (pour un sou), pas mondial du tout, il est local, il est municipal, il vieillit, sa main importante est refermée comme une mâchoire de piranha sur son vital iPhone. Il exécute des efforts maladroits, resserrés, d'une extrême densité (poulpe dans un étau) pour envoyer des textos sans ponctuation (« envie de te jouir dans la bouche ») à une maîtresse qui sera assurément décédée dans douze mille cinq cent trente et un jours. Sa petite tête, ultrasalariée, dressée méfiante vers l'avant. Ses coups d'yeux furtifs droite gauche vérificateurs craintifs de musaraigne ou de poule d'eau, petites griffes apeurées lacérant le ciel des choses. Maillot de bain noué autour de l'abdomen, il fait bronzer sa couleur. Donne de l'air à sa couenne. Donne du large à son front. Il est seul au monde sur la plage, immobile et slip. La galaxie entière converge vers ses couilles, biologique couille (flotte dans l'eau du slip pendant le crawl risible et saccadé semblable à celui du teckel qu'on aura, pour voir ce que cela fait, largué au large), métaphysique couille (je suis seul au monde, je suis indispensable à l'univers).

Je te vois, lecteur – je te connais quelque peu. Je sais tes réflexes. Tes besoins, *effrayants*, de confort. Tu aurais voulu que je te laisse moins seul avec ton suspense, celui de ma naissance en circoncis. J'ai voulu cette attente : que tu te morfondes un peu.

2

Ma mère ausculta mon petit-minuscule sexe, constata une absence de prépuce absolument totale et s'évanouit, entraînant dans sa chute une centaine de formulaires vierges fraîchement imprimés. Mon père vérifia à son tour et resta statufié, prostré dans une panique muette comme à Pompéi les cris d'horreur empierrés, figés dedans l'abolie vitesse.

— Cela voudrait dire que ce petit casse-couilles est juif ? demanda Bart-Grönstein à Grillon.

— La question est compliquée, se concentra Grillon.

— Pas de blague ! beugla mon père. Nous sommes catholiques de père en fils.

— Et même de mère en fille, baragouina ma mère.

— Nous avalons le disque de génération en génération.

— Mieux vaut peut-être prévenir l'État d'Israël, lança Bart-Grönstein.

— Calmons-nous ! intima Grillon qui était homme (cela se remarquait au docte et droit index qu'il promenait dans les airs) à se faire respecter de tous grâce à ses phrases simples et impeccables. Nous sommes dans une situation compliquée. Pour ne pas dire confuse. Ce petit d'homme ne peut être juif, puisque la mère n'est pas juive et que le père ne l'est pas davantage. Cela étant posé, nous ne pouvons non plus conclure à la non-judéité totale de ce nourrisson, puisqu'il est bel et bien circoncis et que la circoncision traduit un pacte, pompeusement appelée « Alliance », avec le Tétragramme.

— Avec qui donc ? demanda ma mère en prononçant *kidon*.

— Avec le Nom, dit Grillon.

— Le nom de qui ? s'impatienta mon père.

— Précisément, on ne peut le dire. Enfin, on le peut, mais cela ne se fait pas, tenta d'exposer Grillon.

— Cet enfant, qu'est-il donc, alors ? demanda Bart-Grönstein. Un juif précoce ? Aussi précoce dans la circoncision qu'Abraham fut tardif ? Abraham fut circoncis à 99 ans. Avec celui-ci, cela fait une moyenne.

— C'est un juif à l'envers, déclara Grillon.

— Nous ne vous comprenons pas bien, monsieur Grillon… se plaignit mon père.

— J'entends par là qu'il n'est ni un catholique à l'endroit, ni un catholique à l'envers, ni un juif à l'endroit.

— Ce n'est guère plus clair… se plaignit ma mère.

— C'est même un petit peu plus confus encore, souligna mon père.

— Il n'est guère dans mes usages de reconnaître ce genre de position de faiblesse, concéda Bart-Grönstein, mais la classification que tu viens d'édicter reste également opaque à mon entendement.

— Je vais vous éclairer, sourit Grillon. Ce tableau noir, au fond du bureau, semble parfaitement idoine pour mon exposé. J'aurai besoin de m'appuyer sur quelques schémas. J'aperçois sur le rebord de la fenêtre une boîte de craies neuves aussi lisses que le ventre d'un chaton. Cela nous rappellera agréablement l'école, et permettra d'opiner aux subtils mouvements de l'énoncé.

— Allez-y ! s'impatienta mon père.

Grillon se saisit de la boîte de craies neuves et commença d'en extraire une longue et verte (d'un vert qu'on eût voulu lécher).

Exténué par les tripotages-tripatouillages de la petite assemblée dont chaque membre à tour de rôle était venu m'inspecter la verge, je m'écroulai dans les bras de ma catholique mère. Chacun se translata vers le tableau noir.

— Un catholique à l'endroit, commença Grillon en traçant une flèche (verte) sur le tableau, est un enfant qui dans le ventre de sa mère est nanti d'une absence de circoncision, autrement dit d'un prépuce, puis qui naît, qui sort de ce ventre, et puis que l'on baptise. Un juif à l'endroit (il traça une deuxième flèche verte), un juif chronologiquement juif, c'est un enfant qui dans le ventre de sa mère est nanti d'une absence de circoncision, autrement dit d'un prépuce, puis qui naît, qui sort de ce ventre, et sur lequel on pratique ensuite la circoncision. Un catholique à l'envers (Grillon traça une grande flèche verte dont le sens était opposé aux deux flèches déjà tracées), c'est un enfant, c'est un petit d'homme qui est déjà baptisé dans le ventre de sa mère, puis qui vient au monde, qui naît, et à qui il n'arrivera *grosso modo* plus rien puisque, d'une part, il est déjà baptisé – et par conséquent déjà catholique – et que d'autre part, n'étant pas juif, il ne sera bien évidemment pas circoncis.

— À quoi reconnaît-on que le baptême a eu lieu *in utero* ? demanda Bart-Grönstein sur le ton d'un élève qui sait que sa question brillante sera susceptible d'embarrasser son professeur puisque posée dans cette perspective et celle d'impressionner ses camarades.

— Le baptême *in utero* n'est généralement pas considéré comme un problème médical, renseigna Grillon, mais comme un débat de stricte théologie.

— Je n'avais jamais entendu parler de cela, dit mon père.

— Moi encore moins ! amplifia ma mère, sans se douter que sa remarque constituait une aberration logique puisque le *moins* de *pas du tout*, le *moins* de *jamais* faisait pénétrer l'entendement dans une catégorie qui n'était pas définie par la raison.

— Un juif à l'endroit, reprit Grillon, c'est un enfant qui dans le ventre de sa mère jouit d'une absence de circoncision, puis qui naît, puis qui ensuite est circoncis.

— Mais la circoncision n'est pas exclusivement juive, objecta Bart-Grönstein.

— Monsieur Bart-Grönstein a raison, dit ma mère. Ça pourrait être un musulman !

— Ne rêvez pas, madame, répondit Grillon. Vous avez vu sa tête ? C'est un juif.

— Heureusement, du coup, que ce n'est pas une fille, déduisit finement ma mère : on n'aurait pas vu qu'elle était juive.

— Si tu m'as trompé, je le saurai, balança mon père à ma mère.

— *Trompé ?*

— Oui, trompé. Trompé avec un juif. Les chiens ne font pas des chats. Je ne suis pas né de la dernière aube. Je vais demander à ce que soit séquencé le génome de cet individu. Les marqueurs génétiques ne mentent pas, *eux*. Ils ne trompent pas. Et permettent aujourd'hui de détecter les filiations de très fine façon. Ils sont courts et facilement repérables. Ils sont aussi très stables dans le temps. Rira bien qui rira le dernier. À ADN, ADN et demi ! On a bien retrouvé une calebasse contenant un mouchoir imbibé du sang de Louis XVI. En extrayant des échantillons du cœur du dauphin, Louis XVII, déposé à la basilique Saint-Denis. En comparant deux chromosomes Y, on a prouvé la filiation. Alors moi aussi je veux qu'on prouve une filiation dans cette histoire. Qu'on me démontre par $a + b$ que ce petit monsieur est mon dauphin, et même mon goujon, ma carpe ! Personne n'est juif dans la famille et voilà que j'en mettrais un au monde ? Teu teu teu teu. D'ailleurs vous, votre nom ? glissa (suspicieux) mon père à Bart-Grönstein.

— Quoi mon nom ? grimaça Bart-Grönstein.

— N'est-ce point là un nom juif ? insista mon père.

— Je ne suis pas juif, se défendit Bart-Grönstein, Extrêmement pas. Malgré les apparences. Les apparences de mon nom ! Mais je vois, je vois…

— Que voyez-vous ? s'inquiéta mon père.

— Je vois, cher monsieur, poursuivit Bart-Grönstein, que vous faites partie de ces gens aux yeux desquels une fin de nom en « *stein* » signe le juif. Edith *Stein*, Albert Ein*stein*… J'appelle cela de l'antisémitisme.

— Comment voulez-vous que cela soit de l'antisémitisme si vous n'êtes pas juif ? répondit mon père.

— Si vous me traitez de « sale juif », et que je ne suis pas juif, expliqua Bart-Grönstein, c'est quand même de l'antisémitisme.

— Sauf si je sais que vous n'êtes pas juif ! rétorqua mon père. Si je sais que vous n'êtes pas juif, l'insulte « sale juif », qui s'adresse du coup à quelqu'un qui ne peut se sentir humilié ou blessé par elle, reste une insulte gratuite, bête, hors sujet, absurde, mais *en aucun cas* antisémite.

— Sauf à considérer, reprit Bart-Grönstein, que le juif est définissable par l'insulte. J'entends par là que le fait de traiter quelqu'un de « sale juif », ce qui de toute façon ne se fait pas même si l'on a les preuves que l'insulté n'est pas juif – et puis, fichtre, dites-moi l'intérêt de traiter de sale juif un homme dont on sait qu'il n'est pas juif ! Car après tout, les insultes furent inventées pour porter atteinte à une cible bien identifiée, elles sont là, les insultes, pour viser dans le mille –, j'entends par là disais-je que le fait de traiter quelqu'un de « sale juif » peut très bien en faire automatiquement un juif, le changer en juif.

— Je ne saurais intervenir dans ce débat passionné, s'immisça Grillon, mais je n'accepte pas cette définition du juif. On ne devient pas juif par l'insulte, cher frère.

— Pourquoi pas ? s'étonna Bart-Grönstein. Pourquoi n'élargirait-on pas l'élection de cet immémorial peuple à tout individu insulté, humilié, mis au ban de la société ?

— Votre peuple, pour être bel et bien élu, n'est en rien immémorial, rétorqua mon père. Nous situons sans souci sa date. Trois mille ans, soit mille ans avant l'abominable mise en ciel du prodigieux Fils de son Père.

— Attention mon loup, avertit ma mère, prends bien garde de conserver ta personnalité. Tu commences à t'exprimer comme notre ami Oh.

— Si je vous traite de « sale juif », reprit mon père, et que vous n'êtes pas juif, je ne blesse personne.

— J'entends bien, riposta Bart-Grönstein. Mais à quoi bon me traiter de « sale juif » si vous savez que je ne le suis *pas* ?

— Je précise, cher monsieur Bart-Grönstein, car on en viendrait à l'oublier, que jamais je ne vous ai traité de « sale juif ».

— Je l'admets. Mais je voudrais malgré tout que vous me disiez ce que signifierait de traiter un caillou, ou un hibou, un robinet, de « sale juif ».

— « Caillou » se dit « *Stein* » en allemand, répondit mon père.

— Très bien, arrêtons là si vous le voulez bien, s'énerva Grillon. Nous vous avons compris.

— Qu'est-il ce gosse, au final ? Juif, goy ? s'inquiéta mon père.

— Je récapitule, monsieur Moix ! Cet enfant n'est, selon toute logique, ni un catholique à l'endroit, ni un catholique à l'envers, ni un juif à l'endroit. Il ne reste donc que cette seule et unique possibilité, dit Grillon : votre fils est un juif à l'envers.

— Et pourquoi pas un athée ? demanda ma mère.

— Vous plaisantez, madame. Les athées ont une autre tenue. Une autre allure. Un autre maintien, ne put s'empêcher de balancer Bart-Grönstein.

— Non seulement il est juif, mais en plus il cherche à faire le malin ! lança mon père.

— Il cherche très manifestement à se distinguer des autres de toutes les manières possibles, enchaîna Grillon.

— Comment avons-nous pu mettre un juif au monde ? se désola mon père.

— Je reste abasourdi que les médecins ne s'en soient pas aperçus à la maternité, dit Bart-Grönstein. Je vais remonter quelques bretelles ! Une enquête sera diligentée afin de déterminer les raisons d'une telle incurie.

— Cela voudrait-il dire qu'il a décidé d'être juif tout seul ? demanda ma mère.

— En quelque sorte, répondit Grillon. Un juif à l'envers, il faudrait quand même en définir les termes (il dessina une quatrième flèche verte au tableau noir après avoir vigoureusement effacé les trois précédentes)… Un juif à l'envers est un enfant circoncis dès le ventre de sa mère, puis qui est né, qui est sorti de cette mère, de cette maman, puis est resté dans cet état de circoncision par la suite.

— Je crois pourtant savoir qu'un enfant ne saurait être juif si sa mère ne l'est pas, crâna mon père.

— Monsieur Moix, répondit Grillon, la maman du petit Jésus, Marie, a mis son fils au monde et elle était vierge. Votre fils a dépassé les possibilités biologiques de sa mère – en l'occurrence de votre femme.

— Le salopard ! hurla ma mère.

— Je vais le tuer ! renchérit mon père.

— Nous vous comprenons, dit Bart-Grönstein. Nous vous comprenons.

Un vent frais se fit sentir. Une émanation d'intelligence, un frétillement de gaieté. Comme si l'humanité, dans ce qu'elle avait de meilleur, pouvait s'insinuer parmi un groupe d'hommes sous la forme d'un courant d'air. Courant d'air annonciateur de celui que, dans l'abrutissement d'un sommeil profond, j'avais réclamé – et qui m'avait entendu. Un ami se tenait dans l'embrasure de la porte.

3

— Abrégez vos étonnements, raturez votre épouvante et rangez-moi cette rage ! exulta Oh. Cet enfant que nous fournit le monde, et auquel je tiens comme Pise à sa tour penchée ou telle Madame Michel à son miaulant disparu, est très exactement répertorié. Sous ses allures d'hapax, l'événement, pour incongru qu'il puisse paraître – surtout sur les terres d'Orléans –, n'est pas la mer Morte à boire. Nous ne nous trouvons point là en présence d'un juif à l'envers, catégorie sans pertinence ni réalité – et bien risible au demeurant –, mais d'un *juif achéropite*.

— Encore vous ! s'énerva Bart-Grönstein.

— Marc-Astolphe ! Cher Marc-Astolphe ! s'enthousias-mèrent mes parents, en chœur.

— Qui donc est ce drôle ? interrogea Grillon.

— Un insupportable, soupira Bart-Grönstein.

— C'est Marc-Astolphe Oh ! dit mon père.

— Cela ne me dit rien… grimaça Grillon.

— Le parrain de notre fils, précisa ma mère.

— On ne vous a pas sonné, Oh ! aboya Bart-Grönstein.

— Vous, le désherbé du chef, sachez pour préambule que je vous prépare un chien de madame ma chienne, asséna Oh.

— Qu'est-ce donc encore que cette histoire ? grogna Grillon. Je commence à en avoir assez.

— Votre mi-sang, entama Marc-Astolphe, a bénéficié tan-tôt d'un moment d'égarement – pendant lequel je rêvais je crois aux destinées de l'homme – pour me bagarrer. Il lui en sera fait rappel, par blessures et coups remboursés, dès que nos agendas feront leur travail.

— Ça ne va pas recommencer ! s'insurgea Bart-Grönstein. Je crois qu'il est ici des choses plus graves à traiter.

— C'est exact, dit mon père.

— Okay ! se reprit Marc-Astolphe, okay. Nous étudierons tout à l'heure, en coin privé, les byzantines modalités de ma rancune. Mais ce préjudice sera remboursé, croyez ma folie.

— Qu'est-ce qu'un juif archéopitre ? interrogea ma mère.

— *Achéropite*, chère amie. Un juif *achéropite*. C'est un juif qui n'a pas été fabriqué autrement que par lui-même, c'est-à-dire dont la circoncision, elle-même dite achiropète, n'a pas eu besoin de la main de l'homme pour se réaliser. Mon admi-rable filleul est un juif paranormal, un juif magique. Il n'en reste pas moins qu'il est juif quand même. J'ai grand-peine à dissimuler que cela me réjouit en d'essaimantes proportions. Certains cas de juifs achéropites sont éminemment décrits dans l'érudit recueil de Ferdinand Papus, *Traité d'onomancie ectoplasmique*, paru en l'an 1862 et dont je possède, coulant d'heureux jours sur la plus éminente travée de mes savants rayonnages, un exemplaire relié chevreuil dédicacé à l'évêque de Coutances. Parmi ces juifs atypiques, on compte des personnages aussi réputatifs qu'Abaton d'Alexandrie, Hutin Bardo, Chou King Le, Ahriman Parega, Attilio Capellaro, Archytas Naf, Célestin Floridor, Justin Migonet ou Gédéon Fabre d'Olivet. Mon adoré filleul n'est donc point le prime premier à jouir de cet état. Cela devrait catalyser vos terreurs.

— La situation est toutefois embarrassante, voire compromettante, trancha Grillon. Peut-être faudrait-il garder pour nous cette délicate découverte. Mettre un juif au monde, archiporite ou non, n'est pas quelque chose de neutre.

— *Achéropite*, corrigea Oh. Je vais devoir vous l'écrire au tableau !

— Vous aviez des bons rapports avec votre fils pendant la grossesse, madame Moix ? demanda Grillon.

— Non ! fit ma mère. Il était insupportable. Il faisait déjà son petit intéressant. Il me rouait de coups. Me faisait atrocement souffrir, provoquait en moi des nausées et des vomissements que jamais je n'avais eu à subir auparavant, du temps que je n'étais enceinte de rien ni de personne. Il a *vraiment* cherché à avoir ma peau. Il m'a rendue malade.

— Et difforme, ajouta mon père.

— J'ai maintes fois essayé de le mettre hors d'état de nuire, expliqua ma mère, notamment en portant des ceintures en chiffon que je serrais au maximum. Pas pour le tuer, n'est-ce pas, mais pour le neutraliser. Je ne suis pas un pouchine baule. Je m'étais promis de toute façon, monsieur Grillon, de ne jamais lui adresser la parole une fois que je l'aurais éjecté de mes entrailles.

— Ce gosse est fou à lier, dit Bart-Grönstein à son demi-frère.

— En tant que parrain, je dois préciser que nous atteignons là, les parents et moi, une ligne de démarcation fondamentale, intervint Marc-Astolphe. Ce sont deux conceptions du génie de cet enfant, pour lequel j'éprouve un amour extrême, qui céans s'affrontent. Je puis sans difficulté saisir ce que représente l'effroi d'être père ou mère. Moi-même, j'y pourrais succomber. Cette annonce faite, tant que mon soulier frottera le bitume de notre astre, jamais je ne permettrai qu'on porte atteinte à la dignité de cet original élément humain que nous livre, avec une astucieuse originalité, l'immodéré peuple d'Israël.

— Mes amis, dit Grillon, l'heure de mon traditionnel souper est depuis longtemps dépassée. Aussi, je vous convie à descendre avec moi dans la petite cuisine qui accueille généralement mes déjeuners, afin que nous nous sustentions. Cette histoire m'a ouvert l'appétit.

— Moi pas, réagit mon père. Cela dit, si vous avez un peu de saucisson d'âne, ce sera avec plaisir que je me confectionnerai un sandwich.

— Croyez-vous qu'il y ait des cornichons ? s'inquiéta Marc-As.

4

Bart-Grönstein, selon son expression, qui choqua Oh, me « tenait à l'œil ». Marc-Astolphe me prit dans ses bras, ce qui soulagea ma mère, tout « ankylosée ». Grillon improvisa un frugal dîner composé de pain de mie, de salami, d'un reste de tourte aux pruneaux confectionnée la veille et apportée le matin par une certaine Bénigne, responsable adjointe du service des prénoms monosyllabiques (Guy, Luc, Kim, Ba, Joe, Tim, Bob…).

— Notre chère jeune collègue Bénigne est souvent en bisbille avec le bureau des diminutifs, expliqua Grillon. C'est cela que les gens ne comprennent pas : la démarche intellectuelle consistant à choisir d'emblée un prénom *déjà* diminué, comme c'est le cas pour Bob, n'est pas la même que celle qui consiste à choisir un prénom dans sa forme ordinaire – Robert, par exemple – dont nous savons pourtant par avance qu'il sera sans le moindre conteste sujet à une diminutivité. Je vous laisse imaginer les tensions entre notre bureau des diminutifs et notre bureau des prénoms à risque.

— Prénoms à risque ? demanda ma mère.

— Nous avons coutume de désigner ainsi les prénoms encourant le risque d'être raccourcis par l'usage.

Trente minutes plus tard, un curé, l'abbé Chacoupé (Ermenfroy de son prénom), nous rejoignit (mafflu, cheveu roux, tempe têtue, menton en galoche, mine grise).

— On nous dit donc, monsieur l'Enfant toujours non nommé, que vous vîntes au monde déjà circoncis, entama l'ecclésiastique. Il faut bien savoir que vous constituez, à cet égard, une énigme non spécifiquement biologique, mais théologique. Pour la mystique vous êtes une aberration.

— Ce qu'il ne faut pas entendre ! s'indigna Oh. Je suis un parrain passablement choqué. Ce délire me troue le géranium.

— Laissez parler monsieur l'abbé ! Je vous en prie ! s'agaça Grillon.

— Dites à votre parrain qu'il est inutile de protester, poursuivit l'abbé Chacoupé en ma direction : vous êtes une aberration mystique. C'est ainsi que tout le monde a décidé de l'entendre, à commencer par vos géniteurs, premières victimes du scandale que vous représentez. Votre judéité peut-elle être ou non reconnue ? Il n'appartient pas à l'évêché de trancher. Il faudrait pour cela l'avis du rabbinat orléanais, dont nous nous passerons allègrement je puis vous l'assurer.

— Et pourquoi donc ? s'émut Oh.

Bart-Grönstein leva son poing vers le plafond. Marc-As se tut, tremblant de colère contenue.

— Pour la police, et pour la municipalité orléanaise dans son ensemble, continua l'imperturbable abbé Chacoupé, vous êtes juif. *(Il marqua un temps)* Pour l'Église... C'est délicat... *(Fixant mes parents droit dans les yeux en caressant doucement son imberbe menton :)* Notre jeune ami a voulu, de son propre gré, échapper au baptême. Il a cherché par ses propres moyens, *in utero*, à se soustraire à l'amour du Christ. Il faut bien mesurer ce que cela présuppose que de refuser les sacrements du Seigneur avant même qu'ils soient rendus possibles : c'est un acte grave qui implique que cet enfant n'est pas véritablement *réalisé*. Il a décidé de s'arrêter en chemin avant même le tracé du chemin. Il s'est détourné de notre foi avant même de connaître la lumière du monde. En optant pour la circoncision à l'insu de ses parents, et de son Père le Seigneur qui œuvre dans les cieux pour la paix des hommes, en faisant disparaître son prépuce dans les eaux, ce jeune mécréant vient de s'empêcher lui-même d'exister *en acte*. Cet enfant, en conséquence perdu pour la fidélité qui est l'autre nom de notre Grâce, est *irréalisé à jamais*. Cela signifie qu'il est perdu pour toujours. Ou bien...

— Ou bien quoi ? n'y tint plus mon père.

— Ou bien, reprit l'abbé, mais cette solution ne pourra dépendre de toute évidence que des parents, faudra-t-il récupérer l'enveloppe et l'opercule qu'est le prépuce en les viscères de la mère même, ce qui scientifiquement n'est sans doute pas sans risque.

— C'est évidemment hors de question, éclata ma mère.

— Je me morfonds de honte ! explosa Oh. Vous ne pouvez, sans être barbare ou malade, proposer d'aussi rustiques protocoles !

— Je prends fait et cause pour madame Moix, ajouta Grillon. Elle a déjà trop souffert de cette affaire. Il est vrai, nous le concédons, que ce petit imbécile – si je ne craignais de passer pour antisémite, je décrirais aisément sa trogne comme empruntant au crapaud des étangs – se livrait dans le placenta maternel à un double jeu.

— Ce qui est inadmissible, approuva l'abbé Chacoupé.

— Il endormait la vigilance de sa mère, acheva Grillon, qui guettait en toute innocence la venue d'un petit chrétien, et pendant ce temps il jouait les marranes prénataux.

— Je suis pleinement en accord avec ces paroles, mon fils, dit l'abbé à Grillon. Madame Moix n'a pas à subir les conséquences de cette apostasie. Il semble qu'il y ait eu chez ce fils de Juda une sorte de parti pris d'effacer la trace du Christ jusque dans les entrailles de sa mère. Cela nous apparaît, à tous, comme une odieuse décision. La maman eût été honorée d'une apparition de Jésus ressuscité, puisque chaque naissance est pour le Christ une manière de répéter sa Résurrection. La naissance, et sa cérémonie, doit être considérée comme la dernière apparition en date de notre Seigneur Jésus-Christ. On ne transforme pas inconséquemment le ventre maternel en Israël portatif. Ce petit apostat a empêché une actualisation supplémentaire de la Résurrection de Jésus. C'est précisément là son crime. Et ce crime il le paiera, puisqu'il est dit qu'on doit toujours s'acquitter de sa dette. Je ne vois qu'une possibilité de réparer cet outrage : lui recoudre un prépuce prélevé sur un enfant juif, et, à partir de cette greffe antipaulinienne, ou rétropaulinienne, annuler l'autojudéité de cet infidèle.

— Il s'agit là, mon père, tout simplement, d'un juif achéropite, réitéra Oh. Cela ne nécessite en nul cas la réparation prépuciale qu'à grand fracas vous préconisez. Votre sagesse, je le sais, s'étend bien au-delà des cieux, et je vous saurais gré de remettre entre les longanimes mains d'Israël cet autofils d'Abraham, aussi précieux pour l'épanouissement de Sion que l'est une piteuse auréole d'épines pour les nuées providentielles de Rome la sainte.

5

— Je suis navré, mon fils, répondit l'abbé Chacoupé à Oh. Mais il est indubitable que votre filleul a entrepris par lui-même, et pour lui-même, de réfuter le mystère de la Trinité par la négation du baptême. Pour ne pas dire par sa profanation ! Les sacrements ont été bafoués. Et insulté le Fils de Dieu. Aussi, aux fins de lutter contre cette volonté qui réfute biologiquement l'hypostasie, nous avons le devoir de rectifier par nous-mêmes le préjudice : de force, si les parents sont d'accord et j'entends qu'ils le sont, il jouira d'un prépuce.

— Bien parlé, opina ma mère.

— C'est coûteux, comme opération ? s'inquiéta mon père.

— C'est honteux, grommela Marc-As. Je ne puis laisser passer cela.

— Je vous garantis que la greffe aura lieu, mon fils, insista l'abbé. La chirurgie est de nos jours capable de miraculeux résultats.

L'abbé Chacoupé (après avoir salement reniflé) me regarda fixement, s'approchant si près de moi que je ne pus que hurler en silence, tant il m'effrayait.

Quantité de choses *m'effraient* toujours, tandis que j'écris ces lignes à Pékin, attendant mon vol pour Pyongyang ; je n'ai pas achevé ce roman que je pense au suivant. Il sera consacré à la Corée. Celle-du-Sud, Celle-du-Nord. Un beau titre, pour deux volumes : *Celle du Sud*, tome I ; *Celle du Nord*, tome II. La Corée découpée en deux livres, rangée en deux nations dans la bibliothèque. Autre titre possible : *La Corées*.

— La Corée du Nord, « pays le plus fermé du monde », ha ha ho ho ! Mon derrière ! Mon paf ! Mon aisselle ! Mon ongle ! avait lancé Marc-Astolphe le dimanche 9 février 1975 (il avait effectué le voyage à Pyongyang en avril 1974). « État voyou », « endroit le plus dangereux de la planète » ! Et mes roupettes ? Sont-elles voyoutes mes roupinettes ? Et mon entrefesse ? Il est le plus dangereux de la planète ? Deux prostrés clébards sont décédés à Pyongyang, et alors ? Je l'ai lu dans *La Gazette des roubignoles* ! La République populaire démocratique de Corée, c'est aussi et d'abord le pays le plus enfermé du monde et de la planète dans le cliché, dans le déjà-dit, dans le déjà-tout-dit, dans le plus-rien-à-dire ! C'est personnellement ma contrée favorite ! Je m'y sens aussi heureux qu'un poussah dans un lupanar. Enfin un rigolo lieu ! Je suis ami *pour toujours* de cette nordique Corée honnie par les fripons et les autres frigides polichinelles des droits de l'homme ! Pyongyang nous détend de Paris-sur-Chienlit. On râle moins qu'ici. Quant aux paysages, ils me font trembler d'émoi.

Comme Marc-Astolphe quarante ans plus tôt, je pars sans vaccin, sans immunité, sans bouclier, sans avertissement, sans ordonnance, sans raison : dans cette gratuite gratuité qui n'appartient à personne. Je pars loin de la française France, lourde de trouilles rebattues, de diffuse lâcheté, de sale ironie, de jalousies mortifères, de dépressions lancinantes, de mou courage, de couinements mécaniques, de permanent suicide, de moral à zéro, de compliqués protocoles, d'usure sempiternelle, d'apitoiement généralisé, de parole empêchée, de misère cérébrale, d'immédiate agressivité, de violence à la petite semaine, de mépris souriant, d'acariâtre chaos.

— C'est le propre d'un voyage en République populaire démocratique de Corée, avait poursuivi Marc-Astolphe : qu'on la comprend mieux quand on n'y met jamais les pieds que lorsqu'on en revient. Oui-da ! On vit d'abord la Corée du Nord par procuration, par aimantation, par imagination ! C'est un pays imaginaire, mais seulement une fois qu'on s'y trouve *réellement* ! C'est la *réalité* de la République populaire démocratique de Corée qui est imaginaire ! Un orteil en République populaire démocratique de Corée, et vous voilà contaminé : l'incapacité à comprendre s'est emparée de votre corps, de votre cerveau. Plus jamais vous ne serez pertinent au sujet du pays ! Il fallait y naître ou ne jamais venir. Vous voilà piégé par une bâtarde expérience, par du trop qui n'en sera jamais assez, par du suffisamment qui ne suffira pas, par du presque rien qui agira comme un opaque voile. Maintenant que vous en avez vu une partie, vous ne serez plus capable de voir le tout ! De la République populaire démocratique de Corée, il faut absolument tout savoir, ou alors strictement *rien*. Ce sont là les uniques deux manières de la connaître. C'est un peu comme au Collège de 'Pataphysique ! Dont j'espère qu'il saura tantôt me décorer de l'ordre de la Grande Gidouille au rang de Grand Fécial Consort ! Je ne hais pas spécialement les honneurs ni les médailles métalliques, je le confesse tout de go. J'ai d'ailleurs été décoré à Pyongyang. Je possède mon badge à l'effigie de Kim Il sung. Que croyez-vous ? Je suis président de tout un conséquent amas de choses. Président de la Fédération nationale des activités de dépollution des étangs solognots, président de la Fédération des associations indépendantes de défense des épargnants hémiplégiques pour la retraite, président de la Fédération de l'épicerie fine de plein air, président de la Fédération nationale de l'habillement choisi, président du Syndicat du dépassement de la mesure, président du Syndicat national du commerce du mocassin à glands, président de l'Association nationale des ennemis du littoral, président de l'Union nationale de la RN 20, président du Syndicat national des cafetiers bouléziens, président de l'Association internationale des amateurs de coffrets et cartes-cadeaux, président de l'Union des mas français, président de la Fédération municipale des collectivités concédantes et régies, président de la Fédération des accidents nautiques, président du Syndicat régional du commerce de l'antiquité et de l'occasion, président de la Société de réassurance automatique, président de la Confédération turque de la quincaillerie, président du Syndicat des proustiens des Yvelines, président de la Confédération mondiale du négoce photo, président de la

Fédération iranienne des ports de plaisance, président du Comité de liaison des nouvelles instances ordinales, président de l'Institut pour le développement de la reprographie sur carbone, président du Syndicat national de l'équipement du placard du fond, président du Syndicat national des téléphériques ougandais, président de l'Association française du chaud et froid, président du Réseau « n'approche pas de ma ferme », président du Comité central des collectionneurs de béton, président de la Chambre syndicale des métaux fondus, président du Groupement interprofessionnel de la relation client, président de la Confédération des professionnels indépendants de la boule puante, président de la Fédération des métaux pratiquement ferreux, président du Syndicat national des mortiers défectueux, président du Centre catholique des lubrifiants, président de la Fédération des goûteurs de Kiri, président de l'Union intersyndicale du temps compté, président de la Confédération inamicale du béton prêt à l'emploi, président du Conseil national du tricycle, président de la Fédération de la limaille de fer, président du Fonds de modernisation du tube, président de la Compagnie des feux verts, président du Centre technique de la grâce, président de la Société française de grivèlerie d'hôtel, président du Comité professionnel des stocks stratégiques, président de l'Ordre des vétérinaires zoophiles, président de la Branche communiste des propriétaires exploitants de stations-service, président du Groupement de la brosserie, président de l'Union du petit commerce aux ronds-points, président du Syndicat général des petites turbines, président du Syndicat syndical des petites combines, président du Syndicat impérial des petites rapines, président du Syndicat universel des petites comptines, président du Syndicat cosmogonique des petites cantines, président du Bureau facultatif des poudres, président de l'Association des amis de Maïmonide, président du Comité de liaison des gravillons sous semelle, président de l'Union nationale des producteurs de granulats d'aquarium ! Et je vous passe les vice-présidences ! Mais revenons à la Corée, mes amis. À *Choson*. *Choson*, c'est le mot qu'on choisit pour désigner la Corée quand on habite la Corée du Nord, en coréen *Puk-Choson*, c'est-à-dire quand on est citoyen de la République populaire démocratique de Corée, en coréen *Choson Minjujuui Inmin Konghwaguk*. Le mot pour désigner la Corée quand on habite la Corée du Sud, c'est-à-dire la République de Corée, est *Hanguk*, contraction de *Daehan Minguk* – « République de la Grande Corée ». Le mot pour désigner la Corée du Sud quand on habite la Corée du Sud est *Namhan*. Le mot pour désigner la Corée du Nord quand on habite la Corée du Sud est *Bukhan*. Le mot pour désigner la Corée du Sud quand on habite la Corée du Nord est *Nam-Choson*, ou *Namson*. Les Coréens du Nord font donc de la Corée du Sud, Nam-Choson, un cas particulier, un appendice, une excroissance, un département, un strapontin, un prolongement de la Corée, Choson. De l'indubitable vraie véritable Corée : la leur ! Pour un Coréen du Nord, la Corée du Nord est la Corée. Et au sud de cette Corée qui n'est pas du Nord se trouve la Corée du Sud. Pour un Coréen du Nord, la Corée du Nord ne se trouve pas au nord de la Corée : la Corée du Nord se trouve en Corée. Et la Corée en Corée du Nord. On peut résumer les choses plus simplement en disant que, pour un Coréen du Nord, la Corée du Nord n'existe pas. Contrairement à la Corée. Nous sommes tenté de demander à ce même Coréen du Nord pourquoi, si la Corée du Nord est confondue avec la Corée, et par conséquent la Corée avec la Corée du Nord – elles-mêmes confondues avec la République populaire de Corée –, comment il se fait qu'il existe un Sud sans Nord. Une Corée du Sud sans la moindre Corée du Nord. Je dis bien, mes amis, un Sud – avec une majuscule, ce qui désigne la Corée du Sud – et un Nord – avec une majuscule, ce qui désigne la Corée du Nord – et non pas un nord – avec une minuscule, ce qui désigne tout bêtement le nord, ce qui indique tout techniquement le nord des boussoles – et un sud – toujours avec une minuscule. Car il est bien évident qu'il existe un nord au Nord, un nord au Sud, un sud au Nord et un sud au Sud ! Pour un Coréen du Sud, le nord de la Corée est le nord de la Corée du Sud, c'est-à-dire le sud de la Corée du Nord, et le sud de la Corée est le sud de la Corée du Sud. Pour un Coréen du Nord, le nord de la Corée est le nord de la Corée, c'est-à-dire le nord de la Corée du Nord, et le sud de la Corée est le sud de la Corée, c'est-à-dire le sud de la Corée. Autrement dit : la Corée du Sud est au sud d'une Corée qui n'est pas vraiment celle du Nord, qui n'est pas vraiment la Corée ! Elle flotte dans un espace-temps différent, parmi des galaxies, elle baigne dans un éther propre, un cosmos spécial. Ah, je me souviens d'un discours fort faramineux du Grand Leader Kim Il sung, aujourd'hui Président éternel de la République populaire démocratique de Corée, à Pyongyang, lors de son rapport présenté à la Grande Réunion célébrant le vingtième anniversaire de la fondation de la République populaire de Corée et intitulé *La République populaire démocratique de Corée est le drapeau de la liberté et de l'indépendance de notre peuple et la puissante arme de l'édification du socialisme et du communisme.* Il disait : « Camarades, pour cacher leur nature odieuse de gouvernants coloniaux en Corée du Sud, les impérialistes américains prétendent que la Corée du Sud est un "État indépendant" et qu'il existe un "gouvernement" indépendant. Mais ce n'est qu'une farce maladroite dont personne ne saurait être dupe. Le peuple coréen, nation homogène, n'a qu'un État, qu'un gouvernement. L'unique État de la nation coréenne est la République populaire démocratique de Corée, et seul le gouvernement de la République populaire démocratique de Corée représente les intérêts nationaux et la volonté authentiques de tout le peuple coréen, du Nord et du Sud. Le soi-disant "gouvernement de la République de Corée" en Corée du Sud ne peut en aucune façon représenter le peuple sud-coréen, il est un régime fantoche ne pouvant exercer aucune souveraineté. » Émouvant, non ? Fort fort ? Et par « fort fort », je n'entends pas « deux fois fort », je n'utilise pas le mot « fort » deux fois à la suite, non, je veux signifier : « *très* fort ». Aah, Pyongyang ! Y être, *être à Pyongyang*, c'est y avoir vécu depuis toujours. Et *pour* toujours ! Pas plus qu'on ne possède de cliché de l'instant précis où l'aiguille d'une montre passe précisément de 15 h 59 à 16 heures, on ne possède de photographie de l'instant précis où quelqu'un *pénètre* dans Pyongyang ! Simplement, on est passé d'un Pyongyang *sans* cet individu à un Pyongyang *avec* cet individu ! On est passé d'un Pyongyang dans lequel cet individu n'a *jamais* mis les pieds à un Pyongyang où ce même individu a *toujours* vécu. Il n'y a pas eu de mouvement, il n'y a pas eu le moindre flux. Il y a, à « $t - 1$ », un Pyongyang dans lequel cet individu n'entrera jamais, n'a aucune chance ni raison d'entrer, et à « $t + 1$ », un Pyongyang duquel cet individu ne sortira jamais, n'a aucune chance ni raison de sortir. Ce qui ne saurait être défini, ne saurait faire sens, c'est l'instant t, le moment de la dynamique. Pyongyang ne se déplace que sans mouvement ! Pyongyang autorise simplement qu'une immobilité succède à une autre immobilité. Qu'une immuabilité vienne remplacer l'immuabilité précédente ! Le mystère de Pyongyang, si mystère il y a, est le mystère de la chambre verte – ici repeinte en rouge. Pyongyang, chers amis très voisins, chers voisins très amis, est une ville antischrödingerienne, une cité a-quantique. Tant que vous n'avez pas ouvert la fameuse boîte, affirme le considérable Schrödinger, vous ne saurez dire si le greffier est mort ou vivant. Considérons qu'il est constitué, nouvelle entité, comme quelque chose d'autre, de différent, un chat constitué de 50 % de chat mort et 50 % de chat vivant. Pyongyang est, *quoi qu'il arrive*, composée de 100 % de gens qui restent ! Moi-Marc-As je résume : la meilleure façon de se rendre à Pyongyang, c'est d'y être déjà. Okay ? Et le meilleur moyen d'en sortir, de ne jamais y aller. Mais ce raisonnement ne vaut que pour un Coréen, sans doute – ce qui n'est pas de chance, puisque les Coréens ne pouvant en sortir, ils ont par conséquent un mal fou à pouvoir s'y rendre. Car pour l'étranger, le touriste, il en va différemment. L'étranger, une fois dans Pyongyang, est un corps étranger. Au sens strict ! Il dénote. Il est traçable. C'est un objet voyant immédiatement identifié, un OVII ! Il n'est toléré, il n'est supporté à Pyongyang que dans la mesure où il en *partira*. À peine arrivé, on évoque ton départ. À peine vérifié ton billet d'arrivée, on s'inquiète de ton billet de retour. La présence de l'étranger a la fâcheuse particularité d'être une présence, justement : une présence, c'est au présent. On le préférerait présent au passé, voire au futur. Sa présence ne serait pas un tel problème, si elle n'avait pas choisi le moment présent pour s'exprimer, se définir ! On préférerait là-bas la présence de ton absence à la présence de ta présence... Et l'absence de ta présence à l'absence de ton absence ! On t'accueille en République populaire démocratique de Corée : mais c'est un accueil contaminé déjà par l'adieu. Un accueil qui compte les jours. Un accueil compte à rebours. Les étrangers qui ont peur d'y rester ignorent que les Coréens ont exactement la même peur : que tu restes. Que tu restasses ! Le pire danger en Corée du Nord n'est pas d'y passer cent ans, mais dc n'y séjourner que six secondes. Les Coréens ne voyagent pas. Pourquoi ? Ils tiennent sans doute le raisonnement suivant : ceux qui voyagent finissant toujours par revenir, à quoi bon partir ? C'est pourquoi ceux qui, en Corée du Nord, partent, suivant ce même raisonnement, ne reviennent pas. Soit on ne voyage pas, soit on voyage et on ne revient pas. Car le retour, d'une certaine manière, annule le voyage. Il l'abolit. Un voyage qui se termine là où il a commencé, par la boucle qu'il propose, est, au bout du compte, une opération nulle, un compte soldé. Au vu du résultat, de la comparaison de l'avant et de l'après, de la nullité de la somme algébrique, c'est une manière de *surplace*. Les Coréens ont donc trouvé plus efficace de rester : cela a l'avantage de se conclure exactement de la même façon tout en faisant de substantielles économies. C'est pourquoi, aux fins de donner véritablement un sens à la notion de voyage, et de rentabiliser économiquement ce dernier, les voyageurs nord-coréens choisissent un point d'arrivée qui ne soit pas confondu avec le point de départ. Partir pour revenir, c'est additionner pour soustraire ! N'est-ce point mes bons amis ? C'est multiplier pour diviser ! C'est offrir pour reprendre ! C'est tracer pour gommer ! Quel peuple ! Mes amis quel peuple ! Rhhâ da ! Peuple cent fois humilié, mille fois méprisé, peuple arraisonné, peuple phagocyté, valetaillisé, et debout pourtant, sans plus aucun complexe dans sa fierté intacte, dans son immuabilité têtue. Peuple qui a rongé son frein. Peuple qu'on a soumis, peuple qu'on a souillé. Mais peuple conservé, mais peuple sans rancune. Peuple qui avance malgré son passé. Et qui avance grâce aux « malgré » de ce passé. Petit, tout petit peuple devenu grand, en train de devenir très grand. Peuple sans rancune, car il n'a pas le temps, car il n'a plus le temps d'être rancunier. Peuple au passé si abîmé, au passé si malmené, au passé si torturé, qu'il habite désormais le futur, où il est enfin seul maître à bord. Peuple pékinisé, puis peuple nipponisé : peuple enfin recoréanisé. Peuple divisé, peuple écartelé : mais peuple qui a décidé qu'il déciderait. Peuple qui s'est enfin décidé à décider. Quand nous pleurons, à superjuste titre, quand nous nous lamentons, à mégajuste raison, sur les quatre ans d'occupation qui ont humilié la France, et qui l'ont violée, souvenons-nous, même dix-huit secondes, que les Coréens ont subi l'occupation japonaise – dont la barbarie n'eut strictement rien à envier à celle de l'Allemagne nazie – pendant quarante ans. Quarante années à être Coréen sans l'être, à se marraniser : les Coréens furent les marranes de l'Asie ! J'ai dit ! Moi Astolphe Ier ! Sans doute, ils le sont encore. Cette méfiance, cet art du secret, cette fougue rentrée, cette persistance dans l'Être, cette fondamentale incapacité à céder à l'intérieur de soi quand ils semblent céder à l'extérieur. Il me souvient d'une conversation. À Séoul. Avec un professeur de sciences politiques. Je lui balance : les Coréens sont les Israéliens de l'Asie. Il m'écoute sans broncher. Je lui balance mes astolphiens arguments, en vrac : les Coréens, comme les Israéliens, sont menacés – ceux du Nord, via le Sud, par les États-Unis, ceux du Sud, via le Nord, par la Chine, les Coréens, dans « Celle-du-Sud » et dans « Celle-du-Nord », comme les Israéliens, ont une politique d'éducation des enfants inimaginable en Europe, les Coréens – du Nord comme du Sud – ne se mélangent point, ils sont favorables à une totale homogénéité de la population – prononçant ces paroles, je sens ma géniale argumentation s'affaiblir. Mais enfin, jusqu'à preuve du contraire, Israël reste majoritairement peuplé de juifs ! Je rajoute la spécificité de la langue, cette prépondérance – malgré les apparences – de la mère, l'importance internationale – géopolitique – du « pays » – Corée du Nord et Corée du Sud – au regard de la modestie de sa surface, et je rajoute : absolue beauté des femmes. L'éminent professeur me regarde. Avec un air de commisération. Soyons franc : avec un air de pitié. « Vous parlez d'Israéliens, me dit-il, mais ce que vous êtes en train d'insinuer, c'est que les Coréens sont en réalité les juifs de l'Asie ? – Oui, non. Enfin. Si vous voulez. Non, oui, réponds-je, graduellement honteux de ma théorie. – J'en ai assez, pour être tout à fait franc avec vous, me dit-il, d'entendre dire que les Coréens sont les juifs de l'Asie. Ces approximations me fatiguent. C'est très français, que de vouloir à tout prix se faire remarquer de cette façon, en assénant des thèses qui se voudraient brillantes mais sont aussi creuses que des huîtres. » Je vais pour me confondre en excuses, honteux. Quand soudain il me glisse : « Ce sont les juifs d'Israël qui sont les Coréens du Moyen-Orient. » Aaah, amis vous ! Voyez ! On n'est jamais déçu en Corée. C'est la terre de la permanente indéception. J'ai hâte, mes chers amis, de retourner à Pyongyang ! Pyongyang n'est peut-être qu'une ville, mais comme ville c'est quelqu'un ! Ce n'est pas n'importe qui, Pyongyang, comme ville. C'est une ville qui a daigné me recevoir, ce qu'elle n'était point obligée de faire. Je suis son obligé ! Pour l'éternelle éternité ! Les Coréens du Nord pleurent inclinés devant les portraits parce que ces portraits leur parlent – et ces portraits souriants des Leaders leur sourient vraiment, ils sont sonores, ils vibrent, ils sont animés d'un surputain de feu. Qu'ils communiquent aux objets posés, aux immuables statues, aux effigies solides, jusqu'à les faire danser dans leur tête, jusqu'à les propulser en fusées dans le maximum de cosmos possible !

Le hall d'embarquement est minuscule, relégué tout au bout de l'aéroport, qui semble n'intéresser personne. S'y trouve un trentenaire compassé sérieux raide, coincé du faciès, nettement buté, droit comme un câble d'ascenseur, qui semble sortir d'une école de commerce ou d'administration – une de ces écoles où s'enseigne l'agonie. Avec ses longues mains, récurées, scolaires, il tape sur le clavier de son MacBook Pro. On l'imagine jouer Mozart en pensant à son compte en banque. Pyongyang, du moins en tant que destination, en tant que ville dans laquelle on est susceptible d'arriver, ne semble pas l'impressionner en quoi que ce soit. Il doit la connaître comme les poches qu'il a sous les yeux. Son approche de Pyongyang est mécanique – elle est habituée. C'est une approche amadouée. Calme. Une approche apprivoisée. Une approche inconsciemment domptée. Il a fait de Pyongyang une destination domestique. Il a domestiqué Pyongyang – du moins en termes de partance. Je ne dis pas (je ne prétends pas) que Pyongyang, en tant que ville, soit à sa botte ; mais la destination, elle, s'est abandonnée à lui. La destination qu'est Pyongyang (la ville elle-même, c'est une autre affaire) semble lui obéir au doigt et à l'œil. Il la tient en respect. Il la connaît bien, elle le connaît bien.

Entre eux, c'est une histoire entendue. La destination qu'est Pyongyang a compris qui était le maître. Elle ne bronche pas. Elle est soumise. Lorsque Pyongyang, dans quelques heures maintenant, ne sera plus une destination mais une ville (non plus une ville vers laquelle on va mais une ville dans laquelle on est), il est fort possible qu'elle reprenne du poil de la bête, que l'esclave devienne le maître, et que l'arrogant petit connard qui tapote sur son clavier en faisant mine d'aller aux Bahamas ou à Miami enfin ploie sous le joug de la ville-ville qui a cessé, enfin (il était temps, cela commençait à bien faire), d'être une ville-destination.

En face de lui, avachie, allongée sur quatre sièges, une hystérique de 26 ans, déguisée en adolescente, écoute de la musique sur son iPod à s'en rendre sourde. Elle m'éclabousse de ses sons. Elle se secoue. Sa « destination Pyongyang » à elle n'est pas une habitude obéissante et docile comme une vieille maîtresse, mais une « destination Pyongyang » à la coolitude surjouée. Elle fait, comme le trentenaire pointu, comme si Pyongyang (la destination) avait été matée par elle, comme si c'était là la destination la plus indifférente du monde (du globe, de la planète, du planisphère) : elle fait comme si Pyongyang (la destination) était la plus *fun*, la plus destroy, celle qui promet le plus d'« éclate » à l'arrivée. Elle exagère, à mort, en une sorte de démonstratif déni, l'attractivité pyongyanguesque comme lieu de divertissement, sinon de débauche. Elle voudrait annoncer, par sa grotesque gestuelle et munie de ses vibrants écouteurs, envoyant des bribes de beats de boîte, qu'aucun endroit au monde, à commencer par Goa, à commencer par Ibiza, à commencer par Berlin, ne saurait être davantage branché. Ne manque plus que le tee-shirt – et le tee-shirt « I LOVE DPRK » je le verrai, plus tard, dans quelques jours, sur le corps avachi, blanc, maladif, d'une vénéneuse Autrichienne aux godasses à moitié lacées.

Je regarde mon billet. Il est parfaitement indiqué que, moi aussi, je me dirige vers Pyongyang. Et même, qu'à

Pyongyang, j'atterrirai à l'aéroport de Pyongyang dont j'ai la preuve de l'existence, du moins un début, du moins une amorce de preuve, puisqu'il possède un nom et que ce nom (que ce nom qu'il possède) est inscrit sur mon billet. Sunan est le nom de l'aéroport de la ville de Pyongyang.

Arrivent soudain des Coréens. Je veux dire : des gens qui parlent cette langue qu'on appelle, en Corée du Sud comme en Corée du Nord, le coréen. Comme les Coréens du Sud n'ont pas le droit, jusqu'à nouvel ordre, de se rendre au Nord, j'en déduis (je suis généralement prompt à la déduction) qu'il s'agit de Coréens du Nord. Il y a donc des Nord-Coréens qui bougent, volent, se déplacent, voyagent, se meuvent. Je me suis fait inscrire, en tant que réalisateur, au Festival international du film de Pyongyang, en anglais : Pyongyang International Film Festival, « PIFF ». Ce festival existe depuis 1987 et fut fondé par Kim Jong il, féru de cinéma. Le Cher Leader, « Soleil du XXIe siècle », a passé sa vie à collectionner et regarder des films (des westerns). J'ai emporté avec moi cinq exemplaires de mon *Cinéman* en DVD, film qui a le mérite de pouvoir être sifflé dans tous les pays du monde.

Pour les Coréens du Nord qui se trouvent dans le hall, Pyongyang-destination et Pyongyang-ville se confondent. C'est une seule et même idée, une seule et même réalité, une seule et même femme. Y aller, pour eux, c'est savoir exactement ce que l'on va trouver. Y aller, c'est en quelque sorte s'y trouver *déjà*. Destination ou ville s'entredigèrent, les distinguer n'a aucun sens – sauf quant à considérer qu'une destination impliquant un moyen de l'atteindre (un moyen de transport, ici l'avion), celle-ci peut comporter des aléas. La destination, comme promesse d'atteindre une ville, ne saurait se confondre totalement avec la ville elle-même : mais pour un Nord-Coréen – qui plus est originaire de Pyongyang –, s'y rendre, c'est se rendre chez soi, c'est-à-dire retourner dans un lieu que le cerveau ne quitte jamais ; s'y rendre, c'est

forcément y être déjà, puisque le quitter, c'est y être encore ;
puisque le quitter, c'est y être toujours. On ne part jamais
vraiment de chez soi. On emporte toujours son pays, sa
maison, partout où l'on voyage, on y habite quoi qu'il arrive,
on s'y réfugie, on s'y love, on s'injecte du chez-soi pour
pouvoir affronter l'ailleurs. Je sais, moi, pourquoi je pars. Je
ne parle pas spécifiquement de ce départ pour Pyongyang :
je parle en général. Je sais pourquoi, en général, je pars : je
pars pour trouver un pays, mais aussi (mais surtout) pour
quitter la France.

Étouffant nullard pays, m'avait un jour exposé Marc-As,
crevant ployant sous ses petites phrases, ses suranalysés
dérapages, ses petites pauvres névrotiques obsessions qui
tournicotent en rond : qui est raciste et qui est juif et qui est
antisémite et qui est arabe et qui est musulman et qui a dit
quoi sur qui, et quand. Pays petit pour phrases petites, petites
phrases pour petites provocations, petites provocations pour
petits procès, petits procès pour petites notoriétés, petites
notoriétés pour petits bruits de couloirs, petits bruits de
couloirs pour petites médisances, petites médisances pour
petits journalistes, petits journalistes pour petits humains,
petits humains pour petites habitudes, petites habitudes pour
petits destins, petits destins pour petit pays. Petit pays, la
France, mais pays, aussi, de la petitesse.

Le hall se remplit doucement. Nous allons bientôt embarquer. J'observe la faune. Mélange d'ONG, de Coréens du
Nord, d'ados sportifs chinois. Un couple blême, maigrichon,
pas frais, en partance pour un peu de tourisme crispé, crispé
comme leurs faces fermées, froncées, butées, françaises, twee-
teuses. L'homme est un quadragénaire dépressif, suspicieux
des pieds à la tête, assez peu net du vêtement, et qu'on
dirait sorti d'un camp d'écologie semi-sectaire. La femme, sa
« compagne » (quel moche mot), sent la vase et le patchouli,
elle est molle, elle est frelatée ; c'est une duègne qui se lave
plus souvent parfois que parfois souvent. Renfrognés traits

de méfiante belette, menton soulevé par la bêtise, cassante avec son « compagnon », extrêmement peu heureuse d'être en séjour sur terre. Et sur cette terre, où elle n'a pas trouvé son bonheur, elle a décidé d'aller *faire un tour* en République populaire de Corée, dernier lieu à la mode pour se procurer des petites sensations aussi morbides que sa silhouette en flaque.

Le couple me fixe, mais jamais franchement. De biais. Puis entre eux chuchotent. Ils parlent de moi, en mal. De ces bouches, de ces gueules, ne peuvent sortir, ne peuvent jaillir que des serpents. Que vont-ils faire *exactement* en RPDC ? Prendre des notes ? Pas sûr. Filmer ? Je ne crois pas. Participer au festival ? Possible : avec, peut-être, un petit foireux film sur la faim dans le monde ou les varices des grabataires. Qui sont les touristes qui se rendent dans ce pays ? Moi, je sais ce qui m'y pousse : un film à faire, un livre à écrire, une vie à vivre, un destin à accomplir, une folie à achever, une ambiance familiale à recréer, une névrose à combler. Mais *eux* ? Et les autres, tous les autres ? Pourquoi aller *là-bas* ?

Le pire de tout : les journalistes camouflés. Ceux qui s'introduisent en Corée du Nord déguisés en touristes et qui, s'écrasant sur place comme des lopettes, courbant l'échine et souriant à la lune, reviennent vengeurs et méchants, une fois le risque dissipé, la méchante représaille impossible. Moutons petits qui bégaient de trouille à Pyongyang, et foireux assassins Zorros, de retour dans leurs respectives capitales, pour dénoncer un régime devant lequel ils se sont faits plus petits que le plus zélé des apparatchiks. Je hais de mille forces cette catégorie des courageux bien rentrés, des téméraires du retour, des vengeurs au chaud. Une navette arrive, je monte. Je suis un être sain : je pars pour Pyongyang *parce que* je pars pour Pyongyang. – C'est la capitale des enfants battus ! s'était exclamé un collègue de mon père.

6

L'abbé Chacoupé (je n'ai point perdu le fil, croyez-moi) m'adressa les mots suivants :

— Mon jeune ami, vous avez commis là un péché méprisable et honteux. Vous êtes une honte pour l'humanité. Vous représentez pour nous tous le péché et l'ignominie. Vous avez voulu nous entraîner dans un bras de fer. Mais saint Paul a le bras long, et sa perfection par-delà les siècles est plus têtue que vos vaines provocations hébraïques. Les choses ne vont pas comme vous l'entendez, mon fils. Nous allons vous décirconcire car vous êtes un fieffé démon. Nous allons annuler la soi-disant perfection que tu as voulu t'allouer à toi-même, jetant l'opprobre sur la Sainte Face. Nous allons t'enfoncer les actions divines bien profond dans le crâne et, au bloc opératoire, l'Image divine réintégrera tes sangs, réenvisageant ta nature, rendant de nouveau possible et salutaire ton inéluctable et imminent baptême. Que croyais-tu, mosaïque têtard ? Talmudique doryphore ! Qu'imaginais-tu ? Qu'on laisserait se propager un fils de Jacob auto-immunitariste parmi le Souffle saint ?

— Bien parlé, mon père ! exulta ma mère, m'arrachant des bras d'Astolphe et lui adressant un sourire exagéré.

— Très bien parlé, mon père, renchérit mon père.

— Nous vous adressons tous, ajouta Grillon, une parole de remerciement. Organisons sans plus tarder la décirconcision de cet immuno-juif.

— Soit, dit Marc-As, faites donc ! Mais je prends ici l'engagement – n'en déplaise à ceux qui l'ont mis bas et qui pour cette cause s'installeront durablement dans mon amitié – que je n'en resterai point là. Vous le flanquez à la porte de sa judéité, il reviendra sous un jumeau costume, il sera juif d'une manière détournée, contournée. Clandestin, il sera juif quand même ! Envers et contre cette assemblée

et toutes les assemblées du monde ! Et de par mes soins !
Et de par ma volonté ! Et de par mon entêtée furie ! Je le
vengerai, il se vengera, de concert nous nous vengerons de
ces inéquissimes manières !

— C'est-à-dire ? demanda mon père.

— J'en ferai un écrivain ! flamboya Oh.

Tous haussèrent les épaules, ricanant. Et sortirent.

— Cela voudrait-il dire que notre fils nous rend rétrospectivement juifs ? Que sa judéité déteint sur nous de manière
rétroactive ? s'inquiéta mon père, retour dans la voiture de
Bart-Grönstein (au volant), auprès de l'abbé Chacoupé.

Au loin, on voyait la silhouette de Marc-Astolphe, resté
seul et triste, diminuer dans une écharpe de brouillard bleue.

— Non, n'ayez crainte. Les choses ne sont heureusement
pas aussi mécaniques. Vous êtes vous-même, ainsi que votre
épouse, tout à fait hors de danger. La judéité ne se transmet
pas à contre-courant. Ce petit saumon ne vous aura pas
contaminés.

— Si des goys donnent naissance à des fils d'Abraham
et de Moïse, on n'est pas sortis du Sinaï ! lâcha mon père.

— Il faut organiser sa décirconcision, dit posément l'abbé
Chacoupé.

— Je n'en veux plus dans mon établissement ! maugréa
Bart-Grönstein tandis que Grillon lui faisait signe de se calmer. Ces gens posent des problèmes partout où ils passent.

— Je vous conseille la clinique Bon-Secours, reprit l'abbé.
Je vais aussitôt avertir l'évêché. La tâche qui présentement
vous incombe est de faire coudre un prépuce à ce jeune
ingrat afin qu'il corresponde aux normes biologiques requises
par l'Église apostolique romaine. Le clergé, qui en près de
vingt siècles en a vu d'autres, ne va certainement pas s'en
laisser conter par ce petit monsieur. Ce n'est pas à lui de
décider de sa judéité, c'est à sa mère. Or, madame, vous
n'appartenez en rien à l'Alliance.

— En rien ! confirma ma mère.

Elle m'adressa un regard de profond dédain. Ses yeux me crachaient au visage.

— C'est pourquoi nous considérons d'emblée, et l'évêque entérinera sans conteste ma décision, que la naissance de votre fils est une insulte au paulinisme. C'est un retournement capricieux, tératologique, de la pensée de saint Paul, expliqua l'abbé Chacoupé et il s'agit de la rectifier par la chirurgie puisque la théologie, en l'occurrence, n'y suffirait pas.

— Nous sommes chez les fous ! soupira mon père.

— Voilà ce que c'est que de mettre au monde n'importe qui ! asséna Bart-Grönstein.

— Vous, ça va ! s'agaça mon père. Concentrez-vous sur la route. (*À ma mère :*) Il n'y a pas d'autre solution que cette décirconcision, ma chérie.

— Je le crains fort, renchérit Grillon.

— Au vrai, il n'y a même pas lieu à discussion, surenchérit l'abbé. C'est la première fois que j'ai à traiter un tel problème et cependant je ne suis guère surpris. La cabale contre l'Église surgit de nos jours de tous côtés, y compris du côté de la nature, qui montre une certaine hostilité au dogme depuis la fin de la dernière guerre. Nous faisons tout – et à tout niveau – pour combattre l'érosion intellectuelle, mentale, culturelle, cultuelle, de la foi, mais si la génétique commence à nous faire des petits dans le dos, et en particulier des petits juifs, c'est pour nous autres la fin des haricots.

— C'est une histoire qui n'est donc pas anodine, mit-de-l'huile-sur-le-feu Bart-Grönstein.

— C'est une catastrophe, monsieur, continua Chacoupé. Un cataclysme ! On n'aura pas assez distingué deux sortes de naissances dans la nature. La naissance voulue par les parents, d'une part, et la naissance voulue par les enfants, d'autre part. J'ignore ce qu'en dira l'évêque d'Orléans, mais il semblerait bien que dans votre cas, il y ait rencontre de deux refus : votre refus de mettre cet enfant au monde et son refus, tout aussi total, d'y venir.

— Vous êtes sûr de cela ? demanda ma mère.

— Oui, comment le savoir ? insista mon père.

— Ils ont raison, termina Grillon. C'est tout de même assez étonnant que vous puissiez deviner la volonté ou le désir d'un enfant de venir ou non au monde.

— Cela même qui vous dépasse, mes amis, n'est en rien inimaginable, affirma l'abbé. Je vous saurais gré de ne point confondre les limites de votre esprit avec celles de l'esprit humain. Vous me feriez ainsi grand plaisir. Le refus de votre fils est patent, qui a contrarié sa naissance en naissant autrement que prévu, j'entends : nanti d'une autre nature, celle d'un juif, c'est-à-dire d'un *étranger*. Il a tenté d'échapper à votre présence. Il est nomade de vous. Il refuse que vous l'enchaîniez. Il ne veut en *aucun cas* s'amarrer à vous, être reconnu par vous. C'est pourquoi ce refus a fini par prendre biologiquement la forme d'une circoncision dont le sens évident est : « je ne suis pas de vous ». Mettez-moi au monde tant que vous voudrez, je ne serai jamais le fruit de vos entrailles, de votre amour, de votre accouplement, de votre biologie. Je ne suis en rien votre réalisation. Je ne vous dois rien et vous ne me devez rien. Nous sommes quittes. Relâchez-moi. Remettez-moi à l'eau tel le poisson. Je suis libre. Laissez-moi tranquille. Au secours. Amen.

7

— Ne le prenez pas mal, mais vous n'exagérez quand même pas un petit peu, mon père ? demanda mon père.

— Que non, mon fils, répliqua l'abbé. Si j'exagère, c'est assurément dans l'autre sens, dans le sens de l'amoindrissement, pour atténuer votre peine que je fais aussitôt mienne, car c'est du sort de l'humanité qu'il en va. Il y a bel et bien ici deux refus concomitants qui viennent s'entrechoquer. Le premier refus, celui des parents, est parfaitement connu de nos services, et alimente allègrement les publications psychanalytiques les plus diverses. Ce refus est une manière d'évidence pour bien des parents. La pensée du refus commande le refus de la pensée : on se refuse à se représenter la venue de l'enfant. Ce que vous risquez alors de mettre au monde, c'est de la névrose future. Un joli dodu petit névrosé. Ce qui peut être excitant. Mais ce que vous risquez de mettre au monde, en réalité, c'est de l'inaccompli. Ici le deuxième refus entre en jeu, celui qui va fabriquer de l'inaccompli *au carré*. Votre fils – cela n'était pas prévu – ne désire pas plus que vous sa propre naissance. En ceci, ce n'est pas simplement un surjuif – au sens où il y aurait surjection de l'ensemble des non-juifs vers l'ensemble des juifs – mais un *antéchrist*. J'appelle *antéchrist* celui qui refuse de naître en chrétien et par extension celui qui, ayant des parents chrétiens, sachant qu'il a des parents chrétiens, du moins se doutant que ses parents sont chrétiens, refuse de naître tout court. Ou pis : décide, de son propre chef, sans en avertir personne, de naître en juif – si je puis me permettre. Naître en juif, naître juif, dans son cas, c'est strictement la même chose. Il naît en traître, il naît traître. Il a pris tout le monde en traître. Il vous a pris en otage. Et l'ensemble du Vatican avec ! Il s'agit d'une rupture de contrat avec l'Esprit saint. Tout bonnement. Jésus, monsieur Moix, est le fils de Dieu. Et tout également, le fils de Marie. Mais l'Église, comme vous le savez, l'a doté d'un père biologique. Comme vous le savez tout également, tout catéchèsement, nous avons, nous autres, la chance d'être gens de Trinité, d'être gens trinitaires. Le Père, le Fils et le Saint-Esprit. L'Esprit saint est notre troisième Personne. Cette troisième Personne est perpétuellement oubliée, sous-estimée, méprisée. Il n'y en a toujours *que* pour le Père et le

Fils du Père. Mais ils ne sont rien sans lui. Sans l'Esprit saint. Ils auraient l'air malin s'il n'était pas là, à les lier, les relier. C'est beau, la charité, l'amour aussi monsieur Moix, c'est beau. Vous en savez quelque chose, vous que Dieu a doté d'une si charmante épouse. Dieu fait bien son travail. Nous en sommes ravis. C'est mon métier que d'en être ravi. Mais je commence à en avoir *jusque-là* de la façon dont est traité notre Saint-Esprit. Qui est l'amour consubstantiel du Père et du Fils, qui est leur glu d'amour. Ils ne pourraient travailler tranquillement sans lui : Dieu ne pourrait rien créer, pas le moindre amour, son Fils passerait ses journées les mains dans les poches, à ne rien faire, incapable de compassion, et par là de la moindre passion. Je suis trinitaire à fond les turbines, monsieur Moix – veuillez excuser la trivialité de l'expression. À fond les turbines ! Qu'ils relisent saint Thomas, nos révisionnistes, nos négationnistes, ces oublieux du nombre 3 !

— C'est comme en mathématiques, frima mon père (qui n'avait pas, on le voit par cet exemple, la frime particulièrement exigeante). Il faut trois points pour faire un plan.

— Voilà, mon fils. Voilà. Exactement. Saint Thomas, bon Dieu ! Saint Thomas ! « *Cum Spiritus Sanctus procedat ut amor, processit in ratione primi doni.* » Le Saint-Esprit est le premier don de Dieu ! Je suis en train d'écrire à l'intention de Sa Sainteté Paul VI une bafouille-fleuve visant à redonner du souffle au souffle de Dieu. Vous allez me trouver prétentieux, mais je vous assure qu'à force de ne jamais faire parler de lui, ce souffle s'éteint. Il s'essouffle. Ce n'est pas bon pour les choses du monde en cours. Je milite pour son retour en force. À la première place sur le podium. Il faut avoir la reconnaissance des poumons. Qui songe à lui ? Personne. Comme ces poètes oubliés, que nul ne lit plus. Si cela vous intéresse, je peux vous inscrire à notre association, loi de 1901, l'AREFES, Association pour un retour en force de l'Esprit saint. Nous comptons déjà plus de six mille membres dans le monde. Notre président d'honneur est Dom Helder

Camara. Nous éditons chaque trimestre un petit bulletin, le *BASE*, *Bulletin des Amis du Saint-Esprit*. Si vous me donnez votre adresse, je vous enverrai des exemplaires de nos récentes livraisons. Le dernier numéro est consacré à « L'Esprit saint et le jazz ». Celui d'avant à « L'Esprit saint et le Portugal ». Ce sont des dossiers savamment construits et parfaitement informés. C'est un long travail, que de réhabiliter cet énergumène ! Il paye, à mon avis, une modestie trop grande. Le Père, lui, n'est pas un grand modeste, je ne vais pas vous faire un dessin. Je le respecte, je l'aime – pourrait-il en être autrement ? –, j'apprécie violemment ses œuvres, je suis impressionné par la façon dont il a créé le monde. Les magnificences des cieux, les richesses de la terre, l'immensité de l'océan, les mugissement des vagues, les roulements du tonnerre, l'harmonie merveilleuse qui règne dans toutes les parties de l'univers, il est vrai que cela tient la route, il est vrai que cela est impressionnant, il est vrai que cela force le respect, mais ça n'incline pas forcément à la modestie. Ce que je peux comprendre ! Le Fils, lui, c'est un tout autre problème. Il surjoue la modestie. Je trouve. Il en fait trop dans le rien. Il en fait des tonnes dans le peu. Il se démène dans le dénuement. Il en rajoute dans l'humilité. Pourtant je le respecte. Je l'aime, je l'aime tout autant que le Père. Je suis touché par la manière dont il est né, par la façon dont il a vécu, par les modalités selon lesquelles il est mort. Il n'est pas n'importe qui. La Croix, les temples, les images, les tableaux, le sacrifice de l'autel, les fêtes : nous avons besoin d'une star, d'une vedette, de quelqu'un de populaire, de connu. De visible. La mise en scène de ses humiliations, c'est un peu du cinéma, mais les chrétiens ont besoin d'images. Je ne critique pas. Je ne suis pas critique de cinéma ! L'amour du Christ, la gloire de Jésus, tout cela, c'est bien. L'eucharistie, c'est très sympathique, très efficace : c'est sa manière d'être là, présent dans les tabernacles. Mais on peut être présent – cela n'engage que moi – et se faire un tantinet plus discret. On ne voit que lui ! Il n'y en a que pour lui ! Il va finir, comme son Père, par prendre la grosse tête. Toute la vie catholique ne gravite qu'autour de monsieur. Ce, du berceau jusqu'à la tombe ! Arrive un moment où il faut savoir dire « stop ». Car pendant ce temps, il en est un qui est condamné à ronger son frein, dans l'ombre, à se fader tout le travail pour que les deux autres récoltent les lauriers, surtout le Fils à Papa, car Dieu devient gâteux avec son fiston, il le gâte trop, c'est le règne de l'Enfant-Roi ! Ses œuvres, à lui, au Saint-Esprit, sont confidentielles. Elles sortent chez de tout petits éditeurs. Tout le monde s'en fiche ! Il joue dans des salles minuscules. L'Esprit saint, comme diraient les jeunes de maintenant, est *underground*, lui qui pourtant est *oversky* ! Que dis-je : *overheaven* ! Flûte ! Il y en a toujours que pour les mêmes ! Vous savez quel est son drame, à l'Esprit saint ? Son crime ? C'est que ce qu'il fait ne se *voit* pas. Et *a fortiori* ne se *touche* pas. Les gens, qui sont des abrutis, veulent du visible, du palpable. Ils se croient au zoo. Le Saint-Esprit n'est pas un ouistiti à qui on lance des caca-huètes ! Il ne se laisse point approcher comme ça. C'est certain, comme il est difficile d'accès, les gens croient soit qu'il est hautain, soit que sous prétexte qu'il est invisible, il n'existe pas *vraiment*, il ne sert à rien. Ça me fout dans une rogne ! Le monde actuel veut de l'écran, du grand spectacle, des OVNIS, des westerns, des affiches avec d'énormes seins dessus, des films pornographiques. Il veut consommer sa dose d'images, de pellicule. Ça réclame du spectacle. Ça veut du divertissement. Alors évidemment Jésus, pour ça, c'est génial. Ça pourrait faire un film de Sergio Leone. Cela a bien fait un film de Pasolini ! Le Saint-Esprit, monsieur Moix, s'adresse davantage à l'élite. Croyez bien que je le regrette. Mais c'est ainsi. Il est plus pointu que le Christ. Il ne montre pas ses fesses, lui ! Il ne geint pas. Il ne s'affiche pas dans toutes les églises de tous les villages, sur toutes les tombes de tous les cimetières, dans toutes les chambrettes de toutes les maternités, dans les vestibules de toutes les portes, sur toutes les toiles de toutes les galeries du Louvre, sur tous les posters de toutes les adolescentes à côté de Jim Morrison ou de Jimi Hendrix (il prononçait « Hendrix » comme on prononce « Andrex »), sur tous les murs de tous les carmels, sur tous les crucifix de tous les autels, sur tous les médaillons de tous les fidèles. L'Esprit saint, lui, fait profil bas. Il ne la ramène pas. Il ne vient pas crier sa présence sur tous les toits ! Les gens veulent du « en chair et en os ». En élisant le Christ comme vecteur principal, ils ont opté pour la facilité. Voire pour une certaine forme de vulgarité. Le Saint-Esprit n'est pas venu se promener en linges, les pieds nus, *et alors* ? Il n'a pas versé ses larmes sur le sol. *Et après ?* Il n'a pas voulu revêtir une forme humaine. Ça le regarde ! Je prétends moi qu'il a bien fait. Si c'était à refaire, je pense de toute façon qu'il le referait. Il n'a pas à plaire. À plaire à son public, comme Jésus, qui si cela continue, va opérer son retour parmi nous à l'Olympia. L'Esprit saint a montré trois fois le bout de son nez, sous un emblème sensible, et manifestement cela lui a suffi. Chat baptisé craint l'eau bénite ! Ces trois fois, je peux vous dire qu'elles étaient rapides. Il ne s'est pas éternisé, si j'ose dire. Il ne s'est pas éternisé dans le temporel. C'est quelqu'un qui préfère s'éterniser dans l'éternel, voyez-vous. Son premier happening fut sous forme de colombe, au Jourdain, puis il fut nuée lumineuse au Thabor – ce qui a davantage d'allure que d'aller minauder au beau milieu des lépreux, mais passons – et enfin langues de feu au Cénacle, mon apparition préférée – à laquelle nous avons consacré le n° 12 de notre *Bulletin*. Trois apparitions, ce n'est rien en comparaison avec le chouchou du public et de Dieu, Jésus, à qui je saurai tellement gré de cesser de ramener tout le suaire à lui. Avez-vous vu comment on représente le Saint-Esprit monsieur Moix ? C'est une honte ! Un gros nuage, un ange obèse et joufflu qui souffle, un gros foireux pet dans le bleuté firmament. C'est indigne ! Il faut dire que même avec tout le génie de Michel-Ange, représenter l'Irreprésentable n'est pas une tâche facile. Deux symboles à la noix de coco : voilà tous les moyens plastiques, tout le matériel artistique laissés à la piété pour redire aux dieux l'existence et les bienfaits de notre ami ! L'Église, et je m'en plains dans ma missive à Sa Sainteté, a cru bon, on se demande bien pourquoi, de défendre toute représentation de ce génie à l'état pur qu'est le Saint-Esprit autrement que sous la forme régressive, infantilisante, répressive, abêtissante, potache, d'une colombe ! Ou de langues de feu. « *Spiritus Sancti imagines sub humana juvenis forma damnantur et prohibentur... Spiritus Sancti tamen imagines in forma columbae approbantur et permittuntur. Item in figura linguarum ignis, uti repraesentatur mysterium Pentecostes.* » Des langues de feu et un piaf ! Tu parles de trouvailles ! Le Saint-Esprit est la troisième roue du carrosse. Il tient la chandelle. Cela n'est pas acceptable. Même son nom, lorsqu'il est prononcé dans le signe de croix, semble désincarné, comme une formule de politesse, comme lorsqu'on demande si « ça va » au collègue croisé dans le couloir, bien qu'on se fiche éperdument de la réponse. Le Saint-Esprit n'est qu'une guirlande sur le sapin de Noël de Dieu dont le sommet s'orne de son petit Christ d'amour. Il est triste, mais vrai, de dire que la troisième Personne de la Trinité dans l'ordre nominal est aussi la dernière dans la connaissance et les hommages de la plupart des chrétiens. C'est un oubli grave. C'est de l'ingratitude caractérisée. C'est là le calvaire du Saint-Esprit. Sauf que nous n'en voyons ni les larmes dégoulinantes, faciles, les larmes d'Épinal, ni le sang.

8

— Vous croyez quoi, monsieur Moix ? poursuivit l'abbé Chacoupé sur sa lancée, que la souffrance n'est que pour la deuxième de ces Personnes ? Non, non, monsieur ! Celui qui souffre en silence, dans le véritable abandon, celui que Dieu a véritablement abandonné, dans le silence le plus *total*, celui qui subit les plus graves et les plus nombreux blasphèmes n'est *pas* Celui qu'on croit, n'est *pas* Celui en lequel on croit, mais *l'autre*, le laissé-pour-compte, le petit dernier – en vérité le Grand Premier –, le vilain petit canard, l'ostracisé, l'humilié : j'ai nommé – car moi je le nomme, car moi je n'ai point peur de le nommer : *le Saint-Esprit*. L'Homme des douleurs officiel, avec son cirque et ses miracles et son chemin de Croix, ses caillasses et ses crachats, commence à nous crisper quelque peu : n'est-ce point de la bouche du divin Esprit, ce camarade supplicié dans l'éternité des cieux, que nous semble sourdre la plainte que des auteurs complaisants ont choisi, société du spectacle oblige, de placer dans la bouche christique ? Cette plainte, monsieur Moix, vous la connaissez aussi bien que n'importe lequel de mes fidèles : « *Sustinui qui simul contristaretur, et non fuit ; et qui consolaretur, et non inveni.* » « J'ai attendu quelqu'un qui partageât mes peines, et il n'y a eu personne – un consolateur, et je n'en ai pas trouvé. » J'appelle, avec ma petite association, à consoler le Saint-Esprit. À sécher ses larmes. À l'aider, depuis ses oubliettes, à porter son invisible croix. La traversée du désert a assez duré. C'est une belle mission je crois que la nôtre... Les apôtres, ces idolâtres à la suce-moi le coco, eussent dû commencer par là ! Mais non. On dirait des fans de Johnny Hallyday. Ils n'ont que leur barbu en tête. C'est à se demander s'il n'entre pas là-dedans un soupçon de pédérastie. En tout cas, monsieur Moix, ce combat, je le mènerai jusqu'au bout. J'emploierai tout ce qui me reste de vie à glorifier, à

défendre, à réhabiliter cette très-adorable et très-vénérable Personne de l'auguste Trinité. Les Pieds Nickelés sont trois, monsieur. Vous ôtez Ribouldingue, cela ne marche plus ! Idem avec Filochard. Avec Croquignol ! Il faut en terminer avec l'Ignorance. Et l'oubli. L'ignorance et l'oubli en connaissance et en tendre souvenir. Et l'ingratitude. L'ingratitude en reconnaissance et en amour. Et la révolte. La révolte en adoration et en dévouement sans bornes. Une pareille tâche semble au-dessus de mes forces. Qu'importe. Ce sera l'œuvre d'une vie : la mienne. Du moins aurai-je indiqué le chemin. La voie à emprunter ! J'entends fonder une doctrine neuve, souffler sur le Souffle. Ranimer les braises. Vous connaissez un bon livre sur le Saint-Esprit, vous ? Niet. Que des ouvrages, des romans, des revues sur le Fils ou le Père. Où est le traité sur le Saint-Esprit numéro un des ventes ? Et même numéro mille ? Il n'y en a pas, passez muscade ! Je serai, moi – j'y travaille comme un moine –, le premier biographe officiel de l'Esprit saint ! Je ne suis point naïf : je sais que mon opus se vendra moins bien que la énième monographie sur Hitler. Eh bien tant pis ! Il faut bien que quelqu'un s'y mette. Si je ne fais pas le boulot, qui le fera à ma place ? Nobody. Cela s'intitulera : *Le Saint-Esprit, ses vies, ses œuvres*. J'ai mes entrées chez Desclée de Brouwer. Cela devrait atteindre les trois mille pages. Trois tomes de mille pages chacun. Avec des dessins ! Oui monsieur, des dessins ! Des gravures inédites. Des portraits ! Et des photos, tiens. Ils veulent jouer au plus malin. Nous allons voir, qui est le plus malin ! Sous ma modeste mais ferme impulsion, une nouvelle génération, une nouvelle race de chrétiens va s'élever : celle des *enfants du Saint-Esprit*. Pour arriver au sommet de l'échelle de Jacob, monsieur Moix, encore faut-il en connaître les échelons ! Je voudrais en finir avec l'époque, qui dure depuis deux mille ans maintenant, du « Saint-Esprit, connais pas » ! L'Esprit saint est le dieu inconnu dont saint Paul trouva le solitaire autel en pénétrant dans Athènes. Le monde est bien malade,

cher monsieur. La naissance de votre juif de fils, vous qui êtes un bon chrétien, en est une preuve supplémentaire. Nous sommes menacés de toutes parts. Par le nucléaire, le terrorisme, la guerre, les jeunes, le sexe, le cinéma. Les sciences physiques, la biologie. Les virus, les bombes – les bombes avec des virus dedans. Jamais Satan, depuis vingt siècles, n'aura régné avec tant de superbe. Qui sauvera le monde et l'humanité qui grouille dessus, monsieur Moix ? *Qui* ? Vous peut-être ? Le pape ? Non, il n'est qu'un seul et unique Sauveur, dont le travail est de sauver, et c'est le Christ. Il est la voie, je le reconnais. Il est la vérité, je l'admets. Il est la vie, je le concède. Mais comment notre Seigneur le Christ Jésus sauvera-t-il le monde si tant est que nous considérions que le monde doit être sauvé ? Comme il le sauva il y a deux mille ans : par le Saint-Esprit. Pourquoi ? Parce que le Saint-Esprit est le négateur adéquat de Satan ou du mauvais esprit. Mais non ! Le Saint-Esprit, on le laisse à la cave. Parce qu'il sait trop de choses. Il connaît le *grand secret*, lui.

9

— Quel grand secret ? fut intrigué mon père.

— Être chrétien, c'est se faire tout seul. C'est être à la fois son propre père et son propre fils. Voilà le grand secret, monsieur Moix, annonça l'abbé Chacoupé.

— Je ne comprends pas, ne comprit pas mon père.

— Le Saint-Esprit est détenteur de ce secret, reprit le prêtre. On le condamne au silence, on le condamne au souffle parce que la voix est coupée, aphone, parce que la parole lui est interdite. Il n'a pas droit aux mots. Le grand secret, monsieur Moix, c'est l'auto-engendrement, la boucle qui se boucle, le serpent qui se mord la queue. Tout bon gnostique vous le dira. Je regrette tellement que le christianisme n'ait pas basculé, quand il en était encore temps, du côté de la Gnose. Ces gens-là *savaient*. Ils connaissaient le grand secret. Que voici : c'est en fécondant sa propre mère que Jésus s'est mis au monde tout seul. L'inceste céleste et suprême incarné sur la terre dans sa chair et par sa chair : et l'Esprit à qui l'on a coupé les cordes vocales pour qu'il souffle, mais n'en souffle mot. Nous aimons nos mères comme des maîtresses, car nous avons toujours déjà couché avec elles. Ce que l'Esprit saint voudrait nous dire – il essaye mais il en est empêché, il est muet, il est muselé – c'est que nous sommes nos propres pères. Seuls les fils donnent naissance aux fils. Le père n'existe jamais. Il n'y a que des fils, partout, à l'infini, des fils. Des fils incestueux qui ne seront pères que d'eux-mêmes, par conséquent fils que d'eux-mêmes. Nous haïssons nos pères parce qu'ils prétendent nous avoir mis au monde, nous chrétiens, alors qu'ils n'ont fait que de la figuration. Ce sont des imposteurs. Un fils ne peut que détester celui qui prétend l'avoir mis au monde à sa place. Oui, votre fils vous hait, et vous en savez à présent la raison. La psychologie humaine est ainsi faite que cela doit vous vexer, vous blesser, vous détruire. L'être humain possède cette étonnante faculté de pouvoir être anéanti lorsqu'il apprend qu'il est haï par quelqu'un que lui-même haïssait. Il y a là une blessure qui tient à la concurrence déloyale dans la haine : tel est détesté qui croyait détester le premier, ou qui croyait détester davantage. Nous supportons mieux d'être méprisé par quelqu'un que nous aimons que par quelqu'un que nous méprisons le jour où nous apprenons qu'il nous méprisait au moins autant que nous. L'Esprit saint était là pour nous informer : pour nous révéler cela. Il est le témoin de l'inceste. Il a tout vu. C'est le témoin gênant. À quoi a-t-il servi ? À couvrir. C'est une couverture. À nous dire que le Père et le Fils ce n'est pas la même chose, ce n'est pas la même Personne, puisque je les lie, puisque je fais le lien, puisque c'est moi la glu qui les relie… Depuis, c'est une vérité qui plane. Et veut se *dire*. Se révéler. Se crier. Mais non ! Censure. Motus ! Souffle et tais-toi ! Je suis certain d'une chose : que vous ne supportez pas la nouvelle que je viens de vous apprendre. Sur la haine. La haine des haïs. Votre fils souhaite encore moins que vous sa présence sur la terre. La violence change de camp : tout le mal que vous désiriez lui faire, il en réclame le double si, en contrepartie, il a la garantie de ne pas vous avoir comme parents. Il vous exècre au-delà même de l'exécration que vous aviez à son endroit, puisqu'il est d'accord pour mourir. Sa manière de signifier que sa vie ne vous appartient pas, qu'il est hors sujet avec vos tripes est de naître juif, c'est-à-dire dans une infinie différence avec vous.

— Faux ! contrecarra mon père. Notre fils aurait choisi d'être noir s'il avait voulu appuyer cette différence.

— Vous êtes d'une étonnante naïveté, monsieur Moix, ricana l'abbé Chacoupé en égrenant une poignée de regards dans les rues traversées d'Orléans. Il fallait que la différence fût totale, ontologique. Abyssale. Vous n'avez pas mis au monde un enfant qui se désolidarise de vous par quelque chose d'aussi trivial que la taille, la couleur des yeux ou de la peau. Vous n'avez pas engendré une entité qui, tout bien pesé, aurait quand même pu être *de vous*. La peau est une différence triviale. La judéité, par la ressemblance qu'elle avoue avec vous, vous échappe *malgré tout*. C'est une ressemblance qui n'est pas de vous, et non pas une dissemblance dont vous pourriez malgré tout être l'auteur. Ce n'est pas de l'étranger qui vous appartient, mais du familier qui ne vous appartiendra jamais. C'est du familier qui vous échappe à tout jamais, vous fuit, passe entre vos doigts comme l'eau, le sable. Vous avez d'ailleurs fort bien ressenti cette étrangeté.

— Quand cela ? interrogea mon père.

— En vous trouvant, d'après ce qu'on m'a dit, dans l'impossibilité de trouver un prénom à votre garnement. J'emploie à dessein le terme de « garnement », quelque peu effacé des mémoires, parce que, bien que catholique, je trouve que ce jeune juif a subi trop d'injures. Quand je dis « jeune juif », je sais que ce n'est qu'un juif *provisoire*. Nous allons au plus vite rectifier le tir, le rendre ajuif, injuif. Force est d'admettre que, et ce jusqu'à la fin des temps, ce fils aura été juif, un juif momentané mais un juif, un juif accidentel mais un juif, un juif inopiné mais un juif. Il faudra s'en souvenir, même si c'est pour mieux l'oublier. Il n'est d'ailleurs point impossible que les traces en soient vives encore dans les années d'adolescence, ou dans l'âge adulte, quand il vous demandera quelle est la gentille cicatrice qui orne son sexe comme un médaillon, et l'entoure.

10

— C'est vrai que nous ne parvenons pas à le nommer, avoua ma mère.

— Nous avions un temps pensé à Bolos. Ou à Yang-Yang. Qui commence par la même lettre que « Yéovah »… expliqua mon père.

— Je ne suis pas rabbin, mes enfants, coupa l'abbé. Dieu m'en préserve ! Mais ce que je puis vous dire, c'est que la judéité de ce petit être repose sur son statut d'inaccompli, d'inaccompli au carré. Non seulement il n'est pas tant différent que ressemblant, mais en réalité cela va plus loin : c'est un bébé indifférencié, et pour l'instant indifférenciable.

— Il est qui il est ! lança mon père. On ne va pas non plus se répandre en confiture pour gloser sur lui. J'en ai assez de ces histoires ! Je suis épuisé. Ma vie se brise à chaque seconde un peu plus depuis qu'il est là, sur terre, avec sa différence ressemblante, sa ressemblance différente, ou je ne sais quoi ! Une fessée, au lit et basta ! Pour la clinique, ma femme et moi allons nous en occuper, pas de problème. Nous ne voulions pas d'un fils, ce n'est pas pour accueillir un juif !

— « Il est qui il est » ? C'est donc cela que vous croyez, mon fils ? Eh bien vous ne me semblez pas être au bout de vos peines, fit remarquer l'abbé. Ce que vous dites là n'est pas correct. Il n'est pas qui il est. Il n'est pas, non plus, ce qu'il est. Il est ce qui en lui sera, autrement dit : pourra être, ce qu'il est sans doute déjà possible qu'il soit. Mais nous avons, je l'avoue, suffisamment usé de glose sur ce dossier ! Je vous laisse mener à bien la récupération d'un prépuce dans les meilleurs délais. Veuillez me tenir au courant des dates de l'opération et du suivi de la greffe. Car dans cette histoire, qui est paulinienne à l'envers, il est évidemment question de greffon. Comme il se doit.

Bart-Grönstein nous déposa chez nous, quai Saint-Laurent.

— Bon débarras. Qu'ils crèvent. Eux et leur juif !

11

Il fallut prendre rendez-vous à la synagogue d'Orléans. Il en existe plusieurs, mais la plus grande est acollée à la cathédrale. Mon père et ma mère, suivant le conseil de Grillon (dont une des nièces, par extraordinaire, avait épousé un juif), avaient pris rendez-vous avec le rabbin Shapiro. C'était le rabbin principal, le chef des rabbins comme il existe des chefs de clinique. L'humanité éprouve le plus souvent le besoin de se fabriquer des chefs. C'est pour elle le seul et unique moyen, à son sens, d'assurer sa pérennité dans l'univers très noir, très froid, où rien d'autre pourtant ne compte que le chaos.

Tout est chaos. Les vrilles de l'atmosphère, les océans fâchés, les turbulences de chaque ciel, la capricante population des animaux, l'oscillation des idées sous l'occiput, les caprices de notre amour. Rien n'est rangé, tout déborde et s'emmêle, sans clair motif, en fous lacets, loopings monstrueux, improvisations. Hoquets de choses, volcaniques toux ! Méprises et peurs de foule. Panique des sous-sols, craquements de l'écorce, fissures, diffusion du mystère, impromptus, crise et vertiges, insupportables aux calculs. Viol incessant des prévisions : tout croule, fractals et dents de scie, pire zigzaguant vers le pire, accrocs zézayants, suspenses, déraison, folie, jungles, ficelles, drôles d'incendies. Irrégularités, cassures, brisures, fissures saignées, multipliées arabesques, tonnerres, plis : les lignes se brisent, fracassés les vases, sans les lois, démentes géométries. Mathématique surprise. Effrayée. Tête-bêche l'algèbre. Infarctus du monde. Planètes en roue libre, ébréchées. Cosmos fendu. Très débile prolifération. Bombyx. Trajectoires aberrantes, frisées, éclairs et boucles : giclés amas. Partout Pollock. Insensées disséminations. Microbes fouillis, armées déjantées d'organismes. Impatiences bouillantes. Dynamique des éclats. Grenouilles et confus cloaques : en mouvement. Bouillies de têtards, bulles. Confus nuages. Étoiles, vase, infinis. Structures perturbées. Ondulations. Hésitations. Fragments tordus, échancrures, déserts, trajectoires aberrantes. Fracas. Approximatives boutures, éclaboussées naissances. Farfelus destins. Vaisseaux. Roches et cailloux, cabossées flaques : ruptures et reruptures, tous les accidents. Les sans fin filaments. Fragmentations fractures : ingérables subtilités. Ce qui se brise et fluctue, clignote. L'intermittent béton. Bifurcation des foudres, le magma des caprices. Épileptiques déclenchements : abstraction. Nouilles inversées, contours papillons. Brumes et machines. Saouls vortex.

Il faisait très beau lorsque nous arrivâmes à la synagogue. Le soleil illuminait le jardin de l'évêché, que nous avions traversé et où Georges Bataille avait jadis donné, sur le banc que vous apercevez, des entretiens à Madeleine Chapsal pour

L'Express. Orléans était une ville comme une autre, avec ses fantômes agréables, comme Charles Péguy, Marcel Proust, Jeanne d'Arc et Georges Bataille (que j'ai connu, vous verrez cela plus loin). Dans la « salle Georges Bataille » de la bibliothèque municipale, je suerais quinze ans plus tard, tous les midis, sur des exercices de mathématiques et de physique. Dans les années 60, avant d'opter pour l'enseignement des mathématiques, mon père avait songé devenir physicien : plus exactement, astrophysicien.

— Je m'imaginais que l'astrophysique, c'était la physique avec les étoiles en plus, avait-il expliqué à Marc-Astolphe. C'est plus tard que j'ai su qu'il s'agissait d'une supercherie. Les galaxies, tu ne les approches jamais, tu ne les vois pas : mieux vaut les rêver. L'astrophysique, ce sont bien les étoiles, mais mises en équations. C'est bien la Grande Ourse, mais sous forme d'interrogation écrite.

— Okay, okay, avait répondu Oh, absolument indifférent à ces considérations épistémologiques.

— Un petit enfant appréhende mieux le grand mystère de l'univers, continua mon père, que toutes les théories dont la complexité mathématique ne trahit qu'un petit renseignement supplémentaire sur le cerveau humain. Il n'y a sans doute pas *un seul* calcul effectué par l'homme, qui, de près ou de loin, ait le plus petit rapport avec la « réalité » de l'univers, avec le faciès de l'infini.

— Okay, okay, avait encore opiné Astolphe en faisant jouer les glaçons dans un verre de Ricard dont la couleur était en parfaite harmonie avec celle de ses cheveux.

— Le petit enfant de 6 ans qui rêvasse pose les questions les plus simples, appréhende, depuis sa naïveté, la réalité de l'infini avec une intuition mille fois plus fidèle que des centaines de milliards d'années de CNRS, de MIT et d'Oxford mises bout à bout, continua de soliloquer mon père, « Faire de la recherche » n'est passionnant qu'en ceci : que la seule chose qu'on puisse finalement trouver, c'est l'homme. Il y a dans la complexification des mathématiques une mathématique de la mathématique, une mathématique au carré qui formalise le formel, abstractise l'abstraction. Les théorèmes sont des théorèmes de théorèmes.

— J'ai envie de baiser, dit Oh. Ce soir, j'irai sans doute inaugurer un slip.

12

« Salle Georges Bataille ». Années scolaires 1983-84 (Seconde), 1984-85 (Première S), 1985-86 (Terminale C), 1986-87 (Maths sup), 1987-88 (Maths spé). « Salle Georges Bataille ». Cela en imposait. Georges Bataille fut dès lors à mes yeux associé au silence et à la cire, au craquement des meubles et à l'encaustique. On ne peut pas séparer le mot *encaustique* d'une certaine France, que je n'ai pas vécue, mais dont on sent qu'elle a connu d'autres mots (comme *brillantine*), d'autres gens (les bottes nazies), d'autres mœurs (un bouquet de fleurs posé sur le fauteuil d'un cinéma). Le mot *encaustique* n'est pas un mot. C'est une odeur.

On ne sait mettre ni les mots en odeurs, ni les odeurs en mots. On y parvient avec les sensations, avec les sons un peu moins, avec les parfums, les senteurs, les odeurs : plus du tout. Les molécules qui constituent un mot n'ont strictement rien à voir avec les molécules qui s'assemblent – on les imagine flottant dans l'air, enlacées, pour former ce que l'on sent respire hume. Les combinaisons carboniques ne sont pas similaires dans le mot *vanille* et dans l'odeur de la vanille : ça ne s'évapore pas de la même manière sur la page et dans l'atmosphère. Rien n'est au gré du vent dans un livre.

Aucun lecteur qui n'aura respiré de sa vie l'âcre parfum de l'encaustique ne pourra me lire vraiment comme si ses yeux étaient des narines. Il suffira, en attendant que les pages contiennent, en même temps que la vie elle-même, les émanations de la vie, qu'il s'imagine une odeur qui supplante les autres, une arrogance d'odeur, un autoritarisme, quelque chose de dictatorial, de sévère. Une odeur professeure et docte, calme dans son autorité, lisse et réfléchissante, dévastatrice : décidée à régner, provoquant des nausées, des craintes d'être interrogé. Une odeur qui ne sait pas rire, une odeur *sérieuse* : elle vient décaper, faire place neuve, effacer un échantillon d'existence de vie qui a préalablement souillé le sol de la salle à manger. Sur la Croix du Christ furent relevées des traces d'encaustique, la Croix brillait, plaquait Jésus sur le bois tout autant que les clous. C'est une odeur chrétienne. Non d'église, de bénitier, d'encens, ni de cire de cierge se consumant : mais de propreté chrétienne – et la lumière vient glisser dessus.

Il est choquant que les êtres humains aient inventé ce concept, animal, rabaissant, de *salle à manger*. « Salle Georges Bataille », cela fait sens. S'y manifeste une éducation, s'y révèle une élévation : une d'altitude. « Salle à manger », cela fait soue, poulailler, cela fait grain, cela fait mangeaille. Lieu où des humains viennent s'asseoir pour manger. Non pour déjeuner, non pour dîner, non pour souper : pour *manger*. La radinerie des hommes, leur excessive pauvreté n'ont pas permis qu'ils envisagent de posséder, à l'instar de mon ami Oh Marc-Astolphe, une salle allouée à chaque spécificité nutritive :

— Voici, mes chers amis, la salle à petit déjeuner, en laquelle vous remarquerez deux tables, l'une consacrée aux croissants et au café, l'autre aux pains au chocolat et au thé, puisque je ne prends le café qu'accompagné de croissants et de pains au chocolat que trempés dans le thé. Nous entrons présentement dans ma salle à déjeuner… Et voici la salle à goûter, et à côté, cette grande porte métallique, c'est la salle à dîner – et je m'en vais maintenant vous montrer la salle à grignoter, la salle à bouffer en cachette, la salle pour les petites faims… La salle pour les nocturnes creux… Cela vous plaît ? Les hommes ont pensé que le terme générique de *salle à manger* était habile en ce qu'il pouvait englober toutes les manières, et toutes les heures, où l'homme a rendez-vous avec son appétit, sa famille, ses amis. Okay, okay. Okay ! Mais je voudrais faire remarquer qu'on dit *toilettes*, et non *salle à chier*, qu'on dit *WC*, et non *salle à pisser* ! Moi Oh dis je !

Je me rappelle un temps, ancien, où l'on disait *waters* tout simplement, et cette expression de *waters*, prononcée ridiculement à la française, à la sauce franchouille (« ouatères »), provoquait en moi, chaque fois que je l'entendais, une sorte de gêne. Le mot *brillantine*, lui, me faisait très peur : je ne parvenais pas à le détacher de la haine des juifs. Pas simplement des juifs achéropites, comme moi, mais de tous les juifs. *Brillantine* était un mot antisémite. Ce n'était pas un mot des années 30 : c'étaient les années 30 sous forme de mot. Je parie que, sur terre, pas un seul SMS n'a jamais encore comporté les mots *brillantine*, *encaustique* – ni même, d'ailleurs, « salle Georges Bataille ». Imaginons une seconde que le téléphone portable existât pendant l'Occupation. Les salauds eussent dénoncé les juifs par SMS, par « textos ». « Il y a une famille juive qui se cache au 3, rue Marbeuf. Signé : un voisin. » ; « Vous avez dénoncé douze juifs, vous avez droit à un forfait supplémentaire de dix heures par mois. » Lorsque ma grand-mère, au tout début des années 70, passait de l'encaustique Georges Bataille sur le parquet de son appartement (dans une rue qui se jetait dans la Loire, Loire qui, elle, irait se jeter dans l'Atlantique), j'écoutais les aventures de Cendrillon sur un *tourne-disque* (encore un mot vierge de tout SMS ; pour savoir si un mot de tous les jours a disparu, il suffit de faire ce test dit du SMS). Ainsi l'encaustique fut-elle de ce jour associée à Cendrillon, ou plus exactement : aux rires suraigus des sœurs de Cendrillon qui répétaient, avec des voix de comédiennes aujourd'hui fortement décédées (ce devaient être des comédiennes de théâtre de 1958) :

— Tu n'es qu'une souillon !

C'était Cendrillon qui, à Orléans, ses chiffons et balais de souillon en main, faisait briquer à l'encaustique les parquets sévères et studieux de la salle Georges Bataille. Une *souillon* ! Mot que je n'ai plus jamais entendu de ma vie ailleurs que sur ce disque. Il y est toujours gravé : il semble bien que ce mot n'existe *que* là. Ce disque est aujourd'hui perdu : le mot s'est perdu avec lui. Ils existent tous les deux, quelque part, peut-être. Ou bien repartis, mot et disque, dans une autre galaxie. Et le rire des sœurs.

Que font les sœurs aujourd'hui ? Je ne parle pas là des comédiennes, mais des sœurs : n'ont-elles pas fini, avec leurs voix encaustiquées et moqueuses, piailleuses, niaiseuses, par *exister quand même*, à force d'écoutes, à force de sillons ? Alors : dans *quel* univers se moquent-elles aujourd'hui, et de quelle Cendrillon ? Sont-elles auprès de Georges Bataille, habitent-elles un Orléans parallèle, un Orléans secret ?

Bataille était un homme de parquet. Un homme de lattes, de rainures. Un homme fenêtres et un homme plafond. Un homme bibliothèque, un homme municipal. Installés dans « sa » salle, nous avions un peu l'impression d'être dans le corps de Bataille comme on est, à l'intérieur d'une église, censé se trouver dans le corps même du Christ.

Dès qu'on me disait : « Georges Bataille », j'apercevais immédiatement (malgré les autres souvenirs que j'avais eus de lui et que je raconterai tout à l'heure) des rangées d'étagères et des lustres massifs. Je me figurais que Bataille avait vécu ici toute sa vie au milieu des tables en chêne et des casiers remplis de fiches bristol. « Bristol » n'était d'ailleurs pas seulement, à cette époque, le nom générique de ces fiches cartonnées, souples, à petits carreaux, monochromes – il en existait des blanches, des jaunes, des roses et des vertes –, mais le nom de mon chien, un basset hound. J'ai toujours

apprécié la compagnie des chiens (et toujours eu envie, parallèlement, de faire physiquement du mal aux chats, dont la
sérénité égale m'est une perpétuelle provocation).

13

(J'ai toujours apprécié la compagnie des chiens, même si
j'avoue que je ne comprenais pas véritablement à *quoi* cela
servait. Je ne voyais presque jamais l'animal : j'étais au lycée
toute la journée. En rentrant le soir, je le caressais puis allais
aussitôt après me laver les mains tant son pelage était gras.
Le reste du temps, mes parents lui collaient des trempes
monumentales, hurlaient dessus, lui demandaient de fermer
sa gueule, pestaient quand il salivait, le regard tourné vers
nous quand, depuis la table où nous dînions, nous lui faisions
croire qu'il allait gagner un morceau de pain, un misérable
os de poulet.

Bristol. Mes parents le haïssaient, Oh l'adorait. Et la bête
adorait conséquemment Oh, dont il léchait les mains en
remuant la queue. Bristol fut le chien de la période maths
sup. Quelle différence entre ma vie et la sienne. Pendant que
j'étais noyé dans la formule d'Euler, les séries de Fourier,
la trigonalisation des matrices, les quaternions d'Hamilton,
les octaves de Cayley, il y avait ici-bas des êtres qui vivaient
une vie de chiot. J'étais étudiant en classe de mathématiques
supérieures, et mon chien, lui, était chiot. Ses journées s'avé-
raient infiniment différentes des miennes. Nous vivions sous
le même toit, nous partagions le même carrelage, le même
environnement mais… Il n'est pas suffisant de dire que jamais
il ne serait parvenu à suivre les cours de mathématiques de
ma classe : jamais non plus je n'aurais réussi à suivre en
chiot dans sa vie. Mon niveau en mathématiques et celui de

ce chiot étaient séparés par un abîme, mais mon niveau en mathématiques était plus proche du sien qu'il n'était proche des têtes de classe.)

J'aimais me persuader qu'on avait attribué cette salle à Bataille, non parce qu'il y passait souvent, mais parce qu'il y passait sa vie. Je le voyais (je me forçais à le voir) prendre son petit déjeuner sur le bureau près de l'entrée, après avoir accroché sa robe de chambre au grand portemanteau. Au lieu de portemanteau, j'aurais pu utiliser le mot de *patère* mais je dois, ici, être très franc ; au fond de moi-même, je ne sais pas, *je n'ai jamais su* exactement ce que c'était qu'une *patère*. Et dans sa salle, qu'il ne voulait pas quitter parce que c'était sa salle, il attendait les étudiants, les chercheurs, les érudits, les retraités et les chômeurs. Il parlait une langue de poutres et de boiserie. La journée de sa salle allait commencer. Si j'étais directeur de France Inter, il me semble que j'écouterais France Inter nuit et jour, vingt-quatre heures sur vingt-quatre, pour bien profiter de *ma* radio. Si j'avais été Georges Bataille, j'aurais amorti *ma* salle en l'incarnant à plein temps, en la vivant, en la savourant, en en jouissant, en la buvant jusqu'à la lie, en me confondant avec elle. Certes, Bataille ne savait point encore qu'on baptiserait cette salle de son nom. Du moins devait-il en avoir la prescience, le pressentiment. Peut-être : le désir. La volonté. Dans ses livres que je possède à l'étage, je sais que se trouve la salle de la bibliothèque d'Orléans, et je sais que Georges Bataille écrivait, non en braille, mais en *craquements*.

14

La plupart des plantes étaient décoiffées ; une tempête avait soufflé dans la nuit. On apercevait sans grand-peine des amas de sporanges sous la feuille des fougères. Les tiges de prêle, avec leurs feuilles serrées, formaient gaine. Les feuilles de ginkgo ressemblaient à des éventails et leurs ovules semblaient de mûres mirabelles. Les trois ifs plantés à l'été 1956 avaient l'air ébouriffé.

L'évêché s'enorgueillissait surtout de son immense et majestueux pin californien, âgé de 3 800 ans. À travers lui, l'Église apostolique romaine signifiait à la synagogue, depuis ce fleuri parterre orléanais, que le judaïsme n'était sans doute pas aussi ancien qu'il le disait, que du moins son ancienneté était désormais comprise, assimilée à l'ancienneté du christianisme, qui avait décidé de s'en emparer avec la plus grande légitimité.

Mes parents étaient contrariés, agacés. Ils criaient entre eux, puis sur moi, choisissant à mon égard des noms à l'abjection peu variée, alors qu'il aurait suffi qu'ils regardent les plantes autour d'eux pour diversifier leurs appellations. Ils auraient pu, s'ils avaient été davantage curieux ou avisés, me traiter d'ancolie, d'aconit napel, de clématite, de chaton de saule, d'étamine, de graine poilue.

Le plus comique était de constater la quantité plantée de fleurs de la passion, dont l'architecture particulièrement complexe évoquait les instruments de la Passion du Christ. Heureusement, ma mère se réveilla de ses insultes somnolentes, automatiques, dogmatiques.

— Je ne peux plus supporter cette sale petite fleur de gloriosa ! soupira-t-elle en m'arrachant le bras pour que je ne m'attarde pas du regard sur les étamines du mahonia qui, au moindre frôlement de pantalon de mon père furieux, se détendaient comme un ressort et se rabattaient vers l'ovaire dressé comme une flèche au cœur de la fleur.

— Ce pissenlit, oui ! rectifia mon père.

— Ce géranium ! Heureusement que Marc-As va l'élever !

— Quelle clématite !

— Quelle anémone de pissotières !

— Quel arum !
— Quel filament !
— Quel moucheron !
— Quel onagre !
— Quelle ortie !
— Quel sac de ronces !

Le rabbin Shapiro nous fit patienter vingt minutes dans un long couloir habillé de bancs en bois blanc. Des juifs religieux passaient, nous demandant avec déférence s'ils pouvaient nous être utiles. Mon père et ma mère répondaient à ces gens à tour de rôle, rivalisant d'antipathie, de mauvaise humeur et d'agressivité. Cela ne regardait personne, prétendaient-ils, ils attendaient qui ils voulaient, etc.

— Ces juifs sont sympathiques, glissa mon père à ma mère, mais ils sont beaucoup trop juifs pour moi. Ils sonnent trop juifs, ils en rajoutent dans leur judéité. Je pense que cela n'est nullement nécessaire, surtout en ce qui concerne l'accoutrement. Moi qui ai fait de la compétition de natation à haut niveau, n'est-ce pas ma chérie, tu ne m'aurais jamais vu me promener dans les rues de la ville en maillot de bain, le maillot fût-il de compétition. Et Dieu sait si la marque Adidas a mis sur le marché de seyants modèles. Un juif est déjà suffisamment juif à sa naissance... Aussi, je ne saisis pas bien la névrose à laquelle il obéit quand il entreprend de se déguiser en ce qu'il est *déjà*. Sans compter que je considère cette panoplie comme incongrue, triste, et chaude par une météo aussi délicieuse qu'aujourd'hui. Quant à ces barbes, ces chapeaux, ils sont tout simplement effrayants. Je n'ai rien contre les juifs, évidemment – du moins ceux que je n'ai pas mis au monde. Je n'ai rien contre les juifs mais je cherche en moi et en vain ce que j'ai pour. Eh bien je n'ai rien de plus en leur faveur que je n'ai en leur défaveur. Les comptes en partie double sont équilibrés. Ce en quoi tu admettras, ma chérie, que je ne saurais en aucun cas être taxé d'antisémitisme.

— Calme-toi mon loup, calme-toi, le rassura ma mère. Je témoigne que tu n'es pas antisémite.

— C'est parfait, sourit victorieusement mon père. Je ne me reconnaîtrais pas ainsi dépeint. Mais ce point de départ posé, ce postulat établi, il faut admettre que la plupart d'entre eux sont perdus dans leur judéité. Ils sont français ou juifs ? Le savent-ils eux-mêmes ?! Regarde-moi ça ! Je prétends qu'il faut choisir, et en tant que Français, j'ai beaucoup de mal à accepter cette attente fort peu républicaine que nous inflige présentement le rabbin Shapiro. Je ne compte pas attendre leur Messie ici, moi. Je suis occupé ailleurs. J'ai un cours à donner. Ce petit arbre à saucisses commence à nous poser trop de problèmes.

— Chut ! Pour une fois qu'il dort vraiment, ne le réveille pas, le supplia ma mère.

— Je me branle du sommeil d'un tel hibiscus ! cria mon père qui me réveilla et me fit pleurer.

— Voilà ! Quelle andouille ! se plaignit ma mère. Il était calme, tu as gagné !

Mon père m'asséna aussitôt sur la tête une tape de sa façon qui m'assomma comme un gourdin.

— Fais dodo Colas mon petit frère ! Voilà, ça y est, tu es contente ? Il repionce ! exulta mon père.

— Évite peut-être de taper aussi fort sur la tête, suggéra ma mère.

— Je suis fier d'être français, reprit mon père qui n'entendit pas cette dernière suggestion. Et si j'étais juif à Orléans, je me déguiserais en Orléanais, pas en juif ! Je serais mort de honte avec une panoplie de juif en plein milieu des artères d'Orléans. Est-ce qu'à Jérusalem, ils se déguisent en Orléanais ? Non. Et encore, l'équivalent de leur ridicule céans, serait, chez eux, de s'affubler de l'armure de Jeanne d'Arc.

Passa un jeune juif portant chapeau et papillotes, ainsi qu'un léger duvet de barbe.

— Hé, Ben Bidulberg ! l'accosta mon père, tu veux que j'arpente les rues de Tel Aviv déguisé en Jeanne d'Arc, avec le cheval et l'armure ? Tu veux que j'aille à Jérusalem avec mon épée et mon bouclier ? Et les éperons ?

— Calme-toi, implora ma mère. Vraiment, tu me fais honte, loup !

— Je fais ce que je veux, et toi aussi, ma chérie, tu fais ce que tu veux ! tonitrua mon père. Nous ne sommes pas n'importe qui ! *Eux*, pour mettre des juifs au monde, ils ont besoin d'être déjà juifs, d'être préalablement juifs. Toi, tu as été capable de mettre un juif au monde sans être juive toi-même ! Tu es l'équivalent pour le judaïsme de la Vierge Marie. Et moi je suis Joseph ! Nous sommes VIP, ici. Nous faisons figure de miracles, et je crains que beaucoup n'en soient pour l'instant guère informés. Cela va changer.

15

Apparut un petit homme sombre, arborant des lunettes à double foyer. Il était vêtu d'un costume élimé. On pouvait dire de lui sans passer pour un ennemi du genre humain qu'il n'était point agréable à regarder. Le sourire était inversé sur son visage de moue permanente, l'œil, souligné de triples cernes, le regard, intelligent mais blasé, presque éteint, sauf que de temps en temps, une étincelle venait le traverser.

— Je suis monsieur Bras-de-Mort, lança-t-il à mes parents. Le rabbin Shapiro ne pourra hélas point vous recevoir en ce jour d'hui, puisqu'il vient d'être victime d'un accident de la route, heureusement sans vitale gravité. Je vais donc personnellement m'intéresser à vos affaires en cours, si vous n'y voyez pas d'inconvénient. Veuillez me suivre dans mon bureau.

Mes parents, qui manquèrent de discernement, ne s'étonnèrent pas de ce que le bureau de M. Bras-de-Mort fût situé, non dans l'enceinte de la synagogue, mais à l'extérieur. Dans une sorte de maison de jardinier débouchant sur le jardin de l'évêché. M. Bras-de-Mort avait pris soin de faire installer un double vitrage.

— À cause du bruit des enfants qui jouent. Je n'aime guère les enfants, surtout lorsqu'ils jouent.

Le jardin, baigné de lumière mais coupé de tout son, de tout bruissement, devenait irréel dans ce silence. Des enfants jouaient – en effet. On comptait parmi eux le petit Alain, très capitaine avec son blazer croisé bleu sombre à six boutons ; le petit Arnaud, des boutons en cuir et les poches passepoilées cuir qui personnalisaient sa veste de tweed ; le petit Armand, avec cet air de vacances que lui conférait son blazer droit, par ailleurs original, notamment par ses rayures ton sur ton. Vous aviez encore le petit Antoine : veste garde-chasse très aristocratique, dotée de deux fentes latérales ; le petit Alexis, blazer droit légèrement cintré, fentes latérales ; et le petit André, qui venait de taper en grimaçant dans le ballon, vêtu en « homme de cheval », arborant un lainage vigoureux, col et boutons cuir, fente médiane.

Une grive vint se percher sur la branche d'un orme. Un geai surgit d'un buisson d'aubépine pour la tuer. De cois mulots assistèrent au massacre.

— Bien ! Sachez d'abord, monsieur et madame Moix, que je suis particulièrement honoré de votre visite, commença M. Bras-de-Mort. J'ai beaucoup entendu parler de vous. Sachez évidemment que cette affaire sera traitée ici dans la plus grande discrétion. J'ai pour ma part une prédilection pour les cas épineux et le vôtre, du moins celui de ce petit bonhomme, est corsé comme j'aime. Je suis homme de difficultés et l'impossible agit sur mon psychisme comme frais bol d'air. J'ai étudié dans les *moindres* détails votre dossier. Je vous félicite d'avoir mis au monde toute seule, madame, un petit juif qui sans l'intervention divine du Nom – qui pourtant répugne au miracle – serait un petit goy comme vous. Puis-je vous servir une tasse de thé vert ?

— Volontiers, dit ma mère.

— Ce n'est pas de refus, compléta mon père.

— J'ai aussi quelques biscuits à la fleur d'oranger, si vous le souhaitez, proposa M. Bras-de-Mort. Ils sont délicieux.

Puis il sortit d'un tiroir une vieille boîte d'aluminium aux bords rouillés renfermant de fait les biscuits annoncés. Cette senteur de fleur d'oranger, une des pires que je connaisse sur terre (à tel point que je me demande si je ne lui préfère pas l'odeur de la merde), me transperce encore les narines tandis que je relate ces datés souvenirs.

— Installez-vous dans ces fauteuils de cuir, pria M. Bras-de-Mort. Le petit a l'air un peu hagard. Il va bien ?

— Il somnole, dit ma mère. Mais il est en bonne santé.

— Si je comprends bien, vous vous tournez vers le rabbin Shapiro pour qu'il vous procure un prépuce ?

16

— Oui, répondit mon père. Ma femme et moi, guidés et conseillés par des… connaissances… avons eu l'idée de vous demander un prépuce afin de le greffer sur le méat de notre fils. Nous savons en effet que vous faites peu de cas des prépuces, qui ne vous servent plus à rien une fois effectuée la circoncision, et…

— Oui, attaqua M. Bras-de-Mort vous allez tout de même un peu rapidement en besogne, mon ami. Le plus générale-ment, nous conservons ces prépuces ou les enterrons. En outre, il est assez outrageant d'entendre que nous faisons chez nous peu de cas des prépuces. Nous les considérons au contraire. Nous les appréhendons sous leur forme ablative, sous leur forme soustractive, sous leur forme suppressive, mais pour les supprimer, il faut au préalable qu'ils existent. S'ils n'existaient pas, nous ne pourrions nous définir comme le peuple de ceux qui s'en séparent. C'est pourquoi, contrairement à ce que vous insinuez, cher monsieur, nous faisons grand cas des prépuces. Nous faisons grand cas de ce qui permet notre Alliance, notre raison de vivre, notre façon d'être. Cette mise au point étant établie, ce que je souhaite à présent vous signaler, c'est qu'un greffon de prépuce de chez nous sur un sexe de chez vous, cela fera de la chair juive sur de la chair gentille, de la chair d'Abraham sur de la chair de Noé. Cela résoudra-t-il notre équation ?

— Je n'avais point pensé à cela, avoua mon père, perplexe.

— Tu ne penses pas à grand-chose ! lui reprocha promptement ma mère.

— À moins que cela ne soit comme à la bataille, le jeu de cartes, dit mon père. Et que le gentil l'emporte sur le juif.

— Imbécile ! répliqua ma mère. Et si jamais c'était le contraire ! Réfléchis cinq minutes.

— Je vous en prie, monsieur dame, je vous en prie, modéra M. Bras-de-Mort. J'entends conserver dans mon bureau une ambiance pacifique et vous invite à procéder sans plus attendre au plus grand calme. Les esprits échauffés empêchent les sereines conclusions. Ce que je voudrais vous demander, à mon piètre niveau puisque je ne suis pas rabbin mais seulement un vieil ami du rabbin Shapiro, c'est pourquoi vous n'envisagez pas, tout bonnement, de reconnaître votre fils comme juif. Cela serait la logique même, et nous autres avons toujours besoin de juifs neufs. Je vous rassure, cela ne lui ôtera point sa nationalité française. Il sera français *plus* quelque chose, au lieu d'être français tout court, voire français *moins* quelque chose. Je ne vais pas vous mentir, je n'aime pas les Français, et de Gaulle m'inspire un profond mépris. La France est gouvernée par un général qui rêve d'incarner toutes les formes possibles de grandeur, mais c'est un pays de caporaux. C'est la capitale mondiale des petits chefs, des subalternes, des adjudants. Un pays de petits persécuteurs nerveux, de vicieux, de minuscules aboyeurs, de nains qui crient, s'acharnent sur leurs subordonnés, leurs secrétaires, leurs subalternes. Ils sont secs, ils sont faibles. Ils harassent en douce. Le regard en biais. J'ai entamé un processus de haïssement de la France. Croyez bien que j'en suis triste. Et je ne vous parle pas des journaux ! La presse, qui se recopie entre elle, avec ses titres remplis de jeux de mots, de foireuses charades. C'est *ça* l'esprit français ? Ces cacochymes messieurs du *Canard*, la cravate triste et le teint couperosé, qui se rassemblent les pluvieux lundis autour d'une table ronde, quasi ministérielle, pour trouver des calembours pétomaniaques autour de De Gaulle et de ses godillots. C'est inepte. Le comparer à Louis XIV parce qu'ils ont tous les deux un gros nez. Quelle trouvaille. Vive la France ! Pays de vieilleries, de vieux jeunes, de vieux vieux, de vieux calembours, de vieilles trouvailles, de vieilles nouveautés. Et cette arrogance. Cette prétention à donner des leçons au monde entier tandis qu'elle est repliée comme une pauvre crevette rose sur elle-même, avec ses petites antennes, ses petites hideuses pattes. Vous devriez être fiers d'avoir mis un petit juif au monde, je vous l'affirme. Je vous le répète. De Gaulle est un Hitler sans Auschwitz. Un Hitler petit, nul, sans folie. Sans grand malade dessein. Ce n'est en rien un démocrate, ne vous y trompez pas ! C'est un dictateur endormi dans une démocratie rouillée. Les juifs de France, qui savent aussi être des salauds, ont un nouveau passe-temps : l'assimilation. La honte d'être juif les pousse à se mêler au décor, à s'y fondre, à faire disparaître non seulement ce qu'ils ont de juif, mais ce qu'ils sont de juif. Les juifs passent leur temps à se baptiser. Ce faisant, ils deviennent les toutous des catholiques, qui continuent à les mépriser de plus belle. Voyez l'histoire des marranes ! Elle est très éloquente à ce sujet. C'est pourquoi à chaque juif qui se déjudéise en se dissolvant dans la nature chrétienne, moderne, goy, et pire, athée, je préconise de fabriquer des juifs pour relever le défi, rectifier le préjudice – en l'occurrence ici la Nature qui par votre truchement, madame, a permis par elle-même la conversion. Oh, je ne suis pas un fanatique de la conversion, croyez-moi. Je déteste cela. Quand je dis fabriquer des juifs, c'est leur donner naissance à l'âge de la naissance, pas à 35 ans, comme tous ces névrosés qui, cherchant à donner un semblant de sens à leur vie, épousent le destin de notre Peuple comme on prend sa carte du Parti communiste après un voyage à Cuba ou une bonne biture à la Fête de l'Humanité. Vous auriez mis au monde un Arabe ou un Noir, madame, que vous seriez mille fois maudite, mais un juif, cela fait de vous une Juste. Vous êtes venue rétablir, en cette France qui se croit nombril du monde, un début d'équilibre que la multitude grouillante des Maghrébins et des Nègres est en train – je pèse calmement mes mots – de mettre en péril. Les Français se trompent, vous savez. Ils espèrent je ne sais quoi de la présence de ces ethnies sur leur sol, mais ils verront bientôt quelle impasse se dessine. La France va se dissoudre dans l'arabisme et la négroïsme. On ne peut plus se promener dans les rues d'Orléans sans croiser ces gens-là ! Et je ne parle même pas de Paris, qui dit-on – je n'y mets jamais les pieds – est métissée des pieds à la tête. Ce qui va éclore de toute cette présence pesante et obsédante, c'est un racisme énorme, vertigineux, inédit. Quand on prendra la mesure du phénomène, probablement d'ici une quinzaine d'années, dans les années 80, il sera évidemment trop tard. La France aura été arabisée, africanisée. Nous n'aurons alors plus que nos yeux pour pleurer. Des intellectuels, pas forcément de gauche d'ailleurs, viendront cycliquement nous abreuver d'une prose remplie d'esprit des Lumières et de tolérance, cherchant des solutions qui n'existent pas, remplaçant toutes les solutions impossibles par des exclamations outrées. Tribunes, colonnes, éditoriaux appelleront en boucle à tolérer l'intolérable, à mesurer les propos, à ne plus avoir le droit de nommer un Nègre par son nom de Nègre, ni un Arabe par son nom d'Arabe. Les évidences mêmes deviendront des gros mots. La réalité, une insulte. J'attends, voyez-vous, qu'on me prouve que « bougnoule » est une insulte. « Sale bougnoule » en est une, à cause de l'adjectif *sale*. Mais *bougnoule* tout court, sans adjectif pour le salir, est la propre dénomination d'une réalité. Je suis désolé ! Quant aux faits : une fiction qu'il ne faudra décrire qu'avec des adjectifs prudents, des paragraphes saturés d'hypothèses hésitantes et polies. À toute conclusion il sera expressément demandé de n'être pas hâtive. Toute vérité sera prise à part, et on la priera d'être un peu moins vraie, un peu moins sûre d'elle-même, moins arrogante, surtout moins choquante. La vérité devra s'adapter, non aux événements, aux faits, mais à l'opinion ambiante, à la dernière tolérance en vogue. La présence de ces hommes de couleur, sur le sol de la France, est une réalité que je ne puis accepter.

17

— Mais la France a besoin de main-d'œuvre, argumenta mon père.

— Je suis d'accord avec cette assertion, et j'invite tous les Italiens qui le souhaiteraient, tous les Espagnols et les Portugais, ainsi que les Danois, pourquoi pas, à venir sur nos chantiers pour parfaire le rêve de cette France industrielle à laquelle vous avez parfaitement le droit d'aspirer. Je vais être clair, monsieur et madame Moix : cette propension à laisser pénétrer sans frein toute cette lie colorée qui souille tout ce qu'elle effleure devra, *tôt ou tard*, se payer par un bain de sang. La seule chose que comprennent ces Arabes, c'est la force. La seule chose que craignent ces Nègres, c'est la guerre. Les Français n'ont aucun courage. Ils laisseront cette situation pourrir jusqu'à la moelle parce qu'ils sont terrorisés par ceux-là mêmes qu'ils accueillent moins qu'ils ne font semblant de les accueillir. Et lorsque l'on fait semblant d'accueillir, c'est pire que de ne pas accueillir du tout ! Car alors, on fabrique de l'humiliation. Et il ne faut jamais sous-estimer les effets de l'humiliation sur un individu ! Jamais. Regardez Hitler. C'est l'histoire d'un humilié.

— Mais... tenta mon père.

— On fabrique toutes sortes de haines qui ne se digèrent pas, déroula M. Bras-de-Mort. La France n'a plus d'idées, elle n'a que des tolérances. Elle est devenue toute craintive, toute passive. Elle se fait violer par deux autorités qui la dépassent et qu'elle redoute, tremblante : celle du Général et celle des étrangers de couleur. Deux concomitants fléaux qui la vassalisent. La réduisent à l'état de torchon mouillé. La France n'est plus *rien* : il faut partir loin ou fabriquer des juifs. Il n'y a guère d'autres issues. Pays étriqué, arrogant, mesquin, précieux, vaniteux, prétentieux, de mauvaise humeur, hystériquement susceptible. Pays méprisant, laborieux. Pays ridicule. Les Français, qui plus est, sont laids physiquement. On ne le souligne jamais assez. Leur petite taille, leur nerveux faciès, leurs traits flous. Leurs petites chemises à manches courtes. Leurs moustaches. Sans oublier leurs fameuses sacoches, sur lesquelles ils se crispent puisque le Français vit incessamment dans la panique de se faire voler, de se faire spolier. Il faudra, tôt ou tard, écrire une thèse de plusieurs milliers de pages sur le physique des Français, leur physionomie. Leur biologie d'allure. Ils sont avides et vicieux, mais sous des airs de préposés à la poste, de serviables mécaniciens. Il n'y a pas plus lâche que ce peuple, plus veule et plus ennemi. Personnellement, je ne lui confierais pas mon fils – mais il est vrai que je n'ai pas d'enfants car, comme je vous l'ai dit tout à l'heure, je déteste les enfants. Les enfants infantilisent les gens. Je ne suis pas certain de partager leur goût pour l'innocence obligatoire et l'anarchique défécation. Les enfants me dégoûtent parce qu'ils veulent sans cesse montrer leur nombril à la face du monde, qu'ils se pensent définitivement les héros des événements qu'ils traversent, parce que leur ego remplit tout l'univers et que le mien, dès qu'ils apparaissent, ne peut plus respirer. Ils nous volent la vedette, et c'est avant tout cela qui n'est pas acceptable. Quant aux Nègres...

— Il suffit ! s'exclama mon père. Ma femme et moi-même n'avons rien contre une certaine forme de racisme, loin de là, mais je pense que votre discours, que vous soyez ou non l'intermédiaire du rabbin Shapiro, n'est pas acceptable, d'une part, et que d'autre part il n'a que très peu de rapport avec l'affaire qui nous amène aujourd'hui. Aucun juif sur la planète ne saurait tenir de tels propos sans se radier lui-même aussitôt de ce qui fait l'esprit du judaïsme. Je vous dis cela avec d'autant plus d'aisance que je ne pratique aucune forme de philosémitisme, tant s'en faut.

— Retour à la tolérance ! s'énerva M. Bras-de-Mort. C'est votre gangrène à vous, les Français. Vous n'avez que ce mot-là à la bouche : *tolérance* !

— Il me semble que vous êtes également français, fit remarquer mon père.

— Je me considère comme juif avant tout, se défendit M. Bras-de-Mort. Je suis juif avant d'être français, sinon je ne serais pas juif. Je ne serais rien. Comme la plupart des êtres sur cette planète. Libre à vous de respecter les autres, mais en tant que juif j'ai appris, moi, à ne plus respecter que ma race.

— La race juive n'existe pas, s'indigna mon père.

— Mon mari a raison, confirma ma mère. Nous avons vu récemment une émission, c'était « Les Dossiers de l'écran » je crois, où un spécialiste a expliqué que la race juive n'existait pas. Sauf évidemment pour les nazis.

— On désire nous faire accroire que les races n'existent pas, c'est un fait, professa M. Bras-de-Mort. Et jamais pourtant, dans le monde, il n'y a eu autant de racisme. Et jamais, dans le futur, il n'y aura eu autant de racistes vigilants. On ne peut rien contre l'évidence de la race, car même si elle n'existe pas, les gens éprouvent le besoin de l'inventer. Ils la définissent malgré tout. Ils vont chercher à en tracer les contours, comme au Brésil où les métis haïssent les Noirs bien noirs, bien charbonnés. Et pourquoi ce racisme, pourquoi ce décompte des différences, ce perpétuel soulignage des diversités de grains de peaux ? Parce que nous sommes trop nombreux, et que le nombre aspire à être moins. Le monde est rempli d'hommes en trop, des hommes non nécessaires, qui arpentent la surface du globe pour *rien*. Des hommes dépourvus de toute utilité. Et que fait l'idée de race pendant ce temps ? Elle aspire à devenir le critère de nécessité des hommes sur cette terre, elle permet de trier le bon grain de l'ivraie, elle offre aux humains une manière, arbitraire peut-être, barbare sans doute, de choisir parmi les hommes ceux qui devront s'en aller en priorité pour laisser la terre et la mer, l'oxygène et la nourriture aux autres, à ceux qui sont moins noirs et moins métissés, moins arabes et moins nègres. C'est ainsi. L'idée de race n'a sans doute aucune légitimité scientifique, mais les hommes veulent contre vents et marées lui en prêter une, parce que c'est une idée qui a le mérite de permettre de *trancher*. De décider et de se décider. Ce surnombre n'est plus tenable. Il faut soustraire des hommes aux hommes, et en très grande quantité. C'est à ce seul prix que la vie pourra perdurer sous la lune. Il faut un carnage planétaire, mettre fin à ces naissances arbitraires, à ces vies qui n'ont pas de sens, à ces innombrables destins foireux. Sinon nous mourrons, vous mourrez, votre fils mourra.

— Ce ne sera pas une grosse perte, lâcha mon père.

— C'est vrai, nous n'attendons au fond que cela, renchérit ma mère.

18

— Vous faites les malins mais je n'en crois pas un mot, les contredit M. Bras-de-Mort. Les gens aiment hélas *toujours* leurs enfants. En revanche, ce qu'ils sont absolument incapables d'admettre, c'est à quel point leurs enfants, eux, ne les aiment pas. Ne les aiment et ne les aimeront jamais ! La preuve : vous jouez avec l'idée de sa mort, mais lui a déjà commencé à vous tuer. À petit feu ! Il joue finement sa partition voyez-vous. Il semble qu'il ne se presse pas. Il a tout son temps. Je vous garantis que c'est lui qui aura votre peau, non le contraire. Je le comprends. Avoir des parents – excusez mon franc-parler – aussi obtus que vous semblez l'être n'est pas une sinécure. Aussi obtus et aussi *français* ! Ce qui, il est vrai, relève de la pure tautologie.

— Je vous prie de cesser de nous insulter, avertit mon père. J'ai fendu des boîtes crâniennes pour des affronts moins graves.

— Et à présent la susceptibilité française ! s'énerva M. Bras-de-Mort. Vous comptez me dévoiler toute la panoplie ? Ou bien suis-je libre de continuer à vous exprimer le fond de ma pensée ?

— Ce n'est pas une pensée, dit ma mère. Ce sont des délires.

— Des éructations, ajouta mon père.

— C'est de prévisibilité que va crever la France, reprit M. Bras-de-Mort. Vos grandes outrances, françaises elles aussi, ne parviendront pas à empêcher l'idée de race, et par conséquent l'idéologie du racisme. La lutte des classes a échoué. Marx peut aller se recoucher. Ce qu'il n'avait pas prévu, finalement, c'est cette chose élémentaire, enfantine, que les classes existent peu : elles évoluent, on peut passer de l'une à l'autre, elles ne sont pas toujours très lisibles, très marquées, très nettes. Elles sont plus floues qu'on ne le pensait. Tandis que les couleurs sont bien là, elles. Bien ancrées dans la chair. Et pour toujours. On peut éventuellement abolir les classes, mais on n'abolira jamais les races parce qu'un Noir ne s'abolit point. Il persiste dans sa couleur. Il est objectif dedans. Vous n'avez rien compris au racisme si vous envisagez le racisme comme une tare. C'est une respiration. L'opium des peuples, ce n'est pas la religion, c'est le racisme. C'est l'invention de la race comme moyen d'aération. De ventilation. Le racisme est pour l'homme la dernière chance avant le suicide collectif. C'est grâce au racisme qu'aucune guerre mondiale n'ose plus éclater. Le racisme c'est une guerre à l'échelle intime, une guerre mondiale à portée de tous, tous les jours, avec des moyens dérisoires. Nous y gagnons en vies humaines – haïr le Noir parce qu'il est noir est une soupape. Nous savons bien qu'aucune théorie sérieuse ne peut ériger la supériorité des Blancs sur les Nègres. Mais nous nous en fichons, nous décidons *malgré tout* que le monde ira ainsi, sinon nous sommes foutus. Nous courons à notre perte. C'est ce que les intellectuels, qui se servent trop de leur intellect et pas suffisamment de leur intelligence, ne comprennent pas. Je vous prédis, monsieur et madame Moix, une France du métissage absolument plate et vide, creuse et morbide, où les races entregroupées seront comme des stocks juxtaposés de masse humaine, formant un magma de France où personne ne s'intéressera plus à rien, où Stendhal volera à dix mille mètres au-dessus des têtes frisottées et des visages hâlés. Et nul, parmi les responsables politiques, n'aura jamais plus la latitude d'exprimer la réalité violente des races par des mesures tout aussi violentes, par exemple en supprimant *physiquement* cette racaille, puisque c'est bien de cela qu'il s'agit.

— C'est plus que je ne puis en entendre ! s'insurgea mon père en faisant tomber sa tasse de thé qui se brisa à ses pieds en sept morceaux. Comment un prétendu juif peut-il, vingt-trois ans après la fin de la guerre, faire l'apologie de la destruction physique des individus, de surcroît en raison de leur soi-disant race ? Moi qui pourtant me pensais plus raciste que la moyenne, je suis terrassé par vos propos !

— Je crois, cher monsieur Moix, ricana M. Bras-de-Mort, que vous cherchez à tout prix à me diaboliser. Je ne suis pas méchant homme. Certains reconnaissent même que je suis un individu prompt à s'émouvoir au moindre moineau tombé de son nid. Je suis comme vous, je suis en proie à des palpitations cardiaques lorsque j'ai peur, et je sais reconnaître un être qui souffre en une fraction de seconde. Mais je ne pense jamais les choses à moitié. Lorsque j'esquisse une réflexion, je la prolonge jusqu'à son terme, je ne la laisse pas en friche. Mon coefficient de cruauté existe, mais doit se situer dans la raisonnable moyenne humaine. Oui, cher monsieur Moix, oui, chère madame Moix, je suis juif et je suis favorable à l'extermination des peuples au sein des nations.

— Vous me donnez envie de vomir ! grimaça mon père.

— Je profite de dire ce que je pense, monsieur Moix, assuma M. Bras-de-Mort. Viendra un jour, vous verrez, où les opinions – les miennes mais pas seulement les miennes – seront interdites par la loi. Ce sont les tribunaux qui décideront de ce que vous aurez le droit de dire ou de ne pas dire. En attendant cette époque maudite, qui ne devrait plus tarder, je m'exprime. De tout mon saoul ! Et je dis, je prétends que chaque pays devrait se soulager d'un tiers, voire de la moitié de sa population. Nous autres, les juifs, avons fourni nos martyrs en masse, nous avons payé pour longtemps, nous avons de la marge, nous sommes créditeurs, n'est-ce pas ? Nous avons payé notre écot à la machine génocidaire. Je suis favorable à l'utilisation à grande échelle des fours crématoires, de la déportation à tout-va, de la réouverture partout dans le monde de camps de concentration efficaces et remplis à ras bord d'existences précaires, inutiles, parasitaires. Ce serait pour moi un motif d'intense joie que d'assister à ce retour de ce qui vous semble de la barbarie, mais qui en réalité s'avère la seule issue possible pour peu qu'on veuille encore habiter cette planète dans trois siècles. La notion de « respect de la vie humaine » est à revoir intégralement. Il existe un texte de votre Claudel à ce sujet. Il y explique que le respect est un concept *insupportable*. La question, d'ailleurs, serait plutôt : quelles vies respecter, développer, accompagner, favoriser et quelles vies condamner, détruire, stopper, empêcher ?

Je poussai un cri ; ce cri fit sursauter M. Bras-de-Mort.

19

— Vous comprenez pourquoi j'exècre les enfants ! se justifia-t-il. Ils nous prennent toujours par surprise. Ils ne préviennent jamais. Ils crient, hurlent, se réveillent quand il ne le faut pas. Ils puent l'étron chaud ! Je n'osais point trop vous en alerter, gêné que je suis par cette ambiance familiale qui me donne la nausée, mais j'ai l'impression que votre fils s'est livré dans ses couches à une fatale cargaison.

— Oui. Il a *fait*, constata ma mère, dégoûtée. Je vais devoir le changer.

— Faites, chère madame, faites, autorisa M. Bras-de-Mort. J'en profiterai pour examiner le sexe précirconcis de ce petit juif salvateur.

— C'est un juif achropite, rectifia ma mère.

— Archéripote, la corrigea mon père. Mais nous avons décidé qu'il ne serait hélas pas juif.

— J'entends bien, répondit calmement M. Bras-de-Mort, mais je vous offre en cette minute une historique opportunité de revenir sur cette décision. Sinon, je ne m'époumonerais pas à vous exposer mes vues sur le monde qui va. Et surtout sur celui qui vient !

— Vous ne choisirez pas à notre place ! s'écria mon père. Je n'ai pas vocation à produire des juifs supplémentaires sur la terre, ni d'ailleurs des Noirs ou des Arabes, ou même des trisomiques, des Danois, des Coréens. Je fais ce que je veux de mon ADN. Il faut que vous compreniez une chose très importante, monsieur Bras-de-Mort.

— Je vous écoute, sourit M. Bras-de-Mort, l'air hautain.

— C'est que je m'apprête à haïr ce fils, non seulement en tant que juif, mais en tant que fils. Je veux pouvoir le détester sans qu'il soit nécessaire pour cela qu'il soit juif. Vous comprenez ? C'est fondamental pour moi. S'il reste juif et que je le harcèle, cela va me causer des problèmes, d'une part, et, d'autre part, me faire passer pour ce que je ne suis pas. Je ne veux pas que sa judéité vienne interférer dans ma haine, qu'elle vienne faire de mon mépris quelque chose qui ne la concerne pas. Je ne veux point d'une détestation hors sujet. Je ne veux pas que la judéité vienne voler la vedette de la haine que j'ai pour cette saloperie.

— J'ai entendu dire, par mes amis Grillon et Bart-Grönstein je crois, dit M. Bras-de-Mort, que de toute manière, vous ne désirez pas l'élever vous-même. Alors, qu'est-ce que cela peut bien vous faire ?

— Nous envisageons il est vrai de confier son éducation à son parrain, monsieur Oh Marc-Astolphe, expliqua ma mère.

— On m'a parlé de cet individu, confessa M. Bras-de-Mort. Un cas très inquiétant, dit-on.

— Un homme très bien sous tous rapports, se vexa ma mère. Mais il ne saurait être question d'infliger à monsieur Oh la présence de ce personnage durant toute la sainte journée. Cela ne serait point correct de notre part. Disons que nous avons eu l'idée de sous-traiter son éducation par monsieur Oh. Nous ne ferons que *superviser* le tout. Il passera une moitié du temps chez nous, l'autre moitié chez son parrain.

— Cela paraît en effet une bonne solution, concéda mon père. N'était le petit tracas que me posent les propos de notre cher Astolphe relatifs à la vocation littéraire qu'il se gausse de développer chez notre pissenlit, chez notre chardon, chez notre roncier de fils. Il n'en reste pas moins qu'il sera maltraité à mi-temps, je puis vous l'assurer ! Je compte lui en faire voir de toutes les couleurs. Je doute qu'on me laisserait le battre comme un tapis s'il était officiellement reconnu comme un petit juif. J'aurais des ennuis, les instances de votre vigilante communauté seraient sur mon dos de l'aube à l'aube.

— À titre personnel, je vous aurais permis de le maltraiter à loisir, cher monsieur, révéla M. Bras-de-Mort. Vous avez ma parole, non seulement d'homme, mais de juif. Je vous aurais aidé à fabriquer un parfait enfant martyr. Nous eussions fait tous deux un chef-d'œuvre de démolition, je puis vous le jurer sur la Torah.

— Je n'aurais pas supporté d'être la mère d'un juif, déclara ma mère. Cela m'aurait épuisée. Tôt ou tard, il n'aurait pas manqué de vouloir faire de moi une mère juive ! Je n'en ai pas les épaules.

— Pour l'instant, nous n'avons toujours pas statué, fit remarquer M. Bras-de-Mort. Nous ne lui avons toujours pas attribué de prépuce. Je considère votre fils, non entre la vie et la mort, mais entre le juif et le goy. Il faut vous demander sous quelle forme votre fils sera le plus utile à l'humanité. Des non-juifs, il y en a beaucoup trop. Des juifs, Hitler a fait en sorte qu'il n'y en ait presque plus. Vous savez, on trouve parfois chez les juifs des gens honnêtes, respectables, amicaux, capables de générosité. Que signifie être juif pour vous, monsieur Moix ?

— C'est une sorte de Maure, sauf que ce n'est pas un Maure, répondit mon père sans ciller. Un huguenot qui ne serait pas huguenot. Un catholique, mais pas très catholique.

— La plaisanterie est usée. Et théologiquement, tout à fait erronée, se crispa M. Bras-de-Mort.

— Je ne voulais pas faire de bon mot. Ni vous offenser. Je suis désolé, fit mon père.

— Pas de souci, pardonna M. Bras-de-Mort. Je ne vous ai pour le moment pas encore étiqueté comme antisémite. Vous ne risquez donc rien. Je me soucie toutefois de ce que vous ne sachiez correctement définir un juif.

— J'avoue que je ne sais pas exactement ce que c'est. Je sais éventuellement ce que ce n'est pas, reconnut mon père.

— Il y a des juifs temporels, se lança ma mère. Et des juifs corporels. Des juifs philosophiques. Des juifs religieux. Des juifs initiatiques. Des juifs archipotiques, comme notre fils.

— Les juifs sont des gens qui ont la foi… réessaya mon père.

— Si vous essayez de le définir par la foi, vous êtes mal parti, s'impatienta M. Bras-de-Mort. La foi n'a rien à dire à un juif. Cela ne le concerne pas. La foi nous est donnée dès le départ, avec la merde qui abonde dans nos couches.

20

La merde, j'étais dedans. Je m'ébrouais dedans. Ce ne serait ni la première ni la dernière fois. Ma mère défit les couches doucement, avec un écœurement proche de l'envie d'en finir une fois pour toutes avec l'existence, ses aléas, les échecs qu'elle provoque, les dépressions qu'elle convoque. Je sentais, dans les saccades de ses gestes, qu'elle m'exécrait de toutes ses (ultimes) forces.

Je redouterais ma mère dans les années à venir. Mais je puis affirmer que jamais je ne la respecterais. Certes, ma mère restait ma mère, elle était une invitée de marque dans mon existence. C'était une femme forte, du moins faite de toutes ses faiblesses humaines, dont la haine de soi (par conséquent : des autres), qui font qu'un certain aveuglement vous transforme en invincible entité. Si ma mère s'était arrêtée un quart d'heure pour réfléchir à ce que fondamentalement elle était, elle se fût effondrée et fût probablement décédée sur-le-champ (infarctus du myocarde, cancer foudroyant).

N'eût été la salvatrice existence d'Astolpho, j'eusse été placé dans un orphelinat aux murs délavés et je crois bien que j'aurais été heureux, si parfaitement heureux que j'en eusse marché sur les mains. Ma mère était de ces mères capables de passer leurs gosses à tabac. On en rencontre un peu moins de nos jours, hormis dans le recoin des faits divers et des rues et impasses de la société, où perdurent les miasmes.

Cette femme de fer prit sur elle, alla puiser de la motivation jusqu'à ses propres tréfonds pour accepter de mêler ses mains de chair à mon humaine merde. De son strict point de vue, ma merde et moi ne faisions qu'un, nous étions confondus en une seule et même ignoble texture.

J'étais cette merde résumant son amour déclinant pour mon père, puisque leur couple avait davantage fini par ressembler à une association de deux tarés plus soucieux de répandre le mal qu'à prolonger un coup de foudre. Il fut pourtant une époque, l'année précédente, au printemps 1967, où mes parents s'étaient vraiment aimés – je veux dire : où le mot *amour* avait eu pour eux une signification.

Un an plus tôt, oui, le hasard (empruntant la pogne de mon grand-père) avait giflé mon géniteur avant de l'entraîner, recouvert de jurons, hors de l'appartement familial dans un claquement de porte qui sembla rendre cette gifle aux murs de la maison, puis l'avait tiré par la manche dans les rues d'Orléans, maintenant d'une main sa tête en direction du sol comme pour le noyer dans le bitume, tandis que de l'autre main il déplaçait des blocs d'immeubles, faisait glisser des bâtiments sur les avenues et pivoter des rues afin que mon père pût, marchant toujours tout droit, percuter ma mère de plein fouet. Ainsi commencent traditionnellement nos amours dans ces romans à l'eau de rose aux phrases bordées de tilleuls et de rhododendrons. Ce fut, pour moi, le commencement d'un drame.

Le hasard, expert en catastrophe et en mathématiques, produit sur l'autoroute du Sud les motards démantibulés, dans les mines de l'Arkansas la signature diaphane du quartz. Il est l'auteur des yeux de chat d'Olga, Ukrainienne à la bouche rose (elle sort de l'eau bleue dans un mouillé ralenti), et du furoncle turgescent de l'ouvrier qui dans mon bus pue. Il a décidé que le colza aurait la couleur des frites, le cerfeuil, celle du sang.

Le hasard installe Hitler et Wittgenstein, ficelés dans leur blouse gris pigeon, sur les bancs jumeaux de la Realschule de Linz. Regardez bien la photo : en bermuda les deux, l'accordéon laineux des chaussettes tombant sur les godillots laids. Le regard vitreux d'Adolf, son absence neigeuse, dans l'œil cette bleue solitude, sa figure ovale, faciès clos, enquillé dans une détermination molle et muette – on lui doit encore les supplices actuels, les guerres de Palestine ; on se meut encore dans sa buée. Israël remue comme un agrion dans la toile toujours tendue du Führer. À ses côtés, les angles aigus de Ludwig, ses regards fléchés comme des vols de faucon, son air de piqûre, de saillie de cabri : un énervé couteau. L'homme foule aux côtés de l'homme lame.

L'absence de hasard n'est pas la nécessité car la nécessité, avec ses gestes tout aussi répugnants, n'est elle-même que le fruit du hasard. Le contraire de l'accident est un autre accident. On slalome entre les drames. On est rescapé de tout, tout le temps. Vivre, c'est mourir une prochaine fois. Ce n'est pas la vie qui est partout, mais la mort. La vie n'est qu'une figurine qu'on découpe, suivant quelques dérisoires pointillés qui s'interrompent net, sur une toile infinie tendue par des anges – les anges en lettres carrées des rabbins

(Hénoch devient Métatron), les anges de Watteau qui flottent sur l'eau du ciel ainsi que des bouées dodues.

De temps en temps, le hasard attire dans sa gueule deux êtres (ton père, ta mère) initialement faits pour s'ignorer et dont l'accouplement débouchera demain sur un écrivain.

21

Mon père avait plu à ma mère, ma mère à mon père. De cette énigme, je serais le fruit pourri. Quand elle n'avait pas à me mettre au monde, ma mère possédait l'haleine fraîche et le regard vert. C'était ce qu'on appelle une « belle femme » : lors de leur rencontre accidentelle, elle plut *instantanément* à mon père qui, en ces temps si reculés qu'ils s'insèrent désormais dans la théorie du big bang, ne promenait point encore sous les pluies métalliques charriées par la Loire sa plaque de calvitie couleur cul de singe.

Pour obtenir le vert des yeux de ma mère, rien de plus simple : passez au mixeur la moitié d'un kiwi, une poignée d'aiguilles de sapin nordique (elles semblent pousser en italiques sur les branches), les gants de crespin à flammilles de Rebecca Skilton dans *Stockwell's Reef* (1942), quelques algues ramassées sur une plage de galets par un après-midi de fébrile avril, des feuilles de menthe fraîche pilées, le carré de tissu d'un maillot de l'équipe de football de Saint-Étienne. Faites chauffer du lait, jetez la mixture dedans. Portez à ébullition, passez au chinois, enrobez le tout d'un corps de femme irisé par la diffuse lumière de ce gris jour de printemps 1967, fixez un jeune homme sans ciller, voilà. Le tour est joué.

Dès lors, mon futur père (qui avait reçu ce jour-là les deux premières – parmi trois – des plus grandes claques de son existence) entreprit de se cramponner à ma future mère comme le duc de Saint-Simon au cercueil de sa femme. S'excusant de l'avoir bousculée, il lui proposa d'aller boire un café dans le marc duquel il voudrait lire un avenir important et joyeux.

Depuis la niche de pierre où leur sourire figé donnait un visage céleste au portail de la cathédrale Sainte-Croix, les évangélistes (à l'exception de Luc, décapité en 1944 par un éclat d'obus) avaient observé la scène (son collègue Matthieu avait souffert de l'érosion ; les vents d'est avaient creusé son tarin, le tronquant façon museau, atrophie qui lui prodiguait un faciès de bélouga). Observés des corniches et des pignons, où les ailes nervurées (mi-feuille morte mi-chauve-souris) des anges sans pupille semblaient engluées dans un sirop de granit, mes potentiels parents apparaissaient minuscules, plus points qu'humains, aussi dépourvus d'importance et de volume que des confettis collés du Carnaval de Jargeau. Perché sur les tours, parmi les statues suppliantes, on eût pu les saisir avec une simple pince à escargots.

Ils n'avaient, depuis ces altitudes, ni signification ni valeur, et leurs mouvements – des oscillations d'insectes – se perdaient dans l'immense mélancolie du décor (ces petits couteaux brillants qui glissent, ce sont des voitures). Ils étaient peints sur le sol, père bitume et mère trottoir. Flaque de parents sur le goudron d'Orléans – demain, ils traîneront sur le parquet, ils seront tache sur un drap, giclure, écume ou crachat, bicéphale gravillon dans la chaussure de la ville.

Ils étaient indistincts, ils étaient indiscernables, ils étaient anonymes (une fois ces pathétiques fourmis arrachées à la pesanteur, enfermons-les dans une boule à thé en revissant bien la capsule, puis plongeons-les dans l'eau bouillante des enfers). Ils ressemblaient au vent, aux grises pluies, aux demi-fantômes, à la vie qu'ils partageraient ensemble bientôt. Leurs figures s'émoussaient derrière les gaz d'échappement. Ces gaz, remontant le courant de leurs paroles, pénétraient leurs poumons pour s'insinuer dans leur sang qui deviendrait le mien – je serais leurs fils d'échappement, pollution dans les veines. Installés dans une sorte d'harmonie pâle, ils sécrétaient déjà leur propre langage, leurs mimiques complices. Ébauche de manies futures, brouillon de destin confondu. Ils inventaient leur avenir bancal et leur partagé tombeau. C'était médiocre. Si les mots prononcés par eux avaient été des animaux, vous n'auriez pas vu d'éléphant s'échapper de leurs bouches pour déambuler rue Jeanne-d'Arc, et pas de tigre et pas de naja, de dronte, de lynx ou d'orang-outang : mais des pucerons, mais des blattes, mais une huître, mais quelques sauterelles ainsi qu'un surmulot.

22

— On peut aller au Reinitas, proposa mon père. Le patron est très sympathique.

Mon père avait prononcé cette phrase en allongeant la bouche, jusqu'au pointu (sa large bouche à la mâchoire inférieure proéminente qui le rapprochait comiquement du brochet).

Si ma mère avait été normale, elle aurait pensé : « Pauvre imbécile. Je t'en foutrais, moi, du Reinitas ! » Mais non. Cela avait l'air de l'emballer, le « Reinitas » (126, rue du Faubourg-Saint-Jean). Elle en voulait bien, du « Reinitas ». Ce n'était pas un concept, ni des sonorités qui l'avaient effrayée ; elle aurait dû courir s'enfermer dans la jungle, embourbée jusqu'au mollet dans les eaux pâteuses et marron parmi des boas (lisses, luisants, brillants, cirés), des alligators (craquelés, croûteux) plutôt que d'accepter, que laisser sa dignité accepter, que pénétrer un lieu, un point géodésique du territoire français, qui s'intitulait : le « Reinitas ». Non : cela lui seyait. Ça la *tentait* – le « Reinitas ». Elle n'en faisait pas toute une histoire (comme je suis en train de le faire), du « Reinitas » !

— C'est vraiment bien, le Reinitas. J'aime bien y aller, au Reinitas, exposa mon père. Souvent après les cours, au Reinitas, on s'y rend avec des amis. Mes amis aiment beaucoup aussi le Reinitas comme endroit. Au Reinitas, les jeunes sont les bienvenus. C'est ce qui fait toute la différence entre le Reinitas et les autres cafés orléanais. Certes, il y a bien le Grand Café, mais c'est trop intellectuel, trop pédant, et la Chancellerie, juste en face, mais c'est trop bourgeois. Tandis qu'au Reinitas, ce n'est ni l'un ni l'autre. C'est populaire sans être populeux, au Reinitas, je trouve. Et populeux sans être populiste. Aussi, si vous le voulez bien, je me permets d'insister sur cet excellent choix que constitue selon moi le Reinitas.

— Bon, accepta ma mère. Va pour le Reinitas...

Grimaçant sur les culées gothiques de Sainte-Croix, l'œil vide et rond, des bouffons aux mâchoires de carpe crachaient une salive sculptée ; des iguanes ailés versaient des cailloux de larmes : les gargouilles crassilingues (à doigts dans les narines), dans leur peau de calcaire, étaient d'une grande gueulante beauté. Elles ne hurlaient pas en silence, elles hurlaient le silence. Le silence n'est pas le contraire du bruit, ni l'absence d'ondes sonores – c'est l'entrée dans une langue neuve, à proximité du soleil, où la vérité brûle, où tous les langages se mettent à tourner, pivotant sur leurs chevilles, accélérant leurs hélices. S'élève alors, dans le ciel pur, une musique débarrassée de fardeaux, de mensonges et de masques, où tous les mots se ramassent en un seul qui signifie tout, où les bobines de phrases (et tous les livres écrits par elles) se déroulent sur le cantre d'un seul mot, d'un mot seul, qu'on chasse avec les mains comme une mouche qui danse, parce qu'on n'y a pas reconnu la parole de Dieu.

Le silence ne s'obtient pas, il s'atteint. La foudre avérée ne tonne pas : c'est un oblique rayon jaune, constitué de fuite, qui s'élève loin des paroles et baigne dans le Verbe, chevelure flottante, voile légère et trouée, arrosée de lueurs. Toute cathédrale est un ciel arrêté ; un paradis qui s'incorpore à la terrestre dalle. À l'intérieur, nous sommes en haut, nous sommes *là-haut*. Le passage au silence est instantané. Dès la fraction de l'hostie, une lumineuse nuée surgit au-dessus de l'autel. Une main en jaillit ; elle fait par trois fois le geste de bénédiction. (Armoiries du chapitre de Sainte-Croix : d'azur, à la croix d'or, posée sur une terrasse, chargée d'une couronne d'épines et de trois clous, et surmontée d'une main bénissante.) Le monde extérieur et caquetant n'a pas le temps de s'engouffrer dans le narthex, puis du narthex se glisser en la nef : au fracassé trumeau, il se disloque, multiplie son blabla, accentue son discours et ses complications, il bavarde, il se suicide à la cacophonie.

L'homme ne sait pas monter au ciel. S'il veut se perdre dans les infinis et bleus liquides, et frais, les altitudes lavées, la lumière vibrante, il ne lui reste que les vagues de ses mers, le *Couronnement de la Vierge* par Fra Angelico, l'œil mouillé des femmes avant et pendant et après l'amour, l'espérance d'un rendez-vous, l'attente comblée d'un enfant, le miraculeux retour (à quelques encablures de la mort) d'une maîtresse patiemment pleurée. On retrouve aussi parfois un morceau de ciel enfermé dans une étendue de neige, quand le matin diffuse sa lumière crêpelée sur les montagnes, transformant le monde en porcelaine bleue. Alors, une sensation d'éternité nous étreint ici-bas, mélangée au froid de l'hiver, et le bonheur – qui n'existe pas – nous paraît aussi accessible et simple qu'un fruit ramassé.

— Nous approchons du Reinitas ! jubila mon père. Vous voyez, c'est marqué, là, en lettres rouges capitales : « LE REINITAS ».

— Ah oui, c'est là ? demanda ma mère.

— Oui, oui, c'est ici. C'est ici que se trouve le Reinitas, triompha mon père.

— Je passe souvent devant, dit ma mère, mais j'ignorais que ça s'appelait le « Reinitas ».

— Si, si, c'est lui, c'est le Reinitas, confirma mon père. C'est tout à fait lui. Il n'y en a qu'un vous savez. Du moins à Orléans ! Il n'est évidemment pas à exclure qu'il y ait à Toulouse, à Tours ou à Marseille un établissement du même merveilleux nom.

23

Si le temps était une catégorie de l'espace, cet instant de rencontre amoureuse père-mère (épisode d'une chronologie qui avait débuté avec le Christ et s'achèverait au recreux d'une constellation vidée de soleil) aurait l'allure d'un atoll perdu dans l'éternel présent. Les jours importants n'appartiennent pas aux années, encore moins au temps ; ils sont posés comme des tanagras sur une étagère : les uns à côté des autres. Arrachés aux saisons, interdits de contexte, perpétuant leur race loin des horloges, des agendas, des calendriers, ils ne sont pas situés dans le passé, mais forment un atome de temps spécial et pur, selon leur secret, où tout est figé mais continue pourtant, parce qu'une heure vécue peut, transformée par le chagrin, la mélancolie, la littérature, perdurer des mois, des années, des siècles.

La rencontre de mes parents n'en finira jamais : elle est frémissante ici, dans sa perpétuelle nouveauté de 1967, soustraite à la mêlée des oublis. Cette proposition, parfaitement neuve, faite à ma mère, d'aller « boire un café (au Reinitas) », je la vois aussi instable incertaine et improbable que si elle n'allait pas avoir lieu, avec ses contours convulsifs. C'est un fragile événement, qui irradie encore. Son suspense est

369

intact, pur absolument. C'est à jamais que ma mère n'a pas encore dit *oui*.

— Vois-tu, les jours, il faudrait les doter de prénoms, m'avait expliqué Astolpho-Marco par une magnifique ensoleillée matinée de mai 1978 : André, Danny, Cécile, John, Jean-Louis, Daisy, Ernest, Émilie, Hélène, Timothée, Diogène, Philémon, Églantine, Rebecca. Ils bougent, vivent, se ravisent, piquent du nez, ont leur petit caractère, sont infidèles, têtus, revêches, faciles ou menteurs, honnêtes ou serviles !

La gifle balancée à mon père par mon grand-père (la raison de ce sévice ne me fut hélas jamais communiquée) avait perdu le moindre impact désormais. Elle n'ondulait presque plus à la surface de l'air, s'effilochait dans l'espace, comme une humiliation dissipée dont l'écho rejoindrait, ainsi que les traces perdues, le fossile murmure des étoiles parmi les infinis noirs. Vapeur de gifle. Celui qui serait fouetté par les résidus de son écume n'était pas encore né – malhonnêtement j'abrège tout suspense, vous annonçant tout de go que ce serait l'auteur de ces lignes.

24

La grande porte vitrée du Reinitas (ça y est, nous y sommes !) pivota en crissant sur ses gonds : mon père (slack gris cendre, chesterfield usé) et ma mère (jupe à quilles rose mousseux, jaquette bleu ciel) entrèrent. Le carrelage était en damier. Le plafond, bouffé par le tabac, s'ornait d'un ventilateur en forme d'étoile de mer.

Le cul de ma mère était un objet rond, roman, dodu. Il agissait sur mon père comme un idéal à souiller. La jupe rendait ce cul voûté, arc – bombe à eau. « En faire le tour, en caresser les joues jumelles et les dunes », pensa celui que les robustes lois de la génétique me forceraient bientôt d'appeler *papa*.

— Ça c'est du musclé cul, du qui nage, s'était exclamé Marc-Astolphe, visant le fessier d'une mère tirant poussette, un jour d'été que nous nous promenions sous les médiévales arcades de la rue Royale. Oulala ce n'est même plus un cul tellement, mais un petit nautique animal, marin, un crustacé de cul, soudé à la femme au premier segment thoracique, à la manière des candaces fourmillant sur les tropicaux sables !

Au bar, au bar du Reinitas, des Noirs buvaient kirs, Suze et Ricard. Dans une société saturée de Blancs, la sensation du monde serait d'une tristesse à riche teneur en suicides. La couleur noire, en sueur, en sang, ruisselante d'eau de pluie, s'était établie (s'était installée, avait élu domicile) dedans des gens dont le nom se terminait en *on* : Jay Jay Johnson, Slide Hampton, Dinah Washington, Duke Ellington, Jimmy Hamilton, Leo Watson, Velma Middleton, Sir Charles Thompson, Bill Robinson, Clifford Thornton, Bill Dixon, Buck Washington, Edgar Sampson, Gerald Wilson, Buddy Johnson, Mal Waldron, Eddie Jefferson, Bull Moose Jackson, Anthony Braxton, Shadow Wilson, Osie Johnson, Horace Henderson, Oscar Peterson, Melba Liston, Hugh Lawson, Benny Golson, Freddy Johnson, Franz Jackson, Bobby Hutcherson, Louis Nelson, Herman Chittison, George McClennon, Cliff Jackson, Bobby Donaldson, Chauncey Haughton, Lonnie Johnson, Cat Anderson, Garland Wilson, Frankie Newton, Ted Curson, Bill Henderson, Milt Jackson, Jimmy Garrison, Bill Robinson, Tadd Dameron, Ernestine Anderson, Benny Morton, Teddy Wilson, Alan Dawson, Lowell Davidson, Argonne Thornton, Dewey Jackson, Jerome Richardson, Mercer Ellington, Big John Patton, Eddie Vinson, Kid Shots Madison, Al McKibbon, Pete Johnson, Joe Tricky Sam Nanton, Bill Barron, Hilton Jefferson, Cedar Walton, George Clinton, Charles McPherson, Oliver Nelson, Lucky Thompson, Zutty Singleton, Buck Johnson, Harry Edison, Ron Jefferson, Ron Burton, Roy Milton, Bernard Addison, Prince Robinson, Milt Hinton, Gus Johnson, Fletcher Henderson, Buck Clayton, Fred Anderson, James Newton, Houston Person, Duke Pearson, Keg Johnson, George Benson, Plas Johnson, Joe Gordon, James P. Johnson, Michael Jackson, Ed Anderson, Howard Johnson, Kenny Barron, Kolmak Hanberlon, Ivie Anderson, Chico Hamilton, Robert Johnson. La main tendue de Lionel Hampton, deux baguettes emmêlées dans les doigts, suspendue le temps d'un silence, planant sur le vibraphone (son ombre sur les touches provoque un *si* bémol imperceptible et diffus), est une invocation muette contre la violence inutile et brutale de l'univers.

Rien n'est plus beau, dans cette vie qui ne dure pas, qu'un soir de concert de jazz, lors d'un festival d'été, assis sur l'herbe cuite et parfumée des pelouses roussies, au pied d'un pin maritime recouvert de petites fourmis qui montent et descendent en colonnes ondulantes sur les fissures noires de l'écorce dont on pourrait faire une pirogue – une pirogue plus légère que l'air frais de cette nuit de juillet, une pirogue éphémère pour flotter sur les essences de colophane et de térébenthine. Miles Davis paraît enfin sur la scène ; il est acclamé. Il porte un costume lapis-lazuli, une chemise col ibis d'une blancheur aveuglante, une cravate à pois rouges dont les pans, caressés par les mains du vent, se croisent ainsi que les voiles d'un ketch. Il souffle dans son instrument. Les spots rose (pastèque), vert (citron), jaune (goyave) colorent la nacre des boutons de piston que Miles actionne comme de petites écluses. Du liquide sort de sa trompette, sirop d'haleine, jus de son. Miles, sévère et courbé comme un arrache-clou, se voûte sur sa trompette. Dos au public, il insère en tapant du pied la sourdine dans le pavillon pour étouffer ses notes. La formation (George Coleman au saxophone, Herbie Hancock au piano, Ron Carter à la basse) propage son océan, ses poulpes spéciaux, étirés, enroulant leurs bleus tentacules autour des spectateurs émus et des branches plumeuses des cyprès. Dans l'air mouillé de chorus, d'iode, qui est un microcosmos d'ondes frappées (Tony Williams à la batterie), des essaims de moucherons, semblables à des épices tourbillonnantes, palpitent et bredouillent et remuent. Nuages de points secoués, motifs, aramés de fantômes. Brouillonnes et nerveuses et volantes taches d'encre. Jazz.

25

Des mégots beiges, vrillés dans une pompéienne agonie, jonchaient le sol du Rcinitas parsemé de tickets de PMU oblitérés. Chacune de ces fiches, piétinées par d'indifférents souliers, commémorait une course de chevaux morte – laideur des souliers humains, mille fois plus laids que les plus laids des pieds.

Un garçon (ignorant tout de sa mort quinze ans plus tard, le jeudi 14 octobre 1982, à Blois, d'une pneumocystose), tablier noué autour de la taille à la manière d'une bonniche, passait nerveusement le balai, cognant les rebords du bar ainsi qu'un haineux ressac. Il fabriquait des nuées de poussière cendrée qui faisaient tousser un chien jaune aussi malheureux qu'un coyote captif de Beuys – « Nous voudrions connaître la composition exacte de la poussière : on nous répond qu'elle est essentiellement constituée de poussière ! » (Marc-Astolphe Oh). Mordillé visage, fendu, couleur citrouille. Chaque geste, saccadé à l'extrême, de ce préposé à l'époussetage trahissait sous la rage la conscience de son infériorité. Mon père (et d'un simple regard !) allait enfin pouvoir dominer quelqu'un.

Je suis trop faible pour m'attaquer aux forts, trop fort pour m'attaquer aux faibles. Les petits, les inoffensifs et les précaires, en revanche, étaient considérés par mon père comme des adversaires, pis : comme des ennemis personnels. Par une aberration tautologique, d'où il tirait jouissance faisant plisser ses petits yeux soudain semblables à ceux d'un chat vautré sur un radiateur, ce dernier n'aimait rien tant qu'humilier les humiliés, blesser les blessés, opprimer les opprimés et vaincre les vaincus. Mais lorsqu'un responsable, un chef, un gradé, un supérieur ou qui que ce fût d'un peu lieutenant, de vaguement capitaine, de suffisamment directeur (des ventes, des études, qu'importe) pénétrait dans son champ de vision, il se dressait comme une serviette amidonnée, ses narines s'écartaient, un spasme sexuel lui parcourait l'échine (lui chatouillant spécialement l'anus à la manière d'un plumeau) : des braises se consumaient dans sa prunelle, il fixait l'autorité avec admiration, toujours près de tressaillir, attendant l'instant propice où, en une putassière rotation du buste, il pourrait glisser, forçant son visage à mimer une extrême beauté dont il était dépourvu, une triste formule de lèche-bottes qui lui vaudrait quelques palpitations et l'instantané mépris de sa proie notoire.

Mes parents s'assirent l'un en face de l'autre. Ils allaient passer cinquante années ensemble et l'ignoraient.

— Alors ? Comment trouvez-vous le Reinitas ? demanda mon père à ma mère.

— Le Reinitas ? fit ma mère.

— Le Reinitas ! insista mon père.

— Bien. Ça a l'air bien.

— C'est exactement la définition du Reinitas ! Sauf qu'en plus d'avoir l'air, vous verrez, ça l'est vraiment !

Puis mon père marqua un temps :

— Vous avez fait l'amour avec beaucoup d'hommes ?

— Je vous demande pardon ? sursauta ma mère.

— Je ne connais pas les règles de ce qu'on appelle communément la « drague », balança mon père tout de go. C'est pourquoi, ignorant tout de ce que l'on doit dire ou faire pour emballer une jeune fille, j'ai pour habitude de ne jamais me contenir. Je pose immédiatement les questions qu'il me brûle de poser. C'est ainsi. Il ne faut pas que cela vous effraie, mademoiselle. Mademoiselle comment d'ailleurs ?

— Ça ne vous regarde pas, répondit ma mère.

— Mademoiselle ça-ne-me-regarde-pas, la brusqua mon père, faisons foin de tous les chichis et gagnons du temps sur le temps qu'il nous reste à vivre : dites-moi *combien* d'hommes avant moi vous ont pénétrée.

— Aucun, répondit ma mère.

— Bien, très bien. Je serai donc le premier, résuma mon père. Cela tombe bien ! J'adore être le premier dans tout ce que j'entreprends…

Ma mère avait dit la vérité. Mais, bien qu'encore vierge, elle avait déjà rencontré des hommes. Elle les avait parfois embrassés toute la nuit avant de s'endormir sur leur torse des années 60 – combien de ces torses abritent un cœur encore battant, aujourd'hui, sous le ciel gris foncé ? Hélas, au réveil (à l'heure où le jour nous asperge la face de lumière crue), ceux qu'elle avait pensé aimer avaient disparu, remplacés par de creux sosies, des homonymes désincarnés. Elle les avait caressés, sentis, aimés la nuit : impossible de les retrouver au matin. Ils étaient là, mais ce n'étaient plus eux. Ou plutôt c'étaient eux au contraire, et bien eux, mais *seulement* eux. C'étaient eux l'amour en moins et la réalité en plus. La soirée, puis la nuit avaient donné aux conversations une texture de pâte de fruits, le face-à-face avec un inconnu s'était étiré comme un poème, des sourires s'étaient formés sur les lèvres (chacun était parfaitement de bonne foi en se situant simultanément dans l'éternel *et* l'insouciance, dans le définitif *et* le flirt) : à l'aube, un exigeant réalisme avait placé des lieux communs dans la bouche du monsieur – de ses lèvres d'où étaient sortis la veille, comme des nuées de phosphènes, des ajustements de mots qui provoquèrent l'ivresse (laissant entrevoir des fragments d'amour fou) ne s'échappaient plus que des borborygmes, des propos d'allure administrative, les stances navrantes d'un humour douteux. Son parfum iodé, enivrant, circulaire et profond comme une sonate de Bach, était devenu odeur : celle d'une sueur triviale. Le visage tourmenté du poète (jeune, tragique, avec une criminelle féminité proche du Caravage ou de Pasolini) : avalé par la stérile lissité du futur expert-comptable (hyperpilosité, radinerie, ulcère), par le crayonné fleuri de l'inéluctable représentant Facom – « dans moins de quinze ans, pensa ma mère, il sera semblable à un morceau de lard. Écœurant ». Ces hommes, que le petit jour avait avariés à tour de rôle, étaient passés à travers elle tel un doigt au travers d'une toile d'araignée.

Enfermés dans de longs bocaux, gonflés par le formol : voici le musée, interdit, des organes qui touchèrent, frôlèrent ou pénétrèrent nos mères. Une main droite (dimanche 27 décembre 1964), un doigt (lundi 19 avril 1965), un pénis, deux pénis : nous pouvons les conserver chez nous, en faire collection, les extraire de leur jus et faire revivre leurs gestes à ces moignons, nous en faire des marionnettes, des guignols, des marottes. Tels les feuillets détachés de l'amour ; tels des extraits publiés en revue. Souvent, nous aimons une femme pour un grain de beauté sur sa joue : extrayons ce grain de beauté (incision), conservons-le dans une petite boîte en plastique contenant du liquide bleu, rose, du liquide médical (ainsi que pour les biopsies), et dormons avec ce grain de beauté, ce genou, ce nez après avoir prélevé ce nez, l'avoir arraché (prendre soin de ne point le fendre, de ne point le casser, de ne point le fissurer). On possède ce qui nous poussait à vouloir pénétrer cette femme ; et l'on empêche quiconque, désormais, de tomber amoureux de et par ce détail, cette facette, cette anomalie, cette spécificité – si elle est nantie d'un strabisme, lui arracher les yeux, reconstituer ce strabisme à la main, chez soi, sur notre table de travail.

Le corps de ma mère n'avait pas encore été traversé : aucun geyser n'avait en elle jailli, la plaquant dans une inconscience universelle et momentanée. C'était une intacte entité humaine, sans la moindre défectuosité. Elle ne manquerait pas de combler ses lacunes sexuelles. Aussitôt qu'elle découvrit le coït *in utero* avec mon père, elle multiplia les hommes, les expériences et les mensonges. Je suis le fruit d'une salope et d'un cocu.

26

Le soleil traversait à présent les stores et dessinait sur le visage de ma mère des rais tigrés semblables aux barreaux d'une prison dont mon père commençait de dresser mentalement les parois (corniches parsemées de tessons de bouteille, fils barbelés, chairs noircies.)

— Vous allez voir, mademoiselle, se vanta mon père, je suis un type bien. Intellectuellement, je suis un cador. Sexuellement, vous m'en donnerez des nouvelles.

— Vraiment ? demanda ma mère avec une ironie méfiante.

— Oui, poursuivit mon père. Je pratique la plupart des positions sans difficulté, y compris celles susceptibles de choquer des éducations aussi bourgeoises que la vôtre. Je suis notamment un expert du cunnilingus. Et lorsque je m'introduis dans le corps d'une femme, je puis vous assurer que j'y séjourne longtemps. J'y varie les figures, la fréquence des coups de boutoir, faisant alterner le rapide et le lent, le vicieux et le langoureux, le meilleur et le pire. Je fais généralement jouir les femmes au bout de dix-sept minutes. Selon mes statistiques. En revanche, si vous me donnez un enfant, faites en sorte je vous en conjure que cela soit une fille ! Un fils, je ne pourrais le supporter. J'aurais trop peur, soit qu'il me ressemble et me vole la vedette, soit qu'il me dissemble et que je le prenne en grippe. Mais qu'importe, avec moi, vous venez de faire une rencontre décisive, qui risque de changer votre vie !

Au vrai, cette rencontre était pour mon père absolument inespérée. Il ne fallait pas que la jeune femme pût s'échapper. Il ne la lâcherait plus, *jamais* ; il ne la rejetterait plus jamais à l'eau, à l'instar de la carpe attendue des heures sous un soleil monomaniaque et enfin prélevée de la gadoue des eaux (bedaine ivoire de la carpe, ses bajoues beiges flasques, son manque de cils et sa gélatineuse moire d'avorton baleineau, viande obèse et visqueuse et poilue, faufilée dans la coulisse des ajoncs, dans les bulles tapie, cet œil de grand brûlé quand la chair et le poids de sa chair s'affolent sur le bitume, le regard qui hurle et supplie, implore comme un démon mouillé la remise à l'eau).

— En revanche, avertit mon père, je dois mademoiselle vous prévenir d'une chose qui peut être pénible à vivre.

— Laquelle ? demanda ma mère, intriguée.

— Je suis d'une jalousie, non point maladive, je ne voudrais pas vous effrayer, mais prononcée. Le moindre *écart* pourrait entraîner d'irréversibles dommages. Je ne vous cache pas que certaines de mes ex-fiancées ont vu en moi un fou. Ce que j'assume.

— Mon Dieu ! fit ma mère. Je dois être abonnée aux jaloux... Mon ex-petit ami, Walter, que je prie pour ne plus jamais croiser de mon existence, était d'une pathologique jalousie...

— Ah oui ? Moi, c'est une jalousie que je qualifierais de normale qui me caractérise, notifia mon père. Je ne puis supporter qu'on me trahisse, ni qu'on me mente, encore moins qu'on porte atteinte à mon respect. Si vous êtes avec moi, vous ne vous adressez pas à un autre, et même, vous considérez qu'aucun autre sur cette terre n'a quoi que ce soit à vous apprendre, à vous enseigner, à vous conseiller, à vous stipuler, à vous recommander, à vous rappeler, à vous faire passer, à vous glisser à l'oreille. Outre certains cas, exceptionnels, d'urgences médicales où il vous faudra éventuellement consulter, je resterai votre seul et unique interlocuteur. Dites-vous que tout ce dont vous aurez besoin, je saurai y pourvoir. Les choses seront plus simples ainsi. Et tellement plus saines ! Je suis un fanatique de la confiance réciproque. Mon souci premier est de ne pas être cocu le moins du monde. Je sais déceler les mensonges, les tromperies. J'ai un don. Cela doit remonter à l'Antiquité. Je suis un obsédé de la transparence, un maniaque de la vérité. Si vous avez une intention tout autre que celle de me rendre heureux, passez sans plus attendre votre chemin. Partez falsifier d'autres destins. Je ne serai pas plus étonné que cela : les femmes, dans leur ensemble, ont du mal à se convertir à la fidélité. C'est une tradition, chez elles, bien plus ancienne que les traditions mésopotamiennes. Un infranchissable mur semble, en ce domaine, séparer la sagesse des mâles et la saloperie des femelles. Seulement je ne l'accepte pas. Des événements dramatiques auront lieu, au sein de notre éventuel futur ménage, si vous forniquez à l'extérieur. Peut-être même vous tuerai-je.

Pêche miraculeuse : mon père ne collectionnerait pas les femmes, comme le faisaient des milliards de mâles torturés par l'instinct, mais ferait collection d'une seule, affrontant en propriétaire la monotonie, très consciencieux dans sa possessivité, polygame d'une épouse quasiment unique (quelques « incartades » sans conséquences ni lendemain). Il venait de faire un trou dans ma mère, y passant un fil d'acier, la sanglant à son cou : il porterait cette femme, finirait par s'ennuyer avec, la poserait comme un canapé contre une fenêtre à double vitrage dans un salon aux baies blanches. Avec elle, peut-être et sans doute, il finirait par se noyer dans une grisaille à la Lucio Fanti (*Un coin agréable dans les environs de Moscou*, 1972, huile sur toile) : mais elle lui appartenait comme la mort appartient à l'éternité, le bruit au silence. Il pourrait faire fusiller ses propres enfants, à condition de la garder, même folle et refluante de baves, même ruine devenue, barbouillée de ses excréments – il avait soif de durée comme, dans cette métaphore indigne de moi, le vampire a soif de sang.

Mon père se concentrait pour donner à l'atmosphère une texture de petite poésie merveilleuse. Mais à l'intérieur de son crâne bouillant de jalousie paranoïaque, lié par je ne sais quel atavisme à des élans meurtriers, il se savait capable de découper en fines lamelles de saucisson de Cordoue la miraculeuse beauté venue pour lui dans ce café, séduite par lui dans la rue et qui n'aurait plus jamais le droit, sauf à barboter inanimée dans le bain de son sang, de s'asseoir en face d'un autre que lui, de se déplacer pour un autre que lui, d'être séduite par un autre que lui. Il était son cul-de-sac. Ma mère était faite comme une rate.

27

L'alcool métamorphose les humains : l'amour tout autant. L'amant le plus doux, le plus langoureux, peut se changer en bête colérique aux poings contondants. Derrière le crépi des murs municipaux, par-delà le volet plissé des crasseuses maisons : une désagréable saveur de violence, la farineuse odeur des coups, un arrière-goût de raclée qui respire le halva. Le mâle violeur et tabasseur (amateur de poésie russe et buvant le vent d'automne qui fait pleurer ses yeux rêveurs) a cru changer à sa sortie de Fleury-Mérogis : il retrouve intacte la fragilité de sa victime et sa volonté d'encore frapper, il renoue avec ses élans et l'assurance de sa gymnastique, le plaisir de se sentir cogner, d'éprouver sous ses phalanges compactes le féminin craquement d'une innocente, mâchoire infiniment faible et qui lui avait octroyé, avec un tout petit peu de crainte il est vrai, une confiance magnifique et neuve. Il retrouve, énorme et pansu, brutal et brutal, la même précipitation sourde à l'intérieur de sa furie ; il se penche pour que portent ses coups droits, fissurant la beauté qui lui fait face, la maintenant parmi les cris sous la pression de sa giboulée d'hématomes.

Mon père avait prélevé au milieu d'une jungle de prédateurs plus beaux que lui, plus fins, plus cultivés et surtout nantis d'une fortune plus épaisse, un petit bout de femme (elle fronce ses joyeux sourcils ravissants) qui, jusqu'à la fermeture définitive du monde et du ciel, serait sa propriété privée. Il rayerait ma mère comme un disque, l'empêchant d'aller plus loin que, au-delà de. Il savait pourtant qu'une femme (même si son visage diaphane et pur semblait avoir servi de modèle à Piero della Francesca pour produire ces vierges qui font d'Arezzo la capitale du cosmos) était davantage qu'une femme : cocktail Molotov, bombe à fragmentation, tête nucléaire, mine antipersonnel. N'échappant à aucune règle, ma mère était chargée de maux inéluctables, de promesses de souffrances et d'iniquités, de tentatives de suicide à venir, de probables adultères consommés, de menaces de rupture latentes et de futurs constats d'échec.

— Je vous plais, n'est-ce pas ? demanda mon père à ma mère.

— Cela se pourrait, répondit ma mère. Mais vous me semblez tout de même très sûr de vous.

— Je le suis, riposta mon père. Cela n'est pas véritablement ma faute : depuis tout petit, j'ai pour habitude de laisser des traces inoubliables de mes différents passages dans la vie d'autrui. En mathématiques, je suis quelqu'un de très impressionnant. Voulez-vous que je vous fasse une démonstration ?

— Une démonstration de quoi ? demanda ma mère.

— Une démonstration mathématique, mademoiselle. Choisissez vous-même : géométrie, algèbre, topologie, théorie

des ensembles, logique, analyse ? Probabilités ? Statistiques ?
Je sens que je vous aime déjà ! Vous ?

Mon père n'avait encore rien compris à la vie. Il allait se
rendre compte, à mesure que les années lui passeraient sur
le corps comme une mer enroulée sur ses galops de houle,
qu'il est impossible d'aimer les femmes qu'on pénètre et de
pénétrer les femmes qu'on aime. De cet insupportable postulat, incompatible avec toute forme de bonheur terrestre, jaillit
l'infinité des peines, des drames, des crimes, des suicides, des
mensonges, des trahisons, des souffrances abrités dans ce que
nous nommons, faute de mieux et aveugles aux intentions
rusées de l'espèce, nos « histoires d'amour ».

On voudrait que l'amour soit tout entier contenu dans une
boule de billard, dense et bistre, glissant sur feutrine. Il est
stérile et momentané. Aussitôt que l'être aimé s'approche,
nous désirons *ailleurs*, puisque le sexe (détraquée tête d'ogive)
ne s'oriente jamais qu'en direction de la nouveauté. Voici le
lieu des espérances anéanties. Pour être heureux, heureux
parfaitement, il faudrait trouver *l'équivalent* de l'amour.

28

Le bistro se remplissait de bruit comme un bidon d'essence
se remplit d'essence. Dehors, une foule bigarrée s'emmenait
toute seule vers le néant, la tombe, tous les oublis, les givres
à venir, les granits éteints, les humbles regrets, les violettes
fanées, le fil du temps. Grappes humaines en translation,
flots de paons, avec leur magasin de rires évidents, sonores,
leur florilège de frimes et de contentement, cette façon de
déplier sur fond de réalité l'assurance d'être plus intelligent
que les morts, sous le seul prétexte qu'on est strictement
vivant. Traînées ravies de fils filles mères pères. Étalée foule

sur les bitumes comme gruyère fondu sur tartine de pain : tandis que j'écris ce paragraphe, je lui jette mentalement des claques, lui distribue force coups de pied.

Vaines multitudes, pourries de chicots, avariées haleines, pustulant de la gencive, troupeaux rattachés aux galaxies par la satisfaction d'être là, installés sur le monde, pissant, beuglant, proférant des jurons, souriant vers le vide, main dans la main, n'admettant pas d'être imbéciles (pourquoi l'admettraient-ils ?), déjà consommés, largement foutus, sans mystère, sans liberté. Foule noire trapue, luisante, très dégueulasse velue : son bourdonnement touristique, baveuse boursouflure (pattes brunes, têtes et thorax également larges) posée sur les bâtiments antiques, les carrelages mérovingiens, les délicats jardins dont elle écrase l'œillet, effraie le pinson joyeux ; ton nombre parasite, hitlérien, nazi ; oui foule ta débauche de corps multipliés, graisse à graisse, la jambe à godasses traçantes, rampante foule, en descente de bus, arrivée de train, départ envol d'avions remplis, depuis le ciel des étoiles saturé d'Allemands gros, d'aphasiques Belges à la face raboteuse et renfrognée, d'épais culs d'Américains nourris, de Néerlandais spéciaux sales. On peut aimer *des* gens, et puis toute l'humanité, ça c'est facile. Le problème c'est d'aimer ce qu'il y a *entre*. Le problème c'est d'aimer *les* gens.

Quand le Boeing explose, on retrouve les Pataugas dans l'Atlantique, les ordinateurs, les ignares immaculées baskets, les raquettes de tennis, les consoles de jeu, les téléchargés pornos, les *duty free* (parfums chic, bouteilles de vodka) : dans l'océan des poulpes, saouls de bulles. Morceaux de blonds gars, de Japonais à bob et caméra parmi méduses ovales translucides (les rayons du soleil s'y diffractent, s'y lovent). Un Belge d'Anderlues, sacoche en bandoulière et tee-shirt « Amstel », posé sur le rocher d'une murène, est accablé de serpents à mucus qui pondent leurs verts œufs dans sa béante bouche (n'en peut plus de boire et d'avaler). Sa « concubine » (dont le passeport flotte – tandis que

383

j'écris ces lignes – dans la baie de San Francisco), Sylvie Van der Klaagen, originaire de Diepenbeek, est enfouie dans les vaseux graviers de la côte ; on la retrouvera sans doute à marée basse, rousse et bleutée, marquée de brunâtres macules, sur les crampons du varech, des antennes enserrées dans les narines. À l'heure actuelle, orifices habités par les papilles fouisseuses des muscles de la mer, elle attend en silence, dans l'indifférence des abysses, pourrissant selon les vieilles coquilles, que de vigoureux pêcheurs la hissent à la surface. Ce n'est point terminé : glaireux Anglais aux algues mélangés, en short, recouverts de calcaires spicules, promenés trimbalés par les fonds, jusqu'au Cap-Vert, Recife, Honolulu. L'araignée de mer s'installe sur le crâne d'un Coréen confondu aux sables. Sa famille, déchiquetée, dérive par tranches de viandes alentour des coraux. Huit requins sont là ; slaloment entre les very important classes affaires. De gros boursouflés adolescents, venus charnus de l'Arkansas, rebondissent en mous chocs dans les profondeurs, entre les grappes d'anémones, ils sont mauves, violacés (leurs bras dansent, banderoles, effilochages au vent liquide). Ils avancent, visités par les pagures, à jamais privés de beurre de cacahuète, le bide et les joues gonflés d'eau noir et vert : leur obèse abîmée bouche vomit mille tentacules ; des écrevisses ont percé des trous dans leurs amorphes regards. Dans les orbites, j'installe des coquillages (mettons deux bigorneaux). Noyés juste à côté, engloutis par le tranquille remous, brinquebalés gentiment par les courants, blêmes ainsi que des suaires : les parents. L'aplati père, tympans crevés par les couteaux, zen contrôleur de gestion, casquette au front collée, cloques aux yeux, face ventrale béante d'où jaillissent en colonies les bulots, les vers, les transparentes morues, le plancton carnivore ; son appareil digestif est digéré ; ses viscères sont sucés dans le reglou des confins. Maman ? Tétée par des trompes, assaillie de lustrées ventouses, dévaginée sous les voraces globuleuses branchies. Visitée comme grand-mère par des limaces pointues coniques, de micromâchoires dotées. Et les crabes sont venus, à ses seins par les pinces pendus. On entrevoit la petite sœur engluée dans les mousses, les muqueuses aux sangsues, la jambette prisée des seiches et des éponges. Plus loin vers le Gulf Stream, sans plus de bras ni de jambes, glisse (légèrement oblique, comme un tonneau qu'on soulève) le tronc grêle et paresseux de Jerry Stevens, informaticien qui faisait de l'argent au sec, sur le solide et terreux continent : une colonie d'isopodes l'accompagne (ils forment une famille de verrues sur sa figure devenue spire, pizza des tréfonds), une armée de crevettes roses le traverse, lui parcourt les tissus, nuées d'épingles. C'est Jerry Tubercule à présent, gobé comme l'œuf au pays des écailles. Piqué par ces oursins mauves, aux glacés abords d'Oslo.

Dans le parc Pasteur (arbres longs et verts comme des cheveux), on entendait tousser le petit train bariolé offert par la ville de Wichita, jumelée avec Orléans. Fontaine : Vénus giflée de fientes (toute statue est le contraire absolu de la foule vociférante). C'était une belle journée qui montrait le côté clair hardi de son talent, jouant avec les bleus, les azurées teintes, les fixes surfaces dans l'inattentif ciel uniforme – comme si cette journée du monde (la pauvre, la vaniteuse, l'orpheline) eût voulu montrer à la journée de la veille qu'on pouvait mieux faire, à celle du lendemain que la relève serait ardue.

Les gens, coincés dans leur anonymat comme le minerai dans sa gangue, passaient repassaient, sans jamais se surpasser (ils eussent rêvé de le faire, mais ignoraient dans quel *registre* devenir géniaux, vers quels fabuleux excessifs destins s'orienter, quelle gloire embrasser). Ce que le jour attendait d'eux, en cette orléanaise esplanade du temps, c'était qu'ils exerçassent leur décorative fonction de silhouettes fugitives, remplissant au mieux leur contrat de figurants (leurs biographie tirait sur eux comme un petit chien en laisse). Lambeaux d'humains crépusculaires, enfermés dans le fugace, morts aujourd'hui pour la plupart. Tous égalant tous, reflets sur le crâne, étoiles dans les yeux, et la tranquillité des siècles au bout.

Les années les auront emportés, eux, leur joie, la joie de leur joie. Infinis entrelacements d'urbains corps, translatant leur chair sur le goudron de ma natale ville, comptables, industriels, peintres en bâtiment, notaires, facteurs. Tous seront proposés à l'abstraite gueule du sommeil, de l'absolu sommeil, celui qui toujours arrive, dans lequel je tu il nous vous ils serons cloîtrés, enfants, vieillards, fermés au monde et au soleil du monde, aux altitudes des montagnes beurrées d'idéale neige, aux jouisseuses bouches des femmes, aux fleurs poussées sur notre charogne sans cils, paralysée dedans le silence de bois. De longs jours s'écoulent, au cœur des cercueils, où la seule récréation est de s'associer à la plaie des sables, secoués d'immobiles pierres, de lierres muets où brillent les yeux des triomphantes punaises, luisent les asticots polychromes et frétille la vermine attentive. Dans cette horreur de glace, où ta gaine rejoint les tiges, tu pâlis, les racines crèvent l'écran de ton os, tu donnes des baisers froids à la mort qui chaque minuit te borde, te joue des airs de mandoline, de trompette, t'inscrit (par d'étudiées chatouilles) dans le vitrail des sous-sols et des purulences, des pullulances – te voici retranché de toute présence, multiplié par zéro : dissous.

Le sujet du jour était la rencontre de mes parents : les autres, tous les autres mammifères, se devaient de rester génériques et flous, indiscernables et mélangés. Ils voulaient exister de toutes leurs forces mais mon père et ma mère avaient rapatrié vers eux seuls toute l'importance de cet après-midi, faisant converger les événements du monde (comme l'aimant avec la limaille de fer) jusqu'à leurs petites personnes fraîchement éprises. On s'étonne du nombre prodigieux de gens qui servent de paysage à nos existences plus réelles et consistantes, plus avérées, plus sûres et plus évidentes que les leurs. Passants inutiles, puérils. Happés.

Cet instant primordial (les yeux de mon père fouillant dans les yeux de ma mère pour y trouver d'hypothétiques futurs motifs de douleur) se déroula dans un halo que vint lacérer, avec les griffes d'un tigre, la voix du patron venant prendre commande.

— On prend quoi les jeunes ? J'ai pas que ça à faire !

29

Le patron du Reinitas s'appelait (j'ai mené ma maniaque enquête ; sans la précision, il n'est de littérature possible) Philatète Dupied. Il servait ses clients en charentaises et possédait, en sus d'une moustache à la russe (elle formait une hirondelle dont le vol eût soudain piqué vers le sol), une peau granuleuse, un groin pointu, sur lequel s'ouvrait une bouche presque sans dents, une cicatrice en écusson sur la joue. Les gens l'avaient rebaptisé « l'esturgeon ». Il était au courant ; à ce sujet ne pipait mot. Il était d'une effarante susceptibilité et préférait faire le sourd que l'assassin – il pouvait tuer pour moins que cela, l'avait d'ailleurs prouvé dans une vie antérieure qui ne concerne pas directement notre récit.

Le désir de mon père (il était à cet instant, comme dit Stendhal, « dans le sentiment jusqu'au cou »), projeté dix années en avant, contemplait une épouse jeune et mince (blue jean azuré, petit blouson de skaï) dont il tenait la main sur le boueux sentier de la forêt d'Orléans. Il voyait déjà les gouttelettes de pluie suspendues, réparties par les noirs cheveux bleutés de ma mère. À travers chacune de ces gouttes, il désirait apercevoir l'image anamorphosée de deux fillettes à nattes blondes et pommettes rose bonbon, sans doute des jumelles – ce en quoi il commettait une erreur qui porterait mon nom.

— Souvent, je viens ici, au Reinitas, faire mes exercices de mathématiques, renseigna mon père. Le Reinitas est le seul endroit où je parviens vraiment à me concentrer.

— Ah d'accord, fit ma non-encore-mère (NEM).

— Et puis vous avez vu le patron... Philatète. Il est sympathique. Je vous l'avais dit qu'il était sympathique, insista mon NEP.

— Oui, dit ma NEM.

— Vous avez de l'argent, sur vous, pour payer les boissons ? n'hésita pas mon père. Je suis désolé, mais comme je ne suis point totalement certain que vous allez accepter que nous sortions ensemble, je préfère m'assurer que vous pourrez dûment régler votre consommation.

Cette fois, ma mère tiqua :

— Seriez-vous radin ? Je déteste les radins.

— Absolument pas ! s'insurgea mon père. Mais pour une première rencontre, dont je n'ai nulle garantie qu'elle débouchera sur une seconde, voire même sur une deuxième, j'aime autant ne pas prendre financièrement trop de risques. Sinon, nous autres les hommes, que la société oblige de façon tout à fait arbitraire à inviter partout les femmes et à régler pour elles, serions vite ruinés à chaque fois que nous faisons une touche. Radin ? Non. J'aime les retours sur investissement, voilà tout. Je suis un homme de *rentabilité*.

— Ce n'est pas très élégant, grimaça ma mère. Cela démontre un sens de l'aventure qui n'est guère élevé. Toutefois, il est une chose chez vous qui me fascine assez.

— Une seule ? s'inquiéta mon père. Laquelle ?

— Votre franchise, reconnut ma mère. Je n'ai, je crois, jamais vu cela.

— Je vous remercie, sourit mon père. Il y a tant de choses que vous n'avez pas vues encore. Je ne parle pas de la taille de mon pénis, ce qui nous entraînerait sur un terrain trop vulgaire, même si je puis affirmer que de ce côté-là, vous risquez bien d'avoir une bonne surprise.

— Et vous ? Avec les filles, demanda ma mère, où en êtes-vous ?

— C'est très simple. Je leur plais. Mais elles ne me plaisent pas. Ne me plaisent pas autant que vous, sourit-il en marquant mille points d'un coup.

Il était arrivé à mon père de rencontrer des « femmes mûres » : épouse professionnelle, osseuse maîtresse, maman bouffie, secrétaire dépressive, efflanquée prof. Mais c'était la première fois qu'il rencontrait la mère des deux filles qu'il n'aurait pas. La fixant en buvant une bière (la lumière dans la chope allume les bulles jaunes), il établit la liste générale de ce qui lui plaisait chez ma mère : une tête printanière faite pour passer sous les pommiers en fleur ; des arcs de sourcils tracés au Rotring par un dessinateur industriel (que nous voyons ici dans son atelier au milieu des rouleaux de papier calque, la table d'ingénieur inclinée, la blouse immaculée nantie d'une bande patronymique rectangulaire, la mèche soucieuse et son sourcil à lui broussailleux, confus tout au contraire) ; des yeux très verts décrits plus hauts et que nous pourrions décrire encore si la langue française était aussi riche de nuances que la couleur verte ; une bouche que l'on eût volontiers mangée ; des dents qu'on eût voulu mordre ; une langue conçue pour être léchée.

Tout cela constituait une femme prête à être aimée, sur laquelle il suffisait d'apposer un tampon « vue et approuvée » : les amours sont un bétail comme les autres, simplement plus propice à délier la langue du poète. Il n'en reste pas moins que nous trions les femmes pour jouir au-dedans, ce qui ne nous empêchera jamais de voir à l'intérieur de leurs yeux des fleurs sèches et aplaties quand elles sont tristes, des fontaines de papillons vibrionnants quand nous leur prodiguons le bonheur qu'elles méritent. Elles sont là qui nous inventent, nous traversent, nous habitent : une fois aimées, elles restent en nous comme des œuvres, des livres relus, éternelles comme les reflets du bronze.

30

Ma mère (tamanoir et fourmis) aspirait à grand bruit de tuyauterie les dernières molécules de menthe de son éponyme diabolo (tout à l'heure, un clapotis vert avait fait danser les glaçons) avec sa paille striée en sa partie haute comme un lombric. De noirs écureuils sautaient d'arbre en arbre dans le parc Pasteur.

Mon père continuait de fixer le visage beige doré de son imminente femme. Elle était si agréable à l'œil. Bientôt, cet été, demain matin, il voudrait voir son corps en Espagne se détachant sur le bleu de la mer et du ciel – le bleu de la pochette de *Like Flies On Sherbert* (Alex Chilton, 1979). Il ne l'imaginait pas à 50 ans devant la télévision, dans une attitude d'eau croupie, mais bloquée dans la vingtaine tenant les cordons d'un parapet, sur une crayeuse corniche de San Sebastian, la peau couleur de pain bis, surplombant les terrasses blanchies.

Quand on rencontre une femme, on choisit sa jeunesse et on élit sa vieillesse. La première passera vite, la seconde s'attarde dans la vie, traversée de grimaces, de douleurs et d'ombre bleue saupoudrée de farine qui rappelle l'uniforme couleur et le froid teint de la mort. Je ne savais pas que j'allais vivre un jour avec cette vieille, murmure l'amant tout autant fané, rapetassé, tavelé : du temps de la guerre du Vietnam, elle allait le buste droit, les coudes au corps, la main immobile sur le garrot d'un invisible alezan qui s'intitule « jeunesse », tandis qu'elle est maintenant chaotique, du temps de la mort de Ben Laden, sur sa mule lasse, passive, péteuse et engourdie.

Ma femme est ancienne. C'est une vieille occupante du sol, qu'elle tâte dorénavant du bout de sa canne – il faut ramoner le canal cholédoque et couper la vésicule biliaire ; mais j'ignorais, docteur, en épousant cette silhouette de petit faon dont le talon foula les premières anémones de juin (regardez sa gracile manière de servir le café en août 78, au milieu des jattes de confitures violettes, sous les claies de la véranda) qu'elle fût pourvue d'un tel canal et d'une pareille vésicule, qui ne servent à rien et restent aussi impensables qu'invisibles lorsqu'on est amoureux et qu'on a 20 ans ; moins encore pouvais-je me figurer qu'un jour on les lui triture. Si j'avais su qu'elle eût des viscères, je l'aurais aimée autrement, peut-être davantage, non comme les étoiles diffusant leur mystère dans le ciel pur et profond de l'été, mais comme un fond de cacao dans un verre de lait frais.

Pour elle, je m'étais promis la gloire (~~ministre~~ écrivain), la renommée (~~acteur~~ écrivain), le succès (~~trader~~ écrivain) : les années passent vite. Nous sommes partis à Rome, dans la Nièvre, au Touquet. Nous avons goûté des bulots mayonnaise et du hotu mariné au gingembre. Des belles crevettes géantes. Du potage au concombre. De l'alose à l'oseille. De la tourte au pigeon. Du bœuf à la ficelle (de la queue de bœuf en hochepot). De la longe de veau à la broche. De la choucroute cuite au champagne. Du boudin de lapin. Du soufflé au chocolat, servi dans la croûte de brioche. Du porc à l'ananas – les dés de lard fumé revenus à la poêle, l'échine grésillant dans l'huile, mélangée au riz créole, parsemée de thym, de laurier, de girofle, sur laquelle vous verserez une tasse de jus d'ananas frais. Nos meilleurs instants sont loin derrière – c'est ça la vie, il n'y a que des moments. Nous ne les avons pas vécus : ils sont venus mais nous ne savions pas que c'étaient eux, cette incandescente queue de comète. Mon père, fort heureusement, n'en était pas à ce stade du temps humain : le futur était bel et bien *devant lui* (et c'était un futur enchanteur, et c'était un futur palpitant). Il n'avait encore rien perdu, rien gâché ni abîmé, rien souillé ni violé. Personne n'avait marché dans la neige.

31

Soudain, une ombre s'abattit sur la face amoureuse de mon père. Ma mère comprit aussitôt ce qui était en train de se jouer, et tenta, par un signe agacé, de congédier la situation. C'était son ancien « fiancé » (n'être jamais parvenu à la féconder, ni même à la pénétrer, avait rendu ce dernier mauvais joueur). Walter Pichoff était un gars des cités (les Salmoneries, puis les Chèzes) qui se prétendait manouche.

Sa langue était disproportionnée, à la façon d'un palpe de mouche ; elle débordait les lèvres, placée au-dessus des mandibules. Pichoff portait des lunettes de soleil miroir dans lesquelles les gueules qu'il s'amusait (en compagnie de quelques shootés acolytes) à terroriser entre Fleury-les-Aubrais et Saint-Jean-de-la-Ruelle étaient déformées une seconde fois, la première déformation étant causée par l'effroi. Il arborait, en badge étonnant, l'Étoile brillante de Zanzibar.

Ses bottines étaient orthopédiques ; l'animal claudiquait – une malformation de naissance qu'on attribuait aux coups que sa mère avait reçus de son furtif amant, un dénommé Alessandro Botz, géniteur du sieur, pendant la grossesse. Botz mourut un soir de juillet 1983, à l'âge de 37 ans, dans un accident de cyclomoteur, alentour de la centrale nucléaire de Dampierre-en-Burly, en écoutant l'album *War* de U2 (sorti cinq mois plus tôt) sur un Walkman aux piles usées – usure qui lui gâchait son plaisir et lui donnait envie d'égorger des hommes, de pendre des chiens, d'électrocuter des pintades, de lapider des scarabées, d'ébouillanter des fourmis. Lorsqu'on souleva la charpie du corps, concassé sur le pare-chocs d'un camion Régilait, le morceau *Surrender* se déroulait dans une effrayante lenteur, litanie ralentie par le plomb des enfers. Botz repose aujourd'hui au minuscule cimetière de Saint-Denis-en-Val ; sur la dalle navrante et sobre de sa définitive absence s'arrêtent parfois de gros lézards trapus au collier denticulé, museau tendu vers le soleil, leurs écailles offrant une riposte aux éclats de lumière brûlante qui viennent se briser sur elles comme des pâtes crues.

Chaque oreille de Pichoff, Walter était percée d'une boucle. À gauche, une boucle romaine composée d'une roulette à cerceaux de micas montés en rubus sur laquelle étaient gravés, minuscules, un trio de catops aux élytres exagérément bombés ; à droite, une boucle simple, d'ivoire, à double boussicot pincé, selon des strilles à birènes qui représentaient deux boas enroulés tête-bêche dont l'un semblait cracher des giclées de venin. Un tatouage sur le bras gauche : « Pichoff » en deu-tchan, hommage peu clair à Thoumi Sambhota, son maître à penser (c'était la seule façon de deviner que Walter Pichoff pensait), éminent ministre du roi Srong-btsan Sgam-po, qui fit deux fois en son temps, particulièrement reculé de nos modernes abîmes, le voyage de l'Inde dans le but de doter son pays d'un système d'écriture approprié au génie de sa langue et propre à la transcription des vocables religieux sanscrits.

À ses guêtres collé, un artiste du Mal, spécialiste du tesson de bouteille et du mandrin de fer, docteur en paresse, ami des ragondins et des reptiles de Sologne, qui répondait au nom d'Albert Castagnetti (fils de commerçant nanti, il avait quitté les siens à l'adolescence) mais dont l'alias, nettement plus burlesque, s'était logiquement, naturellement, déformé en « Castagnette ». Son nom était italien, son surnom espagnol. C'était un homme qui n'avait point lu Emmanuel Levinas.

On eût dit un humain tubercule, plutôt petit, aplati, de faible corpulence, de dos légèrement caréné, avec des bottes de cow-boy, santiags jaune vif à éperons – approximativement repeintes par ses soins, non proportionnées à ce petit corps et qui sur lui évoquaient davantage les spatules d'une paire de skis que des souliers. Une juvénile bouille : grosse ronde tête, yeux proéminents, cheveux aux fesses, roux reflets. Buste plus long que les jambes, marron regard terne, pâle peau, souvent rosée, avec taches de rousseur par endroits, surtout sous les cernes qu'il avait triples comme les repus politiciens le menton. Petites verrues sur les ailes du nez ainsi qu'au niveau des tempes et du front, ni tout à fait rouges, ni vraiment orange. Gencives découvertes, rouge vif. Chemise sale, tachée aux bourbeux cloaques de la Loire, où il était le seul à se baigner depuis 1903.

Castagnette abusait d'expressions ignobles, désobligeantes et, pour signifier sa colère ou prouver son désespoir aux sociologues éventuellement placés en embuscade sur son erratique chemin de croix, érigeait son majeur en direction des cumulus et des amas stellaires : elliptiquement il le plantait dans la cavité d'un orifice humain. C'était un homme qui, en résumé, aimait à « faire des doigts ».

Ma mère, terrorisée par Pichoff et sa bande de foireux loulous (des gens comme Papadou Zimba, Carlos Redu, Christian Christian, Fifi Chausson, Bernard Viviparès, Casimir Lonzo, Bibi Luz, Khaled Nedjar, Pascal Pointereau, Ralalah Tof'u, Alexandre Poutch, Kokovic, André Loustalope, Milocz Kafouille, Dangerous Hervé, Omar Maclaque, les frères Illico, Petit-Lait en personne, Fred Mamain, Bouboule 2, Yves, Zozo Karamatchi, Flavien Brown, Jean-Julius Porchon, Figueras Louis, Pavlí Pítchek, Ness Gupta...), avait préféré rester en « bons termes » avec son ex, et parvenait, par un perpétuel coup de bluff qui lui donnait des sueurs froides quand elle y repensait une fois rentrée dans la tristounette solitude de sa chambre aux motifs régressifs, à se faire respecter de ce caïd trentenaire qui, Dieu seul sait pourquoi, Dieu seul surtout sait comment, était parvenu, deux ans plus tôt, à la séduire.

32

— Quel est donc ce nouveau puceau, ma chérie poupoule ? demanda Pichoff, d'une voix bourdonnante, à ma mère, tandis qu'on entendait le westernal cliquetis des éperons de Castagnette (regard pierreux dudit Castagnette). Je puis-je boire un dé de schnick avec vous deux ?

— Laisse-nous, Walter, le coupa ma mère. On voudrait être tranquilles. Je ne suis plus ta chérie.

— Tu t'accointes aux louseux, maintenant ? fit Pichoff en lançant un regard agressif en direction de mon père. Après avoir connu l'homme-le-vrai ? Tu chômes peu louloute, depuis nos provisoires adieux !

— Laisse-nous je te dis.

— Tu les chines où les gars-là ? C'est la cinquième truffe en six mois. Vous jouez à la marelle quand ça ? Je pourrai passer ?

— Arrête. Tu n'es pas drôle. Excusez-le.

Pichoff fixa de nouveau mon père :

— Ton nom tête de pneu, quel est ton joli nom joli ? Ce serait si je te bute, au cas. Pour la pancarte gravée, sur ton monceau de fumier d'humus. Je peux t'étaler moi. Au milieu de la route !

— Il n'a pas de nom, répondit courageusement ma mère.

— Mais c'est très bien mon abricot. Mais c'est trèèèès bien. Je vais lui en donner un, moi. Hein Castagnette ? De nom.

— Oui, Walter, affirmatif. Chef ! (Castagnette se tint, pendant cette réplique, droit comme un piquet.)

À mon père (blême) :

— Tu seras « la Fliche », mon gars. J'ai hésité: « la Nouille », « Gros Nougat », « Gomme-Gomme » ou « Puduc ». « Singe-à-plumes » était bien aussi. « Croûte-à-Croûte », « Cure-Dada »… Ce sera « la Fliche ». J'ai dit !

Éclats de rire de Castagnette, qui se tordit comme un maudit. Il était secoué par son propre ricanement, frétillant sur ses jambes maigres et sans mollet, et ses secousses faisaient tinter la quincaillerie de ses américains éperons.

— C'est une tranche de lard coupée en long, précisa ma mère à mon père.

— Ah, déglutit mon père, pétrifié de peur. Je ne connaissais pas ce terme. J'aime apprendre des mots nouveaux.

— Fais le malin ma boule, fais le malin, poursuivit Pichoff. Moi t'en mettre une pelletée de mots nouveaux la Fliche ! Des dictionnaires à tomes, de A jusqu'à la fin des Z, dans ta brèche arrière, à la suppo. Prévois une paire de supplémentaires draps !

— Cesse les menaces, Walter. C'est minable, lui balança ma mère.

— Le mot *cocu* la Fliche tu connais ? *(Désignant ma mère au milieu d'un essaim de mouches bleues :)* Avec celle-ci, cocu tu seras. Tel the bouquetin !

Pichoff fixa mon père, mon père qui ne bougeait pas d'un pouce, mon père ankylosé trouillard.

— T'es-tu au courant que tes amours seront courtes, dis ma Flichette ? Hé Castagnette tu sens comme il poisse en slip ? On aurait dû l'appeler « la Cliche » ! Trop tard. Trop bête ! Hein Casta ?

— Herr ! Jawohl ! Pichoff oh !

Walter Pichoff, dans un craquement d'allumettes que firent ses genoux, s'accroupit au niveau de mon père, lui lança dans les yeux de grands poignards affûtés et commença de lui tapoter les joues. Mon père resta immobile. Mon père resta coi.

— Bon. C'est l'heure des récapitulierungs… fit Pichoff. Toi mon Tintin : je t'apprécie point. Mais vraiment point point. Nous débutons super mal moi tous les deux toi. Ton air de croupion, tes regards biais, tes yeux qu'on dirait des petites boules de graisse méprisantes, ta pincée boubouche, en cul de moule, ils me reviennent peu. Non, non, c'est bien réfléchi : je ne t'aime pas. Tu n'as pas l'heur de complaire à Walter Pichoff et son assistant Castagnette, ici ci-là présent.

— Je suis navré, gloussa mon piteux père.

— Bien. Bien bon. Voilà. Ceci la Fliche sache, asséna Pichoff : je ferai tout mon extrême possible pour que ta love story meure super vite. D'accord ? C'était presque ma femme, Claudine. Toi comprendre ?

— Je suis navré, redit mon repiteux père.

33

— Claudine, c'est l'amour de toute ma vie, s'apitoya Pichoff, c'est la femme de ma biographie. Demande à la Castagnette. Castagnette ?

— Yes ô yes Führer hé !

— Tu te fais du mal, Walter, tenta encore ma mère. Arrête maintenant. Je t'en supplie.

— On avait digéré quasiment les dragées du mariage, poursuivit Pichoff. Des bleues, des roses, des orange, des fuchsia, des sucrées, des au caramel, des au Pépito dedans. Au Bounty !

— Au Nesquik ! rajouta Castagnette en tripotant une de ses célèbres verrues.

Pichoff se redressa. Il fixait à présent son ancienne amoureuse.

— À la fleur d'oranger, aussi. Et puis : elle m'a quitté entre les doigts de la main. Clac ! Un adieu qui tue le cœur en vrac. Je fus dans la peine. J'ai failli faire une rupture d'anévrisme cardiaque. J'avais du mal à respirer. J'ai dû pratiquer l'apnée. Sous mes larmes homme-grenouille. Palmes et tuba dans les salés pleurs. Tout au fond des profondeurs. Mon chagrin ? Ça s'est su jusqu'alentour de Tigy-les-Asperges. Les frères Illico sont témoins. *(S'adressant de nouveau exclusivement à mon père :)* Je suis monté dans leur putain de roulotte. Ils m'ont consolisé. J'ai chialé dans les vieux seins moelleux de Maman Pichoff mère. Y a plus que des ovaires à la family Pichoff. Tous les mâles sont au trou. Mes oncles frères et pères cousins : tous aux totos, à se compter les doigts du pied. Je dis : moche. Et puis ! Ne pas oublier les décédés. Les décédés Pichoff morts. Au trou tout aussi, pas le même je veux bien, mais tout ça c'est toujours du trou. Dès que l'avenir se bouche ? Je dis qu'il y a trou. Si l'on commence à négocier les définitions de chaque trou, nous serons là jusqu'à l'infini : au Reinitas ! Jusqu'à juillet pas moins. Pas le prochain, l'autre, l'autre encore, et puis encore d'après, d'après. Tu vois la Fliche : Claudine, elle est partie un matin, un matin bleu tout froid. J'aurais juré que c'était le soir dis donc. Ça ressemblait à du soir comme à du petit matin. En termes de texture. De coloris dans ma triste tête. Il y a des jours mon gars plus noirs que les nuits. Des jours où le soleil brille à l'envers. Les rayons tournés en dedans. Où le soleil serait comme une lune. Et : la lune sert à rien. Elle sert à ce que des cons comme toi veulent aller dessus. Rigoler dessus. Chier dedans. Une petite pêche à poser, en apesanteur, en loucedé dans un cratère, et que tu te reprends dans la gueule en l'air que tu la croyais larguée bien au sol ! Aller là-haut faire le faraud : à planter des cure-dents avec un accroché fanion. Made in USA. Des gros Ricains dessus, avachis dessus. Obèses de hamburgers, de ketchup. Au milieu de leurs étrons volants, qui flottent et paf ! dans le casque, en giclée. Et quand il pleut là-bas c'est ta pisse. Ta propre pisse à toi qui te retombe sur l'os. Merci bien. Alalah ! Ces gros gars savants dans le noir des lunes. En plein milieu de la galaxie les types. À chasser les étoiles de la main, comme des nuées de moustiques. On est près de l'infini là-bas. L'infini on y a pied. Tu fais trempette dans le cosmos. On peut voir le mystère en face. Mais non : on envoie des cons. Comme la lune. Des cons envoient d'autres cons : des joueurs de base-ball et des aviateurs de guerre. Enfin ils voudraient bien : ce n'est pas fait, crois-moi, l'homme sur la lune. Franchement. Ça ressemble à quoi ? Tout cela : foutre leur pénis bien bandé dans le sable, pour faire baver les Russkofs. Marshmallows à visières. Incultes au possible. Sumos de l'espace. Habillés comme le gros mec de chez Michelin. Avec ses bourrelets de pneus. Son nom m'échappe.

— Bibendum ! lança fièrement Castagnette.

— Lui-même en personne exact, acquiesça Pichoff. Lui très-même ! Lui ! De toute façon : je crois que jamais personne ira jamais, sur la lounééé. Ils sont pas prêts pour la lounééé. Ils vont tomber du ciel, dans une explosion. C'est garanti Pichoff. Ils vont se péter la gueule dans les amas. Dévaler la Grande Ourse. En hors-piste. C'est du signé pur porc, la Fliche. Jusqu'à Jupiter qu'on va retrouver leurs lacets, des bouts de jante, et tous leurs cacas, les molles grosses godasses, leurs genouillères, leurs coudières comme pour faire du skète, et des sédiments de leur carcasse. En orbite l'estomac. Avec les colombins. Le foie vers Saturne. Tout schuss recta. Les viscères en orbite, un œil, une mâchoire-satellite, hé le big bang des râteliers. Chicots plantés sur la mer de la Stupidité. Fragments de casqués matheux. Au milieu des minerais d'étoiles. Mais ma poésie m'entraîne. Et ! J'oublie. J'oublie j'oublie que : je parle à un monsieur

très important, Castagnette. Un monsieur qui s'apprête à ?
Baiser ma femme.

Pichoff (Walter) n'avait pas tort. On se demande où est
la grandeur de l'homme qui marche sur l'eau d'une mer de
sable ! La lune, ce n'était pas la peine d'y aller : on l'avait déjà
imaginé, le scénario (à la virgule près). Jules Verne l'avait déjà
décrit, le voyage. Et des milliers d'autres. Hergé l'avait déjà
dessiné : en outre, on voyait mieux dans la bande dessinée,
ou dans les romans, que ce que ceux qui l'ont vu ont pu (ne
presque pas) voir à la télé. En quelques traits extrêmement
clairs, Hergé avait rendu l'alunissage de Tintin et de Haddock plus plausible, plus réaliste surtout que le « véritable »
alunissage noir et blanc marketing de l'Amérique antisoviets.
Et Cyrano de Bergerac, fabuleux. Et Méliès, le plus grand :
Voyage dans la lune, c'était autre chose que la Nasa (qui
poussera le mimétisme tintinolâtre jusqu'à faire jouer le rôle
du capitaine Haddock par l'alcoolique Buzz Aldrin). On
ne perçoit guère l'intérêt de faire réaliser par des tâcherons
quelque chose qui a été déjà réalisé dans la fiction par des
génies.

La « réalité », à côté, l'alunissage « réel », avait l'air d'un
pisseux plagiat. Je mets des guillemets à « réalité » parce
que les gens s'imaginent que la réalité c'est ce qui se passe
vraiment, c'est ce qui se passe *pour de vrai* dans le monde
des vivants. Dans le monde chosal des choses. Dans le vrai
monde véritable événementiel des événements. La réalité, en
réalité, c'est ce qui se situe dans un livre, sur une toile, un
écran. C'est tout ce qui n'est pas touchable avec les doigts.
C'est tout ce qui n'est pas vécu par de la vie. La conquête
spatiale est une des plus grandes escroqueries du XXᵉ siècle.
Pourvu que le XXIᵉ se calme. Capitalisme galactique, épuisant, infantile : destiné à donner de mous orgasmes aux
matheux. Destiné à nous faire oublier que l'homme possède
une vie intérieure nulle et désespérante, se sent obligé d'aller
vérifier s'il n'y a pas une vie « ailleurs ».

La plupart de nos concitoyens sont déjà incapables d'avoir une vie terrestre potable, une vie terrestro-terrestre passionnante, riche, dense : mais se démènent le crâne, les milliards de milliards (de milliards) de neurones du crâne pour « rencontrer » des vies infiniment éloignées. Pas fichus de se rendre seulement un tout petit peu « heureux » eux-mêmes et encore moins leurs proches, leur « entourage ». Persuadés : que rien n'est plus important, au nom du « progrès », que d'aller titiller les amas aux fins de vérifier s'il n'en tomberait pas deux, trois hommes verts aux figures d'amphipode ou de cynips, prêts à vous téter les yeux. À moins que les martiens burlesques ne soient que de compliquées molécules vivant en de réservés domaines, sans air pur ni amour, où l'on se nourrirait d'hydrogène et de bosons. Pauvre Armstrong (Neil) : la technologie l'aura propulsé tel un bonobo au milieu des étoiles, le déposant sur un cendreux gros caillou accidenté, et cette même technologie, jamais intelligente, jamais (très) finaude, n'aura pas même réussi à nous en montrer des images dignes de ce nom. Personne n'a jamais rien vu : ni la lune, ni le ciel, ni les astronautes, ni le LEM, ni rien – sinon d'indécents journalistes, babillant. Bouillie télévisuelle inouïe : à la radio l'on voyait mieux. À l'œil nu !

Cette mélasse noir et blanc au ralenti. Ralenti, noir et blanc, mauvais mélange. Le noir et blanc, c'est en accéléré que je l'aime. C'est Laurel et Hardy qu'on aurait dû propulser là-haut. Armstrong (Neil), dont on ne voit pas les pas, encore moins le visage, non seulement n'aura servi à rien scientifiquement (cela est aujourd'hui attesté) – sinon à crâner au sommet des dunettes –, mais aura eu en sus une phrase déplacée. Je regarde une photo d'Edith Stein posée sur mon bureau. Edith Stein, beaucoup plus éloignée de nous dans les étoiles, non point par sa technologie mais par son amour, non point par sa curiosité des extraterrestres mais par sa folie pour les humains, beaucoup plus lointaine, inaccessible, scintillante, éternelle par sa vie intérieure supérieure mille fois à toutes les prouesses aéronautiques – la mission lunaire, c'est de l'aviation haut de gamme, ni plus ni moins –, Edith Stein sait ce que cela signifie, elle, de faire un petit pas pour l'homme et d'en faire un grand pour l'humanité.

— Écoutez, monsieur Pichoff... tenta mon père.

— Toi gars oh tu m'écoutes : toi ! Toi ! Pas moi : mais toi. J'en étais où ? s'énerva Pichoff.

— À la rupture, répondit Castagnette devant ma mère laminée.

34

— Walter, laisse-nous tranquilles, je t'en supplie, implora ma mère.

— J'ai presque terminé, trancha Pichoff. Alors oui, la rupture. La rupture d'amour. Quand tout est fini clos. Que l'univers a l'air d'un gros tout éteint trou. « Notre rupture », petite prune. Quand tu m'as dit très adieu. À cause d'un mauvais caractère que j'aurais. Que je suis pas vraiment vivable et tout. Des jugements de valeur, d'opinion. Des cours d'assises sur qui que je suis-je. Mon comportement choc choquant. Mes de travers éducations. Que je fais pas l'idéal compagnon, l'homme de la vie de ta vie, le bouche-trou d'avenir, le gendre gomina, toutou patins chaussons la messe, l'english courant Oskford, l'abonné des *Figaros*, le poli du cul du poil, qui sort de l'ENA comme on sort de son bain. À propos : la toilette. Sujet qu'on me cherche dessus, beaucoup de poux. Qu'y faudrait prendre des douches à chaque fois que le matin c'est ! Éviter certaines naturelles manifestations, en public notamment. Jamais se vider les vents. L'infâme ce serait pourtant de les garder dedans soi, en collection dans les intestins. J'ai rien le droit de. Ni pisser tenez-vous bien, dans le lavabo.

Tu conviendras, mon Flichounet, que ceci n'est pas une vie : mais carrément le Caramel de Lisieux. Sainte Thérèse y avait choisi d'être empêchée de tout, parmi les guenuches, dans le silence bouché des clitos. À frotter du carrelage à s'user l'escafignon. Elle avait envoyé un CV au bon Dieu pour pouvoir astiquer le plâtre des Vierges, aux mâtines poncer les lunures du buis des saints, dans les gris courants d'air gris. Mais moi : je n'appartiens point à ces vocations. Alors pourquoi s'agirait donc t'-il que je me fissasse râper les voyous tatouages ? Couper les boucles d'oreilles ? Censurer de la tête aux boots ? Et puis-puis jamais hurler crier, lever la voix, la main. Non mais oh ! J'ai ma liberté mesdames les dames, désolé. Mes réflexes. Mes habitudes et manies. Mes penchants réactions. J'ai mes épidermes. Mes trucs. Mes caractères, mes violons d'Inde. Si ma moi-marotte à moi c'est de cogner cinq minutes, à la rigole-donc, quand je digère mon houblon, où serait le mal où ? C'est pour jouer, nous ne sommes point méchant gars. Tellement gentil voire sous tels profils : une gelée d'humain. Du loukoum de bandit. Bien flan, surguimauve. Sirop de liqueur au sucre. Pâte et chewing et gum. Animale farine quand tu sais me prendre et comprendre. Une crème sur les bords. Yaourt. Un brin possessif j'admets. Jaloux sans doute : mais lors de circonstances où l'on me cherche-provoque. Et encore. Une fois sur deux, sur dix-huit, dix-huit et demie. Statistisch ! Ma tare est très exagérée. Je suis surcoté à l'Argus du vice. On caricature mes abîmes. On diffame mes démons. Les gens racontent. Les gens cacabent. Les gens quoiquoitent derrière mon dos mien. Les belles dames, les hauts gars, les vieux ratatas, les vieilles raplaplas, m'accablent de leur rigolo jazz. Les gens filipendulent. Les gens fanfannent : je serais creton, fongus, plouc. Un ioug. Un juc. Les chiens m'aboyent. Les pigeons du ciel me fientent au frac. Tous animaux de la forêt me fuient. Mes défauts, mes excès grand écran, mes irritations colères, mes eaux-fortes, ils prouvaient ma grande passion pour Claudine, ma Claudine fée. Ils montraient que d'amour j'aimais. D'amour diamant pur vrai. C'est franchement mieux qu'être fadasse. Les gens disent les gens disent. Ils clochemerlent. Moi ? La Fliche, demande à Castagnette : j'aime beaucoup les sentiments quand les sentiments sont des sentiments amoureux. C'est revitalisant. Bon pour les cheveux capillaires, les cellules biologiques corporelles, le moral de l'humeur. Sous tous les prismes cela fait du bon bien. Au diaphragme au pouls, au plexus vers le cœur à la bulbe, aux rates, à l'artère du foie, à les vertèbres dans le cou. Même pour la moelle épinière les médecins ne trouvent pas mieux. Ça rallonge les phalanges, ça décape en toxines. Mais bon la Fliche. Je fus obligé contraint d'accepter la réalité horrible. Malgré les tentatives pour la récupérer, pour récupérer ma petite biscotte. Ma petite biscotte au son. Ma petite hiva-oa.

— Des tentatives ? Des menaces, oui ! s'insurgea ma mère.

— Tatata nenni tout doux : des recommandations puce. Je te recommandais doucement. Calmement, caille. Ma boule d'abeille. Mon miel. En superamoureux, dans les douces douceurs. Avec feutre et Quiès. Je te priai de bien vouloir t'obliger à rester avec moi, bien à mes côtés, un labrador pas très loin, la pluie contre les carreaux, maison en Sologne, Cachalo-sur-Loire ou Trougny, Crécy-les-Mouches, Brouet-en-Brouillard, Challuy-le-Talus, Brouchoven, tout près de la cheminée, qui brûle comme un havi les épidermes. On serait allés, le dimanche, se promener sur les vicinaux chemins. Parmi les fougères. Mes bons côtés. Mes côtés de velours et soie. Mettre ta main sur mes blessures. Oh je voudrais que tu reviennes, je voudrais dérompre. Je n'ai pas voulu te faire du vrai mal. Tu peux demander à Castagnette, hein Castagnette ?

— Oui bon ben ça va. Ça va, tempéra ma mère. *(À mon père :)* Walter et moi sommes amis à présent. Rien de plus.

— L'amitié. Nous relevons de l'amitié, confirma Pichoff à mon père. Nous pratiquons le copain-copain de très très haut niveau. La connivence de compétition. Mais la Fliche je te préviens : je veille je veille. Oula Dieu je veille. Tu devrais faire attention. Si tu fais du mal à ma grenouille d'amour, à mon infinie, je te mords le cul. T'auras des nouvelles du « manouche qui boite ». Si tu lui fais du bien, tu réveilles ma soi-disante overmalade jalousie. À toi de choisir, selon tes désirs, tes spécialités, tes masochismes. Tu es assez peu bien barré. Vouloir d'elle, c'est m'avoir avec, c'est me traîner pas loin. En gros boulet bagarreur susceptible. Et sans humour. Ton corps peut, un jour, être retrouvé par un cantonnier, dans un petit talus, alentour d'un sous-bois qui respire la noisette. Au milieu des animales bêtes. De partout tuméfié, picoté par les petits oiseaux de Trenet.

— Arrête, Walter. Tu vas lui faire peur. Ne l'écoutez pas, il délire. Il ne pense pas ce qu'il dit, assura ma mère à mon père.

— Je lui fais le menu, ma fléchette, avertit Pichoff. Ton tankinois doit savoir à quoi il expose ses viandes. Il ne faudra pas venir pleurer, les amis. Je vais vous surveiller. Grelin ! grelin ! font mes grelots à vos trousses. Je serai là, ventouse de tous les instants, de toutes les rues. Vous serez suivis. Partout où vous irez j'irai. Je vous colle à la babouche. J'aurai prévenu la galerie. La Fliche ? Me veut, il m'aura. Il savait pas ? Il sait. Je suis là, implanté sur ses baskets, matin midi soir, dans les rues d'Orléanville à vos talons, « cher petit d'amour couple ». À bon entendeur, roucouleurs ! Ciao.

35

Quand mes parents sortirent (sonnés) du bistro – que mon père orthographiait avec un *t* final et ma mère, plus économe, sans –, la nuit commençait à tomber. Quelqu'un avait essuyé ses mains sales sur le ciel. Afin de se séparer le moins possible, ils firent le tour complet de la statue de Jeanne d'Arc. Ils n'évoquèrent pas l'incident Pichoff Walter : ma mère était gênée par l'intrusive et concrète manifestation de son traître passé, mon père par l'officialisation si rapide de son infinie lâcheté ; ils partageaient ce malaise réciproque, en somme, de ces notables qui, tenus par le pantalon et par le secret, se croisent en se raclant la gorge dans une boîte à partouze.

Plantés devant les bas-reliefs qu'ils redessinaient du doigt, deux enseignants munis de cartables marronnasses commentaient la vie de la Pucelle. Une jolie passante, dont la queue-de-cheval s'agitait sur la nuit comme le pinceau de Pollock, pressait son pas au milieu du soir humide : dans la duveteuse circonférence d'un caleçon pur coton somnolait la verge, momentanément indifférente et recroquevillée, qui dans moins d'une heure ferait monter jusqu'au ciel noir de la ville la sonore apothéose de sa viviparité.

Mon père fixait ma mère avec un regard d'assassin. Elle avait froid dans sa robe à demi-manches sur l'épaule, évasées vers le coude d'où sortait, comme une murène de son antre, un bras blanc terminé par une main translucide. Mon père eut soudain le sentiment que le monde ne pourrait jamais être assez grand pour contenir à la fois son amour, son impatience et ses projets. Cette sensation ne provenait pas du cerveau, mais du tréfonds de la gorge. Les pensées descendent, les émotions montent. Il cherchait une idée qui lui permît de conclure la scène de la rencontre avec la femme de sa vie sans la moindre dramaturgie ni la moindre fioriture.

Un seul de mes gestes, un mouvement trop anguleux, un mot mal choisi (se répétait-il *in petto*) anéantirait tout espoir de la revoir, d'admirer à neuf ses cheveux symétriques longeant ses tempes jusqu'à ses épaules où je voudrais demain pouvoir planter mes crocs comme un loup de Grimm ou de Perrault, puisque des époques furent où les écrivains se prêtaient et recopiaient mutuellement leurs loups, se les échangeaient d'une rive l'autre du Rhin, se les empruntaient le temps d'un conte, disposant cette gueule effroyable aux replis du bois.

Tout ce qu'il dirait à ma mère dans les cinquante années à venir (des années parfaitement disposées sur les étagères du futur, comme autant de livres aux pages vierges compressés les uns contre les autres dans la bibliothèque des âges à traverser) formait dans mon père une boule située au niveau de la pomme d'Adam. Quelle sorte de pomme fut croquée en Éden ? La pommologie n'apporte aucune réponse à cette question. Selon ma mère, il s'agissait d'une reinette : acidulée, peu sucrée, ainsi qu'il en va d'une vie normale sur notre normale terre. Pour mon père, le couple des couples avait mordu dans une golden : croquante et sucrée, comme celle qu'il épouserait sous une pluie de confettis six mois plus tard (on apporterait sur un bâti tapissé de feuillage, que deux hommes soulèveraient à grand-peine, une bombe glacée aux secteurs pralinés, vanillés, framboisés, scintillant de tous les petits ronds mobiles que ferait courir sur eux le soleil). Pourquoi le fruit défendu n'avait-il point été une banane, un abricot ?

36

Il y avait, bloqué dans l'avenir de mon père, réservé à son existence comme on réserve pour dîner dans un restaurant : une tempête domestique de juin 1972 (qui le ferait courber les épaules et quitter le foyer familial pour se diriger vers la Loire gonflée par les pluies et les larmes), une promesse de fidélité proférée devant sa femme trentenaire le vendredi 13 août 1976, en débardeur trempé, debout dans la chaleur lourde et étouffante d'une fin de journée à Corfou, pied posé sur une caisse de gin, coude enfoncé dans un ballot de cotonnade ; un chantage au suicide d'avril 1979 (présence de l'édenté chauffeur Abdulla, Le Caire, poussière, fatigue, soucis financiers) ; des insultes de Noël 82 (Claire, bien qu'enceinte, obligée de venir s'intercaler entre mes parents) ; des larmes de pardon produites le mardi 23 octobre 1984 (pluie fine, bruit des essuie-glaces frottant le pare-brise comme les archets d'un violon lors d'une soirée de l'IRCAM). La dépression de Pâques 1991 (crâne chauve de mon père brillant telle une pièce de dix francs dépolie) attendait sur un tremplin de ski, à l'état d'énergie potentielle. Prête à s'élancer.

Des fous rires partagés (classés ici par ordre décroissant d'intensité) attendaient, avec une magnifique patience, leur déploiement dans le futur : jeudi 14 janvier 1971 – Chamonix, temps blanc, neige crissante, ma mère en fuseau jaune canari a les lèvres retroussées, le mot d'esprit que vient de lâcher mon père est léger comme un petit insecte en fuite ; samedi 20 mars 1976 – elle, hilare et nue dans un lit d'hôtel de bois sculpté orange, rehaussé de psychédéliques mouchetures, posé sur trois pieds d'éléphant, lui, tremblant devant un guéridon, en grande foireuse conversation avec les esprits (Bonaparte, un vieil oncle pédé disparu à la Libération, Lénine, etc.) ; vendredi 1er février 1974 – salle des ventes, Drouot, la main levée pour de faux de mon père qui n'eut jamais l'intention d'acquérir la jambe artificielle d'un académicien français retrouvé mort chez une approximative prostituée dans sa tenue d'ecclésiastique (longues mains abandonnées, languissamment ouvertes, bouche grand écartée aspirant le mystère du ciel).

Installée quelque part sur le calendrier, à la date du mercredi 26 novembre 1975 qui attendait son tour : la première tromperie de mon père – avec Jeanine, une rousse flasque mal aimée des hommes. Rue Bannier, dans l'indifférence marmoréenne des provinces ennuitées, profitant d'un séjour bref de son épouse à Toulouse (elle s'en était allée célébrer le mariage d'une amie décédée depuis), mon père traversa une petite cour moche éclairée par les rayons de la lune, monta des escaliers sonores et tordus, enfin pénétra la chair de cette éteinte quadragénaire qui était l'équivalent, au royaume des femmes, du lieu commun du royaume des idées.

Jeanine n'était guère neuve. Elle avait accumulé les tristesses et les bleus. Mais sa gentillesse avait quelque chose de rassérénant, de sain. Sa bonté était artisanale. Tout chez elle semblait fait main, pas simplement ses caresses. Aussi, mon père ne venait-il pas simplement enfourcher sa chair un peu mécanique, un peu démodée : il recueillait, il prélevait plutôt des échantillons de tendresse dans cette compagnie pleine de murmures et de soupirs. Jeanine tenait moins pour lui lieu de maîtresse que d'émanation. Elle était si discrète qu'elle n'existait pratiquement pas. C'était la femme la moins célèbre du monde. Il existe (et meurt) dans les villes acapitales, solitaires et blessées dans leur petit appartement, des femmes abandonnées, douloureuses, qui savent mieux redonner vie que la donner tout court. Les hommes de passage constituent leurs véritables enfants : l'incomparable douceur qu'elles prodiguent, sans exigence de réciproque, les transforme en secrètes saintes dont nous finissons par vénérer le maquillage excessif et mauve sous les yeux, les jambes grassouillettes et courtes, la molle hanche, le regard d'épagneul implorant la pitié. Elles ne transforment pas l'amour en passe-temps, mais le temps en amour spécial, fait d'hypnotiques balancements, de silencieuses paroles et de mains serrées.

Jeanine savait mieux que mon père ce qu'était une larme : elle n'avait pas fait d'études mais connaissait tous les chapitres de la souffrance. Elle n'avait jamais mis les pieds à New York, n'avait jamais tangué en tournant sur elle-même sur les pirogues du rio Negro ni n'avait eu l'occasion de s'intéresser à la correspondance Gombrowicz-Martin Buber. Mais je vous jure qu'elle savait pleurer comme personne. Elle était dépourvue de rancœur comme un bois dépouillé de feuilles, ne pensait plus jamais à l'avenir (en réalité, elle se dépêchait de le transformer en passé pour biffer en elle les encombrantes modalités de l'espérance ; l'espérance est à l'espoir ce que le ciel est à la terre) ; elle pleurait, l'œil brillant, attendant pour cela d'être parfaitement seule (que sa solitude, comme un poème de Mallarmé, ait atteint une forme de perfection) ; au lieu que les larmes assombrissent son teint, elles l'allumaient au contraire, à la façon d'un cierge.

Ses défaits cheveux, grisâtres, mal nourris, flottaient en arrière, et ses regards flottaient dans la chambre, elle aspirait l'air par sa bouche tandis qu'une enfantine morve montait descendait en sa cloison nasale : par ses pleurs elle atteignait non point un état mais un pays, fait tout de gazon, un gazon luisant et fin, parsemé de noueuses racines qui figuraient ses souvenirs. Elle se promenait dans ce land comme au milieu d'elle-même, la tête inclinée toujours, croisant au hasard de sa route les pierres tombales de quelques amants pratiquement anonymes. Elle s'arrêtait sur le granit de Paul-André, auprès du marbre de Patrick, devant le bronze ou la craie de Francis : elle aurait voulu s'élancer au loin dans l'espace, arrachée à ses vieilles blessures (Paul-André, Patrick, Francis et les autres avaient lâché sur elle, de même qu'on lâche des dobermans écumants de bave sur des enfants, leur volonté d'humilier les femmes), mais c'était impossible : elle pesait sur cette terre comme du métal en fusion, elle se répandait dans les allées de sa vie, vitrifiait tout, s'incrustait, se bitumisait. Goudron de femme.

37

Mon père (que nous avions nuitamment abandonné place du Martroi aux abords de la statue équestre de Jeanne) se passa doucement les mains sur l'estomac. Il fit claquer sa langue. Il caressa de sa main paternelle les maternels cheveux de ma mère. Des unités palestiniennes placées sous le commandement arabe se mirent à occuper la bande de Gaza ; les yeux de mon père étaient inondés de lueurs moites. Israël décréta la mobilisation générale. « Je suis amoureux », pensa-t-il à l'instant même où Nasser prit la décision de fermer le golfe d'Aqaba.

Le futur homme de la vie de ma mère, l'homme de sa vie future, s'abîmait dans une muette contemplation qu'elle trouva stérile, aux antipodes de ce que *doit* être un homme. Elle se doutait bien qu'elle céderait, mais un imperceptible bourdonnement la prévenait que cette entité juvénile, frémissante d'amour et agitée de mélancolie, n'incarnait pas l'idéal d'un amant à la surface âpre, à la joue rugueuse comme une lime, au muscle primitif, au détachement sûr.

Une femme semblait endormie à l'intérieur de mon père, ma mère le sentait. Cette liaison ne pourrait durer : mais la poussière soulevée par les vivants vaut mieux que celle qui rassemble la carcasse des morts, et nous sommes posés sur la terre, installés dans une nonchalante curiosité, afin d'essayer les êtres comme on enfile un pantalon.

D'un homme qui la désire à tout prix, une femme ne se débarrasse pas si facilement. Mon père ne plaisait pas véritablement à ma mère : elle fut surtout empoignée par cette volonté qui émanait de lui de se l'approprier. C'est le désir qui fait désirer. Selon les universelles lois du sentiment amoureux, qui n'est qu'un trompe-l'œil (nécessaire à la production répétée de notre insistance à survivre jusqu'à l'extinction du feu solaire), le désir est un emprunt au désir de l'autre, un plagiat de son obsession, une imitation de ses certitudes. Le plus important pour ma mère n'était pas tant de désirer que d'être désirée, ceci entraînant mathématiquement cela. L'amour s'obtient par contagion.

Les premières secondes de l'amour, dans le couple à peine formé, implorent l'existence d'un bien suprême qu'on nomme l'éternelle béatitude : le printemps 1967 proposait une douceur qui se prête à cet élan. Sur le Mail, boulevard Henri-Martin, où fut établi le siège orléanais de la Gestapo (une fois franchi les piliers de pisé du portail, on faisait sortir ton œil juif de son orbite juive à l'aide d'une pince-monseigneur ou d'une cuiller qui le matin même avait concassé l'œuf à la coque d'un officier à la nuque rose barbe à papa) dans un passé si proche que ce passé était lui-même un jeune homme, les châtaigniers se doraient au soleil comme de gros chats velousoyeux – on apprend à l'instant qu'Eddy Merckx remporte la course Milan-San Remo pour la deuxième fois. Un gouvernement d'union nationale est formé en Israël. Moshe Dayan prend le portefeuille de la Défense et la droite israélienne entre dans le gouvernement Begin. La solution militaire serait adoptée. La guerre des Six Jours pourrait commencer. Tsahal envahirait le Sinaï. Jérusalem et la Cisjordanie seraient conquises par Israël.

38

Le samedi 18 mars 1967, mon père embrassa ma mère (trente-deux millions cent vingt-trois mille quatre cent cinquante-cinq décès sur la planète pendant la durée de ce baiser). Ils décidèrent de se revoir, cette fois isolés du monde extérieur par les briques d'un bâtiment au sein duquel, en toute liberté, ils pourraient proposer à leurs réciproques anatomies des exercices plaisants, exagérément basés sur la caresse, l'excitation de zones dites érogènes.

Ils laissèrent le *Torrey Canyon* s'échouer sur des récifs en Cornouailles britanniques, lui permettant de répandre dans la mer une partie de ses 119 000 tonnes de pétrole brut, et louèrent, pour deux heures, une chambre étriquée dans un hôtel de passe de la rue d'Illiers (les filles montaient les escaliers avec leur client comme on fût monté dans la capsule d'un phare côtier avec un plat froid d'épinards, de foie de veau).

Sur la porte que mon père ouvrit en tremblant comme un poète déclamant ses premières compositions face à un parterre de parnassiens à monocle, le nombre « 12 » se dressait en lettres d'or et en relief, prétentieusement, comme s'il annonçait la suite d'un maharadja ou de quelque seigneur hautain. Le chiffre « 1 » campait en héron méprisant, le bec longiligne et sûr de lui, aussi bien que son voisin, le « 2 », jouait les flamants alanguis, les cygnes, exagérant sa circularité, sa souplesse, dans une arrogance qui jurait avec l'odeur âcre de l'établissement, son exposition plein nord qui rendait polaire sa température ambiante, et sa lumière blanche, extraite d'un néon grésillant, malade, abject.

Le petit couple découvrit un insalubre meublé dont la fenêtre s'ornait d'un coléoptère écrasé. Le sol était – cela rend plus romanesque cette description pourtant traduite d'une enquête menée par mes soins quarante années plus tard dans la réelle réalité – recouvert d'un lino couleur fiente qui pouvait rappeler la couleur générique des uniformes portés par les pioupious de la caserne voisine, visitée par le spectre réglementaire de Marcel Proust, et dont les marches en ordre serré s'accompagnaient d'aboiements humains faisant vibrer comme des bourdons pris dans une toile d'araignée les carreaux dégueulasses de ces prostitutionnels cachibis.

Ma mère s'aperçut dans le miroir (si fissuré qu'elle se vit en puzzle) : elle pensa que la réalité du présent était quelque chose de désagréable, de blafard (comme une lumière crue provenant du plafond qui trahirait chez les femmes la grammaire précipitée de la trentaine, chez les hommes l'imminence des calvities protocolaires), qu'elle lui préférait de loin

413

le passé (où l'éclairage sur nos figures semble aussi doux, feutré, tamisé que dans une cave transformée en haut lieu du jazz) ou le futur (esthétique chic de l'usure, de la frotture, de la tavelure, de la nervure ; paradoxale photogénie de l'affaissement, du creusement, du ridement, du renoncement ; cruciale philosophie de la maigreur, de la laideur, de l'aigreur, de la lenteur).

Dans mon futur, dès lors que je serai enrobée dans la carrosserie rouillée d'une vieille, que mes gestes feront aussi mal à mes os que le barbelé déchire la peau – pensa ma mère nue, les côtes saillantes, tandis que du couloir se propageait une odeur de cigarette russe –, plus rien n'aura d'importance. Ce qui sera une libération ; ce qui sera une liberté. Quand la fin de tout est proche, tout devient sans conséquence, tout devient gratuit. Les vieux, ainsi que les enfants, barbotent dans la gratuité du monde. Mais quand savez-vous que la vieillesse a commencé ? Réponse : aussitôt qu'un garçon de café vous appelle « jeune homme ».

Notre jeunesse, enfuie comme elle s'enfuit dans les poèmes d'Aragon, n'est pas perdue pour tout le monde : les astrophysiciens la recueillent, sous forme de fossile rayonnement, quelque part dans le New Jersey, parmi les tourbières saturées de canneberges et les étendues de baies rouges, ce rouge de sous-pull des films d'Ozu. Conservons le cadre fixe du maître japonais pour enfermer, avec la rigide assurance de sa mathématique d'à-plats (aussi ferme que le trait de plomb où semblent retenus en captivité les personnages célestes des vitraux), la scène qui se déroule à présent sous vos yeux : en ce commencement de XXIe siècle, à Holmdel sur la colline de Crawford, une antenne se dresse en direction des étoiles (réflecteur de vingt pieds, bruit de fond quasiment nul). Deux radioastronomes de chez Bell, Conrad B. Cripton et Robert K. Bernstein, entreprennent d'utiliser cette antenne pour « écouter » la scène de pénétration domestique située

414

quarante ans plus tôt, rangée dans les Annales du Néant et des Extases orléanaises.

39

La fornication parentale habitait désormais, sous la forme d'oscillations diffuses formant bruit, en d'éloignées latitudes galactiques. Les ahanements, soupirs, exclamations mais aussi les gestes, les claquements et craquements, bref, toute l'histoire de cette saillie, son intégral épisode morcelé en saynètes ondulatoires et vacillantes flottaient au fond du cosmos et avaient, depuis peu, quitté le plan de la Voie lactée. L'étreinte avait sur son passage frôlé la mort du Che, fut perturbée par l'assassinat de Kennedy – située, ainsi que vous le découvrez sur l'écran, à la droite du discours de politique générale de Laurent Fabius (mardi 24 juillet 1984) –, comme une felouque de vieux pêcheur danse sur la crête paniquée du remous au passage de l'impassible paquebot. Dans la constance illuminée de l'infini, serpentant aux vents stellaires, zigzaguant entre les événements abolis, les aventures éteintes et les mortes tragédies, quelques objets qu'on croyait perdus à tout jamais : une feuille morte de l'automne 1912 ; mon cordon ombilical serpentant comme vermicelle dans l'apesanteur apaisée de cette soupe cosmique ; le cadavre sec et plat du coléoptère écrasé ; le coude paternel enfoncé de mon père à Corfou-76 ; et, parfait satellite autour de notre planète théoriquement ronde et pratiquement perdue, une chaise et quelques fauteuils de chez ma grand-mère Juliette arrachés aux lois de la gravité et se propageant dans l'espace-temps (un vieux sofa de 1975 vient de filer à la vitesse d'une météorite) – chaises et fauteuils, on le distingue très nettement, ovales et à double châssis. Pris à l'aide du télescope de cent pouces du mont Wilson, ce cliché a une résolution suffisante pour montrer, happés par les bras spiraux de la grande galaxie M31, les dossiers en médaillon, avec baguettes, taillés d'un ornement en forme de diamant faisant briller la nuit de la nuit, dossiers également demi-lune, avec feuilles de laurier et graines parmi les comètes, l'une doublant sur l'autre en quart-de-rond, quarré par le dessous, une autre baguette entre deux quarrés ornés de rubans en vis avec trois perles enfilées par le milieu entre le Nuage de Magellan et la Grande Ourse, fleurons au pied de derrière orné de feuilles d'acanthe garnies de graines (on dirait une pluie de photons), ceinture avec moulure ornée d'entrelacs et fleurettes au milieu, pieds cannelés de chacun, douze cannelures avec feuilles de soleil, soleil placé comme il se doit à vingt-six mille années-lumière du centre galactique.

Ma mère se déshabilla sans un mot. Mon père était déjà installé sous les draps, les poils du torse peignés par un mouvement nerveux de ses ongles transformés pour l'occasion en minirâteaux. Il s'enquit au plafond d'une tache d'humidité vert brunâtre sur laquelle il se concentra pour oublier son trac – il savait que, de la même manière que Youri Gagarine avait été six ans plus tôt le premier homme dans l'espace, il serait lui le premier homme dans ma mère. Il décida de faire de cette tache une amie, une amie intime, une confidente, à qui il pourrait, momentanément, confier ses impressions. Il lui inventa une vie, s'imagina écrire la biographie de cette tache, se demandant comment elle s'était formée, pourquoi, depuis quand, s'interrogeant sur sa composition chimique, son éventuelle pensée, son avenir parmi les siècles. On entendait des pas résonner dans le couloir : des talons aiguilles qui formaient des bruits eux-mêmes à talons, des talons de bruits. Un air glacial venait donner des nouvelles météorologiques en s'insinuant sous la porte, sifflant entre ses doigts à la manière des voyous.

Ce que mes parents allaient *faire* était l'amour. Je le répète : que la coexistence, dans une même expression, du verbe *faire* et du mot *amour*, l'un étant l'apanage des charpentiers et des mécaniciens, l'autre des mésanges et du firmament, pose un problème. La poussée du méat masculin dans la cavité des femmes rend trop lyrique l'appellation ; la connivence des âmes suggérée par l'osmose des corps la rend triviale, peut-être brutale.

Camouflé sous un drap timide (surmonté d'une couverture orange qui grattait), mon père scrutait ma mère se déshabillant. Elle était si maladroite, ses gestes étaient si saccadés, qu'on eût dit un habillage visionné à l'envers. Mon père savait qu'il vivait là les meilleurs instants du scénario que la vie venait de lui remettre avant cette seule et unique prise qui (comble du comble) ne serait en sus pas coupée au montage. Le bonheur ne réside pas dans le maintenant, mais dans l'avant ; quant à l'après, il est le lieu de la mort, du désespoir, du chagrin. La perspective de posséder cette femme ressemblait à un matin d'été venant couronner un succès scolaire, un exploit sportif, une performance échiquéenne, un concours de beauté : un point de convergence où se seraient donné rendez-vous (comme sur un tableau pompier encadré d'or fin) les fées du succès, les esprits de la jeunesse, les anges de l'avenir, les chérubins de la chance et les allégories de la grâce. Le bonheur s'était confortablement installé dans mon père sans se douter que la réalisation matérielle du désir allait bientôt l'en éjecter *manu militari*, puis lui cracher au visage au son d'un rire d'atroce nabot moqueur.

Oui, le bonheur, le bonheur en personne, le bonheur lui-même s'imaginait tranquillement qu'il passerait la nuit là, en toute impunité, et pourquoi pas toute la vie, naïf au point de croire qu'un seul homme sur terre pût définitivement l'accueillir, le recueillir – mais le bonheur se souvint à temps qu'il était juif et qu'à chaque fois qu'il avait, jusquelà, espéré trouver la quiétude et l'asile dans un être humain (regardez comme il prend ses aises à l'intérieur de mon père, s'accoudant, s'engonçant comme on le fait dans le fauteuil des avions en classe affaires), il en avait été banni, sinon pour toujours, du moins pour une certaine éternité qui le faisait errer d'homme en homme, hagard, têtu, souriant, raide, tels les fils d'Abraham de terre promise en terre promise. Mon père décida donc de jouir à l'avance, *mentalement*. La membrane qui le séparait de la déception avait l'épaisseur et la texture d'une bulle de savon (il voyait, à travers le mince film translucide et frétillant aux reflets d'huile et aux versicolores irisations qui le protégeait momentanément du coït en tant que tel, les minutes qui allaient suivre) – penser à ce qu'il allait faire lui procurait davantage de plaisir que de véritablement le faire, puisque la perspective du voyage contient tous les voyages.

Certes, il ignorait encore le visage exact de la déception, il ne pouvait se figurer la panoplie qu'elle s'était choisie pour l'occasion, ni la ruse géniale par laquelle la réalité, à la tête d'une armée toute spéciale composée d'une multitude de faits imprévus (l'infanterie), d'une infinité de hasards méchants (la cavalerie) et d'une myriade d'indevinables événements (l'artillerie), allait s'y prendre pour le vaincre cette fois encore, le terrasser par surprise, comme d'habitude. Pensant à rebours, réfléchissant et jouissant à l'envers, il alluma une cigarette – oui, il décidait de commencer par la fin, ou plutôt de terminer par le début, seul siège possible nous venons de le démontrer pour la volupté pure, l'extase sans souillure, le paradis non déçu. L'Éden, à tout bien considérer, ne doit pas se transformer, nous qui le concevons comme baigné de lumière turquoise et gorgé de fruits phosphorescents, en alentours d'usine désaffectée un dimanche soir de novembre, sous une pluie fine et crépitante, tandis qu'un musculeux roquet mauve aboie sous les lampadaires cassés, que la lune diffuse une lumière laiteuse au travers des nuages tordus dans le supplice, paraissant hurler à la mort, semblables à des gueules de mascarons ébouillantés.

Ma mère se glissa nue sous les draps. Elle allait passer un examen ; le seul qui compte sans doute dans la vie d'une femme : celui de soumettre son corps à un autre corps pour la toute première fois. Elle eût aimé, pour cette toute première fois, que la présence de son corps ne fût point nécessaire. Si, gardant sa conscience avec elle et l'emmenant fumer au bistro du coin, elle avait pu abandonner sa seule anatomie aux étreintes de mon père, elle l'eût fait de bon cœur. Il lui sembla qu'elle était de trop. Elle se fût volontiers endormie paisiblement sur ses deux oreilles jusqu'au matin auprès de mon père baisant son corps dédoublé, l'abandonnant à la frénésie de cette obligatoire besogne. Elle lirait un magazine tandis qu'il passerait à l'attaque, éjaculerait en elle. Elle jetterait sur ses gesticulations grimacées l'œil tranquille et furtif de la couturière sur les silhouettes qui passent devant la devanture de sa boutique. Elle eût préféré faire *ça* ici mais pas maintenant ; ou bien maintenant mais pas ici. L'aviation américaine venait de bombarder Hanoï. Ma mère tomba enceinte.

CINQUIÈME PARTIE

Alain-Fournier

1

Nous respectons trop nos mères. Nous devrions davantage les frapper, les violer, les humilier. Leur déféquer sur le visage – nous ne déféquons pas suffisamment sur nos génitrices. Nous crânons auprès de nos amis dès qu'il s'agit, sourire grinçant, de vanter nos séances urologiques avec des partenaires de passage. Jamais nous ne nous arrêtons sur ce problème autrement plus vital : comment souiller nos mères ? De quelle manière leur faire endurer le plus sûrement un supplice dont elles ne pourront *jamais* se remettre ? Telle est l'unique question qui devrait nous animer si nous étions aussi normaux que nous le proclamons (même si nous jouissons, pitoyablement, quand les autres nous disent « tu n'es pas normal »).

Mère, ô mère : je pisse sur ton visage et cette pisse est un coulis de larmes. Semblable à la Vierge Marie, tu pleures mon urine sur tes joues sulpiciennes et roses. Je suis ton sale petit avorton, je me tords de rire, ce rire est une tristesse à l'envers, un expectoré désespoir. Tu vas bientôt tellement me salir, tellement incessamment me trahir, que je ne saurai jamais ce qu'on entend exactement par : vivre. Je suis condamné à te regarder comme une statue, d'apparence douce mais en réalité *méchante*, silencieuse, fissurée à l'endroit du sourire. Cette femme penchée sur Jésus, son bébé fils, nouveau-né, qui oublie qu'il a le monde à penser, qui ignore qu'il est le sens du monde, sa parole. Le logos en ses langes.

Statue de la Vierge Marie par le lierre encerclée, de moisissures mouchetée, oubliée dans un parc que nul ne visite plus. Elle a reçu les pluies. Les vents l'ont érodée. Elle a réclamé des nuits pour faire peur aux enfants perdus dans l'obscurité. Les statues nous attendent. Elles sont d'une immobilité *infinie*, elles *restent*, c'est une fixité qui va *jusqu'au bout*. Nous nous enivrons de cette fixité : Poséidon en son immuable pose, sa barbe d'algues, parfaitement sculptée à l'été 1896, a traversé sans encombre, ornementée du même imperturbable sourire et des mêmes muets tritons, des mêmes impassibles dauphins, l'année 1903, puis l'année 1926, l'année 1954 et aussi l'année 1972, et l'année 1984, jusqu'à aujourd'hui.

Moïse, en son marbre définitif, regarde défiler les vivants bientôt morts, les *passants*, ceux dont la chair ne fait que passer, dont le cœur ne fait que battre le temps d'une époque toujours déjà plus ou moins révolue (les époques sont dessinées, longtemps après elles-mêmes, par les historiens, les sociologues et la multitude fétichiste des crétins de la mode).

— Il s'agit de haïr la mode, mon jeune ami, cette science du vide à laquelle on doit la maigreur des femmes, le mépris des adolescentes et le suicide des beautés périmées, m'avait expliqué Marc-Astolphe le mardi 14 décembre 1982.

La statue reste et regarde, têtue dans son regard, insistante en son imposée direction, folle de cet horizon bloqué, de cette obstination d'étau infligée par un décédé sculpteur. Elle a fini par apprivoiser l'horreur de cette unidirection. La statue, parce qu'elle sait que les siècles et les millénaires ne changeront point son champ de vision, décide de vivre jusqu'à la passion cette paralytique malédiction. Alors, elle boit le spectacle que lui autorise son œillère jusqu'à la lie de sa perpétuité. Elle fait de la stabilité une promenade excessive, elle absorbe tout ce qu'elle capte et qui vient, pour un laps, se jeter dans le filet de cette fatale ornière. Elle avale toute cette éphémère réalité, encastrée dans sa fenêtre, sans laisser une seule miette.

Les statues se souviennent de tout : nous fûmes avalés par chacune d'elle à chacun de nos passages. Cassant leur pierre, nous pourrions retrouver celui que nous fûmes à Florence en 1976, à Venise en 1980, à Berlin-Est en 1983. Nous habitons dedans, nous faisons partie de ces ADN de granit. La mémoire des statues se compose de l'intact souvenir des passants oubliés dans tous les passés de toutes les foules, et dans ces cœurs de pierre sont restitués, dans leur pureté d'origine, à l'état neuf, les visages de nos enfants, de nos parents, d'amis à présent disparus qui ne vivent plus, florentins à perpétuité, que dans la cheville de Marc Aurèle ou dans la cape ourlée de Savonarole. Les nuits passent sur l'épaule des crayeux dieux des fontaines et des squares, des parcs fermés, des musées divers de ce monde – je vous livre ce secret que nous sommes incrustés dedans, que nous y sommes gravés, inscrits à jamais, sous la forme vivante de ce jour de visite d'une abolie jeunesse. Notre trace fait carrière dans le bronze des condottieres.

2

— C'est incroyable ! s'exclama M. Bras-de-Mort en apercevant mon petit gland sans prépuce. Il est quand même très juif en termes d'appareil génital. Vous devriez me le confier, ce fiston, rajouta-t-il en esquissant un sourire roublard de vendeur de souk. Je saurais quoi en faire, je vous le garantis !

— Nous ne mettons pas votre parole en doute, précisa mon père. Mais dans mon cerveau somme toute plus puissant que celui de la plupart des Français, j'ai réfléchi. Après tout c'est moi le père, n'est-ce pas ? Ce sont mes testicules qui ont fait germer ce petit con à la merde. Il paraît par conséquent logique que je fasse de lui ce que j'entends en faire. Et je mûris à son intention quelques passionnants projets.

— Que je vous demande expressément de m'exposer, exigea M. Bras-de-Mort.

— Mon mari vous expose ce qu'il veut, protesta ma mère. S'il ne veut rien vous exposer, il ne vous exposera rien. Je suis là pour y veiller. Je ne suis pas venue sur cette planète bleue, bleue mais en réalité recouverte de merde, de la merde de tous les petits chiards piaillant dans leurs langes, pour décrotter les entités humaines que je suis susceptible, via ma biologie conçue à cet effet, de mettre au monde. J'ai moi aussi une personnalité, une respectabilité, et même une certaine importance au sein du processus humain. Je suis venue parmi les hommes, moi aussi, et comme chacun des hommes et chacune des femmes nés ou à naître, j'ai droit à une pensée, à mon lot d'opinions, à la manifestation orale ou écrite de ces pensées et opinions, ainsi qu'à des égards de la part de mes semblables, plus particulièrement quand ils sont de sexe masculin.

— Venez-en au fait, madame ! s'irrita M. Bras-de-Mort. Cette introduction m'apparaît fort laborieuse. Le sens de la synthèse fait partie intégrante de l'intelligence. Plus exactement, l'intelligence se définit de trois manières. La première, vous le savez sans doute, c'est la destruction, en soi, de toute forme de comédie. La deuxième, c'est l'esprit d'analyse.

— Et la troisième ? s'impatienta mon père.

— Le sens du jugement, cher monsieur. Le sens du jugement. Je ne vous étonnerai point en vous signifiant que, même si cette définition est je crois de ce pauvre et cacochyme et haïssable Malraux, elle s'avère absolument talmudique.

— Je ne suis guère homme de Talmud, riposta mon père. Pas plus d'ailleurs que mon épouse. Surtout, je ne suis point homme d'interruption. Or vous m'avez interrompu. J'allais vous expliquer quel projet je mûrissais autour de ce petit trou de balle, mais hélas, vous n'avez pas cru bon de me laisser développer.

— Je vous écoute et vous présente mes excuses, dit M. Bras-de-Mort. Ou plutôt, je vous présente mes excuses d'abord, et ensuite, ensuite seulement, je vous écoute. Il s'agit, pour que la vie ait quelque sens, de prendre les choses *dans l'ordre*. C'est du moins là mon point de vue.

3

— Ce fils, reprit mon père, j'entends le tuer, à petit feu mais le tuer. Je veux faire de sa vie, quasiment vierge encore de douleur – car il fut déjà tantôt sévèrement mais justement giflé par mes soins –, j'entends faire de sa vie, disais-je, un inexpugnable terrain de douleurs et de souffrances, d'atrocités multiples. J'ai pour projet de concocter, au plus tôt, un assortiment d'extrêmes sévices, afin que jamais, au grand jamais, il ne soit une seule fraction de seconde heureux ici-bas. Que le bonheur lui soit impossible au dernier degré, pardon : dès le tout premier degré. Qu'il soit toujours novice, absolument ceinture blanche en ce domaine. Je rêve de fabriquer de toutes pièces un être qui soit insensible aux joies de ce monde, car je sais bien au fond de moi-même que ces joies existent dès lors qu'on se donne le moyen de les faire advenir. Lui n'en aura point les moyens. Il sera inepte à toute forme de gaieté, de jouissance, de vacance, de détente, de loisir, de repos, de plaisir. Il n'y aura *jamais* de répit dans ses larmes intérieures. Il s'agit pour moi d'inventer l'enfer à l'intérieur de cet haï petit corps. De le détruire pour toujours, de le détériorer à jamais. Je veux empêcher chez ce débile qui a déjà gâché ma vie – mais dont l'existence sera gâchée par ma puérile méchanceté –, je veux empêcher chez ce débile toute forme, toute possibilité d'éclaircie, de mieux, d'espoir, de sourire, abolir toute imminence de paix intérieure, de repos du guerrier. J'aspire à ce qu'il pleure, qu'il saigne, qu'il soit toujours un peu plus malheureux que la veille, que résonnent en lui, le plus souvent possible, toutes les idées de suicide qui peuvent se propager dans le cerveau d'un homme. J'ai pour ambition qu'il soit humilié par un très grand nombre de gens, plus particulièrement, si possible : par le plus grand nombre de femmes qui soit. J'ai pour programme de lâcher dans la nature un être faible, sentimental, amoureux, mais dont l'amour est voué à être méprisé, bafoué, moqué, trahi. Je mettrai tout en branle pour que les femmes le jettent comme un pauvre trognon dans un vide-ordures, qu'il les implore, qu'il se mette à genoux devant elles, secoué de larmes, jusqu'à ce qu'il leur fasse pitié et qu'elles le blessent encore un peu plus, jusqu'au moignon. Si je m'y prends bien, si ma femme m'aide dans cet ambitieux travail de fondamentale destruction, cet individu ne pourra *jamais* être aimé dans la durée. Il sera condamné à être quitté, laminé, utilisé, malmené. Je veux trouver la clef pour le rendre démuni, sans défense face à la beauté des femmes, je veux qu'il réveille en elles les instincts les plus cruels, qu'il se transforme en lavasse dans la relation de couple. La procédure a l'air simple, mais elle est en réalité fort complexe. Tout est question de dosage. Si je le frappe à mort, que je le lamine trop exagérément, il deviendra semblable aux limaces et finira par se suicider à 20 ans, ou passera la plupart de ses jours sous calmants, dans des centres psychiatriques. Où l'on pratiquera sur lui des électrochocs. Il ne vivra point une vie de supplice, en ce cas, mais une vie de n'importe quoi, à vau-l'eau, sans même savoir qu'il endure le martyre. Il sera désagrégé de lui-même, absent de ses tourments, ce qui ne saurait correspondre à mon dessein. Il me faut être subtil en ma cuisine, dans l'équilibrage des doses, des condiments, des désagréments. Horlogerie suisse. Balistique, aéronautique. C'est sur la lune que j'entends le propulser, non point sur Saturne. Saturne est un enfer, mais l'on ne peut pas s'y poser : c'est une planète gazeuse. On ne peut asaturnir. De même qu'on ne saurait, pour d'analogues raisons, ajupitérir ou anéptunir. Moi, je veux qu'il se pose. Je veux qu'il pose le pied sur un sol hostile et invivable, mais néanmoins solide. Irrespirable, mais où l'on peut néanmoins se promener, ou plus exactement *errer*. Dans son cas, la capsule redécollera sans lui. Il restera sur la lune, prisonnier de l'atroce. Sur le terrestre sol, je veux que lorsqu'ils le croisent, les hommes deviennent *immédiatement* agressifs à son endroit, que les filles ne tiennent *jamais* leurs promesses. Le dosage consiste à faire en sorte que mon fils, que ma victime, soit suffisamment fin, suffisamment pas totalement faible, suffisamment pas absolument démuni pour avoir accès au début du bonheur, qu'il en aperçoive l'entrée, la silhouette, qu'il en devine les contours… Je veux qu'il puisse séduire les femmes, qu'il entre avec elles en osmose, car c'est le lien grandissant qu'il aura avec elles qui sera garant de sa souffrance à venir. Pour briser, il faut d'abord du solide, non point du liquide, non point du gazeux mais du solide. Je veux que les femmes l'adorent dans un premier temps, puis que son caractère, dévoilé dans sa fragilité, son instabilité, sa caractérialité, commence à les inquiéter, à les effrayer. Alors, elles le tromperont, lui mentiront, le fracasseront. Il sera en mille morceaux. Il entrera ainsi, à cause des coups reçus, à cause des insultes entendues, de la remise en cause par mon épouse et moi-même de toute qualité chez lui, à cause du déni total par ses parents de sa parfaite utilité sur terre, il entrera dans l'hystérique enfer des suppliques, des cris, des violences contre lui-même et des hurlements. Il se tordra de douleur dans son appartement nu en pleurant, au téléphone, implorant le pardon, réclamant le retour d'une petite belle, d'une Algérienne, d'une Chinoise, d'une Albanaise, d'une Parisienne, il ne sera qu'un chiot électrocuté, une larve éplorée, un tapis exhalant des odeurs de vieille pisse. En larmes, oui en larmes, il se masturbera en hurlant de douleur, les cordes vocales usées, tandis que la jeune femme ne l'entendra plus, ne voudra plus jamais l'entendre, elle dont le souci et l'amour seront déjà irrésistiblement ailleurs, bien loin de la carcasse fourvoyée, lamentable, traumatisée de mon vieux fils célibataire et repoussé, repoussé par les plus belles comme par les plus moches – même un cochon d'Inde n'aura pas voulu de lui. Il se fera insulter dans la rue par des clochards. Les sans-abri ont l'instinct puissant. Ils reconnaissent instantanément les typologies de l'humanité qui se traîne devant eux. Petite vieillie chose, ancien fils devenu rien, incapable de se construire, démoli Lego de la tête aux pieds, incapable de donner, plus encore de recevoir. Bloqué dans son organisme, prisonnier de tout son sang, enfermé dans les répétitifs mêmes schémas à l'infini, guêpe foutue se cognant à perpétuité contre le même carreau sale de la même vitre fendue. Pauvre déglingué rejeton, quitté par tous, démuni devant les décisions, perdu dans son effrayante solitude. Stricte impuissance. Incapable, incapable, incapable. Incapable de partir en vacances, tournant en rond, sans *jamais* savoir quoi faire, dans l'appartement appris par cœur, perclus de rhumatismes et de masturbations mécaniques, de pleurs sur une chaise, la tête entre les mains sur un canapé vieux, tandis que résonnent les chansons mille fois entendues, les solos de guitare des obsolètes 33 t de l'adolescence partie en fumée. Toute cette précocité qui n'existe plus, cette jeunesse devenue fantôme et foutaise. Ne reste que la même entité, avec des rides supplémentaires et des touffes soustraites de cheveux. Des plis aux commissures des yeux et des bouffées d'angoisse. Le même tour de pâté de maisons pour se changer les idées, mais les idées ne changent pas parce que les maisons ne changent pas. Les mêmes piétons bousculés, heurtés. L'enfermement toujours jumeau de l'enfermement. Cette subtile aliénation. Personne qui veuille jamais partir en vacances avec cette chose abîmée par moi, ni en week-end. Et tout, dans la réalité des bâtiments, des monuments, des rues, des avenues, des statues, tout, cher monsieur Bras-de-Mort, qui rappelle à ce fils amoché, à ce raté que j'aurai parfaitement réussi, tout qui rappelle un bon souvenir devenu assassin, un instant de complicité amoureuse dont le spectre crible d'aiguilles le présent, oui, chaque rue de Paris deviendra invivable pour mon fils – car il ira habiter Paris –, et chaque pierre, chaque brique, chaque toit et chaque porte cochère, chaque place et chaque fontaine, chaque cinéma, chaque théâtre aura son attitré souvenir, sera agrégé à un heureux moment mais enfui de son existence non résolue, et il pénétrera dans une multipliée noirceur. Oh oui, faire de sa biographie une cave. Un tombeau, un cata-falque, une pièce de béton. Un placard ! Faire de son quo-tidien bloqué le répété lieu de l'insoutenable. Que chaque parcelle de ville déclenche sa spéciale torture. Ô choses, criblez mon fils de vos curarées flèches ! Tailladez ses veines avec vos défilés de mémoire, et que vos senteurs, odeurs, parfums, viennent le tracasser d'entières heures, laissant dans sa bouche un goût de béton armé, de soleil dégoulinant sur des blocs de parpaings de solitude nue. Il marche seul dans la ville trop grande, dépouillé, couvert d'escarres, de stig-mates. Il n'est qu'une ombre saoule, il se cogne aux destina-tions, zigzague sans but, c'est mon fils, voyez cette gueule sans présent, sans avenir, cette gueule qui n'a plus *rien* à attendre de *rien*, dont le bonheur des autres se moque éper-dument. Il ne sait pas partir à la campagne, ni louer une villa dans les pinèdes. Il est incapable de passer du *bon temps*. Il ignore *tout* de la manière dont on peut jouer à la pétanque avec des amis dans le bruissement des branches et le chant des cigales. Il ne sait pas quel joyeux gai train prendre pour aller se reposer, quel bénéfique avion changera sa vie. Inap-titude au bonheur, à la jouissance, à la joie, à la pause, à l'apéritif, à la baignade, au soleil, à la terrasse, au break. Il ne sera point du genre à savoir, à pouvoir partir se *ressourcer*.

À larguer les amarres. Il ne saura jamais où partir, ni avec qui. Il n'y aura jamais – je dis bien : *jamais* – *personne* pour l'accompagner *nulle part*. Je vais en faire un véritable paralysé du bien-être, de la bonne compagnie, de la bonne chère, de la détente, de la relaxation. Il sera totalement dans l'impossibilité d'aller se faire masser. La thalassothérapie sera un concept qui ne manquera pas de le faire fuir. La plage ? Anxiogène. Un champ de tristesse, comme le reste. Vie sans but, but sans vie. Relents, rien que relents. Alors il restera. Enfermé en chambrette. Comme un taulard. Un damné. À taper sans relâche – puisque c'est ce que veut pour lui notre cher Astolphe, eh bien allons-y, tiens ! – sur une machine les mots que nous sommes, vous et moi, en train de prononcer. Je veux qu'il ne sache rien faire d'autre que rester enfermé. À croupir. À croupir de claviers et de littérature, parmi des livres moisis, séchés par le soleil. Exemplaires mouchetés de moussus petits champignons de grenier. Entouré, cerné par les romans Gallimard, les œuvres complètes de Georges Bataille et d'Artaud, ce, jusqu'à la *nausée*. Les livres, qu'on les lise ou qu'on les écrive, ce n'est pas une vie. Ce n'est pas une vie. C'est le contraire de la vie. C'est la mort. Une horreur de tous les instants. Une malédiction. Je réclame pour ce petit connard une exemplaire sentence, qu'il devienne croupissant, je veux dire : *écrivain*.

4

Au même instant, tandis que mon père prononçait ce discours, Martin Luther King, les bras en sueur sous sa chemise blanche aux manches retroussées, montait sur une tribune de bois où le micro, scotché à un pupitre minuscule, brinquebalait, lançant de grésillantes électricités.

— Nous devons apprendre à vivre ensemble comme des frères, harangua le pasteur, les Noirs et les Blancs, les bébés et les adultes, les juifs et les Arabes, sinon nous allons mourir ensemble comme des idiots.

Les mains du Nègre étaient crispées sur le pupitre, les veines de son front se gonflaient de sang, battaient comme le pouls un rythme binaire de colère. Luther King avait décidé de s'emporter. Il voulait définir le drame d'être noir en Amérique avec plus de persuasion que la veille, que l'avant-veille, avec davantage de précision, davantage de sueur, davantage de salive. Il postillonnait sur les premiers rangs. La foule, au début dispersée, avait fini par se rassembler autour de la tessiture du pasteur qui, le poing levé ou la main survolant le pupitre de la tribune à la manière d'un planeur, constituait le centre de gravité de leur monde.

Luther King devenait, à mesure que ses mots recouverts de sueur se propageaient dans la salle en formant de sonores échos disloqués par une mauvaise acoustique, une matière que la foule unissait avec elle. C'était une foule *plus un*, c'était une foule *plus lui*. Les auditeurs se rassemblaient par grappes, par groupes, par pôles qui doucement, imperceptiblement se jouxtaient, se rejoignaient, se confondaient, se digéraient.

Chaque mot prononcé par Luther King se distinguait parfaitement dans la phrase, chaque syllabe, bien isolée, compacte, s'arrachait au discours, affrontait les vents contraires, tendait à faire équilibre avec le monde hostile, bravait la répulsion. Ce n'étaient pas des phrases composées d'amas qui, une fois rassemblés, conféraient une structure au message, mais des mots qui créaient du chaos, se forgeaient une issue dans l'Histoire, empruntaient une voie nouvelle qu'ils creusaient, avec leurs ongles de mots, dans le roc de la raciste Amérique. Les mouvements de bras de Luther King étaient circulaires. Sa cravate, secouée de soubresauts. Verticale anguille.

Il clamait des phrases d'assassiné. Un épais feuillage de mort le recouvrait, mais ce feuillage était invisible encore. Le nègre cadavre de Luther King était encore momentanément une absence de cadavre, une entité gesticulant sous sa sueur. Il contractait ses muscles pour s'exclamer, il avançait dans le futur et dans la logique de ses phrases commencées, mais nul autant que lui, à cet instant, n'avait en réalité *aussi peu* d'avenir. On ne pouvait point encore piétiner son corps, salir sa mémoire, et l'endroit exact où resterait définitivement sa tombe n'était pas encore défini : il était *parfaitement* en vie. Il est trois sortes de parfaits modes de vivre : vivre depuis longtemps, vivre pour longtemps, vivre en sursis. Il ne connaissait point encore l'emplacement de sa tombe, mais les gens qui allaient le pleurer, dans cinq jours, regardant les yeux remplis de larmes le passage du cortège, se trouvaient dans la salle, s'exclamaient, applaudissaient, exultaient, « reprenaient en chœur ».

Nul n'avait prédit la catastrophe. Aucune compétence dans la prédiction des cadavres, des corps qui tombent, de balles criblés, dans un historique mou choc, sur le crasseux sol des auditoriums. La pierre tombale de Luther King hésitait encore, elle ne possédait pas encore la compétence requise pour se situer *d'elle-même* sur une mappemonde. Son futur hôte était *encore trop* vivant. La tombe de Luther King n'était pas prête. Elle ne s'était pas préparée. Elle n'aurait pas à accueillir n'importe qui. Si on lui avait prédit un tel destin, elle n'en eût pas cru ses yeux. Elle serait une pierre tombale célèbre, une de ces très visitées sépultures de grand homme, de martyr désigné. Les asticots raffolent de Nègres, ils sont de la partie quand les ossements, en puzzle, se détachent si doucement, doucement. Ils sont les émissaires de l'humus et de l'appétit.

Décision, *quelque part*, avait été prise que le corps humain de Luther King Martin serait ramené vers les tréfonds des rats. Des gens, tapis, désiraient sa mort, la fin de son corps, l'abolition de la biologie de son corps. Nous vous serions obligés de bien vouloir laisser le monde dans son initiale blancheur, nous sanctionnons les pigments de peau qui s'écarteraient par trop de cette référence sans laquelle aucun futur monde ne saurait être possible. Nous ne voulons inaugurer qu'un seul unique uniforme avenir : blanchi, laiteux, immaculé, diaphane, pur. Sur la noire terre nègre : des alluvions tenteraient de balayer les couleurs, de tout nettoyer, lessiver, de rendre beige ce qui était trop ébène, de le rendre plus ivoire encore.

5

— Écrivain ? Tu es sûr ? Tu as changé d'avis mon loup ? demanda ma mère, stupéfaite.

— Évidemment ! Changer d'avis ne peut me faire peur ! Puisque je suis intelligent ! Et cruel. Et méchant ! Puisque notre vénéré camarade Astolpho voudra n'en faire qu'à sa tête, eh bien autant prendre Oh au mot ! Puisque de toute façon la littérature n'existe plus ! Ce sera ça, sa punition, par conséquent : écrire ! À cette salope ! Comment n'y avais-je point songé plus tôt ? Parfois, je suis tellement con que j'ai l'impression de tenir de mon fils ! La littérature, la littérature ! Bien sûr la littérature ! Évidemment la littérature ! Être enfermé pendant que les autres vivent, baisent, rigolent, voyagent ! Qu'il s'y jette, le maudit, dans cette activité de croupi. La littérature, les romans, ces antichambres de la mort et de la dépression... Ha ! Ha ! Ha ! Ha ! Ha ! Ha ! Ha ! Ha ! Ha ! Ha ! Ha ! Ha ! Ha ! Ha ! Ha ! Ha ! Ha ! Ha ! C'est de tout ça qu'il crèvera ! Tous ces machins qui puent le cimetière, la bête éventrée, la charogne ! Ma chérie, quand il sera en âge de publier – mais ses manuscrits seront refusés de partout ! –, la littérature n'intéressera plus *personne*.

— Tu es certain de ce que tu avances ? s'inquiéta ma mère. Parce qu'un fils écrivain, ce serait pour notre famille la honte absolue. Je n'oserais plus sortir de chez nous.

— Évidemment que c'est le déshonneur, enchaîna mon père. Bien sûr que des parents *ne peuvent* assumer cela ! Mais c'est par là, mon amour, que nous parviendrons à débarrasser cette planète de sa présence. Laissons-le se jeter dans la gueule du loup. C'est une impasse ! Un suicide. C'est la fin des haricots. L'impasse des impasses. Laissons la littérature faire le sale boulot à notre place. Il n'y a plus guère que les écrivains qui lisent. Et ils lisent pour pouvoir écrire à leur tour : des livres qui ne seront presque pas, des livres qui ne seront pratiquement jamais lus ! Par personne ! Des choses imprimées, en friche. Au milieu d'un désert de cailloux. Masses pleines de pages posées sous le soleil, entre les lézards. Une inculte canicule s'abattant dessus. Un soleil de plomb pesant de siècles de mépris, d'un mépris comme le mien, d'ignorance, d'une ignorance assumée comme la mienne, tous ces siècles faits juste de soleil et de pierre, et de mer, et de silence, qui pèseraient sur tous les romans écrits par les hommes, par les écrivains de tous les temps ! Le paradis ! Tous les romans publiés dans l'histoire de l'humanité jetés dans ce désert, les uns sur les autres, en amas, les uns parmi les autres, en tas, les uns mêlés aux autres, mélangés, avec la plus grande joie, la plus grande insouciance ! Sartre, Simenon, Proust, Dickens, Joyce, enfin illus, infiniment jamais lus, perpétuellement jamais lus. À jamais incroyablement non lus. Posés dans un sahara. Comme jetés. Dans un mépris fait de caillasse, de rocaille, de soleil, d'immense calme lassé. Toute l'immémoriale étendue des écrits devenus infiniment inutiles, toutes les philosophies ici alignées, ici décédées. Ici décharnées, ici décimées. Aucune âme, aucun être humain temporel pour venir ouvrir par hasard un roman, un essai, un recueil de poèmes. Toutes les fictions. Tous les livres de poche. Tous les romans d'amour. Toutes les poésies. Tous les pamphlets. Toutes les sagas. Tous les contes. N'inspirant plus le moindre respect à personne sur cette étendue de cailloux morts. Tout Dante et tout Thomas Mann et tout Balzac et tout Hugo. Laissés aux pressés lézards. Aux lézards entre des pierres. Le rêve, mon amour ! Toutes les descriptions, abandonnées à l'infini des choses, sous le cagnard, sous un cagnard de fin de monde. Toutes les références abolies. Tous les descriptifs. Toutes les études de mœurs : aux lézards. Aux ronces rares, aux granits. Tout Gogol. Tous les russes, tout Tolstoï, tout Dostoïevski. Ha ! Ha ! Ha ! Ha ! Ha ! Ha ! Ha ! Ha ! Ha ! Ha ! Ha ! Ha ! Bientôt, dans dix, vingt, trente ans c'est sûr, plongés dans un mépris de silence, dans une immobilité de calcaire. Sous le soleil de milliards d'aoûts, courbés par les chaleurs atroces, tordus dans une fournaise sans oiseaux : les correspondances, les écrits libertins du XVIIIe siècle, les Goethe, les philosophies grecques. Les polars. Les fables. Les journaux intimes. Les récits de guerre. Tous les romans de science-fiction. Tous les lais. Toutes les troisièmes éditions. Toutes les quatrièmes éditions. Toutes les éditions. Toutes les anthologies de toutes les littératures, américaines, mexicaines, russes, allemandes, africaines, brésiliennes, canadiennes, suédoises, danoises, turques. Toute la mauvaise littérature. Toute la bonne. Toute la littérature pour enfants. Toute la mythologie grecque. Tous les livres d'art. Tous ces livres, ces romans que personne ne lira plus jamais, parce qu'ils n'intéresseront plus personne. Parce que déjà, on voit à l'œil nu qu'ils n'intéressent *heureusement* plus personne ! Il y a des gens pour les publier, il y a des gens pour les éditer, il y a des gens pour en corriger les épreuves, mais il n'y a déjà plus *personne* pour les lire. Ha ! Ha ! Cher Marc-Astolpho ! Vas-y, lance-toi ! Fais de ma larve un écrivain… Je t'en prie ! Welcome ! Les romans, il y a des gens – qualifiés – pour les vendre. Il n'y a – plus – personne pour les acheter. Personne.

Les librairies sont le plus grand cimetière du monde. Les pensées, à partir je dirais de 1985 si tout va bien, s'empileront. Les fictions s'amasseront. Les chronologies se multiplieront. Les monographies. Les biographies. Les ouvrages sérieux. Les ouvrages dits de « fiction pure ». Les ouvrages d'« imagination ». Qui voudra encore de l'imagination écrite littéraire imprimée des écrivains ? Qui voudra encore des mots ? Qui voudra – encore – des phrases ? Des périphrases. Des parenthèses. Personne ne voudra plus de guillemets, de renvois, de notes, de pages à tourner, de chapitres à commencer, de paragraphes à terminer ! Personne. C'est ainsi. Il y a quelque chose qui sent le vieux dans le livre. Dans « l'ouvrage ». Le mot *ouvrage* empeste le vieux. Il est vieux. Il pue la naphtaline. Comme le livre pue la naphtaline. Comme pue la naphtaline le « milieu » littéraire. Il n'est pas normal qu'il y ait encore un « milieu littéraire ». Il n'est pas normal qu'on utilise encore, dans les critiques de livres, le mot *ouvrage* ! « Le dernier ouvrage de », « dans son dernier ouvrage, Machin… ». Pas en 1968. En 1854 oui. Pas en 1968. Si Machin, au XXIe siècle, veut continuer le combat, être écrivain quand même, formé par monsieur Marc-Astolphe Oh et ses démentes lubies, finalement je l'accepte, oui, et de toutes mes forces ma chérie, car tu vois, CQFD n'est-ce pas, s'il embrasse cette carrière il est comme déjà mort, et d'une certaine manière – puisque en outre il tombera dans l'oubli – nous pourrons même considérer qu'il n'a jamais existé. Laissons-le marc-astolpher avec son Marc-Astolphe… Laissons Oh faire son éducation littéraire, culturelle, esthétique, cinématographique, philosophique, pictorale : c'est par là que ce ver de terre périra. Par la culture, par la mocheté, par le trop-plein ! Nous ne sommes plus dans la société du livre. Nous avons quitté la « galaxie Gutenberg ». Nous avons arraché *toutes* les pages. Quand ce petit raté arrivera avec son roman foireux, on peut être certain, à dix mille pour cent, qu'il n'intéressera *aucun* lecteur sur la terre. Aucun, *jamais*. Il aura passé des années, mettons cinq, recroquevillé sur son minusculissime univers très limité, pour rien. Persuadé – à tort – d'être un génie. Un génie pour personne. Un génie pour être lu par d'éventuels autres génies très éventuels. Par des éventuels collègues écrivains éventuellement géniaux. Chaque écrivain, dans son petit minuscule coin, est persuadé d'être le meilleur. D'être le plus grand écrivain de Paris, de sa génération, du monde, de tous les temps ! Allez dans n'importe quel salon du livre : vous y verrez l'écrivain, derrière une pile de papier, l'air à la fois simple et hautain, modeste et méprisant, hyper-proche et mégadistant, imbu de lui-même et très accessible – très avenant, très sport –, persuadé d'être le seul. Persuadé de l'extrême importante importance de son œuvre… De ses nuits passées à être génial, enfermé dans son génie génial personnel, portatif, seul campé dans son génie et dans sa persuasion qu'il en est un. Un écrivain est quelqu'un qui s'adresse génialement à un génie qui n'est autre que lui-même ! Sorti de ce minable petit cercle, personne ne songe-rait à le prendre pour autre chose, personne ne penserait à le considérer comme autre chose qu'un bourreau de travail sympathique qui possède un joli mignonnet croquignolet talent. Mais non ! Chacun s'accroche ! Chaque écrivain affiche son officielle et commerciale modestie, mais, intérieu-rement, est rongé par cette notion de génie, de « grand écri-vain », de « est-ce que je suis un grand écrivain ? », de « je suis sûr que je suis un – très – grand écrivain ! », chacun dans son surétriqué recoin est le meilleur, chacun dans son rabi-coin est le plus génialement génial. Tous les écrivains sont le plus grand écrivain vivant. Et puis les années viennent – assez vite. Avec leurs évidents démentis. Le petit grand écrivain ne veut pas voir, ne veut pas s'apercevoir immédiatement que c'est foutu, que la postérité – qui l'obsède – va le laisser choir en chemin. Parfois, il se met à boire. Parfois, il continue à écrire. Souvent, il continue à écrire en buvant. Il ne sait pas – il fait semblant – de ne pas savoir que le cirque est terminé.

Que les livres n'intéressent plus grand monde : que ses livres à lui n'intéressent plus personne. Les livres ne font plus l'effet d'une déflagration. On parle sans cesse d'un éventuel – d'un prochain, d'un imminent – « nouveau Céline ». Combien sont obsédés par cette question ? Combien sont-ils à attendre ce Messie-là ? Dix, vingt ? Au Japon. À Saint-Germain-des-Prés ! Tous les écrivains – même s'ils ne l'avouent pas – en ont *marre* d'écrire – ils ont fini par n'écrire que pour eux, plus maximum dix personnes ! Même leurs propres éditeurs ne les lisent plus. Ils n'en ont plus la force. Ils n'en ont plus le courage. Ils sont épuisés – d'avance ! – par les idées, les histoires, les digressions, le style, les trouvailles, les originalités, l'originalité. L'épaisseur des manuscrits, de la pensée, de l'expression de la pensée. Leur affreux paradoxe, à ces abrutis mornes : la littérature, c'est ce qu'ils préfèrent mais ils n'en *peuvent plus*. Ils ne *peuvent plus* la supporter. La plupart préféreraient faire du cinéma pour tous que de la littérature pour personne – pour eux seuls, pour leur femme, pour une petite copine, une petite maîtresse moins âgée qu'eux, pour un ou deux paumés des fins fonds de la province qui les admirent encore un tout petit, petit peu, et ont accepté une dernière fois de les lire encore, une fois, une tout ultime dernière fois… Ils rêveraient de faire du cinoche ! Ils ne l'avoueront jamais ! Si l'écrivain de 1968 en a marre d'écrire, c'est parce que le reste du monde en a marre de lire. Le bavard finit par se taire au contact des sourds. La nymphomane rentre dans sa tanière sur l'île aux Eunuques. Si la littérature n'intéresse plus personne, en ce bas monde qui est en réalité un monde bas, je ne vois pas par quel masochisme d'illuminé les écrivains continueraient à se faire du mal en s'intéressant à elle. Tous les écrivains, en 68, sont confondus avec tous les écrivains. Les plus fabuleux sont mélangés aux plus nuls ! Les plus abscons sont assimilés aux plus inspirés, aux plus subtils, aux plus lumineux. Ça ne se voit plus, la littérature. Il n'y a plus assez de finesse dans le monde pour en distinguer les reliefs, pour s'apercevoir des contours, des subtilités, du style. Au moins, les équations sont éternelles. Il n'y a plus assez d'intérêt pour ça, sauf chez les universitaires, sauf chez les écrivains professionnels. La finesse est passée à autre chose. Elle s'est écoulée ailleurs, elle s'est occupée ailleurs. Elle s'est intéressée à des matières plus neuves, moins 1954. Aux mathématiques ! À ma belle matière !

— Votre verve me parle, cher monsieur Moix, reconnut M. Bras-de-Mort. Mais imaginez que, épaulé par votre ami Oh, votre fils parvienne à devenir un vrai bon écrivain, voire un grand écrivain ?

— Impossible ! riposta mon père il écrira sans réfléchir, sans plan, imitant-plagiant ses prédécesseurs illustres. Ne s'estimant pas, il ne pourra non plus estimer son propre travail. Il sera un bâcleur. Forcément. Et son œuvre aura été une œuvre vaine, une œuvre pour rien. C'est en tout cas dans ce but que nous allons le frapper, le martyriser. Abîmer le travail qu'aura effectué auprès de lui ce cher Marc-Astolphe…

— C'est bath ! s'exclama ma mère, ravie, qui continuait de nettoyer ma merde.

6

Ma mère en avait *jusque-là* de ma merde – il faut reconnaître qu'elle ne s'y prenait pas très bien.

— C'est humiliant, lâcha-t-elle.

— Certes, embraya M. Bras-de-Mort, je me mets à votre place, chère madame, ce ne doit guère être agréable que de mettre les mains dans les excréments.

Je la regardais. Une carnassière, me disais-je *in petto*. Une folle de viande et de cruauté. Capable de dévorer son seul enfant, ne laissant que quelques épars ossements, qu'elle pourrait (avec l'aide de mon père) camoufler sous un vieux tapis, sous la trappe d'une cave à vin, dans quelque puits. Je l'imaginais en train de me broyer les os du crâne, les cartilages, regardant à la télévision une émission sur les droits de la femme ou du consommateur. (C'était une époque où les consommateurs et les femmes étaient considérés quasiment de la même manière : des catégories qui ignoraient leurs droits.)

— Pourquoi faut-il que ce soient toujours les mêmes, c'est-à-dire nous, les femmes, qui donnions la vie ? geignit ma mère. C'est une si désagréable tâche. On devient mère juste au moment où l'on commençait à être bien avec soi-même. À s'habituer à la vie. Il va falloir de nouveau se lever tôt, plonger le nez dans les devoirs, préparer de compliqués biberons. Il va falloir satisfaire aux besoins de ce juif apétoriche. Recommencer tous les cycles, l'enfance, l'adolescence. Je ne pense pas en posséder le courage. Ce n'est pas suffisamment lointain pour moi. Il faudrait mettre bas à 69 ans. Laisser ses enfants orphelins au plus vite. Fuir leur caca, leur urine. Je déteste la transpiration des adolescents, les pores de leur graisseux épiderme. Leurs activités masturbatoires dès que les parents ont le dos tourné. Cette hypocrisie jaculatoire. Ils se masturbent en été, ils se masturbent en hiver. Cette hygiène ignoble de la puberté. Terrifiante échéance. Je ne suis pas d'accord pour avoir à vivre ces choses. Apprendre à mon fils le brossage de ses dents est au-dessus de mes forces. Je préfère qu'il s'en aille pourrir au loin avec ses chicots. Qu'il se tire au plus vite de la maison familiale, dès demain matin chez Marc-Astolphe. Nous ne désirons pas faire famille commune avec lui. Je souhaite que ce merdeux petit cul finisse mendiant, qu'il s'installe sans plus attendre dans une vieille masure sordide infestée de ragondins, parsemée d'orties, avec un vélocipède suspendu à une poulie afin d'éviter que lesdits ragondins n'en dévorent les pneus. Je ne souhaite pas spécialement que mon fils mange toujours à sa faim. Je voudrais qu'il apprenne à lever le coude, et crève d'une maladie du foie. Qu'il soit perclus des pires rhumatismes, je lui souhaite la goutte, j'en appelle à des sciatiques, à des lumbagos. Je prie pour qu'il ait les pieds noirs, très sales. Si on pouvait l'amputer d'une jambe, ce serait un véritable instant de joie dans ma terne vie. Bouclons nos bagages, embarquons-nous pour la haine. Ce fils n'est pas important. Pas plus qu'un morceau de caoutchouc. On pourrait peut-être le jeter d'un avion, qu'il échoue en pleine forêt amazonienne, alentour de Belém, qu'il se fasse dévorer par tout ce qui grouille, caïmans, bêtes incongrues, fauves mal définis. Je n'ai pas l'intention de m'installer fabricante de bébés. Je ne suis pas ici pour perdre mon temps, mais pour tenter de vivre ma vie. Mon mari a raison. Ce que nous désirons, c'est assembler le matériel traumatique nécessaire de sorte que le malheur de ce fils soit complet total absolu. Notre cruauté, notre lâcheté, notre sadisme, notre méchanceté à son égard vont se prolonger pendant des mois, des années. C'est une œuvre à entreprendre. Une forme d'art. Nous le remplacerons un jour par un petit d'homme au sang mêlé, que nous adopterons, qui proviendra d'un pays en voie de développement et qui sera, *lui*, réellement notre enfant. Je réclame un métis, pas ce fils. Lui ne résulte que du métissage de la médiocrité et de la haine. Il le portera comme une croix. Maudit fardeau. De malédiction en malédiction. Il y eut une époque où mars ouvrait l'année. Je crains qu'il ne la referme depuis cette abominable naissance.

— Cela remonte au roi Numa, renseigna M. Bras-de-Mort. Premier réformateur du calendrier chrétien. Septième siècle avant Jésus-Christ. Moment important dans l'humanité. C'est en ce siècle que fut rédigée la Bible. Ce que vous appelez, vous, d'une manière qui n'est pas supportable, l'« Ancien Testament ». Dans un grand nombre de pays, jusqu'au Moyen Âge, on a fait démarrer l'année au 1er mars. Mars tire son nom du dieu des combats, mais les Romains ont consacré cette période à Mercure, dieu des marchands, des voleurs.

— Ça ne m'étonne pas, lâcha mon père. Il en a tout le profil.

— Le rapprochement entre marchands et voleurs n'est en effet guère flatteur, poursuivit M. Bras-de-Mort. Les voyageurs se recommandaient aussi à Mercure parce qu'il était continuellement en route, chargé de mission de confiance par son père, Jupiter *himself*. Très éloquent et astucieux comme on ne l'est plus, Mercure savait changer d'aspect à volonté. Ce fut sans doute le premier Fregoli et l'inventeur du grimage. Il prit un jour la forme d'un certain Sosie. Ce qui explique comment ce nom propre est devenu nom commun dans le langage courant pour désigner quelqu'un qui veut se faire passer pour un autre.

7

— Claude François a des sosies, fit ma mère.

— Il en a madame, répondit Bras-de-Mort, il en a, acquiesça M. Bras-de-Mort. Comme Mercure, je poursuis, avait pour symbole le caducée – deux serpents enlacés en huit autour d'un bâton – qui signifie la paix, son rôle était, dans l'esprit des Romains, de contrebalancer l'influence de Mars. Pour plus de sûreté, le mois dédié au dieu de la guerre fut placé sous la protection de Minerve, déesse de la sagesse, sortie tout armée du cerveau de Jupiter, casque en tête et lance à la main ! Minerve n'était pas une pacifiste endurcie, mais la déesse de la prudente paix armée, de la guerre défensive. Cela ne l'empêchait pas d'être aussi vindicative que les autres pensionnaires de l'Olympe, et c'est ainsi qu'elle changea Arachné en araignée, fournissant du même coup l'origine d'une famille d'insectes, les arachnides, à rapprocher du vieux français et du patois *aragne*. En une autre occasion, au cours d'une mêlée générale des dieux, elle culbuta Mars en lui lançant un rocher à la tête. Un rocher, madame Moix ! Quant au redoutable Mars, il était chez les Grecs dieu du tonnerre, sous le nom d'Arès, et les Romains firent de lui en premier lieu le dieu du printemps et de la végétation. Ce rôle bucolique lui resta aussi longtemps que ses fidèles formèrent eux-mêmes un peuple de pasteurs. À mesure que s'affirma leur tempérament de conquérants, les attributions de Mars évoluèrent jusqu'au jour où il se trouva revêtu de la cuirasse des légionnaires. On le représenta dès lors sous des traits aussi terribles que ceux de votre fils, avide de sang et de carnage, digne frère d'Éris, déesse de la discorde – et votre morveux s'il devient non-juif est appelé à devenir un génie de la discorde – souvent envoyée chez les hommes pour les animer au combat et provoquer chez eux des querelles.

— Querelleur ! me lança ma mère avant de me cracher au visage.

— Bien fait ! salua mon père.

— Mars est un personnage généralement peu sympathique, poursuit M. Bras-de-Mort…

— Souhaitons qu'il ne fasse plus parler de lui ! lança mon père.

— En revanche, je voudrais que vous ne martyrisiez pas cet enfant devant moi, puisque je le considère encore momentanément comme juif, souhaita M. Bras-de-Mort. Même si sa laideur est effectivement avérée, il va sans dire.

Mon père dégoulinait de sueur. Il serrait la mâchoire. Il eût voulu m'étrangler. Sueur, sueur, sueur. S'écoule sur le col de sa chemise. Découle sur les cernes de ses yeux. Goutte sur le plancher. Dégoutte en pluie de gouttes molles. Mon père rougeaud, méchant, pleuvait. Il se déversait. S'extravasait. S'épandait. Se répandait. Suppurait. Bavait. La plupart des pères sont secs. Le mien était moite. Le mien était mouillé. Le mien était trempé. Il commençait à développer de l'eczéma. Il eût tellement aimé immédiatement m'abandonner. M'abâtardir. Me laisser sur les marches d'une abbaye, et s'enfuir à toutes jambes sous une fine pluie, soulagé du plus gros poids de tous les temps. Il eût tellement aimé crever l'abcès que je représentais dans son égoïste avenir.

— C'est notre tumeur, monsieur Bras-de-Mort.

— Notre cancer, dit ma mère.

— Notre panaris.

— Notre clou.

— Notre anthrax.

— Notre mélanome.

— Notre mal blanc.

— Notre bubon.

— Notre flegmon.

— Notre lymphome.

8

Par la fenêtre, j'apercevais des volatiles. Il était, dans les arbres et les buissons (je notais qu'il y avait du houx), question de gazouillis et de babillages, de pépiements et de sifflements, de chants et de roucoulements, de picorages et de becquées, de perchages et de couvaisons. Tout ce fatras possédait bec, ailes, plumes, pattes, ergots, griffes, serres, jabot, crête, huppe, queue. Pigeons aux métalliques reflets, pris de hoquet, hirondelles à queue tachetée fourchue, pipits aux pattes roses. Un pluvier (croupion foncé, aisselles blanches) effraya ses comparses. Des guêpes velues-dorées bourdonnaient. Les fourmis fourmillaient, brunes, rouges, épines au thorax. Un halicte présentait une bande de poils clairs sur l'abdomen. Cette bande s'interrompait brutalement, comme une branche d'autoroute abandonnée. Une abeille se dirigea vers un géranium aux feuilles légèrement marbrées et suffusées de jaune, se posa sur l'une d'elles, près du pétiole, avec ses mandibules se mit à découper dedans un morceau de tissu. Une fois cette bande détachée, sous son corps elle la roula. C'était un autre monde. Les couleurs, les sons, les températures, les pressions, les espaces, les durées formaient entre eux derrière les vitres des connexions multiples, variées. Je les associais à mes couches remplies de matière fécale. Je savais que ce monde allait me rendre malheureux, j'étais prêt à m'y frotter tout de suite, à me jeter dedans afin d'être délivré au plus vite de mes parents et rejoindre Marc-Astolphe.

J'aurais adoré écouter Zappa, mais j'ignorais que Zappa et sa musique avaient pu exister. Je ne comprenais pas pourquoi mon père avait fait tout ce foin sur la littérature, les livres. Il était notoire qu'Oh crevait d'envie d'être publié dans une grande maison d'édition parisienne. Pour ma part, je ne souhaitais pour l'instant aucunement devenir écrivain.

— Ces fangeuses couches empestent décidément trop ! se plaignit mon père.

Il se saisit de l'immonde paquet, ouvrit une fenêtre, balança ma merde le plus loin possible. Le décor enchanté du jardin se souilla de mes violentes diarrhées dévastatrices.

9

La météo connaissait des fluctuations dans le jardin où l'odeur de ma merde se répandait à faire fuir le monde ailé qui, quelques minutes plutôt, s'y ébrouait encore sous un ciel implacable et bleu. C'était la France du général de Gaulle, une France constituée de films de Louis de Funès, de petits oiseaux, de marchés de fruits et légumes, de cageots, de cagettes, de képis, de pavés, de cathédrales, de gens de 50 ans qui paraissaient en avoir 72, de chignons, de sévères jupes, de lunettes en lune, de lentes automobiles, de principes ancrés, de géographiques fleuves.

Le long de ces fleuves pleuraient des saules. Des arbres hivernaux défaits. Des petits vieux à gapette regardaient les bras de ce fleuve. Assis sur la rive, ils pêchaient des goujons, des poissons-chats, des carpes qui empesteraient dans la cuisine quand l'heure serait venue de les éventrer au couteau, de les vider. Leurs viscères étaient écœurants dans le lavabo, renvoyant à nos viscères humains, déclenchant des envies de vomir.

La nuit, l'odeur du fleuve continuait de se répandre dans les chambres. De gros poissons flottaient dans notre sommeil, s'immisçaient sous les draps, cherchaient à la pointe de nos pieds des mouches à gober, des asticots à avaler, mais aussi un sens à la vie de poisson, qui n'en a aucun. Aucun sinon nourrir les hommes dont la plupart des vies sont des ratages absolus. Les hommes bouffis de cruauté, de mesquinerie. Les hommes, dont la passion est presque totalement absente. Les hommes sont voués à attendre leur décès en jouant à la pétanque sur un bord d'océan, de mer, de fleuve puant. Les hommes portent d'écossaises chemises, rotent après le dîner, le déjeuner « bien arrosé », demandent à leurs épouses de supporter l'intromission de leur sexe en le recreux d'orifices mis à leur disposition par la nature. Vieux violacés ossements de vieillards, enduits de pisse, pénètrent dedans leurs trous en crispant le faciès et en laissant échapper de petits sexués gloussements rappelant l'appétit du porc, la douleur de la vache blessée.

Il pleut sur les mottes. Dans les relents de vinaigre, la blouse relevée exhibant des poils très longs sur le mollet, une avariée dame reçoit, docile, patiente, sous la pendule remplie de dimanches, les approximatifs à-coups de son époux, qui porta la moustache jusqu'au printemps 1967.

En 1967, Horaçon Truchet avait fait son premier infarctus suite à une affaire de mœurs. On l'avait retrouvé dans une usine électrique désaffectée en train de violer une fillette de 12 ans. Cet épisode avait fait la une de *La République du Centre*, dont Marc-Astolphe Oh eût tant aimé tenir le feuilleton littéraire, chaque vendredi, à la place de Maurice-Urbain Lesueur-Coindet. La fillette avait été frappée au thorax, au visage, lancée contre un container puis s'était évanouie dans une flaque d'eau aux reflets d'huile. Truchet lui avait arraché sa culotte et l'avait sodomisée dans la flaque en émettant des petits cris de marcassin.

La petite Adeline Padrazzani resta paralysée. Une de ses amies de collège, Yvette Bouge-Mulet, la meilleure amie de ma mère, devenue par la suite professeur d'anglais à Sully-sur-Loire, accepta de lui donner la mort en janvier 1976, malgré la loi française proscrivant l'euthanasie. C'était un jour de janvier brumeux. Yvette avait brandi un pistolet automatique ayant appartenu à son grand-père, adjudant-chef mort en Indochine. Les yeux d'Yvette avait d'abord exprimé la pitié. Sans larme, ses mêmes yeux fixèrent ceux de son amie, qui n'en pouvaient plus de regarder le monde à hauteur de fauteuil. Le coup retentit et résonna dans les couloirs du HLM. Les voisins ne se dépêchèrent pas. Ils avaient compris.

Yvette sortit de prison sept ans plus tard, au mois d'août 1983 – ce fut ma mère qui vint la chercher, en voiture –, et tomba amoureuse d'un Allemand, Günter Schulmann-Bölter von Grauzbach, qu'elle épousa en mars 1984. Ils habitent aujourd'hui, avec leurs trois enfants (Hildegund, Hatmut et Lili), dans la déprimante municipalité de Prien-am-Chiemsee. Ils possèdent leur carte du CSU. Ils ne demandent rien à personne. *Jamais.*

Günter est dentiste en retraite. Hildegund travaille comme secrétaire de direction dans un laboratoire pharmaceutique. Hatmut est violoniste dans un orchestre munichois. Lili est trisomique et passe de longues heures à sourire dans le jardin d'hiver en regardant les pies agacer le chien. La pluie, la neige, le vent, le tonnerre sont pour elle des sources d'excitation, peut-être même d'extase. Elle prononce la plupart des mots sans encombre. Ses parents l'emmènent faire du voilier sur le lac. Elle observe le flot fendu, écoute les gens raconter leurs vies sans vie et les bouées taper contre la coque du navire. Son gilet de sauvetage lui fait mal dans le cou, ça la cisaille et elle éprouve des difficultés à exprimer ce désagrément. Elle le subit en faisant des sourires très grands qui, la plupart du temps, donnent envie de pleurer à ses parents.

Mais Yvette et Günter ne pleurent jamais. Ils veulent se montrer à eux-mêmes, et prouver à la terre entière, qu'ils sont des parents dignes, que jamais ils ne « feront la différence » entre Lili et leurs autres enfants. Le Général avait lui aussi sa petite trisomique, Anne, et c'était son être humain préféré sur cette terre, bien avant Yvonne. Yvette et Günter devaient se comporter comme si cette malédiction était non pas un motif de honte, mais de fierté – dans la fierté, il semblerait que toute forme d'apitoiement sur son sort soit impropre ; c'est du moins ce que tendent à démontrer les dernières recherches scientifiques sur la notion de fierté.

10

— Arrêtez-le ! Arrêtez cet homme ! C'est un imposteur ! hurla soudain le rabbin Shapiro, entré en trombe dans la pièce, et désignant M. Bras-de-Mort du doigt (toujours cette effroyable manie du doigt pointé qu'ont les adultes).

M. Bras-de-Mort se défendit. M. Bras-de-Mort se débattit. On lui passa les menottes. Il éclata d'un rire diabolique. Sans préavis, il brandit à l'égard de mes parents une menace :

— Si votre fils ne reste pas juif, je vous étranglerai de mes mains. Salauds ! De mes mains ! Israël vaincra !

Le rabbin Shapiro tremblait de honte. Il présenta, au nom de tous les juifs passés présents et à venir, de fort longues et embarrassées excuses à mes géniteurs également embarrassés. Quand tout le monde est embarrassé, tout redevient normal.

Tous éclatèrent finalement d'un rire immense et terrifiant – sauf moi. Les rires qu'on ne comprend pas sont toujours terrifiants. Ils ont l'air d'être des armes destinées à tuer. Ma mère pleurait bien un peu, mais ses larmes furent finalement emportées par son rire. Les policiers riaient. Shapiro. Mon père. M. Bras-de-Mort (« salaud ! » lui criait mon père), mais d'un autre rire, d'un rire hors sujet et qui ne concernait que lui. Ces adultes se contorsionnaient. Je n'existais plus beaucoup. Ils m'avaient oublié – c'était une bonne chose.

Le rire se propagea dans le jardin de l'évêché, ce, malgré les doubles vitrages. Des mamans riaient, tirant leur poussette, leur landau. Leurs enfants riaient. Les merles étaient hilares. Le houx riait. La mère supérieure d'un couvent voisin passa et rit de toutes ses dents. Un troufion qui bécotait son boudin se mit à glousser, et le boudin gloussa à son tour tel un épileptique dindon.

C'était les nerfs, sans doute, mais tout ça riait jusqu'au ciel. De méchants adolescents, qui s'apprêtaient à commettre un larcin, éclatèrent de rire. C'était comme une cérémonie. Le réel se tenait les côtes. Personne n'avait jamais vu cela sur la terre – c'était dans une petite parcelle du monde, un bout de ville provinciale d'un bout de pays sans importance, que cela s'était déroulé. C'était un jardin nouveau qui se dessinait par les rires, un nouveau ciel, de neufs oiseaux.

Des ouvriers sortaient pour se joindre aux festivités, emportés eux aussi, très vite, par le rire, qui se secouaient, agités par des spasmes. Un charcutier très gros, très laid, pleurait à genoux toutes les larmes de son corps. M. Bart-Grönstein, alerté par le tumulte de ces fous rires, était venu se joindre à l'hilarité générale avec quelques-unes de ses infirmières. Puis on vit arriver, se bidonnant comme des farfardets, Bertolt Brecht, Stanley Elkin, André Gorz, Michèle Mouise, Louis Jevouhé, Georges Clemenceau, Gilbert-Alain Néhant du *Libre Lombric*, Jean-Flegme Anonyme de *Viande magazine*, Garibaldi, Pascalin Valium et Baptiston Ligature de *Chose littéraire parade*, François Méchant-Très du *Fier Bruxellois*, Ysambire de Pissefouette de *Chienlits et Galons*, Marguerite Duras, Paulo Coelho, Isidore Ducasse, Guillaume Musso, Francis Mescaleros de *Cynisme et délabrement*, Gilles-Genou Tanpisse de *Zozo Kinka Polopi*, Mathusalem, Lamek, Noé (accompagné de ses trois fils), Léo Ferré chantant *C'est intra*, un ami de la famille, Nabuchodonosor, Alexandre, Charlemagne, Louis XVI, saint Pierre, Monsieur Jourdain, Himmler, le Dr Petiot, une jolie femme de 36 ans atteinte d'un cancer, Archie Shepp, Albert Ayler, Hank Mobley, Charlie Parker, Johnny Griffin, Ben Webster, Charles Lloyd, Sonny Rollins, Michael Brecker, James Carter, Jimmy Hamilton, Wayne Shorter, Stan Getz, Benny Carter, Dexter Gordon, Sonny Stitt, Hank Crawford, Grover Washington Jr., Cannonball Adderley, Coleman Hawkins, Louis Sclavis, Steve Grossman, Roland Kirk, King Curtis, Branford Marsalis, Eric Dolphy, Steve Lacy, John Coltrane, Michel Portal, Anthony Braxton, Gerry Mulligan, Joe Henderson, Ornette Coleman, Mozart, Dennis Chambers, Joe Chambers, Paul Chambers, Miles Davis, Anthony Davis, Art Davis, Nathan Davis, Jesse Davis, Walter Davis, Charles Davis, Eddie Davis, Kay Davis, Lem Davis, Ham Davis, Maxwell Davis, Gene Phillips, Wild Bill Davis, Art Blakey, Ornette Coleman, Bill Coleman, Earl Coleman, George Coleman, une voisine camerounaise native de Douala, une amie zaïroise native de Kinshasa, Méliès, son plagiaire Ferdinand Zecca, le dieu Sobek, Ptah-Hotep, une voisine suédoise native de Stockholm, un nouvel Hitler, Apollinaire, Jonas, des Roumains, Édith Piaf, des Kalmouks, des kangourous, des Munichois, Lucien de Samosate, Einstein, Galilée, Freud, Ronsard, Newton, Lucrèce, Louise Michel, Rosa Parks, Marie Curie, Wilbur Sweatman, le sergent Garcia, Maximon de Fulgence-Fresnel, mon petit infrère Tancrède l'étranglé du cordon, Cloud et Watriquet, accompagnés des incontournables Philibert et Ernestito, ce dernier tenant Bisabelle à son bras, et traînant derrière eux, pliés en deux, Nénuphar et Clindindin. Juste derrière eux : Marc-Cattoze, le Christ avec sa maman la Vierge, Thomas Schweicker, Liszt et Chopin, le commissaire San Antonio, Vénus. On aperçut aussi, étouffant sous les éclats de leurs propres rires malgré les larmes de Job, Raïssa et Jacques Maritain, Robert Brasillach, Gaston Gallimard, Otto Abetz, Godzilla, Bernard Grasset, Gershom Scholem, la Mère Michel, les sieurs Anaphase Flair du *Nouvel Observateur* et Rémi Gluten de *L'Express*, ainsi que Borges, Œdipe, James Joyce, Daredevil, Tirésias, Art Tatum, Homère, le Dr Lazare Boule-Touchée et ses enfants Hugon, Genséric, Wibertus, Conon, Trithème, Vicelin, Volmar et Jutta, Picasso, Platon, César, Attila, Gengis Khan, Staline, Fernandel, le docteur Kouik, le professeur Chassepingot, Caran d'Arche en personne, l'infirmière aux beaux seins, la méchante Bianca, l'infirmière et vieille et laide infirmière en chef, MM. Seyès et Canson, rivalisant de fous rires avec MM. Pothier, Benjamin Franklin et Jean Zay venus visiter leurs lycées respectifs. On aperçut encore, selon Gérard Marelle de *La Nouvelle République* (édition du 6 avril 1968), MM. Ellington en tenue de soirée, en grande conversation avec saint Sulpice. Précédant Gnafron, les frères et sœurs de mon père : Macaire, Badoul, Angilbert, Odule, Chilpéric, Pulchérie, Radégonde et Léocadie. Suivirent MM. Bach, Lully, Verdi et Pascal. Puis arrivèrent enfin, se roulant quasiment par terre, MM. Klein, Rackham le Rouge, Pif, Renoir, Socrate, Oscar Peterson, Milt et Michael Jackson, George Clinton, Fletcher Henderson, George Benson, Kolmak Hanberlon, Eddie Jefferson, Robert Johnson, Miles

Davis et sa trompette, George Coleman et son saxophone, Herbie Hancock et son piano, Ron Carter et sa basse, Tony Williams, un petit tambour en bandoulière et des cymbales dans les mains. Puis firent leur effet (sonore) le petit Jésus, l'évangéliste Marc, un ou deux ou trois faux messies, Éric Barluche (*La République du Centre*), Gilbert Grue (*La Nouvelle République*), Sandric Lavement (*Les Nouvelles d'Orléans*), l'abbé Chacoupé, Fedor Petrowicz (en sa qualité de spécialiste et futur biographe), suivi comme un petit toutou par Angela Grüdensackel von Siegschnabürkeitweldheim-Höffelhartwig. Faillirent en outre mourir d'un arrêt cardiaque ou d'une rupture des muscles zygomatiques : MM. Napoléon, Dickens, Luther King, Grillon, Claude François, Mlle Jeanne d'Arc escortée de MM. Bataille et Péguy. Puis MM. Proust et Chateaubriand firent, se tenant les côtes, une entrée très remarquée dans ce jardin de l'évêché empuanti par les effluves de mes étrons verdâtres. Horaçon Truchet vint, se poilant, qui ne cessa de taquiner Adeline Padrazzani hilare. Parmi les hôtes remarqués, on compta en outre MM. Henri Martin (venu voir son avenue), Begin (et les membres de son gouvernement), Nasser, Ayler (Albert), Moshe Dayan, Merckx (venu à vélo de Bruxelles), Aragon, Cripton, Bernstein, Guevara, Céline, Kennedy, Fabius et Gagarine (en conversation avec ma grand-mère Juliette). Maurice-Urbain Coindet, hoquetant, s'en fut à la gare chercher Yvette et Günter Schulmann-Bölter von Grauzbach, ainsi que leurs enfants Hatmut, Hildegund et Lili. On fit un vif accueil à Mlle Cendrillon (qui avait quitté pour l'occasion ses frusques et s'était vêtue en princesse) et mesdemoiselles ses sœurs, riant de rires de 1958, terriblement aigus et moqueurs. Sœurs sur lesquelles se précipitèrent aussitôt, en larmes et l'arrière-train reniflé par mon futur chien Bristol (qui venait de lécher mes couches à l'envi), MM. Euler, Fourier, Hamilton et Cayley, Joseph, puis enfin, attirant tous les journalistes du *Canard* présents, MM. de Gaulle, Hitler et

Louis XIV qui semblaient en bisbille. Tous morts, et plus précisément morts de rire. À noter également la présence des convives suivants : le dieu Min, Abdon Bouillou du *Carillon 45*, Cicéron, Ernst Bloch, André Suarès, Gustave Thibon, Thomas Totaure-Youls, éditeur, un berger de l'*Énéide*, Hubert-Coco Raseboule, *Je vais nulle part hebdo*, Curtis et Samson, Elton John, Pierre-Jean Rémy, quelques Cariatides, deux ou trois Ménines, Mona Lisa, Van Dyck, Velasquez, le Titien, Rank et Xerox en grande conversation avec Fermat, François Nourissier, Pierre Viansson-Ponté du *Monde*, Renaud Macaque du *Magazine littéraire*, le marquis de Sade, Swift, Norman Mailer, Truman Capote, Euclide, Bossuet, Maupassant, Pierre Guyotat, Philippe Sollers, La Rochefoucauld, Vauvenargues, La Bruyère, M. Relier, les Beatles, Lacan, Beethoven, Annie l'infirmière, Alphonse Daudet, Paul Arène, Balzac, le Père Goriot, Jijé, Spirou, Monet, Turner, Corot, Courbet, Kafka, Kierkegaard, Rimbaud, Astrida Rambert, Felipe, Martial Gonfaron, Eddy Mitchell, Johnny Hallyday, Jean-Louis Éculé, Werther, Bianca, Carole Laure, Aurore et son père, « Nénesse », Josef Mengele, Dom Tassin, Sieyès, Marcel Cohen, Jean-Paul Sartre, James Gleick, Louis, Carloman, Marc, Éleuthère, Thomas, Faustin, Claus, Mahmoud, Némorin, Luc, Bénigne, James, Kim, Ba, Joe, Tim, Bob, saint Paul, Abraham, le Saint-Esprit, Dom Helder Camara, saint Thomas, Jimi Hendrix, Jim Morrison, Madeleine Chapsal, Colas (le petit frère de la chanson *Fais dodo*), le petit Alain, le petit Arnaud, le petit Armand, le petit Antoine, le petit Alexis, le petit André, Olga, Wittgenstein, Hénoch, Métatron, Watteau, Rebecca Skilton, le patron du Reinitas, Jay Jay Johnson, Slide Hampton, Dinah Washington, Leo Watson, Velma Middleton, Sir Charles Thompson, Bill Robinson, Clifford Thornton, Bill Dixon, Buck Washington, Edgar Sampson, Gerald Wilson, Buddy Johnson, Mal Waldron, Bull Moose Jackson, Shadow Wilson, Osie Johnson, Horace Henderson, Melba Liston, Hugh Lawson, Benny

Golson, Freddy Johnson, Franz Jackson, Bobby Hutcherson, Louis Nelson, Herman Chittison, George McClennon, Cliff Jackson, Bobby Donaldson, Chauncey Haughton, Lonnie Johnson, Cat Anderson, Garland Wilson, Frankie Newton, Ted Curson, Bill Henderson, Milt Jackson, Jimmy Garrison, Tadd Dameron, Ernestine Anderson, Benny Morton, Teddy Wilson, Alan Dawson, Lowell Davidson, Argonne Thornton, Dewey Jackson, Jerome Richardson, Mercer Ellington, Big John Patton, Eddie Vinson, Kid Shots Madison, Al McKibbon, Pete Johnson, Joe Tricky Sam Nanton, Bill Barron, Hilton Jefferson, Cedar Walton, Charles McPherson, Oliver Nelson, Lucky Thompson, Zutty Singleton, Buck Johnson, Harry Edison, Ron Jefferson, Ron Burton, Roy Milton, Bernard Addison, Prince Robinson, Milt Hinton, Gus Johnson, Buck Clayton, Fred Anderson, James Newton, Houston Person, Duke Pearson, Keg Johnson, Plas Johnson, Joe Gordon, James P. Johnson, Ed Anderson, Howard Johnson, Kenny Barron, Ivie Anderson, Chico Hamilton, Lionel Hampton, le Caravage, Pasolini, Walter Pichoff accompagné de Castagnette, Lucio Fanti, Sylvie Van der Klaagen, Jerry Stevens, Louis Pasteur, le groupe U2, Alex Chilton, Ben Laden, le roi Srong-btsan Sgam-po, Emmanuel Levinas, Papadou Zimba, Carlos Redu, Christian Christian, Fifi Chausson, Bernard Viviparès, Casimir Lonzo, Bibi Luz, Khaled Nedjar, Pascal Pointereau, Ralalah Tof'u, Alexandre Poutch, Kokovic, André Loustalope, Milocz Kafouille, Dangerous Hervé, Omar Maclaque, les frères Illico, Petit-Lait en personne, Fred Mamain, Bouboule 2, Yves, Zozo Karamatchi, Flavien Brown, Jean-Julius Porchon, Figueras Louis, Pavli Pitchek, Ness Gupta, Armstrong, Aldrin et Collins, Jules Verne, le capitaine Haddock, le chauffeur Abdulla, Bonaparte, un vieil oncle pédé disparu à la Libération, Lénine, Witold Gombrowicz, Martin Buber, Jeanine, Pierre, Patrick, Francis, Magellan, le roi Numa, Frank Zappa, Yvette Bouge-Mulet, Anne de Gaulle. Tous morts de rire.

J'étais le seul à ne pas me marrer. (Le seul *avec Marc-As*, resté chez lui pour ne pas cautionner un tel délire.) Les nouveau-nés préfèrent pleurer. C'est ainsi, c'est une question de physiologie, ils ne savent penser autrement que par pleurs, stridences, hurlements, cris, hululements, jappements. On pleure on crie aux deux extrémités de la vie. Entre, il nous arrive d'avoir des instants heureux, joyeux, des répits, très furtifs, dont il s'agit de savourer à l'extrême la densité.

— Madame Moix ! Monsieur Moix ! Je vous présente mes excuses, transpira Shapiro. Je suis navré. Ce Bras-de-Mort est un imposteur. Un fou. Un criminel. Un ennemi de la communauté.

— Qui a-t-il assassiné ? interrogea fort pragmatiquement ma mère.

— Personne, soupira le rabbin Shapiro. Pour l'instant personne, Hachem soit loué ! C'est juste une image. Je parlais de ses idées. Pour votre fils, je vais faire le nécessaire. Nous allons lui trouver un prépuce. J'en ai déjà réservé un pour vous. Nous avons déniché un donneur. L'opération se déroulera dans la clinique de votre choix. Je ne fais pas partie de ces illuminés qui obligent les gens à rester ou devenir juif. Pour le reste, j'opte pour un maximum de tolérance. Il y a les petits rabbins, qui *interdisent*. Et les grands rabbins, qui *autorisent*. Je suis un grand rabbin : j'autorise.

— Cela fait chaud au cœur, dit ma mère.

11

— Holà ! Tout doux ! intervint une voix. Je suis au courant de *tout*. Je ne puis laisser une telle pratique se concrétiser.

C'était rabbi Popperman. Un des grands talmudistes du Gâtinais. On lui devait d'érudits commentaires sur Maïmonide, le livre de Ruth et le Lévitique.

— Le rite de la circoncision est une chose sérieuse ! explosa-t-il.

— Justement, cher rabbi, riposta rabbi Shapiro. Nous sommes dans un cas de figure où il n'y a pas eu le moindre rite.

— Si ! La circoncision et le rite sont mélangés, il s'agit de la même chose, s'insurgea Popperman.

— Sauf que dans ce cas précis, nul n'a pratiqué la moindre circoncision. Elle est innée. Aucune main ne l'a réalisée.

— C'est un juif archétoptique, asséna ma mère.

— Achopérite, crut rectifier mon père.

— « Aucune main » ? « Aucune main », horreur ! Retire ces mots, malheureux Shapiro ! N'est-ce point la Main des mains qui opéra ce travail ? N'est-ce point la main du Nom qui œuvra ici ? Ce petit enfant a été réintégré dans notre communauté. Pourquoi l'en arracher ?

— Réintégré ? Intégré plutôt, se défendit Shapiro.

— Non. Réintégré ! s'insurgea Popperman. On n'intègre jamais notre communauté. On ne fait que la réintégrer, à l'infini. On est toujours déjà juif.

— Et s'il était musulman ? demanda rabbi Shapiro. Hein ? Nous aurions l'air de quoi ?

— Je ne relève pas les provocations, balaya Popperman. L'humour arabe ne me fait pas rire. Je ne crois qu'à l'humour juif. Expression par ailleurs tautologique. N'est-il pas ? Cite-moi un seul Arabe drôle, rabbi ! Un seul !

— De cela, je conviens, admit aussitôt Shapiro.

— Votre fils, monsieur et madame Moix, décréta Popperman, incarne, par la voie et la voix du Nom – j'aimerais que jamais on n'oublie la proximité, dans notre immortelle belle langue, des mots *voix* et *voie* –, la perpétuation de la vie et la fertilité de la terre. La circoncision symbolise son

458

émancipation, qui est toute nôtre, et détourne de lui – par conséquent de nous – dangers et malheurs. C'est là le caractère apotropaïque de ce rite : votre fils, madame, monsieur, est un fils apotropaïque.

— Un peu trop quoi ? bégaya ma mère.

— Ma femme et moi ne comprenons plus rien ! hoqueta mon père. On nous dit d'abord que notre enfant est achiroptique, ensuite qu'il est atropopaïque. Cela fait beaucoup de mots compliqués pour un fils unique !

— *Apotropaïque*, monsieur Moix. *Apotropaïque*, s'énerva Popperman. Et on ne touche pas à un fils apotropaïque. On ne pose pas ses doigts sales dessus. On le laisse en l'état. Comme on l'a trouvé dans la mère, à la sortie de cette mère. Il ne faut pas faire n'importe quoi, n'importe comment, quand on met au monde un fils qui *signifie*. Un fils millénaire et important. Un fils cananéen. Ce fils est un fils de l'Homme avec un grand *h*, il est l'exclusive propriété de l'humanité. Qui seule en a l'usufruit. Alors bas les pattes ! Votre fils plane au-dessus de vous, tellement au-dessus. C'est lui qui vient de vous mettre au monde. Non l'inverse ! Sa grandeur personnelle réside précisément en ceci qu'il n'eut besoin d'aucun instrument pour se rallier au Nom, puisque le Nom s'est rallié à lui, à notre insu, comme il devrait en être, en définitive, pour chaque petit nouveau juif. Je vous prie d'ailleurs de bien remarquer que Genèse 17 ne fait aucunement mention d'un silex contondant, ni de quelque lame que ce soit ! Voulez-vous que nous reprenions ensemble Genèse 17 ? *(Sortant sa Torah et l'ouvrant à la page voulue)* Reprenons le texte ensemble, mécréants amis ! *(Il sourit)* Ah ! Je vous jure ! Je suis navré que notre cher rabbi Shapiro ne vous ait point éclairés sur ce chapitre.

— Mais… tenta Shapiro.

— Tais-toi rabbi ! s'emporta Popperman. Tu n'as même pas su reconnaître que se dressait devant ta face un apotropaïque enfant ! Tu fais honte à la communauté. Bon ! Nous y voilà : *Je suis le dieu Chaddai...* Qui (*che*) a assez (*dai*) de Puissance divine pour toutes les créatures. C'est pourquoi « marche devant Moi » et Je serai pour toi Dieu et « Patron ». Ce mot a le même sens partout dans la Bible : Il a assez de puissance. Et il faut compléter d'après le contexte, madame Moix... *Marche devant moi...* Traduction du Targoum : « Attache-toi à Mon service »... *Et sois entier...* C'est un deuxième ordre.

— Nous ne vous comprenons pas bien, osa ma mère.

— Reste entier, sans te laisser entamer par toutes les épreuves que Je t'imposerai, poursuivit Popperman. Et d'après le Midrach : *marche devant moi*, en te conformant au commandement de la circoncision et alors vraiment tu seras « entier », car tant que tu es incirconcis, tu es affligé d'un défaut devant Moi. Autre explication : *Et sois entier* : dans la forme de ton nom, maintenant tu es déficient au niveau de cinq membres, deux yeux, deux oreilles et l'organe sexuel, il manque le *he* qui est le chiffre 5. Autrement dit, je vais ajouter, monsieur Moix, cette lettre à ton nom et le compte des lettres de ton nom atteindra 248, qui est le chiffre de tes membres...

— C'est peut-être un brin trop juif pour nous, tenta mon père.

— *Et j'établirai mon alliance...* Alliance d'amour, et aussi alliance de la Terre que tu auras méritée par l'accomplissement de cette Mitsva... *Abraham tomba sur sa face...* Épouvanté par la présence de Dieu. Car avant d'avoir été circoncis – c'est là que je voulais en venir – il n'avait pas la force de supporter la présence de Dieu quand l'Esprit saint était sur lui. C'est ainsi qu'il est dit à propos de Balaam : « Il tombe, les yeux découverts » – Nombres, 24,4. Selon la Baraïta de rabbi Eliezer... *Père d'une multitude de nations...*

— Ma femme n'est pas très fortiche en nombres, glissa mon père.

— Terme composé en Notarikon, s'entêta Popperman. Ce sont les syllabes mêmes qui forment le nom d'Abraham, il y avait un *rech* : « Ab-ram », ce qui signifie qu'il était seulement père d'Aram, son pays natal. Tandis qu'il devient père de l'humanité tout entière. Ce *rech* n'a pas disparu. De même que le *yod* enlevé du nom « Saraï » devenu « Sara » avait protesté jusqu'à ce qu'il fût ajouté au nom Yehochoua. Ainsi qu'il est dit : « Moïse avait nommé Hochéa fils de Noun : Yehochoua, Josué » – Nombres, 13,16... *Je ferai de toi des peuples...* Israël et Edom. Quant à Ismaël qui était déjà né, point n'était besoin d'aucune annonce à son sujet... *J'érigerai mon alliance...*

— C'est inutile, monsieur, réitéra mon père. Ne prenez pas cette peine...

— Tu devrais comprendre, rabbi, que ce jeune couple n'est point rompu à la science de Rachi, s'énerva Shapiro.

— Et quelle est l'alliance ? continua imperturbablement Popperman.

— Puisqu'on vous dit que nous n'en savons foutrement rien, mon vieux ! monta d'un ton mon père.

— *D'être pour toi Dieu... En patrimoine éternel...*

— Mon mari et moi, ne se decouragea pas ma mère, ne sommes *a priori* pas intéressés par l'éternité. Nous pensons, nous sommes même certains, que la durée de la vie temporelle sera largement suffisante pour nous.

— D'autant qu'avec ce fils prosopopique à supporter, ce ne sera peut-être pas l'éternité éternelle, mais ce sera une vie assez longue quand même, tint à préciser mon père.

— Et c'est là-bas que Je serai pour vous votre Dieu, continua de dérouler Popperman. Mais celui qui demeure hors de la Terre sainte est comme s'il n'avait pas de Dieu... *Et toi...*

— Vous comprenez, rabbi Shapiro, argumenta mon père, pourquoi nous souhaitons que notre fils soit aussi peu juif que possible : il nous attire déjà beaucoup trop de complications. De complications rabbiniques. De complications rachiques.

— Ce *et* ajoute au sujet précédent. Moi, voici Mon alliance avec toi, *et* toi, veille bien à l'observer, conclut enfin Popperman.

— C'est que nous avons d'autres projets, monsieur le rabbin, tenta d'expliquer mon père au rabbin Popperman. Tout un tas de choses à faire. Qui vous échappent, comme les vôtres m'échappent par endroits. D'autres observeront tout cela beaucoup mieux que nous, ne vous en faites pas pour ça. Je suis certain que vous trouverez.

— Exactement, renchérit ma mère. Ce qui compte, c'est qu'il y ait quelqu'un pour l'observer, votre alliance. Aucun texte ne stipule que cela doit être la famille Moix. Nous pouvons vous aider à trouver des gens. On peut lancer un appel. Faire paraître un encart publicitaire dans *Le Carillon 45*.

— Ma femme a raison, coopéra mon père. Une petite annonce. Ou dans *La République du Centre*. Une de nos connaissances, Maurice-Urbain Coindet, dont la fille Louise-Élisabeth est actuellement une de mes étudiantes, y a ses entrées.

— Et quelle est l'observance ? interrogea Popperman.

— De ? demanda mon père.

— C'est : le verset 10.

— Je ne l'ai pas lu personnellement, répondit mon père. Je ne possède pas ce verset dans ma Bible. Une erreur de l'éditeur, sans doute. Sauf votre respect, vous devriez vous interrompre. Mon épouse et moi sommes à deux doigts d'en avoir assez, cela n'est pas bon pour notre système nerveux, déjà mis en ébullition par les événements de ces derniers jours.

— « *Ceci est mon alliance que vous garderez... Faites circoncire* »... *Entre moi et vous... Etc.* ! Ceux de maintenant. – *Et ta postérité après toi...* poursuivit Popperman.

— La postérité, c'est bien joli, mais franchement, elle n'entre pas dans la catégorie de mes obsessions, exposa mon père. Elle n'est en rien pour moi une priorité. La postérité n'est pas une obligation. L'anonymat me plaît davantage. À chacun ses lubies. N'est-ce pas ? J'entends rester une ombre dans l'ombre, un morceau de cafard, un extrait de larve refoulée, bien enfoui, sans relief, morfondu, enseveli profondément, jusqu'au centre du sable. Rester blotti dans le noir, à ne connaître la lumière que de nom. Dedans un trou, caverneux, parmi feldspaths, calcaires contents, noirâtre fange bleue. Ma vie ? Elle se réclame babiole, incident léger, crachat disparate. Au revoir, merci. *Salam ! Wiedersehen !*

12

Mes parents, suivant le conseil avisé de l'abbé Chacoupé, choisirent pour l'opération la clinique Bon-Secours, un établissement tenu par des bonnes sœurs. Cette clinique est aujourd'hui détruite. Salle d'attente, haut plafond, claire, spacieuse. Plantes grimpantes, table ronde en verre, exemplaires du Journal de *Pif*, numéros de *La Croix* (à moins que ce ne fût *La Vie*, ou *Le Pèlerin* – ou les trois), des *Tarzan*. Tarzan, roi de la jungle et défenseur de la paix et de Dame Nature, le dernier héros du siècle. À travers Tarzan, c'était le débat sur l'avenir de notre société contemporaine qui s'ouvrait. La naissance, théorique, d'un monde organisé autour de l'économie politique se trouvait dans ce fameux état de nature cher aux philosophes contractualistes – et Tarzan y habitait. C'était mon héros préféré.

James Bond se situait au-dessus des lois, mais au nom du secret d'État ; il œuvrait pour un gouvernement assujetti à un régime politique *précis* – dans le contexte de la guerre froide, celui du bloc occidental. Superman, le redresseur de torts, incarnait la loi au sein de la société civile, jusqu'à la caricature ; Zorro se plaçait au-dessus des lois, mais contre le gouvernement mexicain – hors-la-loi et révolutionnaire, il était le bras armé de la justice s'opposant à l'iniquité d'un système politique qui s'acharnait sur les plus démunis.

Tarzan n'était rien de tout cela : il évoluait en dehors du droit positif, des lois et des décrets, dans un état de nature, la jungle, où rien d'autre n'est édicté que la seule « loi du plus fort ». Il était le parangon de l'homme individuel, celui dont Hobbes, Locke, Rousseau ou Hegel s'étaient inspirés pour déduire la genèse du pouvoir politique.

Ce n'était d'ailleurs pas par hasard si Hobbes commençait son *Léviathan* (1651) par une étude de la sensation : la jungle (tout aussi imaginaire dans les aventures de Tarzan que l'était l'état de nature chez les penseurs de la modernité) représentait le lieu de toutes les sensations possibles, de toutes les expériences physiques, physiologiques et psychiques. Pour Hobbes, si les esprits différaient, c'était parce que les hommes se distinguaient entre eux par leurs dispositions physiques, leurs contingences, leur sensibilité, enfin par leur culture acquise. Cette culture, Tarzan était loin d'en être démuni. Mais ce qu'il possédait d'abord, c'était le pouvoir originel, ce pouvoir lié à la force physique individuelle. « Le pouvoir d'un homme consiste dans ses moyens présents d'obtenir quelque bien futur, avait écrit Hobbes. Il est soit originel, soit instrumental. »

Le pouvoir instrumental, c'était celui de James Bond : il était constitué des moyens qui permettaient d'en acquérir davantage que par ses seules forces propres ; c'était le pouvoir de la technique, de la spécialisation, celui du progrès technologique et scientifique. Les pouvoirs de Zorro, c'étaient sa richesse et sa noblesse. Tarzan, même s'il était issu d'une famille d'aristocrates, n'avait pour lui que sa réputation, sa noblesse de cœur et sa beauté.

Tarzan n'était pas « qualifié », il n'était pas un nanti, mais il possédait néanmoins de la valeur : sa force physique. Cette force accumulée selon les hobbesiennes lois de l'état de nature, l'homme-singe ne l'utilisait pas pour faire la guerre, mais pour préserver la paix. Nous n'étions plus dans la tradition « l'homme est un loup pour l'homme », mais bien – à travers Tarzan – dans le camp opposé, celui de Rousseau, même si cette assertion était à nuancer par la misanthropie latente du héros qui, lorsqu'il avait aperçu pour la première fois des humains, avait eu cette phrase « léviathanesque » : « Les gens sont plus méchants que les grands singes, aussi cruels que Sabor la lionne elle-même. » Pourtant, à bien des égards, ce personnage pouvait s'apparenter au parangon de l'idéal rousseauiste, même s'il semblait complètement le réfuter.

Premier présupposé, via l'enfant de riches esseulé parmi les fauves au beau milieu de la forêt : il existe deux sortes d'inégalités parmi les hommes. Les unes, naturelles (la force physique de Tarzan) ; les autres, sociales (les parents et le monde extérieur). Les premières sont données *a priori*. Mais les secondes ? C'est là que Tarzan intervenait. Pour Rousseau, l'homme sauvage avait des désirs qui ne dépassaient pas ses besoins physiques : c'était vrai de Tarzan au début ; mais au début seulement, car Tarzan allait peu à peu devenir, à lui seul, un modèle social.

Tarzan avait appris à lire et à écrire tout seul, grâce aux livres oubliés par les siens ; il avait fait tout seul son éducation. Sa réalité sociale était donc partie de là ; elle s'incarnait dans une société monolithique, unitaire, circonscrite au seul corps de Tarzan. C'était là, précisément, qu'il y avait quelque chose de l'*Émile* chez lui. Par l'éducation qu'il s'était inculquée, et avec l'aide des macaques pour l'ordre moral et la sagesse, Tarzan avait cessé d'être ce qu'il paraissait, un singe, pour devenir ce qu'il était, un homme. C'est cette mutation qui était inscrite dans l'appellation « homme-singe ».

Comme Émile, il avait été élevé dans un état qui se situait à l'extérieur du monde dans lequel était entretenue, par rapport à la « civilisation », son innocence première et naturelle. Pour Rousseau, la conscience naturelle reconquise n'était pensable que chez des êtres doués d'intelligence et de liberté – c'était encore le cas de Tarzan. Chez lui, toutes les conditions rêvées par Rousseau dans son traité sur l'éducation (et même si elles s'opposaient à la vision de l'état de nature qu'il développait dans sa théorie des inégalités) étaient réunies : il y avait osmose entre la conscience, la raison et la liberté. « La conscience pour aimer le bien, la raison pour le connaître, la liberté pour choisir. »

La raison dans la jungle : c'était là le fondement, clair, d'une écologie politique. L'idée était sans cesse sous-jacente, dans les aventures de Tarzan, notamment dans les nombreux épisodes où la technique était combattue pour les catastrophes qu'elle était susceptible de déclencher (c'était la face heideggérienne de Tarzan) : le développement à n'importe quel prix était perçu, et annoncé, comme dangereux. Il s'agissait aussi d'un message adressé à tous les technocrates qui, inconscients des réalités du terrain, tentent de faire entrer coûte que coûte les pays en voie de développement (où les greffons d'États-nations ne prenaient jamais) dans une logique occidentale de division du travail généralisée à l'échelle du globe.

Tarzan, lui, se battait pour l'économie agricole locale. Il avait bien compris que la croissance économique n'était pas un objectif en soi : souvenez-vous comme il avait été malheureux à New York où, perpétuant ses manières de gorille au milieu du béton, il avait déchiré ses vêtements pour finir dans l'Hudson River en maillot de bain.

Mon héros préféré (avec Docteur Justice) montrait une hostilité féroce face à l'esprit d'entreprise, c'est-à-dire ce parasitisme, ce *phagocytage*, cette captation des forces d'autrui quand, lui, il n'était propriétaire et redevable que de sa force propre. Il affichait enfin sa méfiance envers l'arrivée de perpétuels nouveaux besoins, tous aussi factices les uns que les autres.

Sans doute, aussi, et pour nous rapprocher plus encore de l'actualité de la fin du XXᵉ siècle – car le propre des personnages mythiques est d'apparaître à jamais nos contemporains les plus neufs et les plus avisés –, sans doute Tarzan était-il un cri lancé contre la déforestation de la planète, contre la pollution sous toutes ses formes et contre la succession des guerres.

Ne devait-on pas regretter, finalement, en 1975-76, cet état de nature rousseauiste si doux, si serein, où l'homme valait encore d'être ainsi nommé, quand il ne se condamnait pas lui-même à se détruire au nom de la modernité, dont le coût était la mort des nations ? Tarzan incarnait l'Émile dans la jungle, parmi les hyènes et les lions. Il n'obéissait qu'à lui-même, dans une société où l'injustice n'existait pas, puisque les rapports de force n'étaient que physiques, c'est-à-dire hérités de la nature seule.

Peu à peu, au fur et à mesure des épisodes, Tarzan allait se détacher de sa misanthropie pour se rapprocher des autres ; pour, sinon les aimer, du moins tenter de les aider, par exemple en protégeant des scientifiques contre des indigènes hostiles, en luttant contre des trafiquants d'esclaves (même si l'un des principaux griefs faits à son créateur, Edgar Rice Burroughs, était d'avoir voulu faire une apologie de l'homme blanc), en combattant les nazis comme son confrère Superman.

Certes, Tarzan ne s'intégrait pas à la société des hommes ; il en avait une peur bleue, il s'en méfiait comme de la peste. Cette méfiance était illustrée par son langage, non totalement maîtrisé – le langage étant précisément l'instrument dont les hommes avaient besoin pour vivre en société (et en édicter les valeurs et les règles). En réalité, Tarzan n'était ni tout à fait dans l'état de nature (puisqu'il était éduqué), ni tout à fait dans la société (puisqu'il continuait de vivre dans les arbres). Tarzan se situait entre les singes et les hommes, il symbolisait le cordon qui reliait la pure nature animale à la culture de l'Europe raffinée.

« Y a-t-il, demandait Rousseau, quelque facteur qui puisse faire que j'obéisse à tout prix comme un corps social et politique, sans que j'obéisse à quelqu'un en particulier ? Oui, un tel facteur existe : c'est la raison. » Tarzan symbolisait cette raison à l'état pur, celle qui habituellement était développée, mais aussi étouffée ou dévoyée par les sociétés, et virtuellement présente dans l'animal béat de l'état de nature. Il représentait, au tournant approchant du millénaire, après les guerres mondiales, la pollution, la bombe atomique et la Shoah, toute la contradiction du siècle et posait cette question : la civilisation est-elle encore civilisée ?

13

Une baie vitrée immense donnait sur des marronniers, du houx, des rosiers en fleur. Si les plantes grimpaient, c'est qu'elles *étaient* plantes. Si les enfants lisaient *Pif*, c'est qu'ils *étaient* enfants. On ne voit jamais les plantes grimper à l'œil nu, comme on ne voit jamais les enfants grandir, non, on ne voit pas l'acte de grandissement des enfants. On ne les voit croître que par hiatus, par césures, par cahots.

Lorsque enfin les enfants sont devenus des adultes, ils se taisent en tant qu'enfants. L'adulte n'est pourtant pas la succession de l'enfant, l'adulte ne prend pas la place de l'enfant par chronologie, par temps qui passe. L'adulte englobe l'enfant, il est plus large que l'enfant mais l'enfant est dedans. À moins que ce ne soit l'enfant qui englobe toujours déjà l'adulte à venir et en dessine le contour.

Si un jour j'écris un roman, je ne publierai que très peu de détails sur ma vie. Un CV ramassé, avec mention de quelques diplômes – la société en réclame. Je joindrai des dessins, de menus croquis, de bidons aphorismes – l'aphorisme est toujours bidon en réalité, qui tire sa soi-disant profondeur de son seul isolement. La plupart des aphorismes, mêlés à l'action d'une pensée continue, c'est-à-dire mélangés à du texte, deviennent invisibles parce que strictement banals, vides, insipides, mauvais. L'aphorisme éclate parce qu'il est seul dans le ciel. Penser par aphorismes, c'est tricher.

Je ne donnerai pas la moindre information sur ma vie privée, mon lot de larmes, mes avachissements, ma sexualité. Je ne suis pas pudique, mais mon principe est de n'ennuyer pas. Quand je dis « ennuyer pas », je ne pense pas au lecteur, dont l'avis ne me concernera jamais, mais à moi : je suis mon premier lecteur, mon premier éditeur, mon premier auditeur, mon seul critique – personne, jamais, dans tout cet étale univers, ne s'intéressera jamais à moi autant que je suis condamné à le faire moi-même.

L'essentiel de ma vie, ce n'est pas ma vie : mais les livres qui la composeront, si demain je décide d'écrire enfin. Je ne connais pas d'écrivains vivants, je n'ai lu que des morts, de très vieux morts, des morts âgés. Je ne sais quel chemin suivre pour être publié, lu. Je ne connais personne dans le « milieu littéraire ». Il est vrai que je ne suis âgé que de quelques jours – ce n'est pas une raison : il faut commencer tôt dans la carrière, la vie court vite et les années mornes, celles qui sont périphériques à la mort, aiment accélérer leur venue. Je suis partisan d'une certaine forme de précocité qui permettra à mon œuvre d'avoir toute latitude pour se déployer à son aise dans ce qu'on appelle : l'avenir.

Il est des gens, sur terre, qui prétendent que l'écriture est quelque chose de « difficile ». Ils « souffrent » en écrivant. Ils comparent leur production littéraire à l'accouchement d'une mère. L'écriture est le strict contraire de la souffrance, de l'effort, du travail. Le « littéraire » exige du travail, la littérature demande le contraire, à savoir la révocation, en soi, de toute forme de travail. Le contraire exact du travail, ce n'est pas le loisir, ce n'est pas la vacance, ni les vacances, ce n'est pas le repos : le contraire du travail c'est l'art.

L'art est une tension faite de vie ou de mort. L'art est tendu tout entier vers sa fin, quand le travail revêt l'imbécile perfection du moyen. L'art est tragique parce qu'il est incessamment inaccompli, comme toute fin. Une fin n'est jamais accomplie, une œuvre jamais achevée, un but toujours inaccessible : sur le chemin tu as bifurqué, tu as déchanté, rabaissé une prétention, accepté une modification. Tu as fini par tricher avec la fin originelle qui a fait place, imperceptiblement, à mesure des jours, à une finale fin finale qui lui est presque supérieure, mais ne lui ressemble plus. Tu as défiguré ton ambition, quand bien même elle aurait permis le miracle d'un : chef-d'œuvre.

Ce qui est tangible, c'est le moyen. C'est le transport et c'est l'instrument. C'est le travail sûr, qui est ferme, certain. Efficace ! Le travail est l'exigence du moyen ; l'art est le moment où tu abdiques, où tu nommes « œuvre » ce qui est supposé être la fin. Ce qui sera, de toute éternité, finalement la finale fin – cette graduelle trahison d'un idéal et d'une impulsion première, assassinée phrase après phrase, couche après couche, mètre de pellicule après mètre de pellicule, coup de burin après coup de burin.

14

On fit venir un prépuce dans la glace. Je suis passé au bloc opératoire. C'était à l'aube. Tout s'est parfaitement déroulé. Alentour, j'apercevais des gens déguisés en blanc, en bleu, en vert. Visages cachés par des masques. Portaient de ridicules chapeaux trop petits pour leur crâne. Des sortes de calots. J'étais serein comme un ciel d'été. On allait me défaire en tant que juif, et finalement ce n'était pas si grave. J'allais recouvrer la liberté de pouvoir le redevenir un jour. J'avais le choix.

J'entrai dans une nuit profonde – une plénitude. Anesthésie. Lorsque je me réveillai, mon réparé sexe me brûlait, je n'étais plus juif du tout. J'étais goy. J'étais gentil. Je ne sentais la différence que de manière physiologique, pas intellectuelle, pas morale.

Mai 68 arriva. Ils étaient étudiants ; ils sont étudiants. La vie est plutôt belle. Ils habitent Neuilly. Ils n'ont pas *exactement* 20 ans, mais un peu plus, un peu moins. On a rarement *exactement* 20 ans. Ils dorment dans de frais draps. Ils se rendent à la Sorbonne. Ils lancent un caillou. Pour savoir ce que ça fait, oh : un caillou dedans des flics. Tu peux ramasser un pavé : quand tu arrives, il y en a des tas tout prêts. C'est assez pratique. Tu n'as qu'à te servir. Des préparés pavés. À lancer sur un (salaud de) flic. Au début, ils allaient dans les squares de Neuilly ramasser leur caillou, leur pierre, leur gravier de jardin, leur gravillon joli. Ils le mettaient dans leur poche, parfois joliment enrobé dans un joli mouchoir joli, ils prenaient le bus jusqu'au Quartier latin, ils lançaient leur caillou en disant « mort aux vaches » et puis ils rentraient.

Le lendemain, après le petit déjeuner copieux préparé par leur maman, ils choisissaient une caillouteuse allée, déterraient un caillou neuf et retournaient là-bas et hop ils lançaient leur caillou en criant autre chose que la veille – ce, afin de ne pas se laisser enferrer dans les habitudes. Ainsi le jeudi, si tu avais crié « mort aux vaches » par exemple, il était de bon ton (il était assez bien vu) que tu criasses : « CRS, SS ! » ou « le fascisme ne passera pas » le vendredi. Au choix. Selon l'inspiration. Ils s'amusaient beaucoup, Marx en poche. Ils faisaient les fous. Lorsqu'on n'*est* pas fou, il faut bien le *faire*.

On ne peut exiger des gens qu'ils soient Antonin Artaud. Ils faisaient les fous, donc. Ils ne savaient pas très bien pourquoi. Ce serait bientôt la vieillesse et l'été – il s'agissait de profiter du printemps. Du lancer de cailloux.

Ils n'étaient pas en pays occupé. Ils n'étaient pas en pays envahi. Mais ils s'ennuyaient.

— Lorsqu'on s'ennuie, camarade, tu sais ce que c'est, il faut bien inventer des fascismes ennemis. Des fascismes à combattre. Des moulins de fascisme. Tout ce qui est de l'ordre de l'ennui est susceptible de pouvoir se transformer en combat contre le fascisme, et comme on s'ennuyait beaucoup, alors on a vite compris qu'un seul fascisme à combattre ne suffirait pas pour remplir et égayer nos journées. Pour égayer nos vies jeunes, caillouteuses, scolaires et universitaires, rebelles. On a alors combattu le fascisme et on s'est mis à combattre *des* fascismes. Nous étions de plus en plus nombreux. On lançait des injures, des ordures, des pavés, des cailloux, des pierres, des morceaux de parpaing, des bouts d'immeuble. On ne savait pas trop ce qu'on voulait, c'est vrai. Mais comprends-nous : on ne savait pas trop ce qu'il fallait vouloir. Ce n'était pas évident à savoir : nous avions tout. De l'argent dans les poches et des cailloux dans les mains. De la caillasse et des caillasses. Quel joli mois de mai ce fut. On mettait le feu à des choses. On enflammait des objets. On poussait des cris. On employait des mots compliqués. Des mots qui se finissaient assez souvent en « isme » ou en « ique ». On n'était pas que des petits branleurs, non non : on n'était pas que des fils à papa surgâtés maman Neuilly café Benco couette caillasse : nous étions des *doctrinaires*. Des *révolutionnaires*. Mais de révolutions floues qu'on ne voyait pas bien parce que parfois la nuit tombait. La nuit surprenait Saint-Germain-des-Prés. On parlait de marxisme et de capitalisme et de structuralisme et de relativisme et de dialectique et de politique et, aussi, joli mai, joli mois, de cailloutique et de neuillytisme, de petit-déj-chez-mamanisme et de crypto-léninisme, et de barricadisme, et de cailloutistique engelo-marxo-surgâtiste, on parlait d'hitlérisme et de mégamodernisme et aujourd'hui finalement on a fini dans le journalisme, dans le pigisme, dans l'éditorialisme, dans le chef-de-rubriquisme, dans l'analysme, dans l'analytisme, dans le nouvel-observatisme, dans le critiquelittérairisme, dans l'yves-mourousisme, dans le présentateurdetélétisme, dans le rédac-chefisme, dans le médiatisme.

— Vous, les meneurs, n'aviez rien à dire ou pas grand-chose, avait lancé plus tard François Mitterrand. C'est pourquoi vous avez éculé le formulaire marxiste, freudien et structuraliste dont vous n'avez extrait qu'un charabia pâteux. Quel abîme entre la merveilleuse floraison murale et le galimatias des meetings ! Ici des personnages ennuyeux, là des poètes-philosophes avec au bout des doigts des crayons de couleur à la sagesse ailée.

— Nous avons fini dans le rubriquisme, dans le point-devutisme, dans le coupdegueulisme. Et nous avons coulé dans le coupdecœurisme, dans l'opinionisme, dans le billetd'humeurisme. Et nous avons sombré dans le préfacisme, dans le postfacisme, dans le sommairisme, dans le table-des-matiérisme. Et nous avons opté pour l'oursisme, pour le coupdeprojecteurisme. Et nous nous sommes noyés dans le papiérisme et dans le maniérisme, dans le maquettisme et dans le marketisme. Et nous avons échoué dans le lèche-bottisme et le fayotisme. Et nous avons dégringolé dans le calembourisme et le cruciverbisme. Et nous nous sommes enlisés dans le reportérisme et l'envoyé-spécialisme. Et nous nous sommes englués dans le mise-en-pagisme et l'événementisme.

— Quand vous avez voulu, par la suite, poursuivit Mitterrand, exprimer les raisons de votre contestation, quel méli-mélo similimarxiste, quel salmigondis, quel cafouillage ! Du Poujade savant.

— Nous avons sombré dans le journalisme. Nous avons chuté dans le double-pagisme et le supplémentisme. Nous nous sommes ensevelis dans le chapeautisme et le titraillisme. Nous nous sommes complu dans l'anecdotisme et l'infografisme. Nous nous sommes enferrés dans l'abonnementisme. Nous nous sommes condamnés au paginationnisme et au chemin-de-ferisme. Nous nous sommes enchaînés à l'interviewisme et au-dessous-des-cartismes. Nous nous sommes entêtés dans le chiffrisme et le star-de-la-semainisme. Nous nous sommes fourvoyés dans le citationnisme et le portraitisme. Nous nous sommes réfugiés dans le coup-de-griffisme et le cac-quarantisme. Nous nous sommes empêtrés dans le météorologisme et dans le courrier-des-lecteurisme. Nous nous sommes vautrés dans magazinisme et dans l'illustrationnisme. Nous nous sommes abîmés dans le classementisme et le cataloguisme. Nous nous sommes damnés pour le sondagisme et le témoignagisme.

— Je n'avais pas dressé de barricade rue Transnonain, continua François Mitterrand. J'avoue que, si j'en avais eu la tentation, la vue de Sauvageot haranguant les quinze mille étudiants qui l'avaient suivi au Champ-de-Mars et leur désignant superbement son pont d'Arcole ou plutôt du Trocadéro, route stratégique en direction de l'Élysée, m'en aurait guéri ! Ce fut un bel air d'opéra. Mais comme les voitures blindées de la garde mobile bloquaient les passages pour la rive droite l'orateur rentra tranquillement chez lui. Avait-il un sabre de bois ? Aurait-il su s'en servir ?

— Nous nous sommes intoxiqués au statisticisme et au dossiérisme. Nous nous sommes shootés à l'enquêtisme et à la prise-d'otagisme. Nous nous sommes défoncés au fiches-cuisinisme et au tourismisme. Nous nous sommes déglingués au voyagisme et au financialisme. Nous sommes, nous les révolutionnaires des petits cailloux de Mai 68, devenus ce qu'on peut devenir de pire sur la planète : nous sommes devenus des hommes en « isme ».

— Votre réflexe est sain, ajouta Mitterrand, qui vous pousse à récuser toute solidarité avec un style de vie que vous voulez changer. Je comprends cette rigueur. Je comprends moins les erreurs de jugement qui ont conduit le mouvement de Mai à s'aventurer dans une stratégie d'autodestruction. J'avais été frappé, à cet égard, par l'aspect reconstitution historique de l'énorme manifestation du 13. En tête du cortège Cohn-Bendit, Sauvageot, Geismar, garçons de moins de 30 ans, mimaient leurs anciens du Front populaire à ceci près que ces derniers savaient *L'Internationale* au-delà du premier couplet.

15

L'été (mon premier, mon tout premier été) se passa sans encombre – au grand dam de mes parents qui avaient escompté une mort subite du nourrisson. Mon père, sans aucun doute, avait déjà en tête les moindres nuances de son discours pour mes funérailles.

— Si cet enfançon ne s'était pas évertué à vouloir naître, il ne serait pas mort, à présent… aurait fait semblant de regretter mon père. La mort, c'est bête. C'est ballot. Lorsqu'on peut l'éviter, fût-ce en ne venant pas au monde, c'est toujours mieux. Ne pas mourir, ne pas avoir à mourir, c'est toujours bon à prendre. Ce petit monsieur n'a pas écouté la voix de la sagesse : il s'est entêté à vouloir naître. Il paie aujourd'hui, et chèrement, la conséquence de son acte. Il tenait absolument à naître : il est né. Monsieur était un perfectionniste : il a voulu voir, aller jusqu'au bout du processus qui mène à la lumière, au miracle de la vie. Et voilà la naissance l'a mené : à la mort. Sa vie fut brève, mais cette vie, il l'aura vécue pleinement, intensément, selon son goût, selon son humeur. Il n'aura pas eu le temps d'être déçu, pas eu l'occasion d'être trahi par les siens – c'est-à-dire nous –, peut-être avait-il senti que nous ne serions pas les derniers pour le décevoir. Quand on voit ce que le destin réserve à nos semblables, on se demande à quoi bon atteindre un jour l'âge de 40 ans. Cet enfant laissera un grand vide. Continuer sans lui ne sera pas facile. Mais nous continuerons. Nous continuerons le combat. Il n'aura point connu l'été, l'automne, l'hiver. Du moins aura-t-il eu la chance de connaître le printemps. Les saisons, nul n'est tenu de les connaître toutes, n'est-ce pas ? C'est comme les femmes : on peut très bien se contenter d'être l'homme d'une seule ! Il y a eu plus malchanceux que lui : il a eu des frères qui n'ont pas existé *du tout*. Qui ne sont pas sortis de ma femme. Qui sont morts *dedans*. « Tout est relatif, comme disait mon adjudant, sauf le romantisme, qui lui est absolu. » Et puis, il ne nous aura connus que quelques jours, mais il nous aura eus à lui, rien qu'à lui. Certains enfants ne jouissent point de ce luxe, dont les parents sont séparés, ou dont l'un, parfois, est décédé. Il aura bénéficié – même sous une forme fulgurante – d'une vie de famille dont beaucoup de petits garçons auraient rêvé. Nous sommes touchés, non seulement par la constance, mais par la cohérence de cette jeune existence : il est né en nourrisson, et il est mort en nourrisson. Tout le monde ne peut se targuer d'un aussi pieux souci d'harmonie. Mon fils, nous te le disons : ton passage parmi nous, il a de la gueule ! Tu n'as peut-être pas, c'est vrai, eu le loisir d'aller jusqu'au bout de tes rêves, de tes ambitions, mais force est de se poser cette question : à quoi peut bien rêver un nourrisson ? Ta vie, en quelque sorte, aura été supérieure à tes rêves. Cela est suffisamment rare pour être souligné. Hélas – tu t'en es rendu compte par toi-même –, toutes les bonnes choses ont une fin. Sans compter que tu échapperas au cancer de l'œsophage, au 11 Septembre, à la grippe aviaire ainsi qu'aux chagrins d'amour.

Nous allâmes consulter une pédiatre. Mes parents voulaient comprendre ce que signifiait *exactement* de m'avoir sur les bras.

— C'est donc vous, demanda la pédiatre à mon père, qui configurez au sein du foyer l'espace paternel ?

— Je suis le père, répondit mon père.

— Ce n'est pas du tout la question que je vous ai posée, répondit la pédiatre. Passons. Qui est la mère ?

— C'est moi, répondit ma mère.

— Bien. Et qui est le bébé ?

— C'est lui, me dénonça mon père.

— Très bien, très bien. La triade est donc au complet, fit la pédiatre. Nous allons procéder à l'évaluation intrapsychique de la triangulation œdipienne. Commençons par vous, monsieur Moix, puisque vous apparaissez dans cette affaire comme la fonction liante.

— La fonction liante ?

— De la tiercéité précoce. Auriez-vous omis de lire la brochure mise à la disposition des parents dans la salle d'attente ? En tant que phallus, vous n'êtes pas exclu de la sphère contextualisante, bien sûr, mais je ne vous cache pas que votre femme et votre fils ont tissé derrière votre dos des liens très forts, une dyade coconstruite dont vous n'êtes que l'interactif vertex. Une amplification de votre rôle est possible – et même souhaitable – mais il va s'agir de donner un peu du vôtre, sans quoi vous risquez de ne rester qu'une interface verbale, un tiers abidinalisant. Les pères, généralement, ne saisissent pas le danger, dans les premiers mois, d'une attitude de type suprafragmentaire qui s'assimile en réalité à une démission.

— Ah, dit mon père.

— Quant à vous, madame, vous êtes sans doute consciente de l'écart intersubjectif qui sépare la dynamique dyadique de la fonction couveuse.

— C'était dans la brochure ? demanda ma mère.

16

Puis ce fut mon premier (mon tout premier) automne qui arriva. J'adore l'automne. J'aime l'idée d'avoir une saison favorite. J'aurais préféré que mes parents se rencontrent en automne. Les parents de printemps giboulent trop. Ils sont imprévisibles et orageux. Ils te tombent dessus comme pluie. L'automne est une saison rouillée : père mère ne peuvent t'attraper. Ils seraient là, sous une cathédrale de platanes rouges aux lumières intermittentes, enrobés dans les structures marines de l'air d'octobre, piétinant les champignons noirs. Senteurs de jaunes frottés, d'ambre poudreux ; absorbés parents par les tons violets, appuyés aux orange murs de l'air.

Automnale tombée du jour : serpents luisants rubis, avancées de mousses fraîches, secousses de nuances, rousse faune. Se donnent bêtement la main, chênes laqués les voient, trempée mélancolie des lichens, lamelles d'humus, feuilles d'écailles. Fougères ballantes d'eau chargées ; confus taillis de pétales morts, stagnants cloaques à mouchées. Mous œufs, spores à lustrés fruits, gouttes et cèpes, marrons froissés : suintements, ciel prune, giclures et flaques et giclées. L'horizon fauve doucement se noie vers les brumes, en plis ; stagne une odeur de bois moisi. Liquéfiés beiges, détrempées nervures : molles branches aux altitudes pourrissantes, alcalins remous. Punaises en mares, abdomens, vitreux étangs. Plantes à verrues pourpres, taches et orties ronces. Globuleux têtards grasses tiges. Disséminés rouges : cônes et brousses de bulbes, en dégradés d'incendies. Recoins mauves de larves, perdus derrière les foncées fanges.

Mes parents auraient fait connaissance ici, pris dans les flous humides ; transpiration des forêts. Piste des flaques – bouleaux forment lances tatouées. Rôties fanées racines. Gonflent et rampent les épines. Jaillis faisceaux de lisses pousses. Platanes aux consommés lobes ; protubérances à cônes, longues, pâles et peau. Écorces mordues à parcelles, visqueux aplatis motifs sommets : gris bleutés revers, épars poils, illimité décès des plantes. Usure des spores, fissurées portions du rhizome ; fatigue des prêles. Efficace lassitude des choses, aux nœuds soumises, aux épidermes, aux gaz. Aux spirales lentes : végétal avachissement des axes, maturité des parois, affaissement des organes, gélatine de filaments. Anneaux. Tourbe envahit les espaces : iode et bronches et froids reflets. Les gousses, ruissellent. Alvéoles, flétrissent : s'abîment, se courbent-voûtent. Vifs irisés teints, malades verdures, blêmes rotins. Ambiance d'épais verts lacs, polis de marron, touffeurs confuses à chancres, coquilles grenat, couches de cornes lentes. Chenilles charognes ; imbibé lourd saule. Baveux sous-sols. Tapis de moites algues.

Châtaigniers portent blondes écailles, feuilles tombent sur l'humus des morts. Architecture de l'automne, très nets contours, appartient aux sépultures, aux fumantes traînées, à la filandreuse mémoire des ossements de 14. Le lieutenant Alain-Fournier, recroquevillé sous un tapis de lichen, de rousses fougères, est un lieutenant d'automne. Disposé dans son lit de calcaire, infiniment ramassé dans un mélange de diffus cadavres formant tourbe. Son corps a compris qu'il était mort. Vêtu du bleu velours des officiers, follement immobile et la gueule concassée, ses saillantes arêtes forment corniche pour les larves. Dessus le silence de sa terreuse anatomie l'automne se déroule, propose ses coloris, étend sa respiration fraîche. L'automne est décor de guerre. Son abondance est décharnée. C'est jaune c'est coupant.

Les automnales femmes apparaissent dans une clarté, doucement s'empourprent, brûlent ; glissent sur les humides sols, amoureuses aux brunes allures, aux moussues paroles, yeux de flaques remplis. La nuit tombe dans elles. Les voici qui s'étirent dans l'espace tout de suspensions cuivrées. Leur souffle se voit, se découpe sur le ciel gris. Se confondent, roses au matin, couches de brume. Stagnent dans les rues, nuages, nous n'avons plus qu'à les toucher, les ramener chez nous. Accompagnent notre pas et le mouvement de l'air.

17

Alain-Fournier aurait pu mourir ailleurs, ailleurs dans l'espace (à Punta del Este plutôt que dans les Vosges), ailleurs dans le temps (en 1972 et non en 1914). Chaque automne doit servir à le faire vivre quand il ne deviendra jamais vieillard, que l'eau des pluies s'infiltre jusqu'à son squelette, que les femmes qu'il aurait dû pénétrer jusqu'au milieu des années 50 sont restées closes comme d'impossibles postulats. Ses rides naissantes (1922), ses premiers cheveux blancs (été 1925) n'auront effrayé ni lui ni personne. Pas plus que le chant des cigales rauques il n'aura entendu le moindre solo de Jimi Hendrix. Il était né pour être mort, comme d'autres naissent pour être violoncellistes ou menuisiers.

Quand, avant d'entrer en religion comme visitandine à Nevers (elle craqua au bout de deux ans), mon arrière-grand-mère maternelle Juliette Gaucher, née Poisson, fit sa connaissance, au cœur d'un d'automne passé sous un rouleau de lumière, elle fut immédiatement frappée par son visage pâle, lait caillé, aux bleuâtres reflets. « Henri » semblait translucide – un œuf en cristal taillé. À 26 ans, sa voix n'avait point terminé de muer. L'œil était lustré. Dans le regard était installée une permanente douleur qui frémissait, laissant échapper une lueur de tendresse. Sa glotte était saillante et, selon Juliette (on est frappé sur cette photo d'août 1912 par l'aveuglante blancheur de son linge, les franges lumineuses de sa chevelure crêpelée ; c'est celle de droite, la jeune femme aux bottines lacées agenouillée dans sa robe aux crémeux plis dont on devine, malgré le noir et blanc qui la mouille de ténèbres, la gelée de framboise sur les pommettes), Henri était un obsédé sexuel.

Dans le flux baveux des terres et le méplat bossu des sous-sols, pris dans les algues de Verdun, le sexe d'Henri ne se dressait plus vers la vivante chair des soubrettes, des bonniches, des passantes, des inconnues, des « stagiaires », des assistantes, des commises, des employées, des secrétaires et des préposées. Depuis ton automne qui dure, Henri, tu ne puis plus te reproduire, ni t'éparpiller comme semence dans le ventre des mères qui ne te donneront de fils que noires brindilles, engrais, calleuse pourriture. Tu ne bouges plus – toutes tes tentatives pour remuer, ne serait-ce que pour faire vibrer un seul atome de nuit et te projeter dans la dimension supérieure (celle qui respire, s'amuse, tripote des seins gorgés de sucre, s'éloigne en chantant), resteront aussi impossibles que lécher la lune, manger son propre crâne, passer des bottes à un moineau, épouser un caillou. Les juifs se demandent à quel instant du jour, en son crépuscule ou dans l'aube, le Messie viendra révéler sa diaphane face. Ils devraient se pencher sur la notion de saison. C'est en automne que tout recommence, perçant le repos de ce qui a vécu. Rouges sont les révolutions, comme les feuillages d'octobre.

Mon arrière-grand-mère Juliette est morte le dimanche 6 août 1978, dans un appartement minuscule de la rue de Douai (Paris, 9e) rempli de plumes et de vieilles paperasses (je mens par omission afin de ne pas surcharger ces pages de bibelots formant brocante, mais ceux qui voudront bien prendre place à l'intérieur de la parenthèse que je viens d'ouvrir découvriront chez la vieille femme une timbale de Compiègne, une céramique du Guatemala où un jaguar dévore un pêcheur, une table de tric-trac en acajou moucheté, un plâtre patiné 1913 sorti des ateliers de Carpeaux représentant le torse galbé d'un éphèbe au printemps, une toile croûteuse et anonyme sur laquelle une déesse ailée prend possession des nuages – et au plafond, si sale qu'on aurait dit un sol à l'envers, un luminaire composé de six tulipes d'éclairage qui ressemblait à un poulpe de verre dont l'un des tentacules referme cette parenthèse). Ses quarante-cinq mètres carrés étaient d'une tristesse infinie. Tout y respirait la souffrance (des fatigues des années 60 étaient entassées sur des chagrins des années 40, des moments de solitude contemporains de l'affaire Stavisky étaient engloutis, à la manière des baleines bleues aspirant les bans de krills, par des gouffres de dépression nés sous le premier gouvernement Mauroy). Durant les cinquante-neuf années qu'elle occupa les lieux, aucun changement, aucun mouvement, aucun mélange, aucun flux, aucune transformation n'étaient venus faire danser, faire vaciller la flamme de l'unique bougie qui incessamment brûlait dans un bougeoir de bronze à la patine foncée et à la ciselure concise représentant un Nègre de 1850 en train de soulever allègrement, heureux dans la sueur de son calvaire, un panier d'oseille tressé.

J'entends sa voix ralentie, devenue si grave, évoquer dans une pénombre lacérée par la lumière des phares automobiles le souvenir de « son » Henri. Elle respirait avec peine. Ses yeux étaient hagards. À la lumière de la bougie, on pouvait voir le creux de sa gorge : les paroles sortaient de sa bouche en caractères typographiques – on pouvait les *lire*. Juliette s'exprimait en écriture manuelle, elle parlait penchée, soignant parfaitement la barre des *t*.

Elle n'était plus tellement grand-mère, ni mère, mais tellement emboutée déjà dans la mort qu'on avait le sentiment, malgré la graisse, les recreux et les poils où son visage du passé s'était enlisé comme en des sables mouvants, d'avoir en face de soi une fillette courant sur une pente gazonnée. Elle contenait son propre paradis. Elle savait qu'elle s'échapperait tout à l'heure, non plus masse mais papillon, somptueuse de sérénité. N'ayant plus rien à espérer ni à attendre, libérée de toutes les frayeurs, ayant franchi toutes les douleurs et dépassé la vie (même la mort était loin derrière, pédalant, grimaçant dans la montée pour la rattraper), elle s'éparpillait imperceptiblement dans les airs, sa canne antique de merisier noueux figurant la tige d'une multicolore ombrelle. Son vieux tablier noir, dans le ciel ouvert, serait mordoré par les lumières du jour. C'était pour s'envoler qu'elle gardait la fenêtre de sa chambre toujours ouverte : comme ce roman n'est point spécifiquement symboliste, ni fantastique, Juliette, une fois son corps proposé à la physique des altitudes, se fût écrabouillée sur le trottoir ainsi que le prévoient (sous le regard somnolent des masturbateurs concernés) les gravitationnelles équations des manuels de seconde. Sans doute avait-elle déjà été présentée à la mort, par la maladie notamment (septicémie, cancer du sein, diabète), mais elle n'avait pas su la reconnaître, un peu comme sur ces enregistrements live de Miles Davis datant des années 40 où l'on entend le public inconscient continuer à discuter, à rire et trinquer, incapable qu'il est de se figurer que le Noir qui souffle dans sa trompette au milieu du brouhaha distrait est un génie qui grave à la seconde même, sur les sillons du vinyle, un des instants les plus importants, les plus beaux, de toute l'histoire de l'humanité.

« Son » Henri enfermé dans un cube de lumière bleue (d'un bleu 11 Septembre ; comme il y a le bleu Klein, il existe désormais le bleu new-yorkais de ce mardi d'islam et d'encastrement) face au Palais-Royal, fumant un cigarillo sec dont l'incendie polluait le juillet du ciel. C'était *avant la guerre*. (Oui, un ciel qui n'avait pas été mis encore à la disposition du 11 Septembre ; tous les 11 septembre qui avaient défilé sur les calendriers s'étaient pour le moment déroulés dans le calme sans déchirer l'azur.) Henri sautant de joie place Dauphine, se revêtant lui-même d'une aura d'inéluctable célébrité après avoir placé au *Figaro* un article serré favorable à Péguy et hostile à quelques gâteux. Henri entrant en contact avec la texture des pierres, perçant les statues jusqu'au cœur de leur gloire, ivre d'être déjà monumental, d'être équestre et royal, Henri prononçant son propre nom au burin pour le graver dans l'air. La sensation du bonheur annule aussitôt la mort. L'événement misérable qu'est la publication d'un entrefilet, pour peu qu'il soit conclu de nos initiales et que nous frôlions les 20 ans, suffit à posséder la sensation de pouvoir vivre sans arrêt. (J'habite en 1900 et des poussières, je rédige le compte rendu d'une plaquette parnassienne signée Moréas, Heredia, la critique de la dernière pièce interprétée au Théâtre Antoine par Mounet-Sully ou Lucien Guitry : ce sont devant mes yeux ronds les portes de la gloire qui s'ouvrent en grinçant sur une fanfaronne musiquette.)

18

Le mardi 22 septembre 1914, le capitaine de Saint-Cloÿs, du 208ᵉ régiment d'infanterie, avait pris ses positions sur la Meuse. Saint-Cyr et mouchetures : gradé rouquin, osseux, la moustache au vent prête. Homme de courage et de nuque, droit dans son sabre, nickel épaulettes. Chef en sa couture et règlement. Carré pêchu dans les forêts, les débris, les cloaques à pâles corps. Très têtu du galon. Ses astiquées bottes claquent ; luisent de cire et s'y reflètent les lunes. Il vit tomber ses hommes. Shrapnels boue trous glaise. Charcuterie lambeaux-types. Hagards en éclats : surenfouis trempés. Sans gueule ou tordus, entortillée chair en les barbelés, guirlande de bidoches. Ailleurs les yeux la gadoue. Tous ces viscères montent au ciel : censés sont.

La texture du jour était triste : c'était un jour à l'ancienne, épais lourd, où le temps s'était subitement arrêté, un jour bordé de jaunissantes feuilles, foulées piétinées par des hommes vêtus de garance et de casques lourds. Des adolescents mal terminés, charcutiers, bouchers, apprentis menuisiers, pauvres, calcaires ; des enfants simples et déguisés, volubiles après la gnôle ou le ratafia, rassemblés sur la crête d'un plateau, à la corne d'un bois, sur un ensoleillé talus. Leurs silhouettes, de loin, formaient une compagnie de tiges grêles d'un net bleu. Le ciel faisait dans la bouche comme un goût de pain de messe. À cette époque, l'homme était moins grand qu'aujourd'hui, où les adolescents sont de laids girafons immenses, imbéciles, étirés. En 1914, on était dru, rapetassé, dense, ramassé, costaud, râblé. On était plus éloigné du ciel. Les mains étaient davantage animales, hypertrophiées, les moustaches semblaient dessinées à la peinture noire sur les trognes.

Salves de 75, tirs à l'aveugle : gerbes de tripes ; masses de plexus et cervelles dans les airs, en suspens sur le bleu lavé du ciel, au ralenti, stroboscopées, immobiles quasiment, punaisées. Sinistre beauté des crevés cadavres, en abcès d'intestins déroulés dans les tranchées de stagnante eau. Dans la mort jusqu'aux genoux, fantassins paroxystiques et grelottants : hypothermie des caporaux. Au bas de la pente macchabées. Souliers à clous flottent – sur telle mare de sang. Nous attendons, rieurs à becs, les décoratifs petits canards qui viendront barboter sur cette mare, s'ébrouer la plume.

Le capitaine avait décidé de partir en reconnaissance avec ses hommes dans le bois des Crécilles. Les feuillages jouent un rôle important dans la guerre ; des hommes cachés derrière leur couleur peuvent tuer d'autres hommes. Un juif allemand peut en profiter pour tirer, à bout presque portant, sur un juif français. La nation est une invention qui a permis à un juif d'assassiner un autre juif. Vivaces plantes, arborescentes pivoines (lâches tiges), sauges des prés oscillant leurs violets différents, bouleaux d'une laideur et d'une banalité administrative. Épines, feuilles en rosettes, humidité, pénombre, pétales. Verts teintés d'orangé. Fougères. Violacé bleu des dauphinelles. Ordre fut donné à la troupe *d'avancer*. Groupement, ombres, silhouettes, frôlements, aguets. Arbres, fantômes ; choses enfantines – ténébreuses.

Une salée sueur dégoulinait dans le col amidonné du lieutenant, puis dans le dos de chemise de son uniforme étroit, bleu. Il avait décidé de s'entretenir avec son supérieur.

— N'exposez pas la vie de ces hommes, mon capitaine.

— Faites donc dans votre pantalon… Moi, je fais la guerre, l'arrêta son supérieur. Je fais mon métier. Je fais don de tous ces jeunes corps à la France.

Saint-Cloÿs employait les mots rares avec une précision qui forçait l'admiration et le respect. Il ignorait qu'ici, son éducation n'aurait bientôt plus aucune importance. Que la fin de tout était proche. La veille, il avait eu 37 ans. Le miroir piqueté lui avait renvoyé l'arrogante image du courage et du devoir. De l'immortalité. Il avait essayé des attitudes qui lui seyaient. Un jour, il redeviendrait jeune.

— Ce n'est pas vous que je dois écouter, Fournier, reprit le capitaine. C'est mon courage. Mon courage et ma conscience d'officier. D'officier et de chrétien. J'ai communié ce matin. Nous pouvons nous enfoncer dans ce bois. Dans ce bois où se préparent des conflagrations, des menaces, des destins ainsi que pas mal de vent. Des pages imprimées viendront tôt ou tard dire notre volonté, notre héroïsme et notre cran, mon lieutenant. Une petite publication glorieuse éditée aux frais de la nation. Qui dira que vous n'aviez pas eu peur de mourir jeune, que pour nos hommes comme pour vous, la guerre n'avait été qu'un jeu d'enfants.

— Nous allons tous y passer, mon capitaine, dit calmement Fournier.

— Je répète : j'ai communié ce matin. Bien sûr que personne ne nous reverra jamais. Ni vous, ni moi, ni personne de cette compagnie. Nous allons mourir brusquement, fauchés par un feu nourri. Vous ne pouvez point comprendre, vous n'avez pas fait Saint-Cyr. Vous n'êtes au fond qu'un petit-bourgeois réserviste.

19

Et si les époques, les saisons, les siècles pouvaient être aussi parallèles que des droites d'Euclide ou des HLM, nous apercevrions Henri, dans l'aube grise, poser sa moustache sur la lèvre de Juliette, mais lentement, mais languissamment, jusqu'à ce qu'elle se jette dans l'impossible. Toutes les Juliettes précédentes (celles des jours qui avaient précédé la sueur agitée de deux corps aux brillants yeux) cédèrent à la panique, se décrétant irréconciliables avec la Juliette naissant de cette étreinte et assimilée à l'amour. Les Juliettes du passé jaillissaient les unes après les autres, comme les abeilles d'une ruche attaquée, de cette Juliette inédite et surprenante, remplie de sève, de désir, de jouissance. Avaient-elles senti, ces Juliettes démissionnaires, ces Juliettes vrombissantes et affolées, qu'Henri avait entamées, déversant ses animales paroles dans son oreille consentante et ses jets humains entre ses cuisses pleurant du sang, l'entreprise de destruction qui lui était habituelle ?

Mon arrière-grand-mère avait joui : s'afficha sur son visage un sourire de statue primitive, dans sa pupille une illumination suffoquée. Henri sortit de la poche de sa veste un foulard de soie. La forêt était automnale ; les couleurs sentaient le brûlé. Le visage de l'auteur de *Meaulnes* se fit doucement obscène et triste. On entendait, par-delà les branches dégarnies (dégarnies et rouquines), des porcs grouiner dans leur mare à purin. Henri tendit le foulard à Juliette et lui demanda de lui passer autour de la gorge puis de graduellement l'étrangler. La jeune femme, tout enveloppée de brumes, d'arbustes, d'écorces (les taches noires des bouleaux lui rappelèrent celles d'un petit chien de son enfance broyé par une voiture à cheval), eut un sourire forcé suivi d'un rire d'effroi. Elle chercha sur la figure d'Henri, à la façon dont on cherche dans le fouillis de son bureau un document urgent qui de toutes ses forces refuse de se laisser débusquer, une rature de l'ordre proféré, une annulation de cet inouï vœu – Henri resta impassible.

Elle voulut protester, chercha à pleurer. Elle vit qu'il était inutile de se révolter. À la manière d'un automate, paralysée par la frayeur de mal faire (ou plutôt de bien faire), Juliette s'exécuta. « Une sale histoire », répétait-elle dans son crâne d'automne, son crâne de matin de phosphorences pourpres et mouillées (la nature suintait). Elle entoura doucement le foulard autour de la nuque de son premier amant du monde et de tous les temps : semblant enrubanner une momie, avec la sublime déférence, avec la crainte qu'inspirent aux humains la grandeur et la force des dieux. Les reflets, orangés, des rideaux de feuilles offraient des variations jaune crème : la scène pouvait avoir lieu à l'intérieur d'un melon miel, d'une guêpe, d'un œuf. Quand Henri lui demanda de serrer, elle serra ; conséquence médicale mécanique : une érection (a)dressée au ciel, dans le langage des veines et de la mort, une puissance temporelle qui secoue ses os, Henri tressauta dedans ses chaussures trempées ; il entra en vibrance. L'oxygène vint à manquer, le cerveau ne fut plus irrigué (mais son membre chantait, éclatait, craquait de veinules explosives) ; il était hoquet mauve. L'alentour forêt en même temps bleuissait, s'étranglait, se ramifiait en membranes violacées. Elle accompagnait Henri dans cet étouffement spécial entrepris pour gonfler de sang la coque de son méat prêt à se propager dans la texture des femmes.

Agenouillé maintenant, Henri n'était plus qu'une foudre bandée, il lâchait son souffle et des morceaux d'écume, c'était sa bave, sa salive sexuelle et salée, il exhalait sa sueur et tressautait comme une carpe, collé à des branches molles et frotté aux feuilles jaunes qui servaient d'algues à sa folie, à sa transe, à sa gymnastique. Il se saisit, électrique et chauffé, du corps moucheté de Juliette qui ne criait pas, ne pleurait plus, ne s'étonnerait jamais : arrachant la plupart de ses voiles, ses cordons, lanières, dentelles et chemises cousues, retroussant ficelles et tissus dans un hennissement cabré, fouetté d'épilepsies et de grognements de phacochère transpercé, il émit en haute fréquence des modulations criées, agonisantes, interrompues. Voici Henri, devenu toute la chair de son membre bleuté, forçant de son piston, têtu, bestial, sans retour, la membrane translucide, le film transparent pâle, tellement frêle, intitulé « Juliette », dans lequel il s'enfonce, maintient ses forages, insinue sa coulissante brutalité.

Je propose d'appeler viol cette irruption machinale, déduite de toute forme de velours, de ce morceau d'Henri en la voussure de mon arrière-grand-mère abolie (la première fois, ses sens étaient d'accord, la seconde fois ils avaient démissionné). Depuis, en ce semblable lieu de la forêt baignée d'extraits de framboises et balayée par des lasers orange, tout a recouvré le froid silence des aubépines qui poussent, des limaces dégoûtantes, des houx frôlés par une pie.

20

— Nous n'avons pour l'instant aucune preuve que ce soit une grossesse sexuelle… avait tenté d'expliquer mon père paternel, moins convaincu que prévu de la solidité de sa thèse, devant mon grand-père maternel (nœud de cravate ? impeccable !) installé dans un canapé vert goutte.

Ce dernier n'avait pas donné la moindre bénédiction à cet événement (ni même à sa seule éventualité), ma mère étant encore en classe terminale au moment des faits. Tout juste avait-il toléré qu'elle eût un fiancé, qu'elle s'établît avec lui (en tout bien tout honneur) dans une géographie passablement satellite du foyer que sa fille, une « tête de linotte », venait de quitter après des nuits de négociations et de pleurs. On vérifiera ici, je l'espère, à quel point le père de ma mère, dont on va comprendre dans quelques lignes le lien étroit qu'il entretenait avec le *Nouveau Petit Larousse illustré* 1939, pouvait se targuer d'une connaissance aiguë de la langue française : le terme de *linotte* n'avait point (n'avait nullement) été émis au hasard lors de ses algarades à ma mère, ce passereau étant connu pour installer son nid à peu près n'importe où, le plus souvent à l'emportée, sans nul souci des prédateurs. Cette particularité représente une exception de taille dans le règne animal. La méfiance systématique n'est peut-être pas chez l'homme chose nécessaire. C'est là du moins le mensonge que nous veulent insuffler les religions.

Or, ma mère était entrée en dévotion devant cette figure de mon père amplifiée drôlement par l'amour. Il aurait semblé plus simple, à l'observateur indépendant, de décrypter le sens intime des tablettes de Gilgamesh ou de donner à *Finnegans Wake* une transparence de cristal que de saisir le mécanisme par lequel elle avait su transfigurer ce petit beauf butor et sanguin en archétype de l'homme parfait. Seul un pauvre diable condamné (après quelque gravissime forfait) à lire en intégralité un roman d'Angelo Rinaldi aurait pu, troquant avec soulagement sa peine contre une peine moindre, reconnaître une qualité fondamentale à mon géniteur. Si par exemple Spiderman avait été mon père, il fût demeuré immobile au premier étage des corniches, piteux comme un chat mouillé dans son collant déteint (un pyjama de chez Baroud ci-recyclé par radinerie), implorant que de toute urgence une voisine ou une concierge prévînt les pompiers. Il faut toujours, pour savoir à qui l'on a affaire, déguiser par l'imaginaire son géniteur en super-héros. Superman bedon-

490

nant, Hulk maigrichon, Captain America franchouillard et névrosé : saisissante galerie où la fiction ne rejoint le réel qu'à la manière dont les égouts finissaient, à Orléans, par rejoindre la Loire. La Loire elle-même, fleuve capricieux mais obéissant comme ses confrères au dessiné déroulement de sa topographie, se jetterait dans l'océan, chargé logiquement de nos orléanais étrons et de nos déjections multiples, ressassé de germes et de miasmes. Si les ratés, plutôt que les rats, flottaient morts à la surface, nous ferions sans arrêt la fiesta. Critiques littéraires charriés par le courant, hydrocutions d'éditorialistes, paniqués enlisements de présentateurs télé, hurlements d'humoristes aspirés par un vortex, chauffeurs de taxi agressifs et vindicatifs garçons de café retrouvés mauves bouffis sur la berge, la gueule béante visitée par tel ragondin.

— J'attends vos explications, dit mon grand-père à mon père livide, d'une voix tellement calme que l'immeuble en avait été soufflé comme par mille bâtons de dynamite.

La conversation avait continué dans les décombres, parmi les gravats fumants. Des barres métalliques en fusion crevaient les cloisons bétonnées. Le papier peint fleuri avait cramé, les meubles en merisier se consumaient dans une épaisse opaque nuée tandis que le Formica exhalait, depuis la cuisine en cendres d'où s'échappaient les hurlements de ma grand-mère qui revivait les bombardements, une odeur de plastique fondu qui portait au cœur.

— Il n'y a pas vraiment eu pénétration, dit mon père, je vous le jure. Ce n'est pas du tout ce que vous croyez.

Mon grand-père ravala un crachat dont je ne possède pas littérairement le génie de décrire la texture. À 20 ans, professeur de dessin industriel aux dents écarlates, à la mèche de jeune premier, il ressemblait à Randolph Scott, portait la banane façon Floyd Cramer et semblait dépositaire d'un avenir qui promettait d'être superbe (maîtresses alanguies, colères immatures, pourboires ostensibles). Hélas, les choses, infiniment plus réelles que les théories, les rêves ou les promesses, avaient décidé de fracasser son existence.

21

Un soir de pluie (lundi 7 novembre 1949), comme il revenait partant de Meung d'une soirée de poker par les creux chemins bordant la Loire, sa motocyclette avait percuté une enfant de 7 ans qu'on retrouva morte au matin dans le fossé. Projeté lui-même au sol, il crut avoir embouti un phacochère et, les mains écorchées, avait empoigné le guidon de sa monture dérisoire, donné un coup de latte crotté dans le variateur, puis disparu dans le noir sans se retourner, la silhouette amplifiée par un pâlichon lampadaire qui éclairait stupidement l'averse. On eût dit un suaire criblé de frelons. Encore non dessaoulé, il était rentré au domicile conjugal trempé jusqu'aux os et recouvert d'une épaisse couche de terre grasse. C'est en vomissant dans la bassine présentée par ma grand-mère qu'il comprit que le petit cadavre en socquettes dont la couleur avait varié avec l'accentuation du jour était le fruit de ses rigolades à potes (des êtres épais, aux exclamations bestiales, aux perspectives incultes, aux faciès avinés).

La gamine était une fugueuse – d'un genre particulier. Ayant surpris la veille une conversation entre ses parents qui, endettés jusqu'aux oreilles, avaient projeté de se donner la mort et de l'offrir en sus à leur fille unique, celle-ci avait préféré, emportant pour seul bagage son *Nouveau Petit Larousse illustré* 1939, « prendre la poudre d'escampette », expression ayant fait son apparition dans la langue française en 1688. (Nous connaissons la date de naissance des mots, jamais la date de leur mort. Le verbe *dépurer*, par exemple, est né en 1278, mais on ignore l'année de sa disparition, de son décès.)

Les parents d'Anne-Marie, Émile et Irène Boulenger, avaient opté pour une mort par asphyxie. Émile, 54 ans, avait relié le pot d'échappement de sa Renault, moteur tournant, à l'intérieur du véhicule. Puis lui et sa femme s'étaient effacés derrière un écran de fumée. Les dettes resteraient, mais sans eux. Elles mèneraient une carrière de dettes absurdes ; passif sans queue ni tête, aberration débitrice. La mort d'Anne-Marie, dont il fut écrit qu'elle aurait lieu coûte que coûte ce jour-là, sembla créer moins de complications que sa pauvre existence (père aphasique, mère roteuse). Elle était sujette à de nombreuses perturbations psychologiques et passait chaque année les mois d'été dans un « centre spécialisé ». On sut trouver lors du procès des circonstances imaginaires, mais atténuantes. Mon grand-père fut condamné à deux années d'emprisonnement avec sursis. Mais dès lors il ne fut plus le même. La mâchoire s'était crispée ; le regard s'était absenté.

Le samedi, parfois le dimanche, il disparaissait avec sa Citroën pendant des heures. Il garait l'automobile sur les gravillons gris cendrés du nouveau cimetière de Meung. Sous un ciel aux couleurs changeantes, il franchissait la grille. La petite tombe était située au bout de la troisième allée. Sur la photo de son médaillon, Anne-Marie (1942-1949) avait le teint blanc. Son visage était comme ciré, un peu à la manière de ces figurantes de films muets situés dans un monde trem- blé, ni tout à fait possible ni tout à fait rêvé. Les dociles silhouettes de ces slapsticks, parcourues par le fixe soleil de Californie, les prunelles de bille de ces femmes à chapeau de cloche et cigarettes très longues, promptes à hausser les épaules dans un ricanement moqueur, appartiennent à une méconnue catégorie de la mort : non le sifflement du vent dans les ormes, ni le bourdonnement de cloche sempiter- nelle et pesante sur le calvaire granitique ; non point la nuit moussue encerclant les tombeaux, les lierres mécaniques qui s'élèvent des sépultures désagrégées ; pas (non plus) la grimace rouillée de Jésus sur sa Croix, un dimanche au milieu des ronces : mais la blanche féerie de gestes et de mouvements poudrés, faits de saccades et de phosphènes, enfermés pour toujours dans une jeunesse parfaite, stagnante, éblouie – recommencée.

Mon grand-père s'asseyait au bord de la tombe, passant sa main sur la pierre, comme pour la rendre plus lisse. Il pouvait rester des heures dans cette position. Il fixait le visage photographié d'Anne-Marie, réussissant parfois à ne pas pleurer. Il s'était mis dans l'idée, pour rendre hommage à l'enfant et se faire pardonner par-delà les cieux, d'apprendre par cœur le *Nouveau Petit Larousse illustré* 1939. Pendant des années, il mit à exécution, dans le silence et le recueillement, au milieu des sépultures et des cyprès, ce projet masochiste, encyclopédique, débile.

22

Dès la première page, presque immédiatement après la définition (assez longue) de la lettre *a*, il était tombé sur un mot masculin qu'il ne connaissait pas : *abaca*. L'abaca est une espèce de bananier qui fournit une matière textile appelée chanvre de Manille. Trois ans après avoir commencé, il était dans sa période *f*. Il étudiait parmi les fabagelles, se fabriquant fabuleusement une façade, la face peu facétieuse, montrant de lui une fâcheuse facette, le faciès facilement façonné par sa factice faction, factotum de sa propre fadaise. Il rentrait le soir le cerveau plein à craquer de termes qu'il n'utiliserait jamais : la lenticelle de la page 577, la peille de la page 763, le trottin de la page 1061. Mots morts aujourd'hui – il n'y a pas que la chair humaine qui se décompose, mais celle aussi de la langue. L'aventure syntaxique s'était achevée treize ans plus tard, un jeudi froid, sec, de janvier 1962, sur une bière que les Égyptiens fabriquaient avec de l'orge fermentée appelée *zythum* (tom) ou *zython* (ton), n.m. (du grec *zuthos*, bière). Pour fêter l'événement, mon grand-père avait décapsulé une bouteille de Stella Artois dont il avait répandu le contenu sur la tombe avant d'en boire une simple gorgée.

Il se mit en tête de faire pousser autour de la tombe toutes les fleurs du dictionnaire, par ordre alphabétique. L'abaca fut sa première plantaison, son premier plantement. Suivirent l'abricotier, l'acacia, l'acanthe et l'agave, originaire du Mexique. Il eût volontiers semé quelques graines d'abatée dans la contre-allée, mais l'abatée est le mouvement d'un navire, qui fait que la proue s'écarte de la ligne du vent. Dans la glaise, il transperçait parfois des acanthocéphales qui, s'il n'avait jamais renversé Anne-Marie, seraient à jamais restés pour lui des vers de terre. Larousse, on le sait, sème à tout vent. C'étaient des mots qu'il plantait.

Le dictionnaire devenant un territoire parallèle où il régnait autrement, mon grand-père se fabriquait des jours à thèmes, j'entends : des jours à lettres. Sa vie commença de s'écouler non plus chronologiquement, mais alphabétiquement. Les mois se composaient pour lui de vingt-six jours, ou plutôt de vingt-six lettres. Un jour en *d* (quatrième jour de son mois dictionnarial) consistait par exemple à ne voir la vie qu'en *d*, ainsi que Piaf la vie en rose. Il s'arrangeait avec science pour que l'angle d'existence de cette journée particulière fût entièrement gouverné par les mots débutant par cette lettre, ce qui donnait à son discours (et par conséquent à sa pensée) une forme inédite et originale. Ce jour-là, il évitait par exemple la particule affirmative *oui* pour lui préférer jusqu'à minuit pile son équivalent russe *da*. Il allait poser sur la tombe d'Anne-Marie des dahlias, des daturas et des dauphinelles. Il planta autour de la pierre un daphné. Muni d'une daille, sorte de faux à manche court, il disparaissait dare-dare en forêt regarder des daguets, alias dagards, jeunes cerfs qui portent leurs premiers bois. Évitant les dardières (pièges à chevreuil, genre de mammifère ruminant de la famille des cervidés qu'il allait chasser les jours en *c* à cheval), il cherchait à apercevoir des daines, femelles du daim, que les chasseurs appelaient *dines*, mais l'honneur était sauf puisque *dine* débutait tout également par la lettre du jour. Pour vos calendriers, vous avez vos saints. Lui avait ses lettres. Il était positiviste à sa manière.

Au déjeuner ou au dîner, il exigeait, toujours en mode *d*, des plats en daube, demandant expressément à ma grand-mère d'utiliser une daubière. Une daurade faisait aussi très bien l'affaire. Au dessert, une dariole ou un dartois lui étaient généralement servis. Il concluait ses repas par quelques dattes en dégustant un daïkiri. Il jouait, avant le coucher, aux dames ou aux dés. Le lendemain à la même heure ce serait aux échecs. Une abeille, appelée simplement abeille en jour *a*, était rebaptisée *dasypode* en jour *d*. Jour *d* où, pour terminer cette fastidieuse mais bien réelle liste d'exemples, il déblatérait (ou daubait, encore) sur les gens dont le patronyme commençait par cette lettre : les Dupuis en prenaient pour leur grade (« des *débiles* »), de même que les Da Costa (« des *demeurés* »).

La nuit, après avoir feuilleté Daudet ou Diderot (à moins que ce ne fût Dickens), il sortait danser dans un dancing. Au matin, quand il revenait, il était fin prêt pour entamer une journée sous les auspices de la lettre *e*, une lettre qu'il aimait particulièrement parce qu'elle était riche en mots. Il raffolait des voyelles, elles ouvraient des perspectives particulières que les jours en consonnes, selon lui, ne permettaient pas. Par leur relative rareté, les voyelles lui apparaissaient comme des sortes des vacances, elles semblaient lettres de fête, lettres fériées. Les jours les plus délicats étaient relégués en fin de mois, comprenez : en fin de dictionnaire, *w, x, y, z*. Ils n'étaient guère aisés à remplir et les auteurs à lire, Walt Whitman, Xénophon, Yeats, Zola, semblaient, une fois lues et relues les aventures de Zig et Puce, moins accommodants qu'Alphonse Allais, Barjavel, Agatha Christie ou Georges Courteline, Walt Disney, Eluard, Feydeau, Sacha Guitry, Hergé, Ionesco, Alfred Jarry, Kipling, Maurice Leblanc et Gaston Leroux, Marivaux, Nietzsche, l'Oulipo, Pagnol, Queneau, Jules Renard, Georges Simenon et Emmanuel Signoret, Mark Twain, Honoré d'Urfé et Jules Verne. Se cache dans cette liste un intrus. Trouve-le, lectrice (les hommes ne lisent pas).

23

Une inversion spéciale se jouait parmi les tombeaux : la vie de mon grand-père mourait, tandis que vivait la mort de l'enfant. La vie et la mort d'Anne-Marie avaient commencé cinq milliards d'années plus tôt. Une supernova, égarée dans l'immensité du ciel, fuse à la vitesse de quarante-six mille kilomètres à la minute. Partant de Paris, quartier du Trocadéro, elle serait arrivée à Recife, sur la plage de Boa Viagem, en treize secondes. Cette étoile, géante, avait quitté son originel amas cinq millions d'années auparavant. Elle explosa soudain. L'onde de choc créa autour d'elle des nappes de gaz très denses qui se ramassèrent sur eux-mêmes. Une boule de neutrons se constitua, qui fusa à son tour, prit le relais, et devint ce soleil qui permettrait Guitry en robe de chambre, Oppenheimer et les gifles données aux hommes par les femmes, les toiles d'araignées, les pinèdes, Dachau et Igor Stravinsky.

Approchons d'une tombe, dessus est inscrit « Gilbert Despax » (il était torturé de crainte quand il passait aux abords d'un cimetière au volant de sa Marmon 16 cylindres puis de sa Mercedes 300 SL – oui, il avait peur de la mort mais la mort n'avait pas peur de lui). Un rayon de soleil précis avait choisi de venir frapper le visage de Gilbert (teint ivoirin, yeux plissés, mâchoire prognathe), à la manière d'un rayon laser sur un disque (l'idée de vie était ici aussi impossible, absurde, que l'idée de vitesse pour le mur d'une cave). Toute cette tourbe était remuée par rien, que par les triques sèches du vent, oui ces vies remueuses étaient achevées, leur tumulte avait fini par fermer son clapet. Gilbert Despax, carré des épaules et myope, amateur de morgon et de lingerie « coquine », était un homme pointilleux. Sa salle à manger se composait de meubles de poirier noir. La poussière déposée dessus formait une feuille blanche sur laquelle il dessinait avec l'index des colonels à moustache, des lapins, des cercles concentriques. Gilbert se montrait insatiable de détails. Désormais, il a l'esprit de synthèse. Il est ligoté, fini dans sa tourbe. Son lard croupit. Il a fondu, entrelacé. Son cœur ne se serre plus, pas plus que sa gorge ne se noue. La pluie chatouille la sécrétion de ses vertèbres devenues cette fange. Quelle tempête de silence.

Si je m'approche par ici, je rencontre Corpin Michel. Nous ne savons plus rien de lui, mais par le roman je sais tout, j'ai la science du particulier. Corpin Michel se perdit dans les jeux de hasard et les femmes le rendirent malheureux. Il aurait voulu des enfants. Il était violent. Sa violence n'intéresse plus personne, elle est ridicule sous son enfouissement actuel, éternel. La veille de sa mort, quelques jours avant cette pierre qui le ceint et le cerne, il avait giflé sa fille (elle possédait et possède encore des yeux merveilleux), la traitant de « sale petite pute » parce qu'elle avait couché avec un Marocain. Corpin Michel est inoffensif maintenant, plus inoffensif qu'un éclat de corail planté sur un confin cyan d'océan. Corpin : maculé d'absence et de trous, chaume détrempé dont la gueule abrite de dégueulasses colonies de vermisseaux. Ta carcasse, amigo, est un vestige de leur appétit. Aimes-tu te taire enfin ? Ta dépouille aplatie, humide, craquelée par endroits, ornée ici de quelques nattes moisies, rappelle que la mort est un remède au ridicule et aux chagrins.

Eugène Codet (1886-1934) était mort plus tard que prévu puisqu'il eût adoré « partir » avant 40 ans. Il n'avait pas eu le courage de se jeter d'un pont ni de se faire un sandwich à la mort-aux-rats. Il avait détesté la vie. La sienne s'était déroulée comme une très lente mort, dans la consolation de son obligatoire fin. Il n'avait pas connu de femme, n'ayant jamais éjaculé que dans la paume de ses calleuses paluches. Ce mépris des voluptés est aujourd'hui satisfait. Il s'était, *in extremis*, tourné vers Dieu, persuadé qu'il y avait dans la foi une grandeur de l'incertitude ; qu'il existait, dans l'infini de l'incertitude, un écho de l'infini de la foi (car qu'est-ce – que serait ? – une incertitude *finie* ?).

La certitude appartient au fini, l'incertitude à l'infini. L'infini de l'incertitude est le lieu de la foi. Il y a, en certains points du plan que dessine l'infini, une superposition de l'infini de la foi et de l'infini de l'incertitude. La foi est infinie, l'incertitude est infinie – et cependant l'infini de la foi est infiniment plus infini que l'infini de l'incertitude. C'est au moment de l'incertitude que l'on pénètre dans la foi. Avoir la foi, c'est lutter contre l'incertitude ; l'apothéose de la foi s'obtient dès lors qu'on se situe au maximum d'incertitude possible.

Non loin de lui, un grand « caractériel », Jean-Louis Chéreau (1899-1941). Il ne pique plus la moindre crise de nerfs à présent ; là où il est, le voici acculé à respecter les gens. Son ego était grand, la mort plus grande encore que son ego. Ses excès, ses injustices n'ont comme jamais eu lieu. Elles n'ont collaboré qu'à meurtrir des êtres eux-mêmes enterrés quelque part. On ne touchera plus la texture de Chéreau Jean-Louis. Il faudrait qu'un de ses organes ait été conservé et qu'on se le fasse transplanter. Qui en aurait envie ? Surtout, qui y aurait *intérêt* ? Comment, en laboratoire, recréer des cellules d'Anne-Marie sa petite voisine ? Il s'agirait, dans un premier temps, de déterrer le corps pour en extraire l'ADN. Il faudrait construire des charpentes en polymères, copiant la structure du foie d'Anne-Marie, de son rein (de son joli petit cœur), afin d'y faire pousser des cellules et reconstituer un organe ni tout à fait biologique ni tout à fait artificiel, mais situé à mi-chemin entre les deux. Les organes d'Anne-Marie sont trop complexes à contrefaire. Personne ne réussirait à refaire Anne-Marie selon l'originelle perfection.

24

Recroquevillé dans ma boîte rectangulaire, on me foutra la paix à moi aussi. Pas un mouvement de haine, nul mot terrible ne viendra secouer le contenu de ma tombe. Ouvrez-la, méchants, vous ne constaterez qu'un amas de charogne ossifié, calmement voûté dans la minérale attente de sa propre poussière. Dans le monde des vivants, les vivants m'auront fait du mal. Ici, sans le moindre soleil pour chauffer mes parois, je ne suis qu'un tendon sans visage, grignoté par des larves qui bougent. Je resterai muet pour toujours, très certainement sourd pour ne plus être éclaboussé par vos mots. J'avais reçu plus qu'à mon tour, avant d'agoniser, des menaces de mort, des lettres d'insultes, des invitations au plus proche hôpital et beaucoup d'insultes exagérées. Je les oublie barbouillé d'ordures, imperceptible et confondu, parmi mon humus. Je ne suis pas un ange, les coups je les ai cherchés. J'ignorais seulement que la rancune est faite tellement pour durer, qu'on ne change pas de réputation comme de cheval. Une fois dessinée dans les esprits, votre figure, caricaturée dûment, n'évolue plus jamais, vous assigne une place que la mort ne fera que consoler.

Gérard Gouhier (1939-1971), Léon Clavières (1896-1971). Deux êtres meurent en 1971, mais cela ne signifie *strictement rien*. Ce n'est pas la même chose qu'ils ont quittée : ils ont quitté, non la vie, mais *leur* vie. Quitter la vie, c'est quitter un champ étourdissant de possibles, un tourbillon de destins, un infini de modalités existentielles. Ils ont quitté *leur* vie, comme on quitte sa maison ; ils ont quitté quelque chose qui n'était pas extensible à loisir, qu'on n'aurait pu indéfiniment étirer sans que cela craque. Ils n'ont pas quitté des éventualités étonnantes, des coups de théâtre à venir : mais le pavillon clos de leur habituelle close vie, l'espace limité de leur attitude, la continuation vieillissante de ce qu'ils ont toujours fait. Ils n'ont pas quitté le *même* 1971, mais chacun une vie déjà vécue, qui n'aurait été remplie dans les jours que de cette même façon répertoriée, ressassée. Ils n'ont pas quitté 1971 mais *leur* 1971. 1971 était une plaine immense, comme toutes les années qui l'avaient précédée : encore fallait-il, pour en explorer les inédits, en ramasser l'essence, en profiter jusqu'à la lie, posséder ce pouvoir interdit à la plupart des hommes : s'extraire d'eux-mêmes. La vie n'est pas ce que nous vivons, mais ce que nous aurions pu vivre. La vie est ce que nous ne vivons pas. Ce que nous vivons, c'est notre vie et rien d'autre.

Nous ne sommes pas seulement en prison dans ce que nous sommes en train de vivre, ni dans ce que nous avons vécu, mais dans ce qui nous reste à vivre, cet espace et ce temps qu'on ne saura jamais occuper autrement, avec un talent renouvelé, une manière absolument rafraîchie, faisant ainsi dévier par une sorte de miracle ce qui toujours s'est montré rectiligne. Nous avons inventé des concepts comme « apprendre à vivre avec soi-même » et « savoir s'accepter » pour entériner, sans chagrin, la seule couleur que nous pouvons apporter à la vie. Quand Nietzsche, après Socrate, déclamait « connais-toi toi-même », il n'appelait pas à l'abdication monochrome, mais exhortait l'homme à sortir de ses gonds. « Humain, trop humain » n'est pas une invitation à devenir supérieur aux autres, mais à planer au-dessus de soi. Gérard et Léon, qui étaient d'adultes morts, n'avaient à espérer des dates postérieures à 1971 qu'un futur jumeau du passé. Cela ne doit pas nous satisfaire de leur disparition, car il est une grandeur, d'ordre mystique, dans l'assommoir et le hoquet des situations photocopiées. Il y a une émotion spéciale à constater ces vies, à laquelle la mienne s'apparente en tout point, qui par définition de la vie se montrent en appétit d'explosions, de dérèglements et de surprises mais dont la permanence et la régularité sahariennes n'offrent au mieux que quelques rides et replis. Notre vie remet toujours la vie à plus tard. C'est en nous fabriquant un futur plein à craquer de projets réalisés, de rêves aboutis, de destinées accomplies et d'œuvres achevées que nous parvenons, au présent, à rester flottants comme des poireaux pourris à la surface du fleuve. Jamais nous ne jouirons de suffisamment d'avenir pour y parquer les femmes superbes qui nous y attendent et voudront nous dévorer la langue, les voitures automobiles chromées qu'on conduira sur une route de vacances éclaboussée de soleil, les millions de spectateurs qui auront vu le chef-d'œuvre cinématographique qu'on aura réalisé, sans compter les enfants magnifiques et absolument blonds qui nous mangeront dans la main comme des employés.

25

Anne-Marie, à cause de beaucoup de pluie et d'un peu d'alcool (ou le contraire), ne pouvait plus parcourir le monde. Aucun homme ne graviterait autour d'elle – aucun. Sa beauté n'avait pas eu assez de vie pour s'élancer. Elle serait privée jusqu'à l'agonie du monde de mots d'amour relus, d'océans, de quadragénaires amants, de progéniture bruyante et de voyages subtropicaux. Au milieu du cosmos étoilé, si noir et si bleu, son petit cosmos à elle, mort et enfantin, formait un triste caillou, blanchi à la chaux. Les deux dates qui bornaient sa vie étaient imbéciles ; elle n'avait *rien* vécu.

Le corps parfumé de fleur d'oranger, elle aurait dû danser à Fort-de-France au son du ukulélé (avril 1966). Elle ne s'installa pas, comme non prévu, dans l'air duveteux de la campagne vierzonnaise. Elle se non-maria le samedi 17 juin 1961 avec Jean-Marc Chambon, avec pas-Jean-Marc pas-Chambon, avec non-Jean-Marc non-Chambon, avec a-Jean-Marc a-Chambon (mort pour sa part quelques heures après sa venue au monde, ou peut-être jamais né, qu'importe), un garagiste de Béziers reconverti dans la fabrication des articles de farces et attrapes. Le mardi 9 avril 1963, elle ne mit pas au monde Vladimir Chambon, enfant aux joues épaisses et colorées qui devint par la suite à l'âge de 15 ans, en 1978, une absence de plus jeune bachelier de France et fit, parallèlement à la chaire de physique des particules qu'il n'occupa jamais à Princeton, un néant de carrière au CNRS (inconnu au bataillon dans les archives). C'est à cet infils que l'on ne dut pas, notamment, une avancée déterminante sur le spin du positron. Dans un article hélas non publié, parce que malheureusement non rédigé, qui ne put paraître en 1989 dans la prestigieuse revue *Nature*, et que Stephen Hawking en personne ne manqua pas de ne point saluer (ce qui n'attisa, on l'imagine aisément, aucune jalousie parmi ses pairs), l'aphysicien Chambon ne revint pas, proposant zéro formalisme nouveau, sur la structure instable des hadrons.

Au soleil, impuissant sur le granit mortuaire, mon grand-père avait l'air d'un cow-boy. Nous avons tous oublié qui fut Randolph Scott. Dans le sillage apaisé du ciel, bleu carte postale, où il galope sur des chevaux dressés, les rats de cinémathèque commémorent sa trace poudreuse. Voici son visage (la photo m'appartient) : passé dans un étau. Les yeux sont clairs et fixent un horizon qui n'existe pas. Le menton dessine une courbe étudiée en classe de troisième. D'un coup de canif avisé, le nez fut conçu. On terminera sur la description évasive d'oreilles trop agrafées au crâne, d'un front haut, d'une chevelure jaune plaquée au sucre. Randolph Scott joue dans *Rebecca of Sunnybrook Farm*, réalisé en 1938 par Allan Dwan (dont les molécules d'ADN éparpillées se répandent encore à travers les confins en vertu des lois de la conservation de la matière), traduit en français par *Mam'zelle vedette*. C'est un jeune premier. Il plisse les yeux. Nanti d'un ceinturon sur lequel le soleil cogne en fabriquant des étincelles, il arrive sur la grand-rue dans des bruits de cuir frotté. Sur son passage, des dames en froufrou fidèles au scénario se pâment. La journée de tournage achevée, Randolph fait vrombir sa Buick en klaxonnant deux fois, sourire aux dents s'en va rejoindre le monde tridimensionnel, où les garçons protubérants sont plus ambrés que les filles. Aujourd'hui la poussière de ses démarrages a rejoint celle de ses amants. Aux côtés de Randolph, un dénommé Ronald Reagan avait poursuivi des Sioux et rapporté des scalps.

Pour devenir président, il faut en France faire carrière dans l'obsession. Aux États-Unis, le métier d'homme suffit. Accèdent à la Maison-Blanche des types qui, dix ans plus tôt, vendaient des moteurs d'avion ou retapaient des appartements. En France, l'élu est un numéro un parmi d'autres similaires interchangeables numéros un. À Washington, le maître ne se devine jamais. Quand de Gaulle accède au pouvoir, c'est le militaire qu'on acclame. Avec Pompidou, c'est le banquier. Louis XV a fait gagner Giscard. Mitterrand s'assied sur le trône porteur d'une idéologie. Tandis que c'est le pasteur que l'Américain réclame chez Carter, le baiseur qu'il revendique en Kennedy, et chez Reagan le cow-boy. L'Amérique ne demande pas à son leader de devenir un autre, mais de continuer à prier, à baiser, à jouer du lasso. Il ne s'agit point d'une élection, mais d'un *casting*. La qualité qui les met sur orbite les mène en général à leur perte. Carter a traité l'islam en chrétien : sa fin fut précipitée par la crise des otages en Iran. Kennedy s'est fait assassiner parce qu'il répandait trop de sperme à l'intérieur de femmes qui ne lui appartenaient pas. Reagan s'est fait tirer dessus comme un héros de western ; comme un héros de western il n'eut qu'une éraflure à l'épaule gauche – il a bien terminé parce que ses films se terminaient bien. Les deux seuls présidents des États-Unis obsédés par la politique, qui firent carrière dedans et seulement dedans, furent Nixon et Clinton. Le premier fut destitué, le second manqua de l'être. Quant à Bush Jr, les Américains sont allés jusqu'à élire son incapacité à être président des États-Unis. Il était l'incapable, il incarnait l'incapable dans sa cohérence, dans sa perfection.

26

Le père de ma mère, René (Crespin), était charpentier : un être de versants inclinés, d'angles au sommet, de pignons, de croupes, de trapèzes. Il connaissait les poutrelles. La géométrie des altitudes : surélevé dès l'aube, attentif aux pans courbés – couronnes, bases. Appuis et bâtiments : triangles, pyramides, coupoles de clochers. La chaume et les poivrières : ici en tourelle, appuyé sur un cône (château de Souilly-sur-Cosnes, juin 57). Tubulures polygones ciel : aux parois greffé, parmi les croisements, le ciment les tuiles, dieu des carènes, habile haut. Aucun vertige au cœur des asymétries, appentis, combles ; génie des mansarts, en rotonde, penché vers le bitume et août 66 : ici perché sur la tour, entre panneaux coulissants, glissant, vertical aux jalousies ; horizontal sur cette lame. Au fait des échafaudages : minuscule dans ses nuages. Couché, plié aux pivots, connaissant rainures, lames, rotations, orientations et rives. Pris dans la lumière, couronné de soleil, aplati de pluies. Hiver 71 : cliché saisi au faîteau d'une pagode ; en saillie René, entre console et balustrade. Le voici (sécheresse 76) accroché aux tuiles, à cette poutre semi-pendu, d'une main macaque. Les ailes, les dômes, les lanterneaux : le monde, suspendu, de cet homme aux veines gonflées sur la tempe, près d'éclater. René avait rencontré la mère de ma mère (Émilie Gaucher) à Étretat durant l'été 1946, où cette dernière passait chaque année en famille, été comme hiver, plusieurs semaines d'affilée. Sur la plage, chaque galet marque le passage d'un humain venu sur la terre puis reparti dans la nuit des eaux. La falaise, dressée comme un chicot laiteux, est reproduite sur des boîtes métalliques de galettes au beurre. L'océan vient mousser dessous. La nuit, chaque étoile est à sa place ; il fait froid. Un des neveux d'André Gide, professeur de philosophie à Caen, l'avait abordée dans une gargote où elle toussait derrière un hâle de fumée qu'il avait fendu d'une main ascendante, de ce même mouvement vif et empressé, presque enfantin, que celui du capitaine fraîchement ancré lorsqu'il écarte le rideau en nacre de perle qui sépare symboliquement son corps de celui des putains. Ils eurent un flirt sans lendemain ni dégât (sur la rive, un soir violet où l'écume crachait comme sur une croûte maritime de musée scandinave, ils avaient compromis leurs corps dans une posture répertoriée, mais fugitive).

Le visage de ma grand-mère Émilie, qui semblait de kaolin, se confondait avec les dunes blanches. Il contenait entre autres de la douceur et des secrets. On avait peur qu'il s'effrite à la façon d'une meringue. Les femmes d'apparence fragile cachent parfois des forces étonnantes qui, si leur volonté avait les bras tatoués d'un repris de justice ou d'un forain, leur permettraient de soulever un camion-citerne avec l'auriculaire. Ma grand-mère régnait à son corps défendant sur son entourage. Sa fragilité était dominatrice. Derrière ses paupières à moitié refermées ruminait le feu d'un volcan. Les hommes s'étaient toujours pris de formidables éclats d'obus dans la chair dès lors qu'ils avaient cherché à l'aspirer, l'épater, faire glisser leurs doigts sur la frange bleutée de ses raides cheveux. C'était la reine des situations nettes. Chaque fois que son corps maigre et laiteux sorti d'une toile de Kirchner marchait sur la plage, les sifflets fusaient. Son rire avait les dents laiteuses. Dans son âge splendide, elle était smart et n'hésitait jamais à se vêtir excentrique, démodée, portant caraco, haïk, kimono. On la croisait, engouffrée dans un manteau de chinchilla. Sur cette photographie rongée aux coins par quelque surmulot – et prise par mon grand-père sur la plage de Cavalière le vendredi 28 juin 1946 –, vous la rencontrez une cigarette sans filtre coincée entre le majeur et l'index gauches, l'épaule décontractée, appuyée contre le tronc décapité d'un bouleau. Elle porte un chapeau de feutre qui la protège du soleil, un grand col banane, une cravate dont l'extrémité s'engouffre dans un ceinturon clouté de pirate, de desperado. Sa chemise, à pattes capucin, est éclaboussée de vanille, cintrée sur le buste déhanché : lascivité de l'ensemble. Des manches bouffantes apportent aux poignets maigres un je-ne-sais-quoi de nuages, de crème Chantilly, de montgolfière ou de mousse. Elle sourit.

Nous avons tous aimé des femmes dont le visage se fissure sous la caresse des phalanges, de ces filles de porcelaine qu'on abîme au premier baiser. Elles paraissent si différentes du genre humain, si fragiles qu'on devine à l'avance quelle maladie les emportera. Les années passant, on s'aperçoit qu'enterrées toutes les robustes, les charnues, ce sont ces femmes blanches et lézardées qui se tiennent droites dans le temps écoulé. Elles ont su, à la faufilée façon des anguilles, slalomer entre les horreurs de l'existence, les coups bas du destin et face à la tragédie, vieillies mais toujours fillettes dans leur faciès de poupées, elles ont conservé un regard lunaire et naïf, tendre. C'est leur regard sur le monde, déserté par toute méfiance, dénué de toute cruauté, qui a permis aux saisons de passer à travers elles comme des rayons X, sans en consumer la part absente et enfantine. Ce qui semblait les menacer, devoir les anéantir, les aura préservées. La force ultime loge dans la faiblesse, cette arme qui désarme. C'est toujours ceux qu'on remarque le moins qui perdurent, ceux qu'on a tendance à sous-estimer qui nous enterrent, sans arrogance – la compétition des vies, des carrières, des destinées n'est propre qu'au cerveau détraqué d'êtres situés au faîte du malheur. Les femmes les plus douces persistent dans la réalité, elles s'y incrustent avec une fermeté de joyau, une solidité de balle de fusillé inscrite à perpétuité dans la structure d'un mur.

27

Ma grand-mère avait obtenu avec la mention très bien ses deux baccalauréats et montrait un goût prononcé pour « la chose littéraire ». Les nuages formaient dans le ciel rouge des têtes d'hippocampe ou de mandragore le soir où elle fut conduite, dans une auto lancée comme un obus, chez le vieil écrivain, de passage dans sa propriété de Cuverville-en-Caux. Accompagnée d'un potentat ganté, elle monta un escalier haut et froid. Une porte s'ouvrit. Émilie avait la morve au nez. On la fit pénétrer dans un bureau minuscule au milieu duquel se dressait une table en buis piquée et bosselée de nœuds (1736), une armoire normande (1624) et un poêle en pierre ollaire noir sur lequel était posée une lettre manuscrite de Paul Morand. Un livre relié pleine peau, à la couverture azurée, restait clos comme une bible d'hôtel de passe. Il s'agissait de poèmes anglais connus d'une frange passablement réduite de la gent humaine. Collée à la fenêtre, une petite chaise rempaillée semblait vouée aux génuflexions crépusculaires (des quotidiens régionaux s'y entassaient). Ma grand-mère, qui sur cette photo ressemble à Sylva Koscina (dans quel film avait-elle joué avec Fernandel en 1959 ?), attendit là dix minutes, et assista dans un silence de campagne d'août chargé déjà de mort et de rentrée scolaire, à la disparition définitive de cette terrestre journée. L'orange soleil s'était noyé aux confins d'un champ de luzerne. Les vaches broutaient dans l'ombre, sur un écran bleu nuit qui rendait leurs silhouettes monstrueuses et risibles.

Devant l'âtre d'un salon attenant (poutres à inscriptions latines, poutraisons au brou de noix, épais crémeux crépi), Gide la reçut enfin. Tel un vieux poulpe, fin connaisseur des océans humains, il pseudopodait l'atmosphère. Il remua une canne habile, sa figure plissée de Chinoise engloutie dans un pull-over dont les manches tenaient lieu d'écharpe, serra la main de ma grand-mère, toussa. Gide avait presque 80 ans. Il s'accrochait aux mailles du temps qui lui restait à vivre. Il vivait par bouchées. Désertique Gide, vidé de tout voisinage et de tout compagnon. Les idées ne le visitaient plus. Un Gide envahi par les mauvaises herbes, ainsi que son château normand ; un Gide fissuré, déjà pavé par la gloire, en attente de Nobel et tout également de mort, qui guettait son retour prodigue à l'état de chèvrefeuille. On avait du mal à relier ce Gide lézardé, ce Gide béant ouvert aux quatre vents, au crâne antique et blanc constellé de verrues, épuisé comme une végétation séculaire, à l'André Gide jeune pousse chevelue, l'André Walter herbu et droit posant comme un coq masturbateur et romantique au pompeux trumeau des cheminées. Le voici à 23 ans, six poils au menton. Son col anglais, enrubanné d'un nœud d'ascot, est pris dans l'amidon comme une felouque dans les glaces de la baie de Baffin. Il plisse en souriant ses yeux châtaigne. Son visage (blanc craie) ressemble à celui d'une sibdae coréenne. Sa main gauche est plongée dans la poche du gilet. À droite, le corps gidien s'appuie au corbeau de la cheminée par le coude, la main serre négligemment un volume dont la tranchefile est rongée et entre les nerfs duquel, en lettres d'or, apparaît le nom de Stendhal. Le puceau pose en compagnie du *Rouge et le Noir*.

(La vie aura proposé à Stendhal le symétrique opposé de ce dont il eût rêvé. Il se voulait fougueux du visage, fouetté par les vents du sud, posant en dessiné jeune homme sur les fronts amoureux des amazones et des duchesses. Il se voulait beau, le nez droit, si fin qu'aucune narine n'eût sans dommage pu le défigurer. Il se voulait effilé, d'une blondeur de blé ou d'un noir de ténébreuse nuit, l'œil intrigant, le regard mystérieux, les épaules sculptées par le génie du Caravage. Au lieu de cette destinée géométrique et pure, propice à affoler l'instinct des femmes, il aura été, il a été, il fut cette baudruche au dérisoire groin, l'œil sans autre charme que celui qui indique le vice et qui sait quelquefois plaire aux putains. La finesse est dans sa plume et son art, dans la mathématique de son intelligence d'aigle, mais c'est un petit gros, lardon sur pattes muni d'accroche-cœur qui se déplace en suant, toujours entre deux irrésolubles chagrins. Les injustices de la nature savent humilier à la perfection : Henri Beyle, gros nom graisseux, s'est transformé avec beauté dans ce pseudonyme jeune homme, dans ce son qui claque et provoque l'amour, l'envie, dégageant comme une concoction de noix jetée dans les feux de l'âtre un noir parfum d'étrangeté, de force, d'onde enfuie.

Les injustices de la nature ont trimbalé Beyle dans une carcasse roulante et grossière, truffée de cholestérol, de soupe, mais ont pourvu en lui suffisamment de génie, de sensibilité pour qu'il en souffre mille martyres, se défasse de ses bourrelets pour bâtir un temple aux tracas de l'amour. Viendra Proust, mais avant Stendhal, avant l'ingrat gauche Beyle, gaffeur, empêtré dans ses viandes bouffies, malheureux sous le masque de la laideur, nul n'avait su porter à de tels sommets d'intelligence les affaires sans intelligence qui mènent le cœur. Il épiait les femmes, elles l'éconduisaient en ricanant.

Ne prêtaient attention qu'à sa culture, ses anecdotes ; mais après l'averse rentraient. Sous la pluie glacée de novembre, Beyle regagnait ses appartements à petits pas, ou bien usant les dernières forces de sa monture.)

28

Les années « André Walter » avaient été pour Gide des années en « isme » : « onanisme », « symbolisme », le temps de Nietzsche et de la cousine Madeleine, les smacks chatouillés dedans le chèvrefeuille et d'autres odorants bosquets, cols de chemises empesés noircis par la sueur Second Empire. L'Évangile à portée de main, on giclait dans le lierre en prononçant l'avenir. L'avenir : une marmelade de gloire alambiquée, de génie littéraire, d'amour définitif, de fidélité aux saisons du monde.

Oui, il y avait eu, bien avant le Gide-46 remuant les braises orange face à Sylva Koscina, un écrivain tectonique qui progressait par plaques, en sous-couches, dissimulant les glissements de terrain de sa pensée mouvante sous d'esthétisants sauts de cabri. Un Gide frôleur à capeline. Cousin normand de Renart. Regarde, au milieu de l'ombre douce et propice, sa silhouette amplifiée par le lampadaire des venelles : il glisse en Chinois, agile, rapide, c'est à peine si l'on entend le tintement de ses bottes à boucle dans l'impeccable silence du bocage. Il avance avec précaution dans l'air nocturne, visitant la métairie, le mas alentour, pesant sur des planches branlantes, en équilibre sur des corniches à demi pourries. Son désir, poussé par la présence des étoiles et la tonique fraîcheur de la nuit, l'accompagne ce soir en direction d'un buisson d'où s'échappe une jeune respiration. Sa cape, soulevée par le vent du soir, confère géométrie à son allure floue.

Oui, c'est une forme imprécise que ce Gide échappé de sa demeure en brique surcuite dominée par le lierre, laissant Madeleine à ses rêves amidonnés, pour frotter sa chair à la chair d'un garçon de ferme. Dans les flaques d'eau boueuse, où la laiteuse lune éclaire ses baisers, un Gide inversé se dessine, coiffé d'un grand chapeau qui fait de lui un champignon. Il se courbe, sa moustache velusoyeuse et fine, issue des amours d'un accent circonflexe et d'un cil, avale la bouche en fleur d'un adolescent crotté.

Sous le plafond de l'univers, appuyé contre une souche où fourmillent des larves, Gide le bolet, Gide la morille se fraie un passage vers la Voie lactée, tout vêtu de spasmes, la tête rejetée en arrière, ses doigts s'enfonçant dans l'écorce comme le bec d'un vautour dans la carne sèche d'un coyote livrée aux vents du désert.

Toute sa vie, il avait été lui-même sa propre théorie. L'auteur des *Nourritures terrestres*, après un mouvement de canne agressif en direction d'un chat roux empestant la pisse (« C'est pourquoi je l'ai surnommé Jean-Jacques », gloussa Gide en reniflant, content de lui), fit passer à ma grand-mère, qui recueillait la chaleur du feu par l'évasé rebras de ses gants saxe, un simulacre d'entretien qui se déroula à merveille.

— Vous êtes prise, chère mademoiselle, lâcha-t-il en appuyant exagérément sur les voyelles et laissant les consonnes s'échapper dans la pièce, vivre leur vie, être aspirées par la cheminée.

Les voyelles gidiennes, livrées à elles-mêmes au gré des bourrasques normandes, finiraient par mourir au-dessus de la mer, avec les promesses adolescentes, les suicidaires décisions, les interminables poèmes et le fantôme de toutes les petites amoureuses que nous aurions fini par toucher sur la plage si leurs parents n'avaient point formé palissade avec leurs épais corps et leur dégueulasse face rougie par les rasades de Picon bière. Évaluera-t-on jamais, dans l'histoire du monde, la quantité de sang versé (suicides, meurtres) par le seul fait qu'un homme n'aura pu *physiquement* toucher la fille qui lui avait plu ?

29

Dans le *Nouveau Petit Larousse illustré* 1939, Gide est toujours vivant, écrivain français, né à Paris en 1869, auteur des *Nourritures terrestres*, *La Porte étroite*, *La Symphonie pastorale* – pas un mot de plus. L'œuvre gidienne tombe en désuétude ; mais sous sa modestie même, trafiquée par une monumentale égomanie, je me demande s'il n'est pas, malgré son inaptitude à donner l'œuvre romanesque qui le hantait et n'est restée que spectre, le plus grand écrivain français du XXᵉ siècle. Céline, imperturbable dans ses cimes, accompagné de son Proust qu'il promène en caniche, ne craint jamais le génie des autres : il n'en ont pas. Mais dans la foule qui sous son chausson se meut, tremble de n'être qu'un amas provisoire et bousculé, Gide est là, qui se bat pour monter, crispé sur la statue à gravir, dans la grimace d'une altitude qui le moque et l'humilie. Il essaye malgré tout, et ce *malgré tout* s'appelle son œuvre. Œuvre sans génie, simplement humaine, où les simagrées, toutes tendues vers le monument, cèdent à la vérité quand le combat pour écrire le *Voyage* ou la *Recherche* est – il le sait, l'a sans doute toujours su – définitivement perdu.

À ceux qui feraient profession d'étudier la face manichéenne du monde, où chaque ange se divise en deux contraires avatars, je suis heureux d'indiquer ce sujet de thèse : les deux génies littéraires du siècle passé, Marcel Proust et Louis-Ferdinand Céline, sont respectivement (dans un raccourci fulgurant qui englobe Dreyfus, Auschwitz et la guerre israélo-palestinienne) un juif et un antisémite. Ils sont là, seuls, se regardent, se dressent l'un face à l'autre. Ils se dévisagent. Le judaïsme de Proust, comme l'antisémitisme de Céline, fut érigé par lui à sa mesure. Proust est l'inventeur d'un talmudisme où le Nom parle, qui n'est point celui du Dieu d'Abraham, mais d'un omniscient Narrateur pour qui le monde *aussi* se crée avec des lettres. Quant à Céline, sa haine nous restera à jamais incompréhensible tant que l'on ne cherchera pas à lire sa thèse de médecine. Son ennemi juré, c'est le microbe, le virus. Cette thèse est consacrée à un obstétricien qui découvrit, en son temps, que le lavage de mains du personnel médical entraînait une chute notable de la mortalité infantile. De cette constatation, le docteur Semmelweis tira une conclusion unissant, de manière fulgurante, le microscopique (bactéries, germes) et le macroscopique (décès humain). Pour Céline, le monstrueux relève de l'infiniment grouillant, de l'invisible démultiplié, de la pullulation virale. La paranoïa, pour se développer, pour exploser, a besoin de quelque chose d'insaisissable à la vue. Complot bactériologique trop minuscule à débusquer dans son infiniment petit, complot politique trop majuscule à défricher dans son infiniment grand. Le virus ici, là le juif. Le premier est au corps humain ce que le second est au monde. Même agissement sourd, tapi, inobservable à l'œil nu, même capacité d'irruption, d'invasion, de reproduction, de nuisance. Même indiscernable danger. Autrement dit même solution : pulvérisation, extermination. Pour Céline les juifs ne sont pas des rats (trop gros), des punaises ni des cafards (encore trop visibles pour inquiéter, encore trop révélateurs de leur propre présence) : mais des micro-organismes pathogènes d'un centième de millième de millimètre, qui ne cherchent, aveuglément, appétitivement, qu'à augmenter leur nombre au sein d'une cellule vivante (la nation en paix).

Un juif, pour Céline, ne transporte pas des saloperies comme le rat d'égout, il est la saloperie qui par milliards habite dedans le rat. Le juif célinien est constitué de protéines et d'acides nucléiques, il est de structure simple, ressemble beaucoup à la matière inerte, ce qui trompe tout le monde évidemment. Certains juifs ont même pu être cristallisés (juifs de la mosaïque du tabac, par Stanley). C'est leur capacité de reproduction qui les fait ranger parmi les êtres vivants. On peut considérer que les juifs constituent le groupe le plus primitif du monde vivant. Leur mode de multiplication s'avère complexe : ils stimulent la cellule hôte (la France, « l'Amérique »), ce qui permet la formation de nouveaux virus (la banque, les affaires, la politique, les journaux, la radio, la Terre promise). Les banquiers, les hommes d'affaires, les ministres, les directeurs de presse, les speakers et les sionistes, main dans la main, attaquent alors d'autres cellules : tous les pays du monde qui ne désirent que l'harmonie et la paix entre les nations. Les juifs sont détruits par la chaleur mais résistent à des températures inférieures à zéro, ce que les camps de la mort (où le typhus ne sera pour eux qu'une sorte de collègue, le virus étant un minijuif et le juif un virus géant) ont démontré. Certains juifs s'attaquent aux plantes (comprendre : aux femmes), d'autres aux animaux (aux enfants). Parmi les maladies de l'homme dues à des juifs, citons : la poliomyélite, la rage, la grippe, les oreillons, la rougeole, la variole, la varicelle, l'herpès, la guerre mondiale.

30

— Vous savez, mademoiselle, commença Gide, je ne suis pas quelqu'un de très drôle. Ma vie est en train de se ra-ta-ti-ner. Je m'étiole et avec moi s'apprête à disparaître un monde qui jamais, jamais ne reviendra : celui des adjectifs et des adverbes. Un univers tourné tout entier vers l'amour de la phrase sentie, du mot utilisé parfaitement. Ce qu'on appelle une pré-di-lec-tion. J'étais le dernier à pouvoir pleurer en lisant une page de Stendhal. Qui après moi saura Virgile par cœur ? Je suis homme de culture, ce qui ne signifie rien à mes yeux car la culture n'existe pas en dehors de l'homme, et j'ignore si ma littérature s'inscrira du-ra-ble-ment dans les siècles. Si j'en crois ce pauvre Claudel, mes livres ne valent pas un clou. Ils ont, sans doute n'a-t-il pas tout à fait tort, une date de pé-remp-tion. Comme la plupart des œuvres du XXe siècle. Qui restera ? Simenon, cela je puis le prédire sans risque. Emmanuel Signoret, qui sera – vous aurez la chance d'y assister et vous vous souviendrez alors que je fus votre oracle –, qui sera disais-je, pour le XXIe siècle ce que Rimbaud fut pour celui-ci. Je vous recommande *La Souffrance des eaux...* Un beau titre qui rappelle quelque peu mes *Nourritures*, sans doute, car il faut bien admettre que toute une petite bande, en ce temps-là, passait pour me ré-vé-rer. Ces jeunes gens, qui malgré mes avertissements et mes pro-tes-ta-tions entendirent former école autour de moi, n'avaient point compris quelle insaisissable figure déjà alors j'étais. Aussitôt parvenaient-ils à imiter ma manière, tout empreinte initialement de symbolisme, que je m'exer-çais dans une autre. Le crocodile que j'étais changeait de marigot chaque fois qu'il s'y sentait é-ti-que-té. Au fond, l'unité de mon œuvre, c'est qu'elle n'en possède point. Cette fraîche équipée de poètes, m'imitant, ignoraient qu'ils ne sin-geaient plus qu'un épouvantail. Je chantais sur d'autres terres – surtout, je chantais au-tre-ment. Signoret avait un drôle de caractère, vous savez. Celui qui ne se fût point, au plus vite, rendu à l'évidence de son génie était immédiatement voué par lui aux gémonies et s'exposait à subir les terribles foudres de sa colère. Il habitait Cannes et, hormis un court séjour en Italie, s'y mor-fon-dit jusqu'à sa jeune mort, vers l'âge de 30 ans. C'était un être attachant mais impulsif, d'une saleté pro-pre-ment fascinante. Même la relative crasse de Jarry, que j'ai un peu connu n'est-ce pas, et dont j'ai à deux reprises dans mes ouvrages dressé le portrait, n'avait su provoquer en moi tel haut-le-cœur. Discuter avec Signoret, c'était avant toute chose faire abdiquer en soi toute propension à l'hygiène élémentaire. Je l'ai vu ne prendre de bain que de mer, cela à la fréquence d'une baignade par trimestre. Du moins ses vers, qu'il ne sup-por-tait pas qu'on déclamât à sa place, me transportaient-ils d'em-blée dans un monde tout au contraire baigné dans les senteurs les plus exquises et les parfums les plus doux. Signoret incarnait la puanteur, la charogne, mais sa poésie exhalait l'inverse, tous les effluves et la quintessence de chaque fleur. Il excellait notamment dans l'évocation des sucs et de la rosée. Décrire un lierre, la silhouette d'un massif de romarin, l'allure d'un chèvrefeuille sonnait chez lui comme une passion. C'était à vrai dire toute sa vie. Cela semble im-pen-sable pour nos actuelles générations, n'est-ce pas, mais il y a eu sur terre de jeunes êtres – à peine des hommes – qui ont payé de leur vie la liberté de cir-cons-crire à l'aide d'épithètes précieuses, de rimes obtenues de haute lutte la réalité d'une simple épine de rose. Signoret était de ceux-là. Sans manger ni dormir, exposé à la pluie comme au vent, une sorte de foi le maintenait en état de se concentrer une semaine sur la recherche du son, de la tonalité qu'il convenait de trouver pour que fût clos, définitif et parfait son hommage à la branche d'orme, la feuille de saule ou le pédoncule. À 25 ans, l'écorce noueuse d'un peuplier pouvait remplir, non une semaine ou un mois de sa vie, mais sa vie elle-même. Je me souviens d'un manuscrit très raturé qu'il me fit voir – me semble-t-il en compagnie de Ghéon ou de Drouin, mais peut-être s'agissait-il en réalité de Rouart – où mille ratures avaient fini par venir à bout d'un rosier rencontré aux abords d'un moulin en ruine. Il m'expliqua, avec une verve passionnée et une outrance ré-so-lu-ment immature, sonore, exagérée – j'oserais dire : *épique* si je n'étais point si rétif aux calembours –, l'importance toute symbolique qu'il plaçait dans l'épine. Lui-même se voulait épineux. Ghéon

– il me semble bien que c'était Ghéon – n'était nullement du genre à se contenir, qui défendit l'hypothèse selon laquelle le terme d'*épine* était im-propre concernant le rosier. Ledit rosier, selon Ghéon, possédait en effet des *aiguillons*. « Le prunier sauvage, par exemple, possède des épines. Mais le rosier n'a jamais porté d'épines, jamais. Le rosier est nanti d'aiguillons et d'aiguillons seuls. » Ce débat se termina fort mal puisque Ghéon, lui-même médecin, dut recourir, une fois sa mâchoire démise, à la science d'un de ses collègues. Notre ami Signoret, entré dans une rage ho-mé-rique, frappa le contradicteur au visage en poussant d'épouvantables hurlements. C'était tout un monde qui s'écroulait sous ses pieds. L'épine du rosier, et l'épine en général, avait été choisie en référence évidemment à l'épine dorsale, par laquelle – prétendait-il – tenait son œuvre. Il aimait, j'en ai gardé souvenance, parler de « con-ti-nui-té con-cep-tu-elle ». Mais son épine à lui Signoret était elle-même reliée à la Sainte Épine, celle du Seigneur, à laquelle comme vous le savez n'est-ce pas Pascal attribua la guérison miraculeuse de sa nièce. Voilà, par la maladresse de Ghéon, c'était un monde qui s'effondrait. Que dis-je : le monde lui-même, puisque Signoret se confondait volontiers avec l'espace pris dans sa to-ta-li-té. J'imagine que vous vous demandez à quoi pouvait bien ressembler ce ouis-ti-ti. Imaginez, mademoiselle, d'Artagnan en plus sale. Et vous obtiendrez Signoret.

31

Ce que Gide est en train de raconter à ma grand-mère en 1946 donne à réfléchir. Il m'exhorte à rapprocher, par excitation théorique, les vers de Signoret à 20 ans des paroles d'un groupe de rap français actuel d'identique moyenne d'âge : il

s'agit bien en réalité de la *même* bêtise, du *même* aveuglement de la *même* jeunesse. La description d'une nervure de
feuille de tilleul roussie par l'automne n'est pas plus intelligente, ni moins inquiétante, que la description d'un éjaculat
sur le cadavre d'une keufe décédée lors d'une tournante. Il
y a cent ans, une sorte de tacite concours était lancé, parmi
la jeunesse, pour savoir qui saurait mieux que ses analogues
chanter le plus puissamment le crépuscule. Aujourd'hui,
l'enjeu reste d'être le meilleur – à ceci près que le cahier
des charges s'est détourné des aubépines et du houx : nous
versons plus volontiers dans le doigt pointé, l'anus entrouvert
et les menaces physiques.

Gide se voûta un peu. Il taquina les escarbilles avec une
pince noircie par la fumée puis sortit de la poche d'un de ses
gilets endossés (nul n'était plus frileux que lui) un mouchoir
séché par les strates successives de sécrétions nasales. Il se
moucha dans un bruit de fanfare, se racla la gorge, fixa le
feu de cheminée comme un enfant blessé.

— On veut m'attribuer le Nobel. Des bruits courent. Je
ne suis pas censé vous le répéter, mais ai-je jamais réussi à
garder un secret ? Vous savez, ces histoires de cachotteries
sont en réalité le grand drame de mon existence. Mon œuvre
se voudrait tout entière tournée vers la vérité, quand ma vie,
hélas, n'y aura point obéi. Je ne peux que regretter ce que
j'ai fait. Ou plus exactement…

Il éjecta de sa manche un insecte imaginaire et ma grand-
mère vit des larmes monter dans ses vieux yeux.

— … ce que je n'ai pas fait. On ne sait jamais, dans la
vie, s'il vaut mieux garder la vérité au secret, enfermée dans
les tiroirs les plus inac-ces-sibles, dans les dossiers les mieux
enfouis, ou la laisser vivre sa vie au grand jour. Dans un cas
les êtres chers, ne se doutant de rien, vivent heureux. Ils
n'imaginent pas une traître seconde ce que nous sommes
capables d'être, ce qu'en définitive nous sommes réellement.
Dans l'autre cas, ils découvrent un pays effarant, dangereux,

im-pen-sable pour eux, et susceptible de les tu-er. Je ne suis jamais parvenu, pour ma part, à trancher entre un mensonge adéquat à l'image que ma femme, Madeleine, se faisait de moi, s'était toujours faite de moi, et un dévoilement, une mise à nu qui l'eût fou-dro-yée net. Le problème, à vrai dire, est toujours résolu puisque la vérité, ainsi que l'eau qui sait s'infiltrer dans la moindre fissure, parvient toujours à destination. C'est souvent un hasard, un accident qui vient faire jaillir, d'un coup d'un seul, en l'espace d'une seconde, ce que vous aviez mis des années à taire avec science. Des milliers de précautions prises, de camouflages a-vi-sés, de tractations rondement menées, d'explications tordues génia-lement mises en scène volent soudain en é-clats. Notre cathédrale d'immondices, ainsi révélée, prouve à ceux que nous aimions et qui surtout sans condition nous aimaient que nous n'étions venus sur terre que pour vendre de la poussière. Nous n'avons pas été capables d'aimer, puisque pour nous l'amour consista à é-par-gner l'autre en masquant notre visage le plus vrai. En cette toute fin de ma vie, je puis affirmer qu'il n'est d'amour que dans l'exposition des hor-reurs. Et ce n'est que parce que la vérité finit toujours par se frayer, à la force du poignet et faisant con-cur-rence à nos stratégies et à nos simagrées, cet affreux chemin vers celui ou celle que nous voulions « laisser en dehors de tout ça ». Vous constatez à quel point je reste per-pé-tu-elle-ment cet immoraliste que je dépeignais naguère, car si la vérité savait rester en place, dans sa niche, si jamais elle ne pouvait nous menacer d'aboyer à tout moment, je serais partisan de mentir comme plus encore que je n'ai menti pendant mes presque quatre-vingts années de carnaval dans cette vallée de larmes.

Sa respiration était devenue lente, ses yeux se plissaient doucement tandis qu'il parlait. Il inclinait son visage, sem-blant lire sur le carrelage, comme sur un prompteur, le texte qu'il disait. Dehors commença de tomber une pluie glaciale. Ma grand-mère le regardait, intimidée, gênée. Elle se demanda où il achetait ses vêtements, où il avait acquis ce pantalon, comment il avait choisi ses chaussures, s'il avait fait seul toutes ces démarches ou si quelqu'un l'avait accompagné et aidé dans ces tâches insupportables pour un homme comme lui, un homme qui ne savait choisir qu'entre un chef-d'œuvre de Meredith et un inédit de Conrad.

32

— Je n'ai point laissé ma femme mourir ici, reprit Gide. Ce n'est pas vrai. Je l'ai tuée. Dire qu'elle est morte de chagrin n'est pas suffisant. Elle est morte de moi. J'ai vécu une vie, et à elle je n'ai donné d'autre choix que de vivre seule l'existence qu'on s'était promis, adolescents, de vivre en-semble. J'ai fait avec tous les autres – et tous ces autres étaient des hommes – ce qu'elle avait rêvé sa vie durant de faire avec moi. Je me suis amusé loin d'elle, mais c'est près d'elle que je venais pleurer. Elle consolait des chagrins dont je ne pouvais lui avouer les causes. Elle pansait des plaies qui n'étaient que des malheurs de ne pouvoir m'é-chap-per plus encore de sa déjà dérisoire emprise. Je savais qu'elle était là, seule, à traverser les hivers sans dire un mot, quand la pluie battait le carreau. Le personnel lui servait de compa-gnie, la cuisinière, quelques servantes, les fermiers alentour. Elle caressait des chats, mais était trop allergique à leur poil pour supporter long-temps leur présence. Elle se méfiait des chiens, mais donnait volontiers à manger aux canards. Les animaux furent un peu son réconfort, de même que ses sœurs qui lui rendaient visite. Je n'ai point su la libérer de la prison que peu à peu elle accepta ta-ci-te-ment d'occuper. À partir d'une certaine période, je n'ai plus même osé continuer à lui faire des promesses. Celles-ci me paraissaient contenir une dose trop importante de – comment dirais-je – oui, de por-no-gra-phie. J'ai décidé, par un égoïsme que j'ai intitulé « liberté », et où j'ai fait mine de puiser le suc de mon œuvre, de sacrifier une vie humaine pour devenir « André Gide ». Non seulement, j'eusse sans doute pu le devenir sans cet assassinat – je ne puis nommer autrement ce que j'ai commis – mais en gardant au chaud une âme que j'ai exposée au froid le plus ter-ri-fiant, je ne me suis pas même damné comme mes plus fervents lecteurs l'eussent souhaité. Je ne suis rien, parce que je n'ai rien donné que de l'absence, de la mort-aux-rats, quelques courants d'air satisfaits d'eux-mêmes, avec l'arrogance du génie dont je sais que je suis dé-pour-vu. Ne protestez pas, ma jeune amie. Ne protestez pas. J'ai lu Proust, vous savez, et je connais bien Goethe. J'ai su Nietzsche par cœur à 16 ans. On ne saurait me tromper sur cette bien étrange spécialité qu'est le génie humain. La plupart des gens en font une succursale du talent. Comme ils ont tort ! Moi qui suis au sommet du talent, c'est-à-dire de mon orfèvrerie personnelle, je vois bien comme le génie n'est point une question de cime. Il est *ailleurs*, à côté du talent, peut-être plus bas que lui qui sait, mais il est ailleurs. Pas très loin, juste là, à côté, et c'est dans ce per-ni-cieux voisinage que se situe mon drame. J'aurai vécu é-car-te-lé entre l'unicité d'une femme laissée vierge et la multitude des hommes, d'une part, et d'autre part entre la volonté d'écrire un chef-d'œuvre et mon incapacité à le réaliser. Nul, chez ceux qui n'ont aucun génie et dont je fais partie, n'a compris aussi bien que moi, n'a senti si pré-ci-sément ce à quoi il pouvait res-sem-bler. On accuse parfois mon cher Schlumberger d'avoir refusé la *Recherche*, mais je suis tout prêt à rectifier cette ineptie devant vous, alors que les années qui me restent à vivre sont comme déjà vécues à l'avance. Je suis le *seul* coupable dans cette attristante affaire, et cela ne s'est point déroulé comme on l'a dit. Je n'ai pas négli-gem-ment regardé une page ici et là, scrutant la lourdeur ou cherchant, par une manière de névrose, à débusquer l'imparfait du sub-jonctif im-pro-pre ou les « vertèbres du cou ». Non, j'ai tout lu, d'une traite, de la première à la dernière page, et je me persuadai de toutes mes forces que ce qui défilait sous mes yeux n'était pas ce que je craignais qu'il fût, ce que tout au fond de moi je savais per-ti-nem-ment qu'il était : quelque chose d'aussi im-por-tant pour la Littérature – permettez que je mette une majuscule – que l'Évangile pour l'Église.

33

Mon grand-père René, piqué au jeu du dictionnaire, s'était senti vide et creux quand prit fin la syntaxique punition qu'il s'était infligée dans le seul but d'obtenir de sa petite victime, par un livre qui n'était point la Bible mais presque, une manière de pardon posthume. C'est pourquoi il décida d'apprendre les éditions suivantes du *Larousse*, se mettant lui-même perpétuellement *à jour*. Les mots nouveaux, tantôt lui faisaient grand bien, tantôt le plongeaient en des abîmes de tristesse (notamment quand ils venaient remplacer des mots plus anciens, désormais considérés comme désuets, aux-quels il était habitué depuis des lustres et qu'il avait appris à aimer par-dessus tout – si bien que c'étaient ses seuls véri-tables amis qu'il voyait disparaître au fil des ans).

Nous voudrions écrire la biographie d'un mot, ses luttes, ses amours, ses excès, sa jeunesse, la référence de ses aven-tures. Qui saura raconter les combats du mot *combat*, le parcours du mot *parcours* et la folie du mot *folie* ? La laideur de certains mots censés exprimer la joliesse, la beauté pré-cieuse de termes qui décrivent usuellement ce que l'on trouve hideux, mauvais, abject, immonde, ignoble, dégueulasse. La schizophrénie sonore des mots, leur profil, leur visage et leur gueule, défaite, ouverte, leurs dents acérées, leurs syllabes découpées. Les mots qui ont du poil sur le torse, ceux qui sont chauves. Les fourbes, les exotiques, les mots ratés, ceux qui ont raté leur vie de mot, ceux qui sont morts à la guerre, reviennent de loin, les mots amphibies, les mots mammifères, les mots en forme de rats, les mots qui tuent sur le coup, les mots vaseux enfoncés dans le flou des cloaques, les mots qui excitent dans la nuit pornographique. Regarde ce mot en train de pourrir, cet autre que j'enfonce en ton crâne, je le vois qui pénètre. Un mot technique sensuel, un mot sensuel technique – et jusqu'au mot *mot*.

— Mot signifie originellement *son émis*. Il est le produit du son *mu*...

La littérature n'est d'abord faite que de sons, elle est toujours orale, son accomplissement écrit n'est qu'un adoubement. Flaubert redonnait aux mots leur tonitruance, leur fracassant écho, les mots rebondissaient dans tel gueuloir pour finir écrits, c'est-à-dire vaincus – ou vainqueurs. Péguy n'est fait que pour être *sonné* lui aussi, Céline n'écrit que pour redevenir son, lui y retourne, la page n'est faite que pour *tinter*. Est écrivain qui produit du son ; les littérateurs ne s'époumonent jamais, crispés sur le sens. Les théories défilent, quand les modes passent, les livres fatigués meurent, mais les œuvres sonores, les voilà justement qui ne s'envolent jamais. Ce ne sont pas les écrits qui restent, mais les écrits oraux, mais les écrits vocaux, mais les écrits musicaux.

Mon grand-père René aussi est aujourd'hui bel et bien mort, parti rejoindre Anne-Marie – et les mots. Nous allons lui demander de surgir momentanément de sous sa pierre imbécile et neutre (remarquez ce gilet d'astrakan) pour nous éclairer sur le mot *extermination*. Rendez-vous est pris sous un abaca. J'ai apporté de la Stella. C'est toujours un plaisir, mêlé de fascination, que de le voir fermer les yeux doucement, sans nul besoin du dictionnaire à côté de lui, de le regarder tourner dans sa tête les pages de l'ouvrage, en méticuleux écolier, à son froncement de sourcils soudain deviner qu'il s'est arrêté sur le mot demandé.

— *Extermination*, dans l'édition 1939, c'est une destruction entière, par exemple, « poursuivre une guerre d'extermination. » On note qu'au mot précédent, *exterminateur*, on parle d'ores et déjà des juifs, mais dans un sens strictement opposé à leur destruction par les nazis : « qui extermine », l'« ange exterminateur », dans la Bible, ange chargé de porter la mort parmi les Égyptiens qui persécutaient les Hébreux. Je précise, à toutes fins utiles, que le mot *déportation*, qui se trouve à la page 288 de ma mémoire, était défini avant la guerre comme un « exil dans un lieu déterminé, infligé aux condamnés politiques. » L'exemple donné était Cayenne. Si je me reporte à présent à l'édition de l'année de mon décès, à savoir l'an 2000, les choses changent puisque le mot se définit presque immédiatement par l'exemple censé l'illustrer au mieux : le « camp d'extermination. » « Durant la Seconde Guerre mondiale, camp organisé par les nazis et destiné à éliminer physiquement les populations juive et tsigane. » Dans dix ans, ne doute surtout pas qu'on aura rajouté les pédés.

— Oui. Il serait temps, dis-je à ce fantôme moussu, docte, hypermnésique.

— Ah tu trouves ? s'énerva-t-il. Moi je trouve cela ignoble. Jamais, dans le projet hitlérien, mon petit père (il adorait m'appeler « mon petit père »), ne fut inscrite la destruction des pédés. Ils ont bénéficié des infrastructures en place, voilà tout ! Sans l'extermination des juifs, jamais il n'y aurait eu d'extermination des manouches et des tatas. Hitler, satisfait du rendement industriel de sa destruction organisée sur mesure pour satisfaire à sa vision du monde basée sur une obsession antijuive rarement égalée dans l'histoire de l'humanité, a fait d'une pierre trois coups. S'il était resté quantité de romanichels et de tantouzes, crois-moi, il n'en aurait pas fait une jaunisse. Tu comprends ?

— Je ne sais pas quoi penser.

— Quant à *exterminateur*, c'est l'exemple et la définition de 1939 qui sont restés. Sans le moindre changement. Comme tu peux le constater, on ne se foule plus trop chez Larousse.

Des définitions-39, il ne reste plus rien, plus une poussière au monde. Hormis la pierre et les monuments, nous ne devons plus *rien* à cette texture d'avant-guerre, son orageux éclairage, sa face sépia sombre, chapeautée, polonaise, hitlérienne. Il y a dans « 1939 », contenu dans sa grenure, des pardessus et des jeudis de pluie, des voitures disproportionnées et des fixe-chaussettes, les manches de lustrine, la brillantine, au loin la Prusse, les aigles, les planifiés charniers. Une aigreur de cocotte et des serins sur les chapeaux, des bas qui filent et des hommes pressés portant nœud papillon, des ouvrages pédants et des modernes romans. Nous finissons des opéras et devant nous cette silhouette de mort, ces flaques, ces instants de montagne à peu près nazis, ces sommets, ces Berchtesgaden et ces pas cadencés, ces navires de fer sur la houle, le tonnerre, l'obèse figure du juif banquier dont le nez regimbe, crochu, tordu, pointu. Ces chaussures de femme à talons de bois, ces empressées voix nasillardes, Gabin gapette au téléphone. Filandreuse année 39 aux détrempées chaussées, miroitantes, moirées sur les grands boulevards, dans les tons marronnasses, ambrés, poisseux. Il n'y a plus un seul mot de 1939 valable aujourd'hui, et même le mot *chat* était moins félin en 1939 que maintenant, car le chat-39 n'était pas dans son état normal, il était chat de guerre déclenchée, chat d'invasion et chat de Munich, il était chat botté et chat déporté, chat gammé et chat étoilé, chat vainqueur et chat vaincu. Selon la définition 1939 du mot *secrétaire*, être secrétaire de Gide, à qui l'existence ne réservait plus que cinq années de gideries, et presque autant de gidismes, n'était pas une mince affaire : il s'agissait d'être ferme en face d'un être mou, d'être mou aussitôt qu'un résidu de coquetterie l'invitait à se raffermir. Plus tard, ma grand-mère se rendit à plusieurs occasions sur la grande tombe délavée de « Monsieur Gide ». Mes deux grands-parents eurent ainsi chacun leur tombe, mon grand-père celle d'une petite fille anonyme, ma grand-mère celle d'un grand écrivain célèbre.

34

Mon père n'avait pas eu la chance d'avoir des éléments aussi précis que les tiens, lecteur, lorsqu'il se retrouva en face de mon grand-père en mal d'explications.

— Poursuivez, poursuivez, je vous écoute, lança ce dernier à mon paternel liquide dans la pièce carbonisée. Cette histoire de pénétration non pénétrante m'intéresse vivement, comme vous pouvez l'imaginer. Cela rapproche en outre vos péripéties des Écritures, ce qui promet d'être captivant. Surtout, je me demande comment vous allez vous sortir de ce plutôt *très* mauvais pas. Vous avez l'air – pardonnez-moi – d'une crotte sur un paillasson. Mais peut-être douté-je exagérément de vos capacités, qu'elles consistent à immaculément concevoir ou à génialement broder. Après tout, si la vie a pu m'enseigner une seule chose, c'est bien de ne jamais sous-estimer l'adversaire. Ma formation scientifique me force à ne concevoir que trois cas envisageables. Soit vous avez fécondé ma fille par irruption en elle de vos parties génitales, soit vous égalez saint Joseph père du Seigneur dont se réclame si volontiers mon épouse, soit l'enfant dont vous m'annoncez l'encore fœtale hypothèse n'est pas signé de vous. J'aime à vous prévenir, avant que vous ne commenciez votre solo, qu'aucun de ces scénarii ne m'agrée. Que par conséquent, je réserve, selon la case que vous irez cocher afin de me prendre pour le dernier des imbéciles, une punition adaptée. Je suis pour une justice mathématique, pour une géométrie de la réparation. Vous verrez, quand vous aurez atteint mon âge, que la patience a réellement des limites et que les sanctions sont rapides à établir. Mais j'ai suffisamment exposé ma curiosité et aussi, j'ai maintenant hâte d'entendre les aventures palpitantes dont vous avez eu la délicatesse de me réserver la primeur.

Mon père tenta de gagner un peu de temps (un millième de seconde à peu près) en avalant sa glotte, qu'il fit saillir aussitôt après – ce prélude agaça tout spécialement mon grand-père qui, comme moi, n'avait jamais supporté les glotteux, les glottards, ces individus qui semblent avoir une balle de ping-pong (de tennis) bloquée au beau milieu du cou et semblent en jouer sans arrêt.

Mon grand-père possédait le don de pouvoir souhaiter, de toutes ses forces et sans remords, la disparition *physique* des humaines entités qui l'empêchaient de savourer son terrestre séjour. La plupart du temps, c'étaient des hommes qui avaient partagé avec ses femmes (éparses, diverses, émoustillantes, coquettes) un moment d'intimité dont il n'avait appris que plus tard (accidentellement) l'obscénité. Au coquelet transi qui, la verge à la verticale, venait profaner de ses pornographiques à-coups la partie réservée de celles que mon grand-père avait élues, il exigeait au minimum le cancer généralisé. Il eût voulu le dernier en date de ses concurrents (les précédents aussi, tout bien réfléchi) rongé jusqu'à la veine des yeux par de burlesques métastases. Il lui rêvait de chimiothérapiques calvities, des rayons vert fluo lui bombardant l'os, des faux espoirs carabinés. Sa jalousie, elle-même cancéreuse, faisait peu de cas de la vie humaine, mais son intolérance atteignait de mortifères paroxysmes. Il eût volontiers assassiné ceux qui gênaient sa conception de la pomme d'Adam, ces longs cous obstrués par cette glotte imbécile qui roule et fait mine, trompant l'ennemi, de disparaître pour mieux revenir.

— Qui sait, avoua-t-il un jour lors d'un repas familial refroidi par l'accumulation des années, si l'intolérance *abso-*

lue n'aide finalement pas à supporter la vie. Une trop grande accumulation de magnanimité me tuerait, j'exploserais. Mon rêve réside avant toute chose dans l'organisation d'une samba, où je verrais roucouler, se tordre et grimacer, flirtant, ruminant, glottant, tous les sournois qui m'ont plongé dans le malheur. Je cacherais, sous un rideau, une tirelire remplie de dynamite, et ces hotus scabieux s'effilocheraient dans les parterres, des morceaux de leur chair pendant aux lustres. Quelques yeux me serviraient de balles de jokari.

35

— J'ai pour votre fille une affection… comment dire ? se lança mon père.

— Je suis tout ouïe, répondit mon grand-père René. Ouïe à un point que vous n'imaginez sans doute pas.

— Voilà, ça y est, j'ai trouvé le mot que je cherchais : j'ai pour votre fille une affection taquine.

— Une affection taquine ?

— Une affection taquine.

— Bien. Très bien. Et comment se manifeste très concrètement cette *affection taquine* quand vous êtes seul avec elle dans cette chambre de l'appartement que vous partagez contre mon gré mais avec mes économies ?

Mon grand-père n'allait pas transiger avec le sens des mots, comme s'en doutait parfaitement mon père, tétanisé par le dictionnaire humain, redoutable, violemment précis, qu'il savait avoir en face de lui.

— Mon jeune ami, je possède ici (il désigna son crâne d'un rapide coup d'index), pour votre malheur, un dictionnaire encyclopédique *Larousse* publié en 1939 sous la direction de messieurs Claude et Paul Augé. Ne me demandez pas s'ils étaient frères, ou bien s'il s'agissait d'un couple de jeunes mariés, je ne vous répondrai pas sur ce point. Pour vous, il suffit à cet instant de savoir s'ils étaient compétents. Faites-moi confiance : je certifie qu'ils le sont. Leurs collègues des éditions suivantes eussent bien fait de s'inspirer davantage de leur travail. Les sieurs Augé possédaient un sens de la concision, de l'illustration qui n'est hélas plus de mise dans les *Larousse* actuels. Je suis dégoûté chaque fois que j'apprends par cœur une nouvelle édition, que je me réactualise. Vous avez consulté le dictionnaire de 1967 ?

— Heu, non. Pas encore, bredouilla mon père, craintif.

— Eh bien, ne pas avoir fait cela est une des meilleures choses que vous ayez accomplies dans votre petite vie. Car votre vie est petite, je ne vous apprends rien, n'est-ce pas ? Ce n'est plus une vie, au demeurant, c'est un placard à balais. Il suffit de tousser deux fois pour rédiger votre misérable biographie. Bref, le *Larousse* 1967, je veux bien. Je n'ai rien contre. Je ne suis pas obtus. Je suis même plutôt large d'esprit. C'est en tout cas ce qui se murmure sur mon compte entre la rue Basse-d'Ingré et le faubourg Bannier. Orléans pourtant a la dent dure. Mais pour chercher quoi, le *Larousse* 1967 ? Et surtout trouver quoi ? Franchement, on est en droit de se poser la question. Les mots *beatnik*, *hula hoop* et *yé-yé* ? Voir Claude François dans les noms propres côtoyer Claude Bernard, et Richard Anthony rejoindre en sifflant Richard Cœur de Lion ? C'est cela ? C'est bien cela ? Nous parlons bien de cela ?

— Heu, dit mon père.

— Oh, et puis puissiez-vous cesser avec vos *heu* à la fin ! C'est épuisant. *Heu, heu, heu.* Ce n'est pas une vie que tous ces *heu*. Changez d'interjection, mon vieux. Je vous signale, à toutes fins utiles, que celle-ci – ou plutôt celle-là pardonnez-moi –, suivie généralement de son fameux point d'exclamation que je n'ai pas entendu dans votre cas – ce qui tend à prouver, mais je ne l'ignorais pas, que vous faites de la langue française un usage pitoyable –, marque l'étonnement, le doute ou l'indifférence. Je vous pose tout de go la question : seriez-vous indifférent à ce que je suis en train de vous dire ?

— Non.

— Seriez-vous par conséquent en train de *douter* de mes propos ?

— Pas du tout, je vous assure.

— C'est donc que vous êtes indifférent.

— Mais je…

— C'est bien ce qu'il me semblait. Ma femme m'avait alerté à votre sujet quand vous êtes venu vous emparer de ma fille. Monsieur « l'affection taquine » ! Vos *heu* vous ont trahi, mon bonhomme. Je puis vous annoncer que vous filez un *très* mauvais coton. Ne faites pas cette tête. Je vais étayer ma démonstration, ne vous inquiétez pas. J'aime verser dans l'exemple, l'illustration. Oh, je ne suis certainement pas un ennemi de l'image. Je laisse ça aux populations juives ! Non. Ce n'est pas fortuitement que sur la page de garde, ces messieurs, MM. Claude et Paul Augé, inspirés comme de coutume, ont inscrit cette maxime susceptible de vous mettre instamment dans de beaux draps : un dictionnaire sans exemple est un squelette. C'est marqué ici, là, en toutes lettres ! *(Il redésigna son crâne de la même façon que la première fois)* Ah… *(Il s'empara du* Larousse*, le soupesa, le huma, le feuilleta)* Voyez donc cet imposant et si pratique volume de référence qui agrémente parfois les pluvieux dimanches de la famille. Je l'ai acquis dans une situation extrême et spéciale qui ne vous regarde en rien et sur laquelle j'ai à cœur d'être aussi muet que la baignoire de Jean Moulin. Fort de ses six mille deux cents gravures, de ses deux cent vingt planches et de ses cent quarante cartes exactement, cet ouvrage contient en outre – vous m'en voyez très franchement navré – l'*exacte* définition du terme *taquin*.

531

Sous le regard paniqué de mon père, mon grand-père posa le dictionnaire, alluma une cigarette et ferma les yeux doucement, un rictus satisfait collé sur la bouche.

— Je vous préviens, la lettre *t*, c'est mon dada.

Puis il se lança.

— *Taquin*, qui au féminin forme trivialement taquine, est un adjectif et un nom dont la provenance – vous vous en fichez comme d'une guigne – est italienne. *Taccagno*, pauvre ignare, je doute que cela puisse vous dire grand-chose. Précisant que ledit adjectif signifie « qui aime à taquiner », le binôme Augé se fend alors d'un exemple dont le génie doit à la simplicité : « un enfant *taquin* ». J'espère que vous serez sensible à cette poésie de la concision, qui pour vous va s'avérer cruciale.

— Oui, dit mon père ayant *in extremis* évité le *heu* qui ne demandait qu'à s'échapper.

— Vous avez pour ma fille une affection, c'est-à-dire un « attachement taquin », « qui aime à taquiner », qui aime, autrement dit, « harceler légèrement pour impatienter » Le verbe *impatienter* signifiant, comme vous le savez, « faire perdre patience ». Et qu'est-ce donc que la *patience*, monsieur, sinon « une vertu qui fait supporter les maux avec résignation ». La patience étant, n'est-ce pas, le courage de tous les jours. Je vous soupçonne de confondre *épines* et *aiguillons*. Vous n'avez guère l'allure d'être à cela près. J'ai toujours eu comme principe de me méfier des imprécis. Je résume donc ce que vous entendez par *affection taquine* au sujet de ma fille : vous éprouvez pour elle *un attachement qui aime à harceler légèrement pour faire perdre la vertu qui aide à supporter les maux avec résignation*. Vous appelez cela de l'amour ? Ou bien n'êtes-vous qu'un provocateur de plus ? Mon jeune ami, à partir de cette heure solennelle, comptez que je ne vous aime définitivement pas. Je ne vous ai, vous ne l'ignorez point, jamais porté haut dans mon cœur, mais c'est cette fois mon estomac qui ne peut vous digérer.

Aussi, Lambda, car tel est désormais l'appellation qui vous sera réservée dans cette maison qui longtemps fut heureuse avant votre intrusion, aussi, Lambda, vais-je vous demander de bien vouloir quitter les lieux. Quant à ma fille, son sort ne vous regarde plus.

Ma mère, hélas, était bel et bien gravide, et dut elle aussi passer devant le tribunal de mon grand-père, auquel aucun avocat n'était convié. Elle ne se démonta pas, clama fort son indéfectible amour pour mon père, et fut conséquemment foutue à la porte (larmes, hurlements, affaissements des corps, évanouissements simulés, malaises surjoués, menaces, arrivée de la police). De nouvelles aventures pouvaient commencer, dont j'allais être un des malheureux protagonistes.

René, qui (malgré les intentions criminelles qu'il ruminait à l'attention des adversaires sexuels qui menaçaient son magistère) était digne et juste, n'eût point supporté de faire retomber sur moi les péripéties de sa fille et l'ineptie sans bornes de son gendre. Il m'accepta avec cœur dans son alentour (je le vois très nettement engoncé sur sa chaise bleue feuilletant un magazine de télévision). Nous allions à la pêche (gibèles, carpes), dessinions des maquettes de morutiers. Il me racontait des contes de son cru pour m'endormir – puis appliquait sur mon front rempli de ses mythomanies enchantées (des histoires de giboyas, d'explorateurs trouillards, de méchants gruyères, d'Œil-d'Antilope l'Indien des neiges), un beau baiser sonore et bleu, parfois jaune, violet, rouge, vert pomme. Ses récits, sas obligatoires pour accéder au sommeil (capitale des cauchemars), permettaient de passer du déchirement à la consolation. Le vermillon de ses joues ; l'haleine alcoolisée de son souffle affabulateur. Son gilet brun foncé, de laine. La pénombre de la chambre : noir flou.

36

Sa philosophie devait durablement imprégner ma chair selon le principe du fer rouge. À ses yeux, un homme pris au hasard dans la foule n'avait jamais eu une seule idée originale dans sa vie, ni même une idée non spécifiquement originale mais simplement *personnelle*. Les plus grands esprits n'en avaient eu quant à eux qu'une seule et unique. Tous ceux, penseurs ou savants, écrivains ou mathématiciens, qui avaient eu plus d'une idée fulgurante, plus d'une pensée exception-nelle, étaient des imposteurs, des petits, des ratés. C'était l'idée *unique* qui faisait le génie. Deux idées monumentales faisaient s'écrouler le monument. Deux idées et plus, c'était l'ennemi de l'idée en général. Le grand homme était celui qui faisait infiniment fructifier cette intuition unique, propre à lui seul, dont la déclinaison s'apparentait à une mission sur la terre, l'existence de ce prodige étant entièrement justifiée par cette obsession isolée, épargnée par toute autre. Il vénérait Freud et son idée fixe pour l'inconscient, Marx pour avoir borné sa révolution intellectuelle à la seule lutte des classes, voyait d'un très bon œil Marco Polo pour sa découverte des Indes et Christophe Colomb pour s'être tout entier concentré sur celle de l'Amérique. Il adorait chez Proust ce principe évocateur de la madeleine, et se réjouissait que cette même idée revînt quelques tomes plus tard sous la forme des pavés imparfaits de Venise sous les pas du narrateur en visite. Car il n'était pas contre la ramification infinie de l'idée originelle. Il ne supportait pas, en revanche, qu'on lui rappelât qu'Eins-tein avait obtenu le prix Nobel pour ses travaux sur l'effet photoélectrique et non pour sa théorie de la relativité. Le physicien allemand s'était à son goût par trop « éparpillé », et c'est la raison pour laquelle, du reste, il ne s'agissait pas de saouler mon grand-père avec Pascal. « Une vie, une idée » et « une idée, une vie » : tel devait se résumer le programme intellectuel et moral de mon grand-père. Il n'en démordit jamais.

Éparpillés comme autant de miettes dans la réalité qui forme pâte, les hommes se bousculent, squelette contre squelette, sans transporter en eux la *moindre* idée percutante. Ils se laissent envahir, border par une pensée molle, générale, mâchonnée par tous au même moment, et la déglutissent avec des gestes rebelles et fortement appuyés qui, loin de donner à leur parole la fraîcheur d'un inédit, soulignent la machinale répétition de leurs hypothèses frelatées.

Je marche dans la rue, mes voisins bousculés sont provisoires : nous irons chacun dans une tombe tue, enfermé en silence. À combien de jours de distance, passants, allons-nous vous et moi calancher ? À combien de kilomètres les unes des autres seront posées nos sépultures ? Nous allons, marchons dans l'arrogance : ne sommes-nous pas ces stèles attendues, évidemment prévues, aux trajectoires limitées dans l'espace, forcloses à l'intérieur du temps ? Transitoires humains, translatifs, momentanés, bouffis de rendez-vous, de toutes les responsabilités ministérielles, de préoccupations compassionnelles, nos colères s'expriment par des formules lapidaires quand la lapidation éternelle sera lente et muette, doucement figurée, transmise depuis les aubes, quand nous disparaissons les uns après les autres, les uns parmi les autres, les uns au milieu des autres : c'est l'atroce paniqué brouhaha de tous ceux qui refusent de penser la fin – la fin se montre déjà, sans subtilité, elle est brute et franche.

Les événements s'amassent autour des gens, ils entourent la foule de leurs bras massifs, mais le sens qu'on leur cherche n'est-il pas supérieur à l'imbécile humaine transhumance que jamais rien n'effraie dans sa masse quand la masse a pour métier de continuer, de franchir, de persister, de s'entêter ? Les attentats visent le nombre et en réalité atteignent l'individu : le numérique, le surplus, l'amas, n'a pas peur. Le magma est impassible devant toute tentative de la mort : il ne fluctue pas dans son entité, il n'hésite pas dans son avancée. Si l'histoire s'arrêtait aujourd'hui, seul mourrait l'homme seul. Sa déclinaison multitudale continuerait à vivre dans les siècles, immuable, impassible, aveugle aux reliefs, piétinant le moindre sentiment.

37

Oui, j'allais naître de cette foule frottée, silex mâles contre silex femelles. J'avais été une rencontre coulée dans la probabilité, nom mathématique approprié au miracle, visage statistique octroyé au mystère. J'allais provenir du bruit du fond de l'univers, découvert par Penzias et Wilson en 1965. J'allais me transbahuter d'un réel inconnu vers ce réel défriché, qu'on nomme la réalité de tous les jours, cette boue, ces eaux quotidiennes où chacun patauge donc.

Aux soirées des jours en *f*, nous visionnions mon grand-père et moi des films de Fernandel. Fernand, son squelette de cheval. Accent marseillais : j'ignorais jusqu'à l'existence, dans le système solaire, d'une réalité urbaine intitulée « Marseille ». Je ne connaissais rien en général, par extension rien en particulier. Je bégayais ma vie neuve dans un maximum d'indifférence de tout, ne pouvais être heureux qu'avec les moyens du bord, ceux d'un aveuglement borné, égoïste, infantile, que la définition de l'âge adulte vise un jour, chez les gens dit « normaux », à éradiquer une bonne fois pour toutes. Je m'épanouissais au spectacle infiniment répété de ces Marseillais en tricot de peau, ses pagnolades à l'anis teintées de soleil frappé, où sur fond de mer bleue en noir et blanc des gouailles à casquette de pêcheur se vantaient en jouant aux cartes dans l'arrondi mélange de leurs sueurs 1930. Maître Panisse, bide ovale, trimbalait sur le port, parmi cordages, une débonnaire arrogance munie d'espadrilles. Ces béats gros idiots, toujours alcoolisés, remplis d'une bonhomie à présent calcifiée dans le bas granit des cimetières, véhiculaient une émotion sans pareille, une humanité aux doigts boudinés grassement posés sur le cœur. César, nez obtus et engoncée gapette, petite moustache mal agrafée sur une peau vieille, mâchouillait une sévérité de carnaval afin de ne pas abattre sa toute dernière carte : fontaine de larmes abrutie de sentiments bons. Monsieur Brun, sec et scolaire, tranchant dans sa voix de crécelle lyonnaise, vibrionnant moustique dedans la foule assise de quatre joyeux gros en zizanie gueulante.

Me revient en mémoire, une remarque que fit mon grand-père devant *François Ier*. Nous étions enfoncés dans le canapé de la salle à manger (ma grand-mère parsemait l'atmosphère d'un parfum d'assez mauvaise qualité), faisant face à Fernand déguisé en Honorin, duc des Meldeuses. Tandis que des veines bleues se gonflaient sur ses tempes parfaitement dégagées, mon grand-père fit cette réflexion qui me préoccupe encore :

— Tu te rends compte que la plupart de ces gens sont morts.

Par « ces gens », il fallait entendre la somme des acteurs, des « silhouettes » (comme on dit dans le jargon cinématographique pour décrire des acteurs ne jouissant que de quelques malheureuses répliques), des figurants. Nous pourrions aller plus loin, jusqu'à étendre en effet la sentence de mort par temps qui passe sur les techniciens, le réalisateur, les scénaristes, la costumière, les maquilleurs, la scripte et les inévitables machinistes, les régisseurs, les fournisseurs. À partir de quand sommes-nous tous morts ? J'envisage, depuis ma « table de travail » (j'aime le bonheur que me procure la désuétude gionesque, pongienne, artisanale, de cette expression, qui rappelle ces époques où la littérature était aussi une question d'établi, de copeaux), la journée d'aujourd'hui : dans cent ans, tous les protagonistes de cette journée seront morts, mais à quelle date seront-ils tous morts, *absolument* tous ? Quand, pour remonter un peu dans le passé, la journée, disons, du mardi 11 juin 1996 (date prise au hasard) sera-t-elle enfin vidée, dans les siècles et la passivité des chronologies, de toute substance vitale, désertée définitivement par *tous* ses témoins ? On ne voit jamais l'instant à partir duquel une journée du monde est irréversiblement désincarnée, dévitalisée, vidée de ceux qui l'ont connue, vécue, arpentée. De quand date la mort du vendredi 4 mai 1894 ? Quand, autrement dit, a disparu son dernier élément, son ultime habitant, son tout dernier locataire ? Le vendredi 4 mai 1894 a commencé à mourir, à perdre ses troupes, à se déliter dès le samedi 5 mai 1894 (aube rosâtre enrobant les maisons fin de siècle), oui, dès son lendemain, avec le décès par vieillesse (cancer du pancréas), à minuit et une seconde, d'Adélaïde Le Taurin, de Paris 12e. En ce qui concerne la province, il faudrait élargir l'enquête, lui donner enfin ses mondiales dimensions. Peu à peu, au cours des calendriers successifs, des dates pressées de passer aux dates ultérieures, les acteurs du vendredi 4 mai 1894 se sont faits plus rares, leur présence a nettement diminué à la surface du globe. Puis, le 23 décembre 2001, Iko Sakawana, 112 ans, Nippone installée à Kyoto, s'est éteinte, et a emporté avec elle ce fameux, ce foutu vendredi 4 mai 1894.

Chacun de nous est dépositaire d'une date, d'une journée dans l'histoire de l'humanité. Ce n'est pas tant la date à laquelle nous sommes nés qui nous confère de l'importance, des responsabilités, une sorte de devoir devant les hommes. Mais bien plutôt celle de notre mort, car avec nous, en même temps que nous, et par conséquent par nous, c'est un jour tout entier, composé de ses milliards de personnages, d'événements, d'amours, de crimes, de pages d'écritures, de toiles peintes, de films vus, d'enfants conçus, de figures mortes qui s'en va. Qui va faire mourir la date de la mort d'André Gide (lundi 19 février 1951) ? Qui a fait mourir la mort d'Emmanuel Signoret (jeudi 20 décembre 1900) ? Celle d'Alfred Jarry, emporté le 27 haha 34 ? Celle d'Auguste Comte le 5 Lacaille 69 ? Qui a définitivement enterré la date du jour où naquit Rimbaud, le vendredi 20 octobre 1854 ? Qui sera responsable de la disparition incarnée du 11 Septembre ou de l'invasion de la Pologne par les troupes hitlériennes ? Le dernier Poilu est parti, avec lui la part charnelle de la Grande Guerre, sa figure humaine et traumatique, son sang en somme. Elle aura duré quatre ans plus l'existence du plus vieux de ses enfants. Elle aura duré cent ans, comme mon arrière-grand-père, décédé pile à cet âge de tortue, fripé qu'il était comme une tortue, dur de carcasse, bigleux, lent, le coup ridé et la tête dodelinante, pratiquement sans nez mais respirant par deux trous aplatis sous les orbites.

Il naquit en 1887, le 9 février, un mercredi. La date de naissance du mercredi 9 février 1887 est le mercredi 9 février 1887. La date de décès du mercredi 9 février 1887 est le mardi 14 avril 1992. Elle est due à Guru Chopra, de la banlieue de Bombay, dernier humain sur la planète à avoir traversé cette journée. Journée qui avait commencé avec la naissance de Kurt Eibenstein (né à Zurich à zéro heure, zéro minute et un centième de seconde) et s'est achevée avec Guru Chopra, six mille cinq cents kilomètres plus loin et trente-huit mille quatre cent quinze jours plus tard. Sur la tombe du 9 février 1887, il est inscrit ceci :

9 FÉVRIER 1887
(Zurich, 1887 – Borivili, 1992)

EIBENSTEIN/CHOPRA
QUE CE JOUR BÉNI CONNAISSE ENFIN
LA PAIX...

SIXIÈME PARTIE

Fils

1

Mick Jagger, accompagné de flamboiements, apparut sur la scène. On eût dit qu'il entrait au temple. Couvert d'un chapeau de cirque découpé dans le drapeau américain, il se promenait entre deux rangées : celle de la foule à ses pieds, celle des cumulus au-dessus de sa tête. Semant derrière sa cape, à la manière des comètes, une traînée d'applaudissements variés, il échangea des salutations lippues avec ses fidèles, écarta machinalement de son front une mèche de ses cheveux trop longs comme on tourne la page d'un catalogue, et entama sur la pointe de ses chaussons une indéchiffrable transe ponctuée de gestes saccadés dans lesquels il se pétrifiait une fraction de seconde en exagérant sa bouche. Stroboscopique, il changeait sans cesse de Mick. Lutin Tétanique. Il inventait des postures aussitôt balayées. Il s'inventait. Il s'essayait. Il s'osait en Mick Jagger, prenait son envol en lui-même. Des possibilités d'être lui s'ouvraient sous ses yeux comme autant de panoplies. Il avait de quoi être lui à l'infini.

Des bras jaillis de la fosse étaient tendus, dressés tels des serpents de mer. Des mains : agripper l'idole rococo glamour gloss, bleutée soudain rose, jaune, verte, orange maintenant, rejaune. Elles tentaient d'arracher des molécules de Mick Jagger au corps de Mick Jagger. Affamées mains comme des dents. Océan de voraces tentacules. Dandinements. Déhanché spécial. Dentelles.

En retrait derrière Mick, Keith Richards, dessiné au canif, installé dans une raideur de cadavre. Maigre comme un chihuahua anorexique, il pensait à des négresses en griffant sa Telecaster 1953. Ses dents : des noirs chicots qui fumaient. Il ne posait *aucun* regard sur Brian Jones. Et Brian ne regardait rien, qu'une horizontale barre de ciel. Brian était bouffi enfantin perdu. Il mâchait un Malabar à la fraise qui lui donnait l'air d'un hamster.

Je suis né dans un monde où Brian Jones, comme Fernandel, était encore vivant : sa biologie *existait*, son anatomique squelette était *inclus* dans l'univers. Il y avait une modalité de l'être, comme eût dit un philosophe en peau de cuir et chapeau de trucidé blaireau (la Forêt-Noire exhalait une senteur de mûre pourrie), qui *s'incarnait* dans Brian.

Brian était un petit animal sans défense, shooté jusqu'à l'os, qui désormais se contentait de triomphes brefs en exhibant de temps en temps (de moins en moins) sa carcasse lourde et jaune sur la scène. Il n'était plus là – pour personne. Les membres du groupe qu'il avait fondé pour jouer du blues et pénétrer les filles attendaient, avec une biblique patience, que craquât définitivement la branche sur laquelle, très hagard, Brian continuait de gigoter. Keith et Mick marmonnaient de désagréables choses à son encontre.

Le public ne venait plus déifier Brian, mais Mick. Brian lui-même n'était plus là pour Brian. Son visage de poupon gonflé d'hélium, lacéré par des cernes violets, n'avait gardé de la jeunesse que la grenue texture des acnés. Sa frange, qui avait fini par devenir sa *seule* préoccupation, son unique amie, couvrait à la cocker des yeux transportant des lotus. On eût dit une vieille demoiselle rose derrière des persiennes. Il avait les jambes courtes dans son pantalon fleuri. Des cicatrices se devinaient sur le torse quand s'écartait la veste de colonel à boutons Petit Prince qu'il arborait pour se faire accroire qu'il était encore au commandement. Boudeur et silencieux, engoncé dans une léthargie de cormoran mazouté, il sentait vaguement la lumière ruisseler à profusion sur Mick, comme un liquide (sueur, sang, sperme, lave). Brian : emplâtre d'argile, gros Playmobil cassé aux cheveux jaunes, tentant d'arracher à sa Gibson J-200 des notes de cristal décapées : des larves en sortaient, de grosses lasses larves qui tombaient à ses pieds, aux pieds de Brian de lézard botté, frottaient le parquet de la scène, se traînaient lentes molles, mouraient dans une indifférence magnifique.

2

Après le concert, Brian se rendit, seul, dans un pub au nom inscrit à la craie sur la brique rouge. The Brisbane Shuttle. Il avait préalablement encastré sa Porsche 550 dans une Simca. Marchand de débris. Il s'était extrait de la voiture. Il ne conduisait pas : au volant faisait défiler des tourbillons ; il pilotait des bulles. Flous décors, accélérations burlesques, crispés démarrages, facultatifs freinages. Il sortit intact, tintinnabulant floral clown. Indifférent. Gratta son genou blessé. À une heure et douze minutes, on enregistra sur son visage un sourire d'iguane. Œil de zibeline traquée, dents du bonheur.

Brian dessinait sur fond de nuit glacée des gestes de cardinal. Il était vêtu d'un chapeau melon et d'une chemise à jabot mouchetée de sang. On le fit aussitôt entrer, son nom se répandit dans la boîte avec la gracilité rapide, fugace, légère, des notes d'une sonate dans le frissonnant épiderme des hommes quittés, des hommes seuls, des hommes malades, des hommes foutus. Il exécuta une révérence. Des adolescents se moquèrent de lui. Il lança sa jaquette à la fille sans intérêt, mais perruquée London mauve, du vestiaire. Claqua des paumes, comme en studio sur les faces B. Cocaïnés musicaillons le toisèrent. Brian longea un nègre marron. Lui glissa quelque chose à l'oreille. Le dealer quitta la boîte. Dans une série de gestes confus, Brian s'approcha du bar. Il avait vieilli depuis le vendredi précédent. Douteuse gélatine il était. Des silhouettes individuelles se frottèrent contre lui, il commanda un whisky.

Dans cette noctambule grotte où les amochés venaient masturber des rêves restés coincés en eux, Brian était encore un tout petit peu respecté. Des travestis défilèrent. Des putes à large tronc, des nains déguisés en fées. Le dealer nègre revint. Tendit à Brian un sac de bonbons rempli de coke et de LSD, d'herbes spéciales et de tropicaux champignons. Le Rolling Stone se propagea dans la foule jusqu'aux toilettes. S'isola avec ses friandises. Trash Tagada. Ouvrit le paquet avec gourmandise et nervosité. Troua vite tout. Avala le galet de hachisch et le buvard de LSD. Sur le rebord de la cuvette, disposa la coke en rizières serpentées. La recouvrit d'héroïne. Cela forma de petits monticules de névé. Vue du ciel montagne, pour ludique pop ascension. La main de Brian trembla, il la reconnut mal. Lorsqu'il voulut la fixer, un colibri apparut, qui le nargua. L'oiseau ramena de la poche du guitariste un billet de cent livres. Brian remercia le volatile et roula le billet. Une saccade fit tomber les microcollines de poudre. Brian se mit à genoux, renifla le sol, aggluténé aux dalles, aspirant tout, fou trémoussé poisson. Des petites taches de sang tombèrent de ses narines, flic floc sur les blancs monts. Il se leva, ouvrit sa braguette, sortit une petite algue abîmée, pissa un liquide orange.

On frappa à la porte des toilettes. Brian, comme tous ceux qui battent les femmes, ne redoutait rien tant que les coups. Il était terrorisé. Ne savait pas qu'il pouvait sortir, qu'il lui suffisait pour cela d'ouvrir simplement la porte. Otage de compliqués rouages. Sortir de ces chiottes était une inaccessible modification de latitude. Trop ardu, trop complexe : il eût fallu des années pour trouver la solution. La *combinaison*.

Il était replié dans un angle comme un bupreste. Il attendait une solution, peut-être une sanction. Il cherchait une *issue*. Cacochyme blondinet carapaté gogues boule. De musclés gars enfoncèrent la porte, reconnurent l'idole violacée, ironiques rirent, le remirent à l'eau. Brian requin foule fendant, son chapeau fut aileron. Rouges reflets sur lui, le blond fut rouquin, puis d'un blanc de poli métal, se mêla à la masse, lasers lumières flash. Il est mort. Seul le fait qu'il soit vivant empêche de voir qu'il est mort.

3

Hartfield, Sussex, nous sommes le trois juillet mil neuf cent soixante et neuf. Un jeudi. Il y a une fête à la villa. Des préséventies petites grues aux maillots de bain striés, des anonymes grossiers, quelques épars gitans, une nuée de parasites, un garde du corps analphabète, des ouvriers en bâtiment. Les ouvriers en bâtiment travaillent chez Brian depuis lundi. Ils ont le front bas, le torse épais, sont membrés comme des baudets, s'y connaissent en enduits, savent poser des plinthes, reconnaissent à l'œil nu les différences de mastic.

Dès que se présente une occasion, ils adressent la parole à la star déchue qui obliquement les regarde. Brian est timide. Son visage se colore dès que des êtres vivants cherchent à entrer en communication avec lui. Les ouvriers n'éprouvent pour Brian qu'indifférence et dédain : une milliardaire couperosée tarlouze qui s'applique à sa propre destruction tandis qu'eux soignent les joints, débouchent les éviers, posent le carrelage. Ce sont des êtres de vis et d'établi, de toiture et de revêtement.

Brian est trop céleste dans ses guenilles, trop friqué putes nanti rock. Il le paiera dans les eaux vertes de sa piscine éclairée. La soirée démarre, gin vodka bière, des invités non invités ont apporté des champignons. Trois teenagers aux cheveux mouillés et munies d'opulentes glandes mammaires se montrent spontanément favorables à la pratique de la fellation. Des fumées se dégagent, de toutes couleurs. Des morceaux de ciel se détachent du plafond, on s'effondre un peu. Des rires s'élèvent, des projets, mais qui retombent dans un coin, en mille morceaux.

La piscine est calme, l'eau lisse. Des moustiques se posent. Des petites nymphes au corps de feu. Des naïades à yeux rouges. Des agrions à larges pattes. Des noctuelles. Des lépidoptères. Des pyrales. Des hydrocampes. Des trichoptères. Des chrysalides. Des névroptères. Des gomphes. Des cordulégastres (annelés). Des anax empereur. Des æschnes bleues. Des libellules. Des cordulies bronzées. Des lestes. Des notonectes. Des punaises amphibies. Des gyrins. Des haliplides. Des dytiques. Des charançons. Des collemboles. Des sangsues. Des perlodes. Des syrphes. Des éristales gluants. Des atherix. Des taons. Des tipules. Des anophèles. Des cicadelles. Des pucerons. Des punaises aquatiques. Des naucores. Des nèpes. Des ranatres. Ça forme des cercles. Ondes, spirales et girons, liquides. Des corps humains pénètrent dans le chlore. Éclaboussures. Brian se lève hagard, titubant, deux fracassées top-models l'accompagnent sur les dalles. Il exige qu'elles lui enfilent un maillot. Elles s'exécutent en lui massant les couilles, crachent en riant sur son pénis minuscule et fripé.

Les ouvriers crawlent. Ils possèdent une épouvantable technique. Ils sont barbouillés de laids tatouages représentant des dragons perdus au milieu de prénoms de putes mortes et d'épouses provisoires. L'un d'entre eux se nomme Frank Thorogood. Cheveux gras, longs, front bombé. Avec lui, toute forme de poésie est impensable. Il n'a guère le faciès à téter des roses, à dire des psaumes, à compter les printemps, à questionner son âme. Il n'a parcouru que quelques hectares depuis sa pluvieuse naissance, n'a jamais su que planter dru sa verge ouvrière dans les soupentes, faire des concours de bière tiède avec ses momentanés amis. Frank Thorogood est une entité humaine qui va mettre un terme à l'existence de Brian Jones. Il va raturer Brian.

Brian entre dans la piscine par l'échelle minuscule que la lune fait scintiller comme elle peut – la lune est un soleil mort. Le Stone a l'air d'une citrouille lasse. Les filles éclatent de rire, les ouvriers aussi. Le bassin semble immense. Il est lugubre. Un mystérieux dédain patauge. Thorogood gifle l'eau de ses grosses mains plates : se prend-il pour Xerxès ?

— Sale pédale ! lance-t-il à Brian, que cela fait rire un peu.

La sale pédale possède le niais sourire des défoncés qui transforment le monde en jardin d'enfants. Il a le regard affectueux, triste, mélancolique. Il pense à Dieu, puis à rien, puis à des airs de joujouka. Il glousse, trempé dindon. Il cool brasse. Glisse sur la nuit de l'eau, blond velours, blanc dos lunaire. Les basses martèlent au loin. Une pute a mis *Not Fade Away* sur les platines. Brian longe les plis de l'eau noire. Frank Thorogood verse du champagne dans le bassin. Il est minuit trois. Un Boeing sur le ciel. La chevelure blonde de Brian se mouille, lichen d'or sur les clapotis.

Thorogood a trouvé le regard du bourreau – enfin. Il s'est installé dedans. Dans cette configuration. Il a trouvé la stabilité parfaite à l'intérieur de l'indifférence des monstres. Assez ri. Il bondit. Agrippe secoue la chevelure d'hirsute ange. Avec une force *spécialisée*, plonge la tête de Brian sous l'eau. Lui demande s'il est une tarlouze et Brian ne peut répondre. Il suffoque – il est asthmatique. Respire de l'eau, prend des bouffées de chlore et de vagues. Thorogood, agacé par l'imprécision syllabique des halètements de Brian, réitère l'opération tandis que de turbulents éclats de rire résonnent de tout bord. La poitrine de Brian brûle Brian, il est pâle comme la fillette à la bougie assistant saint Joseph, au Louvre, sur la toile de La Tour.

Es-tu une tata ma grande tu vas répondre es-tu oui ou non une sale petite pédale de merde. Ici nous n'aimons pas les salopes pleines de fric et de putes qui se font mettre par les nègres tu vois les sales petits milliardaires qui se font culbuter le trou du cul. T'es foutu tu comprends tu n'es qu'une merde et tu vas crever. Le mieux serait que tu crèves maintenant ici ce soir sous la lune ignoble petite tantouze.

4

Le corps de Brian surnage sur le silencieux roulis, on observe des mortes mouches à la surface de l'eau, des larves d'æschnes, des notonectes. Tronc posé sur l'eau violette, enrubanné de flottants moucherons qui lui dessinent une constellation : le corps de Brian dérive à peine. Des vague-lettes le soulèvent imperceptiblement. Ses cheveux font comme une fleur hérissée. Ses bras sont repliés dans la posi-tion d'un musulman qui prie, les deux mains légèrement au-dessus du crâne – horizontal Arabe.

Les ondes sonores d'un blues de Muddy Waters se réper-cutent dans l'eau en cercles concentriques, soulevant légè-rement « Brian ». Les épaules grêlées ne porteront plus le poids de vivre. Son short de bain strié. Il cabote clapote inanimé, se tranquille-cogne au rebord carrelé. Une libellule frôle son dos plat. Chlore mauve, griffé de lunaires lueurs. Il est détaché de tout : la terre est liquide, le ciel est dans l'eau. C'est peut-être la mer. Pierre qui flotte.

Mousses moisies l'enrobent, s'agrègent à son cadavre avec une féminine douceur. Brian, désormais, en savait davan-tage que ses invités sur la mort, davantage que Mick et Keith. Pour Mick, la mort n'est qu'une chanson des Rolling Stones. Pour Brian, elle deviendra désormais le seul mode possible d'existence, la seule issue pour se manifester dans les années 70. Notre naissance est aussi peu sûre que notre mort est certaine. Naître est aussi improbable que ne pas mourir est impossible. Nous sommes le fruit d'un miracle et la proie d'une fatalité. Les deux extrêmes d'une vie ne sont pas tant antagonistes par leur chronologie, le début et la fin, par leur fonction, apparition/disparition, que par leur nature : non pas l'être contre le néant mais l'aléatoire contre l'inéluctable. Nous venons au monde en vainqueur du hasard, nous le quittons en vaincu de la nécessité.

Certains conclurent à un suicide: pratique hypothèse, qui fit taire toutes les autres. Au lieu d'écrire ce gros roman, j'aurais dû travailler à un petit essai, documenté, intelligent, sur la notion de suicide. On croise tous les jours des suicidés : qui l'ont commis, l'ont raté, vont le commettre, le recommettre. Le suicidé prétend sortir de la vie, mais c'est paradoxalement à la mort qu'il veut échapper, lui volant son magistère, lui ôtant de sa puissance, lui faisant concurrence. Le suicidé se prend pour la mort. Il s'oblige à sa place, se dérobe, remplace une décision extérieure par une résolution intérieure. Mais une mort différente, anticipée, voulue, choisie, mais une mort appropriée, personnalisée, ajustée, trahit malgré tout une victoire supérieure de la mort naturelle qui nous est destinée : la mort aime tous ses motifs, récupère toutes ses modalités sous son aile, se reconnaît dans toutes ses possibilités, griffe de son impassible paraphe tous les avatars qui lui sont offerts et proposés comme autant de déclinaisons dont elle ne se réjouit même pas – puisqu'elle est évasive.

— Nous ne vivons pas souvent, ni tellement : par intermittence, m'avait expliqué Marc-As (printemps 78). Le reste du temps nous ne faisons qu'exister, traverser les dates et franchir les matins. Chaque jour nous attend au coin de la rue, il sait que nous aurons à le vivre, il se venge de son éphémère passage dans les siècles pour nous transmettre au jour suivant, qui saura plus sûrement encore nous rapprocher de l'issue finale, fatale, terminale, quelque chose en « ale » qui n'augure pour nous que le grand fameux silence des bêtes et des hiboux, et rappelle nos aléatoires pas à la fixe décision des cimetières ! L'emplacement de notre définitif trou existe quelque part, mon petit ami : nous nous agitons loin de lui, près de New York ou en partance pour des Bornéos, mais lui le trou connaît son idée fixe, il se sait conclusif, et regarde amusé le roulis de nos aventures, observe nos amours avec condescendance et paresse. Chaque entité humaine croisée dans la ville est attendue, malgré ses mouvements brouillons, ses humeurs et ses cris, par l'immobile et clos avatar de sa sépulture ! Toutes ces pierres parfaitement tombales seraient ridicules dans le métro, à un concert de rock, posées sur nos canapés ou installées sur notre siège au cinéma, sur notre chaise au restaurant ! Un Christ rouillé, une plaque avec nos dates gravées dessus, quelques glaïeuls, le tout disposé sur la piste d'une boîte de nuit sur *Hotel California*, ou en face du bureau d'un éditeur, qui croit parfois en notre immarcescible postérité !

5

— Ce petit juif mange vraiment comme un porc ! s'écria ma mère tandis que je renversai un petit pot « poulet asperges » (moins goûteux, selon moi, que celui à l'« aspic de grenouilles à l'ancienne » ou encore, que le « daube de bœuf à la béarnaise » ou le spécial « gratin de queues d'écrevisses à la façon de maître La Planche avec banane »).

— C'est normal ! C'en est un, de porc ! éclata mon père. C'est un marrane ! Il joue les baptisés, les recousus, mais au fin fond de lui-même, il n'a jamais varié, va ! Il nous regarde de biais, ça ne trompe pas ! Il n'est pas comme nous : il est totalement juif en dedans.

— Pourtant, nous avons fait le nécessaire, se désola ma mère. On l'a reconverti *in extremis*, avant qu'il ne devienne trop juif. Cela aurait pu être pire ! Il aurait pu atteindre l'âge de la bar-mitsva. Imagine que nous n'ayons jamais remarqué son anomalie génitale !

— C'est fou cette histoire ! De qui peut-il bien tenir ? Nous n'avons jamais eu, ni de ton côté ni du mien, le *moindre* juif dans notre famille ! À moins que tu ne m'aies pas tout dit ! insinua mon père.

— Enfin mon loup, aurais-tu perdu la tête ? s'insurgea ma mère. Je te l'aurais dit. C'est une chose que l'on ne doit pas cacher à son conjoint.

— Il en restera toujours des traces ! répondit mon père *(Me fixant)* Marrane, va ! Petit porcelet ! Cochon de mes deux ! Un groin va lui pousser tu vas voir ! Tu es certaine que tu veux continuer à le nourrir ma puce ?

— Oui. Nous avons des obligations. Je ne tiens pas à moisir en prison à cause de lui. Et puis, après-demain, Marc-Astolphe prend la relève pour une semaine. Je ne sais pas comment il éprouve du plaisir à élever une semaine sur deux un type qu'il n'a pas mis au monde.

— Ça, ce sont leurs affaires ! Ne nous mêlons pas de ça ! En tout cas il est très mal élevé ce gosse ! L'école Oh commence à faire des ravages ! Tu as vu comme il bave. C'est à dégueuler. Vraiment. C'est ignoble. Quel digestif tube. Et tout cela va se retrouver en merde vaseuse, verdâtre. Mon Dieu ! Nous sommes vraiment dans une situation inextricable. Regarde-moi cet ahuri ! Il me sourit en plus ! Hé ! Oh ! Tu vas arrêter de me sourire, dis ? Sale youpin !

— Ne va pas trop loin, dit ma mère. Les voisins peuvent entendre. Nous dénoncer à des associations anti-insultes. Nous avons déjà assez de tracas comme ça. Ne te fais pas plus antisémite que tu ne l'es. C'est immature de ta part. Laisse le mot *youpin* aux spécialistes. C'est un mot qui ne supporte pas l'amateurisme.

— Ça m'a échappé, mamour. Je suis tellement malheureux. Il faut bien que ce malheur s'exprime. Et il est des mots qui soulagent du malheur universel des hommes.

— Oui. Mais il n'est pas juif au point de pouvoir être traité de youpin.

— C'est une moitié de juif. Je le traiterai donc de « you ». Ou de « pin » ! Ou de « pinyou » puisque monsieur est, du moins *fut*, un juif à l'envers. Et puis regarde, puce, observe : il est totalement centré sur la bouffe ! Le pignouf ! Le « pinyouf » !

— J'admets que son activité alimentaire le préoccupe vivement, reconnut ma mère. En même temps, c'est de son âge. Il n'a que peu d'occasions de se divertir autrement !

— Tu commences à un peu trop le défendre, prends garde, avertit mon père. Tu vires de bord, en douce. Je t'ai connue nettement plus solidaire, ma chérie ! Je ne saurai tolérer une attitude collaborationniste au sein de notre couple.

— Absolument faux, loup. Je suis dans ton camp, se défendit ma mère. Plus que jamais ! Je le déteste autant que toi, tu le sais parfaitement. N'aie aucune inquiétude à ce sujet : je le tuerais de mes mains si cela n'était hélas promis à une sanction pénale. Ce que je cherche à t'expliquer, c'est que cette propension à se nourrir, très exagérée il est vrai, paraît normale : ce n'est point par hasard que l'on nomme « nourrissons » les gens de son âge.

— On aurait dû les appeler « gueulards », « chiasseux », « légumes », « intestins », « côlons ». Les cons ! Les cons ! Je me demande qui a eu la bonne idée de considérer cette engeance comme faisant partie intégrante du genre humain… Je suis *contre* les bébés. C'est officiel ! Heureusement que tu as trouvé une nounou, soupira mon père.

— Oui. C'est la sœur d'une des nombreuses maîtresses d'Astolphe. D'ailleurs, j'entends des pas dans l'escalier.

Elle s'appelait Françoise Manamana. Elle vit toujours, possède une famille agrémentée d'enfants, un poste de tout premier plan dans l'industrie pharmaceutique. Sa figure était pâle, blanche comme les matins qui fument, avec un grain de beauté punaisé sur la joue. Ses dents, fort brillantes, souriaient longtemps, ouvraient des espaces neufs, à la façon des rideaux : une fraîcheur l'habitait. Une bonté sans nœud, facile et linéaire, coulissante, lisse, sans frottement, sans arrière-pensée, animait ses gestes précis, soigneux, ajustés parfaitement à sa vision apaisée du monde – l'être humain, toujours perfectible, devait être traité avec égard. Chacun, pour Françoise, avait le droit de recevoir (en une sorte de mystique partage) une part de l'originelle douceur de l'univers.

Ses blonds cheveux chatoyaient lorsque le soleil les atteignait, perçant le verre des vitres comme s'il fût un simple carré d'air ; elle possédait une paire d'yeux cristallins, pigmentés de confettis gris, où des reflets jaunes se levaient avec la lumière. Sa voix, incapable de s'élever, restait coincée dans un coton qui l'étouffait, et d'où ne pouvait jaillir aucune colère, aucune exaspération. Françoise n'était capable que de patience, de tolérance, de compréhension ; elle ne frappait personne, ne giflait rien, c'était une libellule humaine, une âme qui se pose, attentionnée, précautionneuse, délicate ; elle ne bousculait pas les choses, ne faisait que frôler, caresser. Elle ne dérangeait pas le monde ; elle effleurait son chaos – son regard, toutefois était craquelé ; fissuré de tristesses absentes, lointaines, inaccessibles à ma compréhension. Une mélancolie spéciale, qu'on eût voulu attraper pour l'étouffer dans ses poings comme un sale petit moineau, mais restait intacte en son ciel, hors d'atteinte, dérangeante.

Françoise avait tout pour elle ; en réalité, hormis la jeunesse, sa beauté triste et blessée, ses bons résultats scolaires, son humanité et l'amour de ses parents (l'un professeur de latin au lycée Pothier, l'autre professeur de grec au lycée Jean-Zay), elle était comme la plupart des humains : inlassablement mal à l'aise sur la planète, angoissée dans les rues, terrorisée dans la nudité de sa chambre. Elle craignait la vacuité de l'existence, la nuit qui tombe trop. Elle ne savait pas si la vie valait qu'on la poussât jusque dans la logique de reproduction que la biologie voudrait dicter. Elle écrivait des poèmes approximatifs, écoutait Yves Nat et prenait des leçons de piano.

— Entrez, Françoise, entrez, la convia ma mère. Mon époux et moi vous attendions. Voici le bébé en question.

— C'est un marrane, avertit mon père. Cela ne va point être de la tarte, je préfère vous prévenir.

— C'est vrai qu'il a l'air marrant, répondit Françoise.

— Pas marrant, *marrane* ! s'énerva mon père.

— Ah oui, comme Montaigne, dégaina Françoise. Comme Newton. Et comme Locke ! Et comme Spinoza.

— Qu'est-ce que vous racontez ! Il est marrane comme un cochon, *punto*. C'est un sans-identité. Un sans-culture. Un sans-famille. Un sans-nous. Un sans-rien.

— C'est un étranger, aggrava ma mère. Un étranger à nous. Pis : un étranger à lui-même.

— Nous en ferons, nous avons commencé à en faire, nous en avons déjà fait un inquiet, dit mon père.

— Un angoissé, dit ma mère.

— Un intranquille, conclut mon père. Qu'il soit maudit pendant son sommeil et pendant qu'il veille !

7

— J'adore les enfants, sourit Françoise. Il est très mignon, ce petit bonhomme. Comment s'appelle-t-il ?

— Nous voulions l'appeler Frangipane, Totor, ou encore Bénito-les-Noix, expliqua mon père, mais notre ami commun Marc Astolphe Oh voulait absolument, pour une histoire de « yang » ou je ne sais trop quoi, que son prénom commençât par la lettre *y*, pourtant très laide, mais si laide finalement qu'elle lui va plutôt bien, à ce Grec ! *(Se tournant vers moi)* Pas la peine de me regarder comme ça, hein ! Il sait quand on parle de lui, oh ça il sait ! Ton marranisme ne trompe personne mon gars ! Ne faites pas attention à lui, mademoiselle. Il est grotesque. Quand il y a quelqu'un de nouveau qui nous visite, il ne peut s'empêcher d'attirer toute l'attention vers lui. De se livrer à des clowneries en tout genre. Si le ridicule tuait, il est probable qu'il fût mort à la naissance.

— Vous aurez compris, mademoiselle, que mon mari et moi ne sommes que très modérément partisans de cette mode obscène de l'enfant-roi, fit remarquer ma mère.

— Oui, dit Françoise. Je peux le comprendre. Néanmoins, votre fils…

— « Yann »… précisa ma mère.

— Ce petit Yann, beau prénom, reprit Françoise, m'a l'air parfaitement calme.

— C'est dans son intérêt, ricana mon père. Il sait qui est le chef ici. Qui est le commandant ! Moi vivant, le despotisme ne passera pas. La dictature des bébés, merci bien. Pour qui se prennent ces gens, sous prétexte que leur âge se compte en semaines, en mois ? Vous avez vu dans les kiosques, cette pornographie ? « Spécial bébé » ceci, « spécial mon bébé » cela. Ces gros cadums. Les couches, les câlins, et même les psys maintenant. Les droits de l'enfant ! Les premiers pas. À coups de pied dans leurs petits roustons, c'est ainsi que je les accompagne, moi, ces végétaux, dans leurs « premiers pas ». On ne peut plus allumer la télévision sans que des spécialistes du bébé viennent nous raconter leur miracle, la philosophie du nourrisson, ses états d'âme. Qu'il faut que nous leur ouvrions au plus vite un compte en banque, que nous leur contractions avant l'âge canonique d'un an une assurance sur la vie !

— Cela reflète la richesse de l'anticipation préventive spontanée des parents, dit Françoise.

— Mais oui, mais oui. Et ça autorise un type qui tète le sein à posséder un carnet de chèques ? s'emporta mon père. Vous voulez également que, pour ses trois ans, je l'emmène aux putes ? Je hais les commenceurs de vie, les débuteurs d'existence, les puceaux de la marche et les forcenés du landau. Des tire-au-flanc, voilà tout. Des *feignasses*. Regardez-le, enfin ! Que fait-il dans une journée ? Il tète, il pleure, il regarde le plafond, il dort, ne décoche pas un mot et nous éclabousse de sa purée d'étrons. Il proute comme un ivrogne. Quel merveilleux programme.

— Nous en sommes tous passés par là, me défendit Françoise.

— Faux ! Ça, c'est un leurre, s'agaça mon père. Moi, bébé – j'ai des témoins –, je faisais tout un tas de choses *passionnantes*. Je débordais de créativité. Je ne parlais pas, certes, mais toutefois m'efforçais-je d'entamer un début de dialogue. Je ne m'engonçais pas dans mon statut d'assisté. Je faisais en sorte de solidifier la relation, parfois chaotique, entre mon père et ma mère. Je remplissais ma fonction – du mieux que je le pouvais – de consolidateur du couple. Je sentais bien que mes parents m'avaient conçu parce qu'ils ne s'entendaient plus. Dès lors, j'ai fait mon boulot. Plutôt que de me laisser aller, de m'oublier en diverses déjections toutes aussi inacceptables les unes que les autres, je tentai de réparer les disharmonies relationnelles au sein de la cellule familiale. Certes : c'était une autre époque. J'entends bien

– mais tout de même, là, il y a de l'abus. Je ne passais pas ma vie à déféquer. À larguer des vents de punaise. J'attendais autre chose de l'existence, mes ambitions étaient moins strictement, moins ignoblement limitées. Ce petit marrane, dont vous allez – miraculeusement pour nous – vous occuper – parce qu'à vrai dire seuls nous n'y arriverons jamais –, aurait mérité une fausse couche, un accident prénatal, une mort fœtale. Mais il est arrivé avec une grosse anomalie. Heureusement, nous sommes parvenus à rectifier le tir. Nous avons eu de la chance. Il était moins une.

— Je vais m'en occuper comme s'il était de moi, dit Françoise en me prenant sur ses genoux. Je sens que nous nous aimons déjà.

— Je crains hélas qu'il n'aime personne, soupira ma mère.

— Ma femme est dans le vrai. Chaque jour qui passe nous sommes un peu plus stupéfaits par son ingratitude. C'est une usine. Il transforme tout en merde. C'est là la seule manière qu'il aura trouvée pour nous remercier. Et pour remercier ce pauvre Marc-Astolphe, que cela ne semble étonnamment pas perturber !

— Il est normal qu'un enfant de cet âge ne soit pas propre. Mais cela ne dure qu'un temps, expliqua Françoise en me caressant le crâne.

— Un temps de trop ! Je suis professeur de mathématiques, mademoiselle. Pas chercheur en matières fécales.

— Ne vous inquiétez pas, dit Françoise.

— Si ! lâcha mon père.

8

— Ma femme et moi avons souvent à faire. Nous vous laisserons, mademoiselle, très longuement seule avec ce rastaquouère…

— Cela ne m'effraie pas, monsieur Moix, répondit doucement Françoise. J'*adore* les enfants. Et je crois, sans prétention, qu'ils me le rendent bien.

— Nous vous mettons tout de même en garde, bava mon père. Il n'est point aussi bien disposé que nous, vous le constaterez. En particulier : que *vous*. Les chats font parfois des chiens. Nous en savons quelque chose. Je regrette les utopies antinatalistes, les régimes qui empêchent les naissances. Les gouvernements plus ou moins chinois. Ah, Malthus ! Je voudrais tellement avoir son portrait dans mon bureau. Chérie, je te demanderai de bien vouloir me trouver ça. Un portrait de Malthus. Y a-t-il plus grand génie que Malthus ? Réponse : non. Ce type est mon dieu, mon idole, mon héros. Je ne suis pas né à la bonne époque, tel aura été mon drame. Il fut un temps – pas si éloigné du reste – où la mortalité infantile atteignait des sommets, et ces sommets m'eussent comblé de bonheur, voyez-vous mademoiselle. Mais non, il a fallu que la médecine s'en mêle ! Je ne porte pas les médecins dans mon cœur, en particulier le docteur Boule-Touchée, qui a été un peu trop zélé à mon goût lors de l'accouchement de ma femme… Il aurait montré davantage de solidarité avec moi, aurait été plus à l'écoute de la véritable attente des parents, que nous ne serions pas là, ma femme et moi, à dépenser des fortunes pour le faire garder, ni – excusez-moi – à supporter vos discours abusivement généreux sur la dignité des tout-petits. Et nous, les adultes ? *Qui* va nous aimer ? *Qui* prendra soin de nous ? N'avons-nous pas – à notre échelle qui vaut ce qu'elle vaut – des besoins ? Des attentes ? Des sentiments humains ? Une sorte de cœur qui bat ? N'y a-t-il pas, quelque part dans les manuels, quelque chapitre sur la protection des adultes ? Sur le respect dû aux parents ? Sur la protection des géniteurs, menacés de vivre sous le joug de cette marmaille surgâtée, gigapourrie. Non, mademoiselle, franchement : méfiance ! Les bébés sont nos ennemis. Ils nous encerclent. Ils veulent notre peau. Avec leurs petits airs. Un bébé c'est louche. Alors imaginez, un bébé marrane ! Le comble du comble, l'exponentielle plaie. Notre « cher petit », nous nous devons de vous le dévoiler, est né *circoncis*.

— Plaît-il ? s'exclama Françoise.

— Je t'avais dit de ne rien dire ! se fâcha ma mère. Incapable de garder un secret ! Au moins, toi, on peut dire que tu ne l'es pas, marrane !

— Eh bien voilà une excellente preuve que je ne suis pas tenu – oh non – de considérer ce détraqué comme mon vrai fils ! se félicita mon père. Bref, chère mademoiselle, notre fils est né *juif*. Je vous rassure immédiatement : nous l'avons déjudéisé *illico*. Nous avons jugé qu'il était inacceptable de se laisser damer le pion de la sorte. Pas d'intimidation chez moi : c'est d'ailleurs un chapitre que je vous conseille de particulièrement intégrer si vous ne voulez pas rencontrer de pépin avec moi. Bref : méfiez-vous de ce « Yann » : il possède un double statut bébé + marrane qui ne peut déboucher sur rien de bon. Incurie du bébé plus hypocrisie du marrane. Cynisme du bébé + fourberie du marrane. C'est des gens cryptés, tout ça. Les nourrissons, les nouveaux chrétiens…

— Calmez-vous, monsieur Moix, tout ira très bien. Je m'en porte garante, le rassura Françoise (mais mon père était tout sauf quelqu'un de « rassurable »).

— Il faudrait – c'est à mon sens la seule solution – instaurer un tribunal de l'Inquisition dès l'enceinte de la maternité. Il veillerait au respect de l'orthodoxie adulte, d'une part, et chrétienne, d'autre part. Les nourrissons, pour nous « grandes personnes », selon nos critères, nos modes de vie, nos mœurs, ne sont rien d'autre que des hérétiques après tout. C'est ça que nul ne veut comprendre. Les bébés forment une secte, à la manière des Templiers, des gnostiques… On devrait punir les nouveau-nés de la même manière qu'on punissait les nouveaux chrétiens. Dès qu'apparaît, dans une dénomination, le fâcheux terme de *nouveau*, vous pouvez, mademoiselle, être quasiment certaine que c'est le début des problèmes. La langue des bébés, la langue hébraïque : même combat : le charabia des premiers est aussi inaccessible aux adultes que le charabia des juifs est inaccessible aux goys. Les bébés sont les juifs des adultes. Un bébé marrane est un juif puissance juif.

— Heu, dit Françoise.

— La plupart des adultes, d'ailleurs, poursuivit mon père, sont restés des enfants, des bébés, coincés au stade anal. Ils possèdent des voitures, des pavillons, des belles poulettes, de mignonnes petites gigolettes, du pouvoir, mais cela reste des hochets ! La plupart des adultes sont issus de la conversion *forcée* des bébés à la maturité tout au long de l'adolescence. Certes, çà et là, quelques adultes sont véritablement des adultes, des êtres humains prêts pour les responsabilités, la conscience, l'autorité, le développement intellectuel et l'évolution sociale, mais cela reste un phénomène marginal : pas un adulte – cela me débecte, cela me défrise, cela me tue à petit feu – qui ne vienne vous expliquer, sur les ondes radiophoniques ou à l'ORTF, qu'il ne se sente, au fond, « profondément enfant ». On n'entend plus que cela : « J'ai su garder une âme d'enfant », « Nous sommes tous de grands enfants »… C'est insupportable ! La plupart des adultes ne sont pas des adultes. On en viendrait même à considérer que vouloir être mature, mûr, avec des soucis, un vrai travail, une famille à nourrir, des enfants à élever, des dîners d'affaires, des projets d'avenir sont des choses honteuses, des vœux d'apostat ! Nous, les adultes qui ne supportons pas que subsiste en nous *un gramme* d'enfance, *une goutte* de sang puérile, sommes montrés du doigt. C'est le monde à l'envers. Halte à la régression ! Sus à l'anus ! Immolons, par le feu, les suceurs de pouce et les buveurs de biberon quadragénaires ! Ces types-là sont de faux adultes, des non-adultes. Des a-adultes, des analadultes. Des anadultes.

— Chou, calme-toi, préconisa ma mère.

— Je voudrais, laisse-moi terminer, s'emballa mon père, qu'on établisse des décrets. Qu'on fasse naître les bébés dans des geôles. Des décrets antibébés. Des lois qui autorisent la Question sur les anadultes, afin de débusquer le bébé, le porc-bébé, le bébé-porc, le cochon-bébé, le bébé-cochon qui sommeille en eux. Des décrets, des lois qui tomberaient comme des couperets sur les bébés. Obtenir leur départ, les transférer ailleurs, les déporter ! Une sorte de Bébéland, de Bébeschwitz, de Bébéwald où l'on enverrait les bébés, non forcément pour les éliminer physiquement, mais pour les mettre au pas, au premier pas ! Je me suis laissé dire que ces petits salauds aimaient les parcs, vous savez les parcs, ces rigolotes circonférences, remplies de joujoux, qu'on installe au beau milieu du salon : eh bien voilà mon idée, mademoiselle, c'est de généraliser ce concept, de l'élargir surtout : « Bébépark ». Par petits trains entiers ! Dégagez ! Hop, hop ! Allez caguer ailleurs, mes agneaux ! Loin d'Orléans, aux alentours rugueux de la Pologne : cela vous mettra du plomb dans la

563

cervelle et ainsi, peut-être, quitterez-vous au plus tôt ce petit univers menteur, confiné, étriqué, neuneu, arriéré, débile, faussement confortable, que les psychanalystes, les psychologues et la plupart des parents appellent « l'enfance ». État dangereux, malsain, crétine catégorie fabriquée de toutes pièces aux fins d'abêtir et d'infantiliser la société, de la faire régresser, de produire des irresponsables et des demeurés, des attardés, des incapables, bref : des professionnels de l'innocence. Les bébés, je ne supporte déjà pas cela quand ils sont en âge de l'être : mais quand ils ont 37 ou 49 ans, ce n'est pas tenable ! Les adultes, dans leur immense majorité, sont des faux. Ce sont des crypto-bébés. Je suis pour l'établissement d'une race adulte *pure*. Il faut empêcher la transmission du bébéïsme. Sinon, je vous le dis nettement : c'est la mort de notre belle civilisation, déjà largement rongée par tous les chiards qui se sont fait leurs premières dents dessus. Le bébéïsme est transmis en première main par les nounous, les pédiatres, les éducateurs, les préadolescents et les adolescents dans un monde anadulte qui n'a plus peur d'être secrètement – de moins en moins secrètement d'ailleurs – bébé, faute de s'enthousiasmer d'être publiquement adulte. Les anadultes se rendent, sous couvert d'accompagner leur progéniture, dans de nombreux parcs d'attractions : Disneyland, etc. Ils égrènent les fêtes foraines. Se ruent, chaque mercredi ou chaque week-end, dans les cinémas pour voir des dessins animés officiellement destinés à un public de moins de 7 ans. Les anadultes mangent les petits pots de leurs marmots. Ils bouffent des crèmes glacées, montent dans les autos tamponneuses, font la course et ne manquent jamais d'acheter le dernier album des aventures d'Astérix le Gaulois. Ils se cachent sous leurs enfants, leurs couvertures, pour se livrer à de telles pratiques. Mais d'une part, nous ne sommes pas dupes de leur manège – ils adorent les manèges –, d'autre part, force est de constater qu'ils se planquent de moins en moins. C'est au grand jour, bientôt, vous verrez, que des êtres

humains de plus de 30 ans, chauves quasiment, se déplaceront dans les rues de nos villes en trottinette, peut-être même
en skate-board ! J'appelle, mademoiselle, au massacre des
anadultes. La menace, aujourd'hui, est bébée.

10

— Nous allons laisser mademoiselle Françoise avec le
bébé, suggéra ma mère.

— Bonne idée, respira Françoise.

— Méfiez-vous, mademoiselle, radota mon père. Il bave,
mais il bave masqué. C'est un joueur d'échecs ! Un illusion-
niste. Il vous regarde avec ses grands yeux d'ébahi bébé,
pour vous faire fondre, pour vous faire craquer : c'est là
une technique bien éculée de manipulation, de dissimula-
tion. C'est un tordu, un faux-jeton. Il finira ventriloque ! Ou
faux-monnayeur. Ou gidien ! Rien de pire, sur cette terre
navrante, que la race des gidiens.

— Il dit cela pour me faire de la peine, se désola ma
mère. Ma famille fut liée, par ma mère, à André Gide. Elle
a travaillé pour lui dans sa jeunesse.

— Incroyable ! s'exclama Françoise. *La Symphonie pastorale* est un de mes livres de chevet. Je pleure chaque fois
que je le relis.

— Méfiez-vous, gidienne ! tonna mon père. Il y a dans
cette maison plus gidien que vous ! Celui qui, en l'occurrence, fait mine de dormir dans vos bras en cette seconde
mais dont, non dupes, nous savons fort bien qu'il écoute
tout ce que nous sommes en train de dire, qu'il emmagasine,
retient, observe, espionne le moindre de nos faits et gestes.
Il simule tout. Tout le temps. Là, c'est le sommeil, mais tout
à l'heure ce sera la douleur – ou la joie. C'est un stratège,

un militaire quasi. Un fou simulé, un imposteur, un rusé, un escroc. Regardez-le : on voit bien qu'il est en train de mener une double vie. Il m'écoute, il m'entend, il me comprend, il sait que je sais ! C'est un menteur ! C'est un schizophrène. Un rébus ! Un sorcier. Richelieu en layette. Un arlequin. Et cela va déboucher tranquillement sur un anadulte, un traître. Un masque ambulant. Un sosie ! Un faussaire de l'existence. Un Zorro, un Arsène Lupin, un comte de Monte-Cristo. Un caméléon, une seiche ! La seiche, chère mademoiselle, est une véritable championne dans l'art du travestissement, elle peut tantôt se faire ultravoyante, tantôt invisible. Ma femme et moi avons mis une seiche au monde. La seiche, on l'entrevoit immobile ou qui se déplace sur le fond marin, prenant la teinte du décor. Ou bien, elle se revêt de barbouillis furieux, tagués, devenant méconnaissable – ne l'identifiant soudain plus comme une proie, ses ennemis passent leur chemin. Elle aura leurré son monde, comme lui. Vous avez lu Sun Tzu, ma petite cocotte ?

— Je ne suis pas votre petite cocotte, fit remarquer Françoise.

— D'accord, d'accord, admettons. Mais pour garder monsieur Bébé, il vaudrait mieux avoir lu Sun Tzu ! C'est toute sa stratégie qui y est exprimée. Sun Tzu ! *L'Art de la guerre.* C'est son maître !

— Mais Yann ne sait pas lire. Il n'a que quelques jours… objecta Françoise.

— Que vous dites ! Triche ! *(Un temps)* Son maître je vous dis ! *(Ouvrant ledit ouvrage après l'avoir extirpé de sa bibliothèque et lisant à haute voix :)* « Que l'ennemi ne sache jamais comment vous avez l'intention de le combattre, ni la manière dont vous vous disposez à l'attaquer, ou à vous défendre. » L'ennemi, c'est moi, c'est vous, c'est nous… « N'oubliez rien pour lui débaucher ce qu'il y aura de mieux dans son parti : offres, présents, caresses, que rien ne soit omis. Trompez même s'il le faut : engagez les gens d'honneur

566

qui sont chez lui à des actions honteuses et indignes de leur réputation, à des actions dont ils aient lieu de rougir quand elles seront sues, et ne manquez pas de les faire divulguer. Entretenez des liaisons secrètes avec ce qu'il y a de plus vicieux chez les ennemis ; servez-vous-en pour aller à vos fins, en leur joignant d'autres vicieux. »

— C'est peut-être prêter à votre enfant plus d'intentions qu'il n'en a pour le moment… nuança Françoise.

11

— Nous vous le confions trois jours, termina ma mère. Nous devons nous rendre à Sainte-Maxime. Nous avons des affaires immobilières à régler là-bas. Je vous ai laissé un numéro où nous joindre en cas d'urgence.

— Mais ne nous appelez pas au moindre pet de travers de Herr Simulator ! Hein ? ordonna mon père.

— Je suis certaine que tout se déroulera à merveille, le rassura Françoise. Et puis Marc-Astolphe est là, dans l'immeuble en face.

— Faites de ce gosse l'usage qu'il vous plaira ! conclut mon père. Je ne vous recommanderai jamais assez, pour ma part, sévérité et sanctions physiques. Vous avez car-te-blanche !

Mes parents, après un passage éclair de trois mois par le midi de la France, étaient revenus à Orléans, leur ville natale : le hasard avait fait qu'un poste de professeur de mathématiques s'était libéré dans la cité de la Pucelle hors de laquelle mon père ne semblait pas pouvoir respirer. Le sud de la France comportait trop de ciel bleu, d'agréables sons de criquets, d'écume de vagues fraîches pour que mon père et ma mère s'y sentissent bien. Ils cherchaient la grisaille comme des chiots leur nichée. C'étaient des êtres de brume, de pots d'échappement, de bruines, de novembres, d'arbres maigres, de froide province. Ils raffolaient des vieilles maisons laides au crépi brun, des églises au bois grinçant, des statues sur les parvis fendus, des pigeons dépressifs posés sur des rampes à la peinture écaillée. Très loin de toutes les mers, de tous les océans, ils réclamaient à toute force du bitume sale, des températures déclinantes, des immeubles droits et le maximum de désespoir. Pas de cette tristesse qui provenait du tréfonds de nos émotions, de nos intimes tripes : non, de cette tristesse qui vient de l'extérieur, du dehors, trimbalée par les paysages, les décors, les choses, l'atmosphère. Morbides promenades sur le Mail, verdâtres champs, herbes, et parmi ces herbes une croix christique en travail de rouille. Supermarchés à néons, nuits glacées, inutiles ronds-points, Beauce, mottes, crachin : Carrefour Baroud Suma Auchan. Pas de voiliers, de surf. Bourbeuses aplaties terres. Molle glaise. Pesante. Gélatineuse. Giflée d'herbes. Criblée de paille. Sol aux bottes colle, en boue. Enfui soleil : ailleurs. Sa lumière jaune : Californie Bali Rio. Ici Orléans : géographie bornée, crottée. On finit par penser comme la terre dans laquelle on marche. Le ciel, carré, venait souligner cette incompréhensible désolation qui semblait avoir un but – il existe en ces campagnes désolées, une téléologie de la nature : l'intention était ici, au détour de chaque borne kilométrique, de chaque allée de saules avachis, de chaque flaque, de pousser les humains au suicide.

Rien ne pouvait exister derrière cet horizon clos. Méchant ciel méchant. Crachin soir dimanche. Betteraves soupes. Chiens dans la nuit. Étoiles froides. Lampadaire seul : éclaire la pluie. Monde circonscrit, verdâtre, bleuté gris, composé de bottes et d'humidité, de limaces et de cailloux. Des grosses crayeuses pierres inutiles, installées dans la forêt, sur un champ, le long d'un cours d'eau à la musique fracassée. Roulis de ruisseaux salis. Veuves isolées dans les fermes, un coq. Ces maisons situées là-bas, entourées par le silence et le fantôme des morts, sans voisins que les pies noires et quelques vieux corbeaux. Le Midi était loin. C'était le minuit de la France.

Orléans, où chaque océan était remplacé par la Loire. Ruelles déglinguées pierres apparentes, labyrinthes vers l'école, abîmés chemins creveurs de pneus. L'été les odeurs carnivores. Putréfiés rats sur les berges. Parterres de violeurs de fillettes. Cerceaux enfantins retrouvés le lundi, à l'aube, non loin du froid cadavre de l'enfant aux lèvres bleutées. Jolie famille de couinants rongeurs : avait fait son lit, son nid, dedans les viscères de la petite Émilie, disparue, trouée par le braquemart d'un échappé fou de La Charité-sur-Loire. Dans son appétence imbécile, un mécanique troupeau de fourmis, venu rogner sa part de viande disponible, aérée, spectaculaire. Les musaraignes planquées dans les roseaux, les guêpes et leur vibrance dans la chaleur qui s'agrippe. À La Charité se trouvait un hospice où étaient enfermés les « aliénés » : mangeurs d'oreilles, décapiteurs de prépuces, sosies de Bonaparte et dégustateurs de rasoirs se partageaient des geôles décaties saturées de punaises et de lèpre et finissaient, entre deux douches glacées, par se crever les yeux en crachant des rires que l'on entendait encore, la nuit, quand la campagne se taisait.

Le jour se leva sur le fleuve, tandis que chauffait au soleil la barre du portique abandonné où, vingt ans auparavant, des familles françaises avaient poussé leurs enfants sur les grinçantes balançoires. Ils étaient venus par centaines pique-niquer, camper sur les bords de la Loire, déféquant derrière un buis, parmi les ajoncs, dissimulés par les fougères. Ils tenaient dans la main droite un rouleau de papier hygiénique bleu ou un vieux numéro de *Paris-Couscous*, s'engouffraient l'air faussement siffloteur dans la végétation brûlée, tournaient le visage à droite, à gauche avec un suspicieux froncement de sourcils, puis disparaissaient soudainement,

happés par la mâchoire d'un sous-sol, dans le but biologique
de soulager cette part d'eux-mêmes vouée à tenir, jusqu'à la
fin des temps humains, toute poésie à distance.

12

Pendant ce temps à Sainte-Maxime : chemins frappés de
soleil blond, alanguies étendues courbées de chaleur, sueur
des plantes à picots – cactus. Glacées fontaines fracassant
pavé, touffes, infinis grillons. Azur posé, frisé sur les bambous. Abris d'ombre recueillie, senteur poudreuse des dérapages. Sable et crique, craquelé des terres, briques à fissures,
lézards fusées. Ondulations mirages anis : triangle blanc des
voiles au couteau sur le carrelage de la mer. Ça scintille
pique. Pins parasols, résineux vacances gaieté, si picorés par
des becs. Toits de tuile penchée, frottés par le ciel. Léger
vent véhicule, passant le plat des odeurs. Parfums du corps
des fleurs, aux pommes mélangés. Sel sur les gueules, troués
maillots, déserte place, ancre abandonnée d'un bateau. Ven-
dues pastèques routes et rebords, sacs en papier, cerises
noires. Oranges, melons à mouches, les pépins les filles,
drapées dans un seul short, moulées giclettes plage amour :
flirt. Peau brune rose, chairs bourrelées flanby sexe, mouillés
seins remplis mûrs. Passe un frelon. Pieds en tongs, purple
toe shoe, claquent et reclaquent, mesure battue, enserrés
tissus cordes, espadrilles et tendons. Un jeune tibia de femme
se fraie un chemin parmi tiges et passiflores. Les mimosas
acceptent d'être écrasés par ses talons, sa foulée jaune. Instants d'août. Amoureuses à décidés mollets, dodus un peu,
ronce moustiques.

Sainte-Maxime on y retournerait souvent, pour les vacances.
C'était la totale vie, la fin de mes ennuis, un rêve, moins de

menaces et moins de hurlements : on m'oubliait *un peu*. Je pouvais aimer dans mon coin, au loin, en retrait, toutes les filles, les filles plus vieilles que moi, adolescentes déjà, inaccessibles. Les filles de l'enfance. Les amoureuses. Dans le Sud sous les palmiers. Sur l'eau bleue souples. Mouilleuses de sable et de galets. Souvent les amoureuses évanouies sont fausses, douteuses : elles n'ont eu lieu que dans la tête. Celles qui habitent dans le souvenir dur, concis, hésitent à rester sous leur forme conquise, arrachée à l'oubli. Ces apparitions charnues s'évaporent, ne tiennent pas dans la main de mon crâne, repartent dans l'accident, je cours après. Ne sont plus que possibilités. Des erreurs de femmes. Ainsi qu'on remet une tanche à l'étang, il faut relâcher les proies passées des filles évanescentes, les rendre au passé qui les neutralise, les dissout ainsi que la chaux. Rendre ces précaires femmes à leur originelle généalogie : au pays des interférences et des doutes, des spectres et des visages de buée. Oscillantes sur les mers des étés morts.

Laissons le hasard gouverner. Au moment où nous ferons tout autre chose, Cécile et Sidonie, à présent Cindy Diane Anna, reviendront à la charge, abondantes, généreuses dans leur détail et leur grain, leur grenure et leur chien. Pendant quelques secondes, minutes, elles resteront suspendues dans notre cerveau, allongées sur un hamac, prenant leur temps pour la pose, disponibles et précises, claires, concises en leur époque (1971, 1972, 1973, 1974, 1975), leur odeur, nous laissant deviner la blanche soie de leur peau, éclaboussure de grains de beauté, petits boutons rouges aux ailes du nez, lèvres au sirop. On voudrait les mordre à sang, en faire gicler le rouge et tacheter le mur blanc faisant face à la dune, quand derrière cette dune sont installés les couples brunis.

La plage est saturée de gros pommadés, qui crient jouent vont. Ils s'installent en short. Leur viande dégouline, cramoisies faces. Ce sont des organismes spécifiquement humains modelés par les mois poisseux, les hivers monotones, les habitudes crayeuses. Un Allemand non blond s'éloigne de la rive. Un père étonne son fils. D'autres brassent et crawlent. Ils sont tous à la même place, interchangeables sur l'étendue ridée. Sont plongés dans une réalité chaude et agréable. Sont obliques. Un rouquin pâle à dos brûlé, qui décédera douze ans et trois semaines plus tard, *sait* que les vacances passent vite : elles sont situées dans un autre écoulement.

13

Les petites filles qui entourent ces pages écrites dans la nuit ne savent pas qu'à jamais je resterai fidèle à leurs chevilles, à l'impossibilité (pourtant possible) de leur charogne future si quelconquement reposée sous un granit. Elles avaient, ruisselantes d'eau glacée, couru sur une plage de galets, remplies de rire et guettées par les entorses. Si fins menacés tendons. Les yeux injectés de sel, elles se prénommaient Sandra, Stéphanie, Cécile, et transportaient dans leur fraîcheur une obscénité spéciale qui donnait envie, de dévorer leurs entrailles.

J'avais 8 ans : tout roman que je signerais, dans l'âge adulte, grâce à mon mentor Oh, mon saint patron, serait dédié à la constatation de leur perte. Je fais maintenant l'effort de les recommencer. J'insuffle à leurs corps souvenus une énergie neuve et mystique qui m'autorise à les *revoir*. Plaquées sur le papier comme de végétales existences, elles me soulèvent encore le cœur, et se soulèvent elles-mêmes, confondues avec un ciel de mer jusqu'à s'envoler. J'ai beau m'éloigner de leurs dates, dériver sans fin de l'époque de leur petit règne, elles restent perpendiculaires à l'avancée du temps. Retiennent par leur structure dominante, en tongs, pieds nus, son horizontale coulée. Ces fillettes nombreuses et dorées, rouge écarlate à cet endroit du cou où fut omise la crème solaire et leur dessine un médaillon, voilà qu'elles se debout-dressent sur la plage, en totem. Silencieux monument cogné par le soleil et frappé par la vague. Je les revois qui tombent rient, s'écorchent, se transforment en cris. Ces hurlements de jeu, ces sautillements de marelle et envolées de frisbee, ces courses en sueur et ces baignades sans prudence ont revêtu, dans le Paris sinistre qui tandis que s'achève cette phrase pleurée a fini par les ensevelir, les couleurs comiques d'un amour multiple et confus.

Je les voulais toutes parce que aucune ne voulait de moi. La semaine dernière, je suis revenu sur la plage. Dans ma main tel galet qui avait supporté le poids de leur corps minus-cule, frissonnant. Les pierres abritaient leurs palpitations disparues. Cailloux de gaieté morte, sentimentale géologie. Christelle, Sophie, Anne : maintenant sédiments. S'étendait devant moi, à perte de vue, un océan de galets inutiles. Elles avaient cessé de s'exprimer dessus, de s'imprimer dedans. Je ramassais quelques spécimens, des ronds, des tranchants. Héloïse avait couru sur celui-ci, Sandrine avait trébuché sur celui-là, peut-être même l'avait-elle ramassé puis rejeté à l'eau. Les galets ne produisaient plus que du souvenir de fillettes, des fantômes d'heureux mollets, à présent dérisoires. Qu'étaient-elles devenues ? Elles ne se connaissaient plus, ne se reconnaîtraient plus si elles se croisaient : leur proxi-mité, faite de moments d'été, fut éphémère, aussi fragile qu'une espèce menacée d'ours ou de colibri. Je vous sais, à cet instant, disséminées bêtement dans une foule humaine semblable à la nuit glacée. L'indifférence de l'anonymat, mélangée à l'impuissance de ne pouvoir trente ans après retrouver aucune d'entre vous, équivaut nécessairement à la mort. La puissance électrique de vos expressions multico-lores, estivales, s'est répandue, pour s'éteindre, dedans des villes diffuses et respectives. Votre situation de baigneuses-1976, accompagnées de biologiques parents, était d'une pré-carité dont jamais je n'avais soupçonné la gravité. Dans ma

rue, devant mon immeuble, je constate qu'elles ne sont plus
là. Elles ne se multiplient que dans ma mémoire – lorsque ma
mémoire inévitablement prendra fin, ces fillettes décousues,
diurnes et nécessaires à ma survie, auront rejoint l'horrifiante
radicalité de l'oubli.

14

Aussitôt mes parents partis pour Sainte-Maxime, dame
Croquevoisin, la voisine du dessous, vint poser à Françoise
des questions au sujet de mes parents, qu'elle ne trouvait « pas
très normaux ». Françoise l'éconduit avec une désarmante
douceur (dont jamais, tout au long de ma vie, je ne serais
capable). Quelques jours après ma conception (bruyante
selon une tenace légende), dame Croquevoisin avait foudroyé
ma mère du regard devant les boîtes aux lettres.

C'était une femme maigre verte aux cheveux gris, fort
peu mondiale, professeur de piano, amoureuse de magnolias
géants et grande admiratrice des *Quatre Saisons*. Rien pourtant n'était plus étranger au sismique univers de Vivaldi que
l'appartement sucre d'orge de cette vieille truite à chignon
net. Son intérieur, si maniaquement vanillé, relevait, avec
ses rangées de poupées semi-articulées 1930 aux yeux de
verre riboulants, de la capitale miniature pour petites filles
mortes. On s'attendait à ce que débarquât à tout moment
dans ce royaume de popeline aux allures de bonbon anglais
une ribambelle d'endimanchés ouistitis amateurs de dînette.
Dans la chambre à coucher, elle-même déguisée en exhaustif
travesti, s'ébrouaient sur rococo papier peint de grassouillets
putti aux ailes duvetées bleu pastel dont les figures joufflues
affichaient un rictus moqueur.

Si Dieu avait été convié à prendre le thé en cette écœurante tanière où la pimprenelle grimpait sur les murs, c'est sans le moindre doute qu'il fût venu accompagné d'une boîte de petits jésus en pâte d'amandes. Quant à Vivaldi, il était né extrêmement ailleurs, le vendredi 4 mars 1678, lors d'un tremblement de terre qui commanda à sa nourrice de l'ondoyer sur-le-champ, la brave femme n'ayant point saisi que la naissance d'un était la cause même du séisme. Dans le but de préserver la vie du nourrisson, elle l'avait si puissamment compressé sur son sein que l'asthmatique Antonio gardera sa vie durant les séquelles d'une *strettezza di petto* comprimant son souffle. Ce souffle manqué sera retrouvé dans l'œuvre. Vivaldi n'aimait pas la vie, lui préférant le souffle, la respiration, les poumons, tout ce qui est air, oxygène, vent, cyclone, coulis. Zéphyrs. Homme de brise. De simoun. L'été, le printemps, l'hiver, l'automne sont, du strict point de vue du souffle, des ouragans ou du frétillement d'une pauvre feuille, d'un arbuste, sirocco, courant d'air, tempête, bise, blizzard, chatouillis, plume, bourrasque.

Le mari de dame Croquevoisin (sieur Croquevoisin) était mort broyé par une machine compliquée dans une usine de betteraves à sucre sise à Artenay. Sa mort était moins grave qu'une autre mort puisque, sans que nul le sût jamais, il avait prévu de s'entailler joliment les veines avant l'âge de la retraite, de peur d'avoir à affronter chaque jour l'aphone même baie vitrée délivrant le même imbécile décor fixe où défilaient les vivaldiennes saisons. On se demande pourquoi les gens veulent en finir – la réponse est simplissime : ils ne supportent plus l'inchangement des situations, des meubles et des immeubles, la figée bêtise des situations redondantes, la manie qu'ont les choses de se répéter comme l'enfer. Oui l'enfer est répétition. Ce n'est pas son éternité qui met les âmes en panique, mais sa réalité en spirale, son absence de déménagement, son hystérie du recommencement sans fin. L'enfer accable par son déjà-vu, son déjà-vécu aveugle.

Lorsque dame Croquevoisin arriva sur le lieu du drame après avoir pris congé d'une petite élève (teint pâle, pommettes mouchetées), on lui offrit le bras gauche de son homme enroulé dans un torchon de cuisine ensanglanté afin qu'elle ôtât elle-même du doigt de la main encore crispée par l'horreur l'alliance en argent qui, les trente-deux dernières années, avait témoigné de leur union – sinon de leur bonheur.

Depuis cette charcutière disparition, dame Croquevoisin ne supportait plus les ahanements copulatoires, les mouvements criés, les manifestations intempestives de l'alentour coït humain. Le plaisir des autres la brisait en mille morceaux : c'était sous cette allure concassée qu'elle retrouvait la trace, dispersée, fragmentée, déchiquetée, de son épars époux. Les nuits d'été bien dégagées, celles où les étoiles flottaient comme des bougies sur une nappe de pétrole, elle vérifiait depuis son balcon à la balustrade délavée par les averses et piquée par les termites si un bras, une jambe de son cher et défunt Bernard n'étaient pas placés quelque part en orbite, visibles à l'œil nu. On l'entendait pleurer sous la Voie lactée, éclaboussant de saccadés sanglots l'obèse nappe de silence qui enveloppait le repos de l'immeuble.

15

Dame Croquevoisin menaça d'hyperporter plainte contre les nocturnes onomatopées de mes parents lorsque ma mère lui saisit le chignon et força la mélomane vieille veuve à délivrer genoux à terre un lot d'excuses présentable. Comme tous ceux qui prennent pour de la faiblesse la patience contenue et l'absence volontaire de manifestation de force, dame Croquevoisin comprit qu'elle était tombée sur plus détraquée qu'elle, sur plus impitoyable aussi, et rendit ses pauvres armes. Certes, elle s'empressa, aussitôt après l'incident, d'aller répandre quelques pleurées récriminations chez dame mégère la plus proche, et demanda même à Marc-Astolphe d'intervenir (ce qu'il ne fit évidemment pas), mais je puis témoigner que jamais de mon vivant je ne vis cette vivaldienne rombière s'accaparer l'attention de mes parents autrement que par des sourires diffus, des mimiques douceureuses et des compliments craintifs.

À Noël, il arrivait même qu'elle fît parvenir à notre famille des truffes préparées par ses soins. Mes parents, persuadés qu'ils auraient à digérer, en même temps que beurre et cacao, de crachatoires substances sécrétées par la rancœur et autres pires produits de la haine, abandonnaient ce douteux mets au chien – dont les papilles étaient suffisamment grossières pour ne s'agacer point des biles de palier. Le regard avachi dans la débilité, heureux comme un bavant pape, le clébard lâchait ses paupières (elles tombaient sur son œil hagard et repu comme un vieux store fatigué) puis partait flatulent cotonneux content lourd zigzaguer dans un sommeil drogué d'aphasique bête. Son nom ? Marlowe. Le *prédécesseur* de Bristol. Marlowe avait la tête des animaux qui pleurent. Engourdi dans la panière où s'accumulaient ses siestes, une électrocution couinée lui secouait les nerfs : un cauchemar du pays des chiens. C'était un basset hound, courge à poils gras aux oreilles longues comme des taies d'oreiller et qui époussetaient tout sur leur passage balayette. Truffe noire et trempée, queue tapant dans les airs des solos de batterie dérisoires, flaqué de noir et de marron, il ne semblait ni heureux ni malheureux : il était chien.

Les chiens sont différents des rats. Ils ne *ratent* pas. Ils avancent, sans un mot, dans la brutalité des choses qu'ils ne devinent jamais. Ils tournent le dos à leurs semblables pour passer du temps avec une autre race, la race humaine. Ils ne possèdent rien, sauf l'espoir de partir à deux cents mètres de la maison, pisse-gicler contre un lampadaire, un bec de gaz – les becs de gaz n'existent plus. Ils mangent, dorment, s'enfoncent dans les ténèbres avec nous, plaqués à nos côtés, sans la moindre prudence, sans le moindre calcul. Ils sont là, dans leur chair posée. Nous offrent la possibilité de caresser leur poil. Nous les frappons ; le lendemain c'est oublié, vivent la bave et l'harmonie.

16

La structure métallique de l'immeuble, sis quai Saint-Laurent, propageait effectivement les sons, et les paroles des locataires de manière nette – chaque bruit était une araignée exécutant des allées et venues sur une colonne de huit étages. Au-dessus de l'appartement parental vivait un expert-comptable qui dispensait en sus dans l'enseignement technique, au lycée Benjamin-Franklin, des cours de gestion. Son existence se déroulait enserrée dans les nom et prénom de Richard André. Il y avait deux écoles dans l'immeuble : ceux qui croyaient dur comme fer que son nom était André et son prénom Richard (cette faction, étrangement majoritaire, était dans l'erreur et s'y complaisait) et ceux qui soutenaient l'hypothèse inverse.

André Richard avait mis au monde zéro virgule zéro enfant. Il venait de franchir l'âge de 47 ans dans une solitude impeccable et digne, assumée, raide. Sur son crâne, des experts payés à cette fin dérisoire, extrêmement improbable, eussent dénombré un nombre de cheveux très inférieur à huit cents, ce qui est peu pour tenter de séduire les gamines, affligeant quand on voudrait demain – mais jamais ce ne fut son cas – devenir guitariste hippie dans une formation psychédélique. « San Francisco » était une expression, un concept, une sonorité qui ne collaient pas strictement à son être qu'une cohérente fatalité avait davantage poussé à la minutieuse exploration des comptes en parties doubles et des bilans annuels qu'à celle – magique – des champignons hallucinogènes. Brian Jones n'était pas son collègue ; l'amour de groupe était aussi éloigné de son caractère et de son emploi du temps que l'île de Santorin l'était des ours polaires. Musicalement, les goûts d'André Richard se résumaient à : Bécaud Gilbert.

Son destin était nul, sa main solidement annexée à un cartable noir qu'il cirait d'excessive façon. André Richard était un escogriffe à la lèvre horizontale : jamais un sourire, jamais une moue. Il se tenait droit dans ses expressions. Traversait la vie comme un couteau. Marchant d'un pas constant (ni pressé ni lent), sa silhouette semblait trancher la réalité en deux parts parfaitement égales, ainsi qu'un aileron de requin fendant les flots. Il écartait la pluie du petit matin, mais aussi la lumière du soleil de midi comme on écarte un rideau.

On ne lui connaissait dans l'enceinte résidentielle que deux activités : 1) rentrer chez lui ; 2) sortir de chez lui. Les réunions, les fêtes, les apéritifs et autres invitations à prendre le thé n'entraient point dans ses prérogatives. Lorsqu'on lui suggérait, avec un tact nimbé de trac, de participer à l'une de ces sociales futilités destinées à disposer ensemble des êtres humains dans une même pièce afin qu'ils devisassent des dégâts occasionnés sur la corniche par les fientes de pigeon ou de l'interminabilité de la guerre du Vietnam, André Richard se contractait aussitôt dans une coquille invisible, et, jouant de son immuable cravate avec ses doigts, présentait des excuses floues, des prétextes moches.

Son seul souci était de se retrouver seul avec lui-même, dans la monumentale gratuité de sa propre compagnie, dans l'ivresse du mépris profond qu'il affichait pour toute créature qui n'était pas lui. À l'amour de groupe, il préférait l'orgie solitaire ; c'est dans un transport d'exceptionnelle sudation qu'il trouvait par la rage exclamative de ses orgasmes de vieux garçon pornographique le silence de son appartement super-récuré.

— Il est aussi solitaire qu'un auto-stoppeur agrafé sur un désert patagonique ! avait fait remarquer Marc-Astolphe Oh, plutôt intéressé par la bête.

Les soucis quotidiens ne passionnaient pas André Richard. Il était l'homme, pathologique, secret, des objectifs à long terme et d'une conception tristement connue de l'espace vital. Il s'agissait pour lui de détruire l'ennemi – l'ennemi c'était le bougnoule éleveur de lapereaux qui peignait des bâtiments en bleu de travail et casque de chantier jaune. André Richard ne se sentait pas vieux. On est vieux quand la distance qui nous sépare de notre date de naissance est la même que celle qui nous sépare de cette même date au siècle qui suit. Je serai vieux quand je serai à équidistance de 1968 et de 2068. C'est pourquoi on définit généralement la vieillesse à 50 ans – on a raison.

André Richard était grand amateur de films pornographiques et fut, dit-on, le tout premier du parc Saint-Laurent à avoir acquis un magnétoscope. Il possédait en outre une lunette d'astronome amateur aux fins de viser, depuis ses maniaques persiennes, le dodu sein des salariées d'en face, quand elles achevaient d'ôter leurs gaines très datées, leur petits soutiens-gorge à la mode. Parfois, et c'étaient pour lui des jours de grande liesse et d'émotion, sa lentille tombait sur des ébats sexuels.

Derrière les murs des villes, une fois forés les bétons, les arcades et les étages, on aperçoit les gens copuler. Si tu fais de la ville une maison de poupées, tu verras que les poupées, loin d'étendre un linge ou de lire *La Henriade* de Voltaire, préfèrent les intromissions déchaînées. Les murs ne sont là, drus, plantés, hissés, droits, sévères, immobiles et solides, impassibles et têtus, que pour protéger des regards l'activité sexuelle des êtres qui les abritent, les cachent, les dissimulent. *Tout* est prétexte à la sexualité : rencontres, poèmes, blagues, vœu pieu de vouloir famille fonder, de sécréter des enfants, oui, tout cela est prétexte à jouir, et non l'inverse, contrairement à une rumeur fondée sur une scolaire « ruse de la raison sexuelle ». La jouissance n'a pas été inventée pour que naissent les enfants. Ce sont les enfants qui ont été inventés pour nous permettre de jouir.

17

Les années défilaient, j'eus 1 an, puis 2 ans, puis 3 ans, puis 4 ans, puis 5 ans, puis 6 ans. Nous avions fini par être en 1974. La France giscardienne : éboueurs, cols roulés, communions et sécheresse. Des millions de Français avaient suivi le débat Mitterrand-Giscard.

— Nous vous remercions, messieurs, d'avoir accepté cette rencontre, dit Jacqueline Baudrier.

— Des chronomètres sont en place qui permettront de mesurer exactement le temps de parole utilisé par chacun des deux candidats, précisa Alain Duhamel.

— Monsieur Valéry Giscard d'Estaing, le tirage au sort vous a désigné pour ouvrir cette discussion, donc vous avez la parole.

— Quelle est l'utilité de ce débat, embraya Giscard, à quoi peut-il servir ? Je dirai tout simplement que la vie des Français sera différente suivant que c'est François Mitterrand ou moi-même qui sera élu président de la République.

— C'est vrai que ce ne sera pas la même chose, ironisa Mitterrand.

— L'Assemblée nationale ne pourra pas soutenir le programme que vous proposerez, asséna Giscard.

— Vous devriez moderniser vos lectures, lisez la Constitution.

— Ne me donnez pas un cours de droit constitutionnel. J'ai lu la Constitution autant que vous, avec cette différence que, comme je l'ai adoptée, je la connais par l'intérieur, alors que vous l'avez combattue : vous la connaissez par l'extérieur.

— Depuis que vous êtes candidat, vous n'avez plus rien fait.

— Je ne sais pas quelle idée vous avez de la vie publique, mais lorsque je mets en cause quelqu'un, je lui laisse le temps de répondre.

— Vous ne devriez pas parler ainsi, monsieur Giscard d'Estaing ! Gardez le ton qui convient.

— Les problèmes très importants, monsieur Mitterrand, nous nous en occupons quotidiennement.

— Peut-être pourrions-nous avancer. Voyez-vous, le « changement sans risques », dont vous avez parlé, il est sans risques, naturellement, pour des gens comme vous.

— Qu'appelez-vous, monsieur Mitterrand, « des gens comme nous » ?

— Des gens qui appartiennent à une certaine caste sociale.

— Mais, monsieur Mitterrand, vous n'avez pas le droit de dire des choses pareilles !

— Je vous en prie !

— C'est une caricature, c'est une caricature que les Français ne reconnaîtront pas.

— Eh bien, essayons d'approfondir cette discussion.

— Non, non, monsieur Mitterrand, il ne faut pas procéder par affirmations.

— Je vais les démontrer, si vous m'en laissez le temps.

— Il faut mettre ses conclusions à la fin de sa démonstration et non pas au début.

— La démonstration, vous l'avez apportée depuis dix ans. Lorsqu'elle achète son huile, la ménagère constate qu'en 1969, elle payait 2,88 francs et aujourd'hui 6,65 francs. Augmentation qui, je crois, doit dépasser 130 %.

— D'où vient cette huile, monsieur Mitterrand, puisque vous voulez prendre des exemples précis, d'où vient cette huile ?

— Elle vient de l'arachide.

— La production d'arachide est entièrement importée. Vous avez pris un très mauvais exemple.

— Le SMIC qui était de 64 % du salaire moyen en 1950 n'est plus aujourd'hui que de 53 %.

— En quelle année, monsieur Mitterrand ?

— En 1950.

— Il n'existait pas !

— C'était le SMIG.

— Cela n'a aucun rapport.

— Je vous en prie, ne faites pas ce genre de choses. Ne vous abaissez pas à cela. Nous savons très bien de quoi nous parlons.

— Il faut parler de choses précises, le SMIC existe depuis 1969, le SMIG est une autre notion, monsieur Mitterrand.

— Le SMIC baisse par rapport au salaire moyen. Vous savez combien ont disparu de commerces d'alimentation au cours de ces dernières années, disons... depuis neuf ans ?

— Vous avez déjà cité ce chiffre.

— J'aimerais vous rappeler l'idée que vous vous faisiez, avant de m'interrompre, de la liberté d'expression ! Je vous renvoie le compliment !

— À partir du moment où nous discutons de chiffres il faut discuter de chiffres exacts. Mais je répète, monsieur Mitterrand, vous cherchez à égarer cette discussion sur le passé. Les Françaises et les Français ne veulent pas refaire l'élection de 1965. Ils veulent faire l'élection de 1974.

— On ne change pas de politique sans changer les hommes.

— Monsieur Giscard d'Estaing, voulez-vous répondre ? demanda Jacqueline Baudrier.

— Je préférerais que monsieur Mitterrand réponde. Nous en sommes encore à 1945, il est temps d'en venir à 1974.

— Nous sommes encore en 1974, fit Mitterrand.

— Vous permettez, de toute façon, c'est à moi d'avoir la parole, le coupa Giscard.

— Vous vouliez me la rendre, mais vous préférez la reprendre.

— Non, je la reprends tout de suite, parce que je ne veux pas laisser répandre des insinuations de votre part.

— Non pas des insinuations, mais des affirmations et des accusations.

— Des affirmations d'allure insinuante.

— Ne détournez pas la conversation.

— J'ai noté que, dès qu'il s'agissait de parler de l'avenir, vous ne pouviez pas. Vous n'en parlez pas, monsieur Mitterrand, il y a déjà une heure que nous sommes ici.

— Vous devriez m'écouter jusqu'au bout, la polémique ne servira pas notre entretien.

— Monsieur Mitterrand, j'ai compris. Il m'a fallu du temps pour le comprendre : cela ne me paraît pas un point essentiel, que pour vous le changement se réduisait à me voir partir du ministère de l'Économie et des Finances.

— Le changement, c'est de faire autre chose que ce que vous avez fait pour rétablir la justice sociale. Le moment est venu, monsieur Giscard d'Estaing, depuis longtemps, où il aurait fallu utiliser la richesse créée par tous, afin que le plus grand nombre vive. C'est presque une question d'intelligence, c'est aussi une affaire de cœur.

— D'abord, je vais vous dire quelque chose : je trouve toujours choquant et blessant de s'arroger le monopole du cœur. Vous n'avez pas, monsieur Mitterrand, le monopole du cœur, vous ne l'avez pas.

— Sûrement pas.

— J'ai un cœur, comme le vôtre, qui bat à sa cadence, et qui est le mien. Vous n'avez pas le monopole du cœur. Et ne parlez pas aux Français de cette façon si blessante pour les autres. Monsieur Mitterrand, personne n'a le monopole du cœur, personne n'a le monopole de la justice.

— Encore faut-il expliquer une politique. Et je regrette que vous ne m'ayez pas écouté davantage au cours de ces dernières semaines ; il est vrai que vous aviez vous-même beaucoup de choses à faire.

— Et réciproquement.

— Je vous en prie, je ne vous ai pas interrompu.

— Je suis encore en retard sur vous, monsieur Mitterrand.

— Je ne vous ai pas interrompu.

— Monsieur Mitterrand, nous sommes bientôt à la fin du débat.

— Vous m'avez encore interrompu.

— Je vous ai interrompu, monsieur Mitterrand, parce que vous parlez toujours plus que moi et que j'ai droit à l'égalité du temps de parole.

— Vous avez battu tous les records de la hausse des prix.

— Dans votre plan de six mois, il y a des dépenses, c'est-à-dire un déficit budgétaire, l'apparition d'un déficit budgétaire dont tous les Français savent, qu'ils soient économistes ou qu'ils ne le soient pas, que c'est un facteur d'accélération de l'inflation.

— La diminution de la TVA atteint 3 milliards, et non pas 12, comme vous l'aviez prétendu dans un précédent débat parce que vous aviez compté, parmi les produits de première nécessité, le homard et le caviar.

— Monsieur Mitterrand, soyons sérieux ! Le homard et le caviar ne font pas 9 milliards de francs. Les Français consommateurs le savent parfaitement.

— Je vous en prie, ne détournez pas la conversation !

— Vous n'allez pas prétendre que la différence c'est le homard et le caviar, monsieur Mitterrand, allons !

— Vous les aviez englobés, d'une façon très spécieuse, mais peut-être avez-vous cru que c'était aussi nécessaire que la brioche en 1789.

— Nous parlons sérieusement. La différence entre 3 et 12 milliards par an, ce n'est pas le homard et le caviar.

— En principe, il faudrait que vous puissiez conclure, tenta Jacqueline Baudrier.

— Je suis en retard, fit valoir Giscard, parce que monsieur Mitterrand parle plus que moi et que je m'efforce, de temps en temps, d'avoir accès au droit à la parole. Nous sommes là pour parler simplement des choses. Il y a l'élection présidentielle, il y a deux candidats, il y aura toujours deux candidats : ce sera vous ou ce sera moi. Alors, maintenant, ma conclusion. Ce qui m'a frappé, ce qui me frappe dans ce débat, monsieur Mitterrand, je vous le dis très simplement, c'est que vous êtes un homme du passé. On ne peut pas parler de l'avenir avec vous, on a l'impression que l'avenir ne vous intéresse pas. Et, dans cette élection présidentielle, si je représente quelque chose, si je crois à quelque chose, c'est à l'avenir de la France.

— Ce que vous voulez faire, il fallait le faire quand vous le pouviez. Qu'est-ce qui vous en a empêché ? Moi, je me sens, comme vous, monsieur Giscard d'Estaing, je me sens très présent. Nous sommes le présent, vous et moi, ce soir. Mais pour l'avenir, tous les deux, chacun à sa manière, on peut travailler pour la France sans être président de la République, heureusement. Mais voilà que ma mission, mon rôle, c'est peut-être – vous en déciderez – d'être demain le président de tous les Français. Il faut aimer la France – je crois que c'est le cas des deux candidats. Il faut aussi aimer les Français. C'est ça, l'avenir.

18

Giscard énarque matheux barbelé, très rigide en finances. Giscard était quelqu'un de fiscal. Mentalement physiquement fiscal. Fiscal en tout, fiscal dans la rue, fiscal avec les femmes, fiscal dans l'eau. Fiscal en mer et fiscal en montagne. Le monde giscardien était plein d'hommes fiscaux, d'hommes qui pratiquaient la fiscalité. La fiscalité en chambre, la fiscalité du dimanche, la fiscalité de plage, la fiscalité professionnelle, la fiscalité en piscine, la fiscalité de groupe, la fiscalité assistée, la fiscalité sentimentale, la fiscalité sportive. On avait cru le technocrate (chez Giscard) à l'abri des émotions : on peut être froid et n'être qu'une tige émue, perdue dans la jungle des hommes, et finir en petit garçon, en Afrique et en culottes courtes – Bokassa. Il y avait une sentimentalité giscardienne.

« M. Giscard d'Estaing se veut le docteur Tant Mieux. Je ne serai pas le docteur Tant Pis, avait écrit François Mitterrand le mardi 8 juillet 1975. Je n'attribue pas ses erreurs à des raisons obscures et malignes. Je pense qu'il nous trompe parce qu'il nous trompe. »

On jouait à la marelle, « sous » Giscard : préaux. On écoutait *Hotel California*, « sous » Giscard : radios. L'été, des gens parlaient en fumant. Les femmes s'habillaient en orange. Elles portaient des robes longues et les cheveux bouclés. Elles attendaient le disco, qui ne manquerait pas d'advenir. Il vint en même temps que le plan Barre. Des gens comme Gabin, Prévert, mouraient. Nous allions nous baigner. Il y eut des pique-niques « sous » Giscard : peut-être moins que « sous » le Front populaire. Les saisons passeraient, les Français diraient à Giscard de partir. Trop fiscal, trop émacié, trop banquet royal chez lui et bonne franquette chez les gens – mal à l'aise il était quand chez les gens il s'invitait. « Sous » Giscard Giscard a fini par s'en aller. « Sous » Giscard Giscard a dû s'incliner : il a fait comme si ce n'était pas sa faute : je voudrais bien rester. Il n'avait pas prévu la réalité. Il ne s'était pas préparé à être ainsi traité.

Les années François Donati en direct de la Bourse de Paris. Jacques Trémolin et ses histoires d'animaux (bidons). Les images Panini : « Football 76 », « West », « Argentina 78 ». Boat people et *The Wall*. La mort de *Pilote*. Déferlement du porno : cinéma ! Lardreau Jambet Lévy.

J'étais bien loin encore d'être publié chez Grasset. J'étais publié dans mes cahiers de brouillon (achetés à Suma – certains disaient « au » Suma). La couverture beurre-frais existait déjà dans les années 70. « Sous » Giscard. Mitterrand ne publiait pas « chez » Grasset, mais « chez » Flammarion et « chez » Fayard. S'il s'était vraiment « pris » pour un écrivain, il aurait opté pour la « blanche » de Gallimard. Question de génération. À Solutré, derrière François Mitterrand, il n'y avait pour l'instant que quelques amis gravissant la roche avec lui. Des « amis sans adjectifs », selon son expression. Solutré n'était pas encore encombré par les solutreux de service. Après la promenade et quelques caresses sur l'ego, on les reconduisait tranquillement au chenil.

19

Je passais une semaine chez mes parents, gardé le plus souvent par Françoise et une semaine dans l'appartement, enchanté, d'Oh. Marc-Astolphe était un homme d'influence. Du moins : pour moi. Je n'avais qu'un seul adulte parmi mes amis, et qu'un seul ami parmi les adultes. C'était lui.

Ses costumes, cintrés, appartiennent à une époque qui ne reviendra pas. Sous le soleil, Marc-As ne desserrait pas sa grosse cravate qui faisait comme un gros lézard en train de dormir sur ses poils de jungle drue écrasés sous sa chemise col pelle à tarte. Ses cheveux étaient couleur de pastis, ses yeux noirs se cognaient aux verres de ses lunettes comme des boules de loto dans leur bocal. Fidèle à rien, sauf à lui-même.

J'avais pris soin de commencer ma carrière d'écrivain comme lecteur – en lisant *Oui-Oui*. Mais l'idéologie qu'on y véhiculait, le déroulement des aventures (toutes implacablement situées au pays des jouets, sorte d'Albanie pour les enfants) avaient peu de rapports avec le processus de la connaissance des choses *en soi*. Oui-Oui devenait, à mesure des lectures, le chantre d'une dépérissante philosophie liée directement (dans ce royaume, les soldats de plomb avaient quelque chose de nazifiant) ou indirectement (on ne va pas non plus y passer la nuit) à un État qui n'a pas dépéri, une politique qui loin de se résorber dans l'économique, le social et le culturel, s'est hypertrophiée et hypostasiée en tant que politique jusqu'à dominer la situation mondiale en se basant sur des rapports de force (jouets contre réalité, nous enfants contre vous adultes), en utilisant tous les instruments et tous les moyens. C'est dans *Oui-Oui* que je compris, en février 1975, que toute philosophie risquait de contenir, c'est-à-dire de *masquer en la justifiant*, une pratique politique sans rapport rationnel avec elle. Las, je passai à *Fantômette*.

Marc-As encouragea, comme prédit, ma vocation d'écrivain. Il fut le premier lecteur de mes jeunes manuscrits : *Direction Far West* (1975), *Trafic à Chicago* (1975), *Voyage dans le temps* (1975), *Mission Atlantide* (1975), *Méchants Immortels* (1975), *Perdu dans l'univers !* (1975), *Maudit slip* (1975), *Les Aventures d'Oscar de Mirlitontaine* (1975), *Au sommet du crâne* (1975), *Une enquête de Cacatoès et Pélican* (1975), *Du caca plein les étoiles* (1976), *La Pilule étoilée* (1975), *Le Maharadja d'Ambroisie* (1977), *Le Fou des fous* (1977), *Traverser sans regarder* (1978), *Le Voyage extraordinaire de Cataclop et Tagada* (1978), *Cataclop et Tagada au pays des Futuros* (1978), *Cataclop perd Tagada* (début 1979, inachevé).

J'écrivais tôt le matin, avant d'aller à l'école, et tard le soir, me relevant la nuit (quel interdit je bravais !). Je remplissais des cahiers de brouillon Héraclès de 48 pages, le plus souvent au crayon de papier. Je n'avais à ma disposition que de l'imagination. Le réel, les complications parentales, les furies, les indignations, les exagérations, les cris, je les assimilais par le mot. Je me nettoyais par la phrase. Je me lessivais à l'expression. Je me frottais aux adjectifs, non pour oublier les branlées, les claques, les matraquages de gueule à travers les aventures de Cacatoès et son ami Pélican (la plupart du temps égarés dans le cosmos), mais pour me construire une colline, une colline de mots au sommet de laquelle je me hissais, bombant le torse, pour observer mes parents d'en haut. Dans mes cahiers, à travers mes cahiers, ils m'apparaissaient moins comme des assassins que comme de pauvres gens, isolés dans leur chagrin, cadenassés dans leur minable folie. J'étais non seulement à l'abri dans mes petites histoires compliquées, colorées, enfantines, mais j'étais fier d'être frappé, battu, déglingué, aboli : cela me conférait des pouvoirs auxquels je n'eusse jamais imaginé avoir droit. Pouvoirs supérieurs, sur mes copains, qui semblaient des enfants moyens, aimés moyennement, avec la quantité, avec la qualité d'amour que donnent normalement les parents normaux à leur normale progéniture. Tandis que, par les douleurs du mépris, par la violence des coups, par ce que d'autres appelaient des « souffrances », et qui constituaient ma normalité à moi, je commençai à prendre mon envol.

Pas un envol vers les cieux, vers les anges. Un envol en moi, un envol dans les profondeurs. Un envol à l'envers. Une montée dans le puits : je dis bien une *montée*, et non point une descente. Descendre en soi, bien à l'intérieur, jusqu'au bout de sa moelle, aux magiques tréfonds de l'intime est un mouvement ascensionnel. C'est moi-même que je tentais d'atteindre par les phrases alignées. Les phrases écrites par les enfants, les adolescents, sont précieuses à l'extrême : elles ne sont pas faites pour la publication. Pourquoi elles sont écrites ? Nul ne le sait. L'enfant qui écrit, l'enfant écrivain écrit dans une pureté suprême et gratuite : il écrit pour écrire. Il n'écrit pas avec la dévotion, gâtée, souillée, cérébrale, défaite, de ceux qui méprisent la publication en vertu de je ne sais quelle attitude de triomphe hautain, d'universel dédain qui place leur prose – géniale – dans les tiroirs de leurs secrets. L'enfant qui écrit, l'enfant que j'étais et qui écrivais (et qui est toujours celui que je suis, que je n'ai cessé d'être) ne se soucie point de publication, il crée pour des lecteurs qui, comme lui, n'existent pas, n'existent pas encore, existent à mesure que se noircissent les pages.

J'ai toujours écrit ainsi : dans le mépris, non du lecteur, mais dans le mépris du lecteur préexistant, du lecteur *déjà là*, déjà formé, prêt à me lire. Le lecteur, je l'invente à chaque mot. Et à chaque mot j'en détruis un. Et à chaque mot j'en crée un de toutes pièces. Un lecteur n'est pas quelqu'un qui attend un livre, puis l'ouvre. Un lecteur est quelqu'un inventé par un livre. C'est quelqu'un qui, tant que ce livre n'existe pas, n'existe pas non plus.

Chacun de mes livres purs et gratuits, non pas impubliés, non pas impubliables, mais impublieux, réclamait de toutes ses forces la préservation de mes parents (pour mieux les faire frire, les décrire) et la création de spectateurs (appelés lecteurs) qui, par-dessus mon épaule, assistaient à mon jeu de massacre. Je massacrais mes massacreurs. Je les regardais faire souffrir, non plus leur fils, non plus moi, mais l'auteur de *Poule noire, poule noire, poule noire* (1977), de *Cobaye en Sadiquie* (1978) ou de *Splatch* (1978). Peu à peu ce n'était plus l'écrivain qu'ils essayaient, de plus en plus vainement, de démantibuler, d'humilier, mais un héros. Un héros de roman. 1978 fut l'année, en effet, où je commençai à écrire sur moi, à devenir le protagoniste de mes œuvres.

Non seulement je savais piloter des fusées VX-98, mais – et je n'avais que 10 ans – je pouvais rendre folles des femmes de 30 ans, battre n'importe qui au base-ball (j'ignorais il est vrai que ce fût un sport d'équipe), aller me réfugier dans la galaxie de Ganymède.

J'accumulais les cahiers, les romans, les récits (le plus souvent accompagnés de dessins) sans que jamais se posât la question de savoir ce que « j'allais en faire » ni de ce qu'ils « allaient devenir ». Ils étaient là, avaient creusé leur sillon dans la réalité : ils existaient. Ils étaient. Ce n'est pas la même chose, un texte qui existe, fût-ce à un seul exemplaire, et un texte qui n'existe pas. Ce n'est pas similaire, un travail qui a été fait (et dont on a sous les yeux le résultat) et un travail qui n'a pas été fait. Je ne relisais pas ces ouvrages. Je m'imaginais que les écrire était suffisant pour que tout le monde les lise ; les écrire, c'était les livrer au lecteur universel. Je ne m'imaginais pas qu'on ne les lût pas à mesure même que je traçais les mots sur le papier.

Cela ne m'apparaissait pas comme de l'ordre du fantasme. Mais de la réalité. Chaque phrase commencée sous ma main allait s'achever dans le cerveau d'un lecteur situé quelque part sur cette terre, s'imprimer en lui, devenir une partie de lui. J'écrivais comme si le monde entier suivait mes lignes, admiratif de ma précocité, de ma vélocité.

Je faisais le malin. Je n'étais pas dupe : j'exagérais à la fois l'ampleur de mon martyre et celle de mon génie. Mon rêve a toujours été (ce qui me fait horreur et vomir chez les autres) de me faire *plaindre*. Mais cette volonté d'être pris en pitié cherche toujours à s'accompagner d'un désir d'admiration. Non pour en faire jaillir un quelconque « mérite », mais pour être perçu comme un héros. Le héros était celui qui prenait les coups et, ne pipant mot, se mettait au piano, jouait Liszt les yeux fermés. Hématomes et virtuosité. Mon équation. Hématomes *donc* virtuosité. Plaintes et acclamations ; émouvoir par ma vie, impressionner par le récit de cette vie.

Il m'apparaît inadmissible – cela l'était déjà en 1975 ou 1976 lorsque je rédigeais *Les mouches viennent de partir à l'instant* – que ceux qui me lisent ne puissent le faire en direct, comme en concert on écoute un chanteur.

En réalité, j'avais un lecteur – c'est par hasard que je le découvris. *Quelqu'un* me lisait en cachette. *Quelqu'un* ouvrait mes cahiers quand je n'étais pas là : Marc-Astolphe. Marc-Astolphe Oh. Oh Marc-Astolphe.

— Il te faut un agent ! s'écria-t-il. Ce que je tiens entre mes mains est une faramineuse prouesse. Ce n'est plus de la précocité, c'est de l'anachronisme. Jeune merdeux, tu as cinquante ans d'avance. Je comprends mieux pourquoi Paul Morand vient de tirer son irrévérencieuse révérence. C'était pour te laisser gentiment sa place. Tes cahiers... C'est de la purée de miracle ! Je suis passablement reconnu comme incapable de laisser passer ce qui se présente sous l'hapaxique visage du prodige. Je suis loué alentour pour ma saillante perspicacité. Je deviens dès cet instant ton agent, mon garçon. Il y a un Céline au parc Saint-Laurent. J'adore ton style. Sans mollesse. Quelle esthétique délectation !

Marc-As n'en revenait pas qu'un enfant préférât écrire que dessiner ou jouer au ballon. Non, Astolphe, pas de ballon : mais des mots alignés frappés ciselés concis. Je cherchais de la précision. Je cherchais du scalpel. Je cherchais les modalités de l'éventration. Les mots fouillent les ventres. Ils sont amateurs des viandes, drues viandes, gicleuses et giclées, suspendues dans les chambres froides, à l'effigie des parents du monde. Un mot tue le père mieux que tous les meurtres. Meurtres à couteaux, lames perçant les biles. Faisceaux de viscères en folle bidoche serpentant.

20

Les pères sont figure à ensevelir, gueule à oublier dans la dislocation des jours. Il ne doit *rien* subsister d'eux dans nos tripes. Tuer le père n'est pas la question : il faut l'empêcher d'avoir vécu. L'imaginer dans une cave parmi rats à rose queue, viande réduite à l'état d'implorant gigot, anodin parmi vermines. Je n'ai *jamais* adressé la parole aux pères des autres, pères des femmes, des hommes. Les pères ne sont pas dignes d'autre chose que d'être déportés. Les nazis se sont trompés de mythologie : la haine du juif est spectrale et sans contenu. Il eût fallu brûler ces fiers papas à la queue proliférante, que rien ne différencie dans l'ignoble pouvoir qu'ils ont sur les enfants sous prétexte qu'ils les ont « faits ». Les anthropologues admettent que les pères ne servent qu'à compliquer l'existence de leur progéniture. Nous ne supporterons plus, à l'avenir, leur force dégueulasse dressée contre les petits faibles, leur faciès de singes voués à faire danser les gifles.

Il est une chose, que je n'aurais imaginée si je n'avais été fils. C'est qu'un père, ce n'est point une statue, une statique imposante masse, figée colossale, qui fait peur, gronde, dressée gigantesque, un golem, une autorité qui surplombe, mais un père, ce sont de sales petites molécules qui se promènent dans la tête. Le père, ce sont des circulations de poison, des toxines qui perforent les artères, d'imperceptibles cancers qui contrarient le sang. C'est une bile, une vapeur, un flux, un réseau de filaments confus qui noue l'estomac, se dilue dans les viscères, fabrique des brûlures, dans les cellules de l'angoisse, creuse, inscrit la peur en profondeur, au centre des globules. Un père, ce n'est pas macroscopique. C'est microscopique. C'est un miasme. Ce sont d'abstraites palpitations, d'étonnantes lividités. Toute la nausée, la pollution, les revolvers, les cordes, les tessons qui viennent du corps et le suicident, c'est ça que j'appelle père. Je n'appelle point père un être – un homme encore moins – mais une sensation. Une sensation de nuisance, d'insalubrité, de corruption, d'enfer. De pestilence, de danger, de crotte, de putréfaction. C'est une malaria. Une disposition, en soi, dans son sang qui voudrait vivre simplement la vie, à ne *jamais* se trouver bien. Ce qui en nous empêche la vie d'être heureuse, nous cloue au sol, empêche les coulées, rabote, supprime les évasions, est de mèche avec l'envie d'en finir : voilà le père. Voilà ce qu'est un père. J'appelle père ce glaucome, cette mouche, cette mosaïque qui, sans crier gare, vient gâter un instant d'été, pourrir la mélodie du monde, altérer l'oxygène, mettre le feu aux œuvres d'art, trouer les calmes nuits, j'appelle père une étendue de félicité qui s'annonce, qui sans raison me martyrise. Cette pulsion de gâchis : voici le père. La mère donne la vie ; le père donne la mort.

La mère assure la fonction de vie, le père confère la pulsion de mort. La mère donne, le père reprend. La mère lâche, le père retient. La mère offre, le père confisque. La mère invite, le père annule. La mère ouvre, le père ferme. La mère s'ouvre, le père se ferme. La mère est une chance, le père une malédiction. La mère est un miracle, le père une punition. Il est inadmissible que ce type – sous prétexte qu'il a joui dans une femme, prodiguant ses pornographiques coups de boutoir pour *assurer* son plaisir – ait de ce simple fait le moindre droit sur quiconque. Un coup de reins : voilà qu'il décide de toi, de ton éducation, de tes études, de ta place sur la terre, de ta psychologie, de ton bonheur, de tes amours, de ta vie. Il s'agit d'*annuler* le père, cette prise électrique où nous plantons sans arrêt nos doigts, qui est imposture, qui est foutriquet baiseur. Insoutenable disproportion (de la cause et de l'effet) entre sa nulle fornique et ses responsabilités, entre sa queuterie d'un soir (d'une heure, d'une minute) et le statut métaphysique, philosophique, social, qu'on confère à cette merde humaine. Il ne faut pas, il ne faut jamais avoir de père :

nous n'avons rien à nous dire, il n'a fait que secouer notre mère. Cela ne suffit pas à nous en faire un ami, un collègue, un proche, encore moins quelqu'un de notre *famille*. Un père n'a aucune raison d'être notre père.

— Vous n'êtes pas mon père.

— Ah oui ? Je suis qui alors ?

— Vous êtes ma fonction paternelle.

— Plaît-il ?

— Aucun père ne peut être le père de quiconque. Du moins, le père de quelqu'un ne peut en *aucun cas* être son père biologique. Il n'y a aucune raison, sauf miracle, sauf coup de chance statistiquement peu probable, pour que ce que vous appelez « mon père » soit celui qui m'ait mis au monde. Voyez-vous, monsieur, il faut un petit peu plus qu'un coup de queue pour se prétendre mon père ! Vos misérables pirouettes sexuelles ne sont point suffisantes pour me donner, sachez-le bien, l'impression d'être votre fils. Et si je ne parviens pas à penser que je suis votre fils, alors vous conviendrez avec moi qu'il ne se peut d'aucune façon que je vous confère le droit de vous considérer comme mon père.

— Puis-je savoir ce que je suis ? Cela m'intéresse grandement.

— Vous êtes un processus, monsieur. Vous êtes tout au plus l'allié biologique de ma mère. Vous êtes l'excroissance mâle de ma mère. Vous êtes la partie, infime, subsidiaire, adventice, de ma mère – qui permit à ma mère de me porter et de me soumettre à la lumière du monde. Vous êtes le support de ma mère. Son adjuvant. Vous êtes nécessaire, monsieur, mais vous n'êtes pas indispensable.

— Vous voyez une différence entre ces deux termes ?

— Le nécessaire est biologique, l'indispensable est métaphysique. Vous êtes quelqu'un, monsieur, qui à un moment donné a souhaité avoir une relation sexuelle.

— Mais je *voulais* un enfant. Votre explication ne tient pas.

— Vous vouliez un enfant ! Et pour vous, vouloir un enfant, c'est la même chose que de vouloir un fils ! J'ai terminé ma démonstration. C'est bon, je vous remercie.

— Quelle est la différence ?

— Vouloir un enfant est biologique, vouloir un fils est métaphysique. Est spirituel. Est mystique. C'est marrant : vous achoppez chaque fois sur les mêmes notions.

— Je ne vois pas en quoi la mère serait moins biologique que le père, au contraire… puisque le père ne porte pas l'enfant, ou du moins le porte-t-il, si je puis dire, à distance. Sans l'aide, sans le recours, sans le support d'aucune biologie.

— C'est là que vous vous égarez. C'est là que vous vous enfoncez. La mère débiologise l'enfant : elle ne le porte pas, elle l'intègre, là où le père, monsieur, le désintègre. Elle ne porte personne, la mère : l'enfant, pendant neuf mois, est une partie d'elle, il s'y fond. Si on la blesse, on blesse l'enfant, si on la tue, on tue l'enfant, si on lui fait mal, on fait mal à l'enfant, si on lui crie dessus, on crie sur l'enfant. Elle n'est plus une femme, ni une mère, elle est mi-femme mi-fœtus, monstre à deux têtes, quatre poumons, deux cœurs. Elle n'abrite pas un enfant dans son ventre, qui flotte, s'ébroue. Elle abrite un morceau d'elle même, un morceau de son corps à elle, qui fait partie intégrante d'elle-même, et qu'on appelle « enfant » : c'est en réalité un nouvel organe, qui pousse en elle, non un corps situé dans un autre corps. Tant que l'enfant n'est pas dehors, il n'y a point d'enfant, mais une femme toute seule à biologie modifiée. L'enfant n'existe pas dans la mère, ça c'est une trouvaille de médecin, de psychiatre. L'enfant n'existe qu'à l'air libre. L'expression « dans le ventre de sa mère » n'a aucun sens, pas davantage que de dire que le cœur réside dans la poitrine de sa mère. Une mère enceinte, c'est une mère à deux têtes, mais c'est une entité une, et qui ne porte rien, pas plus qu'elle ne porterait ses épaules ou son thorax ou ses bras. L'enfant n'existe pas dans la mère : il n'est pas défini. Il ne fait pas sens. La mère débiologise l'enfant et se rebiologise, elle. Elle se rebiologise autrement. Au moment de l'accouchement, elle largue un corps, elle définit l'enfant, elle donne la vie à quelqu'un d'autre qu'elle, à quelque chose qui soudain cesse d'être elle. N'est plus elle du tout mais l'était une seconde encore auparavant.

— Vos raisonnements sont fumeux. Spécieux. Datés. Je suis votre père, que cela vous plaise ou non.

— Vous êtes mon géniteur, mais vous n'êtes point mon père.

— C'est pourtant légalement le cas, j'en suis navré. Pour tous les deux, s'entend.

— *Père*, c'est devenu un mot. Le mot *écureuil* est plus précis que le mot *père*. Et le mot *grenouille* aussi. Le mot *père* est devenu aussi flou, aussi générique que le mot *arbre*. Pour moi, *père*, c'est sacré. Et ce n'est pas vous. Ne comptez d'ailleurs pas sur moi pour vous appeler « papa », dénomination puérile, empruntée au langage enfantin, et qu'on nous oblige à utiliser jusqu'à la mort du géniteur. On trimbale ce mot de *papa* jusqu'à 45 ans, 54 ans, 66 ans… C'est grotesque ! C'est de l'infantilisation. Nul ne veut fabriquer du fils : on veut fabriquer de l'enfant. Or le fils ne se confond que très provisoirement avec l'enfant – je dirai même, très accidentellement. Très exceptionnellement. Très incidemment. Le fils est le *contraire* de l'enfant. L'enfant est enfanté, c'est sa définition, n'est-ce pas ? Il est mis au monde par ses parents. Tandis que le fils met ses parents au monde. En les choisissant. Il peut, le cas échéant, choisir comme parents ses parents biologiques. Il peut, si cela lui convient, qu'il n'a pas d'idée meilleure, ni d'autre choix, se choisir comme père, comme « papa », son père biologique. Dans ce strict cas de figure, l'enfant et le fils sont effectivement confondus. C'est là le génie de la religion catholique : de fabriquer du Fils. Les théologiens des premiers siècles ne s'y sont pas trompés. C'est par la suite que les choses se sont gâtées : lorsque certains mystiques, inventant une théologie nouvelle sur cette théologie christique elle-même assez neuve, ont commencé à confondre Jésus le Fils et l'enfant Jésus. Ou plutôt : à inventer l'enfant Jésus à partir de Jésus le Fils. Or, quand on dit que Jésus est le Fils de Dieu, c'est précisément pour ne pas en faire son fils biologique, c'est-à-dire son enfant. Quand on dit que Jésus est Fils, c'est pour donner à Jésus la possibilité de définir le Père, c'est pour donner à Jésus toute liberté de choisir son père, son vrai et véritable père. Non pas son père exact, biologique, qui est Joseph, mais son père métaphysique, son père spirituel, qui est Dieu. Le devoir de Jésus est de mettre son Père au monde. Il se trouve que son Père, par la même occasion, est notre Père à tous. Mais Jésus, parce qu'il est Fils et non enfant, doit mettre bas ce Père qui, justement, est haut. Très haut. La mission de Jésus, sa fonction, sa définition en tant que Fils – sous-entendu : de son Père – est de faire descendre Dieu, de le mettre bas, de le mettre au monde, Lui qui passe *l'essentiel* de sa vie au ciel. Être Fils, c'est mettre son Père au monde. Être enfant, c'est être mis au monde par son père. L'enfant Jésus a comme parents Joseph et Marie. Jésus-Christ, Fils de Dieu, a comme parents Dieu tout seul, son Père est *paire*, il rejoint l'étymologie. Joseph enfante Jésus, le Christ enfante Dieu. Et enfantant Dieu – les naïfs de catéchisme pensent que c'est l'inverse, que c'est Dieu qui enfante le Christ ! Ha ! Ha ! –, le Christ, par la même occasion, donne naissance à sainte Marie. Pas à Marie, à *sainte* Marie. Joseph et Marie mettent l'enfant Jésus au monde. Pour signifier ce que je vous disais tout à l'heure sur la biologie des pères et l'imbiologie des mères, les chrétiens ont trouvé cette astuce de considérer Marie comme vierge. Ce qui est faux, bien entendu. C'est sainte Marie qui est vierge. Pourquoi l'est-elle ? Parce qu'elle n'a mis personne au monde : c'est elle qui fut mise au monde. Et par qui ? Pas par son enfant, ce qui n'aurait aucun sens, mais par son Fils. Qui est là pour ça ! Confondre Marie et sainte Marie, c'est aussi fou, c'est aussi faux que de confondre l'enfant Jésus et Jésus Fils de Dieu, aussi fou et aussi faux que de confondre Joseph et Dieu, aussi fou et aussi faux que de confondre la terre et le ciel, le temporel et l'éternel. Sainte Marie est la Mère du Christ parce que le Christ lui a donné naissance. Dieu est le Père du Christ parce que le Christ lui a donné naissance. Vous n'êtes pas mon père, cher monsieur, parce que je ne vous ai pas donné naissance et que je ne compte pas le faire. Ni aujourd'hui ni demain. Je suis votre *enfant*, cela je ne le nie pas, mais je ne suis pas votre fils. En aucun cas je ne suis, et ne serai votre *fils*. Et si ma mère est ma mère, c'est que je l'ai choisie et que je l'ai choisi. C'est que je l'ai voulue et que je l'ai voulu. C'est qu'elle possède une dimension métaphysique que vous ne possédez pas, monsieur. Une dimension spirituelle. C'est qu'en elle, de même que Marie vierge et la Vierge Marie peuvent se confondre, se fondre, je puis associer la mère biologique, si cela a un sens, et la mère métaphysique.

— Vous semblez quand même ignorer, cher fils, cher enfant et cher fils – car pour moi cela ne fait aucune différence –, que votre Jésus Fils a été aussi un enfant. Que l'Enfant Jésus peut s'écrire avec une majuscule, que nous avons une sainte, et non des moindres, qui est une sainte de l'Enfance de Jésus. Il s'agit de la petite Thérèse. De sainte Thérèse de Lisieux, alias sainte Thérèse de l'Enfant Jésus.

— Je connais bien cette sainte, monsieur.

— Vous pouvez m'appeler « papa ».

— Plutôt mourir. Ou plutôt : plutôt naître !

21

— Qu'avez-vous à répondre sur la petite Thérèse Martin ? Je serais curieux de vous entendre.

— La petite Thérèse est obsédée par l'Enfant Jésus. Je vous l'accorde volontiers. Mais elle se considère comme une petite fleur cueillie par Jésus. Cette fleur, cet hymen, elle veut l'offrir à Jésus, c'est-à-dire qu'elle cherche, désespérément, à *épouser* Jésus. Or Thérèse est une enfant. L'enfant, c'est elle. Ce qu'elle aime en Jésus, ce n'est pas le petit Jésus, ce n'est pas Jésus enfant, mais l'état d'enfance dans lequel Jésus le Fils a su rester. Elle donne au mot d'*enfant*, au mot *petit*, un sens mystique. Métaphysique. Spirituel. Ce qu'elle appelle l'Enfant Jésus, ce n'est pas le petit Jésus des catéchèses, mais c'est la propension qu'a Jésus à savoir rester petit. C'est la capacité qu'a Jésus de rester dans un état de créativité propre aux enfants : une aptitude à n'être jamais blasé, à être frais toujours, à « recevoir la rosée du matin », autrement dit à créer, à inventer, et notamment à créer, inventer, à se créer, à s'inventer des parents. À se créer, à s'inventer un Père qui n'est pas – cela exige beaucoup d'imagination, beaucoup d'enfantin culot, beaucoup d'inconscience – son père *biologique*. Et à se créer une mère, à s'inventer une mère qui n'est pas strictement sa mère *biologique*. Pour elle, Jésus est petit car il s'agit de mettre bas, le plus bas possible, de mettre au monde, le plus monde possible, ses parents. Elle dit, quelque part, s'inspirant de la petitesse – il faudrait dire : de la *petiteté* – de Jésus qui lui sert de modèle en tout, qu'elle n'a nul besoin d'abaisser sa grandeur car sa petite taille ne met pas une grande distance entre elle et la terre. Elle-même choisit Jésus comme modèle, au sens strict comme *patron*, patron comme en couture il est des patrons, mais patron dérivé aussi de *pater*, le père, elle se choisit elle aussi un père, qui n'est pas son père biologique. Et ce père, là est la grande subversion, la grande thérésienne secousse, elle veut l'épouser. Et elle en a le droit. Elle en a parfaitement le droit ! L'inceste n'est *jamais* un problème. Il n'est – contrairement à une idée reçue – proscrit que par la biologie. On peut coucher avec son père, quand c'est un père désigné, choisi. On peut coucher avec sa mère, lorsque c'est une mère élue. Un enfant ne peut pas coucher avec son père, ni avec sa mère. Mais un fils peut coucher avec sa mère, et/ou avec son père. Et une fille peut coucher avec son père, et/ou avec sa mère. Thérèse veut épouser son père. Mais pas n'importe lequel. Pas le biologique, pas monsieur Martin, pas Louis Martin. Non, l'autre, le vrai, Jésus. Elle veut réaliser l'inceste suprême. La grande transgression ! Louis Martin appelait Thérèse « ma petite reine ». Elle était sa reine, non sa fille. Il était son roi, non son père. Son père était le Roi des rois. Elle voulait être la Reine des reines ! Et la mère de Thérèse, ce n'est pas Zélie Martin, non. Celle qu'elle appelle « Mère », c'est la mère supérieure du Carmel de Lisieux – étant entendu qu'au préalable, elle s'était déjà choisi une autre mère que sa maman en la personne de sa sœur Pauline. C'est à mère Agnès de Jésus qu'elle dédie son premier manuscrit, dont le titre est précisément : *Manuscrit dédié à la Révérende Mère Agnès de Jésus*. Thérèse, comme Jésus, n'a pas les parents qu'elle avait au départ, elle n'a plus, à cette date, les parents que la nature lui avait octroyés. Elle a rectifié le tir. Elle s'en est inventé d'autres. Elle en a mis au monde. Elle a mis Jésus au monde comme, avant elle, Jésus avait mis Dieu au monde. Elle a mis bas Jésus comme Jésus avait mis bas Dieu. Elle a installé Jésus sur la terre comme Jésus avait installé Dieu sur la terre. C'est pourquoi Thérèse n'est plus une enfant, au Carmel, mais une Fille. La Fille de Jésus. La Fille de Jésus qui veut épouser son Père. Elle a changé de parents. C'est une sainte. Il est à noter – c'est très important – qu'enfant, la petite Thérèse disait à sa maman, Zélie Martin, que lorsqu'elle serait grande, elle épouserait son papa, Louis Martin. Elle a fini par le faire, mais en changeant de père. En raturant la décision de la nature pour satisfaire à sa nature à elle. On a cru bon de faire de la petite Thérèse soit une sainte neuneu demeurée amoureuse du petit Jésus dans sa crèche, sur sa paille, soit d'en faire celle qui apporta une note de féminité dans la théologie apostolique romaine. Rien de tout cela, en réalité : ce qu'elle a introduit, c'est la mystique de l'Inceste. En cela, et en cela seulement, elle est novatrice, subversive, explosive, révolutionnaire !

— Thérèse était amoureuse de son père ? De ce que vous appelez son père biologique, son « papa » ?

— Et c'était réciproque, mon ami !

— Je ne suis pas votre ami. Je suis votre père. Nous n'avons pas gardé les cochons ensemble.

— C'est ça, c'est ça… Ouvrez le Manuscrit « A ». Je me doute que vous l'avez sur vous. Tout le monde, c'est entendu, a toujours le manuscrit « A » sur soi. Regardez, lisez, écoutez : « Ah ! comment pourrai-je redire toutes les tendresses quc *"Papa"* – Thérèse met des guillemets à *papa* ! – prodiguait à sa petite reine ? Il est des choses que le cœur sent, mais que la parole et même la pensée ne peuvent arriver à rendre… » Pas mal, non ? Et plus loin, elle l'appelle « mon roi chéri ». Est-ce ainsi qu'une enfant appelle son papa ? Non. C'est pourquoi elle va faire en sorte qu'une fille – à savoir elle-même – puisse appeler ainsi son père ! Thérèse, souvent, s'auto-intitule « la petite Reine à Papa » et lisez encore ce passage dans lequel elle « était bien contente d'aller prendre la main de son *Roi* qui ce jour-là l'embrassait encore plus tendrement qu'à l'ordinaire ». Et celui-là : « À la fin nous venions toutes par rang d'âge dire bonsoir à papa et recevoir un baiser, la *reine* venant tout naturellement la dernière, le *roi* pour l'embrasser la prenait par les coudes. » Elle est le féminin de ce masculin. Plane l'inceste qui se réalisera au Carmel, sous forme de brouillon, et enfin au Ciel ! Je ne résiste pas non plus à vous faire lecture de l'extrait suivant : « Dans le fond, j'étais contente (et me le reprochais comme pensée d'égoïsme) qu'il n'y ait que moi à *bien connaître* Papa, car s'il était devenu *Roi de France* et de *Navarre* je savais qu'il aurait été malheureux puisque c'est le sort de tous les monarques et surtout qu'il n'aurait plus été mon Roi à moi toute seule !... »

— J'ai un fils taré !

— Où cela un fils ? Moi, je ne suis que votre enfant. C'est déjà beaucoup. C'est déjà tellement trop. Pour conclure ma démonstration, il faut que je vous montre l'endroit du tour de passe-passe ! Le paragraphe du manuscrit où Thérèse, *hop*, substitue Jésus à son père. Le passage du papa au Père. Louis Martin est en voyage depuis quelques jours. Thérèse fait un rêve : un homme courbé, qui ressemble étrangement à son papa, marche devant elle. Il a la tête couverte et porte un chapeau. Le même chapeau que papa. Elle l'appelle, croyant reconnaître ce dernier : « Papa ! Papa ! » Mais l'homme passe son chemin. Et disparaît derrière un massif d'arbres. Cette apparition hante Thérèse à son réveil. Pour elle, elle contient non seulement un message, mais le message des messages : une révélation. Écoutez ça, monsieur : « Bien souvent j'ai cherché à lever le voile qui me dérobait le sens de cette scène mystérieuse, car j'en gardai au fond du cœur la conviction intime, cette vision avait un *sens* qui devait m'être révélé un jour... Ce jour s'est fait longtemps attendre mais après quatorze ans le Bon Dieu a lui-même déchiré le voile mystérieux. Étant en licence avec sœur Marie du Sacré-Cœur, nous parlions comme toujours des choses de l'autre vie et de nos souvenirs d'enfance, quand je lui rappelai la vision que j'avais eue, tout à coup en reportant les détails de cette scène étrange, nous comprîmes en même temps ce qu'elle signi-fiait... C'était bien *Papa* que j'avais vu, s'avançant, courbé par l'âge... C'était bien lui portant sur son visage vénérable, sur sa tête blanchie, le signe de sa *glorieuse* épreuve... – écoutez bien, monsieur, c'est là ! – *comme la Face Adorable de Jésus qui fut voilée pendant sa Passion, ainsi la face de son fidèle serviteur devait être voilée aux jours de ses douleurs, afin de pouvoir rayonner dans la Céleste Patrie auprès de son Seigneur, le Verbe Éternel !...* » Le papa disparaît au profit du Père, qui prend le relais ! Elle va e*nfin* pouvoir épouser son Père. Son Père, Jésus. Dont elle se considère désormais comme la fille. Elle l'affirme sans ambiguïté : « J'ai remarqué que Jésus ne veut pas éprouver ses enfants le jour de leurs fiançailles. » Les fiançailles dont il s'agit ici étant, vous l'aurez compris, les fiançailles des carmélites avec le Christ. Elle appelle d'ailleurs Jésus, son fiancé, « le *Père* de nos âmes ». Thérèse a comme Père son fiancé, a comme époux son Père. Elle a comme Père le Fils du Père. Le paradis, ce sera *l'union*.

22

— Les chrétiens, monsieur, ne sont toujours pas d'accord entre eux sur la signification du mot *père*. Ce n'est donc pas vous qui allez m'en donner une compréhension nette sous prétexte que je suis le fruit de quelques-uns de vos coups de hanches.

— Les chrétiens, cher fils, ont parfaitement tranché. Jésus est le Fils de Dieu, Dieu est le Père de ce Fils. Point. Ne vous en déplaise. Quant à ces fameux coups de hanches, nous en reparlerons lorsque vous serez vous-même habilité à en donner, d'ici une petite vingtaine d'années. Je vous rappelle que vous êtes, même pas un enfant, mais un bébé.

— Les chrétiens n'ont rien tranché du tout. C'est vous, monsieur, qui êtes tranchant. Rien d'autre que vous, ici, ne tranche. Jésus est venu annoncer le règne de Dieu. Il est venu annoncer qu'il allait mettre au monde quelque chose, ou quelqu'un. Pour l'Église, la venue du règne de Dieu est impensable sans Jésus. Ce qui signifie tout simplement que

– on ne le dit jamais assez – il n'y a pas d'existence possible de Dieu sans Jésus. En général, dans la vie, il n'y a pas d'enfant sans géniteur. Il n'y a pas de fils sans père. L'Évangile renverse cette formule et dit : il n'y a pas de Père sans Fils. Ce n'est plus le père qui fait le fils, c'est le Fils qui fait le Père. Et si le Fils fait le Père, il n'y a aucune raison que le fils ne fasse pas le père. Le Père n'est pas une entité chronologique qui doit impérativement, scolairement, *précéder* le Fils. Il y a du Fils d'abord, et du Père ensuite, même si métaphysiquement, même si théologiquement, même si spirituellement on confère au Père, créateur de Tout, une antériorité. Mais cette antériorité n'est pas chronologique, elle est métaphysique, elle est théologique. Elle est spirituelle. Il faut s'ôter les calendriers de la tête, monsieur. L'Évangile n'est pas un second Testament, mais un nouveau Testament. Cela signifie que c'est par lui qu'il faut commencer. Qu'il est nouveau en ceci qu'il est le nouveau point de départ de la Bible. Et qu'il précède l'Ancien Testament, un peu comme si on lisait *Le Temps retrouvé* avant *Du côté de chez Swann*. Le Nouveau Testament dit, implicitement, qu'il est le nouvel Ancien Testament. Et que l'Ancien Testament, dont l'antériorité n'est plus que strictement chronologique, devient de ce fait l'ancien Ancien Testament. Que dorénavant, il existe une nouvelle manière de débuter, de commencer, que cette nouvelle manière consiste à partir de Jésus pour aller vers Dieu, autrement dit de partir du Fils pour aller vers le Père, autrement dit de partir de la Passion pour parvenir à la Création, autrement dit de partir de sa mort pour atteindre la naissance du monde. Par la mort du Christ, Dieu est créé et peut créer. Théologiquement, le christianisme fait précéder la Genèse par la Croix. Qu'on ne s'étonne pas, monsieur, de retrouver dans le Nouveau Testament des « coïncidences » avec l'Ancien : il a été écrit non pour le continuer, lui faire suite, mais pour le précéder. Le précéder en tout, dans tout – hormis dans le temps. Le Nouveau Testament n'est pas un ajout chronologique, une nouveauté temporelle, une actualisation, une mise à jour : mais un nouveau point de départ. Le point de ce qu'il faut considérer comme le véritable départ. Matthieu 9,16, monsieur : « Personne n'aurait l'idée de rapiécer un vieux manteau avec de l'étoffe neuve. Le neuf emporterait l'ancien et l'accroc n'en serait que plus grand. » Matthieu 9,17, monsieur : « On ne verse pas du vin nouveau dans de vieilles outres. Les outres se déchireraient, le vin se répandrait par terre, et les outres seraient perdues. Mais que l'on verse le vin nouveau dans une outre neuve, et les deux se conservent. » Personne n'aurait l'idée de rapiécer un ancien Testament avec un nouveau Testament. Le nouveau emporterait l'ancien et la coupure entre les deux n'en serait que plus grande. On n'injecte pas des versets nouveaux dans les anciens versets. L'ancien Testament serait déréglé, serait perturbé, serait déboussolé, serait méprisé. On injecte des nouveaux versets dans un Testament nouveau, où tout est nouveau : l'histoire est nouvelle, le commencement de l'histoire est nouveau, l'endroit où commence l'histoire est nouveau, le milieu de l'histoire est nouveau, la fin de l'histoire est nouvelle, l'endroit où se situe la fin de l'histoire est nouveau. La parousie, monsieur, consiste à faire du Fils le véritable père du Père. Le messianisme, c'est l'annonce d'un heureux avènement ! Le Messie ne vient pas après, il vient juste avant. Pas juste avant l'après, ni juste après l'après, mais juste avant l'avant. Ce, pour annoncer l'avant. Pour préparer l'avant. Pour annoncer et préparer le Père. C'est une illusion d'optique qui nous fait confondre l'avant de l'avant et l'après de l'après, l'aube et le crépuscule. Le Fils est aube, le Père est matin. Si Dieu est unique, c'est d'abord parce que Jésus est Fils unique. C'est Jésus qui a transmis l'unicité au Père. Car un Fils ne saurait avoir plusieurs Pères, ni un fils plusieurs pères, tandis qu'un Père peut avoir plusieurs Fils, et un père plusieurs fils. Si miracle il y a, c'est par conséquent bien l'unicité du Fils et non l'unicité du Père. L'unicité du Père, l'unicité du père est une tautologie. Et quand je dis « c'est Jésus qui a transmis l'unicité au Père », je me trompe, j'utilise un langage erroné. Ce n'est pas Jésus qui est le Fils de Dieu, c'est le Christ. Jésus est l'enfant de Joseph, et de Marie, et le Christ est le Fils de Dieu. Jésus est à l'enfant ce que le Christ est au Fils. Le Christ a mis Dieu au monde, et Dieu a mis au monde Joseph, Marie, qui mirent au monde Jésus. Le Christ, qui est Fils, a mis au monde Dieu, qui est Père. Et Dieu, qui est Père, a mis au monde les parents de Jésus, qui est leur enfant. Le Christ met Dieu au monde et Dieu met au monde Jésus. Le Christ, situé avant l'avant, avant la Genèse, avant l'Ancien Testament, préexiste, mais pas chronologiquement, mais spirituellement, mais ontologiquement, à Jésus. Le Fils préexiste à l'enfant.

— Le Christ est donc celui qui permet au Fils de n'être plus le fils de son Père… Mon pauvre ami taré, je crois que j'aurai soin de vous inscrire au catéchisme.

— Le pauvre ami taré vous répond avec Matthieu. Et même avec Matthieu 10,34 ! « Croyez-vous que je sois venu apporter la paix en ce monde ? Non. Je ne suis pas venu apporter la paix, mais le poignard. Je suis venu diviser le fils et le père, la fille et la mère. » Jésus est venu diviser le fils et le père, c'est-à-dire l'enfant et le père biologique. Le fils et le père biologique. À moins que vous ne vouliez, à moins que vous ne préfériez un peu de Matthieu 11,27 : « Seul le Père reconnaît le Fils. Et seul le Fils reconnaît le Père. » L'Évangile peut bien donner à Jésus tous les pères qu'il veut : Joseph, ou bien David. Mais le Christ est celui qui choisit son Père. Et il ne choisit pas Joseph. Et il ne choisit pas David. Mes racines, c'est à moi d'aller les chercher. Si je pouvais considérer que vous étiez mes racines, j'irais vous chercher. Mais de quel droit, sous prétexte que vous avez planté votre graine, m'harnacherais-je à vous ? Les racines, elles ne sont pas derrière nous, monsieur, elles sont devant. Notre origine nous attend quelque part. Il faut la chercher. Il faut la trouver. Vous n'êtes qu'un point de départ biologique pour moi. Vous êtes mon point de départ biologique dans l'existence. Un peu comme l'Ancien Testament était un point de départ chronologique, vous êtes chronologiquement un père acceptable, un père qui n'est pas raturable, vous êtes selon la chronologie un père sans doute irréfutable. Mais dans l'ontologie vous êtes un ancien père, un père désuet, et je cherche mon véritable nouveau père, mon nouveau départ, mon véritable départ, mon commencement juste, mon commencement vrai. Je cherche mon Nouveau Testament de père. Je cherche mon Père nouveau. Je cherche mes origines. Je sais que ces origines ne se situent pas dans ce qui est ancien. Mes origines se situent dans ce qui est neuf. Dans l'ancien je ne serais qu'un enfant. Dans le nouveau je serai un fils. Mes origines ne sont pas situées derrière : elles sont situées devant. Tellement devant qu'on pourrait avoir l'impression qu'elles sont derrière. Mes origines ne se situent pas, comme le croient les pères biologiques et l'Ancien Testament, dans le passé. Mes origines se situent, comme le savent mon père véritable et le Nouveau Testament, dans le futur. Et pour ce qui est du catéchisme, monsieur, je vous laisse le soin de m'y inscrire, mais je n'irai pas : je préfère le judo.

— Vous avez raison de vouloir pratiquer un sport de combat. Car si l'Église catholique vous tombe dessus, notamment par le biais de l'abbé Chacoupé, vous serez attrapé, et peut-être bien brûlé, ainsi que le fut notre chère Jeanne, sur la place publique. Mais rassurez-vous, je ne répéterai à personne que pour vous le Christ a mis Dieu au monde et non l'inverse. Cela restera entre nous. J'entends que ce scandale théologique ne sorte point de la famille.

— Vous devriez réviser les constitutions conciliaires – il y en a quatre – promulguées par le concile de Vatican II. « Le Seigneur Jésus, dit le *Lumen Gentium*, posa le commencement de son Église en prêchant l'heureuse nouvelle, l'avènement du Règne de Dieu promis dans les Écritures depuis des siècles. » Vous entendez ? Comme c'est puissant, profond, simple et clair ? Jésus « pose le commencement de son Église » ! C'est lui, comme je vous l'ai déjà expliqué mais je recommence – et je recommencerai jusqu'à ce que cela soit bien ancré dans votre tête –, c'est lui qui, désormais, pose le départ, le point de départ, le commencement. « L'heureuse nouvelle » : vous entendez bien les termes, vous faites bien attention aux mots ? L'heureuse nouvelle, cher monsieur qui prétendez être mon père, est une expression que l'on réserve aux naissances. « L'avènement du Règne de Dieu promis dans les Écritures depuis des siècles » va enfin être possible. Ce Père qu'on attendait, c'est le Fils qui va nous le donner. Ce Père, qui chronologiquement n'est qu'un fils, le fils de son Fils, ce Père va enfin venir au monde. C'était promis, c'était attendu. L'Ancien Testament est le livre de cette promesse. L'Ancien Testament ne dit pas que Dieu est là, qu'il a créé le monde : c'est un livre de science-fiction, un programme, un roman d'anticipation. L'Ancien Testament ne nous dit qu'une seule chose : voilà ce qui arrivera, voilà ce que Dieu fera, le jour où Dieu existera vraiment, le jour où il sera mis au monde par quelqu'un. Voilà comment il créera lorsqu'il sera créé. Lorsqu'il sera, autrement dit : révélé. C'est en effet le terme qui convient : Jésus – et c'est bien pour cela qu'il est le Christ – met son Père au monde en choisissant son Père, c'est-à-dire, en nous révélant quel Père, autre que le biologique, il s'est choisi. En nous révélant quel Père il a élu. Moi, je vous révèle que je me suis choisi Oh Marc-Astolphe, comme père. Je décide de prendre comme père, à partir de cette seconde, celui qui n'était jusque-là que mon parrain. Je vous le révèle. Je le révèle à lui-même : il devient père. Il meurt comme parrain, il naît comme père. Je deviens son fils. Par ma décision, je l'ai mis au monde en tant que père. Je l'ai révélé dans sa paternité. Je l'ai enfanté en tant que père. Le narrateur de la *Recherche*, Marcel, révèle que le véritable père qu'il s'est choisi n'est pas son père biologique, mais

Swann. Eh bien la révélation, dans l'Évangile, c'est cela : c'est le moment où Jésus révèle quel père il se choisit. Ce père, c'est le Père. C'est à cet instant, par ce choix rendu public, par cette universelle révélation, qu'il cesse d'être Jésus pour devenir irréversiblement le Christ. C'est à cet instant que celui qu'on appelait tranquillement Jésus, prouve qu'il est, qu'il était bien le Christ. C'est bien cela, cher monsieur, que recouvre l'eschatologie. L'eschatologie, c'est la science, ou bien l'art – qu'importe – dont le souci est de guetter cet instant précis où Jésus devient le Christ. Cet instant, précis, où Jésus se choisit cet autre père que Joseph, cet autre père que David, cet autre père que Moïse, et le révèle, le révèle au monde. Ce père nouveau, il se le choisit dans le Nouveau Testament, et par ce choix, l'Ancien Testament va enfin pouvoir être mis en branle, devenir effectif, cesser d'être une rêverie, un plan, une projection, une théorie, un poème, un ensemble de règles pour plus tard, une fiction pour demain, une anticipation sans chair, du jus de ciboulot. Une fois le Père choisi, révélé – c'était rien de moins que Dieu ! –, ce Père, qui attendait depuis des siècles que quelqu'un vînt l'animer, vînt le faire passer de l'état de croquis à celui de dessin animé, de l'état statique à l'état dynamique, de l'état de repos à l'état de mouvement, de l'état de panne à l'état de marche, de l'énergie potentielle à l'énergie cinétique, de glaise à Golem, de Pinocchio marionnette à Pinocchio en chair et en os, ce Père va enfin pouvoir faire son métier de Père, réaliser son projet divin. L'Ancien Testament, enfin, va pouvoir avoir lieu. Il va quitter la théorie pour devenir la pratique. Cesser d'être une notice pour devenir une réalité. Dieu est soulagé, il est libéré : sans la Paternité octroyée par Jésus, il fût resté encore des milliards de siècles au firmament, à se croiser les pouces. Il était temps ! Il était temps qu'un Fils le choisît comme Père, il commençait à se morfondre et à s'étioler, à s'inquiéter, à déprimer, un peu comme le dernier laideron, au bal, s'attristant qu'aucun cavalier ne soit encore venu la solliciter pour une danse. La promesse va enfin, grâce au passage de Jésus en Christ, être tenue. L'Évangile a mis un moteur à l'Ancien Testament. Preuve que le Christ, lui bien en chair, précède, non pas Dieu au sens strict, mais Dieu en tant que Père, c'est-à-dire en tant que Père du monde, capable enfin de se mettre concrètement au travail selon les plans de l'Ancien Testament. Il a bien fallu, par conséquent, que le Nouveau Testament définisse son antériorité, concrétisant un nouveau point de départ, pour mettre le feu aux poudres, pour allumer la mèche de ce qui était là avant mais seulement sous forme théorique, inutile, textuelle, vaine, et tournait à vide. Pour accomplir la volonté du Père, pour que le Père ne soit plus un projet mais une réalité, le Christ a inauguré un Père neuf en inaugurant le Royaume des cieux sur la terre. Il a donc fallu que – c'est logique – Jésus préexiste à Dieu comme Dieu effectif. Jésus est antérieur au Dieu vivant, au Dieu père : puisque c'est lui qui lui a donné vie. Il est postérieur au Dieu théorique et textuel de l'Ancien Testament. Il est antérieur au Dieu vivant et présent, au Dieu parmi nous, qu'il a déclenché, inventé, formulé, mis au monde : révélé. C'est tout le sens de cette formule du *Lumen Gentium*, qui devient alors claire comme de l'eau de roche : « L'Église est le règne du Christ déjà mystérieusement présent. » Le Messie est celui qui est toujours déjà là. Le Christ est toujours déjà là. Le Fils est toujours déjà là. Le fils est toujours déjà là. Jésus n'est plus là, mais le Christ est là. Jésus n'est plus jamais là, mais le Christ est toujours là, et le Christ est déjà là. Le Christ est là, et c'est pour toujours. Le Christ, le Fils, a toujours été là pour toujours, et il était déjà là avant tous les déjà, avant tous les autres déjà, et il sera toujours là après les toujours, après tous les autres toujours. Dans le toujours, il est déjà là. Dans le déjà, il est toujours là. Il était là avant tout le monde dans le passé, il sera là après tout le monde dans le futur. Il est là avant tout le monde dans le présent. Il était là avant tout le monde dans le futur, il sera là avant tout le monde dans le passé. Telle est la définition du Fils. Telle est la définition du fils. Telle est la véritable définition d'un fils. Que de n'être pas simplement là après son père dans le futur, mais là avant son père dans le passé.

23

— Dois-je en conclure, mon fils qui n'es pas mon fils, que tu veux te choisir d'autres parents ?

— Affirmatif. Je vous l'ai dit, je me choisis comme père monsieur Oh Marc-Astolphe. Vous ne m'êtes père que selon l'acception moderne. Mais vous n'êtes point mon père dans mon acception à moi, tout simplement parce que je ne vous ai pas choisi. Le curé, je pourrais lui dire « mon père » si j'étais croyant, et il aurait le droit de m'appeler « mon fils » en retour. Mais vous, je ne vous le permets pas. Dans l'acception de « père », dans son acception moderne, j'entends « périphérie ». *Père-iphérie.*

— Vous vous prenez pour Lacan ?

— Non ! Mais lui, Lacan, je l'aurais volontiers pris pour père. *Là-quand ?* Le père qui n'est jamais là. Le rêve. Mais dans « père » je n'entends pas seulement « périphérie ». J'entends également « périmer ». *Père-y-met.* Il met dans ma mère de quoi devenir père. Ça sent donc l'éphémère, l'intromission, le coït, le transitoire, le destiné à la péremption. *Perimere* en latin, cela signifie anéantir, détruire.

— Intéressant. Et ?

— Eh bien, tuer le père est un acte tautologique. Tuer le père, c'est anéantir l'anéantissement. C'est détruire la destruction. C'est tuer le meurtrier. Tuer le père, par conséquent, c'est paradoxalement le faire renaître. Vous le comprenez bien, monsieur, tuer le père n'est pas tellement intéressant. Ce qui m'importe, plus que tout, c'est de banaliser ce meurtre, de le désacraliser, de tuer le père comme on tue une mouche. Les gens passent leur vie à vouloir tuer le père, mais c'est parce que leur père leur est une idole. Il s'agit de faire du père un insecte, un moucheron. Un hanneton. Je veux, moi, réaliser à l'envers *La Métamorphose* de Kafka. C'est le meurtre du père qu'il faut tuer, autrement dit reléguer le père à rien, à quelque chose qu'on peut tuer par mégarde, par réflexe, ou qu'on peut décider finalement de ne pas tuer. Tuer le père, le tuer vraiment, signifie pour moi que je pourrais très bien ne pas le tuer, que je me fiche absolument de le tuer ou pas. C'est un meurtre par indifférence. Je suis différent de vous, monsieur, mais il est vrai que la biologie s'est attelée à ce que je vous ressemble un peu. Pourtant, ce n'est ni par différence ni par ressemblance que je vous hais, que je vous tue, mais par indifférence. Je ne suis pas incorporé en vous, vous n'êtes aucunement incorporé en moi. Nous avons la charge de réciproquement nous assassiner. Vous m'angoissez, je veux vous oublier, et oublier l'oubli de cet oubli. Je ne vous regretterai pas. Je ne vous regretterai jamais. Je veux regretter jusqu'au regret de ce regret. Je ne vous déifie pas : je déifierai mon vrai père. Rien n'est plus satisfaisant, ni plus meurtrier, que de tuer le père en lui laissant la vie.

— Marc-Astolphe ?

— Probable.

— Et comme mère ?

— Sainte Thérèse.

— Intéressant. Toute votre petite théorie est intéressante. Mais il y a quelque chose qui cloche. Quelque chose, plutôt, que vous omettez. Et qui, que cela vous agrée ou non, fait de moi votre père, votre père contre vents et marées.

— Je vous écoute.

— Vous portez mon nom.

— À moins que ce ne soit vous qui portiez le mien. N'oubliez jamais que je suis né juif, monsieur. N'oubliez jamais que je suis un juif achéropite.

— Nous vous avons déjudéisé. Vous êtes catholique, monsieur.

— Je le nie pas. Je suis juif achéropite catholique. Je suis un catholique né juif. Je suis talmudo-évangélique. Je suis évangilo-talmudique. Et dans le Talmud, le changement de nom d'un homme annule le verdict divin prononcé contre lui. Le verdict que Dieu avait prononcé contre moi était d'être votre fils.

— Ah ! Vous allez changer de nom !

— Point exactement, monsieur. Car je considère que si malédiction il y a à être votre fils, il y a logiquement malédiction à ce que vous soyez mon père. C'est pourquoi je propose que vous en changiez vous. Il est temps de le rendre, ce nom. Vous avez passé trop de temps dedans, et vous n'en avez, *in fine*, pratiquement rien fait. Rien d'intéressant. Rien de passionnant. Rien de reluisant. Ce nom, il faut le rendre, monsieur. Il faut le transmettre mais pour l'abandonner, le quitter. Il est temps que quelqu'un vienne enfin l'habiter, l'incarner, lui donner un sens, une dignité. Vous n'en avez fait qu'une coquille vide. Rien n'en est sorti sous votre magistère. Rien n'en a jamais jailli durant votre ministère. Votre séjour dedans arrive à son terme. Ce nom, il va falloir que je lui redonne, ou lui donne, du relief, du lustre. Je vais devoir le faire briller en frottant dessus au maximum, comme avec une vieille casserole. Car c'est un nom qui est en train de péricliter, monsieur. De moisir. De prendre l'eau. C'est un nom qu'on dirait presque à l'abandon, telles ces barques écaillées, éventrées, sur les bords de Loire. C'est un nom quasiment désaffecté, aujourd'hui, monsieur, que le nom de Moix. Aussi je vous demande de vous en débarrasser. Et de me le céder. Et de me le confier. Je vais voir ce que je peux en faire, comment je vais pouvoir le retaper, le redresser, le restaurer. Y effacer les traces de votre passage, de votre présence. De votre souvenir. En chasser votre odeur, votre odeur de mort. Vous êtes devenu un étranger dans ce nom. Pas un étranger du dehors, mais un étranger du dedans. Ces étrangers-là sont les pires. Les plus nuisibles. Les plus cancérogènes. Je ne sais pas d'où vient ce nom de « Moix » et j'ignore ce qu'il signifie. Mais il est temps de lui donner une nouvelle origine, une nouvelle signification, une nouvelle orientation, une nouvelle acception, une nouvelle réputation, une nouvelle direction. Je ne sais ce qu'il signifie, mais je pressens qu'il provient de « Moïse » : le *x*, altération progressive, scripturale, du *se*. « Moix » vient, provient, advient de « Moïse », monsieur. En naissant juif je n'ai précisément fait que rectifier ce nom que vous aviez vidé de son contenu initial, originel. En naissant juif, j'ai voulu rectifier le tir. Corriger votre erreur. Réparer votre oubli. Redonner à ce nom la judéité qui lui est due. Et le nom de Moïse, *Moshé*, en hébreu, signifie « tiré des eaux », tiré de là, des eaux de la mère, tiré d'affaire, arraché à cette situation, et en égyptien, le nom de Moïse, *Mosé*, signifie « l'enfant ». L'enfant qu'il faut tirer de ces eaux-là, de ces eaux matrimoniales et maternelles-là, c'est bien moi monsieur. Je m'y reconnais. C'est bel et bien moi que ce nom de Moix définit. Ce nom est à moi, c'est le mien. Je vous l'avais, par inadvertance, prêté avant que de vous connaître et avant que de naître. Mais je suis ici maintenant, vous en avez bien profité, et la comédie a suffisamment duré. C'est moi, désormais, le personnage principal de ce patronyme. C'est moi le héros de ce nom. Un héros, c'est quelqu'un, non qui est préposé, mais qui est proposé à l'héroïsme. C'est quelqu'un qui est soumis à une menace et qui s'acquitte par le courage de cette menace. Un héros, dans le ventre de sa mère, comprend d'ores et déjà que sa vie est en danger. Il entend le père gronder comme le tonnerre au-dehors. Il sait qu'avant de vouloir tuer le père, le père voudra tuer le fils. C'est ce qui s'est passé avec moi, monsieur.

— Oui. Je vous ai haï immédiatement. Dès la sortie.

— Merci de le reconnaître. Le nouveau-né que je fus, sur votre ordre et sur le conseil de ma mère, a été expulsé de sa judéité, c'est-à-dire mis à mort comme juif et confié comme Moïse à l'eau, ce dont je ne remercierai jamais assez, à Oh. Le tout dans une corbeille qu'on appellera mon landau. Notre cher Astolphe m'a sauvé de la méchanceté du monde, il m'a allaité au sein de la littérature. Et de la peinture. Et de la musique. Et du cinéma ! Une fois parvenu à l'adolescence, que va faire le héros ? Que va faire « Yann Moix » ? Il va se venger. Il va venir défier ses parents sur le fameux terrain de ce qu'ils exécraient : l'art. Il va se venger de son père en le tuant par les mots, il va se venger de sa mère en passant à la télé, en étant célèbre, plus tard en entrant dans la Pléiade. Tuer le père en écrivant le livre, tuer la mère en étant reconnu comme écrivain. C'est cela que signifie le nom de Moix, ce nom fait pour m'accueillir en lui en héros. Oh, le puiseur d'eau, a fait de moi son jardinier. Le jardinier a planté des mots. Que je vous plante en plein cœur. « Un héros, dit Freud, est quelqu'un qui s'est élevé courageusement contre son père et a fini par le vaincre. » Peu à peu, je me suis rendu compte que mon héroïsme ne reposait pas sur grand-chose : il est même surprenant que je sois allé chercher un instrument aussi grand, aussi noble, aussi puissant que la littérature pour combattre quelque chose d'aussi petit – je veux dire : d'aussi petit que vous. Cette disproportion me fascine. À moins que la littérature ne fasse finalement son miel, et ne cèle sa grandeur sur la petitesse de ses points de départ, sur la médiocrité des prétextes qui la déclenchent, des sujets qui l'inspirent. Peut-être n'a-t-elle été inventée que pour circonscrire le petit, le minable, l'étroit, et non le large, le géant, le vaste. La littérature, c'est l'art de faire du grand avec du petit, du grand à partir du petit. La plupart des romanciers, hélas, font du petit avec du grand, à partir du grand. Céline, Kafka, Proust, Dickens ont fait du géant à partir de petites vies, de petits destins, de petits personnages. Et puis il y a les écrivains, que j'aime beaucoup moins, qui font du grand à partir du grand, de la fresque à partir de l'histoire, de la saga à partir du monde : Tolstoï, Grass. Tous ces milliers de pages que j'ai écrites pour vous dégommer, alors que vous avez la stature d'un santon ! C'est pathétique. C'est risible. Tout ça pour ça ! Une chiquenaude, un éternuement, une pichenette eussent très amplement suffi à vous anéantir, à vous déboulonner une fois pour toutes. Hélas, je ne l'ai compris que fort tard. En tout cas, je dois être un des rares enfants sur la terre à avoir adoré les dictées. Celles que ma mère me faisait faire, ou vous-même, croyant me les infliger, non seulement je les acceptais, mais je les réclamais, je savais qu'à mesure que mon orthographe progressait, c'était ma lame qui s'effilait, mon poignard qui s'aiguisait. J'améliorais, je peaufinais, je polissais l'instrument avec lequel je pourrais, un jour, vous tuer enfin. Vous mettre définitivement, monsieur, hors d'état de nuire ! Mais je m'aperçois aujourd'hui, dans un immense éclat de rire, que celui qui m'apparaissait sous les traits d'un colosse n'était qu'un pitoyable nain. Et que ce nain m'a coûté des milliers, des millions d'heures d'écriture, de labeur, de nuits blanches. C'est s'entraîner à l'alpinisme pour gravir une fourmilière. Peu importe ! Les pages resteront peut-être, non dans l'histoire de la littérature mais dans celle de la vengeance, de l'héroïsme, de la bataille, du ridicule ou de l'assassinat. Le nom de Moix n'entrera pas dans la littérature ? Qu'importe ! Ce que je veux, c'est que la littérature entre dans le nom de Moix. Je suis né circoncis parce que j'ai voulu naître juif, je suis né circoncis parce que j'ai voulu redonner à ce nom de Moix son lien lexical, et historique, et originel, avec Moïse. Et c'est Moïse qui a introduit la circoncision, monsieur.

— Faux. La circoncision était déjà connue du temps du néolithique. Pas du Lévitique : du néolithique, fils.

— Qui dit Moïse, qui dit Moix, ne dit pas seulement, ne dit pas simplement juif, mais dit circoncision. Cette circoncision, elle est le signe même que je ne suis pas votre fils. Elle marque le fait que la parenté biologique est secondaire, voire inexistante dans votre cas. Ma circoncision achéropète, que vous avez sauvagement annulée par cette absurde greffe, signifie que j'ai souhaité définir autrement la paternité. C'est un court-circuit vers un autre père. Un autre père que vous.

24

— Je suis plutôt fanatique de ces tiennes thèses sur la paternité, me dit Marc-As (mercredi 14 avril 1976, soleil sur le gazon du parc Saint-Laurent). Je puis déclarer, en tant que ton père neuf, que je l'attendais comme Israël le Messie. Moi, ce que mon dynastique *Dasein* n'a jamais supporté, ce que mon astolphienne personne n'a jamais toléré, ce que mon inaliénable éminence n'a jamais amnistié, ce que ma substantielle élévation n'a jamais pardonné, c'est l'assommante mainmise de ces bovidés de pères sur mesdemoiselles leurs filles. Par quel inique et immémorial décret, par quelle indigeste législation de l'obscénité, par quel pascal commandement dégringolé des cieux ces pourrissants géniteurs ont-ils pouvoir sur ces petites fées roses au sourire de doux daim ? Nom d'une varice ! Comme si la réplication des molécules, transvasées d'un corps simiesque et poilu – féru de débile autorité – vers un autre corps, celui-là frêle comme un argenté matin d'avril et chargé de promesses aussi délicates que l'atterrissage d'une libellule anorexique sur une feuille de jasmin, suffisait à autoriser cet intolérable et viril

magistère ! C'est n'importe quoi. Les fathers, ces intrus, sont
des busards et conséquemment mes ennemis. Ils n'ont rien
à faire chez leurs filles. Je leur dénie jusqu'au droit de leur
adresser la parole. L'agnation n'autorise point la satrapie !
Quand je visitais ces jeunes maîtresses – et crois bien fils
que je les visite encore –, je me sentais pétri d'assassinats.
Tous ces pères, ces beaux-pères, grillageant leurs trognonnes
petites poulettes pour éviter que je ne jetasse dessus mon
excellent dévolu. Caramba quel cirque ! Quelle asphyxie !
Toute la patriarcale maisonnée s'insurgeant, inhospitalière,
bissextile dans l'accueil, contre mon personnage pétulant.
Toute cette craintive porcelaine effrayée par mes éléphante-
ries ! C'est bien pathétique à observer. Les pères ! Cerbères
aimés des poils, trivialement laids, spécialement roteurs, sté-
rilement méfiants, universellement bâilleurs, immodérément
tousseurs, exagérément moucheurs, impestivement éter-
nueurs, vaniteusement éjaculeurs, toujours blagueurs de leurs
blagues de gare et d'embarcadère, cholestérol en les artères,
à la tablée gueule policière, la vésicule souvent biliaire, leur
bide affreux calorifère, le Formica la cafetière, leur agenda
et leur ulcère ! En face de ces virils cons : mes bambines…
Mes vives amoureuses. Mes amazones mes mirabelles, mes
polissonnes mes étincelles, mes bichonnes mes jouvencelles,
ô mes cochonnes ô mes pucelles, les maigrichonnes les vio-
loncelles, les madones et les donzelles, ah mes ronchonnes ah
mes rebelles, petites bougonnes qui grommellent, vous mes
dragonnes vous mes chamelles, vous mes gorgones confidentielles, vous mes bourgeonnes consubstantielles, mes
sauvageonnes essentielles, mes compagnonnes polyplurielles,
mes grognonnes providentielles, si maquignonnes et torrentielles, parfois mignonnes souvent vénielles, mes rognonnes
béchamel, mes chaconnes au calomel, mes pets-de-nonne
au caramel, oui vous félonnes additionnelles, que j'affec-
tionne que je flagelle, jolies championnes exceptionnelles,
finaudes lionnes de mon cheptel, négrillonnes bisexuelles,

je vous pilonne vous ensorcelle, je vous braconne jusqu'aux carmels, je vous canonne de mes shrapnels, je vous abonne à mon label, vous badigeonne de mon miel, vous amidonne de mon sel, vous fredonne mes ritournelles, vous crayonne de mon pastel, je vous assomme de ma grêle, vous bichonne et vous écartèle, vous déboutonne et vous martèle, je vous poinçonne vous démantèle, vous emprisonne et vous ficelle, vous emplafonne jusqu'à mon ciel ! Petites puces aimées de moi, la peau surdouce, si raffinées, pupille cendrée, nattes odorantes, diaphane peau fraîcheur de mangue, fragiles jusqu'au vertige. Ce n'est pas tant, petit ami, qu'il faut tuer le père, que les pères des filles. De toutes les filles que nous entendons bien baiser...

Comme à son habitude – j'allais m'en rendre compte beaucoup plus tard dans ma vie –, Marc-Astolphe avait raison sur *tout*. Moi aussi, vingt ans plus tard, je ressentirais cette haine des pères de mes fiancées. Leurs grosses manies trouaient les femmes de ma vie. Elles devaient, tels des soldats d'élite, pour assurer leur survie, se frayer chaque matin un passage au milieu des insanités et des poussées érectiles, des poils de singe (très bonne analyse d'Oh sur cet insupportable détail) et des analyses bornées sur le monde qui va. Ce slalom des fillettes entre les grosses baskets et les tondeuses à gazon, les revues automobiles ou semi-pornographiques, je le voyais quand je me rendais chez elles et que se lisait sur leurs joues empourprées la honte d'être liées, par tel caprice déterminé de la nature, à ces porcs aux regards fades qui parvenaient, ignoble pénis rose aidant, à faire sourdre de leurs duègnes d'insupportables cris. Encouragé par la gêne qu'affichaient, les dents serrées, mes amoureuses lorsque j'étais exceptionnellement leur hôte (j'évitais le plus souvent la proximité répugnante de la chair paternelle), je me lançais dans des diatribes fuligineuses : elles étaient une classe opprimée, le dictateur était le père – qu'il s'agissait d'émasculer.

Dans ma péremptoire folie, je crachais sur tout ce qui touchait à la figure paternelle, de la religion au métier, du faciès à l'intellect – si bien qu'elles finissaient par se désolidariser de ma personne et, changeant de camp pour rejoindre finalement papa dans les mystérieux confins de l'impulsion biologique, ne faisaient soudain plus qu'une avec lui. Elles m'imploraient alors de déguerpir, me retirant les forces que je les avais vues me conférer ; je me retrouvais seul, ce qui pour moi était la désignation même de l'enfer.

25

J'ai toujours été dans l'incapacité de surmonter l'angoisse de la solitude : je serais prêt à lécher la merde d'un mort pour n'être pas abandonné à ma propre communion. Je connais le processus de cette torture ; accompagné je ris, je crâne ; aussitôt livré à moi-même le pouls s'emballe, la poitrine se bloque. Je ne sais comment remplir, non seulement le jour qui vient, mais l'heure qui s'annonce et dans laquelle déjà je patauge, convaincu que je vais m'y noyer – alors je m'y débats, je panique. Les larmes montent. Je suis paralysé, incapable de commencer un mouvement, de déclencher une envie, d'esquisser une décision. Le monde m'apparaît comme un désert sans fin, inhabité de toutes parts, où je serais condamné à errer, puni d'être moi.

Les joies vécues ne se sont pas accumulées en moi – la capitalisation des instants de bonheur n'existe jamais. Ils se sont évaporés, tandis que traumatismes, chocs, pourris souvenirs, jours d'égout se dressent intacts devant nous, inchangés, que les amours et les voyages n'ont pas étêtés, pas même ébranlés, à peine chatouillés. Ce qui nous accompagne encore, et jamais ne s'enfuira, ce sont : les malheurs.

Je pensais que les périodes heureuses avaient démantibulé tous ces chiens – elles n'avaient fait que couper le son de leurs inlassables aboiements. Ce qui restait, c'est ce qui avait toujours été là, et m'avait été infligé lors des mouvements incohérents, précipités, qu'on appelle l'enfance. Ce qui était inaccessible, qui avait en quelque sorte été vécu pour du beurre, c'est ce que j'étais allé chercher par moi-même une fois adulte, à la force du poignet : l'harmonie, la chaleur, l'amour. La « sérénité ». Des vacances d'été parfaites, noyées dans le bleu cyan et la senteur des conifères, accentuées par la blonde présence d'une femme qui savait rire et aimer, ne m'étaient plus d'aucun secours. Les flots, l'air chargé de térébenthine et la voûte étoilée avaient démissionné depuis longtemps – à mon insu.

Je ne m'en apercevais que maintenant, dans ma salle de bains parisienne, tandis que par les persiennes s'introduisait un soleil gras, vulgaire, épais, méchant, qui n'était pas le même soleil que celui des vies antérieures paisibles, estivales, légères. Il y a le soleil subversif et complice des sorties sexuelles, celui qui distribue la sueur, compte les baigneurs sur le sable qu'il gifle. C'est un soleil analogue à la mort, en revanche, qui nous foudroie dans la solitude, lorsque nous sommes encerclés par une dégoûtante texture qui nous sépare de la vie (on voudrait tant qu'il pleuve). Dans cette configuration morbide, je voudrais plaquer mon visage sur le carrelage et nettoyer le sol avec ma langue, suçant les petites moisissures et aspirant les déchets, jusqu'à vomir pour me plier en fœtus dans mes déjections. J'ingurgiterais ce tapis de remués aliments avec une résignation de kamikaze. Mais les kamikazes sont des trouillards qui n'ont pas le choix – je serais, dans cette abjection saturée de tristesse, le plus courageux des porcs, égaré dans mes sucs, maquillé de mon plein gré par les tissus digérés, goûtant l'acidité de mon cloaque, préoccupé par la seule montée en puissance du dégoût que j'ai toujours eu pour mon corps, mon humour, les traits de mon visage, les vices de mon intelligence.

Quand cette solitude atteint son maximum vivable, j'appelle au secours ; c'est ainsi qu'un corps humain est convoqué chez moi, pour se frotter au mien, m'apporter la consolation provisoire, illusoire surtout, que j'en attends. Secoué de larmes, le souffle morcelé, je pose ma tête sur le ventre de la femme accourue – je ne supporte pour pleurer que la compagnie des femmes. Chacune se comporte nécessairement comme une mère. Elles ont la connaissance instinctive de ma détresse – c'est là la différence fondamentale avec les pères, qui n'ont d'approche de la vie que scientifique, éteinte, abrutie. Calé sur une rondeur, je m'éloigne doucement de la pourriture, de la mort, l'espoir se recompose par lamelles fines, successives, la plaie se resserre, l'envie de vivre doucement se redéploie, comme la corolle d'une fleur filmée en accéléré.

Je suis en sursis – cette maladie reviendra qui m'entoure de ses précipices. Je pourrais choisir d'ignorer la provenance de ces bouffées de détresse ; mon père et ma mère avaient bel et bien, comme promis dès ma naissance, en présence du docteur Boule-Touchée, concocté comme des déments ces bombes à retardement qui me lacèrent, me laissent en lambeaux, me ravagent entre deux aventures, deux grandiloquences, deux coulées de sérénité, deux romans, deux films. Si, puéril, je m'agite en tous sens, réclame de l'attention, c'est aux fins d'éloigner de moi tout ce qui est moi et moi seul, ce moi-même à l'état pur qui fait profession d'isolement mais s'affaisse sous l'effet de son propre poids, son poids mort, son poids qui réclame du secours, de la perpétuelle présence – jusqu'à s'en goinfrer.

Je passe pour un provocateur, mais c'est moi que je voudrais tuer quand je bourdonne, crache, grimace. Se montrer dans les émissions, chemise ouverte sur quelques brouissalleux poils : à quoi bon quand la télé est un cercueil de verre ; j'en aurai fréquenté les asticots, aspiré la glaise, chatouillé les couronnes d'épines. Jusqu'à la lie. Personne pour se douter qu'une fois rangées la chemise et la gueule ouverte, un appartement désert m'attendait. J'appelais des amis ; les amis ne sont amis qu'à certaine heure du jour : ne me restait plus qu'à éclater en sanglots, seul, infirme dans l'impossibilité d'aimer, d'être aimé, de progresser dans des espaces aussi illimités que le couple, la famille, l'avenir. J'étais un homme figé, une annulation humaine, composé exclusivement de points faibles, d'incompétences, de chagrin. Je ne comprenais plus la raison de mes pleurs : le réel était si vide, si vain, si gratuitement exposé à la mécanique précipitation des jours, que je ne trouvais pas même de point d'appui où *concentrer* mes larmes. J'aurais rêvé de consacrer ma merde intérieure au développement d'un deuil, à l'imminence d'une rupture, à la réalité d'un échec. J'en venais à souhaiter qu'une catastrophe avérée vînt servir de béquille à mon malaise sans queue ni tête, lui conférant un sens, une destination.

Afin de mourir le moins possible, je m'entourais de femmes successives, sexuellement prêtes à m'offrir ce qu'elles pouvaient contenir de vicieux – le vice est semblable à l'élastique sur lequel on tire à l'extrême avant qu'il ne cède. J'avais l'impression que, chez certaines de mes *partenaires* (je ne supporte pas ce mot ; le français se dote parfois, ce qui m'étonne franchement de lui, de mots, d'expressions, de sonorités intenables, *inadmissibles*), il était étirable à l'infini, que c'était moi qui restais prudemment en deçà de leurs capacités, de leurs désirs. En matière de sexe, les femmes nous dépasseront toujours. Dépositaires de l'irrépressible devoir de donner la vie, la gymnastique orgasmique ne représente pour elles qu'une façon de se frayer un chemin vers l'accouchement. Lorsqu'une jeune humaine vous suce jusqu'à la moelle, crache sur votre méat dépassé par les événements, elle ne fait que s'installer dans un écheveau de configurations menant – comme le plus élémentaire des missionnaires – à l'enchantement d'une épiphanie sexuelle. Leur débauche n'était aucunement semblable à la mienne. Je vivais l'épisode comme le spectateur excité par ses propres aventures pornographiques, jusqu'à pouvoir en découper le déroulement scène par scène, thématiquement, à la fois concerné par la réalité et déconnecté de cette réalité, tandis qu'elles se baignaient dedans, se roulaient dans la sueur de l'événement, son foutre, sa pisse.

26

À l'automne 1976, mes parents décidèrent (sur une idée originale de mon père) de m'emmener au 12ᵉ Salon de l'enfance battue, porte de Versailles, à Paris. (C'était une occasion pour moi, pensais-je, de découvrir la capitale. Une ville où habitaient des gens comme Jean Yanne. Une ville remplie d'êtres vivants qui n'étaient pas orléanais – hélas, une fois le véhicule familial dûment garé dans un cimetière souterrain gigantesque, et qui empestait l'urine, nous ne sortîmes pas des grands halls du Salon. Paris ne me semblait pas être en France. Déjà, je sentais que je n'aimerais jamais la France. J'entends : la française France. Celle qui fait la gueule, sent le vieux crabe, déteste les Arabes et les Juifs. Je m'y sentais déjà mal. La France n'était pas un pays potable. À 8 ans, je ne pouvais déjà plus la boire. Elle semblait tapie à l'intérieur d'elle-même : trouillarde. On la disait innombrable, je la trouvais étranglée. Elle était spécialisée dans des fromages : incompétente, courte sur pattes, *littéraire*. On eût dit du pâté. Les adultes (qui adorent le fromage) racontaient, le plus souvent *à table*, quel avait été jadis son rôle de gloire et de couronne, ses facultés verbales et son lyrisme à manteau : ça ne m'amusait pas d'être français.)

(J'ignorais, à vrai dire, que nous nous situions, à cette époque, au tout début de la fin des temps. Qu'on allait pénétrer dans une ère de grande tristesse. Dans un millénaire, oui bientôt, de grande niaiserie. La plupart des dieux allaient mourir, au profit notamment de la téléphonie portable. J'étais – mais comme tout le monde – un enfant du chaos. Les grands problèmes politiques me dépassaient déjà, me dépasseraient toujours, dépasseraient la plupart des humains en translation dans les rues monotones et droites, tellement droites. J'étais illégitime dans ce compliqué monde, j'étais trop simple, trop simpliste pour avoir le droit d'y vivre, de m'y répandre, d'y discuter. Je n'aurais jamais la moindre intelligente thèse à proposer à personne, aucune idée vraiment neuve, pas la moindre théorie de la moindre révolution à esquisser. Mon esprit ne se risquerait jamais – il n'en aurait pas les moyens – au-delà de l'intelligence de la plupart des gens anonymes traversant les boulevards sous cette grise pluie.)

Je disais donc qu'à l'automne 1976, mes parents décidèrent (sur une idée originale de mon père) de m'emmener au 12e Salon de l'enfance battue, porte de Versailles, à Paris. Il y avait là allées, travées, stands. Des familles s'y promenaient avec des enfants blafards, bleus, maigres, claudiquant, recouverts d'hématomes, le visage tuméfié. Nous nous arrêtâmes devant un premier stand spécialisé dans les placards. Il y en avait de toutes sortes et le vendeur, un homme vêtu tout en jaune, qui me pourvut gentiment en autocollants, m'avait semblé d'une grande gentillesse. Il blaguait beaucoup ; il avait l'air de bien m'apprécier, et plus généralement d'aimer les enfants.

— Nous possédons un très large choix de placards, commença l'homme en jaune en direction de mon père. La gamme a été totalement repensée cette année, notamment au niveau acoustique. Nous assurons en effet à notre aimable clientèle une insonorisation à toute épreuve. En cas de cris entendus par les voisins, « Placards et Tranquillité » s'engage à rembourser la totalité de la somme – somme que par ailleurs vous pouvez étaler sur trente-six mensualités. Ce serait pour un enfant de quel âge ? C'est pour ce gentil garçonnet peut-être ?

— Oui, dit mon père. Il a 8 ans.

— Bien, donc nous partirons sur une taille 8-12 ans, répondit l'homme en jaune. Ce gaillard fait un peu plus que son âge. Il y a un modèle qui marche plutôt bien cette année, c'est le modèle « Apparences sauves ».

— Qui consiste ? demanda ma mère.

— Qui consiste à recouvrir le module enfant par des étagères de bibliothèque, de livres factices, précisa l'homme en jaune. L'enfant, à l'abri derrière les tranches apparentes de Balzac, Voltaire ou Freud, sera préservé des regards curieux. C'est un système à porte coulissante qui a fait ses preuves. Nous n'avons à ce jour pas enregistré la moindre plainte. Les portes sont des portes standard recoupables et « Apparences sauves » possède – comme vous le voyez – une configuration de deux à cinq vantaux qui peuvent faire jusqu'à cinq mètres cinquante de largeur, ce qui bien entendu est théorique, puisque l'enfant martyr, dans un tel espace, pourrait se dégourdir tout à son aise. Or ceci, naturellement, est contraire à notre charte qualité-confiance. Enfants à l'étroit, oui, enfants-rois, non ! Car pour nous, voyez-vous, c'est le client qui est roi. Et le client, c'est le parent. « Vivent les parents-rois, à bas les enfants-rois » a longtemps été – jusqu'à l'an dernier – notre slogan.

— C'est une philosophie qui me plaît énormément, concéda mon père.

— Nous sommes une maison sérieuse, monsieur, fit l'homme en jaune.

— Je vois ça, sourit mon père, impressionné.

— C'est un métier. C'est une vocation. Soixante-dix ans d'expérience. Chez Doulorama, nous partons du principe que la maltraitance est un sujet grave. Elle ne saurait être traitée par-dessus la jambe. C'est une activité, on peut même dire une philosophie, un état d'esprit, qui ne supporte ni l'à-peu-près ni la médiocrité. Les gens font n'importe quoi. Il s'imaginent qu'il suffit de tabasser leur gosse pour en faire un enfant martyr. Nous en voyons, des amateurs, vous savez. Maltraiter un enfant, cela ne s'improvise pas. Ce n'est pas permis à n'importe qui. Je ne devrais pas vous dire cela, n'est-ce pas, parce que commercialement moi ça m'arrange, mais c'est une chose qui s'est trop démocratisée ces derniers temps, un peu comme le golf, le tennis ou le ski. Tenez ! Vous trouvez même des martinets dans les drogueries maintenant. L'époque est devenue folle. Les gens frappent leurs gamins avec l'instrument qui bien souvent sert à corriger le chien. Il y a un non-respect de l'enfant qui se perd.

— Pour les placards standard, pas bibliothèque mais standard, je voulais vous demander : les panneaux et les rails sont vendus séparément ? demanda mon père.

— Tout à fait, monsieur, répondit l'homme en jaune. Panneaux mélaminés dix millimètres d'épaisseur. Miroirs avec film de sécurité antibris, quatre millimètres d'épaisseur, contrecollé sur un panneau de six millimètres d'épaisseur. Profil, rail et bandeau rail sont disponibles selon les décors : laqué blanc, ton acier ou acier revêtu d'un décor coordonné aux panneaux. Tous nos placards sont garantis pour la durée de deux années scolaires à condition que l'enfant soit exempté de gymnastique à l'école et ne pratique aucun sport en dehors de celui, bien entendu, que ses parents pratiquent sur lui. Nous avons parfois affaire à des petits malins qui font de la musculation en cachette de leur famille, et tentent de détériorer leur placard. Nos produits sont solides, testés en laboratoire sur des sportifs de haut niveau. Mais enfin, il y a toujours des sauvageons, des coriaces. Il y a des gosses qui préfèrent se coltiner des heures d'haltères et de développé-couché au lieu de prendre tranquillement leur correction puis de regagner l'antre que nous avons conçu pour leur inconfort. La quincaillerie est garantie jusqu'à la classe terminale. Nous n'assurons pas au-delà : c'est en général la période de sa scolarité où l'enfant martyr cesse d'être martyrisé. Il faut dire – ce qui n'est guère fair-play de sa part – qu'il use de son développement morphologique et de son corps subrepticement devenu adulte pour contrevenir à la violence parentale. Oh ! ce n'est pas d'hier que les enfants ne respectent plus rien et sont ingrats avec leur papa et leur maman. Cette modification des règles du jeu est regrettable, mais enfin, il faut rester philosophe et se dire que c'est ainsi que la vie va. Ma femme et moi avons même renoncé à porter la main sur notre petite dernière, Galathée, tant ses grands frères – Sigebert, Odule, Ponce et Sabin – et ses grandes sœurs – Euphrasie, Cora et Anyse – nous ont déçus en grandissant. Et vas-y que je te menace de procès, ou que je ne veuille plus te voir ! Il y a un manque de compréhension, dans les familles. Je n'ai point échappé à la règle. Parfois, j'en viens à me demander si je les ai bien battus. Si c'était à refaire, je les battrais sans doute autrement. On croit toujours bien mal faire, et finalement on se trompe, comme tous les parents. Je préfère ne point y penser. Les regrets ne mènent à rien. Mais je peux vous dire qu'avec ma femme nous nous sommes sacrifiés pour qu'ils soient des enfants martyrs dignes de ce nom. On verra comment ils se débrouilleront avec leur propre progéniture. Ma fille aînée, Anyse, a même arrêté de fumer pour leur éviter des problèmes, à ses enfants : comment voulez-vous, dans ces conditions, qu'elle les brûle avec des cigarettes incandescentes ? Moi, qui n'étais pas fumeur au départ, j'ai dû m'y mettre uniquement pour honorer cette pratique. Mais je ne vais pas vous ennuyer plus longtemps avec mes problèmes personnels.

— Oh non, vous ne nous ennuyez pas, dit mon père.

— Vraiment pas, confirma ma mère.

— Vous êtes bien aimables, apprécia l'homme en jaune. Si tous mes clients étaient comme vous.

— J'aime bien celui-ci, ma chérie, qu'est-ce que tu en penses ? demanda mon père en désignant un modèle à son épouse.

— Le « Mousse et Pampre » ? C'est un excellent choix, classique, sobre, acquiesça l'homme en jaune. Vous pouvez écouter tranquillement une sonate de Poulenc dans la même pièce, vous n'entendrez pas *un* son filtrer de ce placard conçu par des ingénieurs du son norvégien. Des anciens de chez Sony... Le cadre est en bois lamellé et revêtu – comme vous le voyez – d'un parement en hêtre verni. La traverse supérieure est en merisier, le soubassement en chêne d'Arizona.

— Il y a des chênes en Arizona ? s'étonna ma mère.

— Oui, chère madame, il y en a. Il y en a même plein, confirma l'homme en jaune.

— Ce modèle m'a vraiment l'air bien. Nous allons le prendre, se décida mon père. On peut l'essayer ? On peut mettre le petit dedans ?

— Ne vous inquiétez pas, monsieur, ne vous inquiétez pas, le rassura l'homme en jaune. Nous allons procéder par étapes. Il faut, avant toute chose – car je ne voudrais pas que vous ayez la DDASS sur le dos –, pratiquer un test acoustique. Il nous faut analyser la fréquence à laquelle votre fils émet lorsqu'il 1) crie, 2) hurle, 3) pleure. Sachant que chez Doulorama, nous faisons bien la distinction entre les trois.

— Parfait, parfait.

— Chère madame, cher monsieur, je vais vous demander de bien vouloir me suivre dans mon bureau.

27

Nous le suivîmes. Son bureau se composait de quatre panneaux, sans toit, au milieu des autres stands. Le plafond du hall des expositions était haut comme un ciel.

— Puis-je connaître votre nom ? demanda le vendeur à mes parents.

— Je m'appelle monsieur Moix, et ma femme madame Moix, répondit mon père. Lui, c'est… allait-il me désigner.

— Lui, ce n'est pas important, n'est-ce pas ? me sourit le vendeur, ce qui fit également sourire mon père. Disons que c'est à la fois le plus important *et* le moins important. Moi, c'est monsieur Zurbaran, ajouta M. Zurbaran. Josaphat Zurbaran.

Puis M. Zurbaran, après s'être gratté la tempe – ce qui avait eu pour effet de faire choir quelques pellicules bien rondes, semblables à de minuscules galettes –, alla chercher dans une armoire métallique un petit instrument, proche du kazoo, mais beaucoup plus grand. Il installa l'appareil sur un trépied, puis me disposa en face, debout.

— Tu vas crier dans cet appareil, bonhomme, dit M. Zurbaran. Mais crier, hein ? Crier de toutes tes forces. On est bien d'accord ?

— Pour quoi faire ? demandai-je.

— Pour identifier les niveaux sonores et les spectres en limite de propriété et en champ proche des sources, m'expliqua-t-il. La source, bonhomme, c'est toi. Ensuite, je donnerai tout cela à un ordinateur IBM qui va mesurer et calculer la puissance acoustique que tu vas émettre dans ton environnement.

— Je veux pas, fis-je.

— Ho ! cria mon père. Ça commence à bien faire, bordel ! Tu commences à nous faire chier. Tu fais ce qu'on te demande, OK ? s'énerva immédiatement mon père.

— Par contre, je vais vous demander de ne pas crier, monsieur Moix, demanda M. Zurbaran. L'appareil est très sensible et il est préréglé sur une bande passante enfant.

— Je suis confus, s'aplatit mon père.

— Il n'y a pas de mal, l'excusa M. Zurbaran. En revanche, vous allez me tracer, même succinctement, le plan de votre appartement. C'est pour une simulation en trois dimensions.

— Toujours par ordinateur ?

— Affirmatif, cher monsieur.

— C'est incroyable, ces ordinateurs, quand même… lança mon père, un brin lyrique.

— C'est l'avenir, monsieur, affirma M. Zurbaran. Nous allons donc, une fois les cris, hurlements et pleurs enregistrés par le traumatophone, importer les mesures dans la topographie virtuelle de votre appartement. C'est, si vous voulez, une sorte de cartographie acoustique qui permet – en toute sécurité – de surveiller l'éventuelle propagation des niveaux sonores de votre fils. À moins bien sûr que n'entre, dans votre projet, le plaisir – exigé par une part non négligeable de notre clientèle – d'entendre sourdre du placard les lamentations de votre progéniture.

— Nous allons y réfléchir, dit mon père. Cela peut être intéressant.

— Ça ne fait pas tout de même un peu sadique ? s'interrogea elle-même ma mère.

— Ce sont deux modes très différents d'envisager la situation, expliqua M. Zurbaran. C'est à vous de choisir – je ne peux pas me mettre à votre place – entre un bruit-nuisance et un bruit-plaisir, sachant évidemment que l'un n'exclut pas l'autre. Toutefois, une fois choisie l'épaisseur de la cloison intérieure du placard, en changer n'est guère pratique et, surtout, implique des coûts supplémentaires. Je reste quoi qu'il en soit à votre entière disposition. Nous trouverons toujours un arrangement. Mon seul souci est de vous permettre d'optimiser les mauvais traitements que vous désirez infliger à votre enfant. Enfant auquel je vais demander, cette fois, de *vraiment* crier dans le traumatophone.

— J'ai pas envie de crier ! criai-je.

M. Zurbaran se mit à fixer mon père en faisant une bizarre tête, et sur cette bizarre tête s'affichait un air que les adultes adorent et qui inquiète les enfants parce qu'il leur échappe : un air *entendu*. Mon père releva les manches de sa chemise qu'il fit rouler sur ses avant-bras. M. Zurbaran, tranquillement, ferma la porte en contreplaqué de son « bureau ». Quant à ma mère, trouvant sans doute que je ne leur facilitais pas la tâche, elle secouait la tête en croisant les bras. Le front de mon père se plissa. Des afflux de sang commencèrent d'empourprer son visage. Il mordit sa lèvre inférieure avec une dent acérée. Son regard s'emplit de désagréables choses. La peau de ses bras possédait la texture de l'écorce. Une sorte d'ombre gigantesque recouvrit le Salon. Tergiverser n'eût servi à rien ; ce qui se dressait maintenant, c'était de l'inéluctable. Je me mis à pleurer – je savais *exactement* ce qui m'attendait.

28

Mon père m'attrapa par les cheveux : mon cuir faillit se dégrafer – scalp. Double gifle, relevée par un coup de poing dans les narines – giclement de sang. Gerbe de dents, expulsées dans l'espace. Pluie de chicots. Jihad facial. De grandes compétences pour molester mon menton – la vie est un combat. Coulure de liquides très divers, blanc cassé, jaune d'œuf, jus que je ne me connaissais pas. Tout provenait du dedans. Du dedans de moi. De mon corps à charge. Triple, non quadruple mornifle. À de déjà touchés endroits. Sa bastonnade radote. Ça fait remal. Maximale fermeté. Idéale solidité.

Inimaginable dureté. Je résiste comme je peux. Il reprend son élan. Sprinte dans ma direction, mille enclumes dans le poing, tonique de la tête aux pieds, écume de haineuse bave aux lèvres, qui s'effiloche dans la vitesse. Il accélère. Le choc a lieu. Accident de père. Entré dans le fils. Durement. Je dirais même virulemment. Dans l'estomac brûlure, onde de choc : genou de père, en uppercut. Souffle ? Coupé. Dans les yeux en fourchette : ses doigts pointus méchants. Il exerce une violence certaine dans une de mes omoplates. Oreilles tirées, jusqu'à l'arrachage. Bourrade dans vertèbres craquelantes. C'est quelqu'un d'intense qui là œuvre. Agit puissamment. Multiheurts dans le gigot de mon foie : bruit mou de veau – implose. Il tape. Percute. Foudroie comme il faut. J'ai des bleus, en confettis partout. Ça m'orne. L'acné des martyrs. Très inégal corps à corps : ses godasses grosses écrabouillant ma figure, mes pieds. Craque clavicule. Il me fouette les aisselles. Tiens ? Mes poumons brutalise, l'œsophage vise. Dans une certaine mesure, il est infatigable. Serre ma gorge d'une façon qui n'est conseillée qu'en cas de meurtre. Mes yeux sont pochés. Ma force est décimée ; mon dos flagelle, mes mollets rosse, une épaule mord, un grain de beauté étronçonne. D'une joue m'ampute. Coup d'épaule malintentionné de sa part dans mon thorax. Schlagues mains. Au hasard tape. C'est une improvisation. Son muscle est musclé. Sa poigne est désagréable. Il balafre mes lèvres jeunes. Il est ciseau comme type. Je suis son sac. Sa viande. Une fessée hop : cela détend. Horion griffure crachat – c'est un esthète, ne l'oublions pas. Il y a là-dedans du génie. Il danse son K-O. Commotion de coudes et d'articulations, ça casse comme des branches en givre. Brutalité dans la mâchoire – disproportionnée boxe. Me secoue des vésicules. Mord mes doigts : deux se détachent, sectionnés pince Facom. Me mutile des pieds pareil. Gros orteil décapité. Avec ses dents toujours. Il crie crache pendant. On voit des morceaux de viande saigner dans les airs, voletant comme des angelots passés sous une moissonneuse-batteuse. S'ensuit un coup de boule : nez recassé sur le précédent cassage. Craquent les os. Je me fissure. Commotion crâne : des bleus dans les idées. Hématomes et ricochets : karaté en les côtes. Claque aux couilles. Il punit mes hanches. Cet homme est un artisan. Il sait ce qu'il fait, sait comment le faire. Il tente, et réussit, une brutalité envers mes reins, qu'il sait fragiles. Plus beaucoup d'endroits vierges, de place libre. Estocades redondantes, en palimpseste. Dans les vertèbres shoote ; cela n'est pas agréable. S'acharne sur le col de mon fémur, brise la tête de l'humérus, fracasse les lombaires, éclate ma biliaire vésicule. Ischions cèdent. Ses phalanges l'intestin me défigurent. Il ne faut point lui en conter. Furieux il est contre mon plexus. Prend à partie ma vertébrale colonne. Somme mes adducteurs de s'expliquer. Menace mon abdomen, passe à l'acte. Soumet mon terminal filum à dure épreuve. Ses représailles à l'encontre de mes côtes sont sévères. Se défoule sur mes maxillaires supérieurs, inférieurs. Ne pardonne *rien*, à mes cervicales. A des comptes à régler avec ma rate. Défonce avec vigueur mon coccyx. Donne des coups de bélier sur mon sternum. Cela occasionne chez moi une légitime souffrance. Sur mes tibias ses nerfs passent. Fait du petit bois avec les deux rotules que contient mon biologique humain corps. Mes cartilages plie, mes astragales piétine, mes métatarses anéantit. Mes trapèzes détruit. La plupart des articulations bousille. Pratique le taekwondo sur mon duodénum. Achève ma trachée. Fait gicler mes gencives. Je commence à être infirme. Des plaies j'ai. Ma rate mutile. Sur mes tempes des lésions provoque. L'aorte me coupe. Mon épiderme décharne. Aux bronches porte l'estocade. Ma plèvre malmène. Mon pancréas condamne plus ou moins. Mon cortex meurtrit. N'en a point tout à fait terminé avec mon distale épiphyse. Ni avec ma transverse apophyse ! Le nerf sciatique contusionne. L'hypophyse excorie. Mon iris hache. Un litige l'oppose à ma coronale suture. Ne laisse rien passer à mon antérieure fontanelle. Se révèle extrêmement injuste envers mon occipital os. Semble haïr mon cœliaque tronc. A manifestement une dent contre mon péricarde. Règle son compte à ma buccale cavité. Laisse mon côlon sur le carreau. Est dangereux pour mon cæcum. Mes sinus corrige. Lève la main sur mon fémorocutané nerf. L'uretère cingle. Le diaphragme cravache. Le myocarde étrille. Le malaire os rosse. Mes canines raye. Mes molaires arrache. Mes incisives tague. Fait bobo à ma tête. Fait souffrir mes deltoïdes. Mon cubital antérieur muscle un malaise fait. Élancement du côté de mon demi-tendineux. Tiraillement du jumeau. Plantaire torture. Palmaire calvaire. Au supplice biceps. Manifeste à l'égard de mon vermiculaire appendice une sans borne agressivité. Contre trapèzes mes la rage a. Cruel envers cubitus mes. N'épargne pas mes pyramidaux os. Déglingue mon intervertébral disque. Hernies provoque. Péroné broie. Ligaments troue. Alvéoles perfore. Fait subir le martyre à mon épiglotte. Carotide tranche. Mes ostéons sont endoloris. La manière dont il traite mon sphincter est intolérable. Mon nerf circonflexe est blessé gravement. Le calleux corps endommagé est. Méninges atteintes. Je suis très inquiet pour mon rachidien bulbe. Les nouvelles de mes racines motrices sont mauvaises. L'état des synapses est : grave. Celui de mes dendrites : alarmant. Ma moelle osseuse vit un atroce moment. Ce qu'a subi ma vessie est affreux. Mon péritoine est horrible à voir. Mes testicules ont éclaté. Mon gland rend l'âme. Décédés osselets. Tympans : crevés. Trompes d'Eustache : infirmes. Arcade dentaire supérieure : invalide. Je ne sens plus : mes amygdales. Ma cloison nasale ne pourra plus : cicatriser. Isthme : en charpie. Des escarres font leur apparition sur ma : moelle épinière. J'ai les mamelons : entaillés. Les seins : égratignés. Pubis ? Cisaillé. Nuées d'ecchymoses. Pluie de mauvais coups. Mon tronc : tordu. Mes bras : massacrés. Mes cuisses : bouillie. Dizaines de fractures à chaque : mollet. Souffrent chevilles de multiples : foulures – la plupart non répertoriées par le corps médical. On peut dire que mes avant-bras sont cassés. Mon cœur bat franchement moins. Ganglions. Corne antérieure : pendouille. Cubital nerf : lambeaux. Saphène externe en : dentelles. L'épididyme est aux abonnés absents. La symphyse ne répond plus. La prostate déguste. Mon menton s'avère déboîté. On admet trivialement une triple entorse à chaque poignet. Mes fesses : lacérées. Si l'on étudie mon sacrum, on s'aperçoit qu'il n'est plus valide. Que l'acromion est défiguré. L'épicondyle est méconnaissable. L'os pariétal n'est pas en très grande forme. L'atlas fait de la peine à voir. Mes métacarpes sont officiellement démis. Mon père obtint deux cent vingt-neuf cris parfaits, et cent douze qui semblèrent satisfaire M. Zurbaran. Quant aux pleurs, j'étais dedans jusqu'au cou.

— Merci, monsieur Moix, parfait, j'ai ce qu'il me faut ! s'exclama M. Zurbaran. J'en ai même davantage. Ah, si tous mes clients étaient comme vous.

— Je vous en prie, fit mon père, en nage. C'est physique ! Mais en même temps, cela me permet de garder une certaine hygiène de vie. J'ai un métier très absorbant qui ne me permet pas toujours de pratiquer autant d'exercice que je le souhaiterais. J'adore le squash, mais le club pratique des horaires qui ne sont guère compatibles avec mon emploi du temps.

Pendant que se déroulait la suite de leur conversation, je restai étalé dans un recoin, à même la moquette. En sang.

— Tu vas salir le bureau de monsieur Zurbaran, lança ma mère.

— Ta mère a raison, vit mon père. Va saigner ailleurs ! Dans les allées. Sinon tu vas avoir affaire à moi !

— Ne craignez rien pour la moquette, rit M. Zurbaran. Nous avons pensé à tout. Doulorama commercialise depuis le début de cette année 1976 une moquette spécialement étudiée pour absorber les sécrétions enfantines liées aux mauvais traitements – à commencer évidemment par l'hémoglobine de nos bambins. Mais Mokematom® – c'est son nom – absorbe également les sucs gastriques, la bile, l'urine, le mucus et près de 80 % des enzymes. Je peux, en sus du placard, vous faire un devis. Mais d'abord, j'aimerais en terminer avec ce placard. Voilà, l'ordinateur est en train d'effectuer ses calculs, et analyse – à partir de l'échantillon sonore que je viens de recueillir avec votre aide appuyée – la puissance acoustique, en décibels, produite par votre rejeton. Vous m'avez bien dit que vous habitiez un immeuble moderne ?

— Absolument, dit mon père.

— Tout à fait, dit ma mère.

— Voilà, voilà, reprit M. Zurbaran. Parce qu'après avoir entré la superficie de votre logement, l'étage, l'exposition, je dois entrer la structure de l'immeuble. Afin que l'ordinateur tienne compte, du milieu de propagation des ondes sonores. Béton je suppose ?

— Vous supposez bien, dit mon père.

— Vous supposez très bien, confirma ma mère en m'adressant un regard noir visant à faire immédiatement cesser mes gémissements.

— Je dois en sus, et enfin, informer le logiciel IBM des coordonnées géodésiques de votre immeuble, car il faut tenir compte du sol de l'Orléanais. La propagation des cris, hurlements et autres pleurs de votre fils – que je remercie au passage de sa très convaincante contribution et que j'autorise à se servir dans la bonbonnière (*Regard sévère de mon père tuant cette hypothèse dans l'œuf (« Qui c'est qui va encore payer le dentiste ? »))* – dépend effectivement de votre position quant à l'horizon, au solum, à la parcelle, au bassin versant, au paysage, au fleuve… D'après le plan que m'imprime l'ordinateur, vous êtes sis aux abords de la Loire.

— Affirmatif, dit mon père.

— Nous le sommes, dit ma mère.

— Bien, fort bien ! continua M. Zurbaran. Je tape à présent, à l'aide de ce clavier – vous voyez, en somme, ce n'est rien qu'une grosse machine à écrire, mais une machine à écrire qui serait plus intelligente que l'homme –, vos coordonnées temporelles, le siècle dans lequel vous vivez, la décennie, l'année… Voilà. Et l'ordinateur va en déduire, tout seul, automatiquement, les renseignements météorologiques nécessaires à l'évaluation de la propagation des signaux sonores émis par votre rejeton – il n'aime pas les bonbons ? Événement pluvieux, saison culturale, rotation terrestre. L'IBM va maintenant analyser, monsieur et madame Moix, la variabilité des caractéristiques et propriétés du sol à l'endroit *exact* où vous habitez : porosité, géochimie, propriétés hydrodynamiques, texture, stabilité structurale, minéralogie – ce, en fonction de leur origine – pédogenèse, matériau parental –, de leur utilisation par l'homme ainsi que du climat. L'ordinateur tient également compte – vous voyez à quel point Doulorama est une maison soucieuse du confort de ses clients – des tassements éventuels et de l'érosion hydrique.

— Fabuleux, s'émerveilla mon père.

— Tu peux prendre un bonbon, autorisa ma mère.

29

— Bien ! Alors d'après les résultats sortis de la machine, et la machine ne se trompe jamais, le placard idéal, pour vous, conclut Ponce-Josaphat Zurbaran, n'est finalement pas le « Mousse et Pampre », ainsi que je vous l'avais conseillé au départ, mais le « Cosmos et Silence », modèle 79 K, un tout petit peu plus cher il est vrai – 575,78 francs H.T. contre 462,29 TTC pour le « Mousse et Pampre » – mais je vous offre la corniche en aluminium et le linteau en bois de *sequoia sempervirens*. Il possède lui aussi, bien sûr, une bibliothèque dissimulante – comme on dit dans notre jargon. La traverse supérieure est en cèdre du Liban. Les étagères en aulne rouge. Pour le reste, parce que nos concepteurs sont de grands perfectionnistes, nous n'avons privilégié – ça va vous plaire ! – que des arbres pleureurs. Les étagères sont en hêtre pleureur, les traverses en cerisier printanier pleureur – nuances de rose foncé, de carmin –, les panneaux en saule marsault pleureur – voyez cet aspect brillant très classieux –, le chambranle en cerisier pleureur – reflets rose-mauve. Le cadre, lui, est en bouleau pleureur de tête, le soubassement en bouleau pleureur de pied. Le petit montant a été conçu en poirier pleureur. La traverse inférieure : du pommier pleureur. Le vantail est pour sa part constitué pour moitié de mûrier pleureur et pour moitié de pommier pleureur.

— C'est quand même un peu cher, fit remarquer mon père.

— C'est là le prix de votre tranquillité, objecta M. Zurbaran en m'adressant un sourire glacial.

— Oui, oui. N'empêche, s'entêta mon père. Ce n'est point donné.

— C'est que de nos jours, frapper un enfant n'est pas, je vous le concède, à la portée de la première bourse venue, admit M. Zurbaran. Martyriser un gosse est devenu un luxe. On peut le regretter. Il n'en reste pas moins que notre enseigne offre actuellement, sur le marché de l'enfant battu, le meilleur rapport qualité/prix. Nous faisons du sur mesure à un coût défiant toute concurrence, cher monsieur Moix. Parce que le prêt-à-frapper, c'est bien joli, mais si c'est pour avoir l'assistante sociale sur le dos au premier hématome, ce n'est pas intéressant. Nous, ce que nous proposons, c'est un véritable investissement. C'est l'assurance, sur plusieurs années, de pouvoir agir dans l'impunité la plus totale et, partant, dans la sérénité la plus absolue. C'est vous qui voyez. Je ne vous force aucunement la main. Mais si c'est pour vous retenir de frapper comme vous l'entendez, si c'est pour refréner vos élans, mesurer vos sévices, autocensurer vos coups, vraiment, je vous le dis : c'est du gâchis. C'est dommage. Il vaut mieux mettre un peu plus et frapper beaucoup plus. C'est pourquoi je vous propose également de faire insonoriser l'une des pièces de votre appartement : cela occasionne, là encore, des frais, payables en quarante-huit ou soixante-seize mensualités, mais si vous ne le faites pas, je me demande comment vous allez vous en tirer, d'une part, et d'autre part vous donner à plein dans l'exercice de vos activités de père maltraitant.

— Qu'est-ce que tu en penses ? demanda mon père à ma mère.

— C'est vrai que c'est cher, confirma ma mère.

— En même temps, on n'a rien sans rien, fit valoir mon père.

— Je peux vous laisser la brochure et vous réfléchissez tranquillement, proposa M. Zurbaran. Nous sommes là jusqu'à jeudi soir, pour la nocturne. Voici ma carte. Vous me joignez quand vous voulez, je reste à votre disposition.

— Ça vaut peut-être le coup, se balança mon père.

— Ça vaut surtout les coups, plaisanta M. Zurbaran.

— Excellent ! salua mon père.

— Je n'ai pas compris, grimaça ma mère.

30

Nous avons continué à arpenter les travées. Partout, des stands spécialisés. Nous avons fait un tour au martyrodrome où, gratuitement, les parents pouvaient essayer sur leurs enfants tout un assortiment de tortures épatantes, originales – surprenantes. Nous avons dû faire la queue, mais il était des occasions (je l'avais déjà remarqué) où la patience de mes parents semblait à toute épreuve. On a assisté à une interview : le président de l'Association pour la préservation des enfants battus (APEB), un petit monsieur au col de costume parsemé d'énormes pellicules lustrées répondait – avec un calme olympien et un sourire satisfait – à de jeunes journalistes dont l'un avait les cheveux aussi bouclés que les miens (hélas, mes parents m'obligeant chaque quinzaine à me raser pratiquement le crâne, je ne pouvais en profiter comme lui).

— Nous sommes ici, expliquait doctement le pelliculaire petit monsieur, pour aider les parents à immoler les enfants. Nous voulons faciliter leurs premiers pas – pour ceux qui débutent bien entendu – dans cette activité exigeante. Apprendre à contraindre, à châtier, à humilier avec un *maximum* d'efficacité et un *minimum* de désagréments. Notre démarche est encore mal comprise, mal vue, mal acceptée par certains. Nous faisons fi des bien-pensants. Nous avons l'habitude des adversaires, qui sont d'ailleurs toujours les mêmes : féministes, gauchistes, écologistes, psychanalystes, pédopsychiatres, j'en passe. Les enfants – on ne doit jamais l'oublier – nous sont inférieurs. C'est à cette infériorité que nous souhaitons, de toutes nos forces, nous attaquer. Vous n'imaginez pas les pressions auxquelles nous sommes actuellement confrontés : il en faut, du caractère, pour imposer nos idées. Idées simples, mais qui paraissent, comme toutes les idées fortes et originales, insupportables aux yeux de la société contemporaine. Notre philosophie est la suivante : nous partons du principe que la violence doit s'exercer sur les petits, que la force doit tout naturellement s'abattre sur les faibles, que les sévices doivent *sans exception* s'exercer sur ceux qui n'ont aucun moyen de se défendre. Nous voulons par là rompre avec un monde masochiste – et fier de l'être – dont ledit masochisme, hérité du judéo-christianisme, représente un frein à l'assouvissement de nos pulsions primitives. Qui voudrait *vraiment* aller s'en prendre à un colosse ? Qui aurait l'idée, incongrue s'il en est, de provoquer un géant ? Soyons honnêtes avec nous-mêmes, chers amis ! L'instinct commande un inverse soulagement : écouler nos passions sans en être ni empêchés ni symétriquement punis. Une loi du talion, mais sans réciproque ! Œil et dent ! Voilà ce que nous entendons réhabiliter. Hélas, nos lois font la loi. Ce qui, à l'aube des temps, quand les décrets ne perturbaient aucun de nos penchants, qu'aucun tribunal ne convoquait nos plus basiques élans, incarnait la norme – comme incarnait la norme l'homosexualité à Athènes –, voilà ce que je veux rebâtir, retrouver, remettre au goût du jour. Cela part évidemment d'un souci de pacifisme : si les parents, intimidés par le terrorisme ambiant de nos institutions, franchissaient plus souvent ce Rubicon, venaient nous rejoindre dans cette grande fête de l'ecchymose et des larmes, il y aurait moins de guerres. Plus de violence chez soi, c'est moins de violence en dehors ! Flûte ! C'est ça que nos politiques ne veulent point s'enfoncer dans le crâne. Pourtant, je puis vous le certifier, j'en connais parmi eux qui cognent leurs gosses comme jamais je n'ai cogné les miens. Les hypocrites ! Un jour, je publierai les noms de ces décideurs qui font mine de nous fustiger publiquement mais qui, une fois close la porte de leur appartement, se livrent sur leur descendance aux joies diverses et variées du châtiment corporel ou de la torture mentale – l'un n'allant évidemment chez nous pas sans l'autre. Personnellement, je n'ai pas honte de ce que je suis. Nous n'avons pas honte, nous autres parents battants – ou parents batteurs, comme vous voudrez – de crier haut et fort que nous sommes des molochistes. On veut étouffer notre voix, condamner notre message, paralyser notre action. Nous ne céderons pas. Nous sommes puissants vous savez. Surtout : nous sommes nombreux. Si nous n'existions pas, quantité de parents frapperaient leurs enfants *n'importe comment*. Or nous pensons que c'est une activité qui doit être encadrée. J'ai remis tout à l'heure à un jeune couple dont le fils a été mal maltraité dès le départ une plaquette sur la mutilation. Ils avaient sectionné l'auriculaire du gamin avec les mauvais instruments et oublié de répandre du sel et du vinaigre sur la plaie ! Je rappelle d'ailleurs à notre ministre des Affaires sociales, qui ferait bien de se mêler de ses affaires, que contrairement à ce qu'il a précisé dans sa circulaire récente – et qui montre l'ampleur de son ignorance sur ces questions –, le sel et le vinaigre ne sont pas destinés à apporter un surplus de souffrance – pour quoi faire ? à quoi cela rimerait-il ? – mais à *faciliter la cicatrisation*. Il ferait bien de relire les Évangiles, celui-là ! Le Christ a eu le martyre adouci par le vinaigre. Ces types sont pleins d'idées reçues. Ils légifèrent sur tout sans rien savoir sur rien ! C'est comme l'histoire – toujours au sujet de Notre Seigneur Jésus-Christ – de la lance perçant le flanc. Ce coup de lance, pour être fameux, n'en est pas moins mal interprété puisqu'il n'entraîne pas la mort mais, *conformément au droit romain*, permet son constat. Alors quoi ! Méfions-nous des apparences, source de malentendus et de médisances. Pour ma part, je ne suis là que pour transmettre un patrimoine du génome humain : sa violence, la violence intrinsèque à notre espèce. En rien cela ne fait de moi un homme « méchant ».

— Préconiser ces sévices serait-il un moyen pour vous de préparer l'enfant martyr à la violence du monde qui l'attend ?

— En aucun cas. En aucun cas ! Car ce que vous ne semblez pas comprendre, les journalistes, tous autant que vous êtes – cela est sans nul doute une déformation professionnelle due à l'actualité terrible dont le plus souvent vous devez rendre compte –, c'est que *jamais* le monde n'a été si peu violent. C'est une crétinerie que d'affirmer que nous sommes au seuil de l'Apocalypse, que la fin des temps est imminente. C'est tout le contraire ! Et non seulement le monde n'a *jamais* été si peu violent, *jamais* vivre sur cette planète n'a été si doux qu'aujourd'hui, en 1976, mais *jamais* non plus l'homme n'a été plus gentil, plus détendu, plus avenant, plus cordial, plus moral, plus amical, plus accueillant, plus ouvert, plus tolérant, plus charmant, plus civique, plus civilisé, plus apaisé. *Jamais*, sur la terre, il n'y a eu aussi peu de guerres, de conflits, d'affrontements, d'annexions, de soulèvements, de répression, de barbarie, de génocides qu'à l'heure où nous parlons. De moins en moins de haine raciale, d'exactions antisémites, de misogynie, de xénophobie. De moins en moins de nationalisme. Partout, on enregistre les vertigineux progrès de la paix, de la vertu, de la convivialité. *Jamais* l'humain n'a moins été en danger. *Jamais* l'humain n'a été si peu intranquille. *Jamais* il n'a été si peu traqué, si peu harcelé, si peu attaqué par d'autres humains. Cela en frise même l'aberration. Cela a même quelque chose de débile, de pornographique, d'obscène. On baigne toute la journée dans la sérénité. Dans la sécurité. Les gens se bâfrent de prospérité, de repos, de calme. Ils commencent à se vautrer dans la confiance. Leur optimisme dégueule de partout. Une vraie débauche de bien-être. Cela est écœurant et, surtout, ne correspond pas à la véritable nature de l'homme. Mon rôle, dans tout ça, est d'assurer une transmission de cette violence originelle qui s'émousse aujourd'hui, s'étiole, se meurt, se racornit, s'éteint. Est chaque jour bafouée. Chaque jour un peu plus oubliée. Foulée aux pieds. Méprisée. Le devoir de mémoire, cela vous dit quelque chose ? Je suis fidèle aux rituels. Je dois rester le témoin de ce qui fait le fondement même de la nature humaine : son inhumanité. Au XXᵉ siècle, seuls 3 % des hommes sont morts à cause de leurs pairs. Une bagatelle : la guerre de Trente Ans a décimé en son temps un tiers de la population allemande ! Entre l'époque de Shakespeare et maintenant, le taux d'agression en Angleterre a chuté de 90 %... Ce sont des pans entiers de cruauté qui se sont effondrés. Nous autres, à l'APEB, avons décidé de résister, de préserver un îlot de ce qui a fait, de tout temps, la spécificité de l'homme avant que la morale ne vienne tout gâcher. Nous nous opposons, avec un certain fascisme, à toute idéologie des droits de l'homme, dont sont par ailleurs dérivés les droits de l'enfant. Pour ce qui concerne cette dernière créature, nous préférons la mutilation à la récréa-

tion, la vivisection à la contemplation, la punition à la satisfaction, la séquestration à l'évasion, la flagellation à la
jubilation, la lacération à l'attention, l'humiliation à la consolation, la cruention à la célébration, la dégradation à la glo-
rification, la torsion à la dévotion. Cette immémoriale
barbarie, c'est aux parents de la transmettre à leurs enfants.
Les torrents vont vers la mer, la mer insatiable, les torrents
vont vers la mer, où ils ne cessent d'aller... La transmission.
La mémoire. La mémoire, c'est la transmission de la transmission : c'est pourquoi nous espérons bien qu'à leur tour,
les enfants martyrs martyriseront leurs enfants, et ainsi de
suite. Nous ne voulons pas que tout s'oublie des choses
passées. Nous refusons que tout s'oublie des choses qui
viennent. Par les gestes répétés, machinalement répétés, nous
assurons, sous forme d'hématome et de traumatisme, par le
biais de la brimade, de la morsure, du viol, et de mille autres
tourments ancestraux, la présence, parmi nous, du passé. Ce
qui fut cela sera, ce qui s'est fait se refera. Rien de nouveau
sous le soleil. On dit : regarde, voilà du nouveau, mais cela
fut déjà de tout temps avant nous, qui devons en garder la
trace. Les jours passent, tout s'oublie : nous n'oublierons pas.
N'oubliez pas, frères, camarades et citoyens, ce que signifie
la haine de la vie, la pourriture de l'existence, la vanité des
choses, la démence des vents. Apprenez à détester votre
travail, à cracher sur le soleil, à mépriser les fruits blets de
vos putréfactives entrailles. Torturez ces chairs de vos chairs
avec compétence. Faites jaillir de partout, en elles, la déception, la déception de la déception, la déception de la déception de la déception ! Réveillez les douleurs de nos aïeuls.
Ne communiquez point l'art de jouir. Ne répétez point les
secrets de la sagesse, du savoir, de la joie. Enseignez avant
tout que le bonheur est *impossible*. Déplaisez au maximum
de vos capacités : dégoûtez vos enfants de vous-mêmes, puis
d'eux-mêmes, puis de la vie, puis de toute forme de vie, puis
de l'Être. Un peu de temps pour faire naître, beaucoup de

temps pour faire mourir. Très peu de temps pour planter, énormément de temps pour arracher. Un temps illimité pour tuer, un temps chronométré pour guérir. Un temps infini pour détruire, un temps record pour bâtir. Un temps dilaté pour pleurer, un temps rétracté pour rire. Un temps étiré pour le deuil, un temps condensé pour le twist. Un temps exagéré pour jeter les pierres, un temps ramassé pour amonceler les perles. Un temps ridicule pour s'étreindre, un temps démentiel pour se séparer. Un temps compté pour chercher, un temps éternel pour laisser. Un temps très bref pour préserver, un temps très long pour se débarrasser. Un temps qui prend son temps pour mettre en pièces, un temps qui n'a pas le temps pour coudre. Un temps monumental pour se taire, un temps réglementaire pour parler. Un temps millimétré pour aimer, un temps démesuré pour haïr. Un temps rallongé pour la guerre, un temps rétréci pour la paix. Dieu n'a donné aux enfants de l'homme que peine pénible sous le soleil. Dieu fait craindre sa face ! Ce qui fut déjà le fut, ce qui doit être fut déjà. Dieu retrouve ce qui s'est perdu. Dieu éprouve les fils de l'homme, ils voient qu'ils sont des bêtes, qu'ils ne sont que cela. Il n'y a qu'un souffle pour tous, l'homme n'a rien que n'a la bête. J'ai vu le mal sous le soleil : un mal interminable doit continuer de peser sur l'homme. Mieux vaut peine que rire ! J'en suis venu à plaindre les pauvres parents qui n'ont pas d'enfant à battre. Ce n'est pas une vie. Il y a une noblesse dans ce pacte qui unit les géniteurs à la chair de leur chair. C'est une longue tradition, que de frapper ses enfants. C'est un acte immémorial. Celui qui frappe la chair de sa chair, d'une certaine façon, se flagelle lui-même. C'est de la chair qui reste en famille, vous comprenez. C'est le même sang. Sauf qu'il n'est pas forcément simple de se laminer soi-même. Techniquement, déjà, cela n'est point aisé. Et puis, la crainte du ridicule, ensuite… Nous recevons ici quantité de parents, tous plus charmants les uns que les autres, qui confessent martyriser leurs enfants parce qu'ils ont peur, s'ils s'affligeaient eux-mêmes des peines en question, du qu'en-dira-t-on. Je ne vous cache pas que la véritable philosophie de la martyrisation enfantine est ailleurs : je la conçois comme un art, comme une façon de transférer la haine de soi sur un autre, qui la transmettra à son tour. C'est une *libération*. On peut apprendre à s'aimer en se délestant de ce poids de haine sur un être parfaitement vierge, totalement, absolument innocent. Ce transfert de haine, par sa pure gratuité, possède quelque chose de beau, de pur, de bouleversant. S'en prendre à un ennemi, à un salaud, à un cynique, à un méchant, ou encore à plus fort que soi détruirait tout, gâcherait cet édifice dont la philosophie repose précisément sur ce postulat : « Fais à autrui, non seulement ce que tu ne voudrais pas qu'il te fasse, mais ce qu'il est incapable de te faire. » Certains trouvent cela cruel, d'autres voient là-dedans un message antichrétien. Je rigole. Nous sommes là au royaume de la gratuité définitive. Du désintéressement à son sommet. Car enfin, dans le don d'amour, le don est gâté par un soupçon de réciprocité : l'amour trouve toujours un moyen de se faire rembourser. Je ne dis pas que quelques hurluberlus, depuis que l'humanité existe, n'ont point fait preuve d'une parfaite oblativité, mais il s'agit là d'une remarquable élite. L'oblativité amoureuse est une oblativité douteuse. Hétérogène. Hétéronome ! Tandis que l'oblativité haineuse... Comment mettre en cause sa gratuité ? Il est patent que celui qui la distribue – par l'intermédiaire notable des coups, des hématomes et autres pénibles sévices – n'entend guère les percevoir à son tour, à la manière d'un boomerang. Celui qui aime attend toujours un petit quelque chose, un dû, fût-il minuscule, une rétribution quelconque, fût-elle symbolique... Il cherche, même inconsciemment, son petit pourboire sous les cieux. Un petit retour sur investissement. Même à faible taux. C'est humain, je puis l'entendre. Je ne suis pas là pour juger mon prochain. Au moins, avec la haine, avec la cruauté, avec l'humiliation, tout est bien net. La chose est entendue. Nul ne viendra vous accuser de vouloir tâter du même bois. L'offrande est à perte. C'est cadeau. Vraiment cadeau. Ce n'est point bijectif. C'est infiniment surjectif. Il arrive plus d'éléments dans l'ensemble d'arrivée, à savoir l'enfant – qui est à l'image de ses parents –, que dans l'ensemble de départ, le père ou la mère. J'emploie à dessein le terme mathématique d'*image*, car voyez-vous, ce n'est pas tant soi qu'on martyrise via son enfant qu'une image de soi. Un fils, une fille, est un avatar de soi-même. On peut ne pas vouloir se refléter dans un individu, dans une individue, différent, différente de nous. La plupart des parents qui s'honorent d'être mes clients sont généralement des êtres d'une grande douceur. Ils ne feraient pas de mal à une mouche – d'ailleurs, ils ne le font pas. Jamais ils ne donneraient un mauvais coup à leur chat, à leur petit chien. Jamais ! Cela ne leur viendrait pas même à l'idée. On ne peut donc pas les ranger, contrairement à ce que peuvent penser les ignares et, vous autres les journalistes, écrire, dans la catégorie des salauds. « Bourreaux », oui, bourreaux bien sûr, bourreaux évidemment ! C'est qu'il s'agit là d'un terme qui possède son histoire. Son aristocratie propre – celle d'un certain savoir-faire, d'un artisanat par ailleurs en perte de vitesse dans la majorité des autres secteurs d'activité. Il y a une grandeur du bourreau. Une mission du bourreau ! On ne peut laisser l'horreur dans les mains du premier venu. Le supplice ne supporte point l'à-peu-près. Une relation de confiance doit s'établir entre le bourreau et sa victime. Il y a toute une *procédure*. Les gens s'imaginent que les parents qui tabassent leur progéniture sont des camionneurs, des brutes épaisses qui balancent des coups de boule à tout-va, comme au Bar de la Marine ! Qu'ils jouent des poings au petit bonheur la chance ! C'est ne rien comprendre à ce statut. À cet art difficile. À cette science particulière. C'est un travail ! Un travail de précision. Un labeur méticuleux. C'est de l'orfèvrerie. C'est technique. Faire mal comme il faut, là où il faut,

650

le temps qu'il faut, c'est des années et des années de pratique. Il s'agit d'un exercice de discipline. Qui demande humilité, concentration. Et le respect de la petite victime. Trop de violence conduit à la mort, et la mort de l'enfant est la honte du parent martyrisateur. Pas assez de violence, et vous êtes la risée, non seulement de votre conjoint, mais de votre enfant. La question du dosage est déterminante. C'est de la chimie. De la peinture sur camaïeu. C'est une tâche à exécuter avec beaucoup de précaution. Moi, les parents qui se vantent d'avoir un enfant martyr au prétexte qu'ils ont des gros biscoteaux et qu'ils lui filent des gnons, des branlées, des avoinées tous les matins et tous les soirs, je les raccompagne gentiment à la porte. Ils se sont trompés d'adresse. Nous ne sommes pas au Flunch de l'enfance battue. Nous avons une réputation à défendre. Les enfants ont des droits : les enfants battus aussi, figurez-vous. Au premier desquels, ne pas être battu par le tout-venant. C'est pourquoi nous préconisons ce stage de trois jours, qui permet aux parents intéressés – et par conséquent intéressants – de ne pas faire n'importe quoi sur n'importe qui. Avec nous – comme le stipule notre dépliant –, c'est « l'insécurité en toute sécurité ». Les parents pourront découvrir, pendant ces trois journées complètes, des châtiments répertoriés, et qui ont fait leur preuve depuis des centaines, voire des milliers d'années, puisque nous avons à notre programme des supplices qui remontent aux prestigieux temps de Babylone. Babyloniens, Assyriens, Sumériens et Perses ne badinaient guère avec les tortures, je puis vous le garantir. Ils étaient gens de professionnalisme et d'exactitude. Ils avaient la barbarie méticuleuse. Pointilleuse. C'étaient des civilisations qui connaissaient l'art du détail. Rien n'était insignifiant pour eux. Leurs dieux les surveillaient, me direz-vous. Aujourd'hui, en 76, il n'y a plus le moindre dieu pour nous surveiller : nous n'avons plus personne à craindre. Alors, les gens se sont mis à craindre leurs enfants, les enfants sont devenus des enfants-rois, puis, comme si ce n'était pas suffisant, des enfants-dieux. Les parents se prosternent devant eux.

— C'est l'héritage de cette saloperie de Mai 68, avança un journaliste de *Minute* (mon père, qui ne perdait rien de la conversation, acquiesça d'un prompt mouvement de nuque).

— Exact. On en crève, acquiesça l'interviewé. C'est la fin des haricots. L'enfant est devenu la valeur suprême. Tout se définit par lui, en fonction de lui. Toute la société, mesdames messieurs. Bientôt, ce sera toute la civilisation. Et la civilisation crèvera de son infantilisme. De son infantilité. Ce sont les enfants qui décident des dates auxquelles nous devons partir en vacances. Ce sont les enfants qui décident de ce que ma femme, pendant les courses, doit mettre dans son panier. Il faut faire attention, toute la sainte journée, à ne pas les traumatiser... D'où viennent les enfants ? C'est la question que je pose. C'est la question qui me taraude. Je ne sais y répondre. Mais qu'ils y retournent ! C'est tout ce que je demande. Les enfants battus, eux au moins, ont une fonction, un destin. Ils sont nos martyrs. Pour cela nous les aimons. Ils ne sont point comme les autres qui ne méritent même pas d'être martyrisés, mais à qui il faudrait foutre une bonne paire de baffes ou qu'il s'agirait carrément de tuer, d'exterminer. D'étouffer. Tous ces cons ne comprendront jamais qu'il y a une *éthique* de la martyrisation. C'est pourquoi je ne supporte pas les parents qui nient les sévices qu'ils pratiquent sur leur progéniture. Les honteux. Les chiasseux. Les traîtres. Ce sont ceux-là qu'il faudrait dénoncer, non ceux qui font honnêtement subir à leur fils ou à leur fille des châtiments honnêtes. Eux ne sont pas à suspecter : ils s'assument. Ils savent où se trouve leur jouissance, et nous nous employons à ce que celle-ci ne soit point entravée.

— Tout cela est fort bien dit, intervint mon père à l'étonnement d'une journaliste du *Monde*.

— Et même plus que cela, ajouta ma mère à l'étonnement d'un grand reporter de *Elle*. On sent que vous avez vraiment réfléchi à la question. On se sent moins seuls. On se sent compris. Merci. Bravo.

— Je vous en prie. Nous sommes là pour ça. L'amateurisme, la brutalité et la bêtise sont nos ennemis endémiques. Nous désirons garder le dépôt du martyre. Telle est notre mission. Nous la prenons très au sérieux.

31

Le petit monsieur au col de costume parsemé de grosses pellicules lustrées et président de l'APEB remercia, une fois les journalistes partis, mes parents. Leur intervention, non prévue, était tombée du ciel. Mes parents remercièrent le petit pelliculaire monsieur pour ses remerciements. Le président de l'APEB se présenta plus en détail.

— Je m'appelle Caribert Babinovérou, dit M. Babinaux-Vayroult. Je préside l'Association pour la préservation des enfants battus. Je suis ravi de faire votre connaissance.

— Même chose pour nous, répondit mon père en lui offrant une poignée de main très ferme.

— Nous nous appelons monsieur et madame Moix, compléta ma mère. Voici notre fils, Yann.

— Parfait, fit M. Babinaux-Vayroult. Si vous le souhaitez, je puis prendre quelques instants pour vous faire visiter notre Salon. Vous m'avez l'air fort sympathiques et très concernés par nos activités.

— Affirmatif, confirma mon père.

— Je confirme, affirma ma mère.

M. Babinaux-Vayroult s'approcha alors d'un stand et se fit remettre par une jolie jeune fille rousse à nattes un tee-shirt qu'il me tendit en m'adressant un large sourire empli d'humanité.

— Ça bonhomme, c'est pour toi, me lança M. Babinaux-Vayroult. Inutile de me remercier.

— Dis merci, dit ma mère.

— Ou je t'en colle une, ajouta mon père.

— Ah non, je vous en prie, pas de brutalité, fit M. Babinaux-Vayroult. Je ne supporte pas cela.

— Je vous demande pardon, s'inclina mon père.

Le tee-shirt que m'offrit M. Babinaux-Vayroult représentait, en sérigraphie, une jeune fille de 14 ou 15 ans, avec un petit nez retroussé et des gaies couettes. M. Babinaux-Vayroult nous expliqua qu'elle s'appelait Évangéline et qu'elle était la mascotte, l'emblème de l'APEB. Évangéline, selon les informations très sûres de M. Babinaux-Vayroult, vivait actuellement dans une cave, en Isère, dans la banlieue de Grenoble – il n'avait pas le droit de donner de plus amples informations pour d'évidentes raisons.

— J'ai la chance d'avoir pu la visiter une fois, il y a deux ans, expliqua M. Babinaux-Vayroult. Je peux vous dire que notre petite Évangéline est extrêmement bien maltraitée. Son bourreau – qui est un ravisseur puisqu'il l'a arrachée des mains de sa famille, un prénommé Nicéphore – fait un très bon travail.

Mes parents, comme tous les parents de France, étaient au courant de cette affaire. C'était dans tous les journaux. On ne savait rien de plus ; ni qui était le ravisseur, ni quel calvaire la fillette endurait. M. Babinaux-Vayroult, lui, connaissait cette affaire dans les *moindres* détails.

La jeune Évangéline avait disparu pendant sept ans. Nicéphore lui apportait parfois dans la cave qui lui servait de chambrette des livres de grammaire ou de mathématiques. Les jours où le viol s'était bien passé, elle les consultait. Sans aide de personne pour les assimiler, les comprendre, elle se sentait perdue. Ce n'étaient plus un manuel d'algèbre, une méthode d'allemand que la jeune fille tenait dans les mains : mais des poissons morts. La logique n'avait aucune prise sur elle. Son intelligence n'avait pas bougé depuis sa séquestration.

Évangéline possédait un petit carnet secret, aux spirales aplaties, dans lequel étaient alignés des pensées confuses, des maximes provisoires et des jugements désordonnés. Elle s'était convaincue que Nicéphore ne trouverait pas ce fascicule de survie. Il l'auscultait pourtant chaque dimanche, au moment où elle prenait sa douche « à l'étage », puis le rendait, amusé, à sa clandestine cachette.

Nicéphore n'avait plus peur, comme autrefois, d'y trouver des mots horribles à son endroit. Même, il y prenait un certain plaisir. Au fil des pages, d'une écriture étonnamment ronde pour une jeune fille qui n'avait connu que des angles, s'étalait une philosophie sommaire du renoncement à la vie extérieure qui eût serré la gorge d'un bourreau plus humain. L'expression était brouillonne, l'orthographe, aléatoire. Des reproches légitimes, presque convenus, affligeaient Nicéphore. Mais à force d'enfermement, de moisissure, d'obscurité, Évangéline avait fini par marquer une reconnaissance folle à celui qui lui avait permis de se sentir unique au monde.

Une étrange vision de l'univers se déployait sur les petites pages alternativement roses et vertes. L'orgueil scientifique d'une adolescente gâchée pour la vie tirait gloire de connaître un destin d'exception. Dehors, perdues dans la lumière du jour, toutes les filles se ressemblent. L'extérieur nivelle les êtres et les oxyde. Les filles de son âge pointaient en direction du soleil leurs naissantes poitrines pour faire bander des garçons idiots. Elles perdaient du temps à chercher un amoureux, puis le plaquaient gratuitement pour un autre. Et ainsi de suite, qu'il pleuve, qu'il neige. Elles cherchaient toutes le même bonheur, et toutes avaient la même façon de ne jamais le trouver.

Dans les soirées, elles buvaient comme des trous et faisaient usage de drogues diverses, tels la cocaïne ou l'ecstasy, puis rentraient à l'aube dans la voiture sonore d'un con. Au lycée, elles regardaient jalousement les vêtements et les sacs de leurs concurrentes, puis se laissaient évasivement draguer par des professeurs d'histoire portés sur le sexe.

Accroupie dans son souterrain, Évangéline éprouvait d'une seule traite le malheur d'une vie entière de n'importe quelle de ces adolescentes paumées, et abandonnait aux moins enfermées qu'elle l'illusion de la liberté. Son trou à rats l'avait dotée d'une prescience de l'aventure humaine. Elle avait, au cours des ans, apprivoisé l'exiguïté de sa prison toute sombre par la conviction rectificatrice et vengeresse qu'en plein soleil les joies se corrompent, les plaisirs se payent et les amours s'abîment.

S'évader, c'eût été s'exposer à la déception. Ce monde plus grand, qui faisait concurrence au sien, et n'espérait plus la revoir, se saturait de déchéances et de vieillissements. Évangéline vieillirait moins ici, installée dans un espace perpétuel et constant. Le temps qui s'écoulait dans son caveau n'était pas vraiment du temps. Son existence était remplie d'une magistrale unité. À des millions d'années-lumière d'ici, autrement dit à quelques mètres, régnait la confusion des choses. Une continuelle complication se développait, faite de décisions politiques inaudibles, de flux financiers exubérants, de guerres ultramodernes, d'attentats sophistiqués. On était mieux ici, non pas à ne pas savoir, mais à ne pas avoir à savoir.

32

À mes parents, M. Babinaux-Vayroult remit une petit médaillon en toc à l'effigie de saint Paul.

— À l'APEB, nous sommes plutôt paulistiens, déclara M. Babinaux-Vayroult, sans se douter une fraction de seconde que celui à qui il venait d'offrir un de ses fameux tee-shirts était un juif achéropite. Oui ! Saint Paul ! Une pierre, projetée contre un crâne humain, l'éclate : des morceaux de ce crâne dans les airs, et du sang, en gerbes, qui gicle. Nous appelons cela une lapidation. La pierre est un matériau qui fait mal. La pierre est lourde, elle est un morceau du plomb de la terre. C'est un extrait de la gravitation, elle pèse. Nous faisons tout pour ne pas imaginer la scène, et la voilà au ralenti, monsieur et madame Moix, avec quelques arrêts sur image : une main crispée, haineuse, la serre, la lance avec force. C'est du danger qui accélère. Moment, instant de l'impact : frelon, abeille, accident. Une mort certaine, bleue, avec les veines. Un trou dans la tête : c'est fini. Couleur abricot. Ce fut de la vitesse. Le crâne n'est plus qu'une étoile, regardez. Comment faire comprendre à cette pierre, à ce caillou haineux, rempli de folie et irréversible, ce qu'elle, ce qu'il, transporte ? Et avec quelle fureur... Une vie. Sous son impact, cette vie se crispe, s'achève, avec ses caprices, ses incertitudes, sa peur commune de la mort. C'est un caillou fait de l'instinct des hommes. Quelle arme facile à trouver, une bombe que l'on ramasse par terre, sur un chemin. On aurait pu shooter dedans, non : il a fallu qu'on la ramasse, la roule dans nos mains, comme de la pâte compacte et méchante, durcie infiniment. Un os, une tempe rencontrée. C'est la fin. Terminé. Je suis à genoux et je ne bouge pas. Surtout ne pas bouger, ne pas ciller. Épouser cette colère, rester impassible sous cette pluie. J'implore le Christ, il est tout pour moi, il protège ma vie. Il m'est coutume, et bunker. C'est un parapluie, un paratonnerre : un parapierre ? J'écris des poèmes depuis si longtemps, dans lesquels je lui rends hommage. Je lui rends hommage. Étienne ! Le lapidé-tienne ! C'est moi. Moi ! sous la pluie des colères de pierres ! Comme sous un volcan ! Terrible. Mais bon, venez donc. Mon lyrisme m'emporte et je vous avais promis une visite de notre joyeux Salon ! Le stand numéro 1, que vous voyez ici, est un stand où nos équipes apprennent aux parents à faire des nœuds. Nous sommes en ceci fort proches de nos amis marins. Il s'agit, comme prélude à la plupart des sévices, de connaître les principes du nœud : comment pourrions-nous prétendre sinon lier et ligoter sainement notre progéniture ? Un bon nœud est le B.A.-BA. Cet atelier, où nous voyons en ce moment de jeunes parents s'exercer sur des enfants prêtés pour l'occasion par l'APEB, est technique mais indispensable. On y apprend à plier, à tirer de façon que le lien se maintienne le plus serré possible.

M. Babinaux-Vayroult nous fit entrer sur le stand proprement dit.

— Monsieur Moix, madame Moix, je vous présente monsieur Orvolo, notre spécialiste du nœud, qui va vous expliquer exactement, et mieux que moi surtout, les finalités de son atelier.

— Avec plaisir, fit M. Orvolo (qui se prénommait tout simplement Rob).

Rob Orvolo était un moustachu, genre campagnard, d'à peine 35 ans. Son nez était pointu ; on eût dit un bec. Ses yeux louchaient quelque peu ; il postillonnait en parlant. La passion pour son « métier » semblait l'absorber complètement. Une manière de fureur pétillait avec allégresse, champagne-girandoles dans son regard intelligent. C'était un homme de conviction, qui à son tour voulait convaincre. Sur le nœud, sur les nœuds, on sentait qu'il avait tout lu, qu'il était abonné à toutes les revues, aux magazines les plus spécialisés, aux publications les plus pointues, aux parutions les plus récentes. Il était lui-même papa de deux jumeaux parfaitement martyrs (Harold et Fletcher) qu'il n'avait pas emportés avec lui au Salon parce que, justement, les liens qui les rattachaient à leur chambre (une masure de sous-sol façon Évangéline) semblaient indéfectibles d'une part, et que d'autre part leur maman (qui répondait au doux prénom de

Prudente) était restée auprès d'eux pour leur brûler le torse toutes les demi-heures avec un fer à repasser.

— Approche, petit, me fit M. Orvolo. Je peux ? demanda-t-il à mes parents et à M. Babinaux-Vayroult qui tous trois répondirent d'une sorte d'évidente affirmation grimacée.

M. Orvolo (Rob) me saisit les poignets avec une force que je n'eusse cru pouvoir prêter qu'à un titan ou à un ogre – à un de ces super-héros qui s'agitaient dans les cieux new-yorkais dont la revue *Strange* rendait mensuellement compte. Il effectua sur moi, en moins d'une seconde, un nœud qu'il fit avec un seul brin qu'il plia en boucle, dont il passa ensuite le bout dans ladite boucle qu'il serra surhumainement. Mon sang s'arrêta net de circuler ; j'eus le souffle coupé. Ma figure était bleue.

— Ça, commenta M. Orvolo devant mes éblouis parents, c'est le nœud simple. C'est la base. L'équivalent, en solfège, de la clef de sol. Ce n'est pas un nœud dont je dirais qu'il est suffisant, mais c'est un nœud qui est nécessaire. Regardez votre fils : tout vicieux qu'il est, il semble néanmoins fort découragé dans sa témérité à vous nuire. Il est bloqué. Il est : noué. Il est : lié.

M. Babinaux-Vayroult s'enquit (non sans fierté) de la puissance de la démonstration (de force, d'agilité, de fermeté, de savoir-faire, de professionnalisme) auprès de mes parents.

— Impressionnant, reconnut mon père.

— Ça a l'air facile, comme ça, une fois qu'on le voit tout fait, observa ma mère, mais…

M. Orvolo défit le nœud puis recommença presque le même, un peu plus vite encore :

— Plus élégant, voici le nœud simple gansé : c'est le nœud simple avec une ganse à la place de la boucle, comme son nom l'indique. Comme vous avez pu le constater, il est tout aussi rapide à réaliser : j'aurais pu asséner déjà trois ou quatre coups de boule à votre rejeton sans même qu'il ait le temps de crier gare, ni même de crier tout court.

Puis, en me prenant toujours comme cobaye (au bout de quelques démonstrations, ma souffrance fut tellement vive que je ne ressentis plus *rien*), il prouva derechef sa dextérité avec un nœud allemand. Ce nœud ne différait du nœud simple qu'en ce que les brins de la boucle étaient croisés deux fois.

— Sans nœud, nous ne sommes rien, sourit M. Orvolo en exécutant (toujours sur moi) une démonstration au ralenti, puis en accéléré, du nœud droit (nœud qu'il exécuta avec deux boucles dont chacune embrassait les deux brins de l'autre, de sorte que les deux brins passaient du même côté de chaque boucle). Comment installer un gosse sur une table de travail, ou aux sabots d'un cheval, ou derrière une moissonneuse-batteuse, ou encore au cul d'un bus, d'un camion, d'une simple 4L si on n'est pas capable de l'attacher solidement ? Je ne demande pas aux parents de connaître les subtilités du nœud d'anguille, du nœud de bouline double, du nœud d'ajut, du nœud de calfat, du nœud croc de palan, du nœud gueule de loup, du nœud de capelage, du nœud demi-clef, du nœud demi-clef à renversées, du nœud d'étalingure de grelin, du nœud de drisse de bonnette, du nœud cul de porc simple, du nœud cul de porc double, du nœud tête d'alouette, du nœud de hauban simple, du nœud de hauban double, du nœud de jambe de chien, du nœud bec d'oiseau, du nœud d'étalingure de câble, du nœud d'agui, du nœud d'étrésillon, du nœud de drisse anglaise, du nœud tête-de-more, du nœud gueule de raie, mais au moins qu'ils sachent me faire, à la fin de la journée, un nœud de bouline simple, un nœud d'écoute simple, un nœud de ride, un nœud de grappin, un nœud d'orin, un nœud de chaise simple et même un nœud de chaise double.

— Pour obtenir le diplôme de l'APEB, l'épreuve du nœud est obligatoire et... éliminatoire, expliqua M. Babinaux-Vayroult.

— Ah, il y a un diplôme ? demanda ma mère, étonnée.

— Tout à fait, répondit M. Babinaux-Vayroult. C'est un diplôme très sélectif, comme il en existe par exemple pour les meilleurs ouvriers de France, que les parents, ou du moins l'un des deux parents, doit passer en compagnie de l'enfant à martyriser. Ce diplôme, très prisé – il y a beaucoup d'appelés et peu d'élus puisqu'il s'agit d'un *concours* et non d'un *examen* –, présente la particularité, cohérente avec notre souci constant d'un respect de la victime, d'être remis en son nom au supplicié lui-même.

— Ah bon ? se renfrogna mon père. C'est nous qui faisons tout le boulot et c'est *lui* qui est décoré ?

— Pour des gens qui détestent les enfants-rois, c'est un peu étrange, fit (très logiquement) remarquer ma mère.

— Beaucoup de parents nous adressent le même reproche, sourit M. Babinaux-Vayroult. Cela part d'un bon sentiment. Mais monsieur Orvolo, qui est comme moi de la partie *(M. Orvolo fit un signe oblique de la tête comme pour signer un blanc-seing à tout ce que M. Babinaux-Vayroult était susceptible de raconter)*, pourrait vous le dire également : il y a quand même souffrance chez l'enfant. C'est *lui* qui souffre. Il souffre par *nous*. Il souffre pour *nous*.

— Je n'avais jamais envisagé les choses sous cet angle, reconnut mon père.

— Eh oui. C'est ça qui fait la différence, fit M. Babinaux-Vayroult avec un air hautain, presque méprisant.

— Comment s'inscrire à ce stage ? questionna mon père.

— Rien de plus simple. Je vous ferai, après notre petit tour de Salon, remplir un dossier d'inscription, indiqua M. Babinaux-Vayroult.

— Mon mari a toujours beaucoup aimé les concours… indiqua ma mère à MM. Babinaux-Vayroult et Orvolo – ce dernier, tandis qu'il nous écoutait, jetait des regards tantôt satisfaits, tantôt désapprobateurs ou carrément navrés (ou carrément dépités) sur ses « stagiaires » à nœuds.

— Ce concours, outre qu'il fera de vous le membre à part entière de notre communauté, poursuivit M. Babinaux-Vayroult, vous sera *extrêmement profitable*. Vous saurez comment lier votre fils de manière sûre, comme vous venez d'en avoir un bref aperçu, mais nos enseignants, nos experts, nos spécialistes vous apprendront à mieux l'affamer, à le trahir dans toutes les circonstances, à transformer son séjour sur la terre en une véritable et interminable vallée de larmes. Vous saurez, passé par notre stage, le mordre comme il se doit, le tatouer en regardant la télé, l'inciser les doigts dans le nez, le lacérer d'un simple geste, le piétiner comme il faut, le castrer sans peine, lui faire sauter les incisives, lui déformer les pieds, lui ronger les doigts, lui causer les pires tourments en un clin d'œil. Ce, à la maison comme en voyage ! Avec les instruments les plus sophistiqués ou avec les moyens du bord. Vous apprendrez à lui couper le prépuce aussi bien avec les dents qu'avec un coupe-ongles ou un Opinel. Vous passerez maîtres, en toutes les disciplines. Les stigmates n'auront plus *aucun* secret pour vous. Lui allonger le crâne, lui allonger les lèvres ne sera pour vous qu'une formalité ! Nous allons faire de vous, monsieur Moix, et de vous, madame Moix – si vous le voulez bien –, des as de l'abjection. Nous vous expliquerons, avec force détails, à l'aide de maints exposés, de travaux pratiques, le maniement des flammes et les secrets du soufre. Nous vous livrerons, les unes après les autres, nos recettes les plus délétères, nous vous entraînerons à cuisiner les plus abominables mets. Vous serez exercés à produire les fumets les plus fétides, et conséquemment les nausées les plus vertigineuses. Vous serez étonnés par ce que recèlent les vieilles magies basées sur les vipères et autres goitreux crapauds. Nous vous voulons fatals. Nous vous voulons dangereux. Nous vous voulons nocifs. Nous vous voulons sacrificiels. Nous vous voulons cruels. Nous vous voulons apocalyptiques. Nous vous voulons fatidiques. Nous vous voulons sadiques. Nous vous voulons diaboliques. Nous vous voulons aptes au maniement des cilices. Nous vous voulons méticuleux dans la science des affres. Nous vous voulons soucieux d'extraire des vôtres les cris les plus bigarrés, les plus torsadés, les mieux vrillés. Nous vous voulons monstrueux. Nous vous voulons appliqués. Nous vous voulons scrupuleux. Nous vous voulons obstinés. Nous vous voulons capables des exécutions les plus réussies. Des cruentions les mieux établies. Des gifles les plus dévastatrices. Des écartèlements les plus aboutis. Des lynchages les plus heureux. Des décollations les mieux présentées. Des torsions – de membres – les mieux apprêtées. Des piqûres les plus affinées. Des découpages les plus raffinés. Des flagellations les plus alambiquées. Des crémations les plus quintessenciées. Des déflorations les plus imaginées. Des strangulations les plus relevées. Des dislocations les plus épicées. Des éventrations les plus élaborées. Des commotions les mieux administrées. En vous souvenant toujours, *toujours*, que l'écueil absolu, que l'échec suprême serait de *tuer* l'enfant ! Cela demande du doigté. Car ce que nous lui infligeons mènerait naturellement au trépas. Les tortures empruntent les chemins de la mort. Toute notre science, tout notre art, tout notre enseignement, toute notre philosophie consistent à bifurquer *in extremis*, à congédier ce que le corps a pensé que nous étions logiquement en train de provoquer, d'amorcer : le décès. C'est un art de l'interruption. Comme il en est du coït. Le coït interrompu veut, à la dernière seconde, empêcher la naissance, c'est-à-dire la vie – nous autres, de la même manière, mais à l'inverse, voulons empêcher la mort.

34

Le jour de mes funérailles, tout le monde sera d'accord pour que les vers de terre me dévorent. On ne voudra pas même m'incinérer, mais me punir plutôt par les dents du sous-sol, par la furieuse dévoration des bestioles, en une perfection dernière de la haine que j'aurai répandue sur un périmètre petit, minable, qui me sera dans la beauté noire des glaises au centuple rendue, sous vos pas dansants, sous vos vivantissimes pieds, sous vos jambes heureuses extrêmement jeunes, sous vos vies si délestées de moi. La matière, victorieuse de l'antimatière, m'avait fait une place dans le monde – j'aurais dû savoir m'en accommoder, mais je n'ai pas su avoir accès à la moindre forme d'humilité. J'ai cru jusqu'au bout, ou presque, que j'étais important, que j'avais du goût, que l'amour n'existe pas. Je me suis trompé : il existe, son prix n'a pas de prix, il est dans notre main, simple, accessible, tout autant que l'est une expédition en Méditerranée, une promenade dans un sous-bois, la confection d'un papier cadeau, le craquement d'une allumette, l'époussetage d'un col de veste.

Est-il possible d'être vivant sans faire mourir les autres ? Sans accélérer leur mort ? Est-il possible d'exister sans détruire. Suis-je vraiment vivant, ça y est ? Sur la terre ? Jusqu'à quel point ? Relevons d'emblée la relative pauvreté des renseignements que nous avons sur les premières secondes de notre vie – de notre big bang. Vais-je intituler ces pages *Premiers Pas dans la trépidante vie de Yann Moix* ? Orléans, en direct de la fin des années 60 et du début des années 70 de l'ère dite « chrétienne ». Comme il se doit, cette vie sera rassemblée par écrit dans la langue dans laquelle elle a été vécue : en orléanais. Comme certains d'entre vous, probablement, ne sont pas familiers avec ce dialecte, je me suis permis de traduire l'intégralité des pages qui vont suivre en français simultané.

Voici les aventures d'un petit Orléanais. On a toujours tendance à croire que les enfances ne se déroulent jamais à Orléans. Que rien d'ailleurs ne s'y déroule : qu'on n'y fait, pratiquement, que la vaisselle. C'est une ville où nous distinguons très nettement les ménagères se saisir d'un balai pour faire le ménage dans le salon. Où des merles chantent (en chœur). Où des individus adultes rentrent du travail après « une dure journée de labeur » – sans qu'on sache trop où (dans quelle rue, j'entends) se déroule ce labeur, ni dans quelles conditions. Je ne suis pas seulement né à Orléans, regardez, je suis en train de naître sur le papier, au bout de mon crayon. C'est encore comme cela que je nais le mieux. Que je suis le plus vivant. Je me traîne partout en me frappant au propre sur le clavier, je visite la planète entière, ses forêts, ses déserts, ses montagnes. Des dizaines, des centaines, des milliers de phrases me donnent une vie choisie, préférée, triée, invincible, dans laquelle aucun regret ne se compte, où je dévoile mes secrets. Une vie tapée, recopiée, compilée, tellement écrite qu'elle est seule dépositaire de la vérité. Je m'arrête sur les instants, je suis superbe quand je le souhaite. Toujours solitaire. Je m'expose : voici un héros, mais surtout voici un fourbe, un cancrelat, un ambitieux, un indiscret, un zélé, un zèbre, un fou. Je dégoûte tout le monde avec ma vie, je réclame trop de la littérature – elle qui n'habite qu'une seule ville et c'est la ville qui m'a vu et me voit maintenant naître, Orléans.

J'eusse voulu être effacé de la biosphère – ce n'était plus possible. J'allais donc les endurer, ces fameux outrages que la vie est obligée, par contrat, de réserver à ceux qui la vivent. Puissent jusques au Ciel mes soupirs innocents monter comme l'odeur d'un agréable encens. Que Dieu jette sur moi des regards pacifiques.

Il faut beaucoup d'arrogance pour gagner cette course à la lumière. Ce qu'on appelle *la vie* relève du prix à payer de cette arrogance. Le ciel, l'enfer, ça n'existe pas : il n'y a partout que de la vie, des testicules qui s'entrechoquent comme les rognons de bœuf sauce madère dans une casserole, des forains abrutis qui rameutent de la viande à sensation, du beauf à vertiges pour « bateaux pirates », des fayots qui vous rabotent la godasse pour conserver leur emploi, des critiques qui voudraient vous voir mourir davantage. Sachez que si vous êtes « artiste » (alors qu'à vos propres yeux ce mot ne signifie rien puisque vous n'êtes que désespérément vous-même), ceux qui plantent jusqu'au sang les crocs dans votre « œuvre » s'avèrent, une fois regagné le vestibule de leur désolation, la proie du mauvais vin, des acidités gastriques et, très notamment, les prisonniers de concubines aux allures de vieilles chèvres efflanquées, de grosses vaches en sortie de jeunesse. J'ajoute que seule la consommation exagérée d'antidépresseurs peut faire supporter les existences de telles compagnes, celle de psychotropes le partage du matelas fatidique. La femme d'un écrivain est toujours plus belle que la femme d'un critique – cela est aussi valable pour la vie.

Je hais le mot *œuvre*. Il respire le vieux camphre et la cocotte fumée, l'académique jambonneau, la chaussette sale. Il prend appui, pleine peau, sur les ouvrages entassés morts dans les bibliothèques cireuses, assez peu loin des cercueils. L'œuvre pue. Elle renferme, en sa prétention de naphtaline, des aspirations à devenir classique et reliée, biblique et répertoriée. Au lieu de viser sa totalité volumineuse et stérile, parce que personne n'est Balzac, nous ferions mieux de lui préférer ce que nous sommes en train d'écrire, qui est vraiment vivant. Chaque nouveau livre est un interrupteur qui permet d'éteindre tous les précédents. Pourrait-on les brûler, les infiniment pilonner, qu'il faudrait le faire tout de suite : cela éviterait à nombre d'écrivains saisis de vertige par l'empilement de leurs annuaires gribouillés, de s'alléger enfin, peut-être de s'envoler. L'œuvre est comme un pourri sol où nous prenons racine ainsi que veaux. Là où le journaliste m'est supérieur, qui passe à la suite sans réticence, enterre toute la journée toutes les journées antérieures.

On ne devrait garder qu'un livre : le dernier. Censé ramasser tous les autres, ainsi qu'une goutte ultime et dense, chargée de l'âme supposée de tous ses prédécesseurs. Liqueur. Toutes ces œuvres flattées maintenant par les vermisseaux, quand leurs hautains auteurs se baladaient hier si fiers sur les quais, mou chapeau plein de pensées définitives, de philosophies immuables. Ils ne savaient pas encore qu'imprimés sur bouffant papier, leurs tirages de tête finiraient dans la poubelle des souterrains, où la mort ne sait jamais lire. Ces jeunes hommes aux bombés torses frétillaient de la queue-de-pie quand tintaient les flûtes à cocktails, parmi les futurs décédés vaniteux. As-tu lu mon *Hydrophore parmi les rêves*, mon *Bouclier de Ramsès*, mon *Ce que je crois 2* ? Autant d'opuscules jadis très importants déchiquetés tranquille par toute une illettrée vermine. Il y eut des contrats signés, des cruciaux déjeuners, des désaccords fondamentaux : dissous pour toujours dans une sorte de nuit, criblés d'oubli monstrueux. Amen.

36

Résumez-moi : je suis individuel et né, je suis devenu précisément mon « œuvre », et la postérité m'excite autant qu'une vieille maîtresse d'éditorialiste ou qu'une maîtresse de vieil éditorialiste. Je voudrais m'éloigner avant de prendre racine

– disons que je n'ai rien publié. Je recommence à zéro, vierge comme un morceau de pain. Je ne suis plombé d'aucun passé roman, lesté d'aucune mémoire chagrine. Je n'ai jamais écrit une ligne, que celle-ci, qui se déroule sous tes yeux comme un tapis rouge sang. Mes anciennes tripes ne m'appartiennent pas, je les abandonne. Je suis très nu. Superépuré, presque invisible. Translucide. On me voit à travers. Il fallait bien que je me déshabille un jour. J'ai déambulé dans nombre de couloirs, mon corps a cogné des corps, des femmes entre-choquées furent jouies. Toute combinaison de plaisir épuisée, je suis rentré chez moi flottant. J'avais ce roman tout neuf à faire, les passions éteintes à décrire, me peindre sous les traits d'un héros d'un saint. Dur est mon travail : dire des choses qui n'intéressent pas. Je me suis comprimé tout entier dans ces centaines de pages, confondu avec l'énoncé. Recroque-villé dans la prose, je viens me déplier chez toi, déboulant, fou dans ta chambre. Le Dieu des juifs est contenu dans un texte, infini dans cet espace concis clos : il se déploie avec le sens, chaque interprétation nouvelle, inédite, le délivre un peu plus et lui invente ce Ciel dont on parle tant. Les constellations juives sont situées dans la bibliothèque plutôt qu'au firmament, le paradis n'est qu'une fiche de lecture parmi cent milliards. Pour que Dieu puisse créer l'univers, il faut d'abord que ces créatures sachent lire. Celui qui sait lire voit enfin Dieu – une parade invisible fondue dans sa grammaire.

Je vous ouvre la grille de ma vie. Entrez. Commencez par le jardin. Nous verrons la maison plus tard, profitons de ces rayons de soleil, ces embellissements jaunes de lumière cognée. Buis, fontaines, gravillons blancs, buissons : la nuit tout ça sue, pâlit, recrache la chaleur sale de la journée. Assis sur les confins de l'Orléanais, canicules et pluies battantes, neige vent reneige, je me suis enfermé pour écrire ces cahiers. Je vois Chambord. Des cahiers de trente-six centimètres de haut et vingt-neuf de large que j'ai enfermés dans onze por-tefeuilles de veau. Ils sont manuscrits de haut en bas, frappés d'encre noire, lacérés d'hésitations, meurtris de biffures, d'impuissance et de colère. Regardez mon écriture large et aérée, aux *r* toujours majuscules et prétentieux (parce que je suis minuscule et humble). Chaque paragraphe, une fois dompté, fait penser à un traumatisé petit chien transformé aussitôt en jouet qui dodeline incessamment du chef, qu'on pose sur le tableau de bord ou la plage arrière des voitures automobiles. La version définitive du roman, débarrassée d'une partie de sa canine bave, finit ainsi par opiner dans l'éternité, attendant l'imprimeur et guettant le lecteur. Chacun de mes lecteurs est important pour moi, que je trimbale sous le bras comme un gros vital melon, acnéique, sucré. J'ignore cette confrérie des écrivains qui se pincent le nez à la sortie des usines de leurs admirateurs : je déguste les miens jusqu'au fin jus, raclant du couteau le fruit de la molécule dernière, extirpant l'ultime suc. Un œil posé sur mes pages déclenche une senteur de fraise, de mandarine. Ça me fait un peu jouir.

J'attends de toi, qui tiens ce livre entre tes crispées mains, que tu viennes habiter dans le récit, qu'il devienne tes aventures et l'autre côté de ta vie, un morceau de ton existence mais par moi vécu.

37

— On n'attend d'un écrivain qu'une seule et unique chose, asséna Gide à ma grand-mère : non tant qu'il raconte à notre place, mais qu'il vive pour nous. Ce que vous avez cherché à éviter, ce que vous avez voulu vous épargner coûte que coûte, mademoiselle, le voici sur la page. Ça ne vous arrivera plus puisque ça m'est arrivé. J'ai épuisé le motif. La

case est cochée. C'est fait. Cette expérience a trouvé preneur
– passons.

Tu peux t'allonger sur un drap, enfoncer ton os dans un
spacieux sofa, je vais suer, éprouver, pleurer, rire et aimer en
ton intouchable nom, lecteur. J'imaginerai seulement, si tu le
veux bien, ta tête de bronze et ta bouche en cul de poule penchées sur les vivants mots que voici et qui te saluent tandis
que tu meurs. Tu lis ces lignes : sache que pendant ce temps
je suis ailleurs, recouvert de blonds corps de filles mouillées
ou d'asticots dans un trou, mais ne crois pas que je sois passif
dans mon petit salon devant le roman de qui que ce soit,
installé devant la littérature empêcheuse de vie de quiconque.
Non, à l'heure où tu tournes et cornes ce volume, je ne suis
plus là, j'achève un crawl parmi des séculaires tortues, je
passe ma main sur un mystérieux visage, j'atterris sans peine
à Pékin. Sans toi. Sans toi qui colles et restes, prends racine
et t'engonces. Je fuis comme la lèpre ta massive passivité,
ta distraite nonchalance, ton recueilli confort de vosgienne
diorite. Tu jaunis plus vite que le papier, la mort pousse sur
toi plus vite que le lierre. Bonjour lecteur – adieu surtout.
Avec ta gueule de champignon.

Je collecte, je récite, je raconte. Quoi donc ? Mais les
faits mémorables avant qu'ils ne s'éparpillent dans les années
comme les perles d'un collier fracassé sur le carrelage. Je
suis le Retz des artichauts, le Saint-Simon des terrasses, le
Chateaubriand de quelques pâquerettes. Un de Gaulle sans
guerre et sans galons, un Malraux fui par les destins. Pour
tracer une grande œuvre sur les pages, il faut doter son
ambition de désinvolture, fouetter son imagination par les
sentiments. Je m'y mets demain matin tôt. Napoléon par Las
Cases : les Mémoires d'un aigle par un moineau racontés.
Voici les Mémoires d'un moineau narrés par un moineau.

D'aucuns penseront que dans ces primes chapitres de mon
existence, il n'est suffisamment de roses, de bougainvilliers,
d'étoiles de mer – de baisers. Aurais-je l'esprit féroce et

médiéval ? Non. C'est venir sur terre qui est désespérant. À perte de vue s'étend la déception. N'imaginez pas l'être humain taraudé de l'aube au crépuscule par le doute intérieur, « Kant et le kantisme » ou les questions apostoliques : vous seriez dans l'erreur. Aussitôt que le chant du coq transperce la brume bleu méthane du petit matin, le mâle cherche crampette à tirer, quand sa femelle voudrait figer ses ovaires dans la parfaite fidélité d'un exact amour. Paniquée par l'accélérée succession des années, consciente que les journées vécues n'habitent plus son anatomie mais sont consignées, probablement par Louis XI, dans des cages où les souvenirs putréfiés sont devenus des remords, la femme de 30 ans est prête à toutes les positions amoureuses, aux gymnastiques aberrantes, aux pénétrations rustiques, à condition que le cosaque autorisé à la souiller remplisse son ventre anxieux d'une masse fœtale qui pèse et rassure, fasse en elle vivre la femme et survivre l'espèce. Les hommes ont pour pornographie la pornographie, les femmes ont pour pornographie la maternité.

Elles réclament un petit corps dans leur corps. C'est à partir de ce poids qu'elles se sentent légères si légères, qu'elles disparaissent à l'hélium dans les cieux là-haut. Chaque femme enceinte est un ballon qui s'élève dans l'azur. Nous les apercevons sans mal par beau temps. Puis elles disparaissent derrière le bleu nébuleux où commencera le monde et d'où, dit-on, on assiste aux crépuscules initiaux.

38

Tandis que M. Babinaux-Vayroult soliloquait, nous passions devant de nombreux stands. Au stand numéro 2, nous vîmes une fillette recouverte de vipères que ses parents, encouragés par un membre de l'APEB et figés dans une effrayante moue, traitaient de « pute » et de « sale petite merde ». Devant chaque supplice, chaque « atelier » comme disait M. Babinaux-Vayroult, une pancarte, agrémentée d'un dessin réalisé aux feutres de couleur par l'enfant supplicié lui-même, indiquait son prénom, son nom, son âge, sa classe et sa ville. En l'occurrence, il s'agissait là de la petite Agar Borghesi, 7 ans et demi, CE1, originaire d'Étampes. À côté d'elle, sur une sorte d'énorme établi mastoc, un grêlé garçonnet subissait en hurlant à la mort une torsion des cartilages grâce à des pinces nouvellement mises sur le marché. Au stand numéro 3, un papa (M. Usener) s'employait à l'aveuglement de son puîné (Ignace) à la chaux vive, tandis que sa mère lui arrachait les tétons avec les dents. Le fox-terrier (Bouboulinou) de la famille aboyait à leurs côtés en remuant la queue. Au stand numéro 4, le petit Adhémar Legrand, en CM2 à Garches-sur-Grignot, cloué par l'oreille droite à un poteau joliment peint en bleu ciel par d'autres enfants recouverts d'hématomes, était en train de tourner de l'œil : son beau-père, penché à ses pieds, vêtu d'une blouse giflée de sang, maniait un couteau suisse. On n'entendait pas les cris d'Adhémar parce qu'on lui avait enfoncé dans la cavité buccale, aux fins d'étouffer la stridence de ceux-ci, un instrument métallique et piriforme muni de petits ressorts.

— Quel est cet instrument métallique et piriforme muni de petits ressorts étouffant la stridence des cris de cet enfant ? questionna mon père.

— Il s'agit d'une poire d'angoisse, renseigna M. Babinaux-Vayroult. C'est très ancien, cela date du Moyen Âge. On n'a sans doute jamais fait mieux. Vous imaginez ce Salon sans elle ? Ce ne serait plus le Salon de l'enfance battue, mais le Salon du cri.

— C'est pratique, ces poires d'angoisse, remarqua ma mère.

— Non madame, se permit M. Babinaux-Vayroult : c'est *indispensable*. Je vous conseille d'en acheter plusieurs sacs, vous serez tranquilles. Les meilleures, les originales, sont les « Still Suffering ». Ils en vendent au stand numéro 32. Nous y passerons tout à l'heure. C'est une entreprise anglaise qui détenait le monopole, mais aujourd'hui on en trouve un peu chez tous les fabricants d'instruments de torture. Ça ne coûte rien. 2 francs l'unité. 20 francs le sac de quinze. Vous imaginez, sans poire, les décibels qu'émettrait ce gamin transfixé ?

— Transfixquoi ? s'enquit mon père.

— Trans-fi-xé, articula M. Babinaux-Vayroult. C'est un procédé d'amputation consistant à traverser d'un coup d'un seul les chairs et ce, à l'aide d'un bistouri ou couteau à amputation dont le tranchant est tourné vers la peau.

— C'est génial ! s'exclama mon père.

— J'espère que vous constatez que nous sommes bien loin de toute forme de violence bestiale, glissa M. Babinaux-Vayroult. Tout comme nous sommes éloignés du sadisme mondain…

Nous passâmes devant le stand numéro 5. Monsieur et madame Hilgenfeld étaient en train de sectionner les jarrets (c'était l'affaire de papa) et de mutiler les tendons (c'était maman qui s'y collait) du jeune Ernie, 11 ans et demi, en sixième au collège Raymond-Abellio à Toulouse. Ledit Ernie pesait facilement dans les cent vingt kilos.

— Vous voyez, glissa M. Babinaux-Vayroult, tous les enfants martyrs ne sont pas cadavériques. Ça aussi, c'est une idée reçue. Ce gosse est plutôt bien nourri, non ?

À chaque carrefour des travées, il y avait un enfant enfermé dans un petit rectangulaire cabanon, muré jusqu'à la moitié de sa hauteur.

— C'est un pilori en kit. Montable en moins de dix minutes, signala M. Babinaux-Vayroult. L'enfant peut d'ailleurs aider ses parents à la construction. Ce qui le responsabilise, l'éveille et en même temps l'éduque. Autant de dimensions auxquelles nous sommes particulièrement sensibles.

Le surplus était à jour au moyen de piliers de charpente qui soutenaient un petit toit. Au centre du cabanon (en préfabriqué) était disposée, verticale, une poutrelle qui tournait sur son pivot, laquelle soutenait un plancher rond entouré d'une sorte de balconnet auquel étaient adjoints trois ronds trous, celui du milieu d'où dépassait la tête de l'enfant et les deux autres (un de chaque côté de la tête) d'où dépassaient ses mains. Un des deux parents faisait tourner de temps en temps le pivot et l'enfant, pris par la tête et les mains, tournait avec et présentait sa face de tous les côtés. Les autres parents (souvent les autres enfants), en passant devant le pilorisé, lui crachaient au visage, lui plantaient les doigts dans les yeux, lui arrachaient les cheveux, le recouvraient de cirage, le taguaient à l'aide de pistolets à peinture (des sexes dressés étaient représentés, ainsi que moult croix gammées), lui plantaient des punaises dans le front, le visaient avec des fléchettes, lui glissaient dans le dos des cafards, des puces, des scorpions, le recouvraient de confiture de framboises, d'excréments canins, lui badigeonnaient la cloison nasale de moutarde de Dijon, lui posaient des slips souillés sur la tête, lui agrafaient là où il restait de la place (provoquant de multiples hémorragies) des « décalcomanies » parsemées d'insultes, le décoraient de guirlandes, de papier hygiénique, le paraient de boucles d'oreilles pesant des kilos, lui collaient des crottes de nez sur le visage, découpaient sur ce même visage quelques lambeaux de chair à l'aide de cutters, lui tiraient les oreilles, lui faisaient d'horribles grimaces, le cinglaient avec une tige de saule, le giflaient, le griffaient, le pinçaient, lui écrasaient une banane pourrie sur le nez, lui faisaient avaler de l'huile de ricin après lui avoir pincé les narines ou s'en servaient comme d'un vide-ordures (trognons de pommes, papiers gras, arêtes de poisson, yaourts périmés, vieux chewing-gums, etc.) ou d'un cendrier.

Au stand numéro 6, le jeune Cocobin Ledoux se faisait dévorer le fessier par une meute de féroces affenpinschers. Au stand numéro 7, on brûlait les dessins, les poèmes et les livres d'enfant d'Arnaud Ficelle, 10 ans et des poussières.

— Les autodafés ne sont point l'apanage des nazis, précisa M. Babinaux-Vayroult. Il n'y a pas de raison que ne soient détruits par les flammes que les seules œuvres de Freud, Marx, Thomas Mann ou le seul Talmud. Les enfants ne sont pas une race à exterminer. Mais une chair à éduquer. Une espèce à construire. Par le traumatisme. Mais à construire. La construction par la destruction. Le voilà, le secret !

Au stand numéro 8, papa Zanzibus et maman Zanzibus administraient une bastonnade d'enfer à fiston Zanzibus (Jean-Fred).

— C'est la puissance phallique qui s'exprime en ce stand numéro 8, précisa notre guide.

Sur le même stand, d'autres parents frappaient leurs petits sur le dessus des pied – « à la turque », *dixit* M. Babinaux-Vayroult – (c'était le cas d'Eusèbe Abd El-Krim, 9 ans, CE1, Montluçon), sur le dos – « à la romaine » – (Patrick Cornier-Fourtout, 13 ans, cinquième, Plantilly-lès-Figasses), ou encore sur le ventre – « à l'albanaise » – (Grégory Lenoir, 6 ans, maternelle, Vierzon), sur les cuisses – « à la lyonnaise » – (Maxime Leridor, 12 ans, CM2, Cancan-sur-Loir), à coups de baguette d'orme – « comme les Étrusques » – ou de bouleau – « à la manière de Titus » – ou d'épicéa – « suivant la tradition monténégrine » – ou de catalpa – « selon les coutumes serbes » – ou de frêne – « façon Gengis Khan ».

Tout ce temps perdu pour apprendre à bien me faire mal. Quel gâchis, me disais-je – je me le disais *in petto* afin d'éviter les torgnoles. Que ne m'avaient-ils, ces deux-là, plutôt noyé, ainsi qu'un laid chaton, en leur putain de Loire ? J'étais venu au monde pour rien – quelques livres et s'en irait. Un film ? Deux ? Qu'importait. Disparaissant dans la lumière de mon heure dernière, j'emporterais avec moi, rouges, violacées, mauves, très bleues, les innombrables ecchymoses de ma jeunesse. Définition de la rêverie : période située entre deux séances de torture – chaque séance détruirait en moi une civilisation qui me plaisait, une cosmogonie que j'aimais ; celui que j'étais après les supplices devait modifier ses espérances, rebâtir autrement Babylone, changer de fiction.

— C'était comment ?

Dans les années 70, puis 80, mon visage circulerait entre toutes les mains de mon père, les gifles décolleraient dans la poussière, des avions ce seraient : leur projet commun serait de m'atteindre, moi leur but, leur petit bien trop étroit but pour leur ambition (m'éduquer), presque trop innocent pour assouvir leur dessein (me punir). Il faudrait les capturer : leur trouver une cage, les observer en captivité, privées de leurs secousses et de leur élan, de leur indispensable but (mon faciès caillouteux à force). Les gifles naîtraient le plus souvent la nuit (elles tomberaient à verse au printemps), dans les rêves gesticulés de mon père, s'accroîtraient vers l'aube, prenant misérablement chair, décidées une fois parvenues à maturité (aux environs du petit déjeuner) à foncer sur moi comme des folles. Fusées de guêpes. La place fraîche sur la joue (une piazza napolitaine alentour de l'aube) : invite la main, main suspendue dans une furieuse altitude, à s'abattre sur l'enfant. Enfant : état dont on ne s'échappe qu'avec le temps pour pénétrer dans une prison plus effroyable encore : l'adulte – dont on ne s'évade que par la mort.

— Y a-t-il une vie après la mort ?

Y a-t-il, surtout, une vie *avant* ?

Les enfants ne sont pas heureux : ils ignorent le profond secret de l'existence humaine, gardé par les adultes (les adultes construisent un monde totalitaire tacitement accepté par les enfants ; la plupart des enfants se comportent auprès des adultes comme des *collabos*) dans un coffre ainsi qu'un code nucléaire, qu'une espèce éradiquée de virus. Ce secret est implacable et triste et simple : *le bonheur n'existe pas*. Les enfants posent des questions (elles s'élèvent dans l'air comme des bulles irisées – finissent par éclater) : leurs parents, au lieu d'asséner la vérité pure, répondent par des phrases semblables à la balle en mousse qui va se perdre dans le jardin des voisins morts. Les adultes, dans leur vulgarité, se proposent de nous lire des « histoires enfantines » qui ne sont que d'infantiles contes, reflets de *leur* infantilité ; l'enfance ne veut pas de bluettes à base d'oursons, de phacochères en pantalon, de croque-mitaines et de gnomes caractériels : elle réclame Wagner, Stravinsky, Berlioz.

Nous connaissons le plaisir d'accoucher : inscrire dans l'économie de l'être des petits piaillants courants d'air. Nous les fabriquons, eux et la peur qui les lézarde. Fier père s'avance ; observe son œuvre. Deux anges tiennent une lampe torche éclairant le visage du fils.

— J'ai sacrifié aux slogans biologiques, devrait se dire le père qui ne se le dit pas.

Son fils ne s'est retiré des maternelles viandes que pour lui ressembler. Ce goût de l'imitation qu'ont les petits humains, quand ils reproduisent les mimiques et l'existence de leurs géniteurs, est la définition de la mort. Soudain surgit la réplique, soudain advient le singe. Tu crois vivre, ami morveux, petit chamboulement qui ne modifie rien : ta vie s'inscrit dans l'étroit couloir de ton modèle, cette aînée chair qui t'installe, te dresse, t'abandonne. Être fils, c'est être le fils de son père : être fils, c'est donc être son père. Ils se rejoindront, en unifiée momie – *in the icy silence of the tomb.*

Je prévois un concile de vers me jugeant sur ma dépouille mélangée à la sienne. Le prurit imbécile qui pousse sur le corps des fils : c'est la lamentation sourde, criée par l'épiderme, de ne pouvoir atteindre que ce qui déjà fut et qui nous mit au monde par mère interposée. Le monde qui nous ouvre les bras est moisissures de fromage. Tu nais fossilisé, fils. C'est la peau de ton père qui te colle aux os, naïve est ta liberté. Tu entreprends des aventures, tu voudrais te remplir d'exploits : tu te meus dans un salon de thé. Tu n'es pas l'interruption de ton père, fol macaque, tu en es la continuité. Pire : tu en es la continuation. Tu gaspilleras tes jours en répétitions de ses jours à lui, lui l'encombrant, lui le superflu. Ce sang qui coule dans tes veines n'est point ton sang : c'est le sien. Même ton sang lui appartient. Comme on tend à ses hôtes des assiettes d'amuse-gueules, la mort te proposera de temps en temps, dans les années qui viennent, des modalités de suicide. Pourras-tu sans arrêt les refuser ?

39

Nous longeâmes le stand numéro 9, où des parents piétinaient avec hargne les créations de leur progéniture (sculptures, châteaux forts bâtis à l'aide de barils de lessive Omo, constructions en pâte cuite, marionnettes en papiers mâchés, personnages de pâte à modeler).

— Quel conformisme dans ces œuvres qui se ressemblent toutes ! Qui se copient toutes les unes entre elles ! Quelle nullité. Quelle honte, s'indigna mon père.

— Voici encore un point sur lequel nous sommes parfaitement en accord, cher monsieur, opina M. Babinaux-Vayroult. C'est pourquoi nous militons si ardemment pour leur destruction. Rien ne doit rester de ces approximatives confections. Aucun de ces ratages ne doit atteindre les générations futures. Nous avons là une immense responsabilité face à l'avenir. Si le présent est défiguré, le futur n'a aucune raison de l'être. Tous ces petits s'imaginent être des artistes en herbe. Ce ne sont que des herbes, et de mauvaises. Qu'il faut arracher comme chiendent. À la racine.

Enfant, mon père avait pratiqué la pêche au goujon. Vers 15 ans, une furieuse envie d'enseigner les mathématiques s'était emparée de lui, pour ne plus le lâcher. Il n'avait pas envie de laisser de trace sur terre, même si, quand la nuit enveloppait le petit bureau attenant à la chambre à coucher qu'il partageait avec le corps biologique de ma mère, il écrivait pieusement des poèmes et des textes divers, portant tantôt sur la mort, tantôt sur la vie. Il avait failli remporter, en classe de troisième, un concours de nouvelles lancé par *La République du Centre* – le prix, doté d'une somme de quatre mille francs, était revenu contre toute attente à un pompiste de Saran qui devait tragiquement assassiner sa femme sept mois plus tard avec un sac en plastique des Dames de France avant de se tirer une balle dans la tempe. La nouvelle de mon père, intitulée *Bonaparte au soleil*, racontait les amours d'un jeune Corse renonçant à la carrière militaire et à la gloire promise.

Mon père avait, à ma naissance, attenté six fois à sa vie – jamais (du moins selon la légende officielle) pour des femmes ni pour ces chagrins que l'amour cause parfois (je le cite) « aux attardés mentaux et aux lycéens bubonneux ». Il partait du principe que, l'amour n'existant pas, ne pouvant exister, la souffrance amoureuse s'apparentait à une chimère cultivée par des esprits malades pour donner non tant un sens à la vie qu'un réceptacle à l'ennui. Les tentatives de suicide de mon père avaient été liées à la profondeur volcanique de son ennui d'être posé parmi les choses sur cette terre beige et marron, terne, salie, remplie d'êtres humains pareillement ridicules, ennuyeux, chargés de haine, de médiocrité. Mon père ne supportait en réalité *que* ses étudiants – à la condition (expresse) qu'ils fussent médiocres, j'entends : plus médiocres que lui. Les mathématiques constituaient pour lui une inespérée manière de régner ; de semer la terreur. Il eût adoré les enseigner en classes préparatoires aux grandes écoles, où les taupins formaient une docile assemblée craintive, au lieu qu'à l'université les étudiants s'avachissaient dans une tranquille paresse, hautaine, distante. Mon père n'apparaissait aux yeux de ces derniers que comme un professeur de plus, qu'ils oublieraient dans la nuit du temps, quand l'avenir deviendrait quelque chose de solide, de meuble, où les années d'études ressembleraient à des os de poulet dans une assiette dominicale. Pour le moment, ils étaient installés au milieu du présent, avec l'arrogance particulière de ceux qui sont imbus d'être contemporains au monde – et par conséquent supérieurs aux morts, perdus dans leur coton, enfouis sous leurs feuillages ; et par conséquent supérieurs aux générations futures, aux humains non commencés, enfermés dans les sinueux vagins de femmes illimitées, encore non effectuées, non poussées parmi les cieux, les galaxies, les champs bleutés du cosmos.

Ma mère entretenait, elle aussi, des relations ambiguës avec l'existence. Elle réprimait ses envies d'en finir (trois tentatives de suicide seulement, soit deux fois moins que mon père) par la fréquentation des piscines et des salles de gymnastique. Elle était composée de 94 % de méchanceté gratuite, de 2 % de cruauté inadmissible, de 1 % de sadisme absolu, de 2 % d'instinct maternel obligatoire et inné et, enfin, de 1 % de mère diverse. Elle avalait d'impressionnantes quantités de thé noir.

40

Plus tard, vers l'âge de 13 ou 14 ans, je devais rejeter le programme d'autorité parentale lorsque j'y verrais une manœuvre méprisable, hypocrite pour maintenir la violente domination du pouvoir adulte sur un enfant qui n'était plus un enfant.

— Sur les détails, on peut discuter, me répondrait alors mon père. On peut discuter de tout, sauf du principe que nous reconnaissons à ceux qui te nourrissent et nettoient tes caleçons merdeux – à savoir ta mère et moi – de te coller une trempe aussitôt que la suprématie de la parentalité sur les trous du cul de ton espèce nous semblera remise en cause. Aussi, après en avoir longuement délibéré en ton absence ce matin au petit déjeuner, la proposition que nous te faisons dans la situation actuelle est celle-ci : tu dégages immédiatement dans ta chambre si tu ne veux pas prendre un coup de tatane dans les roustons.

Tout enfant vivant chez mes parents était condamné à vivre malheureux. Proposer des négociations serait vain jusqu'à la majorité, et encore : on tenta, celle-ci venue, d'empiéter sur ses légales prérogatives pour m'imposer de subsidiaires terreurs qu'officiellement j'eusse pu choisir de n'endurer point. Hélas, l'ontologique statut de fauché, qui longtemps – je le confesse – resterait un point indiscutable de mon état, s'accordait à trouver des circonstances atténuantes au despotisme parental. Il atteignait d'ailleurs de telles altitudes de néant qu'il s'accordait à me faire rêver de parents suffisamment immortels pour subvenir à mes besoins jusqu'à mes 80 ans. Tant que mes parents payaient, que je pouvais tranquillement pratiquer la masturbation en mes appartements, je jugulais toute tentative de leur trancher la gorge avec un couteau de boucher pendant leur sommeil. Sommeil qu'ils avaient craintif et léger, toujours aux aguets qu'ils étaient, en cela fort « bourgeois », que quelque romanichel ne surgît au cœur de la nuit noire pour leur dérober quelque bien matériel. (« Y a quelqu'un dans mes bibelots… Va voir ! Mais va voir je te dis ! Y a quelqu'un dans mes bibelots ! »)

Mes parents n'étaient pas faits pour le bonheur et, réciproquement, le bonheur n'était pas fait pour mes parents. Ils avaient tenté d'être heureux, une fois – je crois. C'était à Clermont-Ferrand. Un vendredi après-midi. Hélas, cela n'avait rien donné. Ni ma mère ni mon père ne goûtaient la vie. C'est ce constat qui avait fait qu'ils voulussent la passer ensemble. S'ils avaient pu donner la mort au lieu de donner la vie, ils auraient fait la fête toute la nuit – ils préféraient nettement la nuit au jour, la guerre à la paix, la pluie au soleil, les divorces aux mariages, le salé au sucré, la douleur à la félicité.

Un jour, j'écrirais mes Mémoires. Ça débuterait comme ça :

« Plus l'évidence de ma naissance avait approché, plus la désolation de ma mère s'était accrue. Carapaté en son ventre, j'entendais déjà proférer à mon sujet maints persiflages. Je peux vous dire que je n'étais guère pressé de sortir. Ce qui semblait se tramer outre-placenta n'encourageait que fort peu la nécessité de naître. On m'attendait non comme le Messie, mais comme une aberration, inéluctable et qui aurait dû être comique n'était le mode tragique choisi pour me décrire avant même que je ne parvienne jusqu'au-dehors :

Quand je suis né, j'étais totalement inconnu. Je suis né incognito. Je n'avais pas encore marqué, de manière indélébile, la littérature entre Jargeau et Ouzouer-le-Marché. En revanche, j'étais célèbre au sein du couple formé par mes parents, où la marque de mon irruption, inadmissible parce qu'irréversible, devait laisser une empreinte indélébile. Je symbolisais à leurs yeux la barbarie ménagère. Quand il lui arrivait de passer ses mains poilues de vieux singe sur le ventre lisse-laiteux de ma mère, son ventre bien rond comme un ballon de plage, mon père, dégoûté par la manœuvre, décrétait des sentences qui n'allaient pas dans le sens d'une impeccable bienvenue :

— C'est un médiocre. Un insignifiant. Tiens, ma chérie, touche. Tu vas voir.

— Tu crois que cela risque d'être humiliant pour nous de mettre *ça* au monde ? avait demandé ma mère.

— Surtout pour toi, avait répondu mon père. Surtout pour toi. »

41

Qu'est-ce que la vie ? (« Moix, mon pauvre… ») Quelque chose de trop grand pour nous. (« Spéculative puissance de Moix ! ») Quelque chose de trop petit ? (« Les démons de la médiocrité moixienne. ») Certains nagent dedans. D'autres y étouffent. (« Empêchez-le de publier ! Ce n'est plus possible ! ») La vie : quelque chose qui ne sait que faire de nos journées. Parfois la vie nous étonne, sans cesse elle nous punit. On voudrait qu'elle soit pleine et haute, remplie de choses belles, un coloré chaos : bienvenue dans l'épreuve et les accidents. Tout autour les villages, la grisaille, les bruines, la petite charcuterie où les mains aujourd'hui tavelées qui découpent le saucisson d'âne indiquèrent jadis, d'un doigt furtif et plutôt bien renseigné, ce qui venait à cause dudit doigt de devenir la dernière adresse d'un couple d'« Israélites » étonnant de gentillesse et d'à-propos. (« Des gens sans histoire. » L'Histoire surtout aura tenté de se faire sans ces gens.) Ils n'auront jamais eu les enfants qu'ils auraient eus sans ce doigt. À l'endroit précis où ils jetèrent, valises à la main, un regard ultime vers leur maison et leurs biens saturés déjà de convoitises, se trouve au moment où j'écris ces lignes une flaque d'eau. Dans cette flaque se reflète un clocher qui pique le ciel – le ciel ne sent rien.

À force de croyances, de science, de technologie, de paranoïa, le ciel est devenu une poubelle : dieux, satellites, sorcières, météorites, poussières, femmes enceintes, astronautes s'y entrechoquent toute la nuit – dans le ciel il fait nuit de nuit comme de jour. Observons la planète depuis le balai d'une vieille sorcière, de la constellation de Magellan, d'une tête d'ogive : plus de roi assyrien, plus de Babylonie, plus de verte mer. Parterre de furtifs doryphores. Semi-termites qui picorent. Chinoises masses, cloques de foule en palpitations. Milliards d'oxydées bêtes humaines. Tours empilées sur des trottoirs craquelés par la chaleur, militaires mouvements de punaises. Secousses d'artillerie. Avions terrorisés transperçant les nuages orange, jungles qui d'ici forment herbe drue. Spirales de vertes fumées, pluies torrentielles, mois d'hiver et plus à gauche en pivotant, mois d'été. Nuits de ville qui sont lanternes, spots, phosphènes. J'étais dans le ciel, cosmonaute dans un enceint bide, je regardais la terre par le hublot de ma mère. De la poudre de lumière m'aveuglait. Sur la vitre était posé un filtre de verre épais de couleur bleu marine. Je triais les libellules.

En un strict même point du temps peuvent coexister, sur le caillou où s'étalent nos biographies et qui dans la nuit du cosmos est semblable à une moucheture de Pollock, le faciès collabo dodu d'un boucher-charcutier haïsseur de métèques et celui, émacié par les abus de coke, d'un bassiste de funk dont le squelette noir électrocuté propage des notes bleues formant des bulles de savon sous les pins parasols d'un indé festival californien. Surprenant de vérifier qu'à l'instant même où le mocassin beige d'un surpondéré Munichois franchit l'orange rideau d'un sex-shop, une Libanaise peinte en veuve pose sur l'encaustiqué cercueil de son homme encore jeune une rose pudique qu'autant de larmes finiront bien par faire pousser jusqu'au firmament.

42

Je ne connais point de couleur, je n'ai vu aucun héros. Que des soumis, des petits, des élémentaires – et des foireux.

— Les gens voudraient bien faire de leur destin un diamant : bonjour le colombin ! avait lancé Marc-Astolphe Oh huit ans après ma naissance (mardi 6 avril 1976). Tout, sans cesse, vient gâcher la poésie ! Quelle gale.

Marc-Astolphe avait raison – comme il avait eu raison pour Pyongyang, pour tout le reste. Quand, dans le métro parisien, le libertin sourire d'une secrétaire de direction aux conjugalicides élans parvient à se frayer un passage parmi l'indifférence, la multitude et l'épaisseur humaine pour nous atteindre enfin, un accordéoniste sans pays surgit sans crier gare dans le wagon, lançant le titre du morceau qu'il va massacrer sur son bouzin comme on adresse une menace de mort. Il inflige aux voyageurs devenus ses otages un air de tzigane flonflon mâtiné d'Édith Piaf qui, cassant l'ambiance, abolit d'un trait nos pornographiques espérances secrétariales (feuille de rose, bukkake) mais nous poursuit toute la journée sous forme d'une tache d'huile visqueuse et collante comme seule sait l'être l'hypothèse du suicide. On se détruit en vivant.

Une seule évidence surnage en ce pédiluve : la tristesse des hommes. Leurs combinaisons de mélancolie – combinaisons de plongée. On a beau vouloir exagérer sa vie, la pousser jusqu'au destin comme une crotte : on reste plus ou moins dans sa chambre. Ce sont les mêmes avenues qui reviennent. Tu es la proie des mécanismes, tu es le fruit des habitudes. Re-Marc :

— On voudrait des aventures, ce n'est que du pudding !

Du flan de péripétie : jamais des assortiments de coupe-coupe et de bourbiers, de chutes libres et de mitrailleuses, de crocodiles et d'hélicoptères en flammes qui procurent un tournis, mais la répétition bouchée d'une sirène de RER, l'évidente gueule des voisins réitérés, le jumeau trajet du trajet d'hier, la même foulée dans les mêmes blocs immobiliers, les salutations identiques aux salutations identiques, le même sempiternel beurre qui tache la chemise toujours au très très même endroit, les monotones odeurs qui nous attendent dans le mou soir d'été ou, chaque fois que hiver revient, le biseauté courant d'air qui nous transperce l'amygdale à cet endroit du portique métropolitain. Ce ne sont plus des habitudes, c'est de la mort. La mort ne commence pas quand on ne vit plus (puisque c'est là qu'elle s'achève), mais dès qu'on ne s'aperçoit plus qu'on vit encore.

On se rêve poursuivi par des fauves mouchetés dans des Afriques anciennes et farfelues, piqué par des araignées fatales aux reflets mauves ou suspendu par les pieds vers le gouffre, mais la réalité refuse de nous arracher à la descente des poubelles, à l'ouverture inquiète et suspicieuse du courrier, à la flapie consistance d'un périmé conjoint et à l'intromission d'une carte électronique dans une fente de métal blanc en vue d'obtenir l'éphémère autorisation de poser son véhicule sur une parcelle délimitée du globe terrestre intitulée « place de parking » par les autorités arbitraires.

— La gent humaine, particulièrement superflue dans la nature, est pourvue d'instincts touristiques tellement poussés qu'elle fait de la planète un cas particulier de son loisir et de sa bovine convenance ! avait rajouté Marc-Astolphe. Pourri caca, tout ceci-cela.

Pour bannir les rêves, nous excuser de ne pas avoir le courage de les vivre, nous inventons de l'importance aux choses, nous distribuons de la gravité à des urgences méticuleuses : *professionnelles*. Pétrole betteraves banques. Nous sommes ridicules en notre infini sérieux. Morgue posée comme un scellé sur nos journées afin d'éteindre leur feu, la liberté qu'elles contiennent, la puissance et la magie qu'elles mettent à notre disposition quand au lieu d'être allongé sur une felouque en mer de Chine, nous jouons de l'avertisseur sonore en agglomération pour manifester envers les périphériques embouteillages un lâche microscopique mécontentement, signe impuissant, risible, dérisoire, de nos démissions envers la sueur et les igarapés, la Croix du Sud et les dingos qui dessous bâillent.

Nous devrions énumérer les raisons qui nous font vivre – faire la somme des délices. On regarderait vite ses chaussures. Pour se rassurer sur la bancale légitimité et la fragile nécessité de leur présence ici-bas, les parents décrivent généralement leur progéniture en versant dans l'hyperbole, dans l'éloge. À écouter pères et mères, fiers, à la queue leu leu, la planète ne serait composée que de génies surjeunes, larvés surdoués en attente de révolution copernicienne, en suspens de définitive théorie, en réserve de globale équation. Les œuvres à venir ne viennent évidemment *jamais*, les prouesses restent à la maternelle ou coincées dans ces prodigieux crânes : dix années passent, nous retrouvons les prévus Einsteins, les annoncés Picassos, les prédéfinis Marxs en train de fixer des essuie-glaces sur une carcasse automobile, de servir choucroute en salle, de proposer des sanibroyeurs hollandais en sonnant aux butées portes des similaires pavillons.

Nous aimerions qu'il reste la poésie – la poésie n'existe pas. Sauf chez Lautréamont, criée dans une mansarde, un cul d'entresol.

— Et sauf chez Signoret, ajouta Gide.

Sauf quand il pleut des flammes : ciel boréal. Et encore ! On m'avait dit que les nuits étoilées mettent les sens en ébullition, dès lors que le battement du cœur est assourdi par la chair écrasée d'une adolescente toute neuve contre soi blottie. En réalité, les nuits étoilées n'ont aucun intérêt, si ce n'est, face aux filles successives et génériques, certaine légitimité à la déblatération d'approximatives théories sur la fuite de l'univers que nous leur récitons pour les arnaquer, le but étant moins de rappeler sur un bout de plage mazoutée la valeur de la constante de Planck, que d'attirer l'attention d'une caissière sur le lieu véritable du big bang : non point les grands espaces de la banlieue d'Orion, mais la galaxie plus réduite, nettement moins lointaine, de notre calefouette, lui-même en expansion.

Si la proie craque enfin, emballée par nos propos cosmogoniques, nous voudrions raturer le débat, car voici qu'au décisif instant des salives, nous apercevons l'ombre énorme de ses mollets s'imprimer sur le sable éclairé par un mauvais lampadaire. Emporté par la promesse de son visage, nous n'avions jamais pensé à vérifier ses jambes, ses cuisses ou ses mollets, de même qu'une proue peut faire oublier les voiles, les voiles le pont. Cette ombre dodue de gigantesques mollets, formant soudain jambons autonomes, la voici qui s'arrache à son aberrante projection sur les ondulations de la dunette, et se lève pour nous poursuivre sur la baie, tel un monstrueux poulet libéré de son corps d'attache devenu la forme excessive de notre dégoût. L'écœurante volaille, résumée à deux cuisses entités en délire de vitesse et de vengeance, propose le cauchemar d'être plus rapide que nous : la solution est de se précipiter dans le premier bungalow venu, le souffle coupé, d'attendre l'ouverture d'un neuf matin pour draguer le petit mystérieux corps d'une blonde aux drus tétons croisée l'avant-veille sur la berge une gaufre à la main, mais dont nous vérifierons avec l'impitoyable méticulosité d'un licencié en sauterelles la déambulatoire charcuterie.

43

J'ignore pourquoi je préfère le passé au présent. Je n'ai pas l'impression qu'hier a dit son dernier mot. Je suppose toujours, de façon radicale, qu'il y reste à vivre des choses non encore closes, ou achevées seulement pour partie. Les physiciens savent qu'on ne voyage pas dans le temps. Les écrivains ne tiennent pas le même langage, dont la sensibilité les ramène au plus près d'eux-mêmes : en *arrière*. Les filles à aimer me semblent exister à rebours, à revers du calendrier. Mon année 1976 reste vierge : je l'ai vécue mais non explorée, je n'ai fait que passer dedans elle, comme elle m'a passé sur le corps, à la manière d'un train. L'écriture, qui fouille le souvenir comme l'archéologue le site, se propose de dilater les durées, d'exagérer une année, une période, un instant de vie révolu comme quelque chose qui saurait se perpétuer, afin de prendre la place de ce qui reste à vivre. C'est le déjà-vécu qui m'intéresse. Il ne se confond pas avec le déjà-vu. Je suis d'accord pour vivre avec mon temps : je n'ai point d'autre choix – du moins puis-je vivre *ailleurs* que dedans, promenant ma liberté dans ses ancêtres, ses éloignés cousins, ces fragments terminés qui n'intéressent plus personne en dehors de quelques maniaques – méticuleux thésards, historiens spécialisés dans l'infiniment dérisoire. Ce que je voudrais fouiller, ce ne sont pas les grandes dates, les événements éclairant le siècle à la façon d'une torche : mais la végétation, les mouchetures, les plis, ce qui est minuscule et n'a que la proportion, minable, de mon échelle, de mon goût.

— Certes le mot *ennui* est bien faible pour exprimer ces détresses in-to-lé-rables à quoi je fus sujet de tout temps, avoua Gide à ma grand-mère. Elles s'emparent de nous tout à coup. La qualité de l'heure les déclare. L'instant auparavant tout vous riait et l'on riait à toute chose. Soudain, une fuligineuse vapeur s'essore du fond de l'âme et s'interpose entre le désir et la vie. Elle forme un écran livide, nous sépare du reste du monde dont la chaleur, l'amour, la couleur, l'harmonie ne nous parviennent plus que réfractés en une trans-po-si-tion ab-straite : on constate, on n'est plus ému. Et l'effort dé-ses-pé-ré pour crever l'écran isolateur de l'âme nous mènerait à tous les crimes, au meurtre ou au suicide, à la folie.

44

Un jour, tous les gens morts depuis que l'humanité existe se mettront à pleuvoir. Giboulées de cadavres. Averses de macchabées. Un corps d'enfant mort en 1767 traverse le toit de la buanderie, une vieillarde s'affaisse sur un bus. Énormes météorites humaines, les accidentés de la route s'abattent en rafale sur Paris – tous aux abris. Ce matin, des rafales de grands brûlés ont détruit la verrière du Grand Palais. Tous les suicidés de l'année 1973 ont plu sur Troyes ; à Vaucresson ne cessent de pleuvoir, depuis vendredi, les dépouilles de tous ceux qui se sont appelés Jules depuis que les hommes sont. Brian Jones est tombé dans un étang. Combien de temps dureront ces posthumes intempéries ? Qui ravagent les champs. Regardez ces corps de révolutionnaires plantés dans la tourbe des vignes, ces Mésopotamiens qui crèvent les pare-brise sur l'A7, ces Aztèques traversant les vérandas, ces millions de déportés tombant droit dans la Baltique, pluie de Chouans dans la baie de Rio percutant les habitations précaires des favelas, Poilus de 14-18 s'encastrant dans le sol de la toundra, guillotinés de la Terreur criblant dans un bruit sourd la lagune de Venise et le Bosphore, enfants mort-nés ravageant la pampa, épais humains de l'âge de fer fracassant les tours de verre de Manhattan. Neandertal sur la pelouse du Champ-de-Mars. On a retrouvé Robespierre à São Paulo, près d'une station-service, Che Guevara sur le toit d'Auchan Saint-Jean-de-la-Ruelle. Un enfant faisant du tricycle fut écrasé par Danton (quelle était la probabilité qu'il vînt choir sur sa statue ?). Combien de temps durerait ce déluge ?

Tous les décédés du monde en précipitations, crevant les plafonds, remplissant les rivières, fracassant les écoles – un routier est mort transpercé par Honoré de Balzac, une pluie battante des victimes de Pol Pot est tombée sur Marseille. De gros nuages vont faire pleuvoir tout à l'heure les cancéreux décédés à l'hôpital, un cumulonimbus annonce tous les fusillés de l'aube, les résistants, les suppliciés divers, tandis que d'autres orages s'occupent déjà, plus à l'ouest, de délivrer le ciel encombré de tous les guillotinés de la terre, des électrocutés du Texas, des martyrs chrétiens dévorés dans une arène par un tigre orange et affamé. Le temps est au goulag au-dessus de Bangkok – nous attendons pire qu'une mousson. Des corps morts parachutés éparpillés dans nos villes, nos forêts – l'un deux percute la baie vitrée, éclats de verre, et atterrit dans la cuisine. Les enfants hurlent ; ils ne comprennent pas. Les adultes savent que les temps messianiques sont arrivés, que des obligations s'annoncent, que les disparus reviennent, mais pas sous la moindre forme lumineuse : ils reviennent avec le poids de leur ancestrale terrestre chair, strictement matérielle – charnelle. Torrentiels revenants, diluvienne résurrection. Louis XIV est tombé près d'un arc-en-ciel devant lequel, éclairé par ce prisme, des hommes et des femmes en costume, poudrés, perruqués ont fusé de l'atmosphère vers le centre de la terre. Le baromètre annonce les sacrifiés du franquisme et les enterrés de Katyń pour demain, dans la vallée de la Loire. Le fleuve sera criblé de tous les humains qu'on croyait enfermés au fond des glaises et qui savaient, eux, qu'ils formeraient un jour, en leurs chutes libres, parallèles et synchronisées, incessantes et catastrophiques, une patrouille livrée à la seule gravitation, un aveugle cataclysme où toutes les générations reviendraient s'abattre sur nos gueules à la manière déglinguée d'une hyperdivine colère. Punition. Punition de nous penser plus forts que les êtres du passé, surtout plus vivants, plus fonctionnels – plus intelligents qu'eux. Simplement parce que nous serions encore à la surface du bitume et qu'ils se languiraient dessous. Nous sommes étonnés d'apprendre que, dans les couloirs des jours abolis, des esprits plus grands que les plus grands de nos esprits sauraient mieux que quiconque résoudre les équations du monde « moderne », cet univers qui repousse de toutes ses forces la tradition et les racines, le dépassé et le passé, l'antérieur et les éboulis. L'enfer n'est pas d'être mort : c'est d'être en vie dans ce spécial athéisme qui se convainc, heure après heure, minute après minute, que l'événement le plus récent est le plus légitime, que la révolution définitive est la dernière en date, que celui qui vient de naître a davantage de personnalité que Blaise Pascal ou Salvador Dalí.

Fernandel, pleuvant avec les morts, s'était écrasé contre le mur d'une usine de pneus sise dans la banlieue de Sochaux. On voyait dans la brique la marque de sa mâchoire encastrée. Des badauds, slalomant entre les corps qui tombaient en rafale, étaient venus voir la figure ratatinée rigolarde de « Fernand » dont la chute, par chance, n'avait fait aucune victime. Sa figure, à peine brûlée par l'entrée dans l'atmosphère, était un peu roussie mais souriante – amicale. Quelle chance : Fernandel s'était abattu sur la France, et non sur l'Inde par exemple, même si la logique eût voulu qu'il chût sur la Canebière par un ensoleillé jour, car rien n'est plus beau qu'une pluie de Fernandels sur fond de ciel bleu zébré de rayons. Regardez : ce sont tous les personnages fernandéliens qui fusent en trombes, venus des nuages, des cumulokrokus, des nimbostratus, des tremolocactus, des bololorictus, des tripololactus, des gigololapsus : comme à gavotte Irénée Fabre dit « le Schpountz », Casimir, Albert Durandal, Marius Cabassou, Fernydel, Vanderague, Adhémar Pomme, Albert Rimoldi, Toine, Fadinard, Antoine Valoisir, Ernest Pic, Célestin Floridor, Justin Migonet, Marcel Caboufigue, Félicien Hébrard, François Faustin, le roi Dagobert, Ignace Boitaclou, Charles Bailly, André Duroc, Baptistin Lachaud dit « Titin », Étienne, Boulot, Désiré Henri Le Sec, Marc-Antoine, Adolphe Lartigue, Honoré de Marseille, Fernand Jouvin, Ernest Sauce, Urbain Gédémus, Dardamelle, Sganarelle, Pons, Fabien Coutissol, Alfred Leneveux, Urbain Coindet, Valentin Bourgeasse, Paul Verdier, Barnabé, Gustave Bourdillon, Fernand Vignard – il ne pleut plus des cordes, mais des Fernandels –, Médard, Jules, Éloi, Joseph, Honoris, Don Camillo, Protis, Patard, Armand Favrot, Ficelle, Charles, Maruche, Henri Lévrier, Édouard

Saint-Forget, Fortuné Richard, Martial Gonfaron, Docteur Charles Pellegrin, Giuliano Goberti, M. Pelletan, Fernand Sarrazin dit « Noël », Tulipe Barbaroux, Alain, Guillaume Dodut, Croquebol – j'ai failli prendre Croquebol de plein fouet –, Eugène Crochard, Antoine Venturen, Jeff Burlington, Noël Annequin, Attilio Capellaro, M. Quantin, Dynamite Jack, Antoine Espérandieu, Adrien Moulinet, Sénéchal, Ferdinand Pastorelli, Charles Migue, Albert Constantin, Vincent Fleuret, Hercule Maffre, Luc, Hector, Bernard, Victor Boniface, Billenbuis, Simplet, Lucien Pivoine, Sam Hackitt, Lambinet, Méchelet, Pétrus, Paul, Pierre Deneige, Émile Boulard, Ali Baba, Modeste Manosque, Tricoche, Fernand Gaëtan Lafleur, Moussin, Lafraise, Joé Calvet, Félipe Rambert, Armand Lavarède, Esculape, Siméon Espitalion, Bien-Aimé de Mondésir, Horace Truchet, M. Astier, Guste, Ferdinand Piat, Marivol, Lidoire, Julot, Bill Forster, Isidore, Gustave Dupied, Chatelard, Fernand, Albert Topaze, Saturnin, Honorin (duc) des Meldeuses, Marcel, Bob Laurent, Antonin – je n'oublie pas Alfred Puc qui s'est écrasé au beau milieu de l'Alexanderplatz, à Berlin (ou perforé par l'antenne de la Tour de la télé).

45

Nous traînons nos importances tels des sacs à patates, oui nous *pesons*. Toutes ces importances/arrogances qui se jouxtent et s'opposent, se frottent, se cognent, déambulent : voici le monde. Aucun, sur cette minuscule planète, qui n'entende mener sa petite danse, sa spéciale gesticulation, minaudant dans son « charisme » à la con. On fait le *malin*. L'âge calme les envolées, la mort rectifie les reliefs. On ne claironne plus que selon la procédure – la procédure est de laisser la place. Nous parlons de liquidation, du temps qui s'empare des corps, de la confirmation que nous n'allons que vers un seul endroit, très englouti.

Il a fallu appeler *travail* ce déplacement du corps des individus vers un précis lieu de l'espace géodésique ; il a fallu appeler *travail* l'occupation d'une parcelle de temps terrestre par ces mêmes corps en terreur d'ennui, en suspens dans la mort, en perdition dans la durée à vivre. Le *salaire* mesure les coordonnées de l'espace-temps où l'homme aura le moins pensé à sa finitude, carapaté dans une tâche, préoccupé par un automatisme, abrité sous un dossier, concentré sur une mission. Ce qu'il s'agit de conquérir, c'est ce continent qui nous échappe : le temps humain. Il est long à traverser, insupportable à combler, impossible à saturer, mais voilà qu'à l'instant où l'on prétendrait le remplir, nous n'avons qu'un avenir rétréci devant nous, un morceau de morte branche à parcourir, qui craquera tôt ou tard, nous sommes morts plus tôt que prévu.

Le seul héros est celui qui s'élève contre le travail, puisque cela n'est pas possible. Tout finit toujours par nous faire travailler. Le loisir n'est jamais un repos, pas plus que les vacances, les congés : seul le travail autorise un répit face à la pensée, perpétuelle, de la mort. Ce que le métier absorbe, à la manière d'un buvard, ce sont des parcelles entières de pensées dédiées à la mort. Le travail seul repose. À la moindre interruption, au premier repos, à la première pause, nous mourons de nouveau, la mort revient taper nos tempes de son flux, elle *cogne*. C'est son poison que nous transportons dans nos veines lorsque, devant les vertes vagues d'un océan où sont posés de flous lointains voiliers, nous choisissons une place sur le sable où déployer notre serviette. À côté de notre corps, le corps d'une femme choisie par nous pour nous accompagner dans cette empoisonnée traversée du temps. Les journées passent, toxiques. Nous croyons profiter de la vie, mais jamais nous n'avons autant été livrés à l'obsession de mourir. Nos os chauffés, nos idées creuses, nos gestes inutiles s'offrent à l'idiote gratuité du ciel, où ils s'accumulent dans un coin, sont broyés, digérés, forment un nuage gros, pleuvent. Nous nous pleuvons dessus.

Aucune démarche n'est importante – ni aucune conviction. C'est la raison pour laquelle furent inventés, comme les loups vénitiens que portaient jadis les petits marquis et les duchesses lubriques aux soirées déguisées, les rendez-vous urgents, les réunions cruciales, les virages décisifs. Autant de fumants gravillons après que la lave est nettoyée par l'averse. Je veux me dresser au milieu de la route, droit dans les cyclones, les bras croisés imperturbable, entouré de klaxons et de cris, aspergé par des flaques, griffé par les véhicules en trombe, chauffé à blanc par les jours de soleil : *je suis l'homme qui ne travaille pas.* Je suis l'homme qui ne va *pas* au travail. Celui qui reste enclos dedans son corps, rictus dessiné, tatoué sur le visage, et ose attendre la mort en face, d'homme à homme. Cette place que j'incarne, sur laquelle je vieillis et me fige, elle me suffirait pour vivre, n'étaient les obligatoires déplacements du progrès, les translations inventées par les hommes pour convaincre la mort de ne se réserver qu'aux autres. On a toujours l'impression que seuls ceux qui sont déjà morts pouvaient vraiment mourir. Rien ne prouve à un vivant que la mort est possible sur lui.

Vivre, dans le pli des absurdités confuses, persistantes, enfantines qui forment ce que nous pouvons nommer notre « foi », c'est se penser *malgré tout* comme une envisageable exception pour la mort : que tous les vivants de toute l'histoire de la vie aient fini par mourir ne suffit pas *complètement* à nous faire accepter, en nous-même et par nous-même, pour nous-même surtout, qu'une entorse à la règle soit *totalement* impossible, que nous serions le premier, *miraculeusement*, à inaugurer. Nous passons notre vie à craindre une mort dont, étrangement, nous ne sommes pas intimement persuadés qu'elle nous concerne autant que ceux qui, déjà enterrés, semblent rétrospectivement faits pour elle, y semblent plus *naturellement* voués.

46

Tous ceux qui, à mon image, seront tantôt traversés par du temps, criblés de toutes parts, transpercés d'instants, tous ceux-là, invariablement, se dirigent, volontaires ou fuyants, vers le terme inadmissible, entré de toute éternité dans les mœurs. C'est un morceau de bois ciré qu'on rabat pour faire couvercle, c'est sur des cellules autrefois humaines que se referme – une fois pour toutes – ce que se partageront sans arrêt les *lombrics*. Le corps établi dans cette boîte n'est pas un corps comme les autres : son mouvement l'a déserté, il est abandonné des gestes, des souffles, des palpitations de toute sueur répertoriée. Il est livré à la mer des terres, c'est un désastre et c'est sans importance.

Il court vers le métro de son travail, salarié des talonnettes aux sourcils, assailli par les importances et les collègues *graisseux*, ascendant dans les divers ascenseurs : une fois dépassés les étages de verre, au sommet des bureaux de la tour translucide, il allume l'écran salarié de son ordinateur rémunéré. C'est un empressement qui voudrait oublier une patience illimitée, qui plane, exécute des vrilles dans le ciel, des loopings d'exhibition dominicale, avec un léger bruit de moteur, étouffé : *mourir un jour*. Et sueur et bureau, précise vérification d'une choisie cravate, moisissure demain parcourant les orbites du drôle de crâne. Assise secrétaire sur les os de sa chair postérieure, portant perles et argent, or et montre. Pressés employés. Otages particuliers d'une vitesse. Quelle serait l'allure pour ne mourir pas ? Où donc habite l'universel répit ?

Existe-t-il, dans le repli d'une dimension du monde, une éventualité *scientifique* de rester incessamment debout, très vivant, pour *toujours* ? Ou faudra-t-il considérer que l'éternité ne s'obtient que par puzzle, dans les éclats, les étincelles de l'existence, à la façon des zébrures ? Nous serrons d'étranges mains : sont momentanément configurées pour la vitalité, on les longe jusqu'aux bras, au bout un buste enjoué orné d'une tête en secousses. Cette entité, saturée de configurations, elle se rassemble sous son appellation d'homme. C'est très provisoire. Ils organisent la pratique du sport afin de conserver une santé qu'ils abolissent en méprisant strictement les autres, quand les autres sont un décor, l'ensemble abstrait de tout ce qui n'est pas eux, par conséquent ne les concerne pas. Nous traversons les autres, persuadés d'être le principal personnage de la réalité. Je suis le seul, se dit-on, à connaître des rebondissements, autant de virages, de montagnes à gravir, de granit à creuser. Les autres, ce tout sans yeux dont j'extrais quelquefois une parcelle pour connaître l'amour physique, observent passivement mes aventures. La difficulté de l'existence provient de ce que chacun, victime de l'hallucination d'être le permanent élu du monde, relègue son prochain à un vestiaire de réalité, une épopée subsidiaire, une évidence anecdotique entre lesquels il slalome, arrogant – athée. La maladie seule, qui dispose de nous comme elle l'entend, viendra ébranler cette aberration d'une omnipotence proclamée, quand soudain nous réclamerons de l'entourage et des amis, la présence chaleureuse d'humains compassionnels dont nous n'aurons plus la force de rabaisser la présence, de mésestimer la richesse. Se passer de l'autre est une provisoire définition du bonheur. Les autres : on ne veut jamais comprendre qu'ils sont autant nous que nous sommes eux. Nous avons en partage le monde immédiat, cette préoccupation, commune. Chacun dans son coin est haïssant. Chacun voudrait chiquer son prochain : c'est par habitude qu'on ne tue presque personne. Le salarié, stressé alentour de l'aube, est installé dans l'impossibilité d'être fou et c'est ce qui le rend fou. Il ignore que son mépris se terminera au cimetière de Fécamp, sait que rien jamais ne sera céleste : lit les notes de sa hiérarchie. Il y a une brutalité des conventions, une violence de la compassion – une horreur dans la componction des moments de bureau. Cette politesse n'est pas tenable : on est assassin à l'intérieur.

Les détrempés salariés qui sous la pluie se bousculent. Leur factuelle fadeur crasseuse, exempte de génie. Puent de la chemise. Suinteurs, ils suintent. Hommes d'aisselles et de compliments, de mycoses et de pauses café, d'huile et de fayotage. S'accompagnent les uns les autres, soucieux puis *déconneurs*, jusqu'à la fin de l'existence. Aiment à lire la presse. Dans la nuit chatouillent leur femme, mauve, tout en replis. Se découragent aussitôt qu'il neige. Ont peur dedans les avions – une fois domptée la trouille, s'avachissent en chaussettes dans les relents de rots sourds. Reviennent à l'effroi dans les turbulences, réveillés hagards, affreuse gueule, ignoble haleine. Fuient le froid direction sable. Possèdent suffisamment d'argent pour cela sur leur compte en banque. Sont bien tranquilles dans la vie. Ne pensent pas une seconde à s'écœurer eux-mêmes. Sont fous de gratuité : tout ce qui est *à discrétion* les concerne et passionne. S'entre-tuent pour un buffet campagnard, se marchent dessus pour atteindre crispés les petits-fours et les tourtes salées lors de cocktails organisés par une ambassade, une chaîne de télévision une galerie d'art remplie de croûtes et de parisiennes arabesques. Les gens ont *toujours* faim. Ne *jamais* sous-estimer la faim des gens. Obsession d'un déjeuner, détraqué regard qu'ils posent sur un menu, remous dans les couloirs des lycées quand sonne l'heure de la cantine que tout partout devient brutal et foule. Les tortures qu'ils seraient capables de multiplier pour : bœuf en daube, sole meunière. Aveugle méchanceté de l'appétit, quand l'appétit est lâché dans les villes.

Le plus difficile est de greffer les drames les plus précis sur les existences génériques, subsidiaires, absentes, que nous croisons dehors. Les visages oubliés aussitôt dépassés transportent des drames invisibles qu'aucune biographie jamais ne viendra souligner. Chacun pourrait devenir un ami, peut-être, mais l'anonymat et la vitesse, la perpétuation de la distance et la prédominance du flou condamnent les corps contemporains de notre corps à rester des automates qui jamais ne pleurent, des mannequins dépourvus de passé, d'avenir – la durée de vie des inconnus est *l'instant*. Chaque *instant* de notre vie est rempli d'individus rattachés à lui, des gens qui ne sont venus sur terre que pour servir de contenu à ce moment fugace de notre personnelle existence. Chaque seconde de notre vie a demandé à des hommes, des enfants, des chiens d'effectuer le déplacement *spécialement* pour être là, pour habiter pour toujours en nous, même aussitôt oubliés, sous la forme d'une présence effacée, seconde, adventice, abstraite. Ces figurants, un jeudi d'automne, un joli matin d'été jaune, ont reçu une convocation spéciale, bénévole, absurde, nécessaire : vous devez vous rendre dans un instant furtif de la vie de Yann Moix vendredi prochain gare de l'Est, voie numéro douze, à quatorze heures, vingt-six minutes et trente-neuf secondes. Vous serez libérés, au plus tard, à quatorze heures, vingt-six minutes et cinquante-quatre secondes. Quelques rôles principaux devront rester, eux (mais ils recevront à cet effet une convocation personnelle, imprimée sur une feuille de couleur verte) jusqu'à quatorze heures, vingt-sept minutes et douze secondes. Tous les figurants que j'ai eus. Toutes les silhouettes. Parmi eux, qui sait, celle qui aurait pu me donner les plus beaux enfants du monde – Eusèphon, 17 ans today à ceci près qu'il n'est jamais né ; Léontine, 13 ans, qui vient d'entrée en quatrième avec une année d'avance mais personne ne s'en est rendu compte, pas même ses professeurs, pour la bonne raison que Léontine Moix est restée greffée, accrochée avec entêtement à mon absence de rencontre avec sa mère, une très jolie fille aux joues mouchetées que je n'ai pas abordée, ou plus simplement pas vue, le seize juillet d'il y a quatorze ans, rue d'Amsterdam.

Cette a-mère se prénomme Élisabeth – si je retourne cent soixante-huit mois en arrière, soit sept cent vingt-huit semaines, cinq mille quatre-vingt-seize jours, je la vois effectivement, dressée dans le hasard, statufiée, sous la statistique forme d'un abordage amplement réalisable – je n'ai plus la timidité qui m'empêcha d'avoir aujourd'hui des enfants d'elle. Pour être honnête, je ne comprends plus non plus, l'observant fixement lisant un magazine féminin sur une rampe de pierre blanche taguée, ce qui me plut *alors* en elle – j'aurais regretté ce que je n'ai finalement pas fait avec elle : ma vie. Les années passées n'ont pas seulement rectifié ma timidité, ni fait fondre cette peur panique de foncer techniquement vers une femme adverse ; elles ont modifié la texture de mon goût, ratatiné ma faculté d'exagérer la beauté, et surtout, indiqué que l'inaccessibilité est une invention masculine qui ne sait rien des failles, des abymes et des précipices que contient chaque femme. C'est par ses plaies que nous escaladons la beauté, même la plus *fatale*.

Aujourd'hui se déplace, aborde et discute, devant *Hier* très coi, impressionné, romantique et jaloux, furieux de s'être fait doubler par sa projection vieillie, sa doublure avariée mais plus vivante, expansive, accélérée, libérée. *Hier* avait le cœur qui battait, il avait commencé à plaquer des livres sur cette inconnue, à fabriquer dessus des rêves et des espérances nécessaires à la souffrance souhaitée par lui à cet âge (un âge où il n'avait pas compris que la lecture de Joyce est inutile dans le vital processus qui mène à la concrétisation du coït). *Aujourd'hui*, déserté par l'amour, inscrit dans une mécanique de séduction qui renie la dignité de sa proie, s'incruste dans la jeune femme, appuie sur ses stigmates, presse un citron sur ses escarres, et part avec, main dans la main comme à la fin d'un Charlot, mais pour renouveler sur elle les positions répertoriées, infiniment recopiées, d'une jouissance à blanc, borgne et moche, perpétuellement décevante et systématiquement recommencée.

Dans un hangar désaffecté, *Maintenant* a demandé à la littérature, via ce dernier roman entre tes mains, de rassembler toutes les a-femmes de sa vie. Il a loué à cette fin, mais de manière imaginaire, théorique, romanesque, un DJ pour animer cette impossible soirée possible sur mon clavier, sur mon bureau, dans les compliqués arcanes qu'empruntent les idées dans ce qui sert de cerveau à la gélatine où s'embourbe ma folie car je sais que je suis fou. La vie est faite aussi de toutes les vies qu'on n'a pas eues.

47

Les salariés sont pléthoriques – alcoolisés. Cette rage qui cocotte dans les métropolitains wagons. Ils sont superflus de la tête aux pieds, pieds morfondus dans de laids mocassins, diverses baskets régressives. Quels piteux winners. Du torse ils sont plus velus que l'on ne le croit. Tous partiellement cocus. En sacoches se pavanant. Encartablés vicieux, moussus du slip. Ce sont gigots ce sont guignols. Essayent entre eux des discussions, dépensent des pensées sur le prix du gaz, des voitures, des vacances thaïlandaises. Ça revient *toujours* de Thaïlande. Ne remarquent presque pas l'érosion de leurs cellules, le rétrécissement du futur, le recul de leurs espoirs. Cohabitent avec une manière de viande qu'ils intitulent *conjoint* – et dont ils espèrent un dopant effet les détournant de la défenestration.

Sur le marché de vivre, certains sont « heureux » : poussent des pointes sur autoroute, achètent consoles, développent un savoir-faire pour séduire sur Internet d'anciennes adolescentes au teint gris prenant une place provisoire dans leurs rêves immobiles. Progressent dans le bonheur tel ce chariot dont les roues glissent bien dans les travées d'un hypermarché passant un tube du groupe Toto. On peut critiquer le groupe Toto, mais le groupe Toto a bénéficié dans le cortex humain d'une réception propice à la sécrétion d'hormones favorisant le bien-être. Puis concluent leur journée dans la chips, la télévision, secoués parfois par un porno. Soutiennent le projet de dormir, régénérant leur couenne : sommeil contribue à perpétuation de l'espèce.

Quand il fait noir, l'os à peine éclairé par une fixe lueur, le salarié ouvre ses jambes et ne cache point à sa moitié qu'il a la soudaine faiblesse de vouloir – dans un non-dit mécanique et moche – obtenir une fellation nocturne. La femme qui participe à la vie de cet homme, pénalisée dans son repos par cette attente à laquelle son mari s'accroche et dont il ne démordra point, réunit alors ses forces. Armée de patience et chargée d'officiel amour, elle vient caler les commissures de ses lèvres un peu sèches, sans espoir de machine arrière, sur le périmètre concerné du pénis à investir et, pour ne pas faire de vagues, commence à saliver sur le violacé embout de son conjoint fiscaliste en manifestant le maximum de *compétence*. Obtenue la jaculatoire nécessité, le chef de famille préconise – dans l'intérêt de l'humeur du couple – un endormissement parallèle, immédiat si possible.

L'amour historique entre sa femme et le mari, quand vient l'aube du petit déjeuner, participe de l'envie de se fracasser la gueule contre une paroi solide, aux fins d'abolir le monde et le broyer tout court, tant il paraît chaque jour plus impossible que la veille d'en être les ressortissants. Quant aux engendrés enfants, on ajustera leur psychologie en temps voulu, proposant momentanément de les classer dans la catégorie *dépressifs*. Leur contribution à la famille se ramène généralement à un système masturbatoire, clandestin et rodé, progressant à plus ou moins brève échéance vers une surévaluation de l'importance des recreux vaginaux de jeunes filles vouées aux juvéniles pénétrations.

Biologiquement, l'adolescent engouement pour les performances *in utero* entraîne des conséquences sur la natalité d'une nation. Mais nombreux sont les jeunes gens qui, au lieu de se révéler à eux-mêmes par l'épanouissement propre à la sexualité des mammifères, connaissent des *annus horribilis* à répétition. Ces contre-performances, lors de soirées destinées à réduire la frustration libidinale, sont susceptibles de provoquer chez le jeune garçon une attitude taciturne, un cloisonnement progressif au-dedans de lui-même, une baisse de la confiance en la vie ainsi qu'une altération de l'image de soi dont l'idée du suicide – quoique passagère – permet d'atténuer les dégâts causés par les risques non recompensés, les audaces repoussées, les humiliées tentatives. Plus tard, quand (sous une pluie battante) l'adolescent aura souffert d'attendre *en vain* son amoureuse dans l'espoir de lui refourguer un romantique bouquet, il comprendra, immobile et coi, l'allure en larmes, que les filles de son âge – loin d'apprécier les slogans poétiques et les cœurs éperdus – recherchent l'emprise de types de 20 ans qui s'emploient sans effort à les faire jouir sur un canapé ou sur le siège arrière d'une voiture. L'adolescent mouillé, les poches remplies de lettres tendres et d'inutiles bagues, assistera dans une atroce impuissance pluvieuse à l'enlèvement facile, magistrale, de sa belle par un beauf plus âgé mais que le succès transforme en définitif héros aux magiques capacités, hors de portée pour nous, réduits que nous sommes à la muette admiration de sa prouesse mythique et de ses autoritaires coups de klaxon.

Quand nous sommes amoureux à 15 ans, les femmes sont modelées par notre désir sous la forme exclusive d'une bonne surprise : on se projette avec elles dans une passion sans répit, une perpétuelle séance de nervosité christique dans un champ de luzerne saturé d'horizon, un avenir de baisers échangés jour et nuit, corps sur corps roulant dévalant les collines aux pâquerettes laminées. La présence de l'amoureuse est souhaitée pour six milliards d'années. Les paroles échangées sont définitives, les promesses, éternelles. Nous ne sommes inquiets de rien. C'est seulement petit à petit, à l'heure où l'âge affecte les rêves, que la femme de ma vie, théoriquement inchangeante dans les siècles, bascule dans une conjoncture plus capricieuse dont l'issue n'est pas tant la sauvegarde de l'amour unique et fou que l'aménagement d'un emploi du temps permettant l'introduction de ma verge repue d'exclusivité en de concurrentes intimités.

— C'est la vie ! avait lancé Oh.

La vie, des gens que je ne connaissais ni d'Ève ni d'Adam avaient décidé de me la *donner*. Pas pour toujours, mais pour longtemps. Je n'aurais qu'une vie, quand elle serait achevée je n'aurais rien été, comme les flux les reflux et tout ce qui est vent. Je serais venu sur terre, puis reparti, sans avoir rien commencé, ni fini. Je suis du sable.

J'avais jusque-là mené une vie austère, enrobée dans une géographie aussi vaste que l'intérieur d'une noisette. Ce serait bientôt terminé. J'allais passer d'une mère close à l'univers tout entier. Ce qui s'apprêtait à être le plus nouveau pour moi était ce qu'il y avait de plus vieux au monde : le monde. À l'extérieur de ma mère, le langage parlait déjà, la pensée avait commencé de penser. Les gens dans les rues étaient surabondants. Ils s'éparpillaient dans les directions. Ils n'attendaient personne pour *être*. Ils avaient commencé sans moi. Ils continueraient après. Renversez la foule, elle reprend aussitôt sa verticale position, à la manière d'un culbuto.

Les gens résistent. Les gens persistent. Les gens s'obstinent. Ils se relèvent des déflagrations. Ils traversent les atmosphères. Ils récidivent dans les éboulis. Ils couchent dans le lit des uns des autres. Ils se partagent l'oxygène de la terre. Au-dessus d'eux se trouve le ciel. Ils traînent un moment à la surface du globe ; d'autres viennent qui prennent la relève, têtus jeunes obtus. Rien de ce qu'ils vivent n'est totalement réel, parce que la réalité n'existe pas. Il n'y a que fatigue et courbatures. Sueur. Nous appelons « réalité » ce que nous parvenons à décortiquer du fatras. On ne croit pas à grand-chose. On se lasse de Dieu. Une vie achevée ne laisse derrière elle que des détritus d'aliments, un livre parfois.

Le jour viendrait pour moi où il faudrait substituer la littérature à la réalité, réduire les choses à des pages, rendre superflu le monde en l'enfermant dans un roman. Ce serait comme de la mort en barre – les livres sont mortifères avec leur quantité effrayante, leur poussière accumulée, leur ambiance close, leur air vicié. Ils asphyxient, sont le contraire même de vivre. Une aubaine.

Je rassemblerais un jour, mais quand, la psychologie humaine en de clos chapitres, où seraient ramassées des histoires vécues dans une poétique pâte à sincérité variable, tandis que le frôlement d'un tissu de femme échapperait pour toujours à mon appareil littéraire – approximatif. Qu'émerge-rait-il de la vivante vie dans cet horizon travaillé, écrit dans l'entente et le ramassement, le souci du lecteur et la naïve prétention de « l'œuvre » ? Pas grand-chose : la vie n'a pas sa place sur le papier, n'a pas vocation à s'y répandre, s'y proje-ter – elle est ailleurs et ce que nous créons dans les livres, ce n'est ni la vie même ni le sosie de la vie, mais la manière dont elle nous parvient, s'infiltre en nos fissures, vient se loger au cœur de quelques cicatrices qui mesurent avec complaisance ce que nous appelons fort vulgairement la *sensibilité*.

— Tirer des baudruches freine mon processus d'avachis-sement cellulaire, s'était exclamé Marc-As. Chaque tringlette m'apporte une canette de Jouvence. Il est pitié que nous ne puissions *dès l'enfance* être concernés par la fécondation pornographique !

Peut-être que nous ne vieillissons pas, cher Astolphe : mais que nous nous alourdissons. Que les années nous font peser davantage qu'elles ne nous creusent. Elles viennent poser leur gravité sur nos épaules maigres, et nous nous enfonçons d'autant dans le sol, voûtés/grimaçants jusqu'à cet enterrement. Quand nous vivrons mille ans, nos pieds finiront par toucher le noyau terrestre. Nous ne pourrons plus même nager, nous coulerons à pic. Engloutis par les fonds parmi les épaves dans la nuit de la mer. Auréolés de plancton, de minuscules bancs de poissons dont les noms dorment dans les encyclopédies, les dictionnaires. Si je voulais trouver le mot exact désignant ces miniatures à nageoires, merveilleuses et translucides, il s'agirait de tricher, de sortir de cette phrase pour aller fouiller des ouvrages techniques ou des sites savants ; je quitterais la littérature, que je ne tolère de pratiquer qu'avec mes limites singulières et mes frontières attitrées, pour m'enfoncer dans la pire singerie qui soit : le *littéraire*. Mon océan est un pédiluve : cependant j'en suis l'inventeur ; dedans je me sens éternel, heureux presque – et vous pouvez mourir.

48

La mort, parlons-en cinq minutes (mettons dix) : l'ivresse de se prolonger vingt siècles dans une carcasse d'acier (narguant par-delà les nuages de feu les quatre gueules du Char survolant Ézéchiel) fait brutalement place, alentour de la quarantaine, à la peur panique d'une visite médicale – voici la visite médicale de mon père, quelques mois avant sa mort survenue le dimanche 24 mars 2002. Une mort qui l'empêchera de traverser sa salle à manger en 2003, 2005 ou 2008. 2009 lui aura été aussi impossible, aussi *interdite*, que 1903, que 1765 ou que 322 avant Jésus-Christ. Il n'a point bu au robinet le mercredi 14 janvier 2004.

Un médecin en blouse blanche reçoit les rayons du soleil. Il s'agit de rayons conformes à la luminosité du printemps,

merveilleux prémices de l'été qui viendra, descendra doucement sur les journées comme un rideau de fer. L'implacable
chaleur d'août viendrait nouer sa grosse brûlante tristesse
autour du corps des gens, salissant les gens, faisant peser
les gens. Le médecin serre la main de mon père, il voit dans
mon père, à travers les mains serrées, aussi clairement que
dans un lac bavarois. Immédiatement, il a senti l'écoulement
de la maladie dans son patient. Ce n'est déjà plus tout à fait
un homme : un imminent écroulement d'homme, un terrain
de jeu pour débiles cellules. La main de mon père ignore les
secrets que détient la polie pression : d'émouvants moments
d'hôpitaux, des diagnostics qui crèvent les yeux, une chimio-
thérapie stérile, des plaintes de mortel approchant de l'âge
d'or de la tumeur qu'il portait en lui et qui, semblable au
serpent, slalome en ses tissus. Les ganglions sont peu normaux : forment braises quand mon père avale. Il n'a jamais
fumé, très peu bu, mais les femmes l'ont trahi. C'est un
cancer des femmes. Il a voulu aimer, être aimé : patineurs
sentiments sur des blocs de glace. Il se voulait fasciné par
les mots doux, les bateaux portés par les bras de l'océan, les
cabanes plantées dans la neige où le feu craquelle comme
brindilles d'étreintes – en face, des femmes, dont ma mère,
furtives, strictes dans leur indifférence, dégrisantes, et que
sa gentillesse rendait méchantes. Elles l'auront fait saigner.
Elles l'auront fait pleurer. De toutes les trahisons, de tous les
mensonges, de toutes les tromperies, mon père avait fabriqué une « notion de la femme » aussi triste et belle que la
forme que se choisissent les larmes sur un mouchoir. Je ne le
plains pas – je l'ai toujours haï et sa mort (par un processus
aussi dérangeant pour l'esprit que la vision d'un mannequin
de l'agence Elite plantant ses doigts dans son nez pour en
extraire une croûte molle) n'a fait que renforcer en moi ce
sentiment de haine. Mais la haine n'est pas un sentiment
– c'est une constatation.

La seringue est posée sur du tissu – un tissu qui ne plaisante pas, un tissu dont dépendent les mois qui vont suivre, un morceau d'étoffe qui jouit sur nous d'un pouvoir de vie ou de mort ; un extrait de tissu plus intelligent que nous, qui a fait des études. Du tissu qui *sait*. Un coton filandreux blanc patiente ; la seringue attend sa veine de père (où du coup circule aussi mon sang), son réseau bleuté : la veine bleue forme une minuscule autoroute bleue au moment bleu de l'aube sur le bras, quand tout est méthane dans les décors, que les rubans de brouillard se dissipent et vont mourir ailleurs, devenus des eaux. Le bleu des fins. Des conclusions. Des dénouements. C'est l'heure, terminée, où les étangs de Watteau, enfouis derrière les ajoncs, comptent les laissés masques des figurantes poudrées, des demoiselles de guipures et de roseaux, de petit chien d'entre chien et loup. Le crépuscule est un dédaigneux triomphe. Cette mort carnaval qui enveloppe la fête – les confettis flottent, installés sur les nénuphars. L'accroc d'une ronce sur un polichinelle. Le soleil s'achève (les couleurs chauffent de moins en moins), s'agenouillent les galants, jaunes flous, plongent des mains dans des compliqués tissus touffus crème, des sourires blancs s'affichaient sur les figures poudrées : ces gens sont partis mourir. Lovés dans une brume amère, en perruques. Jupes tombées sur la mousse du sol. Clowns courbés. Ils habitent de peints châteaux, des cires et des craquelures de Louvre, effluves de vase, notonectes, larves d'æschne, libellules et dentelles : loups. Marécages et poupées. Leurs figures actuelles ? Lézardées. Leur ciel ? Lacéré de mauves (gâchent-dévorent le camaïeu). L'horizon, dessiné au-delà d'arbres à gueules, sera bientôt zébré d'éclairs : l'orage soulage et ses giclées renouvellent. Ces fantômes de bal, aux costumes à damiers, aux robes comme mers où franges oscillent, mais mers de soie, reviennent aux abords de la nuit, alentour de la mare, où recommencent leurs rires, jusqu'à l'écroulement de tous les châteaux de tous les mondes. Watteau.

Docteur Thébin (son rose porcin dégarni crâne ; son nez si gros verrue molle whisky). Son cabinet métallique et nu sis au 23, rue des Minimes, Orléans. Petite rue comme meuble fermée ; convient au secret médical. Y naître ou y mourir est à peu près la même chose. Installons-nous sur un rayon solaire et pénétrons dans le cabinet. Photons. Poudre d'or, éclats. Cuivre, argent, plateaux. Colorés flacons. Odeur d'acétate, d'éther, de laboratoire. Banlieue de la mort. Le pantalon anthracite défait (pantalon strictement conçu pour se rendre au travail, pour se rendre au bureau, tout comme l'existence enfilant ce pantalon qui lui va comme un gant), mon père, genoux grenus, jambes de coquelet supportant une panse de bête à cornes, se fait palper les ganglions par *plus important que lui*. Il passa une existence tiède à mépriser le chiffonné pétale des iris, la suppliante littérature de Rimbaud, le fracas de l'eau bleue sur la pierre. Il n'a point pleuré, enfermé dans la sentimentale intensité de l'aube, sur *Waiting 'Round to Die* (haleine frottée de whisky de Townes Van Zandt, brouillard, sueur ; traînantes poussières de l'Alabama, goudron noir coulant comme larmes quand elles sortent de l'œil plein de reflets, dru soleil sur peaux plissées, nuits remplies d'épines, matins faits de fatigue et de soumission, le monde à liquider qui pique-troue la peau). Trop tard : les métastases sont là, multipliées, incendie.

— J'eusse pu être un rebelle, déclara mon père.

— Dans une autre vie, sans doute, répond le médecin en astiquant les verres de ses lunettes avec sa blouse.

On lui dit que terminées sont folies ; elles n'avaient point commencé. « L'autre vie » n'a pas eu lieu – ou bien eut lieu dans un autre corps, aux abords de confins différents, sous une latitude aux lois ineptes, inaccessible à nos rêves, à nos théories, à nos excès. Le rebelle sans rébellion est installé maintenant dans la paix des pelouses.

— J'eusse pu être un aventurier, reprit mon père. Un homme de cargos et d'empennage, parmi les flots. Un homme d'épopée et de gréement. Un guerrier comme Clemenceau, jambières de cuir, flaques de boue. Un homme de 1914, un homme qui arrive quelque part, un homme qui combat. Un sombrero, quelque pirate, un courageux Bolivien. Quelqu'un de bizarre et d'inquiétant qui fait peur aux lions. Qui, d'un coup de savate, force le respect des bonobos. Au lieu de cela, j'ai épousé une folle et engendré un raté.

Son archipel est de granit : ignare et giboyeux. L'amour ni la grêle ne parviennent à connaître son os aboli, flétri dans un dégoût d'humus. Des troupes fugitives ont asticoté ses noyaux au centre des rougies boues ; c'en est fini de ses principes, de sa collection de remords douteux. « Francis Moix » n'est plus (1947-2002) ; n'est plus *rien* : désaccouplé de sa posthume épouse qui chevauche un autre larron, il se propose – invalide – à confondre son absence et les coquilles du calcaire.

— J'eusse pu, docteur, cantina mon père, arborer le holster sur les épaules et rentrer précipitamment du Guatemala. Repartir trois jours plus tard – que dis-je : le lendemain – pour des Afriques insensées dont les négresses font raidir la queue. J'eusse pu sentir le froid m'envahir et la chaleur m'accabler. Rendre verticaux les horizons.

— Toussez voir, monsieur Moix…

Francis Moix. Moix Francis. Ta descendance est libérée de tes injustes colères : aucun dimanche ne la voit s'accroupir sur la dalle éclaboussée de ta crevasse. En le tréfonds de ta tasse commence un froid long. Tais-toi parmi les gravillons. Les frissons s'absentent : tu es la proie des indifférences. L'antique en toi se mêle à toutes les nouveautés – sur ta larve le temps est pareil au temps ; toujours. Tu n'existas donc pas, vieux belliqueux lierre. Tes crises de nerfs : en sommeil, penchées vers les cailloux stériles.

— Les îles étaient possibles et je n'ai pas quitté Saint-Jean-de-Braye, soliloqua mon père. Gorée, Zanzibar, les fresques du Vatican. Les graviers nains de mon jardin m'ont éloigné de Saint-Pétersbourg, des plaines du Katapucha, des frondaisons de la basilique de Tiento. Je vais devoir m'en aller, futaie parfaitement taillée, thuyas sectionnés ainsi qu'il est dit dans mon manuel, sans avoir remarqué l'émoussement du granit sur le rictus de l'effigie d'Isaïe en l'esplanade de Santa-Beleza. Je n'ai pas vu les chutes du Dorsalido, ni pris le *moindre* taxi sur le Ring, à Vienne. Je n'ai jamais eu, docteur, au grand jamais, la curiosité d'aller visiter Kafka dans le cimetière juif de Prague parce que je sais mal qui est Kafka – j'ignorais qu'il fût juif et qu'il fût enterré. Je me représentais mal la façon dont, physiquement, techniquement, psychologiquement, il fallait s'y prendre pour se rendre à Prague. Pour *décider* d'aller à Prague. Pour en avoir *l'idée*. Pour en avoir l'envie. Pour avoir l'idée d'en avoir envie et pour avoir envie d'en avoir l'idée.

— Toussez encore. Bien. Très bien, fit le médecin. Cette aiguille fine, monsieur Moix, va me permettre de réaliser une ponction. Cela est nécessaire pour l'examen de vos nodules thyroïdiens.

Tes ulcères sont désormais de tendres mouvements. Tu te décharnes : les insistances, mot joli pour dire asticots, mécaniquement te désirent. Tes convictions gaullistes ? Livrées aux choix des branches. Noyées dans les tresses des racines noires. Tu étais économe (tu possédais oui oh un petit porte-monnaie crapaud, en cuir de Cordoue ; peu de pièces y pouvaient simultanément loger) – en cette heure tes économies te survolent, te font des grimaces par-delà ta panoplie de buis. Tu n'es plus qu'un rectangle résumé. Tes cravates sont devenues : indicibles.

— J'eusse pu connaître mieux que le ciel bas d'Orléans, sa pluie cinglante, son gel matinal, les clochers si tristes de ses alentours, poursuivit mon père. Le vespéral tocsin de Tigy. Les dressés blés de Chaingy sous le soleil plus lourd que ma tombe. Le haut-le-cœur que provoque la vision d'une flaque d'eau boueuse dans la nuit de n'importe quel dimanche.

Le jour laiteux posé sur la centrale électrique, la flèche du train qui frôle les maisons dans cet épais bourdonnement. La messe, les morceaux de poulet badigeonnés de moutarde Amora. Les chiens qui grattent leurs oreilles de chien devant le crépi des maisons éclaboussées. Les insectes sur les feuilles, sur les tiges. Les creux enfants qui s'ennuient dans une cour où sont disposés animaux et cailloux. Le bruit d'un tracteur qui recule au milieu du champ marron. Ce fut le décor de ma vie, docteur.

Le roulis de tes énervements, les désirs d'atoll, de nues vahinés : perclus dans la soumission de ta pierre. Tu criais sur les êtres humains, tu shootais dans les chats – eux se maintiennent à la surface du monde, toi tu gis sous tes couronnes véridiques. « À mon cher père », « À mon époux aimé », « À notre frère adoré » : pipés sanglots quand tu fus leur bourreau sommaire, leur quotidienne petite plaie, appliquée, minable cyclone domestique (tes menaces, tes jurons, tes « éclats de voix », tes coups). Puisses-tu crever encore, revenir parmi les tiens quelques secondes pour qu'ils observent mieux que la première fois ta spéciale agonie, tes crispations cardiaques sur le triste lit – revoient ta tête gicler sur le carrelage de la cuisine, au ralenti.

— J'eusse pu avoir une existence immense, prétendit mon père. J'eusse pu boxer, j'eusse pu tuer, j'eusse pu me faire assassiner pour des raisons politiques. J'eusse pu violer des fillettes et pratiquer le parapente. J'eusse pu goûter des vulves de femmes au goût de banane, des vents favorables eussent pu me pousser vers l'océan. J'eusse fait de la plongée, j'eusse déchiré des poissons avec un spécifique outil. J'eusse au moins pu blesser des Arabes, tirer sur des oiseaux sauvages, me faire enfermer dans un sac-poubelle, pisser sur des cadavres de rats noyés, coudre l'anus de six ou sept chats. Mais j'ai peu quitté le boulevard Rocheplatte. Ils ont retaillé les persicaires de la place Dunois. C'est plus propre ainsi. Plus net. Si l'on ne s'en occupe pas l'hiver, c'est de la plante qui ne plaisante pas. Elle s'endurcit, se croit toute permise. Je dirais que c'est une espèce astreignante. C'eût été moi, j'eusse mis des formoses nains d'Aquitaine. Surtout qu'ils peuvent éclore en les primes jours de mars. Vous croyez que je reverrai un mois de mars docteur ?

Nous n'avons pas su profiter de ta mort, viens la rejouer ce soir, en un illimité tempo, et nous te laisserons (une fois rassasiés réjouis) retourner vers tes ossements, ta luzerne tes glaises, espérant qu'un heureux couple de rats viendra proliférer au centre de ton foie, à l'abri sous les côtes, un nid nonchalant de serpents qui luisent. Tu sens l'oignon je trouve. J'amplifie le son des lombrics qui t'arrachent le visage : Xenakis et Penderecki. De très très près, chaque bruit nous semble électronique, dodécaphonique ; sériel.

— J'ai vos résultats, monsieur Moix, dit le médecin. Je suis de ceux qui disent les choses carrément. L'analyse de la cytoponction est sans appel : frottis malins. Inclusions nucléaircs caractérisant les épithétomias papillaires. Métastases thyroïdiennes. Autrement dit : nous sommes bel et bien en présence d'un cancer.

« Francis est mort », « papa est mort ». Ou bien le mot *décédé*, dont la politesse voudrait atténuer les chaos. « Il nous a quittés » – nous le quittons également, bon vent, mais vent revêche, mais vent qui cingle, chargé de dents, de lames gelées (découpe les oreilles en fines tranches de dindonneau). « Il a rendu son dernier souffle. » « Il a expiré. » « Il n'est plus. » Cette évacuation du mot *mort* pour aussitôt remplacer la réalité de la mort par l'obligation mentale du deuil. Cette aberration métaphysique à transformer (au plus vite) en chagrin. Les larmes comme méthode d'anéantissement du néant. « Il n'aurait pas voulu qu'on pleure » : il l'eût voulu de toutes ses forces, puisqu'il ne lègue rien aux postérités. Petite sacoche remplie d'obstinés dossiers, bibliothèque qui ploie sous les livres inutiles. Poèmes en latence, qu'il écrivait dans les gares (il n'a guère connu d'aéroports), la mâchoire close.

Francis avait eu des intuitions sur l'avenir de la société industrielle. Il avait produit sur son ordinateur, dans un fichier secret, des paragraphes pertinents sur l'Afrique – une « pure invention » selon lui. On retrouva annoté, sur la table de nuit jouxtant le lit conjugal (côté mâle) un ouvrage de mathématiques financières rédigé en 1494 par un franciscain répondant au nom de Luca Pacioli : pour Francis Moix, pour Moix Francis, les krachs boursiers actuels y étaient *déjà* annoncés. Ces fulgurances sont restées dans leur anonymat d'origine, préservées des courants d'air en leur étau de cuir.

— J'eusse pu transformer mon expérience en conscience, se vanta mon père. Gagner en intelligence. Toutes ces journées que j'ai méprisées, martyrisées, *parce que* j'étais en bonne santé. Des jours entiers, gratuits, qui me paraissaient *dus*. Qui me semblaient *couler de source*. Qui avaient la même tête que l'oxygène, que le ciel ou le sol sur lequel mes pieds humains permettaient un statut du corporel corps sur la planète. Je n'ai même pas détesté la vie : je n'y ai pas fait attention. J'ai supporté des compagnies humiliantes me suis dégradé comme un tronçon d'autoroute oublié. Il y en a un entre Gidy et Saran, offert aux ronces, aux orties, aux valérianes. Aux pavots. J'eusse dû sentir davantage de fleurs. C'est cela qui m'aura perdu. Si c'était à refaire, je me passionnerais pour la notion de senteur : les fins feuillages aromatiques, le mandariné parfum des nepetas, l'accent poudreux de la chicorée sauvage. L'effluve entêtant du myrte, des voizilias, des lucus. Je vais quitter ce monde sans savoir *exactement* ce qu'est un rhododendron ni avoir lu Dostoïevski. Et quand je dis « ce » monde, docteur, je ne suis pas fou, je sais bien que c'est le seul. Qu'il n'y en a pas un autre, ailleurs, qui me tend les bras.

Outre ses éruptions de gaz pourris, l'éparpillé vomi de ses viscères encadrés dans leur socle, mon père ne laisse pas au monde davantage que ne laisse (sous le flot qui fait tourner les sables) un poulpe, une méduse, une morue. « Francis Moix »

n'a pas été Victor Hugo. Il n'a pas non plus été « rien »
– mais une miséricorde intermédiaire, un questionnement
médian, une moyenne algébrique entre un chemin de terre
et un grand homme, une figure barycentrique vacillant entre
un doryphore et Napoléon Bonaparte, entre une mouche
violette et Albert Einstein.

49

Einstein (Albert) avait découvert les lois de la Relativité
générale en 1913 : père (mon), celles de la jalousie durant
l'été 1964 – époque où il avait décidé de cesser d'être le
sempiternel « meilleur ami de tous les temps » de déesses
sexuelles dont il ne faisait rien, hormis assister, dans une
passivité qui à petit feu le minait, à leur consommation frénétique par ses copains à lui. Il s'était alors épris d'une Jessica,
charnue déesse aux cheveux orange, les seins surabondants,
portant des robes chinoises aux soirées étudiantes, mâchant
les capuchons de ses Bic en pull chaussette.
Sur ce film tourné en super-8 le dimanche 9 mai 1965
(un dimanche doux, doré), c'est elle que vous voyez se détacher sur le rose des acacias du jardin, lors d'un barbecue en
famille. Macroscopiquement, tout se déroulait selon les lois
d'un bonheur habile, satisfaisant, *momentanément parfait* ;
mais selon les observations microscopiques, qui possèdent
leur redoutable part de vérité, on pouvait affirmer que ces
humains vêtus de vives couleurs, jaunes, fuchsia, parsemés
d'innocence, secoués tantôt de rires, mastiquaient des viandes
cancérogènes : les atomes de carbone, calcinés comme dans
un roman d'épouvante, sécrétaient leur poison, falsifiaient en
douce cette idéale journée pour accumuler de la mort dans
les génétiques vautrées se servant du vin. L'allégresse de ce

dimanche, pensa la matière carbonisée, se paierait dans vingt ans, trente ans, quarante ans, par des diagnostics sans appel au service oncologie d'un hôpital aux murs verts, fermé au vol des papillons, interdit de ciel diaphane et d'espérances exagérées. Les merguez grillées, délicieuses comme le diable, savaient mieux que personne que *tout* se payait en ce bas monde et, se laissant dévorer à belles dents par les convives, elles lançaient des rires muets, affreux, qui disaient « rendez-vous en l'an 2000 à Bichat ou à la Salpêtrière ! » et autres « rira bien qui rira le dernier ! ».

En attendant, toute la réalité qui s'écoulait à échelle d'homme, ignorante des horreurs qui se fomentaient là, des menaces qui prenaient corps, affichait une insouciance aux tons roses : sur les cyclamens et sur les joues, dans les verres et sur les rosiers, dans le ciel et à l'embouchure des ancolies. Tandis que Pierre-Vincent, un cousin féru de maquettes de paquebots, tentait une contrepèterie (il trichait, il l'avait déjà entendue au lycée, Mamesse l'avait faite le samedi 7 novembre 1964 en cours d'allemand renforcé, de 10 à 11, avec mademoiselle Morvan-Bockel, une célibataire souvent absente et toujours inerte), les hydrocarbures aromatiques polycycliques se *formaient* ; la graisse des merguez, des travers de porc, des morceaux de bœuf fondait sous l'action bleue de la flamme de propane, se décomposant en molécules de benzopyrène, de benzoanthracène, de benzofluoranthène, de benzopérylène et d'indénopyrène. Parmi les étoiles, au-delà du monde, essaimés dans l'éclaboussé noir, on a relevé des hydrocarbures aromatiques polycycliques : comme leurs petites sœurs terrestres, ils sont parfaitement meurtriers, mais nul ne meurt dans le ciel astronomique, où tout ce qui vit, flotte, fuse est déjà tellement mort, tellement roche, tellement poussière.

Le nez de Jessica, frémissant, près d'éternuer dans le bleu indigo de cet interstice du temps arbitrairement répertorié sous le nom (catholique, scientifique, républicain) de « dimanche 9 mai 1965 », était décoré de minuscules taches de rousseur. J'aime les orbites agrandies de ses yeux quand je l'imagine à genoux, les lèvres en extase, six queues abasourdies palpitantes enfoncées dans la gorge. Un laborantin, armé de quelques appareils, eût également découvert, sous ce nez qu'un romancier plus paresseux eût immédiatement qualifié de « mutin », un duvet de moustache invisible à l'œil nu, hormis lorsque les gouttes de sueur, appelées comme à l'accoutumée pour remplir leur physiologique fonction d'épuration de l'organisme, s'en servaient comme d'un hamac, d'un tremplin, d'une station de repos, d'une passerelle avant l'évaporation de leur propre substance (lourde, scintillante, salée). Les invités, éblouis par les droits rayons du soleil (qui visaient immédiatement l'iris de l'œil), ne pouvaient en aucun cas se figurer que les saucisses dont ils dévoraient la joue grillée avaient constitué, sous un strict angle chimique, une pleine justification de l'existence d'un certain Hückel. C'est Hückel (*et personne d'autre*) qui avait pénétré, avec une acuité qui porte désormais son nom, les secrets de la règle dite « d'aromaticité ». Nous enveloppons de sa patronymie nos cancers à venir, aromatiques tumeurs aux fines herbes, dans l'air diffus où, parmi les poussières d'octane, nous rêvons à l'amour.

Erich Armand Arthur Joseph Hückel (gilet de daim vert, nœud papillon lie de vin) fut bel et bien contemporain de ces heures du dimanche 9 mai 1965 enrobées dans le fumet du saucisson de Payerne et les senteurs de vacherins éventrés. Né un dimanche, justement, le dimanche 9 août 1896, il était fait pour devenir un homme de barbecue, d'aromates, de thym, de grillades, de côtelettes d'agneau, de brochettes de veau et de cuisses de biche à haute toxicité. Il savait, *lui*, que la saveur d'un pied de porc (parsemé de fenouil ou de romarin frais) incluait, sous son goudronné revêtement, le sournois remplacement, dans les coulisses de la chair, d'un atome par un autre, par un imposteur, par un atome nuisible, méchant, rancunier, hétérogène, soucieux avant tout de provoquer le mal sur la terre, mais à la dimension de l'inobservable, de l'invisible, ce, afin que toute forme de joie puisse se dérouler sans barrage immédiat. Erich Armand Arthur Joseph, que nous nommerons « Erich » pour la commodité de l'exposé, avait 68 ans le jour du barbecue de Jessica et des siens (les pas ne faisaient aucun bruit sous l'herbe tellement tendre qu'on avait envie d'embrasser cette herbe, de la lécher, de planter son nez dedans, de la caresser, de l'épouser). Erich décéda le samedi 16 février 1980, jour où David Martial, képi rouge de capitaine sur ses cheveux créoles, vint présenter sur RFO Télé Martinique son dernier 33 tours, intitulé *Cap Caraïbes* (un titre aux sonorités efficaces). Il existait ainsi un axe, et jusqu'à la fin des temps, reliant l'an 1896 à David Martial et ses rouflaquettes, son décor de pamplemousses et de lagunes vert pomme ; reliant, par l'invisible fil de la simultanéité de tout parmi tout, la chimie de Göttingen, de Zurich, de Stuttgart à la vivifiante pâleur des cistes, quand les cistes ondulent au passage de David Martial se rendant au studio de télévision, embrasant l'air de leur parfum excessif, profitant de leur végétal séjour pour saluer les quelques humains à la peau noisette qui frôlaient leur présence sans s'y intéresser jamais.

Quant au dimanche, penché sur sa mission de défilement dérisoire, il voulait absolument se poursuivre ; s'achever sans doute (appelant à ce qu'on lui tranchât la tête), laissant la place à une neuve lumière, une aube rafraîchie lavant les hommes – tous les hommes – de leur histoire, de leurs péchés divers, de leurs sueurs amalgamées. Parmi d'épaisses tiges d'herbes brûlées par le soleil mouraient des senteurs, autrefois brutales, de fraises écrasées. Une tante ballonnée (Mathilde) reprit néanmoins, la narine battante, une tranche de jambon de Berne. Un verre de château-larose avait été renversé, par un coude, un morceau de genou, un mouvement de vie qui serait désormais décompté du temps qui passe. Un temps qui passe rempli d'abeilles, de fourmis, de bestioles aux noms précis. Au milieu des fleurs, des froides contrées, géantes, mystérieuses se dessinaient : ondulements de créatures premières, animaux minuscules simplement niés. Des paroles furent prononcées dans le jardin, des décisions ébauchées : se dissipent doucement parmi la brume qui les use, les invite à l'oubli, font trembler une dernière fois leur fantôme. Plus rien n'a donc existé de ces moments de famille abrités par le ciel, par cet azur indifférent aux idées claires, au cliquetis des apéritifs, au chagrin. Car à l'intérieur de cette petite équipe d'hommes rassemblés sous un dôme de verdure pour partager des viandes et des confitures, se défaire un instant des horreurs du monde et de l'avenir blessant, d'immenses chagrins circulaient : la mort était *présente*. Une tristesse, abyssale, flottait dans les coulisses de ces corps proposés à une journée de terre supplémentaire. Le père de Jessica, dont les doigts de pied étaient horriblement longs, s'était levé de sa chaise aux alentours de 15 heures pour mettre de la musique : un air connu, signé de Schumann (*Concerto pour piano en* la *mineur, op. 54*, par Dinu Lipatti et Herbert

Karajan), était venu se loger dans le creux du ciel, sans effort, se coulant gentiment jusqu'aux oreilles. Mais c'était un air triste, empreint d'un désespoir parfaitement juste, et, une fois coincés dedans, les jours à venir (qu'il faudrait bien vivre, éprouver, traverser, subir) ne parvenaient plus à se mouvoir, à s'envoler légers comme des feuilles d'automne ; ils étaient englués dedans, sans fuite possible, destinés à subir leur immédiat futur. Schumann leur faisait un mausolée. L'oncle Frédéric (c'est lui qui avait apporté les vacherins à la crème), jadis confondu pour pédophilie, avait toujours répondu à l'appel de la souffrance, et se laissait bercer par la mélodie, autorisant toute possibilité d'être heureux – ne fût-ce que vaguement – à se consumer. Son frère, Serge, herbes collées aux semelles et engoncé dans un transat à rayures rouges verticales, semblait comparaître devant cette musique – devant elle il se comportait en coupable, comprenant doucement qu'il avait envie de mourir. Jessica avait décidé d'écouter l'intérieur de son corps – elle ne parvenait pas à *demeurer* en elle. Schumann, avec ses doigts multipliés, son piano d'où sortaient des ruines, avait fini par l'arracher à ses pensées pour lui en infliger d'autres : son génie était dirigé contre toute la famille, il traversait les oncles, les tantes, les parents, pour mourir, en conclusions émoussées, contre un morceau de crépi, de parpaing, de ciel déjà sombre. Plus personne n'osait se regarder dans les yeux ; Schumann obligeait à se souvenir, à s'apercevoir – il appuyait sur les lucidités. Il fit bientôt gris dans les gens. Puis noire nuit.

Chacun eût préféré se retrouver seul à seul avec cette musique, mais elle avait été lancée une fois pour toutes et prenait maintenant la place, envahissait tout l'espace. Il était trop tard pour faire barrage à ce qu'elle révélait, à ce qu'elle déclenchait, à ce qu'elle provoquait, à ce qu'elle trahissait. Schumann n'omettait personne, visait chacun – chacun eût rêvé de lécher le caniveau plutôt que de se laisser taire, envahir, par cette implacable profondeur.

Tout devenait gênant : on voudrait être profond, on ne voudrait se promener aux abords du néant que dans la solitude la plus absolue, non dans la compagnie des siens qu'on découvre subir le même malaise, une nausée *exactement* jumelle. On ne supporte plus le groupe, on essaie, par concentration, de supprimer les autres – en pure perte ; la concurrence à Schumann, à son existentiel poison, à sa douce lapidation, se fera par raclements de gorge, hypocrites toussotements, reniflements, exagérés bâillements. C'est par la puérilité qu'on tentait de combattre le monstre – et à mesure que s'écoulait la tumeur, les masques tombaient. Les corps n'avaient plus qu'à se *figer*.

Parmi l'assemblée assoupie, frappée par la chaleur et le vin, se trouvait le mari de Mathilde, une âme troublée, un sexagénaire chauve, vêtu d'une moustache datée et d'un regard anxieux – il s'appelait Eugène et son patronyme avait une signification en hébreu. Eugène était une plaie humaine, ouverte à Auschwitz, jamais refermée. Il avait eu des enfants qui n'étaient jamais nés.

— Je suis incapable d'être père. Je suis un homme défait, avait-il déclaré.

Ce que Hitler avait selon lui fracassé, c'était la lignée mécanique, immédiate – l'enfantement qui coule de source.

— Il y aura toujours des juifs dans l'univers (il ne disait pas « dans le monde » mais : « dans l'univers »). Seulement, je ne suis pas celui qui les aura placés dedans. Les pharaons n'ont pas réussi à nous anéantir, ni Constantin, ni Mahomet, ni Torquemada. Les nazis eux-mêmes ne sont pas parvenus à supprimer notre présence ni à raturer notre mémoire. Mais ils ont fabriqué de l'hésitation, de l'appréhension. Je suis perdu dans ma judéité. J'y flotte. Je ne sais pas quoi en faire, comment me retourner dedans. Ni quelle suite y donner. Ni quel fils lui faire.

Un silence.

— Je pensais qu'être juif était quelque chose de trop petit, que j'étais *davantage* que cela. J'ai compris maintenant que c'était en réalité quelque chose de trop grand, de presque trop grand pour moi, de sans doute trop grand pour la plupart des juifs, et que c'est être juif, précisément, que d'être davantage que ce que l'on est, que ce que l'on croit qu'on est. Vous savez, il y a de la place dans un juif.

Puis comme il aimait la beauté des femmes, semblable à une aire de repos où s'arrêtaient momentanément ses tourments, il posait ses yeux sur Jessica – les y laissait.

52

La beauté de Jessica n'avait sans doute lieu qu'à notre échelle ; sans doute était-elle belle jusqu'au chat, jusqu'au poisson, peut-être jusqu'au moineau, au lézard. Mais il existait, inéluctablement, un stade *à partir duquel* sa plastique ne signifiait plus rien, ne se voyait plus, cessait de pouvoir être appréciée – appréhendée. Un point, critique, un seuil qui la faisait basculer dans l'indéfini, l'informe, la masse aveugle et semblable à toute autre entité charnue. Pour les mouches, les papillons qui la survolaient (tantôt se posaient sur sa chevelure flottante, sa jupe de crépon mi-longue d'où sortaient deux genoux ronds sur lesquels – mais je n'étais pas né – j'eusse voulu étaler du miel), l'harmonie de son visage n'était plus *définie* ; elle n'était qu'une énorme chose, praticable. On voit très nettement, en bas de l'écran – à gauche – une coccinelle au rouge luisant comme le cirage d'une chaussure de clown être soulevée par une folle bouffée d'air, puis atterrir, douce et craintive, sur l'épaule frottée d'huile de Jessica ; parfois, je trouve vertigineux, non que des hommes ou des femmes soient nés avant moi, ni même, allez, des chiens ou des chats : mais des coccinelles, des surmulots, des vers de terre, des araignées, des grillons – oui, il y a des grillons dont l'année de naissance fut 1767, 1891, 1921 ou 1964 ; oui, j'ai caressé des chats, nourri des poissons rouges et pêché des grenouilles qui étaient mes *aînés*.

Y a-t-il, pour la beauté des femmes, une distance idéale à laquelle elles nous plaisent de façon *maximale* ? Quelques mètres plus proche, elle nous semble davantage née pour un autre homme ; et les trois, quatre pas qui l'éloignent de nous en font une fille de plus proposée à la foule. Je voudrais affirmer qu'en plus de cette adéquate topologie, il existe un catalogue, chez les femmes qu'on aime, de mimiques, de mouvements, de gestes qui, à lui seul, nous les rend indispensables. Parfois, comme une chemise de mauvais goût vient abîmer l'ensemble d'une tenue, une remarque déplacée gâcher l'impeccable brio d'un discours, une attitude de l'aimée nous semble, non seulement hors sujet, mais incongrue – cette attitude, cette grimace, cette pose, cette configuration décevantes apparaissent comme une instantanée négation de la beauté que nous avions élue, adoubée, choisie. On se sent trahi. On se sent floué. Si nous avions su, par avance, que tant de joliesse et de grâce pussent aussi soudainement être remises en cause par ce contrariant, ce déroutant coup de canif dans le tacite contrat qui exige du charme soit une exemplaire constance, une marmoréenne immuabilité, soit de perpétuelles trouvailles, de délicieux impromptus qui ajoutent à la magnificence et la rafraîchissent, je vous garantis que nous eussions passé notre chemin. Nous aimons que la beauté des créatures superbes nous surprenne, nous étonne chaque fois davantage, mais aussitôt que la surprise prend une direction opposée à nos inclinations, on se demande immanquablement si l'on a bien fait, si l'on ne s'est pas perdu, égaré, fourvoyé dans une beauté qui n'était pas faite pour nous. Ce rictus-là, cette courbure empruntée pour ramasser un papier chu, l'intonation choisie pour décrire les plates-bandes de molènes pourpres et de roses trémières du jardin en cet orléanais dimanche du 9 mai 1965 sont de terribles déceptions ; nous tombons de haut. Jamais nous n'eussions imaginé *cela* de la personne que nous pensions jusque-là impeccable dans sa beauté, fiable dans son être, professionnelle dans sa perfection.

53

Le jour le plus important de la vie de Jessica Martin avait été, jusqu'à nouvel ordre, le mardi 17 mars 1964. Le mardi 17 mars 1964 (qui n'avait pas la moindre conscience de s'appeler « mardi 17 mars 1964 »), les rues d'Orléans s'étaient, peu avant l'aube, agencées de telle manière que les Orléanais les reconnussent : la rue du Colombier, à 4 h 45, était redevenue strictement perpendiculaire à la rue de Limare, qui avait accepté *in extremis* de déboucher une fois encore, pour les prochaines heures et jusqu'à la tombée de la nuit, sur le boulevard Rocheplatte. La réalité se proposait, toujours la même – se soumettait, une fois encore. Orléans n'avait *rien d'autre* à proposer que ce marron vieux fleuve aux tourbillons verts, ces maisons beiges plantées, ces blessés crépis, tout en fissures, craquèlements, ce ciel sans sympathie (nuages bourrelés comme des meules).

La cathédrale Sainte-Croix se dressait, habituelle en son hésitante perfection. Elle était *totalement* livrée à elle-même. Il ne pouvait presque rien lui arriver. Elle semblait *indépendante*. Peut-être voulait-elle décoller ? Dans cette hypothèse, force fût alors de la plaindre – et dans cette hypothèse seulement. S'arracher à la terre dure de la ville pour fuser dans les cieux mystiques, les possibles paradis, les nuits étalées ? Notre-Dame-de-Sainte-Croix, nef tendue vers l'immense

infini, traversant les étoiles. Planant vaisseau sur les millénaires noirs. Sur terre, elle avait résisté à des bombardements
nourris, à des homélies imbéciles et à des urineurs innombrables. À l'intérieur, son silence était un silence dilaté, réver-
béré, cogné, dispersé ; c'était un silence qui s'entendait. (La
vie des êtres humains est fascinante : à 10 heures ils prient, à
midi ils mangent un steak.) La couronne des tours, le sommet
de ses anges où régnait tôt la brume. Les oscillantes aurores,
les morceaux de lune qui viendront frapper ces vitraux.
Flèches, nef, verticale Beauce. Saint Étienne et sainte Catherine sont en pierre à l'intérieur, sous trois roses trempées par
la lumière – et c'est une pierre qui provient de Nevers, et
c'est une pierre qui provient d'Apremont. Et c'est une pierre
qui, diverse et mêlée, provient du Gâtinais, du Poitou. Rue
Jeanne-d'Arc, le ciel se décore de la façade, qui s'élance en
fusée vers tous les saints (l'hiver les souligne de neige). Tout
se jette dans la mort, les chairs et la plupart des ossements
s'offrent aux vengeances de la temporelle pourriture : mais
cette puissance élancée, dressant ses pignons, propageant sa
croix, est immortelle dans son altitude figée ; elle ne déborde
pas, elle se succède à jamais dans les heures. Granitique
énergie, statuante, achevée de bas en haut, qui vainc, tranquille : silencieuse. La cathédrale, inscrite dans la poudreuse
altitude d'un nuage, a vu passer les piétons morts. Couvées
de pigeons sur ses corniches, odeurs de rosiers, hivers pâles
traversés, soleil tombant sur la pierre noire quand toute
une ville semble aussi triste qu'un géranium. Dans la nuit
qui se tait : cette machine agricole appelée « cathédrale »
et qui ne fouette aucun blé, ne féconde aucun épi – mais
gouverne les champs mouillés, jusqu'à Ingré, Jargeau, Tigy,
jusqu'aux abords d'Artenay. Sur la grimace des gargouilles :
de la mousse. Cette cathédrale, nous la portions en nous et
certains matins, elle se retrouvait dans notre chaussure, sous
forme de gravillon pointu.

Le mardi 17 mars 1964 s'étalait, de son strict point de vue, dans l'honnête tradition d'une passivité propre aux durées, sur l'étendue de présent amorphe qui s'offrait à lui, s'y offrirait pour toujours, puisque aucun jour n'existe ; les cycles sont des inventions de l'esprit humain quand tout en réalité n'est qu'unique et long écoulement jaune, parti de la nuit des temps pour s'allonger vers un terme inexistant, une étoile rouge, une tête d'épingle perdue dans la nuit des nuits. Pour les hommes rassemblés dans la finitude, des hommes unis par la peur – la peur de mourir et la peur d'avoir peur –, le mardi 17 mars 1964 (avec ses éclats de métal en fusion cognant la pierre des statues, ses sensations vibrantes convaincues de l'imminence du printemps) ne reviendrait jamais ; c'est une conception qui s'oppose à celle d'un mardi 17 mars 1964 qui n'en finirait jamais au contraire, un mardi 17 mars 1964 qui avait pris sa source dans l'origine absolue des mondes, et qui laissait – haussant gentiment les épaules – les multitudes humaines baptiser son passage de petits noms différents par tranches, révolutions solaires, révolutions sociales, quand lui ne revêtait l'habit que de son seul élan tranquille et premier, coulant insensible à travers l'univers touffu. Comment ne reviendrait-il jamais, lui qui n'était jamais parti, quasi statique dans sa lenteur, fixe en sa course glissée, prolongée, étirée tellement ? Ne restait plus au jour « nouveau » (nuageux avec trouées de lumière) qu'à s'installer parmi la ville immobilière, pour se jouer, activer ses scénarios, répéter ses habitudes, créer de neuves situations, interrompre sèchement l'existence d'une poignée d'individus (innocents, délicats, précieux) désignés par le hasard, en proposer de tout neufs à l'évanescence du cosmos.

Quiconque eût voulu s'évader de ce jour ne l'eût pu. Rompre avec le 17 mars 1964 semblait voué à l'échec – interdit. On ne pouvait rien faire qui fût en opposition à lui, sinon changer puérilement son nom, le situer sur un calendrier sans Christ. Le 17 mars 1964 résistait aux assauts, aux tentatives essayées pour le dissoudre dans autre chose que lui-même. Sa texture s'entêtait, il persistait dans sa durée, semblant profiter de ses minutes en les prolongeant comme des siècles. Il s'ensuivit, de sa part, une manière d'orgueil. Il affirmait son existence sous la forme, méprisante, implacable, de la supériorité. Les hommes n'étaient rien sans lui ; tandis que lui, sans la moindre vie pour lui donner son importance et dessiner ses contours, se fût malgré tout déroulé. Il ne servait à rien, par conséquent, de lui montrer de l'hostilité. Il agissait, en tant que date, comme la gravité jouit de nous clouer sur la terre ferme. Dans les camps de la mort, Bergen-Belsen, Dachau, Auschwitz-Birkenau, le supplicié ne pouvait s'évader de l'espace ; il ne pouvait davantage s'évader du temps – enfermé dans un camp, assigné à périr entre les cloisons barbelées d'une infernale et forclose géographie, mais simultanément pris, ainsi que la mouche dans la toile de l'araignée, dans cette glu tout aussi tenace que le lieu solide : une journée. La journée, par exemple, du mardi 17 novembre 1942, « passée » dans le camp de Mauthausen : ils furent cloués, collés dessus. Ils ne parvenaient pas à s'en extraire. Ils n'étaient point simplement assignés à un périmètre, mais enfermés dans une date, prisonniers d'une journée qui semblait durer toujours, un jour aussi maudit que l'endroit où se déroulait ce jour. L'enfer n'était pas que d'espace, mais d'espace associé au temps – le camp était un *espace-temps* de malheur.

54

Le mardi 17 mars 1964 pouvait entamer son travail, Orléans (avec ses allées de tilleuls, ses parcs à marronniers tautologiquement tristes, ses ronds-points fleuris de phlox aux pétales de confettis de fête foraine, de yuccas saillants comme des crêtes de punk, d'onagres formant de grands yeux jaunes écarquillés) s'était mise à sa disposition – sur les feuilles des arbres, sur les tuiles des toits, des gouttes de la veille, des gouttes relevant du très pluvieux lundi 16 mars 1964 restaient en suspens, gardant le souvenir, gardant la trace, portant la mémoire du jour précédent et défunt, achevé – mort. Le lundi 16 mars, avec sa mortelle pâleur contaminant la place du Martroi, le glacial tourbillonnement de ses rafales de vent à la sortie du lycée Pothier – j'en passe – tentait une percée diffuse dans son successeur, au climat plus éclatant, plus noble ; lui n'avait été, au royaume des jours, qu'une dégoulinance, une saucée dont l'œuvre, du moins l'œuvre orléanaise (car il fit beaucoup mieux à Bombay, à Cadaqués, à Tel-Aviv, à Manaus), fut de laisser à la postérité des trottoirs versicolores, des avenues luisantes, des flaques obèses et des nuques trempées.

Le mardi 17 mars 1964, abandonné jusqu'à l'avènement redouté du mercredi 18 mars 1964 à sa toute-puissance, bombarda Jessica de fragiles rayons solaires. Elle se consumait dans le feu du jour. L'air la tâtait, la pelotait. Elle se détachait de la course mécanique d'orléanaises fourmis pour qui le présent, semblable en tout point au passé, n'était séparé du passé, semblable en tout point au présent, que par une nuit de sommeil. Sa poitrine, alimentée par du lait de rousse, du lait roux, provoqua chez les hommes des supplications muettes. Aux plus belles femmes que nous croisons, il est définitivement impossible de n'adresser que de la bienveillance pure, gratuite, désintéressée ; le désir que nous avons d'immédiatement les soumettre au viol nous tire par le col de la veste ; on appelle « civilisation » la spirale tourmentée par laquelle notre tentation s'évanouit au profit de sa projection fantasmée, fictive, virtuelle – masturbatoire.

Jessica s'entaillait de petits passages dans la texture du jour, des petits passages frayés du bout du nez, de l'extrémité du menton, des pommettes (proéminentes). Elle avait 17 ans. Le bleu du ciel n'était pas bleu, mais une clarté semblait vouloir exploser dans les altitudes – une lumière là-haut cherchait à *jouir*. Depuis la lune, où nous serions installés dans le silence et la poudre, on apercevait Jessica sous la forme d'une petite chose mouvante et sans importance, un point foncé sans signification morale. Sa silhouette n'était qu'une flamme tremblante. Ses cheveux roux auraient voulu devenir plus rouges encore, d'un rouge de corail d'incendie lointain, ce rouge béni du Fra Angelico où se situent les plis de la toge de saint Pierre dictant l'Évangile de saint Marc lorsque le tabernacle de Linaiuoli a les volets clos. Elle possédait des grands yeux clairs mouchetés de grains qui ressemblaient à des éclaboussures de peinture, deux asymétriques fossettes où l'on pouvait enfoncer les doigts, placer une bille comme dans une rigole (je mâche ses yeux, je les fais rouler dans ma gorge, si je serre un peu les dents, ils giclent, lait glacé). Sa bouche, plus grande que le centre de la terre, était délimitée par deux lèvres gonflées de sirop maquillées de framboise. À l'intérieur de son cerveau, entre les synapses aux allures de chrysalides, aucune prescience de la mort n'était véhiculée, le matin venait frapper ses joues, la lumière encore pâle encadrait son visage – elle s'apprêtait à sécher les cours.

Elle sentait qu'elle était prête (succession de frissons). Une plaie quotidienne n'en pouvait plus de s'ouvrir chaque matin dans son ventre rempli de désir, d'appels – de curiosité. Elle avait rendez-vous dans un parking de la rue de Vauquois. Un homme de 40 ans ressemblant à un Autrichien diabétique et parfumé aux essences de caoutchouc, Frichetaux Jacques (bottines à fermeture Éclair aux talons usés, cravate à carreaux, lunettes de dirigeant soviétique), l'attendait sur le cuir d'une banquette grenat pour la coucher sur le dos, donner des coups de marteau à l'intérieur de sa chair neuve – supérieure. Une radiographie thoracique, réalisée cinq mille trois cent quinze jours plus tard, le jeudi 5 octobre 1978, révéla chez lui des signes d'amibiase hépatique (ascension de la coupole, épanchement pleural droit) ainsi qu'une pneumopathie due à la *Legionella pneumophila*, bactérie liée à la « clim » qu'il avait exigée, à force d'ultimatums, de colères, de manifestations ridicules, et suite à l'épouvantable sécheresse de l'été 76, qu'on installât dans son bureau de chef de rubrique aux pages « international » de *La République du Centre*. Frichetaux (Jacques) était un homme marié mais, comme avait averti Lacan quatre années, trois mois et vingt-neuf jours auparavant (le mercredi 18 novembre 1959), « dire que les problèmes de l'expérience morale sont entièrement résolus concernant l'union monogamique serait une formulation imprudente, excessive et inadéquate ».

Frichetaux (Jacques) avait maintes fois tenté de trouver une solution définitive à ses conjugales tergiversations. Il n'aimait plus sa femme qu'il avait songé étrangler deux fois, lapider une fois, décapiter trois fois, noyer tous les matins, et, selon le principe aristotélicien qui fait confondre aux grossiers le bonheur et le plaisir, multipliait les aventures. Il préférait une existence de bestiau – encore que la bestialité de l'homme m'ait toujours paru plus notoire dans la poursuite des honneurs, des médailles, des récompenses, du pouvoir, des notoriétés voulues, des satisfactions narcissiques que les fornications mécaniques et répétées. La bestialité n'habite pas la quête du plaisir, mais réside dans la recherche du succès (professionnel, social, financier), dans tous les moyens extra-artistiques mis en œuvre (flagornerie, réseaux, piston, flatterie, trahisons) pour *arriver*. La mondanité, par exemple, est une bestialité. Quant au sexe et à ses turgescents démons, on se délectera de la phrase notée par le jeune Pierre Louÿs au lendemain d'une visite à Verlaine malade : « Un homme encore très enfant aujourd'hui, et assez naïf pour croire que la luxure féroce est intéressante. »

Plutôt qu'une chambre oblongue au plafond inaccessible, Jessica et Frichetaux (Jacques) avaient – d'un commun accord – décidé de s'accoupler dans un étroit lieu, inconfortable et risqué. Le coït advint à 8 h 47. Jessica émit un gazouillis compliqué mais répertorié (multitude de moineaux dans sa gorge), puis un cri râpeux (un corbeau noir avait fait fuir la multitude de moineaux) ; enfin emporta dans son corps (tel le voyageur rapportant une statuette africaine dans une valise en revenant du Congo) une présence chaude, animale, comme une main qui s'agitait en elle, chatouillait ses plaies disparues, caressait ses cicatrices, agrémentait son corps intérieur de durables douceurs. Elle voyageait au-dedans.

Il y avait désormais, quelque part dans la capitale de ses tripes calmées, un lac tranquille, un ciel bleu, une paix restaurée. Orléans lui semblait désormais une mandarine géante dont, pour progresser dans les rues, il fallait mordre et aspirer la pulpe. Cette présence chaude, rassurante, sucrée, lorsque Jessica arriva au cours de sciences physiques de M. Pier-Gelicka, faisait encore sentir son poids. Son sang rosâtre avait jailli ; il formait des taches brunes sur sa culotte. Il fallait impérativement qu'elle fût pénétrée, appréhendée, secouée, fréquentée. Pour tuer un homme, une femme, il suffirait que tous les autres décident qu'il n'existe pas ; un homme, une femme à qui personne ne parlerait, jamais ; un homme, une femme que personne ne regarderait, jamais ; un homme, une femme que personne ne toucherait, jamais ; cet homme-là, cette femme-là, même vêtu et alimenté, finirait par mourir ; non par se suicider (l'hypothèse est trop évidente) mais par mourir. D'un cancer de l'indifférence ; d'un cancer de l'inexistence ; d'un cancer de l'invisibilité ; d'un cancer du détour et de l'évitement.

55

Frichetaux (Jacques) ignorait comment il allait pouvoir résoudre l'équation terrible qui malmenait ses viandes, embarrassait sa conscience et putréfiait ses jours. Sa femme (cheveu beige, lèvre aphteuse et fendue, sourire brisé, seins bigleux, menton inexistant : une légère flamme toutefois dans le regard, marque d'une intelligence gracile) lui était un confort extrême, une garantie contre les risques de finir sur le bitume, un abri face aux agonies proposées par l'âge, la solitude et toutes les aberrations recueillies par l'infâme catalogue des fins de vie. Dans la poche de son veston (il y aurait une thèse de troisième cycle à rédiger sur la notion de *veston*) se trouvait un petit carnet orange Rhodia sur lequel il notait ses pensées. Il s'agissait la plupart du temps de raisonnements sur l'amour où perçait, de façon ampoulée (mais éloquente), une gombrowiczienne conscience de son inauthenticité.

Renouant sa cravate avec de volatiles moues de satisfaction, il se persuadait (tout à la perspective crispée de sa prochaine pénétration vaginale) que c'était « demain » que tout allait se résoudre, « tout à l'heure » ou « plus tard » qu'une salvatrice solution, qu'un libératoire miracle viendraient soulever son existence de ce goudron pour la faire s'envoler dans l'atmosphère.

La cravate de Frichetaux (Jacques) avait été éclaboussée de café au petit déjeuner : quelques maronnasses atolls flottaient sur l'océan écossais du tissu râpeux, de mauvaise qualité. Il avait acheté cet ornement de fonction, pour douze francs, dans les rayons des travées de Baroud, un vendredi soir de scène conjugale, et Baroud lui était apparu comme l'avènement d'un monde possible, dans lequel il eût pu définitivement se cacher sans mourir, dissimulé entre les rangées de robes de chambre ou allongé avec un Maigret à la couverture vieillie comme une peau de tortue sous les longues tables métalliques où, ainsi que de bien mûres putes, les courgettes, radis noirs, poivrons astiqués comme le parquet d'une veuve guettaient le chaland. Pour la première fois de sa vie, passionné par la perspective d'une existence neuve vouée à la science d'être un légume, Frichetaux (Jacques) s'était mis à poser son nez (deux points noirs tendaient vers le violet) sur l'acnéique peau des melons. Il avait caressé une jeune tomate dont il avait trouvé la robe quelque peu éteinte, puis s'était intéressé au pelage des bananes voisines, tachetées comme des guépards – des guépards amorphes et sans ces trous qu'on appelle les yeux, cette grande ouverture sombre qui dévore les carcasses (gueule), des guépards sans guépard et sans jungle, sans l'aspect d'une vie. « Passer sa vie dans une grande surface... pensa-t-il. L'ordre du monde y paraît respecté. » (« Oui, nous ne tomberons pas hors du monde. Nous sommes bel et bien dedans », Chr. D. Grabbe, *Hannibal*.)

Frichetaux (Jacques) sourit à Jessica, qui sourit à Frichetaux (Jacques). Puis Frichetaux (Jacques) mit la clef de contact dans la serrure, toussa, et ne put voir, dans ce momentané exil souterrain qui renfermait les nuages caillés de son foutre habile (mais finalement amer), le gracieux mouvement du soleil qui soulevait les ombres des passants sur les trottoirs de la ville. Sur les arbres (buis, merisiers, etc.) pesaient des oiseaux contents. Certains piaillaient, d'autres pas. À l'intérieur du mardi 17 mars 1964, tout, partout, faisait son métier. Des lattes de parquet d'un grenier morbide aux ajoncs des rebords de Loire en passant par le petit chien beige de la famille Lecornec : tout voulait vivre, garder son statut de chose, se cramponner au miracle d'être, échapper à la violence du néant. Les licornes, les griffons, le monstre du loch Ness, Aladin, les cerbères, les sirènes, mais Swann également, mais Leopold Bloom, mais K. faisaient de titanesques efforts pour s'arracher à la glu qui les empêchait de s'extraire de l'*autre* côté du monde venir parmi nous nous bousculer *autrement*, munis d'une chair aux atours de viande, d'une parole sonore et d'un penchant métaphysique pour la déambulation, la mélancolie vécue, la solitude éprouvée jusqu'au suicide.

56

Nos journées se déroulent à l'intérieur d'un oiseau, d'un chien, d'un rat, d'un hippopotame, d'un vieil hibou ; nous sommes enfermés à l'intérieur d'un animal – journées qui sentent la boue ; journées qui s'enterrent et journées qui s'envolent ; journées qui respirent, orientées vers les grands espaces du ciel ; journées tapies, qui craignent le monde ; journées peureuses, journées semblables à de longs fauves déployés (pelage lustré, jaune froissé d'orange, moire de miel, agacé de mouches ; journées lourdes qui s'affaissent, qui s'allongent, qui s'effondrent dans un repos). Le mardi 17 mars 1964 eut lieu, en ce qui concerne Jessica, dans les entrailles d'une baleine : heures caverneuses, plafonnées mais spacieuses, salées par la mer au fouettant reflux – cette sensation spéciale, parmi l'écume et l'écho, d'être prisonnière et d'avancer. Elle était sortie de chez elle, comme chaque matin, pour se rendre au lycée. Elle incarnait, dans son allure, sa marche et sa décision de choisir un chemin, le pur produit humain, sophistiqué à l'extrême, d'un mécanisme inventé par la nature. Son organisme biologique ne connaissait aucun dysfonctionnement – chaque organe remplissait son office selon son principe, unanimement perçu comme universel –, les cellules ne répondaient (à la place qui leur échoyait) qu'aux injonctions physiologiques et chimiques dûment inscrites dans le génome de l'espèce. Jessica portait ce matin-là une jupe tulipe bleu ciel, un cache-cœur blanc cassé, des chaussons de danse classique. Elle évoluait dans les rues (faisant gonfler sa poitrine aussitôt qu'un homme manifestait sa présence), n'avait aucune conscience de n'être heureuse et jeune *que* dans ce monde-*là*, dans cet univers *précis*, enclose dans une seule vie à vivre et non dans plusieurs ; Jessica était *limitée* par le nombre de mondes dans lesquels elle vivait. Une tache rose frémissait sur la façade de la cathédrale Sainte-Croix.

Toutes les nuances, les gradations, les reflets, les mouchetures de roses avaient commencé à converger vers ce fameux dimanche polycyclique et cancérogène, dit « dimanche de Hückel ». Bientôt, le 17 mars 1964 ne serait plus : rien. Perdu dans la gadoue des journées mélangées, des confondus après-midi, de ces semaines entières formant dans la mémoire des flaques épaisses, diffuses, qui empêchent d'isoler les jours un à un, de les prendre dans la main comme on le fait d'un jeune roitelet bouillant tombé du nid dont le cœur bat la chamade et semble occuper le petit corps tout entier – l'oisillon paraît n'être fait que d'une matière unique : la peur. Le dimanche aromatique, polycyclique, chimique et allemand, lui, appartenait totalement à l'avenir – il n'adviendrait pas avant quatre cent dix-huit jours. Ce serait un jour rose, ce serait un jour heureux : mais il ne l'avait été que parce que Jessica l'avait vécu ainsi. Elle n'avait jamais eu la moindre preuve que les autres (son père, sa mère, ses frères, ses sœurs, les « invités » – qui se souvient de leurs noms ?) s'étaient sentis aussi bien qu'elle.

Cette félicité avait quelque chose de décrété ; le bonheur n'existera que le jour où (sera-ce dans les temps messianiques ?) nous aurons la certitude que ce que nous vivons est identiquement vécu par ceux qui nous entourent, que la définition de cette joie est unanime, que cette écume est goûtée selon la même saveur – avec le même appétit. Ce qui gâche, empêche, freine le bonheur, c'est cette crainte qui ne cesse de planer sur les fraîches pelouses, survolant les chalefs et les hauts sureaux, les pivoines et les iris : les autres ont la tête ailleurs, font semblant d'entrer en communion avec notre bonheur intime, que la pudeur nous empêche de dire, et que nous avons peur de déchirer, d'abîmer en demandant à l'entourage ce qu'il en pense. Jessica, ce dimanche, avait choisi la dérision : elle avait, en apparence, ironisé sur ces trouées du temps faites de répit et de quiétude, de soleil et de paix dont elle pressentait qu'elle les pleurerait un jour comme au peuple des trésors enfouis, irrémédiablement perdus, impossibles à réinstaller. Elle avait utilisé son adolescence pour gentiment pervertir ce moment de grâce et de jardin – d'absolue simplicité – en injectant dans cette réalité non seulement inoffensive mais bienveillante des marques, non pas véritablement d'agressivité, mais de lassitude puérile.

57

Jessica étudiait en khâgne, mon père en taupe. Comme il n'était jamais tombé amoureux auparavant, il avait, comme tous ceux qui débutent dans ce domaine, décidé de faire de Jessica le réceptacle de tous ses bombardements sentimentaux – en latence, en attente depuis l'âge du biberon. Alentour de 20 ans, nous possédons un trop-plein d'amour à lâcher sur une proie dont on se persuade qu'elle est la femme qui remplira notre vie comme un gaz parfait occupe, à pression constante, la totalité de l'espace qui lui est offert (loi de Mariotte). Les toutes premières amoureuses sont similaires aux premiers romans : quitte à les faire craquer, on cherche à faire tenir à l'intérieur le maximum de matériau – on ignore, ou plutôt on refuse de savoir, que des livres on en fera d'autres, que des amoureuses on en rencontrera de nouvelles. Tout ce que nous possédons, ressentons, fabriquons pour la première fois contient la marque naïve d'une tentative de définitif, de fin, de terme, d'épuisement. Les commencements se fabriquent avec des conclusions.

Voilà comment – du jour au lendemain – une fille qui ne nous demandait rien devient tout pour nous. Elle contient l'air que nous respirons, le ciel que nous regardons, la terre que nous parcourons, l'avenir que nous habiterons. D'une gracile naïade, qui pépiait dans les ruelles en sortant de cours, jupe tulipe et liquette, légère fragile tel un flocon de neige, joues rose yaourt, dodelinant de la tête et dont les pas dansent sur le bitume, mon père fit le golem de son monde perturbé, une créature que nul à part lui – à commencer par Jessica elle-même – n'eût ni pu soupçonner ni su inventer. C'est désormais par cette entité, découpée par sa folie personnelle en suivant les pointillés d'une réalité totalement indépendante et extérieure (qu'elle déployait autrement, en dehors, ailleurs), que mon père allait devoir passer pour vivre, mourir, se faire du bien, se faire du mal, s'épanouir, se détruire, grandir, rapetisser, devenir un déchet, prétendre au génie, étouffer, respirer, vivre, mourir.

Le mot *Jessica* jouissait désormais de deux significations parallèles, concurrentes, antagonistes : celle (originelle, originale, authentique, naturelle) qui collait à la peau de cette lycéenne avec la perfection d'un emballage de ces chewing-gums Hollywood qu'elle broyait de ses dents publicitaires ; et celle (dérivée, collatérale, artificielle, malade) qui trahissait les seules obsessions de mon père aveugle. L'appellation d'origine, « Jessica », subissait le même supplice d'écartèlement que Ravaillac dont les membres furent arrachés de leur tronc par quatre chevaux de trait. Il y avait autant de rapports entre la Jessica 1 (la vraie) et Jessica 2 (celle de mon père) qu'entre, par exemple, une clairière et une casserole, un coucher de soleil et un autocollant. La Jessica de Jessica et la Jessica de mon père se détestaient, ne s'adressaient pas la parole, n'avaient rien en commun, si ce n'était ce physique qui les rendait identiquement jumelles. Dans les rues d'Orléans, sur les avenues, la cour du lycée se mélangeaient toutes les Jessicas fabriquées de toutes pièces par tous ceux qui se l'étaient virtuellement attribuée, s'étaient promis d'en faire leur femme quelque jour, de l'embrasser à la sortie d'un cours d'anglais, lui frôler le sein gauche dans une salle de cinéma.

À la cafétéria, Jessica 1 et Jessica 2, installées sur la même chaise, prenaient régulièrement le même repas (Jessica 3, 4 et 5 avaient quitté le bâtiment en même temps que les potaches Crémieux, Heinz et Siboldini) ; qu'on calculât leurs positions respectives en coordonnées cartésiennes, ou bien polaires, on parvenait irrémédiablement au même résultat : les deux Jessicas occupaient une place similaire, elles partageaient un lieu unique, dans lequel elles se *confondaient*. Mais tandis que, découpant sa tranche de bœuf ou remuant sa purée, Jessica 1 plaçait ses pensées, orientait ses soucis vers un devoir de mathématiques imminent ou l'achat d'une jupe toute neuve – qui fût parfaitement plate sur le bassin, formant des plis souples et coniques où pourraient s'engouffrer les courants d'air et buter les regards –, Jessica 2, dans les mêmes saccades de couteaux, dans les mouvements de fourchettes, produisant d'identiques moues sur son visage mêmement merveilleux, n'était taraudée que par une seule obsession, parfaitement têtue : celle de s'agenouiller, de saisir entre ses doigts fins et décorés comme des baguettes chinoises l'appendice reproducteur de mon père (celui-là même qui, puisque j'en suis l'un des résultats, nous vaut ce paragraphe de lyrisme hygiénique), de lui offrir une place de choix parmi le confort (innocent) de sa bouche aux chaleurs flottantes. Tandis que Jessica 1, plongée dans les espaces vectoriels (lois commutatives, matrices, noyaux, dimensions,

738

engendrements), ne comprenait pas complètement ce que venait faire dans ce chapitre l'intégrale de Riemann (sur l'espace vectoriel E des applications continues de [0,1] dans l'ensemble des nombres réels traditionnellement noté R, l'intégrale de Riemann $f \to \int_0^1 f$ est en réalité une forme linéaire), Jessica 2, elle, rêvait aux éclaboussures onctueuses formées par les spermatozoïdes de son plus grand admirateur sur ses pamplemousses grêlés, si charnus, veinés de bleu comme un marbre poli, dunettes énormes se balançant sur les faubourgs provinciaux – deux seins gonflés de sirop, provocateurs, qui semblaient attendre les bras croisés que quelqu'un vînt les mordre, en déchiqueter à belles dents la chair et la pulpe, en des soubresauts de priape cabri. Tout le plaisir, se disait mon père (costume beige rayé de marron), qu'ils devaient contenir !

Crémieux, aux commandes de Jessica 3, les avait également repérés. Jessica 3 détestait mon père : elle était toute aux ordres de Crémieux, et passait ses journées à attendre la disparition du soleil, afin que pussent sortir de dessous les lits, enfouis qu'ils étaient entre de vieux magazines de moto ou des ouvrages de botanique, les fouets, cravaches et autres pince-tétons qu'elle et Crémieux, dans les rêves et les projets de Crémieux, étaient allés choisir ensemble dans le seul sex-shop d'Orléans (situé rue d'Illiers ; porte borgne ; de pâles mortels sortent, entrent, figés dans une agonie spéciale).

La Jessica la plus mystique était, de loin, la Jessica de Heinz : Jessica 4, touchée par la grâce, était de ces femmes qui lavent les pieds des saints quand ils ne sont encore que des lépreux parfaitement terrestres. C'était une créature plutôt floue, un alvéole, un fantôme qui s'élève. Elle se promenait souvent au milieu des lauriers-roses, l'Évangile à la main, tandis qu'à travers les senteurs d'aubépine la frôlaient des abeilles. On la croisait derrière des houx. Au fond d'une tasse, une fois liquéfiée, elle était une liqueur et poissait. Mais, derrière cette fumée d'encens, comme une broderie découvrant son vrai motif enfin, se carapatait une putain aux orifices difformes, dont les bourrelets fripés et l'extravagant popotin, posés dans le désert sexuel de Heinz comme une oasis biblique, promettaient aux heures nocturnes des centaines de draps à souiller (le liquide séminal finissait par les amidonner comme des assiettes en carton), les dents plantées dans les lèvres pour retenir les petits stridents cris (semblables à des râles de mulot) qui tentaient de s'en échapper. Il fallait voir, entre minuit et 6 heures du matin, les orteils de Heinz se hisser vers le plafond comme pliés par le cabestan d'un navire, puis entendre (au milieu des inadmissibles puanteurs) son petit pylône électrique, absolument exalté, grésiller contre les voiles de sa solitaire embarcation.

Siboldini, quant à lui, pilotait Jessica 5 : une Jessica singulièrement opposée à la Jessica mise au monde par les parents de Jessica – mais opposée aussi aux Jessicas édifiées par ses condisciples. Siboldini péchait par une naïveté contraire : il brodait sur Jessica des passions romantiques, des gestes éthérés, des pensées grandioses. La Jessica siboldinienne, chimère prude, calme et muette, costumée de pure lumière, toute vêtue d'éclat ivoirin, ne vibrait qu'au son d'une sonate, posait sa main translucide, fragile comme le verre, sur des volumes de Coventry Patmore, pleurant l'absence de Siboldini, priant pour qu'il lui accordât son attention et son amour enfin – implorant les dieux du hasard et les fées de la fatalité pour qu'ils permissent de croiser demain son grand homme sous le préau lycéen. Pendant ce temps, la véritable Jessica, la Jessica jessiquienne, comme toutes les jeunes filles de chair, était tournée vers le plaisir et parlait menstrues avec ses copines demoiselles, roulait son attention vers d'imminents amants nègres, plaçait (sous sa jupe de crépon) de contondants objets qui finissaient par vibrer dans ce que cet imbécile de « Sibo » eût qualifié dans une épître bourrée de fautes d'orthographe d'« œillet rose pâle » mais qui, dans les véridiques dictionnaires, soutenait le nom de *vagin*. La

Jessica siboldinienne avait la peau dorée des petits pains de Meung – la Jessica des parents de Jessica avait ses règles. Les yeux de la Jessica siboldinienne étaient des fleurs de sucre plantées – la Jessica née sous césarienne et non sous délire était myope et portait des lentilles.

Narines battantes, Siboldini lui corrigeait ses dissertations, parfois les rédigeait *in extenso*, le cœur palpitant comme les cymbales d'un macaque nain travesti en groom : il laissait au crayon de papier des mots doux, parfaitement poétiques, dans les contre-allées de la copie – de temps en temps, l'amour le poussait dans ses retranchements les plus sulpiciens, allant jusqu'à lui faire tracer des cœurs gonflés percés d'une flèche et sur lesquels, comme deux imbéciles, leurs initiales respectives se jouxtaient, se frottaient, se cherchaient des lèvres.

> *Dans l'harmonie de ta bouche fatiguée de sel*
> *Je plonge des baisers qui rougissent s'approchant ;*
> *Deux nénuphars s'étonnent des étincelles :*
> *Tes yeux en fleurs qui s'ouvrent au firmament.*

Ou encore :

> *La libellule n'est pas morte ce soir*
> *Elle appartient aux espaces bleutés*
> *Où nos deux cœurs s'isolent pour s'aimer ;*
> *La nuit s'achève quand se lève l'espoir.*

Jessica montrait en pouffant ces œuvres à ses amies qui pouffaient à leur tour. Sibo voulait de l'amour et de l'eau fraîche : Jessica s'empiffrait dans la cuisine parentale de tranches de pâté, de foie gras, de saucisson de Beaugency et de jambon de Pithiviers. Elle ne manquait pas, quand sa petite sœur était dans une forme satisfaisante, de pratiquer avec cette dernière de tonitruantes compétitions de rots ; c'était, le plus souvent (la simultanéité, révélant en même temps, à l'échelle d'une ville ou du monde, tous les étages et les appartements d'une géante maison de poupées, connaît l'art du grotesque), l'instant précis où Siboldini, théière fumante et cigarette au bec, composait derrière la porte doublement fermée de sa chambrette, des cantilènes définitives dédiées à la Jessica qui jamais ne déféquait, ne se grattait, n'écartait les cuisses chez le gynécologue ni ne s'arrachait à la cire brûlante le poil gras et luisant qui comme chiendent lui poussait sur les jambes.

Le soir, après les cours, pendant que Jessica 1 fumait tranquillement une menthol légère (science du maintien entre les phalanges) sur le rebord de la fenêtre de sa chambre ou, pendue au téléphone avec Émilie Catali, disait du mal de Sophie Dugeix, Jessica 2 aspirait mon père jusqu'à la moelle – le vidant de sa sève à la manière d'une mante irréligieuse –, Jessica 3 boxait Crémieux avec ses mamelles gonflées de lait concentré Nestlé, Jessica 4 sortait son missel en même temps que son porte-jarretelles et Jessica 5 levait les yeux vers le ciel, guettant sur la Voie lactée des prophètes à char ou des comètes fusantes, en écoutant Samson François (*larghetto* du *Concerto pour piano et orchestre n° 2 en* fa *mineur, op. 21*, par l'Orchestre national de la radiodiffusion française, enregistré six ans plus tôt à la Salle Wagram les lundi 23 et mardi 24 juin 1958 ; directeur artistique : Victor Olof, ingénieur du son : Paul Vavasseur. Durée : huit minutes et vingt-huit secondes – Jessica 5 l'écoutait en boucle, contrairement à Jessica 3 qui, d'après Sibo dont elle partageait étrangement tous les goûts, ne jurait que par les Beatles, et à Jessica 2 qui était une inconditionnelle, dans le seul esprit de mon père, de Nat King Cole et de Sinatra).

Jessica 5 périt sur la plage de Portsmouth, lors d'un siboldinien baiser à une Anglaise aux petits yeux d'écureuil et aux jambes blanches mouchetées de grains de beauté – sa peau ressemblait au marbre des cheminées haussmanniennes. Jessica 4 quitta cette terre en même temps que Heinz – emporté à 32 ans le jeudi 12 juillet 1979 par la maladie de Churg-Strauss. Jessica 3 mourut le jour où Crémieux se suicida (trois psychanalystes successifs se montrèrent impuissants à dompter les cerbères qui gardaient l'entrée de son infernal subconscient), confirmant cette observation selon laquelle la nausée, chez les rescapés des camps, saute la génération immédiate pour accabler la suivante. Quant à Jessica 2, elle s'évapora comme une brume matutinale lorsque mon père fit la rencontre de ma mère.

58

Jessica essaima ainsi des dizaines, voire des centaines d'avatars jusqu'aux alentours de la quarantaine, stade où ses virtuelles excroissances cessèrent progressivement de se multiplier, comme une salle de bal graduellement se vide, comme un crâne imperceptiblement se dégarnit sans qu'on ait pu arrêter exactement la date marquant le début officiel de la calvitie. Toujours est-il que Jessica était devenue, avec les années, de moins en moins plusieurs – ou, si l'on veut présenter les choses inversement : de plus en plus une seule. De la même manière que, cent ans avant Riemann, le mathématicien Johann Heinrich Lambert avait été à deux doigts d'inventer la toute première géométrie non euclidienne, certains amoureux de Jessica avaient été *tout près* d'inventer la vraie.

Mon père se demandait pourquoi et comment l'humanité en était arrivée à se construire des goûts sensiblement partagés par tous, des goûts quasiment unanimes : pourquoi et comment le fait de s'accorder à trouver Jessica superbe avait pu être rendu possible, de quel miracle – par-delà les millénaires – était-ce le fruit ? Du strict point de vue des astres, d'un lézard, d'un hamster, d'un goujon dans sa nasse, d'un caillou posé sur le sentier, il n'y avait *aucune* différence entre Jessica, qui faisait se damner l'immense majorité des humains qui la croisaient, et Sophie Dugeix – qui jusqu'à sa mort, le samedi 25 octobre 1997, dégoûta la quasi-totalité des hommes qu'elle eût adoré enfourcher.

Mon père cherchait à comprendre d'une part, comment les molécules s'étaient agencées pour parvenir à cette œuvre parfaite qu'était Jessica ; d'autre part, comment les molécules s'étaient agencées dans les gens, dans tous les gens qui croisaient Jessica, pour que ces gens reconnaissent, voient, admettent et *partagent* cette perfection. Comment les atomes de carbone, se constituant, s'agrégeant les uns aux autres, avaient bien pu, non pas seulement échafauder cette perfection, mais l'admission (l'aveu), l'entérinement de cette perfection, sa définition, son appréhension : son irréfutabilité. Y avait-il des molécules d'irréfutabilité ? De quoi était-elle constituée ? D'où venait-elle ?

La beauté de Jessica s'était construite deux fois : une fois biologiquement et une autre fois « socialement » – en ce sens qu'un réseau d'innombrables hommes adhérait à l'acceptation de sa supériorité esthétique ; il y avait une beauté due à l'ADN et une autre, superposée, due à une manière de tacite communion, de reconnaissance générale, d'invisible pacte aux critères parfaitement admis parce que parfaitement clairs pour tous. Voici, littérairement retranscrites, les pensées qui habitaient l'esprit de mon père : « La nature est étrange. On dirait qu'elle se doute que c'est sur des joues ciselées qu'il faut poser le petit nez en trompette, que c'est sous un front parfaitement bombé qu'on placera deux yeux en amande ; jamais la nature n'eût posé, par exemple, le nez de Jessica au milieu des imperfections, des distorsions de Sophie Dugeix (qui en eût eu pourtant bel et bien besoin) – la nature a-t-elle un but, suit-elle un dessein quand elle commence à esquisser une Jessica ? On dirait qu'elle ne veut jamais raturer une vraie beauté ; mais il est vrai que la plupart des êtres sont des brouillons de téléologie pure. »

Le fils Crémieux, recouvert d'infects bubons jusqu'à l'âge canonique de 21 ans, était issu d'une famille juive qui, à la suite de la guerre, avait décidé de ne l'être plus. Fort peu avertie des subtilités levinassiennes, elle avait choisi – comme s'il était possible, franchement, de choisir *ce genre de choses* – de n'appartenir plus à la lignée d'Abraham, d'opérer une césure avec les préceptes mosaïques et, sans les fuir pour autant – elle ne voulait pas verser dans quelque forme que ce fût d'antisémitisme juif –, passait devant les synagogues avec la même impassibilité qu'un jeune Bédouin, un nouveau-né, une pie, un alligator. La judéité ne *concernait plus* les Crémieux ; où plutôt, les Crémieux avaient proclamé qu'ils ne concernaient plus la judéité. Ils s'en étaient extraits sans fracas, avec une paisible discrétion, presque avec douceur – comme on prend congé d'un vieux chien qui va mourir en lui prodiguant des caresses – graduellement : leur sortie du judaïsme, étalée sur plusieurs années, n'avait pas été visible à l'œil nu. Les *tephillin* ? Quels *tephillin* ? Non, mon fils, tu ne porteras pas le *talith*. Jette-le dans ce champ de prunes, où je sais que poussent repoussent les ronces.

Une doxa induite, universalisant de façon tacite l'irruption d'une inclination générique dans la nature humaine, avait permis d'installer autour de la personne de Jessica une unanimité quasi absolue. C'était une capitale du désir. Les mêmes épithètes, infiniment ramassées comme si elles émanaient d'une seule et même personne, convergeaient vers la jeune fille : un goût général embrassait, sans en être l'addition bête, mais en la transcendant, en la faisant se soulever comme un mort qui soudain revient à la vie avec un corps de lumière, la somme des goûts particuliers, des prédilections individuelles, des admirations singulières et des appétits privés. La nuit, quand il ne trouvait pas le sommeil (et après tout, se disait-il, c'est en cela que je reconnais que je suis juif, que ma judéité me rattrape : je ne trouve pas le sommeil ; il est là, je sais qu'il existe, il est caché quelque part, peut-être même dans mon lit, mais je ne le trouve pas), Crémieux se faisait de parfaites frayeurs : « Un jour viendra, écrivit-il dans un petit carnet à grands carreaux destiné à recueillir ses pensées, où tout le monde cessera de croire qu'Auschwitz a bel et bien existé… Un jour viendra, aussi, où tout sera comme si Jessica n'avait jamais vécu. Comme si jamais, jamais elle n'avait arpenté les couloirs du lycée. » Jessica – étrangement mêlée dans la prose intime et secrète de Crémieux à des réflexions de bon sens sur la Shoah – avait fait, autour de sa beauté, l'unanimité ; on reviendrait un jour recréer, autour de Crémieux, l'unanimité sur la judéité de Crémieux. Mais est-on juif comme on est beau ? Que veut nous dire la nature ? Quel rôle joue donc la *biologie* ? Note de Crémieux (mercredi 11 janvier 1967) : « Auschwitz n'est pas un ovni venu se poser sur la terre des hommes, avec le Mal en pilote. Il était sorti des entrailles mêmes de la terre, de sous son écorce. » Qu'y avait-il d'Auschwitz en Jessica ? De Jessica en Auschwitz ? La pensée humaine – du moins en ce qu'elle s'incarnait, avec toutes les restrictions impliquant cette incarnation, également dans Crémieux – tisse parfois d'impossibles parallèles.

Chez Crémieux, la libido envahissait tout. Elle proclamait d'incessants magistères, passait par la fenêtre, montait les marches à la vitesse de la lumière. Crémieux dépensait le plus clair de son temps, cravate trèfle dénouée, à martyriser l'embouchure de son gland monomane. Il cédait sans arrêt, paniqué à l'idée d'être confondu, aux appels exigeants, précipités de sa chair. L'idée de jouir ne le laissait pas en paix : sous une couverture, voûté sur son bureau rempli de feuilles surchargées de bleu cyan, cloîtré dans les toilettes (le regard biais et sérieusement inquiet), il frottait son membre à tous les spectres de toutes les créatures croisées dans la journée, croisées lors de toute sa vie, ces femmes et ces filles (et même quelques fillettes, et même quelques grand-mères) qui remplissaient les pages éclaboussées de sa minable biographie, constituant dans son éléphantesque mémoire un stock infini de masturbations à venir, attendant leur tour, patientant dans les siècles comme un appel au jet perpétuel et libératoire (patientant ainsi que des jambons, des cadavres de veaux, des quartiers de bœuf pendus dans une chambre froide), jet sans lequel la vie – cette chienne – ne serait qu'un piteux trou. Crémieux macérait dans son foutre, sentait l'asperge, la glycine, la moquette trempée. Les femmes s'insinuaient par les trous de la serrure – l'idée des femmes du moins – ou sous la porte, infiniment fines, absolument vents, brisaient une fenêtre soudain, avec leurs poings aigus comme des piolets, pour se transformer en vertiges sous la main nerveuse du petit matheux au faciès couleur de violette, aux regards tournés vers le grand vide, aspirant par son ahanante bouche de grands boas multicolores. Jessica passait fréquemment – déguisée en évidence, en soumission tacite – sous le laminoir, fracassée par la fréquence, déchiquetée par une rage qui l'abandonnait en lambeaux. Alors, dedans la paume adolescente du taupin, une glu blanc d'œuf se formait, au parfum d'urine et de fleur de châtaignier (ah, les châtaignes, avec leurs vulves entrebâillées de hérisson vert pomme) : c'était la version giclée de Jessica, sa version sécrétionnelle et paradisiaque, non d'un paradis perdu, mais d'un paradis en l'occurrence impossible à trouver.

59

Il advint que la belle Jessica, qui venait de traverser des giclées de lumière bleue en riant de toutes ses dents (son tee-shirt sentait la gomme et la lavande, la sueur et la totalité de la jeunesse du monde), condescendit, parallèle à son insouciance, la tête ailleurs et prête à embrasser tout ce qui vivait, à poser ses lèvres rouges sur les lèvres de mon père. Celui-ci, dès lors, se transforma en bourreau (et en ennemi héréditaire de Crémieux, Heinz et Siboldini) : il venait d'acquérir, selon lui, la vie de Jessica jusqu'à la mort humaine de Jessica – elle venait de lui offrir une concession. Il commença à exiger des rendez-vous, à la suivre partout, à l'épier la plupart du temps. Quand Jessica comprit qu'elle avait fait s'ouvrir une faille dans l'écorce terrestre, qu'un amant hypothétique et rigolo était susceptible de se muer en dangereux homme, la pupille allumée et la sueur au front, tremblant d'avertissements, prompt aux insultes et brandissant menace sur menace, elle décida de mettre un terme au voisinage de mon père. Qui devint plus fou encore : expédiant des lettres de cent vingt pages – missives parfumées au thym, remplies de poèmes déçus (lourds alexandrins, octosyllabes approximatifs), de théories sur l'amour, de propositions d'avenir quasi notariales, de libres propos sur le suicide ou de considérations extrêmement pesantes sur la défiguration, la vengeance, le diable, la fin du monde – et autres malédictions.

Il la suivit un soir, le long des berges de la Loire, tandis que les nuages dessinaient dans un ciel brun, peints sur ce camaïeu, des têtes de mandragores et des envols de griffons. Le soleil déclinait, dorant le fleuve qui luisait. La Loire est une tourbillonnante colique, faite de remous de chaudrons, une froide lave, têtue ; c'est une gueule liquide. Elle avance pour tuer, elle bout dans une impatience tantôt livide et tantôt noire. Intranquille fleuve – torturé. Jessica se faisait de plus en plus floue dans la croissante obscurité. Elle tourna soudain dans une ruelle, après le pont (en cette minute, l'écumante eau gifle toujours les pieds du pont), où l'attendait un trentenaire au cheveu rare – tête de mort vert caca d'oie tatouée sur une épaule mouchetée de minuscules taches rousses et brunes, boucle d'oreille ovale en or blanc, maillot de corps éclaboussé de ce cambouis des péniches ou des barques qui, livré aux violences du soleil de midi, dégage un parfum de desséchée solitude et de fluviale mort. La nuit rôdait autour des objets, des têtes, des corps. Elle se mêlait à la nature, au temps qui passe, était déterminée à rester. Ce n'était point une nuit qui partirait de sitôt, ni de ces nuits libératrices qui ressemblent à une mélodie – mais une nuit âpre, une nuit véritablement contraire au jour, au soleil, à la vie. Une nuit environnant, recouvrant les êtres, les bâtiments, l'horizon, les clapotis du fleuve de ses franges très épaisses et très noires. C'était une nuit méchante qui s'annonçait.

Mon père passa – fut contraint de passer – d'une vision jalouse du monde à la jalousie la plus simple : des faits, cette fois, étaient venus proposer un contenu tangible au récipient de sa maladie qui, jusque-là, ne s'était alimentée que de soupçons, d'hypothèses, de fantasmes et de suppositions. Il n'avait plus peur : plus exactement, plus peur d'avoir peur. La psychose qui l'avait hanté – Jessica se donnant à un autre – se soulageait enfin d'une réalité qui prenait le relais. Il avait tout envisagé, dans ses cauchemars, et les blonds les plus blonds, et les bellâtres les plus réussis : mais nullement ce chauve à tatouage, vaguement rouquin sur une mèche, sale, mal arrimé à son corps ; mon père avait dessiné, dans sa conscience d'être trompé sûrement, des inconnus qui ressemblaient à ce que lui n'était pas : mais les candidats craints, fantasmés, suspectés avaient été imaginés à la hausse, c'est-à-dire supérieurs à lui. Ce qui le dérouta dans l'épisode que je décris maintenant, ce fut la manière, stupéfiante, que la vie emprunta pour contrarier, pour annuler ses fictives projections, opposant au spectre redouté des *beaux gosses* la figure, pourtant gagnante, triomphante, élue, d'un pauvre gars des HLM, ni laid ni beau, en deuxième année de CAP de charcuterie au lycée technique de Saint-Jean-de-la-Ruelle. Il faisait sombre sous le tilleul où Jessica et son gueux continuèrent de s'embrasser en caressant de nombreuses zones de leurs corps fondus. La démentielle jalousie de mon père parvint, pour mieux voir, pour tout voir, à découper dans la nuit (une ennemie de plus), au-dessus du petit couple maudit, un carré de ciel d'une aveuglante blancheur. Sa souffrance, parvenue à ce qu'il pensait être un paroxysme (il ignorait encore qu'en souffrant chaque fois différemment, l'être humain a toujours le sentiment de souffrir chaque fois davantage), il décida de mettre fin à ses jours – et à ceux de Jessica.

60

Je n'en reviens pas d'être trompé, dit mon père à mon père, dit le cerveau de mon père au cerveau de mon père. Je me voyais comme le héros en tout, le personnage principal de l'universelle gamme des sentiments humains. Jamais je n'aurais imaginé que les autres humains puissent être aussi bassement humains que moi, puissent me ressembler à ce point, que le reste du monde et moi-même soyons si proches, si corrélés, si jumeaux dans nos entreprises, nos sentiments, nos réactions, nos bassesses, nos ressentiments, nos analyses. Ce raisonnement, si je le continue trop, dit mon père à mon père, va me pousser à penser que même mes fulgurances sont des fulgurances partagées, que mes traits de génie sont les mêmes traits – à peu de chose près – pour tous. Que l'originalité que je me suis toujours attribuée est aussi originale que n'importe quel lieu commun, que n'importe quel réflexe de n'importe quel homme et de n'importe quelle femme. Mes colères ne sont pas absolument de moi : elles

ne sont que des variantes de toute colère humaine, des déclinaisons des colères d'autrui. Mes satisfactions, mes instants
de bonheur, on me les vole, c'est l'humanité tout entière qui
me les vole. Nous sommes tous des êtres uniques spoliés
dans leur unicité. Nous sommes tous des êtres inédits trahis
par l'inédit général. Nous sommes tous des êtres différents
des autres. Nous sommes tous des hommes différents de
tous les autres hommes. (Cette pensée l'étouffait, lui soulevait le cœur, le dégoûtait.) Que me reste-t-il, si ma liberté
est prisonnière des mêmes horizons, des mêmes destins,
des mêmes goûts, des mêmes envies, des mêmes remords,
des mêmes fonctionnements que tous ceux qui m'entourent,
et dont je commence à comprendre qu'ils forment une race
à laquelle j'appartiens – que je le veuille ou non ? Non une
race selon la couleur de leur pauvre épiderme, non une
race selon les théories malades, une race selon les faciès et
les régions, une race selon les critères et les géographies,
une race selon le pli des yeux ou la boucle du cheveu, mais
une race formant communauté, communauté de ressem-
blances dans la manière de tourner une petite cuiller dans
son café, une race qui se trompe chaque fois qu'un de ses
éléments, isolé, convoque et proclame cet isolement pour se
construire un *a parte*, une marge, une solitude, un privilège,
une exception qui n'existe pas. Un ensemble dont chaque
élément croit que nul, comme lui, ne goûte l'amertume du
cacao de cette façon, ne séduit les femmes aussi bien, n'est
aussi capable d'humour que lui, de raffinement que lui, de
virtuosité que lui. Une humanité. Race où chacun se voit
souffrir plus ou mieux que toi, plaire autrement que toi,
jouir différemment de toi, connaître un autre soleil que
le tien, des frissons dissemblables et des accidents particuliers. L'invention de l'individu fut judicieuse : mais vaine,
si vaine, dit mon père à mon père. L'individu dérogatoire
n'existe pas – quitte à devenir fou, il devra accepter que
tous ses faits et gestes, ses pensées les plus personnelles,

ses décisions les plus intimes, ses secrets les plus cachés, ses aspects les plus inavouables, ses manies les plus tordues, ses intuitions les plus géniales, sont *répertoriés*. Le génie n'est pas celui qui les invente, mais celui qui les dénombre et les établit, les examine et les fixe et les publie. Et les décrit. Et les synthétise. Acceptons ce cauchemar : chacun est la photocopie de chacun. Ce que nous appelons la liberté, ce que nous nommons « l'individu », c'est précisément ce que chacun tente de faire pour échapper, paniqué, à cette fatalité, à ces lois de la physique humaine aussi incontournables que celles de la mécanique ou de l'électricité. Une fatalité que tout le monde sent, devine, ressent, mais qu'il est impossible de s'avouer – plutôt mourir ! Nous avons des chagrins comme nous avons un foie. Nous portons une croyance comme nous portons un virus. Mes moments de lucidité ? Je n'en suis qu'un interprète, perdu dans la foule, elle-même perdue dans la foule de la foule, dans toutes les foules mises à la puissance foule. Mais (dit mon père à mon père) comment nommer, alors, ces petites parcelles de lumière, ces célestes giclées qui nous ouvrent au monde quand nous dessinons une créature qui n'a jamais été dessinée, que nous résolvons une équation qui n'a jamais été résolue, que nous jouons une mélodie qui n'existait pas ? En attendant, avec ma jalousie, je ne crée pas, je n'entre pas dans l'invention : je suis cloîtré dans l'universelle soumission, dans la torture générale et commune, victime sans valeur ajoutée de supplices déjà vécus par d'autres avant moi, pendant moi, après moi. Ma place sur terre ne serait-elle que géographique – réponse : oui. La seule chose que je sache, sans conteste possible, l'unique absolue certitude c'est que mon corps biologique, que mon corps physique et matériel et physiologique, est bien ancré sur ce lopin-là, sur cet extrait de matière terrestre-là, avec des coordonnées calculables, des repères géodésiques précis, une abscisse, une ordonnée et une cote, calculées de façon cartésienne ou polaire. Qu'importe mais je suis là, fixé, cloué là, immuable et seul sur cette dalle, sur la marche de cet escalier, devant les Invalides, dans cette clairière entourée de sapins bleutés.

SEPTIÈME PARTIE

Conlon Nancarrow

1

Quelques semaines après notre visite au Salon de l'enfance battue, mes parents commencèrent un de ces stages dont M. Babinaux-Vayroult leur avait vanté les mérites. Par chance, une délocalisation des activités de l'APEB avait permis à la région orléanaise de bénéficier de sa propre antenne. Ce fut dans les locaux fraîchement repeints d'un ancien dojo, impasse du Coq – en face de l'hôpital aux épais murs de prison –, que mes géniteurs apprirent avec davantage de science, d'art, à malmener ma peau, mon moral, mes muscles, mes artères, mes cheveux, mes articulations, mes membres – tout ce qui, d'une manière générale, appartenait non seulement à mon corps, mais à mon être. À mon être tout entier, pris dans son ensemble, mais où chaque zone se devait d'être *amortie*, du moins visitée, du moins appréhendée comme recoin possible où faire souffrir, où envisager quelque supplice original, intéressant – *pertinent*.

L'homme qui dirigeait ces ateliers était un quadragénaire recouvert de plaques rosâtres dont aucune pommade ne semblait venir à bout. Il possédait, afin de regarder le ciel ou ses pieds, deux yeux laiteux aussi mornes que des bubons, et chaussait des souliers de fort grande pointure eu égard à sa taille (française, moyenne, médiocre). Il aimait les pulls de laine, le chocolat au lait, les vacances avec sa fille sur le littoral, et arroser les fleurs (magnolias, touffes de fenouil, glaïeuls maigres) qu'il déposait deux fois par semaine sur la pierre tombale accueillant le nom et le prénom de son épouse décédée lors d'un accident de téléphérique. Le téléphérique, sans crier gare, s'était décroché (col de la Madeleine) telle une boule de Noël de sa guirlande de Noël – l'image n'est point gratuite puisque la catastrophe (cent vingt-trois corps humains retrouvés en chicots et glaires sur la pierre neigeuse) s'était produite le jour de Noël. L'homme, cet homme-là, ce veuf de téléphérique (qui trompait la décédée future avec l'abrutie femme d'un mécanicien de Tigy) se prénommait Maximin et portait le patronyme à la fois sévère et amusant de Theotokos. Maximin Theotokos appréciait mes parents et mes parents appréciaient Maximin Theotokos. Il y avait de la bijectivité dans ce rapport. De la bijection. C'était une entente logique – une mathématique adéquation.

La salle des travaux pratiques était vaste et claire – une fenêtre, trouée dans le plafond, faisait pleuvoir une lumière souriante et dodue. Le printemps dansait au-dessus des têtes, livré avec sa musique d'étonnés pinsons. La terre était vivante, heureuse d'être, le monde souriait dans l'absolu des cieux, avançant comme une toupie, oubliant les éphémères peurs de mourir, le froid de tous les hivers qui avaient précédé cette insouciance absurde et ces présentes gorgées de chaleur. Les grands marronniers, qui procuraient un effroi répertorié quand la brume les caressait au moment de l'hiver – et que les dimanches soir enveloppaient d'une tristesse propre à se donner immédiatement la mort –, étaient grands, forts, verts, sympathiques. Ils bombaient leur arrogant torse et s'accrochaient aux nuages passagers. Les couples étaient installés, avec un mélange de trac bien compréhensible et d'idiote satisfaction, derrière des établis solides qu'aucune tache (encre, sang) ne venait souiller. Les couples étaient nantis d'un exemplaire au moins de leur progéniture – n'ayant pas le moindre soupçon de frère, ni même de sœur, c'était moi (pour ce qui concernait ma famille) qui m'y collais.

Nul ne bronchait – les enfants eux-mêmes, qui commençaient à comprendre qu'ils seraient en quelque sorte les héros des aventures qu'on ne manquerait pas de déclencher dans quelques instants (et pour plusieurs jours), observaient une solennité faite de trouille et d'inexplicable respect. Les parents, pour leur part, restaient figés dans la pathétique statue d'élèves le jour de la rentrée des classes, quand les classes sentent la trousse nouvelle et la neuve gomme.

— Bienvenue à tous, et bienvenue surtout à vos enfants, commença M. Theotokos. Installez-vous, installez-vous. Sans trop de bruit si possible, merci. Bien, alors si vous êtes ici, mesdames, messieurs, chers stagiaires, ce n'est point pour vous tourner les pouces, mais pour martyriser vos enfants. C'est une activité fort honorable, fort respectable, mais qui divise la société. Notre travail est encore mal compris. Notre tâche, pourtant éminente au royaume des coups et blessures, est le plus souvent laissée dans l'ombre la plus totale, alors qu'elle mériterait – vous aurez bien vite l'occasion de le constater par vous mêmes – d'être, et à plus d'un titre, mise en lumière. Ce que nous comptons vous apporter, lors de ce stage, est très simple : une approche responsable des sévices, une expérience qualifiée en mauvais traitements au niveau des enfants. Nous pensons, nous autres – à l'APEB –, que si quelqu'un doit martyriser ces derniers, mieux vaut que ce soit leurs parents. Leurs maîtres, leurs professeurs – disons plus généralement ceux qui exercent une quelconque autorité sur eux – ont raison de les sanctionner, mais nous voyons d'un mauvais œil qu'ils s'avisent de porter atteinte à leur intégrité physique. Existe-t-il chose plus incroyable, plus mystérieuse, plus émouvante, plus miraculeuse sous nos cieux que les bourreaux de ces petites existences soient ceux-là mêmes qui leur ont donné le jour. C'est une chose qui a toujours fortement remué mon âme – il est vrai que je suis très sensible, ma femme m'accusant parfois, pour tout vous dire, de verser dans la sensiblerie. Ceci précisé, regardez bien vos enfants, chers stagiaires : c'est la toute dernière fois, même si vous les avez – ce que j'espère – brutalisés en amateurs, que vous les percevrez ainsi. Ils vont changer dans les jours à venir. Et vous aussi. Je vous le garantis ! Je vois que nous avons là un cheptel de très divers bambins. Bonjour, les enfants ? Ça va ? Ils ont des âges différents, des constitutions physiologiques différentes, c'est bien. Nous allons pouvoir travailler dans de bonnes conditions. Il est toujours intéressant que la constitution des blessés varie au sein d'une même classe. La diversité aide à l'apprentissage. Diversité des futurs petits blessés, diversité des origines sociales, diversité des agents vulnérants, de la nature elle-même très variable des lésions, de leurs conséquences fort heureusement toujours graves – je vous rassure ! –, et même terribles le plus souvent. Découvrant cette promotion nouvelle, que nous avons, les cadres de l'APEB et moi-même, décidé d'intituler promotion « Gilles de Rais », je suis assuré que les ateliers pourront tordre le cou aux idées reçues et permettre une réflexion approfondie sur la philosophie de ce que certains appellent des « crimes » et qu'ici nous appelons un mode de vie libéré des contraintes d'une morale bien-pensante et constipée. Sans le moindre calembour, notre action se situe loin des sentiers battus ! *(Rires)* Nous ne sommes pas, aussi étrange que cela puisse paraître – d'où ces nombreux malentendus sur notre rôle et notre fonction –, pour l'inflexible sévérité des vieux maîtres d'école poussiéreux, nous récusons – de toutes nos forces ! – la fascinante dureté des patrons, la cruauté harcelante et morbide des petits chefs vengeurs, et même, nous condamnons l'aversion des marâtres détraquées qui frappent leurs gosses sous prétexte qu'elles se firent jadis frapper par leurs parents. Tous ces modèles, dûment répertoriés, analysés dans moult ouvrages, nous débectent. Je vous parle, moi, d'un *mode de vie*. D'un *mode d'être*. D'un *rapport au monde*. La vengeance, la haine de soi, s'ils peuvent aider, s'ils peuvent servir de béquille pour déclencher une vocation, très bien : mais je vous demande, à ce stade, dans votre volonté de passer à quelque chose de plus fort et de plus élevé, de les laisser au vestiaire. Ce serait comme ouvrir les portes du tantrisme aux seuls obsédés sexuels, les dégustations de grands crus aux seuls ivrognes. Vous ne m'entendrez jamais – par exemple – employer le mot *châtiment*. Le mot *châtiment* me convient en ce qu'il s'accorde à des dégâts physiques et psychiques avérés, mais me déplaît en ceci qu'il trahit une quelconque représaille, l'expression d'une punition. Il est corrélé à une faute commise par l'enfant. Or je veux que vous appreniez ici à travailler dans la gratuité. Dans la beauté du geste. Dans ce que j'appellerai : son esthétique. Torturer, ici, est une sorte de mantra gestuel. Vous comprenez ? Il est très important de saisir cet aspect du stage. Les bêtises de vos enfants, les modalités de votre ressentiment à leur égard, l'inimitié que vous leur conservez – et dans laquelle la haine de vous-mêmes joue sans doute un rôle déterminant – ne seront point prises en compte. Nous ne sommes pas dans le cabinet d'un psychanalyste. Nous vous avons sélectionnés parce que nous pensons, parce que nous croyons que, pour la plupart, vous êtes bien dans votre peau. Nous ne souhaitons pas accueillir de mortifères parents qui saccagent de la matière humaine, infantile, enfantine, parce qu'ils auraient des comptes à régler avec la vie. Vos enfants, nous espérons bien que vous les aimez – c'est à partir de cet amour que nous allons travailler. Il vous faudra beaucoup d'amour pour leur faire subir ce que je m'apprête à vous enseigner – un amour sans bornes, un amour aveugle, un amour dévoué, profond, au sein duquel la définition de la haine n'a plus aucun sens. La haine, c'est terminé. Elle est derrière vous, loin derrière. Ma longue expérience dans le domaine de la martyrisation enfantine m'a enseigné qu'avec la haine, on n'obtient jamais que de piètres résultats. Je crois beaucoup en l'expression « l'amour du travail bien fait ». Ce que vous allez apprendre pendant ces dix jours, c'est un *travail* – un travail que vous devrez effectuer correctement, c'est-à-dire : avec *amour*. Vous serez surpris par la qualité des supplices que vous serez capables de réaliser sur les organismes respectifs de votre fils ou de votre fille. Parmi vous, certains ont des enfants en bas âge, voire en très bas âge. Je m'en réjouis. Il en va du martyre comme du ski alpin : un de mes amis a lâché son fils sur les pistes dites « noires » dès l'âge de 2 ans et demi – les résultats sont surprenants. Son fils s'apparente – il a 7 ans aujourd'hui – à une sorte de Mozart de la spatule. Je vous encourage donc à infliger les sévices dès l'âge le plus tendre à ces pauvres êtres sans la moindre défense que sont les tout-petits sur lesquels il vous sera – après que je vous aurai donné les clefs de la manière la plus satisfaisante de les tourmenter – très agréable de vous exprimer. Quand on y a goûté, vous verrez qu'il est difficile ensuite de passer à autre chose. À tel point que certains de mes anciens élèves mettent des enfants au monde pour profiter à plein de leurs deux ou trois premières années. J'en connais qui ne sauraient passer une journée – que dis-je : une heure –, sans leur écraser un incandescent mégot de cigarette sur le torse ou leur écraser le visage sur la plaque chauffante de leur four. Ce que je vais vous enseigner céans, ce sont des méthodes, éprouvées, souvent simples, toujours efficaces, pour que les plus cruels sévices ne soient pas réalisés n'importe comment, notamment en perdant un temps fou et en gâchant la marchandise – je parle de la marchandise enfantine. Je m'en vais vous dévoiler les secrets des privations les plus dures, vais vous aider à faire en sorte que leur vie à peine ébauchée ne soit déjà qu'un interminable et long martyre, que les tortures à venir reculent les limites de l'imagination. Les parents viennent nous voir parce qu'ils tournent en rond dans leurs supplices. Un peu comme un pianiste, pourtant doué au départ, qui ne pourrait plus progresser parce que ignorant les rudiments du solfège. Alors nous allons faire des gammes. Ce qui est, il est vrai, un peu rébarbatif au début

– c'est à ce prix qu'on progresse. Rien n'est plus terrible que de stagner dans son propre sadisme. On ne peut passer sa vie à improviser. Sauf à vouloir régresser, il faut acquérir les bases. Picasso connaissait l'art classique avant de le démantibuler. Schönberg pouvait écrire des jolies sonates mélodiques avant de casser les structures et de s'en arracher. C'est ce vers quoi je souhaite que tendent mes stagiaires. Vers une sorte de martyrologie cubiste. Vers des mauvais traitements dodécaphoniques. C'est ambitieux, mais j'obtiens chaque année des résultats surprenants. Vous n'imaginez pas combien de manières il existe d'user d'un petit corps ! Sans compter celles que – je l'espère – vous inventerez vous-mêmes. Vous verrez ce qu'il est possible de tirer de cette nouvelle manière d'appréhender les sentiments qui vous lient à la chair de votre chair. Non, vous n'êtes point des fous. Ne vous laissez pas influencer par les remarques venant de l'extérieur, de la part de gens qui jugent sans savoir, sans comprendre surtout. Non, vous n'êtes point des brutes féroces. Si vous êtes violents, vous n'en êtes pas pour autant stupides ! *(Salve d'applaudissements)* Mamans qui êtes ici, vous n'êtes pas, tant s'en faut, des mères dénaturées ! *(Resalve d'applaudissements)* Papas qui nous avez rejoints, vous n'êtes ni des faibles ni des lâches ! *(Resalve de réapplaudissements)* Ne vous laissez pas, je vous en conjure, intimider par une opinion qui n'est pas encore prête à recevoir notre message. Méfiez-vous tout particulièrement des représentants officiels de la médecine légale pratique, les « médecins », cette lie qui n'hésite jamais, aux seules fins de se mettre en valeur, à nous dénoncer aux magistrats. Méfiez-vous des experts en tout genre, et tout aussi bien des assistantes sociales, nos pires ennemies, toujours à l'affût d'une « affaire » à révéler. Surtout, ne lisez plus cette presse terroriste qui fustige, dès qu'elle le peut, des activités qui la dépassent. Cette presse qui en est encore à s'étonner – vous voyez le niveau ! – que nos stagiaires, nos anciens élèves, nos diplômés et notre encadrement pédagogique puissent être des individus instruits et cultivés. Quand ce n'est pas pour les insulter : samedi dernier je lisais encore dans le supplément week-end d'un quotidien national dont la charité m'exhorte à passer le nom sous silence, qu'un cadre supérieur de chez Citroën – par ailleurs major d'une de nos promotions – avait été traité de « pervers monomaniaque » au prétexte qu'il exerçait la flagellation sur sa petite dernière âgée de 4 ans. Le journaliste ajoutant – nous atteignons là le sommet du ridicule – que ledit cadre supérieur pratiquait ce sévice, je cite, « d'une manière intense et continue » ! Je me demande ce que pourrait bien être une flagellation si elle n'était ni intense ni continue. Une flagellation sans intensité ni continuité, qu'est-ce donc ? Un coup de ceinturon ? Et l'auteur de ce pathétique articulet de s'étonner que la flagellation – dont les rudiments constitueront tout à l'heure et ici même la matière de notre inaugurale leçon – nécessite des instruments, tels la corde, le fouet, la verge ! Sans doute préfère-t-il la flagellation avec les doigts de la main, qu'on appelle je crois – corrigez-moi si je me trompe – la fessée ! *(Rires)* Las ! Mes chers stagiaires, comme vous pouvez le constater, les aberrations mentales ne résident point là où l'on nous dit, où l'on vous dit qu'elles se trouvent. Qu'on cesse, en sus, de nous montrer sur les affiches et dans les programmes télévisuels orientés, ces visages blêmes d'enfants éteints au regard caverneux. Nous sommes, nous autres à l'APEB, bien placés pour vous dire que nos enfants battus sont des enfants éveillés qui visent à le demeurer. Sinon, comment les rebattre encore ? Et encore ? Ce ne serait point logique. Et qu'on ne vienne pas faire semblant de s'étonner en trouvant un fouet chez nous : pour flageller, il faut un instrument de flagellation. Chez le violoniste s'étonnerait-on de trouver un violon ? *(Rires)* Un peu de bon sens, messieurs les journalistes ! Un peu de réalisme ! Il me souvient, d'un député de droite – démagogue s'il en fut, vous l'allez constater – qui pour illustrer et vendre un projet de loi visant à punir plus sévèrement que toute autre catégorie celle des parents martyrisateurs, avait brandi en pleine Assemblée quelque fouet composé de plusieurs lourdes courroies attachées à un grossier bâton. Pour en montrer caricaturalement l'efficacité, pour en démontrer spectaculairement la monstruosité, l'honorable représentant de notre bien misérable nation avait frappé sur sa tablette un coup sec qui avait retenti dans tout l'hémicycle. Toute cette mascarade visant – comprenez-le bien – à faire entrer son nom dans le *Journal officiel* et les livres de loi. Ce n'était pas la soi-disant humanité, en lui, qui s'exprimait : mais l'ego. L'ego, mesdames et messieurs. On en revient toujours là, hélas : aux fastes de l'ego. Bon. Ce petit préambule terminé – il me semblait indispensable –, nous allons entrer dans le vif du sujet – si j'ose dire ! *(Rires)* Les sévices et les mauvais traitements… Qu'est-ce que c'est que des sévices et des mauvais traitements ? Ce qu'il faut noter d'entrée de jeu, c'est qu'ils sont extrêmement variés. À tel point qu'il est impossible d'en consigner d'exhaustive manière les formes et les instruments. Rien que pour les coups simples, rien que pour les dommages de base, rien que pour les traumatismes élémentaires, la liste est infinie : depuis les coups portés avec les mains, les soufflets, les coups de poing, les coups de pied, de chaussure ou de sabot, la fustigation avec des verges, des baguettes, jusqu'aux coups de bâton, de corde, de fouet, de fourche, d'épines, de pelle, de pincette, on peut rencontrer des contusions faites avec toute espèce d'instruments vulnérants. On voit encore des enfants jetés à terre, tirés en tous sens, pincés, déchirés. Mais ce n'est pas seulement à l'aide de ces, disons, « moyens du bord » qu'il s'agit de maltraiter les enfants. Le principe général consiste à les livrer à des privations en tous genres : défaut de soins, séquestration en des lieux obscurs, en d'étroits cachots – en des placards, en des armoires –, alimentation insuffisante ou grossière, exposition au froid, manque d'exercice – j'en passe et des meilleures, croyez-moi. Quant aux tortures plus poussées et plus élaborées – que nous étudierons également –, elles consistent en brûlures répétées à l'aide de charbons ardents, de fers rougis, de liquides corrosifs, étouffement par l'introduction violente d'une trop importante quantité d'aliments, mutilations, arrachement des cheveux et des oreilles, écrasement des doigts et souillures de toute sorte allant jusqu'à l'ingestion forcée des excréments. Je ne sais, chez vous, à la maison, si c'est le père ou la mère qui produit ces tortures sur l'enfant. Ce que je souhaiterais c'est que vous soyez tous capables, à l'issue de ce stage, de travailler en binôme. Il s'agit de créer une osmose. Je vous veux non seulement complémentaires, mais substituables – même si j'entends bien que chacun d'entre vous ait sa petite marotte. Torturer son enfant doit être aussi le moyen de consolider le tissu familial. La torture est rapprochement. Elle est intimité. Elle est homogénéité. Nous ne sommes point là, en revanche, pour fabriquer des profils types. Nous sommes là pour que chacun d'entre vous puisse trouver son style propre, tracer sa propre voie. Nous n'avons point vocation à former des fonctionnaires de l'ecchymose, nous ne voulons pas d'une ENA de la douleur. L'APEB part du principe que chaque torture infligée est comme une signature, un paraphe. Chacun possède la sienne, chacun possède le sien. Il sera par conséquent inutile, pendant les travaux pratiques notés, de copier sur le voisin, de vouloir imiter la voisine. Ainsi que vous avez sans nul doute pu le pressentir d'après ce que j'ai dit de la diversité des moyens employés pour porter préjudice à l'intégrité physique de vos enfants, les caractères des sévices et les traces qu'ils laissent sur leur corps connaissent une infinie gamme de nuances. Ils offrent toutefois quelques caractères généraux, quelques communes spécificités que l'on retrouvera dans presque tous les cas, ce qui permet l'utilisation de moyens mnémotechniques d'une grande commodité d'usage. (*Un temps*) Vous voyez, chers stagiaires, chers parents, ce qui m'a immédiatement frappé quand je vous ai observés tout à l'heure en train de vous asseoir devant votre plan de travail, c'est la physionomie et l'apparence de vos enfants. Je sais que, parmi vous, certains frappent leurs enfants depuis de nombreuses années – certains sans doute depuis toujours, d'autres encore depuis hier matin peut-être – mais il n'en reste pas moins que votre amateurisme est patent. Le professionnel que je suis s'est immédiatement avisé du dysfonctionnement qui vous caractérise tous autant que vous êtes. Je ne vois pas *un seul* enfant ici qui porte les stigmates de violences dignes de ce nom. Je ne lis *nulle part* sur ces petits corps ce que j'appelle des mauvais traitements, je ne devine *aucune* privation au sens noble du mot *privation* en examinant de loin leur corps. Où est la pâleur ? Où est la maigreur ? Je ne les remarque point. Je ne les constate pas. En est-il *un seul*, parmi cette assemblée de soi-disant martyrs, qui souffre d'étisie ou fasse figure de squelette humain ? Je crains bien que non. J'ai beau le scruter : aucun signe à l'horizon de précoce décrépitude. À peine remarqué-je, au troisième rang, quelque bouffissure. Un éventuel œdème sur le petit garçon du cinquième rang. Et encore. Il faut le dire vite ! Ces visages – excusez-moi – ne respirent pas vraiment la tristesse ! C'est pour cela que vous êtes ici. Pour que ça change. Pour qu'il en aille autrement. Pour fabriquer, de toutes pièces, des êtres timides et craintifs à l'œil éteint, totalement hébétés. De petits êtres à l'intelligence hâtive qui ne s'expriment que par le sombre feu de leurs regards intranquilles. Intranquilles et affolés ! Oh non, on ne me la fait pas, à moi. Je puis d'un seul coup d'œil reconnaître – rien qu'à une lueur dans ses yeux – si j'ai devant moi un enfant à qui l'on porte catégoriquement préjudice. Et là, je n'observe point de ces regards types. Ces regards que je connais si bien. Ces regards qui ne regardent pas vraiment. Ces regards qui ne font que vérifier. Ces regards qui – à la vitesse de la lumière – semblent chercher une issue pour se soustraire aux supplices. Dans cette salle, sous cette belle verrière où passent les chauds rayons du soleil, vous allez réaliser des progrès. Vous allez apprendre un art que vous êtes encore à des années-lumière de maîtriser. Je vais vous enseigner les rudiments de l'ecchymose et de la meurtrissure, de l'excoriation disséminée comme il se doit sur toute la surface du corps – qui en devient joliment marbrée. Les ecchymoses de compétition ! Celles qui attestent la succession des coups, qui siègent fièrement sur le visage, s'affichent avec détermination sur les membres et à la partie postérieure du tronc. Je vais maintenant vous demander d'ouvrir vos cahiers et de prendre des notes. Vous pouvez aussi jeter un œil sur les polycopiés que je vous ai remis et où se trouvent consignées les grandes lignes du cours, le plan général. Les ecchymoses. Nous allons commencer par le commencement, n'est-ce pas ? Alors les ecchymoses. Tout d'abord : leur forme. L'ecchymose – comme le champignon, le trèfle à quatre feuilles, le papillon – possède une forme. La forme de l'ecchymose est souvent significative et a fortement tendance à reproduire, de manière visible, l'empreinte des doigts appliqués ou des ongles, mais également, selon les cas, la marque des clous d'une semelle de soulier, des crampons, des talons de bottines, ou des sabots puisque les sabots, depuis quatre ou cinq ans, grâce à nos amis hippies, reviennent à la mode – ce dont nous ne pouvons que nous féliciter. La plupart des stagiaires, lors des examens, oublient une autre sorte d'ecchymoses, pourtant très répandue : les ecchymoses obtenues par pincements. Elles sont très belles, très agréables à l'œil, formant de petites meurtrissures parfaitement circonscrites, d'aspect ovalaire et de couleur rougeâtre. Les cinglements par lanières engendrent pour leur part de linéaires vergetures, les verges et les étroites baguettes, de doubles sillons bleuâtres tout à fait caractéristiques. Vous devrez apprendre à les identifier au premier coup d'œil. Des blessures d'un autre ordre peuvent se rencontrer bien entendu simultanément sur diverses parties du corps, sans offrir cependant d'aussi spéciaux caractères. Je pense aux plaies de la tête, aux fractures. Aux brûlures, que nous aurons à étudier en détail, brûlures qui deviennent de plus en plus courues, de plus en plus répandues – sans doute le progrès technologique y contribue-t-il pour une très large part –, brûlures produites soit par l'application de pelles ou de fers rougis, de plaques chauffantes, électriques ou à charbon, mais également brûlures obtenues par application de liquides corrosifs, déboucheurs de toilettes ou d'éviers tel le Destop ou tout produit à base d'acide chlorhydrique. Certaines circonstances, très spécifiques, sont de nature à laisser des traces aisément identifiables. Les mauvais traitements consistent généralement à attacher les enfants soit par les mains, soit par le milieu du corps, soit par le cou, à les maintenir assis par terre ou sur des escabeaux, à les enfermer dans d'étroits espaces, caveaux, niches, grandes boîtes, où ils ne peuvent rester que dans les positions les plus incommodes et les plus gênantes – nous allons le découvrir dans quelques instants grâce aux cages disposées devant vous – et qui – je le remarque depuis tout à l'heure – ne laissent pas d'intriguer bon nombre d'entre vous. Dans le cas de l'attache, les liens laissent une empreinte plus ou moins profonde. Dans le cas du maintien en d'inconfortables configurations de la géométrie du corps, on note des déformations persistantes du squelette qui choquent souvent les esprits bien-pensants. Je vous rassure : contrairement – là encore – à une idée reçue, la mort n'est pas très souvent au rendez-vous. À l'APEB, nous ne détestons rien tant que la mort, les décès, les trépas, ce genre de choses excessivement définitives. Qu'est-ce qui produit la mort ? Des violences isolées. Non encadrées. Des abus comme la fracture du crâne, la luxation des vertèbres cervicales par une subite distension du cou. La suffocation par ingestion forcée d'aliments. Je ne vais pas jouer les oies blanches : nous avons vu ici, en ces locaux, durant ces stages accélérés de mise à niveau, des enfants mourir sous la main qui les avait frappés – ce, sans la moindre blessure qui fût nécessairement mortelle. Cela arrive dans le cas des flagellations trop prolongées. Une flagellation se dose tant en qualité qu'en quantité. C'est un savoir-faire. Il n'est pas rare de ne trouver aucune lésion caractéristique dans les organes pouvant rendre compte du décès. Celui-ci n'est alors très probablement que le résultat de l'ébranlement nerveux, peut-être de la douleur produite par des coups par trop violents et nombreux dont on retrouve alors sur le corps les traces multiples et profondes. Il arrive de constater, surtout chez les tout-petits soumis à des sévices graves et réussis, accomplis, soignés, aboutis, quelques altérations du côté de l'encéphale. On remarque des épanchements de sang à la surface du cerveau, déterminés par les coups portés sur le corps et sur la tête. Ce qu'il faut viser, ce n'est point la mort, mais la faiblesse générale, le maximum de faiblesse, une sorte de faiblesse absolue, de point critique, de seuil. Je ne vous demande pas de laisser dans ces locaux des cadavres décharnés. Le sceau du martyre est un flambeau qui se brandit vivant ! Nous sommes là pour user des vies. Pour laminer des destins commençants. Pour abîmer, traumatiser de balbutiantes biographies. Des biographies que de nombreux psychologues, et autres lacaniens charlatans – je ne parle même pas de la sale race des pédiatres, eux aussi de grands ennemis –, veulent nous vendre comme étant quelque chose de rare et de formidable ! Pour eux, pour ces méticuleux amoureux de l'enfance, pour toute cette racaille émue aux larmes par chaque minipet de chaque marmot – flatulences qu'ils n'hésitent jamais à comparer aux chefs-d'œuvre de Bartók ou de Stravinsky –, les humains en bas âge sont présentés comme autant des génies. Il faudrait s'émerveiller devant leurs foireux scribouillis pleins de difformes papas, de disproportionnées mamans et de maisons de travers avec des gros soleils à rayons pas droits comme s'il s'agissait d'une œuvre de Picasso ou du Rosso Fiorentino ! « Vous avez vu ça, ô mon Dieu ! Ils ont des jambes ! Oh ! Et regardez encore, regardez mieux ! De ces jambes, ils se servent… pour marcher ! Sortez l'appareil photo ! Vite ! » Je suis désolé : la marche n'est pas plus difficile à un enfant qu'à un adulte. Simplement, l'adulte en a oublié la difficulté. Je ne puis personnellement m'émerveiller, comme – disait Confucius – s'émerveillent les sages, sur les choses ordinaires. Je ne puis personnellement m'émerveiller que sur les choses extraordinaires. Un enfant qui marche, un mioche qui se saisit d'un objet – qui plus est pour le laisser choir à la seconde qui suit et le fracasser – ne sont point à mes yeux des sujets d'extase. Ils forcent au contraire mon plus grand mépris. Les enfants sont puceaux du monde et de sa complexité. Et je devrais m'immoler devant de tels puceaux ? Ces petits êtres, dans la société invertie qui les invite à se croire les rois, s'imaginent toute la journée sainte qu'ils nous sont supérieurs. C'est cet inexcusable mépris que nous chercherons – tous ensemble – à leur faire ravaler. Sans haine, je le redis. Mais avec fermeté. Les enfants sont des enfants gâtés. Qu'est-il, sur cette basse terre inondée de larmes, de plus difficile, de plus douloureux, que de mener une vie d'adulte, quand guettent à chaque commencement de chaque journée les spectres du célibat, du chômage et de la maladie, de la faillite et de la mélancolie, de la perte de libido et des balbutiements de la décrépitude physique, de la peur de l'engagement, de celle du cocufiage, de la solitude – de la dépression ? A-t-on jamais entendu parler d'un enfant de 4 ans incessamment soumis à la tentation du suicide ? Quand ces petits-là se blessent, c'est toujours involontairement – particularité que l'APEB s'emploie, depuis sa création, à rectifier de toutes ses forces. Les enfants ne sont jamais seuls : ce sont des êtres entourés, encadrés, pris en charge. Faudrait-il en plus que nous les admirions ? Que nous les admirions pour *cela* ? Que nous dressions leur monument pour les féliciter de ne connaître jamais ni les affres du chagrin d'amour ni les tourments du licenciement économique ? D'autant qu'ils n'ont rien à nous dire, rien à nous apporter. « De l'amour », répondent les ébaubies naïves mères, mais doit-on appeler « amour » ce qu'une partie de nous-même nous renvoie ? Plus proche du boomerang que du sentiment. Sans compter que cette forme de soi-disant « amour » n'est qu'une invention de la nature, une béquille, conçue pour aider à la réplication de nos gènes… Que l'on ne vienne pas nous chanter l'innocence de ces chérubins : ce sont de véritables démons. Nul plus qu'un enfant n'est réceptif à la tentation de la malveillance. De la méchanceté. De la cruauté. Si ce n'est vous, à présent. Si ce n'est nous. La capacité de l'enfant à faire du mal – en intention, à son échelle – a toujours été supérieure à celle des adultes. Notre vocation est d'inverser ce processus. Mais à malin, malin et demi. À démon – mes gaillards – démon et demi ! N'oubliez jamais – si par hasard un jour votre main venait à trembler devant le sévice qui s'impose, si par mégarde votre bras venait à hésiter lors d'une quelconque attribution d'hématomes – que si les enfants vivaient dans des corps d'adultes, avec des capacités physiques et des forces d'adultes, ils nous massacreraient, ils nous lamineraient, ils nous jetteraient vivants dans des marmites d'huile bouillante, ils nous défenestreraient, ils nous lapideraient : regardez donc les traitements qu'ils réservent aux animaux ! Il ne s'agit point pour nous de venger ces animaux – cela n'aurait aucun sens – mais de rectifier un déséquilibre qui ne nous semble pas satisfaisant. Imaginez que vous soyez dans un radeau avec votre bébé, et qu'un seul doive survivre. Immédiatement, vous vous sacrifierez. Eh bien sachez que, tout aussi immédiatement, s'il en possédait la force physique, mécanique, votre enfant vous balancerait par-dessus bord. Cela donne – n'est-ce pas – à réfléchir. Que croyez-vous ? Que les enfants sont les brouillons des adultes qu'ils deviendront ? C'est tout l'inverse ! Ils sont beaucoup plus aboutis que nous. Plus accomplis. Ce sont nous les brouillons. Nous qui nous affaissons, nous abîmons, nous dégradons quand eux sont frais, neufs, en parfait état de marche. L'enfant est l'aboutissement de l'adulte, non l'inverse. Il est la fin de la vie, non son début. C'est le vieillard qui est balbutiement, hésitation, grossier canevas, tandis que chez le tout-petit tout est en ordre, au maximum de ses capacités, tout est en rendement maximal : les articulations, les connexions entre neurones, les neurotransmetteurs, le transport du sang dans les veines, le développement cellulaire, le pancréas, l'épithélium, les synapses, la métabolisation des graisses, le taux d'albumine, les hormones, et le nombre de globules blancs, tout est en optimal fonctionnement. Pas un gramme de cholestérol ! Ils sont plus forts que nous. Plus subtils, plus souples. Plus fins, plus puissants. Ils sont rapides, nous sommes lents. Les protoplasmes, c'est nous ! Dussions-nous choper un seul des virus qui simplement les grattouillent, que nous serions aussitôt terrassés, aussitôt morts ! Ils sont plus forts que nous mais ce n'est point une raison pour nous avouer vaincus. Ce ne sont pas les adultes qui donnent naissance à l'enfant, mais les enfants qui donnent naissance à l'adulte. Si nous les battons comme tapis, c'est bien parce que ce sont *eux* qui nous dominent et que cette domination, ce fascisme, nous ne l'acceptons pas. *(Un temps)* Monsieur, là-bas, au dernier rang, ne me regardez pas comme ça ! Oui, les bébés sont des gens qui – s'ils le pouvaient techniquement – battraient leur femme, déporteraient les gros, découperaient les trisomiques en rondelles, interdiraient le droit de vote, mettraient le feu à toutes les bibliothèques du monde. Ne les prenez pas pour plus arriérés qu'ils ne sont ! Vous commettriez là une profonde erreur d'appréciation. De récents tests, menés avec une grande rigueur, ont prouvé que les nouveau-nés et les toutpetits se représentent lumineusement bien les catégories de l'environnement physique et de l'environnement social, et qu'ils maîtrisent à notre insu des informations que nul ne leur a jamais sciemment communiquées.

2

— Voyez-vous, ce que je veux enseigner à ces enfants martyrisés – qui bientôt le seront plus et surtout mieux –, c'est la solitude. Et le premier monde, au monde, dans lequel on éprouve la plus complète, la plus totale des solitudes, c'est le corps. C'est son propre corps. Les coups nous enferment dans notre corps. La douleur donne des murs au corps. Plus on souffre, moins on peut partir en vacances, loin de notre corps. Les coups nous ramènent infiniment à lui, *en* lui. On ne peut plus s'évader de soi quand les cinglements de la triple verge nous cuisent l'épiderme, ou les brûlures du cigarillo. On devient alors son propre horizon. Son propre ciel. Sa propre impasse. Son propre huis clos. L'enfant – du moins quand il est frappé, battu comme je l'entends – devient incapable d'ouvrir les fenêtres de son intelligence, de son âme, de son cœur, le monde extérieur lui est *inaccessible*. Il a les volets clos, enfermé dans l'obscurité de ce qui lance et cuit, élance et picote. Même la pensée retombe sur elle-même, abrutie d'apesanteur, croulant sous sa propre masse, incapable de s'alléger, de se renouveler, de trouver un abri autre que ce corps de souffrance, incapable d'aller voir *ailleurs*. Un enfant martyr ne voyage pas : ni par le corps, ni par la pensée. Ni par la biologie, ni par la poésie. Que vous l'enfermiez dans vos placards, très bien : je n'y vois personnellement aucun inconvénient, bien au contraire ! Sachez simplement, sachez seulement que, ce faisant, vous ne faites rien d'autre que d'entériner un enfermement qui enferme déjà. Vous enfermez au carré. Vous emprisonnez un prisonnier. Vous êtes tautologique. Même devant la mer, sous les cocotiers, sous le ciel bleu d'une île au sable jaune et fin, votre enfant n'aurait dans la peau que des lueurs de placard, des sensations d'armoire : il ne verrait rien d'autre que sa douleur, un effroi noir et galactique, parfaitement infini et borné, refermé en boucles et vrilles jusqu'aux confins d'un étriqué nombril, origine d'une diffusion maligne, noyau d'une douleur répandue, transmise à chaque parcelle de chair qu'il maintient sur son enclos corps. Par le martyre, nous allons apprendre à votre enfant à combattre la modernité ambiante : nous allons lui offrir un aller-retour moi-moi. Et sans qu'il ait besoin de se déplacer. « La solitude, disait Levinas – mais l'avez-vous lu ? mais le connaissez-vous seulement ? –, n'est pas la privation d'une collectivité de semblables – mais le retour fatal de moi à soi. » Il ajoutait : « Être seul, c'est être son identité. » Isolement ? Pas seulement : solitude, *absolue*. Se fondre en soi, ne faire plus qu'un. Se coïncider !

3

Bonjour, dit la douleur, je suis la douleur. Je travaille de concert avec la cruauté des parents. Je ne suis pas n'importe quelle douleur. Je suis la douleur enfantine, je suis la douleur infantile. On me confond souvent avec la douleur des hommes, avec la douleur des adultes, des hommes adultes. Nous n'avons, elle et moi, rien à voir, nous n'avons rien à faire ensemble. Une séparation de béton, une coupure métaphysique nous isole l'une de l'autre. Certes, la chanson semble bien être une version adulte de la comptine. Il est possible également– je n'en suis point tout à fait sûre – que le roman soit la continuité – pour ceux qui ont grandi, pour ceux qui sont passés de l'enfance à l'âge adulte – des contes, des petites histoires lues à l'école, des historiettes lues par maman avant de s'endormir. Mais la douleur adulte n'est pas mon successeur, elle ne me *continue* pas. Elle n'est pas quelque chose qui me survit, qui prend je ne sais quel relais, quel témoin dans une course où je ne concours pas. Ma fierté, ma particularité, c'est d'être seule. D'être isolée. De n'être circonscrite qu'à moi-même. Il n'y a rien avant moi et rien après. Je commence avec moi-même, je m'achève avec moi-même. Je ne me transmets pas. Je suis bornée, avec un commencement bien nettement commencé, une fin bien clairement achevée. Je ne supporte pas qu'on fasse de moi une étape, une transition, un intermédiaire bazar. Je ne suis point maillon de chaîne. Je ne suis point touriste. La douleur adulte fait partie intégrante de la situation d'être adulte, d'être un adulte, d'avoir voulu devenir un adulte. La douleur adulte est normale : maladies, guerres, combats, rixes. On s'y prépare, on la connaît. Tandis que moi – la douleur enfantine –, je suis un scandale. Je suis scandaleuse. Beaucoup plus, nettement plus scandaleuse que ma collègue la souffrance. La souffrance est plus intellectuelle que moi – je n'ai rien contre elle, nous nous apprécions et nous rencontrons souvent, c'est une amie –, elle est plus profonde, elle est plus complexe. Moi je suis ce que je suis. Je ne cherche pas à réfléchir. Mais j'ai ma profondeur. Je possède mon infini. Mes bolges, mes couches et sous-couches. Je possède mes ramifications, ma densité, mes éclaircies, mes retours de flamme, ma complexité, mes niches, mes girons, mes creux et recreux, mes sillons, mes vertiges, mes étonnements, mes figures de style, mes jaillissements, mes surprises, mes finesses. Je sais travailler dans les coins, recoins. Je parviens à millimétriquement étonner, ou gigantesquement au contraire. Je suis créatrice de sensations qu'on ne connaissait pas. Je trace des voyages inconnus souvent dedans le corps, je fais voyager le corps dans lui-même et par lui-même, à partir de lui-même. Jusqu'au bout de lui-même. Il court sur place. Je lui fais accomplir des loopings et acrobaties. Des saltos, compliqués plongeons, torsades, choses en torche, tourbillons. Le corps au cirque du corps. Le mur du son du corps, franchi par le corps qui se scinde en mille préoccupations de disséminées douleurs, le corps multiplié par moi, la douleur, mille petits morceaux de corps en satellites de douleurs autour du socle du corps molesté, fouetté. Ou bien la douleur infiniment concentrée en un point de cosmos unique et dense, un corps maximal et ramassé, sans division, un corps un, un corps réceptacle et universel qui pourrait n'être qu'une tête d'épingle, tellement ce corps a mal en un endroit de lui si précis, si ponctuel, si résumé, si délimité. Je suis l'enfantine douleur : je suis *inacceptable.* Parce que l'enfant – et le petit corps qui lui est attribué – n'existe pas pour qu'on lui administre mon être, ma façon, ma manière. Je ne suis point l'ennemie de l'enfant. Ce sont les parents qui m'envoient. Je ne suis qu'une infusion. Brute et brutale, qui se répand, obéissante, insinuante, insinuée. Ce corps m'accepte, je coule en lui, dans la jointure brûlée des articulations, dans ses chairs cuites et violacées, au gré des appareillages malmenés détruits de l'enfant devenu son corps, de l'enfant-corps qui plus jamais ne pourra devenir adulte, puisqu'il l'est déjà, mais l'est déjà sans en être un, l'est déjà sous une forme morte et anéantie. J'entre-pénètre dans la fabrication de l'enfant, que je stoppe et freine. Je fonce et glisse dans l'enfant. Un coup de fouet, à la manière d'une seringue, une cigarette qu'on écrase sur sa pupille, un petit bras qu'on lui casse net dans un claquement de bois sec, et je suis dedans, à l'intérieur de lui, poursuivant sa peau, longeant ses corniches osseuses et suçant nerfs, suçant ligaments. Je fais mon métier, je slalome. Je nage, frotté d'aiguilles. Je suis son hérisson, son feu, sa lame. Je me gonfle d'épines dans son étroite carcasse, je veux que le petit enfant chute dans la nuit des temps de son corps, rejoigne la préhistoire de ses épidermes et de son artère. Je marque l'arrêt – c'est pour mieux repartir. Je m'élance. Je suis mon propre tremplin. Installée dans l'enfant, je joue les éternelles. Qu'est-ce qui pourrait m'en faire partir ? Qui viendrait me chercher ? Qui pourrait m'en expulser ? Les coups continuent de pleuvoir, ils m'augmentent, ils m'entretiennent, ils m'actualisent, ils m'appuient.

Aussitôt qu'ils comprennent que je m'émousse, ils sont là, ils viennent à ma rescousse. Mon travail n'est pas strictement manuel. Je suis moins philosophique, moins métaphysique que ma consœur la souffrance – qui, je le dis gentiment, ne serait rien sans moi –, mais les dégâts que j'occasionne le sont. Je ne fais *jamais* de plan. J'improvise sans cesse. Je fais des lacets, je me love. Je ne méprise aucune zone. Je ne cherche jamais à épuiser d'un seul coup toutes mes ressources, mais j'aime explorer le corps, le faire lui-même s'explorer. Lui faire découvrir quelles possibilités, quels trésors de douleur il recèle, qu'il ignorait, qu'il ne pouvait imaginer. Je suis ferme, je suis tenace. Je suis là. Bien là. Je suis stable. Je suis coriace. Je suis gymnaste. Je suis têtue. Je suis fluide et je suis feu. Je suis lave. Je suis tisons. J'aime disparaître dès qu'on me situe. Je suis toujours déjà ailleurs. En même temps que je coule de source, je ne cesse de surprendre et d'étonner. Je suis sauvage. On ne m'apprivoise pas. À moi, l'on ne s'habitue pas. On ne s'accoutume jamais. Je suis fuyante. Fugace et aussi présente pourtant qu'une griffure sur le marbre. Quel mystère je fais. Je suis une drôle de fille. Je suis invisible. Je suis partout. Je suis garce. Mes contributions sont lancinantes. On ne peut pas dire que je sois intelligente : quand je suis là, je ne me pose plus de questions. Je puis être raffinée. Très élaborée. Intermittente, constante. Toutes les panoplies me plaisent. Perpétuel avatar. Mais je sais bourdonner aux mêmes basses, sans arrêt. Je sais transformer les secondes, les minutes en siècles, en millénaires. Je suis toujours une fin en soi. Quand je me dissipe, je reste en buée dedans l'enfant. Il est abruti l'enfant, il semble revenir de Perse, de Mésopotamie, de Saturne. Semble établi dans une temporalité autre, installé sur une impensable géographie. J'opère un gouffre dans l'événement du temps. Quand les coups recommencent, je ne me sens plus moi-même, je ne réponds plus, je suis comme éteinte, assourdie, je n'ai plus de voix, je suis muette. Il s'agit d'attendre mon émoussement, mon total évanouissement, pour que je revienne propager ma guerre, faisant changer les couleurs de l'enfant, m'abriter sous ses lividités, fleurir sous ses sugillations, en flux reflux. Moi, la douleur enfantine, je suis un chant, une mélopée d'orties. Je traverse l'enfant, je le bois. Je l'habille par-dessous. Je le masque de parfaites grimaces, je le secoue, il porte ma gloire et mon passage en stigmates. Il ne peut me penser. Je suis trop innombrable en lui, je suis trop *là*, je suis trop lui. Nous ne formons plus qu'un, lui et moi et moi et lui, quand sa biologie cesse d'être matière pour devenir la tenaille et la pince, le noir crochet d'une sensation. Je vois son corps s'agenouiller dans un corps plus grand que le corps. Je sens son corps dépasser son corps, il se prolonge dans un avenir de corps, où de nouvelles propositions de douleur l'attendent, le poursuivent. Je me déploie dans l'en-fant, dans toutes les directions, isotrope, je monte au ciel de l'enfant, d'étincelles je l'emplis : il décolle dedans lui, mugis-sant, en orbite de lui-même, loin de ce qu'il est quand il n'a pas mal. Je deviens folle en lui. Je crache-fonce, je l'humilie. Je le dévore, il est mon restaurant, mon terrain de jeu, il m'est stade et piscine et piste, vélodrome, je le raye, il m'est pati-noire. Je le sais-sens qui gerce, qui claque oh des dents. J'embellis à vue d'œil, je ne démissionne pas. Je recommence, sans rature possible, des zigzags multicolores. Je suis oblongue, je suis pointue. Dedans je m'étire. J'emplis l'espace en gaz. Furtive telle une ardeur. Je distribue gel neige, Vésuve et températures. Je distribue des boules de soleil. Elles roulent-déboulent, rouge tison. Je peigne. J'étale ma ronce. J'obtiens d'immenses succès dans ce fils, dans cette petite fille. Je prends mon essor, je déplie mes membres excessifs. Je suis graduelle, je suis exponentielle. Je suis parallèle, je suis perpendiculaire. Je suis ma voie. Je suis une investiga-tion. Je me développe. Je suis considérable. Je suis verte, jaune, orange, bleue, violette, noire, blanche. Je suis couleur et pression, je suis temps, je suis espace. J'établis des connexions alentour des orifices et des tendons et des nerfs et des os, multiples et variées avec moi-même. Je suis au four et au moulin, je me dirige vers chaque étage en même temps. Je suis une foule de moi. Une accumulation de moi. Une accélération de moi.

4

Les parents étaient venus au stage accompagnés de l'enfant à battre. Premier couple : M. et Mme Chrétien (Juri Chrétien et Françoise Chrétien, née Grand-Avril). Leur fils Théodore-John avait 8 ans et 3 mois. Il était en classe de CM1. C'était un tarabiscoté petit être, au cheveu fin, composé de vergetures, et qui semblait dans un état de décomposition. Des taches bleuâtres affectaient son visage qui semblait greffé. On eût dit qu'il n'avait pas de nez – son nez devait vraisemblablement pousser à l'intérieur. Théodore-John était un enfant qui coagulait. Théodore-John était un enfant qui macérait. Un petit être de contusion, un *petit bonhomme* d'excoriation. Depuis qu'il était sur terre, il avait emmagasiné un nombre important de chocs. Il ignorait que ce n'était point terminé : c'était même le début. Cela n'avait été pour l'instant qu'une initiation, qu'une récréation. Qu'une introduction !

— Nous nous sommes inscrits à ce stage parce que nous sommes des parents perfectionnistes. Nous voulons ce qu'il y a de pire pour Théodore-John. Nous sommes des gens de la campagne. Nous possédons un tracteur. Nous habitons Saint-Jean-de-Braye. Avec ce tracteur, nous tractons notre fils après l'avoir attaché. Nous le trimbalons dans les sillons, il se cogne et griffe aux pierres. Le bitume des routes le racle. Nous sommes des parents tractifs. Si vous avez la curiosité de regarder le flanc de « Théojo » : on dirait un flan. Aux cerises. Nous le tractons et provoquons sur lui des plaies, des déchirures.

Deuxième couple : M. et Mme Zawart (Riboulé Zawart et Edmonda Zawart, née Monod). De Fleury-les-Aubrais. Leur fils Crispolino avait 9 ans et demi. Il était en classe de CM2. Il était meurtri d'ecchymoses intermusculaires. Des caillots rougeâtres et des petits lacs de sang spumeux remplissaient ses bronches. Son corps, si pâle, donnait l'impression d'avoir été vidé de son sang.

— Nous sommes heureux de participer à ce stage, parce que nous sommes bien conscients que nous avons des progrès à faire. Nous n'avons pas la science infuse. Nous sommes là pour apprendre. Bien sûr, nous avons des prédispositions. Nous n'avons pas commencé à martyriser Crispolino hier matin. *(Rires)* Nous apprécions particulièrement les supplices à base d'eau. Il faut dire que nous sommes une famille de plombiers. L'eau est un élément simple et naturel, et qui réserve des tas de mauvaises surprises à l'enfant et des tas de bonnes aux parents. Nous rêvons souvent, la nuit, que Crispolino se putréfie dans l'eau. Nous rêvons que des rats, des chats, des furets, des porcs viennent bouffer à pleine gueule le cadavre bouffi d'eau de notre fils de merde.

Troisième couple : M. et Mme Polinpinson (Christian Polinpinson et Christiane Polinpinson, née Catazou de Glozy). De Châlette-sur-Loing. Leur fille Euridice avait 9 ans et 9 mois. Elle était en classe de CM1. Une fillette blême et décolorée, fracturée de toutes parts : extrémités osseuses brisées, infiltrées de sang pâle. Lèvres tuméfiées : touche artistique et bleutée, qui contrastait avec le reste si cire, si cierge, si linceul.

— À Châlette, nos voisins d'en face battaient leur fils de 10 ans, un épouvantable individu. Ils l'ont maltraité de telle manière que l'enfant a fini par décéder. Voulant éviter cet écueil, nous avons pris la décision de suivre cette formation. Notre péché mignon, c'est de précipiter la petite d'une hauteur. Falaise, toit, tout ce qui surplombe, tout ce qui se situe très au-delà du niveau de la mer. Nous sommes fort friands d'écrasement. Certaines nuits nous ne parvenons point à dormir : nous nous réveillons pour lancer notre fille depuis la fenêtre de sa jeune chambrette, du deuxième étage de notre maison de crépi jaune. Nous voudrions que – pour tout le reste de la drôle de vie composée des drôles de jours qui l'attendent – elle soit totalement incapable de penser, de développer une idée, d'amorcer un raisonnement. C'est une fillette de chutes, de Chute, une petite camusienne, dont les bras se recollent-resoudent toujours, finissent par, le pis étant que quand même oui elle nous aime, elle se croie à l'abri dans l'horreur hi hi, elle se terre dans l'irréparable, elle demande du réconfort parmi les tourbillons. Du moins n'a-t-elle plus le vertige – jamais. Elle fait peur au vide. Ce n'est plus vraiment notre fille. C'est une associée. C'est un compagnon de route. Le petit sourd mou bruit que fait son corps-choc quand il gifle le bitume. Son poids sa masse, ses craquèlements de brisée biscotte. Et puis. Elle ne crie même plus. Elle gobe trois mouches, éberluée à peine. Elle pourrait presque se passer de nous. Elle pourrait se lever seule, sans nous déranger, laisser dormir papamamanpapa, ouvrir sa fenêtre sans bruit, rideaux au vent claquent en voiles, bruits faufilés des bêtes provinciales, mécaniquement sauter, mécaniquement chuter, accélérer dans la direction du sol de la terre, comme une machine à se faire mal, s'aplatir comme il est inscrit dans l'ordre des choses, dans les newtoniens manuels. Nous ne la menaçons jamais. Simplement, nous allons la chercher. Nous la réveillons. Nous lui adressons un doux sourire. Elle comprend, elle obéit, se jette, nous allons la ramasser comme le bout de noueux bâton d'un vieil épagneul qui ne joue que pour ne pas faire de peine à ses maîtres. Et puis. Elle se recouche, le coude fissuré, la plupart des avant-bras brisés, la plupart des jambes absolument cassées. Le lendemain, nous recommençons. Le week-end, plus notoirement les dimanches, nous partons en quête d'un lieu élevé que nous ne connaissions pas. Nous n'en trouvons pas toujours. Nous vivons dans une plate région. Nous essayons d'autres modes d'écrasements. Là encore, Euridice commence à jouir de son autonomie. C'est elle qui nous désigne, à présent, sans joie mais sans lamentation, sans rire et sans pleur et sans rien du tout, la lourde masse en bord de route, la voiture qui pourrait lui passer dessus. On ne voit jamais ses lésions. Il n'y a point de trace extérieure. *Jamais.* Elle a la lésion discrète, sous-jacente, souterraine. Elle a l'hématome intime. Une roue de tracteur, de grue, de camion, de camionnette – exemple : la camionnette de notre gentil ami le laitier, si rigolodrôle avec sa casquette – peut lui passer-repasser sur la poitrine, sur le ventre, sans que sa peau de fillette, sans que sa peau fillette en conserve la plus minuscule empreinte. Les dégâts sont intérieurs. De profondes lésions attestent la violence de la cause vulnérante. Les muscles sous-jacents peuvent être broyés et remplis du sang épanché. Les viscères sont le siège de déchirures multiples. Euridice est un être d'aplatissement, un être de crêpe, une surfine nymphe. Si l'on repasse plusieurs fois dessus, elle s'étend davantage, elle devient plus large encore, beaucoup plus plane. Nous pouvons inverser le tir : l'encastrer au plafond, qu'elle s'y écrase comme une petite mouche bleue. C'est toujours de la chute, tout ça. À l'envers mais de la chute. Ce qui compte-importe, c'est le *planus*. La réduction en Blédine de ses petits gentils os.

Nous sommes gens d'écrasements :
Notre fillette est bien tombée ;
Sous des poids qui sont très pesants
Les deux poumons sont déchirés.

Vivent précipitations
Et les divers piétinements ;

Asphyxies, suffocation
S'ajoutent à des épanchements.

Précipices, falaises, monts,
Faîtes, cimes et greniers ;
Lâché des hauteurs du piton :
Un petit corps accéléré.

Le foie et la rate rompus,
Annoncent une hémorragie ;
Nous notons chez l'individu :
Forme rare de pneumonie.

Légion du cœur se mâtine
D'une ecchymose sous-pleurale ;
Reçois béton sur ta poitrine
Bouquets de lésions locales !

Nous sommes gens d'hémoptysies,
De péricarde détaché ;
Vocation de l'aplati
Dépend de l'art du projeter.

Nous fabriquons de l'accident
Les contusions sur le rein ;
Voici la main de notre enfant
Découpée par la roue du train.

Fracture de l'épine dorsale :
Notre Euridice fut lancée
Contre un cyprès par un cheval
Lors d'un galop exagéré.

Contraints aux mutilations,
Nous amputons parfois le pied ;

Curieux de gravitations,
Nous catapultons des sommets.

Notre petite se fissure :
Côtes, bassin sont lézardés ;
Il lui faut cent points de suture
Avant qu'elle n'aille s'amuser.

Nous goûtons les paralysies,
Nous catapultons les bébés ;
Les éventrations, hernies
Nous sont comme un second métier.

Quatrième couple : M. et Mme Rouche (Loup Rouche et Émelinore Rouche, née Beaussant-Béchu). De Fay-aux-Loges. Leur fils Mauriçon avait 11 ans. Il était en classe de CM1 (deux ans de retard dans sa scolarité) : contusions plus ou moins (plutôt plus que moins) profondes, plaies multiples, fractures comminutives, nombreuses blessures sur les membres inférieurs. Aux lésions de Mauriçon s'ajoutait de la commotion ; il suintait la fièvre. Il était secoué de tics et trahissait de tout son être craintif et tremblotant des troubles nerveux étonnants et variés.

— Oh, il se plaint sans arrêt ! De soi-disant douleurs de tête, de vertiges, d'étouffements. Ce qui est vrai c'est qu'il a des pertes de mémoire. Il y a un côté de son visage qui se paralyse. Nous avons voulu, par ce stage, lui montrer qu'il n'était pas le seul enfant dans ce cas-là. Que nous pouvions aller plus loin encore dans le maniement burlesque de son biologique corps en croissance.

5

Ce qui chagrinait mes parents, c'était l'aspect « phénomène de mode » qui semblait menacer l'activité en question (tabasser à mort des êtres sans défense, creuser des sillons en eux).

— Je n'aime personnellement que les mouvements de démode, avait déclaré mon père à Marc-Astolphe Oh le mercredi 21 janvier 1976 à 19 heures et 43 minutes. Tout le monde aujourd'hui veut aliéner son chiard ! Il y a la queue aux martinets. Je n'aime pas les martyres de circonstance. Je n'aime pas la pose. Je n'aime pas la frime. Je n'aime pas l'inconstance. Tous ces malhonnêtes et ces dandies qui trucident leurs enfants pour se donner une contenance, pour faire les malins, pour faire comme tout le monde ! Pour se donner bonne mauvaise conscience ! Qui ne comprendront jamais le pourquoi du comment. Je n'aime pas les vogues. Les bourreaux artificiels, la massification des sévices. Il faut que cela reste une chose entre adultes avertis et enfants non consentants. Ne *jamais* demander son avis, ses préférences à un enfant. J'ai entendu dire qu'à Paris, dans le quartier de Saint-Germain, chez Castel je crois, étaient organisées des soirées enfants martyrs… Tous les mardis soir. C'est inadmissible. Surtout qu'on y demande aux enfants quel supplice ils veulent ou ne veulent pas. Cela me révulse. Les enfants n'ont pas d'avis. Ils n'ont rien. Ils n'ont que des parents, voilà ce qu'ils ont. Qu'est-ce qui fait l'Histoire ? Hein ? Qu'est-ce qui fait l'Histoire cher Marc-Astolphe, je vous le demande ? Les parents ou les enfants ? Qui a fait Chopin ? Est-ce Chopin ou le père de Chopin ? Il me semble bien que celui qui a fait Chopin n'était pas Chopin mais le père de Chopin. Et Himmler ? Himmler se sera-t-il mis au monde tout seul, posé sur la terre par quelque nuée ? Je ne crois pas. Il est terminé, très cher ami et voisin, le temps où l'on oubliait les parents au profit des enfants, enfants qui n'ont fait que naître. Pendant que nous, les oubliés de l'Histoire, nous cassions la nénette à les concevoir. À prendre sur nos heures de sommeil pour les fabriquer. Multipliant les positions, rivalisant de caresses, surveillant nos attitudes, calculant nos secousses. Pris dans une cascade de géométries lubriques, souvent forcées, souvent tirées par les cheveux, pour les mettre au monde. Les matins où nous eussions tant voulu dormir et où, tel le Poilu sur les chemins de son aube, nous prîmes à deux mains notre courage, et notre pénis exténué entre ces deux mêmes mains, pour immiscer notre chair supposément paternelle dans une chair toute lasse et remuante d'odeurs de morte glume. Toutes ces nuitées interrompues, ces grimaces dans l'hiver, à sécréter des salives et les nécessaires enzymes, à stimuler les hypophyses par tous les inlassables et continus léchages, bouffages d'asticots, frottages de mandibules et secouages de zézette. Spermatage de chaque alentour. Et les changements de gymnastiques : missionnaire par-ci, levrette par-là. Je n'ai rien contre les pirouettes biologiques : j'avoue que, comme vous cher Astolphe, je suis un malade des saletés. Mais ce que je déteste, c'est qu'elles soient ciblées, qu'elles soient corrélées à quelque résultat que ce soit. Je n'aime le sexe que dans sa gratuité. Je ne supporte pas d'infliger à mon corps les calculs de mon cerveau.

— C'est mirifiquement sur-bien dit, avait dansé Marc-Astolphe. Je vous reçois dix sur cinq. Je ne puis, non plus, jouer du piston avec un manuel de démographie sur l'édredon. J'aime que ma séminale peinture intime aille badigeonner les grands plafonds du néant, moucheter la toile infinie du total Tout, ajoutant quelques étoiles aux galactiques multitudes. Dieu me préserve d'injecter, dans ces cavités où vient sonner ma foudre, de quoi concocter un nain. Il n'y a point marqué « notice » sur l'ébaubi front de mon gland. L'invisible République des probabilités m'a pour l'instant classé dans la catégorie des invalides et des sans-papiers : je fus toujours épargné – je croise les doigts et les bagues de mes doigts – par ces catastrophes du hasard souvent sanctionnées par une réaction physiologique à caractère natalisant. Sans doute – je le confesse – existe-t-il de par le mondial monde quelques Astolphes juniors, mais qui resteront, jusqu'à la mort de toutes les lumières, non homologués. Mettrais-je au monde chaque fois, qu'ils formeraient une envahissante nation ! Je n'ai point systématiquement recours à cette imagination qui consiste à décorer l'ogive de ma fusée d'un capuchon d'outre-Manche. Le propre de l'élite, au club des Casanovas, est d'adjoindre à la célérité le risque. Je ne domine aucun instinct, et pourtant la nature laisse mes avenirs en paix, ne menaçant mon horizon d'aucun petit d'homme à signer de mon nom à peine sorti des rotatives d'une femme. Une explication serait – d'après tous les médecins – cette puissance de mon sperme crevant la matière de l'ovule. C'est un vrai karaté dans leurs entrailles ! Celui que je ferai vraiment naître, naître de mon gré très plein, de mon gré à ras bord, abolira dès son natal cri tout ce qu'on pensait alors savoir sur l'être humain. Il commencera d'écraser le monde à l'âge de zéro an. Le pays reconnaîtra ses divers pouvoirs et autres ébranlantes dispositions quand il soufflera deux bougies. Polytechnique le dispensera de concours à 7 ans, Centrale lui ouvrira ses portes le jour de sa communion. On dira : « Voici Oh fils, fruit des spermatogenèses occasionnées, voulues, entérinées par l'irremplaçable Oh père. » On dira : « Oh fils perpétue, comme Abbassides, Omeyyades ou Ming, la sacrée dynastie commencée par Oh père. » On dira : « On reconnaît clairement dans ce contenant neuf qu'est Oh fils l'originel contenu qui subsiste toujours dans Oh père. » On dira : « Oh fils, en tant que fils d'Oh père, est un peu le fils de l'Homme. » On dira : « Distribuer ses puissances, toute la prérogative de son génie, c'est là une générosité que les gènes flatteurs d'Oh père sauront sans nul doute réitérer dans le grand futur d'Oh fils, quand à son tour il deviendra un Oh tout aussi père qu'Oh père. » On dira…

— Je crois que j'ai saisi, gémit mon père.

— Alors c'est parfait, pépia Marc-Astolphe. De toute façon, j'ai l'éducation de votre fils à gérer. Je crois que lui et moi en sommes très satisfaits. Il a quartier libre en mes studieux appartements. Je lui ai fait découvrir, pas plus tard qu'hier après-midi, l'énormité, la génialité et l'inouïté de l'œuvre de Conlon Nancarrow. Notamment l'encore peu répandu *Sarabande and Scherzo for Oboe Bassoon and Piano*, composé en 1930, et dont on ne trouve guère trace chez les cloaqueux disquaires du Val de Loire. Je commande à l'envi – fabricant chez « Rank » et au-delà une nichée de salivants jaloux – les indispensables opus du maître chez le producteur lui-même, label « 1750 Arch ». Ses toccatas pour violon et piano sont la panacée des oreilles dégrossies ! De purs joyaux de haché son dru qui font la sublimité de mes petits matins et la santé de mes grands soirs. On prétend dans certaine crèche que cette musique est « abstraite » : rien n'est plus strictement sot. Les parfumées compositions de Nancarrow investissent les proliférantes galeries de mon cœur, longeant au passage une échine que picorent les frissons, selon le même impeccable cheminement, le même huilé mécanisme et la même printanière vélocité que celles de Petula Clark les vôtres. Je capitule à ses fracassés solos. Son piano mécanique est le strapontin du Ciel. Ce sont des ortolans pour l'ouïe ! Ne répétez qu'à de très avisés amateurs que je possède l'aberrante intégralité – à deux enregistrements mexicains près – de cette œuvre sans pareille : cela reviendrait à édicter en exemple le crapoteux exercice du cambriolage, rendant presque légale sa pratique. Quel juge voudrait en effet, sous les saumâtres plafonds du tribunal, punir un malheureux butor d'avoir acquis – fût-ce au prix bien exécrable d'un égorgement ou de quelque lapidation – *String Quartet* ainsi qu'une pièce pour bande magnétique dédiée à Aaron

Copland ? Si, en sus, vous répandez – voisin monsieur, ami monsieur – le bruit, superbement fondé par ailleurs, que je pratique avec un démesuré appétit la collection des enregistrements pirates de Charles Ives, je prédis que notre paisible résidence Saint-Laurent deviendra un de ces bourbeux lieux de pèlerinage abandonné à la frénésie des badauds, à la profanation des épais touristes et à la déambulatoire sauvagerie du tout-venant. Je sais de quoi il retourne : il n'est point jusqu'à mes anciennes femmes de ménage qui ne me spolièrent, de l'enchanteur du Connecticut, les « rehearsals » de *Psaume 90 pour chœur, orgue et cloches* ou les rogatons du *Central Park in the Dark*. Dieu seul sait où ces maudites épousseteuses – dans quel atoll pour multinantis, dans quel paradis pour trilliardaires –, lestées d'une fortune en dollars après revente de mes Charles Ives à de salopants maniaques de haute fougère, coulent aujourd'hui leurs ignares jours ? C'est à vous dégoûter pour mil ans d'avoir du goût !

— Je ne connais ni Cononcaro ni Charlaïvze, nasilla mon père.

— Votre fils, lui, les maîtrisera bientôt, gloussa Marc-As. Il en raffole presque autant que de Boulez – une des autres glorieuses divinités de mon personnel firmament. J'aime la stricte manière de sa disharmonie. La façon qu'il a de mettre des boulons au chaos. Je ne comprends pas qu'on puisse préférer les mélodiques mélodies à la dodécaphonique dodécaphonie, à la sérielle sérialité. Il faudrait mille Françoises Hardys pour une demi-croche de Xenakis. Nul n'est plus inventif que le gazouilleux Messiaen. Je me vautre dans les redondantes redondances de Glass. Je trouve toutes mes inspirées inspirations au gré fécond des percussions robustes et des stridents sifflets de Varèse : ce qui vous crispe m'apaise. Ce qui vous violente me berce. Ce qui vous troue me calme. Ce qui vous harcèle me pacifie. Ce qui vous fouaille me caresse. Ce qui vous indispose m'adoucit. Ce qui vous cingle me câline. Ce qui vous heurte me gâte. Ce qui vous perfore me soigne. Ce qui vous cisaille me répare. Ce qui vous oblitère me ressource. Ce qui vous détruit me dorlote. Ce qui vous réveille m'endort. Ce qui vous déglingue me rassérène. Ce qui vous agresse me détend. Ce qui vous maltraite me masse. Ce qui vous débecte m'enveloppe. Ce qui vous oppresse me délasse. Ce qui vous malmène me transporte. Ce qui vous paralyse m'hypnotise. Hélas – je le répète – la présence de telles œuvres en nos locales enseignes s'avère aussi illusoire, aussi hypothétique, aussi follement, aussi scandaleusement utopique que celle des houris aguicheuses et soumises au paradis mahométan ! J'ai besoin – voisin mon ami – de ma journalière dose de Milton Babbitt, de Schnittke, d'Elliott Carter, de Partch ! J'ai toujours été passionné, esthétiquement parlant, par la ressemblance physique entre Partch et Nancarrow. Cette barbiche en pointe, ce regard de chat qui miaule. Tout ce génie me comble les épidermes. J'ai eu, autant vous l'avouer une bonne fois pour toutes, Oh Marc-Astolphe a eu, oui, le myriamétrique privilège de rencontrer Conlon Nancarrow. J'avais par trop la hantise de trépasser sans avoir vu de mes propres lunettes – et d'aussi près que le castor aperçoit sa queue – le *pianola* du Maître. Je dis bien « Maître », puisque je le place – dussé-je contrarier les discernements obtus – au-dessus encore de Henry Cowell ou même de Pousseur. C'est dire la constellation où je cloue son étoile ! Bref, le Maître m'introduisit en ses cavernes.

— Je vois que vous êtes un passionné, cher Astolphe, glatit mon père. Et pas simplement de la chose.

— De la chose littéraire ? roucoula Marc-As.

— De la chose sexuelle, coucoula mon père.

— Ah, oui. Non, certes, coucoua Marc-Astolphe. En réalité – et faites-moi penser aussitôt cette parenthèse achevée à vous raconter ma visite chez *Monsieur* Nancarrow –, en réalité disais-je, je suis un spécialisé spécialiste de la chose. De la chose tout court. Du concept même de *chose*. De la notion chosale de chose. Je suis chosiste. Je ne me pas-

sionne guère, *in fine*, que pour une seule chose : la chose.
Dès que quelqu'un se pose une question sur quelque chose,
c'est vers moi qu'il se tourne. Je prépare à ce sujet, au sujet
de la chose, un « Que sais-je ? » dont vous me donnerez
des nouvelles ! J'ai commencé – faut-il le préciser ? – ma
formation culturelle, autodidacte, par l'entraînante lecture
du *Petit Chose*. Nul doute que ceci explique cela. Dans les
discussions vastes, sous le compliqué lambris des rococos
palais du pouvoir jusqu'aux terreux parterres des défavorables chaumières, lorsque j'entends un de mes semblables
– ou plutôt de mes dissemblables – employer le simplissime
mot de *chose*, je lui propose aussitôt le bénévole apport de
mon authentique science. Le genre humain, qui se repaît de
cette mienne spécialité dans son inconséquent pluriel – *les
choses* –, s'avère très indigent s'il s'agit de la considérer sous
son intimidant singulier : *la chose*. Quand je pénètre dans
une pièce, le mot soudain se vêt d'une épaisse crainte : on
ose moins le prononcer, le mot *chose*, on prend des manières,
avec le mot *chose*, on le contourne, mon bon mot de *chose*,
on le flatte, mon *chose* de mot, le caresse, on y prend garde,
à mon chosal mot, on s'en méfie comme peste. Écartez-vous,
bedaines ! Oh Marc-Astolphe voudrait que l'illustre mot de
chose, bien placé comme il faut dans la conversation, n'illu-
mine la pensée que dans la féconde lumière de son précis
maniement. Je suis défavorable à l'à-peu-près des causettes.

— Oui, mais le mot *chose* est quand même très général,
cancana mon père.

— Plaît donc ! ? zinzinula Oh. S'il est bien un terme de
notre langue qui incarne la lapidaire pureté des quartz et
symbolise l'infinie concision des épingles, c'est bien l'ultranet
mot de *chose*, si juste et si déterminé, si strict et méticuleux,
si vétillard et envieux de son sens. Le mot *chose*, ignare ami
mais que j'aime, est plus coercitif et sélectif, plus prompt à
rejeter les candidatures, plus apte au repoussage des impos-
tures que le physionomiste nyctalope et néo-nazi qui gère

les impatiences, modifie les projets, avorte les ambitions et casse les rêves des noctambules sur le seuil imperméable et bétonné de chez Castel. Le mot *chose* – messire monsieur, salutaire voisin, historique ami –, le mot *chose* ne s'écarte *jamais* de sa trajectoire, et sa trajectoire est aussi ténue que les circonvolutions d'un méson dans l'infime alvéole de l'atome ! Rien de plus chirurgical que la chose, le mot *chose* et la chose elle-même. Le mot *chose*, d'ailleurs, ressemble à la chose. Ne trouvez-vous point ? C'en est supertroublant. C'en est surémouvant. Je suis, oui oh je suis, chosiste et chosien. Je suis l'ami de la chose. Les petites choses, ça ne m'intéresse pas. Les grandes choses, non plus. C'est que, petites, grandes, ou même moyennes, les choses ont les yeux plus gros que le ventre. Tandis que *la* chose, elle, par son exigeant bel égoïsme, par son coercitif purisme, par sa sévère homogénéité, exclusive, intolérante, par son induit fascisme, par sa propension à refroidir les élans, à humilier les impétrants, à débusquer les imposteurs, à sélectionner un seul admis à la fois parmi les admissibles en quantité par ailleurs déloyale, n'englobe et n'invite et n'enveloppe et ne définit qu'elle-même, elle roule pour elle, chosifiante, choséeuse, chosue, enchosée, elle est monoplace, elle est fille unique, elle est jalouse de sa définitoire définition.

— D'accord, babilla mon père. Mais si je dis « une chose », ça peut être une mouette, un stylographe, un igloo. Cela peut être un amas stellaire, une poubelle, une tasse de café, une dérivée partielle...

— Groteskissimus ! raymond-quena Oh Marc-As. Totalement faussimus ! Une poubelle est une poubelle et une chose est une chose ! Les grands chosiens comme je me flatte encensoirement de l'être savent immédiatement – je dirai presque : *instinctivement* – ce que contient le mot *chose*. Ils devinent instantanément ce qu'il désigne. Tout, voyez-vous, est dans l'intonation, et tout est dans l'intention, et tout est dans l'indication. Tout est dans la contextualisation. Tout est dans la configuration. Dans la préparation. Dans la situation. Tout est dans l'appréciation. Tout – c'est le mot en *tion* que je cherchais – est dans *l'insinuation*. On pourrait quasiment affirmer : dans, oui dedans, l'imagination ! Dans la décoction... Si vous comptez sur la chose pour se livrer, pour désavouer sa dignité d'airain en faisant profession de ses chairs comme ces dames de l'académie du trottoir, vous vous égarez telle une espingole cherchant chevreuil sur une île à cocotiers – ou telle une gélinotte parmi les biseautés icebergs du Pôle. Oui, monsieur mon voisin, oui, voisin mon monsieur, vous courez dans ce cas tout droit vers des déceptions drôles, vous allumerez ce faisant des feux de Bengale de déconvenues. Un festival de désagréments. Un carnaval de frustrations. Écoutez-moi franchement : la chose est prolixe et généreuse quand on la traite avec manière, qu'on lui administre avec force componction son doux quota de déférence. Confiez-lui votre respect, la chose vous gratifiera d'un geyser de chosistique reconnaissance. La chose, oui-da, sait se montrer généreuse à ceux qui la cajolent. Elle déteste le fayotage et la brosse à reluire, elle haïra gentiment celui qui viendrait à surastiquer ses brodequins. Pour le reste, n'ayez point peur : entrez dans la danse de la chose. Il est étonnant que le mot sacré de *chose*, pourtant aiguisé de précision, aigu comme personne, crispé sur le monopole de son idoine définition, reclus dans la forteresse de sa raciste signification, enfermé dans le sein de sa jalouse désignation, puisse porter la plèbe humaine à ne voir en lui que le chantre malin du sexe. La *chose*, qui déteste héberger quiconque, est bien plus pudique qu'il n'y paraît. Sa crudité, lorsque son os ressent le besoin de s'y adonner, n'a nullement besoin d'emprunter les fétides *Holzwege* de la chair. D'ailleurs, monsieur, le sexe, je m'en expliquais hier en particulière interview avec monsieur fils vôtre, ne doit *jamais* composer notre essentiel. Il faut réduire le pesant fascisme qu'il inocule à nos sangs tourmentés.

6

— C'est vous qui me dites cela ? croassa mon père. Je ne comprends plus rien, cher Astolphe, cher Oh Marc-Astolphe. Vous êtes le plus gros et le plus grand baiseur de la région, voire de la française France, vous préparez une encyclopédie des différents orifices… Vous possédez une femme par jour…

— Exactus, minus ! Exactissimus, Titus ! coqueriqua Oh. Mais je suis en train de modérer mes merveilleuses cadences. Je ne suis point une photocopieuse à crampettes. Mon humain organisme n'est nullement venu poser ses jambettes sur notre balourd continent pour que l'outil grondant – grondant comme hugolienne tempête ! – dont la nature m'a gentiment gratifié m'empêche de livrer mes sens à d'autres désinvoltes rubriques du bonheur de vivre. Les femmes prélèvent une abusive quantité de temps sur les chapitres de ma volumineuse biographie. Je ne puis continuer ainsi de les escalader du crépuscule de l'aube au crépuscule de l'aurore et du crépuscule de l'aurore à celui de l'aube. Je vais prier les amantes de s'en aller un peu. J'ai des pensées à penser, des écritures à écrire, des livres à livrer. J'ai toute une arithmétique à entreprendre, quelques théorèmes à démontrer, une œuvre très immuable à inscrire dans l'éternité. À ces fins, si je veux figurer dans les dictionnaires plutôt que parmi les lilas, il s'agit bien de freiner la fréquentation de ces empêcheuses d'œuvrer. Je ne prétends pas que cela n'est point pour moi une immolation : mais, pour un moment du moins, je chercherai à empiler des heures de loisirs – à cette économie de temps s'adjoindra par ailleurs une économie d'argent – dans les cartons sans fond de l'essentielle tâche qui déjà m'accapare et qu'attendent ceux qui, de Shakespeare à Kafka, d'Aristote à Marx, ont bien voulu me précéder dans les privatifs boudoirs du génie humain. Mais qui, maintenant que ces palpitants guides ont regagné d'autres cieux que le ciel de notre pisseuse météo, qui aujourd'hui veut bien se dévouer pour donner suite à leur éteinte dynastie ? Mille oiseaux qui s'enfuient n'en font qu'un qui se pose : je me poserai, normal voisin moyen. Je me poserai ! J'ai tellement d'infranchissables philosophies à fabriquer, de purgatives strophes à concasser, d'injurieuse littérature à révolutionner. Alors l'amie pougnette, la camarade branlette, la citoyenne poignette viendra combler de sa commode mécanique les démences charnues des créatures comblantes et comblées auxquelles j'ai glissé sous les paupières aveuglées de célestes échantillons. Oui, très ami monsieur vous ! C'est Pignoletto qui vous parle ! Un Marc-Astolphe Oh pétri d'illuminative étude et d'industriel effort, rompu aux liturgiques méthodes de la solitude, un Marc-Astolphe Oh dont le nom finira, nuit après nuit sous les arides lunes de l'Orléans temporel, par être murmuré sur les lèvres autorisées de l'intemporel. Je change de vie, je change de miel. Quand viendront me très-chatouiller les indigentes plumes de la débauche, j'exécuterai une grimace résignée, et plutôt que de compulser d'un œil vainqueur et gourmand l'agenda de ses lubriques gélines, Renart Oh sortira sa longue queue rousse et vélusoyeuse pour se l'astiquer comme la domestique ukrainienne le faux buffet Louis XV d'un médecin de campagne dont l'existence pâlissante, engluée dans les effluves de vieille vigne et de cire brune, ne trouve plus que dans la contemplation zoologique des culs de soubrette un peu de cette folie nécessaire aux humains pour leur faire préférer la prolétaire répétition des matins à la blanche décision du suicide. Je compte très peu terminer mon sublunaire séjour parmi la monomaniaque fréquentation de moi-même : je ne suis point monosexuel. Je ne suis point autosexuel. Je ne suis point egosexuel. Mais j'ai fait mes comptes, cher ô cher : mes banquiers vont fêter cette orgie de moi-même. C'était une PME mes frasques : c'est très onéreux les galipettes. Nous sommes obligés – du moins les fois premières – à convier ces dames à se sustenter dans les restaurants courus. Elles s'y connaissent en plats. C'est une manière, particulièrement insidieuse, de prostitutionnel commerce : c'est seulement contre une daube sauce gribiche, un chevreuil aux cèpes, une carpe aux lambrusques, que cette catégorie du genre humain usuellement rangée sous le paresseux vocable de *femme*, considère avec attention le souci que vous manifestez de leur concasser le châssis. La foutreuse giclette n'est possible qu'une fois le pudding glacé capucine installé en digestion. Vous n'obtiendrez de fellation, voisin, qu'après leur avoir administré l'assurance que le filet de lièvre sauté aux truffes à 79 francs l'unité ne tombera point, par quelque opération d'un invisible et facétieux lutin, dans l'écuelle de la voisine. Si encore elles n'aimaient point le vin ! Mais tu parles ! De véritables sciences ! Elles connaissent le pied de vigne de façon plus fouillée que le vermisseau, le puceron, le mulot réunis. Elles passeraient dix heures de suite à comparer des cépages, devisant d'acidités, dissertant sur l'inclinaison d'un coteau, le goût des pluies qui tombent, le vêtement du calcaire, la peau des feuilles et les manies de la racine. Et que tel millésime est salé comme les aisselles d'une nonne. Que l'année 59 est amplement surestimée. Qu'un saint-émilion 47 est supérieur à un château-charogne 1921. Que les grands crus de Bordeaux cette année ont un arrière-goût de feuille morte. Que le chinon sentirait la pelouse ! Je les observe, mon chéquier paniqué, de grosses gouttes de sueur dévalant sur mon front, en train de scruter, le verre en l'air, les pourpres nuances de la robe, chichitant sur les aspects, fronçant sourcil quand le rouge brique tourne au semi-carmin sous la lampe, que le dépôt exagérément s'agrège, que des fimbrilles forment des licols par trop liquoreux-roussis, que la jambe du sirop semble un brin frêle. J'aurais bien envie de les immoler. Ensuite, le nez pointu et la bouche en cul de poule, elles sucent un peu du liquide, se lavent l'intérieur des joues, secouent le château-astolphe 1956 dedans leurs dents, se le frottent aux gencives, pour condescendre à l'engouler quand même, semi-dubitatives, émettant encore de miniréserves, le sourcil circonflexe, avec la mine d'un délégué de classe collaborationniste et fayot arborant une circonspecte moue – pour ne point dire désapprobatrice, pour ne point dire décontenancée, pour ne point dire découragée, pour ne point dire désappointée, pour ne point dire désespérée, pour ne point dire désolée, pour ne point dire accablée, pour ne point dire démontée, pour ne point dire dégoûtée, pour ne point dire révoltée, pour ne point dire consternée, pour ne point dire démoralisée, pour ne point dire désenchantée, pour ne point dire scandalisée, pour ne point dire exaspérée, pour ne point dire hallucinée, pour ne point dire effarée, pour ne point dire électrocutée, pour ne point dire ébranlée, pour ne point dire choquée, pour ne point dire traumatisée, pour ne point dire décomposée, pour ne point dire assommée – lorsque son professeur principal, après de longues minutes de délibérations, concède à l'un de ses bâtés condisciples, censé être un de ses bons camarades, le passage dans la classe supérieure. Le précieux liquide viticole, que vous paierez à la sortie le prix fort multiplié par beaucoup, dégouline ensuitemment dans leur petite gorge, puis larynx et pharynx, œsophage et vessie : ruineux caprices ! Vous leur donneriez du château-vinaigrette 1975, qu'elles n'y verraient que feu. Seulement voilà : il faut bien qu'elles confèrent quelque prestance à la façon de venir garnir-salir votre matelas. La gratuité n'est pas tellement de ce monde. C'est sans cesse la main à la poche pour conjurer la branlette jusqu'à la grande nuit des temps. Surtout qu'on n'est nullement assuré de s'entendre, une fois les corps disposés sur la literie. C'est complexe, la sexualité humaine. Chacun trimbale sa couenne dans la rue des villes, sa sexualité en bandoulière, sa sexualité très unique, aussi unique que les digitales empreintes, et cherche quelle autre entité – généralement opposée de sexe, généralement inverse de genre –

viendra s'y emboîter comme Lego. Quand vous réfléchissez bien – voisin camarade – il n'y a pas la *moindre* raison que deux sexualités soient ici-bas compatibles. Alors on s'ajuste au mieux. Qui qui veut de ma manie spéciale à la virgule près ? Zéro gens, monsieur ! Zéro gens ! On bricole dans l'à-peu-près, on passe son temps à se contenter de. À attendre la prochaine demoiselle, celle d'une plus maximale compatibilité, d'un plus évident legotage.

— Vous parlez quand même beaucoup, hulula mon père.

— Parce que j'ai des choses à dire, flûta Marc-As. C'est vital ce que je conte maintenant. Vous êtes doué d'un efficace sourire, qui n'est point sans trahir une gentillesse, mais vous n'entendez aux femmes que rognures et cacahuètes. Je ne suis pas certain que vous ayez compris « l'amour », ce rigolo mot. Je reste têtument persuadé que vous appartenez – naïf élément que vous êtes – à la sidérante assemblée de ceux qui croient que le premier besoin de l'humanité est de donner de l'amour et/ou d'en recevoir. Fascinez vous me ! Le bel amour universel et répandu, du militaire au vermisseau, du beatnik au girafon : toute la planétaire planète shootée aux grands miels du sentiment. Connaissez-vous les communautés hippies qui, ayant déjà infesté Helsinki et les Indes, pullulent de la Californie californienne à notre vieille et bonne rue de Bourgogne dont le pavé fut jadis frappé par les sabots du destrier de Jeanne, bouteuse adolescente dont l'acnéique ardeur nous délivra des aïeuls d'Elton John ? J'ai, pour mon immodeste part, côtoyé quelques roussettes ramassées dans ces poulaillers de la débauche à longs cheveux. On s'y vautre, on s'y échange, on s'y drogue, on s'y promet d'athées paradis, des nuits « *peace and love* », des climax à gogo, des flammes éclatantes, de belles boréales aurores et des cosmos à poils, le tout dans une lueur de rose bougie et d'aphasiques éléphanteaux qui fument. Tout le monde s'aime oulàlà, tout le monde aime tout le monde et réciproquement. On s'aime, on aime s'aimer, on aime aimer s'aimer, et même on aime aimer les amoureux amants qui aiment s'aimer d'amour. Tout cool flotte. Mais je vous avertis – je l'ai vécu de ma vie – que si, à l'instar de mon fabuleux cas, vous bénéficiez d'un exagéré nombre de faveurs de la part des jeunes fleuries filles qui appartiennent à ces formidables communautés, les supposés surshootés Christs qui prônaient l'amour tout le temps et l'amour partout et l'amour avec tout le monde dégringolent immédiatement de leur sirupeux nuage pour vous défigurer le haricot. Ces utopistes sont des boxeurs. Les fumeurs de marie-jeannette sont plus jaloux qu'un notaire cocu ! Tu les crois défoncés en leur gauchiste firmament, mais en réalité, pour moitié ils tètent les étoiles, et pour moitié ils surveillent tes succès auprès de leur blonde comme Erich Honecker les abords de son incassable Mur. Ces démantibulés sont des rigides, croyez-moi. Babas dehors, Stasi dedans ! Ils partagent l'idée, mais quand arrive l'acte, la nuit de grande baise devient la nuit des longs couteaux. Les mêmes lividissimes Jésus qui crachaient du ciel en souriant comme de saoules Jocondes se dressent soudain devant toi comme d'albanais camionneurs. Aussitôt que ta main frôle un de ces petits culs *peace*, l'exclusif propriétaire dudit cul, qui venait juste d'être ton *brother*, devient ton pire ennemi, un rival malade, un monsieur qui profère des menaces que l'on est vivement prié de prendre au sérieux.

— Vous me tutoyez, cher Marc-Astolphe ? C'est un honneur, trilla mon père.

— Non. Cela n'entre nullement dans mon habitude, babilla Oh. C'était à moi que je parlais. Sous la forme de mon propre intime tutoiement. C'était illustratif. C'était narratif. Il s'agit là, ni plus ni moins, d'un littéraire procédé. Mais ne m'éloignez point de ma démonstration. Je dois à bien la mener. D'autant que j'ai devoir, par la suite, de parachever mon témoignage de cette rencontre avec Conlon le magnifique ! Ce que je n'ai point oublié, malgré les incises, malgré les chemins de traverse, malgré tous les hors-piste qui n'en sont pas vraiment. « Jamais de plan ! » Ce n'est pas moi qui brandis ce *motto*, mais notre cher Péguy, dont il faudra quelque jour, encore, que je vous entretienne.

— J'ignorais que vous fussiez également péguyste, Marc-Astolphe, zuzula mon père.

— Je m'intéresse à tout, kakoulisqua Oh. Je dirai même qu'à part tout, rien ne m'intéresse. J'ai, vous le verrez, au sujet de Péguy, et notamment de son décès, quelque théorie en réserve dont vous me donnerez des nouvelles. J'avance, pour vous en faire bande-annonce, que ce lieutenant d'infanterie n'est point mort pour la France, mais *par* la France ! Je tiens pour assuré que le sieur utilisa rien de moins qu'une mondiale déflagration pour supprimer volontairement ses viandes.

— Comment ? Péguy se serait suicidé ? bimbolina mon père

— Bien sûr. C'est là l'évidence, fibriola Marc-As. Il n'en pouvait plus de supporter marmaille et marâtre. Ce en quoi, au regard des photographies de l'épouse – une saumâtre Charlotte et vieille depuis toujours –, on ne saurait le blâmer. Il est des éternités nettement plus doucereuses au moral que des temporalités, quand les temporalités s'avèrent aussi inséductibles et indignes et rêches. Cette femme-là, c'était du crin, de l'aisselle début de siècle et du regard rentré dans l'œil, façon méchant babouin, façon borné macaque. Elle n'invitait point au maniement du calembour, la madame. Son vague menton, serti de rares poils, son sourire horizontal, concave presque, en faisaient l'égérie des sales mottes, des flaques boueuses et des ciels restreints. C'était un flingue à elle seule. Dans les relents de jus de caille, de poireaux défaits, de sirop de pommes douces et de rhubarbe écrasée, elle faisait ses lessives et constamment la moue. Bougonne, inculte, désagréable, elle ne savait prodiguer à son génial mari que des morceaux de remords flous, lui lançant au visage des petits jets continus d'aigreur. La nuit, dans le lit conjugal, quand son squelette graisseux, douteux, lui frôlait malencontreusement l'échine, Péguy se réveillait, écœuré, en sueur, puis chaussait ses sabots, la culotte saturée de plis, pour suivre les odeurs d'asperge bouillie qui le menaient à la cuisine, sur le carrelage de laquelle s'étalaient des chiens effrayés et froids. Mais revenons à nos camés moutons ! Les pattes d'éléphant, sur les campus, sont faites pour écraser leur prochain. Les fumettes n'empêchent pas les hématomes. Je le sais – à mes miens dépens. Rien, sur la planète où nous sommes, n'est plus susceptible qu'un aficionado du pétard. Plus ils tirent de bouffées, plus ils sont rancuniers, crispés sur leurs conquêtes, susceptibles en diable. Je ne sais rien de plus égoïste qu'un coco d'orgie cul nu. Ils font mine de t'offrir tous les corps de nénettes alentour, pour te crucifier si tu les envisages autrement que de l'œil. Ces détendus sont de vrais méchants. Ces mollusques à fleurs sont des brutaux crabes. *Careful*, amigo. Ce sont des êtres humains tout ça. Je me méfie mécaniquement des camarades ambiances. Elles sont souvent capitales de douleurs. Regardez les atolls paradisiaques, les îlots de sable crème entourés de mer bleu Caran d'Ache : elles n'abritent que de surnaturels butors, d'indélébiles psychopathes, d'éxécrables assortiments de violeurs. Il n'y pleut jamais : sauf des fournaises de sadiques et de vilains. Non, croyez-moi encore, croyez-moi toujours : la plupart des babas, pour cool qu'ils se trimbalent en couinant d'extase comme des marcassins tombés dans une bassine de Jack Daniel's, n'en passent pas moins le plus clair de leur temps à tabasser leurs hypostatiques conjointes. Les cérémonies *peace*, les concerts *love*, les fêtes de l'Huma, les woodstockeries, tout ce surpuissant arsenal de sentiments chantilly, cela ne produit pas plus de respect qu'un mandrin de matelot burkinabé introduit par giflées dans les anfractuosités d'une veuve d'officier de la Coloniale.

— J'ignorais qu'il y eût la mer au Burkina-Faso, zouzoula mon père.

— On est en train de l'y installer, bullula Marc-As sans se démonter. D'ici à mars 1978, la mer à Ouagadougou ne devrait plus être un problème. Il faut suivre les actualités, cher voisin. En tout cas, je certifie sur le souvenir de mesdames mes grand-mères – aujourd'hui livré aux flux et reflux des laitages galactiques – qu'à chaque fois qu'est proclamé l'amour, l'homicide n'est jamais très loin. Je ne crois aucunement à la gentillesse du *Dasein*. J'eusse aimé, bien sûr. Mais il n'y a rien à tirer de cette race-là. Tout châtie tout, sans cesse. Le monde obéit à d'immuables grammaires. Rien n'en modifiera les paragraphes. Tous les vieux nécrosés gars du monde, par exemple, veulent incessamment s'agréger les jeunesses. C'est à ces fétides fins qu'ils amassent monnaie. C'est à ces dégoûtantes fins qu'ils ratissent médaille. C'est à ces fangeuses fins qu'ils se frottent au pouvoir, remplis de fonctions responsables et de tyranniques embonpoints. L'assassinat n'est pas une déchirure de l'espace social : il y est tout aussi répertorié, tout aussi naturellement naturel que le pet qui préside à la défécation. Le viol s'entend, socialement, comme l'équivalent de la déglutition. L'infanticide ? Du même tonneau que la digestion. La violence urbaine n'est qu'une rougeur, un commencement d'eczéma sur un corps qui s'en revient des municipaux bains. Les scènes de ménage ? Un petit pou sur la cabèche, un puceron sur l'incalculable vergeture d'une feuille de géranium. Les tragédies – dès lors qu'on parvient à mon niveau d'analyse – s'apparentent à d'incontournables gravillons dans le soulier, à des phénomènes aussi inévitables et naturellement naturels que la neige, la boue, la grêle ou le zéphyr.

— Ce que vous dites là, bien qu'entaché d'un fort pessimisme, semble frappé au coin du bon sens, zanzinait mon père.

— Niet oh niet ! quaquota Oh. Ce sont des années, peut-être bien de longs siècles, de réflexion, commencée avec les toutes premières générations de la généalogie marc-astolphienne qui m'ont permis, à des milliards d'années-lumière de votre bon sens de troquet de Saint-Jean-de-la-Ruelle, de parvenir à ces guillotinantes conclusions que je vous demande de ne point répandre. Elles feront demain l'objet d'un suprême épais recueil. Albert Jacquard s'est déjà proposé pour en rédiger la préface, et monsieur Lévi-Strauss me taraude pour poser son sémillant patronyme sur la postface.

— Je ne voulais pas vous offenser, Marc-Astolphe, gulgota mon père.

— Eh bien c'est quasiment fait, yoyota Oh. Le message que je voulais faire passer – mais vous êtes un très interrompant, très interrompatif, très interrompatoire personnage – est que le conflit est consubstantiel à cet abruti d'homme. Toute cette indigne gadoue, qu'on baptise fumeusement « l'humanité », s'extermine sur chaque lopin, sur la moindre sénéchaussée. Pourquoi donc ? Parce que les gènes veulent passer le feu de la rampe ! On ne sortira pas, *jamais*, des grands abus de la naturelle sélection. La compétition n'est pas gourmande de spaghettis, monsieur, mais de meurtres. Il s'agit bien d'écraser de mon inexorable et bréneux godillot tous les prochains qui m'approchent : c'est ma survie le héros. Ce monde est boulimique de boucheries. Chez Rank Xerox, aussi bien qu'aux PUF, ma paisible altitude est dûment chamaillée par les envieux : je crawle en mes bureaux sous les phtisiques eaux du ressentiment. Tout pourrait se dérouler avec la même félicité qu'une plume de toucan caressant le carmin anus d'un gibbon. Mais non ! De la grille au vestibule, du portail au perron, des marquises au porche, de l'avant-cour aux escaliers, du premier étage aux attiques, de la mezzanine à la rampe, de la loge aux communs, des sous-sols au grenier, des combles aux étages, du parking aux waters, de la façade au rez-de-chaussée, du bel étage aux encorbellements, du toit aux balcons, des combles aux chéneaux, des gouttières au pignon, des fenêtres à la porte, des dépendances à la cour, du hangar aux baies, cela susurre, cela murmure, contre moi cela fomente, cela propose ses hideurs, cela manigance, cela dégueule, cela maudit, cela ourdit. Cela rivalise ! Cela poignarde. Cela salive et cela bave. Sur mon passage, ces variqueux fourbes, ces teigneux collègues ankylosés dans leur ratage, ces subordonnés évanouis dans leur foirage, ces inférieurs hiérachiques mazoutés dans leur naufrage, modifient leur exorbitante pestilence et m'adressent un sourire pépère et maous, rangeant leur tranchant zigomar dedans son étui. Or je suis plutôt chef, chez Rank. J'ai des autorisations de décider – tout ça c'est pour vous démontrer la spirale, *the* boule de neige *effect* : alors je les convoque dans le solennel et noble et grave et digne et splendide bureau que j'occupe en des étages si altitudalement situés qu'il inocule le vertige, et leur demande *sur-le-champ* de faire leurs bagots. Œdémateux, ils se ruent sur madame ma moquette, s'y roulent jusqu'au malaise, y pleurent et crient jusqu'à l'ulcère, se vidangent sous mes yeux, me gratifient de bobards sonores et louangeurs, me demandent pardon dans huit langues, dont le coréen et l'hébreu, et finissent très humainement par accuser les autres, comme il était de mise il y a trente-cinq ans, du temps où notre belle Orléans était prussophile. Quand ils comprennent que ma décision est beaucoup moins révocable que l'édit de Nantes, ces employés virés espèrent médiocrement ma mort, n'ayant de cesse que de vouloir se venger. Au début, ils m'envoient des menaces anonymes en lesquelles *immédiatement* je les identifie. On se trahit par la façon, bien davantage que par le paraphe. Je vous rassure : les années les étreignent, et pris dans l'ineffable étau de la précarité et du chômage, on les retrouve agoniques et gnôlés devant le zinc du Chat-qui-pisse, la bouille aphteuse et le teint souillé, lançant de gros jurons sonores et racistes sous les silencieuses constellations où leur destin s'affaisse avec eux, imbibé comme eux, herpétique comme eux, maculé comme eux d'une épaisse et chancreuse diarrhée. Telle est – voisin mon frère – la manifestation par l'exemple des lois de Charles Robert Darwin – « Que sais-je ? » n° 1432. Et pourquoi, pourquoi d'après vous la sélection naturelle est-elle à ce point obligatoire ? Parce qu'il n'y a *physiquement* pas assez de place pour tout le monde sur la terre. Alors un tri s'opère, cruel, permanent, violeur, massacreur – guerrier. La ruse de la raison réside bien ici : la nature a inventé les accidents, les meurtres, les assassinats, les conflits, les infarctus, les tueries, les faits divers, les carnages, les suicides – collectifs ou individuels – pour *faire de la place*. Regardez donc : on se reproduit-multiplie par le sexe, mais on se donne également par le sexe des virus qui provoquent la mort. Syphilis ! Je ne doute pas que la ruse de la raison naturelle inventera demain – dans les années 80, 90 –, par pur souci de démographique allègement, une maladie du sexe inédite et nouvelle, très neuve et inattendue qui viendra faire le ménage. Même Hitler, si cela se trouve, est venu ici-bas, guidé par Dame Nature, pour délester un obèse globe en surcharge. Hier ce furent nos amis les juifs, demain un fou viendra qui voudra éliminer les femmes, rien que les femmes, ou les enfants, rien que les enfants, les Arabes, les Noirs, les blonds à lunettes, les chauves… Les bactéries, les virus, les dictateurs, les hasards, la pollution, les cancers, les chagrins d'amour, la dépression, les crises économiques : tous dansent le même tango. Le tango démographique ! C'est le même truc qui s'intitule différemment. Ils ont la même invisible mission visible. Ils sont venus mettre le holà. Endiguer ! Calmer le jeu des accouchements. Freiner cette grande apocalyptique frénésie de la couille. Cette universelle généreuse pullulation. Voilà qui est bien moche – et avéré pourtant.

— Jamais, glingua mon père, je n'avais envisagé le monde en ces termes. En termes d'encombrement.

— Je suis là, cher ami, bilboqua Marc-Astolphe, pour penser en des termes auxquels la multitude de mes contemporains, fussent-ils mes voisins, ne pense généralement pas.

7

Marc-Astolphe et mon père marchaient à présent dans le parc. Le vent était léger, l'odeur âcre des marronniers géants les enveloppait d'une sorte de crainte, semblable à celle de la mort. Il y a des odeurs qui rassurent – et des odeurs qui inquiètent. Des odeurs qui bercent, nous ramènent aux premiers jours de la vie, quand d'autres, sans qu'on sache pourquoi, ni comment, nous traversent de cette évidence : nous ne sommes qu'en bref séjour sur la terre des marronniers qui durent.

— Vous savez qui loge ici, là, dans ce bâtiment, au sixième étage ? mamamoula mon père à Oh.

— Monsieur Jacques Douffiagues, conseiller référendaire à la Cour des comptes, directeur de cabinet de Soisson, dans l'actuel gouvernement, gudula Marc-As. Mais notre débat porte sur l'exponentialisation de l'humaine masse sur la surface du globe. Jacques Douffiagues, qui brigue la mairie, n'est point en charge de ce planétaire dossier, d'une part, et d'autre part notre bonne vieille ville d'Orléans n'est point menacée de surabusive démographie. Ce serait même le contraire…

Le soir venu, mon père ne put s'empêcher de répéter à ma mère toutes les théories de Marc-Astolphe – du moins eut-il l'honnêteté de citer ses sources. Le lendemain, à la faculté des sciences, il récidivait auprès de ses collègues, absolument conquis par les thèses de cet étrange voisin qui avait rien de moins qu'adopté son fils.

— Ma femme et moi, jajakoula mon père auprès d'un dénommé Gédéard Monk, directeur du département de sociologie opératoire (que mes parents recevaient de temps à autre à dîner), n'aurions jamais dû faire ce damné gosse. Certes, nous le frappons à mort. Mais il n'empêche. Il prend de la place. Beaucoup de place. Beaucoup trop de place. Il prend *toute* la place. Je ne sais pas ce que tu en penses, mais il s'agirait peut-être de le supprimer une bonne fois pour toutes. Non ? Ce petit pourri, vois-tu, est né *aux dépens* des autres. Et c'est cela qui me déplaît.

— Il a quel âge maintenant ? fombula Gédéard (fombula Gédéard Monk).

— Comment veux-tu que je le sache ! tatatoya mon père. Je ne sais pas, moi. Il doit bien avoir dans les 7 ou 8 ans, maintenant. Oui, cela doit bien faire sept ou huit ans qu'il gâche ma vie et celle de sa mère. Heureusement, nous avons un gentil voisin, Oh Marc-Astolphe, par ailleurs doté d'une intelligence hors norme, qui l'a pris sous son aile. Cela nous aère un peu.

— Tu ne peux pas le tuer, ça ne sert à rien, dadabusa Monk. Mieux vaut maintenant attendre l'âge légal où tu pourras l'éjecter de chez toi. C'est ce que j'ai fait avec mon fils, Bâtard-André. Dès qu'il a eu 16 ans, Sylvette et moi l'avons foutu à la porte avec un billet de 100 francs et un joli coup de pompe dans le cul. C'était un véritable fainéant. Nous avions de l'ambition pour lui. Mais, dès l'âge de 6 ans, il se refusa à vouloir préparer le concours de l'École polytechnique. Tu vois un peu le boulet ?

— Je vois, je vois très bien, fufuzéta mon père.

— Pour le reste, ton ami Oh Marc-Astolphe a raison, mon vieux, yayakobit Monk. Il a dû lire mes livres. J'ai écrit un « Que sais-je ? », il y a trois ans, intitulé : *La Surpopulation mondiale*. Le n° 1388 de la collection. Oui, oui, et re-oui-oui : les hommes sont trop nombreux. Il faut bien que de temps en temps un cataclysme règle pour quelques décennies l'encombrante question de la quantité. Nous autres, en sociologie opératoire, nous avons bien étudié tous ces problèmes. Il n'existe pas vraiment de solution. Il faut mourir régulièrement, sinon la terre devient une cocotte-minute. Le chewing-gum que je suis en train de mâcher, si je le mâche *moi*, c'est bien qu'un autre, au même moment, n'est *pas* en train de le mâcher. Ce chewing-gum, je suis en train d'en *priver* quelqu'un. J'en frustre un inconnu, quelque part, à Tokyo, à Ryad. Moi qui m'excuse plutôt de vivre, cette question me pose d'*énormes* problèmes existentiels. Quand on est enfant, adolescent, on croit à l'illimité de la vie et à l'illimité de la terre, on croit à l'illimité des choses. À l'illimité des réserves, à l'illimité de l'intelligence, à l'illimité de la liberté. Or, on ne vit que dans la permanente limite de tout. Nous sommes bornés du matin au soir, nous sommes empêchés. Nous sommes *restreints*.

Mon père, le soir même, à table, rempli de ces thèses et théories, me fit vivre un véritable enfer, me culpabilisant à l'infini de manger une côte de bœuf et un morceau de laitue que Françoise m'avait préparés avant de rentrer chez elle.

— Vous êtes des milliards sur cette misérable côte de bœuf, et c'est *toi* qui la mâches, cococoua mon père. Tu es un privilégié ! Un élu ! Et nous sommes des milliards, moi compris, moi *ton père* inclus, à vouloir, *au même moment*, grignoter le *même* petit infime morceau de laitue que celui qui se trouve, aux côtés de la côte de bœuf, dans *ton* assiette. À l'instant même où *tu* le digères, c'est *tous* les autres humains de ta planète qui ne le digèrent *pas*, qui n'en profitent *pas*. Qui en sont lésés. Dépossédés ! J'appelle cela la guerre de la laitue. Quel carnage, en y songeant. Bien plus terrible, ce conflit, ce conflit que tu propages en mastiquant ta viande – ferme ta bouche ou je t'en colle une ! –, que les apocalypses extra-terrestres, que toutes les fins du monde, que les guerres nucléaires, chimiques, biochimiques. Le Christ, sur sa Croix – tu ne l'entends pas mais je viens de mettre une majuscule à « croix » –, est le seul à être cloué là, mais cela signifie que *tous* les autres auraient pu être tout également cloués à sa place. Il n'y a qu'une place sur cette Croix. Il y a été punaisé pour nous. Il y a été punaisé pour toi. D'une certaine manière : *à cause* de toi ! C'est son message, je ne suis pas plus chrétien qu'un autre – c'est d'ailleurs la définition la meilleure du chrétien : est chrétien celui qui n'est pas plus chrétien qu'un autre –, mais c'est son message que de nous dire : nous sommes substituables, quand tu grignotes ta laitue comme une chenille humaine – de toute façon tu es une vermine, et tu sais très bien que tu es une vermine, une sale petite vermine à écrabouiller et je t'écrabouillerai –, c'est n'importe quel autre qui devrait être en train de la grignoter à ta place, tu es en train de spolier cet autre, et moi, Jésus, je fais de la spoliation à l'envers, je prends la place des autres, non pour jouir à leur place, mais pour souffrir à leur place. Tel est le sens premier de l'agonie du Christ. Il veut rectifier, très exactement, il veut compenser, très barycentriquement, mais à lui seul – car le Christ est de poids – le fait que lorsque tu manges une côte de bœuf, tu manges la côte de bœuf de *tous* les autres humains qui ne sont *pas* toi et qui ne sont *pas* en train de la manger. Il fait en sorte, le Christ, que tu puisses manger ta côte de bœuf en toute impunité, sans te soucier de ce raisonnement. Il rectifie le préjudice. Il fait contrepoids. D'un côté ta côte de bœuf égoïstement dégustée, de l'autre toutes les souffrances du monde entier arrachées au monde entier pour qu'elles soient détournées, puis cumulées, sur sa propre et unique personne. Le bœuf est né, il a grandi, il a été élevé, on lui a octroyé un pré, de la bonne herbe dans ce pré, et il ne savait pas – ce bœuf – que toute son existence, que toute sa biographie s'étaient déroulées *pour toi*, avait eu lieu *pour toi*. Même s'il avait eu la prescience de sa steakifi-cation, de sa bifteckisation, de sa côtedebœufication, de sa hamburgerisation, ce n'était pas un dû, le bœuf n'avait pas à faire tout cela *pour toi*, il aurait très bien pu accepter de le faire, certes, mais pour un autre, pour un autre que toi, pour moi par exemple, pour Françoise, pour ta mère, pour Marc-As, pour les voisins, pour un clébard même, mais pas pour *toi* ! Tu te rends compte, toute une vie qui s'achève, qui vient se précipiter dans *ton* assiette ! Au nom de *quoi* ? Du petit appétit du petit monsieur que tu es ? Au nom de ton petit misérable insupportable besoin de protéines ? Ton problème, je vais te dire, c'est que tu n'as aucun respect pour le Christ quand tu bouffes ton bœuf et ta laitue. Tiens, d'abord, prends celle-là dans ta gueule ! *(Il me gifla à m'en déboulonner la tête)* Celle-là aussi ce n'est pas un petit Bengali ou un petit Camerounais qui ne l'aura pas ! C'est *toi* et rien que *toi*. Concoctée à ton intention, spécialement, comme le bœuf ! La christologie, dont tu te fiches quand tu engloutis ta barbaque en mangeant comme un porc et chancre que tu es – tiens, une autre ! *(il me gifla derechef)* –, doit être pensée non seulement en fonction des beignes que tu prends, et que le petit Jésus prend le plus clair du temps à ta place – car s'il n'était pas là tu en ramasserais toute la journée –, mais aussi en fonction de ton bœuf-laitue. À l'horizon du bœuf, il y a Jésus.

Quelques jours plus tard, mes parents ayant invité à dîner l'abbé Chacoupé – celui-ci continua sur le même registre, extrêmement satisfait de la vision du monde de mon père, qu'il n'eût jamais osé espérer chez lui. L'abbé Chacoupé, au vrai, n'était pas venu complètement par hasard : son instinct de prosélyte l'avait attiré en nos parages selon lui trop païens, et il s'était juré de repartir de chez nous avec la ferme promesse que je commencerais au plus vite le catéchisme en sa paroisse Saint-Laurent, sise place Saint-Laurent, place triste et nue sur laquelle des vespasiennes aux infects relents faisaient le bonheur des soupeurs, des pervers – des curieux.

— À présent, me dit l'abbé, que tu n'es plus juif du tout – ce qui au passage est un peu beaucoup grâce à moi –, il faut que tu réfléchisses à ton rapport, je ne dis pas à Dieu – tu n'en es pas là –, mais du moins à Jésus. C'est Jésus, si tu lui accordes ta pleine confiance, qui fera le travail pour toi en ce qui concerne tes relations avec Dieu. Tu le connais, Jésus ? Cela te dit quelque chose ?

— Il ne connaît rien, sassassura mon père.

— Rien à rien, bolbologua ma mère. C'est un âne de la crèche. Bâté en plus.

— « Que sais-je ? » n° 532, répondis-je. Marc-As l'a chez lui. Par Louis-Gonzague Hournaty.

— Bien, bien, fit mine de ne pas s'étonner l'abbé (qui adressa à mes parents une mimique destinée à ce qu'ils ne s'inquiètent pas plus que de raison). C'est déjà un début. Que sais-tu de Lui ?

— Il est mort.

— Vous mettez toujours des majuscules en parlant de Lui ? demanda ma mère.

— Oui, répondit Chacoupé. C'est la moindre des choses, madame.

— Je note en tout cas que vous n'en mettez pas à « madame », fit observer ma mère.

— Tu sais, ne releva pas l'abbé, Jésus n'est pas vraiment mort. C'est un faux mort, un mort pour de faux. Il va revenir.

— Je sais, dis-je. Se *ressurecter*.

Mon père esquissa un mouvement de main très largement destiné à me percuter le visage, mais l'abbé Chacoupé fit en sorte que ledit mouvement avortât au cours de sa belle courbe géométrique dans les airs.

— Eh bien si tu sais cela, sourit l'abbé, tu sais l'essentiel.

L'abbé Chacoupé obtint de mes parents qu'ils nous laissassent quelques minutes en tête à tête dans le couloir menant aux chambres, couloir le long duquel étaient disposés d'atroces fauteuils en rotin, jamais utilisés, qui occasionnaient un terrible mal de dos. Il faut bien imaginer, pendant la dialoguée scène qui va suivre, les grommellements de ma mère, les dénigrements de mon père, en borborygmes distants et diffus, qui sonnaient comme une angoissante musique d'ambiance.

— Je n'ai presque plus rien à t'apprendre, méluchona l'abbé. Le reste, c'est Jésus Lui-même qui va te l'enseigner. Tu es d'accord ? Je te pose la question, mais en réalité tu n'as pas tellement le choix, parce que si tu ne viens pas au catéchisme, je vais aller répéter partout ce que tes parents te font subir. Ce qu'il faut juste que je te montre – après tu seras tranquille pour toute ta vie –, ce sont les moyens d'accès à Jésus, les couloirs, les portes, les labyrinthes qui mènent à Lui. Je vais t'y conduire. Tu verras. Jésus est Quelqu'un d'*absolument* formidable. Vous avez déjà un gros point commun tous les deux. Lui aussi est né juif, comme toi. Oui, Lui aussi a connu *ça*. Tous les deux, vous avez réussi, vous êtes parvenus à *en* sortir. On peut dire que vous avez fait le même chemin. Que, toi et Lui, vous revenez de très loin. J'ai appris, car je sais tout – et c'est pourquoi je peux tout punir – que tu voulais devenir écrivain. Ce n'est pas une bonne chose. Jésus n'a pas écrit de livres. Si tu veux continuer à L'imiter – ce que tu fais très bien quand tes parents te frappent à mort et que tu manges du poisson le vendredi –, il te faut poser ton stylo, bonhomme. Il te faut en sus cesser de lire trop de romans de la Bibliothèque rose et de bandes dessinées. Il vaut mieux – lorsqu'on peut se le permettre – avoir des livres écrits sur soi qu'écrire des livres au sujet des autres. Le seul qui vaille qu'on écrive sur lui, c'est Jésus – tu vois, dans cette phrase, je n'ai pas mis de majuscule à « lui » car je voulais conserver le suspense. Si tu veux écrire, il faut que tu écrives sur Lui. Sinon, le mieux est de renoncer à l'écriture. N'écoute pas cet étrange personnage qu'est ton parrain, cet Oh Marc-Astolphe que je connais de réputation et qui est le diable en personne. Il a sur toi – tout le monde le dit – une influence extrêmement néfaste. On murmure qu'il te met sous les yeux, à 8 ans, des ouvrages de James Joyce et qu'il te fait lecture, le soir avant que tu ne t'endormes, des poèmes de Góngora. Je suis bien renseigné. On me fait des fiches. Des comptes rendus. J'ai mes espions. Oh Marc-Astolphe est un homme excessivement excessif. Il passe des journées entières, cela est établi, à écouter de la musique de Harry Partch et de Conlon Nancarrow – ce qui n'est point convenable. Ce ne sont point là des compositeurs que doivent écouter les enfants. Non plus que Varèse. Oh Marc-Astolphe est un homme de trop-plein, c'est un homme qui déborde. C'est un homme, mon petit ami, qui se vante plus qu'à son tour. Tu cours à ta perte en fréquentant ce drôle. C'est un adulte, mais qui se comporte en enfant. C'est un être instable que je n'ai aperçu qu'une ou deux fois à la messe, et qui jamais n'a avalé l'hostie. Je suis pratiquement certain qu'il ne connaît pas les Saintes Écritures.

8

Marc-Astolphe, c'est exact, me faisait découvrir des univers très personnels. Il collectionnait, avec une caractérielle minutie, les œuvres les plus étonnantes qui fussent – pour un enfant, qui par définition ne connaît rien, ce cosmos de sons s'avérait un considérable paradis. Il s'était constitué ce qu'il avait baptisé lui-même une « astolphotèque », riche de plusieurs milliers de disques vinyles (78 tours, 45 tours, 33 tours), de bandes magnétiques, de cassettes, de livres (je ne compte pas là sa collection intégrale des « Que sais-je ? »), de manuscrits, de tapuscrits, de dessins, de peintures, de lithographies, mais aussi de films 35 mm, 16 mm et 8 mm, de pellicules photo ou cinéma d'une grande rareté. Voici – la liste complète exigerait vingt-neuf volumes de la taille de ce roman – quelques œuvres incontournables de cette astolphothèque. Je commence par la musique. Et par ordre décroissant de préférence (Marc-As était un homme de liste, ce qui faisait de lui un grand admirateur de Jean-Jacques Schuhl, ce que je deviendrais à mon tour, en même temps qu'un ami – j'aime boire avec Jean-Jacques des coupes de champagne en parlant de Beckett, de Proust ou de Kafka au cœur de l'hiver parisien). 1) *Lulu* d'Alban Berg (Marc-As était bouleversé par la fin du premier acte, pour le moment, paroxystique, summumistique, où Lulu tire sur le Docteur Schön, le seul homme qu'elle ait jamais aimé – « Moi, le petit pied-noir, je ne suis au fond rien d'autre qu'un expressionniste viennois... », m'avait-il confié le vendredi 2 juillet 1976, sans que je comprisse ce que cela signifiait *véritablement*) ; 2) *Rotate the Body in All Its Planes – Ballad for Gymnasts* de Harry Partch, à égalité avec *Studies for Player Piano* de Conlon Nancarrow ; 3) *Concerto pour clarinette* de Jean Barraqué ; 4) *Eonta* de Iannis Xenakis ; 5) *Couleurs croisées* de Henri Pousseur, à égalité avec *Serenade* d'Arnold Schönberg ; 6) *Le Soleil des eaux* de Pierre Boulez ; 7) *D'un espace déployé* de Gilbert Amy ; 8) *Estancia* d'Alberto Ginastera ; 9) *Jeîta* de François Bayle, à égalité avec *Jazz Advance* de Cecil Taylor ; 10) *Anaklasis* de Krzysztof Penderecki, à égalité avec *Passacaille* d'Anton Webern ; 11) *Ionisation* d'Edgard Varèse ; 12) *Quatuor n° 15* de Dimitri Chostakovitch ; 13) *Des canyons aux étoiles* d'Olivier Messiaen ; 14) *Hyperion* de Bruno Maderna ; 15) *Quatuor n° 2* de Milton Babbitt ; 16) *Vingt Regards sur l'enfant Jésus* d'Olivier Messiaen, à égalité avec *Kâmakalâ* de Jean-Claude Éloy ; 17) *String Quartet* de Conlon Nancarrow ; 18) *Como una ola de fuerza y luz* de Luigi Nono, à égalité avec *Antiphysis* de Hugues Dufourt ; 19) *Kontakte* de Karlheinz Stockhausen ; 20) *The Lovers* de Samuel Barber ; 21) *Ekklesiastische Aktion* de Bernd Alois Zimmermann, à égalité avec *Absolutely Free* des Mothers of Invention ; 22) *Epifanie* de Luciano Berio ; 23) *A Child of Our Time* de Michael Tippett, à égalité avec *My Name is Albert Ayler* d'Albert Ayler ; 24) *Music in 12 Parts* de Philip Glass, à égalité avec *In C* de Terry Riley ; 25) *Coro* de Luciano Berio ; 26) *24 Préludes* de Maurice Ohana ; 27) *Récit de l'An zéro* de Maurice Ohana ; 28) *Windsong* de Harry Partch ; 29) *Déserts* d'Edgard Varèse ; 30) *Domaines* de Pierre Boulez ; 31) *Durations I-V* de Morton Feldman ;

32) *Vanessa* de Samuel Barber, à égalité avec *Akisakila* de Cecil Taylor ; 33) *The Dreamer that Remains – A Study in Loving* de Harry Partch ; 34) *Water ! Water ! – An Intermission with Prologues* de Harry Partch ; 35) *Quatuor pour la fin du Temps* d'Olivier Messiaen ; 36) *Music for 18 Musicians* de Steve Reich ; 37) *And on the Seventh Day Petals Fell in Petaluma* de Harry Partch ; 38) *Concerto pour piano* de John Cage ; 39) *Módulos I-II* de Luis de Pablo ; 40) *Métaboles* de Henri Dutilleux ; 41) *Two For The Price Of One* de Larry Willians et Johnny Watson ; 42) *Der Kaiser von Atlantis* de Viktor Ullmann ; 43) *Credo* de Arvo Pärt ; 44) *Unity Capsule* de Brian Ferneyhough ; 45) *The Well-Tuned Piano* de La Monte Young ; 46) *De natura sonorum* de Bernard Parmegiani ; 47) *Black Angels* de George Crumb, à égalité avec *The Triumph of Time* de Harrison Birtwistle ; 48) *Concerto pour violon* de Samuel Barber ; 49) *Octuor* de Galina Ustvolskaya ; 50) *Chronochromie* d'Olivier Messiaen ; 51) *Sonate n° 1* de Karel Goeyvaerts ; 52) *Concerto pour piano* de Józef Koffler ; 53) *Dark to Themselves* de Cecil Taylor ; 54) *Quatuor à cordes n° 3* de Giacinto Scelsi ; 55) *Pierrot lunaire* d'Arnold Schönberg ; 56) *Uncle Meat* des Mothers of Invention ; 57) *Das Augenlicht* d'Anton Webern ; 58) *Brisants* de Hugues Dufourt ; 59) *La Quête d'Orphée* d'Alain Bancquart, à égalité avec *Thelonious Alone in San Francisco* de Thelonious Monk ; 60) *Altitude 8000* de Tristan Murail, à égalité avec *Out to Lunch !* d'Eric Dolphy ; 61) *Partiels* de Gérard Grisey ; 62) *Aventures* de György Ligeti, à égalité avec *Pli selon pli* de Pierre Boulez ; 63) *Pour les enfants* de Béla Bartók, à égalité avec *Bless This Home* de Harry Partch ; 64) *Suite de danses* de Béla Bartók, à égalité avec *Nones* de Luciano Berio ; 65) *Tre Poemi* de Luigi Dallapiccola ; 66) *Freak Out !* des Mothers of Invention, à égalité avec *The Empty Foxhole* d'Ornette Coleman ; 67) *Where Is Brooklyn ?* de Don Cherry, à égalité avec *Amazonas* de Nana Vasconcelos ; 68) *For Grilly* de Franco Donatoni ; 69) *War*

Requiem de Benjamin Britten, à égalité avec *Einstein on the Beach* de Philip Glass ; 70) *Der Schwanendreher* de Paul Hindemith, à égalité avec *Townes Van Zandt* de Townes Van Zandt ; 71) *Quatuor n° 14* d'Alois Hába, à égalité avec *Nonet n° 4* d'Alois Hába ; 72) *Mi-parti pour orchestre* de Witold Lutoslawski, à égalité avec *Les Fabulettes* d'Anne Sylvestre ; 73) *Epithalamion* de Roberto Gerhard ; 74) *Mare nostrum* de Mauricio Kagel ; 75) *Romance barbare* d'André Jolivet ; 76) *Die Grosse Sehnsucht* de Paul Dessau, à égalité avec *Blood on the Tracks* de Bob Dylan ; 77) *Quintette à vents* de György Kurtág, à égalité avec *One Size Fits All* de Frank Zappa & The Mothers of Invention ; 78) *Petrouchka* d'Igor Stravinsky ; 79) *Mad Scene* de Harry Partch ; 80) *2 Settings from Finnegans Wake* de Harry Partch, à égalité avec *Even Wild Horses, Dance Music for an Absent Drama* de Harry Partch ; 81) *The Wooden Bird* de Harry Partch ; 82) *114 Songs* de Charles Ives ; 83) *De A à Z* de Bruno Maderna, à égalité avec *Septet* de Conlon Nancarrow ; 84) *Quadrivium* de Bruno Maderna ; 85) *Crime of the Century* de Supertramp, à égalité avec *New Grass* d'Albert Ayler ; 86) *Laura* de Don Byas ; 87) *Reed Phase* de Steve Reich ; 88) *Study in Sonority* de Wallingford Riegger, à égalité avec *Solo Monk* de Thelonious Monk ; 89) *Candide* de Leonard Bernstein ; 90) *The Far East Side* de Duke Ellington ; 91) *The Firebrand of Florence* de Kurt Weill, à égalité avec *The Doors* des Doors ; 92) *Sonata Dementia* de Harry Partch ; 93) *Canticum canticorum salomonis* de Krzysztof Penderecki, à égalité avec *Honky Château* d'Elton John ; 94) *Delta Momma Blues* de Townes Van Zandt ; 95) *Incontri* de Luigi Nono ; 96) *The Bewitched* de Harry Partch ; 97) *Katja Kabanova* de Leoš Janáček ; 98) *Arcana* d'Edgard Varèse ; 99) *Wallenstein* de Vincent d'Indy, à égalité avec *Pour les Morts* de Paul Le Flem ; et, *last but not least*, 100) *Esther de Carpentras* de Darius Milhaud.

Passons à présent au top 100 du département « livres » de l'astolphotèque : 1) *Solitudes* de Luis de Góngora, à égalité avec *Petit Index alphabétique du catalogue analytique sommaire et table analytique très sommaire de la sixième série* de Charles Péguy ; 2) *Le Monachicos* d'Évagre le Pontique, à égalité avec *Heurs et malheurs du trou du cul* de Francisco de Quevedo ; 3) *Mille Jours à Pékin* de Maurice Ciantar ; 4) *La Bhagavad-Gita* ; 5) *La Vie du Monde à venir* d'Abraham Aboulafia, à égalité avec *L'École des vieillards* de Casimir Delavigne ; 6) *Mémoire sur le système primitif des voyelles dans les langues indo-européennes* de Ferdinand de Saussure ; 7) *Du mouron pour les petits oiseaux* d'Albert Simonin, à égalité avec *Le Chef des odeurs suaves* de Robert de Montesquiou ; 8) *Un pape femelle* de Léo Taxil ; 9) *La Femme studieuse* de Félix Antoine Philibert Dupanloup, à égalité avec *Chansons madécasses* d'Évariste de Parny ; 10) *Au son des cloches* d'Émile Gebhart ; 11) *Critique de l'histoire évangélique des synoptiques* de Bruno Bauer, à égalité avec *Souvenirs de mon enfance* d'Albert Schweitzer ; 12) *Zoo Story* d'Edward Albee ; 13) *La Nonne Alferez* de José-Maria de Heredia, à égalité avec *La Clavicule universelle des clavicules de Salomon ou le Grimoire des Grimoires* d'Éliphas Lévi ; 14) *Vita Karoli Magni* d'Éginhard ; 15) *L'Opium et le Bâton* de Mouloud Mammeri ; 16) *Songes et discours traitant de vérités dénicheuses d'abus, vices et tromperies, dans tous les états et offices du monde* de Francisco de Quevedo ; 17) *L'Apprentif Administrateur* de Nicolas Cirier ; 18) *Rires et Larmes dans l'armée !* de Paul Tisseyre-Ananké ; 19) *Catalogue analytique sommaire de nos cinq premières séries* de Charles Péguy, à égalité avec *Finnegans Wake* de James Joyce ; 20) *Les Gens de bureau* d'Émile Gaboriau ; 21) *Le Geste* de Charles Hacks ; 22) *De la conduite des curés dans les circonstances présentes. Lettre d'un curé de campagne à son confrère, député à l'Assemblée nationale, sur la conduite à tenir par les pasteurs des âmes, dans les affaires du jour* d'Augustin

Barruel, à égalité avec *Lord Jim* de Joseph Conrad ; 23) *Point de rencontre à l'infini* de Klaus Mann ; 24) *Assomption de l'Europe* de Raymond Abellio, à égalité avec *Obéissance ou servitude* d'Albert Caraco ; 25) *Écrasez-le* de William Cliff, à égalité avec *The Franchiser* de Stanley Elkin ; 26) *Reflets d'hélices* de Maurice Carême ; 27) *L'Expérience intérieure* de Georges Bataille ; 28) *Un homme fini* de Giovanni Papini, à égalité avec *Über die Reflexion des Lichtes in einer inhomogenen Schicht. Inaugural-Dissertation zur Erlangung der Doktorwürde genehmigt von der Philosophischen Fakultät der Friedrich-Wilhelms-Universität zu Berlin* de Moritz Schlick ; 29) *La Souffrance des eaux* d'Emmanuel Signoret, à égalité avec *Enfance* de Nathalie Sarraute ; 30) *Rose poussière* de Jean-Jacques Schuhl ; 31) *Critique de la critique critique* de Karl Marx, à égalité avec la Bible ; 32) *Liturgie cosmique* de Hans Urs von Balthasar ; 33) *Catalogue Analytique Sommaire des 5 Séries des* Cahiers, *précédé de « Quelques mots »* de Charles Péguy, *et suivi de « Petit Index alphabétique de nos sept premières séries » et de Table analytique très sommaire de notre Septième Série 1905-1906* de Charles Péguy, à égalité avec *Ulysse* de James Joyce ; 34) *Mister Man* de Gaston Cherpillod ; 35) *Réalisme* de Pierre de Félice ; 36) *Mes paradis* de Jean Richepin, à égalité avec *Quomodo Sibyllas recentiores artifices representaverint* d'Émile Mâle ; 37) *L'Écriture des pierres* de Roger Caillois ; 38) *Mémoires* d'Alphonse Juin ; 39) *Pommes d'Ève* de Georges de Porto-Riche, à égalité avec *Le Chemin de Damas* d'Octave Aubry ; 40) *La Touffe de sauge* de Laurent Tailhade ; 41) *Le Centaure de Dieu* de Jean de La Varende, à égalité avec *Locus Solus* de Raymond Roussel ; 42) *Le Troisième Rang du collier* de Judith Gautier ; 43) *L'Allée des mortes* d'Alexandre Arnoux ; 44) *La maison brûle* de Paul Margueritte, à égalité avec *Du côté de chez Swann* de Marcel Proust ; 45) *La Main tendue* de Philippe Hériat ; 46) *Le Sang du pauvre* de Léon Bloy ; 47) *La Rose au balcon* de Francis Carco ; 48) *De vita Adalhardi Cor-*

biensis abbatis de Paschase Radbert ; 49) *Gestes et opinions du docteur Faustroll, pataphysicien* d'Alfred Jarry ; 50) *Sein und Zeit* de Martin Heidegger ; 51) *Diwan* de Mansur al-Hallaj ; 52) *L'Ombilic des limbes* d'Antonin Artaud ; 53) *Un chien qui aboie* de Gérard Jarlot ; 54) *De arte cabalistica* de Johann Reuchlin, à égalité avec *Les Nourritures terrestres* d'André Gide ; 55) *La Confession de Diogène* de Raymond Guérin ; 56) *L'Orange bleue* de Yassu Gauclère, à égalité avec *Monique* de Marcel Arland ; 57) *Peaux de couleuvre* d'Étiemble ; 58) *Les Origines humaines* de Jean-Pierre Brisset ; 59) *La Pesanteur et la Grâce* de Simone Weil, à égalité avec *The Lost Trooper* de Talbot Mundy ; 60) *Zhurma e erërave të dikurshme* de Dritëro Agolli ; 61) *Matérialisme et Empiriocriticisme* de Lénine, à égalité avec *La Somme et le Reste* d'Henri Lefebvre ; 62) *L'Instituant contre l'institué* de René Lourau ; 63) *La Doublure* de Raymond Roussel, à égalité avec *Cosmopolis* de Paul Bourget ; 64) *La Bonne Souffrance* de François Coppée ; 65) *Lettres à Dortous de Mairan* de Malebranche ; 66) *Ma profession de foi sur l'Apparition de Notre-Dame de La Salette* de Maximin Giraud, à égalité avec *Mon lieutenant Charles Péguy* de Victor Boudon ; 67) *Çiçekleri Yemeyin* de Özdemir Asaf ; 68) *A Estrela de absinto* de Oswald de Andrade, à égalité avec *L'albatros a trois heures de retard* d'Albert Ayguesparse ; 69) 死水 de 聞一多 ; 70) *Autour de la théorie esthétique. Paralipomena, théorie sur l'origine de l'art, Introduction première* de Theodor W. Adorno ; 71) *Catalogus manuscriptorum codicum Collegii Claromontani, quem excipit catalogus missrum domus professae Parisiensis* de Louis Georges Oudard Feudrix de Bréquigny, à égalité avec *Les Métamorphoses* d'Ovide ; 72) *L'Absence* de François-Auguste Mignet ; 73) *De la grippe* de Charles Péguy ; 74) *Encore de la grippe* de Charles Péguy ; 75) *Toujours de la grippe* de Charles Péguy ; 76) *Des traités de commerce selon la Constitution de 1852* de Saint-Marc Girardin, à égalité avec *De la situation de la papauté au 1er janvier 1860* de Saint-Marc Girardin ; 77) *Un crépuscule d'Islam* d'André Chevrillon ; 78) *Dames d'autrefois* de Henry Roujon, à égalité avec *Les États de Blois* de Ludovic Vitet ; 79) *Recherches sur l'origine du Bosphore de Thrace* de Marie-Gabriel-Florent-Auguste de Choiseul-Gouffier ; 80) *Silhouettes de soldats* d'Alfred Mézières, à égalité avec *Adrienne Lecouvreur* de Gabriel-Jean-Baptiste-Ernest-Wilfrid Legouvé ; 81) *Aux frontières de l'astronomie* de Fred Hoyle ; 82) *The Andromeda Breakthrough* de Fred Hoyle ; 83) *La Cinquième Planète* de Fred et Geoffrey Hoyle ; 84) *Le Nuage noir* de Fred Hoyle ; 85) *Andromède* de Fred Hoyle ; 86) *Ossian's Ride* de Fred Hoyle ; 87) *Galaxies, Noyaux et Quasars* de Fred Hoyle ; 88) *Highlights in Astronomy* de Fred Hoyle, à égalité avec *Correspondance avec Jacques Rivière* d'Antonin Artaud ; 89) *La Vie des abeilles* de Maurice Maeterlinck ; 90) *Promethidenloos* de Gerhart Hauptmann, à égalité avec *Les Charlatans modernes* de Marat ; 91) *Gens de Dublin* de James Joyce ; 92) *Printemps noir* de Henry Miller ; 93) *Nothing More to Declare* de John Clellon Holmes ; 94) *Guilty of Everything* de Herbert Huncke ; 95) *With Eye and Ear* de Kenneth Rexroth, à égalité avec *Le Cahier gris* de Roger Martin du Gard ; 96) *Le Midrash Rabba sur Esther* ; 97) *Le Midrash Rabba sur Ruth* ; 98) *Le Fumier de Job* de Bernard Lazare, à égalité avec *Le Pieu du futur* de Velimir Khlebnikov ; 99) *L'eau passe* de Maurice Carême, à égalité avec *De la juste solution des contradictions au sein du peuple* de Mao Tsé-Toung ; 100) *Ferdydurke* de Witold Gombrowicz.

Et voici à présent les cent films préférés de Marc-Astolphe : 1) *L'Ère des Médicis* de Roberto Rossellini ; 2) *The Trail of Hate* de John Ford, à égalité avec *Un pilote revient* de Roberto Rossellini ; 3) *Sayat Nova, la couleur de la grenade* de Serguei Paradjanov ; 4) *Herr Storms første monocle* d'August Blom, à égalité avec *Paramatta, bagne de femmes* de Douglas Sirk ; 5) *L'Homme à la croix* de Roberto Rossellini ; 6) *La Vierge de Nuremberg* d'Antonio Margheriti, à égalité avec *Les Évadés de la nuit* de Roberto Rossellini ; 7) *3 Supermen vs. Mad Girl* de Cavit Yürüklü ; 8) *Rasage* de Gérard Courant, à égalité avec *Cassis* de Jonas Mekas ; 9) *La Mort du soleil* de Germaine Dulac ; 10) *The Very Eye of Night* de Maya Deren, à égalité avec *Prélude à l'après-midi d'un faune* de Roberto Rossellini ; 11) *Le Dindon tyrannique* de Roberto Rossellini ; 12) *Spirals* d'Oskar Fischinger, à égalité avec *La forêt silencieuse* de Roberto Rossellini ; 12) *Printemps* de Roberto Rossellini ; 13) *Surface Tension* de Hollis Frampton ; 14) *Prenez garde à la peinture* de Henri Chomette, à égalité avec *La Guerre des étoiles* de George Lucas ; 15) *Le Vilain Plombier* de Roberto Rossellini ; 16) *Limite* de Mário Peixoto, à égalité avec *Fantaisie sous-marine* de Roberto Rossellini ; 17) *La Région centrale* de Michael Snow ; 18) *Lemon* de Hollis Frampton, à égalité avec *Le Ruisseau de Ripasottile* de Roberto Rossellini ; 19) *Kustom Kar Kommandos* de Kenneth Anger ; 20) *Matelots en menottes* de Kenneth Anger ; 21) *Pureté* de Roberto Rossellini, à égalité avec *Puce Moment* de Kenneth Anger ; 22) *Skein* de Stan Brakhage ; 23) *L'Âme noire* de Roberto Rossellini ; 24) *Dreams That Money Can Buy* de Hans Richter, à égalité avec *Où est la liberté ?* de Roberto Rossellini ; 25) *Dwi-Ja* de James Whitney ; 26) *Symphonie diagonale* de Viking Eggeling ; 27) *Le Sang d'un poète* de Jean Cocteau, à égalité avec *The Chicken* de Roberto Rossellini ; 28) *Concerto per Michanlegelo* de Roberto Rossellini ; 29) *Le Centre Georges-Pompidou* de Roberto Rossellini, à égalité avec *Anémic Cinéma* de Marcel Duchamp ; 30) *Le Messie* de Roberto Rossellini ; 31) *Santa Brigida* de Roberto Rossellini, à égalité avec *Komposition in Blau* d'Oskar Fischinger ; 32) *Jamestown Baloos* de Robert Breer ; 33) *Hen Hop* de Norman McLaren ; 34) *La Machine à tuer les méchants* de Roberto Rossellini ; 35) *Une fille dans chaque port* de Howard Hawks, à égalité avec *La Proie du désir* de Roberto Rossellini ; 36) *La Vivace Thérèse* de Roberto Rossellini ; 37) *Exorcismos* d'Arturo Ripstein, à égalité avec

Le Navire blanc de Roberto Rossellini ; 38) *O Dragaozinho Mansao* de Humberto Mauro ; 39) *L'Envie* de Roberto Rossellini, à égalité avec *Escale* de Louis Valrey ; 40) *La Porte de la jeunesse* de Kiriro Urayama ; 41) *Napoli '43* de Roberto Rossellini ; 42) *La Peur* de Roberto Rossellini, à égalité avec *Le Psychodrame* de Roberto Rossellini ; 43) *J'ai fait un beau voyage* de Roberto Rossellini ; 44) *Inde, terre mère* de Roberto Rossellini ; 45) *Vive l'Italie* de Roberto Rossellini ; 46) *Vanina Vanini* de Roberto Rossellini, à égalité avec *Turin dans cent ans* de Roberto Rossellini ; 47) *An un* de Roberto Rossellini ; 48) *Rice University* de Roberto Rossellini ; 48) *Descartes* de Roberto Rossellini, à égalité avec *Augustin d'Hippone* de Roberto Rossellini ; 49) *Blaise Pascal* de Roberto Rossellini ; 50) *La forza e la ragione : Intervista a Salvatore Allende* de Roberto Rossellini ; 51) *Socrate* de Roberto Rossellini, à égalité avec *Les Actes des Apôtres* de Roberto Rossellini ; 52) *La Lutte de l'homme pour sa survie* de Roberto Rossellini ; 53) *Rome ville ouverte* de Roberto Rossellini, à égalité avec *Païsa* de Roberto Rossellini ; 54) *Stromboli* de Roberto Rossellini ; 55) *Wiener Luft* d'Ernst Hofbauer ; 56) *Les Onze Fioretti de François d'Assise* de Roberto Rossellini, à égalité avec *La Prise du pouvoir par Louis XIV* de Roberto Rossellini ; 57) *L'Âge de fer* de Roberto Rossellini ; 58) *Benito Mussolini* de Pasquale Prunas ; 59) *Turin entre deux siècles* de Roberto Rossellini ; 60) *La femme que j'ai abandonnée* de Kiriro Urayama ; 61) *Le Général Della Rovere* de Roberto Rossellini, à égalité avec *Jeanne au bûcher* de Roberto Rossellini ; 62) *Orient Express* de Roberto Rossellini ; 63) *Voyage en Italie* de Roberto Rossellini, à égalité avec *Rivalité* de Roberto Rossellini ; 64) *Europe '51* de Roberto Rossellini ; 65) *La Voix humaine* de Roberto Rossellini ; 66) *Orange mécanique* de Stanley Kubrick, à égalité avec *Il miracolo* de Roberto Rossellini ; 67) *The Mark of Zorro* de Rouben Mamoulian ; 68) *200 Motels* de Frank Zappa ; 69) *Take Me to Town* de Douglas Sirk, à égalité avec *No Room for the Groom* de Douglas Sirk ;

70) *La Bicyclette* de Roman Polanski ; 71) *L'Histoire d'un crime* de Ferdinand Zecca, à égalité avec *Naissance d'une nation* de David W. Griffith ; 72) *Captain Macklin* de Jack Conway ; 73) *Ghosts* de George Nichols, à égalité avec *Le Décaméron* de Pier Paolo Pasolini ; 74) *L'Alibi* de Pierre Chenal ; 75) *Zorn's Lemma* de Hollis Frampton, à égalité avec *La Madone des sleepings* de Henri Diamant-Berger ; 76) *L'Homme aux cent visages* de Robert Spafford, à égalité avec *L'Incendie du monastère du Lotus rouge* de Shichuan Zhang ; 77) *Out 1, Noli me tangere* de Jacques Rivette ; 78) *The Photo-Drama of Creation* de Charles Taze Russell, à égalité avec *Les Misérables* de Henri Fescourt ; 79) *Napoléon* d'Abel Gance ; 80) *Nightmare* de Jeremy Summers ; 81) *Guerre et Paix* de Serge Bondartchouk, à égalité avec *Le Signal rouge* d'Ernst Neubach ; 82) *The Mask of Diijon* de Lew Landers ; 83) *Storm Over Lisbon* de George Sherman, à égalité avec *Gibraltar* de Fedor Ozep ; 84) *Rappel immédiat* de Léon Mathot ; 85) *Panthea* d'Allan Dwan ; 86) *Macbeth* de John Emerson, à égalité avec *Three Faces East* de Roy del Ruth ; 87) *Crimson Romance* de David Howard ; 88) *Between Two Women* de George B. Seitz ; 89) *Macao, l'enfer du jeu* de Jean Delannoy, à égalité avec *On ne meurt pas comme ça* de Jean Boyer ; 90) *Minuit, quai de Bercy* de Christian Stengel, à égalité avec *Le Parrain* de Francis Ford Coppola ; 91) *Alerte au Sud* de Jean Devaivre ; 92) *Alraune* d'Arthur Maria Rabenalt, à égalité avec *Stark Mad* de Lloyd Bacon et *Les 7 Vampires d'or* de Roy Ward Baker ; 93) *King Kong revient* de Paul Leder, à égalité avec *King Kong* de Babubhai Mistri ; 94) *Poliziotti violenti* de Michele Massimo Tarantini, à égalité avec *La Couronne de fer* d'Alessandro Blasetti ; 95) *Electra Glide in Blue* de James William Guercio ; 96) *Les Mystères de New York* de Louis Gasnier, à égalité avec *La Mère* de Vsevolod Poudovkine ; 97) *La Sorcellerie à travers les âges* de Benjamin Christensen, à égalité avec *La Légende de Gösta Berling* de Mauritz Stiller ; 98) *Variétés* d'Ewald André

Dupont ; 99) *La Chair et le Diable* de Clarence Brown, à égalité avec *Farrebique* de Georges Rouquier ; et, enfin : 100) *Un soir... un train* d'André Delvaux, à égalité avec *Les Sans-Espoir* de Miklós Jancsó, *Les Yeux sans visage* de Georges Franju, *Elmer Gantry le Charlatan* de Richard Brooks et *Les Voyages de Sullivan* de Preston Sturges.

Et voici maintenant les cent œuvres d'art (possédées en répliques ou photographies, reproductions, faux) de l'astolphotèque : 1) *Bronze peint II (Canettes de bière)* de Jasper Johns (bronze peint) ; 2) *Veluti in Speculum* de Hans Hofmann (huile sur toile), à égalité avec *Sans titre* de Francesco Clemente (huile sur toile) ; 3) *La Mariée mise à nu par ses célibataires, même ou : Le Grand Verre* de Marcel Duchamp (peinture à l'huile, laque, feuille de plomb et poussière entre deux plaques de verre) ; 4) *June 2, 1971* d'On Kawara (liquitex sur toile), à égalité avec *Acrobate et jeune Arlequin* de Pablo Picasso (gouache sur carton) ; 5) *Litter and Bin* de Neil Jenney (acrylique et crayon sur toile) ; 6) *Colonel Splendid* de John Chamberlain (tôle d'acier peinte), à égalité avec *Nu* de Duane Michals (gélatine d'argent) et *Rouge, blanc et brun* de Mark Rothko (huile sur toile) ; 7) *Le Poing de Boccioni* de Giacomo Balla (bronze) ; 8) *Multitude* de Carel Visser (fer), à égalité avec *La Forêt sur la tête* de Georg Baselitz (huile sur toile) ; 9) *La Dernière des idoles* d'Eduardo Paolozzi (aluminium, peinture à l'huile) ; 10) *La Ville* de Fernand Léger (huile sur toile) ; 11) *Figure allongée* de Henry Moore (bois d'orme) ; 12) *Dithyrambique Babylone I* de Markus Lüpertz (huile sur toile) ; 13) *Le Poisson rouge* de Paul Klee (couleurs à l'huile et à l'eau sur papier et carton), à égalité avec *Conception Synchromy* de Stanton Macdonald-Wright (huile sur toile) ; 14) *Propriano* de Richard Mortensen (huile sur toile) ; 15) *Symphonie n° 1* de Vladimir Baranov-Rossiné (bois polychrome, carton peint et coquilles d'œufs broyées) ; 16) *Ballet de lumière automatique* d'Otto Piene (métal perforé, lumière, électronique), à égalité avec *Chartres* de Barnett Newman (huile sur toile) et *Main crispée (main droite)* d'Auguste Rodin (plâtre) ; 17) *Odalisque* de Robert Rauschenberg (bois, tissu, fil de fer, herbe, papier, photo, métal, coussin, coq empaillé, quatre ampoules électriques) ; 18) *Chambre à coucher, Ensemble I* de Claes Oldenburg (environnement, lit, deux tables de nuit, coiffeuse, chaise, tapis), à égalité avec *Le Corbeau* de Sigmar Polke (dispersion sur textile) ; 19) *Blast #1* d'Adolph Gottlieb (huile sur toile) à égalité avec *Nu masculin (Adam)* d'Ernst Ludwig Kirchner (bois de peuplier teinté et brûlé), à égalité avec *Que faire ?* de Mario Merz (poêle en métal, cire, écriture néon) et *Le Couronnement de la Vierge* de Fra Angelico (huile sur bois) ; 20) *Retour au pays* d'Ernst Haas (gélatine d'argent) ; 21) *La Joconde* de Léonard de Vinci (huile sur bois) ; 22) *Vernissage* de Howard Kanovitz (acrylique sur toile) ; 23) *Medici* de Franz Gertsch (dispersion sur toile), à égalité avec *Composition carré bleu* de Carl Buchheister (huile sur contreplaqué) et *La Femme au tube* de Bernard Buffet (huile sur toile) ; 24) *Eurêka* de Jean Tinguely (tiges de fer, roues en acier, tubes métalliques, divers moteurs 220 V, peinture couleur rouille) ; 25) *Nudogramme* de Floris Neusüss (gélatine d'argent sur toile), à égalité avec *Le Sacre de Napoléon* de Jacques-Louis David (huile sur toile) ; 26) *Portrait de Marcel Duchamp* d'Antoine Pevsner (celluloïd sur zinc) ; 27) *Surface infinie* de Max Bill (bronze) ; 28) *La Récolte* de Mark Tobey (huile sur toile), à égalité avec *Demeure n° 3* de Henri Étienne-Martin (plâtre) ; 29) *Chute de neige* de Joseph Beuys (plaques de feutre sur trois troncs de sapins sans écorce) ; 30) *La Porte du baiser* de Constantin Brancusi (pierre), à égalité avec *New York, Midtown Manhattan, 42nd Street* d'Andreas Feininger (gélatine d'argent) et *Vermeer, portrait de l'artiste dans son atelier* de Malcolm Morley (acrylique sur toile) ; 31) *Téléphone-Homard* de Salvador Dalí (assemblage) ; 32) *Capricorne* de Max Ernst (bronze) ; 33) *Coin* de Günther Uecker (clous sur toile sur bois), à égalité avec *L'Athlète de la foire* de Camille

Bombois (huile sur toile) ; 34) *La Colonne sans fin* de Constantin Brancusi (fonte et acier), à égalité avec *Malédiction de Magritte* de Marcel Broodthaers (panneau de bois peint avec des impressions, étagère en bois, quatre verres à confiture avec coton et peinture bleue) ; 35) *Objet en néon enveloppé* de Keith Sonnier (tubes néon, câble, transformateur) ; 36) *Accrochage IV* de Reiner Ruthenbeck (tissu rouge sombre, tube métallique de section carrée), à égalité avec *De la main à la bouche* de Bruce Nauman (cire sur tissu) ; 37) *Cercles annuels* de Dennis Oppenheim (schéma des cercles annuels d'un arbre, coupé par la frontière politique entre les États-Unis et le Canada) ; 38) *Shift* de Richard Serra (béton, six parties) ; 39) *Modulateur d'espace-lumière* de László Moholy-Nagy (métal, plastique, bois, moteur électrique), à égalité avec *Palette de plaisir* de Jim Dine (huile, verre et papier sur toile) ; 40) *Femme allongée* d'Egon Schiele (huile sur toile) ; 41) *Portrait de Dora Maar* de Pablo Picasso (huile sur toile) ; 42) *Soldat qui marche* d'Alexandre Archipenko (bronze) ; 43) *Réfléchisseurs existentiels* de Johannes Grützke (huile sur toile), à égalité avec *La Guerre* de Konrad Klapheck (huile sur toile) ; 44) *Les Pieux bleus* de Jackson Pollock (huile, vernis auto et peinture aluminium sur toile) ; 45) *Merritt Parkway* de Willem de Kooning (huile sur toile) ; 46) *Swing Landscape* de Stuart Davis (huile sur toile), à égalité avec *CUSeeMe* de Peter Halley (acrylique, Day-Glo et Roll-a-Tex sur toile) ; 47) *Fontaine* de Marchel Duchamp (ready-made ; urinoir en porcelaine) ; 48) *Personnage* de Joan Miró (bronze peint) ; 49) *Méta-matic n° 12 (Le Grand Charles)* de Jean Tinguely (fer, moteur électrique, papier) ; 50) *Un beau matin* d'Anthony Caro (acier et aluminium peints), à égalité avec *Midi* d'Anthony Caro (acier peint en jaune) ; 51) *TELE MACK, TELE-MACK, TELEMACK* de Heinz Mack (deux photogrammes de film 16 mm sur vidéo) ; 52) *Yard* d'Allan Kaprow (environnement de pneus de voitures et autres matériaux) ; 53) *9-Nein-dé-coll/agen (Neuf-*

non-décoll/ages) de Wolf Vostell (happening éclaté en neuf endroits de la ville de Wuppertal), à égalité avec *Neige sur Munich* d'Othon Friesz (huile sur toile) ; 54) *La Plage de Fécamp* d'Albert Marquet (huile sur toile) ; 55) *La Fiancée du vent* d'Oskar Kokoschka (huile sur toile) ; 56) *L'Entrée à Jérusalem* de Wilhelm Morgner (huile sur toile), à égalité avec *Ulysse et Calypso* de Max Beckmann (huile sur toile) ; 57) *West 23rd* de Jack Tworkov (huile sur toile) ; 58) *Clown* de Henri Laurens (bois peint), à égalité avec *B.E.N.* de Harry Kramer (fil de bois) ; 59) *Configuration (Trois objets désagréables sur une figure)* de Jean Arp (plâtre) ; 60) *Figure accroupie* de André Derain (pierre) ; 61) *Jeannette V* de Henri Matisse (bronze) ; 62) *La Serpentine* de Henri Matisse (bronze) ; 63) *Emak-Bakia* de Man Ray (bois et crins de cheval), à égalité avec *Droite et demi-cercle de même longueur* de Franz Erhard Walther (acier, droite en quatre parties, demi-cercle, bande piétonne en quatre parties) ; 64) *Composition* de Jean-Paul Riopelle (huile sur toile) ; 65) *Virevolte* de Jean-Paul Riopelle (huile sur toile) ; 66) *K S I* de Morris Louis (acrylique sur toile) ; 67) *Le Prophète* de Giorgio De Chirico (huile sur toile) ; 68) *Le Barbouillé* de Jean Dubuffet (huile sur toile), à égalité avec *La Rencontre* de Richard Lindner (huile sur toile) ; 69) *Le Hallebardier* d'Alexandre Calder (fer peint en rouge) ; 70) *Le Berger des landes* de Germaine Richier (bronze), à égalité avec *Le Pont d'Ipswich* d'Alvin Langdon Coburn (photogravure) ; 71) *Composition issue de l'ovoïde* de Georges Vantongerloo (bois d'acajou peint en bleu, jaune et rouge) ; 72) *La Verdure* d'Eugène Leroy (huile sur toile), à égalité avec *Peinture horizontale en sept parties verticales* d'Alan Charlton (acrylique sur toile) ; 73) *La Montagne Sainte-Victoire, vue des Lauves* de Paul Cézanne (huile sur toile) ; 74) *La Ville entière* de Max Ernst (huile sur toile) ; 75) *Étude d'après le portrait du pape Innocent X de Vélasquez* de Francis Bacon (huile sur toile), à égalité avec *Étude pour un portrait de Van Gogh III* de Francis Bacon (huile et sable sur toile) ; 76) *Miracle* de Marino Marini (bois peint) ; 77) *Le Moulin de la Galette* de Pierre-Auguste Renoir (huile sur toile) ; 78) *Portrait de Paul Fort* de Gino Severini (collage sur toile), à égalité avec *Salle des architectures noires : Ausée* d'Anne et Patrick Poirier (fusain, liège, évier) ; 79) *Red Jackson dans « The Harlem Gang Story »* de Gordon Parks (gélatine d'argent) ; 80) *O Nascimento do Roca* de Francisco Brennand (céramique) ; 81) *Portrait de nuit* de Lucian Freud (huile sur toile) ; 82) *Le Palais aux rochers de fenêtres* d'Yves Tanguy (huile sur toile) ; 83) *No. 5* de Bradley Walker Tomlin (huile sur toile), à égalité avec *Construction, surface évolutive* d'Antoine Pevsner (cuivre) ; 84) *La Famille en laiton* d'Alexandre Calder (fil de laiton), à égalité avec *Champ de blé aux corbeaux* de Vincent Van Gogh (huile sur toile) ; 85) *Saint Longin* du Bernin (marbre) ; 86) *Phases de la néantitude* de Nobuo Sekine (acier spécial et rocher) ; 87) *La Danse* de Pablo Picasso (huile sur toile), à égalité avec *À nous la liberté* de Constant (huile sur toile) ; 88) *Offres galantes* de Jean Dubuffet (vinyle sur toile), à égalité avec *Salle d'audience* de Philip Guston (huile sur toile) ; 89) *Bleu* de Sam Francis (huile sur toile) ; 90) *Linda* de Chuck Close (acrylique sur toile), à égalité avec *Tête de taureau* de Pablo Picasso (bronze) et *Hexagone* de Marcel Broodthaers (étagère en bois hexagonale avec dix petites boîtes à pellicules photo et sept grands verres à confiture) ; 91) *Les Demoiselles d'Avignon* de Pablo Picasso (huile sur toile) ; 92) *Suprématisme* de Kasimir Malevitch (huile sur toile) ; 93) *Paysanne (à visage noir)* de Kasimir Malevitch (huile sur toile) ; 94) *Composition n° 6* de Piet Mondrian (huile sur toile), à égalité avec *M-peut-être (Portrait d'une jeune fille)* de Roy Lichtenstein (magna sur toile) ; 95) *La Femme à la poussette* de Pablo Picasso (bronze) : 96) *Le Socle du monde (Hommage à Galilée)* de Piero Manzoni (acier au corten) ; 97) *Accumulation de brocs* d'Arman (brocs émaillés dans une vitrine en plexiglas) ; 98) *Variation en trois parties sur trois différentes sortes de cubes* de Sol LeWitt (acier laqué) ; 99) *Interface* de Peter Campus (installation en circuit fermé ; une caméra noir et blanc, un projecteur vidéo noir et blanc, un projecteur lumière, une plaque de verre), à égalité avec *Construction pour des femmes nobles* de Kurt Schwitters (assemblage) ; 100) *Nu descendant un escalier (Duchampiana)* de Shigeko Kubota (sculpture vidéo ; quatre moniteurs, un magnétoscope, une bande vidéo, construction de contreplaqué), à égalité avec *Impression – Soleil levant* de Claude Monet (huile sur toile).

9

— Sache, mon petit, mon enfant, mon petit enfant, que fort peu de ces œuvres me parlent, kakazula l'abbé Chacoupé. Que fort peu, dans tous les cas, me plaisent. Ne reste pas là-dedans, rejoins-nous : à l'Église. Les coups que tu reçois, les sévices que tu perçois, les nombreux dommages que tu subis font de toi un homologue du petit Jésus. Quand il y a enfance et qu'il y a martyre, cela sécrète généralement du Jésus. Tu es un petit esclave du Seigneur aussi faible et martyr que toi. Il te convoque quand tes parents te frappent, et quand la douleur s'estompe, c'est là que Dieu parle. Dieu est présent dans l'estompation. Dans l'estompassion. Christ te parle dans la présence des coups. Dieu te parle dans l'absence des coups. Quand les coups se reposent, quand tu te répares. Quand tu es battu, c'est Jésus qui te convoque. Quand tu es en mode de réparation de tes tissus, des tissus meurtris de ta petite chair aliénée, injuriée, abîmée, c'est Dieu Lui-même, le Père du Fils, qui te convoque et Se convoque en toi. Il écrit Sa Parole dans ta chair. Il grave Ses mots dedans ta chair, sur ton cœur, en lettres de douleur, en lettres de cicatrices, d'hématomes, de bleus, de marques. C'est l'Incarnation, charnelle, de Dieu dans un de Ses fils frappés : toi. L'Église a besoin de tes hématomes, de tes douleurs, offre-lui tes plaies, ce sont les plaies de Notre Seigneur Jésus-Christ. Ces plaies ne t'appartiennent pas tout à fait, elles ne sont pas complètement ta propriété, il te faut en céder une part, il faut partager tes hématomes. Je serai là pour les relever, pour prélever sur ton épiderme cuit, bariolé, violé, la part de traces qui me revient, qui revient à la paroisse. Ton nom ne demande qu'à grandir sous mon aile, écoute la voix, entends les cloches, regarde le ciel, tes douleurs, tes spasmes, tes hurlements, mon fils, sont sanctifiés Là-haut, dans la grâce – chaque fois que tu es frappé, tu entres dans la paix, tu appartiens à l'éternité. Tu es le seul martyr du quartier, ne l'oublie pas. Tu es le seul martyr chrétien que nous avons sous la main. Tu m'es infiniment précieux. Tu es mon apôtre. Tu es mon sauveur. Je voudrais te voir à la messe, le dimanche, tous les dimanches, vêtu de blanc, la croix sur la poitrine, portant missel, agitant encensoir. Tu es notre témoin. Toi, petit juif converti, petit déraciné défiguré, petit exilé sur le territoire parental, petit haï, petit ostracisé, petit humilié : laisse-moi t'apprendre le pourquoi de ta présence, confie-moi le comment de ta destinée. Allons nous promener dessous les tilleuls du parc, sur les quais tristes et gris de la Loire, passons devant les maisons sombres, étriquées, fermées, méchantes, éclairées par une seule ampoule violente et nue, blafarde et blanche, allons nous promener parmi la tristesse et l'agonie de cette horrible et patiente petite ville qui s'effondre sous l'effet de sa monotonie, de son allure de cimetière, et raconte-moi tout, dis-moi tout, confie-moi tout. Je suis ton ami, je suis ton serviteur, je suis aussi un père pour toi. Je veux percer ton mystère, dévoile-moi les ecchymoses qui courent sur tes avant-bras. Je voudrais te voir juste après frappage, immédiatement après tabassage, après martyrisage, quand tu ne peux plus écrire un seul petit enfantin mot, que tu ne peux plus parler à cause du boursouflement de tes lèvres ensanglantées, que tu ne peux plus t'évader par la pensée, que tu n'as pas même la force de haïr quiconque. C'est *cet* instant que je voudrais saisir, cet instant blessé. Cet instant saigné. Cet instant meurtri. Cet infini d'instant souffert, à deux mètres de la mort, dans le vacillement de l'univers, quand tu n'es presque plus, quand tu n'es qu'une douleur, que tu interroges la vie, que la propagande de la mort s'insinue dans ton sort abruti – très abruti. Un jour, tu deviendras un ancien enfant et pour moi, il sera trop tard : l'Église t'aura raté. Tu auras été recouvert par les années, tu seras peut-être et sans doute devenu alcoolique et brutal, suicidé, drogué, passé, trépassé. Tu ne m'intéresseras plus : ton cas sera devenu social, sociologique, sociologisant. Il aura perdu de son enfantin mystère, tes hurlements auront perdu en profondeur, ton incompréhension, en intensité, ton abîme, en grâce, ton martyre, en démesure. Les adultes qui s'affaissent, qui descendent vers le grand trou, qui s'effritent, cela ne va pas très loin. Ils me m'intéressent point. Tu imagines sans doute que les coups que tu reçois sont une injustice, un non-sens, une absurdité qui pleut mécaniquement sur toi, en gratuite giboulée. Ce n'est rien de tout cela. Ces coups ne t'éduquent point – je suis d'accord. Ils ne te font point progresser – je suis d'accord. Ils ne te seront d'aucun enseignement ni d'aucun secours dans ta vie future – je suis d'accord. Leur sens, à vrai dire, est *ailleurs*. Ce ne sont pas tes parents, ni la société qui peuvent leur conférer un relief, une dimension, une mission : mais l'Église. Si, sur ces douleurs et ces punitions, tu greffes la foi en Notre Seigneur Jésus, alors tes coups cessent aussitôt de provenir de ton papa, de ta maman, pour être ton œuvre en propre, ta création, le seul fruit de ta volonté : par la foi, les coups sont donnés à toi par toi par le simple intermédiaire de tes parents. Tes parents ne sont que mobilisés pour t'assister dans cette mission que, par la foi, tu t'es consignée *à toi-même*. Par la foi, grâce à la foi, tu peux considérer que tout ce qui t'est administré ne t'est administré que *par toi-même*. Tu recouvres ainsi l'intégralité de la liberté dont tu t'étais cru injustement privé, spolié. L'humiliation ? Stoppée. Jugulée. Décapitée ! Eradiquée. Plus rien ne vient du dehors : tout provient du dedans. L'extérieur est aboli. L'intérieur est réévalué. Quand tes parents te frapperont, tu n'auras plus qu'à les voir s'époumoner comme des malheureux, comme s'ils étaient des serviteurs, des larbins, des petits chiens de traîneau, des cuistots à domicile, des bonniches. La soumission est inversée. L'esclavage est retourné. La punition est boomeranguisée.

10

— Tu vois à nu la beauté du monde, mon petit ami, chachapoula l'abbé. Quand tu es immolé, lapidé, fouetté, cinglé à grands coups de fil électrique, tu deviens spécifique, tu entres dans un Royaume interdit à l'humanité courante, à l'humanité ambiante : la douleur t'ouvre nos portes, le Christ t'ouvre grand Ses bras humiliés. Il pose sur tes plaies Ses mains percées. Ses paumes trouées. Perforées. La douleur que tu expérimentes ne connaît point de contraire. Le malheur est le contraire du bonheur, sans doute. Mais il n'existe aucun contraire à la douleur. Lorsqu'on n'a pas mal, on ne sait pas que l'on n'a pas mal. Lorsqu'on ne souffre pas il est impossible de se dire qu'on ne souffre pas. Lorsqu'on n'endure rien, on ne se définit pas, on ne se situe pas par rapport à ceux qui endurent. La norme, chez l'humain moyen non frappé, non tyrannisé, non cogné, non physiquement injurié, non molesté, c'est l'absence de douleur physique. Sauf que l'absence de douleur physique n'est point un état qui a conscience de lui-même. L'absence de douleur n'est un état que pour ceux qui sont abonnés, qui sont inscrits à la douleur. Qui y sont soumis. Qui y sont exposés. Qui y sont abonnés. Je ne suis point de ceux, mon jeune ami, qui placent la souffrance au-dessus de la douleur. Le Christ Lui-même n'a pas eu la prétention, la suffisance, le mépris, de faire de la souffrance une catégorie métaphysique qui eût accueilli en son sein, tel un cas particulier, la douleur. La douleur n'est pas inférieure à la souffrance. La douleur, physique, n'a pas à s'excuser, n'a pas à complexer lorsqu'elle croise la souffrance. Elle n'a pas à regarder ses chaussures. Elle n'a pas à baisser la tête. La souffrance sait s'élever. La douleur est clouée en elle-même. La souffrance sait supporter, elle est l'art de supporter, de digérer, de métaboliser. La douleur n'est qu'elle-même et rien qu'elle-même. La souffrance commence quand la douleur se termine, s'achève – se conclut. La souffrance est intelligente. La douleur est imbécile. La souffrance sait s'élever au second degré. La douleur est au premier degré, toujours. La souffrance est le nom qu'on donne à la douleur pour que la douleur atteigne à la dignité. La souffrance est la mystique que l'on déclenche à partir de la douleur. La souffrance possède les capacités de s'élever jusqu'à la philosophie, la douleur reste ensevelie dans la douleur, bornée au corps, acculée au corps et à la chair de ce corps. La douleur est terre à terre. Aucune chance de s'envoler, de décoller, de s'abstraire. Elle n'est pas, elle n'est jamais, elle ne sera pas, elle ne sera jamais un sujet de dissertation – *d'agrégation*. La souffrance porte sa Légion d'honneur, elle est honorable, elle est décorée, primée, elle finit par être couronnée. La douleur n'est pas noble, elle est analphabète. La douleur n'a pas de diplôme. Elle n'est pas allée à l'école. Il n'y a rien à en tirer. Elle est aveugle, muette – sourde. Elle est la dernière à pouvoir s'arracher à elle-même. Elle est assignée à résidence. Elle est abandonnée à son sort. Elle n'est pas bondissante, rebondissante. Elle n'est pas fréquentable. Elle enferme. Elle coupe. Elle isole. On est tout seul dedans. La souffrance, on la partage, on la discute, on la commente. On la dissémine, on la propage, on la transmet. La douleur est chape, barrage, béton, ciment. C'est un isolant. Elle n'est point puissante, elle ne possède point de relations, elle est en reste, elle est impuissante. Elle ne sait point communiquer. Elle ne parvient point à s'exprimer. Elle est ignorante de tous les concepts. Elle ne parle qu'à elle, que d'elle – et que pour elle. Elle ne peut pas se penser elle-même, comme le peut la souffrance, plus cultivée, plus haute, plus élevée. La souffrance est en nous, la douleur est nous. La souffrance est en toi, la douleur est toi. Nous souffrons tous, mais dans la douleur il n'y a plus de « nous » qui tienne. Dans la souffrance, il y a de la place pour deux, pour un couple, et même pour une famille, pour un peuple, pour une nation et une confédération, il y a dans la souffrance de la place pour l'humanité tout entière : dans la douleur, il n'y a de la place que pour un seul. La douleur est monoplace. L'Église est le seul endroit qui s'occupe de la douleur. L'hôpital l'apprivoise, l'Église l'adopte.

— Qu'est-ce qu'ils peuvent bien avoir à se raconter ? grumâcla mon père dans la cuisine.

— Ce ne sont pas nos oignons, s'azipouilla ma mère. On ne peut qu'attendre. On ne peut pas non plus *toujours* renâcler à tout. On peut peut-être essayer de donner un peu de mou aux choses, de détendre un peu les atmosphères. Il n'est pas impensable – c'est la réflexion que je me faisais l'autre nuit pendant que tu ronflais comme un moine – que nous nous fassions à nous-mêmes un peu de mal à force d'être *sans cesse* après ce gosse.

— Premièrement, ce n'est pas un gosse, kizopouta mon père : il s'agit d'une émotive crotte. Deuxièmement, ce sont parfaitement mes oignons de savoir ce qui, sous mon propre toit, se trame derrière mon dos. Et troisièmement, pour ce qui est de lâcher du lest, je crois savoir qu'il s'ébroue à mi-temps dans l'univers d'en face, chez Oh. Chez Oh Marc-Astolphe. Ces deux-là sont d'ailleurs devenus inséparables…

— Veux-tu qu'il fasse son catéchisme ? moziboula ma mère. Moi, ça ne me dérange pas…

— Son catéchisme, il le fera, mais à ma manière, tabazbouzgua mon père. Selon mes règles. Et avec moi comme cureton. À coups de cris, de lattes, de punitions. Et de fouets. De lanières.

— Tu n'en as pas marre, parfois, de tout cela ? butubigua ma mère en ramassant un torchon sale qu'elle venait de faire tomber.

— Si, parfois si, krokoguala mon père. Je préférerais partir à Venise que de le défenestrer. Mais bon, chacun a une mission à remplir sur cette terre – la mienne est de détruire cette gluante petite vie. Je voudrais, moi aussi, avoir droit à ma part de bonheur, mais le bonheur est une fiction. C'est la seule chose qui soit impossible ici-bas : même changer de sexe, on peut. Mais changer de malédiction, ça, on ne le peut pas. Désolé, ma chérie, mais pour ma part jamais je n'en aurai assez – même si je pense qu'il faudrait parfois ralentir notre productivité – de lui coller des gifles, de lui introduire des clous sous les ongles et de lui brûler les cils. Cela, au final, me procure davantage de plaisir que de déplaisir. Et puis c'est comme ça ! Il n'y a pas à revenir dessus. La part juive qui, contre vents et marées, subsiste en lui doit bien comprendre ce que je suis en train de formuler. Ce type, que nous n'avons pas souhaité sous cette forme, cette entité grotesque, n'a pas eu, en tant que reliquat juif, à beaucoup souffrir au regard de ses juifs aïeux… Je vois bien qu'il subsiste dans sa biologie un je-ne-sais-trop-quoi de judéisant qui nous nargue. Qui persiste-insiste. Nous provoque. Un rogaton de judéité qui nous regarde de biais.

11

— Rejoins-nous, petit enfant, zazôzoubla l'abbé. Rejoins-nous. Ta véritable mère, ce n'est pas ta maman, c'est Marie. N'imagine pas que Marie soit diaphane, céleste évaporation, ni morceau de firmament. Elle n'est pas une aile étendue sur les azurs. Elle n'est pas cette accueillante étoile. Elle n'est pas cette pelouse d'astres. Elle n'est pas un corps sans corps. Elle n'est jamais une mer d'âmes. Elle n'est pas cette Ève blanche, translucide, fréquentée par tel serpent. Elle n'est pas un vortex enroulé au siphon galactique, le visage moucheté de neige. Elle n'est pas sublime comme une belle femme est sublime. C'est une simple mama juive, devenue mère de toutes les naissances. C'est une brute fille d'Orient, surgie d'un sable, qui connaît les cailloux, fréquenta cactus, goûta dattes, connaît pleur et chants. Elle a mis au monde un monde plus grand qu'elle. Elle s'est dépassée dans son Fils, elle s'est surpassée par Lui. Elle a fini sous la Croix. Qu'aura-t-elle saisi de cette *nouveauté* ? En elle est née la tragédie : elle eut la Passion dedans son entraille, le Christ au ventre. Le visage de Marie Mère, voilée sur la dune, entre les ruelles, femme déambulatoire, au soleil cuite. Sa si bistre peau, et les collines d'Israël. En Galilée, c'est cette mère-là qui t'a toujours donné la vie : celle d'Orléans n'est qu'une biologique institution, une marâtre sans Assomption. La mère des Mères est ta mère surtout, puisque tu fus juif d'abord, ensuite chrétien : elle t'a donné le ciel comme avant le dogme elle avait donné le sein. Marie, faite du même firmament que Lui, est la seule épouse possible pour son Fils – si l'inceste entre une mère et son fils est impensable ici-bas, c'est que son seul et unique territoire se situe là-haut. Un fils qui, sur la terre, s'accouple avec sa mère, s'unit avec elle, ne commet de péché que celui-ci : faire concurrence au divin. Marie, ta mère Mère, a donné naissance à son seul Fiancé possible. Par cet acte elle supprime tout autre géniteur, elle efface Joseph et les virilités de Joseph, elle supprime tout corps paternel dans l'ascendance christique. Elle détruit le père de son Fils. Jésus se retrouve seul avec sa Mère, Face à Face. Sainte Face à sainte Face. L'Immaculée Conception, c'est la naissance de Jésus par Marie sans le moindre coït. La maculée inconception, c'est le coït de Jésus avec Marie sans la moindre naissance. Car Jésus est déjà né – il ne peut que s'engendrer tautologiquement à l'infini. Marie est une machine à engendrer les Christs. Chaque fois qu'elle donne naissance, elle superpose Jésus à Jésus, elle fait coïncider un Jésus neuf avec un Jésus plus ancien, elle actualise et réactualise incessamment Jésus. Le présent de Jésus, la *présence* de Jésus, l'actualité, l'actualisation de Jésus résulte de son union perpétuelle, perpétuellement recommencée, perpétuellement quotidienne avec Sa Mère. La Vierge Marie n'est vierge qu'en ceci que son coït est postérieur à sa fécondation. Elle féconde d'abord, et jouit ensuite grâce au produit de cette fécondation – ce produit : le Seigneur du Golgotha, la plaie sur cette Croix. Le « mystère » de l'Église consiste en l'écriture d'une équation spéciale, qui n'est pas cartésienne, qui n'est pas biologique, qui n'est pas chronologique, qui n'est – surtout – pas historique : comment un Fils peut faire de sa Mère la fiancée par laquelle il va pouvoir s'engendrer Lui-même. Et j'insiste, bonhomme, sur le *même* de « Lui-même ». Par « Lui-même », cher enfant, cher petit juif achéropite, cher ex-petit juif déjudéisé par mes soins, il faut entendre : le même Lui. L'identique même Lui, un Lui jumeau de Lui, un Lui strictement similaire à Lui. Jésus est fidèle à Sa Mère parce qu'elle est Sa fiancée et Jésus est fidèle à Sa fiancée parce qu'elle est Sa Mère. Il résout – tel n'est pas là le moindre de Son génie – cet insupportable dilemme qui aura tant fait souffrir les hommes : être capable de choisir entre sa fiancée et sa mère, entre sa future fiancée et son ancienne mère. Jésus, Lui, fait de Son ancienne fiancée Sa future Mère, de

Son ancienne Mère Sa future fiancée, de Sa future fiancée Sa future Mère, de Sa future Mère Sa future fiancée, de Son ancienne Mère Son ancienne fiancée et de Son ancienne fiancée Son ancienne Mère ! Il le règle, Lui, le problème ! Il ne faut pas le Lui dire deux fois ! Je dis bien « fiancée » et non pas « femme », et non pas « épouse ». Marie, la Mère de Jésus, n'est point l'épouse de son Fils : elle en est la maîtresse. Les épouses de Jésus, ce sont les Carmélites. Elles se ruent pour être fidèles à un Époux qui jamais ne leur sera fidèle, puisqu'Il les trompera avec Sa Mère. Les Carmélites le savent. Quand elles disent qu'elles sont les épouses de Jésus, elles ne disent pas autre chose que ceci : j'accepte d'avoir comme rivale Marie. Autrement dit : c'est un honneur que d'avoir Marie comme rivale. Autrement dit : c'est une grâce que d'avoir Marie comme égale !

12

— Viens vers nous, petit nouveau chrétien qui fus juif par erreur, fofazulonna l'abbé. Et qui fus juif par aberration. Fais ton entrée dans l'achèvement. Viens parmi nous espérer le futur. Viens donner au futur son quota d'avenir. Ne reste pas abruti parmi les choses et insolent sous le ciel. Rejoins l'Inceste céleste. L'Incélinceste. Joins ton existence – tellement momentanée – à ce qui brille et console, à ce qui protège et nettoie. Oublie ta beauceronne mère : choisis ta mère couronne. Retourne à la bouche de la Parole. Les silencieux bœufs de Sicile t'attendent en paissant. Leur mugissement n'est que le signe de leur impatience ! Je te propose des agenouillements. Des frocs de soie nets, des cotons purs. De l'insouillure à jamais. Offre à l'Église tes attitudes. Ta naïveté nous enrôle. Ta jeunesse est saint certificat. Laisse-nous légitimer tes plaies. La grâce est gourmande de candeur. Elle récompense les intuitions. Sois simple : rencontre notre simplicité. Ici, les animaux ont un visage et les roues des chars ont des yeux. Ta Mère vraie te réclame : subordonnée à ta petite outragée carrure. C'est Celle qui pleure. Le paradis n'est rien : le lieu des lumières est ici, ce couloir est sanctifié. Réfute ta concrète mère : sa matrice est abjecte, transitoire et problématique. Tu ne puis *rien* en attendre. Elle ne sait pas citer les Anges. Où est son attestation ? Comment saurait-elle te retenir encore ? D'elle tu es sorti : c'est pour entrer dans une autre. Plus précise et plus importante. Plus biblique et plus signifiante. Plus moderne et plus permanente. La liturgie déjà te récite. L'eucharistie te recommande. Délaisse ta mère première : elle est administrative. Elle est indicative. Elle est facultative. Visite l'immaculation : sainte Marie Mère du Fils, sainte Anne mère de la Mère de ce Fils. Oublie ta mère première : elle est abusive. Elle est par trop excessive. Elle est répétitive. Elle est figurative. Elle est décorative. Elle est justificative. Ton ami Oh, Marc-Astolphe, de sûre source, entend se convertir à la Loi juive. Larguant la grâce, il se perd. Ainsi qu'on largue les amarres, lorsqu'il s'agit de se noyer. Ne côtoie plus ce noyé-là. Il est bleu, il est mauve, il est grenat de sa noyade.

— Il est en train de lui bourrer le mou sur Marie, tanazoula mon père (tendant l'oreille) à ma mère première et abusive et excessive et répétitive (et figurative !).

— Vraiment ? Tu es sûr ? poupa ma mère.

— Paraît que Marc-As veut devenir juif, aussi… zouka mon père.

— J'ai un peu de mal à y croire… plitopita ma mère.

— Et Chacoupé fait des allusions que je n'aime pas trop à Ézéchiel et à son char, papazouta mon père. Ézéchiel, je ne veux pas de ça chez moi. C'est un prophète qui me sort par les trous de nez !

— Calme-toi… zobiloqua ma mère. De toute façon, tu ne supportes pas d'autre prophète que toi-même !

— Moins fort ! ondobliqua mon père. Ils vont nous entendre… Et j'aimerais savoir où vont s'arrêter ces délires théologiques. Tu savais, toi, que Jésus-Christ avait une maîtresse ? À la Feydeau ?

— Jésus ? Tu es certain ? kabigoula ma mère. Ça m'étonne quand même de Lui !

— Oh, hé ! galopiqua mon père. Tu ne vas pas commencer, toi non plus !

— À quoi ? subapulqua ma mère.

— À mettre des majuscules partout quand tu parles de Jésus ! kiroûka mon père.

— Pardon, mon loup ! Ça m'aura échappé… mamiroquit ma mère.

— Oui, eh bien contrôle-toi, blômut mon père. Je ne veux pas chez moi d'une grenouille de bénitier… Bon, alors oui : Jésus a une maîtresse. Cette maîtresse c'est sa Mère, figure-toi.

— Toi aussi, zopirota ma mère, toi aussi je te ferais remarquer tu viens de dire « Mère » avec une majuscule !

— Oui, pour désigner la Vierge Marie, kalizota mon père, mais si tu m'as bien entendu, tu auras remarqué que je n'en ai point mis à « sa ».

— Au temps pour moi, mon loup ! subsomptit ma mère.

— Donc – mais tu ne cesses de m'interrompre – Jésus aurait une maîtresse, crapouillota mon père. Cette maîtresse serait sa propre Mère. Le seul problème, la seule chose qui m'échappe, c'est que c'est bien joli d'avoir une maîtresse, mais lorsqu'on a une maîtresse, c'est qu'on trompe sa femme, et je ne vois pas du tout qui est la femme de Jésus.

— À mon avis, loup, tout doit être confondu là-dedans, tapigicla ma mère.

— « Là-dedans » ? collapsota mon père.

— Oui, je veux dire là-haut, au ciel, caboclobit ma mère. Dans les cieux, quoi... Au paradis... Je ne sais pas trop comment appeler ces choses-là...

— D'abord, on ne dit pas *au* paradis, c'est impropre, protozobit mon père. On dit *en* paradis.

— Au temps pour moi, loup, catahopta ma mère.

— Ensuite, mais ensuite seulement, chapicrotta mon père, tu as peut-être bien raison. C'est cela, en réalité, le fameux « mystère » de la Trinité. Que pour Jésus, la Mère, la femme et la maîtresse sont confondues. Qu'elles forment une seule personne à partir de trois. Ainsi, il est fidèle tout le temps, quoi qu'il arrive, et il ne fait de mal à personne, il n'abîme aucune des trois. Il ne fait pas de mal à sa Mère quand il s'en va pour prendre femme, puisque cette femme est sa Mère, et il ne fait pas de mal à sa femme quand il part voir sa maîtresse, puisque cette maîtresse est cette femme ! Ingénieux comme tout...

— Tu aurais pu être évêque, mon loup, sapipouffa ma mère.

13

C'est la vie. J'ai connu jadis un électron qui était à la fois onde et particule : incapable il était de se choisir un destin. Je suis comme lui – je suis hésitant. Dans les laboratoires, des êtres humains extrêmement vêtus de blouses blanches ont consenti à me décerner la palme du caractère double. Ma vie (médiocre, comme toutes les vies que j'ai croisées dans ma vie) est guidée par le moindre hasard. Je ne suis pas quelqu'un d'intéressant. À l'échelle microscopique, on aperçoit une tache violette sur mon gland. À l'échelle macroscopique, ma chemise d'aujourd'hui est bleue comme le ciel.

Le drame de l'espèce humaine est qu'elle ne se soucie pas suffisamment des choses du ciel. Chacoupé, l'abbé, en 1976, il y a trente-sept ans, dans ce couloir moche, avait raison. Sans ciel (bleu chemise) il n'y aurait pas de vacances d'été possible. Les fins juin seraient mortelles d'ennui. La notion d'*ombre* serait une douteuse notion. Les voyages se feraient dans le noir. La mer ne serait plus le reflet de rien : les marins seraient déprimés sur leur passerelle. Ils broieraient la seule couleur que dans l'état actuel de nos connaissances des clichés littéraires il est possible de broyer : le noir. Il existe pourtant mille petits moyens ingénieux de sortir du noir. L'électricité, cette « fée », en fait partie.

Je voudrais rassurer mes précieux lecteurs : dans le total noir, il est permis de se distraire. On peut à des jeux jouer, des histoires se raconter, se faire sucer une partie non négligeable de la queue par une fille qui peut être dotée d'un laid visage. Certains d'entre nous sont très habiles dans le noir. Il est zéro heure – c'est l'heure de recommencer tous mes livres en parachevant celui-ci.

Je vais aller me doucher, enfiler du linge propre – je me sens *sale*. J'ai un ami qui me rappelait qu'au collège je sentais toujours le sperme. C'est un musicien dont la maman rêvait dans les années 80 qu'il devînt président de la République française. Il écoute mes avis et lit mes livres. Mes livres sont très rarement ce que mes amis préfèrent chez moi : ils préfèrent mes films, parce qu'un film dure moins longtemps. Je ne suis pas spécialement amoureux des livres : je préfère les balcons, me promener la queue en l'air tandis que siffle le vent, regarder sept étoiles briller si je pisse, pénétrer à sang toutes les femmes qui ne ressemblent pas à ma mère.

Dans chaque mouvement de queue trempée dans la profondeur d'un vagin (je serai clinique !) se poursuit l'exactitude de vos mères. Les voilà dans les cavités neuves, jamais essayées encore, qui provoquent des remous, montrent (Freud

843

est *vivant*) leurs petites imperceptibles gueules, inutiles, surprenantes, imbéciles en ce lieu, hors mesure et reflétées.

J'ai toujours choisi des filles différentes de celle qui m'a
mis au monde. Je ne puis être Jésus, à bien réfléchir. Monsieur l'abbé : je vous demande pardon. Ma mère a voulu
revenir à plusieurs reprises, me hanter la veine, mais les
filles avec qui je baisais ont commencé à pousser très fort
pour l'expulser. Certaines y allaient avec le doigt, la main.
Peu à peu, maman a cessé d'habiter dans les femmes : je suis
devenu libre et adulte. La nuit, je ne voyais plus sa tête de
petite chèvre aigrie et donneuse de leçon, et quand, inquiet,
paranoïaque et angoissé, je scrutais l'entrecuisse de mes belles
petites amoureuses, je ne voyais que la Grande Ourse.

C'est là que j'ai commencé à violer. Pas à totalement violer
d'entières femmes, mais à les violer par morceaux : tantôt un
mollet, tantôt un sein – ou bien c'était le viol de leur bouche,
d'une cuisse, d'un genou, de leurs fesses. Leurs orifices aussi,
mais ceci n'est pas un roman pornographique. Jusqu'à l'aube,
je vais rester sur la terrasse afin de continuer ces Mémoires.
Mes yeux regardent les étoiles. Je vais penser au Mal absolu,
mortel ennemi du Bien absolu. Le Mal est plus universel que
jamais, parce que jamais la civilisation n'a été aussi débile.
Je vis dans un monde intéressant, où le lendemain d'attentats où des Arabes font tomber des tours new-yorkaises, le
président des États-Unis lance aux Américains : « Allez à
Disneyland ! »

J'ai *aimé* pour la première fois en 1988, douze ans jour
pour jour après les requêtes de l'abbé Chacoupé. C'était
en début d'année, à Orléans. J'ai devant moi la photo de la
fille. Le visage sérieux, posant contre un mur sans la moindre
fissure sauf celle de notre histoire. Si j'ausculte le cliché
avec une minutie peu éloignée d'une certaine forme de folie,
je ne vois dans cette femme jeune que la parfaite détresse
d'être ordinaire. Son apparente mélancolie ne cache en réalité
qu'un infini vide, une stupidité superbe dans lesquelles je

n'avais perçu que du mystère, un charme anachronique, des promesses de palpitations. Elle possédait un grain de beauté derrière le genou, à l'instant du pli : je me dis que vingt ans après, quelque part sur la terre, ce grain de beauté *existe*. En ce moment, il est en train de faire quelque chose. Hitler en avait un, sous le lobe gauche de l'oreille, qu'il avait écorché une fois – ç'avait saigné. L'évolution de ce grain de beauté de 1889 à 1945... Amusons-nous à faire sur lui un très gros plan, au microscope à balayage, tandis que le Führer s'affaire en son bunker. C'est une autre vision de l'histoire du Troisième Reich. Version « subjective ». On pourrait écrire aussi la biographie de Staline du strict point de vue de ses bottes, d'un buisson derrière le Kremlin.

Elle s'appelait Ornemondine. J'aimais ses cheveux jaunes, sa chatte rasée comme un expert-comptable, d'énormes lèvres nées pour que je les morde à sang. Elle me semblait manipulable, naïve, gnangnan, crédule, gentille. Je suis manipulateur averti électrique mythomane salaud. La première fois que je l'ai vue, elle traversait la cour du lycée Pothier vêtue d'une robe écossaise ridicule rouge, ses allumettes jambes étaient empaquetées dans un collant noir très serré, qui ne m'excitait pas. Ses seins saillants étaient déjà, la nuit tombée, les réceptacles sourds de mes très infinies branlettes.

Avec elle, j'ai entrevu les petites recettes pour devenir malheureux. À 20 ans, c'est ce qu'on préfère le malheur. Je l'ai frappée, insultée. Je me suis excusé dedans des lettres longues. Je me suis débattu seul dans cette fille : heureusement qu'aujourd'hui, un samedi dix-neuf ans après, sa beauté est descendue de plusieurs étages. Ornemondine est, enfin, léger commencement de ruine, qui se ruinera désormais toujours incessamment davantage, jusqu'au prodige de la vieillesse libératrice, où le souci premier des êtres (plaire) s'interrompt net. Le développement des filles, ici photographiées dans le passé, est incessante reproduction des *preuves* de la mort : l'accent est mis sur un pli proche des lèvres qui, du temps de la jeunesse et des enluminures, n'était pas *imaginable*. L'Ornemondine aimée dans la légende d'avoir 20 ans pour toujours, n'est plus la capture d'une photographie entre mes mains, mais la prisonnière du temps qui depuis s'écoule. Celle-ci, immobile, est un masque solennel pour celle-là, pressentie pour mourir.

Je suis resté éloigné d'elle. D'autres femmes, moins lointaines, m'ont rejoint par la suite. J'ai manifesté une certaine joie à les séduire, à les collectionner. J'échangeai peu à peu mes juvéniles complexes contre l'évidence plus adulte de la confiance en moi. Les choses ont fini par toujours bien se passer. Lorsqu'une fille s'usait, je partais en chercher une neuve. On en comptait des quantités dans le monde extérieur. Des vertes, des jaunes. Des repoussantes que je n'ai pas repoussées, des sublimes que j'ai fini par enlaidir, des malignes que j'ai rendues idiotes, des qui sans cesse pleuraient, et quelques exemplaires, mais rares, de très soignées brunes qui se réjouissaient de me voir. Les femmes, il faut les voir de *très* près : j'ai étudié des piercings, vérifié si ça formait des abcès. J'ai écartelé des fesses, y plaçant mon os. Certaines étaient trop petites, Lustrigonde était trop grande, trop bariolée, trop mouillée, trop : blonde. Elle prenait mes couilles dans ses mains, qui lui semblaient des châtaignes. Lorsqu'elle les écrasait, ça faisait éclater de petits vaisseaux, leur donnant une teinture violacée. Je hurlais. Lustrigonde était alsacienne et rasée, sourcils et pubis compris. Elle portait le même ruban noir dans les cheveux. Le mardi, on allait au cinéma.

14

Voici, à 30 ans, ce que j'écrivais, que je reproduis (c'est un extrait de mon journal intime, *inédit*) : « L'amour ! Non, ce n'est pas une bonne idée. Ce n'est jamais très haut : c'est hargneux, le calme est préférable. Je préfère les cailloux. Peut-être le son des cloches. Posséder les femmes : à condition de ne pas les garder. Le perpétuel besoin d'en changer : très vite elles deviennent des vieilles grenouilles, des principes d'aliénation, des masses newtoniennes. C'est à leur inertie que j'en veux. Elles veulent vivre dans un appartement. Elles tentent *toujours* d'avoir un enfant. Elles réclament une existence fondamentale, quand je me défile. Elles font des propositions morales, tandis que je suis en proie aux démangeaisons. Les filles que je rencontre possèdent une date limite de validité parce que je sais que viendra le moment où elles aborderont le crispant sujet de l'avenir. Elles sont homogènes dans leur démarche : alors que je me dépense en murmures, sommeils, soirées, romans, sorties, défaillances, mensonges, polygamies et venises, elles déclenchent des procédés méthodiques de vie de couple, de construction familiale, de pérennité fiscale. »

(…)

« Je considère les femmes comme un double frivole, illusoire et passager. Un lieu privilégié pour répandre le maximum de sperme et recevoir un minimum de tendresse. J'essaie de les contaminer par ma vision des choses. Elles préfèrent *a priori* le partage : je n'en permets aucun. Je suis dans l'excès d'égoïsme. Inscrit dans un indécrottable programme de lâcheté répétée, inaltérable, innégociable, qui me soulève parfois le cœur mais tant pis. Relier par un *et* deux mots étrangers l'un à l'autre fournit mécaniquement un sujet d'agrégation : "futur et couardise", "promesses et mythomanie", "métaphysique et fatigue", "kantisme et lassitude", "historicisme et boîtes de nuit". Je réfléchis devant vous sur :

"littérature et sincérité". Pour être vraiment totalement complètement sincère, je dois monter encore d'un cran. J'y suis presque, mais c'est améliorable. C'est un exercice ambitieux. La plupart des écrivains contemporains ont abandonné. »

(…)

« Parfois, je couche avec tellement de filles dans un seul mois, qu'elles sont comme un dessert qui m'écœure. Elles contiennent trop de pâte feuilletée. "Tu ne vas pas recommencer à écrire des choses pareilles", me dit une amie, au téléphone. Si ! Mais je montre de la délicatesse : assis à mon bureau, devant la fenêtre, je pense aux femmes comme à des fées. Elles sont fatiguées de moi : mais toutes celles que j'ai dans les poches, je les ai aimées et les aime. Celles qui ont frappé à ma porte en pleurant, celles qui n'aiment pas le café, celles qui ont une voix rauque, celles qui connaissent des marques de voitures, celles qui sont des anges, celles dont l'ex se prénomme "Christian", celles qui sont restées en Pologne trop longtemps, et les autres, qui sont russes et bulgares. Et les Africaines en lesquelles je suis entré comme dans du beurre noir. Je suis celui que vous êtes tous. »

(…)

« Je suis l'homme générique, presque habile, moins froid qu'eux : qui raconte. Je suis à l'aise avec la vérité. Je veux qu'on me lise chez les femmes. Elles comprendront enfin ce qui se cache dans le cerveau de ceux qui les caressent, les font pleurer, souvent les quittent et les mortifient. Voici les grandes lignes. C'est le champ de mes trouvailles que je maintenant publie. Toute citation extraite de ce livre sera ridicule : le contexte est le héros. N'ampute pas le héros. Ce serait encore épouvantable pour : ma "réputation". Il est 7 heures du matin, café. Je vais descendre acheter les journaux. Je vais les lire et demain, je recommencerai volontiers. C'est une impression du temps, cyclique, qui me convient face à la mort. Je n'ose pas sortir pour autre chose. Je ne fais rien d'autre. Je reçois des factures. J'entends dans les escaliers des gens qui sont contents de leurs vacances. C'est péniblement que je vais livrer mes secrets dans ces pages : on va me les piquer. »

(...)

« Mon voisin d'en face est un imbécile. Il est redoutable. J'espère qu'il ne lira pas ces lignes, qu'il va crever comme crèvent les charognes. J'ai la haine bestiale, communicative et triviale, du voisin. Le nombre global des voisins, me dit-on, est en augmentation sur la planète. Il va falloir faire très attention, surveiller tout ça. Ils portent des chaussures à leurs pieds, des gants, et font des bruits, des bruits de voisins. Avec leurs enfants polymorphes, toutes leurs allures de conspirateurs et de gestapistes. Ils sont tapis sur des vieux planchers, à surveiller la jeunesse douée, jaloux, épuisés, fermés derrière leurs portes énormes, clouées à triple tour, anxieux de demain qui n'est pour eux qu'un étron d'avenir : ils meurent, séparés de l'existence par le bourdonnement de leur épouvantable connerie. »

(...)

« Il n'est pas normal de vivre dans un immeuble : partager ses pierres. C'est dangereux. Les appartements sont semblables à des cabines, bourrées de merde, où les espions multipliés se fliquent dans les familiarités et les sourires, les bonjours et les idées derrière la tête. »

15

J'ai passé beaucoup de temps à Orléans – ce n'est pas grave. La gravité est ailleurs : dans les morceaux de bébés jetés dans une poubelle, dans une multitude de fillettes roses parfaitement violées, dans des corps cramés qui font vomir ceux qui les respirent. Nous vivons sur une planète polluée, personne ne respire plus, plus la moindre bronche saine disponible. Chaque jour, des mères défaites, paniquées par l'existence, abandonnent leur mauve nouveau-né à la morgue d'une benne à ordures, et ce qui aurait dû être une vie se mélange, comme dans le tambour d'une machine à laver, aux tessons de bouteille et aux restes de yaourts, aux emballages de céréales et aux ossements de poulets inachevés. L'été revient, la chaussée se gondole, vapeurs de chaleur dansent devant les yeux, montent du bitume vers les cieux : les avortons à la larve abandonnés commencent à sentir mauvais. La puanteur son travail fait. Ce scénario était courant dans la cité des Salmoneries, des Chèzes. Les Salmoneries : sises en face du Auchan Saint-Jean-de-la-Ruelle. Au début des années 70, cette grande surface (Auchan) jouissait d'un autre nom : *Baroud*. Je possède encore quelques livres, des bandes dessinées, avec une étiquette de prix où s'efface presque complètement le *Baroud*. Ce nom, d'un bleu ion, fluorescent, poétique, moderne, dans la nuit, promettait une existence remplie de mystère, de tranquillité – de *futur*.

Il aurait dû s'appeler Kevin, Ilian. Au lieu de dépenser son argent de poche, de sécher les cours, de mettre sa main sur la fesse blonde d'une étudiante en éco comme lui, il n'est que naissance. Il n'est que né. Il a eu plus de destin avant, quand ses parents, qui non seulement ne l'ont jamais voulu mais n'ont jamais rien voulu tout court, ont commencé à échanger quelques mots, des bribes de phrases particulièrement convenues, avant de se déshabiller. Ensuite, parce qu'il faisait nuit et que leurs corps avaient un besoin biologique, immémorial de se frotter jusqu'au foutre, ils ont appliqué les positions favorisant le plaisir sexuel. Dans l'évier, *je sais* que se trouvaient des assiettes dans lesquelles étaient collées des pâtes, avec de la sauce tomate. Cela n'est guère simple à récurer. Et quand la musique se fit entendre, dans le salon, via le couloir longeant les chambres et menant à la cuisine encombrée, pas très nette, c'était Francis Cabrel qui passait. Francis parlait d'une femme oubliée, d'une église, d'une éventuelle lettre à rédiger. Plus *personne* n'écrit plus à *personne*. Dans les années 90, j'écrivais énormément aux filles, des lettres d'amour. J'appelle ça « lettres d'amour » mais je sais que ce n'en étaient pas. C'étaient des lettres de solitude, que j'écrivais pour moi-même. Les destinatrices, interchangeables, n'étaient que des réceptacles.

Le long des autoroutes belges, nous savons que sous la verdure pourrissent des petites vies à couettes et queues-de-cheval qui devraient, à l'heure où s'impriment ces lignes, être en train de faire leurs devoirs, dessiner une maison ou tremper une tartine de beurre frais dans une tasse de chocolat bouillant. Ronces, gadoues, boues et fosses : alluvions, pluies, toute la tourbe, voilà ce que sera à jamais leur jeunesse. Parce qu'un moustachu de 36 ans, avec un peu de brioche, tourmenté par les secrets aberrants du sexe, en a décidé ainsi, il n'y aura pas plus de sourire, désormais, sur le rose visage de ces innocentes ontologiques, que sur la figure en béton armé d'un mur d'usine, d'un pilier de parking, d'une de ces dalles qui recouvrent les cadavres humains dans les cimetières. Lewis Carroll lui ne les touchait pas : il leur préparait des gâteaux, les réunissait chez lui, demandait aux parents l'autorisation de photographier leurs petites filles nues – pour sa *collection*. Quant aux corps cramés évoqués plus haut, ce sont les corps consumés par toutes les guerres mondiales du monde. (Je n'ai jamais eu peur des guerres mondiales, parce qu'elles n'existent pas. Tant que le Brésil, par exemple, ou le Guatemala ne seront pas impliqués dans une guerre, je ne pourrai pas considérer qu'elle sera mondiale. Je suis désolé. Mais ce terme même de *mondiale* dans une guerre qui ne concerne qu'une partie du monde est usurpé, malhonnête.)

Je ne suis pas suffisamment sali par la terrible dangerosité du monde : ma peur habite toujours au même endroit, c'est une peur protégée, assez agréable. J'ai simplement peur de mourir d'une maladie, voire de vieillesse : une peur de luxe. Alors que sur ma planète, cette terre, la plupart des êtres sont appelés à mourir immédiatement de la mort. De sa foncière absurdité, de son étonnante, de son incroyable *gratuité*. Je me dépêche d'en parler, parce que tous les jours, afin d'en conjurer la venue par tumeurs, saloperies diverses, je me force, damné que je suis, à faire cent longueurs de piscine (municipale). Je m'éloigne d'elle par le crawl. La gravité habite dans les gens qui sautent des tours, avec en guise de parachute un veston, une chemisette, un pull. On pense toujours que les attentats attentent ailleurs, en des géographies faites pour ça. Qu'il existe de spéciaux lieux pour la malédiction, les malheurs – on les reconnaît à leur distance : éloignée ; ainsi qu'à leur réalité : abstraite. Le 11 Septembre a mis fin à ce petit confort. Si nous sommes tous des Américains, si nous nous sentons tous désormais des New-Yorkais, *chacun* de nous est une Twin Tower. Nous attendons tous, prenant le métro le matin, achetant un croissant dans une boulangerie, revenant de la piscine (de la patinoire), notre petite individuelle encastration, notre portative destruction. Je ne suis point simplement devenu une cible : mais l'ennemi. Le monde a fini par m'en vouloir. J'ai toujours eu la réputation d'être parfaitement, génialement paranoïaque, mais il faut me comprendre : à compter de ce jour, où la fumée noire a mangé le ciel bleu de New York, où le seul bleu disponible fut durant quelques jours le bleu des *Demoiselles d'Avignon* au MoMA, je suis devenu, comme tout le monde, l'homme le plus recherché du monde. Au sein même de mon anonymat, calfeutré dans la foule où s'ébroue avec moi, en même temps que moi l'homme moyen, je suis devenu l'homme à abattre. C'est cela le terrorisme : quelque chose qui en veut *personnellement* à tout le monde. Il s'agit de préciser ce que recèle le mot *twin* dans *twin towers* : des tours *jumelles*. Ce que les terroristes visaient, c'était la gémellité du monde. Ce qui se ressemble (et, vieux dicton, ce qui s'assemble – Al

Qaïda s'attaque aussi aux vieux dictons). Le monde qui ressemble au monde. Ils visaient la photocopie : la tour Nord qui pense la même chose que la tour Sud. Ils visaient la reproduction. L'identité. Ils sont venus injecter de la différence. Du tragique, sous la forme la plus exotique qui soit. Deux tours jumelles ont donné deux absences jumelles : deux trous jumeaux dans l'azur.

Et parcourons maintenant le souvenir de tous ceux qui, arrêtés dans leur salon, leur cuisine, leur chambre, ont pris des trains les menant vers « l'anus du monde ». C'est la gravité qui pose la question qui n'existe pas : la *question juive*. Il n'y a pas, il n'y a jamais eu de question juive. La question est universelle. Ce qui est juif, c'est la réponse. Savez-vous pourquoi on n'en finira jamais avec le cancer ? Parce que l'homme ne peut guérir de l'homme, qu'il faudra toujours une maladie qui le résume, qui soit la signature de sa vie. La génétique est une chose ; il n'en reste pas moins que l'on meurt d'abord de soi. Le cancer est un accord passé entre le cerveau et le corps pour se débarrasser de l'indécis, de l'imposteur, du chômeur et de l'écartelé. Guérissez les cancers : déjà, une autre démence se prépare, tout aussi biologique, tout également insidieuse, lente, foudroyante qu'importe, qui viendra non seulement conclure une vie, mais résumer une attitude face à la vie. Nous avons devant nous, que nous nommons maladie, ce que nous avons été. Ce n'est pas la mort qui est grave : elle n'est qu'une synthèse biographique, une monographie. C'est la vie qui est grave. On a coutume, c'est une étrange tradition, de fêter ta naissance et de venir pleurer ta mort, un jour de pluie, avec des églises. On pourrait imaginer le contraire : pleurer systématiquement les venues au monde, les accueillir comme une malédiction pour le nouveau-né, l'avertir par des gueules déchirées et de noirs habits, que ce qui vient de lui advenir (la vie) est quelque chose d'injuste, de dégueulasse, de pourri. Au moment du cercueil et de la conclusion, on déploierait les rires, l'attirail joyeux, les bonnes blagues, le champagne. Dans certaines cultures, la mort est dignement fêtée, célébrée, chantée. Je doute que la naissance soit pleurée.

— Comment s'appelle la victime ? Kevin, 2,3 kilos. Il est né quand ? Ce matin, à 5 heures. C'est affreux. Mes condoléances, mademoiselle.

Ce n'est pas la mort qui est injuste – elle était là *avant*. Elle était là la première. Nous étions déjà morts quand nous n'étions pas nés. La vie est une parenthèse entre la mort d'avant et la mort d'après. Le suicide est une volonté particulière, qui peut se comprendre, de vouloir définir une mort *pendant*. Je me suis toujours demandé si celui qui se suicide voulait abréger la vie ou prolonger la mort. Je souhaiterais savoir si celui qui se supprime se supprime parce qu'il a l'impression de comprendre trop la vie, ou parce qu'il a le sentiment qu'il ne la comprendra jamais. Autre chose : est-ce que celui qui part s'en va parce qu'il n'est pas heureux ou bien parce qu'il sait que personne ne peut l'être ? Se suicide-t-on à cause de soi ou bien à cause de la condition humaine ? Est-ce soi que l'on veut quitter, ou tous les hommes en soi ? Je voudrais savoir si celui qui se donne la mort efface, en même temps que lui, l'humanité tout entière ? Est-ce lui qui le dégoûte, ou est-ce l'homme qui le dégoûte ? Ne pouvant retrancher tous les humains de son monde, s'agit-il pour lui de se soustraire du monde des humains ? Le suicide est-il un génocide à l'envers ? L'idée du suicide, comme l'acné, est biologiquement prévue pour s'installer chez le jeune. L'idée du suicide lave du suicide. Le cerveau humain a tout prévu : j'ai, comme tout le monde, jonglé gentiment avec cette idée pendant quelques mois, aux alentours de 21 ans. Le cerveau humain s'arrange généralement pour que cette idée, qui servira de purge, prenne prétexte. Dans mon cas, banal, ce fut une rupture sentimentale. Elle s'appelait Horquebusiane (la fille, pas la rupture) et alors que j'avais décidé de me faire croire (et de faire croire aux autres) que j'allais sans aucun doute, tôt ou tard, faire disparaître le monde de moi-même, m'arracher l'humanité du corps, je me suis tranquillement aperçu que, comme les saisons respectent les saisons, la vie finissait chez moi par l'emporter sur la vie.

16

Vous voyez : on peut avoir grandi à Orléans, et affronter des questions graves. C'est normal : comme São Paulo, comme Los Angeles, comme Sydney, ou Mexico, Orléans elle aussi est située sur la terre. La gravité est sœur de la gravitation : il n'y a que sur terre que les choses graves existent. Ailleurs, quand le rien et l'infini tout se confondent dans la question de Dieu, la vitesse des cosmos et les explosions d'étoiles, la gravité n'a aucun sens. Dépendre de sa masse : on gravite, et les choses s'aggravent. La lévitation voudrait bien se soustraire aux lois universelles, mais les semelles de gourous collent pareil : pèse la planète. On ne s'envole point très longtemps, et même la mort n'est pas au ciel : elle est enfoncée dedans la terre, au sous-sol des terrains – nous qui étions enfin prêts à planer, nous voilà définitivement collés. Le ciel et ses nuages, toutes les nuées, c'était donc ça : un ciel à l'envers, vers le granit retourné, où les soleils sont de gros cailloux, les constellations des mouchetures, l'éternité, un éboulement de glaise. La mort n'est pas le contraire de la vie. Le contraire de la vie, il faudrait que cela soit quelque chose qui vive. Un contraire, c'est vivant. La mort, qui ne veut rien savoir et ne réfléchit pas, ne pense pas, ne sait pas, met un terme à la vie et au contraire de la vie. Elle digère tout : le pour, le contre, l'avec, le sans, le oui, le non, le toujours, le jamais, le début, la fin. La seule chose qu'on puisse dire de la mort – car d'elle, comme de l'amour, on peut, sans jamais se tromper, tout dire et son contraire – c'est qu'elle n'est pas intelligente.

Je me souviens *exactement* de ce que je voulais faire, alors : de longues, grandes études scientifiques qui me mèneraient tout droit à la recherche, à : l'astrophysique. Dans un wagon, en 1989, d'un train m'emmenant à Dubrovnik, j'avais tenté de « draguer », pendant trois heures, une fille aux yeux bleu et vert et bleu (et vert) : Vesna. Comme elle ne voulait manifestement pas faire l'amour avec moi dans les toilettes, pas plus que sur une île entourée d'un océan bleu, ou très bleu, j'avais inventé ceci : « Je suis astrophysicien. » À cette époque, Dubrovnik se situait en Yougoslavie, un pays qui n'existe tellement plus qu'on se demandera un jour s'il a réellement existé.

Les mathématiques ont toujours été mes ennemies intimes (puisque mon père les enseignait), pires que les adjudants, les critiques littéraires, cinématographiques, les anciennes maîtresses et les amis neufs. Les temps se mélangent, je m'en fiche. La fiction, la réalité, se mélangent-elles aussi ? Comment s'y prennent-elles pour se confondre ? Je n'ai jamais compris si la fiction était basée sur la réalité, comme on essaie de nous le faire accroire depuis la grotte de Lascaux, ou si c'était le contraire. C'est la réalité, en réalité, qui est basée sur la fiction, qui du moins résulte d'elle, puise en elle non seulement ses ressources, mais ses fonctions.

Je n'écris pas sur ce qui n'existe pas – j'écris sur ce qui n'existe plus. J'écris sur ce qui n'existe plus pour que ce qui n'existe plus existe une toute dernière fois. C'est pourquoi je l'écris comme si cela existait pour la première fois – Vesna pratiquait un art étrange : la *sculpture acoustique*. Tandis que défilait le paysage derrière les vitres grandes ouvertes du train, que les arbres n'étaient que des fusées de taches, d'à-plats, Vesna m'expliquait dans un anglais très sexuel, avec des roulements de *r*, en quoi consistait son activité. Tous les *r* ne roulaient pas de manière identique, uniforme, jumelle dans sa bouche. Certains venaient des profondeurs de la gorge, d'autres donnaient l'impression de descendre par le nez. Il y avait comme des *r* prussiens qui se cognaient, au fond du palais, à des *r* en provenance d'Istanbul, peut-être de plus loin encore vers des Orients où les *r* roulaient poussés par les vents du désert, comme ces arbustes en boule trimbalés d'une rue à l'autre dans les avenues inhabitées des villes de western.

— On a toujours envie de toucher une sculpture, m'avait confié Vesna. Dans les musées, quand j'étais petite, ma mère me retenait le bras au dernier moment, parce que je ne pouvais pas me contenir. Être privé de la sensation du toucher est une des choses les plus frustrantes qui soient. C'est inhumain. Mes sculptures, tu peux les toucher, tu as le droit. Non seulement tu as le droit, mais elles sont là pour ça. Elles ont été conçues pour… Quand tu les touches, elles produisent un son. Elles produisent mieux qu'un son : de la musique. Mon obsession est d'enrichir la sculpture avec du son, de donner la parole au toucher, de mettre le toucher en musique. D'unir l'espace musical et l'espace visuel sculptural. Tu comprends ?

— Non.

— On peut faire des concerts avec mes sculptures. Il y a des sculptures à cordes frottées, des sculptures à vent… Je veux, non pas que les gens jouent mes œuvres, mais qu'ils jouent de mes œuvres. Il en sort un son très triste, ce qui tombe bien puisque chez moi les gens sont tristes. Mais un son très beau, ce qui tombe bien car je suis très belle ! J'espère qu'un jour des grands compositeurs accepteront d'écrire pour mes sculptures. Des sonates, des concertos, pourquoi pas des requiem. Des opéras…

N'étant pas prompt, à cet endroit du livre, à tomber dans la coprolexie, je ne souhaite point décrire en termes fécaux l'abyssal ennui que provoquait en moi cet analytique discours sur une innovation créatrice qui m'intéressait moins que toute autre chose : les seins de Vesna (des obus), où j'eusse aimé me rouler comme ses *r*. Puis tirer ses cheveux roux – l'élasticité chez les rousses est désormais reconnue, prouvée par la science, de même que leur vicieuse propension, me disais-je, à se faire saliver dans la bouche, leurs grands yeux tournés vers des dieux malades et païens, à la permissivité aussi large que leurs pouvoirs dans le noir univers. Ce que je voulais, c'était de l'arrière-train yougo, de l'exotique salace, donner/recevoir des petites claques sur les fesses, vérifier son écureuil pigment jusqu'au plus caché du recoin de ses fesses, ses fesses qui habitaient désespérément un pantalon serré, qui incarnaient ce pantalon mille fois lacéré par mes regards, mes ravalés désirs, mes incapables pulsions.

J'étais trouillard dans le vice. Je ne m'aventurais pas d'un coup, en cette époque à jamais reléguée aux multiples ténèbres, dans le détraqué psychisme des femmes, où plus tard comme personne, je saurais m'immiscer au laser, au burin, à la dynamite, au bistouri, faisant plier les passages, forçant leur intime coffre, au diamant, au biseau, au canif, à nues mains. Pour l'instant, puceau comme galet, je la pétrissais de mes regards, la violais de mes yeux, jouissais sur son visage sous forme de sourires scolaires, enfantins, romantiques, touchants peut-être, mais qui donnent autant envie aux femmes de s'agenouiller pour vous traire la queue dans un compartiment vide que si vous vous curiez le nez devant elles jusqu'au tympan, arboriez un échantillon de laitue sur l'incisive centrale, étiez la proie d'œsophagiques gargouillis bouléziens ou veniez par pur accident d'être le fatidique auteur d'une irraturable flatulence.

— Si tu viens chez moi à Kardeljevo, je te les montrerai.

Je pensais qu'elle parlait de ses fesses, mais elle en revenait hélas à ses sculptures.

— Ça existe ?

— Quoi ?

— Kardeljevo.

— Je ne sais pas. J'y habite en tout cas.

17

— Bonjour Yann Moix 1989.

— Bonjour Yann Moix 2013. C'est comment 2013 ?

— Je ne suis pas sûr que cela te plairait. Je ne suis pas sûr que cela te plaira.

— Je serai publié ?

— Oui, pour ça ne t'inquiète pas. Cela aura été fait depuis longtemps. Si c'est d'avoir tout raté que tu as peur, tu peux vieillir tranquille, tu peux prendre calmement ton temps pour venir jusqu'à moi.

— En quelle année ai-je été publié ?

— Je ne vais pas te le dire – cela modifierait trop de choses. Tu t'arrangerais pour souffrir moins, travailler moins. Il n'y a aucune raison que tu passes à travers ce que moi j'ai souffert. Aucune raison que je t'épargne en te donnant trop de détails sur ma vie – qui n'est autre que la vie qui t'attend –, les vicissitudes et les peines que j'ai endurées, les obstacles que j'ai rencontrés, et que tu vas devoir te farcir. Bonne chance. Je puis dire que je ne t'envie pas.

— Pourtant, je suis plus jeune que toi.

— Mais tu plais moins aux filles que moi.

— Tu fais le malin, depuis ton présent, parce que tu n'as pas la possibilité d'entrer en contact avec le Yann Moix de 2035. Il te calmerait, lui. Il me vengerait !

— Tu me fais de la peine. Si tu savais quel chemin il te reste à parcourir, pauvre hère... Allez, je te le dis : tu seras publié en 1996...

— Pas avant ? Ça me fera quel âge, ça ?

— 28 ans.

— Encore sept ans à tenir ! Je ne tiendrai pas !

— Pour avoir lu ce que tu as écrit – étant donné que j'en suis également l'auteur ou plutôt que j'en fus autrefois l'auteur –, je te trouve quelque peu présomptueux. Tu ferais bien de te mettre au travail si tu veux vraiment être publié en 1996.

— J'en suis certain, puisque tu es moi dans vingt-quatre ans.

— Quel égocentrisme ! Je ne suis pas toi dans vingt-quatre ans, je suis moi aujourd'hui, je suis nous maintenant. C'est le présent qui l'emporte. Moi, je suis libre. Je ne suis pas enfermé dans une date, une époque.

— Donc, si je suis prisonnier, si je n'ai aucun libre arbitre, c'est que la date de publication de mon premier roman, de notre premier roman – j'espère vraiment que tu as été à la hauteur de mon ambition –, ne peut plus bouger.

— Tu es épuisant à toujours vouloir avoir raison. Heureusement que lorsque tu seras moi, tu auras mis un peu d'eau dans ton vin.

— « Mettre de l'eau dans son vin »… Quand j'entends les clichés que tu profères, je ne me reconnais pas, désolé. Je me demande si je ne vais pas me suicider avant de devenir toi. Si tu te voyais. Si tu te voyais depuis l'année 1989. Cela fait peur. Dis-moi : chez qui nous sommes édités ?

— Grasset.

— Vraiment ?

— Oui.

— Fabuleux ! Gallimard t'a refusé ?

— Non. J'ai choisi Grasset.

— Tu ne me racontes pas d'histoire ?

— Non.

— Avec toi je me méfie.

— Tous les mythomanes se méfient. Ils conçoivent le monde tel qu'eux-mêmes le déforment.

— En admettant que je sois mythomane – ce qui reste à prouver –, je ne vois pas pourquoi je ne le serais plus dans vingt-quatre ans, autrement dit : je ne vois pas pourquoi, toi, tu ne le *serais* pas.

— Je ne te suivrai pas sur cette pente.

— Titre de notre roman ?

— *Naissance*. Mais c'est *mon* roman. Pas le tien.

— Tu as intitulé *Naissance* le premier roman que je vais être obligé d'écrire et de présenter à tes éditeurs ?

— Non, *Naissance*, c'est celui que Yann Moix 2010, sur les conseils de Yann Moix 2009 – un type assez abîmé –, a commencé, que Yann Moix 2011 a continué, puis Yann Moix 2012, et que je suis moi-même en train de poursuivre… C'est une œuvre collective, un roman, comme tu peux le constater.

— Comment s'intitule le premier roman que toi, tu as eu la chance de publier il y a dix-sept ans, et que moi, maintenant, je vais devoir écrire alors que je ne sais pas même de quoi il parle !

— Son titre est *Jubilations vers le ciel*.

— Plaît-il ? Tu aurais pu trouver mieux !

— Tu n'es jamais content. J'avais oublié à quel point tu étais compliqué. *Naissance*, tu aimes ?

— Pire encore. C'est plat. Ça manque d'originalité.

— Tu es immature. C'est pourquoi ce titre ne peut en aucun cas te toucher.

— On peut savoir de quoi il retourne ? Quel en est le sujet ?

— Des premières années. De mon enfance…

— Doucement, doucement. C'est délicat. Ton enfance, je me permets de te faire remarquer que c'est aussi la mienne.

— Ne m'agresse pas. Surtout, ne tombe pas dans cette facilité, ne verse pas dans cette aberration qui consiste à imaginer que nous avons le même passé. Nous ne pouvons jouir du même passé puisque nous ne jouissons pas du même présent. Le passé, cela n'existe que par la mémoire qu'on en a. Nous ne possédons point la même mémoire. Nous n'avons pas souhaité oublier la même chose. Nous ne sommes pas en mesure de pouvoir oublier la même chose. Nous n'avons pas le pouvoir d'oublier la même chose. Je ne suis pas certain, au demeurant, que tu puisses oublier quoi que ce soit. Tu n'es pas assez mûr pour cela. Tu vis encore, chronologiquement, dans une trop grande proximité de l'enfance pour qu'elle te soit réellement présente : elle est pour toi un bloc de passé situé juste derrière. Je doute qu'elle te soit véritablement présente, filtrée par la mémoire qui la fait advenir, intacte dans son esprit, dans son intention, dans sa nature, dans sa structure, en 2013. Elle a pour toi trop de poids encore. Trop de figure et pas suffisamment de visage. Elle est pour toi de l'histoire proche, et l'histoire c'est trop encombrant. Tu as un passé d'histoire. J'ai un passé de mémoire. La mémoire sert à oublier. C'est pourquoi moi seul peux écrire mon enfance, qui n'est pas tout à fait la même que la tienne. Ton enfance est historique. La mienne est mémorielle. Tu t'en souviens plus que moi. Mais je m'en souviens mieux que toi. Tu te souviens de tous les détails. Je les ai tous oubliés. C'est pourquoi je me souviens si bien du reste. C'est pourquoi, à part de rien, je me souviens de tout.

18

— Tu perds tes cheveux ?

— Pas tellement. Cela pourrait être pire. Il m'en reste 141 567. Non : 141 566.

— Avec combien de filles as-tu couché ? Pour ma part, j'en ai un peu marre de me masturber… J'espère que, bientôt, ce genre de monomanie pourra s'exprimer autrement, à l'intérieur de créatures qui me pourvoiront en sentiments humains. Ça te fait quel âge ?

— 45.

— Bientôt 46 !

— Je suis heureux de te parler, car tu es une bête de détails. Une bête historique. Je voudrais que tu me rappelles des faits. Ce voyage en Yougoslavie, en 1989. À propos, sais-tu que la Yougoslavie n'existe plus ?

— Je ne suis pas un génie, je ne suis pas un visionnaire, je ne suis pas un prophète : mais cela ne m'étonne pas. Je le sentais quand je la traversais. Cela ne pouvait pas durer. Les frontières se voyaient. Elles étaient invisibles et pourtant on ne voyait qu'elles.

— Pour toi c'était cet été, mais pour moi c'était il y a un quart de siècle. Je me souviens que les filles croates avaient les plus beaux yeux du monde et du poil sur les jambes. J'avais 21 ans.

— Mon âge.

— Je crois que je n'avais pas la tête, le visage, le menton – ni même les mains, ni même les bras – d'un amant.

— Il n'est pas nécessaire de m'insulter.

— Je n'avais la tête de rien : celle, ahurissante, d'un chimpanzé mythomane et stressé, impatient de réussir dans quelque chose qui pût m'offrir une sorte de célébrité. La littérature était ma passion, mais être écrivain, je n'osais pas encore avouer que c'était ce que – depuis l'âge de 8 ans – j'avais toujours rêvé d'être.

— Je déteste sincèrement le ton que tu emploies pour décrire, avec une inouïe condescendance, un état dont tu sembles fier d'être sorti mais dont je te rappelle qu'il est *hic et nunc* le mien.

— Je n'étais pas un jeune homme heureux : tu n'es pas un jeune homme heureux. J'étais très mal dans ma peau : j'étais très mal dans ta peau. Mais je ne le savais pas, je ne m'en apercevais pas.

— Étrange. Parce que cela, en revanche, je m'en aperçois très bien.

— Dans l'adolescence, on se voit pour plus heureux qu'on ne l'est réellement. Ou plus malheureux.

— Je ne suis pas encore un vieillard, comme toi, mais je ne suis plus un adolescent.

— L'adolescence n'est qu'une perpétuelle exagération. C'est une époque où l'on exagère sa vie, où l'on exagère sa mort. Où l'on exagère son importance et, simultanément, son insignifiance. L'enfant a peur de grandir, l'adulte a peur de vieillir, l'adolescent a peur de ne pas grandir *et* peur de ne pas vieillir. Un adolescent est quelqu'un qui ne se trouve jamais suffisamment grand *ni* jamais suffisamment vieux. J'ai toujours eu un penchant pour les adultes qui ont su rester des enfants. D'ailleurs, ils n'ont pas « su » rester des enfants : ils n'ont tout simplement pas *pu* faire autrement. Il n'est enseigné nulle part quelles sont les modalités pratiques, intellectuelles, mentales, psychologiques, sociales, qui permettent techniquement de rester un enfant. Un adulte qui a « su » rester un enfant est un adulte qui n'a jamais su ne pas rester un enfant. Qui n'a jamais su comment devenir un adulte. Je n'ai – bizarrement ! – rien contre les enfants qui sont *déjà* des adultes. Ce que je n'ai jamais supporté, ce sont les adultes qui sont restés des adolescents. Il y a dans l'adulte adolescent quelque chose de pathétique et de poisseux. La peau des autres me plaisait mieux.

— J'avoue que de ce point de vue, je suis semblable à toi. Enfin : à nous. Je pense exactement la même chose que nous.

— Je te connais bien. Je nous connais bien. Toi et moi, nous passions tout notre temps, nous passions toute notre vie, à tenter mentalement – pour voir ce que ça faisait – d'être un autre, ne serait-ce que quelques secondes. Je ne sais si tu t'en souviens : nous passions beaucoup de temps dans les autres. Souvent devenir le type que nous venions de rencontrer : nous admirions vite, et les passions des autres, aussitôt, devenaient à nos influençables yeux des évidences.

— Je ne me souviens pas de cela.

— C'est que tu n'es pas assez vieux. En 1977, alors que cela ne nous avait jamais fondamentalement passionnés, nous jouions aux petits soldats, de minuscules petits soldats, en plastique, que nous arrachions à des grappes sur lesquelles ils étaient fixés.

— Toi peut-être, mais pour ce qui me concerne, je n'ai jamais joué aux petits soldats.

— Bien sûr que tu y jouais. C'était même ton idée.

— Tu avais dû m'y forcer.

— Il fallait les peindre, les installer, auprès de leurs chars d'assaut, dans un bac à sable qui devenait l'Afrique en 1943. Il y avait des Panzers allemands, il y avait l'Afrikakorps, et Grimbert Toledano, la terreur des HLM, qui me coursait pour me coller des hématomes, des pains, des gnons, me voler mes petits soldats.

— Lui je m'en souviens.

— Nous nous ennuyions pourtant, toi et moi, à faire des bruits de guerre, des routes de guerre, des scénarios de guerre. La guerre était quelque chose d'ennuyeux – dès 1972, c'est-à-dire très, très tôt dans notre vie –, nous avions trouvé une solution très ingénieuse pour ne pas en avoir peur. Si une nouvelle guerre « mondiale » éclatait, il nous suffirait de faire le mort. Tout le monde nous croyant déjà mort, personne ne songerait plus à nous tuer.

— Imparable raisonnement.

— Dont aujourd'hui encore, quarante et un ans après, malgré ses failles un peu évidentes, je demeure – je ne sais pour toi dix-sept ans après – extrêmement fier. Subterfuge que je ne voulais dévoiler à personne, pas même à ma famille, car si tout le monde se mettait à faire le mort, à mourir pour de faux, ceux qui *faisaient* la guerre – je ne savais pas vraiment *qui* la faisait – finiraient par s'en prendre aux morts, finiraient par tuer, par bombarder les cadavres. Je dis : « bombarder », mais je me faisais de la guerre une conception toute différente. Pour moi, c'étaient des gens qu'on croisait sur la route.

— Oui. La guerre, c'étaient des gens de mauvais augure, méchants, à couteaux, à fusils, qu'on croisait sur une route.

— Oui. Ils nous faisaient descendre d'une sorte de charrette et opéraient leur office de méchants, de méchants en guerre. D'ennemis.

— Oui. 1971, 1972 était une époque où, dans les escaliers menant à la cuisine, je me souviens d'avoir entendu *On ira tous au paradis* de Michel Polnareff et ce mot de *paradis* ne peut jamais plus quitter cette acception, depuis : les marches menant à la cuisine.

— Oui. J'imagine des gens en chemise, des intimes, mes parents, mais les gens de la rue aussi, tout Orléans, posés sur un infini nuage, se donnant la main, riant et chantant cette chanson.

— Oui. Polnareff autorisait une sorte d'éternité qui me débarrassa longtemps de l'angoisse de la mort, angoisse que je retrouvai un peu plus tard – sans doute l'année suivante – à cause d'un pot de fleurs.

— Oui. Nous portons la tête de Yann Moix.

— Oui. Nous sommes un corps valide, pratique pour soutenir une tête.

— Oui. Je n'ai pas de lien *logique* avec Yann Moix.

— Oui. Moi non plus.

— Oui. Je n'ai de rituel que les flux du sang, des sueurs, quelquefois une fièvre.

— Oui. Nous sommes son corps biologique, pourvu de symptômes et de réflexes, semblables à tous les corps mais corps unique et seul.

— Oui. Nous n'exprimons rien que des pulsations et des digestions.

— Oui. Nous sommes gastriques, nous sommes hémorragiques. Nous vivons sous des pulls, des chemises, un pantalon noir.

— Oui. Nous nous achevons par des lacets.

— Oui. Nous prenons la poussière et la pluie.

— Oui. Nous serons dans le futur empêtré dans la mousse.

— Oui. Nous serons réunis toi et moi dans le futur.

— Oui. Une véritable intimité me désole, quand je ne suis qu'os et vertèbres, glissant ma masse au milieu des corps différents, dans la rue.

— Oui. Parfois ma main apporte des fleurs à un corps de femme à côté duquel je serai posé, dans un lit.

19

— Tu ne m'as pas véritablement répondu sur les femmes.

— Mais encore ?

— Sur le sexe.

— Il n'y a pas grand-chose à en dire. Le sexe, j'en reviens un peu. J'en suis un peu revenu. Peut-être que j'y reviendrai.

— Ne me dis pas cela. Je n'y suis pas encore vraiment allé !

— Je le sais. Il y a des choses que l'on n'oublie pas. Des déserts qui marquent. Des humiliations qui durent.

— Sortirai-je, quelque jour, de cette poisse ? De cette malédiction de la solitude et des masturbatives séances ?

— Tu en sortiras. Pas forcément grandi mais tu en sortiras. Et lorsque tu en sortiras, plutôt que de te régler tranquillement sur ce à quoi tu aspires en ce moment, dans ton 1989 étouffant – à savoir être amoureux d'une seule femme qui sera amoureuse de toi –, tu seras éclaboussé par ta tienne libido. Tu seras dispersé. Tu seras multiplié. Tu seras fractionné. Ce en quoi tu n'auras pas raison – il s'agit *in fine*, pour des raisons qui sont tout sauf morales, de préférer l'amour au sexe. Le sexe est un leurre. C'est une ruse de la raison biologique. Les cartes sont truquées. Le sexe, nous pourrions en parler des heures. C'est fascinant.

— Parlons-en. Merci.

— Pas trop longtemps. J'ai ce récit qui m'attend. Nous sommes dans ce roman. Je ne sais plus combien j'en ai écrit. *Jubilations*, cela fait un. *Les cimetières sont des champs de fleurs*, deux.

— Titre joli. Pompeux mais joli.

— *Anissa Corto*, trois.

— Tu as couché avec ? Je vais coucher avec ? En quelle année ? Dans combien de temps ?

— J'en suis venu à considérer que le sexe n'était pas une passion, ni une occupation, ni strictement un plaisir, mais une obligation qui ne dit pas son nom. Le sexe est très malin. Non seulement il se déguise en orgasme, en électricité paradisiaque, en foudroiement d'extase, mais chez les hommes, mais chez les mâles, pour être bien certain que ceux-ci y auront recours – perpétuation de l'espèce oblige –, il a échafaudé la fierté. La fierté de coq. La belle frime. Quand un homme, au sens mâle du terme, quand un homme – je veux dire une non-femme – couche avec une femme, non seulement il obtient sa part de plaisir, son quota de firmament, son quotient de ciel ébahi, mais en plus, mais en sus, il a l'impression de progresser dans une hiérarchie intime et absurde qui n'existe que pour lui, il a la sensation de progresser dans la hiérarchie de lui-même. Il est satisfait physiquement et intellectuellement : narcissiquement. Quand l'homme possède une femme, il la possède *aussi* pour en faire collection, pour répandre le bruit de cette collection : l'information qu'il l'a possédée, il lui faudra la partager avec ses amis mâles, avec ses mâles camarades. On couche avec des femmes pour le dire. Pour le faire savoir. Sur une île déserte, paradoxalement, l'homme coucherait moins : il aurait moins de semblables à qui narrer sa gymnastique. La biologie biologique, qui n'entend pas que se laisse éteindre l'humaine race, une têtue race, une entêtée race dans son gène, a donc pensé à tout. À l'épidermique gratification, essentielle pour se reproduire – il semble bien qu'on ne puisse pas se passer tellement des picotements de la chair produits par le coït, *a fortiori* l'éjaculation –, la nature, c'est plus sûr, a rajouté une gratification narcissique. Il s'agit de faire preuve de *performance*. Pour soi et pour autrui. Une performance orpheline de son récit viendrait à s'ennuyer, à s'émousser, à mourir de sa belle mort performative. Ce n'est pas tout. La nature est très intelligente. Elle a inventé un troisième atout. Elle a élaboré un troisième attrait. Le simple plaisir charnel n'était sans doute pas suffisant. On aurait trouvé des gens capables de s'y soustraire. On trouve toujours des gens pour qui le plaisir n'est pas suffisant. Quant au narcissisme, quant à la frimeuse possession, quant à la compétition, pour puissante qu'elle soit, il était bon malgré tout de la renforcer par quelque chose, de lui adjoindre une supplémentaire objurgation, un complémentaire tour de passe-passe.

— Quoi ?

— Le vice. La *pornographie*. L'être humain a besoin d'un territoire de folie. Ce n'est pas la folie qui permet la *pornographie*. Mais la *pornographie* qui autorise la folie. Mais la *pornographie* qui accueille la folie. Je n'appelle pas *pornographie* les films pornographiques, ni l'art de la pornographie. Je veux bien que tu oublies l'aspect « graphie » : ne conserves que l'aspect « porno » : j'entends par *pornographie* la propension à l'oubli de soi dans le sexe, lorsque le sexe devient véritablement livré aux instincts, loin de toute modération, de toute bienséance, de tout ridicule, de toute barrière, de tout barrage, de toute *retenue*. De toute éducation. De toute forme de civilité, et même de toute forme de civilisation. J'appelle ici *pornographie*, pour les besoins de notre dialogue et de ma présentation, de ma démonstration, le sexe abandonné au sexe, la chair soumise à la seule chair, l'excès en face de l'excès. J'appelle ici – ce n'est pas son sens originel, je m'en moque –, j'appelle ici *pornographie* l'indevinable des hommes et des femmes lorsqu'on les croise dans la rue. Je nomme, je baptise du terme de *pornographie* ce que l'homme et la femme peuvent produire de fou, de lâché, de débridé, de sauvage, d'animal et d'animalier, aussitôt qu'ils ne sont plus en société, en réunion, en représentation, en colloque, en courses, en voiture, en bateau, en avion, mais qu'ils se retrouvent en privé, retranchés des regards, coupés du dehors par des murs et des briques, entre eux, parfaitement absolument entre eux. La *pornographie* est le lieu proposé à l'homme pour que sa folie puisse s'exprimer. Il n'y a pas besoin, tu avais raison, d'utiliser le mot de *pornographie*. Le sexe, le terme de sexe suffirait amplement. Je ne voulais pas d'un terme trop mécanique, trop strictement naturel, trop gentiment hygiénique : je parle d'une hygiène *supérieure*. Non pas l'hygiène épongeant la nécessité reproductive, mais l'hygiène épongeant la nécessité du délire, la nécessité de la pure folie. Le vice est cette chose qui vient s'infiltrer dans les anfractuosités de l'éducation, se glisser, se faufiler dans les interstices des règles sociétales, quand les règles défendent toute nudité, abolissent les sauvageries publiques, effacent les témérités de la chair au vu et au su des passants. C'est en creux que se dessine la folie, dans ce que les lois ont arbitrairement décidé de contraindre, que les juges ont cru bon de vouloir empêcher afin qu'une fois chez eux, roulés dans une préoccupante hystérie qui doit se dire et s'exprimer, ils puissent pratiquer – écoulement de leurs démences – les primaires saletés les plus exclamatives, les plus étonnantes mais les plus roboratives, les plus dépravantes mais les plus réparatrices. La société a édicté des lois pour que se dessinent, en même temps, les niches de ces lois, niches abritant les libertés intimes et folles, multiples et déglinguées, déjugulées, désentravées, déliées. Ce que j'appelle des niches à frénésie. Des niches Georges Bataille. Même si je conviens avec toi que la sexualité de Georges Bataille était *in fine* plutôt sage. Il s'est roulé dans les boues de deux sentiers, au bout d'une noire nuit noire, nanti d'amies dénudées, avec des copains éventreurs de volaille. Ils prononçaient de secrètes formules secrètes parmi les taillis. Tel été, près de Pithiviers, leur ardent buisson. Le groupe Acéphale. C'étaient des gens qui se donnaient rendez-vous dans un sous-bois sous la lune, ils s'étaient préalablement distribué entre eux les horaires des trains – le dernier –, ils avaient pris ce train séparément, bien précautionneux, bien polis avec les contrôleurs, le but étant de ne jamais se faire remarquer, ni dans la nuit rousse, ni dans l'existence. Une fois sur place, il fallait les voir, aux carrefours des dindons éventrés ! Tu parles d'une orgie ! Oui, Bataille aimait les corps en flux, il pratiquait les boîtes échangistes, les partouzes le faisaient penser à la mer, mais ça n'allait quand même pas très loin : imagine-les, les nuiteux membres d'Acéphale, genoux pâles dépassant des orties, au feuillage réunis, parmi brames et ébahis hiboux, slip baissé, kangourou se frottant aux chênes et aux corps violets des secrétaires invitées, des vendeuses conviées. Ils s'enduisaient d'un peu de terre, qu'ils mélangeaient à quelques gouttes de leur petite hégélienne semence. Bof ! Cela les changeait un petit peu du Collège de philosophie. Et encore. Tout cela restait studieux. C'était du mathématisé détraquage, souffro-teux, méticuleux. Cauteleux comme tout. Ils commentaient leurs petites pirouettes métaphysico-pornos à l'apparition des premiers givres, se fouettaient une ultime fois aux tiges et à la rosée, riant sonore, repartaient par la première micheline, enrobés de la noire fumée des lointaines fabriques, en décor 1930, décorum Renoir Jean, Aragon et consorts, trop courts futals en piqué coton, remontées chaussettes jusqu'à l'os des tibias, accordéonées, petits souliers de bois, très fins lacets, cuir de Cordoue, détrempées semelles, un peu de foutre sec et froid dans la peau du slip, affranchis de leur quota de vice, libérés de toute subversion pour quinze jours au moins, l'esprit calmé, prêts à retrouver sourire au bec la gare Saint-Lazare, les petites amusantes foules. Bataille, froc sur les talons, aux épines et aux écorces mélangé, pompé par une petite Pigier, se persuadait qu'il venait de voyager dans la fréquentation de la mort, face à face avec la face glacée du grand trou. Ce cirque, je prétends que c'est une ruse supplémentaire de la nature pour que l'homme mette des hommes au monde. Il faut également que la nature sache parler aux intellectuels. Aux grands raffinés. Aux tordus conceptuels. Tu as vu comme c'est élaboré, le manège ?

— Il faudrait que tu relises Bataille. Ce n'est pas ce que tu dis. C'est un total génie. Il ne se délestait pas de ses linges dans la forêt comme tu le prétends. Telle n'est pas son expérience. Il voulait « oublier, revenir à l'innocence, à l'enjouement du désespoir ». Manifestement, il ne t'en reste pas grand-chose. Pourtant, tu as lu *L'Expérience intérieure* il y a six mois. Enfin, il y a six mois et vingt-quatre ans. En tant qu'Orléanais, tu n'as pas le droit de caricaturer Bataille. Bataille fut important pour Orléans, et Orléans fut importante pour Bataille. Une mystique, mais sans Dieu. Voilà ce que fut d'abord le programmatique programme de Bataille. Une extase délivrée de l'habituelle transcendance. Les vingt-quatre années qui nous séparent ont fait beaucoup de mal à ta culture. À ta mémoire et à ta culture. C'est déprimant. Je ne veux pas me diriger vers ça. Je refuse d'être toi dans vingt-quatre ans. Cela ne m'agrée point. Cela m'effraie. Ton Bataille de nudité et d'orties n'est pas convaincant. Il n'est que caricature, que morte bouse. Acéphale, c'est *d'abord* Tossa de Mar. La Catalogne. Sa rencontre avec Masson. Acéphale commence par du ciel bleu et de la grande mer. La jouissance macabre n'est guère inscrite au cahier des décharges. Comme l'Orléanais Péguy, que je n'ai toujours pas lu…

— Tu ne sais pas ce que tu perds.

— Manifestement je le lirai. Comme l'Orléanais Péguy, disais-je, Bataille a compris – c'est très orléanais, il en va du génie spécifiquement orléanais que de comprendre cela – que le bonheur n'existe pas. Acéphale coupe la tête de cette croyance. Il décapite l'utopie qui consiste à dire, à répandre le bruit que le bonheur a quelque réalité que ce soit. Devant le très vert bleu d'une perlée mer de flous remous, dans le diaphane été, pur infiniment, de 1936 : il décrète que toute lueur de bonheur est foutaise, humain bricolage, métaphysique fourre-tout, théologale lubie ! Bataille va mettre un terme à ce baratin des utopies cafouilleuses : il va ranger la chambre des leurres. Il va opérer un putain de ménage. Au bonheur, cette falaise qui n'existe pas, il va substituer le plaisir – ce gouffre qui existe. Yann Moix 2013 n'a point compris cela.

— Bataille a écrit le programme d'Acéphale dans le froid, pas devant ton étalée chaude mer. Dans le froid, dans le gelé, dans le glacé, dans le glacial ombreux, pénombreux, d'une petite cabane de pêcheur triste et rêche, remplie de cordages noués, de seaux. Il a écrit cela en gilet, grelottant, et tout autour de lui étaient empilés des cadavres très métalliques de bidons. Bidons d'huile. Des odeurs de vieille sardine défaite, pourrissante, faisaient lever son acéphale cœur : il a beaucoup vomi. Le texte programmatique s'intitule *La Sacralisation des conjurés*. Daté de juin 36 !

— Bien essayé, racaille. Juin 36, okay. 24 juin 36. Un mercredi. Mais le texte programmatique s'appelle *La Conjuration sacrée*. Il commence – il attaque – par une citation de Sade. Je te la lis : « Une nation déjà vieille et corrompue, qui courageusement secouera le joug de son gouvernement monarchique pour en adopter un républicain, ne se maintiendra que par beaucoup de crimes, car elle est déjà dans le crime, et si elle voulait passer du crime à la vertu, c'est-à-dire d'un état violent dans un état doux, elle tomberait dans une inertie dont sa ruine certaine serait bientôt le résultat. » Suit une autre citation, de Kierkegaard. Cette citation te parlera plus encore qu'à moi, qu'à lui : vos années 2000, votre XXIᵉ siècle, a dit quelqu'un qui n'était pas Malraux, est religieux ou n'est pas : « Ce qui avait visage de politique et s'imaginait être politique, se démasquera un jour comme mouvement religieux. »

20

— Il ne parle que de mon temps, tu as raison. On méprise trop Climaxus ! Son génie, son humour, ses « miettes » ! Sa « composition mimico-pathético-dialectique », son « apport existentiel », sa « non-scientificité » ! Son *Post-scriptum* sorti la même année que l'apparition de la Vierge à La Salette.

— Tu l'as lu ?

— Oui. Toi aussi tu le liras. En 2005, tu le liras. Tu vois. Pour « Climaxus », l'absence d'intériorité est une forme de folie. C'est exactement, c'est *à la virgule près* ce que je voulais entendre. Ce que je voulais qu'on me dise. Lui l'a dit. Tout est là ! Les mathématiques, celles qu'on nous a obligés d'étudier, toi et moi, et d'étudier pour *rien*, pour ne rien en faire plus tard, eh bien Climaxus le crie clairement : ça ne sert à rien, *justement* ! « Toute connaissance essentielle concerne l'existence. » À rien *du tout*. Ça n'est *rien*. Ça éloigne. Ça éloigne de soi-même. C'est approximatif. C'est hypothétique. Pour lui, le « chemin objectif » est prétentieux. Le « chemin objectif » ! Condamnant les maths, il condamne l'histoire, et là, camarade moi, je suis à mon affaire. Moi qui suis mémoire, contre toute forme d'histoire, d'historiographie, moi qui veux bien être *Geschichte* à condition de n'être jamais *Historie*, je fais mon miel des *Miettes*. À moi de te lire un extrait ! « Le chemin de la réflexion objective rend le sujet contingent et fait par là de l'existence quelque chose d'indifférent, d'éphémère. Partant du sujet, le chemin va à la vérité objective, et tandis que le sujet et la subjectivité deviennent indifférents, la vérité le devient aussi, et ceci justement constitue sa valeur objective, car l'intérêt gît, comme la décision, dans la subjectivité. Le chemin de la réflexion objective conduit donc à la pensée abstraite, aux mathématiques, à la connaissance historique de toute espèce, il ne cesse de s'éloigner du sujet, dont l'être ou le non-être, objectivement tout à fait à juste titre, est infiniment indifférent. » Défaite absolue des mathématiques ! Nous tenons là notre belle revanche ! Et notre Zorro n'est pas n'importe qui ! Et notre revanche sur cette mathématique de l'événement qu'est l'histoire. Ce qui est fabuleux, c'est que Kierkegaard va jusqu'au bout, il ne se laisse pas impressionner par la soi-disant et sacro-sainte « nécessité » qui unit, sous forme de relations formelles, les soi-disant et sacro-saintes « essences » mathématiques. Il signe l'arrêt de mort de l'objectivité elle-même ! Pour lui, elle n'est qu'un cas particulier de la subjectivité ! « Et pourtant l'objectivité qui a pris naissance est en fin de compte, du point de vue subjectif, ou bien une hypothèse ou bien une approximation, car chaque décision éternelle réside justement dans sa subjectivité. » Quelle délivrance, cher nous, que d'entendre, que de lire de telles paroles.

— C'est magnifique. J'en ai les larmes aux yeux.

— Nous sommes des grands brûlés, toi moi nous, de la science mathématique. Nous sommes tombés au champ d'honneur de l'équation. Nous fûmes immolés par la triple intégrale. Humiliés sur toutes les estrades de toutes les salles de toutes les classes : cloués au pilori de la dérivée partielle, muets devant les matrices. Crucifiés sur un tableau noir saturé de développements limités, de courbes de Gauss, de quaternions, d'octaves, de suites de Cauchy, de théorèmes et de lemmes et de lemniscates. De grands postulats ! Dont « Kierk », aujourd'hui, nous délivre ! Il essuie les crachats par nous reçus. Ces sueurs devant le théorème à démontrer, stade après stade, ligne à ligne, n'étaient que le très subjectif fruit d'esprits de folie différente de la nôtre, diversement construits, inversement bâtis. Les mathématiques ne nous étaient point supérieures du tout : elles étaient digérables par ceux-là dont la confection permettait cette digestion, cette assimilation. Résoudre un problème, ne point réussir plutôt à le résoudre, c'était se promener – comme à l'armée de manière forcée, de manière obligée, de manière appuyée –, c'était crapahuter sur des sentiers de folie incompatible avec notre folie, c'était escalader des pics avec des instruments non accordés à notre façon à nous d'être tout aussi différemment fous ! Je n'avais point, nous n'avions point, nous – toi et moi –, à capituler intellectuellement devant l'ennemi. Cet ennemi ne nous était point supérieur, les mathématiques de cet ennemi ne nous étaient aucunement supérieures. Cet ennemi n'était point spécial, les mathématiques de cet ennemi n'étaient aucunement spéciales. C'est que, simplement, nous n'étions point faits de la même supériorité. Nous n'étions point bâtis de la même spécialité. « La vérité objective en tant que telle, dit Johannes, ne tranche en aucune façon la question de savoir si celui qui l'exprime est raisonnable, elle peut même, au contraire, révéler que l'homme est fou bien que ce qu'il dise soit tout à fait vrai, et surtout objectivement vrai. » Les théorèmes que, en eau devant toute la classe, en difficulté devant tout un groupe humain ravi de cette difficulté, nous devions démontrer – toi moi nous qui n'aspirions qu'à la littérature, à la poésie, à la pensée, aux mots –, n'étaient point de difficiles exercices, d'inéluctables humiliations, d'imprenables forteresses : mais des exercices à la facilité trop exotique, des humiliations qui n'humilient que les étrangers à telle planète, que les intrus, que les extra-terrestres, que les Sélénites, mais des forteresses que jamais nous n'eussions dû visiter. Notre intelligence, cher 1989, est venue se briser sur les récifs d'intelligences moins intelligentes que la nôtre, mais simplement plus objectives, plus subjectivement objectives. Notre intelligence, notre raison, était faite pour des virtuosités, pour des altitudes, pour des décollages relevant objectivement de la subjectivité et non pour des sciences, des monades, des figures, des loopings relevant subjectivement de l'objectivité. Nous voulions écrire des romans, composer des vers, traduire des philosophes, produire des essais, modifier les révolutions en cours : au lieu de ces énergies, on détournait la nôtre, on détroussait notre entendement par des échafaudages non conçus pour nous, hors sujet à nous, hostiles envers nous. Lecteur, si tu es nul en mathématiques, si, parvenu à la classe de mathématiques supérieures, de mathématiques spéciales, tu entrevois tes soi-disant « limites » intellectuelles, si tu pénètres, tremblant, humilié, hésitant, mouillé, dans ce méchant royaume des défaillances où tout conclut à ta maudite inutilité, à ton irréfutable médiocrité, à ta lamentable abyssalité, à ton irrémédiable imbécillité, n'oublie pas que tu n'es jugé que par des fous dont la folie ne t'inspire pas, par des autochtones d'un pays qui manipulent un langage que tu ne parles pas : ne te laisse jamais fouetter – sur ces concis alpages où ta sensibilité fut prise au piège et ton intelligence ligotée, menottée, conspuée – par les soldats d'une spéculation qui n'est point tienne, par les mouchards d'une logique qui n'est logique que pour la logique logique des logiciens. Deux folies s'opposent. L'une est subjective. L'autre est objective. La seconde est comme une éclipse. L'objectivité cache la folie, dont la robe est toujours classiquement subjective. La folie objective, sous prétexte de son objectivité qui n'est autre que la marque de sa profonde subjectivité érigée sous la forme de l'objectivité la plus objective, veut se hisser tout en haut et mater d'un regard de crachat, surhautain, la figure timide, complexée, de la folie subjective qui n'a d'objectif que la subjectivité de sa subjectivité. Jamais nous n'eussions dû accepter de nous laisser humilier par ces professeurs de folie, ces agrégés en objectivité. Ces salauds ! Et nous leur baisions les mains pour obtenir de la clémence, de la compréhensivité, de l'indulgence. La foi nous a manqué. Nous avons eu une lacune, une divine vacance. Un dieu, n'importe lequel, cher

89, nous eût remis en face de nous-même, en coïncidence. En phase. En résonance.

— On doutait trop, sans doute.

— C'est cela, la foi, justement ! C'est ce que nous enseigne notre Zorro Climax ! Il est, dans la foi, une grandeur de l'incertitude. Il est, dans l'infini de l'incertitude, un écho de l'infini de la foi. Qu'est-ce – que serait ? – une incertitude *finie* ? La certitude appartient au domaine du fini. L'incertitude au domaine de l'infini. L'infini de l'incertitude est le lieu de la foi. Il est, en certains points du plan qui est le plan de l'infini, une superposition de l'infini de la foi et de l'infini de l'incertitude. La foi est infinie. L'incertitude est infinie. Cependant, l'infini de la foi est supérieur ou égal à l'infini de l'incertitude. C'est à l'instant de l'incertitude qu'on pénètre dans la foi. Avoir la foi, c'est lutter contre l'incertitude. L'apothéose de la foi s'obtient quand on parvient au maximum d'incertitude possible – la foi à opposer à cette incertitude doit être également maximale. Quant à l'infini, qui n'est pas un concept strictement mathématique, c'est ce qui ne supporte pas d'approximation. La foi, c'est ce qui ne se connaît pas d'approximation. La vérité est la vérité – ce n'est pas l'approximation de la vérité. D'une certaine manière, on peut dire que celui qui a la *certitude* de croire en Dieu – et même : qui a la certitude que Dieu existe – appartient à la même famille que celui qui a la certitude de ne pas croire en Dieu – et même : qui a la certitude que Dieu n'existe pas, puisque l'infini de l'incertitude est inclus dans l'infini de la foi. La certitude est inhumaine. Elle n'appartient pas à la sphère de l'humain. La certitude est monstrueuse. Les régimes fascistes, nazis, communistes furent des régimes de certitude. Des régimes pétris par le joug de la certitude. Et même, ils furent la certitude faite régimes. Je ne suis pas certain que les adultes doutent beaucoup. Les enfants doutent. Les génies doutent. Les saints doutent. C'est là que réside l'infini de leur vérité. Le fondement du génie, c'est le

doute. Non le doute d'être un génie par rapport aux autres
– qui au mieux ne sont pourvus que de talent –, mais le doute
d'être un génie par rapport à soi. Le doute d'être un génie
par rapport au génie qu'on sait, qu'on croit savoir qu'on est.
Continue, si tu le souhaites, avec ton programme Acéphale.
Qui Bataille cite-t-il ensuite ?

— Nietzsche. « Aujourd'hui solitaires, vous qui vivez
séparés, vous serez un jour un peuple. Ceux qui se sont
désignés eux-mêmes formeront un jour un peuple désigné
– et c'est de ce peuple que naîtra l'existence qui dépasse
l'homme. »

21

— Ce programme d'Acéphale, cher 2013, est une des plus
belles choses que la langue humaine ait déployées.

— Il ne faut pas exagérer.

— Dans son style et dans son information. Dans son élan
et dans sa proposition. Dans sa nervosité et dans son immense
brutal calme. C'est un long coup de poing écrit. Je lis ?

— Oui.

— « Ce que nous avons entrepris ne doit être confondu
avec rien d'autre, ne peut pas être limité à l'expression d'une
pensée et encore moins à ce qui est justement considéré
comme art. »

— J'avoue. C'est fort.

— Je te l'avais dit. Je relis ! « Ce que nous avons entrepris
ne doit être confondu avec rien d'autre, ne peut pas être
limité à l'expression d'une pensée et encore moins à ce qui
est justement considéré comme art. » C'est un « nous » qui
frappe, un « nous » qui surgit. Ce « nous » étonne, détonne,
il inquiète : nul ne sait qui – qui au pluriel – se dissimule der-

rière ce masqué magma. Est-ce un Bataille soucieux de vieux style, qui viendrait s'exprimer selon les grammaires royales, lustrées, utilisant avec manie un « nous » qui dit « je » ? Non : le lecteur, toujours violenté soixante ou quatre-vingts ans plus tard, prend ce « nous » dans son plein mystère, c'est un « nous » de groupe, d'équipe, de clan, un « nous » de société, mais de société désocialisée. C'est un « nous » meurtri qui est aussi un « nous » de meurtre. Je reconnais volontiers que ce « nous » qui s'affirme, *ex nihilo* survient, *ex cathedra* se clame et proclame, est un « nous », sinon terrifiant, du moins qui inquiète. C'est un « nous » qui sécrète de l'intranquillité. Ce « nous » ne sonne pas creux. Il ne s'affirme pas dans le vide. C'est un « nous » qui dit. C'est un « nous » qui est. Un « nous » dont, passé l'effet de surprise, ne cesse de surprendre la : gratuité. « Ce que nous avons entrepris » : cette peur provient de ce que l'entreprise existe déjà. Il y a un « ce », un « ce que » qui a commencé sans nous, avec ce « nous » sans nous, à notre insu. Un « ce que » repu d'irréversibilité, sûr de lui – qui ne reculera plus. C'est fait. « Ce que nous avons entrepris. » C'est entériné. Le mal est fait. Irrévocablement, inscrit dans telle peau, marqué sur la matière, dans les choses tatoué. On ne pourra plus revenir dessus, le raturer, l'effacer. De l'inédit vient de naître. Du pur neuf est advenu tandis que l'habituel monde était en train de vaquer à d'autres choses. Ce que Bataille et Acéphale entendent remettre en question, c'est le règlement du monde, qu'il s'agit dès lors de dé-régler. Le monde est le flic de lui-même : il s'abrutit sous le poids de ses propres habitudes, de ces obligations réflexes, de ses mécaniques circonlocutions. Le monde avance, oui, mais il ne sait faire que cela. Il progresse, mais c'est là sa principale, sa presque unique occupation. Nous sommes installés, bouffis, sans la moindre intérieure agitation, débarrassés de toute intime interrogation, délestés de tout questionnement sur le sens, nous sommes installés sur le sol de la terre, pressés, livides, conditionnés, à peu près déjà morts, bien aveugles, calfeutrés, *salariés*. Nous réglons nos achats. Nous passons en caisse. Nous consommons dans l'anonymat les biens comestibles, matériels, que nous sommes allés prélever dans une grande surface. Nous sommes trimbalés, ballottés, telles des mouches noyées dans un pédiluve. « Il est nécessaire de produire et de manger : beaucoup de choses sont nécessaires qui ne sont encore rien et il en est également ainsi de l'agitation politique. » C'est de là que Bataille veut sortir. C'est à cela qu'il prétend s'arracher. À cette glu du politique, aux moisies instances, à la répétition du motif, aux décrets qui finissent par établir la lente mort du sujet, aux hémicycles qui fabriquent l'amorphe et le petit employé. L'employé est la figure contraire du déployé. Bataille veut déployer le monde quand la politique ne cherche toujours qu'à l'employer. C'est le déploiement contre l'emploiement. C'est le déploi contre l'emploi. Le politique obstrue. Il crée des emplois : il augmente l'obstruction. Il recouvre le monde d'emplois, d'employés, il voile le monde réel d'emplois créés, de fonctions devenues tranquillement nécessaires, devenues nécessaires à notre parfaite insu. Le politique est l'ennemi suprême, absolu – définitif.

À cet instant, engoncé dans un petit gilet, traînant des patins, Georges Bataille fit son apparition sur le parquet ciré de ce roman. Il avait les yeux bleus, presque blancs – un loup. Il était prudent de tout son corps, arborant cravate en laine et pantalon à trop courts revers. Sur son cou où apparaissaient des petites rides de poulet, des poils avaient été oubliés par le rasage. D'une voix mal assurée, tremblante comme une tige de magnolia dans les colères du vent (le vent de l'Histoire, selon cet hégélien aux allures de notaire), il se racla la gorge et, sur un ton annonçant son proche décès (après avoir esquissé un sourire de squelette), il prononça ceci :

— Mon nom est Georges Bataille. Je suis en train de mourir à Orléans.

— Vous êtes certain que vous êtes bien vous ? demanda Yann (19)89.

— Je le reconnais, c'est vraiment bien lui. C'est vraiment très exactement et plutôt très fidèlement lui, assura Yann (20)13.

— Je suis sans doute un fantôme, se ravisa Bataille. Je me détricote. Je me délabre. Je me fends d'à peu près partout. Je me défais. Je me disloque. La violence faite à mon corps est permanente et têtue. Parfois, elle est lente et douce. Infiniment mortelle elle est. Cela ne fait point de moi quelqu'un de moins vivant ni de plus mort que les autres.

— Moi-même et moi étions justement en train de parler de vous, monsieur, dit Yann 13.

— Je sens que s'aglutifie la paroi de mon stroncule cérébrale, poursuivit Bataille. Je sais que la cisiopre de mes glozaires souffre d'excès de goutamine. Que le taux monorimal de bozotène dans mes goglines internes est supérieur au seuil critique. Cela finit par former sur la partie lusifalo-corycienne de mon cerveau des ligrômes malins qui s'ézémantillent par abcès. Ce qui occasionne des mamblites et des écoulements phrénaux terribles au niveau des cornes d'Ampes. Je suis soigné au novalex 900, mais c'est un traitement à base de tagalmuth, ce qui chez moi engendre une ramonication osseuse de la paroi cribillique. Alors, ça bulsine et j'éprouve un sentiment de polocérie qui me fait frandir. Même le preflagan n'y fait rien.

— Cela doit être fort pénible, balbutia le Yann 89.

— Il n'est pas tellement étonnant que, dans de pareilles conditions, je finisse par m'éteindre, fit entendre Bataille. C'est étrange et injuste. Après tout ce que j'ai fait pour la mort, cette vieille salope pourrait s'y prendre autrement avec mon corps. Elle me punit par le cerveau : je n'ai péché que par la chair. J'ai toute ma vie cherché à pécher par la tête : je n'y suis point parvenu. La mort en face, c'est bien joli lorsque nous sommes en bonne santé. Mais dans la maladie, un étonnant sursaut nous fait préférer la vie. Vivant, j'adorais la mort. Mourant, j'adore la vie. Je n'avais pas bien compris ceci : que lorsque la mort s'approche, la vie s'éloigne. J'ai toujours cru que la mort était réservée aux vivants, je ne l'avais jamais conçue comme quelque chose éprouvée par les mourants. Je connaissais la mort sous sa netteté. Sous son visage de propreté. Comme une soudaineté. Comme une lame et une guillotine. Je ne m'étais pas imaginé – jamais – qu'elle pût s'exprimer autrement qu'en contredisant brutalement la vie, autrement qu'en se dressant franchement devant elle comme son contraire – comme le font tous les absolus qui se respectent : je n'avais jamais imaginé qu'elle pût se révéler comme un *affaiblissement* de la vie. Comme un *amoindrissement* du corps qui vit. Ce faisant, je trouve que la mort triche. Si j'avais su qu'elle employait ces déplorables méthodes, je l'eusse pensée, je l'eusse envisagée autrement. Ce n'est point du jeu. Ce n'est pas tellement de bonne guerre. Si la mort peut – rien de plus facile pour elle, c'est un jeu d'enfant pour elle – affaiblir et amoindrir le corps, affaiblir et amoindrir le travail de la vie dans ce corps, la vie, elle, n'a strictement aucun moyen d'affaiblir et d'amoindrir le travail de la mort dans ce même corps. Qu'on ne parle pas d'alimentation ni de sport : la maladie raffole des corps sains. Elle s'insinue dans ce qui est frais par une astuce que le sport et l'alimentation n'avaient pas prévue, par une porte que le sport et l'alimentation ne surveillaient pas. J'ai toujours été quelqu'un de particulièrement émotif : si j'avais rencontré la mort en face, lors d'une décapitation, d'une crémation, d'une pendaison à subir, je l'aurais embrassée, je lui aurais baisé les pieds – mais je crois qu'elle n'a que des griffes, des palmes ou bien des sabots –, je l'aurais serrée dans mes bras. J'aurais pleuré devant elle. Je l'aurais souillée de mes larmes. Chers jeunes amis, je ne veux point vous importuner avec mes histoires de santé. Je préférerais qu'on parle d'autre chose. De moi, par exemple. De ce que je suis en dehors de ce qui m'empêche de continuer à être. J'apprécie qu'on parle de moi, surtout en mon acéphale présence. Je voudrais savoir si vous m'aimez, pourquoi vous m'aimez, où vous m'aimez, quand vous m'aimez. Si l'un de vous émettait des réserves à mon sujet, sur un paragraphe de mon *Lascaux* ou sur ma coupe de cheveux, je serais capable d'avaler sur-le-champ une lame de rasoir. Je vous aime, moi, petits Orléanais. Vous me succéderez dans ce futur qui s'annonce pour moi tourbeux. Glaiseux. Calcaire. J'ai lutté le plus possible pour ne pas vous céder la place. Ma vie biologique a fourni des efforts titanesques pour perdurer ici-bas, parmi les ronces et jusque dans les tortueuses venelles. J'ai joui sur des prostituées, me croyant éternel et fauve, gavé de jeunesse pour jusqu'à la fin des temps. Mais je vous vois devant moi et je comprends que la jeunesse a toujours raison. Elle est la plus neuve dans ce que produit le genre humain. Son voisinage est méchant. Les vieillards, les vieux, les quinquagénaires, les sexagénaires, les septuagénaires ne peuvent l'envisager que de deux façons : en exagérant l'amour qu'elle a pour elle ou en diminuant la haine qu'elle a pour elle. Aucun vieux ne peut être indifférent à un jeune. Nous voudrions les tuer : on se contentera de les maudire. Rien n'est plus beau, pour un vieux, que de voir un jeune quitter la terre, dans un accident, foudroyé par un cancer. On se sent riche, alors, des années qu'il ne vivra pas et que nous avons vécues. De ces heures infinies qui étaient situées devant lui et qui sont situées derrière nous. Savoir qu'il n'y aura pas droit nous les rend plus précieuses, plus vivantes. C'est comme si nous les avions vécues deux fois. On est vieux, non par rapport à sa date de naissance, mais par rapport à sa date de décès. Un homme de 65 ans qui mourra à 103 ans est un jeune homme. Un homme de 24 ans qui mourra à 27 ans est un vieillard. Il est un jeune dans la vie mais un vieillard dans sa vie. Il est un vieillard dans le référentiel de son existence. Admettons que la durée d'une vie soit représentée par le chiffre 1, et que par conséquent la jeunesse finisse une fois atteint le chiffre de 0,5 – à 0,49 je suis encore jeune, à 0,51 je commence à être vieux –, eh bien notre premier homme de 65 ans, défini par l'âge de 103 ans qu'il aura à sa mort, a un âge relatif de 0,63106796. Tandis que le second de 24 ans qui va mourir à 27 possède un âge relatif de 0,88888889. Notre camarade de 24 ans est ainsi, mesuré, évalué à l'échelle de la durée réelle de sa vie, 1,40854701 fois plus âgé que notre ami de 65 ans. On note par ailleurs, selon nos critères, qu'ils sont tous les deux « vieux » puisque leur âge est supérieur strictement à 0,5. Un type de 14 ans qui mourra à 26 ans est entré dans la vieillesse. Un type de 42 ans qui mourra à 91 ans est encore dans la jeunesse.

22

Bataille n'était pas si spectral. C'était un vivant, enroulé dans la maladie : c'était un spécimen d'écrivain tel qu'il n'en existerait plus – un écrivain *nécessaire*. Cet homme était finissant – sa littérature ne faisait que commencer. C'était un homme d'œuvre *commençante*. Les grands livres ne savent jamais faire que commencer. Son visage était *smooth*, d'une lisse géométrie, émoussée. S'y lisait une aphone douleur qui gémissait par des tics. On distinguait mal Bataille quand il frôlait un mur de parpaing : il appartenait aux pâles, aux beiges diffus. C'était le complice des gris. Georges Albert Maurice Victor Bataille (contrairement à une idée reçue) n'est jamais mort au matin du dimanche 8 juillet 1962 à l'âge de 23 676 jours mais au soir du lundi 19 décembre 1983 à l'âge de 31 510 jours. Je l'ai aperçu pour la première fois dans la salle de la bibliothèque d'Orléans réservée aux enfants (ce rez-de-chaussée clair et ensoleillé donnant sur les saules noueux du jardin de l'évêché rafraîchi de jets d'eau qui ondulaient et sifflaient comme des serpents) où Marc-Astolphe m'avait accompagné. Marc-Astolphe, immédiatement, l'avait reconnu. Il n'hésita pas une seconde avant d'aller l'entreprendre, ce que chacun généralement évitait de faire : non que Bataille fût agacé par les salutations et l'administration des politesses (c'était au contraire un homme affable) ; mais on le savait malade, d'une part. D'autre part : il intimidait. C'était un homme qui avait une œuvre monumentale, disait-on, même si nul n'avait lu cette œuvre. Marc-As, lui, la connaissait évidemment mieux qu'une fable de La Fontaine.

Au vrai, Oh ne se jeta pas immédiatement sur Bataille (je rectifie mon souvenir). Il l'observa d'abord un instant (derrière les immenses baies vitrées de ses lunettes elton-johniennes), comme un lynx sa pauvre proie cornue. Bataille, les mains derrière le dos, promenait ses absents regards sous les voûtes, criblé d'enfantins piaillements qu'il semblait ne pas recevoir. Il était solennel dans son veston pied-de-poule. Blême. De ses narines jaillissaient quelques poils broussailleux, vieux – drus. Ses bras étaient lourds. Les creux et recreux de son visage de cancéreux poupon empêchaient de lire les profanations contenues dans ce corps sans agilité ni bonds, ce corps glissé, faufilé, d'où s'échappait encore parfois, au bord de l'aube ou au commencement des nuits opaques, sous forme de sperme, l'ultime succès de ce qu'on appelle une *forme de vie*. Bataille avançait, translaté, posé sur un tapis, sur un éther spécial. Sa cravate était laineuse – serrée. Cet homme était partiel, bancal, effiloché : plus jamais la beauté du monde ne saurait le toucher. Bataille était *dépourvu*. Pas dépourvu « de » : dépourvu. Dépourvu-floconneux. Neigeux-fané. Sec. Il formait des nuages en marchant. Il proposait entre les travées (qui eussent tout aussi bien pu être des décombres) : une atmosphère. Bataille était las. Tremblaient sur son front de bleutés reflets. Métallique Bataille. Homme de grilles et de cimetière, collègue de quelques cailloux, ami des caveaux et des danses, des catacombes – et des couvents. Spécialiste du crachat et des crucifix. Des corps de femmes en exercice. Des squelettes entrechoqués. Des pâles soleils, des catafalques. Homme des couvercles de tombe. Vivant dans les gadoues. Homme des emmêlées orties. Des dépressions, des dérèglements. Des œufs pourris, des envies de fosse, de trou, d'abîmes, d'abysses. De crânes de singes. De mises en bière, d'épines. De parvis délavés. De stèles corrompues par la moisissure. De mouchetures sur les statues des Vierges. C'était cet homme d'impurs paradis troués qui, rempli de douceur et fin comme un filtre, imitait le déplacement humain parmi les livres enfantins. Nulle sévérité dans son œil : des lambeaux.

— C'est Bataille ! me lança Oh tandis que je m'intéressais à un ouvrage saisissant rédigé par Enid Blyton durant l'année 1957. Tu sais, jeune camarade, tu as maintenant 7 ans, et te voir lire les aventures de notre ami Oui-Oui est quelque chose qui me rend hautement nerveux. Ces récits, où se croisent des concombres à grelots et de nauséeux nains de jardin, je ne crois point que cela convienne aux aigus esprits. Tu ferais mieux, garnement sacré, de lire Bataille. *Madame Edwarda* ! *L'Anus solaire* ! C'est l'âge, 7 ans, pour commencer Bataille ! Si tu ne démarres point Bataille immédiatement, tu es un homme perdu !

Marc-Astolphe se rendit aux toilettes, refit son nœud de cravate devant le miroir, passa un peu d'eau froide sur son visage, fronça tous ses sourcils, revint liquide, excité.

— Observe bien cette scène très historique, petit ami ! me lança-t-il tandis que, dans les travées et rayonnages, nous suivions Bataille à la trace, comme s'il se fut agi d'un blaireau traqué.

Soudain Oh me quitta, à grande vitesse il se répandit jusqu'au génie, sans faillir il se planta droit devant l'auteur du *Bleu du ciel*.

— Monsieur, commença-t-il, je vous ai nettement reconnu ! Je possède, en mon intime marmite, d'humaines qualités qui mijotent depuis des lustres dans le jus de ma grandeur, mais je ne vous embêterai point céans avec icelles. Ce sont mes dons littéraires qui vous passionneront d'abord, et je vais décidément – sans timidité – déclamer face à vous quelques prodigieux produits de ma poésie. Je connais chaque page de chacun de vos opus, monsieur Bataille, et je suis fier de vivre aux mêmes instants dans la très même cité que celle que vous frottez de vos souliers magnifiques !

Bataille était *ailleurs*, il ne fit rien ni pour décourager, ni pour encourager Marc-Astolphe.

— Je vais vous déclamer, ici *da*, poursuivit Oh, une mienne plaquette à venir, parfaitement inédite, incroyable, intitulée *Épilepsie*. Les éditions du Charme, sises à Olivet-les-Noix, sont bien vivement intéressées par le manuscrit, et vous connaissez sans doute, par votre amie Hélène Cadou – qui est aussi une mienne connaissance et chère – l'exigence de cette petite maison d'édition spécialisée dans la poésie. Je commence par le premier, si cela vous agrée ! Il s'appelle « Calcul ».

> *Il y a toutes les dents de scie de la terre*
> *Il y a toutes les niaiseries du ciel*
> *Les espoirs à recommencer*
> *Toutes les ruines à déruiner*
>
> *On ne saura jamais*
> *Où commence le soleil*
> *Ni où finit la nuit*
>
> *On ne peut pas comparer*
> *L'ensemble des merveilles*
> *Compter les morts*
> *Les étoiles*
> *Ou les vagues*

Il y a tous les midis et les minuits du monde
Qui continuent tous les jours
À donner des heures justes

On ne saura jamais
Le diamètre du ciel
Ni la durée d'une femme

Bataille ne réagit quasiment pas : un sourire pierreux, un regard en loques, un cheveu de ciment – son impassible géométrie, gorgée de raison, donnait l'impression qu'il avait les deux yeux crevés. Ses cernes étaient mauves. Presque noirs. Marc-As, pris dans son propre remous, continua sa prouesse (lorsqu'un assistant de monsieur Bataille vint demander au poète à lunettes de bien vouloir ne pas importuner le directeur, Bataille fit un signe de la main, très onctueux, à la manière d'un évêque, pour dire que ce n'était pas la peine, que *tout allait bien*).

— Il est peut-être à retravailler, je sais. Le début. Non ? Mais celui qui suit relève, autant vous en avertir, de la perfection la plus définitive. Madame Cadou, à qui j'en ai fait parvenir une copie, m'a dit qu'elle l'avait trouvé « écumant » ! Je l'ai prénommé « Pluie ».

Je connais bien cette eau
Qui connaît bien ma bouche
J'ai travaillé dehors pendant
Toutes les vies

Je connaîtrai les pluies
Qui travaillent le carreau
Et l'ensemble des villes
Promenées par des gens

Tu célèbres un deux dieu
Et tu voyages trois fois
Tu replieras ton lit
Une dernière fois

Et autour de ta lampe
Et sous ta panoplie
Tu sauras que les choses
Et que les êtres humains
Qui étaient dérisoires

Sont partis désormais
Se sont souvent noyés.

Soyons honnête : Georges Bataille sembla peu convaincu. Mais il invita Marc-As dans son bureau ; je fus convié à les suivre.

23

— Ne cherchez jamais à comprendre la mort, monsieur Ah, commença Bataille.

— « Oh », fit observer Marc-As.

— Peu importe, répondit Bataille. Je suis trop fatigué pour retenir correctement un patronyme aussi exotique que le vôtre. Les extrémités, dont la mort fait partie, doivent rester en dehors de notre compréhension. Je possède dans ce tiroir *(il désigna le tiroir de son immense bureau ciré sur lequel dansaient les reflets de ce jour solaire)* deux revolvers de marque Browning. Ils ne sont pas là pour m'aider à comprendre quelque chose à la mort, mais pour m'aider à *participer* à la mort. On peut tout faire avec la mort, danser autour, se promener à côté, jouer de la guitare au bord, on peut approximativement l'évoquer, on peut s'inventer une âme pour apprivoiser la crainte que l'on en a : mais on ne peut la comprendre. Elle précède la pensée. D'elle ne peut se dégager aucun concept. Elle est nue, nous sommes nus avec elle. Nous ne pouvons qu'avouer, que reconnaître notre incroyable docilité à son égard. La première chose que l'on apprend, avant même de vivre, avant même d'avoir essayé de vivre, avant même de « savoir » vivre, c'est d'accepter la mort. La modalité de tout commencement se fonde sur l'acceptation tacite que tout ira se fondre et se jeter dans la mer de la mort. Vous pouvez être infiniment capricieux, vous croire plus éternel que la moyenne, plonger dans les superstitions, vous clouer imitativement sur la Croix sainte : sorcier, prêtre, petit banquier, philosophe ayant tout dit sur la mort, tu n'obtiendras point de dispense, tu partiras quand même, tu es venu ici-bas pour repartir quelque jour – et croyez-moi, s'il n'y avait pas d'au-delà avant notre naissance, je ne vois pas très bien pourquoi il y en aurait un après. Il serait quand même fort étrange que le Ciel n'existe que pour ceux qui ont déjà vécu, qu'il soit dûment réservé à ceux qui, sous forme humaine et vivante, sont venus sur la terre. Une telle thèse ne peut tenir, qui fait *expressément*, qui fait *logiquement* dépendre le Ciel – cet absolu absolument absolu – de notre petite minuscule planète. Le Ciel ne peut être relié, s'il existe, aux relatives situations terrestres, il n'a pas à en dépendre, il ne saurait y être corrélé, associé. Si le Ciel existe – avec son Dieu posé dessus, en trône multiplié – il n'y a aucune raison qu'il admette notre caillou comme antichambre. Imaginez-vous toute cette infinie structure, cette perpétuelle continuité du Tout, cet inintelligible présence de l'Esprit, ces immanentes constellations être une « récompense », une « contre-partie » de quelques combinaisons gentilles effectuées ici, là, au sol ? Le Ciel ne peut exister que pour ceux qui sont sur terre. Et à l'instant où ils le sont. La liberté est la seule forme de Ciel que peut s'offrir l'homme. Le seul problème étant qu'il ne possède point suffisamment de courage pour se l'offrir. Moi, cher monsieur Eh, et je le dis aussi pour votre fils...

— Il s'agit de mon filleul... Il sera écrivain, lui aussi !

— ... à condition qu'il cesse de lire *Oui-Oui* ! Moi, disais-je, quand je dis que je veux faire l'expérience de la mort, je ne dis jamais que je veux mourir. Je veux voir la mort en face de mon vivant, parce que de mon mourant je ne verrai jamais le Ciel qui se cache derrière. Je ne dis pas qu'il n'y a *aucun* Ciel derrière la mort : je dis que ce Ciel est réservé aux vivants et accessible ici sur terre. Le Ciel c'est la terre. « Monter au Ciel », c'est « rester sur terre ». Et si ce Ciel est situé après la mort, alors il faut regarder la mort en face et tenter de voir ce qu'il y a derrière, mais sans mourir ! Regarder ce qu'il y a *derrière* la mort, ce n'est pas regarder ce qu'il y a *après* ! C'est un « derrière » expérimental, existentiel, pas un derrière chronologique ! Je ne suis pas un nécrophage. Si j'approche *la* mort, c'est précisément pour ne pas approcher *de* la mort. Approcher *la* mort, c'est une expérience. C'est quelque chose d'actif. Approcher *de* la mort, c'est passif. C'est tout simplement durer dans le temps humain. C'est tout trivialement vieillir. Approcher *la* mort quand on approche *de* la mort est non seulement tautologique, mais sans intérêt aucun : c'est en pleine possession de sa vie vivante qu'il est passionnant d'observer la mort en face. Quand on est en train de mourir, c'est elle qui vient nous chercher. Quand on est en pleine santé, et rempli de jeune jeunesse, c'est nous qui allons la chercher. Nous la faisons entrer dans la danse. Nous sommes, nous et elle, à égalité d'énergie, à égalité de danse. Pour connaître les choses, il s'agit de les vivre. Pour connaître la mort, il s'agit par conséquent de la vivre. Et non pas de la mourir. Il convient, évidemment, de ne faire que la rencontrer : non de rester entre ses bras. Il s'agit de s'esquiver, *in extremis* et *in fine*. Il ne faut ni traîner dans la mort, ni trop traîner avec la mort. Sa fréquentation se fait par à-coups. Il ne faut pas moisir dans la mort. Il ne faut pas s'éterniser dans la mort ! À ce petit jeu de l'éternité, sachez monsieur Hi que c'est elle la plus forte, la plus rompue – la plus douée. Ce qui est insupportable, dans le « vieillir », c'est ce message que nous susurre à l'oreille la nature : « Des vies nouvelles viennent remplacer ta vieille vie parce que moi, la nature, je considère qu'elles ont désormais plus d'importance que toi, que toi qui devrais logiquement avoir tout dit de ce que tu avais à nous dire. Les chefs-d'œuvre que tu pouvais réaliser, que tu aurais dû réaliser, tu es censé les avoir *déjà* bâtis – peu importe que tu n'aies pas saisi ta chance, on t'a laissé, je t'ai laissé beaucoup, beaucoup de temps pour que tu puisses accomplir jusqu'au bout ton destin et achever ton œuvre. D'autres pensées, d'autres originalités doivent à présent se déployer, périmer tes pensées datées, ridiculiser tes originalités, tes singularités dépassées. J'échange volontiers les œuvres qui te restent à produire en tant que vieux, contre celles que d'autres s'apprêtent à produire en tant que jeunes – ce, même si je sais que toi tu te serais mis au travail et qu'eux jamais ne s'y mettront. J'ai fait mourir Nietzsche, j'ai fait mourir Liszt, j'ai fait mourir Dufy, Guitry, Utrillo, Péguy, Partch, afin que prennent place, au cœur du monde, dans la vallée des chefs-d'œuvre, leurs éventuels et potentiels successeurs : Giraud, Kalva, Messanovitch, von Tripp, Zulu-Dewaens, Limbano. Mais Giraud n'a pas proposé de nouvelles structures cubistes – il a torgnolé sa femme et gagné sa vie comme pompiste à Évreux. Kalva est mort dans un bain d'acide sulfurique à l'âge de 23 ans à la Libération, dans le village d'Issundy, pour avoir dénoncé son frère aux Allemands. Messonavitch est mort dans le ventre de sa maman, Ivanka Messanovitch, née Rimski. Von Tripp était peintre – mais en bâtiment. Zulu-Dewaens est un quincaillier de Freiburg-am-Breslau qui s'est tiré une balle de 9 mm dans la tête à cause d'un chagrin d'amour. Limbano est un chirurgien de Milan assassiné en août 1943 par la milice. »

La réponse de Marc-Astolphe ne se fit pas attendre :

> — *Les derniers lieux*
> *Où le soleil est plus grand que le ciel*
> *Où le ciel est beaucoup*
> *Plus que bleu*
>
> *Les cailloux*
> *Sont battus*
> *La pierre*
> *Est extrêmement ancienne*
>
> *Quelques serpents*
> *Reptilistiquement*
> *Éparpillés*
>
> *Le dernier sable*
> *Également le premier*
> *Il n'y a que le vent*
> *Qui bouge ici*
> *Et rien*
> *N'est soulevé*
>
> *Personne ne pleure et personne*
> *Ne rit* [1]

— Votre jeune ami a l'air bien attentif, fit remarquer Bataille.

— Mon poème vous a-t-il plu, maître ? Il vous est très précisément dédié, fayota Marc-As.

---

1. Marc-Astolphe Oh, « Dans le désert », *Épilepsie* (1976), recueil resté inédit à ce jour.

— Ce petit être a l'air bien malheureux. Il a le regard triste, lâcha Bataille en me fixant. Ses parents seraient-ils fâchés contre lui ?

— Ils le frappent, maître, répondit Marc-Astolphe.

— Ils le frappent et ils en jouissent, reprit Bataille. Ils sont dans la *Schadenfreude*. Des *Schaden* par eux provoqués, qui plus est. Intéressant. Consternant, mais intéressant. Je ne suis pas certain d'être en empathie totale avec lui. J'ai moi-même trop de blessures à faire cicatriser. J'ai de la honte à boire. J'ai du chagrin à métaboliser. J'ai du mépris à réfréner. J'ai de la peur à canaliser. J'ai du dégoût à catalyser. De la culpabilité à écouler. De la haine à remâcher. De l'aigreur à dissoudre. De la résignation à endiguer. De la mesquinerie à éradiquer. De la jalousie à interrompre. De la sournoiserie à temporiser. De la déception à digérer. De la décrépitude à apprivoiser. N'oubliez jamais que, tel que vous me voyez là, je suis en pleine dépression. Je ne parviens point à tout à fait m'estimer. Il me semble que je suis une morve. Un précaire mollusque. Un chicot. La feuille moisie d'une laitue. J'eusse préféré ne pas naître : un autre eût tout aussi bien rempli cet office à ma place. Il faudrait toujours faire naître quelqu'un à notre place. Nous lui laisserions alors la tâche, comique, d'exister pour nous, de souffrir pour nous, de mourir pour nous. Pendant ce temps, nous continuerions à ne pas être, nous persisterions à ne jamais être – ce qui nous eût parfaitement convenu. Il s'en est fallu d'un cheveu que je ne sois pas moi, qu'un autre soit moi à ma place. Pour des raisons que je ne parviens pas à m'expliquer tout à fait, cela n'a point été le cas. C'est moi qui ai été moi. J'eusse préféré, croyez-moi, exister sous ma forme la plus probable : celle de ne pas naître. Avant ma naissance, je vivais dans la statistique assurance de ne pas être, j'étais infiniment impossible, catégoriquement improbable. Je ne m'estime pas, tout simplement parce que les milliards de milliards de combinaisons qui ont aléatoirement décidé de me faire naître ont accouché d'un ingrat, d'un indécis, d'un insatisfait : tous ceux qui eussent dû être moi et qui ne seront jamais, tous ceux qui n'ayant pu être moi ne seront du coup personne, tous ceux pour qui la seule chance d'être passait par le fait d'être moi, tous ceux-là, qui eussent plus voyagé que moi, eussent mordu dans la vie mieux que moi – je ne sais mordre que dans la mort –, je les ai privés du soleil et des pierres chaudes où y poser son corps, du chant des piverts, de la contemplation de l'étoilé ciel, du rire qui suit une histoire drôle, de la beauté des averses sur la mer, du bruit du flot sous la lune, des senteurs de la bougie dans l'escalier des vieux hôtels, de la vision d'un panda, de la dégustation d'un bol de cacao brûlant, d'une heure de marche dans la garrigue, de leur baptême de l'air – quand je ne suis jamais resté qu'au sol, moi, le cul de plomb sans appétence, moi le rétif aux vraies aventures sur des *supports* tels le ciel ou la mer –, de la sensation du couteau facile transperçant le gras du cochon, du caressage – du caressement, de la caressation – d'un chat, du lançage – du lancement, de la lançation – d'une branche à tel chien mouillé dans tel automnal sous-bois digne d'Alain-Fournier, d'un solo de Fats Waller, de la résolution sur le divan d'un conflit psychique, de l'élevage – de l'élèvement, de l'éléva-tion – d'un enfant, du bruit des gouttes sur le parapluie en sortant du cinéma avec telle amoureuse le dimanche, du plaisir de rouler en pleins phares au beau milieu de la nuit et de la Beauce et de percuter force lapereaux, d'apprendre par cœur des vers de Victor Hugo, de la félicité de joindre les mains face au Christ froid des communales églises, de la volupté de s'avachir sur un mou canapé, de celle, encore, de toucher la laine sale d'un mouton, d'avoir achevé l'in-tégrale de la *Correspondance* de Voltaire, d'avoir compris, non seulement *comment* mais *pourquoi* Einstein a utilisé la transformation de Lorentz pour démontrer la variation de la mesure de l'énergie électromagnétique de la lumière lors d'un changement de référentiel en translation par rapport au premier, d'éjaculer pour la première fois au creux de sa main. Tout ce que je leur ai fait rater : le carnaval des troupeaux griffant le sentier d'à-pic, soulevant les poussières, le format des platanes posés dans telle douceur d'août, l'écaille des truites et le cryptique dessin des roux torcols, l'itératif cri du bulbul, le kouk des rhynchées peintes, le perforant krrrrit des glaréoles, la chauve calotte du tisserin, les noires extrémités du grèbe, le ventre blanc du chipeau, les pâles rémiges de la macreuse, la charogne emportée du vautour, le nu cou rose de l'oricou, les lobés doigts de la foulque, les traînantes pattes du jacana, le tchagara du ganga, l'aigu du youyou, le cap en dambo, les plip ou ouit de l'oberprinia, le terne et son ouéko, les rolliers de l'irrisor, le pouloupik du willcocks, l'ouop au Congo du pririt, les didel-ip vert jaune, le francolin qui ouik, le barge au kip, les barrés parasites, les natals et l'ouloulou, le quèk de l'anas, le mérops aux tic et tic, les gabonais krup, les calaos et l'iip, le mongol à babil, l'haah de l'ouette, le preuss à tchèp, le temminck à trrir, le kiru du caugek, l'ak du sterne et rha, l'han de l'hagedash, le klagara du ganga, l'ourr du gris, le turtur hou, l'ibis et l'ag…

Et Marc-Astolphe (pensant qu'il s'agissait d'un jeu) :

— Skik robustus, coucal atak, malcoha kok, Oh klik, bec à kirrik, frekk héron rauque, bihoreau koak, arhonk roseus, gag belon, nyroka tchouk, numenius criip !

— J'ai empêché ces non-moi de découvrir ces beautés, continua Bataille. Sans compter les nombreux locustidés, les mélanconiées, les schizomycètes qu'ils n'auront pu connaître… Ils n'auront pas pu, puisque c'est moi qui suis là, moi et pas eux, incroyablement totalement moi et incroyablement totalement pas eux, découvrir l'œuvre de Joséphin Soulary.

— « Que sais-je ? » n° 1151 !

— Vous connaissez Joséphin Soulary ? demanda Bataille (pour la première fois étonné depuis le début de la journée, peut-être même de l'année) à Oh.

— Non seulement je le connais, mais il me semble ne connaître que lui ! crâna Marc-Astolphe. C'est le mont Taurus des littératures contemporaines ! Sans lui, qui serait le Tigre Joyce ? Où habiterait l'Euphrate Céline ? Proust aura passé son existence à vouloir en vain l'imiter ! Pauvre nain… Il eût mieux fait de se recycler dans le concertino pour soug ! Ah ! Oulà. Je me souviens de mon émotion en tournant pour la première fois les toutes-puissantes pages de *Joli mois de mai* de Soulary : aucun humain souffle n'avait été si nettement coupé, je crois, depuis Hérodote découvrant les suspendus jardins de Babylone. Joséphin Soulary, cher monsieur Bataille, suffirait à soulager à lui seul cinq mille années d'écriture. Entre le cunéiforme du cylindre Bellino et le dernier roman de Patrick Modiano, considérez – ce sera plus simple – qu'il n'y a *que* Joséphin Soulary. Ce n'est point tellement un homme : un fleuve plutôt. Les autres génies, dans son ultime comparaison, font figure de soulamés ! Baudelaire, lu immédiatement après ses sonnets, a l'air d'un ivrogne. Oui ! Je pratique au fondamental égard de Soulary Joséphin un culte aussi religieux que celui des Égyptiens pour le bœuf Apis. Son œuvre, une fois lue, dépose dans le cœur de son bienheureux lecteur un limon à côté duquel la fertilité du Nil paraît voisine de celle du désert de Wadi Rum au matin de la guerre des mondes ! Soulary… Ah il m'aura fait couiner ce salopard. Il m'en aura fendu des armures, le brigadier ! J'ai consommé d'innombrables litres d'heures, des barils et des soules d'heures, accompagné par exemple de ses *Cinq Cordes du luth* ou du *Rêve de l'escarpolette* relié peau d'agneau, à pleurer des larmes d'orque orpheline. *La Lune rousse* ? Un Arc de triomphe. *Promenade autour d'un tiroir* ? Un obélisque. *La Chasse aux mouches d'or* ? Une tour Eiffel !

— Vous m'impressionnez, fit Bataille. Vous possédez des connaissances ahurissantes. Vous m'ahurissez. Vous possédez des connaissances impressionnantes.

— Et encore ! Je ne suis point tant d'Athènes que de Sparte, gougoula Marc-Astolphe. Ma chromogène culture ne pèse rien face à mes corporelles prouesses. Roi de l'épéisme, je ne taille pas que les futaies avec mes pointes : je troue les inopportuns, les gueulards et les antimoi ! J'en ai fourni du cadavre ! *Manibus date lilia plenis* ! Je suis soucieux de mes pectoraux bien davantage que de mes sciences. Le sport est ma religion, l'étude mon abligion ! Je négligerais tous les cahiers pour un matutinal marathon. Je viens tout seul de créer l'ASAS : l'Association du savoir après le sport – qui peut se lire aussi : Association du sport avant le savoir. La sueur devant, l'agrégation derrière ! Le développé-couché en premier, l'alexandrin en second. Kopa *before* Arago ! Rocheteau précédant Bernoulli ! Wallis et Riemann cédant en moi poliment leur place à Herzog et Lachenal. GAN assure mes biceps, mais mes neurones vivent sans filet, à leurs risques et périls. C'est la bohème. Et je ne vous parle pas de mes marottes : mes hobbies. Je joue, à mes heures perdues, du bitu-uvu. Je collectionne les cailloux du Yucatan et les gibbomorphas d'Ajoupa-Bouillon. J'épingle sur liège les proctotrupidés du Texas. Je photographie les helictis de Figuig et les chondrocarpes de Balbek. J'étudie le mouvement des saphirines et la nage de l'apus. Je souffle dans le cornu et compose des sonatines pour lo kou. Je répare des Landaulet et compose des bouquets de parsonsie. Je rafistole des débourbeurs de moûts. J'améliore le système Mabille. Je recopie les motifs du parvapenna et du koramius. J'effectue des solos de mandurria et de swanga. J'empaille des dipsosaures et des lanthanotes. J'élève des péragales et des ristelles. Je construis des halams et des courtauds. Je dresse des cyclinelles et des ogmorhines. J'apprivoise des silyburas et des uromacers. Je pêche des paramétopes et des apsettes. Je soigne les harpiocéphales et les iphimédies. Je croque les crystallias et les lamprops. Je recueille les cyames et les talitres. J'héberge les calanus et les gammares. Je professe le kétipoeng. Je prends des cours de naï. Je prodigue des leçons de roudadar et de dimplipito. Je donne des concerts de chang-kon. Des récitals de gendang-boeloe et de koma-fouye. Je déchiffre des partitions pour kiringie. Je prends des leçons de kass. J'accorde des sur-vâhâras, des çaradiya-vinas, des kânihs, des bivas, des cài dan nha tros, des eka-taras, des chés, des haptans. Des erh-hou-hous. Des sarous ! J'orga-nise des concours de cerf-volant et de diabolo. Des courses d'hemicentetes et de marpissas. De conophis et de porcs d'Essex. De favus et vaches fribourgeoises. D'hammatostyles et d'ibiceps. Je cultive de la ciboule et des pois téléphone. J'arrose mes haricots beurre et mes poireaux géants. J'arrache mes radis ronds rouges et mes crambés. Je construis des phonendoscopes, des malaxeurs, des chronotachymètres et des échelles Gugumus ! Je bâtis des apatames. Je fais des tours d'aéroplane, de chalutier, de locomotive, de goélette, de koleh. Je multiplie les voyages en galoubille. Je fabrique des reliures en daim pour les œuvres de Picot, de Carducci, d'Estournelles de Constant ! Je recopie des passages d'Oscar Huguenin. Je prends des notes pour une biographie d'Or-dóñez. J'apprends par cœur des pièces de Cain ou de Lenéka. Je nettoie mes médailles des Épidémies ! Je prends ma voi-ture automobile pour me promener dans la mémoire des hommes : le monument funéraire de Saint-Cyr, la chapelle de Notre-Dame-de-Consolation, le monument de Pasteur, la galerie des machines, le buste de jeune homme de Cérigo, le château de Hradschin, les locaux budapestois de Liszt. Mais, surtout, je collectionne, si je puis dire – et je le peux ! –, mais surtout, disais-je – et je le répète, et je le confirme –, mais sur-tout *je collectionne les collections*.

— Mais encore ? interrogea Bataille.

24

— C'est pourtant d'une clarté de lac nazi ! s'exclama Marc-Astolphe. Par exemple, je ne collectionne point les albums du *Journal de Spirou* – ce qui n'aurait strictement aucun intérêt – mais les *collections* du *Journal de Spirou*. Je change l'unité de mesure. L'unité, c'est deux mille exemplaires reliés du journal ! Je collectionne les collections contenant exactement, contenant *complètement*, contenant *intégralement* les deux cent vingt-neuf numéros des *Cahiers de la Quinzaine* de notre cher Péguy !

— *Votre* cher Péguy ! Pas *mon* cher Péguy ! rectifia Bataille

— Ha ha, hi hi, ho ho, hé hé, hu hu, hy hy, zinzinula Oh. Han han, hon hon, hun hun, hin hin, hyn hyn, hen hen ! Ha hi, hé ha, ho, hu, hy hé, hun hyn ! Vous y viendrez, comme tout le monde. À Péguy ! Tôt ou tard, comme tout un chacun. Hun hon, hon hé, hi hun ! Passons ! Ho hun, ha hé, hyn hy, hon ha ! Vous me faites si rire. Hyn hu, hun ha, hen ho ! Vous me procurez tant de rigolades ! Péguy : c'est inéluctable. Qui au final y aura échappé ? C'est comme les sieurs Partch Harry ou Nancarrow Conlon en musique : on commence par les mépriser, par les toiser de hautaine manière, et l'on y succombe telle une louloute face à Brian Jones – que j'ai bien connu, car j'ai joué figurez-vous bien des solos gratinés au Golf-Drouot du temps qu'il était une salle de concerts et non un hangar où l'on entasse les nains. Mais passons, monsieur Bataille, *Herr* Lascaux, passons *my Lord*. My « Lord Auch » ! Je collectionne également – autre hobby fameux chez moi – les géants nains et les nains géants.

— Je crains de ne point tout à fait vous suivre, monsieur Ah… fit observer Bataille.

— Oui : je possède chez moi des poux gigantesques qui font la même taille que des rhinocéros lilliputiens, baboula

Marc-As. C'est-à-dire, *grossotino modotino*, la taille d'un tec-kel. Des mouches géantes qui sont de même volume que mes microscopiques éléphants. Des girafons réduits aussi grands que mes acariens agrandis. Et puis, monsieur Monsieur, je crée *moi aussi* des religions. Vous n'êtes point seul en ce rare cas. Une femme, jadis, eut l'originale lubie de me faire ses adieux. Jamais – avouons-le – je ne me suis redressé de cet échec. Alors, avec une clarté d'esprit que nul n'avait constatée depuis les environs de Socrate, avec un labeur à côté duquel celui de Démosthène recopiant huit fois les œuvres complètes de Thucydide s'apparente à une semaine de relaxation papale à Castel Gandolfo, j'ai posé les prin-cipes d'un dogme neuf, j'ai dessiné les directions définitives d'une inédite transcendance. « Savoir qu'on n'a plus rien à espérer ne doit pas nous empêcher de continuer à attendre », disait mon collègue Proust. Ce postulat a installé mon Église. La magnifique en question portait le mémorable prénom d'Épastamine. Épastamine de la Route aux Œufs. Quelle appellation beurre-frais, mister Battle ! Elle était premier violon au conservatoire d'Orléans et parlait autant de langues que la flotte phénicienne comptait de galères. Elle m'apprit, elle m'enseigna très notamment les premiers outils du mon-gol et du catalan, fit pénétrer dans ma cérébrale chimie les périlleux rudiments du yiddish, du thaï et du finnois, m'initia sans superflus chichis aux déroutantes subtilités de l'inuktitut et de l'ourdou, et grâce à ses grammaires je puis, lorsque j'honore l'Amérinde de ma touristique personne, fabriquer d'honorables calembours en aymara, compter fleurette en navaho, exiger en maya qu'on rajoute dans mon ragoût de navarin aux flantilles – sauce grand veneur – davantage de passiflore et d'éroustaphèle. Je concède – pour ne point trop effrayer mes coreligionnaires envieux – quelques détestables lacunes concernant le discours indirect en lingala, et deux ou trois blocages à peu de chose près irrémédiables pour ce qui est des verbes irréguliers du haoussa. Les déclinaisons du tagalog et les défectifs du samoan savent – quand ils s'y mettent – me placer dans la difficulté. Et jeudi passé, je me suis surpris, en compagnie d'une négresse amie abonnée à l'agenda de mes intimités que je cherchais à éblouir par la saharienne étendue de mon su, à confondre en wolof les verbes *obcomprimer* et *moyetter*.

— Je n'avais pas totalement terminé de vous parler de mes soucis, coupa Bataille. J'allais évoquer, je m'apprêtais à aborder le tabès de mon papa. Puis la folie de ma maman.

— J'entends certainement, répliqua Marc-Astolphe. Et cela est sans nul doute passionnant pour l'hypothétique auditeur. Mais j'aurai loisir à connaître ces illustres faits dans quelque biographie, tandis que je n'ai pour l'instant comme exégète de mon existence que ma propre personne. En outre, Bataille ou pas, j'avoue être la proie d'inquiétants symptômes d'inintérêt presque absolu lorsque les sagas, les historiettes, les anecdotes, les événements qu'on me narre ne présentent pas la particularité de me posséder comme barycentre.

— J'ai connu l'horreur, enfant, vous savez. Comme votre petit filleul, confia Bataille.

— Épastamine méritait par conséquent que s'établît sur sa personne une religion, poursuivit Marc-As. J'en serais l'ultra-papale autorité, mais tous les éblouis, les émerveillés, les transis pourraient me rejoindre pour la contempler. La contempler : ensemble dans son Temple ! Le marc-astolphisme religieux – à ne point confondre avec le marc-astolphisme historique – naquit donc de ce coup de foudre resté sans suite dans la charnelle réalité où je fais habituellement métier de prédominance. Épastamine tomba je crois amoureuse d'un militaire, un sous-lieutenant d'artillerie dont je souhaite chaque jour que la mort le séquestre dedans un marbre tel Louis XI dedans son château de Plessis-lès-Tours.

— J'ai assisté à des spectacles familiaux dont seule ma disparition pourra me libérer, confia Bataille. Vous ne pouvez même pas vous imaginer. Chaque fois que j'ai désiré la mort, c'était pour laver ma mémoire de *ça*. Pour la nettoyer de ces scènes.

— Le marc-astolphisme religieux, cher monsieur Vous, est pendu au postulat que voici, zouzoua Marc-Astolphe : on ne peut pas toujours aimer un seul dieu, mais on peut toujours aimer une seule femme. Et bien que je sois, dans ces régions où passe la Loire, connu davantage pour les nuitales acrobaties de ma corporelle matière que pour les journales constructions de ma spirituelle moelle, j'affirme que le Très-Haut doit être une Très-Haute et que chaque bonhomme doit posséder la sienne. Ma religion, batailleux hère, est épastaminale. Je m'étais juré cela : « quand moiselle décédera, culte continuera » ! Moiselle est décédée : son culte est continué ! Il est – par mes sûrs soins – spécifiquement perpétué. Je suis un biffeur de décès ! Un annulateur de trépas. Un rembourseur, un remboursateur d'aller simple. Je rectifie le préjudice des ténèbres. Je gomme la mort un point c'est tout. Nous n'allons point, elle et moi z-et moi z-et elle, nous désastolpher au puéril prétexte que la tourbe la mord aux vers. Je suis ici têtu : elle est lardon sous ses pelouses, mais elle dé-meurt dans la foi qui me brûle. Chaque jeudi – car le jeudi est mon dimanche, car un jeudi elle me refusa son corps, car un jeudi le néant accepta le sien – chaque jeudi, je me rends au minuscule cimetière de Meung et devant sa tombale tombe, ivre de tous les chagrins bus, je pose la chair de mes lèvres contre la pierre des siennes, accolé au buste supérieur, hautain, impérial, burgrave, tyrannique, suzerain, que mes mains sculptèrent jadis dans la glaise qui maintenant la digère. Elle continue, par ses yeux vides et froids que seule fait pleurer la rosée du matin ou quelques gouttes de pluie, à me frapper de son indifférence infernale et sans limite, et son regard de pierre blanche me fixe sans colère, m'irradiant d'un mépris venu d'ailleurs, d'un ailleurs inaccessible qui n'est pas seulement le pays des morts mais celui, plus éloigné encore dans l'éther, des femmes qui non seulement ne vous

aiment point, mais jamais ne vous aimeront. Ha Bataille monsieur, ha. J'ai beau rectifier son absence par mes maniaques
omniprésences, commémorer son incompressible séjour par
mes cérémoniales génuflexions, célébrer son intransmissible
personne par mes antisociales propitiations, réinventer son
irrémissible figure par mes canonicales promulgations, désen-
liser son insensible silhouette par mes abbatiales fumigations,
agrémenter son insubmersible mémoire par mes libidinales
processions, arroser son incorruptible morgue par mes péri-
néales éjaculations, désembourber son incoercible dédain par
mes consistoriales configurations, reréclamer son fermentes-
cible magistère par mes sacerdotales convulsions, déplomber
son immarcescible monument par mes équinoxiales incantations, recommencer son inamissible ministère par mes obsi-
dionales législations, scandaliser son indivisible statue par
mes intestinales commissions, surimbiber son indisponible
visage par mes duodénales sécrétions, égayer son irrésistible
silence par mes macaquales gesticulations, souiller son imper-
fectible croix par mes caudales manipulations, dévergonder
son irréversible dalle par mes processionnales masturbations,
empanacher son inconvertible granit par mes épiscopales
défécations, exorciser son inadmissible départ par mes anales
déflagrations, conjurer son intraduisible disparition par mes
fécales détonations, encenser son incombustible stèle par
mes fondamentales émanations, soulever son incompréhensible ciment par mes presbytérales prestidigitations, étonner
son infrangible tombeau par mes cérémoniales copulations,
tutoyer son suprasensible mystère par mes sacramentales
prédications, édulcorer son incorrigible altitude par mes
extra-territoriales indigestions, compenser son indéfectible
cuirasse par mes paranormales béatifications, divertir son
irrésistible édifice par mes sacerdotales imprécations, dérider
son incomestible avatar par mes transcendantales éructations,
enchanter son indestructible souvenir par mes fort génitales
extravasions, rebaptiser son impassible ossuaire par mes phé-

noménales transgressions, entériner son invicible gloire par mes inaugurales profanations, combler son trop visible vide par mes pontificales excitations, émoustiller son inamovible socle par mes sentimentales conglobations, désinhiber son infusible autel par mes théologales érections, enluminer son illisible épitaphe de mes ornementales déjections, ensemencer son si paisible humus de mes séminales bénédictions, rien n'y fait ! Elle reste surtêtue dans sa morte mort. Elle reste imperméable, dans son étui de glace et de nuit, aux charivaris que mon putain de cœur enregistre dès qu'il vient palpiter dans la proximité de sa pierre. Inflexible, même dans la mort. J'eusse cru que Dame C'est-Fini eût assoupli la géométrie des réticences à mon égard de Moiselle Route aux Œufs : trouloulou non. Épastamine ne veut pas plus d'Oh Marc-Astolphe de son mouru qu'elle n'en voulait de son vécu. Je suis patient néanmoins. Les lustres – puis les siècles – viendront obéir à ma volonté d'amour. Ma belle se réveillera tantôt parmi l'éternité des étoiles pour me tailler une faramineuse pipe !

25

— Je puis dire que j'ai été frappé par ce qu'il est convenu d'intituler l'horreur, poursuivit Bataille. Mon enfance fut chagrin pur. Fut absolu désespoir. Mon enfance fut ruine. Ce à quoi j'ai assisté est scandaleux. Il est scandaleux surtout que j'y aie assisté ! Je suis prêt à entamer avec *n'importe qui* un concours d'horreur. Sur le ring des souvenirs je suis certain de remporter tous les combats. Je ne suis que plaie. Je ne me referme pas. Si je suis ouvert au monde, c'est que je ne parviens pas à cicatriser.

— J'ai souillé sa pierre, j'ai compissé son lierre, j'ai sali son réverbère, zipota Marc-Astolphe. J'en ai célébré, des messes, recouvert de sang de dindon, des crucifix partout dans les mains, à poser mes pêches comme on pond les œufs pascaux, pascals. Il eût fallu les immortaliser ces documents fécaux, fécals ! J'ai promulgué saintes des pintades éventrées, j'ai sacré des poules noires criblées d'acupunctures. J'ai trotté comme sioux autour du gros tombal cailloux, « olalas lili oula ça ouwou pica hou la-la hi », poussant ma Magnifique à me faire au moins taire : mais je n'entendis jamais que la perpétuelle paix des étoiles. J'en ai largué du soufre de prout en onguent réveillateur de macchabée, en klaxon dérangeateur de défunt, pour voir si moiselle viendrait « à cil remuer ». Mais point ! Aux fins très inouïes d'unir ma chair à son idiot béton, je me crucifiai même, perforé de clous, à la même Croix fleurie que son tumulus : je payais de saouls butors, des piliers de bar, pour qu'ils me christifient là, sous la nuit de la lune. Je souffrais ce que nul n'a souffert depuis le Fils de son Père. Mais moiselle restait au chaudron, corrompue par mille vermisseaux, visitée de larves en bulles, dans sa pleine et triple cave, mélangée aux terres de l'Enfer, les yeux dessillés par les bulots, rotant-vessant par tous les orifices de son occiput asphyxié ! Plaquant mes oreilles sur sa tombalissime tombe, j'entendais grenouiller des choses, j'ouissais de digestatoires gargouillis, des pets putréfactifs, des vents de charogne. Ce n'était *guère* Honolulu sous ces là-dessous. Spéciales, comme vacances. Vous pensez bien, monsieur Bâ-Taye, que j'ai songé à retrousser sa terre ainsi que jadis j'eusse survoulu retrousser ses juperons. Je me munis ce jeudi-là, tandis que rousse et dix-neuviémiste était Madame de la Lune – astre que les Américains, ces nazis du divertissement, auront contribué à rendre d'une casualité de cabinets, d'une proximité de waters, d'une trivialité de pissotière –, d'outils dûment réglés aux respectives caisses de Baroud, de Black et Decker et de la Facom. C'est armé comme un Du Guesclin que je me rendis, ce tel soir, cette telle nuit, au cimetière pour les morts de Meung sur la Loire. Rien ne manquait. J'étais impeccablement, exhaustivement équipé d'un semoir à main, d'une pelle, d'un épandeur, d'un râteau, d'un pistolet d'arrosage, d'un pistolet arrosoir – ne surtout pas les confondre ! Ils jouissent d'ailleurs chacun de leur « Que sais-je ? », de leur « Que sais-je ? » bien distinct – d'un plantoir à bulbes, d'une bêche, d'un plantoir à pas bulbes, d'un croc à défricher, d'un arrosoir, d'une griffe à fleurs, d'une fourche à bêcher, d'une houe, d'un transplantoir, d'un coupe-bordures, d'un tire-racine, d'une pioche, d'un sarcloir, de deux paires de gants de jardinage, d'une serfouette, d'un vaporisateur, d'une fourche à fleurs aussi, d'une binette, d'une ratissoire, d'un tuyau perforé, d'un dévidoir – sur roue, je vous prie –, d'un pulvérisateur, d'un arroseur rotatif – « Que sais-je ? » n° 5436, par Julien-Jules Pitrou – muni de bras – je ne parle aucunement, ici, des deux excroissances qu'il s'agit de garder en l'air à l'invitation des FFI (« Que sais-je ? » n° 3231, par Edmond Blarnet) et que possèdent l'immense majorité des humains ayant échappé aux grands carnages de Verdun (« Que sais-je ? » n° 668, par Lou-Coco Bou-Bou) mais de chacune des pièces de distribution d'eau fixées autour du pivot dudit arroseur –, d'un arroseur canon – « Que sais-je ? » n° 7453, par Ernest Tintin –, d'un arroseur oscillant – « Que sais-je ? » n° 4555, par Maurice Cocovic (« Que sais-je ? » n° 7819 (« Que sais-je ? » n° 9321, par René Tannenbrock), par Jean-Louis Pépion)...

— Nous ne vous suivons plus *du tout*, monsieur Hi... constata Bataille (qui en vint à interrompre, excusez du peu, la litanie de ses malheurs d'enfant).

— C'est pourtant d'une talmudique simplicité ! ricana Marc-Astolphe. Le « Que sais-je ? » n° 4555 est consacré à l'arroseur oscillant. Il est d'ailleurs intitulé : *L'Arroseur oscillant* – j'ai toujours aimé qu'un livre porte un titre collant au plus près de son sujet, tel l'*Adolphe* de Benjamin Constant.

Il a été rédigé par monsieur Maurice Cocovic auquel monsieur Jean-Louis Pépion a consacré un « Que sais-je ? », le n° 7819, fort judicieusement intitulé *Maurice Cocovic*. Et ce « Que sais-je ? » n° 7819 fait lui-même, fait à son tour l'objet d'un « Que sais-je ? ». Il s'agit du n° 9321 et il fut rédigé – en trois semaines, dit-on ! – par René Tannenbrock (« Que sais-je ? » n° 9543, par Lucien Bazouf). Il s'intitule : *Le « Que sais-je ? » Maurice Cocovic de Jean-Louis Pépion*.

— Mm, fit Bataille.

— Je me munis itou d'une putain de cisaille à haies, d'une hache des familles, d'un ébrancheur qui déménage, d'une scie d'élagage qui déchire, d'un sécateur qui ne plaisante pas, d'une faucille pas piquée des hannetons, d'un greffoir pas de pédé, d'une faux je ne vous raconte pas, d'un échenilloir-élagueur de compétition, d'une serpette qui dépote, d'une serpe qui en impose, d'un taille-haie qui pose son homme, et d'une tronçonneuse à qui on ne la fait pas. Je n'omis point, comme cela sait advenir en cas pareil, le taille-bordures, la tondeuse à moteur, le rouleau, l'aérateur à gazon, le balai à feuilles, la tondeuse mécanique, la tarière, la brouette, le brancard de la brouette, la caisse de la brouette, le pied de la brouette, et encore moins la roue de cette même brouette. Ainsi outillé, j'étais drôlement prêt pour lui faire l'amour.

26

— Je suis fissuré comme un vieux vitrail, continua, continuait Bataille. Je voudrais ne plus parler de rien. Mon enfance aura passé sa vie, c'est-à-dire ma vie, à me tuer.

— Je me mis donc en mission de déterrer moiselle, kakatoa Oh, afin d'honorer ce qui se pouvait honorer encore. Pour accompagner les cadences de ma petite folie cantonnière, je mis à tourner sur un de mes fameux phonographes à pile les paraboliques *Études* de Henri Pousseur ! Henri pousserait, moi je creuserais. *Da* oui *ja da* ! Je creusai dans ce gros gâteau de terre, pressé d'accoler ma lèvre juteuse contre sa lèvre relevée en charpie, pourrie jusqu'aux gencives calcinées, elles-mêmes assignées aux astics, putréfiées par l'eucharistique appétit des mousses. Voyez-vous les décès sont peu cool. Deux rémunérés butors, deux rétribués Tartares, deux dédommagées racailles, deux défrayés succubes, prélevés pour ce tel soir à la monosexuelle ambiance de leur bistro, montaient une exhaustive garde auprès de la peu gaie grille du cimetière. Je voyais leurs aberrantes silhouettes dépasser des herbes hautes. Eût-on fait passer des tests de quotient intellectuel à ces touffes chiendentiques et à ces deux pigistes de l'impossible – à ces deux salariés de l'impensable, à ces deux diplômés de l'ignoble – que les plantes eussent fait dans cette compétition figure de polytechniciennes. On aura du mal, pour les huit mille ans qui viennent, à rencontrer sous les étoiles une aussi fameuse et binomiale manifestation de piétinement cérébral. Leur « intelligence » – ici, les guillemets ne m'eussent jamais pardonné de ne pas recourir à leurs inestimables services – était à celle d'un bécasseau rousset ce qu'un pédiluve de pataugeoire municipale est à l'océan Pacifique. Les faces de ces bouffis ! Des rognons de veau agrémentés de sourcils : ils faisaient notamment peur en tentant de rassurer. Ils violaient du regard. La grande majorité des mouches les évitait. Mais ils étaient taillés dans le sérieux : leur professionnalisme effrayant, l'inconscience de leur conscience professionnelle allaient me permettre de me glisser sous la couverture des lichens, sous le duvet des marbres, sous la couette des épitaphes. Creuser, trouer, perforer, faire l'amour, remonter, tout remettre en place, planter des neufs gazons, se rebraguetter les viandes. Oui, monsieur Monsieur, *Herr* Herr, ma bêche et moi avons fourni les nécessaires efforts, parcourus de noir total et ceints de fougères pointues, de prêles méchantes et de louches silhouettes. Tout, autour, et la nuit et le monde, et la plupart du cosmos, eût fait claquer les dents d'un légionnaire ou d'un ours : l'alternance des bruits, le spasme des bizarreries, la respiration des recoins, la folle gueule des ombres, le passage de certains trucs, la figure des Croix, la fécondation des fantômes. Mais j'étais abusif dans cette obsession. Mais j'étais obsessif dans cette abusion. Pousseur Henri me conférait d'électroniques témérités. Des inscriptions latines étaient assises sur les morts : tantôt les lisais-je, entre deux pelletées morbides. Je marc-astolphais de tout mon soûl dedans cette nécropole : Mamour approchait, et j'approchais de Mamour. Fusaient des giclées de glaise, par mes catapultées pelletées, catapelletées vers les mauves nuages. Ça retombait en claqué bouseux choc sur la tombe d'un autre, d'une gamine notamment, flouc, flouc, Boulenger Anne-Marie (1942-1949) ou sur le dernier asile d'un dénommé Despax Gilbert, ou sur le champ de repos pétrifié d'un autre encore vraiment mort gars : Corpin Michel. Mes tourbeuses flaques éclaboussaient jusqu'à la parallèle allée – au moins jusqu'à Codet Eugène (1886-1934) où cela ricochait pour moucheter l'attitrée catacombe de Chéreau Jean-Louis (1899-1941). La fange de mes bottines, je l'essuyais sur l'affreux columbarium d'à côté, sur la lugubre concession d'une famille décimée, sur le livide couvre-couronne de Calvières Léon (1896-1971). Je déshabillais peu à peu ma moisie moiselle, ma damoisie damoiselle, ma demoisie demoiselle ! Je n'étais, à force de forcer ma force à creuser, plus loin tellement de son os. Je percutai le buis du cercueil : dedans gisait le cadeau de mon effort, ma sibiche gazeuse en friand morceau dissous, dépourvue d'étonnement, mi-fossile et mi-potage, moitié quartz et moitié bile, ni tout à fait caillou ni tout à fait diarrhée, entre silex et purée, entre œuf dur et sa mayonnaise – une éponge et quelques fentes, les cavités pleines de visites et les orbites fertiles en lombrics. Seigneur Bataille, vos historiettes de fessées cul nu aux orties dans vos forêts RER en compagnie de quelques hégéliens douteux du kangourou feront figure pâle, je le crains bien-bien, à côté de l'aventure qui va suivre. Ce n'est point là l'histoire de Clindindin qui perdit Chonchon la peluche ! Vos poules d'eau sous lune pleine émasculées, vos caprices à crucifix, votre petit théâtre des trouilles, vos lucifériens congrès pour agrégés de dadaïsme, vos acéphales concours de glands humides, vos para-simagrées, vos attouchements méticuleux sur tapis de feuilles, les péteux sacrifices de musa-raignes élaborés par vos Collégiens de sociologie sur le verso de facturettes du Flore vous sembleront, en regard de mes libertés, aussi transgressifs qu'une flatulence de chanoine face à tel panneau du pisan polyptyque de Masaccio représentant saint Pierre crucifié la tête en bas. Tu veux du frisson sur ton jambonneau, gars Bataille ? Dans huit secondes tu en as ! Juste le temps de demander à ce petit filleul de bien vouloir quitter ce très-tien bureau.

Astolphe-Marc me fit sortir, je sortis : j'écoutai le reste de la « conversation » l'oreille plaquée sur la porte.

27

— Voyez-vous, mon très cher monsieur Bataille, gargouilla Marc-As, il y a sur la terre plusieurs espèces de monsieurs. Il y a les grands petits monsieurs, les petits grands monsieurs, les petits petits monsieurs, les grands grands monsieurs. Je puis, sans vous vouloir blesser, vous dire dans quelle caté-gorie se situe votre taille. Vous fûtes, en départ de carrière, un grand petit monsieur – vous êtes aujourd'hui un petit grand monsieur. Moi, j'ai toujours stagné, tel le nénuphar sur l'étang de la Tharonne. Je suis resté grand grand. Donc, monsieur Bataille, ayant creusé, creusé encore jusqu'à ma mie

aux Œufs, aidé par les *Leçons d'enfer* de Pousseur – « Que
sais-je ? » n° 5632, par André Brunehaut –, ma pelle a vibré
contre le buis sonore sourd, je me trouvais suant dans les
tropicales régions de son gouffre, la relique fossile de mon
impossible amoureuse, de cette amante qui m'interdisait son
corps et surtout s'interdisait le mien, se situait à portée de
tournevis et de tenaille, et de marteau et de burin, et de pince
à dénuder si j'ose dire, et de perceuse et de scie. L'esprit
de Black et de Decker me secondait. Ils étaient là, tous
deux, avec moi. Je me jurai, si jamais j'accédais au verticille
d'osseuses bouillies de ma végétale madame, d'écrire sur
eux, non seulement un « Que sais-je ? » – ce qui coulait de
source – mais une biographie de mille pages, non : deux
biographies de mille pages. Une chacun ! Black d'un côté,
Decker de l'autre. Un tome tout entier consacré à S. Duncan
Black, un tout autre et tout distinct tome tout spécifiquement
orienté vers Alonzo G. Decker. Jusqu'à leur rencontre dans le
Baltimore 1900... Qui formerait un troisième opus lui-même
aussi mirifiquement volumineux. J'ai déjà entamé, pour tout
vous dire, une monumentale biographie croisée de J. Arthur
Rank et de Jerome B. Xerox. J'en ai terminé le plan : ce sera
un austère mais chapitral édifice. Je lis, par parenthèse, ces
temps-ci, une thèse de doctorat sur un sujet particulièrement
apologétique : la rencontre summumineuse d'Albert Chaffo-
teaux et Léon-Paul Maury. Je collectionne, à vrai dire, tout
ouvrage axé sur ce genre de marquetals duos. Ma « duo-
thèque » est à ce jour accumulément fournie – je devrais dire :
surbookée – en volumes, monographies, brochures, études,
plaquettes et thèses d'État spécialisés dans ce commercial
laurel-et-hardisme. Je vous conseille très notoirement la lecture, par exemple, du fructifère *The Day Michael Marks Met
Thomas Spencer*, par John C. Cleedge, l'auteur de *Together :
A Mixed Biography of Alfred Van Cleef and Salomon Arpels*.
Bref : je descendais dans les enfers de mon paradis, dans la
résiduelle Épastamine de mon cœur. Je déclouais, dévissais,

tournicotais du poignet, j'entendais Pousseur là-haut, sur la dalle. Soudain se souleva le divin tabernacle : le spectacle ne fut point pour les tout-petits. Guignol en d'autres nets termes n'avait nullement à promener son parodique bâton parmi ce terreau de l'horreur. C'étaient quelques caries et du feuillage autour, ma moiselle. Un sec os pourri d'œufs. Une tourbe fouillée de lombrics fols, une tache vert pâle très silencieuse en bestiolifère grouillance. Des trous pour le regard, le reste en pédonculé caillou. Une amoureuse ovale et grignotée, foliaire en franges, de nervures éclaboussée, une bulbille exhalant ses aisselles à parfum de morte merde. Les spirales du sourire, son calcaire rocher d'humeur, son élégance brunie. Une mamour aux Œufs translucide, sans ciel et close, teintée de rouge, de mauvais vert, de jaunissures louches méchantes. Elle était recourbée sous la voracité des limaces, de grouillantes colonies de vers suçaient ses acidités. Allais-je à cette siliceuse inducie aux sores déchirés, allais-je à cette sporange bouffée par toutes les gueules du sol, rouler le promis patin ? Certes, ami Bataille, Oh Marc-Astolphe est homme de parole. Et certes encore Oh Marc-Astolphe a le courage bien installé : mais la témérité, passé la douane du royaume des nécrophiles, voudrait plutôt avaler un bol de clous rouillés ou pourlécher l'anus d'un rat que de goûter avec sa langue la langue d'une femme perforée comme un vieux fromage par de verminales pullulances à relents de cancéreuses flatulences. Mon humaine idole, à qui fut offerte la membrane de mon cœur alourdi de larmes, était très béante vous savez, éventrée comme il est peu permis. Arrachée mordue – très très infiniment. Son visage des jadis devenait doucement rapidement gueule, une gueule de fissures chatouillée. Elle ne disait pas grand-chose. Elle ne disait *rien*. Pinçant bien volontiers mes narines, Pousseur prodiguant en rez-de-chaussée ses électroniques pulsations, je me penchai, j'embrassai, fondu dans la chair de la mort, si fine en cierge, oblitérée, confettillée, parcheminable et friable. J'approchai deux fois ses narines saturées de vilaines chenilles, et baisai la verrue béante appelée bouche autrefois, maintenant désignée sous le nom d'orifice. C'eût pu être un anus vous savez. Et d'une certaine manière, c'en était un.

28

— Qui songe avant d'avoir lutté jusqu'au bout à laisser la place à des hommes qu'il est impossible de regarder sans éprouver le besoin de les détruire ? interrogea Bataille.

— Vous voyez donc, poursuivit Marc-Astolphe Oh sans écouter un traître mot de ce que disait Georges Bataille, que votre acéphale regroupement ne fut qu'une infantile récréation comparé à mes sépulcrales excavations. C'est là la véritable raison pour laquelle je souhaitais vous rencontrer vivement : à détraquage, détraquage et demi, cher monsieur ! Et tout le monde ne fait pas tant de barouf de ses inadmissibles folies. Je ne suis point complètement certain de votre soi-disant folie : vos insanités, au regard des furibondes miennes, paraissent aussi sages et ternes et gentilles et bien élevées qu'une partie de pêche au thon au large d'Ouessant. Vos maladies ne sont point très malades. Vos subversions sont très moyennement subversives. Allez, nous allons le dire : vous êtes un *rigolo*. Vous aurez finalement raté votre XXᵉ siècle comme un Guillaume Tell de Suma sa pomme golden en promotion. Vous n'êtes point parvenu à sortir de l'Histoire, ni des petites prétéritions de vos petites manies. Vous aurez connu quelques guerres, des conflits, des chaos, que vous ne transformâtes qu'en masturbatoires ateliers.

— Mais si rien ne pouvait être trouvé au-delà de l'activité politique, l'avidité humaine ne rencontrerait que le vide, reprit Bataille. Quel ciel au-delà, qui ne serait pas un ciel fourni avec Dieu ? Quel dieu rencontrer au-delà – au-delà du politique – qui ne serait pas un dieu fourni avec le ciel ? Il s'agit d'être religieux mais pas dans la direction de Dieu, de quelque dieu que ce soit. JE SUIS FAROUCHEMENT RELIGIEUX et, dans la mesure où notre existence est la condamnation de tout ce qui est reconnu aujourd'hui, une exigence intérieure veut que je sois également impérieux.

— Vous devriez prendre, avant de mourir s'entend, un peu de repos, conseilla Oh. Faire une petite sieste avant le très grand sommeil.

— Ce que j'ai entrepris est une guerre, décréta Bataille. J'ai voulu abandonner le monde des civilisés et sa lumière. Il est trop tard pour tenir à être raisonnable et instruit – ce qui mène à une vie sans attrait. Secrètement ou non, il est nécessaire de devenir tout autre ou de cesser d'être.

— *On voit dans quelques hommes*, dit Marc-Astolphe
Une femme qui pourrit
On sait dans quelques corps
Une artère qui trahit
On croise dans quelques rues
Des morts encore en vie
Ils avancent en phosphore
Ils sont vides et soumis
Ils ont touché des salaires
Consulté des prières
Fait l'amour à des vies

On voit dans le désert
Des touristes parfaits
Ils sont comme des morceaux
Qui sèchent sur le caillou
Ils ont des sueurs prévues
Et dont même l'odeur sue

On partira demain
Hier ou aujourd'hui
Refaire notre vie d'homme
Ou de femme
Ou d'enfant
Sans rien dire à personne[1]

— Le monde auquel j'ai appartenu ne propose rien à aimer en dehors de chaque insuffisance individuelle, poursuivit Bataille : son existence se borne à sa commodité. Un monde qui ne peut pas être aimé à en mourir – de la même façon qu'un homme aime une femme – représente seulement l'intérêt et l'obligation au travail. S'il est comparé avec les mondes disparus, il est hideux et apparaît comme le plus manqué de tous.

29

Cinquième couple (j'en reviens, après cette longue parenthèse, cette longue digression – c'est ce que je préfère dans les romans des autres, c'est ce que je préfère dans les miens, c'est ce que je préfère dans la vie ! –, à M. Theotokos et à son stage pour enfants battus, ou plutôt : pour parents d'enfants battus) : M. et Mme Sabernalatorechy (Yvon-Franck Sabernalatorechy et Françoise-Yvonne Sabernalatorechy, née Pavédékour). De Traînou. Leurs jumelles, Lili et Nini, avaient 12 ans. Elles étaient en classe de sixième au collège Dunois.

---

1. Marc-Astolphe Oh, « En vie », *op. cit.*

— Nous attendons énormément de cet enseignement. Nous sommes des férus de grillade. Nous sommes de grands amateurs de barbecue, de carbone – de gril. De viande et de tisons. Nous sommes fort bien renseignés sur les travaux de monsieur Erich Armand Arthur Joseph Hückel. Nous ne sommes point nés de la dernière pluie, celle dont les gouttes peuvent gâcher un dimanche de barbecue entre amis. Passons. L'essentiel n'est pas là ! L'essentiel est que nous sommes fort peu normaux. Nous sommes relativement extrêmement dangereux, notamment en regard de l'enfantine population qui a la malchance de vivre sous notre toit de douleur. Nous obligeons nos deux petites jolies jumelles à dormir dans des lits de roses. Qu'elles s'y tournent et retournent. Elles n'apprécient que fort peu les ronces dont lesdites roses se sont vu doter par la nature. Ce ne sont pas des jumelles favorables aux particularités naturelles de la nature. Elles ne jouent pas le jeu. Cela nous lamente. Nous les enchaînons à des châssis de métal. Et le gril commence. C'est un réjouissant spectacle. Nous serrons leurs petits jolis menus talons de fillettes jumelles à l'aide de tenailles. Nous prenons tout notre temps. Nous sommes à la retraite. Nous les avons eues très tard. Nous avons tout notre temps. Tout notre temps retraité pour nous amuser. Nos deux petits combustibles chérubins ! Que ferions-nous sans vous ? Nous nous ennuierions. Nous nous amusons à leur faire de mignonnes entailles dans les seins. Ce ne sont pas encore ce qu'on peut appeler des seins. Ce sont des boutures. C'est mignon comme tout. Très attendrissant. Deux douces taches de cerise. Sur les petits corps blancs à recouvrir, dans le plus grand des silences ou sur fond de Schubert – mais de Schubert exclusivement, mais de Schubert uniquement –, d'alcool à brûler, passé avec un simple coton. Nous avons deux autres filles, plus âgées : Jeanne et Mireille. Ce ne sont point leurs vrais noms, bien entendu. Elles se prénomment en réalité Misère et Tomate. Lorsque Misère était enceinte, nous lui avons comprimé le bas-ventre.

(Rires) Avec des brides ! En amoncellement… Ce, jusqu'à l'avortement mécanique par le poids des pierres. Nous avons rarement été aussi heureux. C'était fabuleux ! Fabuleux ! Nous avons beaucoup dansé, bu. Du champagne, des vins réputés. Nous sommes gens de broche et aussi gens de cailloux. Gens de caillasse et aussi d'allume-feu. Notre martyr favori est aisément devinable : il s'agit de saint Laurent. Calciné des cheveux aux orteils. Reliques carbonisées. Saint Laurent, diacre de l'Église de Rome ! Sur le gril on la sentait, ho ho, son odeur de sainteté ! Elle s'évaporait dans les airs. Jusqu'au ciel. J'ignore si l'on déguste des merguez au paradis. Je l'espère. J'apporterai un bec Bunsen. C'est plus sûr ! Vous savez sans doute que moult reliquaires conservent, avec un maniaque soin, les côtes de saint Laurent. Nous eussions aimé y goûter, avec quelques herbes. Nous adorons, les dimanches où nous n'organisons pas de barbecue, courir les antiquaires. Nous y convoitons des lits de métal, de fer, que nous pourrons par la suite chauffer à blanc afin d'y installer nos petites jumelles. Les chaises de cuivre, les casques rougis nous intéressent tout également. Nous posons souvent des trépieds brûlants sur leurs jolies petites rondes têtes. Nous possédons deux clébards qui se régalent de ce genre de festivités. Ils bavent aux graisses fondantes, se pourlèchent les babines en secouant leurs queues absurdes dans les airs – cela forme de petites circonvolutions de queues plus absurdes encore que les queues en elles-mêmes. Nos deux clébards – des bâtards assez laids mais gentils – se prénomment Achab et Sédécias. Ils semblent nous féliciter du regard lorsque nous ligotons nos filles avec du fil barbelé pour les installer sur les plaques chauffantes de notre four Seb multifonction. Nous sommes amateurs de chaudrons. De casseroles remplies d'huile bouillante. De bassinoires en ébullition. Nous opérons par le tison. Nous attisons les feux. Ce qui est poêle nous parle. Ce qui est braise nous inspire. Nous pratiquons la mutilation en bifteck, nous sectionnons des tendons, des langues, nous

ôtons la peau des visages, nous installons tous ces jolis morceaux sur la grille du gril. À frire, toute cette barbaque ! Dans un très grand plat, passé au soufre, badigeonné à la résine, enduit de poix. Nous ne traitons pas les enfants comme des chiens, monsieur, non – nous les traitons comme des poissons. C'est d'ailleurs notre emblème, comme il en va des chrétiens. Et si c'est l'emblème des chrétiens, c'est parce que les chrétiens passaient sur la poêle. Vous connaissez cette toile du Titien sur le martyre de saint Laurent ? Sa reproduction orne notre chambre à coucher. Nous nous prosternons devant au lever et au coucher. Ainsi qu'avant et après chaque sieste. Saint Laurent nous observe quand nous faisons l'amour. Nous sommes gourmands d'incendies. Nous sommes particulièrement favorables aux combustions. Nous voyons d'un très bon œil les corps organiques carbonisés, les objets humains inanimés, les membres et les bustes et les cheveux carbonisés. Nous comprenons Jan Palach mieux que quiconque. Nous préparons, en couple, à quatre mains, un précieux petit ouvrage qui s'intitulera *Combustibilité relative des tissus*. Ah ! si les gens étaient restés des singes, monsieur, ils se consumeraient avec davantage de facilité. Les poils participent de manière tout à fait prépondérante à la propagation du feu. Ainsi qu'à son entretien ! Mais nous entrons – mille fois hélas – dans une société du sans-poil. Dans l'ère de l'apilosité. Voyez tous ces Chinois qui tôt ou tard ne manqueront pas – c'est monsieur Peyrefitte en personne qui l'écrit – d'envahir le monde. Les Japonais ne sont pas très poilus non plus. Les Coréens encore moins. Les incendieux comme nous sont menacés. Où trouverons-nous demain notre matière première ? Nous avons l'habitude d'opérer sur des enfants, et même de jeunes enfants, mais les adultes nous intéressent aussi. Où se situe l'intérêt de mettre le feu à un corps adulte si ce dernier est aussi nubile qu'une fée ? Nous espérons que ce petit manuel rencontrera son public. Vous y apprendrez par exemple que l'anus – contrairement à une idée reçue – se consume *très* difficilement. Concernant les téguments, cela est plus compliqué. Ce ne sont pas de bons conducteurs. Ils sont revêches à la flamme. Ils protègent les organes de l'action pyrolytique. Ils la retardent. La défavorisent. Nous avons jeudi dernier mis le feu à l'aîné d'un couple d'amis – un blond très bouclé, prénommé Jérémie. Eh bien nous avons été fort surpris de ce que sa combustion, malgré sa chevelure notamment, fut si longue. Nous avons réfléchi : c'était la qualité de l'air qui n'allait pas. Nous nous situions dans une zone polluée. L'oxygène, trop impur, n'a pas pu, n'a pas su – à vrai dire nous ne le saurons jamais – imprimer sa marque au foyer, agir sur le point d'incandescence. Il ne faut jamais oublier que c'est *d'abord* à l'air qu'on met le feu. L'air est la piscine du feu. Sans l'air, la flamme ne peut pas crawler, se propager, se livrer à sa danse, à ses gymnastiques, à ses transes favorites. Le gamin était soulagé, mais le reste de l'assistance, hélas, resta sur sa faim… Un blond à tignasse de cet âge-là, d'habitude, ça prend comme du petit bois. Certes, il avait piqué une tête dans la rivière une heure auparavant, et il n'est pas interdit de penser que l'humidité a eu son rôle à jouer dans ce fiasco. Mais tout de même ! Force est de reconnaître, en l'occurrence, que le feu n'a point pris. Le petit Jérémie dégageait une fumée verdâtre et nauséabonde. C'était bizarre. C'était désagréable. Nous qui voulions impressionner nos hôtes, je ne vous dis pas la déception ! Je ne vous explique pas l'humiliation ! Il eut quelques bonnes brûlures, sans aucun doute, mais somme toute très peu profondes. Or il faut généralement très peu de temps pour qu'une flamme produise sur un corps de cet âge-là des dégâts en profondeur. On aurait peut-être dû lui garder ses vêtements. Son maillot de bain en acrylique a fondu immédiatement – comme du beurre dans une casserole. Un enfant normalement constitué dégage à partir de 7 ou 8 ans une forte odeur de saucisse carbonisée et une très épaisse fumée. Mais non ! Ce récalcitrant petit imbécile nous aura gâché la journée. Nous avons des choses à améliorer, voyez-vous. Nous en sommes parfaitement conscients. Nous pensons que ce stage, autrement dit, sera bénéfique. Avant de venir, nous avons fait une chose quelque peu stupide : nous avons immolé par le feu notre chat, qui répond au nom de Sagouin. C'est incroyable ce que les moustaches fondent rapidement ! Sagouin nous a vraiment donné de la joie en se consumant. On l'avait préalablement attaché à l'aide de claies sur notre literie. Nous sommes partis avant la fin : son petit ventre était déjà réduit à l'état de charbon. Nos voisins ont terminé le travail. Ils ne supportaient pas Sagouin qui venait régulièrement pisser sur leurs bégonias. Nous préférions les voisins d'avant. Avec eux, nous organisions une fois par mois des concours d'incendies sur corps, des « CISC ». Le thème variait chaque fois. Tantôt nous faisions un concours de combustion de poitrine, la fois d'après c'était le cou, les pieds – et ainsi de suite. Nous pratiquions ces festivités sur des cadavres qu'on avait préalablement recouverts de vêtements. C'est entre la chemise et le corps que généralement la flamme s'amuse le plus. Nous sommes amateurs de cuisson de muscles. De carbonisation d'yeux. Nous sommes des fous.

30

Chaque couple possédait sa lubie. Sa spécialité. Sa spécificité. Trépanation, énucléation, lacération, écartèlement, noyade, flagellation, lapidation, empoisonnement, mutilation, électrocution, décollation, gavage, étouffement, crucifixion, bâtonnage, séquestration, etc. M. Theotokos fit apporter à chacun des couples des cages de taille moyenne dans lesquelles les autres enfants et moi-même fûmes surpris de ne voir aucun oiseau ni autre petit animal.

— Je vais vous demander, chers stagiaires, commença M. Theotokos, de bien vouloir placer votre enfant dans la cage que mes assistants viennent de déposer aimablement devant vous. Je vous rappelle que ladite cage présente cette intéressante particularité d'être un espace restreint, d'une part, mais qui d'autre part vous permet de visualiser à tout instant ce qui s'y déroule – s'y trame. Ainsi serez-vous les témoins du martyre. Cocasse inversion, n'est-ce pas, puisque comme il est dit dans les polycopiés que j'espère vous avez lus avec attention avant de commencer ce stage pratique – il y aura pour l'obtention du diplôme deux épreuves théoriques –, le martyre désigne le fait de mourir pour témoigner du Christ. Je vous rassure tout de suite : notre association est strictement laïque et vos chères petites têtes blondes ne vont point décéder. Ils vont souffrir, par vous, grâce à vous – sans en mourir. Ceux qui parmi vous, intentionnellement ou non, auront fait périr leur enfant seront exclus du stage sur-le-champ. Le décès du petit martyr est chez nous – relisez nos clauses – un motif d'exclusion *définitif* – ce qui signifie clairement que vous ne pourriez pas vous représenter à l'examen dans l'avenir avec un autre de vos enfants, ni avec quelque enfant que ce soit. L'enfant est un matériau fragile, à manier avec beaucoup de précaution – si vous gâchez cette matière première en faisant dessus n'importe quoi, vous risquez de provoquer son dernier souffle. Ce qui n'est pas le but. Jésus – ne l'oubliez jamais – n'est pas passé directement de la Croix au paradis. Nous ne sommes pas là pour nous substituer à la mort et remplir sa tâche. Mais sachez que l'enfant martyr représente pour les parents qui savent en prendre soin une chance inespérée de voir le monde sous un angle neuf. Martyriser, c'est se situer au seuil d'une ère nouvelle : on ne sait jamais ce qui peut jaillir de la douleur que nous infligeons, du tourment que nous proposons. Il ne s'agit point – vous l'aurez compris – de faire mal pour faire mal. Il s'agit de faire mal pour qu'il en sorte quelque chose. Une jouissance, c'est vrai – ne nous le cachons pas. Une satisfaction. Mais, aussi : une révélation. Sur qui nous sommes. Sur qui est l'enfant que nous avons engendré. Le martyre est là pour nous apprendre plus que n'importe qui, plus que n'importe quoi, sur notre nature profonde – et celle de notre conjoint. Un martyre est toujours davantage qu'un martyre – ne l'oubliez jamais. S'il ne s'agissait que de produire de la souffrance, s'adonner à une cruauté qui ne voit pas plus loin que le bout de son nez, nous n'aurions point le souci de la perfection. Nous sommes ici pour vous transformer en *techniciens*. Non des techniciens professionnels, bien entendu – il faut des années pour apprendre à maltraiter un enfant comme un maltraitant professionnel. C'est d'ailleurs pour cette raison que nos meilleurs élèves, parmi les anciens diplômés, sont en général à la tête de familles nombreuses : le travail, peu sûr encore, qu'ils avaient entamé sur l'aîné – puis qu'ils ont affiné sur les six ou sept autres – est devenu de l'art avec le petit dernier. Notre ambition se veut plus modeste. Elle n'en reste pas moins exigeante : vous devrez, pour l'examen final, maîtriser *à la perfection* l'arrachement des ongles ou encore l'incision. D'autant que vous serez en condition de stress et chronométrés par un jury qui – croyez-moi – en a vu d'autres... De véritables experts de la souffrance. Mais bon ! Ne dressons point la charrue avant nos amis les bœufs et commençons par le commencement. Nous allons si vous le voulez bien débuter par le supplice de la cage. Je vais vous demander d'y faire pénétrer votre enfant.

— Tout nu ou habillé ? demanda une dame.

— Pour le moment les enfants restent vêtus, ordonna M. Theotokos. Tant que je n'ai pas donné d'indication, on ne touche pas aux vêtements.

— Le nôtre ne rentre pas ! se plaignit un monsieur (rouflaquettes, petits boutons rougeâtres sur les ailes d'un nez épaté – sa femme, plutôt potelée, avait un côté Janis Joplin).

— Il va s'accroupir, répondit M. Theotokos en arborant un léger sourire de supériorité que l'on retrouve chez les professeurs quand un élève pose une question qui lui semble naïve et dont il sait qu'il n'aura aucun mal à venir à bout.

— Quelle est donc cette chose ? interrogea un homme dont les cernes caverneux démontraient une exceptionnelle inaptitude au sommeil (le problème n'étant d'ailleurs pas tant de n'avoir pas accès à la réparation par le sommeil qu'à la libération par le rêve – ne pas dormir rend fatigué, ne pas rêver rend fou ; ne pas dormir rend agressif, ne pas rêver rend mort ; les prophètes juifs le savent, qui s'élèvent en direction du Nom par le rêve, domaine des fulgurances et du raccourci, où tout s'éclaire, où tout est transparent à commencer par les corps, nus seulement de lumière ; et ainsi en va-t-il de l'enfant martyr qu'il ne s'agissait pas tant, selon M. Theotokos, de priver de sommeil que de priver de rêve ; l'enfant doit perpétuellement séjourner dans le seul cauche-mar que nous connaissons à ce jour : la réalité ; or la réalité ne s'obtient pas en dormant, en sommeillant, en faisant la sieste : la réalité ne s'obtient qu'en vivant ; ainsi que des vermisseaux pénétrant en vrillées colonies dedans nos narines, il s'agit de condamner l'enfant – martyr, battu – à l'insinuante et perma-nente – et torturante – manie du réel, puisque le réel abîme et provoque des trouées, des déchirures, des maladies, autant de nausées ; c'est à la réalité réelle que l'enfant sera abandonné, au milieu de tous ses fous tessons, des délires patients qu'elle ourdit, des terribles conséquences dont aveuglément elle se moque, avançant toujours vers plus de dureté, d'ignorance, de muette violence, de sourds sévices qui jaillissent d'elle sans jamais sembler la concerner. La douleur et la joie, à ses yeux, comportent une même et jumelle texture, une peau similaire qu'elle condamne de toutes ses invisibles forces, imperceptibles, au final néant : un trou couvert de monceaux. Le petit enfant perclus d'hématomes, déjà tourbe, n'est qu'un matériau. Une offerte place, vivipare, aux exercices de la démence parentale – démence bien naturelle aux yeux de la nature sans autre loi que celle qui multiplie les êtres, les propose aux martyres dans un incessant processus, jusqu'à la tombée de la terre parmi les nues et les poudres).

— Cette « chose », comme vous dites, est un étau. Cet étau, que vous pourrez ajuster en tournant la petite manivelle qui lui est adjointe, va lui permettre, « va l'obliger » serait plus exact, à incurver son corps… Cela va sans doute occasionner des saignements de nez, ce qui ne doit point vous dérouter. La pression exercée sur la boîte crânienne provoque généralement ce genre d'hémorragie. Pour ceux qui seraient dégoûtés par la vue du sang – je vais vous étonner mais il se trouve que c'est mon cas, ce pourquoi je suis devenu un spécialiste reconnu de l'hémorragie interne –, je préconise une pression modérée. Ne jouez point trop de la molette.

M. Theotokos n'eut pas le temps de bien prononcer le *ette* de *molette* qu'un giclement de sang, tel un geyser islandais, jaillit de ma cage. Ma mère (qui pilotait la manœuvre) avait eu la main trop leste (mon père, à vrai dire, n'était pas tellement étranger à cet excès de zèle). Hurlement immédiat de M. Theotokos – sa gentillesse apparente, son calme présupposé d'un seul coup s'abolirent, s'abolirent à jamais. Dans ce strident cri qu'il venait d'émettre (et qui fit sursauter toute l'assemblée jusqu'à en faire trembler la verrière comme savent trembler les feuilles rousses de l'automne occidental sous les roulis du vent froid), il révéla définitivement sa vraie nature – M. Theotokos était tout *sauf* un humoriste. Quant au pan de mur situé derrière le plan de travail de mes parents, il était éclaboussé de mon sang. Je hurlais. Je pleurais.

— Qu'est-ce que je viens de dire, là-bas ! Oh ! éructa M. Theotokos, les veines du cou enflées telles des rizières en crue. Rappelez-moi donc votre nom !

Tous les enfants, accroupis, tordus dans leur cage (quel spectacle c'était !), étaient terrorisés par la voix menaçante de

M. Theotokos. Quant aux parents, ils tremblaient tout autant – une fois n'était point coutume – que leur progéniture. Le diplôme leur était quelque chose de vital, semblait-il. Surtout, ils avaient engagé d'importants frais pour ce stage, frais qui (c'était contractuel) ne seraient en *aucun cas* remboursés.

Ma mère rappela son nom – non sans ressentir une honte profonde qui augmenta de plusieurs degrés sa haine de soi et des autres, sa haine de son fils essentiellement. Mon hémorragie nasale battait son plein. Je crus un instant que des infirmières, un médecin, un être humain médical (adulte et médical) surgirait de nulle part pour m'apporter les premiers soins. Mais M. Theotokos, comme si de rien n'était (partant du principe que le mal était fait et que le sang finirait par coaguler), n'appela qu'une vieille femme grise à qui il enjoignit sur un ton parfaitement brutal de nettoyer la surface murale souillée par mon hémoglobine.

— C'est écœurant ! Je ne puis travailler dans ces conditions, hurla-t-il. Le couple Moix va se voir pénalisé d'un avertissement. Au bout de trois, l'élimination tombe. Et elle est sans appel. Bon… Revenons à nos moutons en cage. Vous allez trouver à la gauche de votre plan de travail des pointes acérées – elles sont aimantées pour plus de facilité, oui, nous vous avons quelque peu mâché le travail – que je vais vous demander de placer dans la cage avec le plus d'imagination possible. C'est le principe de la cage dite « sicilienne ». Je m'en vais vous montrer… Je précise que la cage sicilienne est un classique. Elle tombe pratiquement chaque année à l'examen. C'est une cage que vous devrez savoir préparer les yeux fermés à la fin de ce stage. Ce, en un temps *record*. Ce sont les bases des bases. Le B.A.-BA !

M. Theotokos s'approcha de la cage d'un couple (mari rouquin chauve à col roulé vert pomme qui devait épouvantablement irriter l'épiderme du cou, femme grimaçante maigre à tendance alopécique également, vêtue d'un tablier taché de graisses et de sang de gibier) et demanda le prénom de l'enfant (Chris-Pascal) auquel il passa doucement une paire de menottes à travers les barreaux. Ouvrant la cage avec précaution, il se saisit de petits arceaux d'acier qui attendaient sur une attenante étagère.

— Tels les cuisiniers préparant les ingrédients, je vais concocter mon supplice. Cela demande de l'organisation. De la méthode ! J'entoure l'abdomen de Chris-Pascal, hein mon garçon, j'entoure l'abdomen de Chris-Pascal qui n'a pas mal du tout et qui est très gentil, de ces cercles métalliques, j'enserre à présent ses genoux, ses hanches, hop, calmement je lui en passe deux autres autour des bras, à présent du cou – vous voyez qu'à ce stade l'enfant ne bronche pas. Il en est au stade de l'étonnement. Presque de l'amusement. Chris-Pascal a le sentiment que nous allons *jouer*. Ce en quoi il n'a pas tout à fait tort. Je continue à entourer les différentes parties de son méprisable petit corps avec ces jantes d'acier qui croisent les arceaux des hanches jusqu'au milieu de son crâne à peu près. Voilà. À présent nous allons disposer les barres. Les barres et les plaques doivent parfaitement encercler et supporter les jambes de l'enfant. Aux extrémités inférieures, vous voyez, j'installe les étriers de telle sorte qu'ils enserrent les pieds. C'est là que commencent les choses sérieuses…

31

Chris-Pascal se mit à hurler comme mille damnés qu'on ébouillante.

— … et douloureuses je l'admets. Le supplice de Notre Seigneur Jésus, à côté, était un séjour aux îles Canaries ! Vous voyez tous, là ? Dans chacun des étriers, il y a trois pointes bien acérées. Elles ne sont pas là pour faire joli. Elles sont là pour quoi, madame ?

— Pour entrer dans la chair ? hésita la maman de Chris-Pascal.

— Excellente réponse ! Les pointes sont destinées à percer la plante des petits pieds du petit Pascal-Chris.

— « Chris-Pascal », rectifia la maman de Chris-Pascal.

— Ça te rappelle l'Inquisition, marrane ? ricana mon père en ma direction, tandis qu'il attachait à la « bande médiane » une paire de menottes bloquant toute liberté de mes mains et bras.

À la jonction des cerclures métalliques, juste au-dessus de ma tête, un crochet de boucherie permettait de suspendre la cage à un câble qui, lui-même relié à une poulie, permettait aux parents de suspendre leur enfant dans les airs, à plus de trois ou quatre mètres du sol.

— Ne parlez pas d'Inquisition, monsieur Moix, riposta aussitôt M. Theotokos. Je crains en effet que cela ne soit pour vous qu'un mot vide de sens. Il est des termes que l'on n'emploie ici qu'après en avoir dûment étudié le sens. Ce qui n'est pas le cas, que je sache, en ce qui vous concerne. Que votre fils soit marrane est une chose – j'en avais par ailleurs été informé. Mais que vous vous preniez pour Torquemada… Vous feriez mieux de vous concentrer sur notre atelier du jour.

Sans broncher, mon père (ravalé aussitôt au rang de *garçonnet*) fit mine de vérifier le bon fonctionnement de la poulie et me jeta un regard tellement noir qu'il en avait les yeux d'un blanc absolu.

Les jours de stage étaient éprouvants. Il y eut un samedi de relâche en ce qui nous concernait puisqu'il fut tout entier dédié aux petites filles. On apprenait aux parents le maniement des rats – les rongeurs avaient pour mission de dévorer les petits seins en devenir. Mes parents avaient demandé une dérogation pour assister à ces festivités – ce qui leur fut refusé.

Mon père, totalement absorbé par cette formation, potassait les cours dès qu'il rentrait à la maison. Il était devenu incollable sur la question du Mal. Le soufre n'avait plus guère de secrets pour lui (que ce fût le soufre métaphysique ou chimique). Il lisait tous les ouvrages possibles (la plupart trouvés chez Emmaüs) sur le *diable*. Chaque demande de ma part, même élémentaire, devint à ses yeux pur caprice. Il entraîna ma mère (d'esprit moins systématique, moins appliqué, moins scolaire) dans son zèle maniaque – dans son zèle fou.

J'avais demandé à aller, puisque y allaient la plupart des enfants orléanais, à la fête foraine du Parc des expositions, sur la route d'Olivet : en réponse, mon père ouvrit une page au hasard du grand classeur où reposaient toutes les notes prises lors du stage pendant la semaine. La mort de l'enfant-roi, obsessionnel programme de mon père, avait lieu tous les jours chez nous. Le régicide était scientifique, laborieux, studieux – et journalier. Je poussais de longs funèbres cris que les voisins n'entendaient pas, n'entendaient plus – faisaient semblant de ne pas entendre. Les voisins n'entendaient pas mes cris de douleur mais se concentraient sur les cris de jouissance sexuelle de mes parents pour n'en point perdre une seule goutte.

32

Puisque le gland de mon père fut coloré, en mauve par les dieux, il s'en servait et le claquait et ma mère était fouettée. C'était chouette, il sentait la hanche et le savait, il serrait avec ses mains, c'était la viande qui commençait. Du porno frais. Il avait donc remis ça : enlevé souliers ôté chaussettes, arraché sa culotte, et prodiguait à ma mère des démences. Elle était courbée sous lui, le cul comme un tas. Lui c'était un crack du trou, alors il osait, il s'approchait de plein fouet. Ça y est je crois : la pine est en con, pépère levrette, que du tradi. Même si les études prétendaient que les couples pratiquaient surtout le missionnaire. La durée continuait, se saccadait, ma mère cambrée se rythmait, et floc et floc et tac et han. La fibre de mon père haletait dans l'oubli, on tordait du rein, ça repartait-sondait dans les sphères : il savait que ma mère allait jouir de sa queue qui frappait.

Il était bandant pendant sa fesse, bloquait une jute, pensait au ciel, marquait la pause et repartait. Il et elle voulaient que le dur durât. Ils avaient frôlé la mort dans beaucoup de sueur. Secondes coulaient, c'était déjà reparti : il refaisait le fier penché sur un dos, sa voix de père disait des han, parce que ma mère criait des oui. D'abord c'était plus lent, comme une paix qu'on aime, un sommeil gratuit. Et puis mon père jouait du sprint encore, les oreillers de ma mère étaient mordus. Elle désirait sans doute étouffer ses connivences. Les cris mouraient dans la plume.

Les voisins entendaient de toute façon. Devinant les bruits de baise, et voulant à mort en profiter, ils avaient éteint le poste de télévision. Du coup, ça leur avait donné envie aussi. Mais les voisins étaient tout seul. Les voisins étaient un type qui habitait tout seul. Les voisins s'appelait Geert. Les voisins alias Geert ne baisait quasiment jamais. Les voisins était très triste dans son appartement désolé où il préparait le concours à l'École régionale d'administration (ERA). Alors les voisins avait sorti son organe. Les voisins avait brandi le braquemart. Et en cadence, ne perdant pas une haleine des aventures de mon père et ma mère qui baisaient comme des bêtes de l'autre côté de la cloison, les voisins se branlait. Les voisins entendait même mon père dire à ma mère, tiens prends tout ça ma pute – ou quelque chose qui s'en approchait. Ça lui faisait des vacances, aux voisins.

Pourtant, dans sa classe qui préparait à l'ERA, les voisins avait repéré ce qu'il convenait d'appeler une bonne chienne. Elle se prénommait Fulmigonde (d'après mes renseignements). Il s'agissait d'une femelle née à Lorient en avril 1952. Étant donné que l'histoire des voisins qui se branlait datait de l'année scolaire 1975-1976, la femelle prénommée avait, à l'époque des bruits de baise de mes parents décrits plus haut, 23 ans.

Les voisins avait repéré la chienne femelle Fulmigonde dès l'oral (lundi 23 juin 1975). Elle attendait avec lui dans le couloir avant les épreuves d'anglais. Non, d'allemand : les voisins et elle étaient en allemand première langue. Il avait engagé un peu la conversation parce que la chienne était nantie de seins énormes et les voisins eût adoré – mais alors adoré – passer ses narines entre, et sa langue entre, et son sexe afin d'y jouir.

Le jour des résultats, il la revit, il lui dit bonjour (elle lui répondit la même chose) : ils étaient admis tous deux en classe préparatoire à l'École régionale d'administration.

Les voisins proposa à la chienne d'aller consommer un café dans un café. Elle accepta. Elle demanda aux voisins comment il s'appelait, et les voisins répondit Geert. Geert demanda à la chienne comment la chienne s'appelait, et elle répondit à Geert qu'elle se prénommait Fulmigonde. Geert pensa : les Fulmigonde ont des gros seins. Face à face, installés dans le café, le seul café de la rue Georges-Bataille, le « Lord Auch », ils se regardèrent. Et puis Geert trancha pas mal de silence (un bon kilo) : ça a marché au fait l'allemand ?

— Oui, tu sais ma mère est allemande… Je suis bilingue… Ça aide ! répondit Fulmigonde en réajustant une des bretelles de son soutien-gorge, ce qui rendit Geert complètement fou.

Alors soudain Geert pensa hyperfort à tout ce qu'eux deux pourraient faire dans un lit. Des choses du tonnerre. Les filles, aujourd'hui, ça ne se laisse plus tripoter comme avant. Pourtant, en coulisse, il y a la femelle qui n'attend que ça, le rose dru, le serpent dur qui fait battre les ailes – je parle de la bite amie, furieuse, ruisselante et surtout pressée. Geert eut l'idée de parler fion, mais elle, non, elle elle continuait de parler de la République fédérale d'Allemagne, ses usines, ses vallons, ses coutumes, Berchtesgaden. On se fout de qui ? se demandait Geert qui n'avait, de sa vie, jamais été si peu pédé. Lui rêvait d'électrochocs dans du mou. Il rêvait de fesses et de branchies, et puis aussi de spasmes. Il avait très très envie d'être à poil, un membre immense entre les doigts, à gentiment s'acheminer vers cette chatte éduquée, cette chatte de bergère allemande à gros lolos.

— Par contre, souligna-t-elle en baissant les paupières, le droit administratif, c'est pas trop mon fort...

Et les envies fameuses des voisins qui reprenaient, le taraudaient, lui chatouillaient la couille et lui piquaient l'anus. Il fallait qu'il la sondât, aussitôt, maintenant, *illico*, tout de suite, immédiatement, ici :

— J'ai des bouquins de droit chez moi, tu veux que je te les prête ?

La chienne de Lorient de 52, de mère allemande, à gros seins, parut faire un peu semblant de vachement hésiter puis conclut sa drôle de moue de garce par :

— D'accord. Mais il faut que je sois rentrée à 8 heures !

Les voisins regarda sa montre : il était 17 h 30. La saalôôôpe, se dit-il. C'est elle qui fait tout le boulot, elle me dit carrément qu'on a deux heures devant nous pour baiser comme des salauds. Saalôôôpe !

Ils prirent l'autobus. Le bleu du ciel était bleu. Les os ont leur logique : tu rencontres deux seins, ta politique est d'y faire reluire une bave. Ta bave de branlé-entre, Duporc. Car admettons, ce sera drôle, que les voisins s'appelle Geert Duporc. Ou Dugroin – Dugroin sonne mieux. Je vais tenter mesdames de le décrire un peu. Ça aidera vos fantasmes. Les doigts dans ta matière, jeune conne, tu verras Geert bien mieux, c'est tout bénef pour ta mouillance.

Catherine, Carole, Monique, Cynthia, Jeanne, Marie-Thérèse, Louison, Samira et re-Jeanne : je vais peut-être vous décevoir, mais Geert portait une barbichette, comme son père. Son père s'appelait Guy-Lilion. Il était professeur de physique en classes préparatoires aux grandes écoles scientifiques. Père et fils étaient rouquins. Père et fils portaient des petites lunettes rondes qui leur conféraient, selon les heures, les jours, les semaines ou les saisons, un air vicelard ou un air intellectuel. Sachant de toute façon que les deux ne sont pas incompatibles. Geert avait le visage clair, deux grands yeux très bleus avec dessous des cernes mauves. On eût dit un cadavre mais ça lui donnait un genre que certaines femmes (même s'il n'avait guère de succès en général) aimaient bien. Ses cheveux étaient ébouriffés. Il possédait vingt-huit grains de beauté au total : deux sur la joue gauche, un au menton, trois sur le cou, le reste un peu partout, coude, fesses – on s'en moque éperdument.

33

Le bleu du ciel maintenait sa bleuitude. L'autobus stoppa. Les deux corps descendirent parce que c'était là. Geert était décontracté. Il savait que le coït était proche. Le visage de Fulmigonde ne montrait pas plus d'inquiétude, comme si elle avait toujours su qu'elle serait un jour humée, puis fouillée, puis taraudée par ce mec-là qui n'avait même pas eu de quoi lui offrir le café, tout à l'heure, mais qui semblait avoir bien hâte en elle de s'enfoncer.

Quai Saint-Laurent. Escaliers, deuxième étage. La porte à côté abritait un petit couple que nos lecteurs connaissent déjà bien : mon père et ma mère. Fulmigonde entra chez Geert.

Studio. Douillet. Pas mal, se dit Fulmigonde. J'aimerais bien qu'il mette un peu de musique.

— Tu veux que je mette un peu de musique ?

Elle répondit si tu veux. Geert lui proposa un thé qu'elle refusa. (« Nous venons de boire un café, je préfère éviter les mélanges. ») Elle s'assit sur le lit de Geert et lui sur une chaise de bureau, en face. Geert paniquait un peu, juste ce qu'il fallait pour avoir l'air à peu près séduisant.

— Bon, on y va ? interrogea enfin Fulmigonde.

— Heu...

Et le regard de Geert chercha des fuites, des feintes, des sujets, des ailleurs, des silhouettes et des excuses, des hasards et des distractions. Il s'entendit lui-même répondre comme un con :

— Je... Je vais te chercher les bouquins !

Pauvre minable, pensa très fort la chienne, pauvre minable : tu n'as même pas le courage de ta courgette, je suis venue ici pour tressaillir, tressauter, me faire mettre à mort pour mourir sous la colère de ton gros bâton, et toi tu es fou, tu vas chercher la matière livresque.

Geert Duporc, Dugroin, le dégonflé des femmes, au gland très ému, savait qu'elle savait qu'il savait qu'elle savait, oh oui, il savait qu'elle attendait la guerre et le frisson, mais une force invisible, absurde, arbitraire, le maintenait ainsi que dans l'étau, parmi les ouvrages nuls de la bibliothèque scolaire, remplic d'annales et d'archives, d'exercices et de polycopiés.

Et lui dans sa tête, à hurler : tu es un minusculissime petit mec, Geert, une chiotte de première. Tu as usiné comme un fou pour qu'elle vienne et elle est venue, elle est là, dans ta chambre à pignoles, elle est venue, c'est une question de centimètres et de secondes, et toi Dugroin tu fais dans la distance, tu t'égares dans la durée, je te me déteste et gerbe !

Je ne vais quand même pas pousser le poncif jusqu'à dire qu'il fait chaud, soupira la chienne. Tant pis pour sa gueule.

Mais le problème est que sa gueule je m'en fous. Je me serais bien fait cogner la hampe, moi. Je me sentais sanguine, ce soir. Sans doute le bleu du bleu du ciel et cette fin d'été. Que faire pour inviter son nombril à Dugroin ? Déchire-moi le poil, abruti ! Je guette le grandiose !

Mais Dugroin s'enlisait, donnant des précisions sur tel truc de droit, telle inutile merde, un texte de loi, ici un décret, là un arrêté de 1907. Minable. Minable fin d'été, un été qui fut triste pour Geert, aucune mélodie dans nul ventre, rien, que des tirages sur sa queue, des tirures, dans sa chambre pas quittée, pas de vacances, rien, rien que du travail et des notes, des fiches de lecture, pas d'attentes, des révisions, des fatigues – et des pleurs. La vraie solitude d'août, lorsque tu restes seul parmi les choses, les murs et les bâtiments, et le soleil pour toi tout seul, derrière tes rideaux, et le téléphone qui tout à coup se meurt, est mort, devient la chose inutile, qui te rappelle ton année, toutes ces voix qui sont passées par là, et dans l'été se taisent, pour te punir un peu plus d'être.

C'est alors que Geert, effaré, s'entendit prononcer ceci :

— Mon amour, comme c'est gentil à vous d'être venue.

Sueur sur Geert partout, et Fulmigonde (elle s'appelait en réalité Sylvie) qui se mordait la langue jusqu'au sang pour ne pas éclater de rire. Elle fut touchée, admirablement étonnée par cette timidité qui avait explosé là, dans cette maladresse excessive, incroyable, grotesque et magnifique. Elle sentit monter des bouffées d'amour.

Elle en crevait. Vite : de la rock n'rollure ès tripes. Puisqu'un jour ce sera trop tard. Trop tard, mon Geert, lorsque tu seras fou dans ta tombe. Alors profites-en maintenant, je t'en supplie. Je suis émue. Un jour peut-être, un jour je t'aimerai. C'est bien parti pour. Mets-y du tien mon Geert cochon, vois comme je suis ta chienne hé. Que reste-t-il de nos morves, une fois vécue la vie ? Rien, non plus que des ébats sous la lune de juillet, d'août, de septembre. Je suis tienne et prends tout. Ne laisse pas un morceau de moi. Mange. Que reste-t-il des vies une fois qu'elles furent ? Je t'appartiens, Geert.

Geert regardait les genoux de Geert, triant de la doc, amassant les tuyaux des interros des mecs de l'an dernier, tremblant, malade, en nage. Des tas lui tombèrent sur les mains : cahiers, livres divers, lettres, photos.

— Tu veux voir mes photos de vacances ?

Sylvie était ailleurs. Elle pensait aux principes des histoires écourtées. Je crois savoir ce qu'elle ressentait. Parfois j'imagine, lors de rêves atroces qui ne sont pas des rêves, que la femme que j'aime s'en va à cause de la mort. Qu'elle me laisse, avec ma vie, qu'elle me laisse tout seul soudain avec ma vie qui ne sert plus à rien. Que se passe-t-il ? Je ne la connaissais que depuis quatre mois. Que fait-on ? Chaque seconde, chaque épisode de ces quatre mois est revécu. On choisit par exemple la journée du lundi 12 février 1996 puis on retravaille chaque détail, on va plus profond, comme un plongeur, en apnée. On essaye de vivre l'instant comme il existe plusieurs degrés de lecture, exactement de cette façon, car il existe plusieurs degrés de vie. Il s'agit d'opérer des ralentis, des zooms, rewind, revoir ce qui échappe la première fois. Et répéter l'opération avec la somme de tous les rendez-vous, de tous les souvenirs. Rire là où l'on n'avait pas ri, pleurer là où l'on aurait dû. Avec ce nombre fini de gestes, de choses, d'événements, de conversations, d'étreintes, avec ce nombre *fini* d'instants d'elle, il va falloir terminer sa vie. Elle nous est une réserve, dans le passé, d'émotions à venir.

— Nirvanise-moi, pense-t-elle.

Il ne la nirvanisa pas, il dériva, hors-sujetta comme un gros âne. C'est pas vrai. C'est pas possible de voir ça. Et puis tout à coup : des bruits derrière la cloison. Des bruits de mon père et ma mère. Qui mettaient en route une copulence. Ça allait chavirer du nœud là de l'autre côté. Mon père et ma mère donneraient le *la*. Diapason ils étaient pour Geert et Sylvie. Coupe : maison de poupées : nous voyons les deux de l'appartement de gauche qui font l'amour (selon l'expression consacrée), à côté des deux du studio du centre, qui ne le font toujours pas.

Précisons toutefois que nous évoluions dans un monde où l'on ne baisait pas comme ça (on a beaucoup exagéré sur les années 70 – du moins sur les années 70 en province ; du moins sur les années 70 à Orléans). Le hasard n'est pas simple. Ne s'apprivoise pas en moins de deux. Il s'en fout lui des cœurs brisés. Tu as peur de vivre mon vieux Geert. C'est facile d'être obsédé dans les bars. Mais il s'agirait, à présent, de passer à l'acte. De passer à l'acte. De passer à l'acte. De passer à l'acte. De passer à l'acte. De passer à l'acte. De passer à l'acte. De passer à l'acte. Il le faut il le faut il le faut. Alors Patrick (le vrai prénom de Geert) sauta par la fenêtre – il mourut puceau.

34

L'enseignement de M. Theotokos, à mesure que les jours de stage passaient, se faisait de plus en plus ardu. Technique. Pointu. Mes parents, comme les autres parents, étaient le plus souvent dépassés par la somme de connaissances à acquérir, par la difficulté croissante des travaux pratiques. On distinguait déjà les bons élèves et les cancres. Mon père et ma mère se classaient dans la moyenne.

— Je vais vous demander dès demain de porter des blouses, des blouses en *coton*, gronda M. Theotokos. Vous travaillez comme des cochons. Nous ne sommes pas chez le boucher. Il y a du sang partout ! Les succès de nos stages, la sûreté, la réputation de notre diplôme tiennent essentiellement au fait que nous formons des parents capables de martyriser leurs enfants *proprement*. Or, ce que je vois là, c'est une porcherie. Ce sont les abattoirs de la Villette. Ce sont les charniers de Montfaucon et de Tyburn ! Vous n'êtes pas là pour les saigner. Ce ne sont ni des veaux ni des poulets. Ce sont des gosses. Mettre de la passion, oui, mais avec de la concentration. Oubliez toute forme de vengeance. C'est – pour la plupart d'entre vous – la vengeance qui vous aveugle et fait trembloter votre main. Ce n'est pas une mise à mort non plus. Vitellius, Héliogabale, Andronic, Comnène ne doivent pas venir se greffer sur les visages et les corps de vos fils. Si vous rouez, rouez avec art. Avec cruauté, avec sensualité. Rouez *smooth*. C'est de l'amour, mais à l'envers. Les imbéciles – ils sont nombreux – s'imaginent que vous autres, parents martyrisateurs, n'aimez point votre descendance. Rien n'est plus faux. Vous les aimez comme un père, une mère se doit d'aimer ses enfants. Seule diffère la forme : vous les aimez mais dans la cruauté, vous les aimez par une application disproportionnée du talion, vous les aimez à mort, mais au lieu justement de les faire mourir, *in extremis* vous décidez de leur laisser la vie. De leur concéder une existence ! C'est ce geste qui est magnifique. Cette sempiternelle réactualisation de la grâce que vous leur faites. Vous leur aviez donné la vie, voilà à présent que cycliquement, que régulièrement vous la leur redonnez – non sans leur avoir préalablement démontré, par le truchement de tous ces sévices, qu'elle n'était, cette vie, ni un dû, ni une simple formalité, mais quelque chose qui s'éprouve, se joue dans la chair, se *souffre*. Vous ne faites rien d'autre, chaque fois qu'ils comprennent qu'ils ne seront pas tués, que leur redonner de l'espoir. Vous fabriquez des optimistes en somme. Vous contribuez à distribuer du bonheur sur le sol de notre planète en larmes. Certes, leur physiologie est momentanément accidentée, mais je compte sur vous pour bien retenir des quelques jours que nous passons ici ensemble, sous cette magnifique verrière, qu'une torture n'est jamais exclusivement physique. En dépit des apparences, nous travaillons surtout sur le psychisme – sans pour autant, cela va de soi, renoncer à l'appui que constitue le corps humain. Mais l'enfant, en aucun cas, je dis bien : *en aucun cas*, ne doit constituer à vos yeux un défouloir. Un quelconque terrain de jeu. Il n'est pas là pour vous aider à passer vos petits nerfs. Si vous voulez soulager vos petits nerfs, faites donc du sport. Football, karaté, natation. Water-polo... Je déteste les parents défoulateurs. Tout comme je déteste les pervers. Défoulateurs, pervers sont des catégories que nous détectons aussitôt et qui sont impitoyablement exclues et radiées de notre cursus. Tout comme les satanistes, qui utilisent les enfants pour de mauvaises raisons. Je ne parle pas des pédophiles, qui une fois identifiés sont immédiatement dénoncés aux forces de l'ordre. *(Un temps)* Bien ! Comme vous le savez, la séance d'aujourd'hui est consacrée à la flagellation. Il s'agit là d'une de mes spécialités ! Je vous renvoie à mon ouvrage *Flagellum salutis*, publié en 1974 aux éditions des Trois Aubergines. Ce sont huit cents pages serrées sur le sujet, qu'il n'est pas forcément mauvais de connaître dans les grandes lignes pour l'examen final. La flagellation est une activité qui paraît triviale à première vue – et surtout bêtement bestiale. Il n'en est rien, bien sûr. Monsieur Moix, je vais vous demander de bien vouloir venir me rejoindre ici sur l'estrade accompagné de votre jeune fils.

35

Mon père, intimidé par l'autorité et la position hiérarchique de M. Theotokos, rougit, mauvit, pâlit. Dessus il me hurla :
— Viens là !

— Holà ! Tout doux, monsieur Moix, tout doux ! Je déteste qu'on élève la voix sur les enfants. Je hais cela. Les petits nerveux dans votre genre, les petits sanguins de votre espèce ne sont point dignes, s'ils ne contrôlent pas leurs misérables risibles exécrables pulsions, de figurer parmi cette assemblée.

— Je vous prie de bien vouloir accepter l'expression de mes plus plates excuses… se liquéfia mon père avec la fluette voix d'un campagnol à qui l'on eût tranché le sexe d'une lame froide et nette.

— Mettez-vous – cela est valable pour tout le monde – dans la disposition, avant un sévice corporel, de celui ou celle qui va déguster un grand cru de Bordeaux. C'est quelque chose de *raffiné* qui doit advenir. Je souhaiterais qu'à la fin de ce stage vous ayez affiné votre goût. C'est à votre subtilité que je m'adresse. Pas à vos instincts les plus bas – que je vous adjoins prestement de laisser au vestiaire. Si vous n'êtes pas capable d'offrir à votre enfant ce qu'il y a en vous de meilleur dans le pire, nous trouverons pour eux des foyers d'accueil où je vous garantis qu'ils seront mieux maltraités que chez vous…

Un long soupir de consternation traversa la salle.

— Eh ! C'est ce qui pend au nez de quelques-uns d'entre vous. Dont pour l'instant les couples Moralès, Bidindouin et Moix… Oui, madame Bidindouin ! Ce n'est pas la peine de me dévisager avec cet œil de chevreuil ébouillanté. Bien. Approchez, cher monsieur Moix, approchez. Votre fils, à qui je vais demander de bien vouloir retirer son tee-shirt de Donald Duck – je ne supporte pas les bandes dessinées, un décret devrait interdire leur parution, leur pratique, leur existence, leur *être* –, va venir se placer ici et me tourner le dos. J'espère que tout le monde voit bien ?

— Oui.

— Oui !

— Oui…

— Heu oui.

M. Theotokos se saisit de deux lanières de cuir. L'une qu'il garda dans sa main droite. L'autre qu'il offrit à mon père.

— Ce qui doit être *très* clair dans votre esprit : une flagellation n'est *pas* une bastonnade. Pour ceux qui auraient des comptes à régler : dehors ! La porte. Direct ! Ce que je tiens avec un mélange de nonchalance et de fermeté, de souplesse et de rigidité, ce que je tiens oxymoriquement dans la main s'appelle une *ferula*. Quelqu'un sait-il ici ce qu'est une ferula ?

— Non.

— Non !

— Non...

— Heu non.

— La ferula, dont l'emploi remonte à nos amis les Romains, qui s'y connaissaient en tortures, est tout trivialement composée d'une lanière en cuir et de courroies en peau de bœuf. Monsieur Moix, je vais vous demander de faire exactement la même chose que moi...

36

M. Theotokos fit tourbillonner la lanière dans les airs, comme dans les films de cape et d'épée – ou plutôt comme dans les péplums. Elle se vrilla dans un très long ralenti, qui sembla durer des millénaires. Je sentis sur mon dos un fracas de glaçon, quelque chose de très frais, de très froid, de pôle Nord, un éclat de banquise qui m'eût percuté les omoplates. Je connus, pendant la durée d'une pleine seconde, d'une entière seconde, d'une seconde intégralement vécue, un apaisement infini, une satisfaction immense. J'essayai de déconnecter ma douleur de l'acte subi, de faire de mon ressenti quelque chose d'aussi loin du coup de lanière que la planète terre est éloignée d'Alpha du Centaure, que la notion de girafe est distante de la notion de tournoi d'échecs – on pourra également prendre l'exemple de l'hippopotame de la compétition de bridge. La cuisson finit par opérer. Après la glace, l'incendie. Mes grandes espérances (chasser la souffrance par des combinaisons mentales) s'effondrèrent. À peine étais-je en train de faire connaissance avec cette sensation de chaleur, d'incandescence soudaine et profonde – comme si la douleur possédait autant de strates que les couches calcaires des sous-sols de la forêt d'Orléans –, à peine étais-je en train de m'installer dans cette souffrance et de la laisser s'installer en moi – afin de consacrer plusieurs heures à m'y habituer, à m'y retrouver, à m'y reconstruire – que déjà un nouveau coup de lanière s'abattit sur moi, qui en annonçait un autre, et puis un autre encore. Je trouvai inadapté de tenter quoi que ce fût d'*intellectuel*. Ma tête rendit les armes à mon corps. Ils avaient été deux pour lutter : à présent mon corps était seul à bord pour faire face – ou plutôt : pour faire dos. M. Theotokos frappait, et mon père frappait juste après que M. Theotokos frappait. Je puis dire que la contribution paternelle était notable. Le bout de sa lanière semblait fait de cuivre et de chardons. Mon unique occupation, au bout de quelques instants (quelques siècles), fut de m'amuser à comparer la maîtrise de M. Theotokos avec l'amateurisme supposé de mon père – c'était un excellent élément, un surdoué me disais-je *in petto*, car franchement, après une quinzaine de secondes (soit une trentaine de coups), je ne parvins plus à distinguer la provenance du supplice. Le maître et l'élève se confondaient : c'était une seule main, un seul bras ultrarapide, leste comme nul, qui me lacérait le dos en une infernale fréquence. Dans la salle, quelques parents prenaient des notes – M. Theotokos avait interdit les photos pendant toute la durée du stage. Certains de mes petits coreligionnaires pleuraient ; d'autres exécu-

taient d'originales grimaces, riaient nerveusement. Je hurlais
à la mort – jamais pourtant je ne m'étais senti vivre à ce
point. Mon épiderme était semblable à la plaque chauffante
d'un four électrique : il offrait des nuances rouges, roses,
orange. Il arrivait encore, par interstices, que la piquante
douleur m'oubliât une seconde ou deux – jamais davantage.
Tout dans mon crâne commençait à chavirer : les couleurs
(les parents et leurs enfants m'apparaissaient comme de cha-
toyantes taches de couleur, puis brusquement aveuglantes qui
variaient incessamment à la manière d'un kaléidoscope, d'un
vitrail bombardé par les rayons d'un milliard de soleils), mais
aussi les sons (je reconnaissais de moins en moins la tessiture
de mes cris), la température (qui ne cessait de varier de zéro
à l'infini), mais aussi la pression (je me sentais au bord tantôt
de l'explosion, tantôt de l'implosion, je rentrais-sortais de ma
bouche, de mes yeux, de mes orifices environ mille fois par
seconde), l'espace (la verrière semblait sous mes pieds) et le
temps, surtout – on eût fait tenir la guerre de Cent Ans dans
un seul tour de trotteuse.

— Ce petit salopard a pissé partout ! s'indigna mon père.
Regardez !

— Je ne vous ai pas demandé de faire des commentaires,
monsieur Moix. En outre, je ne puis tolérer les délateurs…
Quant à cette réaction, elle est parfaitement normale. Que
croyez-vous ? Vous avez déjà reçu cinquante coups de
ferula ? Non. Continuez donc de frapper, et ne vous occupez pas du reste.

— À vos ordres, maître ! s'emballa mon père en m'administrant un coup qui me fit aussitôt perdre connaissance.

37

M. Theotokos fronça les sourcils. Son visage s'empourpra. Il allait « sortir de ses gonds ».

— Voilà le résultat ! Un évanouissement ! Crustiphine !

Une dame habillée en infirmière accourut, qui me ranima tant bien que mal.

— Vous tapez comme un sourd ! Vous n'avez *rien* compris ! Vous gâchez le travail ! s'emporta M. Theotokos contre mon père penaud (dégoulinant de sueur et penaud). Vous êtes excessif, monsieur Moix, et surtout : vous êtes le jouet de vos émotions. Vous êtes incapable de maîtrise. Vous êtes immature. Vous êtes infantile. Vous ignorez l'art du dosage. C'est comme une recette de cuisine. Vous mettez trop de sucre sur quelque chose qui est déjà sucré. Vous versez du sucre dans un pot de miel. De confiture ! Vous ignorez les graduations. Les mesures. La mesure ! Les nuances. C'est tout noir ou tout blanc avec vous. Vous frappez en bichromie. J'ai tenté de vous montrer des coups de lanière multicolores, variés, tantôt clairs, tantôt foncés. Des impacts jaunes, orange, violets, verts, saumon, bleus... Tantôt chauds et tantôt froids. Tantôt sérieux, tantôt comiques. Des coups qui parfois sourient, parfois font la moue. Pas des coups sourds et ternes et monocordes comme les vôtres. Vos coups sont aveugles, monocordes, bêtes. Ce sont des coups abrutis. Vous n'avez nullement réglé vos gestes sur les miens. Vous n'avez pas mis d'émotion dans cet exercice qui demande un tact infini, une sensibilité immense... Vous n'avez pas vu comment chacun de mes mouvements subissait à chaque fouettée une transformation progressive, subtile. Il y a des coups terribles et des coups moins terribles. Des coups barbares mais qui, aussitôt, sont comme annulés par des coups touristes, par des coups promenades, par des coups repos. Un coup belliqueux doit immédiatement être suivi d'un coup pacifique. Un coup en colère doit laisser la place à un coup réparateur. Un coup vache doit s'effacer au profit d'un coup magnanime. Un coup qui accuse doit annoncer un coup qui pardonne. Un coup qui ajoute doit accueillir un coup qui soustrait. Un coup dur doit appeler un coup doux. Un coup extraordinaire doit correspondre à un coup subsidiaire. Un coup lapidaire doit précéder un coup feutré. Un coup suprême doit accepter un coup rentré. Un coup de premier choix doit fonctionner avec un coup de second choix. Un coup substantiel doit être complété par un coup formel. Un coup immoral doit se doubler d'un coup moral. Un coup théoriquement pratique doit être nuancé par un coup pratiquement théorique. Un coup inhumain doit toujours s'accompagner d'un coup humain. Un coup excessif, d'un coup relatif. Un coup furieux, d'un coup heureux. Un coup énervé, d'un coup calme. Un coup de mauvaise humeur, d'un coup de bonne humeur. Un coup rapide, d'un coup lent. Un coup très présent, d'un coup un peu absent. Un coup concentré, d'un coup vagabond. Un coup important, d'un coup anecdotique. Un coup salé, d'un coup sucré. Un coup désagréable, d'un coup agréable. Un coup visible, d'un coup invisible. Un coup concentré, d'un coup relâché. Un coup hard, d'un coup soft. Un coup hot, d'un coup cool. Un coup presque mortel, d'un coup presque imaginaire. Un coup agressif, d'un coup évasif. Un coup cruel, d'un coup décontracté. Un coup incisif, d'un coup fugitif. Un coup réel, d'un coup apparent. Un coup solide, d'un coup liquide. Un coup sombre, d'un coup lumineux. Un coup désespéré, d'un coup rempli d'espérance. Un coup pessimiste, d'un coup optimiste. Un coup démoniaque, d'un coup angélique. Un coup vicieux, d'un coup amical. Un coup rugueux, d'un coup lisse. Un coup mécanique, d'un coup compréhensif. Un coup fâcheux, d'un coup bienveillant. Un coup exhaustif, d'un coup économique. Un coup dense, d'un coup fatigué. Un coup net, d'un coup flou. Un coup remarquable, d'un coup quelconque. Un coup de maître, d'un coup d'élève. Un coup définitif, d'un coup transitoire. Un coup complet, d'un coup incomplet. Un coup décisif, d'un coup provisoire. Un coup traumatisant, d'un coup sans lendemain. Un coup traditionnel, d'un coup moderne. Un coup ancestral, d'un coup actuel. Un coup romain, d'un coup orléanais. Un coup déterminé, d'un coup nonchalant. Un coup sûr, d'un coup hypothétique. Un coup proche, d'un coup distant. Un coup étranger, d'un coup familier. Un coup de grand garçon, d'un coup de petite fille. Un coup terrien, d'un coup aérien. Un coup accompli, d'un coup simplement esquissé. Un coup redoutable, d'un coup risible. Un coup spectaculaire, d'un coup ridicule. Un coup zélé, d'un coup paresseux. Un coup réveillé, d'un coup endormi. Un coup vivace, d'un coup endormi. Un coup nerveux, d'un coup lymphatique. Un coup électrique, d'un coup cotonneux. Un coup affirmé, d'un coup raturé. Un coup performant, d'un coup traînant des pieds. Un coup énergique, d'un coup qui vient de sortir du lit. Un coup olympique, d'un coup assoupi. Un coup de maigre, d'un coup de gros. Un coup phénoménal, d'un coup pour rien. Un coup réussi, d'un coup raté. Un coup major, d'un coup minor. Un coup volontaire, d'un coup démissionnaire. Un coup militaire, d'un coup objecteur de conscience. Un coup immédiat, d'un coup qui prend son temps. Un coup consciencieux, d'un coup laxiste. Un coup martial, d'un coup fumiste. Un coup insoutenable, d'un coup indifférent. Un coup concentré, d'un coup dissipé. Un coup volontaire, d'un coup fumeux. Un coup bestial, d'un coup floral. Un coup masculin, d'un coup féminin. Un coup éternel, d'un coup temporel. Un coup historique, d'un coup d'épée dans l'eau. Un coup concret, d'un coup abstrait. Un coup délimité, d'un coup dévié. Un coup absolu, d'un coup relatif. Un coup saillant, d'un coup arrondi. Un coup total, d'un coup partiel. Un coup entier, d'un coup réduit. Un coup incomparable, d'un coup lambda. Un coup fatal,

d'un coup banal. Un coup retentissant, d'un coup décevant. Un coup convaincant, d'un coup pas très convaincu.
Un coup augmenté, d'un coup diminué. Un coup d'éclat,
d'un coup terne. Un coup brillant, d'un coup médiocre.
Un coup premier de la classe, d'un coup cancre. Un coup
ambitieux, d'un coup sans envergure. Un coup monumental,
d'un coup débonnaire. Un coup généreux, d'un coup radin.
Un coup dépensier, d'un coup économe. Un coup médiéval,
d'un coup contemporain. Un coup antique, d'un coup dernier cri. Un coup symphonique, d'un coup sonatique. Un
coup dodécaphonique, d'un coup mélodique.

38

— Un coup dramatique, d'un coup comique. Un coup
diabolique, d'un coup christique. Un coup satanique, d'un
coup ecclésiastique. Un coup criminel, d'un coup fraternel.
Un coup officiel, d'un coup officieux. Un coup profond,
d'un coup superficiel. Un coup aryen, d'un coup chrétien.
Un coup viking, d'un coup civilisé. Un coup mafflu, d'un
coup melliflu. Un coup vachard, d'un coup sympa. Un
coup fasciste, d'un coup démocratique. Un coup nazi, d'un
coup juif. Un coup d'expansion, d'un coup de rétention.
Un coup en pleine santé, d'un coup malade. Un coup prétentieux, d'un coup modeste et même humble. Un coup viril,
d'un coup efféminé. Un coup strict, d'un coup relax. Un
coup rigide, d'un coup souple. Un coup dévastateur, d'un
coup modéré. Un coup d'extrême droite, d'un coup radical-
socialiste. Un coup bien excité, d'un coup bien tempéré. Un
coup allemand, d'un coup français. Un coup farouche, d'un
coup tranquille. Un coup sauvage, d'un coup apprivoisé.
Un coup carnassier, d'un coup végétarien. Un coup minéral,

d'un coup végétal. Un coup de tonnerre, d'un coup de vent. Un coup de pute, d'un coup de feu en l'air. Un coup balèze, d'un coup rachitique. Un coup décidé, d'un coup flasque. Un coup bien placé, d'un coup loupé. Un coup musclé, d'un coup malingre. Un coup réussi, d'un coup raté. Un coup abouti, d'un coup mort-né. Un coup accompli, d'un coup avorté. Un coup indélébile, d'un coup sympathique. Un coup certain, d'un coup incertain. Un coup sans scrupule, d'un coup gêné. Un coup franc, d'un coup hésitant. Un coup incarné, d'un coup désincarné. Un coup habité, d'un coup inhabité. Un coup terminal, d'un coup initial. Un coup final, d'un coup inaugural. Un coup de vétéran, d'un coup de débutant. Un coup industriel, d'un coup artisanal. Un coup scientifique, d'un coup littéraire. Un coup commercial, d'un coup d'art et d'essai. Un coup supérieur, d'un coup inférieur. Un coup bien placé, d'un coup empêché. Un coup bien parti, d'un coup paralysé. Un coup articulé, d'un coup bégayé. Un coup robuste, d'un coup faiblard. Un coup en tenue de soirée, d'un coup négligé. Un coup garanti, d'un coup facultatif. Un coup assuré, monsieur Moix, d'un coup abrogé. Un coup abattu, d'un coup suspendu. Un coup advenu, d'un coup évanoui. Un coup vécu, d'un coup envolé. Un coup continu, d'un coup fragmenté. Un coup inscrit, d'un coup annulé. Un coup au travail, d'un coup en congé. Un coup satisfaisant, d'un coup sans plus. Un coup réglementaire, d'un coup hors la loi. Un coup au rendez-vous, d'un coup qui manque à l'appel. Un coup ennemi, d'un coup ami. Un coup hostile, d'un coup camarade. Un coup académique, d'un coup poétique. Un coup accentué, d'un coup amorti. Un coup à l'heure, d'un coup en retard. Un coup détraqué, d'un coup raisonné. Un coup vert, d'un coup pourri. Un coup obligatoire, d'un coup facultatif. Un coup enthousiaste, d'un coup forcé. Un coup macroscopique, d'un coup microscopique. Un coup empressé, d'un coup qui a toute la journée devant lui. Un coup preste, d'un coup las. Un coup ferme, d'un coup lâche.

39

— Un coup en accéléré, d'un coup au ralenti. Un coup étonnant, d'un coup décevant. Un coup manifeste, d'un coup douteux. Un coup fanatique, d'un coup affable. Un coup inconsidéré, d'un coup compassionnel. Un coup concentré, d'un coup distrait. Un coup retentissant, d'un coup sans lendemain. Un coup convaincu, d'un coup sceptique. Un coup efficace, d'un coup en pure perte. Un coup essentiel, d'un coup adventice. Un coup figuratif, d'un coup impressionniste. Un coup sérieux, d'un coup qui s'en fout. Un coup frappé, d'un coup caressé. Un coup compétent, d'un coup incompétent. Un coup néfaste, d'un coup absurde. Un coup dangereux, d'un coup bénin. Un coup déchaîné, d'un coup mesuré. Un coup débridé, d'un coup constipé. Un coup déluré, d'un coup timide. Est-ce bien entendu, monsieur Moix ?

— Oui, monsieur Theotokos. Pardon, monsieur Theotokos, regretta mon père.

— Fais voir ton dos, toi, bonhomme, me demanda M. Theotokos remarquant que je reprenais doucement connaissance. Vous vous rendez un peu compte des dégâts que vous avez occasionnés, monsieur Moix ? Terrible. On dirait une pizza. Une quatre-saisons. Une reine ! On dirait le dos de Marat ! Votre fils ressemble à Marat.

— C'est un marrane, tenta mon père (espérant sans doute qu'un peu d'humour adoucirait l'ambiance). Un marat-ne !

— Bien essayé, monsieur Moix. Malheureusement, je ne pratique pas l'humour. De plus, sachez que dans ma bouche, ressembler à Marat est un compliment. Marat est mon héros préféré dans la réalité quand on me questionne selon le questionnaire de Proust ! Votre fils est frisé comme Marat. Il a le même long nez que Marat. Il a le désormais même dos que Marat. La même peau que Marat sur le dos.

— Mais ! Marat était un planqué ! s'insurgea mon père. Un planqué qui dénonçait tout le monde ! J'entends que mon fils soit un raté – nul ne me contredira sur ce point –, mais en *aucun* cas je ne puis accepter qu'il devienne un planqué. Chez les Moix, il y a des ratés, mais *jamais* il n'y eut *aucun* planqué, monsieur.

Marat, mon soi-disant sosie, était à mes jeunes yeux quelqu'un qui prenait son bain et un coup de couteau sur un jeu des sept différences publié dans un numéro de *Télé-7 jours* parcouru chez ma grand-mère. Je n'avais – je l'avoue – point fait tellement attention à la texture de son épiderme.

40

— Marat se planquait parce qu'il était *obligé* de se planquer, répliqua M. Theotokos tandis que ladite Crustiphine me prodiguait ses soins. Toujours il y avait des types qui étaient là, dehors, envoyés par la Commune ou les royalistes, afin de le corriger comme une coquille ! Ce qu'on exigeait de Marat, c'était du silence, monsieur Moix. Qu'il ferme boutique et sa gueule – sa gueule était une boutique toujours grande ouverte. Il pouvait bien se faire rosser : il était médecin, soignait ses plaies lui-même. Car Marat faisait tout lui-même ! Il écrivait, composait, imprimait, assurait le service après-vente... Marat était vendeur, monsieur Moix – un des rares vendeurs dans une époque de vendus. Oui ! Marat faisait tout lui-même : il sauvait sa peau lui-même, il ne dormait pas de la nuit lui-même, il travaillait vingt et une heures par jour lui-même, il avait peur lui-même, il n'était jamais serein lui-même, et il se faisait haïr lui-même. Marat faisait tout lui-même, y compris la Révolution ! On a souvent expliqué qu'une des caractéristiques de la période révolutionnaire fut de permettre à toute une bande de ratés et de maratés, de se faire, au gré des événements, au gré des « crises révolutionnaires », un nom, une notoriété – une *célébrité*. Pour Marat, ce raisonnement – d'ailleurs tout à fait stupide parce qu'il s'applique à tous les temps, depuis les débuts de l'humanité, ainsi qu'à tous les continents, à tout l'univers humain, extrahumain – n'est point le bon : Marat a fait la révolution à l'intérieur de la Révolution ! Il ne s'est pas « servi » de la Révolution pour se faire connaître *lui*. Pas comme certains... Il s'est identifié à elle, a fait en sorte qu'elle s'identifie à lui. Il a révolutionné la Révolution en en faisant une affaire personnelle ! Il avait compris que l'universel est vague, est flou, est inexistant s'il ne s'incarne pas, et avec lui l'histoire des hommes, dans un homme en particulier, dans une particule d'homme, dans un homme-particule qui s'appelle un individu et cet individu-là, monsieur Moix, s'appelait *l'Ami du peuple*. Marat fut enfant de la Révolution, mais enfant martyr ! Enfant battu ! On ne l'appelait point « Marat » : mais « l'Ami du peuple ». Vous comprenez ? Vous me suivez ? Toute la nuance est là ! Don Diego de la Vega ne signe pas d'un *D* qui veut dire « Diego » sur les murs ou sur le costume du sergent Garcia : mais d'un *Z* qui veut dire « Zorro ». L'Ami du peuple, c'est la Révolution. Et la Révolution, c'est l'Ami du peuple ! « Le Tiers État, c'est moi ! » Et l'Ami du peuple, ce n'est Marat. L'Ami du peuple, c'est *aussi* Marat. L'Ami du peuple, ce n'est *que* Marat mais ce n'est pas *tout* Marat. L'Ami du peuple, c'est la partie de Marat obsessionnellement tournée vers la justice, la haine du despotisme, des branleurs, des hippies, des petits-bourgeois, des tyrans, des académiciens et des flics ! L'Ami du peuple, c'est le Marat *costumé*. Pas *travesti*, monsieur Moix – car Marat ne travestissait pas ses idées –, pas déguisé – car Marat ne déguisait pas ses haines –, pas *dissimulé* – car Marat ne dissimulait pas ses opinions –, mais *costumé* : vous savez très bien que les haillons qu'il enfilait, c'étaient les haillons misenscénistiques de son idéal personnage, de son Zorro de personnage révolutionnaire, parfait, imagedépinalisé, légendifié, bandedessinétisé. L'Ami du peuple était le *cartoon* avatar de Marat – comme il existe des dessins animés de Laurel et Hardy, des Jackson Five, des Harlem Globe-trotters, que votre fils regarde sans doute, comme le mien, dans « Les Visiteurs du mercredi » après que François Donati a livré son compte rendu des tendances de la Bourse de Paris. Dans ses *Anecdotes relatives à quelques personnes et à plusieurs événements remarquables de la Révolution*, Harmand de La Meuse, un conventionnel de l'époque, écrivant trente ans plus tard ses souvenirs, notait : « Marat avait changé de masque. Il portait jusqu'au cynisme la négligence dans ses vêtements... » Ce qui était révolutionnaire chez Marat, monsieur, c'est le style ! On a beau vouloir nous faire accroire que l'époque de la Révolution française n'était faite que de rois de l'invective, de détraqués de la haine, d'exaltés de l'exclamation, de pousse-à-l'échafaud sous-céliniens bilieux, de cafards graphomanes envieux, de furieux, de cliniciens de l'attaque perso, de maniaques de l'insulte, de théoriciens de la délation, de surgrands zélés du très gros mot, de théoriciens de l'appel au meurtre, de bureaucrates du pamphlet nauséabond ou de névropathes de l'assassine apostrophe, je suis désolé : c'était Marat le meilleur. Marat, monsieur Moix, était fort mesuré dans la mesure, j'entends : à l'intérieur même de la mesure, il était *de loin* le plus mesuré. Il était très fin dans la finesse, j'entends : à l'intérieur même de la finesse, il était *de loin* le plus fin. Il était très instinctif dans l'instinct, j'entends : il allait jusqu'à posséder l'instinct de l'instinct. C'est au cœur même de la fulgurance, dans ce qui était *déjà* fulgurant, dans ce qui était *déjà* fulgurance qu'il était, qu'il fut fulgurant – et même : qu'il était, qu'il fut le plus fulgurant. Personne, mieux que lui, ne prévoyait les prévisions... Personne, mieux que lui, ne prédisait les prédictions... Qu'on ne vienne pas s'étonner – qu'on ne vienne pas essayer de m'étonner ! – avec

« l'outrance » de Marat : Marat, monsieur, selon la logique développée – rapidement, mais justement – par moi il y a quelques secondes, était outrancier dans l'outrance ! Il faisait dans l'outrance au carré : pour lui, c'était le manque d'outrance qui était outrancier ! L'outrance, pour Marat, ne consistait nullement à proférer des propos « outrés », exagérés, déformés. L'outrance, pour Marat, ce n'était point des mots, des phrases arrêtés. Ce n'était point des mots imprimés : l'outrance, pour Marat, ce n'est pas de l'outrance figée ! Pour Marat, l'outrance, c'était la capacité à aller plus loin encore dans l'outrance. Marat voulait créer de l'outrance au cœur même de l'outrance, dans le ventre même de l'outrance. Dans le noyau de l'outrance. L'outrance était un processus autoalimenté d'exponentielle outrance. L'outrance était ce qui servait à créer toujours plus d'outrance. Marat voulait outrer la notion d'outrance. Il voulait outrer l'outrance. Marat voulait blesser l'originel concept de blessure. Marat voulait être plus assassin que tous les assassinats, plus meurtrier que tous les meurtres de tous les temps – il faisait peur aux essences. Il exigeait, monsieur Moix, que devant lui, la peur tremblât de peur. Que face à lui, la panique se mît à paniquer. Que le respect lui baisât les pieds. Il entendait que la force lui dévoilât ses faiblesses. Il commandait que l'effroi fût effrayé sur son passage, que cela donnât des boutons aux maladies que de se trouver dans la même pièce que lui. Dans *L'Ami du peuple*, à chaque page, chaque jour, Marat intimidait l'intimidation ! La méchanceté le trouvait cruel. La cruauté le jugeait méchant. La justice trouvait qu'il allait trop loin dans « elle », qu'il allait trop loin dans la justice. Qu'il était plus antiroyaliste que l'antiroi ! Plus républicain que la République… Et ce que Marat anticipait le mieux, cher monsieur, c'étaient les anticipations ! Et ce qui décevait le plus Marat, c'étaient les déceptions. Le seul courage qu'eut Marat consista à avoir du courage. Ce qui décourageait énormément Marat chez les autres, c'était leur découragement. Il n'y avait que sur ses mensonges que Marat eût jamais menti : sur la vérité, il a toujours dit vrai. Ce qui l'énervait le plus, c'était l'énervement. Il ne supportait pas ça. Les cris le faisaient hurler. Le sang le faisait saigner. Il eût aimé guillotiner la guillotine – c'était provisoirement impossible. « Vivement que je m'impatiente ! » s'impatientait Marat. Marat adorait insulter les gens grossiers. Il ne couchait qu'avec des nymphomanes. Ne dînait qu'avec des obèses. Ne buvait qu'en compagnie d'ivrognes. Il ne demandait l'heure qu'au soleil. Marat ne pissait que dans l'eau – la Seine, le plus souvent. Il se masturbait devant des gravures représentant Onan. La fatigue le fatiguait. Le sommeil l'endormait. Il se mordait souvent la langue. Il se regardait les yeux dans le miroir. Il eût adoré chier dedans son cul. Ou écouter ses oreilles, sentir son nez ! Les pleurs lui faisaient couler des larmes. Les rires déclenchaient chez lui des fous rires. Les idées lui donnaient des idées, qui lui donnaient des idées – ces idées lui donnaient également des idées qui lui donnaient à leur tour des idées ! Je possède chez moi la collection complète – six cent quatre-vingt-cinq numéros – de *L'Ami du peuple* ! Monsieur Moix !

41

— Ainsi, son fabuleux journal, chaque jour, dénonçait-il les dénonciateurs. Marat ne délatait que les délateurs. Marat n'accusait que les accusateurs. Marat ne lâchait que les lâches. Marat n'attaquait que les attaquants. Marat ne conspirait que contre les conspirateurs, monsieur. Marat ne frappait que les boxeurs. Marat ne cherchait à tuer que les tueurs. À ne pister que les pisteurs et à ne fliquer que les flics. Marat ne dénonçait jamais que les dénonciateurs. Marat ne prenait la défense que des seuls défenseurs. Marat ne jugeait que les seuls juges. Marat ne libérait que la liberté. Marat, dans ses pages, ne tolérait que la tolérance. Marat ne terrorisait que les terroristes. Marat n'humiliait que les humiliateurs. Marat ne faisait de dons qu'aux seuls donateurs. C'est ainsi que, chaque matin, Marat révolutionnait la Révolution. Contre qui Marat complotait-il, monsieur Moix ? Contre les comploteurs ! Marat trahissait, c'est vrai : Marat trahissait tous les traîtres – sans exception. Marat était contre les contre-révolutionnaires. Ce que Marat eût aimé modérer, c'était la modération. Ce que Marat tentait d'exagérer, c'était l'exagération. Là où Marat était le plus excessif, c'était dans l'excès. Le rêve de Marat était de créer des prisons à l'intérieur même des prisons – afin qu'on foute les prisonniers en taule – et, dit-on, ce n'était pas lui qui avait de l'eczéma : c'était son eczéma qui en avait développé. Marat empoisonnait la vie des empoisonneurs. Mais Marat voulait aussi qu'en dehors des prisons, Marat voulait que dans la liberté on fût encore plus libre. On a dit que Marat était un charlatan en médecine : faux ! Faux monsieur Moix ! C'est que Marat avait inventé une méthode personnelle pour soigner ses patients : Marat rendait leurs maladies malades – et c'est ainsi qu'ils recouvraient la santé. D'autant qu'ensuite, le « docteur Marat » assainissait leur santé ! Marat était plus populaire que le peuple. Marat était plus rouge que le sang. Marat était plus colérique que la colère et, dit-on, plus coléreux. Mais de quel Marat parle-t-on ? De l'Ami du peuple ! Et qu'importe si l'Ami du peuple, parfois, fut l'ennemi de Marat. Marat possède son personnage – Marat ne bougera plus de cette panoplie. Marat eut le génie de comprendre que le passage à la postérité, que le passage à l'immortalité, n'était possible que dans un habit, une défroque – une panoplie. Qu'il fallait incarner quelque chose. Ou plutôt, qu'il fallait greffer son nom sur quelque chose de – beaucoup – plus géant que soi – il a pris le peuple, parce que le peuple était libre, et pourtant le peuple n'était pas libre. *(Un temps)* Il écrivait avec ses gros sabots ? Mais il les avait aux pieds, ses sabots, ses sabots merdeux. Ça allait avec la panoplie de l'Ami du peuple. Personnellement – je suis bien obligé de vous l'avouer, monsieur – je ne connais *aucun* petit garçon, sur terre, qui ait un jour demandé à ses parents, pour Noël, une panoplie de Marat. Je crois bien être le seul. L'unique ! Chiffons, loques, froc large à ficelle, sabots, bonnet. Peu bandant je vous l'accorde. Autant le look Robespierre, haut col à motifs, chemise à jabot, petites lunettes rondes – les mêmes que Himmler, je vous ferais remarquer –, peut poser son homme – à condition de soigner la perruque, d'en respecter les ondulations –, autant le look Marat, j'avoue… De tête, il devait avoir un petit quelque chose de Gainsbourg, non ? C'est comme ça que je l'imagine. Un mélange de Gainsbourg et de Charles Denner et de votre fils. Et de Bécaud ! Un mélange compliqué de ces quatre-là. Vous, monsieur Moix – je l'ai bien vu à la façon dont vous martyrisez votre enfant –, vous êtes un être *agressif*.

— Disons que…

— L'agressivité, c'est une nature. La violence, c'est un art. C'est ce que je me *tue* à vous enseigner. Marat n'était point haineux. Marat était haïssant. Comme eût dit Péguy. C'est l'aigreur des autres qui a peint Marat en aigri. Ce qui est à retenir, chez Marat, dans la véritable postérité de Marat – et qu'il s'agit ici de rétablir monsieur Moix, puisque les historiens ne font pas leur travail –, c'est que Marat a été accusé de « déstabiliser la Révolution » ! Marat un empêcheur de révolutionner en rond : Marat révolutionne au carré. Le style de Marat mélange les apoplexies nombrilistes et les confins du cosmos politique. C'est de la philosophie appliquée, de la science universelle du moi. Marat est un détonateur qui écrit ! Tout explose : mais, à l'instar de Sade, Marat parvient, dans la même pâte, avec des transitions si habiles qu'on ne les voit jamais – je crois qu'on appelle ça la littérature, cher monsieur Moix –, à mêler son personnage au destin de la France, à fulgurer à chaque paragraphe sur le destin des nations tout en assénant de géniales éructations et de perpétuels coups de bâton fort bien placés, fort méchamment placés, aux ennemis personnels qui veulent nuire à sa gloire méritée. Jean-Paul Magmarat : ses laves en fusion, lui l'homme des cratères sur la peau ! Marat est le Vésuve de la Révolution. C'est par coulées qu'il gagne du terrain. Pétrifie tout ce qui se met devant sa route – ou celle de l'avenir de la France, c'est strictement la même chose. Il y a un côté fractal chez Marat : son visage est celui de la France. Le style de Marat est direct parce que l'action, c'est toujours direct. Robespierre est l'Incorruptible, Marat est l'Introuvable. Mieux : Marat est l'Insaisissable ! À tous niveaux. On a traité Marat de populiste – c'était en réalité le peuple qui était maratiste. Marat était l'Ami du peuple ? Le peuple était l'Ami de Marat. À la fin, monsieur Moix, selon sa logique logique, il était parfaitement normal que Marat veuille liquider les liquidateurs. Qu'il s'applique à supprimer les suppresseurs ainsi qu'à torturer les bourreaux. Qu'il décapite les décapitateurs. Qu'il dicte aux dictateurs. Qu'il dresse les dresseurs. Qu'il enterre les croque-morts. Qu'il prie pour les prêtres. Marat, pour obtenir une pacifique paix, appela à faire la guerre à la guerre. Ce que Marat voulait, ce n'était point une révolte révoltante, mais une Révolution révolutionnaire. Marat voulait excepter les exceptions. Nier les négations. Approuver les approbations !

42

— Marat, lieber Herr Moix, annulait toutes les annulations. Marat corrigeait les corrections. Marat aggravait les aggravations. Voltaire s'est moqué de Marat en 1776 : il recommence en 1795. Au Panthéon ! Marat essaya de modérer les modérés qui, tel Desmoulins, pensaient que Marat mettait trop le feu au feu... Alors, bien sûr – c'est de bonne guerre n'est-ce pas ? –, l'Ami du peuple ironisait dans *L'Ami du peuple* sur l'ironie de « Camille » : « Vous m'invitez à calomnier un peu moins, même les gens en place. Je ne croyais pas en faire métier ; mais puisque vous me faites ce reproche, vous êtes inexcusable de répéter à votre tour presque toutes mes calomnies, huit jours après moi. De quoi vous servent donc votre délicatesse et votre judiciaire ? Eh quoi, vous me permettrez de dire de vous tout le mal que je voudrais ; c'est être bien traitable. Vous croyez donc, Camille, qu'on ne peut médire que de vous, et que vous êtes incalomniable ? Je ne vous aurais pas traité si cavalièrement. » Marat, monsieur, eût aussi beaucoup aimé que les féministes fussent davantage féminines. Lorsqu'une légère critique était émise contre lui, Marat devenait fou parce qu'on insultait la Révolution. Et quand on osait douter de la Révolution, Marat y voyait une attaque *ad hominem* envers sa personne. Marat « sonnait » comme la Révolution – il était en phase avec elle. Le style de Marat était *révolutionnaire* – mais au pied de la lettre, à la tête décapitée roulant jusqu'au pied de la lettre. Son style *était* la Révolution ! La Révolution tout entière est contenue, fondue dans le style de Marat. On a préféré retenir des juristes méticuleux et obsessionnels – Robespierre, Saint-Just –, des journalistes scolaires bellâtres – Camille –, ou tribuns gras – Danton... Le seul véritable styliste, lui, est resté sur le bas-côté, évidemment. *Cahiers de la Quinzaine*, à la Péguy, sauf que les quinzaines, pendant la Révolution, c'était tous les matins ! Quinze jours de 1900, c'est un jour de 1790. Marat procédait par répétitions et accumulations comme Péguy, par exclamations comme Céline, par hyperboles comme Bloy, par incantations comme Claudel, par incises comme Allais. C'était fait pour être lu à haute voix au Procope – ou ailleurs. Comme à guignol – toujours l'amour du bâton. « Camille », lui – qui fait partie des rares historiques figures à être appelées par leur prénom avec Rousseau –, tirait ses exemples de l'Antiquité gréco-latine : Marat les tirait de la gadoue, monsieur, de la soue, de la ferme, de la fange, de la mare, de l'étang, du fossé, des sous-bois ! Il faisait dans la référence de bestiaire – il ne convoquait ni Xénophon ni Socrate ni Platon ni Plotin ni Épicure ni Diogène, mais des crapauds des vipères des porcs des rats des chiens des cafards. Ça parle tout de suite plus – ça parle tout de suite *mieux*. Marat avait compris que rien n'était plus dangereux que la tiédeur au milieu de la fournaise, que le demi-tour pendant le décollage, que l'hésitation au moment du coup, que la modération à l'instant de la colère, que le remords au départ du crachat, que l'atermoiement au cœur de l'assaut. Son horreur absolue, c'était le juste-milieu. Il préférait, lui Marat, l'injuste-extrémité ! C'était plus criminel sur l'instant, c'était momentanément plus odieux – plus spectaculaire –, mais dans l'infini c'était plus raisonnable. Son personnage, avec ses loques et lambeaux, c'était la France, c'était la France de 1790 – « regardez dans quel état elle se trouve », signifie la dégaine de Marat, veut dire Marat par son allure et le choix de ses guenilles. Votre France, notre France, citoyens, c'est à ça, c'est à moi qu'elle ressemble. Je me suis déguisé en elle – je me suis costumé en elle. J'endosse la France ! Je me vêts de l'habit de la France ! Je prends la France sur moi. Tel est le christique aspect de Marat. Tel est le mystique aspect de Marat. Toute une œuvre ! Depuis sa cave. Des Lumières de son cabinet à l'Ombre de sa cave. Marat a inventé la résistance ! Réseaux. Clandestinité. J'affirme que Marat haïssait la haine, monsieur Moix. Marat faisait de *tout* une affaire personnelle. Pour Marat, une Révolution était *forcément* personnelle. Au beau milieu des cris, Marat était obligé de hurler. Il hurlait sa subjectivité. On l'avait surnommé « la hyène » – il était hyène de soi. Marat ou la hyène de soi ! *L'Ami du peuple* eût pu s'intituler *Je suis nulle part*. Vous devriez le lire, monsieur Moix. C'est – croyez-moi – autre chose que Marguerite Duras !

— Ma femme Hagith est une lectrice et une admiratrice de Marguerite Duras, fit observer poliment un des pères de l'assistance, M. Steinschneidersgesichthoffenfeld. Elle n'a pas pu se libérer aujourd'hui, mais si elle vous entendait… Elle sera présente demain. Je lui répéterai ce soir, à la table du dîner familial, après que nous aurons fouetté notre fils Yehezkel, les douteux propos que vous venez de céans tenir !

— Grand bien lui fasse à votre Hagith ! fulmina M. Theotokos. Que votre femme continue donc à lire la Duras ! C'est pour moi la « littérature » dans ce qu'elle a de pire au *monde*. Il paraît que Mitterrand en raffole aussi. Pas étonnant qu'il se vautre à chaque élection ! On reproche à Mitterrand ses amours exagérées pour Jacques Chardonne. Je dirais plutôt ceci : on reproche *exagérément* à Mitterrand ses amours pour Jacques Chardonne. Car il ne l'aime point tant que cela. Ce qu'on devrait surtout lui reprocher, c'est son « amour » pour Duras Marguerite. Oh, je sais bien que cet amour est répandu… Je sais bien que cet amour est partagé. Je ne connais guère de faute de goût à Mitterrand. Ceci en est une. Une énorme. Une manifeste. Une gigantesque. Une monumentale. Une étonnante et une colossale. Une curieuse et une incompréhensible. Une mystérieuse et une abyssale. Une étrange et une vertigineuse. Une surprenante et une inattendue. Une incroyable et une détonante. Une bizarre et une insondable. Une monstrueuse et une extravagante. Colette je comprends. Nathalie Sarraute je comprends. Louise Labé – d'autant qu'elle n'a jamais existé – je comprends. Toutes les bonnes femmes de la littérature je comprends. Claire Brétecher ! Je la lis chaque semaine dans *L'Obs* ! Mais les deux Marguerite je ne comprends pas. Marguerite Yourcenar je ne comprends pas – prose scolaire, prose faisanderie, prose pour khâgne des années 30… Littérature de lesbienne incollable.

— Pardon, M. Theotokos… Je suis désolé de vous interrompre, interrompit un père aux moustaches drues et au regard vitreux. Ce stage nous coûte la peau des fesses et nous ne sommes pas là, mon épouse Rosaletta et moi-même, pour recevoir un cours de littérature comparée. Mais pour apprendre à torturer notre fils Apulin. Apulin lui-même ne goûte guère vos conversations de salon. Il attend plutôt d'être châtié. N'est-ce pas, mon petit Apulin ?

43

— Les Romains, je vous l'ai dit, ont inventé la ferula que monsieur Moix a si mal testée tout à l'heure sur son fils, reprit M. Theotokos. Mais eux aussi, en sévices, ont désiré progresser. Ils ne sont point restés figés sur la ferula. La ferula, chers stagiaires, était susceptible d'améliorations. De variations. Ainsi sont-ils passés à ceci, que je tiens actuellement entre mes mains. Deux lanières de parchemin préalablement entrelacées – on s'est aperçu que ledit entrelacement offrait l'appréciable bénéfice d'une souffrance prolongée. Tout ce qui peut augmenter la souffrance nous intéresse. Intéressait déjà nos ancêtres. Cet assemblage de tors parchemin se nomme la *scutica* et je vais présentement vous demander – vous avez tout le matériel à votre disposition sur les établis – de bien vouloir, observant avec attention la mienne, construire la vôtre. Je vous concède à cette fin une trentaine de minutes – ce qui, à deux, est amplement suffisant. À vous de jouer !

Pendant ce temps, Crustiphine pansait mes blessures. Elle louchait ; ses cheveux semblaient rêches comme le crin.

— Je vais te réparer, petit, ne t'inquiète pas. Je n'ai pas ici tous les produits qu'il faudrait, malheureusement. Notre pharmacie a récemment été cambriolée. Mais avec du mercurochrome, cela devrait être bon... À la guerre comme à la guerre !

Ce n'était pas stupide, cette histoire de guerre. C'est en me figurant – de toutes mes forces – que j'étais un guerrier, un soldat, un héros, que je parvins à nier les picotis du mercurochrome qui finirent presque par faire figure de chatouillis. Et puis des héros, il y en avait eu dans ma famille. Mon arrière-grand-père (branche paternelle) Edmond Moix (1885-1971), d'allure poupine encore, fut blessé en 14, dans la bataille des Esbouelles, non loin du col de Saint-Bois-des-Fosses – trois galons cousus sur les épaulettes : « mon capitaine ». Dans cette enveloppe que j'ouvre à présent sous vos yeux, se trouvent quelques photographies (piquetées) de lui. Vous le voyez sur celle-ci en habit de noces, nanti de basques de soie fond grenat à dorées ramages. Au prix d'indescriptibles efforts, une piquante odeur de naphtaline est parvenue à quitter le monde photographique et à s'extraire de ce centenaire passé pour piquer *hic et nunc* nos narines contemporaines et stupéfaites. On aperçoit les boutons de strass et de filigrane que mon arrière-grand-mère Hélène, née Cluny (1884-1966) lui avait offerts pour son vingtième anniversaire – le lendemain de ce cliché, ils étaient allés se promener dans la nature, parmi les organismes vivants, dont loriots et ramiers, sous un ciel turquoise. Toute cette nature, flore et faune et amour humain, s'était ramassée en une seule odorante boule de foin mouillé, en un seul élevé faisceau parmi les lumières terminées – entre l'avenir et mon arrière-grand-père Edmond n'avait plus à s'interposer que : la guerre.

Cette nuit-là, les étoiles avaient tranquillement brillé, ainsi qu'elles l'avaient probablement toujours fait avant cette escapade et le feraient sans le *moindre* doute après. Il est vrai que la tentation est grande, chez les romanciers français, de prétendre que tel ciel nocturne était, en cet important virage de

l'intrigue, rempli d'astres plus scintillants qu'à l'accoutumée ;
nous avons choisi ici, disons par convention, de considérer
que les nuits étoilées – sauf à les étudier avec la lunette de
l'astronome ou les outils spéciaux de science des nébuleuses
et des amas – se suivent et se ressemblent, restant généralement indifférentes aux atermoiements humains d'une part,
d'autre part aux aberrantes pérégrinations des personnages
de fiction (Toto, Emma Bovary, Spirou, Leopold Bloom,
etc.).

Au matin du vendredi 4 septembre, les Allemands ouvrirent
le feu sur tout le front, commençant un bombardement systématique – si les hommes n'avaient jamais existé, on aurait
vu s'agiter en tous sens des nuées de pantalons rouges, de
capotes, de casques, de vareuses. Une abeille, tigrée selon
les théorèmes de sa race biologique, avait vibré sur la cime
d'une fleur d'aubépine aux exhalaisons salées, puis traversé la
guerre aussi débilement inconcernée par les multitudes agonisantes que si elle eût traversé le décor d'une pièce de Feydeau dans la petite coquette salle du Théâtre Édouard VII
avant que le rideau ne se lève face au toussotant parterre des
planqués vêtus de feutrine de Delphes.

L'attaque d'infanterie se déclencha dans l'après-midi à
14 h 17 très précises (la compagnie avait dormi la veille sur
des paillasses aux relents de vieille pisse) : c'est à cet instant qu'une larve d'æschne, posée telle une bouée filante
sur l'étang de Montcerdan, inclina un alvéole de son bulbe
crénelé pour se saisir d'un puceron d'eau, le vider de sa
substance, aussitôt recracher ses élytres, puis slalomer par
instinct entre les morceaux de jambes, de bras et de buste
(toutes les nuances du rouge : de la volcanique incandescence à la brique humide en passant par la fraise écrasée)
du caporal-chef Petitbruneau qui vinrent plonger un à un
dans l'étang, formant les mêmes giclements d'eau, les mêmes
éclaboussures qu'en colonie de vacances, lorsque les bubonneux ados en délire se jettent les uns après les autres à la

baille. Le fusil Lebel de Petitbruneau regarde encore – tandis que s'inscrivent sur la page ces lignes contemporaines de l'iPad – les carpes brunes et boueuses passer devant sa rouille moussue : elles sont imbéciles et semblent gober le vent des tréfonds. On sut plus tard, quand il fut question de décorer de la croix de guerre ses filandreux restes de bidoche, que Petitbruneau, ironiquement équarrisseur à Lens dans le civil, avait fait connaissance avec le canon de tranchée 88 autrichien dans l'herbu recreux d'un boyau tandis qu'il s'adonnait, en pudique retrait de sa section, à la « rosée du matin » – expression plus raffinée que la guerre pour signifier qu'il avait eu à soulager son intime biologie de toute matière susceptible de gêner son ardeur au combat. Il n'eut effectivement nullement le temps de se désaccroupir.

44

Edmond Moix, chef de section, résista pied à pied dans le bois des Écrues où les progrès de l'ennemi, grâce à sa notable détermination, furent à peu près insignifiants. Pendant ce temps, dans une rue aux commerces achalandés du 9e arrondissement de Paris, Jean Cocteau, un léger sourire approchant l'horizon de ses dents, finissait de déjeuner avec un éditeur de guides de voyage dans un restaurant de poissons aux rideaux d'incarnadin velours. La ténébreuse barbarie des tranchées était une chose – une autre chose était (et cela lui semblait une expérience tout aussi fondamentale dans la vie d'un homme) la saveur des biscoins au safran qu'il trempa à deux reprises, rompant avec les manières, dans le mousseux lait du chocolat chaud (des jattes d'odorant cacao étaient alignées sur un chariot aux roulettes astiquées) qui avait ponctué le repas. La compagnie de mon aïeul fusionna dès le lendemain avec une compagnie de relève du 276ᵉ régiment d'infanterie, venue des ruines de Samoilles (horizon embrasé, décapitations, feu nourri). Dans l'aride soleil aux reflets pourpres qui mêlait le sang humain à la douceur de l'été finissant, un lieutenant de basse taille, ganté de crème, vint selon l'usage se présenter à son supérieur. Son képi, légèrement trop grand (la visière notamment semblait géante), accentuait le décollement de ses oreilles. Le cheveu était dru, la barbe, rousse par endroits, comme brûlée. Il exécuta, claquant ses brodequins en formant un jet de poussière jaune poudre, le réglementaire salut. La prunelle de ses yeux visait la prunelle des yeux de son chef et venait se planter en son exact milieu avec la piquante précision d'une fléchette.

— Lieutenant Péguy, 19ᵉ compagnie, à vos ordres mon capitaine !

— Repos, mon lieutenant… lui répondit mon arrière-grand-père, vêtu d'un tricot de peau, en train de récurer la corne de ses pieds avec la lame d'un couteau, étonné que ce petit homme aux tempes veinées de violettes nervures pût, au vu de la quarantaine qu'affichaient ses traits tendus, avoir stagné au grade de lieutenant.

Péguy expliqua, avec une formidable brièveté et un léger chuintement dans la voix, que son horreur des chevaux l'avait empêché de briguer, comme il eût été en âge et surtout en droit de le faire (il n'avait jamais omis de respecter ses périodes de réserve au camp de Salbris), le galon qui lui manquait pour devenir capitaine. Mon arrière-grand-père fut ravi de cette réponse.

— Passez-moi s'il vous plaît la serviette et un peu de savon de Marseille, Péguy…

Péguy obéit – il ignorait que le lendemain à la même heure, il obéirait à la seule hospitalité du Christ, abandonnant aux tiges de betteraves aplaties par l'emplacement de sa mort la responsabilité de sa masse. Il ne devinait pas, tandis que son capitaine se frottait l'arrière des oreilles avec un peu de linge frais, que dans vingt-quatre heures exactement, en cette même configuration du soleil dans l'altitude du ciel, il aurait – les bottes crottées – atteint les portes d'une jeune espérance, d'un nouveau monde, d'un monde lointain peut-être, mais possible, où les pauvres sont des bienheureux, les souffrants des rois, les petits enfants l'équivalent de Dieu. Le capitaine enfila un usé dolman datant de la bataille de Sedan (brandebourgs, manches à boutons d'or fin), ordonna que le grenadier-voltigeur Emmanuelidis – qui achevait d'astiquer sa giberne –, lui apportât du café et un broc d'eau-de-vie, puis invita le lieutenant à le suivre sous sa tente. Péguy – dont les traits fatigués laissaient respirer un air enfantin – prit son café sans eau-de-vie. De la popote voisine s'échappa le fumet du lard qu'on mélangeait aux oignons dans la bouillante eau d'une marmite en fonte. Le roux râblé barbu raide aux jambes courtes et ses hommes (des gars du Trécy et de Villangis) avaient marché quarante kilomètres sur les sentiers de brindilles et de poussière bordés d'herbe et de petites fleurs capricieuses. Un crapaud aux boiteuses pattes avait plongé sur leur passage dans un fossé verdi de mousse où stagnait une eau gluante. Primevères, coquelicots, rosiers d'aiguillons bicolores et pointus – si j'avais le temps, je m'attellerais en guise d'autobiographie, se dit Péguy, à un traité sur le piquant des ronces. Lancée par le gérant des *Cahiers de la Quinzaine, La Carmagnole* fut entonnée ; puis *La Madelon* – en septembre 1992, au 6ᵉ régiment du génie, à Angers, où je fis le début de ma préparation militaire, on apprenait encore la marche en ordre serré sur cette immémoriale chanson très gentiment paillarde. Enfin, ils étaient arrivés au campement.

Cocteau Jean (qui a plâtré de craie son agaçant visage ?) avait prévu, à une quarantaine de kilomètres de là, enveloppé par les murs de sa favorite capitale, de souper au Grand Véfour en compagnie de Gide André. Mon arrière-grand-père, qui tapotait nerveusement ses bottes scintillantes (reflets marbrés) avec une cravache, pria Péguy de s'asseoir sur un tabouret de peau de daim tendue. Il alluma un cigare après l'avoir chatouillé dans le sens de la longueur, vérifiant sa mollesse par de satisfaites palpations qui contenaient suffisamment de bonheur pour faire concurrence à l'ambiante tragédie. Humant le corps bronzé de son Ramon Allones (qu'il venait d'extirper au ralenti d'un indifférent tabernacle), il avait posé un regard amical et bienveillant sur Péguy – perdus dans la neuve étrangeté de cet été 1914, ces deux officiers avaient compris le sens de cette fraternité muette : préparés à toutes les guerres possibles, ils n'étaient pas préparés à celle-ci en particulier. Les guerres qu'on leur avait proposées en école, en manœuvres pendant leurs périodes militaires en tant que réservistes, ne ressemblaient pas à la vraie. Celle qu'ils éprouvaient maintenant tirait son mystère d'un mélange de soleil et de mort, de repos du corps et de déchiquètement de ce même corps, de sa picassienne dislocation en première ligne. La guerre n'incarnait pas cette incessante et permanente mise à mort, cette pluie perpétuelle de malheurs assourdissants, intrépide, infernale et féroce : elle se confondait aussi avec les vides horizons, un calme spectral, le silence, l'attente – l'ennui. Elle ne se composait pas expressément de tonnerres et de cyclones de feu, mais de nature en liesse, de pépiements de geais pacifiques et innocents, de la naïve éclosion des myrtes, de la présence vaniteuse, inerte, des capucines et des magnolias.

45

À une dizaine de kilomètres à peine, des explosions de mines proposaient la présence d'un danger croissant. Mais dans le relatif confort de ce répit entre officiers, autour d'un café chaud, civilisé, il sembla soudain aux deux biffins que la guerre, toute la guerre, n'était peut-être finalement qu'un bruit lointain, inoffensif, une illusion générale, une fiction collective. Le sifflement des obus, les giboulées de shrapnels, les lointains éclats de grenades, le crépitement des fusils-mitrailleurs sur la surface des flaques boueuses n'étaient guère plus bruyants, une fois balayée l'hypothèse que la réalité était bien réelle, que le dépôt d'un flocon supplémentaire sur la neige empilée.

Dans ce monde dépourvu de toute possibilité de Mick Jagger se déhanchant sur une scène zébrée de lasers, d'une demande d'ami sur Facebook ou d'une console de jeux compatible sur MacBook Pro, Péguy et mon arrière-grand-père évoquèrent les difficultés gigantesques que représentait l'aménagement du champ de bataille – sans remarquer qu'au-dessus de leur tente s'étendait, entre de pelucheux nuages vespéraux, une bande de ciel radieuse et pâle. Il s'agissait d'établir – à distance convenable du front – de vastes dépôts de munitions et de ravitaillement, de préparer des abris supplémentaires comme refuges pour les troupes, de prévoir un nombre suffisant de brancards et d'ambulances pour les blessés, de magasins pour les munitions. Sans parler de l'acheminement des vivres, de l'eau, du matériel du génie.

— Nous allons bientôt devoir creuser, expliqua – en fronçant ses sourcils importants, broussailleux, *d'époque* – le capitaine à celui dont il ne pouvait soupçonner l'œuvre littéraire (Péguy ne voulait au combat n'être rien d'autre qu'un homme harnaché prêt à faire coulisser sa baïonnette sur le canon de son Lebel), des kilomètres de boyaux profonds, des tranchées pour les fils téléphoniques, multiplier les postes d'observation. Car contrairement à vous, mon lieutenant, et contrairement à ce que nous entendons partout, je ne crois pas que cette guerre sera aussi courte qu'on le proclame. Tout cela va s'enliser, vous allez voir. C'est un embrasement sans précédent qui se profile. Nous allons devoir nous y préparer – s'il n'est déjà trop tard. Nous n'aurons d'autre choix que d'exploiter rapidement des carrières, de forer des puits. C'est l'artillerie qui fera la différence. Nous autres, misérables et impuissants biffins, ne sommes plus dans le bon siècle. La guerre appartient aux machines.

Péguy, qui n'était d'accord avec *aucun* de ces mots, se taisait (« une des choses de la grandeur humaine, c'est tout de même, probablement, le silence », décréta-t-il *in petto*). Pour Péguy, la guerre se menait avec les mains, les pieds, le buste, la sueur, le sang, le cœur. Il était, têtu, du côté de ce qui s'achemine, discrètement se rassemble dans les abris, places d'armes et dans les parallèles de départ qu'on creuse la nuit précédent l'attaque. Il aimait étudier *de visu* le terrain. Demain après-midi, au milieu des betteraves, son corps à képi ferait, prenant le commandement, se déployer en tirailleurs une première vague d'hommes, préparant les vagues suivantes – nettoyeurs, mitrailleurs. Suivaient, à trente mètres, mettons quarante (il ne serait plus là pour mesurer les terrestres distances), les soutiens en lignes de petites colonnes par un ou par deux, puis à deux cents mètres, les renforts, échelonnés et espacés également en petites colonnes.

— Dans le combat, continua mon arrière-grand-père en tirant d'un rouleau cartonné une carte d'état-major, chaque régiment doit mener une attaque séparée. Demain, vous serez chef de cette section. Vous disposerez entre vos mains des moyens de vaincre. Votre plus puissant allié sera l'artillerie, Péguy – que cela vous plaise ou non. L'artillerie qui accompagnera et préparera chaque phase chaque péripétie de l'attaque que vous aurez à mener. Je tiens – c'est là-dessus que repose la victoire – à ce que soit maintenue une liaison constante et absolue entre vos hommes et les bigos. J'ai d'ores et déjà fait mettre à votre disposition tout l'arsenal dont nous disposons : coureurs, fanions, panneaux, téléphone, télégraphie optique, signaux spéciaux, fusées, flammes de Bengale…

Des gros noirs nuages devenaient doucement la nuit. C'était une nuit qui s'installait comme on installe des chaises avant le spectacle. Une nuit qui prenait place. Sa texture n'était pas simplement composée d'encre et de froid, mais d'invisibles bruits humains, de cliquetis de culasses, de chevaux hennissants. La peur était venue s'installer dedans, après y avoir pénétré comme on pénètre dans le glacial océan, graduellement, jusqu'aux mollets et des mollets jusqu'aux genoux, apprivoisant la température, puis une fois acclimaté nageant dans une nappe de pétrole chaude et vitale, à la fois douillette et infinie. Il y a les nuits-béton, impénétrables, contre lesquelles on se fracasse les os –, et les nuits-mer dont l'élastique ondulation nous accompagne et nous prolonge. Dans cette nuit-là la peur était chez elle.

46

Péguy avait envie de mourir comme on a envie de naître. Sortir du monde avec l'énergie, égale mais inversée, qu'on met à y venir. Ses os, son crâne, ses globes oculaires, ses omoplates, la plupart de ses coudes, l'immense majorité de ses cartilages avaient fait leur temps sur la terre : il s'agissait de les rendre, de les déposer sur une petite table en peuplier baumier (prétentieux feuillu des Amériques ramené à davantage d'humilité par le chancre bactérien) à l'entrée de la mort – à la façon des prisonniers qui, avant de gagner pour la première fois leur cellule, ont pour obligation de se délester du dérisoire contenu de leurs pauvres poches. Peut-être, pensa le lieutenant Péguy, faudrait-il construire autour de mes restes (cheveux, ongles, plexus brachial, phalanges, péroné) une sorte de musée : ici mes yeux, à côté de mes yeux ma barbe, barbe sur le menton prélevée, menton que vous pouvez admirer – pas de photos s'il vous plaît – sur le petit présentoir à votre gauche.

Ces restes, continua-t-il pour lui-même, nous pourrions tout aussi bien les cuisiner, accompagnés de vin bourru – décoction de froment, fleurs de sureau. Faire tremper les yeux de Péguy avec ses os brisés, dans la même marmite, simplement pour les faire gonfler, les effrayer encore, les ramollir absolument. Les jeter à bouillir dans une casserole, ajouter une crosse de jambon découpée sur la cuisse gauche à l'aide d'une scie sauteuse (penser à la munir d'un déflecteur de copeaux qui empêchera les lambeaux de chair, les éclats de muscles et de nerfs et de tendons, les giclements de sang de dévier vers toi) – ainsi qu'une grosse gousse d'ail.

Péguy, tu vas. Tu *y* vas. Excentrique Péguy, mais sévère. Péguy comique, mais ferme. Fou Péguy, mais sérieux. La barbe dorée par endroits, roussie à d'autres. Tu en as marre d'être dans l'*hic et nunc*. Quand notre vie commence, l'infini nous enveloppe, situé au-dessus de nos têtes, sous nos pieds, devant, derrière nous, isotrope – partout. À mesure que nous avançons dedans le temps, l'infini se rétrécit, on lui modèle une forme et, sans le vouloir ni même le savoir, on le limite en le façonnant, on le restreint tout aussi infiniment : au mieux, on se dessine un couloir pour accomplir notre ter-restre temps, un cul-de-sac au pire, un corridor si exigu que nous n'en pouvons plus supporter l'étroitesse, la longilignité (apparente ou non), la monotonie.

Du capitaine Péguy congé prit. Il ferait réveiller ses troupes à 4 h 30. La campagne serait froide et bleue. En attendant, il s'esquivait, vêtu d'une capote encore trempée de sa sueur. Il avait repéré, sur le chemin tout à l'heure – tandis que le sergent-chef Roussel s'était plaint de coliques néphrétiques –, une chapelle minuscule et délabrée. Il y retournait – oui, le lieutenant Charles Péguy opérait son Retour.

Il traversa des feuillages qui crissèrent et, sous la blanche lumière de la lune, paraissaient compliqués. Un petit bois accompagna ses pas, sûrs et humides, vers un sentier oublié par le monde : carrefour sans panneau, où s'amoncelaient des pierres concassées, irrémédiablement inutiles, et poussaient des chardons. Le silence : composé de murmures – de glissements. Péguy savait, parmi les courbes fougères, que l'âge de la culture touchait à sa fin, que les incultes allaient s'emparer bientôt du pouvoir. Il aimait cette nuit et les étoiles de cette nuit. Le monde lui sembla pris en charge par des ombres. Il franchit un talus, évita une flaque de boue. Se fausserait-il compagnie ? Non : c'est à sa non-existence qu'il allait mettre un terme. Il voulait-allait se rassembler, se ressembler. Il venait de comprendre ce qu'il était, qui il devait être, ce qu'il eût dû être, ce qu'il aurait été. Des grandes fleurs, des branchages, des touffes, de la terre. Il pensa à Blanche Raphaël, sa petite stagiaire des *Cahiers* : ses grands jabots de dentelles, sa robe à prismes. Il la revit, son frais menton appuyé sur le dos de sa main, parlant d'un texte de Suarès consacré à Jean-Jacques. Ses beaux regards, lavés de bleus.

Dans cette petite chapelle en débris, cassée, il entra. Sa mort, en ce petit matin, était encore un nouveau-né. Elle tenait tout entière au creux de sa main. Sa mort, pour l'instant, faisait la taille, non encore d'un noyau d'abricot, mais d'une perle d'huître. Elle avait toute la journée devant elle pour grandir, accroître sa circonférence. Vers 10 heures, elle serait déjà enfant, bien nourrie – elle aurait eu le temps de devenir plus rose et grasse. À midi, ce serait une adolescente en plein épanouissement (jouffue, remplie d'entrain, semblable à un dahlia pourpre parmi les tirs des canons antiaériens et le poison des gaz).

Des orties poussaient sur la pierre. C'était partout moussu – lichen. Vitraux et champignons. Catéchisme et fissures. Des statuettes qui ne voyaient plus rien. Des anges manchots, fracassés. Une statuette, polychrome, un retable du XIVe siècle, l'Assomption. Un saint Louis au sourire écorché. Des éraflures, du verre brisé. Des petits bancs cassés. Universel teint de lessive. Tessons, graviers. Moisies choses. Bleuâtres pissenlits. Détrempé paradis. Péguy tenait dedans ses mains nues, sans trop le serrer, un bouquet de mimosas. Il le déposa aux pieds de la Vierge à l'Enfant – Vierge craquelée, Enfant souillé, délavé, passé. Catacombe de chapelle – tout était écrasé. Péguy garda le silence. La Vierge s'était décrochée : il la replaça au-dessus de lui.

Sa mort commença à se faire de plus en plus nette. Ses traits (les traits de sa mort) s'enrichirent peu à peu d'une précision triomphante et c'est sa vie (la vie de Péguy) qui bientôt fut contaminée par la brume, se para de flou, hésitant dans ses contours.

C'était un homme pauvre, sauf maintenant – tout à l'heure au combat, il irait rendre son âme à cet Enfant. Une grande joie commença. Ses bottes étaient sales. Péguy était seul au monde, écrasé par une vie sans espoir qui s'était tue – un autre horizon, sous ses yeux lentement fermés, se déployait. L'Enfant, l'Enfant de l'hostie, comme à l'aube du christianisme, l'irradia. Le soleil se lèverait dans une heure – il serait radieux. Parmi les futaies humides, il y aurait du sang. Dans la chapelle qui fut son dernier monde, où il était à la fois humble et principal, le lieutenant Charles Péguy s'agenouilla puis commença sa messe. Il irait voir le jour au ciel. Vint l'instant de la communion. Ses mains étaient des mains jointes. Sa figure était blanche, hâlée par un fragment de bougie qu'il alluma avec son avant-dernière allumette. Un rayon de paix l'étonna. S'il avait parlé, il eût senti un sanglot dans sa voix. Mais les larmes n'étaient pas dans ses yeux. Aucune prière distincte ne parvint à ses lèvres (mauves, gercées). Tout chez lui *suppliait*.

Vers 14 heures, la mort de Péguy (lui, Péguy, était installé à son poste, au milieu des betteraves, sous un soleil de plomb, essuyant sabre au clair les tirs en compagnie de son régiment) avait parfaitement achevé sa croissance. Elle était adulte et n'avait plus rien à craindre, cette mort qui avait été élevée en son sein depuis l'aube, de la part du Péguy vivant. Elle n'avait au demeurant jamais eu à le craindre : il lui avait toujours fait de la place, l'avait acceptée depuis longtemps déjà parmi lui, avait pris soin d'elle comme il avait pris soin de ses enfants – Marcel, Germaine, Pierre et Charles-Pierre, mais Charles-Pierre n'était pas encore né, il n'était en vie que dans le ventre de sa mère elle-même en vie et ne naîtrait que du vivant de la mort de son père. À présent que sa vie et sa mort étaient à égalité de précision, d'importance, de légitimité dans le décor et le cours du monde, Péguy acceptait tacitement que sa mort prît l'ascendant sur sa vie – comme un enfant devenu un homme se permet de donner des conseils, décide de s'occuper, d'orienter la vie de l'un de ses parents. Il n'y avait pas, d'un côté, une vie faible et fatiguée et, de l'autre, dressée en face, une mort puissante et musclée, mais deux entités parfaitement égales, deux cosmos strictement concurrents. Péguy – Péguy qui n'en pouvait plus d'avoir été Péguy, d'être Péguy et d'avoir encore à être Péguy – demanda à la seconde de bien vouloir, pour l'éternité, prendre le relais de la première. Cela devait selon lui se dérouler comme un passage de témoin – pas de quoi en faire un plat.

Quelques heures plus tard, le lieutenant Péguy, 41 ans, fut frappé en plein front. Son cadavre reposa dans la même posture qu'un vivant vautré à lire dans un pré de pâquerettes : la tête inclinée légèrement et les jambes mélangées – à l'intérieur du lieutenant Péguy, toute conscience (rêves soyeux, peur de l'obscurité, mauvaise humeur, tentation du suicide) avait disparu. Péguy, Charles, était incorrigible dans sa fixité. Le ciel eût pu pénétrer par sa bouche, toutes les pierres de l'univers rouler au fond de sa gorge, il n'eût point songé un instant à être autre chose qu'un homme mort. Rien n'était plus simple que de shooter dans son corps, de le déguiser en Fée Clochette, d'enfoncer en son auditif canal – où les sons, les bruits, les cris n'entraient plus que pour la frime et repartaient bredouilles – des épingles à nourrice, des spaghettis crus, des aiguilles à tricoter, une allumette à cigare, un crayon de papier. Les pensées ne trouvaient plus la sortie : avant que le pouls ne cessât de battre elles s'étaient – paniquées – senties dans la même situation que les malheureux passagers du *Titanic*. On eût pu prendre son cadavre encore chaud, l'emmener en vacances à Tahiti, le déposer sur un quai de la gare de Quimper. Le faire parler comme une marionnette, à la manière des ventriloques. Lui graver des tatouages sur l'épiderme, dessiner dessus des petits lapins – ou des têtes de mort.

C'est mon arrière-grand-père qui identifia le corps de Péguy, « mort au combat » en milieu d'après-midi. Convoqué à l'état-major, il avait délégué le commandement du feu à son lieutenant mais fut blessé le surlendemain, le lundi 7 septembre, près de Biltois-sur-Somme au lieu-dit Le Gourdant-Échenoy. Il resta huit mois à l'hôpital, le poumon droit brûlé par le gaz moutarde, l'intestin lacéré par la lame d'une baïonnette. Dans une lettre à mon arrière-grand-mère, datée du mardi 24 novembre 1914, il écrivit : « Il est plus agréable de faire la guerre que de la craindre. » Son état de santé, reconnu gravissime, lui permit contre son gré – il était de tempérament rouge garance – de rentrer au dépôt d'Olivet, à une petite dizaine de kilomètres d'Orléans.

Au début de 1915, remis de ses blessures, une disposition particulière pour le romantisme dont souffrent parfois les aspirants puceaux le poussa à se porter volontaire pour combattre dans le détroit des Dardanelles. Il voulut voir Troie, Byzance, Constantinople – des contrées tirées de son imaginaire d'ancien khâgneux, mais dont la réalité, modifiée par la présence turque, ne fut point à la hauteur de ses adolescentes dissertations. Les thèmes avaient été remplacés par des balles traçantes, les versions par des éclats de shrapnel – éclats qui découpèrent comme une betterave, par rouelles, un officier d'artillerie, le capitaine Raphaël Lignon de la Fourchevières, qui fut, au lycée Pothier d'Orléans, le professeur de russe de mon arrière-grand-père.

— C'est qu'ils ne se laissent pas faire ! avait soupiré Fourchevières avant de mourir, pointant d'un très ultime trait d'ironie l'assidue belligérance des Turcs.

Quelques minutes seulement après avoir entendu cette phrase, mon arrière-grand-père Edmond en éprouva charnellement la véracité. Une balle ennemie lui cisailla le cou, manquant de lui taillader la carotide. Il fut évacué au dépôt de Grenoble, où il tomba en grave dépression. L'ennui, sous la forme de l'inaction, s'avéra plus terrible que tous les Boches et tous les Turcs réunis. Fort heureusement, un cousin du capitaine Lignon de la Fourchevières, à qui le défunt avait parlé en termes élogieux, arracha Edmond Moix à sa langueur, le signalant au grand quartier général comme russophone (voici, sous forme de plaquette ronéotypée, une de ses traductions des *Poésies* de Pouchkine). On fit ainsi venir Edmond au bureau du chiffre, installé à Chantilly, pour qu'il déchiffre des télégrammes… bulgares !

Le matin, il apercevait le général Joffre qui faisait sa promenade dans la prairie. C'était un Joffre frotté aux herbes hautes, la botte noire mouillée par la rosée, le visage baigné de lumière. Par sa silhouette confondue à la végétale clarté du jour encore neuf, la guerre sortait de sa définition cinglée par le sang et la boue, pour n'être plus qu'une champêtre allégorie, mêlée au chant d'un merle, trempée par la fraîcheur des marronniers d'Inde. À la gueule barbelée des cloaques de la Somme répondait, en miroir, la feutrine des épaulettes imbibées de la perle des sous-bois : ce Joffre-là marchait sur les brumes formant ruban autour de son pas (les nappes lui obéissaient). C'était un Joffre d'automnales souches et de poumons remplis, qui reléguait la mort et la nuit à d'autres départements de la guerre, plus hurlés – plus lointains aussi.

Aux beaux jours, quand les ormes insinuaient leur senteur brune, un peu piquante, sous les pinceaux de sa moustache coiffée, Joffre, dont la silhouette se détachait au loin sur la double avenue de marronniers, tirait sur les doigts de son gant beurre-frais. Alors, ses mains libérées de leur militaire gangue jouaient à griller une cigarette dont la fumée striait le paysage vert pomme. Son képi, d'un rouge de cerise vitrée, formait une tache de sang sur le décor. Il regardait dans le vide, ignorant qu'en ce lieu Pink Floyd donnerait quatre-vingts ans plus tard un de ces concerts au son diaphane sous une nuée d'étoiles, satisfait de ses médailles que visaient avec une étourdissante adresse les rayons du soleil. Des rais de lumière formaient sur lui une poursuite laser comme sur David Gilmour en plein solo sur *Echoes*, tandis que s'achevait, par gestes calmes et doux, la satisfaction du fumeur, le plus souvent appuyé contre un muret dominant un fossé maçonné que surmontait un treillage orné de vigne.

L'hiver, le général, lèvre pendante et badine à la main, promenait son importance (mastoque, officielle, carrée) parmi les arbrisseaux morts que le givre avait changés en araignées pâles et tordues. Sa massive anatomie contrastait avec la maigreur des choses. L'herbe bleutée glissait sous lui comme un tapis de glace. Son souffle s'effilochait dans l'espace froid. Il recevait ses officiers dans une partie délabrée du château au toit de courbes tuiles. Pour accéder à son quartier général, il lui fallait passer par une immense salle à pilastres, aux murs recouverts de fresques de chasse (gros oiseaux plaqués sur le ciel, fins renards minaudant, chasseurs à guêtres). Son bureau, situé sous un plafond de poutrelles, était une grande salle vide et solennelle, tendue d'étoffe, d'une absolue simplicité. Quelques tréteaux, des cartes d'état-major éparpillées en rouleaux à même le sol (un parquet à bâtons rompus recouvert de poussière ou de givre), un piano à queue désaccordé, un paravent à gravures indistinctes et passablement coquines, un buffet à quatre portes (vulgaire, méchant, appuyé sur ses pattes comme un bouledogue ou un crapaud), cinq chaises de cuir myrtille, un dressoir de faïences sans faïences, un râtelier d'armes où étaient alignés d'invisibles fusils. Dans la cheminée à manteau, aucune bûche ne brûlait jamais – un froid de ténèbres régnait.

— Le froid est une sensation civile, aimait à répéter Joffre à ses congestionnés visiteurs.

Lorsqu'il neigeait, par les baies monumentales et cintrées, un monde recouvert de vanille proposait à l'humanité un habit de rechange.

49

Edmond Moix prenait tous ses repas à l'hôtel du Grand Condé transformé en mess, où il prisait le foie d'oie à l'oseille et le pâté de sanglier cuit aux marrons. Des cuisines émanaient des parfums de bêtes assaisonnées, de faisans passés au gril (Hückel était là, ses molécules polycycliques cancérogènes menaient leur guerre bien à elles) et d'échalote. Pendant ces senteurs, oublié dans son garance panache et son héroïque arrogance, enrobé dans la meuble terre de son suicide, Péguy vautrait son reste dans la teneur de la terre céleste, parmi les cristaux de lumière encore appelés « Christ » par une agenouillée multitude, mais qui ne sont qu'une proposition aveugle de sable et de terreau, de glaise et d'éboulis. Le frisson, dans ce paradis d'opaques racines et de vermisseaux imbéciles, stagnait sans la visite d'aucun ange, d'aucun archange, d'aucune blondeur à trompette, freinée dans ses loopings par une aile duveteuse. Les galons du lieutenant Péguy, que quelques ronces ornaient de drame ou de poésie, perdaient leur brillance, leur éclat, leur signification. Rien ne vieillirait plus dans cette chair.

Son ami, parallèle lieutenant au-dedans des sous-sols, son jeune ami Alain-Fournier, pourrissait à une demi-heure d'automobile (ils s'étaient écrit avant de s'en aller mourir – des mots pudiques et inutiles). L'heure n'existe plus pour ces deux-là, les dates sont toutes la même date, midi égale minuit – pour moi tout commence vers minuit. Dès que le jour se lève, je monte me coucher pour mourir un peu. La vie n'est pas tenable : rajouter du soleil dessus pourrait bien me carboniser. À force de vivre dedans, j'ai fini par n'exister que dans le noir. Il y a trop de monde dans la lumière ; le jour est surpeuplé. On se partage la nuit à quelques-uns. On s'y plaît. On y habite.

La surpopulation ne touche pas simplement l'espace, mais le temps. C'est le temps qui finit par être encombré. Ça fait belle lurette qu'il n'y a plus de place dans l'espace, dans les volumes, dans les lieux. Les trois premières dimensions sont pleines à craquer. Les gens sont relégués dans les files d'attente, font deux heures de queue pour faire une autre queue d'une heure, font une heure de queue pour n'avoir pas à faire la queue. Les attentes sont triées – longues attentes, moyennes attentes, semi-longues attentes, gold attentes, ultra-rapides, pour les très importantes personnes, croupies chanteuses, presque jeunes animateurs, acteurs passionnés par la déjection de leurs spermatozoïdes anémiés parmi la cuisse gratuite et spongieuse de filles écartées.

Les humains ne vont plus mais longent, se frottent, s'adaptent à la géométrie disponible. Deviennent plus élastiques, marchent de profil tels de peints Égyptiens, s'entrechoquent – s'insinuent. Mettent un pied dans l'eau. Dans l'air les molécules se font rares : on respire à l'unité. Tout déborde par foule des théâtres, des piscines, des parkings. Les avions sont saturés, les cinémas sont complets. Les métros dégueulent. La chapelle Sixtine est devenue un hall de gare surveillé par des butors à sifflet régulateurs de flux. Les Chinois ne peuvent plus avancer. La planète est devenue un local à balais. Chaque jour chacun devrait être autorisé à tuer un homme, un inconnu sur les trottoirs, afin de réguler l'outrance, d'empêcher l'implosion. On finira par skier sur les gens, à vivre par strates superposées de corps mouvants, par empilements, par niveaux. Il y aura une humanité tapis et une humanité chaussure. On est en surmonde.

Oui. Il y a trop de monde qui vient au monde dans le monde. Plus aucun recoin n'est vierge, sinon les forêts d'épines, deux îlots de noir granit et le crâne pelé des glaciers. Même les jungles se remplissent d'entités humaines qui font peur aux tigres, aux boas. La terre ne parvient plus à tourner sur elle-même. Elle est trop lourde. Elle va tomber dans les froids infinis, comme un sac obèse, une pierre qui n'en peut plus. Il s'agit de stopper la production des corps. Cela crée trop de complications. Trop de chaînes interdépendantes, de causes emmêlées, d'imminentes corrélations. Trop d'efficiences ramifiées, de parallèles diversités, de conjointes élucubrations, de contemporains mouvements, d'aventures reliées. Voyez ces différences très maximales, cet éparpillement de diagrammes, ce fouillis de multitudes. Observez ces grouillances gorgées d'avis, ces gerbes bariolées d'opinions répandues jusqu'à la porte des océans. Étudiez la propagation des pullulantes amours, les translations de masses *diverties*.

Le monde est réduit, pour nos quatre yeux non étonnés, en un seul bois noir. Dans une vie sociale gouvernée par l'encombrement stérique, on ne cherche ni le temps libre, comme dans les années 30, ni l'espace vierge, comme dans les années 70 (retour à la nature), mais le temps vierge (un temps dans lequel nous sommes enfin *seuls*) et l'espace libre (un espace que nous pouvons modeler au lieu que nous soyons modelés par lui).

Le monde spatial est devenu une denrée rare, le globe une dépossession. Aliénation non point verticale, ainsi que des hiérarchies, mais horizontale : dictature du proximariat, du promiscuitariat, du voisinariat. L'ennemi n'est plus le capital, mais le proximal, le promiscuital, le voisinarial. Je ne puis plus me penser comme prolongement de mes actes : aussitôt je rencontre une matière, je touche une chair, j'effleure une peau — je cogne un os. Chaque jour je suis un peu plus grignoté, poinçonné davantage. Chaque jour j'ai un peu plus d'hommes à pousser. Le Christ voulait nous élever au-dessus du temps — nous lui demandons ici, dans ces pages tellement romanesques, de nous suspendre au-dessus du sol, parmi hélicos et mouches, cerfs-volants et libellules. Nous sommes emprisonnés dans le temps, entre les bornes de la naissance et de la mort. Nous sommes prisonniers d'une géographie rétrécie par la multiplication frénétique et cancéreuse des individus. Je veux habiter loin de tous les regards de tous les bruits humains. Loin de toutes les lignées, de tous les Japons, de tous les bouchons. Pour résumer — mon père avait raison —, ma naissance était de trop.

50

— Alors, ce stage ? demanda Oh Marc-Astolphe à mes parents. Vous savez à quel point cette indigne formation me navre. Vous connaissez mon abyssal dégoût de ce que vous entreprenez là.

— Cela est très éprouvant, répondit ma mère. De plus, monsieur Theotokos, le responsable, passe des heures à nous entretenir de littérature. C'est insupportable.

— Nous travaillons actuellement sur la flagellation, précisa mon père. Nous jouissons d'un enseignement théorique doublé de travaux pratiques. Les examens auront lieu la semaine prochaine. Nous travaillons dur, cher Astolphe, *très* dur.

— Un jour, votre fils ira cracher sur vos misérables sépultures, gragula Marc-As. Et il ne faudra point lui en vouloir quand vous le retrouverez par-delà les nuées hautes où le parousique Seigneur rassemble une dernière fois les mortes humanités.

— Cet après-midi, on a appris le *flagellum*, dit ma mère.

— Le flagellum ? s'étonna Marc-As. Dieu que c'est rétrograde ! Superfichtre ! Cela nous ramène à de fort boueux temps. À la Rome des disparus dieux. À ces surtogées gens. Ma remembrance me souffle qu'il s'agit là d'un coquet fouet, de ceux qu'on s'octroie pour chatouiller avec quelque verve le têtu cuir du règne animal. Les postillons en usèrent pour leur chevalin matériel, crois-je bien.

— Vous devriez passer les épreuves à notre place… s'inclina mon père, rempli d'une admiration de fillette empourprée. Vous connaissez *tout* !

— Vous savez, poursuivit Oh, ce qui a trait au commun passé de notre civilisation devenue aussi déliquescente qu'un fessier de guichetière nonagénaire a toujours pincé ma swiftienne curiosité. Saharesque sur les Grecs il est vrai, ma culture – borgne par conséquent – est une oasis plutôt fraîche et fleurie quant aux enfouis vestibules de la grandeur d'Édom. Je suis édomite comme il est des sodomites ! Les péninsules de la mer, les ifs talqués de ciel bleu, la judiciaire exemplarité de Cicéron, tout ce solide génie qui poussa tels les cyprès sur les ultrarosselliniennes plaines du Pô parle la même langue qu'Oh Marc-Astolphe. On trouvait à Rome, tout itou, de beaux fouets de cordelettes d'Espagne nouées. Combien de reins, amicaux amis, portèrent alors en tatouage la coercitive mémoire de ces cordelettes importées d'un pays où le soleil appuie les excès, où chaque taureau luisant est plus indocile que la complète collection des furies de Jupiter ! Nul grand empire qui n'ait ses douloureux compléments, mes si chers voisins. Je ne vous parle même pas de Roboam, roi de Juda, dont les thuriféraires du matériau biblique connaissent l'un peu préoccupant ordre du jour : « Mon père vous châtia avec force fouets, je vous châtierai pour ma part avec force scorpions » ! Certains traducteurs, moins proches de l'animal règne, proposent « griffes de fer ». À Rome, ces griffes de fer, ou pointes, furent poétiquement intitulées « scorpions ». Les Romains, sans doute aucun, eussent goûté Apollinaire ou Supervielle ! Ces pointes, ces griffes furent tantôt remplacées par des hameçons ou des clous. Une pluie de clous s'abattait alors rafalistiquement sur votre périmètre dorsal, et vos cris, dont les décibels hantent sans doute aujourd'hui encore jusqu'aux immaculées forêts lapones, portaient aussitôt à toute apeurée bourgade du Latium concrète information que la démocratie – contrairement à la navrante idée que se font les métabornés esprits de 1976 – s'accommode fort bien des propositions de dame Terreur. Ceci étant extrêmement précisé, j'entends qu'il serait chagrin de n'attribuer qu'aux flatteuses latitudes d'Octave et de Pompée le monopole méchant de la flagellation… Nos amis les Russes employaient pour leur part un mémorable « knout » agrémenté de minuscules éclats d'acier trempés dans l'eau glacée. Ou dans la vinaigrette !

— Cher Marc-Astolphe, cela vous dérangerait-il beaucoup si ma femme prenait en notes – elle qui possède de gentils rudiments de sténo – les propos autorisés que vous êtes en train de tenir sur ce balcon tandis que nous prenons tous trois ce délicieux apéritif composé de Suze, de glaçons cubiques, de cacahuètes salées ?

— Aucunement, amis miens, aucunement ! marc-astolpha Marc-Astolphe. Vous savez, je ne suis point connu dans cette marécageuse résidence Saint-Laurent pour l'ampleur de ma modestie. Pour tout dire, je suis *contre* la modestie ! Ses vertus ne m'intéressent point. Je suis prétentieux. Je l'ai toujours été ! Je suis ma foi tellement follement prétentieux, à vrai dire, que lorsque je me parle à moi-même, en la débile solitude de mes appartements, j'ai moi aussi envie de prendre des notes. Oh Marc-Astolphe aura donc passé sa vie à surprendre Marc-Astolphe Oh. Et *vice versa*, bien entendu, pour revenir à la chose latine ! Votre mister Theotokos est sans nul doute un anapurnique érudit, et je n'irai point chatouiller les tartares étendues de son savoir en martyrologie… Mais j'ai des exploits du monde, passé, présent et surtout à venir, une mnésique documentation qui flatte mon caractère et permet aux caprices de ma chair d'être calmés par la curiosité ou – selon les jours – par la magnétique fascination que j'exerce ainsi sur les femmes. Je n'eusse point vraiment goûté qu'elles ne m'aimassent que par et pour les attraits de mon hellénique allure. Ma tête est jolie. Elle est *très aussi* aberramment savante. Au fond les dames ne savent plus, au final, ce que chez moi elles vénèrent. Je les regarde s'affoler comme les trigonométriques girouettes des vieux clochers de nos vieux villages. C'est un spectacle que je ne peux hélas point faire partager avec des mots, car il s'agit de le vivre vraiment pour en prendre toute la dimension. Un jour – je l'espère – je rencontrerai ici-bas un autre humain qui partage mon inaliénable génie. Alors, lui et moi – tels des jumeaux de l'extase – nous pourrons devant un whisky d'âge analyser les détours de notre commune magie… En attendant, je ne puis passer aux yeux de mes semblables – qui sont en réalité des dissemblables – que pour un vantard ! Pour en revenir à vos tortures – que je vous conjure de cesser vraiment d'infliger à mon pauvre filleul, à votre fils de sang qui est mon fils de cœur, à votre fils charnel qui est mon fils spirituel, à votre fils temporel qui est mon fils éternel, à votre fils historique qui est mon fils mémorial – sachez que le knout se conclut généralement par le décès. Je suis hautement scandalisé que vous fassiez montre de vos aptitudes à l'outrage sur la frêle façade de votre petit enfant. Je pourrais freiner ce scandale en dénonçant ce fascisme auprès d'une assistante sociale… Ou de la DDASS ! Mais outre que la délation m'est aussi étrangère qu'à une statue équestre l'hippodrome d'Auteuil, je choisis de vous laisser vous enliser vous-mêmes dedans ces mouvants sables : ce sont vos propres personnes – mille fois maudites – que vous atrophiez en démantibulant ce bonhomme.

51

— Nous ne souhaitons pas, cher Marc-Astolphe, entre-prendre cette conversation avec vous, trancha mon père.

— Okay, okay. Okay ! gagramula Marc-As. Mais sachez bien que vous creusez votre tombe en même temps que vous augmentez dangereusement le mépris qu'il vous porte, et vous portera jusqu'aux dernières palpitations de son cardiaque mécanisme. Je réparerai ce petit cœur aussi longtemps que j'y pourrai pourvoir, mais les limites de l'impossible seront tout tantôt tutoyées – pour ne point dire outrepassées. Alors, il vous faudra tabasser d'autres étants, si possible moins enfantés par vos soins : une peluche, un gros caillou, un éléphant mort, une comtoise, votre lave-vaisselle, que sais-je, une mobylette Peugeot ou bien le pneu d'un tracteur. Une citrouille !

— Nous vous proposons de ne plus parler de cet enfant… suggéra ma mère. Après tout, nous ne cherchons pas à savoir ce qui se déroule dans votre appartement quand ce dernier y séjourne.

— Très bien, n'en parlons plus, zouzouya Oh. N'en parlons presque plus. Je me dois de vous avertir néanmoins de mon immobile décision, par solidarité avec le juif que votre fils est, de me convertir au judaïsme. Est juif, pour moi, est juif, à mes yeux, non celui dont les parents sont juifs, mais celui dont les enfants sont juifs. Ce petit juif achéropite ayant par conséquent déjà fait de moi un juif virtuel, un juif symbolique, un juif de littérature ou de gymnastique, je me dois de prestement entériner ce statut de la plus officielle, de la plus solide, de la plus nord-coréenne, de la plus goudronnée des façons.

— Vous êtes fou ! s'exclama mon père horrifié. Enfin mon cher Astolphe, j'espère bien que c'est une plaisanterie !

— Niet ! Niet et sur-niet ! cacoua Marc-As. J'ai rendez-vous la semaine prochaine au rabbinat de l'Orléanais.

— Tout cela vous regarde, très-cher-Astolphe-que-nous-aimons-tant, mais c'est aussi une manière de faire pression sur nous, et sur l'éducation que nous désirons inculquer à notre fils, que je vis somme toute avec difficulté, sachez-le, balança mon père.

— Oui. Sachez-le, reprit ma mère en chorus.

— Votre fils, énervés amis, poursuivit Oh, est la goutte d'eau qui fit déborder le bénitier. Cela fait un graisseux bail, à dire vrai, que j'attends un prétexte suffisamment musclé pour délaisser le trinitaire magnificat au profit des embûches midrashiques, l'huile de myrrhe au bénéfice de la mezouza.

— Notre fils n'est pas juif, proclama ma mère.

— Du moins, il ne l'est plus. Il a été, comme vous le savez, dûment reprépucé, confirma mon père.

— Cette Suze est ineffable, lança Marc-Astolphe en se raclant la gorge. Plongez-y-moi, par pitié, deux glaçons bien neufs et passablement flotteurs…

Ma mère saisit la pince à glaçons, choisit deux beaux spécimens et assouvit la requête de l'invité.

— Oui, mes hyperchers, oui… reprit Marc-Astolphe Oh. Votre Marc-As d'amour est lassé de la christologie des conciles, des apostoliques illuminations et du pontifical charabia. Votre Marc-As d'amour voudrait, comme on envoie des sondes vers les astrales apogées, faire parcourir à son esprit – cette indéfectible fusée de la subsolaire intelligence – les illimitées galaxies du Zohar. L'alphabet des crèches ne suffit plus à contenter mon énorme entendement. J'ai trop participé à la réglementaire élévation du petit Jésus ! Je ne renie point les nourriciers moments passés dans la plénitude évangélique, mais il est temps pour votre serviteur d'aller brouter des herbes rafraîchies. Je connais bien mes vices, j'ai appris maintenant quelques-unes de mes vertus, je sais deux ou trois choses sur le scandale du Mal et le mystère de la Croix. Le solfège de la liturgie, toutefois, ainsi que les virginaux tours de passe-passe que l'on commande au fidèle d'ingurgiter telle la bouillie grumeleuse de ses enfantins passés, ont eu raison de mon délicat respect pour la sotériologique importance de l'Absolu Seigneur. Trente-cinq ans d'affirmations dogmatiques, je devrais dire : « dogmateuses », de nidoreuses eucharisties, m'exhortent à désormais privilégier les messianiques lubies du corpus sinaïtique… On trouve davantage de suspense dans les aventures d'un Messie qui n'arrive jamais que dans celles d'un Messie qui sonne à votre porte du soir au matin ! Je compte évidemment – afin d'asseoir ma neuve motivation sur quelque solide chaise de rempailleuse péguyste – me mettre sans tarder à l'étude de l'hébreu biblique et de l'araméen. Et si l'araméen ne suffit point, chers amis, je pousserai les flottilles de mon assommant génie à accoster sur ces mésopotamiens paysages où furent écrites et parlées, voici trois fois mille ans, les langues de Sumer, d'Akkad d'Ougarit ! Possédant déjà l'arabe, rien de ce qui est sémitique ne saurait m'échapper. Non que le sumérien le fût, sémitique, mais les deux autres oui… De l'arabe d'Alger aux subtilités de l'épigraphie cunéiforme, je prétends Astolpho-moi qu'il n'y a qu'un imperceptible pas de chihuahua nain.

HUITIÈME PARTIE

Oh Marc-Astolphe

1

Marc-Astolphe Oh était né à Alger le mardi 30 novembre 1943 (un petit bouledogue salivant et violet, au goitre de crapaud, avait aboyé trois fois pour souligner l'événement). C'était le dernier né d'une famille de quatre enfants – trois frères aux visages cireux, une sœur assaillie par les moustiques et qui pissait au lit. Son père, Ernest, dont les yeux incandescents, sévères et renfoncés semblaient deux fumerons plantés sur le faciès d'un bonhomme de neige, réparait les compteurs à gaz défectueux pour le compte d'EGA (Électricité et Gaz de France). Ernest Oh éprouvait pour ses enfants tendresse et sentiments. Mais lorsque ceux-ci outrepassaient les règles canoniques instaurées par l'autorité paternelle, Ernest, après avoir peigné sa moustache d'un mouvement spiral puis rassemblé sur la terrasse crépusculaire (où parvenaient, depuis les ruelles grouillantes, des fragrances corrompues de cacahuète grillée) une lourde et ricanante compagnie de voisins de tous âges et les dernières énergies d'une journée de travail harassante, distribuait sur le fessier de sa progéniture des hématomes aux orties, des lésions aux fougères, des ecchymoses à la tige de bananier qui empêchaient les contrevenants (pour trois bonnes semaines au bas mot) de s'asseoir autrement que debout. À chaque claquée, les locataires présents, disposés en arc de cercle, ouvraient grand leurs bouches édentées : d'abjects ricanements, aux effrayantes modulations, traversaient leurs chicots bleu bitume sans une once de pitié, faisant soubresauter leurs petits corps tannés tantôt saillants, tantôt bouffis – contents toujours.

Une immense cascade de cris déferlait alors sur la cité malheureuse, qui venait se jeter, puis mourir, dans l'indifférence des foules piétonnières empêtrées dans la fameuse ronde des soucis, du commerce de casseroles et de fruits secs, des prolos charibotages, des parfums de loukoum, du trafic, de la prostitution et autres activités frénétiques, électriques, épileptiques généralement émoussées, ralenties, rapetassées par la violente puissance des pluies. Madame Oh mère, Euphémie (née Boilala), ruisselante d'une sueur lourde et collante comme le miel du Chili, accourait généralement pendant la punition, agitée de colère, les bras levés au ciel jusqu'à perforer les nuages roussis par le crépuscule, aux fins de mettre un terme à la publique déculottée. Ernest, pour le plus grand plaisir de l'assistance, se faisait alors agonir d'insultes par son épouse. Les jurons fusaient de la bouche d'Euphémie comme des frelons de leur nid, et (tandis que les dernières larmes des enfants Oh s'évaporaient dans la chaleur grippale de l'air) assaillaient leur proie jusqu'à son contrit agenouillement. Des rires multicolores parcouraient les spectateurs enchantés. Pour le même prix, ils avaient joui d'un double programme où, comme dans le rouleau d'Esther, le bourreau proclamé devenait l'inattendue victime.

Ernest et Euphémie Oh, couple à la Dubout, se montraient aussi inséparables que dissemblables. Ernest était tarabiscoté et d'une maigreur de flûte cancéreuse – on eût pu le suspendre, sans faire ployer la branche, à quelque sapin de Noël. Son unique joie depuis longtemps, outre la retransmission radiophonique des matchs de football, se résumait aux parties de rami disputées chez le limonadier Nounours (un Chypriote à la langue chargée) dans une ruelle aussi sombre et empuantie que les entrailles d'une charogne. Sexuellement, il n'éprouvait généralement que de l'ennui : la chair de sa femme, être qu'il chérissait autant que Watteau les petits chiens trotteurs, ne procurait à ses yeux, à ses doigts, à son sexe qu'une clinique sensation de sanguine accumulation. Lorsque son corps demandait à jouir (d'une manière aussi impétueuse que l'obligation de déféquer, de tousser, de vomir, de se gratter, d'uriner, d'éternuer), il calmait l'appel de la nature par un isolement prolongé dans les sanitaires disposés sur le palier. Malgré l'impatience des voisins qui frappaient tels des maudits à la porte de la tinette pour d'urgence se soulager, il prodiguait mille saccades à sa verge (verge semblable à un petit criquet humide), le regard aspiré par de pornographiques publications qu'il dissimulait, enrobées de papier journal, derrière une compliquée forêt de tuyaux corrompus par la rouille. Cette situation était *ridicule*. Mais elle lui était préférable au coït en trois dimensions qu'avec ses viandes sales, sa sueur pouacre et son souffle coupé, il avait à lui offrir dans le jaunâtre cachibis qui leur servait de chambre à coucher. Madame Oh, après avoir en vain réclamé son dû, avait d'ailleurs assimilé cette chose terrible que jamais plus (à moins qu'une divinité, spécialement conviée par Morphée, ne vînt lui fouiller les tissus pendant son sommeil) elle ne ferait l'amour.

2

La famille Oh logeait, à six, dans un deux pièces graisseux aux murs couverts de cloques d'une cité « HBM » (Habitations Bon Marché). Les cinq étages flottaient dans une gélatine d'effluves douceâtres et piquants (graillon, huile de crabe, écrevisses aux choux, frites maison, bananes chaudes, ammoniac, cadavres d'enfants, lourde merde) qui s'emparaient complètement de vous, vous enveloppaient telle une chemise d'amiante, vous plaquant contre les marches de l'escalier comme un garde du corps ougandais. Sur les rampes mâchées par les punaises, des cafards aux antennes droites, frétillantes et lustrées, se livraient à de vaines et têtues ascensions inspirées par d'impénétrables instincts – peut-être une ordonnance divine était-elle responsable de leur parcours immémorial, mécanique, répété ; sauf à conclure que cette faune vermineuse et domestique ne fût astreinte (selon les dogmes pressants de sa biologie de misère) à dénicher les lieux en lesquels on chiait. Des rats orientaux et suffocants se frottaient dans les couloirs aux veuves asthmatiques, aux abandonnés bébés, aux jeunes filles bipolaires, aux ouvriers imbibés d'alcool de figue.

Pour atteindre les appartements, il fallait franchir des monticules d'ordures, de détritus radioactifs, de déjections de côlons, de navets flétris, de coquilles d'huîtres ou de moules marinières, de carcasses de poulet recouvertes – comme à l'Institut Pasteur – d'un duvet de microchampignons verts et roux (qui eussent déclenché des vocations studieuses de petits laborantins entêtés à la nuque infrangible et dégagée), de bouteilles de lait vides, de vomis concrets, de cultures de poubelles. J'oubliais les tessons de bouteille, le sperme séché des adolescents, les taches de sang, les capricieuses épines de la ronce – la ronce perfore les briques. Des chenilles grouillaient – des crabes. Un paradis pour les mouches, un projet pour les poux. Les odeurs palpitaient comme un cœur. On écrasait des ossements de décédés canaris. On glissait sur des morceaux de poissons gonflés. Les puces proliféraient. À mesure qu'on escaladait les étages, l'air se raréfiait, les jambes flageolaient – les globules transpiraient. Le logement des Oh, identique à tous les pareils autres, était de telles dimensions qu'il avait fallu choisir entre l'entassement des meubles et celui des humains.

À gauche en entrant, la chambre des parents : lit de ferblanc, usés ressorts, sommier défoncé – les fesses touchaient la poussière du sol quand on s'asseyait dessus. Un Christ blême, rose praline, à l'écœurant sourire, était cloué sur les craquelures du mur. Maman Oh l'embrassait chaque soir, le regard levé vers le plafond rassurant où les moisissures abondantes formaient, à l'heure que la pénombre flottait dans la pièce, le même firmament violet qu'au vrai ciel – celui du silence et des sphères détachées. Ce Christ, ce Christ écaillé, dérisoire, accueillant doryphores et mouches sur ses opalines cavités, ce Christ algérois, dans un nuage d'aneth ou de badiane, inaugurait le temps de l'homélie.

Euphémie Oh admirait les saints : Jérôme était de loin son favori (pour elle les saints étaient comme des canassons au départ d'une course ; encore que l'hippodrome fût situé entre les céphéides de la nébuleuse d'Andromède et la constellation du Sagittaire).

Le solitaire de Bethléem avait fait des études de lettres puis traduit la Bible en latin ; or, Oh mère passait le plus sombre de son temps à lire (des magazines de couture, des fiches cuisine, des romans d'amour internationaux). Elle était admirative de la dalmate rudesse de Jérôme, de sa vivacité de têtu lutteur. Je la comprends – Jérôme est un génie. Intransigeant, extrême, n'ayant comme pire ennemi que lui-même – ça me parle. On le dit glacial, de pierre, odieux : on l'aura mal compris. Je conseille la lecture, immédiate, de sa lettre à Héliodore. Jérôme a quitté Rome ; il s'est retiré dans le désert de Chalsis ; avec une ardeur de néophyte, il dompte son corps par des jeûnes prolongés et de terribles macérations. Il veut conquérir l'érémitique existence ; pour triompher de ses hésitations, il commande et supplie tour à tour.

À droite, la chambre des enfants faisait également cuisine, salle de bains, salon, salle à manger, buanderie – sauna.

Le quartier du Ruisseau était situé à six kilomètres du centre d'Alger, qu'on gagnait en bus, en tramway surtout. Une quantité d'êtres humains s'y entassaient, jusqu'à un certain seuil, morbide, où des décès étaient constatés par les services de police. Les passagers étaient sujets à de profondes dépressions – à cause de cette journalière compression et contraire à toute dignité humaine. À l'intérieur c'était l'étuve : torpeurs, somnolences, vomissements, vertiges, haleines de caveau. La quantité d'acide urique augmentait dans le sang. Sur cette photographie, prise en mouvement, nous apercevons nettement les visages meurtris, *obtus*. Jaunes gueules. Hypertrophiées grimaces. Comprimées anatomies. Soudés squelettes. La sueur servait de glu. La chair, de ciment. Fixes humains. Clafoutis de foule. Gélatine de gars, de femmes imposantes et rapetassées, papotantes et dégoulinantes, avariées, que des mains étourdies labouraient. Nous étions loin de la respiration des campagnes, où le Collier de corail claquait l'air pur (l'air pur et mystérieux) de ses ailes sable et brunes, puis se posait sur la lunule lancéolée d'un orpin rose, au milieu des orties. Le tout sous un ciel au bleu lustré.

Le tramway crissait sur les rails en pente – rouillés. La cité du Ruisseau (deux mille âmes) ressemblait aux vieux quartiers populaires de Naples. Une fois par semaine, chaque locataire disposait de la terrasse de l'immeuble, ainsi que de la buanderie, afin de pouvoir laver et étendre le linge. La population de la cité était diversifiée : Arabes, catholiques, juifs, Italiens, Espagnols. Quelques rares Allemands, très égarés, se protégeaient des brûlures du soleil. Le soleil donnait des coups de ciseaux dans la peau. Le soleil lacérait les yeux. On le croyait gentil – il était méchant ; méchant comme un clébard.

3

— J'ai pour tout dire, cacouambola Marc-Astolphe, quelque difficulté, la quarantaine menaçant, à digérer ceci :

que l'événement le plus important d'une vie puisse être l'instant de la mort ! J'attends personnellement de l'existence qu'elle propose un autre acmé que le terminus. L'agonie pour consécration, c'est abusif comme engouement ! La capitale pièce que marc-astolphiquement j'apporte aux monothélites tergiversations est la suivante : préférons la succession des breakfasts et des apéros, des vacances et des partouzes à celle des éternelles éternités… C'est en parfait contemporain, en phase avec la vivante vie, que j'apprécie au mieux les prestations de l'Être ! Je choisis donc de *mécroire* ! Les délires de l'impanation me seront dès ce jour – mettons : demain dès poitron-jacquet – aussi impénétrables que les atticismes du droit fiscal. L'elliptique prière de Notre Puissant Seigneur sur les collines gorgées d'israélites olives de Gethsémani ne me concerne déjà plus : c'est la quadrature des salades ! Je vais ainsi me propulser dans le studieux océan des hébraïques grimoires, plonger-crawler dans cette mer juive. Mark BenOh. Très protégé du « fiat » de Jésus, en apnée sous les halakhiques profondeurs, sous les *mikwa'oth*, ma kippa pour bonnet de bain, portant amulette, engoulant les bénédictions spéciales. Le judaïsme, croyez-m'en, est un domaine où votre très Oh Marc-As peut énormément faire de bruit. J'en ai pour des existences, pour de rassasiées biographies à ramasser toute cette science bavardée ! Saint Grégoire de Nazianze ne m'amuse plus : je suis las des trois Personnes, du don total et des chicorées de logos… Que la Passion aille donc se faire trémouiller l'épinard ! Ma messe dernière a sonné ding ding : l'angélus résonne à mes ouïes comme une pastèque éventrée. Oh Marc-Astolphe emmerde et Constantinople et Rome et Antioche et Alexandrie ! Je laisse Antioche aux barrésiens. Je préserve Jérusalem pour la gloire qui m'attend. Les vrais Messies ne se punaisent point dans la chambre des putains ! Ils attendent infiniment leur aube, cachés sous la peau du texte, parfaitement logés dans la patience agacée des commentaires. Les Messies véritables, mes amicaux amis, ne jouent point les excentriques épinglés, le ventre caverneux percé par des Romains-vinaigrette ! Oh non nenni non non. Les Messies vrais de vrais traversent les hébraïques artères du Livre posé, les lettres carrées sont son unique marchepied. Boîte à fumée que ce Messie cloué pour la frime, télégénique petit blême barbu, encarté au Parti des Larmes ! Excentrique Commandeur, que cet oint coiffé pour la pose, réédité partout, les bras perpendiculaires à l'axe du ciel, grenu mais populaire, maigre mais dans l'apothéose, au teint de photocopié frimas, souriant de sa prouesse sous son armoirie d'épines. Plus de sacrements pour saint Oh. Plus de pénitence pour saint Astolphe. Le dictionnaire des béatitudes, l'infaisable chasteté, le contritionnel impôt : bye bye. Je veux du juif. De l'incroyable *shabbat*, de la matheuse liturgie. Je veux du suprême jour, du *kippour* en veux-tu en voilà, manger des choses que je ne comprends point, muter dans d'insensés rites. Je veux un Dieu unique au nom pluriel et interdit. Je veux un Dieu plus divin que celui que je possédais tout à l'heure. Je veux un Dieu plus dieu. Je veux du *kiddouche* et des insultes. De l'hassidique orgasme et des menaces de mort. J'échange le curé d'Ars contre Primo Levi. Adalbert de Prague contre le Maharal de Prague. Urs von Balthasar contre Gershom Scholem. Claudel contre Hillel. Antoine de Padoue contre Rabbi Akiba. La petite Thérèse contre Theodor Herzl. Saint Augustin contre Rachi. Brigitte de Suède contre Simone Veil. Pie X contre Baba Salé. Bernanos contre Kafka. Péguy contre le Gaon de Vilna. Ésaü contre Jacob. Sainte Thérèse Bénédicte de la Croix contre Edith Stein. Arnold Schoenberg contre Arnold Schönberg. Pierre Victor contre Benny Lévy. Hegel contre Maïmonide. Stanislas de Cracovie contre Yeshayahou Leibowitz. Roberto Rossellini contre Woody Allen. Monseigneur Lustiger contre Aron Jean-Marie Lustiger. Gustave Thibon contre Emmanuel Levinas. L'Église, chers amivoisins, n'accomplit point l'ancien mystère d'Israël ! Le peu modéré dessein de Dieu n'est pas même ragaillardi par la pieuse gymnastique de ses génuflexions : Jérusalem est ailleurs ! Non point dans les virginales décoctions de la Grâce, non point dans cette purissime Maternité coïtée par le tégument du Verbe, non point, justement, dans l'infatigable dislocation des martyrs : mais dans le cérébral cosmos des épais opus de la Loi. Je potasse mon *giyyur* dans le *Traité Yebamot* ! Je proposerai d'ailleurs à mes pufiens camarades un « Que sais-je ? » sur la conversion. Belle idée, n'est-il pas ?

— Je ne sais que dire, mon cher Astolphe. Si ce n'est que vous êtes un individu déroutant, répondit mon père en se servant une *inneffable* Suze.

— Absolument. « Déroutant » est le mot ! splachouilla Marc-As. Je suis homme de quittage de route, de changement de péage, de neuve destination… Pour en revenir au knout, puisque ma mémoire se souvient également des récentes choses – ce qui chez l'être humain est rarissime –, le knout est un terrible instrument. Son utilisation s'avère si éloignée de la plaisanterie que le Deutéronome – que je parcourais encore au petit déjeuner – préconise que jamais on n'outrepasse le chiffre de quarante coups de fouet si ledit fouet possède le pouvoir d'encercler l'entièreté du supplicié corps. L'un de mes collègues de la collection « Que sais-je ? » a consacré un magnifique petit volume à la flagellation. Je l'ai lu dans un très jadis temps. Mais ma mémoire est remplie davantage encore que ma cave à vins : j'y puis à volonté puiser, à la demande et à l'occasion, la bouteille qui convient. Je me souviens de *tout* ce que j'ai lu, et même de ce que je n'ai point lu encore – et probablement de ce que jamais je ne lirai. Ce « Que sais-je ? », n° 1398 de la collection – notez l'hypermnésie en pleine action ! –, en lequel sont consignés les rudiments du fouet, fut écrit par… Mais oui ! Ce nom me disait quelque chose, effectivement !

— Par *qui* ? demanda mon père, curieux.

— Vous nous intriguez, cher Marc-As. Vous nous intriguez ! ajouta ma mère.

— Par Maximin Theotokos !

4

— Quelle coïncidence ! s'exclama mon père.

— Vous le connaissez donc ? s'enquit ma mère.

— Point non ! répondit Marc-As. Chez « Que sais-je ? », il y a surmultifoule. Nous organisons parfois des réunions, à Paris. Mais il est difficile de réunir, sur une même date et dans un même salon, les six mille auteurs de cette endurante collection… Je n'ai nullement souvenance d'avoir rencontré la chair, l'os ni le sang de Theotokos-monsieur. Mes amitiés, chez « Que sais-je ? », sont en outre aussi peu nombreuses que les exemplaires du Talmud de Babylone retrouvés dans la bibliothèque du Führer en ses brumeux bureaux de Berchtesgaden. Les « que-sais-jiens » que je fréquente sont d'éruditions très diverses, pour ne pas dire adverses… Si l'envie vous prenait, mes indicibles amis, de concocter l'un des solides fascicules de cette populaire encyclopédie, je vous pistonnerais de ma plus despotique énergie. J'ai mes entrées dedans ce royaume, où je possède l'un de mes plus inaliénables duchés. Ma science de la photocopie, louée jusqu'aux abords bleutés du Corcovado, a fait de moi le négus du Quartier latin. Oui, oui. Vous avez ci-devant – sur cet apéritif balcon imbriqué dans la texture des soirs de Loire – le principicule capital des Presses universitaires de France. Alors lâchez-vous : j'édite ! Je publie. Je signerai moi-même vos paraphés contrats. Ces gens m'écoutent, Dieu qu'ils m'écoutent ! Mon *Photocopie et Reprographie* est un de leurs très rares best-sellers. Ils ne cessent d'imprimer, de réimpri-

mer. C'est pour les ouvriers du livre un véritable purgatoire !
Là-bas, dans les bureaux, on s'en lit des passages à la pause
déjeuner. Des employés agenouillés récitent cette œuvre. Des
stagiaires ébaubis me la font dédicacer. On se l'emballe pour
la Saint-Valentin. D'ahuris fétichistes la font relier pleine
peau. Engagent des frais supérieurs pour cartonner sa couverture, plastifier son être. La plupart en soulignent dans le
bus ou le métro les fatidiques paragraphes. Mon chapitre sur
les procédés argentiques à triple bobine fait notamment *beaucoup* parler de lui. On jase sur mes partis pris méthodologiques. Il faut admettre que l'Amérique m'est constante
source d'inspiration. Vous l'aurez compris : *Photocopie et
Reprographie* est un « Que sais-je ? » qui distribue du bonheur à la gent humaine. Qui la pique et l'émoustille et la
stimule. Qui la fait rêver. Qui la fait voyager. Qui la fait
réfléchir. C'est le *Petit Livre rouge* des PUF. Je suis parfois
obligé – pourquoi m'en cacher ? – d'assagir le fanatisme de
quelques-uns. Les femmes le lisent comme un roman d'amour,
les hommes comme un roman policier. Certains l'offrent à
Noël, d'autres au moment des Étrennes. C'est selon. Je suis
le Goncourt des « Que sais-je ? » ! Une imprudente petite
main parmi mes connaissances m'a confié qu'il s'en fallut de
peu que ledit princeps – aujourd'hui devenu grand puisqu'il
en est à sa quatrième édition – ne figurât sur les listes du prix
Femina. Ces dames – c'est lisible – ont du goût ! Hélas, le
terrorisme pratiqué dans la fangeuse pénombre des parisiens
cénacles, qui se prostituent aux modes et où Orléans est fort
mal vue, aura détraqué la mécanique de cette victoire promise. Ainsi va la vie, mais rassurez-vous : je suis plus fort que
les accidents. Croyez-moi : j'obtiendrai dédommagement
dans les plus impatients délais. En attendant, welcome à
Que-sais-je-land ! Dites-moi donc quel sujet vous taraude, et
Oh Marc-Astolphe, que je connais mieux encore que si ce
n'était pas moi, vous arrange le coup. Alors queskicéti qui
vous tenterait ? Quel « Que sais-je ? » ? Un sur Alger ? Sur

le sandwich ? Sur Bob Seger ? Sur notre belle cathédrale d'Orléans ? Sur les molaires ? Sur Conlon Nancarrow ? Sur les tongs ? Sur vos amis les hématomes ? Ah le sieur Theotokos se l'est déjà coltiné... La notion de casse-noix ? Tic et Tac ? Sur Friedrich Gulda peut-être bien ? Sur la transe ? Sur Hans Robert Jauss ? Sur l'oxydase ? Sur l'orchis de mai ? Sur le bredouillement ? Sur les pleurocystides ? Sur le sarou ? Sur le frisoir ? Sur le *Midrash Tehillim* ? Sur les serpentins ? Sur la spinosella ? Sur l'octomérie ? Sur les cuisses ? Sur Georg Groddeck ? Sur les chaussures à crampons ? Sur Gaetano Negri ? Sur le néon ? Sur les orties ? Sur l'œuvre de Georges Mounin ? Sur l'histoire de l'appétit ? Sur la schime ? Sur la diaconie ? Sur les castagnettes ? Sur la révolution romaine ? Sur les doigts de pied humains ? Sur Max Schur ? Sur l'apéritif ? Les glaçons ? León y Castillo ? Jean-Pierre Léaud ? Les jardins suspendus de Babylone ? Bernard Lazare ? Jean-Joseph de Lamentonnière ? Les piscines polonaises ? La vie ? Le loch Ness ? Le bagou ? Hans Baron ? Les frites ? Alban Berg ? Les feuillus ? Le bombyx du trèfle ? Les anniversaires ? Jean-Jacques Schuhl ? Les lézards verts ? Le fou rire ? Les doigts ? Charles Ives ? Góngora ? Erich Auerbach ? Annie Cordy ? Le commencement de la paranoïa ? Les venelles ? L'intelligibilité ? Robert Van Gulik ? Roger Daltrey ? La soudaineté ? Le vieillissement ? L'arc-en-ciel ? L'oblicité ? Glenn Gould ? John Glenn ? Les écrivains mineurs ? Les couleurs nouvelles ? Alfred Métraux ? L'espoir ? La poétique arabe ? Le premier Ministère Ribot ? Les rues ? Les plaies ? Pardon : les plaies fut pris par Theotokos encore... Mais il vous reste toute une chiée d'alléchants sujets : la moule, la girafe, François-Désiré Mathieu, le rien, les fées, Gilbert Rouget, Ali Baba, Phiz, la triblonote, l'angine de Vincent, Auguste Wredow, Louis-Lazare Zamenhof, l'homochromie, Duilius Zamfiresco, Gaston Latouche, Benoît-Constant Coquelin, la phléborragie, la présidence d'Armand Fallières, Axel Herman Haig, le péromysque, la sarcite, l'odotachymètre, le devon, la lycacontière, le néoméris, Francesco Schira, le dicymba, le lystroctéise, le lusol, le japalura, l'indra, l'hénicosome, Xavier Coppolani, l'épithymie, le gehyra, l'helictis, le causus, le corbel, Renato Fucini, la bronzitite, la diatomite, saint Élide, l'inrô, la comédinette, la frigothérapie, Jean Cruppi, l'émanium, la coucoumelle, Marcel Jambon, le lokombi, la bistouille, la fuggérite, saint Concorz, la pomme de terre marjolin, le barrac, le blood-horse, le durif, sainte Elpède, la birchippia, le somatin, la didiérée, saint Émilien, le fart, la bionomie, la sanve, Leopoldo Alas, l'henkélite, l'isoxazol, le bibenzyle, le sarcanthe, l'abiose, le mava, l'ingression, la gibbomorpha, le barradis, la yole, saint Abdon, l'innavigabilité, l'iso-indol, le sergent Fricasse, sainte Agrippine, la cuboïzite, le fusacarus, l'hétérocéphale, Eugène Vivier, l'amimie, le hierichthys, le bistringot, la tréhalase, saint Yves, sainte Irène, la bargine, le chébulate, le nutrocyte, la valonie, la kymatologie, le chromophore, le mancoa, la ténosite, le yuma, la kamacite, le nadièle, le prodelphinus, la sonneratie, la dératisation, la sénaïte, l'acidanthère, l'alectorie, l'iolanie, Félix Jasinski, le madiumba, Thia, l'urocoque, l'achloropsie, la kânih, l'ollite, le coq de Sonnerat, le verloquet, la xénie, Emilio Aceval, la strumite, le zozotement, les grottes, Albert Ayler, les aphorismes, la brume, Félicien Marceau, les pourcentages, la Joconde, l'herbe mouillée, les gens, les points de suture, Thorstein Veblen, les cheveux, les os, l'incinération, les places de parking, Anton Webern, les sorbets, l'Occident, Elias Canetti, les tournants historiques, le carton, l'humour, Hugo Friedrich, les allocations familiales, Wittgenstein, les prothèses, Montaigne, les élastiques, le vide, Nono, le célibat, les clochards, Penderecki, les croissants au beurre, la Marne, le surimi, François Kraut, la sympathie, les arêtes de poisson, Henri Sauguet, la révision des 10 000, la consomption, Jean Barraqué, les syllabes, le pare-brise, les anges, le dentifrice, les algues, Heinrich Himmler, les pâtes de fruits, Rabbi Shabbetaï Katz, les clochers, les terre-pleins, la cataracte, Robert Jullien Courtine, l'industrie du yaourt, Apollo 13, les spectateurs, Pinocchio, les berceuses, Robert Klein, le foirage, les muqueuses, le nombre 700, la ciguë, les fillettes, les Mothers of Invention, l'espace-temps, la biochimie, la sangria, les fibromes, le lait concentré, Louis Dumont, les vieillards, l'oxaflumine, Martin Heidegger, le bouillon, les gaffes, la couleur verte, la mobilisation générale, Pier Paolo Pasolini, la limaille de fer, le guitrysme, les follicules, la volonté divine, l'imparfait du subjonctif, la *gnômé*, la paralysie faciale, Martin Ier, le crachat, les hémorroïdes, le dogme chrétien, la référence historique, la poudre de perlimpinpin, le pourboire, l'université de Moscou, le linge sale, la mémoire collective, Philippe Sollers, la ventriloquie, le crépuscule, les carottes râpées, Thomas Braun, le libertinage, Remy de Gourmont, Albert de Bersaucourt, la boîte à outils, Henri Falque, la neige, les détails, les jeux de lumière, les gravillons, Roger Reigner, les relents, les vallons, les joies précaires, Maurice Simart, l'encens, *Bonne nuit les petits*, la prière, les branches, Michel Provins, Séville, les dalles funéraires, le citron, Jacques Lacan, le monisme, Robinet de Cléry, les dynasties, la discussion, la bienveillance, les éponges, le château de Chambord, l'adolescence, la mémorisation, la familiarité, l'énergie potentielle, la pensée primitive, les bornes kilométriques, Raymond Poincaré, l'artillerie lourde, le bouche-à-bouche, le mont Blanc, l'eau de vaisselle, les drapeaux, le hérisson, les pylônes, James Joyce, les tapis, le gazon, l'âme, les éviers, la sculpture, les flaques d'eau, la solennité, André Gide et le gidisme, la cuivrerie, le ridicule, le temps partiel, les aiguilles, Dieu, les gants de caoutchouc, l'Ukraine, George Harrison, le Soleil, les pinces, Cicéron, les digues, Ionesco, les quatre coins du monde, le ciment, Ernst Bloch, le brahmanisme, les hommes, les Peanuts, le mariage, les feuillages, Restif de la Bretonne, les étudiants, l'annuaire des téléphones, les cabines, les saules, le chewing-gum... À moins, car cela ne fut entrepris par nul humain à ce jour, que vous ne choisissiez – j'en caresse moi-même parfois l'intention – de consacrer un « Que sais-je ? » aux « Que sais-je ? » ? Après tout, cela est peut-être plus intéressant que Jean Barraqué. Et présente l'avantage d'une originalité garantie. À vous de voir ! Vous êtes des adultes ! Tous les sujets sont passionnants, à vrai dire. Je ne sais point de rébarbatif domaine. J'aime *tout*. Je suis passionné par *tout*. De la naissance excitante du jour à son glaceux déclin, je me passionne pour les œuvres complètes du monde. Sitôt éveillé, je m'instruis de l'intégrale du Tout. Pic de la Mirandole n'était que mon défraîchi prototype. En décembre dernier – puisque ma personne fait partie des centres d'intérêt de cette débordante planète – j'ai proposé à ces universitaires messieurs un « Que sais-je ? » sur ma personne. Ils ont refusé. Cela eût pourtant fait figure d'acte révolutionnaire. Le premier « Que sais-je ? » autobiographique ! Sobrement intitulé *Marc-Astolphe Oh et le marc-astolphisme*. Quelle allure mes aïeux cela eût eu. Mais non non non re-non ! Ils auront sans doute compris que comprimer mon destin massif en cent vingt-huit pauvres pages était aussi ridicule que de faire passer un chameau par le chas d'une aiguille. Ce qui est envisageable pour Einstein ou Freud – dont les travaux coulent enfantinement de source – ne l'est tout simplement point pour moi.

— Vous êtes peut-être encore trop méconnu, ironisa mon père.

— Nullement, s'indigna Marc-As. Seulement, ma mondiale célébrité est momentanément circonscrite aux seules bornes du Val de Loire. Cela va changer, dans les régions de Paris notamment, puisque ma prose commence à s'enfoncer tel un durillon dans le rhinocéroçal épiderme de tous ces assis de l'édition germanopratine. D'aucuns m'annoncent – qui par télégrammes, qui par télex – que nos amis nippons trépignent d'obtenir les droits de traduction de mon *Photographie et Reprographie*, dont Nosaka Akiyuki, soufflet-on, trouverait humiliant pour lui de ne point composer la préface.

— Qui ça ? demanda ma mère.

— Nosaka Akiyuki. Vous ne connaissez pas ? cuistra Oh.

— Eh bien non, répondit ma mère. Non, nous ne connaissons pas.

— Le « Que sais-je ? » n° 2431 lui est pourtant consacré. C'est un *excellent* petit volume. Rédigé par un spécialiste de la littérature japonaise et de la vente par correspondance. Un certain Ross Nabab-d'Agra. Que je n'ai point eu la chance hélas pour l'instant de rencontrer.

5

— J'espère que cela ne vous agace point trop de côtoyer un génie ? s'enquit Marc-Astolphe. Je sais que certains représentants de notre sous-abondante famille légalisent leur indéniable différence par un recours systématique à des mépris carrément froids. J'ose espérer que la plasticité de mon affection à votre égard me vaudra, quitte à se serrer comme sardines, de pouvoir rejoindre – sans amalgame toutefois – l'heureux et cosmopolite agglomérat des médians intellects. Je sens la vraie vie s'y ébrouer davantage. Je paierais cher pour qu'on oublie un temps l'irritante supériorité de mes dons ! J'aimerais tellement savoir décevoir – comme tout le monde. Qu'on m'enseigne les dignes agréments de la médiocrité ! Qu'on me guide jusqu'aux abords de l'homme moyen. Qu'on m'introduise, pour une séance ou deux – je n'en demande pas plus –, aux fascinants mystères de l'imperfection ! Je voudrais être invité dans ces lieux – dansantes soirées, arrosés dîners, en lesquels se nouent les amitiés des subalternes et se jouent les joyeuses amourettes des subordonnés. Qu'on m'initie – par pitié ! – aux obscures récréations où se réunissent, par une épidémique fraternité, les salariés inférieurs et les moindres QI. Non point pour que j'y lâche les puissances de mon cortex comme on y lâche son méchant chien, non point pour promener mes astres au bas plafond de ces ciels modérés, mais aux relaxantes fins de momentanément dissoudre les sels de mon génie dans le thalassothérapique ressac des idées simples, des pensées courtes et des intuitions grossières. Je sais – mes bons amis – que je puis compter sur vous pour accéder aux réalisations de ce vœu. N'ayez crainte, je saurai rester à ma place et n'humilierai personne. Je rêve parfois que l'un des vôtres m'enlève, puis m'installe en vos Enfers pour une durée de six mois, comme Pluton le fit avec sa Proserpine de nièce. Je comprendrais mieux, par cette plongée en vos réduits cosmos, pourquoi vous en vîntes à martyriser mon innocent filleul.

6

Le stage de M. Theotokos continuait, chaque jour, du matin très tôt au soir très tard. Les examens approchaient. Les parents semblaient sur les nerfs. M. Theotokos tapait sur les miens. Les enfants paraissaient, pour la plupart, fort mal en point. Nous n'avions, au vrai, guère le temps de cicatriser, de nous réparer. Le cours sur la flagellation (marotte comme indiqué plus haut de M. Theotokos) n'en finissait pas. Les épidermes s'effilochaient, par bandes de chair calcinée. On comptait plusieurs comas.

— Il s'agit de ne pas dépasser le nombre, canonique, de cent et un coups, indiqua M. Theotokos.

Les coups de verges donnaient un léger aperçu de la mort. Un des nôtres, le petit Barnabé Llovski-Rimov, après trois jours d'une fièvre intense et bleue – durant laquelle il perdit huit dents –, manqua de trépasser. Son crâne contenait des guêpes, des frelons, des taons, et menaçait de se fissurer. Ses poumons le brûlaient. C'était un enfant qui se consumait, abruti de blessures, pourri de douleurs à la fois vastes et précises, concises et illimitées. On imagine qu'il existe une limite à la douleur – son continent déborde le paysage du corps. Le corps, plutôt, s'agrandit aux proportions d'un pays pour faire de la place à la douleur, il s'étend, s'étire, se dilate pour lui proposer de se répandre sur une surface imaginaire qui semble bien réelle à celui qui se découvre maintenant géant, informe et sans frontières, répandu jusqu'aux incurvées extrémités du globe, où la cuisson des fouets se propage comme une onde sur les espaces alors inhabités, sur les régions inventées à mesure, s'applique au fer rouge sur chaque étendue proposée, enfonçant point par point une incandescente aiguille dans les chairs. Quand la douleur devrait s'émousser, elle revient au contraire, le visage modifié, méconnaissable en sa variation neuve, mais nouvelle en densité, en manière – en intensité. Elle fait mal autrement, donc davantage. Arrivent les migraines, comme un repos pour le corps qui s'intéresse à la tête enfin, se déleste de tout ce qui est lui, se soulage de sa capacité à inviter les insoutenables sensations puis à les vivre en pivotant vers quelque chose de différent, d'anodin, d'agréable : l'impression qu'un marteau nous fracasse les tempes et le front.

Nous vîmes le jeune Llovski-Rimov tituber, concassé groggy, s'emmêler dans les meubles, s'aplatir aux carreaux, manger les parquets, les yeux crachés de leurs orbites, en spasme et roulis de sanglots, zébré comme un zèbre rouge, criant des mots morts, renversé des pieds aux cheveux, aboli, la peau criblée des échardes du « scorpion ». Ses parents, repus de morbidité, affichaient sur la figure d'élevés indices de satisfaction.

— Nous sommes fiers de toi, lui avait lancé sa mère (une ancienne prostituée iranienne qui travaillait à présent chez Coullisson & Fils, confiserie de luxe sise rue de la Truanderie).

— Nous le sommes aussi de nous, nuança son père (dont je ne préfère pas livrer ici la biographie, même sommaire). J'ignorais qu'en n'étant ni vil ni sadique, on pouvait parvenir à de tels résultats…

— Et en aussi peu de temps ! fayota la mère en vérifiant que les paroles par elle émises atteignent le pavillon de M. Theotokos.

— Nous aussi, se mêla ma mère de ce qui ne la regardait pas (elle était coutumière du fait), nous sommes très contents de nous. Mais vous avez eu tort de lui laisser son tee-shirt… Cela aura de toute évidence amorti les coups.

— Monsieur Theotokos a dit que nous le pouvions.

— Je le confirme, confirma M. Theotokos. C'était un examen blanc. Le but n'était pas tant d'infliger une pénitence à notre petit Barnabé que d'apprendre les gestes qui font mal. Je puis vous assurer que le jour des vrais examens, tout le monde – je veux dire : tout le monde chez les enfants – sera présenté dans son plus simple appareil…

— Voilà ! Et ce jour-là, qui arrive à grands pas, qui arrive au galop, renchérit M. Llovski-Rimov, nous le fracasserons, notre petit Barnabé d'amour. Nous le flagellerons comme nul depuis Titus n'a flagellé. Croyez-moi !

— Oui, enfin, pas tout à fait. Pas vraiment, tempéra M. Theotokos.

— Comment cela ? s'inquiéta Mme Llovski-Rimov.

— Sans doute ai-je oublié de vous le préciser, chers stagiaires – là je voudrais que tout le monde m'écoute, y compris vous monsieur Momoglonono-Nonoglomomo –, que le jour de l'examen, aucun parent ne martyrisera son *propre* enfant. Les enfants, pour que les choses soient plus équitables, seront attribués à un binôme de parents différents des siens selon les lois du tirage au sort.

— Mais enfin mais c'est inouï ! Vous n'y pensez pas ! s'indigna mon père…

— C'est carrément folkorique ! gloussa un certain Gontard en chatouillant mécaniquement sa glotte avec l'index.

— Ce sont nos règles, trancha M. Theotokos. Elles sont ce qu'elles sont. Vous ne les changerez pas.

— Écoutez, essaya mon père, c'est absurde. C'est comme attribuer un cheval aléatoire à un jockey avant le départ de la course. Cela n'a aucun sens. Ou comme interchanger les véhicules au départ du Grand Prix. Nous nageons là dans le plus pur délire !

— Pas du tout, expliqua M. Theotokos. Il s'agit au contraire de ne point vous habituer à un seul corps d'enfant, à une seule étendue de chair répertoriée. Nous voulons faire de vous des martyrisateurs capables de *s'adapter*. Capables de changer de cap. Nous ne voulons pas encourager le bachotage et le par cœur. Si vous abîmez sans cesse le même enfant, c'est pourtant ce qui risque d'arriver. Vous risquez de vous enferrer dans une martyrologie-réflexe, passive, sans relief, comme si vous étiez en quelque sorte en pilotage automatique. Sinon, que voulez-vous, excusez-moi mais autant utiliser des machines. Des robots qui attacheront vos enfants à votre place, qui les ébouillanteront, leur écraseront des mégots de cigarette sur la pupille pendant que vous serez sortis au cinéma. C'est ça que vous voulez ? Que des androïdes domestiques donnent les coups de poing, de palette, de cravache, de battoir et cordes et de courroies pendant que vous faites la grasse matinée le dimanche ? Que ces mécatroniques engins programmés par des informaticiens de la Silicon Valley huent vos petits Barnabés ? Les robots. En 76, tout le monde ne parle que de cela… C'est désolant. Je n'aime point ces choses de métal. Le seul domaine où je rêve qu'ils prennent le pouvoir, c'est dans le milieu du journalisme ! Après toutes les horreurs qu'ils ont écrites sur l'APEB ! La meilleure nouvelle de tous les temps serait que des robots les remplacent. Et ça arrivera. Croyez-moi ça arrivera !

7

— La violence est en vous, chers stagiaires. C'est votre bien le plus précieux. C'est un inaliénable trésor et qui vous appartient. Travailler sur votre enfant, c'est bien. Mais cela vous empêche de viser, d'atteindre à l'universel. Cela ne vous permet pas de progresser, de pratiquer le tout-terrain, de voyager sur les corps, de rencontrer sur votre route des épidermes et des os et des nerfs différents, des réactions différentes, des gémissements différents. C'est comme partir à l'étranger, que de torturer le petit enfant d'un autre. Et puis, ce n'est pas simplement cela. Mettez-vous à la place de l'enfant lui-même. Ne mérite-t-il pas, lui aussi, de se changer les idées ? De ne pas se complaire dans un schéma tout fait, infiniment identique et répété ? Laissez-le profiter des règles de cet examen : il pourra ensuite comparer – ce qui est sain. Et relativiser. Cela ouvrira son esprit. Des horizons nouveaux. Changer d'air. Loin des parents. S'émanciper. Souffrir ailleurs. Et différemment, surtout ! C'est vital. Les concepteurs de notre programme ont pensé à tout, vous savez. Nous ne sommes point là par hasard. Tout cela est réfléchi. On est un bon guitariste quand on sait changer de guitare.

Le stage faisait rage. Les parents, concentrés sur le sujet imposé par M. Theotokos – et qui différait d'établi en établi –, tentaient de faire souffrir au mieux leur progéniture ecchymosée. Ils veillaient sans relâche à arracher des bouches de celle-ci les cris les plus stridents, les plus *professionnels*. M. et Mme Motu assénaient de violents coups de poing à leur fils Tatane. Le sang des gencives giclait, à des baves mêlé. Puis Tatane fut mis à genoux – et reçut des coups de pied.

— Tu es bavard ! lui criait sa mère.

— Tu es vaniteux ! lui criait son père.

— Ne vous justifiez point trop, suggéra M. Theotokos en passant dans les rangs – il prenait des notes dans un petit carnet en cuir de Cordoue. L'enfant, *a priori*, n'a pas à connaître les raisons profondes qui font de lui un martyr. Ce sont *vos* oignons, pas les siens.

Passant devant le plan de travail d'un autre couple – des Chinois :

— Ah ! Monsieur et madame Tchié-Dzeu... Comment ça se passe ?

M. Theotokos inspecta le dos du jeune Houa Hao, leur fils – abruti de larmes silencieuses, en lambeaux, très près de l'évanouissement, et dont quelques glaires s'écoulaient par les commissures des lèvres.

— Je vois que vous avez achevé la flagellation... C'est bien, c'est *très* bien... Les régions endommagées sont satisfaisantes. Texture boursouflée, délimitation précise, excellent ratio puissance/dégâts. C'est très bien. Vous me faites ça le jour de l'examen et vous aurez une note très honorable à l'épreuve de flagellation. Madame Tchié-Dzeu, pouvez-vous m'expliquer ce que vous allez faire maintenant ?

— Oui... Je m'apprêtais à prendre une brosse pour frotter les parties flagellées.

— Le problème c'est que nous ne trouvons pas la brosse... expliqua M. Tchié-Dzeu, l'air accablé.

— Ah ! fit M. Theotokos, mystérieux et taquin. Vous avez pourtant sur votre paillasse tout le matériel nécessaire au bon déroulement de cet atelier...

M. Theotokos désigna un gant de crin posé sur le plan de travail.

— Bon, et ça ? sourit-il. C'est pour quoi faire ?

Il s'exprimait avec gentillesse mais très fort dans la salle, à cause des cris et de hurlements des enfants, le niveau des décibels était très élevé.

— C'est un gant.

— Oui, un gant de crin… Allez-y, mettez-le. Voilà. Très bien. À présent vous allez frictionner le dos de Hao Houa avec énergie.

— Houa Hao, pas Hao Houa, fit remarquer poliment le père.

— Au temps pour moi, s'excusa M. Theotokos. Je ne déteste rien tant qu'écorcher les prénoms et les noms. Je vous remercie de m'avoir corrigé. À propos d'écorchement et de correction, je voudrais bien voir comment votre épouse va s'y prendre.

Madame Tchié-Dzeu se mit à frotter avec une démoniaque vigueur les zones cinglées de l'épiderme dorsal de son petit – auquel elle arracha des cris semblant venir d'un inaccessible monde, au-delà de toutes les étoiles répertoriées.

— Très bien, fit M. Theotokos, satisfait, en obstruant momentanément ses tympans à l'aide d'un casque semblable à ceux qu'utilisent, sur le tarmac des aéroports, les aiguilleurs, les manutentionnaires et les bagagistes. La friction congestionne les nerfs sous-cutanés et amplifie exponentiellement l'effet des coups de lanière à venir. C'est un complément très efficace au châtiment, vous verrez. À combien de coups en êtes-vous, à ce propos ?

— À soixante-seize, répondit Mme Tchié-Dzieu.

— Bien, très bien. Surtout, respectez bien la « règle des 101 ». Continuez ainsi. Je suis très content de vous, monsieur et madame Tchié-Dzeu. Vous faites partie de nos meilleurs éléments. Je compte sur vous pour me décrocher l'examen avec mention… N'est-ce-pas ?

— Oui, monsieur Theotokos. Promis, monsieur Theotokos. Merci monsieur Theotokos ! répondirent les époux de concert.

8

M. Theotokos passa au couple suivant. Des Français dits « moyens ». Les époux Baraban. La laideur de Mme Baraban, la laideur de la Baraban était stupéfiante. Ses jambes mauves, mouchetées de rouille, étaient grêles et semblables aux concaves pattes d'un flamant. Son crâne : une grosse pierre carrée, tombale quasiment, sur laquelle fleurissait quelque chiendent (touffe de poils). Son regard avait l'air d'un sac noir. À ses grimaces, on devinait qu'elle avait la chair méchante et l'instinct cruel. Ses mains, décolorées par la lessive, eussent pu pour les noyer empoigner pas moins de quarante chatons. La Baraban ne semblait pas du genre à pouvoir modifier sa vision du monde – ce, d'autant moins qu'elle n'en possédait point. La face rocheuse de son derrière était insurmontable : seul un homme aussi mort et sableux que son petit étriqué mari pouvait avoir le goût d'arpenter cet amas de putréfaction légèrement pourrissant, où des millions de mouches avaient pratiqué leur looping ultime. La Baraban était détentrice de hideur et d'odeur ; elle inventait des ignominies nouvelles à chaque geste qu'elle commettait, et la fixer plus d'une trentaine de secondes était un appel au vomissement. Qu'elle ne se lavât jamais n'était pas le problème – le problème était qu'elle était illavable. L'eau ne fonctionnait pas, n'opérait pas sur elle. Elle se refusait de toutes ses forces à glisser, à imprégner, à modifier, à appréhender ce géant séant. Le mari – *le* Baraban – n'avait heureusement pas le sens de l'odorat, ce qui le préservait d'une mort subite. Sa laideur, à lui aussi, relevait de l'art le plus accompli. Un grumeau d'homme, brillant de reflets grenat, un zozotant torchis, purulent, maigrichon des échasses et replet du bidon, un profil de brise-lames, un regard jaune, une incompréhension à peu près illimitée des choses de la vie, une pacotille d'humain, le cou muni de pustules plumées, les joues de jambon greffé, l'appendice nasal jumeau de toutes les courges. Chacun eût adoré lui lancer des cailloux, mais les cailloux, une fois installés dans l'accélération de leur trajectoire, bifurquaient *in extremis*, trahissant la naïve confiance du lanceur en les soi-disant immuables lois de la mécanique (du moins ces lois avaient-elles été valables jusqu'ici), afin de ne pas entrer en contact avec M. Baraban. Les crachats, eux aussi, étaient dégoûtés et rebroussaient chemin, si bien que vous vous éclaboussiez vous-même le visage. Il eût fallu l'assassiner – sa présence sur terre avait quelque chose de désagréable, de gênant – mais les assassins préféraient mourir que d'approcher telle entité. Par miracle, les Baraban avaient mis au monde une magnifique petite fille : Anouchka. Les contradictions de la nature, ses improbables mystères sont sans bornes : l'infect accouche parfois du divin. Ce fut le cas ici – et plutôt que de révérer cette beauté, de la protéger, de la remercier d'avoir cassé la génétique malédiction qui ne demandait qu'à s'abattre encore et encore, jusqu'aux derniers murmures du dernier ciel, sur la descendance ignoble de ce couple inadmissible, ce couple inadmissible avait choisi de la châtier, de la défigurer, de la punir, de lui faire regretter de n'avoir été point laide. La méchanceté des beaux se soigne ; c'est juste un tir à rectifier, ce n'est qu'un dysfonctionnement balistique – quelques séances d'analyse, une remise en question, un heureux amour et tout rentre dans l'ordre, et la gentillesse reprend ses droits. Tandis que la méchanceté des laids ne se répare pas – ne se rectifie pas. Elle est parallèle à la laideur. Voilà, c'est ça : la méchanceté est perpendiculaire à la beauté et parallèle à la laideur. On peut rectifier ce qui est perpendiculaire : car il existe un point de croisement, un lieu de rencontre. En ce point, en ce lieu, on peut opérer. On peut intervenir. On peut faire quelque chose. Dans le cas des parallèles, on est impuissant. Il n'y a pas de prise, pas d'intersection, tout glisse droit. La méchanceté ira aussi loin que la laideur, qu'elle ne croisera, qu'elle ne rencontrera qu'à l'infini. La méchanceté achoppe toujours en un point sur l'axe de la beauté. La méchanceté a toute la vie devant elle sur l'axe de la laideur. Rien, jamais, ne viendra la freiner, rien ne viendra stopper ni interrompre sa course, rien ne viendra, jamais, perturber sa trajectoire : la ligne droite est une trajectoire idéale et têtue, inaliénable et parfaite, mortelle et sans fin. La méchanceté ne dépend même pas de la laideur : la laideur n'en est point la fonction – elle est linéaire, elle n'est point courbe. Linéaire et continue, sans arrêt jusqu'à la haine, sans accroc jusqu'à la mort. On est beau sans cesse, mais on finit par l'oublier : cette beauté paraît naturelle, on ne s'en souvient que dans les moments propices, utiles, tactiques, amoureux. Quand on est beau, on convoque la conscience de sa propre beauté, on se rappelle autrement dit à son bon souvenir, parce qu'on en a *besoin* : telle fille est à séduire, tel employeur, tel public. Si bien qu'en définitive, on n'est beau que par à-coups. Quand on est laid, on est laid sans cesse, mais on ne finit jamais par l'oublier : cette laideur, ramenée chaque seconde à la surface de la conscience, pique en permanence, s'affirme perpétuellement, sans le moindre repos – elle impose sa permanence, interdit tout répit, toute tranquillité. C'est elle qui gouverne. Le beau, entre les espaces où sa beauté le satisfait, peut s'oublier comme beau (la question du physique étant réglée une fois pour toutes) et, décontracté, s'ouvrir à des parties nouvelles de son être, explorer des zones de son être inconnues de lui. Il peut se pencher sur une autre facette de lui-même. Tandis que le laid, lui, est toujours ramené à sa laideur, à sa laideur qui ne le lâche pas, qui l'obsède et l'empêche de passer complètement, totalement à *autre chose*. Elle est toujours là sur son passage, comme une grosse araignée endormie sur le bord du chemin. Et même lorsque – certains jours – elle se fait plus petite, même quand elle ne prend pas *toute* la place, elle prend de la place. On peut choisir de mépriser sa beauté. On ne peut choisir de mépriser sa laideur. Quand je suis beau, c'est moi le chef. Quand je suis laid, c'est la laideur le chef. Un beau méchant est appréhendé comme quelqu'un de méchant. Un laid méchant est appréhendé comme quelqu'un de laid. La méchanceté est une énigme de la beauté ; elle est un paradigme de la laideur. Même répandue – et elle l'est –, la méchanceté est une aberration de la beauté ; la laideur est une explication de la méchanceté. Un beau qui est méchant, cela relève de la métaphysique ; un laid qui est méchant, cela relève de la physique. C'est une bille qu'on lâche, en référentiel galiléen, sans frottement, sur un plan incliné. Laideur de Staline, laideur de Hitler, laideur de Mao, laideur de Pol Pot, laideur de Mussolini. C'est une histoire de la laideur qu'il s'agit d'écrire : concentrée sur elle-même, elle est son propre moyen et sa propre fin – elle se débarrasse de tout le monde aux fins de se débarrasser d'elle-même. Le rêve des dictateurs : qu'il n'y ait plus personne pour surprendre leur laideur, pour y *assister*. Hitler invente la race aryenne pour se convaincre qu'il en fait partie : la créature, forcément, possède les traits du créateur. Les juifs, il les invente comme plus laids que lui. La race supérieure est celle des beaux, la race inférieure celle des laids. Les nazis incarnent la gentillesse et la bonté ; les juifs, très logiquement la méchanceté – la cruauté. Hitler n'eût jamais compris, ni jamais conçu, ni surtout jamais admis, qu'on l'accusât de faire, d'incarner, de personnaliser, de symboliser le « mal ». Le mal est réservé aux laids : lui avait fini par devenir beau, par s'inventer beau.

9

— Cher monsieur Baraban, commença M. Theotokos qui semblait (avec la Baraban) être le seul sur terre à n'être pas dégoûté par la présence d'un tel individu, montrez-moi un petit peu où vous en êtes, je vous prie.

— Ma femme et moi sommes en train de corriger Anouchka, répondit Baraban.

— Je l'espère... ironisa M. Theotokos. Mais encore ?

— Ma femme et moi plantons des aiguilles sur le dos déchiqueté d'Anouchka.

— Okay, d'accord. Et pourquoi ? À quelles fins ?

— Eh bien, mais pour lui faire mal, répondit Baraban mâle.

— Pour qu'elle souffre, surenchérit Baraban femelle.

— Oui, ça, j'entends bien, entendit bien M. Theotokos. Mais si vous ne connaissez pas les raisons d'un supplice, si vous ignorez tout de ses finalités, de son sens, de sa raison d'être, c'est que vous n'avez toujours pas saisi l'intérêt du travail que nous menons ensemble depuis maintenant plus d'une semaine... Expliquer le sévice par la douleur n'est guère pertinent – vous en conviendrez. La souffrance est une réalité dont l'explication n'est pas l'affaire du martyranat, mais qui en constitue la base.

— Ma femme et moi désirons qu'Anouchka souffre de plus en plus... tenta Baraban.

— Vous tournez en rond, mes amis, vous tournez en rond ! s'agaça M. Théotokos. Que ce soit épines, clous, pointes métalliques acérées à cet effet, nous n'attendons point de vous que vous les enfonciez dans la peau comme des barbares, mais que vous picotiez délicatement la peau au contraire, que vous la chatouilliez presque, que vous l'effleuriez juste assez pour en modifier la sensibilité, pour en perturber la réceptivité, pour en étonner les réflexes, les prendre de cours, par surprise, et préparer ainsi le terrain des flagellations suivantes, des coups de verge à venir. Non, franchement, il est important que vous compreniez ce que vous êtes en train de faire. Il ne s'agit pas d'appliquer bêtement le cours sans en saisir les tenants et les aboutissants... Sinon, l'enfant lui-même ne comprendra plus rien, et ça deviendra un enfant martyr complètement traumatisé, complètement perdu – déboussolé. De toute façon, depuis le départ, je vous soupçonne de faire payer à Anouchka sa grande beauté. Son immense beauté qui contraste avec votre immense laideur. Je puis le comprendre, bien entendu, mais le but de ce stage est aussi de vous apprendre à vous méfier de ces réflexes basiques et à vous en délester. L'existence de la laideur comme telle reste pour Anouchka quelque chose d'abstrait : pour elle, vous êtes ses parents, donc vous êtes beaux. Par définition, vous êtes même les plus beaux.

— Ma femme et moi n'avions pas pensé à cela, reconnut Baraban.

— Je sais. Mais vous êtes ici pour apprendre, fit remarquer Theotokos. Pour le moment, votre fille a le sentiment de recevoir des corrections abstraites, puisque les causes lui en sont totalement incompréhensibles, illisibles. Les escarres qu'elle arbore sur le dos, l'évanouissement dont elle fut tout à l'heure la victime, je crois, ne doivent en aucun cas être par elle mal interprétés. C'est d'accord ? C'est compris ?

— C'est d'accord, monsieur Theotokos.

— C'est compris, monsieur Theotokos.

La victime suivante était un blond bouclé au visage de séraphin. Charléon Petit-Coussin vivait un épisode désagréable de sa courte biographie. L'avant-veille, son œil gauche avait été crevé lors d'une interrogation-surprise sur l'énucléation, dont il n'avait pourtant été demandé d'acquérir – pour le moment – que les principes et les gestes. Sa mère avait été un brin trop zélée. Charléon était attaché sur un chevalet de bois, les fesses nues, étalées, à la merci des parentaux tortionnaires. M. Petit-Coussin, chirurgien-dentiste établi rue Xain-trailles, aidé par son épouse (seins tombants, gueule de flétrie belette), était, sourire supérieur aux lèvres, en train d'apposer des orties et des berces du Caucase sur le dos fraîchement fustigé de Charléon. Avant même que M. Theotokos posât la moindre question, Mme Petit-Coussin fit commentaire de leur occupation :

— Nous appliquons des plantes urticantes sur les lésions de Charléon.

— Ça va, Charléon, tout se passe pour le mieux ? demanda M. Theotokos.

Mais Charléon était K-O. Il bavait. La douleur l'avait paralysé. Il avait souffert plus qu'il n'en était capable : sa souffrance continuait d'ailleurs sans lui, comme loin de lui, indépendamment de lui, en congé de lui, en vacances de lui, perdue dans une dimension qui ne le concernait pratiquement plus. La douleur de Charléon était si présente qu'elle avait l'air d'une absence. Tellement là qu'elle semblait avoir démissionné, tellement prégnante qu'elle paraissait avoir fui, tellement puissante que Charléon l'imaginait faible et douce, caressante et amie – bienfaisante. Tellement cuisante qu'elle apaisait. Tellement intense qu'elle avait quitté les lieux, sans rien dire, était montée vers le plafond, frôlant d'autres dos d'autres petits enfants abîmés, déployant ses ailes pour décrire des arcs de cercle et se cogner à la verrière, s'y assommer peut-être, s'y encastrer sans doute. Mais elle avait fini par se lasser de cette liberté abusive – Charléon lui manquait. Elle refit un looping puis revint se poser sur les régions endommagées du charléonien dos, non plus sous forme de cinglées, mais sous forme de « plantes qui piquent ». Charléon exécuta une série de bonds non euclidiens, d'épileptiques sursauts.

— La cuisson semble des plus vives, n'est-ce pas ? demanda, fort malicieusement, M. Theotokos. J'espère que les liens qui attachent Charléon au chevalet sont solides. Pour quels nœuds avez-vous donc opté ?

— Le nœud néo-chaldéen à triple rosace, répondit Mme Petit-Coussin.

— Bien. Mais un simple nœud vénitien, en semi-vrille ou torsadé, suffisait amplement. De toute façon si ça tient, ça tient – le jury ne vous enquiquinera pas là-dessus. Vous pouvez continuer.

M. Petit-Coussin frotta alors le fessier de son fils aux orties. Puis, extrêmement concentré sur sa tâche, il brandit un fouet à quadruple lanière, exécuta sa sentence de manière artificielle – mais appliquée. Il manquait notamment de souplesse au niveau de l'avant-bras. Il asséna à son enfant une bonne treizaine de coups. Après quoi il fit couler de la cire brûlante sur les lésions.

— Passe-moi le sel, lança M. Petit-Coussin à sa femme.

— Je pense que ça risque de faire double emploi avec la cire... se risqua Mme Petit-Coussin.

— Ne commence pas à discuter ! Ou je te fais subir le même châtiment.

Cette dernière remarque parut ne pas complaire (du tout !) à M. Theotokos :

— On se calme ! Je ne veux pas de ça ici ! Pas de femmes battues chez moi ! Je ne souffre pas que quiconque ose lever la main sur une dame. J'espère que c'est clair pour tout le monde ! *(Un temps)* Quant au sel sur les plaies, il est vrai que cela peut paraître superfétatoire, mais je n'y vois pour ma part aucun inconvénient. Tâchez toutefois de privilégier l'usage du sel Cérébos. Cérébos est un établissement sérieux. Vous pouvez également vider sur les parties endommagées de l'enfant trente-trois centilitres d'eau de mer.

M. Theotokos continua son tour de piste. Il se trouvait maintenant en face d'un couple possédant des triplés : M. et Mme Tuckett (Nicéphore et Louise-Violette). Les trois jumeaux étaient des garçons : Alphée-Gaston, Chérubin-Césaire, Saturnin-Leu. Ils étaient passés par le bureau des prénoms, où M. Grillon avait fait montre, comme à son habitude, d'une imagination remarquable et d'un professionnalisme confondant. Il devait plus tard consigner dans ses Mémoires (publiés en 1999 sous le titre *Mes années prénoms* – éditions de la Lérette, chez l'auteur, 23, rue du Dévidet, 45000 Orléans) qu'il avait longuement hésité pour Saturnin-Leu : dans une première version, au brouillon, il avait trouvé « Saturninus-Mundus ». Mais il prit peur qu'on ne se moquât du titulaire d'un prénom par trop tordu au cabestan des latines humanités. Sous la verrière, les trois frères étaient attachés ensemble. Quand M. Theotokos arriva, M. Tuckett arrachait une partie de l'oreille de Chérubin-Césaire tandis que son épouse transperçait la joue d'Alphée-Gaston à l'aide d'une aiguille à tricoter préalablement chauffée à blanc.

— Et Saturnin-Leu ? On l'épargne ? interrogea M. Theotokos.

— Non point, grommela M. Tuckett (Nicéphore), mais c'est qu'on peut pas être à la fois au four et au moulin.

— Il faut mieux vous organiser, lui objecta M. Theotokos. C'est une question d'organisation. Vous, madame, pendant que vous faites des trous dans la bajoue d'Alphée-Gaston – étant donné qu'il me semble bien que vous êtes titulaire de deux mains en parfait état de marche et en sus agrémentées de grands ongles saillants –, vous pouvez griffer le visage de Saturnin-Leu.

— Oui, monsieur Theotokos. Bien, monsieur Theotokos.

Et elle (Louise-Violette, Louise-Violette Tuckett) s'exécuta.

10

— Je vous l'ai déjà répété cinq cents fois, s'énerva M. Theotokos, mais j'aimerais qu'à mesure que vous pra-

tiquez vos exercices, vous remplissiez les fiches méthodologiques que je vous ai distribuées en début de séance. Je les
ramasserai à la fin et elles seront notées.

Une clameur de protestation s'éleva dans la salle. Qui
aussitôt fut étouffée :

— Inutile de vous mutiner, c'est ainsi ! explosa M. Theotokos. S'il en est parmi vous à qui cette discipline – élémentaire – paraît insupportable, je ne les retiens d'aucune façon.
La porte est grande ouverte ! Il y a un protocole à respecter.
Je vous le dis pour votre bien. Le jury est très à cheval sur
ces questions méthodologiques. Demandez aux redoublants
– je crois qu'il y en a quelques-uns dans l'autre classe. Vous
devez inscrire dans les cases qui correspondent ce que vous
êtes en train de faire.

S'approchant d'un nouveau couple, M. Dominique et
Mme Dominique Jjsj :

— Cher monsieur Jjsj, votre fiche, elle est vide... Il n'y a
rien dessus ! gronda M. Theotokos.

— Nous avons oublié, nous sommes confus, se défendit
(fort mal) M. Dominique Jjsj.

— Nous étions pris dans le feu de l'action. Mais nous
allons la remplir, précisa Mme Dominique Jjsj.

— Oui. Il serait grand temps. Allez, je vais vous aider
parce que sinon, je crains que nous ne soyons encore en
ces lieux à la minuit ! Nous reprenons du début... Case par
case... « Prénom du supplicié » ?

— Titi, répondit M. Jjsj.

— Oui bon eh bien alors allez-y, inscrivez-le, vous ne
croyez tout de même pas que je vais le faire à votre place !
s'impatienta M. Theotokos. Allez, allez ! Et pas au crayon
de papier ! Vous ne possédez point de stylographe ? Vous
êtes vraiment venu en touriste, vous ! Madame ? Un stylographe ? Non plus ? Quelqu'un aurait-il un stylographe à
prêter à M. et Mme Jjsj ? Ah et marre de ces cris ! Essayez
de travailler davantage en silence ! On ne s'entend plus !

Utilisez les poires d'angoisse bordel de Dieu ! Elles ne sont point faites pour les chiens ! Voilà, merci… Et merci pour le stylographe. Nous reprenons, monsieur Jjsj… « Prénom du supplicié » : voilà, vous inscrivez, à l'aide de ce stylographe à bille, de pointe Bic qui plus est – qui surtout est. « Titi ». Bien. Voilà pour la première case. Deuxième case : « Nature de l'organe lésé ? »

— Le dos.

— Inscrivez, inscrivez. Case n° 3 : « Nature de la blessure »…

— Alors là…

— Alors là il n'y a plus personne. Pouvez-vous, monsieur Jjsj, me rappeler à quoi s'applique le mot « blessure » ?

M. Jjsj resta muet. M. Theotokos traversa la salle, monta sur l'estrade et inscrivit ceci au tableau noir, à l'aide d'une craie neuve et crissante : « LES BLESSURES ».

— Vous prenez vos cahiers, vous laissez vos enfants souffler cinq minutes et vous notez, ordonna M. Theotokos. Il est temps je crois que je vous éclaire d'un petit topo théorique sur les blessures. Vous risquez sinon à l'examen d'être pris au dépourvu. Je vous prierais de bien vouloir jeter un coup d'œil sur les polycopiés chez vous le soir… Le terme générique de *blessures* s'applique à toute lésion produite par une violence extérieure, quels qu'en soient le siège et la nature. D'accord ? Monsieur Moix ?

— Oui, d'accord. Je note, je note.

— Ces lésions reçoivent, dans le langage de l'APEB, la désignation de *traumatiques*. L'étude générale des blessures n'est pas au programme de ce stage – qui n'est qu'un stage d'initiation. Pour ceux qui le désireraient, il existe un cursus – composé essentiellement de cours du soir – où ils pourront entrer plus avant dans les détails. C'est une formation – je vous en préviens toutefois – qui s'avère très difficile et s'étale sur quatre ans. Pour le diplôme final – qui est international – il y a beaucoup d'appelés et *très*, *très* peu d'élus. Fermons cette parenthèse : cela, pour l'instant, ne vous concerne nullement. Sous les dénominations de *coups et blessures*, la loi, hélas, a son mot à dire. Mais nous autres, à l'APEB, nous faisons un peu comme les fiscalistes ou les avocats : nous slalomons entre les lois, nous ne nous en jouons point tout à fait, mais nous tentons de jouer avec. Il s'agit de ne jamais tomber, pour vous, dans les catégories des délits et des crimes, à l'occasion desquels les constatations médicales sont généralement réclamées par la justice de notre pays – qui, en matière d'enfants battus, est disons-le très rétrograde, comparé par exemple à l'Albanie ou encore à la Turquie. Nous n'avons pas, pour l'instant – vous verrez ça, je crois, jeudi matin avec mon collègue juriste, monsieur Grakola –, à nous préoccuper des textes de loi, ni à en commenter les dispositions. Juste une chose, cependant : sachez que la pénalité, en matière de blessures, repose en partie sur les conséquences qu'elles peuvent avoir sur la scolarité de vos enfants, sur la durée de l'indisposition qu'elles entraînent sur le travail, de l'incapacité à se rendre à l'école, mais aussi, malheureusement pour nous – je n'exclus pas que tout ce pénal fatras soit un beau jour révisé, nettoyé, adapté, réajusté, modernisé –, sur la gravité – toute relative, vous en conviendrez – des mutilations – le législateur sort tout de suite les grands mots ! – ou des infirmités – je vous laisse juge de l'aberrant choix des termes – qu'elles laissent à leur suite. Je vous ai livré ces informations parce que la déontologie m'y pousse, mais c'est en oubliant momentanément ces légaux salmigondis que nous allons nous pencher sur les blessures. Contrairement à la plupart de mes collègues de l'APEB, je ne suis guère partisan d'une classification systématique, dogmatique, de nos amies les blessures. C'est compliquer inutilement les choses. Les blessures ne sont point des papillons qu'on épingle, des éléments chimiques catalogués sur le tableau périodique. Je ne suis ni Nabokov ni Mendeleïev ! Rassurez-vous, monsieur Momoglonono-Nonoglomomo, je ne vous entretiendrai point de Vladimir Nabokov aujourd'hui. *(Rires)* Je ne suis pas médecin. La classification des blessures en catégories « nature de la blessure », « siège de la blessure » concerne la médecine légale. Chirurgicale. N'oubliez jamais que l'histoire des hommes est d'abord l'histoire des supplices qu'ils s'infligent. Comment les Grecs, d'après vous, décrivent-ils leur pays ? Vous avez lu l'*Odyssée*, chers stagiaires ? Il n'y est question que de sévices. « C'est moi qui suis Ulysse, oui, ce fils martyr de Laërte de qui le monde entier craint les coups de fouet et porte aux nues les séquelles laissées aux suppliciés. Ma demeure d'Ithaque, où des enfants enfermés souffrent, est perchée comme une aire, sous le Nérite au bois tremblant, du bois dont on taille les verges à fouetter. » Cogner, fouetter, larder, lézarder, fendre, traumatiser, déglinguer, abîmer : rien n'est foutrement meilleur ici-bas. C'est une grande joie de s'y livrer, de s'y abandonner – de s'y adonner.

11

— Ma foi, concéda mon père, je suis plutôt heureux de ce stage, ma chérie. Monsieur Theotokos est dur, mais je le trouve efficace. Je pense qu'après cela, notre petit merdeux de merde ne pourra plus passer à travers les mailles du filet. Sa vie ne peut non seulement plus rassembler les quelques miettes de joie auxquelles chacun a généralement droit, mais il ne pourra plus avoir la plus petite possibilité d'être heureux une seule seconde. Il ne saura pas trouver le chemin. Il ne saura même pas que cela puisse exister. Ah ! Quelle fine vie de rat se prépare pour ce gars-là, qu'il marc-astolphe ou qu'il ne marc-astolphe pas ! Il commence à nous les battre, le Marc-As, avec ses histoires de Partch et de Schönberg, de

Boulez et de Cage, mais il faut quand même que quelqu'un lui dise que Schönberg ne représente *rien* pour les gens comme moi, pour les gens comme nous. Nous lui déféquons dessus, et sur Partch itou ! Ravel ne m'intéresse pas : c'est de la ritournelle pour momies. Je n'aime, ne goûte et n'écoute que la variété française – tu le sais. Nicolas Peyrac, je dis oui. Richard Anthony, je dis oui. Je ne dis pas oui à Aaron Machin et Robert Truc. Rien ne vaut un joli français refrain, avec d'émouvantes paroles, une balancée mélodie, qui fait pleurer dans le dernier couplet. En tout cas qui donne à réfléchir.

— À propos de Richard Anthony, mon loup, savais-tu que son identité véritable était « Richard Btesh » ? Juif, comme notre fils.

— Ah oui ? Tu en es certaine ? s'étonna mon père. Heureusement que je ne suis pas antisémite, n'est-ce pas ? Je ne suis qu'antifils. Cette pendouillante petite crotte qu'est « notre fils » eût-il été vietnamien, que je serais pro-guerre du Vietnam *à mort.* Je suis bien content qu'elle s'achève, cette guerre. Nous n'en pouvions mais. Une guerre, c'est bien quand c'est dans son propre pays et qu'on peut y envoyer sa progéniture bonne à rien. Mais là. C'était loin – c'était abstrait. C'était trop *asiatique.* Je regrette de ne pas avoir vécu en 14. On y eût envoyé l'autre abruti – cela lui eût fait le plus grand bien. Une belle boucherie qui l'eût englouti. D'une seule bouchée. Hop ! Il se fût pris un éclat joli d'obus dedans les entraillettes, et ne nous aurait plus posé *un seul* problème. À la Péguy ! Mais en France, depuis l'Algérie, il n'y a plus la moindre guerre, plus le moindre petit conflit, plus la moindre échauffourée où l'on peut *illico* envoyer la chair de sa chair comme chair à canon. Chez les Grecs, il y avait des guerres sans arrêt. Ils se fussent ennuyés sans guerre. Moins bêtes que nous ils étaient. Ils avaient trop de fils. Ils ne savaient plus comment s'en débarrasser. Ils déclenchaient des batailles et les fils succombaient à ces batailles et c'était la belle vie sous le grec ciel de la Grèce. La guerre, ma chérie, n'est pas *exactement* le contraire de la paix. Elle en est le contenu. La paix est le contenant de la guerre. Si les cités grecques se font la guerre, c'est parce que la paix le permet. On appelle paix ce qui permet, pour les bonnes et vraies raisons, de se livrer les bonnes et vraies guerres. Les bonnes et vraies guerres sont celles qu'on déclare parce que l'on en ressent *l'envie*. Elles ne sont pas nécessaires, c'est pourquoi elles sont vitales : on y envoie sa marmaille, ses enfants, par centaines, par milliers, par centaines de milliers. Le rêve. Ce sont des infanticides différés. Il est passionnant de préparer son fils à la mort, de l'y envoyer en caressant une ultime fois ses haïs cheveux. Les Marc-Astolphes de l'époque, les Marc-Astolphons, Marc-Astolphos et Marc-Astolphus, eussent passé leur vie à se masturber les méninges sur des problèmes philosophiques, littéraires, artistiques, architecturaux, à décorer des vases avec leurs pinceaux petits, quand les Moix d'alors, les Moixons, les Moixus, les Moixos, eussent passé leur vie à procréer dans le seul but de fournir de la matière première aux guerres ! Eschyle parle *sans cesse* de la bataille de Marathon – non de ses poèmes de pédéraste. Je suis pour le retour de la guerre. Je voudrais vivre, non dans un pays en guerre, mais dans un pays-guerre. Non faire partie d'une nation qui déclare la guerre, mais d'une nation-guerre. Où l'on enverrait, à continu flux, nos enfants de la patrie se faire trouer le bidon. Les Grecs ont *tout* compris : c'est la ferme ou les tranchées ! Agriculteur ou soldat. Pécore ou troufion ! Quelle civilisation superbe. C'est d'elle que j'ai hérité mon amour de la mathématique. Je voudrais de la guerre partout, sans arrêt – *tout le temps*. De la guerre pour tous les âges. De la guerre qui vient chercher le *moindre* petit être humain planqué, de la cave au grenier paniqué, de la guerre à tête chercheuse, à museau fouineur, qui vient attraper les jeunesses pour les balancer sur les lieux du casse-pipe à grands coups de panard dans le derchos. De la vraie guerrière guerre – motivée. Pleine d'appétit. Folle de tourbes et de cadavres à peine pubères. Tous ces fils à crottés godillots, bien en rangs, chantant des *Marseillaise* en veux-tu en voilà avant de se faire démantibuler l'occiput et arracher les yeux par le souffle des déflagrations. Des fils pour Hiroshima, pour les goulags de la Kolyma, des fils pour les pitons, des fils pour les barbelés, des fils pour les tirs aériens. Des fils décapités, des fils brûlés, des fils déchiquetés, des fils amputés, des fils culs-de-jatte, des fils torturés, des fils ébouillantés, des fils cadavériques – des fils cadavres. Des fils mobilisés. Canardés ! Des fils recouverts de boue et de sable et de cailloux. Des fils en tirailleur. Ce qu'il faut mettre au monde, ma chérie, ce ne sont pas des médecins ni des avocats, mais des grenadiers-voltigeurs, des petits caporaux, du bétail à shrapnels. Des hoplites de fils, jolies gueules à démolir, avec des glaives et la mort pas loin, des jambières, des cuirasses pas trop cuirassées quand même, des cuirasses cuirassées mais pas très, des casques gourmands d'impacts et de trouées. Aristophane était un imbécile ! Rien n'est moins absurde qu'une guerre. À commencer par celle du Péloponnèse, une de mes favorites ! Je veux de la guerre tueuse de gamins, de la belle belliqueuse guerre à cercueils, à deuils, à monuments aux morts, à commémorations chialeuses, à mamans de noir vêtues exagérant leurs miaulements ! Je veux de la déclaration de guerre perpétuelle. Pas de la déclaration amoureuse transie, abrutie, coquine à souhait, bien « mignonne-allons-voir-si » ! Le beau-père de Platon, ma chérie, a connu l'horreur des combats. Mais le combat n'était pas conçu comme une horreur. C'est là toute la différence. Les gens faisaient l'amour toute la journée : du coup, les fils s'amoncelaient, les fils s'accumulaient, l'homosexualité ne parvenait hélas pas à éponger leur nombre, à réguler cette surproduction. D'où la guerre. Qui délivrait les parents du poids des enfants, les enfants du poids des parents. Chacun y trouvait son compte. C'était le paradis. À partir de 17 ans, tu pouvais envoyer ton morveux. Jusqu'à 45 ans, pour les retardataires, les hésitant, les scrupuleux ! Ce n'étaient pas des problèmes de bac français, qu'ils avaient, à 17 ans, les petits Athéniens, les petits Spartiates. Crois-moi puce. Périclès, qui avait *tout* compris, envoya son propre fils se faire dépecer sur le champ de bataille. Sophocle avait l'équivalent du grade de lieutenant-colonel. Tu imagines Pierre-Jean Rémy ou Le Clézio commandant un escadron ? Thucydide ? Général ! Tu imagines Emmanuel Le Roy Ladurie étoiles cousues sur les épaulettes ? Archimède : mort pendant le siège de Syracuse, en train d'imaginer des machines pour *écrabouiller* les Romains. Ce n'était pas la médaille Fields, qu'il espérait – mais une médaille de guerre. Je veux du fils à charnier ! Du fils à départ. Du fils qui quitte à l'aube le foyer, par les chemins, chantant *La Madelon* avec sa compagnie, sa batterie, sa section, sa tagmata, et ne revient pas – *jamais*. Je veux du fils terre de France, pantalon garance ou kaki, du fils ciblé, du fils-cible, du fils en joue, de l'otage de fils, du sacrifié de fils, du viande hachée de fils. Je veux du lambeau de fils. De l'exorbité de fils. Du fils passé par les armes. De l'abattu de fils. Du résistant de fils – du moment que les collabos le déportent. Du collabo de fils du moment que les résistants l'assassinent. Je veux du décédé de fils. Du repose en paix de fils. Du fils éternel ! Je veux de l'inexistant de fils, du vie brève de fils, du fils à destin tragique, à courte biographie. Je veux du fauché par le destin de fils. De l'enlevé, de l'arraché de fils. Du à la patrie reconnaissante de fils, du mort pour la France de fils. Du nous avons la douleur de vous faire part de fils, de l'encadré noir de fils, du linceul de fils. Du fils à poignées d'argent. De la mise en bière de fils. Du fils à cérémonie – de l'épitaphe de fils. Du fils à là-dessous, du fils à là-haut, du auprès du Seigneur de fils. Nous voulons de l'absence de fils, du sans-nouvelles de fils, du fils bien disparu, du fils très disparu. Nous voulons du fils qui n'est plus notre fils. Du fils qui ne sera jamais plus un fils, ni le nôtre, ni celui de *personne*. Nous voulons un rien de fils, non pas le fils de personne mais le personne de personne. Le fils de nulle part. Le fils qui est mieux là où il est. Du feu mon fils. Le fils des ténèbres, le fils qui gît là. Sous mes heureux souliers. Amen.

12

— Je veux devenir le citoyen d'une patrie infanticide, avait asséné mon père à ma maîtresse de CE2, madame Shatki, également directrice de l'école. Je veux mettre sur pied une brigade spéciale des pères. Un groupuscule de pères extrêmes. Convoquer-déclencher des guerres serait notre souci premier. Les révolutionnaires firent la Révolution de 89 pour décapiter leurs petits. Les guerres napoléoniennes furent menées par des fils sur la décision d'un Père suprême. L'ultime but serait un parfait génocide filial, chère madame. La destruction massive des fils. La destruction intentionnelle des fils. La décision d'exterminer toute cette marmaille de fils qui pullule dans les familles, dans les communales écoles, dans les lycées de la République, dans nos rues, dans les quartiers. La planification de leur industrielle éradication : le Parti des pères gagnerait lentement les élections – à la Hitler.

— Écoutez, cher monsieur, proposa Mme Shatki, le mieux serait peut-être que vous rencontriez notre psychologue. Vous avez de l'éducation une vision qui – pour être personnelle – n'est peut-être pas tout à fait adaptée aux normes en vigueur dans nos sociétés.

— Les fils sont nos juifs, madame, rétorqua mon père. Ce sont les fils le groupe cible, ce sont les fils, ce sont nos fils l'ennemi, le pou, la vermine à exterminer. C'est contre nos fils qu'il nous faut sévèrement belligérer. Pour commencer, il s'agirait de les mettre en danger par l'argent. Les jeter dans de précaires situations. Supprimer – j'entends : par une loi dûment votée à l'Assemblée et ratifiée par le Sénat – tout argent de poche. C'est cela ! Rendre l'argent de poche *illégal* ! *Anticonstitutionnel* ! Abandonnons nos sous-hommes de fils à la rapine, au vol, au cambriolage, au pillage. Regardons-les se corrompre, observons-les doucement se pourrir. Là se situe la véritable source jouissance pour un père qui se respecte. Rousseau avait tout compris : malgré ses dissertations, il avait abandonné à l'Assistance publique la racaille qu'il avait mise au monde. Quel génie. Un enfant ça s'abandonne.

— Non, cher monsieur. Un enfant cela s'éduque.

— Parfaitement. Et l'éducation est ce qui précisément relève de l'autorité et de la responsabilité parentale.

— Mon mari n'a pas tout à fait tort sur ce point, le défendit ma mère.

— Loin de moi l'idée de vouloir remettre en question la légitimité parentale, expliqua Mme Shatki. Simplement, je suis pour le moins surprise par la direction que prennent, dans votre foyer, les principes éducatifs que la plupart des familles, de nos jours et dans nos régions, inculquent à leurs enfants.

— Je suis un libéral, rétorqua mon père.

— Je suis heureuse de l'entendre, dit Mme Shatki. Mais encore ?

— Je suis pour la libre circulation des enfants. D'où mon penchant, *très net*, pour l'abandon. Vos histoires de psychologies, chère madame, sont sans nul doute passionnantes au plan intellectuel. Dans le concret de la vie, je souhaite néanmoins – pour ma part – donner un maximum de liberté à mon fils. Ce, afin de n'être point réduit à l'état d'esclave par ce petit monsieur avec lequel je n'ai en commun que quelques molécules de carbone agencées d'une certaine façon.

— Non, monsieur Moix : quelqu'un de perdu. Perdu pour lui-même et pour les autres. Et sans doute incapable de se reconstruire, fit observer Mme Shatki.

— Cessez donc de nous asséner vos leçons de morale, madame. Vos histoires de compassion, vos foireuses thèses de « l'enfant est une personne », de « il faut donner beaucoup d'amour » à sa couvée sont des idées que vous et vos gauchistes semblables avez héritées de cette plaie, de cette idéologique fosse à purin que fut Mai 68. Les ides de 1968 ! Les ides de Mai ! Les hydres de Mai ! Je suis un homme d'avant ces gauchismes. Un type d'avant ces trotskismes. Un être d'avant ces maoïsmes. Je suis plus proche – pour vous donner un exemple – de l'Antiquité que du temps des barricades. Je ne supporte par ailleurs point les rouquins. À la faculté – où j'enseigne et où vos amis maos essayent toute la journée de faire les malins et la loi –, quand je compte un rouquin parmi mes étudiants, je le saque. Je ne lui mets *jamais* la moyenne. Je suis favorable, chère petite madame – ne vous en déplaise –, à l'abandon de ces petits roitelets surchoyés par la société, ce dès leur naissance. Je suis pour qu'on expose, comme on le faisait jadis, publiquement, les bébés non désirés. Comme une humaine brocante, mais faite exclusivement de matériel tout neuf. Il est arrivé à tout le monde, le jour de Noël, de recevoir un cadeau qui ne lui plaît pas : on est en droit de s'en débarrasser en l'offrant à son tour au tout-venant ! Je ne vois pas où est le problème. S'il y en a à qui ça peut faire plaisir. Les gens sont étranges. Les goûts et les couleurs… Ce qui est excrémentiel pour les uns a des allures de trésor pour les autres. C'est vicieux l'âme humaine, chère petite madame. Vicieux et compliqué. Tenez, il y en a bien qui aiment Bob Dylan, par exemple !

— Ou Harry Partch, souffla ma mère.

— Ou Harry Partch ! Madame Shatki, toute Shatki que vous soyez, je puis vous assurer que si quelqu'un venait – pour la Noël ou mes étrennes ou mon anniversaire ou

Pâques ou la Trinité – m'offrir un disque de Harry Partch, je l'exhiberais en pleine rue attendant que le premier passant intéressé vienne m'en débarrasser, m'en délester – m'en soulager ! Mon fils est, dans le domaine des hommes, l'équivalent de Harry Partch dans le domaine des disques. On n'a pas le droit de faire des cadeaux comme ça aux gens. C'est une question de tenue. De correction. D'éducation, justement. On offre des disques 33 tours de Harry Partch à des gens dont on se dit, dont on suppose, dont on présuppose qu'ils vont aimer, ou bien que *déjà* ils aiment la « musique » de Harry Partch. Pas aux autres. Pas aux gens normaux. C'est la même chose pour les gosses. On n'impose pas des enfants comme le nôtre à des gens que cela – et c'est notre cas – n'intéresse en rien. À des gens, comme il en va pour nous, qui n'en pourront rien faire et qui n'en veulent pas. À des gens qui y sont hermétiques. À des gens – et nous sommes précisément ces gens – qui y sont imperméables.

— C'est qu'un de nos meilleurs amis est un grand amateur de Harry Partch, glissa ma mère à Mme Shatki.

— Je ne connais pas très bien ce musicien, répondit (très) honnêtement Mme Shatki. Mon époux et moi-même sommes davantage orientés vers la grande musique. Nous apprécions beaucoup Franz Schubert. Mais là n'est pas la question – me semble-t-il.

13

— Vous avez raison, poursuivit mon père. Nous parlions d'abandon. Point de Schubert. D'abandon au bon cœur des inconnus ! D'abandon secret, anonyme, ni vu ni connu, sans pénible recherche des géniteurs, des abandonneurs, des donneurs. Des producteurs ! Que prennent le relais des adopteurs. Des tuteurs. Des récepteurs. Des cajoleurs. Je suis contre les fils électifs. Je suis contre les projets d'enfant, la préparation de la venue au monde. Mon seul désir a toujours été d'échapper à la malédiction d'être père. Hélas, la société dont vous parlez, madame, m'a fait me sentir coupable, m'a fait me sentir inutile, et je suis tombé dans le piège. Comme tout le monde. Je me suis laissé influencer. Ma femme aussi. Nous sommes deux victimes aujourd'hui. Personne ne veut nous écouter, nul ne cherche à entendre notre douleur. Mon cri exprime à longueur de journée la *catastrophe* d'être parent. Qu'y a-t-il de pire sur cette terre ? Rien. Comme les autres, je n'ai pas eu *complètement* le courage d'abandonner ce morveux qui nous gâte l'existence. Nous le prêtons à mi-temps à un voisin, un lettré, un marginal, un original, monsieur Oh.

— Monsieur Oh Marc-Astolphe, précisa ma mère.

— Je n'ai point l'honneur de connaître cet homme, fit Mme Shatki. Mais je suis parfaitement disposée à le rencontrer.

— Les gens sont pris au piège, déplora mon père. Ils n'osent plus abandonner leurs gosses.

— Je me permets de vous dire que c'est parce que la plupart d'entre eux, cher monsieur Moix, ont désiré leur enfant, précisa Mme Shatki.

— Ça, c'est le langage officiel, s'insurgea mon père. Quand vous les cuisinez un peu, que vous les travaillez au corps, ils lâchent de tout autres informations. La plupart – croyez-moi – ne peuvent passer devant une poubelle sans éprouver la tentation, rétrospective, de balancer leur saloperie de progéniture. Pour ce qui est des pères, c'est l'évidence. Je ne nie pas que pour une mère, lâcher une telle information est peut-être légèrement plus difficile. Les mamans n'en pensent pas moins. Tous, les parents, nous vivons dans le terrorisme d'une société de l'enfant-dieu. Nous ne pouvons nous exprimer *vraiment*. Il faut que ça change. Et cela changera !

En Afrique, ils font moins de manières. Pareil en Amérique du Sud. Il n'y a que nous – comme d'habitude – pour faire des chichis, pour y regarder à deux fois avant de foutre un gosse sur le trottoir avec un bon coup de bottine en nubuck dans l'arrière-train. Je suis contre toute frustration éventuelle des adopteurs. Il faut que le marché puisse vivre de la libre circulation des gamins. La demande est plus forte que l'offre. Si tout le monde avait ma franchise, ce serait l'inverse. Le problème, c'est la loi. La loi a évidemment voulu s'immiscer dans ces affaires familiales qui ne la regardent pas. On se demande ce qu'elle fait, la loi ! Vous trouvez normal qu'elle ne vienne pas me l'arracher des mains, mon fils abruti ? Non, tout va bien… Je le tabasse à mort, je suis des stages, des formations pour le torturer comme nul n'a plus torturé depuis Gilles de Rais, mais la loi, là – comme quoi il y a vraiment deux poids deux mesures –, ne fait rien, ne voit rien – ne veut rien voir. Il y a pourtant bel et bien défaillance de la compétence parentale en bonne et due forme.

— Monsieur Moix, vous êtes un universitaire reconnu et nul ne songerait, à commencer par moi, à vous ôter la responsabilité de votre fils, expliqua Mme Shatki. Je songeais simplement à vous mettre en contact avec une psychologue parce que votre fils manifeste des angoisses extrêmement prononcées.

— Eh bien votre boulot, vous le faites mal ! éclata mon père. Si j'étais vous, je n'accepterais pas que quelqu'un comme moi s'occupe une seconde de plus de quelqu'un comme lui.

— Nous avons quand même des compensations, dit ma mère. Tu exagères un peu, loup.

— Non ! explosa mon père. Je suis un être humain porté sur la violence. Un point c'est tout. Violence que j'ai du reste un mal de chien à réhabiliter dans ce monde gaucho-laxiste. Je suis pour une maximale précarité du lien unissant l'enfant aux parents. Je hais les dynasties, je conchie toute forme – même schématique – de parenté. Je ne supporte pas le concept de « génération ». Je suis un homme qui voudrait n'avoir *jamais* généré quoi que ce soit ni qui que ce fût. Le simple mot de *tendresse* me donne des envies de déportation. Le terme d'*affection* est – de fort loin – le plus moche de toute l'histoire de notre langue. Je ne crois ni à l'éducation maternelle, ni à l'éducation paternelle. Je ne crois qu'à l'avortement et à ma main dans la gueule. Il n'y a pour moi ni première enfance, ni seconde enfance, ni troisième enfance : seulement des petits salsifis à torgnoler matin midi et soir. Le seul drame étant que nous n'avons, nous autres parents, pas que cela à faire. Les enfants du désir, c'est comme les enfants du paradis : je sais bien que le paradis n'existe pas.

— Le paradis est une allusion au théâtre, monsieur, précisa Mme Shatki. Ce sont les places, tout en haut.

— Il faut réhabiliter l'abandon, s'entêta mon père. C'est *vital*. C'est la société tout entière qui en a besoin. Nous allons tous crever sous le poids de nos gosses. Étouffer sous des mégatonnes de baveux marmots. Vous savez *très bien* pourquoi autant de cons pondent des petits d'hommes à longueur de journée : pour atténuer *l'horreur* de leur vieillesse future, quand ils seront de dégueulasses mourants, en pyjama, la trouille au bide que nulle progéniture ne vienne leur lancer des cacahuètes, leur offrir deux trois bananes. Ils produisent, en mettant au monde, des liens vivants pour plus tard. C'est calculé tout ça. Je préfère crever dans ma propre cliche, avalé par mes remous d'ignoble diarrhée, plutôt que d'appeler à mon chevet sordide les quadragénaires ou quinquagénaires ventripotents et satisfaits que j'aurai jetés dans la poubelle du monde et dans le gourbi de la vie du temps de ma jeunesse. Je ne veux *pas* de leur pitié qui pue. C'est de la procréation utilitariste, tout ce bazar. De la balistique. Du capitalisme humain. C'est à vomir. Les petits humains devenus grands en visite chez le grabataire aux relents d'urine. Merci – merci beaucoup ! Ce sera sans moi. Mon fils, de toute façon, crèvera je l'espère avant que je ne crève. Si le hasard voulait que cela ne fût point ainsi, je l'interdirais d'hospice. Je porterais plainte à l'instant même où il franchirait la porte de ma chambre de douleur en compagnie de sa femme maigre et de ses enfants à tarter.

14

— Je prie, moi l'athée, chaque matin, insista mon père, pour que cette filiale chose, pour que cette filssité passe l'arme à gauche aux alentours de la vingtaine. À force de parler de paix, d'amour *toute la journée* depuis 68, on en viendrait presque à oublier qu'il est *aussi* des gens sur terre qui comme moi sont davantage favorables à la guerre et à la haine. Cette minorité a le droit de s'exprimer. Ne vous en déplaise, madame. Un accident serait parfaitement le bienvenu pour me soulager de ce fils lui-même accidentel. Une fortuite mort a le devoir de corriger les dégâts d'une naissance elle-même fortuite. Mon fils n'a jamais véritablement « été ». Il a été « par accident ». Ce n'est pas métaphysiquement strictement la même chose. C'est un rapport au monde très spécial. Alors... Si quelque chose pouvait survenir, advenir... Je serais le plus heureux des hommes. Quelque chose de *très* irréversible, de *vraiment* fâcheux. Un événement violent, plus violent que je ne puis l'être moi-même, avec mes pauvres petites mains. Le hasard a du génie. Je *sais* qu'il possède le potentiel pour rayer mon fils de la liste des vivants. Alors j'attends. Je me concentre *très fort* pour que cela lui tombe sur le coin du nez. Les statistiques sont de mon côté. Lorsqu'on voit tout ce qui peut s'abattre sur une existence humaine non avertie ! Je suis en attente de drame. De tragédie familiale. Je souhaite la venue des policiers, des pompiers. Je rêve qu'un après-midi, ils frappent à ma porte, avec une tête d'enterrement – la tête de l'enterrement de mon fils. Un fils paraplégique peut être également une piste intéressante, mais cela coûte cher. Il faudrait que je m'établisse un devis, un plan de financement. Je ne suis pas contre *a priori*. On va dire après ça que je n'ai point l'esprit ouvert ! L'industrialisation de la France commencée par notre cher Pompidou, et poursuivie par notre non moins cher Giscard est une forme de bénédiction : cela accroît *de facto* les risques d'accidents susceptibles de lui tomber sur la binette, n'est-ce pas ? Encore que les normes de sécurité, souvent abusives, représentent un obstacle non négligeable. Passons : le jour où je verrai le corps accidenté, l'infirme corps de mon fils sera marqué d'une croix. Il y a une noblesse de la paralysie. Une altitude de la gêne. Chanceux, chère madame, ceux qui ont *directement* accouché d'un fils dégénéré : ils n'ont plus à courir comme des gueux après les choses du hasard. Ils ont fait tout le travail d'un coup. Sans dépendre d'un tiers. Ni des circonstances. Ni de Dieu. La fatalité, c'est chouette, c'est *très* chouette, mais ce n'est qu'une séance de rattrapage. On n'est jamais *tout à fait* certain qu'elle recevra notre supplique, ni qu'elle entendra notre requête. Il y a tellement d'atrocités à commettre en même temps, sur la même planète. Je suis lié aux caprices du sort. Je suis demandeur. Le sort doit bien le sentir. Il me fait poireauter. De toute façon, notre pisse-merdeux de fils n'a que 8 ans. Je ne suis pas impatient à ce point. Mais je voudrais qu'en haut lieu – quelle qu'en soit la hauteur et où que soit ce lieu – on sache que je suis inscrit sur la liste d'attente. Que j'attends que quelque chose de *très* grave vienne modifier la structure du corps encore vierge et sain de ce fils inacceptable – de ce fils en tout cas inaccepté. Je veux être pris en charge par le *premier* fléau venu ! Sa douleur n'a pour moi pas de prix. Je guette le dommage comme on guette un messie. Je suis la groupie des séquelles. Tel qu'il se présente actuellement, le potentiel mécanique, physiologique, biologique, cérébral, intellectuel, moteur de monsieur mon fils est exagérément satisfaisant. Sa normalité est pour moi un constant motif d'indignation. De scandale. Il ne mérite pas une telle normalité de fonctionnement. Ses facultés corporelles, son organisme en parfait état de marche me sont une insulte personnelle, un permanent motif de chagrin. Pas un organe dont le mécanisme ne barre – ne fût-ce que partiellement ! – en couille ! Et l'on voudrait que je sois un homme *heureux* ? Et l'on voudrait que je sois un papa *comblé* ? Vous ne croyez pas que vous m'en demandez un peu trop ? Pas *une* anomalie sur ce sale petit con ! Et il faudrait que je sourie à la vie ? Que je milite pour le bonheur ? Que je devienne à mon tour un hippie ? La société a peur des victimes et des délâbrés. Je veux leur redonner leur place. En les fabriquant moi-même au besoin. On n'aime pas les monstres, voilà la vérité ! On veut de l'humain lisse, des plaies recouvertes, rentrées, intérieures, internes, sous-cutanées, mais aucune horreur ne doit dépasser de la chemisette. Il faut masquer les greffons pour satisfaire aux normes esthétiques. Je me rebelle, madame. Voilà ce que je fais ! J'appelle à l'escarre. À la défiguration. Aux gueules cassées. Quitte à payer pour qu'on les casse. Quitte – c'est ce que je fais – à les casser de mes propres mains sales.

— Ce discours, quelque peu fasciste, paraît peu acceptable dans l'enceinte d'une école de la République, monsieur, fit remarquer (l'air dégoûté) Mme Shatki.

— Oui. Mais c'est du fascisme à l'envers, madame ! crâna mon père. Je ne suis que pour la procréation de parias, la mise au point, au monde, d'une race imparfaite et fracassée, démantibulée, esquintée. Endommagée. Je suis pour la propagation, la multiplication – l'exhibition – de corps sans norme. « A-normaux » ! Des aberrations circulant dans les rues, des fils inférieurs à leurs pères, dont les enfants seront à leur tour inférieurs à ces pères qui furent nos enfants. Je suis pour la dé-génération. Pour la production d'entités socialement insupportables, visuellement insoutenables, économiquement injouables, sexuellement incapables, sentimentalement jetables.

— Je me demande si notre ami Astolphe ne déteint pas un tout petit peu sur toi, loup… se permit (fort à propos) ma mère.

— Laisse Marc-As là où il est pour l'instant ! s'agaça mon père. Nous ne possédons absolument pas le même fascisme. Nous ne véhiculons absolument pas la même haine. Oh n'est pas, comme moi, pour l'aliénation totale de la race humaine, cette merde ! La preuve : il croit au sport. À la boxe, à l'escrime, à la natation. Aux arts martiaux. Je ne crois, moi, qu'à Hiroshima. À ce qui désintègre les humains tissus. À ce qui détériore les cellules et empoisonne le sang. Je suis pour l'universel raccourcissement de la durée de vie. Pour la modification, l'altération du patrimoine génétique. La première chose que je ferai, quand mon « fils » – j'espère que je prononce bien les guillemets – commencera à devenir ce qu'on appelle un « ado », c'est de lui présenter un junkie. Un type à seringues. Un mec à aiguilles. Un dealer méchant, un louche. Un dangereux. Le trouage de veine : une issue parmi d'autres en attendant le grand soulagement, en attendant l'irruption de l'accident. Les premières doses, avant qu'il ne devienne totalement accro, je les paierai de ma poche. Je les sponsoriserai. Je serai le mécène de la mort de mon fils.

15

— Je suis pour la diminution de l'autonomie des fils. Je suis pour les préjudices individuels. Je serai favorable à toute addiction pouvant porter atteinte – et gravement – à cette chose toute bête que nous appelons la santé. Je lui faciliterai le chemin vers les abus. Je ne supporte pas l'idée que mon fils puisse être longtemps le bénéficiaire d'une conscience lucide, d'un cortex lui donnant accès à la réflexion, d'un entendement lui ouvrant les portes de la déduction. Son intellect – par trop sophistiqué pour la vie que j'entends lui réserver – se doit de subir de notables désagréments. Qu'il puisse résoudre par lui-même des problèmes de logique ou prendre des décisions me fait l'effet d'une provocation. Qu'il puisse se situer quelque part, par des actes ou des prises de position, sur l'échelle de la morale m'empêche de dormir. Ses apprentissages, je ne puis les souffrir. Sa capacité d'adaptation, j'envisage de la réduire à *néant*. Sa recherche du bien-être, sa petite lutte à la con pour la sécurité, son instinctif combat pour la jouissance sexuelle ou la possession de biens matériels, tout cela je saurai en faire du petit bois. Ses perspectives d'avenir, je les transformerai en perspectives de passé. Les besoins de première nécessité, il faudra me passer sur le corps pour qu'il soit en mesure d'y pourvoir. Sa minable autonomie revendiquée, plutôt *crever* que de lui en léguer la possibilité. Je veux le jeter dans la brutalité moderne sans qu'il ait eu le temps d'acquérir la moindre défense immunitaire ni le plus petit réflexe de survie. C'est mon droit, je suis son « papa ». Au premier don qui viendrait à pointer son museau – mais je ne vois pas en quel domaine il pourrait en posséder –, je mutilerais aussitôt l'élan. Je suis un guillotineur de prédispositions. Je ne veux lui transmettre qu'une infinie vulnérabilité. Le condamner au mimétisme. À la ventriloquie. Qu'il n'ait de personnalité, de caractère, que la personnalité, que le caractère du dernier qu'il vient de croiser, du dernier qui vient de parler. Qu'il n'ait aucune aptitude à la prise de décision. Que les joies du libre arbitre lui soient interdites à jamais. Je le veux perdu dans l'addiction. Je le veux *addict* à la perdition.

— Tu vois : tu remarc-astolphises, souffla ma mère.

— Il faudra vraiment que je rencontre ce monsieur Oh, glissa Mme Shatki. Il commence à m'intéresser. Sérieusement.

— J'en appelle pour mon fils à une extraordinaire quantité de désagréments. Aux calvaires les plus denses, les plus inouïs, les plus inédits. Je veux que la nature lui prodigue des pathologies nouvelles. Venues d'impensables galaxies. Je le désire tout également alcoolique, suralimenté – obèse. Pâle et consommateur d'héroïne. Je l'eusse voulu chaton pour qu'on le noie, arabe pour qu'on le ratonne, pédé pour qu'on le montre du doigt, putain pour qu'on le cogne, et christ pour qu'on le cloue. Je me connais : je ne vais pas supporter, d'ici six ou sept ans, la manifestation de sa gluante et poisseuse et suintante puberté. Les petites manifestations grivoises et sournoises de son moi. Ses petites frasques privées. Ses trucs sous couette. La sourde mécanique de ses masturbatoires frénésies. La libido en sanitaire de môssieur. Les œdipiennes érections. Les lycéennes sécrétions. Les petites parricides tentations rentrées. Les incestueux remous et les nocturnes pollutions. Les draps figés par le foutre sec. Toutes ces pubertaires giclées. Ces spermartozoïques bombardements sur édredon. L'afflux de sève à l'approche des miches. La consultation paniquée des magazines à salopes. Les excitations de caniche. Les solitaires fornications, bite en main dans la lavande des chiottes. La planification des séances, les cris étouffés, la vérification des solitudes. Le refoulement des souvenirs vieux. La découverte des lolos gros. La permanente souillure du Tout ! L'hypocrite sortie de table pour aller secouer son narcisse. L'effarante trouille du délit flagrant. La main dans le sac du froc ! Le génital objet dressé vers de très imaginaires culs, emmêlé à des sous-tifs subtilisés. Salopard et sagouin ! Vous savez de quoi je suis capable, petite madame de gauche ? D'agresser mon propre fils au coin d'une rue ! Au couteau !

— Sauf votre respect, monsieur Moix, vous m'avez l'air d'un homme assez violent, n'hésita pas à résumer Mme Shatki.

— Nous faisons, ma femme et moi, partie de ces parents qui, effectivement, exercent une pratique constante et appuyée de la violence envers leur enfant, ne se démonta pas mon père. Nous en sommes par ailleurs *extrêmement* fiers. Nous avons parfois l'impression d'avoir à agir dans une certaine forme de clandestinité que nous ne trouvons pas acceptable. Vous qui prônez la tolérance – et même la tolérance obligatoire – vous devriez être sensible à notre désarroi. À notre détresse. Croyez-vous que cela soit une vie, madame, que de martyriser un enfant en cachette ? Les pédérastes auront bientôt le droit de s'enfiler dans la rue de nos villes, mais nous, nous devrions continuer d'agir dans l'ombre ? Nous sommes stigmatisés. Nous sommes ostracisés. Je le dis pour les bourreaux – je le souligne aussi pour nos victimes. Ce sont les deux parties qui, au final, sont pointées du doigt, ressentent de la honte. Nous ne pouvons torturer à découvert. Nous ne nous sentons pas libres dans nos pratiques. Dans nos éducatives préférences. Dans notre familiale différence. Les parents batteurs – comme les homosexuels ou les nègres – ont eux aussi droit au respect. Seulement, les nègres – que ma femme et moi aimons beaucoup parce que nous ne tolérons chez nous aucune espèce de racisme – les nègres ont des droits. Les homosexuels ont des droits. Les juifs ont des droits. Mais les parents qui maltraitent leurs gosses, tintin ! La loi les a dans le collimateur. C'est deux poids deux mesures. On s'étonne, après cela, que ce soient les enfants qui trinquent derechef et davantage ! Il faut bien que nous trouvions une échappatoire. Elle est toute trouvée… À cette violence sociale, à ce sociétal mépris, nous répondons par de la foudre familiale. Cette injustice nationale, nous la réparons par du préjudice domestique. Local. Entendons-nous bien : il ne s'agit nullement de correction éducative. Ni de correction corrective. Il ne s'agit point de correction.

Nous n'avons *rien* à corriger. Nous n'avons strictement *rien* à rectifier. Ce sont des coups, dans leur immuable et pure gratuité de coups, ce sont des coups immanents, ils tombent du ciel – par giboulées.

— Un tel usage de la violence est susceptible de pouvoir, éventuellement, être contesté, cher monsieur, précisa ma maîtresse. Je connais des collègues – plus aguerris que moi en la matière il est vrai – qui pourraient, avec la courtoisie qui sied bien entendu, vous opposer des arguments assez vifs concernant ces pratiques. Pour ce qui me concerne, mon rôle est malgré tout de vous mettre en garde contre tout abus de la force à l'encontre de votre enfant : cela ne lui permet visiblement pas d'observer une attitude sereine pendant les heures de classe, notamment lorsque approche la fin de la journée. Quand il sait qu'il va devoir retourner affronter les éventuels désagréments que semblent lui proposer régulièrement les habitudes familiales. Je vous conseille, puisque vous paraissez vous refuser – ce qui est votre droit le plus strict – à rencontrer notre psychologue, d'essayer de vivre en meilleure intelligence avec votre fils, dans un respect plus vigilant de son intégrité physique. Je ne vous demande pas de maintenir un calme d'airain en toute circonstance, bien sûr – nous sommes des humains –, mais peut-être pourriez-vous, au lieu de causer des blessures dont la plupart peuvent chez votre enfant être source de douleurs avérées, essayer le dialogue. Cela donne parfois d'excellents résultats. Le champ du rapport qui lie les parents à l'enfant est d'une impressionnante étendue, et mes collègues de l'Éducation nationale comme moi-même ne prétendons en rien posséder la science infuse. Toutefois, il me semble important d'attirer votre attention sur la possibilité qui s'offre éventuellement à vous, suite à cette rencontre, d'assouplir – voire d'infléchir – certaines de vos méthodes à mes yeux désuètes et inopérantes.

16

— C'est un beau dialogue que nous avons là, madame, rétorqua mon père. Mais je crains bien qu'il ne soit de sourds. Je tente de vous expliquer que cette ultraviolence ne repose sur *aucun* fondement. Du moins sans autre fondement que la haine. Vous ne m'écoutez pas. Vous ne m'entendez pas. Nous ne sommes point des éducateurs. Nous ne sommes point des punisseurs. Nous ne sommes point dans un collège anglais. Nous ne sommes point des punicateurs. Nous ne sommes point des redresseurs de torts. Nous n'avons *rien d'autre* à lui faire payer que sa propre naissance. Nous agissons par gratuité cruelle. Par cruauté gratuite. Nous étions normaux, ma femme et moi, à la base. C'est son existence qui nous a fait découvrir tout ça. Nous ne connaissions pas notre nature. Ni notre potentiel.

— C'est à la fois magique et effrayant, reconnut ma mère.

— Nous voudrions aussi lutter contre les préjugés. Préjugés, inadmissibles, selon lesquels les violences corporelles à l'encontre des enfants seraient surtout l'apanage des milieux populaires. Je ne suis pas, nous ne sommes pas un « milieu populaire ». Vous le savez.

— Cela est une précision extrêmement précise pour mes statistiques, cher monsieur Moix, remercia Mme Shatki.

— Vous devriez venir chez nous, proposa mon père. Nous pourrions vous montrer *exactement* de quoi il retourne. Notre rêve, bien entendu, serait de pouvoir pratiquer notre sport coutumier en public, mais je doute que nous jouissions d'une telle reconnaissance de notre vivant. Il eût fallu que nous naquissions au Moyen Âge, où cela était la norme… Quand je « maltraite » cet appendice humain que nous vous confions lorsqu'il n'est pas confié à monsieur Oh Marc-Astolphe, je ne puis m'empêcher de fantasmer : j'aperçois une foule qui me regarde et m'admire. M'acclame. Les gens crient, hurlent, se déchaînent, communient avec moi. Je suis un peu alors comme sur une scène. Je suis le Mick Jagger des parents maltraitants. Cette foule me crie des choses comme : « à mort ! » C'est fantastique. Je suis torse nu. Je dégouline de sueur. Il y a là-dedans une certaine poésie.

— Un peu comme la corrida, fit remarquer ma mère. Mais il faut aimer la corrida.

17

Marc-Astolphe fut alors convoqué.

— Expliquez-moi un peu tout ça, monsieur Oh, lui demanda Mme Shatki. J'avoue que j'ai du mal à saisir ce qui se passe dans cette famille. D'après ce que j'ai pu comprendre, vous êtes le parrain du fils Moix. Vous vous occupez, en quelque sorte, de son éducation intellectuelle.

Marc-As aussitôt expliqua, en termes très clairs, ladite situation :

— Je bénis l'heureux jour où m'élurent, épatés,
Ces deux parents déçus de leur hérédité.
Les dieux seuls ont voulu que sous les plis du Ciel
La terre se pourvût de biologies nouvelles.
Une femme a donné, au nom des lendemains,
À son époux l'enfant né d'une nuit d'entrains.
Aussitôt le dégoût paternel surabonde
Devant l'atrocité de cette mise au monde.
La Nature a pourtant, depuis que voient les yeux,
Accouché d'aléas plus disharmonieux.
C'est à moi que revint, puisque je suis lucide,
L'honneur de m'opposer à un infanticide.
Je préside aujourd'hui, l'éloignant des tannées,
Au fascinant brouillon des siennes destinées.

J'ai ambition, dame ! en ces rebords de Loire
De confier son sort aux longs bras de la gloire.
Oubliez Proust et Goethe, Dante Alighieri,
Ne vous souvenez plus de feu Claude Fleury :
Le génie des humains est sur l'embarcadère
D'un inédit vaisseau dont je suis l'un peu père.
Je lui transmets la flamme au lieu que de brandir
Comme ses géniteurs la verge pour férir !
Méprisant le poteau, boudant la mise à mort
Aux supplices d'antan j'oppose, imperator,
L'intangible éclaircie de la prosopopée :
La fureur de César a rencontré Pompée.
Les tableaux de ma vie exposés dans ce temple
Sont autant de leçons pour se gaver d'exemple.
Virulences, colères abandonnent leur droit
Au seuil doux de ma porte entrouverte en détroit.
En mes appartements l'hématome est proscrit ;
Nous prêtons le tympan au concerto prescrit !
Les décrets de mes cieux n'ont de fulminatoires
Que les crachats lancés aux refrains dérisoires.
Boulez, Partch et Pousseur diffusent des algèbres
Dont les équations nous semblent moins funèbres
Que la topologie de balafres hors loi ;
Ce muet petit corps est tatoué d'effroi.
Le châtiment, madame, et son cousin sévice
Revêtent sous mon toit leur tenue d'armistice ;
Toute férocité qui s'abat sur autrui
Se cogne à mon pavois et rentre en son étui.
L'électrode de mise et le bain d'eaux glacées
Ne sont point au menu des mœurs civilisées ;
Cilice et pilori, strapontins des cercueils,
Ne sauraient aspirer à être élus fauteuils !
Si sa peau calcinée provint des chaudières,
L'alphabet de ses cris de nos fourmilières,
Je préservai ce fils d'avoir à supplier

Que cessât la furie qui voulut l'étriper.
La marque satanique de clous attentatoires
Orne ses pauvres mains de trous blasphématoires ;
Des canifs ont percé son derme de soumis :
Le repos de ses plaies nous semble compromis.
Les œuvres d'art suturent ce que le fouet foudroie,
Les poèmes réparent là où le rouet broie.
Je projette des films pour le cautériser ;
Les disques que je mets le font cicatriser.
La dodécaphonie, étrangère aux pinçures,
La sérialité, ennemie des morsures,
Soulagent le blessé qu'elles soustraient au chaos :
Nono et Ligeti prient ce petit héros.
Dedans les froids couvents, âmes religieuses
Et âmes de Satan se lient, infectieuses,
Promulguant sous la Croix leur aberration ;
Ce crin qu'on frotte aux peaux est abjuration.
Le Christ de Judée céda ses monopoles :
D'autres sont immolés aux mêmes protocoles.
J'ai voulu qu'on domptât ce vent d'iniquité
Et qu'il siffle, vaincu, un chant d'humanité !
Jésus au crucifix, poinçonné d'épieux,
Fut imité depuis, sous le ciel et les cieux ;
Ses pieds sur le stipe et sa maigreur pointue
Ont cédé la parole à l'enfance battue.
Au Golgotha fixé sur son morceau de bois
Un corps est à merci des effets de son poids ;
Les jambes du Seigneur n'ont d'attribution
Que d'aggraver encore la gravitation.
Les deux débiles points au pardon radical,
Ce sont ses yeux brûlés au soleil vertical.
Nulle console ici qui viendrait obvier
Au laid fléchissement du genou en levier ;
Pour adoucir l'enfer du martyr épinglé,
De myrrhe on l'étourdit, d'encens au vin mêlé.

Sur le patibulum où cet homme est divin,
Se déploie l'avenir d'un messie enfantin.
Elle a forme de tau, cette croix dont on use ;
Il implore le Haut, l'innocent qu'on accuse.
La tétanie le mord : elle saccade ses pleurs ;
L'asphyxie qui le tord comble ses procureurs.
Il est mouillé de larmes, il est événement ;
Une surfine pluie dilue son saignement.
Sa vie va devenir un immense aujourd'hui,
De notre Voie lactée il fera son ressui.
Au sommet de ce mont la foule est essaimée ;
Le Fils offre au cosmos sa face inanimée.
Abrégeant l'agonie, le bris judicieux
Des tibias, mollets et fémurs sanieux
À coups de bûche sciée, de barre métallique,
Retire au calvaire sa pureté biblique.
Ce filleul adulé, présent dans votre classe,
Est doté de parents dont la haine cocasse
M'autorise tantôt d'assimiler, contrit,
La cité d'Orléans à ce piton maudit.
Je l'ai vu suspendu au poteau, lui l'athée,
Emplissant ses poumons par la seule tractée,
Choqué que les tyrans qui surent l'enfanter
Ne sussent maintenant que le tarabuster.
Perses et Phéniciens pratiquaient ces tortures,
Et les Macédoniens goûtaient ces procédures.
Le thorax exigu d'oxygène gorgé,
Cette lente atrophie du tendon affligé :
Du malheureux la mort ne fait qu'une bouchée.
Face au crucifiement, on rêve de tranchée !
Au camp de Dachau, où mourut tout discours,
À la suspension de poids on eut recours :
On savait que la fin triplement s'accélère
Sitôt que la masse doublement s'exagère.
Madame cet enfant, prompt à l'anxiété,

Est la proie de tourments, dont voici l'aparté.
Chez lui c'est chaque soir que les siens font office
De terribles bourreaux livrant en sacrifice
À des démons douteux, à quelques dieux abstrus,
Ce fruit de leurs amours, haï comme un virus.
De maints étouffements, rituels obéis,
Il s'éveilla si bleu, que dans tout le pays
Une description, ma foi des plus blessantes,
Fit de lui le sosie d'une bugle des sentes.
À l'aide de coussins, ceux du blanc canapé,
Ou d'un vieil édredon à l'organdi râpé,
Son furieux parage, aux vacances pascales,
Comprima ses poumons et ses zones buccales.
L'enfant fut ce Noël, notez-en bien l'horreur,
Âprement écrasé – quel hommage au Seigneur ! –
Par deux jolis traîneaux à la lourdeur extrême
Et qu'on avait nantis de clous par un système.
La haine crie parfois son abus de l'amour :
Les géniteurs, ici, voués à la Haute Cour,
N'ont attribué leur cœur qu'à la fée violence ;
Ils n'ont d'autre loisir qu'appliquer la sentence
Que commandent au vice en ces basses provinces
Leurs dents faites de lames, leurs mains faites de pinces.
Choisies sur des sapins, le dimanche, en forêt :
Des épines placées sous son drap, sans arrêt.
On voit que nulle paix ne saurait être admise,
Et qu'aucune pitié ne peut lui être acquise.
Du martyre tournons ce qu'il reste de pages :
La liste est longue encor de ces équarrissages !
Je ne puis pour ma part donner l'imprimatur
À des jeux hérités de la Kommandantur.
L'administration des classiques fessées,
Qui semblent dans son cas savamment dépassées,
Serait un paradis sur ce mauvais parcours
Dont Satan dessina les effrayants contours.

Aux invertis les Goths prodiguaient des ennuis
Tels sous Pépin les juifs, ils étaient enfouis
Vivants. L'écrasement du corps, en maisonnée,
Se pratique sur lui avant la matinée :
Dès que la pression exorbite ses yeux
Mon suffoquant filleul interpelle les dieux ;
Vous imaginez bien que ces puissants massages
Sont moins assouplissants que tous vos repassages.
Les monumentaux poids disposés sur ce fils
Évoquent cette meule que l'on plaça jadis
Ô saint Artémius, sur ton ventre ascétique,
Sur le tien saint Victor, autre écrasé christique !
Saint Théopompe tu connus l'accrétion
D'un fort seyant caillou dont la dimension
Eût aplati un bœuf ou d'autres bovidés ;
Tes regards au zénith suivaient les corvidés.
Madame je vous dis qu'existent des témoins
De l'application de ces indignes soins.
Ses parents revenus de nos Indes extrêmes
Ont déclenché sur lui des inédits œdèmes :
Les bourreaux de là-bas, qu'ils purent rencontrer,
Le maniement du kitte ont su leur enseigner ;
Ces leçons ne sont pas pour les petites filles :
On crée du gravillon en broyant des chevilles.
À Kânpur ou Kochi, en toute humilité,
Ils prirent quelques cours d'humaine cruauté.
Les pieds, les seins des femmes, les genitalia
Sont réduits en purée sans galimatias.
Ce petit condamné, dont je dis la complainte,
Eut les membres broyés dans un mortier d'étreinte
Comptant quatre pilons entre eux coalescents :
S'éparpillaient dans l'air ses muscles spumescents.
Ces éducations, fort peu académiques,
À base de pressoirs, outils anachroniques
Réservés au raisin, ne produisent que pleurs :

Les larmes, chère madame, sont le vin des malheurs.
Quand cette masse informe et déambulatoire
S'extrait quelques instants du Tout comminatoire,
Il prélève chez moi son quota de douceur,
Il parsème de bleu son tableau de noirceur.
Les chrétiens martyrs ont souffert, autrefois,
En presses comprimés, qui en perdaient la voix ;
Au destin d'olive leur vie fut rabaissée :
Via ce petit enfant leur peine est retracée !
Saint Jonas fut soumis à ce blâme odieux,
Ses os furent rompus en bris consciencieux ;
En fins morceaux de chair, tripes déguenillées,
Lymphe, chyle, bile se virent distillés.
Mais ne croyez donc pas que s'achève à ce stade
L'exhaustive épopée de cette bastonnade.
Votre élève, sachez, apprit également
Les barbares leçons de l'écartèlement.
Terribles sont les lois de l'élongation :
Ici le cheval fait son apparition.
Je ne parle point là du vivant animal
Mais de machine en bois singeant l'original.
L'appareil est muni à ses extrémités
De roues creuses ou poulies, de trous délimitées.
Sur ces axes savants, c'est sans miséricorde,
Qu'indignes, les parents installent une corde.
Nous savons que les roues sont faites pour tourner :
Placé sur l'instrument, il s'agit d'enchaîner
Le glabre supplicié, la victime impubère.
Puis la rotation, comme en le sol ibère
De l'Inquisition, disloque la membrance :
De ses propres outils le corps perd la gérance.
Un siège en bois taillé à pointe de diamant
Fut conçu pour cela : piquer son fondement ;
Sa chambre est tapissée de miroirs et de glaces :
Le torturé doit voir les sévices salaces

Qui lui sont infligés par-dessus, par-dessous.
Or, de tous ces crimes les parents sont absous.
Dans la joie du père la souffrance est noyée ;
J'entends rire la mère à gorge déployée !
Et le sujet se tord en mouvements hideux ;
L'hémorragie conclut ce calvaire onduleux.
Des fils rouillés de fer cousus aux vêtements
Pénètrent dans sa peau et lui créent fols tourments.
Il faudrait six matins, trois nuits et deux journées
Pour chanter en détail le flux de ces saignées.
Jamais nous ne saurons combien les multitudes
Abritent d'infamies, au gré des latitudes,
Ni combien de petits, pliés sur un grabat,
Ont récréation intitulée sabbat :
La marque de Satan, *sigillum diaboli*,
N'est point en Orléans un outrage aboli.
Faudra-t-il qu'un conflit nucléaire entre en scène
Pour congédier, las, ce tribunal obscène ?
Faudra-t-il un courroux issu du firmament
Pour annuler demain ce fou raffinement ?
Onques, je le crains bien, peuples évolués,
Nos modernes cités, nos centres pollués,
N'avaient vu tant couler de larmes et de sang
Ni entendu de pleurs, de cris assourdissants,
Jaillir d'un seul enfant, d'un jeune écolier
Cloué au pilori sans autre bouclier
Que la présence ici, sous les rais de la lune,
Du coin de paradis dont je suis la lagune.
Pour un oui, pour un non, il reçoit sacrilège :
Ses vicissitudes formeraient florilège
Aux horreurs perpétrées au nom du privilège
D'appartenir à ceux qu'on appelle les hommes
De trompeuse façon – animaux que nous sommes !
Ces parents-là voudraient envoyer aux galères
Ce triste bout de chou abonné aux colères.

Ni les coups de canif, ni le taureau d'airain
N'ont eu jusqu'au jour d'hui – parole de parrain ! –
La satisfaction d'injecter l'agonie
À ce frais diplômé de Dame Ignominie.
S'il fut écartelé, s'il monta au bûcher,
Si sur un promontoire on le fit se jucher,
Si son frêle intestin aux poisons fut soumis,
Si aux pires fureurs son destin fut promis,
Il n'en reste pas moins qu'encor il tient debout,
Que du clan des têtus il est le marabout.
Toute atteinte portée, tout essai de noyade
N'auront point convaincu la Grande Cavalcade
D'emporter vers les nues ce fruit stipendié
Des morbides entrailles d'un couple dédié
À l'implacable abus d'audaces médiévales
Que n'interrompent pas les pauses estivales.
Les roides âmes qui au monde avaient cru bon
De le catapulter sur braises et charbon
Malgré tisonniers, échafauds et tenailles,
N'ont point trouvé sa mort parmi d'autres trouvailles.
Son étonnant sang-froid, jumelé aux couteaux,
Son récalcitrant cuir, proposé aux marteaux,
Montrent que les humains, en leur commencement,
Résistent aux tranchets, en leur entêtement.
Les fanatismes noirs qui écorchent leur peau,
Les exercices d'art qui les rendent copeaux
Ne sont point suffisants à conclure ces vies
Dont le derme écharpé forme des induvies.
Ils ont vaincu, hagards, les jeûnes et la cage,
L'éventrement, le viol, la hache et le piquage ;
Ils auront survécu, en fronçant le sourcil,
Aux recettes du pire, consignées sur stencil.
Ces frêles exutoires, étripés dès potron,
Ont goûté par la plaie l'acide du citron.
Sanguinaires parents, escortant aux Enfers

Vos flagellés enfants : nous vous mettrons aux fers
Et nous profanerons vos chauves sépultures
Quand la vermine folle essaiera ses morsures
Sur les fragments navrés de vos mauves dépouilles :
Au paradis des boues grimacent les fripouilles !
Vous serez accueillis au milieu des ténèbres
Par des incubes fous, trifides et célèbres,
Des diables turgescents, sodomites cuits,
Qui mèneront vos chairs au long de circuits
Parsemés de hauts pals, de gibets, de carcans,
D'estrapades, de clous, de fumées de volcans,
De rivières de feu, d'ifs aux bourgeons de lames,
De sentences inouïes gravées sur les calames ;
Vous serez invités, au centre des sous-sols
Bordés de mers de sang, d'infinis précipices,
Où l'avenir est mort avec les haruspices.
Les morbides crapauds, les rats contaminés,
Les borgnes asticots, les poux disséminés
Vous seront compagnons sur ces routes infectes,
Ainsi qu'affreux lézards et laides notonectes,
Larves de chiens humains à gueule de limace,
Singes à tronc ailé dont effraient les grimaces.
De ricanants gibbons aux langues bleues chargées
Après d'infâmes crawls dans des eaux usagées
Viendront planter leur vit en vos anus étroits
Et en des autres lieux, et en d'autres endroits,
Tandis qu'ivres bossus et moines scrofuleux
Vous feront copuler avec maints pustuleux.
Pendant l'éternité, entourés de vipères,
D'affamés doryphores, de nabots, de compères,
Vos faces et vos corps seront couverts de gale ;
Déjà de vos tissus la lèpre se régale.
Des bourreaux édentés rempliront leurs offices,
Enfonçant des tisons dans tous vos orifices.
Vous passerez cent ans à bouffer des grenouilles

Pendant que cracheront sur vous mille gargouilles.
De maudits nains méchants sauront vous écorcher,
Des absolus tyrans voudront vous embrocher ;
Vous souillerez vos bas approchant du billot !
Un morbide brûlé ôtera son maillot,
Exhibant ses bouquets de cramoisis bubons :
Sous vos deux pieds noircis placera ses charbons.
Au calciné pays des indignes parents,
Les délires et jeux ne sont pas différents
De ceux qu'affectionnaient dans les temps révolus
L'ami Gilles de Rais et les hurluberlus
Qui comme le duc d'Albe, Phalaris ou Néron,
Louis XI ou bien Procuste, Haraucourt ou Sciron
Faisaient profession d'exciser les parties,
De découper leurs gens, répandant hématies.
Torches vivantes et fantômes tourmentés,
Tuberculeux brahmanes, bouffons accidentés
Vous regardant bouillir, de rire éclateront.
Des longs ciseaux aigus vous cueillir viendront,
Sectionnant vos nerfs et vos tympans crevant :
Ainsi célèbre-t-on le nouvel arrivant.
Pythons et ragondins vous feront fantaisie :
Quand ils fouillent le foie c'est sans anesthésie.
SS et assassins couperont vos organes ;
D'horribles korrigans aidés de korriganes
Arracheront vos yeux au moyen de leurs dents.
Les éventreurs heureux brandiront leurs tridents
Et perceront vos chairs tout en vous strangulant
Au milieu de cent taons, les crabes pullulant.
Vous serez démembrés, vous serez égorgés,
Vous serez engloutis, pendus, centrifugés !
Les embolies seront votre unique loisir,
Vous creuserez le trou qui vous verra moisir.
Vous serez abonnés aux inanitions,
Vous ingurgiterez d'ignobles potions.

Des cornes pousseront au centre de vos fronts,
Des bonobos en rut livreront leurs affronts.
Vous pourrirez bientôt devant l'affreux rictus
Du gnome variqueux flagellant au cactus
Vos flancs contusionnés par tous les exercices
Que la contrée réserve aux amateurs de vices.
Divers ateliers sauront vous divertir
Ici pour empaler, et là pour aplatir !
Vos jambes découpées et vos moignons sans pieds,
Votre sang infecté giclant sur les trépieds
Formeront l'étendard des éternels séjours
Que vous éprouverez, piqués par les vautours.
Axés sur le coït, des clercs à l'instinct bas
Décorés de verrues qu'on ne voit que là-bas
Voteront pour le viol de vos intimités :
Vous hurlerez à mort quand leurs difformités
Lentement aux tréfonds iront vous assaillir
Et salves vérolées en vous feront jaillir !
Des concours auront lieu d'emballements cardiaques ;
Vous serez compissés par pervers et maniaques.
L'annuaire tout entier, pour noter les séquelles
Des infinies tortures, épreuves par lesquelles
Vous passerez tantôt, s'avère bien trop maigre.
Vous seront proposées des soupes au vinaigre ;
Après dépouillement de vos corps vomitifs
On fera de vos yeux des mets apéritifs ;
Les supplices de l'eau et les emmurements,
Les serrages du front et les voltigements,
Arrachages d'ongles et courtes pendaisons,
Entraves, moqueries et tristes tondaisons
Vous seront déclinés aux infinis du temps
Et vos nombreux bourreaux travailleront chantant.
Vos os seront réduits en des bouillies épaisses,
Vos restes profanés à grandes morbidesses.
Sur d'incroyables pics on vous dépècera,

Sur d'impossibles cimes on vous verglacera,
Dans d'innombrables foules on vous piétinera,
Dans d'impensables fours on vous cuisinera,
Sous d'immuables meules on vous écrasera,
Sous d'incertaines mers on vous enlisera.

18

— Vous vous exprimez souvent en alexandrins, monsieur Oh ? demanda Mme Shatki.

— Plaît-il ? s'indigna Marc-Astolphe. Point non ! Ai-je parlé, là, d'une façon différente de celle de quiconque ? Et divergente de mon habituelle manière ? Peut-être, ah. Du moins, je ne me serai aperçu de rien. Je suis une manière, alors, de Monsieur Jourdain à l'envers. Je produirais donc de l'alexandrin sans le savoir. Ce ne sera pas là – je vous en avertis d'abord – ma seule ni première extravagance. Je suis professionnel, voyez-vous, de l'originalité dans tous ses genres. Je suis quelque peu génial, et je m'en excuse ci-devant. Pardon, oulà.

— Je vous ai écouté. C'est bien ce que je pensais. Monsieur et madame Moix n'apportent sans doute pas à leur enfant les soins que ce dernier est en droit d'attendre d'une cellule familiale. Il serait donc utile que j'établisse une notule visant à leur rappeler – à toutes fins utiles – les rudiments de l'éducation. Je suis certaine qu'ils verront là une possible issue à leur actuel égarement et qu'ils décideront, de concert, de mieux adapter à la personnalité de l'enfant la manière dont ils dispensent aujourd'hui l'amour parental que je ne nie pas qu'ils possèdent. Si, suite à cette proposition, je constate qu'ils campent sur leurs attitude, disons, peu amènes, je me verrai peut-être – il faudra se poser la question – dans l'obligation de rédiger un pré-rapport que je soumettrai – le cas échéant – à une proto-commission visant à alerter une sous-commission elle-même propice à commanditer une enquête de principe visant à convoquer les parents pour leur poser des questions complémentaires au sujet des dysfonctionnements éventuellement observés. Cela prendra du temps, mais je suis prête à envisager la possibilité de penser à l'imaginer. Encore faudra-t-il que l'enfant lui-même – lors d'une séance de questions préliminaires – puisse aider à déclencher cette hypothétique procédure.

M'eût-on convoqué, que j'eusse répondu ceci, dans les grandes lignes :

— Je ne suis pas si malheureux que ça. Puisque enfin, vous me demandez mon avis. On me prépare, via les hématomes, le massacre de ma miscroscopie – je ne suis pas important, je ne suis qu'un homme futur, un compagnon temporaire des choses et de quelques petits animaux également de passage –, à la guerre. La guerre, je la connaîtrai : cette Troisième Guerre mondiale, que nul ne veut intituler, baptiser, car la peur recouvre les mots. Les mots sont des gisants, cloués sous une mer de ciment, l'écrivain joue sur ce bitume, à déflagrations de marteau-piqueur, pour faire jaillir quelques étincelles : dire. Je ne suis pas malheureux dans les coups, sous les coups, je m'y promène comme un chaperon sous l'averse. Dans les années 2000, spécialement 2001, parviendra à se faire jour une journée qui pour l'instant, dans ce 1976 qui nous emprisonne dans sa gangue, n'a aucun sens, aucune réalité : le 11 Septembre. Ce sera la date de début de la Troisième Guerre mondiale. Avec cet avènement, nous slalomerons dans un monde où la guerre et la paix seront sœurs, jumelles, sœurs siamoises, et les petits enfants martyrs de la terre, devenus des enfants adultes, devenus des adultes enfants, sauront trouver dans cette ère une réalité à leur mesure : un monde battu comme un enfant. Non plus, de pays à pays, nation contre nation, des tornades envoyées, des bombes expédiées, des déclarations qui tueront – mais des effets-surprises individuels, des individus isolés contre d'autres individus isolés, une sorte de corps à corps mais renouvelé, un 14-18 sans Prusse, sans le moindre Boche, sans autre ennemi que tout ce qui bouge, un corps haineux contre un corps innocent, choisi au hasard – c'est-à-dire non choisi – un corps individuel pris comme cible et visant ainsi tous les autres corps innocents et inoffensifs sur la planète. Une guerre, islamiste, cherchant toujours une victime dans la foule de ceux qui ne sont pas des guerriers, ni même des civils, car le civil est le contraire du militaire, et les gens qui marchent, sous le soleil d'une ville, à 14 h 22 ne sont pas des contraires de militaires, ils sont des corps humains posés sur le sol, en tranquille translation, qui ne pensent pas à la guerre et encore moins à la paix, pas plus qu'on ne pense à la liberté quand on est libre, à l'amour quand on est amoureux, à la santé quand on n'est point malade. Non ! Qu'on ne vienne pas me dire, me susurrer, me reprocher que ma génération n'est pas, ne sera pas intéressante sous prétexte qu'elle n'aura pas, à l'instar des quelques précédentes, connu la guerre : elle aura à connaître la Troisième Guerre mondiale, la Première Guerre du XXIe siècle. Une guerre sans dates précises, sans géographies fixées, sans règles du jeu, sans milieu, sans fin, sans raisons exactement, officiellement explicitées. Une guerre jaillie de la Seconde, finalement appelée Deuxième puisque Troisième est arrivée, arrivera : Israël au milieu, Israël au centre, les juifs dedans, pris dedans, encore en « conséquence », en « problème » à régler. Les guerres guerrières sont terminées. Les guerres nouvelles, neuves, ne sont pas faites de guerre – mais de paix. Ce sont des guerres de lâcheté : qui frappent dans une foule, dans le hasard pacifique et tranquille, quiet, de la foule. Ce sont des guerres qui s'immiscent sans crier gare dans l'inoffensive réalité, qui trouent la tranquillité du quotidien, qui commettent, par l'horreur, une effraction – une guerre qui désormais se présente sous cette forme : une guerre qui troue la paix. Une guerre qui, épisodiquement, vient rappeler que nous ne sommes pas tant en paix qu'en guerre, que la guerre revêt un visage neuf, le visage de la paix, mais que cette paix n'est que la possibilité de faire la guerre, que cette paix est la scène du théâtre de cette guerre. Que cette paix est l'écosystème où cette guerre s'ébroue, coule ses jours, patiente, capricieuse, attendant qu'un terroriste terrorise, attendant l'attentat qui viendra l'écorcher, la violer, la fendre, la déchirer. C'est une guerre qui non seulement n'est pas un jeu, mais c'est une guerre, surtout, qui n'est pas du jeu. C'est une guerre sans le moindre courage – et c'est une guerre sans la moindre loyauté. Je suis à mon aise dans cette déloyauté. Je suis bien dans mon siècle, le XXIe, préparé depuis 1970 à cette déloyauté !

19

Marc-Astolphe Oh, avant de posséder le boxer Hugo, avait eu quatre autres chiens, tous décédés dans des conditions plutôt tragiques. Le premier, un bouledogue répondant au nom d'Achéron, s'était noyé dans une fosse septique. Le second, Styx, un labrador fainéant, avait bouffé de la mort-aux-rats. Le troisième, un berger allemand prénommé Cocyte, s'était fait éventrer par ce qu'on appelait dans les années 70 des *loubards* ou *blousons noirs*. Le quatrième, Pyriphlégéton, était mort *foudroyé* par un éclair un jour d'orage. La brave bête avait sauvé la vie de son maître, prenant la foudre à sa place.

On me demande souvent si j'écris tous les jours – je n'écris presque jamais. Je viens d'écrire le mot *foudre*. L'acte d'écrire me fait penser à l'acte de foudre. Je n'arrive à rien si je me prépare, m'installe, prévoit mes coups, comme aux échecs. Je ne connais rien de plus *sinistre* que de regarder sa montre, de descendre à la cave, monter au grenier, pour aligner gentiment ses petites pensées, ses gentils rapetassés mots, son lugubre petit lot de chagrins, de poésies défaites, ses moments d'existence à l'ail relevés.

Je ne suis pas ici par hasard, devant cette feuille, muni de tous les stylos de la planète. Je suis assis, dans le froid, à la terrasse d'un restaurant – j'écris ces choses qui ne regardent que moi, n'intéressent nul. Tout cela est la faute d'un seul homme : Oh Marc-Astolphe.

1976 n'est pas réductible à une date, à une période, à un remous digéré par les calendriers. Une galaxie à part – qui existe *encore*. Marc-Astolphe Oh : c'est un balcon ensoleillé de juin 76, une terrasse, un appartement avec table basse en verre, le tout emballé dans une heure spéciale, chaleureuse, démodée, fantomatique, abstraite : l'heure de l'apéritif. Oh était blond terrasse, blond juin, blond apéritif et blond 76, la cravate énorme, à carreaux ou à pois, la sueur moite de cette saison, la chemise pelle à tarte verte ou bleue, parfois blanche, ce grand sourire qui eût été impossible en 1989 ou 1994 – ces sourires-là n'existent premièrement que sur le faciès de Marc-Astolphe, n'existent deuxièmement qu'en 1976, dans ce qui pour vous n'est que du passé (si vous étiez déjà sur la terre) ou du néant nébuleux (si vous n'étiez pas né), mais qui est pour moi le lieu de travail de cette écriture malade et enfantine qui est la mienne, et m'empêche de me suicider tout à fait les jours où ça ne va pas.

Marc-Astolphe Oh était estival, 76 et glaçons : c'était dans un étui de métal que les glaçons astolphiens dormaient, guettant depuis des jours l'apéritif prévu ou improvisé – ces glaçons sortaient de leur chambre glacée par la science de Marc-As qui les enserrait à l'aide d'une pince magique, elle-même métallique et me faisant l'effet d'une mante religieuse. Le fait que des ouvriers, des ingénieurs et des commerciaux s'étaient donné la main dans le but de rendre *possible* une simple pince à glaçons me rendait fou de joie – j'aurais pu passer ma vie à penser avec bonheur à cette pince, à la fraîcheur qu'elle était en mesure de pouvoir extraire. C'était ensuite le bruit méditerranéen que faisait chaque morceau de glace en plongeant dans le verre de pastis, pour moi de menthe, voire de diabolo menthe et ce mot de *diabolo menthe* était incroyable, inespéré pour rendre la vie vivable, donner plus de fraîcheur et de menthol aux jours sordides, inutiles, gratuitement étirés.

Je suis né sans que ce soit ma faute. Je ne nais jamais, d'habitude. Je suis aussi sûr de mourir que j'étais certain de ne pas naître. Les autres m'ont toujours semblé plus *prévus* que moi. C'était dans ma nature de ne point *être*. Mais il a bien fallu que je fusse ! Question : pour quoi faire ? Combien de gens viennent au monde qui ensuite restent chez eux ?

J'ai 45 ans. C'est un étrange âge : je me sens obligé de *singer* un début de vieillesse parce que je ne suis plus accepté dans le club des jeunes. Les vrais vieux se réjouissent que j'atteigne cette étape. Ils tiennent *enfin* leur vengeance. Le temps a mis du temps à arriver mais il est là – pour toujours désormais. Il ne s'en ira plus. 45 ans c'est l'âge du temps qui colle.

Oh lisait toute la nuit. Écoutait son Partch. Je me souviens d'avoir vu sur la table du salon *Les Nouvelles Nourritures* (1935), de Gide. Je négligerais toujours ces *Nourritures*-là. À tort. On revient sans cesse à Gide, lorsqu'on a commencé par lui. C'est par lui que j'allais débuter – à cause de ma grand-mère –, en 1978. J'ai ouvert les *Nouvelles Nourritures* en hommage à Marc-As, tout à l'heure. Extraordinaire passage sur la paresse du désir, lorsqu'il est répertorié, qu'il annonce un plaisir par soi déjà homologué : c'est une des raisons qui font qu'à partir d'un certain âge, l'idée de draguer, de séduire, se tarit, puisqu'on sait par cœur le déroulement des choses : on anticipe à la perfection la suite des événements.

On parvient, par analogie avec les expériences passées, à se projeter dans l'immédiat avenir de la situation. Fatigue, aussi, de se représenter mentalement telle ou telle femme chez soi, en situation nette dans sa chambre (oui, je l'imagine parfaitement, je la situe mentalement avec la plus extrême précision, devinant jusqu'à ses mimiques, ses attitudes et ses paroles – au mot près !) : tout cela a un *poids*. Le poids (blasé) de l'habitude et de la répétition. Il y manque le total exotisme de la surprise, la magie de la nouveauté bien neuve et, surtout : le risque, l'accident. La prévisibilité tue le désir dans son œuf. Les choses sont bien faites : en appréhendant en un éclair la situation à venir, en fixant sans se tromper l'implacabilité du scénario dans sa tête, le gain de temps est énorme. C'est comme si, finalement, on était passé à l'acte. Le passé nous sert alors de futur : cette aventure à connaître, nous la connaissons par cœur. Alors, je peux utiliser mon présent à faire des choses plus surprenantes pour moi – travailler ?

20

Je ne parviens plus à : travailler. Une pause ? Je suis abîmé. Vacances ? Où ? Seul encore ? Pour toujours ? J'ai trop passé de temps sur Internet, à regarder les anonymes crachats déversés par la plèbe sur mon visage. Un écrivain publie un roman, un réalisateur sort un film : il essuie des tirs d'artillerie. Si Sartre était encore *physiquement* parmi nous, internautes et blogueurs insisteraient sur son strabisme, Byron serait moqué pour son pied-bot, on *rigolerait* des pages entières sur Cendrars le manchot, Malraux le cocaïnomane people. Kafka aurait le cafard en constatant qu'on le traite chaque jour sur les forums de *sale juif*. Injures de lecteurs flous, menaces de ploucs détraqués, suraigries vomissures de jaloux masqués. Nous n'avons le tort que de respirer encore, d'être là, en sursis dans une santé qui permet d'écrire, plantés dans un corps, soutenus par un squelette qui autorise le combat, supporte les gifles, méprise accessoirement la douleur.

Les accusations parviennent toujours à moi. La bêtise, accompagnée de sa maniaque et habituelle cruauté, possède sa tête chercheuse, elle fore et vous trouve. Elle vous déniche tapi : « avec ton ego surdimensionné ». Je suis le sujet de mes livres parce que je me suis inventé. J'ai confiance en mon manque d'imagination. Ce que Dieu a fait, je peux le faire en plus *personnel*. Mes romans sont plus à mon goût que les siens. Les autres n'écrivent pas aussi bien que moi sur mon enfance, mes années d'adolescence, mon arrivée à Paris, mes goûts – mes amours. C'est moi qui m'y colle, parce que je colle à ma vie et que ma vie me colle au corps. Je n'ai plus peur de rien. C'est dommage, j'aimais avoir peur, autrefois, peur des hommes, peur des femmes, peur des adultes, peur des enfants, peur de conduire, peur de me faire agresser la nuit, dans les rues de São Paulo. Peur des serpents. J'avais peur de la peur, peur de ne pas avoir peur d'avoir peur. « Le jour où les hommes cesseront d'avoir peur, alors ils recommenceront à écrire des chefs-d'œuvre » (Faulkner). Je n'ai même plus peur de moi. Ce qui est effrayant.

Comme tout grand écrivain, Faulkner n'a jamais eu une « tête d'écrivain ». Nous le voyons ici accoudé à la balustrade de son patio. Il regarde, le sourcil débarrassé de ses ténébreux froncements, un très infini champ. Les coins de sa bouche, où roule une pipe fendue, par endroits s'abaissent. À jamais éloigné des plaisirs du corps, il guette le coucher du soleil. Toutes les parties de son visage, émacié par la brûlure d'un bourbon viril, flottent dans un état de repos dont l'harmonie, fixée maintenant jusqu'à la mort, a décidé de souligner les tumultes anciens. Il a terminé son œuvre remplie de poussière, de Bible – d'alligators. Il aura fait défiler l'humanité dans sa cambrousse américaine où les blés ressemblent aux cheveux d'un lion jaune. Son regard enfantin, perdu dans la fatigue, cherche à se loger entre une paupière tombante et des cernes violets. Moustache d'un fonctionnaire à lustrine ou d'un huissier méticuleux débile. Il possède l'ongle noir et la paluche orange, il aurait pu être pêcheur, militaire, facteur, serveur endimanché dans un de ces restaurants au chic intemporel des morts quartiers de Buenos Aires. Il a finalement été Faulkner, et c'est la première fois que cela arrivait à un homme.

Dedans cet homme multiplié par la vie, mélangé aux paysans fatigués sur la terre grenue, nous apercevons, gardés intacts, les mythes et Homère, les guerres, un nombre incomparable de drames, les aventures de la jalousie, de la gloire et des colosses antiques, de tous les dieux grecs ramassés vers le fleuve, conviés sur les berges du Mississippi. Ses lèvres sont sèches et grises. Il a conquis le monde à sa façon, le plongeant dans l'alluvion irascible et noueuse de son fleuve natal. Une porte grince, William Faulkner va chercher un verre en grommelant dans la cuisine de son bungalow – où colle chacun de ses pas. Jadis, il avait voulu montrer sa force aux ennemis de la liberté, il avait proposé à la Grande Guerre les services de son corps courageux. On appelle « Grande Guerre » la Première Guerre mondiale – on ne voit pas au juste d'où lui pousserait cette supposée grandeur, quand les hommes qui basculèrent avec effroi dans sa flaque de mort boueuse n'aperçurent, au bout du brouillard, qu'un tas d'humains perforés, et leur propre cadavre qu'il s'agirait tout à l'heure d'enfiler comme on enfile un pyjama. Il n'est en réalité de guerre que minuscule, puisque la guerre est l'illustration d'une impuissance humaine : c'est par incapacité d'assurer plus longtemps la paix que les conflits sont allumés, à la manière d'un palais dont on détruit les joyaux par insuffisance à les posséder. Faulkner partait néanmoins du principe que la témérité réclame, pour être distinguée, pour être aperçue, un environnement qui en facilite à la fois l'expression et la publicité – il avait décidé, en même temps que d'orner d'une virilisante moustache son sudiste visage d'efféminée petite frappe, de s'engager dans l'aviation. Il se voyait dans le ciel défait, entouré d'éclairs, visé par tous les feux de l'enfer, slalomer entre des nuages noirs et des bourrasques cendrées, le cockpit en vibration de marteau-piqueur, mâchant une chique au blé amer, arrachant d'ignobles insultes à sa mâchoire pétrifiée. Il se rêvait sanglé, il se rêvait casqué, lâchant parmi les rugissements du moteur et le vacarme des tirs croisés, des bombes à fragmentation qui transformaient tout en bas de hauts bâtiments prétentieux en nuées silencieuses et abstraites, dont le souvenir s'évaporait en de lascifs rubans de fumée dansants, noircissant l'horizon des terres et la banlieue du ciel.

Mais « Bill », par malchance ou science avisée, évita ces chaos : l'armistice fut signé avant qu'il ne mît un seul pied dans la moindre carlingue. Son rapport avec les cumulus, les strates cotonneuses de l'azur et les effilochées masses du zénith resterait à jamais de l'ordre du songe, un songe perdu dans ce même air pur et bleu que les femmes retrouveraient avec plaisir dans la couleur de son œil. Alors Faulkner commença de mentir. Il prétendit, avec assaut d'arrogance et enfantine mythomanie, avoir échappé de peu à la mort dans son avion tandis qu'il essuyait de drus canardages au milieu du ciel d'automne. Aussi, pour étayer ses affabulations, marcha-t-il longtemps avec une canne et de guingois, confondant parfois les blessures, changeant de jambe, contredisant les versions, s'emmêlant dans ses gloires. Toute sa vie, sur ce sujet, il mentit (face au fleuve lourd et indifférent qui méprisait son secret) à sa famille, à ses femmes, à ses enfants, à ses frères, à ses meilleurs amis.

Nous sommes tous des menteurs. Des drogués – incapable de me droguer, j'ai choisi de mentir, de mentir sans cesse, de toutes les couleurs, en relief, en anglais, en allemand, en italiques, en chair, en os – et mes os les voici. À table.

21

Qui serait la femme de ma vie ? Je tentai de l'entrevoir : une botte de foin humide, tendre et roulée, posée comme une poupée géante et maléfique au milieu d'un champ – un champ d'orange Beauce. Le soleil réchaufferait cette paille. Mon père viendrait avec des allumettes y mettre le feu en riant tel un damné. Il rigolerait de toutes ses fausses dents refaites, trop parfaitement ordonnées. Ce serait une sorte d'embrasement général et fou, une fumée noire monterait en direction des nuages, qu'on apercevrait depuis Montargis, et irait chatouiller ne serait-ce qu'un coude du diable. Il me faudrait alors changer d'amour de ma vie, troquer cette botte de foin tendre, odorante, contre une blonde aux lèvres charnues et aux seins si lourds qu'ils nécessiteraient toutes mes mains pour les porter, les soupeser, les accompagner dans les allées du monde. Une large fille assaillie par les regards mâles – il faut toujours rendre les autres hommes jaloux lorsqu'on traîne avec une femme, qu'on la traîne par sa chevelure jaune, étincelante, éclairée par les soleils de l'univers : je déboutonne son immaculée chemise, je vais me livrer dans son buste à tous les amusements, à toutes les récréations, tellement elle est bulbe, tellement est arrondi son corps, et je récidiverai dans les femmes jusqu'à ma mort, couché sur leur corps, planté entre leurs cuisses dorées, rangé dans leurs poches, dans leur petit sac saturé de produits et de numéros de téléphone que nous craignons sans cesse parce qu'elles nous trompent. Elles fument quand nous ne sommes pas là, elles boivent : preuve qu'un être inédit existe en elle, réservé à quelques autres, et que nous ne pouvons deviner tant la femme que nous aimons est avec nous, en notre compagnie, installée dans un personnage précis, un de ces nombreux avatars composés à notre seule intention. Ailleurs, juste à côté parfois, elle connaît une vie sauvage indevinable et traître, apparentée au dédoublement de personnalité. La distraite n'est plus jamais dans la lune avec Jean-Louis. La radine dépense toute sa fortune en compagnie de Jean-Chris. Les femmes ne font que stationner en nous : d'autres places de parking, par centaines, leur sont proposées *ailleurs*, où elles aiment et désirent se garer aussitôt que nous regardons dans une autre direction, que nous leur tournons le dos, que nous sommes en train de tomber définitivement amoureux d'elles.

Depuis la nuit de mes temps, je choisis toujours les femmes en fonction, non de leur capacité à ne pas me trahir, mais au contraire de leur aptitude à se faire pénétrer, derrière mon dos, par d'autres que moi. Entérinant ainsi ce que la plupart des hommes redoutent davantage encore que le cancer médullaire de la thyroïde, j'abandonne mes amoureuses à leur condition de maîtresse par le maintien de l'officielle fiction qui en fait « ma » femme. La perle rare, pour moi, est celle pour qui tromper est une seconde nature : par une inversion inouïe de mes craintes, je m'offre une tranquillité d'esprit qui, en outre, m'autorise une liberté symétrique dont j'avoue surabuser. Nous ne sommes « ensemble » que par cet éparpillement dans tous les autres. La normalité réside dans un incessant n'importe quoi, un tous azimuts qui instantanément détruirait celui qui ne l'a point choisi. Je permets ce que ni moi ni aucun autre homme vivant sur cette planète ne peut empêcher : l'adultère. Et non seulement je le permets mais je le favorise, je le force – je l'exige. Tous les hommes sont trompés – toutes les femmes aussi. Celui qui, comme moi, se fâche en cas de fidélité, celui qui – selon mes inadmissibles règles – se repaît de la frénétique inconstance de l'autre n'a plus qu'à savourer comme délice, qu'à conserver comme précieuse pierre l'instant où la normalité qu'est la débauche à l'extérieur se mue, temporairement, en pause affectueuse et sentimentale, en romantique sensuelle trêve, en exclusivité sexuelle éphémère et fragile. Un tel mode de fonctionnement n'exclut pas la jalousie – au contraire – ni la possessivité.

La relation sentimentale strictement basée sur le non-dit : chacun joue à l'autre la comédie du conjoint modèle. Rien ne se dit – mais tout se sait. La proximité prospère sur l'adversité. La qualité de la confiance croît avec la quantité de la trahison.

Je mens, écrivant ces lignes. Je tente d'entériner une situation dont je souffre – j'aime aller chercher la souffrance dans les lieux où elle se trouve, j'aime chercher à emboîter ma névrose de coups à recevoir encore dans la névrose des femmes qui aiment à les donner. On ne prend de coups que de la part de celles qui précisément se fichent d'en distribuer ; on ne se fait lacérer que par des femmes mortes à l'amour, à la vie, à l'émotion des musiques, au flux des saisons. L'amoureuse qui nous transperce le cœur n'est jamais ni sadique ni méchante : simplement, elle ne possède pas ce cœur qui nous fait souffrir, qui aboie quand elle part, implore et crie comme en un roman, pleure ses larmes saignées, se martyrise tout seul car c'est tout seul que nous inventons la créature avec laquelle nous partageons tout mais pour laquelle notre existence n'a pas plus de réalité, de sens, que l'existence d'un tuyau d'arrosage, que d'un cactus enfoncé dans le sable jaune d'un désert oublié.

Ce sont des femmes mortes qui nous tuent, parce que dans ces cadavres de femmes éteintes nous plaçons le maximum de vitalité, l'intégralité de notre avenir, et notre unique raison de vivre. Cet être pour qui nous ne sommes rien – je veux dire moins que rien –, il est tout pour nous. Je suis semblable aux drogués ; j'appelle drogué celui qui ne cherche jamais le plaisir, mais toujours incessamment la douleur, la violence, le trou de la seringue rouillée dans les veines, la jouissive horreur d'être en manque, dans l'hurlante torture du tortillement, entre trottoir et pisse, les côtes saillantes, le regard blanc, les yeux comme deux vésicules où circule la muette expression de tous les cauchemars.

22

Je veux bien entreprendre, par masochisme et complaisance, le détail de mes naturelles disgrâces.

— Vas-y je t'en supplie ! lance ma mère.

C'est par là que Leiris commence *L'Âge d'homme* – lu à Draguignan pendant mes classes à l'École d'application de l'artillerie en 1992. On s'en lassera bien avant moi. Je saurais remplir un bottin pour parler de moi – même en mal. J'ignore d'où provient ce douteux narcissisme : sans lui je pointerais à la Poste, je jouerais au poker, je vérifierais des comptes. J'aurais un chef, des chefs et même des patrons. Je serais plus malheureux encore, livide dans les métros du matin, dévoré par l'exhalaison rancie des chairs salariées. Rien ne m'écœure davantage, en ce si bas monde, que les meutes empressées caracolant vers un moquetté bureau, orné de fleurs qui vont mourir aussi. Quand on me demande, l'air ahuri, comment je suis parvenu à éviter ce pire, je réponds doucement que j'étais fin prêt à connaître les trottoirs de la rue, leurs miasmes successifs et dégoûtants, leur violence, leur caractéristique poésie, plutôt que de me rendre, la gorge nouée par l'angoisse et la cravate, dans une bâtisse de verre gavée de hiérarchiques importances, de subsidiaires colères, de coups bas à répétition. J'étais d'accord pour mourir. Je n'étais pas d'accord pour saluer, classer, demander, accepter, commander, trancher, décider – travailler. On aurait trouvé mon drôle de corps au milieu d'une piscine.

J'applique sur mon crâne, depuis près de vingt ans, une lotion à cinq pour cent (mais de *quoi* ?) destinée à « freiner » la chute des cheveux. J'avais cru bon me berner en défendant à mes propres yeux cette thèse selon laquelle mon cuir chevelu avait, pour la durée de mon service militaire, souffert du port du casque lourd, du béret. Le dermatologue m'avait remis sur le droit chemin en diagnostiquant, sourire en coin puisque lui-même était chauve comme l'otarie, une *alopécie androgénétique*. Derrière ces termes impénétrables et spéculatifs se dissimulait un stupide avenir : celui d'un angoissé de la tonsure, passant un dixième de son séjour sur terre à vérifier dans glaces, miroirs, psychés, rétroviseurs et trumeaux la progression en courbe de Gauss de sa crânienne déforestation.

— Vous savez, m'avait-il lancé, qu'il existe un remède efficace dans cent pour cent des cas.

— Aux États-Unis ? demandai-je en visualisant comme l'éclair ma sortie d'avion triomphante et apaisée, heureuse, à l'aéroport Kennedy ou à LAX.

— Non, partout dans le monde.

— Qu'est-ce donc ?

Il m'adressa, précédé d'un rictus imbu de cruauté, un regard de contentement qui trahissait sa satisfaction de savoir que pour des décennies entières, des siècles probablement, la nature fabriquerait d'autres chauves que lui, des malchanceux du derme qui, à son instar humilié, connaîtraient la paralysie face aux trop belles femmes, l'angoisse des touffes formant tapis d'algues au parterre des douches et l'éclaircie d'une délivrance dans le suicide :

— L'accepter !

C'est la même chose avec la vie. Surtout quand vous ne l'avez pas demandée. Surtout quand on vous l'a prodiguée par inadvertance. Vous ne vouliez pas spécialement venir au monde – ceux qui vous y ont mis malgré tout ne le voulaient pas non plus. Tout le monde était d'accord dès le départ – ce qui s'est produit est le contraire de ce que tout le monde voulait. Mes parents avaient perdu de vue que l'accouplement pouvait malencontreusement déboucher sur une naissance. Par miracle, ils avaient jusque-là, hors toute prophylaxie, défié les lois de la natalité, déjoué les superhuilés mécanismes de la nature. Sans crainte, sans pudeur, sans remords, mon père avait préalablement joui à de très nombreuses reprises dans ma mère – comme son exaltation ne produisait jamais rien que de filandreux, des frissons et beaucoup de bruit ramassés dans une odeur de mort, faire l'amour n'était connu de lui que comme une dilapidation couinée menant vers le sommeil et la putréfaction. Il n'aurait jamais cru, ni même envisagé, que les assauts de son membre précipité pussent donner jour à celui qui se présente maintenant devant vous, les yeux larges ouverts, le front oblique.

23

J'exige seulement de continuer à vivre enfermé dans ce bureau, puisque l'écœurement vient du dehors, que cloîtré parmi les papiers, les revues, les livres, retranché de toute agitation, le ridicule m'est épargné, ainsi que le danger, la nouveauté, l'imprévu et principalement ce cauchemardesque crachat mieux connu sous le nom de *réalité*. Ce qui, par-delà les limites de ma close fenêtre, se trame dans les compliquées rues m'ennuie, surtout m'effraie. Je m'entraîne à échapper au monde, à sa trame bousculée, fiévreuse – saturée. Je propose aux quartiers mon absence, aux villes mon retrait. L'enfermement seul m'intéresse. Tout voyage, tout départ, toute sortie m'est une béance vers la mort. Je ne suis humain que dans la répétition d'une cellule ; je ne supporte que la certitude du confinement et l'isolement d'entre-murs. Ce confort est illusoire – quelque chose toujours me pousse à prendre l'avion, à rencontrer des pays. Kilomètres qui m'arrachent à la folie, à la solitude, à ma bibliothèque, contrées qui me nettoient, mais davantage me persuadent que ma vraie place est installée, immobile – incrustée. Je ne suis jamais sorti que pour avoir le bonheur de rentrer. « Personnellement, les Pyramides ne m'intéressent pas » (Marc-Astolphe Oh, apéritif du 2 juin 1975 ; disque mis : *Variations Diabelli*). Je me préfère dans l'inanité. Le grossier schéma de ma vie, c'est de me placer dans une mort spéciale, d'être inaccessible au train des événements, pour décrire sur cet ordinateur mes convulsions répétées, la liste de mes étranglements, la comédie de mes amours. Mais, de même que l'enfant, l'écrivain grandit. Je veux accéder à quelque chose de *nouveau*. Ne plus me révolter, comme dans mes antérieurs livres, mais me ralentir, contempler ma pauvreté. Écrire dans une certaine douceur, fût-elle zébrée de sang. Je fixe un point devant moi – et c'est bien Marc-Astolphe Oh que je vois, qui point de ma jeunesse. Son attitude n'est pas humble. La grande idée d'Oh, c'est que nul ne l'égalait, qu'il avait été dans une autre vie un « génie de *quelque chose* ». Il répétait sans cesse que la mort « était un attrape-gogo » et qu'il ne se sentait pas concerné par elle.

— La mort, c'est pour les autres. Tous ceux que je connais qui sont morts sont des autres ! aimait à déclarer Marc-As.

Il n'en passait pas moins sa vie à consulter nombre de médecins, qui spécialiste de la clavicule, qui rompu aux sciences de l'œsophage, étaient chargés de lui annoncer qu'il ne mourrait pas cette semaine-là, ni sûrement la suivante, et encore moins celle d'après. Comme tout hypocondriaque accompli, il se méfiait de tout le monde : lorsque les résultats se révélaient positifs, les bilans favorables, il faisait mine de savourer sa joie pendant quelques minutes, puis raturait nerveusement cet hâtif débordement. Nul doute que les médecins d'ici étaient des incapables ou que leurs tests – parce qu'ayant poussé le vice jusqu'à être au bénéfice de la santé paternelle – manquaient de fiabilité. Il s'agirait de pousser jusqu'à Paris, où le savoir était plus éminent (un Knock parisien impressionnait davantage Marc-Astolphe qu'un Schwartzenberg orléanais), afin de trancher une fois pour toutes, c'est-à-dire jusqu'à la prochaine crise de délire transformant cet homme à forte santé en agneau secoué de perturbations. Il ne croyait pas à la mort, mais se doutait largement que la mort croyait en lui.

24

J'ai toujours observé chez Oh un inlassable va-et-vient entre la certitude profonde d'être plus fort qu'un super-héros engainé dans un collant Marvel et l'intime conviction de n'être qu'une pleureuse alanguie. L'hypocondrie, dont je reprendrais la tare, sommeille chez les victimes de cette oscillation. L'affirmation qu'on est invincible trahit d'abord la conscience amère qu'on est un perdant. L'hypocondrie est la marque du vaincu perpétuel, qui se vainc lui-même quand aucun ennemi ne songe à l'attaquer. Si personne ne te veut de mal, tu t'en voudras toi-même, par toi-même, à l'encontre de toi-même. La haine de soi préside à cette étrange maladie faite d'absence de toute forme de maladie, jusqu'à déclencher pour terminer celle qui viendra combler la béance, jouant par défaut le rôle générique de l'adversaire défaillant. L'hypo-condriaque retourne toutes ses forces contre soi, jusqu'à ce qu'il se confonde avec l'ensemble de ses tortionnaires sup-posés. L'hypocondrie repose sur le paradoxe que le sujet se regarde comme l'existence humaine la plus importante du monde et néanmoins et simultanément comme la vie biolo-gique la moins digne de se déployer. Ainsi, l'homme moderne – orgueilleuse appellation pour dire l'homme moyen – se voit sans cesse brinquebalé entre l'assurance d'égaler les dieux et la sourde intuition de n'être qu'un étron.

L'homme moderne se prend tellement pour un dieu qu'il finit par s'imaginer qu'il est vraiment un homme. Pourquoi cette croyance, si pathétique, en sa divinité ? Il faut remon-ter aux sources, celle d'un christianisme qui porta aux nues la dimension individuelle. Posséder un unique dieu ne suffisait pas ; aussi fallait-il qu'un homme tout aussi unique fût répertorié. En Jésus, l'homme absolu, chaque faiblesse humaine s'apparente magnifiquement, par un tout évangélique enchantement, à la force suprême. Mieux, c'est cette émouvante faiblesse, c'est cette faillibilité de tout instant, qui constitue le socle de sa surpuissance. Sa force divine provient *directement* de sa faiblesse humaine. Son unanime perfection, de ses notoires imperfections. Ne restait plus qu'à poser, via l'Église, la stricte équivalence de tous les fidèles et du Christ. Jésus nous vaut tous, tous nous valons Jésus. Dans son humilité, la grandeur de son pardon, l'immensité de sa mansuétude, il ramasse non seulement sous sa coupe mais en son sein, à l'intérieur de lui-même, ceux qui ne font pas que joindre en son nom les mains, mais joignant leurs mains se fondent en sa chair comme un seul homme. Nous avalons l'hostie, ce corps du Christ devenu notre corps. L'anthropophagie mystique est une autophagie quand, cellules du messianique corps que nous sommes, nous n'absorbons pas que des paroles d'Évangile mais nos propres viandes. Nous sommes tous le Christ et le Christ est chacun de nous. L'égalitarisme eucharistique n'oublie pas que l'Église, en son solennel et immobilier monument, compose les entrailles du Fils : nos tissus aux siens se mêlent, les sangs se mélangent, nous nous fondons en lui – amen. On ne saurait dorénavant diviser quiconque – tous sont un seul, un seul est absolument tous. L'individu, celui qu'on ne divise pas, l'intranchablissime, est né. Il n'est après lui plus rien de *sécable*. Il est semblable à la multitude, il équivaut algébriquement à tous les humains, ce qu'il choisit d'oublier pour se réfugier dans la contrepartie de cette malédiction qui l'aliène : il est divin. L'homme moderne, individu par excellence, souffre d'appartenir à la communauté des pareils. Il illustre cet infernal paradoxe que la condition divine – qui autorise à se croire supérieur aux autres – n'est possible que si les autres et moi-même sommes indiscernables parmi la foule. La divinité de chacun repose sur la divinité de tous – comme l'humanité de chacun répond à l'humanité de tous.

On s'imagine que le christianisme inventa un homme-dieu. On s'imagine que Jésus n'est ni tout à fait un homme, ni tout à fait un dieu. Faux. L'invention du christianisme consiste à tirer la divinité de Jésus de son humanité, de la pureté de son humanité. Nul ne saurait – telle est la leçon des Évangiles – être plus humain que le Christ. C'est ce maximum d'humanité atteint qui confère, par compréhension et non par extension, à l'homme suprêmement humain, infiniment humain qu'est Jésus son caractère christique – et par là divin. Jésus ne réalise finalement qu'un seul intéressant miracle, un seul miraculeux miracle – être infiniment ce qu'on ne peut être que finiment : humain. Son plus fatidique exploit est de loin le moins relevé : il réalise l'infini au sein même de la finitude. Jésus n'est pas mi-homme mi-dieu, mais tellement homme, homme à un point d'incandescence si élevé qu'il incarne à lui seul la définition de Dieu. Non Dieu lui-même, mais toute approche possible de Lui. Il est improbable que l'homme moderne parvienne jamais à comprendre telle subtilité, enclin surtout à déserter la mesquine essence de son humanitude, qu'il condescend à laisser aux autres, pour s'emparer de la part qu'il juge, à grand tort, la moins humaine, ou plutôt la plus surhumaine. Dans la vie courante, cela se traduit par cette mortifère conviction située au centre de tous les malaises de notre civilisation et dont sont sorties, comme d'une université de l'ego, toutes les tares de l'autopromotion, de la célébrité, de la starification du rien : les autres sont moins importants que moi.

Du temps des juifs, l'ego s'incarnait dans un peuple. Pas un homme seul, pas un individu, mais un peuple tout entier. On était important ensemble, aux yeux du Nom inventé sur mesure pour les besoins de ce peuple décisif et capricieux. Dieu avait été conçu, dans l'océan des textes, comme le plus humble qu'un Dieu pût être. Le Nouveau Testament installe Jésus comme chantre de l'humilité, mais cette humilité est partiellement gâtée par cette prétention à incarner la plus humble de toutes les figures imaginables. Le Christ fut conçu sur la prétention de l'humilité ; le Dieu des juifs sur l'humilité de la prétention. Il n'en fallait pas davantage, dans le cirque du monde, pour que le quidam revête, sans allégorie aucune, la panoplie christique l'autorisant en toute humilité à se placer en altitude des autres. Les juifs sont groupés dans leur envol et l'Alliance retient les débordements narcissiques. Les musulmans bombent le torse, mais derrière le Livre et dilués dans la multitude. Le chrétien, avatar anticipé de l'homme moderne, est *déjà* séculier : le prophète est chacun, l'individu est roi. Le lien est ténu entre l'expérience christique et l'extase individualiste. Une récente enquête révèle que les Américains, plus prompts que quiconque à célébrer l'individu, sont persuadés à quarante et un pour cent que le Christ opérera avant 2050 son annoncé retour.

25

Montée en puissance de l'individu, *l'indivindu*. L'individu est devenu *indivindu*. Exception de masse. Chacun se place au-dessus. Tout le monde est dans l'illusion d'être au-dessus de tout le monde. La société crée cette perpétuelle illusion. Inventions de catégories neuves. Aberrantes. Qui disent tout. Qui veulent tout dire. VIP. « Pass ». Formules. Priorités. Passe-droits. Ne pas faire la queue « comme tout le monde ». Attendre un peu moins. Attente elle-même morcelée en différentes tranches d'attente. Ce n'est plus seulement le temps qui est découpé, morcelé – mais l'attente. Degrés dans l'attente.

Niveaux. Hiérarchies dans la patience, l'impatience. « Le temps c'est de l'argent » se transforme – désormais « l'argent c'est du temps ». Les néo-privilégiés retransforment l'argent venant du temps en temps. Se fabriquent une temporalité nouvelle. À part. Inaccessible au commun. Dans laquelle l'écoulement du temps n'est pas le *même*. Au bout, la même chose pourtant. Le même spectacle. Mais on a réduit l'attente pour y accéder. Ce n'est plus seulement une dichotomie, une cassure entre ceux qui ont des bonnes places et des mauvaises places, orchestre ou balcon, mais entre une attente orchestre et une attente balcon, une attente de riche et une attente de pauvre. Une attente de riches impatients. Contre une attente de pauvres patients. De patients pauvres. L'homme moderne est le contraire du Christ. Il se croit tellement infiniment un dieu qu'il finit par se prendre pour un homme. Démocratisation, généralisation du passe-droit, de l'exception. On tombe des nues de voir qu'autant de personnes avaient des droits. Les mêmes droits que nous. Qu'autant de personnes étaient très importantes. Très importantes *aussi*. Aussi très importantes que nous. Un écran par personne dans l'avion. Un kit. « Kits ». Société du kit. Téléphone mobile. *Cellular*, cellulaire. Cellule. Cellules. Le téléphone fait partie de nous, il est « cellulaire », il est une de nos cellules. Internet. Ordinateur individuel. Cellule cible. On nous cible. Nous sommes ciblés. Snipers dans les guerres. Chirurgie. La guerre elle-même est cellulaire, cellularisée. Guerre biologique, biologisée. Atteindre les cellules. Anthrax, cellules souches. Prisons. En cellule. Chacun possède son cinéma, y compris porno. Home video. Homme vidéo. Télé « à la carte ». Pire encore. On peut aller désormais au cinéma et repartir avec un film. Sur sa clé USB. Films téléchargeables. Cellules terroristes. Le terroriste lui-même est perçu comme quelque chose de cellulaire. De cancérigène. Cancérisation de la société. Nuage. Tchernobyl. Leucémies. Chaque semaine : liste des nouveaux produits cancérigènes. Produits de première consommation.

Cancérigènes. Café. Gel douche. Sucre. Cellule de « crise ». Tout n'est pas seulement « miniaturisé ». Mais cellularisé. Métaphore. Ben Laden qu'il faut « extraire » de sa grotte. comme une tumeur. Frappes « chirurgicales ». Ben Laden. Incarne « le Mal ». Maligne tumeur. Le Tout biologique. Bio-logisant. Une partie de la société serait « saine ». Occident. États-Unis. L'autre, un cancer. Une cellule cancéreuse. Une tumeur. Moyen-Orient. Ben Laden. Maladie nosocomiale. Analogie macroscopique, microscopique. 11 Septembre. H1N1. On traite les deux de la même manière. Ou plutôt ce sont les deux facteurs de paranoïa car on ne les *voit* pas. C'est la même parano qu'on ressort, la même hypocondrie. Or, l'hypocondrie est au cœur même de l'individu : on ne sau-rait être hypocondriaque que pour soi. « Localiser » le Mal. Tumeur. Ben Laden. Côté aseptisé des États-Unis. Exemples. Michael Jackson. Walt Disney. Las Vegas. Voyages sans virus et sans germes. Explosion de la 3D. Réalité moins dange-reuse, moins contaminante. Hantise de la contamination. Islamisme. Société de la climatisation. Trou d'ozone. Pes-ticides. Toujours cette culture d'éradiquer le minuscule. Le virus. Le moucheron. Le parasite. L'ennemi est devenu le parasite. Chacun, aujourd'hui, possède sa petite bouteille antigermes individuelle. On ne se salit plus les mains en lisant la presse : Internet, iPad. Attention. Germes sur les portables. L'individu ne supporte plus ses propres germes. Il vit dans un fantasme épuratoire. Purificateur. Portables en argent. La boucle est bouclée. Opérations chirurgicales elles-mêmes pra-tiquées à distance. Entre les États-Unis et la France. Progrès. Le sang ne gicle plus sur la blouse du médecin. Progrès ? Progrès ! On ne se salit plus les mains en lisant son courrier. Ouvre tes mails. Et toujours un virus informatique pour t'en empêcher. Commercialisation d'antivirus. On emmène son ordinateur comme dans une clinique. On consulte son informaticien. L'informaticien. Médecin. Fait un « diagnos-tic ». Je cherche ma connexion. Je lis : « diagnostic réseau ».

Encore le « réseau ». Toujours le « réseau ». *Software*. *Hardware*. Mou. Dur. Comme dans le corps humain. Bush. *Versus* Saddam. Se trompe d'opération. C'est bien le mot *opération* qui est employé avant une intervention de l'armée. CQFD. Boucle bouclée. Ancien Testament. Nouveau Testament. L'intégrale de Shakespeare collée avec les quatre derniers romans de Marc Lévy. Le tout intitulé : « Livre ». 18 octobre 2006. Un mercredi. Boortz réveillé. « *On the October 16 edition of his nationally syndicated radio program, Neal Boortz declared : "Islam is a virus. It is a deadly virus that is spreading throughout Europe and the Western world," adding that "we're going to wait far too long to develop a vaccine to find a way to fight this."* » Une ministre de passage : « L'islam radical, un "cancer". » Interdire la burqa en France permettrait de lutter contre « la gangrène, le cancer que représente l'islam radical qui déforme complètement le message de l'islam ». Monde viral. Je suis un virus. Demandez à mes parents. Je pense avoir été explicite. Non ? Vous en voulez encore ? Si je n'avais pas eu ce premier père, sans doute eussé-je moins bien choisi les suivants. J'appelle fils raté celui qui laisse son père intact.

26

On m'avait dit que les voyages sont fabuleux, qu'ils forment la jeunesse. Si pour vous voyager consiste à sortir de votre pays, cela signifie simplement pour moi pénétrer dans un avion. J'ignore quel préjudice j'ai bien pu, dans une ancestrale vie, causer à la confrérie des obèses : c'est à mes côtés que, systématiquement, pour douze heures de trajet, l'invité d'honneur de leur dernier congrès en date vient m'imposer son volume et déborder sur moi, me comprimant de telle

sorte que mes yeux sortent de leurs orbites en un *pop* d'ono-
matopée de comics. Je n'ai rien contre les tissus adipeux, les
phénomènes de foire, les jeunes éléphants qui labourent dans
la panique les corps aplatis des négrillons imprudents, rien
contre les badernes, la gélatine, les réservoirs, les estomacs
géants, les montgolfières, les baleines : mais il y a dans la
proposition humaine de l'obésité une humiliatrice négation
de l'autre censé s'écraser, au sens propre, devant cette juris-
prudence de la masse. Il y a un terrorisme du gros – si la terreur est d'abord la pulvérisation de la nuance par l'enclume.

Ce qu'on voudrait surtout, c'est rester dans sa coquille,
brinquebalée coque par les flots, petit éden bunker, sans
jamais sortir. Jouir seulement des flux et reflux dans une
absence passive, enjouée, molle et arrachée au temps de
l'Histoire. Rester dedans, c'est rester en dehors. Comme tous
les hommes planétaires, j'ai toujours eu la peur manifeste de
ce que je ne vois pas : l'infiniment petit et l'infiniment grand.
Je crains le virus de même que je crains l'attentat. H1N1
et 11 Septembre sont les exactes et corollaires figures, parfaitement symétriques, de ma paranoïa. Les virus sont trop
petits pour moi, les attentats trop gros. Par leur échelle ils
m'échappent. Ils ne tiennent pas dans la main. Leurs tailles
respectives les rendent invisibles. J'entends par là illisibles.
Ne jamais se soustraire aux coquilles, habiter les cavités,
enterré dans le remous, grottes et coquillages, tels des hôtels
particuliers sous les sables enlisés tellement. Observer de
temps en temps le siècle, se taire aussitôt au bord du repli.
Attendre que la mort saisisse enfin notre petite rapetassée
lasse biologie, étriquée, peureuse et vaine autant qu'on puisse
l'être en ce monde. Quand nos terreurs auront fini d'avoir
lieu, qu'elles nous auront achevé, tailladé de part en part,
nous aurons le regret d'avoir manqué de courage et de poumons, mais l'heure sera venue d'observer le plus long des
silences – et le plus silencieux. Ce qu'il s'agit de souligner,
c'est le lien qui existe entre le virus et les attentats : le virus

est devenu une arme massive, le péril microscopique s'est mué en arme macroscopique. Les découvertes de Pasteur sur les microbes et les virus, comme le développement des expériences et manipulations génétiques, ont permis de fabriquer des armes bactériologiques. Non plus des bombes à neutrons, mais des bombes à virus. Les Hiroshima du microbe sont imminents.

New York, Hong Kong, Montevideo, Honolulu. Les voyages ne servent qu'à revenir et rien n'est assez loin de rien. C'est toujours en soi qu'on habite. L'univers allait me duper de ses vieilles chimères et j'y consentais déjà. Je serais bientôt d'accord pour avoir des amis chauves et envieux, partir en vacances sous des tropiques saturés d'Allemands roses, côtoyer des fumiers, prendre un verre au bar et saluer des collègues au teint frappé de plomb. Les collègues ne servent à rien, ils sont idiots sous la Grande Ourse. Ils n'offrent aucune clarté nouvelle sur la compréhension de l'humain devenir, ils restent des entassements dans les provisoires bureaux bientôt soufflés, emportés par la frivolité des années qui se dépêchent et laminent. Pour Aristote, toute la matière dans l'univers était composée de quatre éléments de base : la terre, l'air, le feu, l'eau. Elle est en réalité constituée d'agglutinés morceaux de collègues, de parpaings de femmes enceintes, de fragments d'amis provisoires, de particules de touristes. Des ondes sonores se propagent dans l'air afin que nous puissions saluer les premiers, flatter les deuxièmes, nous fâcher à jamais avec les troisièmes et insulter les derniers.

Le temps ne sait jamais qu'il se déroule – nous l'accompagnons très volontiers dans son aveuglement têtu : par les semaines cycliques, aux jours dénommés qui reviennent comme les wagons d'un manège aux chevaux de bois piqué, nous cherchons à transformer l'abscisse qui conduit droit à nos ossements par un cercle joyeux qui recommencerait à l'envi sans qu'aucun vieillissement s'introduise dans le sang, qu'aucun drame ne vienne interrompre les corps. Tant que recommencera le mot *samedi*, c'est un sempiternel même samedi gratuit qui nous sera offert, dans son immaculée nouveauté, semblable au précédent, à tous les antérieurs samedis qui, par récurrence, nous mènent droit à l'œuf maternel. Mais les raisonnements de proche en proche ne sont admis que s'ils nous transportent jusqu'au commencement de la vie : nous voudrions en infléchir la logique quand ce même voyage, dans une symétrie atrocement inverse, est une inéluctable invitation à mourir sur une des dates d'un des calendriers à venir. La roue ne tourne pas : elle avance.

27

Je ne vote pas. Je ne possède pas la plus petite carte d'électeur. Je ne sais même pas, je l'avoue, ce qu'il faut faire, quelles sont les démarches à exécuter pour obtenir cette carte.

Je ne possède aujourd'hui que les cartes suivantes. Ma carte de membre des Fils de l'Invention, en tant que fan de Frank Zappa ; ma carte de Grand Fécial Consort du Collège de 'Pataphysique – parce que seule la science des cas particuliers m'intéresse. Je ne suis pas encore allé à la moindre réunion du Collège : c'est ma manière, pataphysicienne, d'y participer. Enfin, je suis gentiment, modestement mécène du Louvre, et je jouis pour cela d'une carte, je suis un encarté du Louvre. J'ai ma carte du Parti du Louvre : à cause de Watteau, de Fragonard, de Fra Angelico, du Caravage.

Je n'aime pas voter – je déteste voter. Je n'ai strictement aucune conscience politique, je suis né dépourvu de toute conscience politique : j'ignore tellement, très infiniment (ce n'est pas une plaisanterie) ce que veut dire la droite, ce qu'est (exactement, précisément) la gauche. Mon cerveau ne parvient pas à s'agripper à la politique, à son intérêt, à ce qu'elle représente : je ne puis faire, en apologie, que celle du Parti communiste, parce que je sais que le communisme n'existe pas.

Je ne me pose aucune question sur la victoire « éclatante » de la gauche aux élections régionales. Je n'ai pas écouté les débats. Je réserve ma ferveur sacrée à la littérature, à la peinture, au cinéma, à tout sauf à la politique, car tout est politique pour vous, mais pour moi rien (au monde) n'est, n'a été, ne sera jamais politique. Je la subis, elle passe sur moi, je paye mes impôts, sans chercher ni à tricher ni à rechercher des niches fiscales comme les truffes un cochon truffier : je paye, je me tais, je m'en fiche, je ne regarde pas le chèque que je signe, je vérifie plutôt un passage dans Paul Valéry.

Je suis intellectuellement séparé, moléculairement, viscé-ralement – c'est dans mon ADN – de la politique et du politique : j'écoute Schubert, Zappa, Stravinsky – les grandes actions des partis, du gouvernement ne me paraissent ni réelles ni vécues : elles se déroulent ailleurs, sur une planète qui est pour moi, sur moi sans conséquences. Je ne vote pas, je ne voterai jamais : je suis dessaisi de toute urgence civique, de toute préoccupation citoyenne : je suis concerné par tout le reste, et non seulement par « l'art » (insupportable attitude), mais par les rencontres, les voyages et les autres, le visage humain des autres – l'amour en quelque sorte. Je veux tout, sauf voter. Tout vivre et tout éprouver, sauf me retrouver derrière un rideau, petits papiers dans la main, face à l'urne, avec des noms grossiers imprimés dessus, des noms qui ne me concernent pas, des noms sans vérité, sans sincérité, sans rien d'autre que le nom d'un pouvoir, des noms sans rien d'autre qu'eux-mêmes, des noms qui ne me plaisent pas. Je ne veux pas figurer sur une liste d'électeurs, je n'en ai point le souci, je suis trop étroit pour cela : mon intelligence ne va pas jusqu'au devoir, à la responsabilité. Je suis fou – je ne suis pas concerné.

28

Je serais mort de la grippe H1N1, de quelques sidas touristiques, d'infections triées sur le volet, bien spéciales, bien
uniques, très rares et à moi réservées. Je me serais fait rata-
tiner les estomacs, les reins, tous les foies et les membres
importants par des trains roulant dans la nuit. Il faudrait
écrire une thèse sur le transport en commun et la notion
d'avenir. Quand tu prends le TGV, tu sais que tu vas revenir
dans l'autre sens, et l'autre sens te nargue déjà, il t'apprend
que déjà tu es retour, oui, retour en sursis. Le RER, le TGV
te voient comme celui qui virevolte, qui revient occuper son
repaire, tranquillement, dans la bourgeoisie complaisante qui
n'admet plus rien d'autre que sa vie ici, un peu là-bas, puis
re-ici. Chacun est son propre égoïste héros, il ravage, à
mesure que croît l'illusion de son importance intime, tous les
êtres sur son passage, nous voilà relégués les uns les autres à
n'être que des décors pour les uns, des réceptacles pour les
autres. On ne s'intéresse pas à moi. Nous serions morts, sans
l'amour de deux ou trois, de froid – du froid des autres car
la chaleur humaine n'existe pas. C'est une invention. Il n'est
d'humain que la froideur, l'insondable froidure des passants
qui courent en frôlant votre misère, et dont la propension à
se dépêcher est proportionnelle à votre tristesse, à votre peur
de l'abandon – je vous présente la mienne – à votre désir
d'en finir. L'amour est là pour nous empêcher, au dernier
moment, de prononcer sur sa tempe le mot de *suicide*, tandis
que nous hésitons, que nous appuyons sur la gâchette, que
nous hésitons encore, que nous sommes lâches et que nous
retournons dans le nombre et la vie, avec les foules glaciales,
méchantes, éternelles, toutes-puissantes. Je veux mourir
aujourd'hui : je n'aurais pas dû revoir une ex que j'avais cru
chasser de mes souffrances à jamais mais qui, la recroisant
après des mois de silence, m'a fait pleurer des larmes

d'homme qui pleure devant les femmes. On croit que les hommes qui ne pleurent jamais sont les véritables aventuriers de la terre, qu'ils en sont les seuls solides éprouvés cow-boys. Peut-être veux-tu venir avec moi. Je voudrais me faire la peau, ôter mes bottes, mes chaussures. Les laisser dans un coin débile de mon appartement, devenues inutiles, stupides et gratuites, vidées de moi, en vacances de ce corps qui les prolongeait, les ignorait, et qui était ma part biologique visible. Derrière mon hésitation à me faire exploser le citron il y avait des hommes, des femmes, qui patientaient, attendant leur tour, le moment d'enfoncer leur visage dans le néant, car les ciels bleutés n'existent que pour les musées. Je n'ai jamais songé à changer de nom. J'aurais eu peur de changer tout court. Je continue dans celui-là. Il me fera toute la vie. Mon vieux cartable est dans le même cas. Je persiste en Yann Moix. Je signe « Yann Moix ». Il faut être économe en noms. À les essayer tous on devient puzzle. Or je suis quelqu'un de très ramassé. L'automne me déprime – ses feuilles éparpillées. L'hiver est dense lui. Compact – comme l'été. Ce sont des saisons recopiées au propre – bien nettes. Printemps automne sont des brouillons. Je ne fais jamais de brouillon : je suis immédiatement définitif. Ultime au premier jet. Après c'est trop tard : si je rature je mens. Les deuxièmes chances c'est pour les amoureux, pas pour les écrivains. Ça prend du temps d'hésiter : je ne veux pas croupir dans une esquisse. Nous ne vivons pas assez longtemps pour reprendre de zéro, corriger des épreuves, revoir une copie, gommer. Il y a deux univers : celui de la littérature et celui du monde. Le seul qui se rature, qui se recommence, est : le monde. La littérature est plus mystérieuse que les choses que nous traversons sous des pluies, marchant sur le trottoir – le trottoir sale. L'existence de Madame Bovary, de Barnabooth, de Swann, de Bardamu, de Gulliver ne fait *aucun doute* ; elle est parfaitement évidente, ne pose pas de problèmes. Mon existence, la vôtre, fait doute et me questionne. Elles ne sont pas chargées d'inquiétude, comparées au meurtres bibliques, aux viols des *Mille et Une Nuits*, aux bruits des coulisses dans l'ombrageux Versailles, caché, rapiécé, du petit duc de Saint-Simon (regardez bien sa perruque). Dieu lui-même a fait des brouillons. Nous ne sommes point son premier essai. Il avait tenté, avant le nôtre, des gribouillis de mondes. *Midrash* : « Avant de créer notre monde, Dieu créait des mondes et les détruisait. » Il l'a déchiré, il a recommencé. Il a renouvelé l'expérience. Il y a dans les errements les errances les plus justes, celles qui s'appellent du même nom que nous, qui nous inventent et que nous cherchons, comme on cherche définitivement le bonheur quand on sait qu'il ne viendra plus. Le grand mystère du monde, que personne ne veut dévoiler jamais aux enfants, c'est que le bonheur n'existe pas, qu'il n'a au fond jamais eu lieu. Le mot *bonheur* est le seul, sûrement, quelle que soit la langue, qui non seulement ne signifie jamais la même chose, mais surtout ne signifie *rien*. Comme l'eau, il échappe aux poings quand les poings se referment. La forme moderne du bonheur est d'acheter des choses. Au début de tout, Dieu aurait dû créer le bonheur, non la vie. Le bonheur sans la vie, c'était une belle issue de secours : on eut à la place la vie sans le bonheur. Nous n'eûmes pas le bonheur sans la moindre trace de vie, nous eûmes la vie sans la moindre trace de bonheur. On m'écrira de longues lettres pour me dire que j'ai tort : qu'il existe, éparpillés dans notre vie, des « instants de bonheur ». C'est bien ce que je reproche au bonheur, que de n'être capable que d'instants. S'il existait vraiment, il serait heureux de s'allonger sur le temps, de le recouvrir tout entier, de s'étirer dans le cœur, de s'éprouver sur la durée. Il serait marathon. Il serait paresseux – tellement lent. De la lenteur du bonheur proviendrait, non le miracle d'un éternel moment, mais l'éternité d'un moment miraculeux. Tant que le bonheur sera incapable de se prolonger lui-même, de se tendre comme un élastique entre deux dates séparées par des années, des décennies, il ne sera qu'une abolition de bonheur, une inter-diction de bonheur, une négation de bonheur. Je voudrais un bonheur qui s'avancerait vers les estuaires, parti d'une montagne, pour se jeter dans la mer (passage étonnamment lyrique). Un sinueux bonheur mais dépassant les heures, débordant les jours. Il faudrait alors que les sentiments humains, toujours prêts à démissionner, ne se renversent plus : qu'ils restent entassés en nous, livrés à une seule et même personne – qu'on appellera la femme que j'aime. La femme que j'aime, je l'appelle ainsi mais, d'abord, elle est la femme qui m'aime. J'aime aimer – je préfère être aimé. Ce n'est pas la même chose que d'aimer et d'être aimé. Aimer est facile. Être aimé relève du miracle. On dit toujours – on prétend – que la mystique relève de l'amour – il faut savoir ce dont on parle. On parle de l'amour reçu, plus que de l'amour donné. Tel est le grand malentendu entre la religion et la mystique. La religion – qui n'est pas intéressante – exhorte à *donner* de l'amour. La mystique – autrement plus puissante – apprend à *recevoir* de l'amour. Le curé de ta paroisse prétend donner des preuves d'amour à Dieu – sainte Thérèse de Lisieux, elle, prétend en recevoir. Thérèse se plaint toujours qu'on ne l'aime pas assez. « J'essayai de me lier avec des petites filles de mon âge, surtout avec deux d'entre elles, je les aimais et de leur côté elles m'aimaient autant qu'elles en étaient capables ; mais hélas ! qu'il est étroit et volage le cœur des créatures !!!... » Le seul à pou-voir l'aimer suffisamment, c'est Jésus : « Je sais que Jésus m'a plus remis qu'à sainte Madeleine, puisqu'il m'a remis d'avance. » Péguy renchérit : « La seule force, la seule valeur, la seule dignité de tout, c'est d'être aimé. » L'existence humaine regorge de monde. Il y a trop de monde dans une vie. Ça grouille de rencontres. Nous sommes une gare. Il y a une catégorie d'êtres humains que nous ne connaissons presque pas, que nous n'avons rencontrée qu'une ou deux fois dans notre vie – mettons trois fois – et que nous ne cessons de croiser. Ils viennent, heureux, polis, décidés, nous adresser la parole et nous n'avons rien à leur dire. Nous n'avons pas envie de leur parler. Nous sommes *incroyablement gênés*, non seulement par leur présence, mais par leur existence. Ce sont des gens intermédiaires. Des gens secondaires. Des gens subsidiaires. Des gens parasitaires. Je les redoute bien davantage que mes ennemis. Je préfère me trouver en face de quelqu'un qui me veut du mal et que je connais bien, qu'en face de quelqu'un qui me veut du bien et que je connais mal. Je voudrais habiter – si j'étais éternel, si j'étais logé dans les moments du temps les plus infiniment dilatés – dans une toile de Picasso, à l'abri dans une sonate de Mozart, interprétée par Zacharias Christian. Les sonates de Mozart, cela fait bien longtemps qu'elles ne sont plus de Mozart, qu'elles sont à tout le monde et de tout le monde, que nous les avons vidées de leur créateur pour en faire des créatures à part, séparées de toute humaine source, de tout humain génie, afin de les restituer à l'implacable gratuité d'où Mozart, comme une murène tirée de derrière son rocher, les a fait jaillir, surgir – advenir. Nous les jouissons, les inventons chaque fois, elles sortent de tous les trous du ciel, des antres particuliers du divin, pour exploser au milieu de notre cœur où elles avaient toujours résidé, où elles avaient toujours vécu, attendant qu'un seul homme semblable à aucun autre et tellement semblable à tous, un petit homme immature et perruqué, vêtu de chaussons à boucle, les arrache à leur sommeil millénaire et implacable, éternel – perpétuel. Les mélodies de Mozart ne sont pas de Mozart : ce sont elles qui découvrirent Wolfgang, quand elles le virent tant s'acharner à devenir Mozart. Elles lui firent don d'elles-mêmes, elles lui cédèrent leur éternité, leur intégrale beauté, leur sommeil enfin réveillé, les cloches qu'elles promettaient ainsi que les instants de flûtes. Les arias, les codas, les arpèges fixés *une fois pour toutes* dans l'ordre des choses et la patience de la nature, voilà qu'ils dégénéraient en fête, reconstitués, retrans-

crits comme dans un ciel jumeau de notre vieille terre – je
compose, dit-il.

J'ai beaucoup plus d'ennemis que d'amis, mais plus d'amis
que mes ennemis. On m'accole tous les vices. À croire que je
les ai inventés. Quand sort une nouvelle insulte, c'est sur moi
qu'on l'essaye. Si l'on dit du mal de quelqu'un, je suis statistiquement ce quelqu'un. J'attire la haine : elle ne peut plus
se passer de moi. Soit l'on m'en veut à mort, soit l'on m'en
veut à vie. Je reçois régulièrement des menaces : on pense à
moi quelque part… On jure me ligoter les os, me faire gicler
les yeux. Me jeter dans les rats. Je suis le rescapé de ma boîte
aux lettres. C'est seulement lorsque le Yann Moix individuel,
réel, a compris qu'il ne serait qu'un Yann Moix de plus sur
la terre des hommes que j'ai décidé de m'acheter un cahier
pour écrire dedans. J'ai 8 ans et mon rapport à la critique
est alors excellent. « Avec *Le Retour de Tût-Tût l'abeille*,
Yann Moix renoue avec la veine de ses premiers cahiers
de brouillon » ; « À l'érudition et au style, le jeune Moix,
8 ans et toutes ses dents, mêle la jubilation et la tendresse. Il
faut se précipiter sur *Les Aventures de Cafardoul le cafard* » ;
« Une prose coup de poing entre Bounine et Faulkner ».
J'avais moins que la moitié de l'âge de Rimbaud – Rimbaud
est quelqu'un qui a 17 ans, parfois 19. Très vite, je refusai
les interviews. Je refusai de dire ce que je pensais des : communistes français, autocars palestiniens, stratégies militaires,
mises à mort, surréalistes, taux d'intérêt. Dans mon treizième
cahier du huitième semestre, aujourd'hui épuisé, Oscar de
Mirlitontaine, ours mondain aventurier espion, lance à son
amoureuse (il est blessé au bras) : « Je peux très bien ne pas
exister, Grenadine : mais si j'existe, j'ai forcément un passé. »
J'ai toujours voulu exister. On voudrait en finir *d'un seul
coup* avec l'anonymat. Le parcours commence ainsi : être
célèbre dès la maternelle. Il est encore tôt pour se faire une
réputation dans le monde des idées : fort heureusement, la
suprématie de l'urine et de la matière fécale, lorsqu'on sait

s'y réduire et s'y humilier, propose un surprenant magistère. J'étais celui qui pissait-chiait dans son froc. Je fus *très* vite *très* connu. En quelques mois, ma célébrité fut accomplie, d'autant que je frappais les filles et faisais bouffer des poignées de sable à leurs prétendants. J'étais dans ma totalité idéale : de race différente enfin. Non plus rassemblé à la masse communale commune, mais dérivant vers mon distinct personnage. J'ai obtenu des privilèges de roi : multiprivations de récrés, polyconvocations de parents, mégapunitions. Le moixisme m'apparaissait comme la forme nécessaire et le principe énergique de l'avenir, sans être en tant que tel le but de l'évolution humaine – les humains sont plus humains dès qu'ils sont nettoyés de leur merde. Chacun cherche tôt ou tard à créer son personnage, une figure étrangère qui accable son prochain, ce, en vue d'en tirer une satisfaction narcissique immédiate. J'ai toujours voulu exister – hélas auparavant il faut vivre. Le soir, je rentrai avec un petit sac en plastique orange d'Auchan à la main. Ma culotte souillée. L'école m'avait prêté un pantalon de rechange : écossais et trop court. Un destin en train de se faire n'est pas une machine abstraite – il faut vaincre la monotonie des jours, faire face à l'humiliation. L'enfant possède deux ennemis : son père et sa mère. Je ne suis pas un idiot, un rêveur, un « cas » – je suis Yann Moix et mes parents ne semblent guère impressionnés.

29

Il neige. Essentiel et dru, dehors : ce froid sale. L'air en lame, l'hiver urbain. Le monde s'écroule – vibre la réalité. Débris d'humains vont, pressées miettes, anéanties, mariées, salariées. Femmes en vacances, aux existences fendues. Rongées, fissurées, placées derrière une vieillesse, une vieillesse qui vient. Visages aux lèvres qui fument, gestes des villes, mots dits. D'inévitables opinions sont lâchées. Poupées, chiffons. L'atmosphère croule, tout est las. Douzaines de gens pâles, si flétris, coulissant, le dos à des murs. Lapins innombrables, ambulants comas, divorcés reliquats. Grains de destins parsemés en les rues, morveux, hommes clos. Différences d'âge, modernités usées comme des eaux. Zéro Pérou. Tout entouré de brume. Contradictions, vérités : châteaux, rêves, et puis la mort (le bureau, les collègues épais). Ces mains dans ces poches, les premières communions, les plaintes de petits chiens, les lenteurs, l'extrême précaution. Les confessions, l'espoir, les sentiments : cette somme du pire, incessante, recommençante, lancinante. Ces jeux, ces rires, les panoplies de la séduction, l'introduction des pénis, la consommation de cigarettes, la solitude des écrivains. La notion d'épouse, la couleur de la menthe. Il neige, le monde m'agace, j'y tourne en rond. Il neige, je commence un livre neuf, écrit sans rature, sans mécanique, sans clavier. Avec la danse du feutre, pointe, gymnastique, souplesse drôle. C'est un roman d'amour, il se terminera bien. Je décevrai les accaparés, les hostiles, les déjà-morts. Ce sont quelques feuillets pour les vivants, le clan des étonnés – et je prétends vivre dans ce clan.

Écrire avec les accents, transformer les mots : se choisir, s'élire une *parole*. Je m'oriente. Paris, cet après-midi, est un dépotoir de gris. Cimenteux contours, grès, courants d'air. Déjà fond la neige : boue. Le langage humain évoque ici la température, la politique là. On cherche en vain les extases – les visions se sont suicidées. J'ai décidé de réduire infiniment ma nourriture, je voudrais vérifier ceci : *l'eucharistie*. Je me promène parmi mes semblables, je jouxte leur moelle épinière ; ils se hâtent vers la bouche du métropolitain. Je pense à Benoît XV, le prédécesseur de Benoît XVI, et Benoît XV me renvoie aussitôt à Benoît XIV. C'est un prénom peu choisi ces temps-ci. Benoît XIV a occupé la chaire de saint Pierre entre 1740 et 1758. Il avait un charme, dit-on, irrésistible. Le 3 septembre 1914, deux pauvres jours avant la mort, au combat, du lieutenant Charles Péguy, le nom de Benoît est de nouveau choisi par le cardinal Giacomo della Chiesa. « On » a mis six mois pour élire Benoît XIV : factions, divergences, guerres intestines. Impossible de réunir la majorité des deux tiers. Prosper Lambertini, cardinal, est proposé : élection aussitôt unanime. Il est rond, heureux. Jubilations vers le ciel.

Je cherche, têtu, un nouvel auteur dont je puisse lire l'*intégrale*. Je ne fonctionne que par ces exagérations. Le livre-papier (il s'agit de préciser que le livre est de papier, dépêchons-nous) se refuse à mourir. J'entre dans une librairie connue. Je cherche un trésor – que lire ? Kipling ? Je feuillette ; Kipling me tombe immédiatement des mains. Trop chargé, trop coloré – ou plutôt : trop *peint*. Je cherche une œuvre dans laquelle je puisse *perdre mon temps*, m'expulser du monde mondial et mondain. Une œuvre sans apprêt, suffisamment toxique, un continent neuf, une pullulance vitale. On n'accède pas tous les jours à ces contrées. Je cherche une œuvre, illue de moi, dans laquelle passer mes prochains mois – mes prochaines années ? Une œuvre suspecte, une œuvre précaire, un incertain continent, une lave nette et sans doctrine. Lorsque je lis, je me substitue à l'auteur, je le *deviens*. Je m'attribue ses tournures, je m'approprie son génie. C'est ainsi que je suis devenu écrivain : en possédant derrière moi tous les livres écrits par les autres, mais dont j'ai fini, à leur insu, par devenir l'auteur. Ce détournement facile, qui s'apparente à un fantasme, ne va pas sans crise : une fois assis devant sa propre feuille, comme le lycéen devant sa copie solitaire, l'on commence à défaillir, sollicité par le néant, soudain abandonné par ces gigantesques prédécesseurs qui brutalement ne nous cèdent plus la moindre parcelle de leur feu. Nous sommes nus. L'illusion tombe : nous écrivions par mirages.

L'usurpation cesse, et dès lors, la tâche imposée par soi seul devient redoutable : les généralités s'amoncellent, l'écriture anarchiquement s'effrite, la charge semble inhumaine. Nous ne possédons d'autres réserves qu'une mémoire floue, un instinct de survie, un emploi du temps bien gardé. C'est peu pour prétendre se hisser jusqu'à la *parole*. Je trouve, doucement, la respiration intérieure qui correspond à mes forces. J'approuve mon propre sacrifice (se tenir en marge) : cette soumission aux écritures, décisive et péremptoire, n'a d'autre valeur que celle que je lui attribue. La critique, salope, me cognera. Les « collègues » puissamment courbés sur leur travail, ne verront rien naître hors leur horizon. Restent les lecteurs, dont l'habitude ne se corrige pas. J'ai une certaine tendance, inconciliable avec le commerce, à fuir le lecteur, à fabriquer des cloisons : je n'aime guère, paradoxe, qu'on pénètre dans mes livres, qu'on s'y invite, qu'on s'y infiltre, qu'on vienne s'y affirmer. Aucun lecteur, aucune lectrice n'a ma bénédiction. Je ne m'en félicite pas.

Mes livres sont vigoureux, quand bien même ils seraient laids. Je les vois qui provoquent de violentes attaques. Qui récoltent des injures, amassent des indignités. Ce pire des accueils – qui sans doute atteint son but, multiplie l'énergie – provoque de nouveaux romans en moi – bref me *ressource*. L'admirable simplicité des invectives, les grands hématomes lapidaires, les démonstrations écolières, didactiques, de mon animale nullité n'exercent sur moi qu'une contrainte : continuer. Les sentences féroces, les abondants crachats, les moqueries solides, les condamnations primitives : ne m'enchantent pas, mais galvanisent le coupable. On ne retouche pas sa réputation. On est seul à remarquer que l'on change – les autres ne s'en aperçoivent jamais ; vous restez pour eux, *à jamais*, un point fixe. Un point fixe par rapport auquel ils entendent continuer à se définir. Sur la brèche, jusqu'au bout, dans l'effort, stylo en main, menacé mais têtu. Je ne compte pas m'affaisser cet après-midi. Dominant ma paresse, mon mauvais caractère, les occasions d'aller nager plutôt qu'écrire : je suis ici, devant la feuille, encre noire, exalté, défensif, acharné. *Non seulement je suis en vie, mais je suis vivant.*

L'ennemi compte sur le succès de nos échecs. Sa haine vise à démoraliser celui qui crée. Mais où se trouve le champ de bataille ? On le chercherait en vain. Huées, cris, jets de cailloux : rester simple, rapide, admirablement droit. S'appliquer, ignorer. Prendre tout ce mal en patience. Se défaire de tout voisinage – ne voisiner, ne frayer qu'avec soi, éperdument. Suspendre son propre ressentiment, taire toute forme de rancune, éteindre toute tentation de riposte. Se surprendre.

Chercher son « vocabulaire », revendiquer sa voix, trouver sa science, suggérer son cosmos. Atteindre, peut-être, son propre mystère. (La réalité est la fiction du pauvre.) Écarter les invitations, se méfier des rassemblements, entretenir ses mutilations, exagérer ses insuffisances, exhiber ses moignons – être fier de ses *fragments*. Être minutieux, apprendre à respecter son manuscrit, ne rien *expédier*. Ne pas écrire pour être publié, mais publier pour pouvoir écrire encore – pour raturer le roman précédent, le dissoudre. Je ne veux pas écrire chaque fois le même livre, mais chaque fois, au contraire, changer de genre, m'inquiéter moi-même, infecter le style d'hier, résoudre une équation toute neuve. Inédite. Ne jamais recommencer les mêmes vieux papiers, s'appliquer dans l'imitation du passé : mais s'indiquer l'inconnu, mais se prescrire la purification. Étendre son étendue. Réformer ses lois internes. Modifier ses écoles intimes. Le cancer, c'est le système. Il s'agit de refuser l'adoption de soi par soi ; de refuser de devenir son propre manuel.

Je veux me faire concurrence. Me refondre. Déplorer le déjà-fait, le déjà-écrit, le déjà-publié. Me différencier de moi-même. Me démissionner. C'est inhumain ? C'est soi pourtant qu'il faut abolir. C'est à soi qu'il faut retirer toute sa confiance – c'est sa propre voie qu'il s'agit, brusquement, de ne plus emprunter.

30

Il y a deux semaines, *véritablement*, j'ai rêvé que j'étais Rimbaud.

— Je ne suis pas sûr de vivre, ni d'avoir vécu. Et pour quoi faire ? Nous sommes de passage, nous mourons presque tous les jours. Je deviens je, la succession la pérennité du mouvement : chaque homme devient sa tombe. Dans les soubassements des pierres, avec les demi-cercles de vermisseaux, les accentuations carnivores, les glacis de pourriture, les courbes transparentes et ce qui est vermine. Désormais, je m'appelle Rimbaud. Il y a danger d'embarcation quand on promène sa gloire : je préférais Arthur, c'était simple comme des roses. Toute la nature habite dans « Arthur », l'enfance précieuse s'y loge fourre blottit. « Rimbaud » sonne sévère et Christ, marbre et niche. « Arthur » se balade plus : lumière. Je m'excuse d'être mort, habitant ce trou – parmi l'universel et le ver de terre : mais je suis né dans un trou. Un morceau d'Ardennes, Charleville, sans civilisation, ni drame, et sans énergie, sans papauté, sans Italie. Et puis : je me suis âgé. Le fait d'abandonner la poésie m'a transformé en négociant : Hawache et Ménélik. Ce fut nécessaire. Pour le moment, tout de suite : je me terre dans le rituel mythique d'être mort, instauré dans une glaise répressive. Mon rituel est de me taire : c'est légal et triste, et cela nie tout. Des peuplades inconnues me dévorent (les yeux, l'estomac), c'est un appétit militaire qui me traverse et traverse, sans violence et minuscule : mais fou. Il est un lieu géographique où je bouge, impensable et qui n'est pas africain : vos mémoires ; les livres. Les faits naturels de ma prose et de mes poèmes, toute ma religion, mon sexe et mon art. Je n'ai plus de doigts, plus de lèvres, particulièrement plus de jambes, mais ma correspondance, dégringolée des siècles, fait une tache jaune dans les manuels. Arthur, je me dis souvent : tu es devenu scolaire. On t'enseigne ! C'est ma faute. Écoutez avec quelle horrible facilité on me récite, on me découpe, on m'explique. Je voulais constituer une minorité : habiter un monde sans gens, avec zéro lecteur. Pourtant : vous me picotez, vous me picorez. Comment savez-vous ce que je veux ? Depuis ma terre close de murs très sourds, en surpopulation de lombrics, tous acharnés, moi, Rimbaud, Raimbaud, Rimbeaux, Raimbaldus Ier, descendant de vignerons et par conséquent de la vigne, je publie ce livre pour être mon plus récent biographe. Je m'assieds, vineux, mijoté, fruité, à votre table : examinons de plus près l'effet des illuminations. Partons d'une masse ponctuelle prénommée Arthur, amoureux de sa mère, une mère folle et mécanique, avec des yeux ronds comme des billes. Elle a transmis du Rimbaud par mon sang, me voici dans le monde phénoménal : je fais partie du décor, de la réalité. Une mère butée, qui aimait les statuettes et les couverts en argent posés sur les tables des maisons. On ne changeait que rarement les limites de ma mère. Elle était patriarcale, solide, étroite, accrochée égoïstement à son misérable lopin de terre, observait avec calme la ruine des êtres. Je tiens d'elle que vous êtes des végétaux, des stagnants, des indignes. Elle aimait ceux qui croient en un seul dieu : blême et défaite à l'aube, elle se trempait dans une bassine d'eau glaciale et priait. Je la voyais lutter avec l'amour, femme dans les airs, éclipsée. Par une sorte de frottement des mains qui, forcées de se joindre, atteignent des dimensions astronomiques, célestes, ma mère parvenait presque à être belle. Je la voyais alors devenir nombreuse, multipliée, innombrable : la salle à manger pouvait contenir jusqu'à un million de ma mère. Mon père fut lieutenant, puis capitaine. Il parlait couramment l'arabe et a écrit des livres sur l'éloquence militaire. Je le revois en bras de chemise, entrouvrant une porte. Au matin, il exhalait par la bouche une odeur d'excrément. Sa figure était fraîchement rasée. Il parlait gravement et doucement, me disant des paroles que j'ai oubliées. Il lui fallait endurer les plaies continuelles de la compagnie de ma mère, qui aimait l'humilier. Il portait sur sa gueule la tristesse du monde et la rédemption idiote pour tous les humains. Il était élastique, souple, marchait à grande cadence : dans une sorte de balancement. Il n'aimait pas trop la nuit et prononçait des sentences le doigt pointé vers le ciel. Un de ses ongles était plutôt long. C'était un humaniste. Il n'aurait jamais rêvé de la richesse de son nom par son fils : c'est lui qui aurait voulu devenir célèbre, le sabre brandi d'officier, d'abord jeune sur la terre, extrêmement héros, puis devenu pauvre effigie biographique du seul génie disponible de la famille Rimbaud : moi. Une seule fois il gifla ma mère. Ce geste rebelle sonna comme une révolution. Ma mère, transportée de virilité, s'illumina comme un baiser. Toute la nuit, ils s'aimèrent d'une rigoureuse pornographie. Les ennemis ne formaient qu'une essence : j'avais dû naître de l'une de ses imbrications adultes et mystérieuses, qui vaut brevet pour l'amour mais n'est, le plus souvent, qu'un académisme reproductif de l'incontestable génie biologique.

NEUVIÈME PARTIE

Frantz-André Burguet

1

La rumeur s'était vite répandue, dans la résidence du quai Saint-Laurent, qu'un écrivain « de Paris » avait élu domicile chez nous, dans le dessein d'écrire son prochain roman, censé se dérouler à Orléans et dans sa région. L'écrivain en question s'appelait Frantz-André Burguet – né en 1938. En ce temps-là (1975-76) Frantz-André Burguet avait par conséquent un peu plus de 35 ans. Il portait d'énormes lunettes qui dévoraient son visage frappé d'une mèche noire. La nature, en plus d'une chevelure écumeuse et fournie, avait pourvu Burguet d'une appétitive élocution, enjouée, zézayante, qui semblait fabriquée, suivant les conjonctures, d'une modestie prétentieuse ou d'une prétention modeste. Burguet était en possession d'une prodigieuse réserve de salive en même temps que d'encre, et parlait presque aussi vite qu'il écrivait lentement, le corps un peu rapetassé lové dans la lumière beige orangé de ces lampes ovales, design à l'extrême, qu'on rencontrait au milieu des années 70 et ornaient aussi bien le bureau des écrivains tapotant sur leur machine que les cafétérias bariolées. Avantageusement doué de patience, un verre d'alcool ou de café à portée de main, le col pelle à tarte dépassant d'un pull-over bouffé aux mites, Burguet aimait à fumer dans son petit bureau perdu dans la nuit des villes tel un vaisseau fantôme dans les nuées du temps. Myope comme une taupe, il tapait ainsi qu'un sourdingue sur les touches de sa Remington. Les feuilles s'entassaient sur un sofa troué, brûlé par les clopes. Il achetait des rubans par centaines – et des feuilles de carbone.

Dans une minuscule parcelle de la durée des hommes intitulée « 1976 », Burguet disparaît derrière la porte de son bureau. Il voudrait se concentrer, jouir au bout des doigts de la délicate sensation du mot, suspendre la phrase frappée dans un silence de mort où tout fait sens sur la page, retrouver la magie dans une vitesse du poignet, soigner ses blessures en s'enroulant dans le chapitre commençant, s'oublier pour confondre sa rondeur avec la rondeur du monde inventé qu'il déroule. Le cuir de son fauteuil est ferme, le volume de son corps emplit l'espace tout entier de la pièce : Burguet entre en inspiration, c'est une grenouille qui devient tellement bœuf, un bœuf inspiré comme gonflé à l'hélium, qui s'envolerait. Nous avons devant nous – face à nous – un homme seul plongé dans 1976, dans la texture de 1976, un homme attaché à formuler sa peur sur le papier giflé, assailli, brutalisé. Il aurait pu choisir le métier de la banque, diviser des boyaux dans un hôpital, ou délivrer chaque matin le courrier d'un recoin encore habité. Non : encerclé par les romans des autres, enfermé de toutes parts par le talent surnuméraire des écrivains vivants, il a choisi d'écrire lui aussi. Odeur de la cendre.

2

Épris de silence et de province, ne trouvant point dans le tumulte parisien la cotonneuse tranquillité qui fait tout à la fois le charme des villes moyennes et les transforme en un giron de l'enfer non prévu par Dante, Frantz-André Burguet avait choisi Orléans pour accoucher de son nouveau livre, un hymne à sa jeune fille née l'année précédente, et dont il avait choisi – idée impossible et magnifique – d'écrire la vie à venir. Il s'agissait pour lui de pré-raconter l'année 2004 d'une petite Vanessa venue au monde en 1974. Ce livre étant sorti depuis, il est étrange de constater que c'est moi, maintenant, par un renversement proprement vertigineux et dans un autre livre (également publié chez Grasset), qui évoque huit ans après 2004 les environs de 1974. Parfois, dans le périmètre de mon appartement parisien, je choisis une date, une époque parfaitement révolue – 1975 admettons – et m'y love comme dans une coquille absurde et morbide, je lis un vieux *Magazine littéraire*, j'écoute Elton John – je me recroqueville dans un temps qui n'existe plus, n'intéresse plus personne, des seventies qui forment depuis 2010 un fossile millénaire et orphelin, une aberration dans l'ordre des choses, une cendre abolie. Tout le monde, les humains, les bêtes, les végétaux, a déserté 1975, a fui 1976. Ce sont des étendues méprisées, gratuites, inaccessibles abstraites. La réalité se déroule comme si ces années n'avaient jamais eu lieu, elles sont évaporées dans le temps, confondues dans l'éternité avec les autres mortes années, éteintes, terminées, achevées.

Marc-Astolphe, à vrai dire, ne pouvait s'empêcher de saisir l'occasion : se lier d'amitié à Frantz-André Burguet (*Le Roman de Blaise*, *La Narratrice*, *Le Reliquaire*, *Le Protégé*, *L'Enfant nue*, *Grand Canal*, *Les Meurtrières*, *Grand-mère*) aux seules fins de s'attirer les grâces des grandes maisons d'édition parisiennes.

Marc-Astolphe, depuis son plus jeune âge, rêvait d'Académie française. Peut-être Burguet allait-il pouvoir lui servir de tremplin dans le monde des lettres parisiennes.

— Je veux pénétrer ce Saint des Saints académique avant mes quarante étés ! avait proclamé Marc-As. Plutôt que de poireauter jusqu'à l'âge des varices et des testicules dans les souliers, je vais demander une dérogation pour ceux qui, à mon instar, pensent qu'ils mourront jeunes. Oui ! Une dérogation pour hypocondriaques ! Je porterai tantôt ma candidature à l'Académie française. Je n'ai *jamais* été plus sérieux. Vous allez me dire que je suis gonflé. Pourtant, à y regarder de plus près, j'ai toutes les qualités requises pour qu'y pénètre mon insigne personne. Être hypocondriaque, ce n'est rien d'autre qu'une prématurée façon d'être un vieillard ! Une façon personnelle, plus originale, précoce, qui mériterait d'être reconnue pour ce qu'elle est ! L'originalité ? Ces gens du quai Conti, contrairement à une tenace idée, ont toujours su l'encourager : ils n'ont pas hésité, par exemple, à accueillir en leur sein nombre de provocateurs, de fantaisistes, d'empêcheurs de tourner en rond, d'affreux jojos tels Jean Guitton, Louis Leprince-Ringuet ou encore Jean Bernard ! Quant à la précocité ? Savez-vous que Jean d'Ormesson est entré voici trois ans à l'âge de 48 ans ? Passons ! J'ai d'autres très bonnes raisons de postuler à l'Académie. Celle-ci, par exemple : mon « Que sais-je ? » sur la photocopie et la reprographie. Troisième raison, et non des moindres : attendu que je fus aspirant pendant mon service militaire, et officier par conséquent, je sais terriblement me servir d'un sabre ! Je puis même le lustrer. Je sais me mettre au garde-à-vous avec, menton vers les cumulus. En sus, je ne crains ni le ridicule ni les courants d'air – ce qui, sous la Coupole, est un mirobolant avantage. On a beau jeu de conspuer cette antique Institution, mais c'est qu'on oublie le courage que la fonction d'académicien requiert, et son esprit d'abnégation ! Qui aurait les tripes, à deux pas de la tombe, de venir chipoter sur un anglicisme toléré depuis juin 1926 – mais à qui il faut décidément, une fois pour toutes, régler son compte parce que cela ne peut plus durer – au lieu de se plaindre à loisir de quelque œdème, d'un gênant lumbago, de rhumatismes terribles ou bien d'une tumeur à vous faire calancher en pleine séance de dictionnaire ? La langue française a de réparatrices vertus : en elle s'oublient les ravages du temps qui passe, dans ce sépulcral bâtiment où l'on ne laisse pourtant rien passer. Je sais, je sais, je vous entends :

l'Académie ne sert à couic. Ce n'est point là la vérité ! Elle sert à devenir immortel et surtout, à laisser son nom d'indélébile façon dans l'Histoire de la littérature et de l'Histoire tout court – même si dans l'exotique particularité de mon cas, il n'est nul besoin de ladite institution pour accéder à ces éternités qui me sont promises et déjà réservées. Mais pour les plus banals vivants, cela peut être d'une grande utilité. Tenez, qui se souviendrait de Pétain s'il n'avait été académicien ? Et l'on peut à juste titre s'interroger sur ce que fussent devenus, sans son éternelle lumière, des noms désormais illustres comme Hermant, Dupaty, Mignet, Flourens, Aicard, Brieux, Barboux, Garat, pour ne citer que ceux-là ? Si l'on dévore encore aujourd'hui ces génies avec tant d'avidité, quand tant de noms pourrissent dans l'ombre guettant une invraisemblable embellie, n'est-ce pas un peu grâce au prestige que l'Académie française a irrémédiablement attaché à leurs œuvres définitives ? Mais les années défilent, et je ne suis toujours point élu ! En 1821, un certain Abel-François Villemain est pourtant entré à pratiquement mon âge – 30 ans. Hé, ho ! ho ! hé : qu'est-ce qu'il avait de plus que moi, Abel-François Villemain, hein ? Et l'abbé Habert de Cérisy, qui est entré à 24 ans ? J'ignore ce qu'ils ont trouvé comme définition pour le mot *jeune* dans le *Dictionnaire de l'Académie*, mais il serait très intéressant d'aller y regarder de près puisque, sous la Coupole, ceux qu'on appelle en ce moment les « jeunes » ont dépassé les 65 ans. Un pays où les sexagénaires sont des chenapans, c'est sûr qu'on aimerait y aller à 30 ans, dégoulinant de placenta et le cordon ombilical au vent ! On aurait l'impression d'avoir écrit ses premiers livres quand on était encore fœtus – des romans très nombrilistes, il va sans dire. Bon, mais, allez-vous me demander, chers voisins et amis : comment entrer *vraiment* à l'Académie ? Voici ce que je propose, sans la *moindre* ironie : il faut qu'une délégation de nouveau-nés de 30 ans aillent rendre une visite de courtoisie à Monsieur le perpétuel secrétaire, et présentent deux ou trois nourrissons dignes de figurer dans ce panthéon du génie de la pensée humaine. Les bébés ont leur mot à dire ! Tous les récents travaux en psychanalyse tendent à le prouver. Notre épée serait remplacée par une fausse, en plastique, comme il s'en vend dans les parcs Disney et puis c'est marre ! Nous aurions notre cour de récréation à nous, le jeudi nous prendrions le thé avec ces messieurs les séniles cacochymes variqueux grabataires et puis nous attendrions l'heure des mémés sous la Coupole, bien sagement. Je m'adresserai ainsi avec le plus *grand* des sérieux aux académiciens : laissez-nous entrer. Mes amis et moi. Vous vous tenez au courant des livres qui sortent ? Vous parcourez un peu la presse ? Vous collectionnez bel et bien les « Que sais-je ? », ces fleurons de l'universel savoir ? Alors des noms, tel le faramineux mien, vous devez bien en avoir repéré quelques-uns, quand même. Vous le savez bien, que nous existons. Alors ? Qu'est-ce que ça changera, les années ? Qu'est-ce que ça changera, si nous publions vingt-huit autres livres ? On dit toujours que l'œuvre à venir existe en germe dans les premiers romans ? Élisez donc des germes ! Ras la nénette des pourries pommes ! Des germes ! Nous aussi, nous *crevons* d'envie de pouvoir inscrire « de l'Académie française » au frontispice de nos monumentaux volumes. Nous aussi nous *crevons* d'envie de discuter *toutes* les semaines avec monsieur Louis Leprince-Ringuet. Je sais, la Coupole n'est point un jardin d'enfants. Mais, messieurs de l'Immortalité, c'est un homme de l'Éternité qui vous le dit : je vous promets qu'Oh Marc-Astolphe se tiendra aussi tranquille que le cadavre d'un hémiplégique. Aimez-moi ! Élisez-moi ! Et je vous gratifierai de mon respect dans les siècles !

Burguet était influent. Il avait partout ses entrées. Il connaissait du monde. Marc-Astolphe n'avait plus qu'à pénétrer sur la scène. À sa (marc-astolphienne) manière.

3

— Bonjour, cher monsieur Burguet, astolpha Marc-As. Le vent, qui se faufile comme nul entre couloirs et coulisses, m'indiqua que vous fûtes venu vous établir ici. Au titre de locataire le plus célèbre de l'immeuble – honorifique distinction que vous venez d'aussitôt me ravir en installant votre impeccable personne au beau milieu de ce bâtiment – je suis accouru en vos ci-lieux aux affables fins de vous souhaiter considérable bienvenue. Je suis grand admirateur de votre façon, et l'incurie seule de quelques libraires éperdument provinciaux aura eu raison de mon vœu de pouvoir être intégralement instruit de vos œuvres. Toutefois, il semblerait que la Providence soit capable de frapper la terre calcaire et johannique de notre souriante cité puisque hier encore, poussé par cet étonnant zèle que réclament les sommets, je relisais tout d'un souffle votre *Grand Canal* ! Oh pardon, à peine sommes-nous amis que déjà je vous mens : en de momentanés moments, je posais ma lecture, je freinais mes élans – c'était dans l'espoir de faire déchoir en moi cette bouillante et excessive jalousie dans laquelle pataugeait ma pauvre carcasse. De douleur et de honte, je négociais avec moi-même ce surplus d'humilité qui permet aux vaincus de s'administrer la sympathie des vainqueurs, et pus ainsi reprendre – là où je l'avais injurieusement abandonnée – la lecture respectueuse et recueillie que tout inanalphabète doit à un poète de votre extrémité. C'est que j'écris moi-même, vous l'aurez compris. Mais je connais que les grands noms élèvent, au lieu d'abaisser, ceux qui savent convenir de leur percutante supériorité. Je ne suis que miette face à vos merveilleux allongements ! Je me pensais vif comme le trot du pur-sang : me voilà sur votre porte lesté de la stupidité d'un bœuf… Oui-da ! Vous nous gratifiez de votre inspirée présence, et seul un malavisé voisin pourrait vous rendre cette politesse autrement qu'en propageant dûment votre louange. Sur le sol inculte et sec de notre résidence, j'irai de bon pas causer votre publicité. Je suis le naturel ennemi du compliment, mais alentour je vanterai l'immense prairie de votre génie de telle sorte que la maison Grasset devra jusqu'en Guinée ouvrir des succursales pour satisfaire à la réimpression de vos romans, qui s'écouleront dès lors comme colique – je m'en porte garant. Ce geste de bienveillance à l'égard d'un écrivain de votre cime s'avère chez moi si naturel qu'il doit dès cet instant vous apparaître comme une alternative à ma respiration. Vous êtes un écrivain, monsieur ! Nos congénères les hommes ont commencé par attribuer différents noms aux choses qui leur ont paru distinctement différentes, et en même temps ont fait des dénominations générales pour tout ce qui leur paraissait similaire. Chez les grossiers peuples et dans toutes les naissantes langues, il n'est pratiquement que des noms généraux, des expressions vagues et informes de choses du même ordre et cependant très différentes entre elles : un chêne, un hêtre, un tilleul, un sapin, un if, un pin, n'auront d'abord eu d'autre nom que celui d'*arbres*. Ensuite, le chêne, le hêtre, le tilleul se seront tous trois appelés *chênes*, lorsqu'on les aura distingués du sapin, du pin, de l'if, qui tous trois se seront appelés *sapins*. Les noms particuliers ne sont venus qu'à la suite de la comparaison et de l'examen détaillé qu'on a faits de chaque espèce : on augmenta le nombre de ces noms à mesure qu'on étudia la Nature avec un accentué scrupule. Étude faite, mot ausculté, précision effectuée, vous êtes un chêne, monsieur, qui emprunte à l'if sa souplesse, au hêtre son classicisme, au sapin son altitude et au tilleul sa mélancolie ! Bon. Eh bien, je ne vous agacerai pas davantage en ce jour d'hui. Tout au plus vous infligerai-je – bien décidé de prendre congé en termes hospitaliers – quelque précieux échantillon de mon cru qui me vaudra sans doute de notre envieuse époque le silence des vents, mais me fera je crois bien applaudir de votre exponentielle personne. Tel l'appétit du cochon pour la carotte sauvage, j'ai appétit de mon métier, cher collègue, métier qui consiste à propager nos humaines pensées comme pains d'Évangile par multiplication mécanisée du motif. Tout concourt à prouver que dans nos sociétés d'accélération l'homme soit friand de duplicatas. De la Perse au Mozambique, en passant par les îles Nicobar et la péninsule de Kolo-Kolo, utilité fut faite de ce fort beau procédé que nous intitulons *photocopie* et dont je fais commerce en mes bureaux de Rank Xerox, précisément assis rue de Vauquois.

— Je fuis défolé, mais je n'ai pas beaucoup de temps, dit Burguet, qui mettait comme en calligraphie ancienne des *f* à la place des *s*.

— Oh, ce ne sera qu'une millicourte extraction, renchérit Oh avec un toupet qui forçait tous les respects.

Et Marc-Astolphe commença de lire un passage de son « Que sais-je ? » (*Photocopie et Reprographie*) sur l'avenir du microfilm, question suffisamment ultime à ses yeux pour qu'elle devînt d'un intérêt universel.

— « Bien que le microfilm ait plus d'un siècle d'existence, lut Marc-As, il donne l'impression de n'être pas encore adulte, ses applications spécifiques commençant seulement à pouvoir être définies. L'engouement qu'il avait suscité, à plusieurs reprises dans le passé, s'était souvent terminé par un échec. Il semble cependant que désormais... »

— Ne m'en veuillez pas, cher voisin, interrompit Burguet, mais je fuis vraiment *très* occupé. Je travaille à un ouvrave vraiment diffile. Il est consacré à ma fille et...

La lecture du « Que sais-je ? » de Marc-Astolphe dura jusqu'à la minuit.

4

Trois jours passèrent. Pendant lesquels Burguet, fumant Gitane sur Gitane, parvint sans encombre à se concentrer. Mais un matin, à l'aube, après une nuit blanche passée à achever un chapitre délicat, la sonnette retentit.

— Cher ami, si vous me permettez l'usage de cette formule qui me rapproche illusoirement de votre magnitude, démarra Marc-Astolphe, je viens en ce frais matin vous importuner pour la plus excellente des causes. Je vous cueille *in extremis* au potron du minet parce que je n'ignore point, agrémentant de ma personne acquise et pimentée l'assemblée de vos fanatiques, que c'est l'instant du jour où, prose faite, vous regagnez le drap. Jamais je ne me fusse permis de venir entraver à l'heure du labeur et des géniales solitudes le déroulement frénétique de votre solaire inspiration. En eussé-je eu la tentation – la curiosité m'habite en démon – que la notice des coutumes m'eût aussitôt invité à l'assidue relecture de ses élémentaires sommations ! Oh non, *jamais*, veuillez m'en croire, Burguet ami, je ne viendrai nuitamment embrouiller de mes aléatoires nuisances la lapidaire pureté de votre concentration. Aussi, devant l'étendue de la fatigue qui vous étreint comme une musculeuse créature de Schiele, serai-je d'une brièveté de pet. La manœuvre que je vous somme amicalement de mettre en branle est nette comme le froid de janvier sur la joue d'un écolier sibérien : j'entends que vous donniez à mon roman le flux qui lui manque pour circuler entre les mains très notoires de la maison Grasset…

— C'est que… Heu, répondit Burguet.

— Ne doutez point, ajouta Marc-Astolphe Oh, que cette cordiale péripétie, vous sera allègrement remboursée de plusieurs façons. D'abord, par le renforcement de votre position chez l'éditeur, aux yeux duquel vous passerez après remise de mon ours pour le plus affûté des dénicheurs de talents frais. Ensuite, par l'événement considérable de ma gratitude, aussi dure dans son éternité de bronze que la cloche de la basilique de Cléry.

— Bien, heu. Laiffez-moi votre manufcrit, abdiqua Burguet. Je le transmettrai en mains propres au Comité de lecture.

— Merci, cher confrère, merci, remercia Oh. Seulement, lesdites mains, pour propres qu'elles soient, et aussi foutrement innocentes qu'elles figurent au panthéon des manucures, ne sont hélas que des mains, qui, voyez-vous, n'ont de pouvoir que *manuel*. Des mains n'ont pour perspective que d'exercer leur métier de mains, de remplir leur habituelle fonction de mains, de remplir leur noble office de mains. Quant à ce mystérieux Comité que vous évoquez là, je puis vous avouer que je crains déjà son verdict. Si la multitude – même réduite et regroupée autour de cet inestimable goût pour les finesses de la langue – était en mesure de légiférer paisiblement sur le destin d'un auteur, et plus généralement d'un homme, la démocratie eût déjà en nos sociétés opéré comme une solution superbe. Non, monsieur, je suis à regret de vous informer dès immédiatement de ma secrète inclination pour *l'individu*, seule entité capable d'espérance et d'engouement, là où toute communauté pourrait s'égarer en de picrocholines dissensions. Nous employâmes mille siècles à entendre que le dépositaire des étoiles et de tout firmament n'était point une soviétique assemblée de divinités aux ailes duveteuses, mais un Seigneur à l'infaillible Unité doté d'un Fils lui-même unique incarnant l'eucharistique avatar de son Père descendu embrasser le sol de nos chagrins alarmés. Ce que je prétends – sans vous commander du reste – obtenir de l'influent personnage que vous incarnez dans le Paris des Belles-Lettres, c'est, en ma faveur et en direction de Monsieur Fasquelle Jean-Claude, un blanc-seing frappé de l'irréfutable sceau de votre réputation. Tant de coquins se voient publiés, qui ne le méritent d'aucune manière ! En vouant votre loyauté à la prouesse de ma réussite, vous doublez votre gloire et, partant, multipliez les gains de votre postérité. Quant à connaître qui, de nous deux, obtiendra avant l'autre la peau d'agnelet cousue de son « Pléiade » – fabuleux vaisseau pour traverser les siècles dans la bleutée tranquillité des constellations littéraires –, je rappellerai que nous ne sommes point des enfants, et que nous aurons souci de laisser en héritage à nos disciples le périlleux soin d'arbitrer entre génie et génie un quart.

— Vraiment, faites-moi confiance… Je lirai votre ouvrave et le tranfmettrai chez Graffet. F'est promis ! n'en put plus Frantz-André.

— J'ai en vous, cher monsieur Burguet, une confiance propre à rendre stérile mon légendaire esprit critique. Mais la confiance n'excluant point le contrôle – ainsi qu'aimait à le répéter mon adjudant – je vous prie de ne prendre aucun ombrage de ce que je vous accompagnerai *moi-même* au bas du vernaculaire escalier de la maison Grasset. Outre que dans le train vous me ferez l'aumône d'un moment de haut raffinement, je préfère suivre à vue les péripéties de cet épais manuscrit que voici, et dont la publication suivie de l'obtention du Goncourt – tout étant calculé pour que l'une entraîne mécaniquement l'autre – pourrait le cas échéant replâtrer votre chancelante popularité. J'ignore la date à laquelle vous aurez le loisir d'abandonner pour quelques miettes d'heures votre altissime laboratoire, mais je sais, en revanche, que la mise au monde d'un roman dans une indifférence abusivement prolongée peut signer son arrêt de mort. C'est pourquoi j'ai l'émotion de vous proposer la parfaite date de *demain matin*. Et à la première heure, s'il vous plaît – ce afin de ne point alourdir d'une abusive consommation de mon commerce une journée d'irrestimable valeur dans la généalogie de votre œuvre en cours.

5

Burguet refusa. Marc-Astolphe, vexé, revint le surlende-main, à 5 heures très précises du matin.

— Ne pensez jamais que je sois entré en phase de grass-setmania, cher monsieur, entama Oh. Si vos parfaitement illustres collègues se refusent à octroyer la niche qui lui revient à la chienne d'œuvre qui coûte à mes jours un supplément de sueur propre à remplir chaque matin le lac Léman jusqu'à la très retardée venue de notre Messie, sachez que les gens de Gallimard, séparés de votre mépris par la simple épaisseur d'un boulevard, bouillent d'impatience à l'idée de caresser les nervures de ma prose. Je détesterais, bien sûr, que se dessine un avenir aussi morbide. Mais monsieur Raymond Queneau – en qui je vois le plus affûté de nos contempo-rains esprits – a cru bon de m'adresser une lettre on ne peut plus manuscrite pour m'encourager à venir à tout moment réveiller la langueur de ses bureaux par l'insistant clairon de mon besoin d'exister. Seulement voilà ! Je suis si droit dans le manchon de mes culottes que je ne puis sans vergogne priver un établissement comme le vôtre d'une manne financière et d'un surplus d'éternité. C'est pourquoi, Burguet Monsieur, j'ai pris sur moi d'aviser votre cher Fasquelle de l'erreur professionnelle – en réalité un pur moment d'aveuglement métaphysique – que vous vous plaisez à aggraver chaque jour davantage en freinant la mise en orbite de mon très subver-sif tempérament. Vous avez tort, Burguet, vous avez tort ! Car outre que je puis à présent vous révéler que je trouve incongru l'engouement d'une maison réputée pour des écrits – les vôtres – qui sont à la littérature ce que les décharnés enfants du Biafra sont à l'embonpoint du facétieux Carlos, vous pourrez bien craindre en sus l'application, sur ce faciès qui incommode l'environnement féminin et vous attire la sympathie des bossus, d'une de ces gifles bien claquées qui savent déshonorer les virilités d'appoint.

— Vous commencez sérieusement à me faire chier, craqua Burguet.

— Ah ! Monsieur ! Enfin ! Grand merci ! exulta Marc-Astolphe. Vous venez de réaliser un de mes plus récurrents souhaits en franchissant l'ultime Rubicon qui sépare la criante vulgarité que vous illustrez de la précise éducation que j'incarne ! Chez les chèvres – où vous êtes dit-on un adulé monarque – on bêle sans dommage et sans dommage on évacue son crottin. Mais lors que la montgolfière de la chance permet, au mitan d'une aussi morne biographie que la vôtre, de se poser par strict accident dans le très étendu champ d'un paysage de mon calibre, coutume est d'arborer la plus zélée des modesties, d'une part, et d'autre part et conséquemment, le plus déférent des maintiens !

Soudain, Oh Marc-Astolphe sortit de sa poche un exemplaire de son « Que sais-je ? » et en gifla aller-retour le pauvre Burguet qui n'avait rien demandé au monde que de puiser un peu d'inspiration dans l'oubli provisoire que lui procurait son orléanaise retraite. L'écrivain, sonné mais résigné à ne pas aller plus loin dans la violence et l'absurde, fit tomber un peu de cendre sur la moquette du couloir et tenta, le plus calmement possible (il grommela quelques injures inaudibles), de refermer la porte de son appartement.

— Eh quoi Monsieur ! Oulà ! s'insurgea Marc-As en coinçant sa chaussure droite dans l'encoignure de ladite porte. Je crois que vous n'avez point complètement saisi la signification de mon outrage. Ce que j'entends déclencher par l'humiliant soufflet qui vous fut conjointement prodigué à l'instant par les Presses universitaires de France et les éditions Oh Marc-Astolphe, c'est un *duel* en bonne et due forme. Je connais bien les tortueuses rues de Nevers, cher Monsieur, et j'ai acquis là-bas l'algèbre de la Botte qui porte le nom de cette ducale agglomération ! Vous avez bien entendu : c'est par l'épée que je tracerai la nord-coréenne frontière qui nous sépare et parapherai la permission de vous enseigner quelques prolégomènes du savoir-vivre. Vous portant l'estoc, mon fleuret voudra peut-être, en sus de vous faire grâce de mon pied au cul, pardonner vos familiarités désolantes. Du moins saurez-vous, dans les imminents avenirs et le futur lointain, calculer mieux la valeur de vos immobiliers voisins ! Les triviales saillies du butor que vous vous entêtez à incarner depuis votre calamiteux emménagement parmi la pierre de ces murs, outre qu'elles forcent nos plus jeunes locataires à s'enfoncer les doigts jusqu'au tréfonds des oreilles, ne pouvaient s'épandre davantage sans déclencher sa symétrique punition. Je m'élis moi-même pour vous l'infliger – ce dans le rectiligne et sévère dessein d'éradiquer en vous cette incroyable manie de pasticher les us du cochon.

— Je vais prévenir la police, si vous continuez… menaça Burguet. Foutez-moi la paix !

— Mais faites donc, collègue Burguet, faites donc ! ricana Marc-As. Sachez toutefois que nous jouissons de connexions dans la maréchaussée, et que gâcher une entière matinée à étaler le ridicule de vos infantiles et vaines plaintes chez ces domestiques de l'ordre public ne fera qu'affaiblir plus encore la tenue de votre actuel manuscrit, à l'attention duquel, au vu son débraillement, la police et ses chiens seraient sans conteste plus nécessaires qu'à vous-même. Rajoutez à cela que je n'aurais peine à leur signaler le pharaonique abus que vous faites de dame boisson, et vous serez pratiquement sûr d'aller croupir dans une cellule de dégrisement maculée de fientes humaines dont les ignobles giclées et l'insistant fumet seraient fatals au plus fangeux des porcs et sauraient soumettre au ragondin la tentation du suicide.

6

Jean-Claude Fasquelle était planté, avec une rondeur de cardinal légendaire, derrière un long bureau garni de manuscrits que serraient des élastiques près de craquer. Il était pour moitié éveillé et pour moitié endormi. Plutôt que d'effectuer des nuits normales, en lesquelles il aurait d'une traite épuisé son sommeil et liquidé sa fatigue, cet étonnant mammifère, semblable à nulle autre espèce répertoriée à ce jour dans nos sublunaires contrées et qui eût pu commencer l'inédite lignée issue d'un loir et d'une baleine, préférait morceler en micropériodes des siestes si brèves qu'on les prenait pour des moments d'absence. Il ne fallait point s'y fier – derrière cette masse avachie qui donnait d'abord une impression de flegmatique lassitude, se dissimulait la vivacité terrifiante d'un aigle. Les ours les plus apparemment balourds sont aussi, par une spectaculaire aberration qui signe la beauté de la nature, les plus rapides et les plus fulgurants des animaux. Ce qu'on pensait qu'il ne comprendrait jamais, « Jean-Claude » l'avait saisi avant même qu'on ne l'eût formulé. L'homme des dix trains de retard jouissait effectivement de trois coups d'avance sur les plus roués de ses auteurs – car les auteurs étaient les siens, il ne les prêtait pas, et lorsqu'il les prêtait c'était dans l'espoir qu'on ne les lui rendît jamais. Le temps, pour lui, n'était pas imposé de l'extérieur par la rotation supposée – qui restait d'ailleurs à démontrer – du globe terrestre dans les noires travées de l'univers, mais une modalité tout intime de son caprice, une excroissance de son caractère. Les plus urgentes affaires patientaient dans un croupissement de siècles, entassées dans un feint oubli, ni tout à fait calculé ni tout à fait fortuit, quand les échéances plus éthérées, les dossiers plus poétiques, les cas les plus verlainiens, les importances plus vaporeuses semblaient au contraire immédiatement le passionner. L'inutile réédition d'une pièce de Racine ou d'une poussiéreuse homélie de Voltaire pouvait valoir priorité, et priorité absolue, et priorité têtue, sur le dernier roman goncourable délicatement posé sur son bureau séculaire par la dernière en date des littéraires coqueluches. Il aimait Stefan Zweig et Christiane Rochefort, publiait des revues d'échecs qu'il ne lisait jamais, et des encyclopédies consacrées à des œuvres musicales qu'il n'avait nullement l'intention d'écouter.

— Cher monsieur Fasquelle, commença Marc-As entré par effraction (il avait fait le voyage, l'animal !), n'ayant point su satisfaire aux canons de l'exigence annapurnienne de cette éminence surbinoclée que des parents mi-prussiens mi-gidiens choisirent jadis d'accabler pour la vie du ludique prénom de « Frantz-André », et dont le nom par suite se laisse aisément deviner – ce qui m'évite tout aussi conséquemment d'avoir à le prononcer –, j'ai décidé de vous rendre cette petite impromptue visite. Je réponds au nom de « Oh » et – en prévision du jour béni où vous voudrez me gratifier d'une attention plus intime – au prénom magnifique et sobre de « Marc-Astolphe ». Mes jours s'écoulent à l'heure actuelle en cette franche et bonne ville d'Orléans, au centre de laquelle j'officie chez Rank Xerox comme vendeur en chef – en très, très chef – de photocopieuses.

— Je ne vous connais pas, répondit, imperturbé, Jean-Claude Fasquelle.

— Eh bien voici mon histoire…

— Je n'ai pas le temps, dit Jean-Claude Fasquelle.

Oh Marc-Astolphe n'était pas venu complètement armé de solitude, en ce jour qui devait sonner le moment de sa gloire, mais d'un *revolver*. Un Smith & Wesson qu'il brandit devant « Jean-Claude » (ce dernier ne s'en émut *presque pas*).

— Bon. Mais faites vite, lâcha Jean-Claude Fasquelle. J'ai réunion du Comité dans moins d'un quart d'heure.

7

— Je suis dégringolé, monsieur, comme tout le monde, de la grande humaine épopée, se lança Marc-As. Je suis issu, et plutôt très, de l'histoire immense des hommes. Comme vous, sans doute mieux que vous. Comme vous, directeur monsieur, je partage avec la gente chimpanzère 99 % de mes gènes. Je descends du *marc-astolpho sapiens*, et ne m'en excuserai point. À l'ère du marc-astolithique, je passai – sous l'inaugurale, sous l'immémoriale forme de mes aïeuls – du stade de prédateur au stade de producteur. Stade qu'oncques je ne quittai puisque sans arrêt, monsieur – c'est ce qui me mène jusqu'en vos prestigieux bureaux –, je ne cesse et ne cesserai de produire. Voyez la brutale épaisseur de mes manuscrits ! Voyez l'impensable gabarit de mon œuvre à peine commençante ! J'inventai l'agriculture. Les primes foyers du marc-astolithique se situaient au Proche-Orient, dans cette essentielle zone dite du Croissant fertile, et qui réunit Sinaï, Palestine, Syrie du Nord, Mésopotamie, Anatolie et Iran. C'est plus tard – notez – que mes astolphiens ascendants envisageront Mexique, envisageront Pérou, puis Chine, Asie, Afrique itou. Nous autres, marc-astolphiens, nous autres Ohs de pères en fils et de fils en pères, avons subi les alternances glace et chaleur, périodes frigo et périodes chaudières. Nous n'en avons point fait des montagnes. Seulement, nous sommes là maintenant, sous la forme quasiment seule, absolument unique, de l'échantillon qui se pâme devant vous. Vers 3500 avant Jésus-Christ, l'ensemble du continent où se situent actuellement les éditions Grasset fut colonisé par les marc-astoculteurs. Je possède chez moi, en Orléans-sur-Loire, dans de secrets locaux abrités des regards – y compris du mien –, d'astolphiennes statuettes en ivoire, représentant des Ohs mâles de l'époque. Nous habitions dans des villages dont la taille, assez rapidement, augmenta…

Nous nous établîmes alors en Turquie. Nous ne pouvions hélas arpenter les rues comme j'aime tant à le faire en ce latin quartier : les rues n'existaient pas ! Nous passions de toit en toit par des terrasses... Des sortes de balcons ! Des ponts liant les demeures entre elles. Les Ohs décédés étaient enterrés sous le living-room, mais leur crâne était exposé sur la table de la salle à manger.

— Attendez, monsieur, plaça « Jean-Claude », vous n'allez tout de même pas me dérouler votre curriculum vitæ depuis la Mésopotamie jusqu'à l'élection de Valéry Giscard d'Estaing...

— Bien sûr que si ! s'exclama Marc-As, agitant son revolver. Je désire que nous fassions connaissance ! Certes, la route risque d'être longue des sceptres de cuivre de la Judée du chalcolithique à Gambetta s'envolant dans les airs en ballon... Mais je crois bien que nous avons devant nous un temps très long.

— J'ai le pouvoir de vous faire assassiner, soupira « Jean-Claude ».

Marc-Astolphe blêmit devant tant d'assurance.

— Qu'entendez-vous par ces mots, monsieur ?

— « Monsieur le directeur », précisa « Jean-Claude ».

— Monsieur le directeur, répéta Marc-As, intimidé. Je vous précise cependant, à toutes fins utiles, que je suis actuellement en possession d'une arme qui a le pouvoir de vous faire courir un danger manifeste. Voire une injure physique pratiquement irréversible.

— Oui, fit « Jean-Claude ».

Les rues de Paris, pendant ce temps (pendant que « Jean-Claude » laissait croire à la réalité qu'il était pris en otage), étaient éclairées de soleil ; baignées de soleil. Un soleil épais, imbécile, pâteux, sinistre, qui ressemblait à des paquets morbides de mort mortelle, mortifère, mourante. D'humaines personnes erraient dans la ville, s'arrêtant comme des jeunes chiots salivant devant les vitrines des antiquaires, des galeries d'art. C'étaient des galeries d'art très tristes, lugubres, snobs, qui avaient des airs de cimetière. Tout était mort et morbide, avec ce fleuve non loin, un autre fleuve que la Loire, appelé « Seine », et verdâtre, pollué, aux senteurs de vieux pneu.

Des étudiants se pressaient. Des écrivains portaient des manuscrits chez leurs éditeurs respectifs. Ils n'ont pas beaucoup d'argent. Ils sont pauvres. Ils publient, fument des Gitanes maïs. Ils parlent de politique. Ils habitent en des masures (les chiottes sont sur le palier – giclements d'eau). Ils déménagent fréquemment. Ils ont du mal à se concentrer pour travailler. Ils slaloment entre les pigeons. Ils ne sont jamais tranquilles. Ils tapent à la machine la nuit. Ils rêvent de mécènes. Comme Joyce. Un inconnu – une inconnue – aida Joyce. Une Anglaise. Elle paya les obsèques du génie. Harriet Weaver – elle le dit, « j'en avais moins besoin que lui ». Ils boivent, ils se saoulent, ils sont accoudés aux comptoirs. Nous sommes en 76. Les étudiantes sont moussues.

Des mots circulent, des mots à la mode. Paris est toujours une fête. Les journées sont moins révolutionnaires qu'auparavant – l'essentiel est que la vie continue : les écrivains sont là, Faust, Hamlet, Ulysse. Les mythes n'ont pas bougé d'un iota. Facettes Modernité Errances. Les rues : mort, morbidité. Le dimanche, ces écrivains pensent raisonnablement au suicide, ils vident leurs cendriers. Moi aussi, une fois écrivain, parisien dans tous les sens, je vivrai ces choses – à en crever !

Un jour d'avril (1976, 1976, 1976, on est en prison dedans), tandis que les rayons du soleil frais dardaient les pelouses coiffées de la résidence Saint-Laurent (et que les jets d'eau, installés par le concierge, sifflaient comme des serpents nerveux), Marc-As vint me trouver, décidant que j'avais le nécessaire génie pour qu'il pût devenir mon « agent ».

— Oui-da, gaillard ! Je crois en toi ! Moi, Oh Marc-Astolphe, lesté du culot de tous les dieux, je prétends pouvoir servir ta carrière. Ta naïve verdeur, alliée à mon expérience palpitante et rouée, croîtra comme géranium en pot au sein de notre rocambolesque duo. Je m'en vais, dès tôt demain, photocopier tes œuvres complètes en autant d'exemplaires qu'il se compte d'apôtres dans cette résidence de pathologiques endormis. Ainsi allons-nous, inspirés par les muses de cet intolérable Loiret aussi dégarni de créateurs qu'un champ de cacao polonais, éveiller les consciences – toutes absolument rétives aux belles choses – à la manifeste importance de ton anormal talent. Cela fera maint bruit, camarade. Maint bruit ! La première livraison de ton magazine sera gracieuse, ce, dans le but d'éveiller le désir et de susciter publicitairement la curiosité de ces abêtis gueux. Je mise sur une distribution ès boîtes aux lettres, dès jeudi mettons, with dédicace nominative dûment griffée par tes soins. À madame Ducasse – c'est un petit exemple n'est-ce pas – tu mettras : « Pour madame Ducasse, voisine de palier, que j'aime tant et tant… » Ce qu'il te faut, petit camarade, c'est un agent littéraire puissant doublé d'un éditeur merveilleux. Tes superbes opus méritent le plus grand soin. Ne laisse plus jamais traîner chez toi la moindre esquisse, le moindre brouillon : ta maman, ton papa en feraient charpie. Cela précisé, je te mets en garde ! Le génie ne s'attrape point comme on attrape la varicelle. Tu devras travailler ! Ce n'est pas la joie que nous recherchons, monsieur l'enfant, mais la gloire. Non la gloriole immédiate, immanente, fumeuse qui pullule dans les fangeuses colonnes des listes de *best-sellers*, mais la gloire solitaire, remplie de beauté… Je lance dès maintenant – par cette journée frappée d'un soleil insupportable aux albinos et aux dépressifs, un soleil qui doit cuire la peau des rouquins comme les fourneaux de l'enfer –, je lance les « éditions Oh Marc-Astolphe ». Tu es mon premier auteur et je te prie de ne pas dégénérer en faux espoir.

9

Je me souviens de l'odeur des fleurs-76 et de nombreuses flaques-76 d'eau que, d'une botte-76 violente, je faisais gicler. Les bottes de caoutchouc-76 cisaillaient les jambes au-dessus du mollet. Cela faisait une marque rouge, la peau cuisait. Nous n'hésitions pas à porter ces bottes ridicules avec des shorts. Orléans est la même chose que Tours, sauf que c'est situé à Orléans. À Tours est né Balzac, à Orléans pas. Si un jour tu passes par Orléans, tu verras s'y faufiler, sale et brune, la Loire, qui est un fleuve tellement triste qu'il est difficile de le regarder *en face*. Je me suis un jour avisé que seuls les pêcheurs parvenaient à regarder la Loire les yeux dans les yeux – d'homme à homme. Comment ? Oui, il est encore quelques hommes à Orléans : avachis, les yeux plantés dans les tourbillons du fleuve, pensant à des poissons. Les poissons sont des mammifères indispensables à la survie de l'espèce humaine, dont le singe descend. Les essuie-glaces furent inventés par un Orléanais, de même que la peau de crocodile et les sacs en plastique orange. J'ai longtemps cru que tout était orléanais : le soleil, les femmes – la pluie. Les mathématiques et les animaux (chiens, chats, moineaux). Orléans est une ville dans laquelle habitent des habitants. Ils ont l'air contents d'être là. Ils traversent des rues, entrent dans un nombre assez important de magasins, de « boutiques ». Le mot *boutique* n'est pas provincial : il est la province à lui tout seul. Toutes les provinces, et de tous les temps, entrent dedans ce mot, entrent dans une boutique et ce n'est pas un hasard si mon maître Péguy intitula « boutique » la boutique des *Cahiers de la Quinzaine*, rue de la Sorbonne. Charles Péguy, avant même d'être génial, éditeur, caractériel et écrivain, fut *boutiquier*. Né à Orléans.

Dès que tu entres dans une boutique, tu entres en province, et ce qui est magnifique, magique, très beau, c'est que la réciproque est également vraie : dès que tu pénètres en province, tu passes la porte d'une boutique. Et ces *endroits* provinciaux faits sur mesure pour les faits divers : talus, herbes folles, décharges publiques. C'est marrant cette passion des talus chez le violeur. Il y a une prédisposition des actes atroces à se dérouler dans des endroits glauques. Comme si le décor, pour une question de cohérence, de *crédibilité*, avait besoin d'être lui-même cauchemardesque. On imagine facilement les œuvres complètes de Boileau reliées pleine peau, sur vélin ; on se figure immédiatement, à juste titre, un violeur au milieu des orties ou des ronces, non loin d'une usine où sommeillent de vieux barbelés gorgés de tétanos. L'ortie n'a pas de chance. Incarner la plante officielle des violeurs est un drôle de destin. Les géraniums et les bégonias ont certes une vie moins passionnante, qui ornent les balcons de nos grand-mères, mais du moins jouissent-ils d'une existence plus tranquille. Bienvenue au 3e Salon international du violeur, nous faisons 10 % sur les orties, les ronces – et 20 % sur le fil barbelé. La rouille ? Elle est en supplément, ça sera un tout petit peu plus cher. Le 3e Salon international du violeur ouvrira ses portes du 8 au 11 novembre à la porte de Versailles – vous viendrez ? Tous les violeurs du monde entier feront le déplacement. Les hôtesses d'accueil, plus ravissantes les unes que les autres, sont toutes d'anciennes victimes de viol. On a poussé loin le souci du détail. Il y a des milliers de stands. C'est une manifestation pour petits et grands. On peut y venir seul, ou en famille. Les fillettes slaloment sur la moquette. On expose toutes sortes d'orties, de ronces, on propose des modèles particulièrement bien taillés de tessons de bouteille, des ordures prélevées dans les plus misérables banlieues belges.

10

Paris est une ville de têtes à claques où j'ai pris bien des gifles. Je suis arrivé vers 1991. Pas très sûr de mon coup. Il y avait du monde dans les rues. J'ai avancé doucement, pour voir si on me voyait. Je n'ai pas existé tout de suite. Les gens m'ont bousculé. J'ai étudié des choses, à l'abri : une grande école, une deuxième. J'en cherche une troisième... Il y avait des graphiques, des chiffres – je me souviens de tableaux. Je ne me souviens pas de ce qu'il y avait dans ces tableaux. On apprend par cœur – on récite toute sa vie. J'ai croisé des êtres humains de toutes les sortes. Souvent les mêmes. Ça dépendait des moments, ça dépendait de mes moyens. Les boulevards sont vastes ; il y a *vraiment* des arbres sur les avenues. Ils sont plantés. On se demande *qui* ils ont vu : Pétain, Napoléon ? Peut-être qu'ils ont vu Guitry. Je suis certain que Fernandel est passé là. Hitler a posé sa main sur cette balustrade du Trocadéro. J'ai vu la photo. Tu ne voudrais pas me photographier au *même* endroit ?

J'ai passé ma jeunesse de trentenaire, ce qui n'est pas une jeunesse jeune, ni une jeunesse vieille, dans les rues de Paris. Derrière des murs. Sous des toits gris, d'ardoises, dans des appartements vides. J'ai vu des filles nues dans bien des lumières. Atours divers. Des corps parisiens dans mon appartement de provincial, je suis « monté ». C'est ainsi qu'on dit, depuis tellement d'années, depuis tellement de livres. J'ai lu des biographies. On m'a précédé – des génies – dans cette démarche.

Dans les métros. Il y a tellement de courants d'air… Sous des tilleuls, et aussi la nuit. Sur un ou deux ponts. Dans une grande surface, et parfois ici. D'autres jours, dans une sorte de réunion avec des gens debout, presque voûtés, ils tiennent des verres d'alcool à la main. La semaine prochaine, celui en gris (lui, là) va décéder soudain. Je ne l'aimais pas, qui est-ce, il est déjà oublié. Il a toujours déjà été oublié. C'était son métier, l'oubli. C'était un écrivain, comme tout le monde. Des gens de lettres, des lettrés. Des grammairiens. Du personnel politique, des *anars*. Des gens vraiment de droite. Des gens vraiment à gauche. Le cinéma ? Plein. Des comédiennes, des producteurs. Je suis passé dans la rue où Gide a vécu. C'est là, dans cet hôtel, qu'est mort Alphonse Allais. Pas loin de chez Zola.

Un autre Paris, plus neuf, moins lointain dans le passé. Beaucoup plus « fin XXe siècle ». Il y avait des embouteillages. Tu vas te griller, en écrivant ton « Paris » : ces amas de gens sur l'épaule, à te maudire pour la fin des temps – jusqu'à la fin de ton temps de vie. Je serai obligé, un matin, de partir pour une province. En Chine. Calciné dans tous les arrondissements. Les bobos à rollers : me cracheront une salive sur le visage. Ils seront chauves et quadragénaires. Ils ne savent rien faire d'autre qu'être chauves, quadragénaires, sauf quand ils ont la trentaine.

J'ai aimé les jardins, sauf le Luxembourg. Trop de mauvais romans s'y déroulent. Trop de mauvais romans s'y écrivent. Je suis allé dans des boîtes. Pour baiser des filles à blanc. Les ramener chez moi. On appelait un taxi. On n'en trouvait pas toujours. Il faut de l'humour, dans le froid. Il faut savoir faire la conversation. Je sais faire. La fille attend avec toi, les filles sont frileuses, les taxis sont longs à venir, il n'a jamais fait aussi nuit, aussi tard – aussi pluie.

J'ai vécu des instants. J'ai écarté des possibilités. J'aurais pu mourir. Ça toujours été pour une autre fois. Je n'étais pas là dans les années 80. Pour moi, avant 91, le monde entier est ailleurs, la capitale c'est Orléans, ou Pékin, Chartres ou Londres, c'est New York c'est Nevers : ce n'est pas, ce n'est jamais Paris. Il n'y a aucune raison.

Il faut y habiter pour que ce soit la capitale en vrai. Il faut essayer ses rues tristes, ses vents glacials, ses novembres et prendre un taxi. Cette agressivité. De drôles de bras de Seine. Les égouts sont là, Rastignac. Les grands cimetières. Dans un décor d'amoureuses et de peaux, je vais savoir décrire les années passées à faire attendre celles que j'aurai finalement pénétrées, moi d'Orléans, venu ici, à force de verbe et de poignet. Et de feuillets, de cinéma, et il faut bien le dire : de succès.

J'ai connu sept cent soixante-huit sensations, à Paris, que je n'avais pas connues à Orléans. C'est une question de latitude, et de capitale. C'est ici dans le 18ᵉ que je suis devenu un écrivain, et je suis parti. Revenu, jamais complètement : tu quittes une fille, Paris, une fille, Paris. Le seul qui reste, c'est toi et tes livres qui restent infiniment le même toi, le même livre. Je suis allé à l'hôpital, mais moins souvent qu'à la piscine. Je précise : municipale. Il y a une certaine municipalité chez moi.

11

Il y a, dans l'action d'écrire, une dissolution de l'action qui fait plaisir. J'agis, mais sans autre effort que celui de la pensée, qui n'est pas strictement non plus de la pensée : quelque chose entre le corps et l'esprit, à mi-chemin peut-être, mais qui n'est ni l'un ni l'autre. Ce n'est pas mon corps qui écrit, ni l'esprit qui court ; cet état, ni physique ni intellectuel, ni physiologique ni mental, est celui d'où je peux dire « c'est mon être qui... ». C'est mon être qui : écrit. Je ne suis pas dédoublement, je ne suis au contraire que coïncidence pure – et pourtant, si j'écris, si le roman vient, que le monument de briques se dilue pour couler, alors je parviens à m'étonner moi-même. Je m'étonne de ce que je pense, je m'étonne de ce que je suis en train d'être. Je dédouble ma coïncidence, je multiplie mon unité. Je fais varier mon autisme. Il y a des gradations, des montées de moi, des descentes de « je ». Ces montagnes, russes, elles me dessinent plus que je ne les trace.

J'ignorais, par définition, que je pensais cela ; j'ignorais que telle chose pût être écrite, et en particulier qu'elle le pût être par moi. Je ne me doutais pas que cette idée pût éclore, et encore moins sous ma plume. Tout ce qui sort de moi, sur le papier, en notes, en écriture définitive, est doublement inédit : inédit parce que nul ne l'avait encore lu, inédit parce que nul ne l'avait encore écrit. Je suis le premier lecteur de ma « littérature » : j'aime, relisant, ne pas pouvoir m'identifier, lire la prose d'un autre dans mes mots. Je n'écris que de l'indevinable. C'est une surprise, c'est un exotisme. C'est frais, ça ne peut pas mourir. Je ne reconnais que ma calligraphie, je ne reconnais que la texture d'un cahier, mon nom propre, mon propre nom au bas de la page.

La littérature est increvable parce que incessamment neuve, toujours déjà en train de se faire ; elle est forgée dans l'inédit. Elle étonne tout le monde. Je désire, d'abord, contrarier ce que j'ai écrit auparavant, m'inscrire dans une contradiction, barrer mon propre passage : me renier de partout. Ne pas assurer cette continuité entre moi et moi : me dresser en face, empêcher qu'une loi ne vienne régner. Il y a l'ivresse du jouet cassé. Ne nous installons pas ; il s'agit de déménager immédiatement. De se chasser de l'univers établi. Hors ses clôtures, pour définir une contrainte neuve, une liberté recouvrée. Quand meurt l'étonnement de soi, que les rebonds sont cloués, il s'agit de partir, sur une autre page, dans une autre église, une synagogue, une mosquée, et de prier ailleurs, et de s'agenouiller autrement.

Telle est ma méthode, sans inspiration : se mettre à jour, ne se plier qu'à la pure loi de l'imprévisible. Le seul danger est la manie – la photocopie. La confortable redondance. On peut penser le contraire, je le sais : soigner sa façon, pousser à incandescence ses habitudes, faire dans l'immobilier littéraire, écrire infiniment, jusqu'au bout de l'existence, le strict même roman : c'est pivoter dans la mort, courir dans le ciment. Je n'obéis qu'à ma désobéissance. Chaque roman vient détruire le prochain, nier le précédent ; je suis de cette école, qui se cherche et s'essaye, jamais ne se trouve, au risque du tourbillon, de l'incertitude, de l'impossibilité, de la fuite, de l'échec qui sait.

Je ne parviens pas à m'installer. Nomade, édité. Dans les revues de passage, les récits, les pamphlets, les romans : une toupie, stylistique. Influençable. Avançant, forgeant, traçant : imperméable aux certitudes. Je suis écrivain, je ne suis rien d'autre que ce que je serai tout à l'heure : au chapitre suivant. Je suis : je serai. *Ehyeh asher ehyeh*.

12

Dans l'église Saint-Thomas-d'Aquin, où Julien Green quotidiennement venait se recueillir, je prie sans prier : par lignes successives, morceaux de ratures, paragraphes provisoires. Sans autre illumination que ma propre hésitation, entre deux démences mesurées, deux banales folies. L'église est un jardin triste, où les fleurs sont des pierres, où la lumière transporte son perpétuel dimanche. Il ne faudrait écrire qu'au cœur même du dimanche, au pied du Messie percé. L'écriture n'est pas cette ascèse : mais un départ, que je recommence.

Je suis enroulé dans l'obscurité, en larmes. Je ne sais trop pourquoi je pleure. Des contours pivotent, des ombres vibrent. Des zones s'avancent. J'écoute « l'album blanc ». Les Beatles se séparent un vendredi dix. Le 10 avril 1970. Il faudrait écrire une thèse, d'à peu près mille pages, sur les vendredis cruciaux du XXe siècle. Exemple : le vendredi de l'assassinat de Jaurès. On croit toujours que vendredi c'était la semaine dernière, que ce sera la semaine prochaine. Ce en quoi on a parfaitement tort : les vendredis existaient déjà en 1914, ils sévissaient déjà. Publier un livre énorme intitulé : *Le XXe siècle par ses vendredis.* Un angle comme les autres, une approche parmi des milliers – et qui réserverait bien des surprises, qui nous ferait faire bien des découvertes. Il y aurait des congrès de vendredologie. Les vendredologues seraient en désaccord sur des points de détail précis (et si Péguy était finalement mort un *vendredi* ?), regardant d'un très mauvais œil les travaux, « parfaitement aberrants », des lundologues et des mercredologues, allant même jusqu'à traiter les jeudologues d'amateurs et les dimanchologues de révisionnistes. On imagine le désespoir des samedologues à qui la mort d'une figure historique de l'importance de Jaurès échappe à quelques heures près. Oh, il y aura toujours un lundologue pour vous rappeler que le premier numéro de *L'Humanité* a paru un lundi, mais qu'est-ce que la naissance de *L'Humanité* face à la mort de son fondateur ?

Les journaux s'écrivent, s'impriment. Ils clament des malédictions : prévoient des grippes qui n'arrivent jamais, des mondes qui s'écroulent (mais ne s'écroulent pas). Sont saturés de vertiges, paniques, suicides, banlieues, couteaux, sang, haines et cryptes, arsenal nucléaire, catastrophe. Consommation du pire. Infini besoin de prions, d'entrailles. Jeune poussière, foudroyants cadavres, nuits immédiates, guerres ponctuelles, matinaux chaos. Les hommes hésitent, les journaux *jamais*. Les hommes rétrogradent, biffent, s'excusent, bredouillent. Pas les journaux qui se persuadent que. Qui s'infiltrent dans. Qui finissent par. Qui s'enfoncent vers. Qui vont voir sous. Qui soulèvent les. Imprécateurs, tonitruants, lions. Ils tuent des hommes. Il y a plus de journaux ayant mis fin à la vie d'un homme que d'hommes ayant mis fin à la vie d'un journal. Équivalent papier du présent, temps informe, imbécile, opportun, déliquescent. Temps débile. Le passé guide, le futur entraîne, le présent s'égare, débraillé, démantibulé, ennemi, pressé, temps de tout le monde et de personne, hirsute et buté, prétentieux, arrogant. Ressuscite et ressuscite, toute allure, circule à travers ventres urnes et corps, pays nations repays, renations, slalome entre ondes et viandes, sans équité, sans discernement, sans injustice, sans justice, sans âme. Le présent n'est pas intelligent. Explosion de maintenants monstres. Toujours en train de *débuter*. C'est un temps qui débute. C'est un temps débutant. Les journalistes : s'imaginent que le passé n'est que la forme des nombreuses esquisses du présent. La conquête du présent est commencée. Il continue d'aller, quand bon lui semble, avec la même déconcertante facilité, du scoop à la pensée, de l'anecdote à l'événement, et vice versa. Il danse dans les choses. Ne banalisez pas les aujourd'huis du passé. Les aujourd'huis du passé ne sont pas des pauvres hiers, mais des instants sacrés. Le présent n'est jamais spirituel : trop incendiaire, trop incendie.

Les morts à venir de la vache folle ne sont jamais morts, et le 11 Septembre ? 11 Septembre fin du monde d'un monde qui est toujours là. Nous sommes dans l'espérance. Nous n'en avons pas bougé. Rien ne fut exaucé des déluges. Le présent a la vocation de parcourir la terre, à une vitesse vertigineuse. Infidèle, vent. Une seule mission ne lui suffit pas. Il est partout, sous tes chaussures, dans ton assiette et siège au milieu du cœur, du front, comme une étoile. Il est déjà parti : il visite les reculées îles. Il est en train de créer le monde, il est en train d'être, il est en train de consommer de l'espace et du temps. Il a le désir d'être encore là bien après sa mort, c'est-à-dire *tout de suite*. Le présent n'a jamais cessé. Il s'ouvre infiniment lui-même sur de perpétuels nouveaux aspects de sa personnalité. Sa simultanéité fascine. Il transforme. Il déforme. Son travail n'est jamais terminé. Il est infatigable. Il est époustouflant. Il est bruit. Il sillonne. Il parcourt des milliers de kilomètres, le présent nous suit partout. En Boeing 747, en hélicoptère, sous les eaux, en bateau (croisière de rêve avec Stéphanie), en vaporetto, en gondole dans une Venise que le présent aura toujours du mal à franchir. À cheval. En traîneau, tiré par des chiens (ils aboient).

Le présent. Le présent est idiot – jamais inactif. Parce qu'il est capable d'accidents – par conséquent de miracles. Parce que aussi c'est un perpétuel miraculé. Des particules de présent fusent. La température du présent est élevée. Il est une physique du présent – c'est un temps thermodynamique.

« Je me demande ce que je fais là, pourquoi je suis là… » marmonne le corps de Jaurès (soir du 31 juillet 1914, café du Croissant, Paris) à l'intention de Jaurès qui ne veut pas l'entendre. Qui est le plus courageux des deux ? Jaurès ou son corps ? « Cher corps, écrira Jaurès dans l'infini des cieux, à présent que tout cela est terminé, je te demande pardon. Quelle horrible soirée… Quels atroces tourments… Non, je ne puis y penser, cela me fait trop souffrir. Toi, mon pauvre corps, un corps en pleine santé – malgré les litres de bière tiède, le mauvais tabac, le manque de sommeil –, un corps d'honneur, un corps patriote, un corps en paix avec moi-même, un corps qui adorait son propriétaire, je veux dire pardonne-moi : son hôte, un corps qui possédait, tu me pardonneras l'expression, une âme si belle, subir la peine la plus brutale qu'on puisse infliger à un corps, j'ai nommé l'assassinat, c'est abominable. Et c'est entièrement ma faute. Tu m'avais promis d'être courageux, ô corps, tu as tenu parole – sois-en remercié. Transmets toutes mes excuses à cette partie de toi qui fut ce soir-là atteinte, humiliée, abolie : ton crâne qui est aussi le mien. Oui, je voudrais rendre hommage à la dignité de notre crâne commun, louer sa belle attitude qui a frappé alors bien des cœurs. »

13

Les Beatles se séparent un vendredi – il y a dans cette séparation, dans la texture de séparation, dans son grain, un quelque chose de dimanchesque. De dimanchatoire. Un écœurement qui rappelle la sensation, très proche du désespoir, de la mort, d'être dimanche. Il ne faut pas plaisanter avec le dimanche, dont l'horreur est bien réelle. Des chercheurs de l'université de Eugene (Oregon) se sont récemment demandé si le dimanche savait, avait conscience qu'il était bien un dimanche. La question est de première importance : le dimanche est-il un jour comme les autres qui a la malchance de tomber sur une case maudite, que l'espèce humaine a temporairement intitulé « dimanche » ? Ou bien y a-t-il une ontologie du dimanche, un être-dimanche faisant qu'un jour coïncidant avec le jour du Seigneur ne fait justement pas que « coïncider », mais qu'il est fait pour ça, qu'il a toujours déjà été, de toute éternité et jusqu'au plus profond de son être, un dimanche ?

Les Beatles, en attendant, entrent dans la légende. Mais le mot *légende* ne signifie pas grand-chose. On a du mal à imaginer que les Beatles aient pu à ce point relever de l'Histoire, de l'historique. Il est possible, quand on réfléchit *à mort* au problème, que cela ne soit pas normal. Nous avons en face de nous quatre jeunes de 20 ans, assez laids sauf un (Paul), qui écrivent dans un anglais très simple des mélodies encore plus simples. Des airs qui coulent de source, tellement de source qu'on a l'impression qu'ils existaient depuis Charlemagne, qu'ils étaient là quelque part dans l'*ether*, dans la galaxie, sous forme d'éons, d'atomes de carbone, de molécules compliquées, d'un léger vent frais, d'un fruit rare, peut-être bien d'une huître, non, d'une carcasse d'oiseau, d'un lézard, cachés, dissimulés, terriblement inaccessibles mais juste là, à portée de main, en latence, en souffrance, en espérance, et que le génie humain n'avait plus qu'à les découvrir, qu'à les dévoiler. *Revolution*, *Help !*, *Yesterday*, *Michelle* existaient *déjà* à l'époque de Descartes, de Pascal, de Louis XV. Ils attendaient. Ils espéraient. Ils prenaient leur mal en patience.

Au moment précis où Jean Jaurès, fondateur de *L'Humanité*, recevait une balle en pleine tête au plein cœur de l'été, les chansons des Beatles étaient perchées *quelque part* sur un arbre, incrustées dans un rocher, dans la baie de San Francisco, un rocher au large de Portland, de Portsmouth, de Port-Grimaud. Si la balle jauressienne avait eu droit à la parole, si on avait pris soin de lui poser des questions, elle aurait décrit l'intérieur du crâne de Jaurès, sa boîte osseuse, son occiput. Je m'apprête à entrer dedans Jaurès, dit-elle. La balle qui trace, fusée dans la tête de Jaurès, elle vient de crever la zone de la culture générale, elle perfore l'endroit dans lequel Jaurès puisait son éloquence, elle transperce la frontière du talent et du génie, elle a commencé les dégâts dans la pureté de la langue, dans le sens de la formule, dans les sommets du cortex où l'éloquence de Jaurès était juchée, elle crève le coffre-fort des convictions, tout le tissu cérébral et les discours à venir, les principes de paix, les idées en ébullition, les systèmes philosophiques en réserve.

Et cette balle est une grande célébrité parmi les balles. Toutes les balles de l'époque étaient folles de rage, détruites par la jalousie. C'était là qu'il fallait être, ce jour-là, ce *vendredi*, 31 juillet 1914, et elles avaient raté ça, bloquées dans d'inutiles canons, dans de paresseux barillets. Elles étaient bêtement en repos, parfaitement avachies dans des revolvers assoupis, allongés, rouillés, inutilisés, inutiles. Et au même instant, tandis qu'elles faisaient cette sieste, dans l'armurerie, dans le corps muet d'un pistolet en sommeil, une balle inconnue jusque-là, une balle comme les autres avait eu le génie, le culot, le toupet, certains diront l'inconscience, de se trouver là. La chance sourit aux audacieuses. L'assassin de Jaurès s'appelle Raoul Villain. Raoul Villain est mort à Ibiza, comme Nico du Velvet Underground. Il y a donc un rapport entre le Velvet Underground et Jean Jaurès.

Une mythologie travaillait du dedans. Jaurès laminé, la fin du corps humain de Jaurès, c'était la légende de Jaurès qui pénétrait dans Jaurès, qui faisait son entrée dans ses veines, dans son système nerveux, dans son ADN. Structure hélicoïdale de l'ADN non encore trouvée, non encore découverte, il faudra attendre Francis Crick, dans les années 50, le même Francis Crick qui a cru que les hommes étaient venus sur la planète (terre) par *panspermie*. La panspermie, ce sont des hommes verts venus des étoiles, des galaxies, pour déposer chez nous, dans la mer, un peu de leur semence.

14

Et cette balle (astolphienne) dans le crâne de « Jean-Claude », si « Jean-Claude » n'édite pas Marc-Astolphe. Oh continue sa prière, sa requête, sa menace, sa litanie :

— Ah monsieur : je suis si génial. Soyez donc pourvu d'un peu d'audace. Calmez vos préjugés. Je suis l'homme aux mille prix. Celui que le génie visite. Je viens sauver votre équipage ! Je sais que la maison Grasset n'est point en si grande santé. Mes romans sont appelés à vivre après notre mort, et ce que je vous apporte, c'est un fonds pour les lointains lendemains.

Je ne suis nullement un « romancier », je suis un exploit vivant, une mémoire en devenir. Je viens sauver votre tête et celle de la littérature. Je ne puis davantage retenir captives les épopées qui me démangent : il leur faut un moelleux contrat à ces fresques, il leur faut un douillet chèque à ces imminentes sagas ! J'ai des cycles romanesques entiers dans le citron. Je vous ai choisi pour presser ce dernier. Ses zestes ne vous laisseront jamais indifférent. Quand je pense à tous les idiots que vous dorlotez ! D'autant que je travaille en solitaire, moi. Sans l'apport du *moindre* nègre. La grâce est sur moi. Je n'ai nul besoin d'adjuvant. Je suis seul et suprême. Je n'ai qu'une unique influence : la mienne. Je passe ma vie à essayer de m'imiter moi-même. Automodelé ! Je suis mon idole. Je suis mon propre sosie ! Je suis le nombril de mon nombril. Je suis tautologique. Je suis centripète. Je suis autocentré. Je me rapproche infiniment de moi-même. J'habite en moi. Je ne parviens pas à m'oublier. Je me rejoins. Je me coïncide. Je me mélange. Je me fonds. Je me confonds. Je trouve grâce à mes yeux. Je me pardonne. Je me comprends. Je me plais. Je me botte. Je me sieds. Je me vais. Je me digère. Je suis mon dieu. Je me sacrifie tout. Je suis mon maître. Je me vénère. Je me prosterne devant moi. Je m'influence. Je me conseille. Je me féconde. Je me fais l'amour. Je me donne à moi. Je me m'abandonne. Je me trouve. Je me m'aime. Je ne me tiens jamais tête. Je suis d'accord avec moi. Je me m'obéis. Je me m'embrasse. Je me me. Je ne suis pas un « écrivain » : je suis rongé par le génie – je le répète. Les chefs-d'œuvre sont là, bouillants, ils n'attendent que leurs à-valoir. À supposer que vous me signiez un substantiel contrat aujourd'hui, en bonne et due forme, avec paraphes des deux parties, bonheur des deux parties, bonhomie affichée des deux parties, verre de l'amitié des deux parties, je puis vous assurer – cher monsieur Fasquelle, cher monsieur le directeur, cher ami – que vous auriez dès demain matin, à 6 heures pétaradantes, la totalité du premier chapitre du premier tome de ma toute première saga, intitulée *Bergamotte et les Jouvencelles* ou peut-être bien *L'Extraordinaire Revanche de ce cher Charles X*, à moins que ce ne soit *Belle et pas belle à la fois*, et qu'à midi – à midi très pile, à midi extrêmement pile, à midi hallucinamment pile, à midi d'un pile dont vous n'avez pas même l'idée – vous n'en reviendriez pas de pouvoir annoncer à vos malheureux concurrents du Quartier latin que le deuxième chapitre, d'une trentaine de pages, de l'œuvre commencée soit ce que sans doute vous ayez lu de plus novateur et de plus troublant depuis Marcel Proust – dont j'apprécie la prose mais dont il me semble qu'il n'a pas su mener son projet jusqu'aux extrêmes possibilités qu'il s'était fixées. Argent, bonheur, célébrité, débauche, éblouissantes femelles, houris galbées, jeunesses impudiques, lascives Kabyles, obéissantes novices madones, paillardes quadragénaires, rondouillardes salopes, utérines turbulentes, vicieuses Wallonnes, xénophiles Yéménites, zonardes ! Je veux tout ça ! Monsieur ! Je suis venu en vos burins vous proposer mes sévérités parce que mes ronrons sont appelés à connaître une très grande sucrerie auprès de nombreux légionnaires, et ce à l'échoppe de toute la plaque.

— Calmez-vous, cher monsieur, répondit « Jean-Claude ». Vous en perdez votre vocabulaire, à me menacer de cette arme. Et à me menacer, surtout, de votre talent.

— Voudriez-vous décéder maintenant ? poursuivit Marc-Astolphe. Si je ne suis point élu par vos typographes, tout Fasquelle que vous êtes, je vous assure qu'on retrouvera vos restes dans un de ces lieux auxquels les plus dégoûtants faits divers sont en quelque sorte abonnés : usine désaffectée, cave saturée de ragondins, rive de mauvais fleuve, gris rebord d'autoroute, boueux sentier… Le tout emballé dans du nocturne, de l'hivernal – du pluvieux. Du crachineux. Du pisseux.

— Je n'ai pas peur de mourir, fit observer « Jean-Claude ». En revanche, vous m'êtes sympathique. Je n'appellerai personne à mon secours. Nous allons parler. Entre adultes modérés.

— Je ne lâcherai pas tellement cette arme, monsieur, prévint Marc-As. Et apprenez que la modération n'est indiquée nulle part dans mon carnet d'adresses. Certes, j'ai eu vent des modalités qu'elle suppose, des conditions qu'elle sous-tend, des prédispositions qu'elle convoque : je suis aussi capable de modération – que cela soit dit – que d'arpenter les capricieux sommets de l'Annapurna avec une banane dans chaque main et un harmonica greffé sur les dents. Je suis mené par d'autres événements que la raison, Herr Fasquelle. Je suis la favorite proie des émotions, l'idole des excès, le total dieu des frénésies : je n'entends être repu qu'à très court terme. Les gratifications calculées sur les avenirs, les promotions projetées sur le drap d'un siècle, ne sont *absolument pas* ma spécialité : je veux davantage que tout – et si possible un peu avant tout de suite. J'adore me rouler dans les sables de la colère, ultracoi tomber sous le charme d'un objet rare ou d'une petite demoiselle merveilleuse. Mon salaire, bien que particulièrement pharaonique, est dépensé plus rapidement que ne mettrait un kebab de la gare du Nord pour se travestir en diarrhée dans l'intestin d'un chef étoilé de chez Lasserre. Quand je dois aux seules fins d'être débarrassé d'une perfide malignité passer au bloc opératoire, je suis tout à fait capable – préférant mon éphémère satisfaction aux soulagements futurs – de sortir de la clinique à pas zélés pour commander en terrasse, sous le soleil déployé, quelques whiskies secs agrémentés de la lecture d'une pièce de Racine, d'une lettre de Joyce, d'un travail de mille et deux cents pages sur la monarchie de Juillet – ma monarchie favorite. Oui, mister vous : je donne toute priorité, je délègue tout pouvoir, je laisse gouvernement aux vues courtes, aux enflammés caprices, aux décisions furieuses, aux immatures intempérances, aux aveuglements aberrants, aux irrationnels sursauts, aux déplorables impulsions ! Je déteste le yoga et

l'encens. Je hais les sagesses d'Inde et les respirations domi-
nées. Je fais dans l'immaîtrise de ma personne. Je ne diffère
pas. Gourmand je saisis. L'instant est mon pays, ma nation,
ma terre : les éternelles durées je pose dessus mon frais caca.
J'ai raison cinq minutes, je sais que dès tout à l'heure j'aurai
tort : tant pis pour moi. J'accumule les immédiats. Je suis
pour l'antiplan. Pour l'inintelligence. Je me voudrais l'Hitler
des prudents, le Staline des patients, le Pol Pot des méfiants !
Je me déploie d'un coup, me décide comme une puce. Zéro
report. Que du don, pas de prêt ! Pas d'intérêts. D'investissement morbide. Super-prompt je suis. L'anticipation est l'un
de mes enfers. Les conséquences de mes actes, dressées vers
moi, écumantes comme des cerbères femelles, me crachent au
visage et hurlent tandis que je leur balance force pâquerettes.
J'exige de rapidossement jouir. Les arrêts, les stratégies ? Je
préfère un cancer de la couille. Une encéphalite du rognon.
Déguster des choucroutes aux clous. Je dépense. Je ne place
point mes argents. L'inflation ne m'intéresse pas. Je suis
l'intime ennemi des taux. J'enseigne la haine ferme des pla-
cements. Ce qui vaut, c'est le présent présent, le présent pur
– pas le présent qui tente de vous entourlouper, pas le présent qui se déguise, qui vous demande un rendez-vous pour
demain, qui veut vous montrer un truc tout à l'heure, pas le
présent qui se défile, qui se faufile, qui se travestit en présent
qui sera présent *plus tard*. Moi j'aime le présent modeste, le
présent qui fait son métier de présent, le présent qui est là
quand on le lui demande : *maintenant*. Je ne supporte pas
le présent qui fait le malin. Qui se prend pour ce qu'il n'est
pas ! Qui s'économise. Qui économise. Qui est économe. Qui
fait des économies. Des réserves. Pour plus tard. Qui capi-
talise. Un présent plus riche, plus beau, plus fort, plus ceci,
plus cela, plus tralali, plus tralala, mais qui vous fait patienter,
qui vous fait languir, poireauter, monsieur Fasquelle, eh bien
je vous le dis tout de go, ce n'est plus un présent : c'est un
avenir. C'est un salaud ! Un traître. Un collabo. Exemple :

si je tire, là, vous allez mourir tout de suite. La balle n'ira point attendre la Sainte-Eulalie pour transpercer vos tissus adipeux. Je ne puis vous tuer en différé. Je suis comme la mort : j'agis *en direct*. Le passé ne m'intéresse que parce que je peux écouter ce que Harry Partch ou Conlon Nancarrow y ont fait, y ont commis, y ont enregistré. Pour le reste : je suis un être de l'*hic et nunc*. Je suis hic-et-nunquiste ! Nous sommes, cher monsieur, en l'an de grâce 1976. Mais que sera 1976 dans vingt, trente ans ? Quarante ans ? Rien d'autre qu'un pathétique effort de subjectivité, un pathétique effort pour faire exister le temps par rapport à nous-mêmes, à des nous-mêmes de 1986, de 1996, de 2006, de 2016, alors que 1976, lui, ou elle – je concède devant vous ne pas savoir si 1976 est du genre masculin ou féminin : mais notre ami Burguet, que vous trouvez si follement doté de génie, saura répandre sa zézayante lumière sur ce délicat chapitre –, 1976 s'en fichera complètement : il, ou elle, ne s'appelle pas, ne s'est jamais appelé, ou appelée « 1976 ». « 1976 » n'existe pas, n'a jamais existé, n'existera jamais. Ce qui existe, c'est la seconde où je vous demande d'être édité ! C'est la milliseconde à laquelle je risque bien de vous assassiner. Ne comptons pas sur l'avenir, même si je sais que lorsque celui-ci daignera devenir du présent, j'y serai probablement doté de quelque prix, Nobel ou autre – probablement Nobel mais qu'importe *pour l'instant*.

15

— Le pire mot du monde, monsieur Fasquelle : *sécurité*. C'est toujours dans deux ou trois minutes que nous allons mourir. Vous en êtes la preuve – encore – vivante !

Marc-Astolphe Oh, très simplement, était pour l'occultation du futur. L'espérance de vie n'était pas son dada. Le pire eût pour lui été d'*investir*. Ce n'était pas (ce n'était point) par quelque faiblesse de la volonté : mais par politique suicidaire – incapable de se suicider physiquement, Marc-Astolphe Oh avait souci de se suicider de *toutes* les autres manières possibles. L'empressement en tout serait sa corde, son arsenic, son flingue-contre-tempe. C'était un as de l'irrationnel. J'ai pu recueillir, à l'intention de mes lecteurs forcenés (vous), quelques témoignages d'êtres humains ayant eu l'insigne privilège de croiser Marc-Astolphe Oh. Dont Jean-François Glinchinka.

Jean-François Glinchinka : « J'ai rencontré Marc-Astolphe Oh sur un balcon, en juillet 1974, chez des amis. Il portait un costume en tweed, muni d'une pochette, et son pantalon, tombant façon éléphant, était blanc crème. En guise de souliers, il arborait des babouches. Fumant des cigarettes légères, dont les volutes embrassaient l'air chaud sur fond de ciel violacé, il racontait des histoires passionnantes à une rousse nantie de seins obèses et mouchetés. Je m'approchai pour écouter la conversation. Marc-Astolphe expliquait, dans les grandes lignes, qu'il avait longtemps été dégoûté de lui-même, mais que ses contemporains étant plus dégoûtants encore, il avait fini par se trouver à peu près génial en *tout*. Je me souviens qu'il touchait la jeune femme, lui pinçant la hanche, lui caressant la cuisse avant de demander, anticipant quelque réprobation, à sa baladeuse main de regagner aussitôt sa base, comme lorsque des Fairey Swordfish ayant largué leurs munitions en terrain ennemi se replient à la vitesse de l'éclair sur leur porte-avions. Il regardait ensuite la jeune femme comme si le geste équivoque n'avait jamais eu lieu, comme s'il eût été le fait d'un autre, d'un spectre promené, du vent facétieux, d'un gosse frôleur. Marc-Astolphe devait alors avoir une petite trentaine d'années. Je le revois très nettement, dans l'altitude immobilière du septième étage, parlant haut et fort, crânant, voltigeant, balançant ses clopes usées par la balustrade en les accompagnant d'une sentence prononcée en japonais ou en swahili, le corps plongé dans cette réalité amicale, conviviale, située *entre chien et loup*, où les corps commencent tout juste à s'enivrer, où les femmes sont décidément belles – décidément jeunes. Tous les invités, tous les convives, tous les personnages étaient rassemblés dans un même âge, une même ambiance, une même époque, une même longueur d'onde, un même *mood* : ce n'étaient pas tellement des "gens", mais des jeunesses individuelles prêtes, non à se connaître socialement, mais amoureusement, mais sexuellement. C'était une jeunesse généralisée à la soirée, où les corps n'étaient que modalités vers l'orgasme, entités douces, disposées à s'offrir. Les possibilités régnaient. On ne distinguait aucun effort, aucun cynisme. Tout coulait, tout était latent : le désir, etc. On savait que les étreintes viendraient, en leur heure, dans quelques instants : la consommation des désirs, la concrétisation des attentes seraient – on faisait mine de l'ignorer – nimbées malgré tout de tristesse ; tandis qu'*entre chien et loup*, lorsque enfin les combinaisons de probabilités étaient d'une richesse infinie, que tout baignait dans la connaissance tacite de la tout aussi tacite conclusion, c'était un bonheur quasiment *parfait* qui régnait. Le bonheur des imminences, des maigres incertitudes, des préludes, des préliminaires surjoués, des vrais faux refus, des petits cool cache-cache, des frottements semi-avoués. Chacun faisait son petit tour de piste, repérait sa proie, lui adressait un sourire entendu, allait faire quelques pas "loin" d'elle, puis, l'affaire étant déjà conclue pour tout le monde, fonçait nonchalamment sur elle, faisant semblant de la séduire, d'être timide, d'être surpris, d'être charmé d'être déçu. Marc-Astolphe était un homme de balcon, de morceau d'été, de *drink*, de glaçons tintant dans les verres, de cacahuètes, de chemise ouverte sur un torse aux poils d'un blond-blanc. Un homme de cocktails, de seventies et de petits mets apéritifs, de crème de gruyère enveloppée dans de minuscules emballages en aluminium. Il était homme de shakers, de becs verseurs. De vents coulis sur les terrasses. D'azur frais. De caipirinhas. De mojitos. Il absorbait des centaines de milliers de calories dans ces soirées. Il soulevait le menton en professant des théories, citant souvent Lichtenberg. Ce soir-là, serein, presque détaché, une chaîne à médaillon en nickel autour du cou, sachant qu'il coucherait dans quelques heures avec son interlocutrice au nichon moucheté des glandes, je me souviens qu'après avoir formulé le souhait qu'on lui apportât un vermouth abricot avec une cerise confite au fond, il avait – pour se faire valoir, pour se faire remarquer, pour se faire aimer – évoqué la figure du philosophe résistant Jean Cavaillès. Je m'en souviens d'autant mieux que jamais je n'avais auparavant entendu ce nom. Marc-Astolphe avait parlé d'automne, de feuilles marron, de flaques, de monceaux moussus, de novembre et de bruines, de pluies sales. Il avait fait remarquer à sa rousse que Jean Cavaillès jouissait des mêmes initiales qu'un autre martyr, plus célèbre mais tout aussi philosophe. Dans cette parcelle de 1974 entourée de vapeurs solaires, et tandis qu'au loin, dans le salon, on entendait "jouer" sur la platine l'album *Next* du Sensational Alex Harvey Band sorti l'année précédente, surgissait, exotique et soudain, le destin de Cavaillès, emmuré dans ses années 40. Les années 40 s'étaient frayé, par une effrayante magie, un passage dans les anfractuosités du temps, et Cavaillès reprenait corps dans un espace qu'il n'eût jamais su deviner – il s'animait, sous la parole astolphienne, en une géographie débile pour lui, pour lui mort sur une autre planète : la géographie d'Orléans de l'après-68. Novembre : Cavaillès exécute des pas sous l'averse. Son corps humain est sis à Clermont-Ferrand. C'est un corps encore très vierge de mort. Dans sa chambre, ô chambrette, Jean invite des hommes – et quelques femmes – qui acceptent d'offrir leur corps humain à la mort, non pas à la gloire qui n'existe pas mais à la mort qui existe, à condition que la mort de leur corps, par une sorte de miraculeux tour de passe-passe, fasse disparaître du sol français de la terre humaine la présence des Allemands. Ce sont des hommes, jeunes, peu jeunes, pas jeunes, à jamais plus jeunes, à jamais pas jeunes, qui sont morts déjà : morts de vivre dans un pays envahi par la Mort. Ils parlent, dans une nuée de tabac jaunâtre, en toussotant, la cravate desserrée et les dents grises, la nuque en sueur, peu rasés, mal torchés, sévèrement sales aux entrejambes, les souliers humides, les chaussettes en accordéon, ils parlent, en des gestes qui ne sont pas de colère – le plus souvent ils se grattent, frottent les poils aigus de leurs jeunes barbes –, ils parlent – à travers la parole de Marc-Astolphe on entendait nettement leurs paroles –, ils parlent d'attentats et d'espoir. Et tandis que Marc-Astolphe, grillant une neuve cigarette tirée d'un paquet bleu, prononçait les mots "Emmanuel d'Astier de La Vigerie" et "dernière colonne", la façade dite "occidentale" de la cathédrale d'Orléans s'affichait au loin, clignotant dans l'épaisseur veloutée de la soirée, prête à s'arracher du sol pour gagner Saturne, Mars, Vénus. Au mois de janvier 1941, Jean Cavaillès reçut chez lui une certaine Lucie Bernard, alias Lucie Aubrac, "Aubrac" étant un patronyme plus sec que Bernard, un patronyme de bois sec, de petit bois sec pour allumer les feux de cheminée, dans l'automne des Solognes humides, un petit bois sec, de ce bois qui casse, qui se rompt peut-être, de ce bois qui peut craquer, mais de ce bois qui ne se plie pas, de ce bois dont on se chauffe et qui ne plie jamais. "Bernard" était un nom plus abruti, plus mouillé, plus lacustre, plus pluie, plus limace, plus flaque, plus flasque. Lucie Bernard, Aubrac, était l'épouse de Raymond Samuel, Aubrac. Jean et Lucie allèrent, tandis que cordes il pleuvait, manger un hachis Parmentier sans viande dans une brasserie lourde, molle, sale, où les bruits des humains, jusqu'à leurs cliquetis de fourchettes, étaient des bruits de guerre, des bruits de temps de guerre, des bruits de réalité de guerre. La guerre encombrait la réalité. Il faudrait se venger de la guerre. Faire, à la guerre, la guerre. Le contraire de la guerre, dit Marc-Astolphe à un moment donné – cet instant est très net dans ma mémoire –, ce n'est pas la paix : le contraire de la guerre, c'est une autre guerre. Le contraire de la guerre, c'est une autre guerre mais qui ne nous dérange pas, une guerre dont nous sommes les bénéficiaires, une guerre que nous ne voyons pas – une guerre dont nous ne nous apercevons pas. Le contraire de la guerre, c'est une autre guerre dans laquelle, au cours de laquelle – avait expliqué Marc-Astolphe – nous ne sentons pas les coups. Le contraire de la guerre, ce n'est pas la paix : le contraire de la guerre, c'est une guerre autre, mais qui nous semble un jeu d'enfant, qui nous semble la normalité, une guerre dans laquelle nous ne cessons chaque jour d'être vainqueur. Ce soir-là, dans la brasserie, naquit le mouvement Libération. La liberté est à la libération ce que le lit est à la chaise, avait lancé Marc-Astolphe. Une tache venait d'apparaître sur la peau de la guerre : Libération. Cavaillès en rédigea le tract, un jeudi pluvieux, terreux, boueux, dans un amphithéâtre vide, froid, éclairé d'un néon grésillant, bruyant, malade, blanc comme la mort. Le silence de l'amphi criait. »

16

« Cavaillès colla les tracts sur les murs de Clermont. C'est un travail qui fut exécuté de nuit, par grand froid. À l'aube, le jour s'était ouvert violemment. Jean regagna Paris. Il recruta des agents. Il ne résista pas à la tentation de créer son propre réseau. Un réseau d'action, fragile comme un vase. Le destin, telle la porte d'une armoire, venait de se refermer sur lui. Marc-Astolphe employa l'étrange expression d'"avenir à plafond bas". Cavaillès aimait se faufiler entre la mort, slalomer entre les Allemands. Sa mort, évidemment, sa mort personnelle, sa mort intime et rien qu'à lui, commençait à s'infiltrer dans le monde humain, sous forme d'une première petite goutte. Cette goutte tomba sur le sol, suivie d'une autre, un peu plus grosse, et ainsi de suite. Pour Cavaillès, la Résistance était un hobby. Un délassement. Il en faisait comme d'autres font de l'équitation, du hockey sur glace du tourisme.

— Que fais-tu, Jean, cet été ? Tu pars ?

— Non. Je pense que je vais rester résister. Avec toutes les copies de concours d'entrée à Ulm que je viens de corriger, j'ai le droit, moi aussi, de me faire un petit peu plaisir. De souffler un peu. La Résistance, c'est toujours pour les mêmes. Je ne trouve pas ça normal. Ils n'aiment pas les nouveaux, je le sais bien, dans les réseaux, mais je suis bien décidé à faire mon trou. D'ailleurs, je suis en train. Je ne vois pas pourquoi je laisserais d'autres que moi, des pistonnés, courir des dangers qui me sont peut-être adressés plus qu'à eux. Je ne supporte pas qu'on gâche le danger. Je déteste le gâchis de danger. Le danger est suffisamment rare, dans une vie humaine, pour qu'on l'utilise intelligemment. Non que je me considère comme un ayant droit, mais enfin, moi aussi, mon vieux, j'ai droit à ma part de renoncement. Moi aussi, j'ai droit à mon petit morceau de sacrifice. Oui ! J'entends, quitte à passer pour un arriviste, collaborer à la Résistance. Et pas comme simple stagiaire. Il faut voir comment ils traitent les stagiaires. Comme des vichystes. Et encore ! Un vichyste serait mieux traité qu'un résistant grand débutant. Je ne demande pas la lune ! Juste être inquiet, juste être inquiété de temps en temps, menacé comme il se doit, traqué comme les autres, ni plus ni moins. Les menaces n'ont pas à planer sempiternellement sur les mêmes têtes. Ce n'est pas équitable. Canguilhem vous tiendra le même langage que moi. Nous ne voulons pas être les dindons de la farce. Nous n'avons point, lui et moi, Canguilhem et moi, vocation à être en reste. C'est toujours les mêmes que l'on fusille ! Je dis : stop. Que cela plaise ou non. C'est à prendre ou à laisser. Dans la Collaboration, ils sont moins bêtes que nous. Ils ne rechignent pas. Ils font bon accueil aux nouvelles têtes. Ils sont moins regardants. Ils sont ouverts. Ils sont larges d'esprit. Ils voient un peu plus loin que le bout de leur nez. Ils ne font pas de chichis. Ils ne pratiquent pas l'art de la discrimination ! Si ça continue ainsi, intégrer la Résistance va devenir plus difficile qu'intégrer l'ENS ! Nombreuses sont les cellules qui ont été démantelées parce que des candidats malheureux à la Résistance ont été humiliés. Les éconduits, les recalés, les vexés sont allés se plaindre auprès de ces messieurs de la Gestapo. La Collaboration a compris que l'élitisme à outrance était une plaie. La Résistance pèche par hermétisme. Par un certain snobisme qu'elle finira par payer très cher ! Je ne vais pas passer ma vie à résister sur les banquettes, laissant des numéros de *Libération* dans les brasseries. Ils attendent quoi, nos chefs ? Qu'on remplisse un formulaire avec nos choix prioritaires et les options : une croix dans la case "peloton d'exécution", une autre croix dans la case "torture", une autre croix encore dans la case "déportation" et qu'on leur renvoie le dossier par la poste, dûment timbré ? "Clandestinité pour tous", voilà mon credo ! Halte au délit de sale gueule. *Moi aussi*, même si je ne suis *que* Jean Cavaillès, je veux ma double vie, *moi aussi* je veux être chef de la Résistance ! *Moi aussi* je veux un faux nom, avec des faux papiers. Je veux mon costume. Ma panoplie. J'ai trouvé un excellent pseudonyme pour mettre sur ma boîte aux lettres : "Jacques Charpentier". J'ai toujours aimé ce prénom : "Jacques". C'est tellement plus original que "Jean" ! Mais au sein du réseau, je ne souhaite qu'une seule chose : être appelé "Marty". *Moi aussi* je veux mes petits rendez-vous secrets, avec dans la poche intérieure de mon veston un petit carnet de cuir noir rempli de signes kabbalistiques ! *Moi aussi* je veux montrer que je sais ne pas me montrer. *Moi aussi* je veux prouver que je n'ai rien à prouver. *Moi aussi* je suis capable – fût-ce avec un peu d'entraînement – de risquer de me faire arrêter ! *Moi aussi* je veux dire que je ne parlerai pas ! Je veux, j'exige des agents de liaison. *Mes* agents de liaison. Rien qu'à moi. Que je ne prête *que* si on me le demande de respectueuse façon. Et encore ! Les agents de liaison sont les brosses à dents de la Résistance. On ne les prête pas. Ça ne se prête pas. C'est quelque chose de *personnel*. D'intime ! De privé. C'est chacun le sien. »

17

« La soirée commençait à tourner "Cavaillès et bloody mary", poursuivit Jean-François Glinchinka, "Résistance et piña colada" – quatre centilitres de rhum blanc, deux centilitres de rhum ambré, douze centilitres de jus d'ananas, quatre centilitres de lait de coco – sur fond de Roxy Music – *Country Life* –, d'Eric Clapton – *461 Ocean Boulevard* – et de Santana – *Abraxas* –, mais aussi d'un peu de Bee Gees – *Trafalgar.* "Seventies et fourties." "Blue lagoon – quatre centilitres de vodka, trois centilitres de curaçao, deux centilitres de jus de citron – et Jean Moulin." Cocktails espace-temps. Marc-Astolphe se fit préparer un ti punch – six centilitres de rhum blanc, deux centilitres de sirop de sucre de canne, une tranche de citron vert. En bas, les pelouses fraîchement tondues de la résidence Saint-Laurent commençaient à se bleuter de nuit. L'emballage de Tout devenait un peu plus humide – mais le bonheur d'être présent, ici, ce soir-là, formait comme un nid de mousse. On fumait. Certaines voix étaient rauques. Marc-Astolphe ne semblait encombré d'aucune souffrance derrière ses lunettes gigantesques : il traversait la vie, abrité par les hauts tilleuls et peupliers alentour qui se dressaient vers le ciel. La jeune femme qui, dans un salon adjacent, placerait tout à l'heure la verge de Marc-Astolphe entre ses deux seins – Marc-Astolphe, alors, ne cesserait pas de fumer, de répandre ses volutes dans l'air doux des étés maintenant perdus –, continuait d'écouter, enivrée par le cuba libre – six centilitres de Bacardi, quatre centilitres de jus de citron, quinze centilitres de Coca-Cola –, très passionnée par les aventures *datées* de Jean Cavaillès. C'était, ce fut, une sorte de *Cavaillès' night* pour Marc-Astolphe et ceux qui, de plus en plus nombreux, formant cercle autour de son improvisé magistère, profitèrent sans qu'il le sût vraiment de sa conversation. Moi même, cher Yann, j'ai essayé plus tard, me souvenant de cette soirée pop, alcool, pelles à tarte, pattes d'éléphant, robes du soir 74 et réseaux clandestins 42, de séduire des femmes. Cela n'a pas fonctionné. Seul Marc-Astolphe – que je revis faire plusieurs fois par la suite – réussit ce genre de prodiges – il parvint à embarquer une Suédoise, en avril 75, après l'avoir entretenue, *en suédois*, de la cour du comte de Provence, alias Louis XVIII, au château de Mitau, dans le golfe de Riga, avant que celui-ci ne revînt au pouvoir. Il avait ce soir-là, ce soir de la Suédoise, "mélangé" sangria – huit fraises, un citron, deux cuillers à soupe de sucre, quarante centilitres de vin rouge, une orange, une pincée de cannelle –, Louis XVIII et *It's Only Rock'n'Roll* des Stones. Je me souviens également, parmi ces glorieuses soirées, d'une femme de banquier, jeune veuve, aux longs cheveux d'albâtre, à qui Marc-Astolphe avait proposé, de 7 heures du soir à 2 heures du matin, une formule "Fouquier-Tinville, tequila sunrise, Pink Floyd". Il y eut également, *toujours sur des balcons*, des terrasses, toujours fumant des cigarettes légères, "Gambetta, gin fizz, Derek and the Dominos" pour Sophie, "Marc Aurèle, daiquiri, Stephen Stills" pour Curnigonde, "Radeau de la Méduse, white russian, The Doors" pour Clotildine, "Che Guevara, jack rose, Elton John" pour Loula-Lou, "Xerxès, brandy crusta, Van Morrison" pour

Marie-Belle, "Guy Mollet, monkey gland, Grateful Dead" pour Ninon, ou encore – je ne me rappelle pas toutes les filles – "Théodose II, pink lady, Who", "Philocrate, golden dream, Soft Machine", "Billaud-Varenne, tequila sunrise, Rod Stewart", "Roger Salengro, kiwizz, George Harrison", "Aaron, apple jack, James Taylor", "Gengis Khan, black velvet, Jethro Tull", "Horace Walpole, sherry cobbler, Sly and the Family Stone", "Étienne-Charles de Loménie de Brienne, cowboy martini, Marvin Gaye", "Metternich, knob creek manhattan, Beach Boys", "Yolande de Polignac, jura midge, Emerson, Lake & Palmer", "Méhémet-Ali, black bitch, Janis Joplin", "Thomas Jefferson, rhum coco, Flamin' Groovies", "Pline le Jeune, aberdeen angus, Gene Clark", "Édouard III, apricot brandy sour, T. Rex", "Philippe II, garibaldi, Eagles", "Joseph de Maistre, october sky, David Bowie", "Ravachol, vanilla shooter, Gil Scott-Heron", "Christophe Colomb, earthquake, Serge Reggiani", "Jean Huss, kahlua coco, 10cc", "Necker, navy grog, Bob Marley and the Wailers", "Cadoudal, warm up, Curtis Mayfield", "Pépin le Bref, zéphyr, Boney M", "George Canning, ice bet, Joni Mitchell", "Michel Romanov, fair weather, Temptations", "William Wilberforce, fallen leaves, Steely Dan", "Samuel de Champlain, zanzibar, Beatles", "Richard Simon, hab hallegro, David Crosby", "Murat, fazel tov, Sinatra", "Charles le Chauve, C and T, Elvis Presley", "William Whitney, jamaican car bomb, Traffic", "Charles Péguy, zucca dada cup, Aretha Franklin", "Alexandre le Grand, in the mood, Jimi Hendrix", "Louis XVII, oatmeal cookie, Velvet Underground"... Mais jamais, cher Yann, je n'oublierai la première soirée. Marc-Astolphe, déjà bien entamé, dans un espace stratifié de douceur, continuait à donner vie à Jean Cavaillès. Cavaillès avait été arrêté à l'entrée de Narbonne après une course à travers les champs. On l'avait transféré à Montpellier, prison militaire.

— La captivité n'est pas un problème, avait déclaré Jean à travers Marc-Astolphe – on eût dit que s'exprimait une entité intitulée Jean-Marc-Astolphe, Jean-Marc-Astoc. Cela donne du crédit. C'est vrai, pendant ce temps je ne puis agir, mais au moins, sur le CV, cela pose son résistant. C'est une manière d'*admissibilité*. La prison est propice aux choses essentielles, comme l'humiliation, la torture, la cruauté des hommes envers les hommes. J'avoue, pour ma part, avoir eu beaucoup de chance : les douaniers qui m'ont arrêté dans les environs de Lyon se sont assurés qu'on m'enfermerait à croupir dans un cachot humide et lancibre, gibatoire et coliqueux, rempli de sulices et de dégoulinante paolipe. J'urinais-déféquais dans un seau qu'on ne changeait que tous les trois jours. Je ne pouvais rêver mieux. J'eusse été, dès cet instant, capable de rédiger un "Que sais-je ?" sur la Résistance. Lorsque mes geôliers ont ouvert la porte rouillée, blindée, je me suis mis au garde-à-vous. C'est la règle et ce qui est fabuleux c'est que je la trouve totalement inadmissible. Je m'y plie donc avec plaisir, conscient de marquer des points. De progresser dans le métier. De passer, comme au judo, les ceintures. »

18

« — L'envoi de lettres m'est autorisé. Je préviens mes collègues de l'École normale, que je suis fort bien maltraité par la gendarmerie de mon pays. J'ai voulu regagner Londres : me voici derrière les barreaux. Lucie Aubrac, avec sa manie des évasions, va certainement faire quelque chose pour moi. C'est son truc, ça : faire évader les copains. Les amis. Et même les simples connaissances. Elle adore ça ! Son péché mignon. Chacun son dada. Il suffisait d'avoir passé un dimanche après-midi autour d'un barbecue pour que – pour peu que vous l'ayez fait rire avec une bonne vieille blague – elle ait envie de vous faire évader. Lors d'une visite, je n'ai pas pu, je n'ai pas su refuser, je n'ai pas eu le cœur de refuser la scie à métaux – certains avaient fini par la surnommer "Luscie" – qu'elle m'a glissée. Elle m'a confié comme mission – je commençais à en avoir plein le dos qu'on me donne des ordres, mais c'était pour mon bien – d'endormir, à l'aide d'un somnifère, celui qui, dans notre cellule, était responsable des prisonniers – un type incarcéré pour détournement de fonds. Dans cette cellule, je me sentais bien. En fait : bien et pas bien – mais bien quand même. J'étais deux Jeans Cavaillès. Il y avait un Jean Cavaillès qui aimait les mathématiques, les chemises repassées, l'enseignement et le gel dans les cheveux, un Cavaillès qui aimait le chant des criquets avant que la nuit de Provence ne s'évanouisse dans la senteur des pins collants, poisseux. Et il y avait, en concurrence avec ce Cavaillès-là, un Cavaillès ravi de croupir dans les odeurs de pisse rance et usée, le col déchiré, la cravate tachée, les godasses crottées, un Cavaillès malmené, martyr, mort de fatigue, mal rasé, à haleine de macchabée putréfié. Un Cavaillès d'amphithéâtre et de concepts, cocoté, heureux de partir en vacances, et un Cavaillès au flou froc, cerné de fard mauve, piqué aux punaises, heureux de mourir pour sa putain de patrie, criblé de balles, ou déporté vers les camps. Il y avait un Cavaillès calfeutré, concentré sur les théorèmes de Gauss, et un Cavaillès sans épistémologie, un Cavaillès dépistémologisé, un Cavaillès non plus de copies notées au feutre rouge, mais de sang, d'épines, de genoux à terre, de coups dans les côtes, un Cavaillès inquiété, piétiné, interrogé, souillé, frappé, battu, la morve au nez, en sueur secoué. Un Cavaillès insulté. Ici un Cavaillès sortant de sa douche, pimpant, là un Cavaillès proposé à la baignoire, un Cavaillès tuméfié. Il me fallait ces deux Jeans Cavaillès pour être vraiment Jean Cavaillès. L'eau de Cologne et le purin.

Les boutons de manchettes et les hématomes. Le tableau noir et le ciment visité par les rats. Un Cavaillès plein de vie et un Cavaillès rempli de mort. Un Cavaillès tourné vers les petits oiseaux, vers le bécasseau à tête pointue, le pirou fouette-bichon, la pie-grièche à tête rousse, l'alastile cornée, le bruant à calotte blanche, le kuba d'Elseneur, la sittelle des rochers, la flaribelle alliacée, la locustelle fluviatile, le balourd des pics, la fauvette sarde, le ciriopuce à balais, le traquet kurde, l'héliphore à gustules, le pipit à gorge rousse, le siriponge des lidos, la huppe fasciée, le pizziphale à bec éversé, le pic épeiche, le smaradèche à cou lourd, la bergeronnette grise, la gouette du Groenland, le jaseur boréal, le tonzul d'Alaska, le moineau espagnol, le larron lilial, le roselin cramoisi, le fucugar roruleux, le bruant de Pallas, le lupion à gorge flaminée, le viréo à œil rouge, la tourterelle maillée, la sterne de Dougall, le pluvier guignard, le muloronis à fragrance, le venturon montagnard, le doudou démotique du Loiret, le loriot d'Europe, le lanlan épiscopal, le chevalier cul-blanc, le zuzugo troué, la mouette pygmée, le funiparam des étangs, le guillemot de Brünnich, le mirmidi pare-battage, le coucou geai, l'aupaneton filigrané, le chocard à bec jaune, le narmil des Landes, la paruline à croupion jaune, le riri du Touquet, l'alcyon pie, le halgaron touffu, l'alouette gulgule, l'ammomane élégante, la zubilote hebdomadaire, le bec-croisé perroquet, la fizine des pins, l'étourneau roselin, l'opalon des altitudes, le sirli de Dupont, le sclam-hispide vosgien, le chardonneret élégant, la lonlonne mentula, le cincle plongeur, le crispide runabouté, le zozo-panneton emballé, le junco ardoisé, la rouboule à fluettes, le puffin de Macaronésie, le rinoxal des toundras, le tarin des aulnes, le bouvreuil pivoine, le fi d'Amalfi, le durbec des sapins, le cric à lasses, la rousserole verderolle, l'usampille des grottes, le pouillot à grands sourcils, le lustrillon des hameaux, le gobe-mouche à collier, la glaréole orientale, la outarde arabe, l'ober-perchis incarnadin, le martinet de Sibérie, l'inclémentine de Ravello, la mésange bleue, le ba-ka des îlots, le Souimanga de Palestine, le cratérope d'Irak, le mésangeai imitateur, le casse-noix moucheté, la corneille mantelée, le cardinal à poitrine rose, la barge hudsonienne, le serin des Canaries, le pinson des arbres, le gros-bec casse-noyaux, le sizerin flammé, le verdier d'Europe, le rupifenne de Tristram, le choucas des tours, le crave à bec rouge, et un autre Cavaillès en proie aux araignées haplogynes, aux chrysomèles, aux cochenilles, aux sympètres rouge sang, aux gomphus, aux punaises vertes, aux diploures, aux linas du peuplier, aux punaises des lits, aux cicindèles des bois, aux galéruques de l'aulne, aux libellules déprimées, aux cardinales, aux fourmilions, aux ténébrions de la farine, aux collemboles, aux blaps, aux leptures rouges, aux pentanomes des baies, aux grandes saperdes, aux zygentomes, aux odonates, aux vers luisants, aux moines, aux punaises à damier, aux gendarmes, aux protoures, aux lestes fiancés, aux agrions jouvencelles, aux cordulies bronzées, aux altises des crucifères, aux doryphores, aux mutilles, aux scolies, aux andrènes, aux odynères, aux philanthes apivores. Et j'en passe – croyez-moi j'en passe ! Je suis bien dans mes peaux. Je ne suis pas suicidaire, attention ! Je ne suis pas altruiste. Un grand résistant, presque par définition, doit être égoïste. Tel est le darwinisme de la clandestinité. Agir pour la collectivité : *là* serait le suicide, *là* serait l'erreur. Darwin n'a *jamais* dit, *jamais* écrit – ni décrété – qu'il fallait qu'un être isolé, qu'un individu individuel, qu'une personnelle personne doive se sacrifier pour son groupe, son réseau – sa cellule. La sélection naturelle agit par et pour le bien de chacun. Être un *grand* résistant, c'est comprendre que *rien* ne vaut le "chacun pour soi". C'est cela que les gens ne comprennent pas. C'est marrant que les Collabos l'aient compris et que nous autres, nous soyons encore à la traîne sur des questions comme celle-là. *Seul résiste l'égoïste.* Si tout le monde se sacrifiait, si tout le monde se faisait fusiller, il n'y aurait plus personne pour résister à l'Occupant. C'est cela, la sélection naturelle : laisser les autres se faire prendre. Un grand résistant est un grand Adapté. Le désintéressement mène au néant. »

19

« Marc-Astolphe parlait de plus en plus vite, comme pour hâter le destin fusillé de Cavaillès et coucher enfin avec la mouchetée des seins. Il cavaillaissait à toute allure, les glaçons tintaient dans son verre. Il énumérait, bourré, les titres de résistant de "Jean" : "Marty", "Hervé", "Charpentier", "Carrière"… Il parlait de Fresnes mais ses mots devenaient pâteux. Marc-Astolphe connaissait par cœur – on entendait résonner les Byrds – les administratifs derniers soubresauts de la biographie de Cavaillès :

— Compte rendu numéro cent soixante-douze des travaux de la Délégation française auprès de la Commission allemande d'armistice, en date – chère mademoiselle – du dix avril mille neuf cent quarante-quatre, page cinq – croyez-moi, vous devriez goûter ce ti punch. Il est exquis. Décision, disais-je – et j'espère vous grignoter tout à l'heure ces fort jolis nichons –, de la Commission allemande d'armistice, grand *a*, partiellement favorable, arrestation – je vais en reprendre un, s'il vous plaît, avec de la glace, trois glaçons de même dimension que les précédents – de monsieur Jean Cavaillès. C'est votre copine, la négrillonne aux fesses dodues de coco ? Là-bas ? Le général Bérard avait intercédé en faveur de monsieur Cavaillès – il faudra me la présenter, j'aime énormément l'épiderme des négresses et les parties de fesses à trois –, professeur à la faculté des lettres de Paris qui, arrêté – je vous ferai visiter ma chambre tout à l'heure, et vous pourrez, non sans un certain bénéfice, apprécier, seule ou avec votre amie, mon incroyable niveau de luxure –, puis déporté en Allemagne, y serait en instance de jugement. Par une note brève, la Commission allemande d'armistice a fait savoir que le cas soumis n'était pas de nature à justifier une dérogation aux règles établies et a suggéré de s'adresser – je m'apprête, autant vous prévenir maintenant, à poser mes lèvres sur votre roux décolleté – au commandant supérieur des SS en France. Dans un entretien avec le chef d'état-major – ouh et voici que, coquin, j'y glisse un glaçon ! – de la Commission allemande d'armistice, le général Vignol – vous n'imaginez pas à quel point vous m'excitez... – a demandé que cette décision soit reconsidérée. Il a soutenu le droit de la DFA d'en appeler à la CAA, en vertu de l'article 22 de la Convention d'armistice, lorsque l'intérêt français est en jeu – j'ai toujours aimé la fraîcheur fraîche des glandes mammaires mouchetées, mouchetées de petits confettis à ramasser avec la langue, oui, cela me fait l'effet d'un plongeon dans une mer de chair. C'est le cas pour monsieur Cavaillès qui représente une valeur culturelle indiscutable, justifiant une intervention particulière – mais non, ma petite coquine, il n'a pas eu gain de cause, ils l'ont fusillé ! »

20

Et sur le balcon, Burguet, Frantz-André Burguet, apparut – point tout à fait ivre. Nous faisons grâce au lecteur de ses zozotements, que nous lui demanderons – à compter de cette page – de restituer à notre place.

— Mon nom est Frantz-André Burguet, mademoiselle. Comment ? Oui, j'avoue. J'ai mis quelque temps à m'acclimater au tempérament un peu envahissant de notre camarade Oh Marc-Astolphe.

— Vous faites quoi ? demanda une blonde à épouser sur place.

— Je fais deux choses, zozota donc Burguet. Je me méfie des putes et je suis écrivain. Voilà mes deux principales occupations.

— Vous parlez pour moi ? s'offusqua l'épousable sur place.

— Non, pour moi. C'est moi qui me méfie, pas vous. Et c'est toujours et encore moi qui écris. Pas vous.

— Marc-Astolphe n'a pas eu que de bonnes influences sur vous, à ce que je puis constater, put constater la BESP (blonde à épouser sur place).

— Je l'influence également beaucoup. J'ai mis du temps à l'apprécier, à l'aimer. Nous ne sommes évidemment point homosexuels. Mais j'ai pour lui plus que de l'amitié, je crois : une sorte d'amour, vraiment. Un amour sans sexe.

— N'essayez pas de me tripoter. Je déteste cela.

— Bien. Je vais y parvenir, donc. Au lieu que d'essayer. Vous avez mille fois raison. Il faut en finir avec les essayeurs, les tenteurs. Les esquisseurs. Les expérimentateurs. Il faut que s'ouvre une ère de réussisseurs. De parveneurs. D'arriveurs-au-but. Comme des conquistadors – mais bourrés. Et sur un balcon, l'été. Dans ces putains d'années 70 que je trouve personnellement très agréables à vivre. À traverser. Même si je doute.

— De ?

— De l'insupportable métier que j'ai choisi. Rester enfermé, par tous les temps, avec ma machine à écrire et mes cigarettes, entouré de quelques livres morts et de rames de papier, de yaourts, de quelques saucisses de Francfort, nuit et jour, jour et nuit, à tenter de faire des phrases. Des phrases dignes de figurer dans un roman qui lui-même serait digne de figurer dans la littérature, voire dans l'histoire de la littérature, voire dans l'histoire toute courte.

— « Tout court ».

— J'aime bien dire « toute courte ». J'invente. Moi Burguet je suis un inventeur. Je fais de la *vraie* littérature. Dans les nappes de fumée. Parmi mes volutes. Je suis en sueur. Dans une pièce minuscule. Les volets clos. Ignorant l'été, l'hiver. Je tape mes mots. Je fracasse des phrases. J'écoute des disques de jazz. Parfois de l'accordéon. Un peu de rock – pas trop. Et je fonce dans la nuit de mon œuvre. Et du Mozart… Du Wagner. Mais pas trop. Je suis en nage dans mes pages, je m'y noie. Je sais que c'est vain. Que si je n'écrivais pas ce que j'écris, personne ne viendrait s'en plaindre. Personne ne vient réclamer son œuvre à un écrivain. Un roman est quelque chose dont l'absence ne ferait de peine à *personne*. C'est quelque chose que l'on vient ajouter. C'est surnuméraire. C'est quelque chose de trop. Tout ce que je fais, tout ce que j'écris, tout ce que je produis, c'est déjà de la surproduction – du surplus. La littérature aurait pu s'arrêter net il y a vingt ans, trente ans, quarante ans… Je continue, je la continue, mais cela ne se voit pas vraiment, ne se sait pas *totalement*. Je voudrais que la littérature se rende compte des modifications que je lui apporte, mais j'ai l'impression qu'elle considère mon œuvre comme une simple addition. Comme un simple *additif*. J'ajoute des pages aux pages de la littérature. J'y crois. Je suis le seul à y croire. Avec ma femme. Et encore. Elle aurait préféré que je sois courtier en assurances. Ou maître nageur. Je ne suis pas un homme qui rapporte de l'argent. Je gagne juste ce qu'il faut, avec un livre, pour pouvoir écrire le suivant. Mon bilan est nul. Tant financièrement qu'artistiquement. Je ne suis pas un homme de plus-value. Ni de moins-value. Je suis un homme de non-value. De zéro-value. De nulle-value. Je suis un homme gratuit. Je ne rapporte que des ennuis, des tas de feuilles. Je planche sur des mirages. Je suis seul et incertain sur mon vicinal chemin. Je suis pris en étau entre le ridicule et la postérité. Je me situe, *grosso modo*, entre l'imposture et le génie. Entre le néant absolu et l'éventualité d'un Tout.

Je suis quelquefois Proust, puis je m'endors, me réveillant en Moi-même, une sorte de Moins-que-rien. J'oscille, à en devenir fou, entre la conviction de ma grandeur et la crainte de ma minusculité. Je suis constamment étonné par ma folie et perpétuellement gêné par ma normalité. Je m'aveugle sur mes capacités. Lorsque je griffe une phrase, ma fulgurance m'épate. La relisant le matin, je suis confus devant tant de bête bêtise, de plate platitude, de banale banalité. Je voudrais penser seul, mais il se trouve toujours quelqu'un, quelque part dans la littérature, pour l'avoir déjà dit, de façon plus neuve, plus définitive, plus exhaustive – plus ramassée. Il y a des gens, quelque part dans la littérature et par-delà les siècles, des gens qui, bien que planqués dans les confins du passé, sont moi-même avant moi, mieux que moi, sont plus moi et mieux moi que moi, et le seront toujours davantage. Ils sont, ils ont toujours été en avance sur moi. Ils ont pensé en juin 1654 ce que je vais inventer dans douze ans, dans vingt ans. Je crois découvrir, défricher, mais je ne fais, le plus souvent sans le savoir – ce qui ajoute au ridicule, à la vacuité –, que déterrer des vieux coups de génie antérieurs, des coups de génie qui étaient à la disposition du premier lecteur venu, des coups de génie de trois cents ans d'âge. Alors, des envies de pleurer me montent à la gorge, je les sens franchir mon col roulé. Je suis seul dans mon bureau, les mots me viennent, fragiles, lents, bouleversés, ils roulent, je les choisis, je les invite, ils s'essayent entre mes doigts, ils chatouillent la pensée, je les frappe-imprime sur la page, comme une bête qu'on assomme, une sorte de gros poisson dans une rivière canadienne, et cette pensée prise au piège, sous forme de mots claqués, frappés, inscrits, voilà qu'elle dégage, non du génie neuf, mais du génie vieux, daté, de ce génie d'autrefois qu'on appelle désormais « lieu commun », « poncif », « clicheton ». Mes vivants mots sont morts le plus souvent, avant même d'être tatoués sur la feuille. J'ai envie de mourir quand je sens mon talent barboter dans l'océan de génie d'un prédécesseur illustre. J'allais découvrir un pan du monde, faire jaillir une nouveauté, faire sourdre un inattendu aspect du monde, dévoiler telle incroyable vérité : je ne fais qu'ôter des toiles d'araignées, passer la serpillière, donner des coups de plumeau. Je suis écrivain ? Une femme de chambre, plutôt ! Qui carbure à la vodka citron, à l'armagnac. Au vieillot whisky ! Je me noie dans le café, je fume trois paquets de Gitanes par jour et par nuit, j'éprouve-abîme mon corps, ne suis qu'une usine à poncifs – une cheminée bavarde. Je n'étonne *que* moi-même. Je réunis parfois quelques amis dans le but de leur lire ma prose à haute et intelligible voix. Ils ont la bonté de me faire face, engoncés dans les fauteuils, happés par le canapé. Ils attendent que s'achève le calvaire : mes mots ne les atteignent pas, ils restent collés à mes lèvres, ils sont comme de gros gâteaux au goudron dans ma bouche. Ils colmatent le monde au lieu que de le découvrir. Ils le recouvrent d'un noir bitume quand ils sont fabriqués, la nuit même, pour dévoiler les mystères de l'humaine présence. Je fabrique mal. J'invente à l'envers. Je remplis ce qu'il s'agit de vider. Un écrivain véritable fonctionne à la manière d'un siphon : le monde, par le roman, le conte, la nouvelle, s'évacue telle une baignoire remplie d'eau sale – il devient limpide. Moi je rajoute des eaux usées. Je crache dans la cuve. J'insiste au lieu d'alléger. Je rajoute du poids à toutes les pesanteurs. Je salis la saleté.

21

— Les sommets, petite cochonne...
— Vous voulez une gifle ?
— Les sommets, *mademoiselle*, me paraissent sous la mer, une fois rendu le tumulus de feuillets qui constitue mon

bégayant manuscrit, mon zézayant tapuscrit. Je suis enfermé dans la nuit. Je règne dans l'inimportance. Je décide de tout, mais nulle part. Je suis le maître d'une imagination qui ne s'intéresse qu'à elle-même. Je colmate la peur de la mort, sa probable imminence, par du remplissage de feuilles blanches de format A4 imbibées de tabac, tachées de café froid, défigurées de marronnasse. Je mange des steaks froids, je bois le jus des bocaux de cornichons. Je ne pratique pas le *moindre* sport. Je passe des coups de fil – le moins possible. Je ne regarde presque jamais par le balcon. J'ignore au maximum les pérégrinations des volatiles. Je ne suis influencé que par moi, je suis mon moteur, encrassé – crasseux. Je sais tousser. Il est souvent 4 heures du matin. Mes cernes sont mauves, très. Bleutés. Noirs. Ils sont grenat. Ils sont creusés à la manière de petites tombes. Je suis écrivain, je pique. Ma toux ? Grasse. Je suis mâcheur de gros chewing-gums. Je bois de l'eau minérale, entouré de feuilles froissées, jetées, exécrées, raturées, biffées, remplies d'hésitations scolaires, de dégoûtants hoquets. J'essaye de mettre sur pied des cosmos à ma mesure. Je ne suis point assez puissant – hélas mille fois – pour la démesure. Je suis peu frais. Le dos rond, buté, derrière mes énormes lunettes. Penché sur le regard noir des mots. La langue française me hait : elle m'envoie ses poisons, m'allume, me rejette, elle souhaite infiniment m'humilier. Elle sait que je la chante de travers. Elle se met en travers de mon chemin. Elle ne supporte pas que je veuille rejoindre ma pensée. Elle se dresse, verticale. Je reste planté dans une gestuelle, abruti d'impuissance – drôle. Je ne sers à rien, qu'à aligner des peut-être. Je trace à la main, parfois, un plan vague, pour rassurer mon histoire, jeter des ponts sur ma jetée. Ils cèdent et craquent, sous mon propre gros poids. Je suis lourdaud, je suis granit et lent, je forge, fore – et rien ne vient : c'est la pensée des autres qui sourd, c'est l'imagination des autres qui survient. Je suis relégué dans une mort, muet des bras, de la bouche mais des bras, aveugle des mains, paralysé du style. Chaque virgule m'anéantit. Je suis violé. Il faudrait rendre l'âme, déménager dans un métier différent, vendre des encyclopédies, réparer quelques robinets : cesser l'exception, ce suicide souriant. Atterrir aux Brésils. Lancer huit javelots. Visiter Pyongyang. Manger des scorpions au miel. Mais s'arracher aux mâchoires de l'écriture. Figé entre les murs figés. Sans séances de musculation dans les membres. Des otites pour toutes vacances. Quelques masturbations – pour l'exotisme. En guise d'apothéoses : un sommeil abruti, non mérité. Les joies, parfois, les joies imbéciles de l'huilée page, définie comme une fonction, immuable de beauté, mais que chez Grasset, les correcteurs me vomiront raturée, fracturée, salopée, soulignée, rayée, méchamment violée. Cette vie que je ne vis pas, cette existence dans laquelle je n'existe pas : pour écrire, à ces proses cloué. Défait de maux. Raclé de motifs. Je suis une raclure. Une rature. Je suis perdant à tous les coups. Je suis un vaincu. Mais je me bats : peu pour des gloires, mais pour parvenir au dernier mot, à la phrase ultime. Une fois le titre trouvé, je vacille : il faut trouver la suite, improviser le carnaval qui suit, chasser les démons de l'informe, manier les ossatures, dresser les squelettes jusqu'au ras-le-bol pur. Je ne suis pas un poète : mais l'ouvrier de mes manigances, le nègre de mes propos, l'artisan de mes voix. Je fais ce que je peux, je peux ce que je fais. Je ne dors pas vraiment : j'insiste. J'attends mes mondes. Je m'évapore, je suis en suspension. Je voudrais être un autre : un qui glisse, un qui sait, un qui décolle, s'envole – vole. Je m'isole. Je me mausole. Mortifère, entre deux illus romans. Des romans qui ne connaîtront pas *véritablement* d'avenir : mais ne connaissent que le seul présent qui les met au monde. Des romans qui ne vivent que par et pour moi. Je triture, en total solo, des méditations foireuses. Je livre de bancales eschatologies, je profère en bureau de bien nains théorèmes. J'affirme ma petite totalité, chapitre après chapitre. Je suis un homme qui évoque et dit. Je suis un livre assis. Je ne lis plus les livres des autres : le temps n'est fait que pour moi. Je marche sur ma froide berge, grandiloquent tantôt, parmi des trognons. La page blanche, mon vide intérieur. Les pellicules posées sur mes cheveux gras : je ne me lave plus quand je crée, j'élime des chaises, je m'oublie dans la crasse, je voudrais forer des victoires, ouvrir des bonheurs. Je me promeus. Dans une autre vie, je vivrai. Dehors souffle l'humide vent : je fais trembler mes figures, crépitement – machine. Encore un café. Puis je recommence les blessures, j'accumule mes passés : je me souviens. J'obtiens des envies de pleurer.

22

— Les autres prennent des vacances : je me procure mes propres flots. Je suis baigné de moi. Je finis par me passionner pour ces sciures : ma vie d'avant, quand au lieu de publier je me déplaçais, quand au lieu de corriger je voyageais, quand au lieu de raturer je me promenais, quand au lieu de m'isoler je m'offrais, m'offrais au monde, à ses joies, à sa lumière totale, à tous les cieux humides, les aubes claires – les morceaux d'instants.

— Vous faites un bien sinistre métier, répondit la BESP.

— Je suis dans l'incapacité mentale et physique d'en exercer un autre, mademoiselle, zézaya Burguet. Je ne suis point assez scolaire pour enseigner, point assez pratique pour travailler de mes mains, point assez brillant pour vendre des Tupperware. Je suis en quelque sorte fait comme un rat. Je ne sais faire que cette chose que personne ne me demande de faire. Je ne puis qu'offrir cette chose que nul ne me réclame. Je ne sais produire que cette chose que personne – au monde – n'a véritablement envie, ni besoin surtout, de consommer. Je suis un forçat de l'inutile.

— Vos lunettes sont très intéressantes.

— La vie aussi, finalement. Est intéressante. J'ai étrangement choisi de ne pas la voir, la vivre. Je ne suis *rien*.

— Vous avez trop bu, sans doute.

— Quand je bois, je bois trop. Sinon, où serait l'intérêt de boire ? Pourquoi ingurgiter de l'alcool si c'est pour ne point se saouler ?

— C'est vrai qu'il existe une tradition alcoolique chez les écrivains.

— Vous remarquerez que ceux qui boivent, à y bien regarder, ne sont jamais les meilleurs. L'alcool troue. Opère des cratères. Oblitération par les liqueurs. Ça transperce, ces molécules. On fuit. Je suis en fuite, et pourtant je reste, amidonné, cloué, coulé dans mes bétons, abruti d'apesanteur – infiniment très lourd. Une banale prédestination m'a fait naître d'une femme. Les mères, donner la vie c'est leur truc. Et une fois qu'elles te l'ont donnée, tu n'es pas dans la merde ! Il faut que tu la poursuives par tous les moyens. C'est facile à donner, la vie. C'est déjà plus compliqué à vivre. Ton existence est triste à mourir ? Elle doit avoir lieu quand même. C'est *ton* problème.

— Il faut reprendre la vie que nos parents nous ont donnée, dit la BESP.

— J'ai été lâché dans la nature du monde avec ma mère dans le sang, poursuivit Burguet. Elle m'a toujours eu dans le nez. Je descends de mes ancêtres, de mes aïeux, de toute une préhistoire. À Lascaux, il y a déjà des Frantz-Andrés Burguets dessinés, qui donnent des coups de pompe à des buffles. Des gros taureaux disparus sous la neige… « C'est fascinant qu'un con comme toi appartienne à l'histoire de l'humanité quand on y pense », me disait ma Mamaman. J'ai le trac de savoir que je me remonte à l'Égypte, aux Grecs, à des Antiquités romaines, etc. Que mon sang n'a fait qu'un tour à Qalat Siman, qu'il s'est répandu sous Alfred le Grand, des gars dans ce genre-là. Des Attilas. Que j'ai croisé Rabelais, comme sang. Je suis un sang des mammouths à nos jours. Ma mésopotamère, fossile et moderne à la fois, ultimement morte et actuellement vivante, revient d'Ispahan, des Indes, de l'époque Fujiwara déguisée en princesse, en sorcière, en mégère, en fée ou pute : c'est ma mère liquide et rouge brique quand je saigne du nez. Je plains ceux qui l'ont croisée dans les siècles. C'est elle qui a obligé Euclide à faire de la géométrie. Lui, il voulait être dessinateur de bande dessinée au départ. « Tu ferais mieux de faire des maths ! » lui assénait-elle en grec – car ma mère parle, par définition, toutes les langues maternelles du monde. C'est elle qui a forcé Blaise Pascal à inventer la machine à calculer, Lavoisier à bosser sa chimie, Stendhal à préparer Centrale, Dreyfus à intégrer Polytechnique. Elle a bien connu Thalès, Pythagore, Euler, Newton, Peano, Monge, Gödel – Einstein. Son envie que je fasse des mathématiques remonte au paléolithique, environ. Pourquoi cette obsession ? Pour que j'aie du travail « plus tard ». Que je sois « salarié ». Si tu n'es pas salarié, c'est la mort – c'est la fin. Du monde. Et de toi ! Alors bosse tes maths et cesse de te masturbésouladouche. On n'est jamais salarié plus tard quand on se masturbesouladouche. Venu tout droit du ciel, tonnerre orage de feu, cassant les vitres de la maison, les poings tendus devant, ganté, avec la cape, le costume orné d'un *S* géant cousu par ma mère, voici mon : père. En tenue de Supèreman. C'est la panoplie qu'il arbore désormais quand il vient de Krypton pour me foutre la branlée du siècle. « À nous deux Masturbator ! » me lance-t-il l'œil très très sévère. « Je t'avais pourtant prévenu, fils de pute ! » « Heu doucement, dit ma mère : c'est quand même moi la mère. » « Au temps pour moi… Je t'avais pourtant prévenu, bâtard ! » Le combat s'engage : Supèreman m'attrape par les muscles des cheveux, me projette contre un mur comme une superballe, ce qui fait supermal. Je rebondis, côtes fracassées, il me rechope au vol, me colle deux tartes, je suis dévissé, je n'ai point ma cape ni mes superpouvoirs – pas de veine. Mon seul superpouvoir consiste à me concocter de superbranlettes sous la douche. Après des années passées à défendre la veuve Poignet et les deux orphelines dans la peau de Masturbator, je suis monté en grade dans la hiérarchie des super-héros. Chez Marvel Comics™, ils m'ont confié la responsabilité d'exercer mes talents dans le costume rose bonbon de : Cunnilingman ! Bref ! J'étais un branleur. Il ne me restait plus qu'à devenir un salarié. Salariat, salarié, sale aryé, Sala riait, sale air, salaire, ç'a l'air… Ça virait à l'obsession maniaco-maniaque, chez Mam Haman. Tous les métiers du monde ne se valaient pas : d'un côté tu avais les humaines merdes, de l'autre les gars bien qui, chaque mois, recevaient un *versement*. Pour Mam Hère, il y avait les gens mensualisés, les gens mensuels, du côté du Bien, avec Dieu, tout ça et les pauvres types – clochards, pédés, feignasses, traîne-savates aux Beaux-Arts, dessinateurs de bande dessinée, écrivains… – à qui *aucun* versement n'était versé – régulièrement, cycliquement, mécaniquement, immuablement. À chaque fois que je vis, continua Frantz-André Burguet, j'ai peur de mourir. À la maternelle, je faisais manger du sable à tous : je fus l'ordure des marmots. Je volais leurs jouets, tirais tous les cheveux. Parfois je me faisais prendre : on me punissait derrière un rideau d'armoire, privé de récréation. J'entendais les heureux cris de récré des autres : comme des gaietés de plage lointaine, qui ne me concernaient pas du tout – du tout. C'est abstrait l'amusement des autres quand on ne s'y trouve pas. Ça fait comme un vexant décor. C'est le bruit de sa propre absence qu'on entend. J'avais l'impression que je manquais insupportablement, non pas la récréation, mais *à* la récréation. Qu'une récréation sans moi, ça n'avait *aucun* sens – ça devait être triste, mort. Comment les autres parvenaient-ils à s'amuser *malgré tout* ? Totalissime mystère. Sans moi le seul héros ? Sans moi vraiment le plus fort, drôle – le plus *tout*. Moi : le plus *indispensable* en cas de récré. Le plus important de toute maternelle qui se respecte.

Terreur + clown, génie parfait, amant enfantin de toutes les filles aux yeux bleus, marron – noirs. C'était une récréation à gueule de soustraction. Une récréation terrestre *sans* moi. Vous l'aurez compris, vous, mademoiselle : une récréation sans âme. Sans : relief. En noir et blanc. Je crois quand même que je suis bourré...

— Je vous le confirme, fit la BESP.

— Pour me venger de tout ça, je mordais des types jusqu'au sang – une teigne. À sang dans les veines des bras, à la jambe : je mordais des yeux, des bouts d'oreille, des têtes. Je marchais sur des mains. Je balançais des crachats et des cailloux aussi. Je griffais comme une sale petite pute : les garçons avaient mal. Les filles criaient, appelaient du secours – et j'étais repuni à zéro.

23

— Les éléments se déchaînent ! Je le sais depuis longtemps ! On n'écrit plus de livres. Plus aucune femelle dont les cheveux sont jaunes, et les dents tellement si-blanches ! Plus personne n'est là, vivant, pour vouloir de l'art. Avec des pinceaux, des tableaux, des huiles ! Des catalogues et douze hyperfatales beautés. Nous errons sur les autoroutes, autolassés d'être infiniment mêmement nous, insupportablement toujours similairement nous. Je voudrais être un porc, un étourneau, quelques taureaux à la fois, bouffer des herbes dans une petite tranquille étriquée bête prairie. Courir jusqu'aux vagues, plonger, rire, m'accouder devant des bières et boire, reboire et saouler mon os, sucer mes jours finissants, jusqu'à la moelle de leurs heures. Mais non : je me fais des soucis, je me construis trop de ridules – je meurs. Revenir partir : le trou déjà là, avec ma hantée figure dedans, en perspective de raffinés vermisseaux, aveugles, affamés, fous. La vie du salarié ! Qui bascule dans un nombre fatal de néants. Ô salarié ! Tu as des troutroubles extrêmement gastriques, des étonnements – des nausées dangereuses. Reste à faire la toupie en tes bureaux beaux ! Avec surchef chauve, secrétaire pipeuse. Retourne dans ton métroscule, le matin parmi les brumes, à regarder les crânes humains de travers, de station en station. Je ne prends plus le métro : ses hagards fions qui s'y collent recollent accolent, ne décollent pas, meurent remeurent en remous gras de chocs de corps, ces têtes dépassant des têtes. Et chacun, engoncé dans la cage de son petit idiot univers, chacun persuadé d'être le héros des choses, le héros du monde entier, car le monde entier devient le petit étriqué monde de lui, d'elle, de toutou femme et femmelette et fillette et poils de chat sur moquette. Monsieur Métro entre chez lui vers les 19 heures, sonne à une porte derrière laquelle se tient, pas belle du tout ô, sa femme remplie de ventre et remplie partout de trop de poils, des pas cool poils de pas belle du tout femme. Ne *jamais* relire les passés jours ! Reprendre sa vie à zéro incessamment tout le temps, sans *trop* penser à la mort ! De toute façon elle est là, tu ne seras bientôt plus un homme du tout, ni le reste d'un homme. Alors je te demande une chose : retourne vivre en attendant, sur des balcons, à boire des verres, en terrasse de quelque chose, sous le soleil moyen. Au loin, tu verras le vert des choses ! Des bouts de campagne, un horizon de la nature, des morceaux de ciel parfaitement découpés, la pelouse tondue. Lorsqu'ils ont peur de mourir, les êtres humains tondent le vert des longs gazons, ils raccourcissent les herbes, découpent-rasent, ils aiment *ça*. Il y eut l'invention des religions, l'art de la guerre, et puis ce plaisir innocent, calmant, de se munir de ciseaux et de découper ce qui dépasse, ce qui surpasse. Nous nettoyons. Il faut faire place à la fraîcheur, aux jeunes pousses, à ce qui ne demande partout qu'à bourgeonner, qu'à déclarer ses flammes, ces hystéries de chlorophylle en partouze, ce qui remue en jungles, branchages, tons, profondeurs de nuances, quand on s'enfonce ! Forêt !

24

— Tu sais, ma cocotte, avant d'arriver à Paris, je n'étais point parisien. Paris n'était même pas une ville pour moi, à peine un lieu – une consonance. Orléans en moins orléanaise et plus dangereuse, plus : lointaine, rangée dans la géographie spéciale et floue, extrêmement inaccessible des galaxies, des fonds sous-marins, des orients. J'étais mieux au bord des rivières, tapant dans tel ballon. Il y a des âges où l'on n'a pas besoin de capitale ! Les orties, les mouches sont les mêmes partout. Les filles ont l'identique même sein, le jumeau même cul, les goûters faits du chocolat chocolaté pareil. C'est un peu plus tard qu'on étouffe, quand on ne peut plus marcher au hasard sans sempiternellement se rendre au *même* endroit. Tu rencontres infiniment des rabâchées gueules. Ce n'est pas tant un besoin d'espace qu'un besoin de hasard plus *pur*. Quant à la puberté : la province est parfaite pour elle. Elle rassemble les stocks – les femmes y sont plus compressées, plus ramassées. La femme y est plus groupe. C'est par grappes qu'elles y sont calculées. Ça t'économise un temps ! Comme ça, tu peux aller jouer au foot, faire tes devoirs. À Paris, moins : tu y es adulte. Dans mon esprit, on naissai-mourait en province. Je voyais bien qu'on imprimait des livres à Paris : mais c'était bel et bien dans mon bled qu'on les lisait. Les dentistes étaient – *tous !* – provinciaux, comme les charcutiers, les fleurs, les mouches. Les docteurs aussi. La vie se déroulait, là-bas – Paris n'existait *pratiquement pas*. Paris était vacante. Libre : vierge. *Tout* se déroulait en province ! C'est abruti de terroir que je suis « monté » à

Paris, capitale des *autres*. Tout le monde descend ! J'ai vu des choses venues d'ailleurs qui étaient en réalité nées ici. Des psys en djellaba, des bouddhistes nerveux, des jeunes de 64 ans, des dépressifs contents. Les écrivains habitaient dans ces rues : j'étais simple lecteur. Je fus impressionné. C'était un territoire différemment différent ! Plus large, qui semblait plus intelligent, exotique avec des sortes de crocodiles, j'avais – donc – vaguement peur. Ça parlait de choses avec du stress dedans. Je ne connaissais pas les rues, mais les noms de rue étaient que des noms que je connaissais – Rousseau, Montaigne, Victor Hugo, Voltaire ! En province, c'était le contraire : je connaissais chaque rue, mais jamais les noms des types : Louis Ploutier, Gilbert Tribon, Gaston Lavalette… Pàris avait le trac pour moi : elle avait peur que je me fasse assassiner quelque chose – poumon, cœur, bras, morceau de cuisse. Je pouvais terminer mort, ou clochard. Je voulais réussir ma vie à Paris, réussir ma vie, réussir Paris.

25

— J'ai raté mon Paris. Je suis un Rastignac nul, un cancrelat du succès. Paris, elle, ne m'a pas raté. Tous les seaux reçus, la merde et la pisse, en giclées d'humiliations. Les déjeuners pour rien, à mendier les éditeurs, entre deux de leurs douceâtres rots. À cavaler les à-valoir, à mendier les piges, lavé de ruisseau. En sueur sur les pavés, en bagnole seul sale, à bout de frein, sans savon, sans espoir, sans le moindre os de la plus petite fiancée. Paris ses porcs, sa Seine ras de promesses, bleus avenirs de mon cul. J'ai arpenté des infinis étages, j'ai entrepris d'humains blocs, j'ai passé des tonnes d'heures à rédiger gratis des cirages honteux de crades pompes. Je me suis sali dans les notules. Je me suis, dès mon début de Paris, roulé dans la brenne éditoriale, dans la soue des maisons. À tirer ma langue, enfoui dans le néant, affamé comme un trou, malheureux comme une crotte. Je draguais les filles sous le ciel gris, elles moquaient ma chaussette, désignaient mes rognures, inspectaient mes cols. Je fus en ces débutants temps, dans ce que crasse nous nommerons. Crasseux, juteux, foireux, douteux : mes acabits, mon curriculum. C'étaient ça mes viandes – c'était ça mon lot. D'assez carabinées branlettes. Et sous la loupiote, en cœur de nuit : mes mots désolés, nullards, alignés jusqu'à former manuscrit, mis bout à bout pour faire livre, et après livre, carrière, et après carrière renommée, et après renommée, gloire, et après gloire – petite douce enfant, ô cocotte *soon* mienne – *postérité*. La postérité démange les gars dans mon genre : ceux que le stylo chatouille. Ils veulent du marbre, de la statue. Qu'on les inscrive aux linteaux, façon lycée de khâgneux. Erroné calcul : ces foutaises fadaises s'acheminent aux gargouillis des vers de terre, dans le clapotis de l'oubli, au gourmand terminus des ventres. Je ne suis pas *absolument* dupe : mes manies finiront au tombeau, en une plombée chape. Nulle fillette, nul hobereau dans les siècles à venir pour souligner mes pensées, digérer mes frénésies, recopier ma grande manière. Je suis une petite mouche, au programme d'aucun bac, une acrobatie ailée, minuscule, vrombissante, dotée de verdâtres reflets. Je suis un dégoûtant être : ce génie qui n'arrive pas, je le retire aux autres itou, je dénie, je m'aveugle sur mes voisins de plume. Ils seront, *eux aussi*, privés de futur, privés de demains, privés de papier bible. Nous sommes des gens de crête, des évanouis de la vie. Les préfets de deux ou trois coquillages. Nous sommes habités, nous n'habitons pas. Nous ne réussissons que des ratages, tous provisoires, tous vains. Je suis un suicide qui se retient. Un suicide qui a peur de la mort. Un suicide qui réfléchit encore un tout petit peu. Je suis une hésitation de suicide. Je suis un suicide qui remet au lendemain. Je suis une procrastination de suicide.

Je suis un suicide qui manque de volonté. Un suicide qui se situe du côté de la vie. Voilà, c'est ça : je suis l'équivalent du suicide mais pour la vie, pas pour la mort. Je suis un suicide qui veut vivre. J'incarne la part du suicide qui est située dans la vie, qui est tournée vers la vie. Je suis un suicide qui change d'avis. Je suis un suicide raté. Je ne suis pas un bon suicide. Je suis un suicide qui ne sait pas ce qu'il veut. Je suis un suicide perdu. Je suis un suicide paumé. Je suis un suicide perdu pour la cause. Je suis un suicide qui manque de conscience professionnelle. Je suis un suicide qui ne s'assume pas. Je suis un suicide honteux. Je suis un suicide qui trahit les siens. Je suis un suicide collabo : je collabore avec la vie. Je suis un suicide sur lequel on ne peut pas compter. Je ne suis pas un suicide fiable. Je suis un faux suicide. Je suis un suicide indigne. Je suis un suicide en carton-pâte, une parodie de suicide. Je suis un suicide dilettante. Je suis un suicide qui regarde les autres se suicider d'abord. Je suis un suicide inadmissible. Je suis un suicide scandaleux. Je suis un suicide vivant. Je suis un suicide en vie. Je suis un suicide sans suicidé. Je suis un suicidé sans suicide. Je suis mort, mais dans la vivante acception du mot. Je ne suis pas plus vivant qu'un mort, mais je suis plus mort que la plupart des vivants. L'enfer n'existe pas, il n'y a que des paradis. Or les paradis ressemblent tous à l'enfer. C'est ce que les écrivains se disent, après quoi ils vont au lit. Nous sommes fatigués, les écrivains. La paresse est arrivée, progressive. À présent, elle est là, bien installée. Il faudrait écrire des pamphlets, c'est un exercice qui réveille ! Préfacés par notre régional Oh ! Et puis, sans doute, aimer moins de femmes. Elles nous épuisent, elles sont *nombreuses*. Il s'agit, finalement, d'écrire le plus longtemps possible, page après page, et d'attendre qu'un souffle soit le dernier. Je n'ai jamais cru à l'inspiration. Je suis un homme de respiration. Mes poumons sont remplis. L'air ne manque pas par ici ! Cette estivale terrasse nous abreuve d'air frais. Tout est là pour faire un joli roman de Philippe Sollers !

— Vous n'aimez pas Sollers ? Faites attention à ce que vous dites, sinon je ne coucherai pas avec vous, menaça la BESP.

— Sollers est un ami ! s'empressa de rectifier Burguet, paniqué à l'idée de ne pas tirer sa crampe. Mais le livre que je suis en train d'écrire en votre bonne ville d'Orléans, hélas, n'est pas un roman de Philippe Sollers. Il n'est qu'une aubade, quelque chose de sans relief, pour manier les mots, pour jouer la nuit à la littérature. La nuit est mon métier.

— J'avais beaucoup plus envie de vous tout à l'heure, fit remarquer la BESP.

— Vous avez raison ! Mon roman se profile, je vois l'histoire, zozota Burguet. Les personnages se dessinent doucement. Une fille, deux hommes. Quelque chose de classique, un triangle. Le but est d'étonner. Je ne vous cache rien. Il n'y a aucune recette pour écrire un bon livre. Il suffit d'être injuste et névrosé. J'oubliais : excessif aussi, excessif *et* influençable. Névrosé, on comprend pourquoi. C'est avec les obsessions, avec les répétitions, les boucles, les serpents qui se mordent la queue qu'on bâtit les cathédrales. Tout livre aimerait être une cathédrale. Écrivons des chapelles, ce sera déjà bien. Des petites églises. Chaque œuvre réclame son culte. Livres cultes. C'est une histoire de fanatiques. C'est une histoire de religion. Injuste, on comprend. Il s'agit d'aboyer contre ceux qui ne font jamais qu'exister, et que nous choisissons de décrire, c'est-à-dire de juger, parce que nous ne savons *rien* faire d'autre. Un écrivain est une langue, un écrivain est une pute – il est *toujours* à vendre –, un écrivain est une langue de pute. On se penchera sur l'excès un peu plus longuement. L'excès est le lait du romancier. Il s'abreuve à la source de tout ce qui le dépasse, de tout ce qui dépasse. Plus c'est haut, plus l'altitude est bonne, plus la vue surprend le lecteur, plus l'intelligence plane – à la manière d'un condor. L'excès est ce qui permet de fouiller, en soi, ce que les autres, plus peureux, ont laissé de côté. Il reste toujours des restes à bouffer, des morceaux bien tabous qui empestent, comme de la vieille viande, et qu'on a laissés pourrir dans un vieux placard. Influençable : nous sommes tous nés, les écrivains, d'un « à la manière de » ! La création passe par *l'imitation*, j'en suis convaincu – même bourré comme un coing en ce putain de balcon. Ensuite, c'est là que les difficultés commencent : il faut se débarrasser de l'héritage, de sa vieille peau, serpent qui mue. On n'a plus le choix. Soit on reste, hagard, hébété, perdu, sur le chemin d'un autre et alors cet autre nous enterre *à jamais.* Soit on cherche à s'en défaire, à assumer *à cent pour cent* ce que l'on est, et on jouit d'une réelle chance de décoller. D'obtenir son style inimitable, sa petite personnelle griffe, qui, même si elle ne détonne pas, même si elle ne se remarque pas, est notre bien – notre plus précieux bien. Être soi-même, en psychanalyse, en philosophie, en religion, est ce qui s'appelle un lieu commun. Ces trois matières, au fond, ne parlent que de ce seul sujet. Je ne suis pas certain que ce que je suis en train de dire vous passionne…

— Bof en effet, confirma la BESP.

— Mais je sais que mon prochain livre ne sera pas un roman. Ce ne sera pas non plus une plaquette de poèmes. Ni réellement un « essai ». Non, ce sera une informe chose. Ça parlera de littérature, de politique, de science, d'économie. De cinéma, de peinture. De bande dessinée. J'ai beaucoup lu de bandes dessinées. Je n'en lis plus beaucoup à présent. Elles me tombent des mains. C'est la vie, hein, on vieillit, vous verrez. Je suis de 38. 37 ans j'ai. Et vous ?

— 27 ans.

— Différence *parfaite* entre un homme et une femme. Je voulais commencer un nouveau roman, mais je m'aperçois que je n'en ai pas la force, oh non, vraiment pas. 37 ans… C'est très vieux. Je sens déjà la vieille barbaque. J'en ai marre de ne plus être jeune. Il va falloir que ça cesse. Je vous propose que nous nous aimions !

26

— Vous croyez encore en l'amour ? faillit s'étrangler la BESP.

— Ceux qui ne croient plus en l'amour restent la créature de leurs parents, zouzouya Burguet. Ils reviennent de tout, mais ne sont allés nulle part ! Ils ne croient plus en quelque chose qu'ils n'ont pas connu. Ils ne sont que des jetés au monde qui rencontrent d'autres jetés au monde, s'y frottent. Ceux qui n'y croient plus n'ont pas d'imagination. Le génie de l'amour est de mettre en échec tout ce que l'imaginaire – qui fabrique ses rêves à partir du nombre limité de nos expériences – fournit d'effort pour aboutir à une synthèse de l'être *idéal*. Mais l'image obtenue, sans chair nouvelle, bornée dans sa nouveauté, nous apparaît *toujours* sans surprise : seul l'impensable nous étonne. Même décapitées, repeintes, désarticulées puis recollées de manière anarchique, absurde, les pièces de notre esprit, immédiatement reconnaissables, et rectifiées, remises aussitôt à l'endroit par lui, sont incapables d'accéder à cette vie propre, indépendante, extérieure qui seule saurait le *dépayser*. Les combinaisons les plus subtiles, les plus complexes, les plus enchevêtrées ne sont pour lui que de simples variations sur un même thème, qu'une seconde suffit – soit qu'il s'aide de la mémoire, soit qu'il utilise la béquille de l'habitude – à traduire, à rectifier de manière intelligible pour nous. Il n'est pas étonnant que ceux qui ne « croient plus » en l'amour, dans la totale incapacité qu'ils sont de se représenter l'irreprésentable figure de l'être qu'ils finiront par aimer – et qu'ils cherchent en vain à déduire d'eux-mêmes, abrutis qu'ils sont ! – ont l'impression que je me trompe. Car ce qu'ils n'ont pas encore le pouvoir d'imaginer, c'est leur faculté à changer d'avis sur le sujet.

— Les hommes, j'en ai fait le tour, lâcha la BESP…

— Ah oui ? Mais ce que vous ne pouvez concevoir, zazoula Burguet – de la même manière que vous ne pouvez pour l'instant visualiser l'homme de votre vie que comme la construction tératologique de différents attributs rencontrés – c'est la ruse, la manière avec laquelle l'amour viendra s'infiltrer dans votre psychologie, pour finalement la surprendre, puis la kidnapper. Cet homme providentiel, il sera peut-être laid, sot et impuissant. Ce sera peut-être même moi ! Ou Marc-Astolphe Oh ! C'est-à-dire étranger aux possibilités mentales issues de votre minable petit vécu. Premier étonnement. Seconde surprise : vous n'en reviendrez pas de l'aimer. De m'aimer moi ou d'aimer Oh Marc-Astolphe ! L'inattendu n'est pas seulement l'irruption d'un visage indevinable, mais le bouleversement imprévisible de notre psychologie qui mue, se transcende, se *renie* ! L'amour opère cette mutation : en même temps qu'il nous présente une figure neuve, il nous octroie les moyens de l'aimer, nous indique la manière d'être aimé d'elle, fût-ce au prix d'une *totale* contradiction avec nos originelles inclinations. Même au royaume des penchants, il existe des révolutions. J'ai dit ! Je vais reprendre un mojito. Non, une tequila ! Frappée comme un enfant ! Ah, ma chère petite belle, nous sommes les victimes d'une terrible compétition. D'un côté, il y a la nature, dont les lois poussent à la formation des couples. De l'autre, il y a la société, dont une des fonctions est de produire du célibat. Dans le premier cas, il en va de l'équilibre de notre écosystème, de la conservation de la race humaine : nous disons en toute bonne foi « je t'aime », mais dans ce « je t'aime » sont gravées les règles de la génétique dont l'aveugle tâche est de perpétuer l'espèce. Dans le second cas, il en va de l'équilibre du système capitaliste, qui fabrique de la solitude à longueur de journée, car la solitude est la condition *sine qua non* de la consommation. Pas de la consommation des produits de première nécessité, des biens élémentaires, non, de cette consommation sécrétée sans cesse par les lois du marché et qui nous pousse, jour après jour, à vouloir posséder d'inutiles objets pour combler le vide propre au célibat. Cercle vicieux génial, ruse de la raison capitalistique. Wall Street détruit le travail de la nature en brisant les couples, l'être humain – de sexe masculin, féminin, qu'importe – se retrouve *seul*, il compense cette solitude en se métamorphosant en acheteur compulsif. Aux besoins naturels se substituent des besoins artificiels. On ne passe plus au lit, mais à la caisse ! Reste, petite coquine, à élucider un mystère : comment le système capitaliste, comment Wall Street s'y prennent-ils pour briser les couples ? De deux manières. D'abord en faisant, par magazines et films interposés, la publicité de l'amour ! En faisant accroire aux amants que l'amour existe – d'où une cascade de déceptions qui, inéluctablement, conduit à la rupture. En faisant de la beauté la première des valeurs. En inventant des exclus de la beauté comme on parle d'exclus de la société. Les couvertures de magazines incarnent le diapason de ce qu'il *s'agit* d'être. Les autres, dehors ! La beauté est devenue une forme de monnaie, elle est cotée en Bourse, c'est une devise internationale qui s'échange sur les marchés. Elle est comme le sucre, le café, l'or jadis. Nous sommes en plein dans le cycle de la beauté. Ceux qui n'en sont point dotés, ceux qui n'en sont point pourvus sont les *vrais* nouveaux pauvres. Ce sont *eux* les solitaires. Ce sont *eux* qui consomment des biens matériels. Délaissés par la beauté, l'amour leur est interdit, ils se ruent donc sur les 33 t de Pink Floyd ou les gros romans de Pierre-Jean Rémy. Sortant leur carte de crédit, ils deviennent beaux cinq minutes, *à l'instant* de l'achat. Une fois chez eux, la laideur, c'est-à-dire la misère, reprend ses droits. Ils rêvent à une société nouvelle où *tout le monde* serait beau. Mieux : où tout le monde, *comme eux*, serait laid. C'est cela la recette du bonheur : le malheur pour tout le monde – *sans exception*.

27

— Nous marchons dans les rues, c'est l'hiver, la nuit tombe, zonzonna Burguet. Des femmes seules courent sur le pavé qui luit. Elles rentrent chez elles – nous ne saurons pas où elles habitent. Nous les croisons, les gardons un instant en mémoire comme on épingle un papillon, une luciole, mais déjà elles se modifient dans le souvenir, elles s'abîment en nous – nous les perdons *à jamais*. Parfois, le lendemain matin, au lever, une dernière secousse les ramène à nous, nettes et fraîches, qui précède un irrémédiable trou noir. Nous n'aurons pas assez de notre vie pour les rencontrer *de nouveau*. Le hasard est sévère, il déçoit les timides. C'était *hier* qu'il fallait tenter sa chance, l'approcher, trouver les mots sous la pluie de décembre. Nous continuerons d'avancer de femme en femme, de chimère en chimère, et c'est dans la solitude, et c'est dans la fiction, et c'est dans de fantasme, et c'est dans la folie que nous saurons les aimer, les faire rire, les épouser pour toujours. Une fois coupé d'elles à jamais, voilà que nous prononçons dans le vide, évidente et magnifique, la phrase qui fait mouche, la repartie qui bâtit les destins. La page blanche soudain se remplit, nous sommes des génies – trop tard. La femme de notre vie va rejoindre la vie d'un autre, sans se douter une seconde que nous étions *sur le point* de modifier son avenir, de tout sacrifier à son allure inédite, à son existence inconnue, à sa bouche de mystères nourrie, son dangereux regard. Les bêtes choisissent par instinct la plante qui leur est favorable. *Nous* allons *spontanément* vers les femmes dont nous devinons qu'elles sauront – *mieux que quiconque* – nous faire souffrir. C'est cette moue-*là*, ce nez-*là*, ces pommettes-*là* que nous avons choisis pour pleurer. Mais les femmes que nous rêvons d'aborder n'existent *jamais* : elles sont des corps remplis de nos attentes, des vies nourries par nos névroses. Exagérées par les circonstances, multipliées dans leur beauté par la nouveauté, elles se détachent de la foule spécialement pour nous plaire, quand nous devinons qu'elles recèlent des trésors de déception, de normalité, de banalité. Nous les voyons en relief, homothétiques, puissantes : un *ailleurs* existe pourtant où elles ne sont que ce qu'elles sont vraiment – des femmes un peu perdues qui ont besoin d'amour et d'enfants et de paix. Solidifiées un temps dans notre cœur, compactes, durables, elles s'effritent doucement, nous les rendons à leur futur, nous nous désintéressons d'elles aussi vite qu'elles nous avaient intéressé. Elles s'éloignent. Elles s'éloignent et, déjà d'autres, plus belles encore, plus mystérieuses, plus neuves, s'avancent en souriant.

28

— Nous allons tous voir les *mêmes* spectacles, le *même* soir, zinzinola Burguet. Nous traversons les *mêmes* rues, pour aller voir le *même* film au cinéma. Nous achetons les *mêmes* disques, nous les écoutons, nous aimons tous le *même* morceau. Nous lisons tous le *même* livre au *même* moment, et nous rêvons de la *même* chose. Nous avons les *mêmes* envies, dans la *même* ville. Nous faisons la *même* queue, nous attendons ensemble, nous avons choisi les *mêmes* vacances, nous avons pris le *même* billet, tous, et nous prendrons le *même* avion dans le *même* aéroport, à la *même* heure. Nous nous retrouverons tous très loin, sur le *même* lieu de dépaysement, sur la *même* île, dans le *même* hôtel, au *même* étage, et nous goûterons les *mêmes* mets dans le *même* restaurant. Nous reviendrons avec les *mêmes* souvenirs. Nous raconterons les *mêmes* vacances aux *mêmes* personnes. Nous avons tous vécu les *mêmes* expériences. Nous rentrons chez nous le soir à la *même* heure, sur la *même* ligne. Nous regardons tous le *même* film, le *même* soir, à la télévision. Nous nous endormons tous, *grosso modo*, à la *même* heure. Nous nous réveillons au *même* instant, le matin, écoutant la *même* radio et les *mêmes* informations sur cette *même* radio. Nous avons tous les *mêmes* références, les *mêmes* envies, les *mêmes* réflexes. Nous lisons tous le *même* journal, même quand nous pensons que le journal que nous lisons est différent des autres journaux. Nous faisons les *mêmes* critiques aux *mêmes* choses, nous sommes tous au courant des *mêmes* événements. Nous en parlons de la *même* manière. Nous possédons la *même* intelligence. Nous avons la *même* culture. Nous conduisons les *mêmes* voitures à la *même* vitesse. Nous fréquentons les *mêmes* endroits à la mode. Nous marchons sous la *même* pluie. Nous visitons les *mêmes* musées, nous ne ratons pas les *mêmes* expositions. Nous passerons tous ensemble le réveillon du *même* nouvel an. Nous serons plus vieux exactement à la *même* heure. Nous avons la *même* peur de la *même* chose – mourir, vieillir, être malade. Nous attrapons tous les *mêmes* maladies. Nous votons tous de la *même* manière, pour les *mêmes* types, depuis des années. Nous vivons dans le *même* appartement, avec les *mêmes* lithographies, les *mêmes* posters, les *mêmes* reproductions des *mêmes* peintres. Nous entonnons les *mêmes* airs. Nous mettons tous le *même* parfum. Nous sommes amoureux des *mêmes* filles – toujours les trois *mêmes* actrices. Nous subissons les *mêmes* grèves. Nous vivons tous la même vie tout le temps. Nous allons tous y rester. Nos morts seront les *mêmes*. Nos tombes seront taillées dans la *même* pierre. Nous reposerons tous sous la *même* croix.

29

— Nous sommes déjà trop vieux. Il est trop tard, zazouya
Burguet. Trop tard pour avoir froid sur les glaciers, trop tard
pour avoir peur dans les ravins. Nous n'avons pas eu faim
très souvent. Nous connaissons *mal* la vie des babouins, et
les baleines nous sont mystérieuses. Nous n'avons *pas* des vies
intéressantes. Nous protestons : « ce n'est pas vrai ». Nous
avons connu les tempêtes, le désert, nous sommes allés en
Amazonie, nous avons marché cigare au vent dans les rues
de La Havane, la nuit. Nous appelons ça des aventures – ce
ne sont que des voyages balisés, de petites expériences sur
mesure. Nos petites frousses sont normalisées. Nous avons
même eu le temps de prendre des photos. Nous avions
consulté un catalogue. Il était indiqué « circuit aventures ».
Alors nous sommes partis. Il y avait aventure du 14 au 28,
pour 4 800 francs par personne. Il y avait aventure tous les
jours, de 8 heures à midi et de 14 heures à 18 h 30. Nos
aventures étaient *partagées* avec des gens de Tourcoing, de
Narbonne – de Louviers. Ils travaillent dans un bureau toute
l'année. Chaque été, ils partent vivre de grandes aventures,
dans la jungle, sur l'eau des océans, au bout du monde avec
leur femme et leur fille, ils croisent des tigres, montent des collines, se perdent un peu dans le désert, se retrouvent, visitent
les souks, apprennent les rudiments du turc, de l'arabe ou
de l'hindi, ont quelques coliques. Sabine est en sueur. Jean-
Louis prend des médicaments spéciaux. Les moustiques ont
attaqué Robert. Le furoncle de Louise s'est infecté. Cela fera
des souvenirs – vive la sueur et les sacs à dos. Nous raconterons nos crampes. Nos hématomes. Nos piqûres. Nous avons
failli nous perdre. Nous avons *failli* nous faire attaquer. Nous
avons *failli* nous noyer. Nous avons *failli* nous faire enlever.
Nous avons *failli* avoir la fièvre jaune. Nous avons *failli* nous
faire dévorer. Nous avons *failli* y rester. Nous avons *failli*

vivre. C'est la grande aventure du *presque*. Voilà la grande tristesse de nos minuscules vies : nous sommes *presque* des aventuriers. Nous partons loin, mais pour faire et dire les mêmes choses qu'ici. Partout où nous allons, nous restons désespérément ce que nous sommes. Nous parlons des embouteillages parmi les bambous. Nous pensons politique dans une forêt de baobabs, au milieu des requins, sur l'orange sable d'une syrienne étendue. Nous exportons nos remparts. Nous ne partons que pour revenir, *dire* que nous sommes partis. Là-bas n'a de sens qu'ici. Le catalogue est sans fin, des sensations en péril. Le préservatif interdit l'étourdissement originel, la pollution brime l'instinct de boire l'air pur, le remplace par de diverses hypocondries – parmi lesquelles la mythique crainte du cancer. On ne va plus à vélo dans nos villes. *Il n'y aura pas de printemps, cette année, ma chère.* Mais la menace pèse, aussi, sur le droit à la solitude, cette sensation pleine où nous réfléchissons, où, seul avec nous-même, nous progressons dans ce que nous sommes, dans ce que nous voulons être. Hier, c'est-à-dire il y a cinq ans nous n'avions plus le temps de prendre le temps. Aujourd'hui, nous n'avons même plus le temps de ne pas avoir le temps. C'est la solitude qui trinque – au premier débranchement de téléphone, nous sommes admonestés, blâmés, soupçonnés. L'univers est devenu une machine à épuiser le temps. Nous voilà pris dans une mécanique de consommation névrotique, compulsive, de nos heures. L'échelle s'est d'ailleurs réduite : notre société raisonne désormais en minutes. Les réunions durent treize minutes. Chacun a une minute trente pour dire ce qu'il a à dire. L'ère de la concision a commencé. L'esprit de synthèse n'entend pas dégager pour autant des plages de repos : il s'agit, au lieu de prendre le temps, de le perdre un peu – dans la flânerie, la réflexion, la lecture des chefs-d'œuvre de la littérature –, de trouver aussitôt une autre activité chronométrable et chronométrée. Le stress succède au stress, le minutage au minutage. On court afin d'aller courir ailleurs, pour une autre raison, qu'on abandonnera en courant pour s'adonner, avec une importance ministérielle, à de nouvelles célérités, à des vitesses de fin de journée, mais stressantes aussi – rassurez-vous mademoiselle. La vérité est que nous inventons notre propre stress pour exister. Nous courons pour combler l'incroyable vacuité de n'avoir pas lu *Le Roman de Renart* en intégralité, de n'avoir pas le courage de tout lâcher pour partir à Porto Alegre écrire l'équivalent de la *Recherche* ou écouter l'intégrale de Chico Buarque, nous courons pour oublier que nous n'avons rien à dire, rien à faire de notre corps, de notre vie, de notre avenir en friche, là, dissous déjà dans sa vague promiscuité avec la mort qui, elle, travaille sans relâche dans nos veines tandis que, essoufflés, nous répondons à un ami que nous n'avons pas le temps. La société détourne sans cesse – à notre insu puisque nous l'acceptons comme l'aspirant accepte avec fierté le grade de sous-lieutenant – les véritables priorités au profit de celles qu'elle invente. Vivent les suicides naïfs, immatures, incompréhensibles qui font rater des rendez-vous professionnels – « importants » ! – quand ils permettent une minute d'Oscar Peterson entre les bras de la femme aimée.

30

Oh Marc-Astolphe s'avança, fier de lui – et fier d'une paire de mocassins neufs et doucement jaunes. Il serra la main de Frantz-André Burguet devant toute l'assemblée rassemblée sur le balcon – on appelle cela une *balconnée*.

— Oui, nous avons jadis bisbillé, lança Marc-Astolphe Oh. Oui, nous eûmes des mots. Nous connûmes un nombre de différends propre à donner des complexes aux décimales de Pi. Et alors ? La vie vivante, derrière ses colères, cache surtout des gens prêts à juguler leurs pourritures pour distribuer l'amour en sachets.

— Merci, cher Astolphe, de le voir et de le présenter ainsi, zouzouya Burguet.

— Oh, je vous en prie, collègue cher, sourit Oh.

— Nous ne goûtons pas énormément cette neuve association, vint évidemment gâcher mon père. En effet, ma femme et moi trouvons que deux artistes dans cette résidence, c'est trop.

— Voire même, *énormément* trop, surgâcha tout aussi évidemment ma mère. Nous ne nous sommes pas établis dans cette enceinte pour entendre chaque jour parler de littérature, de Shakespeare, de gens dans ce genre-là. Dans un genre que nous n'aimons pas ici à Orléans chez nous.

— Même si, très cher Marc-Astolphe, nous vous apprécions beaucoup, précisa mon père.

— Nous ne pouvons hélas en dire autant de monsieur, pointa-du-doigt-burguet ma mère. Monsieur Purget…

— « Burguet », fit Burguet.

— « Purguet », s'excusa ma mère.

— Non : « Burguet », reprit encore Burguet.

— Mais enfin ! explosa ma mère, cessez donc de me contredire. Quelle importance cela pourrait-il bien avoir de toute manière ? Vous êtes le seul, en ce bas monde, à vous connaître. À vous reconnaître. À vous lire !

— Ma femme a raison, monsieur… Burg… heu machin… surenchérit mon père. Étant donné votre notoriété, votre nom, votre patronyme, votre signature, tout ce manège n'a guère d'importance. Vous êtes un auto-écrivain. Personne ne vous lit en dehors de vous-même. C'est un métier bien masturbatoire que le vôtre. Nous devrions porter plainte pour onanisme sur les lieux de cette résidence où nous avons, mon épouse et moi-même, le privilège d'être propriétaires là où vous n'êtes, écrivain de nos fesses, qu'un bref et provisoire et momentané locataire.

— Nous n'aimons pas les locataires, avec mon mari, grimaça ma mère.

— Exact ! Ce sont des gens, ce sont des êtres qui ne vont pas jusqu'au bout des choses, fit valoir mon père.

— Des êtres, des gens sans lendemain... jugea ma mère.

— Nous aimons davantage ceux qui comme nous aiment la pierre, précisa mon père.

— Le dur. Et qui investissent dedans. Qui font des projets avec. De la plus-value. Du bénéfice. Oui ! le dur contre le mou, contre le flou. Contre la nuée. Contre le floconneux. Contre le vaporeux. Contre le nuageux. Contre le fumeux !

— Nous avons tout de suite vu que vous aviez une tête de locataire. Le profil type, médit ma mère.

— Les mains dans les poches. La machine à écrire. Les mégots qui empuent, insista mon père.

— Ça existe « empuer » ? s'enquit Oh.

— Je l'ignore, Marc-As, répondit Burguet.

— Vos cols roulés, vos chemises grasses, n'en pouvait plus ma mère. Ce n'est guère un exemple pour les enfants des gens, des êtres, des êtres humains qui vivent ici. Qui existent ici ! Qui ont choisi de faire s'écouler leur existence ici, poursuivit mon père (le regard noir, cela va de lui, cela va de soi).

— Qui lave vos culottes, cher monsieur ? demanda ma mère avec gestapisme.

— Je les mets au sale... répondit Burguet.

— Ce n'est pas une réponse ! se scandalisa ma mère. Qui vient les sortir du sale, du tas de sale, du tas de linge sale, pour les mettre dans une machine, non pas à écrire, mais à *laver* ?

— Parce qu'à écrire, la machine, vous la possédez, on entend *tic tic tic* et *tic* et *clic* toute la nuit ! Mais à laver, nous parions que vous n'en possédez point.

— Je vais au pressing automatique, se justifia Burguet.

— Sans doute allez-vous, chers amis très chers, dit Oh, très chers amis chers, quelque peu en altitude dans le culot qui préside, même bienveillamment, à ce qui commence à dégénérer en interrogatoire.

— Au pressing automatique, tu parles ! Et il est situé où votre pressing automatique ? vérifia ma mère.

— Dans la rue qui... fit Burguet, embarrassé.

— « Dans la rue qui », fit mon père en branlant du chef. Tu la connais toi mon amour la *rue qui* ? Elle est où déjà ? Rafraîchis-moi la mémoire.

— La *rue qui* ? embraya ma mère. Eh bien tu sais, c'est celle qui traverse la rue de Bourgogne, en montant. Celle qu'on prend pour aller aux Nouvelles Galeries...

— Ah non, ça c'est la *rue qu'on*, poursuivit mon père.

— Tu as raison, mon chéri que j'aime d'amour dur comme la pierre immobilière. Mon amour pierreux.

— Donc, cher monsieur Purget, résuma mon père, il est *parfaitement* clair que *jamais*, vous ne daignez offrir à vos vêtements ce qui leur permettrait de se refaire une santé, peut-être même une manière de nouvelle vie.

— Je l'avoue, avoua Burguet Frantz-André. Mais j'ai apporté avec moi une forte quantité de sous-vêtements, de slips, de tricots de peau, ainsi que force chaussettes. De toute façon, je sors peu. Je travaille. Je reste travailler.

— Dans votre jus, s'indigna ma mère. Dans votre jus de Purguet ! Votre juteux jus. Ça me dégoûte.

— Je vais changer ça, promit Burguet.

— Il vaudrait mieux. Car nous avons des relations, avertit mon père. Et nous serions obligés – navrés mais très obligés – de vous dénoncer. À des autorités. Des autorités spécialisées dans les gens, dans les êtres qui ne sont pas sains.

— Pas propres, insista ma mère.

31

— Pas propres sur eux, enfonça mon père. Pas propres sur eux, ce qui a pour effet de rejaillir sur les autres. En l'occurence : sur nous. Sur des gens, sur des êtres, sur des êtres humains qui sont nous. La saleté, cher monsieur Purge, c'est pas compliqué, c'est moins bête qu'on ne croie : ça voyage, c'est nomade. Ça se promène. Ça secoue ses germes, ça sème ses virus. Ici à Orléans, nous jouissons de services, municipaux, qui veillent à ce que le choléra, le typhus – c'est bien ça ma chérie ? – ne partent pas en vacances n'importe où.

— On portera plainte, dit ma mère.

— On portera plainte si vous ne nettoyez pas votre unique caleçon, confirma mon père.

— Avec les germes installés dedans.

— Les horribles champignons.

— Mes amis, je crois que vous vous méprenez, intervint Marc-Astolphe. Monsieur Burguet, qu'on connaît dans chaque minuscule contrée de nos plus impalpables régions, qu'on lit jusque dans les masures où agonisent les rats, est un homme impeccable et délicat dont la propreté ne supporte point d'être ainsi remise en cause. Je serai donc son défenseur en ces indignes attaques.

— Laissez, cher Marc-Astolphe, laissez donc, tenta Burguet.

— Bien. Alors c'est la dénonciation, menaça ma mère.

— Je suis d'accord. À des institutions de la municipalité. Qui luttent contre cela, justement, opina mon père.

— Cette crasse, dit ma mère.

— Les artistes, les génies comme vous, dit mon père.

— Les salopards qui ne prennent pas de douche. Pas de bain. Qui se laissent ravager par de très nombreux microbes. Des microbes souvent inconnus, ramenés par des négrillons, dit ma mère.

— Et aussi des arabillons, dit mon père.

— Et des niakillons, dit ma mère.

— Oui, des microbes qui fourmillent sur des gens en « illons », soupira mon père. Ma femme et moi sommes peu fanatiques de ces étrangers qui viennent d'ailleurs, et même parfois de loin. De pays qui n'existent que chez eux.

— Vous ne seriez pas vaguement racistes ? interrogea Frantz-André (Burguet).

— Non ! La preuve, les Arabes, par exemple, rétorqua mon père, enfin, les bougnoules si vous préférez, nous les préférons chez nous. Chez eux, il y en a trop !

Éclats de rire parentaux.

— Oui, nous avons de l'humour, chez nous, ma femme et moi, se vanta mon père. Nous aimons rire. Nous sommes enclins à commettre un certain nombre de facéties, mais une fois shampouinés.

— Récurés.

— Nettoyés.

— Passés au peigne fin.

— Nous sommes tellement à cheval sur la propreté, sur le lavage, le récurage, que le stade juste après nous, c'est la taxidermie.

— Oui, les boyaux impeccables, toute la bête vidée de sa viande, de ses viscères, de ses chairs.

— De tout son pas net, insista mon père en fixant Burguet. Nous voudrions, monsieur, que vous restiez concentré sur votre dignité. Sur ce qui, chez l'homme, nous semble à première vue plus salutaire, plus salubre, plus sérieux qu'un roman de plus que nul ne lira.

— Nul, appuya ma mère.

— Nous aimons le papier vierge, propre. Ma femme. Et moi. Pas le papier rempli de vos simagrées.

— Des simagrées de singe.

— Des simagrées de singe entre autres, et d'autres animaux tout aussi gesticulants, qui voudraient avoir le droit de

salir les gens lavés. Récurés. Taxidermés. Mais nous, monsieur, nous pensons que dans la vie – et là je m'installe je
l'avoue dans une forme de trivialité – nous pensons que dans
la vie il s'agit, en toutes circonstances, d'avoir le cul propre.

— Récuré. L'anus. Récuré. Aseptisé.

— Voilà. Vous êtes un danger pour la communauté.
Monsieur Purgé. Vous et les vôtres. Les écrivaillons. Les
négrillons. Nous sommes certains que vous avez un négrillon.
Tous les écrivaillons sont dotés d'un négrillon. N'est-ce pas,
mon cher Astolphe ?

— Je ne sais point que notre vénéré Burguet eût jamais été
nanti de tel outillage, mes chers, s'agaça Oh Marc-As. De tel
adjuvant. Monsieur Burguet puise tout tautologiquement son
génie dans son génie. Son inspiration lui est aussi personnelle
que celle de Dieu quand Il créa les oligoéléments, la pluie
qui tombe, la sable entre les orteils.

— Il suffit, Astolphe, s'énerva mon père. Vous défendez la crasse. Vous défendez l'indéfendable. Nous qui vous
avons confié l'éducation de notre enfant, vous pourriez faire
une *autre* apologie que celle des derrières breneux. Nous
exécrons les gens qui ne se lavent pas et qui, en sus, se font
aider par des nègres. Vous croyez qu'il n'y a pas assez de
chômage en France comme ça ? Pour le faire faire par des
bicots, des Africains ?

— Le mot *nègre* n'est point à prendre au pied de la lettre,
monsieur Moix, fit remarquer Frantz (-André) Burguet.

— Ah oui ? Et mon pied dans le derrière, de la lettre ? Ça
vous conviendrait-y ? Depuis quand les Noirs nous donneraient des leçons de français ? Il faut être assez peu proche
de sa dignité pour se laisser salir par ces doigts-là. Alors, vous
Purgé, vous tapotez vos âneries sur votre machine à écrire
n'importe quoi, et derrière, il y a un nègre qui passe, qui lit
par-dessus votre épaule, et puis qui remet tout correctement,
dans notre langue de Voltaire à nous qui n'est pas, qui ne
sera jamais la sienne ?

— Nous supportons aisément les sales types, mais nous ne supportons pas les types sales, cracha ma mère.

— Cela commence à suffire ! explosa Burguet. Je ne suis nullement votre pote. C'est quoi, à la fin, votre problème ? Avez-vous seulement entendu parler du *respect humain* ?

— Plaît-il ? fit mon père.

— Le *respect humain*, zouzoula Burguet. Qui découle – en gros – du fait qu'autrui n'est pas simplement un ecto-plasme, un décor, une fiction, une idée vague, une chose moins importante que soi, mais un autre soi, une sorte de soi qui n'est pas soi, mais connaît les mêmes envies, les mêmes angoisses, est en proie à des douleurs similaires, jumelles ? Autrui est un soi ailleurs, un soi d'ailleurs, un soi venu d'ail-leurs, et qui s'apprête à y retourner. Il est respectable, il existe, il *est*. Il va mourir, comme vous. Il n'est rien, comme vous. Il est tout, comme vous. Alors : il est où, votre grand malaise, monsieur, madame ? Il se niche où ?

32

— Nous vous emmerdons, monsieur l'écrivain, répondit mon père. Avec vos *airs*.

— J'avais effectivement noté chez vous une légère pro-pension à vous référer aux excréments, lâcha Burguet en adressant un clin d'œil complice à Marc-Astolphe Oh.

— Quoi « où est le problème » ? s'échauffa mon père. Nous autres, monsieur Purgé, sommes des gens de ténèbres. Cela vous dit-il quelque chose, les ténèbres, monsieur Purgé ? Nous n'aimons – mon épouse et moi-même – que les choses qui finissent, les cérémonies qui s'achèvent. Les chapitres qui se ponctuent. Les crépuscules. Les fins. Les conclusions, les termes. Nous abhorrons – ma femme et moi – les choses qui commencent. Nous n'aimons pas les naissances. Si – par exemple – j'avais un livre à écrire, je l'intitulerais : *Mort*. Pas *Naissance* : mais *Mort*. Nous n'aimons, je n'aime, c'est kif-kif, *que* ce qui s'arrête, s'étiole, s'effondre, s'interrompt. Pourrit ! Je hais, nous haïssons – c'est pareil – les débuts, les printemps. Nous voulons, nous exigeons, nous réclamons de l'hiver. De la flétrissure. De la gerçure. De la nuit qui tombe tôt, non point des jours qui s'étirent. Nous refusons les premiers pas, nous guettons plutôt les derniers. Nous sommes – mon épouse et moi-même – des amoureux de l'ultime. Nous aimons, oulala oui nous aimons, ce qui est définitif et clos, laissé là sans respiration, sans espoir, sans issue, sans la moindre chance de s'en sortir, sans aération, sans vie, oui, l'inertie, l'immobilité. Ce qui est paralysé, mazouté, engourdi, empêché, sclérosé. Engoncé. Enlisé, ensablé ! Congestionné. Bétonné. Conditionné. Arraisonné. Ankylosé ! Nous haïssons, nous conchions ce qui bruisse, froufroute, éclabousse, poulope, galope, voyage, s'envole, cavale, trotte, sue, volette, s'ébroue, s'élève, s'ouvre, s'offre, s'éveille. Jouit. Joue. Baguenaude, sautille, frissonne, bondit, point, atterrit, se débat, accourt, s'étonne, étonne, vibre. Slalome. Franchit. Sauve sa peau. Se tire, se tapit, se méfie. Se carapate. Tombe retombe sur ses pattes. Caracole. Se propage. Se meut. Parvient à. Virevolte, saute-moutonne, ouvre les bras, le cœur, les jambes, les yeux. Haine de ce qui s'annonce, le frais qui vient, le jeune qui arrive. Haine de l'inédit, du neuf et du nouveau – et de l'inouï par la même occasion. Les boutons en fleurs, horreur. Les fruits, les boutures, les moutures. Le bégaiement des choses. Les genèses. Les germes. Les matrices de merde. Les introductions, les incipit. Les annonces. Les préludes. Ce qui préside à. Haine de ce qui remue, se faufile, profite, se peaufine, progresse, s'égaye. Haine des ondes, des rebonds, des sauts, soubresauts, des petits bonds. Horreur de ce qui fait des loopings. Des plongeons. S'exerce. Éclabousse. Gigote. S'entête à être. Se reproduit, s'amuse. Réclame.

Susurre, bouge. S'étire. Se purge. Prend son élan. Se désaltère. Se nourrit, mâche. Fouine, fouille. Croque. Fend. Part,
se promène, se mire, se désaltère, dresse les oreilles. Se cabre
et cambre. Se défend. Attaque. Se rue. Fond sur. Charge. Se
libère. Se dégage. S'arrache à. Fonce. Fuse. Fleurit, s'épanouit. Devient. Cherche, erre. Se balade. S'excite. S'agace.
Va. Vadrouille. Se manifeste, intervient. Revient. Court. Se
défoule. Double. Se précipite. Déboule. Tressaute, sursaute,
disparaît. Crapahute. Arpente, escalade. Grimpe. S'élance.
Se jette. S'exprime. Se révèle, se transcende, évite, vire, passe,
se surpasse. Me dépasse. Nous dépasse – ma femme et moi.
Fend les flots. Glisse, surgit, sourd. Jaillit. Fait des étincelles,
saillit. Essaye et s'essaye. S'égosille. S'anime. Se translate.
Mue. Se métamorphose. Se gratte. Se risque. Nage. Se secoue.
Haine de l'agilité, monsieur Purgé. Haine des plumes et des
voiles et des sabots. Et des ailes qui se trouvent sous les
plumes. Haine de ce qui tourne, pivote, traverse. Accélère.
Se sauve. S'emballe. Se frotte. Se fait le bec. S'échappe. Je
chante, je célèbre, nous chantons, nous célébrons ce qui
s'éteint, se fige, cale, se glace, freine, peine. Horreur des
frétillements. Des pépiements. Des exclamations. Des fêtes.
Des baptêmes. Des gazouillis. Des ris. Des enchantements.
Des émerveillements. Je veux du désenchantement. Immédiat.
De la déception, de la mauvaise nouvelle – pas la moindre
surprise, pas de répit, mais de la punition, de la guerre, du
conflit, du nucléaire, de la statue de sel. Je veux du Pompéi.
Du Vésuve qui fige, de la lave qui bloque. De la pétrification.
De la calcification. De la putréfaction, de la digestion, de la
charogne. Pas d'éveil, de venue, de miracle, de joie, de motif
de joie, de raisons de se réjouir, ni de lieux pour ça. Non,
que des lieux pour pleurer, enterrer des gens. Le saumâtre
doit vaincre. Le chiendent, le lierre, les mauvaises herbes.
Haine de l'Aach. Nous adorons la déchéance, la déliques-
cence, la défaillance, les descentes, les perditions, les pertes,
et pas *du tout* les secondes chances, les remontées, les mon-

tées, les monts, les montagnes, mais les caves, les calcaires, le sous-sol, l'obscurité. Pas la lumière, pas de rayons du moindre soleil. Le ciel noir, oui. Le ciel bleu c'est une calamité pour nous. Nous n'aimons que les adieux, pas les bonjours. Nous aimons les nuits blanches, la fatigue, l'exténuation, le coma – toutes les sortes, toutes les formes, tous les genres de comas –, le cancer, toutes les offres possibles de cancers que propose la nature, et toutes les autres maladies qui tuent *vraiment*. Avilissent et tuent. Abîment, forent, trouent. Excavent. Déglinguent. Défigurent. Délavent. Déboîtent. Creusent, recreusent. Salissent. Mouchettent. Criblent. Font des chicots. Des rides, des cernes. D'incroyables dégâts. Nous trouvons aux différents lymphomes un charme fou. Nous exposons notre fils au soleil pour fabriquer un joli mélanome. Voilà qui nous sommes, monsieur Purgé, et oui, pour toutes ces raisons, il nous est parfaitement logique de préférer la merde, le caca, les excréments à tout le reste, notamment au myosotis et aux toiles de Picasso. Nous sommes des gens, des êtres qui portons aux nues la défécation. Et ce qu'elle sous-entend. Et ce qu'elle produit. Et non, monsieur, je ne vois pas très bien où est le problème. Qu'aimons-nous, nous ma femme, sinon les crottes et la crotte, petit monsieur sale ? Nous aimons, adorons, célébrons, moi ma femme, nous, ce qui se flapit, s'atténue, se ramollit, s'épuise, s'affaiblit, s'aigrit, croule, s'esquinte, se replie, se renfrogne, boite, claudique. Nous sommes pour la dépression, la dépréciation, l'extinction, le couvre-feu, le suicide. Le fascisme, le nazisme, les livres qui se consument. Les tas de boue, le brouillard. La terre glaise. Les roches sédimentaires, les mois de novembre, tout ce qui est marbre et marbrure et marbré. Fossile et fossilisé. Anémié. Dévitalisé. Ce qui est dimanche et ce qui est gravier. Ce qui est gravillon et ce qui est Toussaint. Toutes les fêtes de tous les morts du monde et de l'humanité. Nous sommes pour la sarabande des cadavres. Pour les bourbiers, les miasmes, les crevasses, les clapotis, les marigots, les sables mouvants, ce qui s'enfonce, pour les égouts, les fosses septiques, les barbelés, les clôtures, les Verduns, les tranchées gavées de rats et d'humains lambeaux. Nous apprécions ce qui est déchiqueté, morcelé, désossé, anesthésié, fumé, cuit, fragmenté. Décharné. Nous sommes friands de douves, de galeries, de corridors, d'oubliettes, de cachots, de soupiraux, de termitières, de trous, de terriers ! De mouroirs, de bidets, de maisons de retraite, de vieille bile, de déambulatoires, de crachoirs, de terrains désaffectés, de mercredi pluvieux. D'asiles, de QHS, de paillasses, de placards. De doubles tours, de serrures, de clefs. De gnoufs. De camps, de goulags, de stalags. De grottes, de douves, de barrages. De ce qui dépérit. De ce qui s'évanouit. De ce qui s'use. De ce qui se racornit. Brunit. Ce qui est suicide, désespoir, destination finale, stade terminal, condamnation sans appel, exécution. Pendaison, dernier automne. Fin de saison. Nous adulons ce qui pleut. Ce qui s'abat sur. Ce qui assomme, assène, conduit à la mort mortelle. Les visages qui grimacent, les corps qui se tordent, les dents qui se serrent, les craies qui crissent, les cris qui déchirent la nuit. Nous conchions, nous moi ma femme, les découvertes, les premières découvertes, les émois, les premiers émois, les amours, les premiers amours, les baisers, les premiers baisers, les fois, les premières fois, les battements de pouls, les départs en vacances, les expériences. Nous préférons aux expériences les expérimentations – je ne vais pas vous faire un dessin, Purgé ! Nous aimons les purges, Purgé ! Nous aimons les murs, les murailles, le béton. Ce qui est bouché. Ce qui est obstrué. Ce qui est condamné. Ce qui est fermé. Ce qui est cul-de-sac. Ce qui est impasse. Nous aimons les délations, les arrestations, les arraisonnements. Aux lettres d'amour nous préférons les lettres de dénonciation. Les mains, nous les aimons en l'air ! Nous goûtons les rafles, les déportations. Les chasses à l'homme. Les claustrations. Les emmurements. Les emmurages. Les emmurations.

L'huile de ricin, les inquisitions, les convocations. Les révocations, les démissions, les expulsions. Les lettres de refus. Les interdictions, les prohibitions, les évictions. Les inhibitions. Toutes les rétentions. Les occlusions. Les déceptions. Les incinérations. La vérole, la rouille. Otto Dix, les cimetières militaires. Les périgées, les urinoirs, les gibets, les tinettes. Les déclarations de guerre, les mobilisations. Le casernement, l'embrigadement, la mise aux arrêts, les fers. Les galères. Les régimes totalitaires, la Collaboration. Les aveugles, la Roumanie. L'acide, les pertes. Ce qui détruit. Nous récusons la notion de geste, de scintillement. Nous éprouvons un très net penchant pour ce qui se fane. Nous n'aimons pas ce qui chemine. Le plaisir nous est insupportable. Tout autant que le fil de l'eau, les mélodies. Nous voulons du jeûne, nous prônons la confiscation. La ségrégation. La sécheresse. La canicule. L'extrême-onction. Ce qui repousse – au sens de repoussoir –, dévaste, s'oppose. Défend. Nous félicitons ce qui radote, nous encourageons ce qui stagne. Ce qui est gâteux, loqueteux, mélancolique, gris. Nous adorons les croix, les clous, les cauchemars, les ombres, la misère. Les inconvénients. Les déconvenues. L'impuissance. L'impossibilité. Nous plaçons Maubeuge au-dessus de Los Angeles, la Creuse au-dessus du Pernambouc. Nous préférons le passé à l'avenir. Nous accueillons favorablement les exécutions capitales, le sérieux, les cols amidonnés, l'amidon en général, les mauvaises pêches, les cercueils, les ronces, la langueur, toutes les lenteurs, ce qui est posé, pris au piège, au collet, fracturé, cassé, ébréché, fissuré, blessé, démis, déboîté, engourdi, courbatu, courbaturé, scié, laminé, nous aimons la répétition, l'itération, Sisyphe, les ralentis, les gardes-chiourmes, les bas-côtés, le mal blanc, les angines, nous ne supportons pas l'émerveillement, l'éblouissement, mais nous regardons en revanche d'un très, très bon œil le fléchissement, le renoncement. Nous idolâtrons ce qui reste en chambre, ce qui pèse des tonnes, ce qui menace le monde, ce qui isole, scinde, sépare, sectionne, coupe. Ce qui encombre. Ce qui s'accumule. Horreur du vaste, du large, des latitudes, des horizons. Amour des recoins, des rabicoins. Haine de ce qui est imprévu, amour de ce qui est habituel. Amour des regrets, des remords. Haine de ce qui surprend, amour de ce qui abolit. Haine des courants, des ramifications, des possibilités, des hypothèses, des propositions. Amour des réfutations. Haine des impressions, des improvisations, de la démesure, des contours, des mystères, des zigzags, des distractions. Amour des contritions, des mises au pas, des marches en ordre serré, des lignes droites, des segments fermés, des parpaings, des monuments aux morts, des bannissements, des empoisonnements, des sécessions, des conformations, des réfrigérations, des stigmatations. Haine *absolue* des natations. Des élongations. Abomination des exceptions, de ce qui est sauvage, de ce qui désire, s'allie, sourit, s'abandonne, dépense, se dépense, murmure. Amour de ce qui pleure sans bruit, de ce qui garde, enferme, renferme, ne se continue pas. Amour de ce qui s'entasse. De ce qui se rétracte, rétrécit. S'immobilise. Cesse de. Amour de ce qui se fait tout petit, rapetisse, s'absorbe, se digère, se fond, fond. Haine des manifestations, de l'adolescence, des griseries, des sentiments, des apparitions. Amour des encaustiques, de tous les ciments, de tous les goudrons, de tous les mastics, de toutes les frondaisons, de tous les aciers. De toutes les poutres, de toutes les ferrailles, de tous les portiques. Haine *absolue* de la menthe. Haine des secondes, et même des minutes. Amour des siècles. Amour des chaînes, des menottes, des uniformes, des façades. Haine des sources, de ce qui s'écoule, amour de ce qui gèle. Amour de l'abalourdissement. Haine de la souplesse, amour des limites. Amour des étranglements, des goulets, des culs de bouteille, des fonds, des tréfonds. Amour du bitume. De ce qui est circonscrit, délimité, répertorié, programmé. Appréhendé. Haine de ce qui s'approche, s'insinue, vibrionne, bourdonne, klaxonne, fredonne, frelonne. Amour de l'engourdissement. De l'avachissement. De ce qui s'avoue vaincu, de ce qui cesse de se battre. De ce qui rend les armes. De ce qui est échec et mat. Amour de ce qui échoue, s'échoue. Haine du vertige ! De l'extase. Amour de ce qui est englouti. Amour de ce qui est épave, vestige. Amour de ce qui s'installe dans la mort. Haine de l'huile d'olive, des fruits, des couleurs, des tambourins. Amour des fanfares, des parkings vides, des églises abandonnées. Amour des piliers. Des lits de fer. Des cannes. Des fauteuils roulants. Des anus artificiels. Haine des petites chansons naïves. Amour des flatulences, des flaques, des crachats, des molards, des vieilles pisses. Haine des petites amies, des rencontres, des associations d'idées, de l'azur. Amour de ce qui est étroit, des stationnements. Des stations. Des assignations à domicile. Haine des mouvements de lèvres. Des tremplins. Amour des cloisons, des dernières volontés, des testaments, des refuges, des studios, des chambres de bonne, des bunkers. Des remises. Des buanderies ! Haine des voies lactées, de toutes les catégories d'étoiles, amour des grilles. Haine des fenêtres. Amour du mot *jamais*. Haine des permissions, des sensibilités, des chocs intérieurs. Amour de l'exactitude, des emplacements, des aumôniers, des presbytères, des confessionnaux. Haine des surprises, amour de ce qui est manqué, de ce qu'on manque, de ce qu'on rate, de ce qu'on a raté, de ce qui est raté. Haine de ce qui est lointain, passion pour ce qui est proche, à portée de main, sous le coude, à proximité. Amour du plâtre, de l'enduit, des thuyas, des allées, des frontons, des linteaux. Haine de la voltige, amour des lanières. Haine des abarides, haine des Amériques. Haine des troubles, amour des blocs. Amour des ossuaires, des morgues, des chambres froides, des crocs de boucher. Des mouches sur la viande. Des troncs de gigots. Des têtes de bœufs décapités. Des yeux sur l'étal. Des croûtes. Des plaques. Des eczémas. Des grippes, oui tout ce qui est grippé. Tout ce qui est désarçonné, déstabilisé, déchu.

Nous aimons les stylites, nous haïssons les nomades. Nous vénérons les sédentaires, les troglodytes. Les propriétaires, les agoraphobes. Nous condamnons les locataires, les auto-stoppeurs, les flâneurs, les dandies, les curieux, les téméraires, les explorateurs, les visiteurs, les hippies, les voyageurs, les bourlingueurs, les faiseurs de bagages. Les saltimbanques. Les traceurs de route, les fugueurs. Les ouvreurs de voies, les précurseurs, les marins – à l'exception des sous-mariniers. Nous n'aimons pas les touristes, les partis, les en partance, les sur le départ, les de passage, les en coup de vent, les volatiles, les évadés, les en transit, les provisoires, les fugaces, les fuyants, les fugitifs, les égarés, les paumés. Les rescapés. Les naufragés. Les entrepreneurs, les casse-cou. Les turbu-lents, les turbulences, les secoués, les secousses. Nous préfé-rons les noyés. Nous haïssons les hasards, les bouteilles à la mer, les au fil de l'eau, les vents coulis, les vents contraires, les affluents, les confluents, les clandestins, les passages, les ponts, la circulation, surtout quand elle est libre. Nous aimons la camisole de force, les cellules d'isolement, les par-loirs, les guichets – surtout fermés –, les réserves, les travées, les cloîtres, les carmels, les ruines, les donjons, les citadelles, les bus vides, les carcasses de bagnoles. Nous détestons les plages, les ports, la mer des Caraïbes, les œufs – particuliè-rement quand ils sont frais. Nous détestons faire connais-sance, nous haïssons les nouveaux amis, les arrivages du matin, les nouvelles publications, les brises matinales. Nous détestons la diffusion, l'Orient, les voix. Amour de l'abanna-tion ! Nous aimons les encyclopédies, surtout médicales, et nous aimons les repaires et les repères. Nous aimons les anachorètes. Nous abhorrons les sauterelles. La peau de la mer qui fait comme un éléphant ridé. Les poissons-volants. Nous haïssons l'entropie. Le cosmos. Les bouquets, les feux d'artifice. Le désordre. Nous aimons les cercles parfaits, les équilibres, les centres, les belles circonférences. Nous aimons les systèmes, les doctrines, les casernes, les hiérarchies, la science. Les carrés. Les rectangles. Les drapeaux – sauf lorsqu'ils volent au vent. Nous aimons les théoriciens. Nous aimons l'eugénisme, l'euthanasie. Les traditions ! L'efficacité ! La liquéfaction. La crémation. Amour de l'abaissement. Nous n'aimons pas, du tout, mais alors pas du tout les dons, surtout d'ubiquité. Nous n'aimons pas les nouveaux aspects, ni même la magie. Le bleu marine, nous détestons, tout autant que le bleu cyan. Tout ce qui est bleu en général, nous évitons. Nous aimons ce qui est visqueux, ce qui est venimeux, ce qui est poisseux, ce qui porte la poisse. Nous aimons le poids. Nous aimons la poix. Nous haïssons les bulles. Nous adorons les crevasses. Nous n'aimons pas le souffle, ni les trouvailles. Nous aimons les rideaux, surtout quand ils tombent. Nous aimons les angles, surtout droits. Nous adorons ce qui est gourd, ce qui est sourd, ce qui est lourd. Nous souhaitons la mort de tous les colibris, le décès de la moindre tourterelle, nous haïssons la pulpe, tout ce qui gicle, désaltère, rafraîchit. Nous haïssons les choix. Nous aimons les pigeons. Nous adorons ça, les pigeons ! Ce sont des amis, tous ! Nous les protégeons, dès que nous en avons l'occasion nous les nourrissons. Nous aimons les réunions, les tâches, les horloges, les prix. Le caduque. Le renfermé. L'enkysté. Le vitrifié. L'encastré. Les lits conjugaux, les bocaux. Les cheminées, mais sans feu dedans. Nous n'aimons pas les flammes, le bois qui craque. Nous n'aimons ni les ambitions, ni les buts. Nous adorons l'abandon, le vermoulu. Les planches, bien pourries. Ce qui est lâche, cède, se rompt. Nous révérons les fosses. Les bennes. Les socles. Les couvercles. Les tabernacles. Les pots. Les seaux. Les trousses. Les cartables, les sacoches, les attachés-cases, les valises vides, les valises qui ne partent pas en voyage. Les valises qui restent dans le placard au fond du couloir, absurdes, dans le noir très noir. Nous raffolons des néons, des plafonds, des stores, des volets, des barreaux. Amour de l'abatellement. Haine des vagues, des corolles, des vaisseaux, des frises, des ondes, des touffes. Amour du mat, du foutu, des ballons crevés, de ce qui est perdu, à jeter, à terre. Haine des flux, des afflux, des agitations. Amour des résumés, des analyses, des comptes rendus, des tests, des points de la situation. Des catégories. Haine des aérosphères. Amour des Tupperware, des tentes, des jeux de société quand il pleut à verse, amour des bronzes, surtout coulés, gloire aux déchets, aux relents, aux vermines, aux bactéries, aux germes, nous sommes du côté des sphincters, des fonds de tiroir, des fonds de culotte, de la lustrine, des culs de plomb, des intestins, des pets, surtout foireux, nous sommes pour l'hermétisme, pour les joints, les joints d'étanchéité, pas ceux que les hippies fument, se passent, hagards, rigolards, nous sommes pour ce qui est étanche, pour ce qui est plombier, nous sommes des êtres d'épilogues, de calibres, d'AFNOR, des gens du marron, du beige, du beigeasse, du marronnasse, des gens de trou du cul, nous sommes d'anales personnes, nous aimons les cycles, les systoles, les diastoles, les sculptures, les gravures, les inscriptions, les burins, ce qui est buriné, taillé, tatoué, nous sommes gens d'orbites, de prévisions, de prévisible, de prévisibilité, de strates, d'anneaux, de boucles, de fauteuils, de boudoirs, d'installations, de bureaux, nous aimons ce qui dégouline, s'éventre, s'évente, nous aimons les nœuds, les points de côté, les compas, les cérémonies funéraires, ce qui est laconique, ce qui est conique, ce qui est cube, nous aimons ce qui ferme sa gueule, nous aimons les sièges, les prescriptions, les ordonnances, nous haïssons ce qui bouillonne, ce qui dérive, nous aimons l'exiguïté, ce qui rumine, ce qui est coincé dans un ascenseur, ce qui ronge son frein, s'éradique, nous aimons les ulcères, ce qui est jaunâtre, les boîtes d'allumettes, les occasions perdues, la céramique, haine des pirouettes en revanche, haine en revanche des éventails, amour des cuves, des slips, des boulons, amour de ce qui est dévoré, rongé, pestiféré, ostracisé, souillé, vermoulu, nous aimons les diagnostics, nous détestons la fougue. Vivent les charniers – à bas la foule. Nous aimons la taule et la tôle, nous détestons les synonymes, nous adorons la précision, les cliniques, les piqûres, les perfusions. Rien n'est pire à nos yeux que la ténacité. Nous n'aimons point les jacarandas, les éclairs, les jupons, les différentes manières de, les diverses façons de, nous haïssons les panoramas, nous aimons les périphériques, nous adorons ce qui est fixe, au garde-à-vous, immuable, ascardamycte, tétanisé. Nous sommes de *grands* supporters du tétanos. Nous sommes favorables, cher monsieur Purgé, à la colle, à la glu, aux vis, aux planches, au plancher des vaches. Nous aimons les staphylocoques, les furoncles, les kystes. Nous n'aimons pas les grains de beauté, nous aimons le pus *à en crever*, nous aimons comme un fils le cap de la quarantaine, nous aimons les bubons, les taches, les pustules, les…

— Je crois que j'ai compris, tenta de conclure Burguet. Vous aimez surtout la mort, dans ce qu'on appelle la vie.

— Exact ! Nous pensons que la vie est un cas particulier de la mort, sourit mon père.

— Et non pas l'inverse, crâna ma mère – sans s'apercevoir que cette précision n'avait strictement aucun sens.

Alors, se grattant la tête et jouant avec ses lunettes, Frantz-André Burguet, fixant Marc-Astolphe Oh, lui asséna ce qui suit :

— Éloigne-toi du mauvais voisin, ne t'associe pas avec un injuste et ne désespère pas de sa déchéance.

— Je vous ai expliqué au fait, à tous, pour l'ascenseur ? interrogea Oh Marc-Astolphe.

33

Advint une époque où notre ami Marc-Astolphe entreprit de conséquents travaux en son logis (en son logement) du quai Saint-Laurent. Il avait très notamment eu la lubie de faire construire (cela exigeait qu'on abattît quelques cloisons) une salle apéritive (comprendre : où prendre l'apéritif) « géante » et une autre salle, dite « abécédive », en laquelle il fut par lui décidé (et par lui seul) que se rangeassent les dictionnaires – Marc-As était *grand* lecteur de dictionnaires. En attendant que les travaux fussent achevés, Oh s'était acquitté d'une forte somme (« J'ai tout réglé en pétrodollars ! ») afin de louer pour trois mois *l'ascenseur de son immeuble*. Après de nombreuses hésitations émanant du syndic et quelques huileux graissages de pattes alentour, autorisation (« exceptionnelle, mais je suis un exceptionnel monsieur ») fut délivrée à notre ami. D'août 1976 à novembre 1976, quand l'ascenseur du bâtiment D s'ouvrait, il s'ouvrait sur Marc-Astolphe Oh. Et pas seulement sur Marc-Astolphe Oh, mais sur Marc-Astolphe Oh-chez-lui, chez un home-sweet-home de Marc-Astolphe Oh, sur un lieu petit, certes, exigu, sans aucun doute, mais décoré avec soin, puisqu'on y trouvait une réplique des *Demoiselles d'Avignon*, une table basse, une chaîne hi-fi, un fauteuil club (un peu usé, comme il se doit), une télévision, un billard français qu'il avait fait construire en miniature par un ami ébéniste, pour les commodités un pot de chambre en faïence de Gien déposé dans un des recoins. Marc-Astolphe avait eu pour obligation – en échange de la complaisance des colocataires – d'accepter de prendre ceux-ci à son bord dès lors qu'ils désiraient utiliser l'ascensionnel engin. Marc-Astolphe – nous commençons quelque peu à le connaître, n'est-il pas vrai ? – avait bien tenté de dresser une liste noire (« Je ne veux pas de madame Reflux-Liseret des Ifs ni de monsieur Calbare-Sussio chez moi ! ») mais cela avait été en vain : il fut contraint de capituler.

Monsieur Kista-Logos, professeur de comptabilité dans l'enseignement technique, s'approche de l'ascenseur. Il appuie sur le bouton. Les portes s'ouvrent sur Marc-Astolphe engoncé mollement dans son fauteuil club, pénétré par la lecture de *Mademoiselle Giraud, ma femme*, le chef-d'œuvre d'Adolphe Belot.

— Qu'est-ce que c'est ? demande Marc-As. Pourquoi est-ce ? Si c'est pour monter, c'est négativement non, cher monsieur. Aujourd'hui, je suis accaparé par Belot Adolphe. Je ne fais donc que les descentes. Je ne fais point les montées. Pour les montées, vous demanderez aux escaliers de subvenir à votre irrépressible besoin de regagner vos appartements. Pour ce qui me concerne, ce sera *négatif* : il ne faut pas exagérément pratiquer l'intrusion chez son prochain, mein Herr. Je vous rappelle que j'*habite* cet ascenseur. Si mes conditions ne vous agréent nullement, allez donc passer le cap de demain matin à l'hôtel. La ville – vous ne le savez sans doute pas assez – en compte de fameux. Je n'ai rien contre votre personnelle personne, notez-le bien : si, après avoir arpenté les huit étages qui vous séparent de votre chez-vous, vous ressentez la nécessité – voire la fantaisie – de vouloir redescendre – fût-ce pour le simple plaisir de la redescente –, vous serez accepté en mes murs, vous serez mon invité, et peut-être même vous offrirai-je un verre de Cointreau. Mais l'ascension, cher ami, faites une légère croix dessus quand même. Ce n'est point exactement la peine d'y compter. Vous vous berceriez – je le crains bien – de terribles illusions. Ce jour – veuillez excuser le dérangement – n'est pas un jour ascensionnel, mais descensionnel, je suis obligé de filtrer – sinon c'est ma concentration littéraire, sinon ce sont mes chères études qui se verraient outrageusement menacées. Je comprends bien que les gens ont une vie composée de montées et de descentes, voire de hauts et de bas, mais je ne puis pour maintenant – quant à moi – les accompagner que vers le bas, vers les sols, les sous-sols, la cave, et même les égouts, les catacombes. Mais pour les hauteurs, mais pour ce qui est terrasses et sommets, je demanderai à la copropriété d'exercer sur ses verticales habitudes un sacrifice momentané. Adolphe Belot ne permet pas, Adolphe Belot n'autorise hélas pas que l'esprit soit préoccupé par des tracas autres que le propre contenu de sa matière. Lirais-je Kant – que je maîtrise aussi bien que vous maîtrisez le Plan comptable – ou Heidegger – que je pourrais réciter en mandarin – que j'aurais permis sans broncher l'accession aux altitudes du bâtiment, mais là, là, vous comprendrez quand vous-même serez concerné par Belot – par Belot Adolphe – que ce que vous demandez poliment relève d'une impossibilité aussi impossible que le maniement du calcul logarithmique par un zouave pontifical. On sait que j'ouvre très volontiers mes portes. Aussi, je mérite je crois davantage de quiétude, davantage de respect. La plupart des locataires de cet immeuble rejoignent leurs pénates dans des buts aussi futiles que s'y sustenter, dormir, pratiquer une vie de famille ou assouvir des instincts irrépressibles et de naturels besoins. L'aventure, cela ne vous tente vraiment pas ? Décidément, vous vous entêtez à vouloir rentrer ? Zanzibar ne vous appelle pas ? Ni les lointaines brésiliennes contrées, où furent jadis opérés les commerces du sucre, du cacao – du caoutchouc ? Vous aimez les montées ? Partez pour Ravello, c'est joli comme tout. C'est mignon dans le ciel. Ou l'Altiplano, camarade ! De toutes les manières, monter à pied c'est meilleur pour le corps humain.

— Soyez compréhensif, monsieur Oh, je suis lessivé. Et huit étages à mon âge… J'ai 58 ans. Bientôt 59.

— Le saviez-vous ? Aujourd'hui, vous êtes tombé sur un os, avertit Marc-Astolphe. Et cet os, c'est moi. Un os dur, qui plus est. Quand je vous dis que vos supplications n'infléchissent chez moi aucun penchant pour la pitié, ce n'est point un conte. C'est la pure exacte vérité.

— Je vais me plaindre au syndic ! menace Kista-Logos.

— Revenez jeudi, mon ami. Je ferai montée jeudi, dit Marc-Astolphe.

Soudain les portes se ferment. Voix de Marc-As (étouffée) derrière la cloison :

— Désolé ! J'ai une descente qui m'attend au douzième ! Ciao, camarado !

34

Devant son miroir, piqueté, moucheté, Frantz-André se regarde ; son allure est défaite, il est fané, l'usure le ronge – il se dentelle.

— Tu es las, l'écrivain, dit Frantz.

— Oui, se répondit Frantz. Tu as raison, j'ai raison.

— Nous avons raison.

— Je ne supporte plus le gros gras rire des masses. Le rictus de la multitude. Toute cette foule en perpétuelle moquerie. Cette hystérie du rire. Pendant que je pratique mes forages dans la matière du monde pour faire jaillir la vérité.

— Et cette difficulté que j'ai à écrire. Ces forages sont inhumains.

— Le livre qui m'attend au bout ne sera qu'un amas de plus, inutile, impuissant, vain. Décevant. À recommencer, sous forme d'un *autre* livre.

— Sous forme du livre suivant. Ma vie est une tragédie. Je ne suis pas libre, je ne parviens jamais à m'échapper des remparts de mon propre talent.

— Je ne parviens jamais à être un autre.

— Je ne parviens jamais à être autre.

— Mes personnages sont sans vie. Je suis abstrait. Je ne raconte que des idées. Et ces idées, Montaigne, Kant, Pascal, Balzac les ont eues avant moi.

— Bien avant moi. Mieux dites, mieux écrites. Mieux formulées. Mieux ramassées. Mieux définitives.

— Mieux éternelles.

— Tous ces mots qui me résistent.

— Toutes ces phrases qui ne me laissent pas avancer en elles. Qui ne se laissent pas frayer.

— Je suis emmuré dans mon œuvre. Je ne parviens plus à respirer.

— Je suffoque.

— Je sue dedans. Je suis asphyxié par mon œuvre. C'est toxique une œuvre. On ne respire rien d'autre pendant ce temps-là. Je passe ma vie dans mon passé. Je n'ai comme avenir que ce qui est derrière moi. Je revis tout par les mots. Ce n'est pas une vie que de revivre la sienne, et que de la revivre seul, sans les vivants, sans les autres, sans les mouvements vivants des autres, que de revivre tout, dans la solitude, sous forme morte, l'allure éteinte. Le passé n'a rien d'autre à offrir que des envies de suicide. C'est une inépuisable réserve de tristesse.

— Je suis comme toi, je suis comme nous, nous sommes comme nous, nous sommes comme moi, nous sommes comme toi : je ne parviens pas à jouir du présent. Je ne parviens pas à présentifier ma jouissance. Je transforme tout ce que je vis, automatiquement, en passé, en chose révolue, en chose à regretter, en chose sur laquelle pleurer, en chose dont je vais désormais avoir – dans quelques secondes – à faire le deuil. Je ne vis pas : je transforme en deuil la matière du monde. Je stocke les instants sous forme de passé frais, puis ce passé vieillit peu à peu – comme le vin. Je ne vis pas : je préfère pleurer ce que j'aurais pu et dû vivre mais que j'étais occupé à déguiser, avec empressement, avec folie, en dossier mélancolique à traiter ultérieurement. Je pleure déjà ce que je suis en train de vivre. Je recycle la seconde qui arrive en passé qui n'adviendra plus.

— Lorsque je me promène avec une femme et que je tiens un livre dans la main, je sais que la page où je suis arrivé ce jour dans ma lecture – la page 174 – m'est un tombeau. C'est le tombeau de ce jour-là avec cette femme-là – le mardi 11 avril 1972. Laure – elle s'appelait Laure – habite la page 174 du *Journal* d'André Gide, soit le 4 mai 1904 de Gide. Nous habitons encore, elle et moi, nous nous promenons encore, moi et elle, dans une journée qui tient sur cette page 174, notre 11 avril 1972 est *digéré* par le 4 mai 1904 de Gide, et un pincement de cœur me saisit : j'avais corné cette page, une herbe sèche y est emprisonnée, à jamais, elle marque la page d'une journée, elle marque la journée d'une page. Ma main dans sa main, je n'ai jamais vécu la moindre seconde de ce 11 avril 1972.

— Je vivais, à la place, je vivais, au lieu de cela, les jours qui viendraient et où ce que j'étais en train de vivre serait clos, serait mort, serait devenu ce que j'étais en train d'avoir vécu.

— Je ne profite qu'*après*. En différé. Je n'éprouve le monde que sous la forme de son cercueil. Je ne vibre que sous la forme d'obsèques. Tout m'est glaïeul, tout m'est douleur. Tout m'est toujours déjà trop tard. J'appréhende ce qui va advenir dans quelques secondes, car c'est du passé qui s'annonce, encore et toujours plus de passé. Ce sont des gestes et des mots que je ne pourrai plus jamais revivre qui s'apprêtent à surgir. Je statufie les vents. Je momifie les fleurs. Tout m'est ossuaire. Les promesses me sont déjà remords – les espoirs me sont déjà regrets.

— Tout de suite, c'est tout à l'heure. Maintenant, je le vivrai quand cela sera irrémédiablement devenu impossible. Je le revivrai ? Je tenterai de revivre – c'est illusoire, c'est pathétique, c'est mortifère, c'est vain –, quelque chose que je n'ai pas su vivre tout court parce que j'étais contrarié, mortifié, par le fait qu'il disparaîtrait, qu'il s'évaporerait, qu'il s'échapperait pour toujours. Ainsi des parfums.

— Des nuages.

— De tout. La disparition programmée des choses m'empêche de savourer leur apparition.

— L'instant de la rencontre enclenche immédiatement celui de la séparation. Toute naissance pue la mort. Le nouveau-né pleure parce que plus jamais – il le sait, il le sent – il ne sera un nouveau-né. En naissant, nous sommes déjà, nous les mélancoliques, dans la commémoration. Tout, tout le temps, partout, nous est Toussaint. Un anniversaire ne symbolise pas le temps qui nous sépare de notre venue sur terre, mais celui qu'il nous reste à passer dessus. Non seulement nous n'avons comme avenir que le passé, mais nous avons comme passé tout l'avenir.

— Nous sommes des fous.

— Nous sommes des morts.

— Nous avons peur de ce qui est, parce que ce qui est ne sera plus, déjà, quasiment n'est plus. Ce qui est n'est presque plus.

— Ce qui commence est en train de s'achever.

— Par essence.

— Il faudrait que cela ne commence point : seule condition pour que cela point ne s'achève.

— Les départs portent en eux la pourriture des arrivées.

— Les introductions sont contaminées par les conclusions.

— Les prémices défigurées déjà par les cicatrices.

— Les ouvertures gangrenées par leurs fermetures.

— L'entrée, gâchée par le dessert.

— Et par la sortie.

— Le dessert, pourri par le café.

— La café, désagrégé par le digestif.

— Le digestif, par un autre digestif.

— L'autre digestif, par l'addition. Et l'addition, par la mort.

— Le réveil est un synonyme du coucher. Le matin est l'autre nom du début de la nuit. L'instant est égal à la mort de l'instant.

— L'Annonciation contient la Passion.

— Le premier baiser est une préfiguration des adieux.

— Un éclat de rire n'est que l'antichambre du silence et des chagrins à venir.

— Les amis qui montent dans l'escalier viennent pour t'abandonner, quelques heures plus tard, à ta solitude.

— Les jeunes mariés ne font rien d'autre qu'entamer la procédure de leur divorce. Les poules couvent des omelettes. Les bourgeons n'annoncent jamais que l'hiver. Un rayon de soleil me fait irrémédiablement penser à la triste pluie qui trépigne de prendre derrière lui la relève.

— Les analyses de sang vérifient que la bonne santé pourra laisser place, toute la place, à la phase terminale. La mort adore se coucher dans des draps propres.

— L'instant de joie, le moment de bonheur est éloigné de lui-même par sa propre réalité. Il est trop réel pour qu'on puisse en jouir véritablement. Il glisse trop. Je ne sais le vivre qu'une fois pétrifié par le souvenir, passé par l'examen de la pensée, de la mémoire. Ce qui s'épanouit indéfiniment, c'est de l'agonie. La beauté féminine contient le germe des naufrages, les édifices sont constitués de leurs fissures futures, les blocs sont de molles avalanches. Le véritable nom de la jeunesse est la tombe qui lui court après. Rien n'est plus nocturne que le jour, et le blanc n'existe que pour être grignoté par la noire noirceur du noir.

— Je suis écrivain parce que l'instant existera pour moi dans cinq minutes, dans une semaine, dans dix ans.

— Je suis écrivain parce que le présent est le seul temps, contrairement à tous les autres humains, qui me soit interdit.

— Interdit d'accès. Dont je sois banni. Dont je sois exclu. Je suis une machine à périmer le présent.

— Demain n'est que le tas de mes souvenirs, empilés.

— Et ces souvenirs me défigurent, ils me transpercent, ils me griffent. Ils me giflent.

— Ils me lacèrent.

— Ils me mordent. Ils me pincent.

— Ils m'arrachent les ongles. Ils me torturent. Je les vis en les regrettant, puis je revis ces regrets en les écrivant. Mon métier, c'est la tristesse. Mon métier, c'est de garder le passé, l'enfermer ici – dans des phrases qui ne concernent que moi. Pourquoi ? Pour une postérité qui rigole de mes efforts. Une postérité qui me laisse faire, qui me laisse gâcher ma vie entre les murs, clope au bec, devant cette machine à écrire dont il faut perpétuellement changer le ruban, une postérité qui me laisse aller jusqu'au bout, tout au bout de mon livre, de mon œuvre, et qui pourtant a déjà décidé de mon sort, ricanante, vaguement condescendante – évasive. Peu émue. « Bonjour Burguet, pense-t-elle, je suis la postérité. Je suis très touchée par ce que tu fais pour moi, mais tu sais, ce n'est peut-être pas nécessaire de me sacrifier autant de journées, autant d'heures dans autant de journées. Non que je n'aime tes livres, la plupart sont bien troussés, ce sont les honnêtes ouvrages d'un bel artisan. Mais je préfère – moi aussi – être une fille honnête. Je préfère ne rien te promettre. La gloire littéraire, je puis t'en offrir quelques morceaux sans le moindre problème. Tu peux compter dans, tu peux peser sur le milieu littéraire de ton temps. Je te laisse ton temps – il est à toi. Je ne veux point m'immiscer dans ton actualité, dans ta belle temporalité, dans ta temporarité – dans ta temporellité. Mais en ce qui concerne les éternités, la mémoire, la réputation dans les siècles et dans les siècles au carré, et dans les siècles au cube, je préfère ne point me prononcer. Je ne puis t'assurer ta présence dans les anthologies. Vis à plein ton humaine vivante vie. Ne pense pas à la marche de ton œuvre sur les sentiers de la mort, de ce qui suit la mort, de ce qui suit la mort de la mort, de ce qui suit la suite de la mort au carré de ta mort. Je ne puis t'inscrire

– je le crains, je le regrette – sur ma feuille de route. Je ne puis contenter tout le monde. Il y a tellement de postulants. Je ne sais plus comment faire le tri. Je ne possède pas la science infuse, je peux me tromper. Je sais – à mon grand dam – être injuste. Mais je ne suis point méchante fille. Tu n'es pas, cher Frantz, dans mes priorités. Je t'aime bien – et même, sans doute, je t'aime beaucoup. Tu me montres beaucoup d'amour toi-même, enfermé dans cette petite pièce pathétique et enfumée. Tu te lèves, tu doutes, tu insistes, tu déchires, tu ratures, tu ne parviens pas à trouver le sommeil, tu *t'acharnes* : je sais la peine que te coûte la volonté de me séduire. Parfois te viennent des éclairs – splendides. Des fulgurances violettes. J'aime beaucoup te lire en vacances. Mais je ne suis pas amoureuse de toi comme toi, cher Frantz, tu sembles amoureux de moi. Franchement, je me demande bien ce que tu me trouves. Je ne couche qu'avec les morts. Je pue le cadavre. Je ne suis pas une femme très intéressante. Il faut que tu meures pour me sauter – et tu n'es pas certain d'y parvenir. Pourquoi t'infliger cela ? Pourquoi t'alourdir de ce calcul ? Pourquoi te crisper sur cette attente ? Parfois, il m'arrive de tirer mes amants aux cartes – aux dés. Tellement c'est difficile. De trier, de trancher, de choisir, de se décider. Je ne veux pas te faire croire des choses. Je t'aime bien – je ne veux pas que tu souffres. Tu n'es pas mon genre d'homme. Tes livres sont peut-être trop bien pour moi. Je n'ai peut-être aucun goût. Je préfère parfois les œuvres froides, austères, stupides, aux œuvres vivantes et chaudes, intelligentes. Je n'ai pas véritablement de règles. Je ne connais pas réellement de critères. Mon père me répétait souvent que j'étais une petite fille capricieuse. Je le suis restée. Ne me t'inflige pas ! Tu mérites mieux que ça. Je n'aime pas la vie. »

35

— Je revis pleinement ce que je n'ai fait que vivre évasi-vement. Je m'appesantis sur ce qui a vocation à s'envoler, à se dissoudre, à s'évaporer. Je fais revenir ce qui ne le peut. Je suis vaincu d'avance. Je ne suis pas à égalité avec le temps.

— Je suis seul.

— Avec moi-même.

— Mes seuls amis sont les meubles. La lampe, je saurais la pourvoir d'un prénom, elle est hanchue, demoiselle – je pourrais l'embrasser. Elle me prodigue des élans de ten-dresse, elle se penche, magnifique et roulée. Le fauteuil au fond de la pièce est un débile crapaud, asséché, gourmand de flaques mares, obèse bide et maigres guiboles, qui se recouvre de journaux jaunis comme on se recouvre de bubons. La table basse est soumise – nous nous tutoyons. Ces meubles ont des vies, des biographies, qu'ils ont interrompues pour me tenir compagnie. Ils se sont sacrifiés. Je ne connais point leur origine, ni leur âge : ils sont fixes et muets, mais dans une vie spéciale ils s'animent et s'embrassent, se touchent, se caressent, se pénètrent. Leur cosmos m'est impénétrable. Ma chaise, en paille, en péguyste paille, est *célibataire*. L'évier, avec son greffé robinet, semble avoir fait une croix sur l'amour. Tout cela se roule dans l'immobilité. Tout cela s'agite fixement, sur une scène pétrifiée, accompagnant mes jours par une morte frénésie. Ma table de travail viendrait à décéder, que je n'y verrais que du feu.

— Je relis la Bible, elle permet des départs neufs.

— Je ne crois pas en Dieu.

— Je crois en la littérature.

— C'est strictement la même chose.

— Je vais, cet après-midi, brûler de vieilles lettres d'amour. Elles me provoquent trop, elles sont bouffies de ma jeunesse. Elles narguent l'homme qui aura 40 ans bientôt si le temps ne consent pas à s'arrêter. Je retrouve une lettre que mon jeune frère, il y a cinq ans, avait envoyée à mes parents.

— Voici mon père, Tristan-Ernest Burguet. Il avait été marié pendant dix-neuf années impeccablement successives à ma mère, Yvette Sautin-Léglise, aujourd'hui réduite à l'état de mauvais souvenir retourné vivre dans un charbonneux coin de sa Picardie – natale – aux côtés d'un garagiste – priape – collectionneur de boîtes métalliques Banania.

— Mon père était un hirsute bonobo, agent d'assurances, dont les colères faisaient trembler les vitres. Il évoluait loin des féeries. Il était bâti comme un entonnoir. Il était antipapiste et insultait les religieuses quand il les croisait dans les rues de son Guéret natal. Il avait rêvé de devenir explorateur. Il était – comme nous tous dans la famille en dehors de mon petit frère Frédéric-Ange – resté collé au goudron de sa vie. Une vie sans facilité, sans bonheur – sans vie. Il projetait violemment ses enfants contre diverses cloisons. Les chocs faisaient comme des giclements de poussins fracassés.

— Ma mère était une femme aux formes surchargées qui fronçait souvent les sourcils au-dessus de ses yeux couleur de ciel – un ciel balayé d'une neige mélancolique comme dans les ballades de Laura Nyro – et trompait son mari plus souvent encore. De nombreux travailleurs immigrés, éparpillés un peu partout sur les dodécaphoniques chantiers de la ville, connaissaient l'adresse de son corps et la polyphonie de ses vices.

— Elle n'avait plus guère d'amour à recevoir ni à proposer : il s'agissait pour elle – ainsi que pour une transplantation d'organes – de se servir désormais de son anatomie, qui vivait ses dernières saisons de comestibilité, pour remplacer le cœur défectueux. Les parties de plaisir à plusieurs n'avaient pas été rares, non loin du Palais de justice – deux lions parallèles, pétrifiés dans leur autorité granitique, veillaient mâchoires ouvertes à ce que se répandît jusqu'au dernier ciel, par une sorte de rugissement lui-même gravé dans la pierre, l'infaillible rumeur des jugements humains.

— Les grutiers en chandail, leurs confrères à col roulé perforant macadam, jusqu'aux conducteurs de bétonnière et de chargeuse-pelleteuse venaient répandre dans les salons décorés de reproductions de Chirico, de Picabia et de Klee un sperme honnête, maghrébin ou malien de bonne facture – semence véhiculant l'utopie pré-*seventies* qu'un mélange socio-éthnique serait réalisable dans la France de demain.

— Mon père et ma mère possédaient une pièce de vigne à Loucy-sur-Vaugnes et avaient élevé ensemble trois enfants. Le premier, Gédéon, repose dans un inculte jardin, par derrière l'église de Crinchoy-lès-Gueux, sous une verdie dalle – sur cette dalle glissent des couleuvres, se propagent des gastéropodes, s'abattent imbécilement des pluies.

— La nuit, dans un calme glacé, la lueur blanche de la lune vient à son tour se plaquer dessus.

— Pour visiter sa débile sépulture, longez les façades sillonnées de craquelures, entrez à pas lents dans le petit abandonné jardin, faites grincer le portique qui ne réveillera personne.

— Gédéon mourut, comme Kevin Coyne dont le meilleur album reste *Marjory Razorblade* – voix stridente, blues duveteux –, d'une fibrose pulmonaire.

— Le deuxième, c'est moi.

— C'est nous.

— Et puis ensuite, après toi, après moi, après nous, bien après : Frédéric-Ange.

— Pardon ! Il y a eu une fille entre. Ma sœur.

— Le troisième enfant, effectivement, était une fille. Mais une fille comme on dit que la lune est une fille, que la mâche est une fille, qu'une allumette est une fille : parce qu'elles sont cataloguées en français dans le « genre féminin ». En langue allemande, la lune est un homme, le soleil une fille – nul doute qu'à Düsseldorf ou à Berlin, Anaïs-Angèle Burguet, tatouée et bâtie comme un responsable de la sécurité sur une tournée mondiale de Motörhead, eût été davantage considérée, appréhendée surtout, comme un homme. Une lesbienne n'était pas ce que notre famille attendait précisément du destin – elle mourut d'une overdose.

— Le héros, c'est Frédéric-Ange. D'une sécheresse maussade, abonné aux écueils sentimentaux ainsi qu'aux déboires universitaires.

— Il eut l'excellente idée, une fois constaté l'affaissement définitif de tout décent avenir, de tirer une balle de 6,35 mm – modèle Manufrance – entre deux de ses yeux.

— L'éblouissant éclat de sa cervelle, ici filmé au ralenti...

— L'hommage à Peckinpah est flagrant.

— ... lambeaux flottant dans les airs, par la caméra Super-8...

— ... qu'il avait préalablement installée sur un trépied volé...

— ... vint fouetter les murs de sa chambrette épuisée par les cycles masturbatoires, les nuits misérables à bouffer des chips en annotant Freud, les indéfinissables et sinistres dimanches...

— Sur sa table de nuit graisseuse, *Histoire de la folie* de Michel Foucault et *Ferdydurke* de Gombrowicz en 10/18.

— De tels dimanches étaient les inventeurs de la notion de province, qui les réinventait à son tour – sans la *moindre* variation, sans la *moindre* improvisation, compassion, imagination, divagation, sans la *moindre* concertation. Les dimanches prétextaient le Seigneur, fourre-tout aux luisants infinis, aux inaccessibles paradoxes, à l'immémoriale pâleur, pour pratiquer, avec un luxe ruineux, sur les êtres fragiles ou enfermés dans leur enfance, une débauche de cafard les forçant à régulièrement consulter l'idée du suicide.

— J'ai toujours en ma possession la lettre que Frédéric-Ange laissa sur la cheminée à marbre blanc – veines brunâtres – du minuscule studio qui servait d'habitacle à ses fantômes ininterrompus. Je la recopierai dans mon prochain roman avec une immense émotion.

— Elle semble paraphée de la griffe d'un diablotin dont l'orthographe était l'ennemi principal.

— J'ai choisi, ne serait-ce que pour en congédier l'incongru – le trivial – résidu satanique, d'en rétablir les impropriétés.

« Chers parents,

Ne sachant rien faire d'autre que rater ma vie, je décide de vous la rendre, puisque c'est vous, à ce qu'on dit, qui me l'avez donnée. Je suis certain que l'on dit vrai : je possède vos traits. J'aurais pu être une superbe créature, ou un monstre ignoble, mais la situation est bien pire : je possède vos traits. Je souris comme vous, je pleure de la même façon que vous, et quand je pue, c'est avec votre odeur. Ce n'est pas la terre qui ne ment pas, Barrès aura raconté n'importe quoi : c'est la génétique. Tout ce que je fais, dis, déclare, tacitement, implicitement vous cite. Je suis en prison dedans vous. Vous me hantez.

Je suis, par conséquent, condamné à une forme d'insignifiance. Je ne veux pas être votre jumeau posthume. Je vois clair en moi : je vous vois *vous*. Nous ne sommes pas venus sur terre pour ressembler à nos propres parents. Je ne veux plus rien de vous, à commencer par votre amour, à finir par votre argent. De toute façon vous n'aimez personne et vous êtes radins. J'ai brûlé toutes les photos (notamment de vacances) sur lesquelles je posais comme un pauvre niais à côté de vos gueules de salauds. Je ne suis, je n'aurai été qu'un satellite artificiel en orbite autour de vous, de votre maison, de votre voiture, de votre jardin, de votre fric.

Quand je vous obéissais (permettez-moi désormais de parler au passé), je me méprisais. Quand je me révoltais, je me méprisais encore car c'était vous obéir à l'envers. Le véritable progrès, dans cette humanité légèrement pourrie, faite d'immenses régions de purin, serait l'invention de parents nouveaux, des parents qui ne se transmettraient pas par le sang. Vous êtes censés être au-dessus de moi, mais vous ne connaissez rien à rien. Sur les espaces infinis, je ne peux vous poser aucune question, ni sur la transsubstantiation, ni sur Pascal, ni sur *rien*. Vous êtes des sots. Je suis très surpris que vous n'ayez, pour votre part, jamais pensé à faire la même chose que moi : reléguer l'existence au vestiaire. Tirer sa révérence. Encore que cela ne servirait sans doute pas à grand-chose : vous êtes déjà morts, vraiment morts, depuis longtemps, depuis très longtemps. Vous ne le saviez pas ? Je suis navré de vous en informer.

Je ne sais quasiment rien. Cela m'écœure de mourir inculte. Je n'ai pas eu le temps de lire davantage, de voyager plus. Du moins, je sais assez bien ce que je sais. Si j'avais encore le goût d'apprendre, je resterais peut-être quelques années parmi vous, mais cela m'est impensable (la seule évocation de cette hypothèse me fait vomir). L'univers respirera mieux sans moi. Disparu, je serai remplacé par un autre, quelque part à Shanghai, à Bamako – des villes qui pour moi, à jamais, ne resteront que des noms. Des emplacements sur une carte. Toutes ces villes qui potentiellement m'attendaient...

Je ne pars pas seulement à cause de vous – soyez rassurés. Je ne voudrais pas vous faire ce cadeau. Je pars parce qu'il y a des choses dans l'existence qui ne me semblent pas acceptables. L'abattage des troupeaux de bovins quand on repère un virus est, par exemple, l'une des causes de mon départ. De même que la notion de crise d'adolescence, dans laquelle je ne nie pas que je suis peut-être en train de me débattre – je n'exclus pas l'hypothèse que j'aurais peut-être été heureux, et même fou de bonheur, à l'âge de 23 ou de 27 ans, mais je n'ai pas la force d'attendre pour le constater. Je ne puis assister aux marées noires, aux hépatites que j'aurais eues, à la prolifération nucléaire, aux déforestations en Amazonie…

L'humanité n'est pas très belle. Regardez les gens dans les rues. Les gueules qu'ils possèdent. Les multitronches. Leurs grimaces grimaçantes. Je préfère les livres ! Car il y a Dieu dedans, quelque part caché, rapetassé, recroquevillé, plié en accordéon. Les gens qui passent proposent de la laideur grasse, de la grosse hideur, des tartines de mocheté. Ils sont d'une insoutenable réalité. Ce que les années auront foré sur ces affreux faciès. Et sur les vôtres, *évidemment*. Affligeant. Sales dégaines, écœurantes. J'ai trop vécu de samedis midi vides, dans ma chambre, à fumer parce que vous m'interdisiez de fumer. Toute cette chiasse des heures sans style ni relief, journées nues, neurasthénies. Toute cette colique de l'échec, des solitudes monstrueuses. Laide laideur de l'humain monde.

Dans les hôtels où le petit déjeuner est *compris*… Je me souviens. Au moment du buffet. Précieuse indication sur l'amer humain caca. Les touristes en tongs, plus qu'à leur tour affamés, affamés au carré puisque c'est *gratuit*, affamés jusqu'à l'ultime molécule. Féroces de l'estomac, gloussant de gratuité, en appétence de tous les pores, de surplus affamés. Immédiatement ils se ruent, épiant le voisin, un Allemand, devenu ennemi. Un mortel ennemi. L'ennemi du petit déjeuner. Il y eut Verdun jadis, voici le buffet de l'hôtel Alabama, Sicile. Ils sont inquiets que les victuailles, pourtant entassées jusqu'à satisfaire pour mille ans trois populations pékinoises, viennent à manquer. Ils se confectionnent des bouquets de saucisses. C'est la grande course à l'omelette, happant un yaourt et deux bananes au passage, un beignet tombe, pas le temps de le ramasser : le saucisson est arrivé, du fromage à ne surtout pas rater. Du régional fromage à ne rater sous *aucun* prétexte.

Ils aimeraient avoir un peu plus faim que leur faim. Leur appétit – hélas – est moins infini que ne l'est la gratuité des mets. Ils mâchent en vérifiant, d'un œil noir, que les stocks ne baissent pas *trop*. D'autres qu'eux, des adversaires, des concurrents, c'est là tout le drame, possèdent la même faim, voire une faim supérieure, une faim déloyale. Peut-être que, parmi eux, parmi les autres compétiteurs, certains ont triché, ayant pris soin de sauter le dîner de la veille pour le prendre ce matin, en même temps que le légal petit déjeuner. Tout cela est trop à éprouver, tout cela pousse les gens fragiles à quitter ce monde. Ce genre de compétition, ce genre de comportement m'encline à disparaître.

J'ai rêvé de devenir écrivain, je ne vous le cache pas. Enfin, j'ai tenté de vous le cacher mais vous vous êtes empressés de détruire par le feu l'essentiel de mon corpus non sans en avoir lu les plus édifiants passages à vos amis, à dîner, séances de lecture ponctuées de rires *terribles*. Je n'y serai de toute façon pas parvenu. Frantz-André y réussira mieux que moi. Vous avez bien fait de m'humilier ainsi. J'aurais fini par détruire tout moi-même. C'étaient des écrits auto-biographiques, et ma vie ne vaut rien. Les abrutis (presque toujours) clament : "ma vie est un roman". La mienne sera une nouvelle, à peine. Juste une épitaphe.

De l'année de ma naissance, 1952, je possède zéro virgule zéro souvenir. C'est une année sans mémoire – ce qui est toujours ça de gagné sur la douleur. 1952 est parti en fumée de vécu : à jamais.

De 1955, je commence à posséder des souvenirs. Une pelle, un seau, une plage. Un soleil mélanomial plaqué sur mes épaules nues. Il y a quelque part, dans vos tristes albums rouge vif, des photos qui me montrent hagard, devant d'infinis flots, bleus. Je suis affublé d'une casquette d'hydrocéphale – je serais bien curieux de savoir (mais cela n'a plus *aucune* espèce d'importance) si vous aviez pris soin de m'enduire de crème solaire avant de m'exposer à toute cette mort. Si tel n'est pas le cas, je serais parti de toute façon ; je serais en ce moment même, pauvre imbécile, sans m'en douter une seconde, en attente de cancer. Heureux couillon tapotant sur son sable, rebâtissant son château, courant dans l'eau pisser fourbe. Tout cela se déroule à Saint-Raphaël, ville où tout semblait rigolard : les gens, *rigolards*, tout le monde touchant tâtant palpant des pastèques. Des melons. Une ville pour tâte-melons. Les humains passaient leur temps à coller leur nez sur de gros fruits. Une fois dans l'assiette, le melon jouait les traîtres : on s'indignait. ("Fade ! Pas bon !") Vous passiez des heures, pauvres vieux cons, sur cette melonesque méprise :

— C'est pas possible.

— Pour les melons pourtant j'ai le nez.

— Y a un truc bizarre.

— On n'ira plus chez eux.

— Je t'avais dit de pas le prendre là. Ils mettent des trucs. Des odorifiants. Des produits.

Le lendemain, vous y reveniez au melon mes cons. L'œil méfiant. C'était devenu l'ennemi. Vous le souleviez la narine hautaine, la narine dilatée. Vous jetiez vos suspicieux regards alentour. Le marché : une assemblée de renifleurs. Un congrès de spécialistes. Un melon dans chaque main, justice et balance. Vous vérifiiez une ultime fois. Ce con de soleil tapait. Il ne sait faire que ça, là-bas. Je pleurais pour une raison, pour une autre. Ça ne dérangeait pas mes frères. Ça vous rendait fous furieux.

— Il ne peut pas fermer sa gueule, cet abruti ! On est en plein choix de melon !

Toutes ces scènes se déroulaient sous des ciels bleus. Fixes. La mer, derrière, verte, lointaine, était fripée de vagues. Il fallait supporter l'accent local. On l'appelait pudiquement *du Midi*, mais c'était une pirouette. C'était un accent de connard. Il ne faut pas chercher l'accent du Midi à quatorze heures. C'est un accent d'idiot.

Cette vie, oui, vous me l'avez donnée (de bonne foi, j'en suis certain) et je ne sais pas quoi en faire. Si ce n'est que je ne veux pas en faire la même chose que vous. Telle est ma *seule* certitude. Et elle est *très* certaine, cette certitude. Papa, toi, tu m'as trop frappé. Trop tapé. Trop démantibulé. Tu m'as trop martyrisé. Tu as trop semé la terreur. Tu as trop balancé tes poings (deux gros odoriférants melons qui semblaient de granit) dans ma gueule. Tous les enfants, mes frères, ma sœur, t'imploraient, te suppliaient. Personne n'était épargné. Nous étions toujours plus ou moins dans ta ligne de mire. Tu bavais. Tu hurlais. On finissait toujours par se ramasser une mandale. Le pire que nous pussions te réclamer, c'était ta protection. C'était une chose (protéger tes enfants) non seulement que tu ne comprenais pas, mais que tu n'admettais pas. Cela te paraissait *pornographique*. Nous étions, nous les enfants, non pas des enfants, non pas *tes* enfants, mais tes sbires, mais tes obligés. Nous avons tous récolté des points de suture ; tu le sais. Tu le nies, pourtant. Sale con. J'en viendrais presque à te plaindre – mais pas plus que toi (et *à cause de toi*) je ne sais ce qu'est l'empathie.

Tout ce que nous faisions, comme respirer, par exemple, devenait une offense. Vivre, c'était t'insulter *personnellement*. Nous marchions dans l'herbe du jardin ? C'était *ton* herbe que nous piétinions. C'était la chose la plus grave qui fût. Je n'en dormais pas de la nuit, moi, de toi. J'attendais que tu viennes dans ma chambre, que tu me frappes enfin, pour être soulagé : les coups n'étaient plus devant moi, mais derrière. Cette délivrance n'avait pas de prix.

Toutes ces fois où tu m'as extirpé de mon lit chaud pour me lacérer et me jeter dans la cave, notre cave familiale qui sent le vent pissé et la mort-aux-rats. Je te cauchemardais bien net, et te cauchemarde encore, mon salaud, je te cauchemarde bien net, hilare avec tes amis, colère avec tes fils, lubrique avec ta fille (tu aurais bien couché avec elle, et je n'ai aucune preuve que cela n'eût été fait). Le lendemain, tu recommençais. Tu me guettais dès l'heure du petit déjeuner avec tes gros poings. Pour m'en coller une (mes frères étaient davantage épargnés), voire deux. Cela réveillait mes artères, comme tu disais.

— Le sang circule mieux pour la journée !

Parfois, sur la route du retour de l'école, tu me sortais de ta voiture (au prétexte que j'avais obtenu une sale note en mathématiques), me plaquant le bras dans le dos comme pour me le casser. Tu m'infligeais également des *béquilles*. Les *béquilles* sont un supplice très étrange (d'ailleurs, il est rarissime que les adultes s'y livrent sur les enfants : ce sont les enfants entre eux qui se font des *béquilles*) : le *béquillé* ne sait plus s'il doit rire ou pleurer. Ça doit toucher un nerf. Un nerf placé entre le comique et la tragédie. Et hop un coup de genou dans le nerf des cuisses. Ensuite, eh bien je claudiquais. Je faisais le reste du chemin à pied (plusieurs kilomètres) en *claudiquant*.

La vie n'est pas constituée de pierre, ni de verre, ni de sable, ni d'eau : elle est simplement, tout simplement faite de vent, et je vous assure qu'avec du vent, on ne peut rien réaliser de véritablement passionnant, sauf à être un dieu de l'Antiquité (Éole, je crois ?). Rien à part souffler, soupirer – or c'est inspirer qu'il aurait fallu. Mais l'inspiration n'a pas voulu de moi, ou je n'ai peut-être pas su me servir d'elle, on ne le saura jamais. Je voulais (en plus de devenir écrivain) être guitariste, mais vous m'avez empêché d'acquérir une guitare. Sinon c'était la *porte*. Je vais la prendre, la porte, mais la grande, la vraie porte, la seule. L'unique.

La vie, finalement, et je peux à présent, à 19 ans passés, en témoigner largement, n'est pas un rêve : c'est un cauchemar. Pourtant, à l'instant précis où j'achève cette phrase, une fille jolie de mon âge passe sous mes fenêtres (on dirait une Espagnole, c'est peut-être une Italienne), enfin, sous vos fenêtres, car ces fenêtres-là sont à vous, bien à vous, je vous les laisse, je vous les abandonne. À tout jamais.

Les filles n'auront pas voulu de moi : là où je vais c'est moi qui, de toute façon, ne voudrai plus d'elles. Là où je vais, là où je suis *déjà* (là où, peut-être, j'aurais dû rester et où, si cela a un sens, j'ai finalement toujours été malgré les apparences), l'amour n'a strictement aucune importance pour la bonne raison qu'il n'a aucun *sens*. C'est l'amour qui gâche tout sur cette terre que je quitte le cœur ni lourd ni léger puisque je ne crois pas que vous ayez jamais su me fabriquer de cœur.

Oui, l'amour reste le problème. On en reçoit trop – ou pas assez. Il n'est *jamais* à sa place. Quand enfin il nous semble qu'on y a droit, voilà qu'il file (à toute allure) sous notre nez pour s'arrimer à un autre. Un monde sans amour est sans doute possible, mais pas un homme sans amour. Je m'en vais parce que je n'ai aucune preuve que Dieu existe, ce qui ne me soucie pas vraiment, mais surtout parce qu'il me semble que l'amour existe comme existent les arcs-en-ciel : virtuellement, *pour de faux* – illusion d'optique. (Mon stylo bave, il fuit, il n'a presque plus d'encre : c'est marrant, ce stylo, c'est le résumé de ma vie tout entière – baveux, fuyant, asséché.)

Les filles n'auront pas voulu de moi, non, et pourtant je ne suis sans doute pas aussi laid que vous vous plaisiez à me le répéter. La laideur, c'est vous qui me l'avez inculquée en quelque sorte, comme on inculque une leçon de choses, une leçon de géographie. Vous m'avez rendu laid par vos mots, par vos gestes, par vos intentions. Vous avez fait pénétrer la laideur en moi ; on n'est jamais beau, on n'est plus jamais beau, on ne peut plus jamais être beau une fois qu'on a été *persuadé* de sa laideur. Est beau celui qui possède l'assurance d'être beau. Est laid celui qui se conçoit laid. C'est irréversible. On n'accède plus *jamais*, après cela, à la beauté. C'est tout un continent qui fuit. Inaccessible étoile. Alors, tout devient toujours trop tard, trop difficile, trop lointain, trop *fatigant*.

Je suis fatigué. Je n'ai que 19 ans et c'est l'âge d'un vieillard. C'est forcément l'âge d'un vieillard à l'échelle de ma vie, puisque 19 ans, qui devrait être l'âge d'un commencement, est celui de ma fin. Vous m'avez vieilli, vous m'avez usé, vous m'avez vaincu. Je pars vaincu. Je n'aurai pas connu, en ce monde qu'on dit vaste mais que je n'ai par vous éprouvé qu'infiniment petit, que toujours plus rétréci, que sans cesse plus minuscule, une seule victoire. Si : une ou deux fois, au ping-pong, contre le fils Veuillot.

Je pourrais m'en aller en vous laissant la conscience tranquille, afin que vous continuiez à dormir gentiment sur vos traversins molletonnés (quel mot affreux, *molletonné*, et qui pourtant vous va si bien, vous résume si parfaitement). Je souhaite que vous creviez, et cela, croyez bien que je le souhaite de toutes mes forces avec un taux de haine que vous ne sauriez imaginer. Vous n'êtes pas des gens à qui, sans les connaître, j'aurais accepté ne serait-ce que de serrer la main. Dire que je vous ai embrassés me donne envie de dégueuler, mais puisque l'odeur du vomi me dégoûte davantage que l'odeur de la mort, j'ai choisi la solution que vous connaissez à présent que vous lisez cette lettre, lettre que je n'écris pas vraiment puisque j'ai choisi, *post mortem*, de vous la cracher au visage. Je cesse là mes insultes : les prolonger prolongerait encore mon existence et cela, vraiment, je ne le supporterais pas.

Sachez qu'à part au concert de Muddy Waters, il y a trois ans, où vous m'aviez emmené sans savoir qu'il serait la seule illumination de ma vie (et où vous vous étiez emmerdés comme de putréfiés ragondins), je n'aurai pas été heureux *une seule* journée sur cette terre. Je sais bien que le paradis n'existe pas. Hormis la terre toute noire, je ne vais rien connaître à présent de vraiment trépidant ; c'est la paix qu'il me faut – une paix *totale*. C'est la tranquillité que je recherche. Une tranquillité pour tout le temps, un sommeil pour toujours. Si je croise Gédéon quelque part dans la nuit, j'espère qu'il aura plus de choses à me dire, à me confier, que du temps (qui semble à présent irréel et presque aberrant) où nous étions vivants, lui – et moi.

Allez, salut ! Tout ce qui va suivre se fera sans moi (comme d'habitude en somme). Présentez à mes frères et ma sœur toutes mes excuses, amitiés, salutations et autres foutaises.

Vous m'aviez donné la vie : je vous la rends.

Frédo. ("Frédéric-Ange", qui porte bien mal ce nom qu'il avait toujours jugé ridicule). »

DIXIÈME PARTIE

La conversion

1

Canicule, les écrasés blancs en guise de couleurs, le triste coulant bitume, l'orléanais genre humain en sa sueur-76. Ils se cognaient les uns aux autres, hagards d'écrasement. Trempés d'eau d'eux. Quasi rampants vers les bureaux, léchant la clim. Amateurs de glaçons, l'œil exorbité, vidés des kilos. Une tonne le pas. Collés aux choses, en évanouie titubance. Suintants empilés stocks dedans mille piscines, se ruant aux boucheries : direction chambres froides. Eussent sucé de l'iceberg, rêvaient aux froids pingouins des surbanquises. Là où cela ne fond point. Beauce et dégoulination, ventilos trop las, à dormir dans les frigos. Les cœurs battaient flou. Un mastic-monde, harassé, mexicain. Enfer plombé. Pots d'échappement, fissuré sol. Cancer trafic. Lenteur universelle, partout statues molles gens. Enclume et vertiges. Une vieille collapsée place du Martroi : remue encore, explosion des varices. Phlébites et tournis. Tu es comme casqué. Rien n'amuse rien : ça pèse comme ciel en ciment. Foules en glu. Ralenties viandes. Obèses messieurs samu. Alourdis gros gars. Loire et plongeons. Salto types, en crawl au fleuve, fous de frais : mais le fleuve est lave, bouillant comme un bain, en tourbillons de marmite, rouge Pompéi, brûle-corps. Dindons cravatés cuits : avec sacoches, au bureau se rendent, anémiés, cramés en couenne, calcinés. Torches-messieurs torches-mesdames : tous les enfants sont morts – presque. Aboulie de ville. Titube cité. L'air est là, sans issue, coincé dans la grande chaudière. Il reste et chauffe, stagne et sature, étouffe et tord. Tombent les athlètes, s'effritent les statues, on lèche les courants d'air. Craquèlement de l'univers. On dort dans des tombes, on pousse un peu les morts, on mord sur leur ombre : on partage. Les tombeaux affichent complet. On pose des torses sur le marbre – ce qui est tombal secoure. Les jets sont secs. Les verres sont vides. Les bouteilles sont tièdes. On voudrait engelures et rhumes. Flaque est la patinoire. Hockey sur bouillie. Télé se gondole. Les sièges de la voiture perforent un cul. Acide est la vie. Tout troue tout.

— Je goûte fort cette météo, expectora Marc-Astolphe Oh. Cela me rappelle ma natale Algérie. J'y évolue comme un goéland dans sa belle Suède. Je m'y ébroue, non sans nostalgie, comme un pipit en ses lacustres propriétés.

— Je vais décéder, le contraria Burguet Frantz-André.

— La salle des ventes vous rafraîchira, affreux lamentateur ! se fâcha Marc-Astolphe Oh. Vous risquez d'ailleurs d'adorer cette session. Ils se débarrassent surnotamment de quelques effets ayant appartenu à l'un de mes maîtres.

— Lequel ? demanda Burguet. Vous en possédez beaucoup. En outre, ils ont un peu tendance à varier chaque semaine.

— La question est indiscrète, mais elle est excellente ! sourit Marc-Astolphe Oh. On vend, amigo mio, cet après-midi, en notre bonne ville d'Orléans-sur-Braise, des choses tout à fait matérielles qui ont eu, ces choses, la chance et l'honneur d'appartenir à *monsieur* Will Marion Cook.

— Je me sens nul. À côté de vous, j'ai la sensation, désagréable, de ne rien connaître, grimaça Burguet.

— *Monsieur* Will Marion Cook portait des habits, n'est-ce pas ? poursuivit Marc-Astolphe Oh. Il ne se promenait point nu dans l'espace-temps. La nudité sur la place publique, il s'agit d'en laisser l'inutile fantaisie aux aficionados de la Résurrection. J'étais jadis trituré par les hautes questions du Ciel. J'avais même pour projet d'écrire un livre sur le Christ intitulé *Je croix en Dieu*. Les monstrueuses sanguinolences du Seigneur trinitaire, qui n'hésita point à laisser son Fils se faire transpercer d'une lance, me désespèrent à présent. Vous n'étiez point arrivé encore dans cette cité, je crois, quand je pris avec moi-même la décision de rompre ces miennes proximités avec les Évangiles. Je m'achemine ainsi, loin des élucubrations de la Montagne, des feux de l'Apocalypse et des crapahutages sur les lacustres flots, vers les copieux traités talmudiques frappés de cette pensée juive qui n'exècre rien tant que les entrailles de la misère et les gouffres de la désolation. Les bêlements du Christ au poteau, au calvaire accroupi, gémissant pâle tourné vers le Grand Consolateur, les mots d'enfant, toute cette théologie de l'épine et des couches-culottes a eu raison de moi, camarade. Je m'enfouirai par conséquent, armé d'un exorbitant courage, dans les volumineux grimoires où Dieu béni-soit-Il a, de Sa purissime Parole, griffé – par-delà la fourmillation des eaux et la spéciale intention des multitudes animées – des préceptes moraux qui me semblent foutrement baths. Il est l'heure, pour le mondial monde, d'interrompre les haines immenses. Christ n'est qu'un *joujou* pour les pauvres. Si la communauté des humains hommes est si foireuse, c'est qu'elle ne possède point assez l'ambition de devenir *juive*. Elle préfère celle, fort communiste, d'être heureuse plus loin dans l'avenir, une fois la vie *achevée*.

— Moi, le Talmud, ça me donne la migraine, soupira Burguet.

— Vous êtes bien con, asséna Marc-Astolphe Oh. J'embrasse de tous mes frais poumons un corpus pour qui la parole tue tout autant que des mains ! Ces assertions-là eussent pu être signées de votre marc-astolphien serviteur. Les chrétiens sont au ventre creux ce que les juifs sont à la tête pleine. Je préfère bouffer de l'hébreu que de l'hostie. Les spéculations du Rambam valent – je le pressens puissamment – cent fois, mille fois mieux que la phallique configuration de l'Enfant sur son perchoir de douleur, flagellé de tiges sous les orages, plongé dans l'extase de son morbide évanouissement, les lèvres sèches et l'œil verdâtre, accueillant la salive du crachat comme un cadeau de la haine, les ignominieux quolibets comme le couronnement d'une vocation. Je reste convaincu que le jour de la Passion – dussé-je m'attirer d'alentours fureurs – fut, est, sera le plus beau dans la vie de Notre Seigneur Jésus-Christ. Je vois l'ambiance telle que ! Dans l'exiguë géographie des venelles, frôlant colonnes, se griffant aux troncs des palmiers, il dépasse échoppes et chapiteaux, son ascension commence dans une poussière, son souffle est ronce et braise, il souffre de l'asthme. Il titube au milieu des architectures. Les chiens multipliés aboient à son humaine foulée. Une brume de chaleur s'élève du sable, docile comme une stagnante et morte marée – et produit de marins reflets. La rumeur enfle, on accourt, on l'entoure, on fait irruption. L'espace est rongé par les cris. Le frêle Seigneur, mâchant une chique imaginaire parce qu'il cherche sa salive, parce qu'il a soif, non tant de vie que d'un peu d'eau, ploie sous la masse de sa poutre. Il a mal dormi – ses côtes ont l'air de ciseaux. Les cernes sont de petits lacs bleutés. Le soleil rond et blanc cuit son visage. Les taches de son sang séché forment sur sa chemise de nuit, appelée suaire, une constellation rousse. Ses plaies forment croûtes. Il a vieilli depuis la veille. C'est un homme qui a peu vécu. La masse rissole sous la canicule, comme nous autres en ce 76-été, Burguet. Des soldats le suivent, l'accompagnent, le frappent. Ils veulent le vider des larmes dont ils le croient rempli. Les coups du fouet – qu'il associe en les recevant à la couleur rouge – mélangés à la brûlure du désert produisent des cloques violacées sur sa peau. On dirait des méduses. Ces grands châtiments ne trouvent bientôt plus de place sur ce petit corps décharné où la douleur danse, se trémousse, gigote, jouit, tandis que lui se tait. Il tient la brutalité en horreur. Tout veut qu'il meure, mais il reste poli. Il commence à cracher un peu de sang – il fait froid sous son os. Il fend l'humain flot. Il n'a pas d'équivalent dans l'humanité. Il n'en aura plus. Éclaboussé de graviers, il reçoit des diorites et des huées. D'engraissées oies le toisent. Il pourrait perdre connaissance, tomber sur l'herbe, faire fuir un criquet. Des admirateurs sont venus, entrelacés dans la grotesque procession. Les autres contemporains crachent sur cet élimé roi de carnaval précaire. Des proverbes vieillis se mélangent aux insultes dans la fumée du jour. Il avance. C'est pédestre et messianique. Une rainette d'or, traversant le sable du chemin, laisse échapper par l'haleine un atome frais. Il est maudit, on crache sur sa barbe, ses paupières. De la salive sèche sur ses cils qui collent. Aucune déviation ne lui est suggérée : sans sandale il suit les ronciers de sa mort humaine. Il apprécie du pied les cailloux, les débris, les houx. Ses ongles sont crasseux longs. Son verbe est celé totalement. Le corps devenu cible des projectiles est le lieu d'un concours. Les diverses foules l'accablent. Elles sont pourvues de vices neufs, nanties pour l'occasion de spéciales répugnances. Elles grimpent aux corniches, hurlent sur les murets, soulèvent leur linge à son passage, désignent et dévoilent l'appareil trifolié de leurs biologies inférieures. L'un pisse. Sur l'olivier, les olives sont les mêmes. On le respecte *à l'envers*. On ignore que son absence, tout à l'heure et dans la nuit qui suivra ce tout à l'heure, pèsera lourdement sur le monde, sur le monde du monde. Il se cogne à des corps. Ses chevilles se raclent aux roches. Elles saignent lorsqu'il ferme ses yeux piqués, une giclée de nuit le gifle, lui fait du bien. Son calme est infrangible, sa hanche est blessée. Il claudique et son regard est infini. Cet oriental crépu mulâtre, accusé profondément par ses pairs, sera corrigé par les peintres en blond barbu à pâleur de sperme. Son bras droit fatigue. Le soleil maintenant le brûle au point d'un glaçon. S'affaisserait-il qu'il lui faudrait ramper avec ce tronc sur le dos, desséchée tortue sous les lambeaux de chemise tachée de beurre à l'endroit des aisselles. Sa peau forme des écailles. On chuchote en riant sous cape, l'œil hargneux. Parfois, il recueille sans s'émouvoir une affectueuse tape. On conspue sa suprême essence. Il évite un chardon. Il choit – tourbillon de cris. Il semble échoué sur un banc de sable. Sa figure est d'un raisin sec. Hilare un centurion le relève. Jésus glisse – on le rattrape agrippe. Sa jeunesse est vieillesse. C'est un prince des étoiles, lacéré, fléchissant sur les sols, et dont le ventre est froid. Il a faim mais ne le sait pas. On le secoue, des petits chiens salivent aux plaies. Ils se désaltèrent, passent leur langue râpeuse sur les genoux abîmés. Les soldats à verges brandies se plaignent d'ampoules aux paumes. On lui refuse un arrêt, il s'enfonce dans l'incassable impératif des choses. Il avance pour bénir, un océan d'abrutis le recouvre.

— La rigolarde multitude, fit Burguet. Toujours déjà elle.

— Un dromadaire passe au loin sous une pluie de lumière, poursuivit Marc-Astolphe Oh. La face de Jésus, presque christique, se dore, semblable aux beignets gorgés de miel. L'oint, roulé dans la farine de matza que forme la poussière de rocailles, se présente désormais sous l'aspect d'un dessert. Il est autre chose que ce futur biscuit aux corps, sec et cartonné, lisse, blême et sans goût – il est autre chose que son hostie. Soudain s'élève, au-dessus du murmure obèse des badauds, comme un tintement de pièces célestes parmi la brume radicale et dorée, le *Dixit Dominus* de Haendel – mille fois supérieur à celui de Vivaldi – avec son impeccable motet surgi de l'infra-monde. *De torrente in via bibet propterea exaltabit caput.*

— Par qui ? s'inquiéta vivement Burguet.

— Mais enfin ! Par Laskar Propagund, chez Decca, 1972. Cette question ! Je vais finir par me figurer que vous faites un très perpétuel barbare, se désola Marc-Astolphe Oh. C'est surévidemment là l'unique version qui se peut ouïr. Les autres, mises en compétition, font revendications musicales pour pièces de cent sous. Propagund – Laskar – donne l'impression d'être un éleveur de chérubins, là où ses confrères en *Dixit* sonnent comme de périgourdins gaveurs d'oies. Propagund – Laskar – fait monter les larmes aux immaculées statues de l'autel, il survole, tandis que sa propagundienne baguette envoie des reflets de laser, les incon- cupiscents pâturages du Ciel, frappés par lui d'arpèges et de lumières. Les autres chefs d'orchestre, sur cette œuvre, mériteraient simplement la cour d'assises – si tant est qu'elle pût jamais concerner les ouistitis. Mais revenons à Jésus, foulant des herbes sauvages, traversant tel verger aux sen- teurs de savonnette. Une vipère a sursauté. Cher Burguet ! Et il n'a pas eu peur. Il a continué sa marche – écorché. Il n'a aucun rapport, pour l'instant, il n'a aucun rapport, pour quelques minutes encore, avec les crucifix de plâtre en face desquels les retraitants s'agenouillent, les bras ouverts sur un mur blanc. Le patronage n'a strictement pas de sens tandis que commence la montée. Aucun carmel n'existe, ni le véhément amour rendu, en clairs rayons, dans les cellules décorées par l'Angelico. L'histoire de la vérité reste à écrire, et les gouffres pascaliens. Le Golgotha est en vue – terminus. La peur est *parfaitement* dominée. Sourd une aria de Bach, mon ami. À Jérusalem, il n'est encore le frère d'aucun. À Antioche, sa propagande est momentanément nulle. À Rome, il ne gouverne pour l'instant personne. Dans Alexandrie, sa pensée n'est toujours pas répandue. Saint Jacques le Mineur n'a point baptisé, saint Paul ne s'est point converti, saint Pierre n'a point administré, saint Jean n'a point enseigné. Il n'est qu'un lapsus en sang. Une erreur dénoncée. Je suis heureux, amical ami, *friendly friend*, de m'entretenir de cet indicible épisode au jour du 14 août, veille de l'Assomption, sous cette chaleur de plomb, sous ce sépulcral soleil que connut en son assassin temps notre cher Péguy, lorsqu'il partit, entonnant *Carmagnole* et brodequins lustrés, pour cette guerre qui fit sur son petit corps dru l'effet d'une charnelle sensualité, d'une symphonique satisfaction, d'une jaculatoire libération ! La froide beauté de Péguy coiffée du képi, vibrait sous l'uniforme : le roulis de la mort gronde, qu'il connaît déjà un peu, qu'il va connaître *exhaustivement*. La péguyste canicule, à l'instar de la marc-astolphienne, la canicule-14, tout comme cette canicule-76, rend les gens jambons, rend les gens moignons, rend les gens rognons, rend les gens sueur. Les éclats des sabres de 14 aveuglaient les enfants penchés aux balustrades des balcons. Cancans cliquetis cohues, paquetages pioupious partances, rieurs régiments rabiots, compagnies canons cabèches, majors *Madelon* matricules, casernes cavalcades cabs, branle-bas biffins balles, datée destination destin, convois cuir crottin, batteries Boches Bertha, départs dahlias dadas, Kaiser képis kapok, fusils fleurs foule, caporaux carabines cols, troupes tabac taïaut, cagnard cahots casques, moyeux mêlée mili, conflit caporaux capotes, pagaille pantalons panache, sabres saluts souliers, capitaines cris cuites, et bientôt, bientôt Zamiburguet : boue route croupe, faisceaux fracas feuillets, remblais monceaux popotes, rats coteaux paille, Zouaves oulà kaput, tranchées talus flancs, cailloux brume pics, souille caca trou, shrapnels Allemands sang, uhlans gamelles obus, drapeaux moignons trouille, décombres saules flaques, bidons bidoches aube, garance épis charogne, gerbes nuit corps, rafales champs lebels, pluie chaume côtes, vergers nuées Prusse, lueurs coulées viande, nuages troncs plaies, odeurs bourdons vautours, sergents plaines pioches, choléra vent Fritz, glace mamelon cendres, ravins gnôle bois, douille paquets mitraille, hiboux boum mousses, éther ponceaux corbeaux, torches terre fange, couteaux sillons chefs, lazzi chocs mottes, héros rondins feu, bouthéon stocks hutte, grelots granges goupilles, guêtres plomb cuves, moteurs départs douves, avions nord quetsche, combat côtes pommes, feuillus croix tombes, outils pattes bouches, vareuse matin musette, éclats arêtes scies, hameau pans bataillon, larmes toux buée, lanternes officiers choucroute, bouh petit-lait sueur, hêtre crâne tige, abris ronces bâton, lisière sentinelle cartouches, typhus crêtes patrouilles, fusées fourneau quarts, savates essaims décès, mausers bouleau mottes, épines automne boutons, lanières crosse pente, brancard brouillard flotte, crachin trombes grimaces, semelle grêle noix, mollets talus grolles, gourbi soupe colline, ail coqs horizons, gangrène huches ruche, caillots rouille bulles, fumier moellons glaise, plâtras piton soufre, rien à voir, Messirburguet, avec la Seconde, de guerre mondiale, qui, elle, fut plutôt Pétain camps Chleus, youpins Moulin Reich, Stresa nazis zones, Vichy Drancy blitz, Laval RAF races, Teutons furie fours, flammes panzers Süss, trains Rhin chiens, youtres SS axes, incendies SA ricin, Führer bottes oie, cris gosses fosses, nuit nuit nuit, wagons couteaux Goths, Waffen youyou gaz, Gruppen cristal Maréchal, barbelés gibets neige, Montoire étoile Heil, Lager collabos crocs, micros Doriot foules, Tokyo Déat Bataan, denrées Darnand rafles, nippons kapos schlague, svastika brume Hess, zyklon Lager moustache, brillantine Brasillach Nacht, BBC maquis Krieg.

— Ah salaud. Si fascinants vos solos sont, s'abandonna Burguet.

— Non point ? crâna Marc-Astolphe Oh. Je suis en forme, en ces ci-temps. Le verbe est là j'avoue. Je puis facile tout dire. Lala chanter. Ce qui maintenant m'enchante fait taper mon pouls comme chilienne matraque, c'est l'immédiat avenir de la Cook Marion vente. Ses futals chez moi super *soon*. Boots aussi. Nœuds papillons, guêtres. Son perso cirage. Son apéritif arsenal. La partition de *Cannibal King* ! Ses disques rares et dentifrices, ses poils tombés, quelques gants de toilette, ses périmés yaourts et deux trois 33 t ou 78 t, même et *surtout* rayées.

— Oui, tiens, au fait, hé, fit Burguet, je vais vous rendre votre *Les Noces de Figaro* Karl Böhm Deutsche Grammophon, je n'ai pu l'écouter. Il est rayé.

— Je ne comprends que peu où le problem is. Citoyen. Je ne vois pas, répondit Marc-As, contrarié.

— Le disque, continua Burguet. Inaudible. Puisque rayé. Je m'apprête donc à vous le rendre. Car il radote. L'oreille est empêchée.

— Que me là racontez ? Purée ! se fâcha Marc-Astolphe, vous n'avez *rien* compris. Je n'ai point tiré cet exemplaire de ma collection de disques, ou plutôt : de ma collection de collection de disques, de ma collection au carré de disques, mais non : je l'ai extrait de ma collection de *rayures*.

— Pardon ? fut surpris Burguet.

— Je ne vous l'aurai pas enseigné donc ? s'étonna Oh. Je fais collection des *rayures*. Non pas des *disques rayés*, mon petit camarade, mais des *rayures sur disques*. Des rayures dont les *supports* sont des disques. Et plus spécialement les rayures qui ont élu domicile sur les disques de Mozart. Les disques de Mozart – plus spécialement sur le lisse vinyle de Deutsche Grammophon – forment un milieu idéal et accueillant, douillet, qui abrite une extraordinaire variété de rayures. Un simple coup d'œil sur la surface, à la lumière du jour, suffit pour les découvrir. Alors quelle joie ! Ce fou luxe ! Ce n'est point Mozart, dans cette optique-ci, que j'accumule, mais les rayures dessus. Je les compare, je les analyse, je les étudie, je les embrasse, je les photographie, je les peins, je les chouchoute, je les entretiens, je leur parle, ah mes rayures je les aime. J'étais étonné, à très vrai dire, que vous ne fussiez pas passé me rendre visite à l'ascenseur qu'encore j'occupe – je ne cesse d'être dérangé, c'est intolélélérable – pour me complilplimenter sur cette belle figarienne rayure. C'est une des plus sublimes de ma collection. Elle s'est particulièrement bien adaptée – dû sans nul doute à l'action vandale d'une clef de voiture automobile ou d'appartement immobilier – à son milieu, son beau milieu noir et souple, à reflets cirés. Elle strie le sillon d'une incroyable manière, avez-vous vu ? Je vous invite à vous munir d'une loupe pour l'étudier de près. Suivez donc du doigt ses contours, elle est longue et chaloupée, voyez son abdomen de guêpe, c'est une rayure adulte, une belle rature désirable et lascive, c'est une rayure fatale. Quand s'approche d'elle le saphir, on sent qu'elle jouit. On la voit remuer sous l'aiguillon, à mort grattée d'enfer. Sur la face B – si vous êtes tant avisé que *je* – je vous propose l'emploi d'un microscope à dessein de trouver, bel exercice, des microrayures. Tentez tantôt d'en mesurer l'envergure, d'en évaluer la profondeur. Je vous supplie de manipuler ces vinyles avec douceur, de ne point surtout abîmer ces rayures, de ne point les *rayer* ! Après étude, veuillez les replacez dans leur pochette d'origine. Je vous promets là, Burguet Boy, de *très* agréables heures d'observation !

— Je vais regarder, dit Burguet soudain passionné. Vous m'avez convaincu. Vous m'avez donné *envie*, cher Astolphe. Mais comment faites-vous pour distinguer un disque de Mozart rayé d'une rayure sur un disque de Mozart ?

— Je vous expliquerai, Burguet, dit Marc-Astolphe Oh.

— Je ne vous cache pas que vous resterez pour moi – et à jamais – un mystère, une interrogation vivante.

— Mieux vaut être une interrogation vivante qu'une exclamation morte, mein Herr. Qu'une dead exclamation, raisonna Marc-Astolphe Oh. D'ailleurs, vous ne croyez pas si bien dire. Je suis bel et bien une interrogation, et mon véritable prénom n'est point, n'est nullement « Marc-Astolphe ».

— Vraiment ? Quel est-il alors ? s'étonna Burguet.

— Eh bien quand mes géniteurs, Madame et Monsieur Oh, m'ont mis au monde, expliqua Marc-Astolphe, ils proposèrent force prénoms : mon père suggéra, sur le mode *clairement interrogatif* : « Marc-Astolphe ? » Puis ma mère, Madame Oh, acquiesça. Si bien que je me prénomme en réalité « Marc-Astolphe? » et non pas, et non point, et nullement « Marc-Astolphe ». Oui, mon nom est « Marc-Astolphe? Oh ». Sans espace typographique, please please oula, entre le « Marc-Astolphe » et le « ? ». J'eusse pu jouir d'un prénom composé : « Marc-Astolphe-? » Mais non : mon prénom réel, mon prénom vrai, mon prénom avéré, mon prénomatif prénom n'est ni « Marc-Astolphe », ni « Marc-Astolphe ? » – ce qui n'aurait aucun sens –, ni « Marc-Astolphe-? », mais tout simplement, tout interrogativement « Marc-Astolphe? ». Peu de gens le savent, mais tenez : voyez donc, cela figure sans ambiguïté sur mon passeport.

— En effet ! C'est marqué « Marc-Astolphe? » ! n'en revint pas Burguet.

— Vous comprendrez bien que cela pose de notables difficultés d'intonation, précisa Marc-Astolphe. Il m'a fallu beaucoup de temps pour m'habituer à reconnaître mon prénom sous son affirmative déclinaison, sous son accusatif avatar. Pour être d'une franchise de lame d'Opinel plantée dans le genou d'une fillette sourde. Les gens disaient « Marc-Astolphe » au lieu de « Marc-Astolphe? ». Pendant des lustres, durant des années, au long de lustres années je dus, ainsi, abandonner ma part interrogative, mon morceau de mystère, comme vous disiez, ma radicale portion d'énigme à l'éteint cendreux profit, à l'infra-miteux bénéfice de la platitude désignante, de l'évidence tautologique, de la désignation péremptoire, de l'euclidienne indication, le plus souvent proférée d'une voix blanche. Le Marc-Astolphe? interrogatif était un Marc-Astolphe soulevé, élevé, un Marc-Astolphe? de trampoline et de multiples tremplins, un Marc-Astolphe? aérien, céleste, stellaire, firmamental, mystique, un Marc-Astolphe? sans escale, très évadé, un Marc-Astolphe? au décollage, d'amplitude, d'ampleur, de gnose. Un Marc-Astolphe? cabotant telle une byzantine felouque sur les cieux lacérés de cormorans. Un Marc-Astolphe? plus élancé, moins sombre, oui plus bleu, un Marc-Astolphe? plus nettement étagé. Plus élastique, moins droit, plus courbe, plus puissant, plus gym. Un Marc-Astolphe? moins enfoncé dans le constat, dans la constatation, un Marc-Astolphe? plus turc, plus ailé, moins épais, moins tendu, un Marc-Astolphe? au-dessus des terres, direction les orbites, noyé flottant, parmi les galaxies mouchetées, un Marc-Astolphe? moins immergé, moins anguleux, un Marc-Astolphe? mieux parsemé. Mais voilà, je suis un interrogatif contrarié.

— Il est assez difficile d'en caser une, avec vous. Ceci étant stipulé avec le maximum d'amitié, tenta Burguet, courageux, honnête, épuisé.

— Hé. Je puis emplir tout l'univers de mon Verbe, se vanta Marc-Astolphe. Je ne suis pas rien. Je suis terriblement mondial, je possède un grand pouvoir de mots. Je me détache de plus en plus, au dam de ces dames, de ce qui se déroule sur le territoire des multitudes humaines. Je suis libéré – par les coudées de hauteur qui me séparent de mes abjects contemporains comme la virtuosité de l'éperon de Bayard devant Charles VIII est séparée sur les cahiers de Chronos d'une partie de chasse avec Khrouchtchev – des soucis qui vous triturent, des confusions qui vous démantibulent, des pénombres qui vous hantent, des malédictions qui vous frappent, des éléments qui vous manquent – des radiations qui vous exterminent. Je suis séparé des terriens tracas. Je suis hors-vos-murs. J'affirme ma haute réputation par la fréquentation de concepts et le maniement d'intuitions qu'aucun autre homme, fût-il génial au point de prendre l'ensemble des neurones d'Einstein en pitié, ne saurait sur cette croûteuse petite planète aigrie, en dehors de moi-Marc-Astolphe, garantir. Pour celui qui vous parle, vous parle *quand même*, vous parle *malgré tout*, la totalité de vos pleurs, de vos grincements de dents – j'entends pourtant bien que vous êtes hors norme, Burguet, mais cela ne suffit point tout à fait pour m'atteindre –, de vos théorèmes est sans importance : à vos déserts de jours perdus, j'oppose – avec la juste condescendance que réclame cette glandée de burnes – le céleste détachement de mes sphères. Frères humains, vos océans sont mon pédiluve ! Je revendique le confortable exercice de mes mépris. Parce que je suis supérieur à vos inanités, à vos zèles – à vos ridicules. Je suis saturé de vos névropathes nations, de vos mondiales bisbilles, de vos puériles exterminations, de votre vide acharné. Toute cette concupiscence, les vits sottement dressés, la culotte tristement tombée, m'accable en tournis. Je fatigue fort à vos hédonismes, à l'acabit de vos romanciers, à la pestilence de vos intimités, à la translation de vos nombres – car vous êtes trop nombreux, vous naissez à tort et à travers, et au moment d'aborder cette prodigieuse question de la vie, vous démissionnez, vous fuyez la pensée, vous évitez la transcendance, vous craignez la pure essence, vous allumez des télévisions, laissant Pascal, laissant Boileau, laissant Vauvenargues, laissant le cardinal de Retz, laissant Malherbe, laissant notre cher Péguy sans lecteur ! Vous savez, Burguet, ce n'est guère compliqué à prévoir que ce monde vôtre va finir en diarrhée, avec ses malfrats, ses petits visqueux propriétaires, ses publicitaires sans éternité, ses cannibales banquiers, ces égoïstes sans espérance. *Jamais* vous n'aurez rien qui vous plaise, *jamais* vous n'obtiendrez la femme dont vous rêvez : pauvres instruments, surprenants puceaux ! Vos inclinés notaires, vos dédiés experts, vos graves chroniqueurs, vos petites poteries, vos plages affligées, vos lamentables cohésions, vos redoutables impulsions, vos mortes bien-aimées, vos délicieuses douleurs, vos inappréciables sympathies, vos tordues turpitudes, vos surnaturels mérites, vos chiens angoissés, vos universels dégoûts, vos marécageux axiomes, vos mauvaises géométries, vos précieuses ironies, vos infortunées amertumes, vos gémissantes élucubrations, vos inutiles entrailles, vos obliques Cythères, vos secs étrangers, vos excessives colloquations, vos crochus pauvres, vos multipliés petits, vos agonisants bras, vos profondes putréfactions, vos accroupis sanglots, vos souterrains galas, vos obscurs papas, vos pâles mamans, vos quelqu'un-venu-d'on-ne-sait-où, vos molaires pourries, vos colossaux crédits, vos provisoires homicides, vos veules vibrations, vos Évangiles antagonistes, vos cadavres dominicaux, vos descendantes oraisons, vos absolues boues, vos sermons humiliés, vos fieffés tumultes, vos crues clamitations ! Alàlà. Je suis bien heureux de ne point appartenir à ce cosmos-là. D'échapper à la douloureuse bousculade. D'être de ces os distincts. De ne point être inscrit dans cette ignoble confrérie des pullulances. Je suis muni de chance beaucoup. Du moins crois-je.

2

— Je ne puis tout à fait être homme humain, selon vos lois, puisque je n'ai rien procréé, que je ne suis père de rien, ni de personne, poursuivit Oh Marc-Astolphe. Me voici coupable. Je n'ai enfanté que « Que sais-je ? » et moults colombins. Ma biologie ne m'a servi, jusqu'au jour d'hui, qu'à prendre d'impies apéritifs et à concocter d'incommunicables proses. Oui-da ! Qui ne transmet point ses gènes pratique l'autholocauste. Elle sera mal vue, je le sais, cette mienne dépouille sans descendance pour pleurer sur ses raides pieds. Je n'ai point produit d'organismes. Pas le moindre eucaryote. J'incarne le total cancre darwinien. Je n'ai fait de petits d'hommes qu'éclaboussés dans mes paumes, par maniement d'organe, par masturbatif procédé. Du même coup, je n'ai traumatisé personne. Et aucune mère d'aucun de mes non-enfants ne pourra être accusée d'avoir fourni du cobaye aux lacaniques jurisprudences. Je n'ai accouché d'aucun petit schizophrène. La froideur d'une maîtresse n'a point accompli jusqu'au bout la venue en ce monde d'un prodigieux autiste, comme aucune domination n'est venue engendrer de cendrée tarlouze. Pas une seule anorexique gaminette ne se balade sur le globe de mon fait, à l'irrécusable prétexte que sa mamamaman eût omis dans la petite enfance d'inscrire des limites à la liberté. Je ne suis, Marc-As-moi, le bourreau de personne. Cela ne m'a pas séduit, vous voyez, de reproduire le déposé modèle humain. Je n'ai jamais cru – hors moi-même donc – à l'originalité de la personne, à la spécialité de *l'individu*. Il n'y a point de mystère : mais une congrégation de sosies, d'analogues gens, dotés d'identiques réflexes, de secrets jumeaux – de similaires manies. Chacun fonctionne à la virgule même comme chacun. Tout ça chie en produisant les mêmes crispations de faciès, les mêmes grimaces que du temps de Plotin. Tout ça réfléchit pareil. Il n'est qu'un seul unique universel esprit, un seul universel unique mental, une unique seule universelle psychologie, un unique universel seul fonctionnement. Il n'appartient à nul de décider de quitter ces mécanismes. Tout le monde se pense comme personne. Personne ne s'imagine comme tout le monde. C'est votre grand leurre, votre naïve légende, de proposer à votre sépulture, en épitaphe, l'accomplissement d'une originalité, d'une exception, d'un respect supplémentaire, d'un destin. Toute vie est un roman. Aucune vie n'est un roman.

— Je vous informe toutefois, fit noter Burguet en situation de croissant agacement, que vous êtes comme tout le monde, cher Marc-Astolphe. Pardon : cher Marc-Astolphe? !

— Je ne vous suis pas tellement très, grimaça Marc-Astolphe. Nenni mon prout ! Je ne suis nullement accointé à votre conformiste ici-bas. Je lévite aux nuages, bien là-bas haut. En galaxies. Dans la patrie des Anges, je me meus dans des Inexplorés. Je ne m'amasse moi pas. Je ne me rassemble guère aux métros, je suis âme et le reste est cloporte. Je sais certes les déboires de la solitude – mes firmaments s'amusent au bout des distances, et même un peu plus loin que l'infini.

— Purée ! Hé. Vous allez décéder un jour, comme chacun est appelé à décéder ! Donc, vous êtes comme tout le monde. Un humain. Pas un dieu mais un humain, s'énerva Burguet.

— Oualà ! Dou-ce-ment. Doucement les cornettes ! ripostata Marc-Astolphe. Qui me prouve, moi, que je vais moumourir ? Tous ceux qui sont morts depuis que l'Humanité existe, depuis que l'Humanité humanite, n'étaient pas, n'ont jamais été *moi* ! Ils étaient *eux* ! Ils n'étaient pas Marc-Astolphe Oh. Ils n'étaient pas Marc-Astolphe? Oh ! Peut-être étaient-ils Marc-As-Tolphe Oh, M(a)rc-(A)stolphe Oh ou Marrrc-Assstolphe Oh, mais ils n'étaient pas Marc-Astolphe? Oh ! Alors, qui me dit qu'ils ne sont pas morts – « décédés » comme vous dites ! –, non d'avoir été simplement des êtres vivants, mais de n'avoir point été *moi* ? Qui me dit que le fait d'être moi, moi Marc-Astolphe – moi Marc-Astolphe? ! –, n'est pas la condition nécessaire – et suffisante – pour ne *jamais* mourir ? Je suis désolé mon ami, mais tant que je ne suis pas mort, je suis immortel. Et j'ai tous les droits, et j'ai toutes les raisons – rationnelles – du monde pour me prétendre tel. Eussé-je été précédé d'antérieurs Ohs Marc-Astolphes, de parfaits ancestraux clones, aux dûment attestés décès, constatés, homologués, répertoriés, enregistrés, consignés, que je me tairais, en ce hui jour, face à la Mort. Mais là, je suis navré puissance navré ! Et je la conchie de tout mon train votre mort. Votre *soi-disant* mort. Cette morbide madame. Cette vieille issue. Paraît-il incontournable ! Je ne prétends pas, certes, que je serai obligatoirement le premier homme à ne point mourir, mais je dis que je ne serai pas forcément le *dernier*.

— Vous êtes essentiellement dément. Mon cher Marc-Astolphe?, asséna Burguet.

— La mort ne vaut pas que je m'entretienne de sa petite personne, répondit Marc-Astolphe avec dédain. Elle est réservée *aux autres* ! C'est une chose qui fut sans doute conçue aux seules fins que nos croque-morts pussent pourboire obtenir. Je n'exclus absolument nullement que la mort soit une opération *commerciale*. Une unanime arnaque. Un attrape-gogo. Et tous les gars du globe tombent dans le panneau, depuis que le globe est. Vous laisserez-vous donc intimider longtemps encore par cette ci-truie ? Les jobs que mort donne pullulent : en les cimetières, qu'il s'agit d'épousseter, de remblayer, de fleurir, de décombrer. Je n'oublierai pas l'idolâtre entretien des sépultures, ni les donations aux églises qui pleurent, le plein d'essence des corbillards noirs et lustrés – si lustrés que cela coûte en produits qui lustrent – et les cercueils, toutes les marques et les profils, avec poignées en or, en acajou de Reggio, en buis d'Asie mineure. Et les médecins, en quantité, qui signent des ordonnances en bois pour des déjà-morts, et la pharmaceutique qui suit, s'emballe, bénéficie !

— À quelle heure commence la vente, cher Marc-Astolphe?? demanda Burguet.

— Cela m'émeut strictement, petit camarade humain, lâcha Oh, que vous utilisiez mon initial prénom de « Marc-Astolphe? ». Mais n'oubliez pas que lorsque vous me posez une question, celle-ci, lorsqu'elle s'achève par « Marc-Astolphe ? », qui contient déjà un point d'interrogation, ne saurait être prononcée de manière interrogative. En effet, « ? » et « ? » s'annulent – comme en mathématiques deux signes *moins* multipliés entre eux produisent le signe *plus* –, le « ? » de « Marc-Astolphe? » et le « ? » de la question se *neutralisent*. Si bien que pour reformuler votre dernière question, je suggère l'intonation *affirmative* ! Sinon, la vente commence dans une heure, mais nous aurons au préalable à chercher en sa demeure, sise au 56, rue de Vauquois, un maître de mes amis, un préfigurateur de mon miraculeux ministère, un monstre d'enseignement, un loulou du savoir, un surnaturel compère de mes incommuns loisirs. Il incarne un insurpassable pape dans cette Église dont je suis devenu, absolument grâce à sa science, la plus extra-humaine des figures puisque j'en suis à peu près le dieu. Certes, j'ai en quelque sorte dépassé le maître, moi le respectueux disciple, moi l'incrédule lieutenant que longtemps, portant son coton, j'incarnai dans la plénitude de son sacré sillage.

— Vous avez un *maître* ? Mon Dieu ! Mais quel est donc cet homme-là ? Quel saurait donc être un *tel* individu ? s'effraya (mais fasciné) notre cher Burguet.

— C'est un historien du genre infatigable, expliqua Oh. Il est spécialiste d'Hugues de Lionne et de l'attentat de Damiens, de l'assassinat de Domitien et du redressement des grands équilibres sous Pinay. Il a écrit sur les pseudépigraphes de l'Ancien Testament et préfacé la biographie de Tokugawa Ieyasu. Il enseigna pendant douze ans, à Troyes, les rudiments de la numismatique et rendit une thèse d'État consacrée au séjour de l'algébriste Umar Khayyam à Samarkand. Il supervisa des recherches sur la création par les Peuls d'un État musulman théocratique au Fouta-Djalon. Il établit une exacte chronologie de la défaite des Petchénègues par Iaroslav le Sage dans les steppes du Dniepr. Il dressa le catalogue complet, postfacé par ses insignes et vigoureux soins, des œuvres picturales d'Enguerrand Quarton. Il proposa une édition critique de *La Conjuration de Catilina* de Salluste, des *Institutions divines* de Lactance et du *De rerum naturis* de Raban Maur. Il traduisit du japonais le *Genji monogatari* de Murasaki Shikibu, de l'italien *Le Cantique des créatures* de saint François d'Assise et *De l'âme* du dominicain Cajetan, puis du mexicain l'infaillible *Histoire des Indes* de Bartolomé de Las Casas. Il organisa, sur l'île de Terre-Neuve, un colloque consacré au *Joyau des noces spirituelles* de Van Ruusbroec et, dans la région de Kimberley, un séminaire sur *Clarisse Harlowe*. Ses deux monographies consacrées à Knobelsdorf font encore autorité, de même que l'on réédite régulièrement ce petit essai sur Nicéphore Niépce que vous avez fort certainement lu. Ses articles étudiant les faïenceries de Delft font autorité, comme ceux qu'il a commis sur Métastase, Michael Parer, la cathédrale de Gloucester ou le mouton mérinos. Son « Que sais-je ? » dédié à l'Ifriqiya hafside expédie les autres volumes – à l'incroyable exception du mien – vers les confins de l'égoût. Il obtint sur l'îlot de Gorée la chaire de tlalocan. Il passa huit ans à redémontrer la cohérence interne du *Traité d'algèbre* de Chuquet, douze à composer, seul à Kakonda, un poème de cent mille vers en hommage à Apollodore de Damas. Il signa un opéra sur l'eunuque Zheng He, une opérette sur l'utopie sociale à partir de *La Cité du Soleil* de Campanella. À Orenbourg, à Pataliputra, puis à Nehavend il mit en scène la *Saga d'Egill Skallagrimsson* de Snorri Sturluson. Il fit paraître, à Kourrouhanni, une grammaire runique et donna de multiples conférences, de Roquepertuse à Alalah, de Nisibis à Iconium, de Tambov à Lexington et de Khaybar à Sinope sur les fresques absidiales de Saint-Clément et de Sainte-Marie de Tahull, sur les débuts de la construction du château d'Anet, sur l'anesthésie générale au chloroforme par Simpson, sur la fondation de l'empire du Monomotapa dans la vallée du Zambèze, sur les canons de la messe polyphonique, l'emploi du système de numération décimale d'Aryabhata, la civilisation gravettienne, le chalcolithique, la mort du roi sassanide Khosrô Ier ou encore la réforme du calendrier persan. Il fut également, pour France Culture, avec ou sans Alain Decaux, producteur d'émissions ayant pour sujet la publication de la *Théorie analytique des probabilités* de Laplace, les traités de Tordesillas et de Westphalie, la glaciation de Riss, les chansons de Josquin des Prés, l'hetman des Cosaques Zaporogues Mazeppa, les retables de Witz, la fin de l'Empire songhaï à Tombouctou, l'inhumation du Maya Pakal à Palenque, la Vénus de Brassempouy, la révolte des Celtibères, le calife fatimide al-Hakim et la très marc-astolphienne autoproclamation de sa divinité, le *Roman de Brut* de Wace, la défense de l'hésychasme par Palamas, la bataille de Talikot, la Perse séfévide et Ispahan, le pléistocène moyen, l'Indus, la statue de Polyclète, la réforme de Néhémie, la consécration du temple de Bêl, la mort de Proclus, les églises d'Oviedo, le règne d'Olav II Haraldsson, l'œuvre d'Ibn Badjdja, la dynastie des Turhluq, la destruction de Bagdad par les Mongols d'Hulagu, la bataille de Crécy, le Mars de Todi, Attalos III de Pergame, les bords du Pont-Euxin, les fresques de la pagode de Mokaoku, la loi Gombette...

— Ça c'est intéressant, la loi Gombette, acquiesça Burguet en jouant avec ses lunettes sur son nez.

— ... al-Maúmun, les Frères prêcheurs, le madrasa du sultan Hassan, la naissance des chorals, la domination des Fujiwara, l'oracle de Huitzilopothtli, les bronzes de Cellini, la basilique de Superga, l'invention du réticule et du gyrocompas, Amerigo Vespucci et Juan Diaz de Solis, la suppression de l'hetmanat en Ukraine, la révolte Taiping, Millikan et l'électron, les bois polychromés de Günther, la fondation de Ville-Marie, le monophysisme arménien, Pic de la Mirandole, Klopstock et sa *Messiade*, le sillon de Rolando, la *Madone au long cou* du Parmesan, l'insurrection des Rajputs contre Aurangzeb, Saint-Lazare d'Autun, l'unification du Népal par les Gurkhas, l'île de Pitcairn et ses mutinés, l'évangélisation de l'Écosse, l'époque Song, Sotatsu, et j'en passe ! *(Et là, incidemment...)* Ah Burguet Frantz, j'ouvre une petite parenthèse par crainte d'oublier ultérieurement cette requête : j'ai projet d'emménager bientôt chez vous durant la dure durée de mes travaux, car je ne puis plus supporter de vivre dans cet ascenseur. Il ne cesse de descendre et de monter, et cela m'est peu supportable, et cela nuit aux dispositions assez particulières de mon intimité. Je vous remercie mon vieux.

— Mais c'est que, je ne... n'eut point le temps d'achever Frantz-André Burguet.

— C'est adorable, soyez-en béni. Je vous le rendrai au milluple ! exulta Oh Marc-Astolphe. Mais je ne vous ai point dévoilé je crois l'identité de mon père spirituel.

— Pour ce qui est de vous héberger chez moi, ça va être un peu diff...

— Il s'appelle Gean-Gérôme Yteulaire.

— Jean-Jérôme *Hitler* ?!? manqua de s'étouffer Frantz-André.

— Non, pas *Jean-Jérôme* : *Gean-Gérôme*. Et pas *Hitler*, *Y-teu-laire*, Y-T-E-U-L-A-I-R-E. Croyez-vous, cher camarade, que je pourrais compter parmi mes maîtres et amis des gens portant l'albumineux, le poisseux, le vitreux, le visqueux, l'indélébile patronyme du plus monstrueux assassin qui fût depuis les commencements du ciel et de l'eau ? Monsieur *Yteulaire*, *Gean-Gérôme*, donc, est docteur ès à peu près tout. Cet homme, cher Burguet, vous apparaîtra bientôt comme inappréciable, opérant tous les prodiges, et dont le moindre n'est pas d'accepter – humilité parfaite, humilité suprême – que le fils spirituel que je suis pour lui, ait atteint *avant* lui – mais *par* lui – la Jérusalem de tous les dons. Je suis, où je me loge, incontaminé par l'homme et les salariés avatars de sa grouillance. Mais lui, ce maître-*là*, je puis accepter, je puis révéler, je puis confesser qu'il me *talonne*. Je fus pendant quelque temps son secrétaire particulier, j'organisai ses cours et son titanesque emploi du temps. Je m'occupai en outre de sa correspondance. De ses affaires. Je ne lâchai rien, fût-ce au péril du péril de la vie de ma vie. Ah tiens, il me souvient surnotamment de l'affaire Vuitton. Quelle rigolade, quel extrême épisode !

— Quelle est donc cette affaire ? interrogea Burguet, intrigué.

— La voici, cher Burguet, la voici…

3

« Orléans, ce mercredi 30 novembre 1966

Cher Monsieur Vuitton,

Je vous prie de bien enregistrer mon patronyme : il s'agit de "Oh", que je vous demanderai de faire respectueusement précéder de la mention "monsieur" puisqu'il m'incombe de représenter auprès de vous – et de quelques autres de non moindre renommée – les intérêts de M. Gean-Gérôme Yteulaire soi-même. Ce dernier, dont l'impayable génie ne conçoit pas de payer ce qui se peut obtenir à titre gracieux, m'enquiert de vous demander de mettre à sa disposition, pour le lundi 12 décembre à onze heures extrêmement sonnantes, deux malles de votre signature, l'une pour y abriter ses chapeaux, l'autre, du modèle dit "armoire", pour y entreposer des choses qui ne vous regardent en aucun cas.

En espérant que les deux malles me seront dûment présentées dans l'impératif délai sus-décrit, je vous prie, Monsieur Vuitton, de bien vouloir accepter les félicitations avisées de M. Yteulaire que des abus de travail éloignent momentanément de votre enseigne. Eût-il compté moins de chefs-d'œuvre à composer qu'il se fût lui-même déplacé, sans doute, pour percevoir les précieux contenants, griffés par vous, et surtout : *offerts* par vous.

À mardi onze heures.

Monsieur Oh Marc-Astolphe »

« Paris, le vendredi 2 décembre 1966

Cher Monsieur Oh,

Je suis reconnaissant à M. Gean-Gérôme Yteulaire, dont j'ai particulièrement apprécié les livres consacrés au Bréviaire d'Alaric et à l'art arabo-normand, de l'intérêt qu'il porte à nos produits. Je puis même dire que j'en suis honoré. Hélas, les malles Vuitton ne sauraient être cédées à quiconque (fût-ce à une éminence intellectuelle de l'envergure de votre patron). Nous en faisons commerce et leur coût de fabrication ne nous permet point, ce que nous regrettons bien, de les offrir à titre publicitaire ou honorifique.

Veuillez nous faire savoir, par conséquent, si les deux malles demandées le sont toujours, sachant que le prix de notre modèle à chapeaux s'élève à 1 800 francs, celui du modèle armoire à 3 600 francs. En ce qui concerne la date exigée, elle ne nous pose aucune difficulté, ces deux articles étant actuellement disponibles en nos stocks.

Espérant que vous comprendrez la politique commerciale de la société Vuitton, je vous prie d'agréer, cher Monsieur Oh, l'expression de mes meilleurs sentiments.

Gaston-Sosthène Vuitton »

« Orléans, ce dimanche 4 décembre 1966

Cher Monsieur Vuitton,

Sachez que seule la légendaire courtoisie dont générale-ment l'on affuble Oh Marc-Astolphe m'exhorte à faire pré-céder de l'expression de "cher" la mention de votre fameux nom. Cette précision étant établie, passons aux choses graves. Si je puis parfaitement me représenter, cher Monsieur Vuit-ton, que des babouins sanguinaires s'envolent vers la lune pour faire provision de sang sélénite ; si je puis tout aussi parfaitement me figurer que la Pucelle Jeanne était dotée, plutôt que d'une intimité concave et invisitée, d'une paire de couilles à faire pâlir un minotaure argentin ; si je puis imaginer, *sans aucun mal*, la tête de Moïse quand l'Infini le cribla de paroles hébraïques parmi les flammes d'un nid de thuyas sinaïtiques, je ne parviens point très bien à concevoir que quiconque, et en particulier vous, puisse refuser quoi que ce soit, et en particulier *cela*, à M. Yteulaire.

Aussi, je pense que ce courrier signé de vous et reçu par moi n'est que le malencontreux fac-similé d'un refus décidé en votre nom par quelque larbin de vos services comptables qui n'aura pas cru bon de vous communiquer l'urgence et l'importance de ma requête.

Soyez donc assuré, cher Monsieur Vuitton, que le bénéfice de ce doute vous est gracieusement accordé, *lui*, et permettez-moi je vous prie de donner au Maître la réponse favorable que, pour ce qui me concerne, je lui ai *déjà* communiquée.

Avec encore beaucoup de respect,

Marc-Astolphe Oh »

« Paris, le mardi 6 décembre 1966

Cher Monsieur Oh,

Soyez certain, et je le regrette, que la réponse négative adressée, par votre entremise, à M. Gean-Gérôme Yteulaire, n'est pas le fait d'un de mes employés, mais de moi-même, Gaston-Sosthène Vuitton.

Veuillez agréer, cher ami, l'expression de mes meilleurs sentiments.

Gaston-Sosthène Vuitton »

« Orléans, ce mercredi 7 décembre 1966

Cher Monsieur Vuitton,

C'est peut-être la dernière fois, c'est sans doute la dernière fois, que la précautionneuse et polie locution "cher"
vous sera accordée par mes soins ; je vous laisse en effet
la chance de changer à la fois de tonalité et de vocabulaire à mon endroit, qui est aussi je vous le rappelle le
considérable endroit de M. Gean-Gérôme Yteulaire. Il est
possible, quoique étonnant, que vous soyez si mal renseigné sur l'ostensible importance de ce dernier sur la place
mondiale d'Orléans, mais il semblerait indiqué, pour éviter
que le ridicule ne vienne botter votre train comme le mari
cocu botte les cadenassées malles Vuitton de sa femme
partie convoler avec un notaire de Saint-Jean-de-Braye, que
vous appreniez quelques renseignements à son considérable
sujet.

Ce courrier que je vous adresse maintenant n'est plus
véritablement une lettre de requête ; et, s'il ne s'agit pas
complètement encore d'une manière de menace, sachez que
toute convivialité en est absente puisqu'il est ici question
d'un *ultimatum*. Le lundi 12 décembre approche – c'est
dans quelque cinq jours – et l'heure de onze heures, située
peu après dix heures et peu avant midi sur le visage de ce
même mardi, approche tout autant. Je vous préviens donc,
avec une netteté semblable à celle du sourire de Notre
Sainte Mère Marie – dont le Fils fut heureusement mieux
élevé que certain fabricant de malles grossières – que je
viendrai *physiquement*, accompagné de quelques gens bâtis
comme cynocéphales et parfaitement dénués de facétie,
prélever sur vos stocks encombrés les deux articles que ma

politesse vous demanda hier, et qu'aujourd'hui ma patience vous réclame.

À lundi 12. Onze heures.

Marc-Astolphe Oh

PS : Par ailleurs, daignez bien avoir la diligence, Monsieur, de ne plus utiliser la formule de "cher ami" à mon égard. Seules vos malles sont chères, même et surtout lorsqu'on se refuse à les payer ; quant à l'amitié, la mienne n'est réservée qu'au club fermement clos de ceux, non que j'apprécie, mais que j'emmènerais volontiers combattre avec moi sous le feu fourni des barbares qui fleurissent comme affreux chiendents par-delà les rives du Rhin. Or, vous ne comptez point, que je sache, parmi ces braves. »

« Paris, le jeudi 8 décembre 1966

Cher Monsieur Oh,

Vous pourrez venir chaque mardi de chaque mois, accompagné de toute la simiesque ménagerie de tous les zoos, que cela ne pourrait en rien infléchir la politique de notre enseigne, qui consiste notamment à opposer le refus le plus ferme aux démarches telles que celle de votre si réputé patron.

Veuillez, cher Monsieur, et non pas "ami", donc, bien vouloir agréer l'expression de mes sentiments les meilleurs.

Gaston-Sosthène Vuitton »

« Orléans, ce vendredi 9 décembre 1966

Monsieur Vuitton,

Vous aurez sans doute remarqué, dans la suppression du
"cher" précédent les mots de "Monsieur" et de "Vuitton",
qui par la conséquence de votre rugosité finissent par former oxymore, que je suis homme à faire suivre ses menaces
par leur exécution. Mes singes, comme vous dites, sont fins
prêts pour lundi onze heures. Je sais que, lorsque vous aurez
découvert leurs faciès – qui sur une toile infernale de Bosch
feraient passer les gueules de démons pour d'aimables tec-
kels –, votre ton nuancera ses arrogances. Ils sont au nombre
de trois, Fibo, Farraluc et André, tous trois rompus à la
fangeuse fréquentation des bars à matelots, et qui en sus
possèdent autant de sang sur les mains que le firmament
d'étoiles sur sa robe infinie. Il serait sans aucun doute exagérément dommage que vous finissiez, finement découpé
en mortadelle, dans l'une des malles qui vous servîtes de
réputation avant que de vous servir de tombeau.

Nous vivons dans une société de télégrammes, et je compte
sur vous pour m'adresser avant le crépuscule de l'aurore,
dernier carat celui de l'aube, quelques mots de votre prose
visant à satisfaire M. Yteulaire ainsi qu'à empêcher un fait
terrible et gênant divers qui ferait figure, dans votre immaculée biographie, d'une bouse posée sur l'allée neigeuse d'un
presbytère alpin.

Les minutes sont comptées, la vie est précieuse.

À lundi, Monsieur Vuitton. Onze heures. Très précises.

Marc-Astolphe Oh »

« Paris, le samedi 10 décembre 1966

Cher Monsieur Oh,

Outre que je ne saurais transiger, pour ma part, avec les formules de politesse qui nous préservent des immémoriales barbaries que vous et vos amis semblez vouloir perpétuer, je vous informe que si je ne suis pas homme à céder gracieusement le matériel que je fais fabriquer par mes usines, je ne suis pas non plus homme à céder facilement à la panique lorsque, comme il semblerait que ce soit ici le cas, je suis mis en demeure de trépasser.

Veuillez, cher Monsieur Oh, agréer l'expression de mes sentiments les meilleurs et transmettre à M. Yteulaire celle de mes plus profonds respects.

Gaston-Sosthène Vuitton »

« Orléans, ce mercredi 14 décembre 1966, clinique Bon-Secours

Monsieur,

J'eusse dû me douter que lorsqu'on fait profession de voleur, on embrasse en même temps la vocation du lâche. J'avais, un instant, imaginé que vous fermeriez boutique pour ne point avoir à honorer la gratifiante démarche de M. Gean-Gérôme

1259

Yteulaire auprès de vos établissements – démarche qui fait davantage de publicité à votre marque que ne ferait de cicatrices un tison passé sur l'épiderme d'un nourrisson fraîchement soustrait aux liquides entrailles de sa génitrice, j'avais, un temps, envisagé, que les forces de l'ordre viendraient servir de comité d'accueil à mes valeureux butors. Mais, je vous l'avoue, ma naïveté est aussi vaste que l'œsophage d'un cachalot. Il y a plus d'angélisme en moi que les colorés plafonds du Vatican, sous la forme allégorique de rosâtres séraphins, rigolards et dodus, n'en peuvent abriter sous leurs voûtes. Je trouve déloyal, Monsieur, déloyal et monstrueux, qu'à la présence *annoncée* de mes trois adjoints, vous ayez répondu par la violence, *non prévue*, de sept des vôtres.

J'écris ces lignes depuis un lit d'hôpital, puisque vous n'ignorez pas tellement, je crois, que le plus bistre de vos colosses administra sur ce qui jusque-là m'avait servi de mâchoire un uppercut qui eût décapité le chef de l'abruti Zouave dont le seul travail, sur les berges de Seine au pont de l'Alma, consiste à fixer le même obtus horizon, surveillant l'arrivée d'ennemis qui ne sont que passants et piétons, et qui confond les déflagrations du Front avec le klaxon des malpolis.

Vous me paierez, Monsieur Vuitton, la virulence de ces représailles. Je ne goûte pas la manière selon laquelle vous mesurez le talion. La fois prochaine – car fois prochaine il y aura – je saurai tenir compte de ce que, dans l'existence, on rétribue la loyauté, l'honnêteté, la civilité par une énorme débauche d'animalité borgne, de sauvagerie soudaine et de crasse brutalité.

M. Gean-Gérôme Yteulaire, qui est venu agrémenter mon chevet de douleur de son apaisante présence, m'a dit – selon sa façon toujours amicale pour qui dédie ses jours à parfaire son homérique quotidien – de ne point trop m'en faire. Il n'en reste pas moins qu'il vous écrira tantôt, m'a-t-il assuré, pour vous transcrire en mots déplaisants ce que lui inspirent les coutumes d'un marchand de malles parisien.

Aussitôt que je sortirai, soyez bien sûr que ma bonne santé ne sera dédiée qu'à la vive réparation du préjudice physiologique dont ma personne accumule maintenant les désagréments. Cette injure, mister Gaston-Sosthène, ne cicatrisera qu'au prorata des souffrances, morales et biologiques, que mon personnel est déjà en train de préparer comme on prépare à l'avance les ingrédients d'une recette compliquée.

À tout de suite.

Marc-Astolphe Oh »

« Paris, le jeudi 15 décembre 1966

Cher Monsieur Oh,

Je suis vraiment navré d'avoir utilisé lundi dernier, à onze heures très précises, des méthodes qu'en temps dc paix je suis le premier à désavouer. Mais, mille fois hélas, vous conviendrez avec moi que, sur votre seule décision, selon votre unique décret, un état de guerre a été instauré – de ce genre d'état, on ne peut se sortir par définition que par la force, étant entendu que tout conflit doit se solder par la désignation d'un vainqueur et d'un vaincu.

Vous me voyez désolé que l'identité de ce dernier n'ait point été conforme à vos prévisions.

J'espère que ces quelques magnolias sauront agrémenter l'austérité de votre chambre.

Avec mes sincères regrets,

Gaston-Sosthène Vuitton »

« Orléans, ce vendredi 16 décembre 1966

Monsieur,

Je ne puis, dans un courrier qui peut-être s'incrustera comme le cristal de quartz dans le diadème des postérités, décrire ici l'infâme usage que mon imagination m'a dicté de faire de vos magnolias. Cela ne manquerait point de vous choquer, et il est des actes qu'on peut accomplir sans pour autant posséder suffisamment d'audace pour les raconter. Je prédis néanmoins que, de mémoire de magnolia, et plus universellement de florale mémoire, on n'aura oncques vu pétales et tiges plus indignement célébrés.

J'espère qu'ouvrant la petite boîte où cette lettre vous attend, vous devinerez par vous-même, constatant la drôle d'allure des fleurs que je vous retourne ici, le baptême assez spécial qu'elles ont dû subir.

Le motif de mes excréments, cher Monsieur et cher Georges-Gaston, convient mieux que les formules à vous dire comment je vous respecte.

M. Yteulaire veut deux malles, un modèle "à chapeaux", un modèle armoire : il *aura* ses deux malles. Et il les aura à titre gracieux. La gratuité n'est peut-être plus de ce monde ; vous n'y serez plus non plus pour très longtemps si vous persistez dans cette inhumaine et anticommerciale attitude.

Votre Marc-Astolphe »

« Paris, le lundi 19 décembre 1966

Cher "Marc-Astolphe",

J'ai parfaitement reçu votre bouquet de salissures et dans cet envoi immonde, j'ai bien cru reconnaître, sinon votre paraphe, du moins votre style.

Ne m'en veuillez pas d'avoir transmis à M. Gean-Gérôme Yteulaire la description du contenu de votre colis, ce dans l'espoir qu'il vous licenciera peut-être. Je crois, ce faisant, lui rendre un grand service. Il n'est pas exclu, en effet, qu'il ignore la nature des talents de ceux qu'il emploie.

Bien à vous,

Gaston-Sosthène Vuitton »

« Orléans, ce lundi 10 avril 1967

Cher Gaston-Sosthène,

Cela fait trois mois aujourd'hui que je suis sorti de l'hôpital et je ne crois pas avoir eu encore le loisir de vous en informer. Qu'importe : de l'eau a coulé sous les ponts, et l'important est que je vous en veuille *encore*. Mais, ayant constaté que la force mécanique se situait plutôt de votre côté, j'ai opté pour une stratégie plus pacifique qui, pourtant, ne manquera pas de vous atteindre comme les mille flèches de saint Sébastien. Rajoutez à ces flèches, s'il vous plaît, qu'elles sont empoisonnées.

Je m'explique. Depuis trois semaines, je coule un amour insolemment parfait avec une créature aux cheveux jaunes, aux yeux d'émeraude et au frais faciès qui pourrait bien vous connaître – malgré son âge réduit – depuis bien des années, et peut-être même depuis toujours. Elle et moi, pour tout dire, nous vautrons avec la régularité d'un pendule foucaldien dans la fange excessive que s'autorisent les biologies humaines quand elles souhaitent faire reculer les frontières de l'imagination et concasser les géographies de la bienséance.

Le suspense, lui aussi, cher Gaston-Sosthène, cher Tonton, cher Thétène, a ses limites : je vous apprends donc que votre fille, quand il s'agit de se défaire de ses éducations, montre autant d'enthousiasme dans les manifestations de l'instinct que les macaques à cul bleu du Jardin des Plantes. Rarement, malgré ma longue expérience de la chair humaine, j'aurai fait l'expérience d'autant de débauche dans un si petit corps. La jeune Manon, puisqu'il faut bien la citer, m'aura même appris des gymnastiques que je ne croyais possibles que dans les jungles d'Amazonie ou les excessifs récits du Divin Marquis. Pour ma part, je ne lui aurai rien enseigné du tout, puisque ma mission n'est point tant de lui fournir du plaisir qu'à tout jamais vous priver de toute joie.

Bien à vous, cher Tonton,

Marc-Astolphe »

« Paris, le mercredi 12 avril 1967

Cher Marc-Astolphe Oh,

Je deviens férocement féru de vos exploits, et tout également de votre naïveté. Lorsque vous rencontrez des créatures, même plaisantes, renseignez-vous plus avant je vous prie. La jeune femme à laquelle vous semblez avoir plu – et réciproquement paraît-il – n'est nullement ma fille, mais celle d'un cousin que je ne vois plus, celui-ci ayant rendu l'âme lors d'une expédition mexicaine en 1959.

Je suis malgré tout honoré, sachez-le, de compter parmi mes correspondants un homme qui sait prendre tant de soin des petites orphelines.

Avec mes sincères compliments,

Gaston-Sosthène Vuitton »

« Orléans, ce jeudi 13 avril 1967

Cher Gaston-Sosthène Vuitton,

Je suis désespéré. Non par ma naïveté, bien sûr, mais bien par la vôtre, aussi touchante que la contemplation d'un soleil perdu dans les coruscations du mourant soir par un aveugle, aussi émouvante que le spectacle d'un petit caniche tentant d'arracher son maître en lambeaux aux définitives mâchoires d'un puma. En effet, la petite Manon – bien que me prodiguant chaque nuit de ces intimes soins qu'une certaine modestie et qu'une pudeur établie m'exhortent à passer sous un silence de catafalque – a fini par *tout* me dire ; mais elle m'a également, sur l'oreiller, fait comprendre que vous étiez en habitude avec quelque dame de la place Vendôme qui, selon mes pointilleuses investigations, semble ne point *tout à fait* se confondre avec madame votre épouse.

Puisque nous sommes tous deux galants amateurs d'agréables créatures, j'irai avec plaisir deviser avec vous devant l'âtre, avant que de vous accompagner jusqu'à vos stocks fameux, où les deux malles souhaitées par M. Yteu-laire pourront *enfin* m'être remises en leur plénière et entière gratuité. Une fois dans ma possession les deux articles convoités, je vous abandonnerai les quelques cli-chés que je possède et où l'on peut *nettement* observer, sans grand génie, que la relation qui vous unit à cette avenante personne est moins épistolaire, par exemple, que la nôtre. L'une de ces photographies vous désigne sans ambiguïté, sur les grands boulevards, tenant votre jeune maîtresse par la taille tandis qu'elle pique son chignon sous l'ombrelle. Une autre, prise avec davantage de proxi-mité par un de mes fidèles acolytes, trahit votre implacable science du baiser.

En attendant de vos nouvelles, je vous prie d'accepter bien des choses de ma part, et de les accepter comme j'accepterai enfin, *pour solde de tout compte*, la remise des malles sur-convoitées dont M. Yteulaire, autant que vous le sachiez, ne fera jamais le deuil.

Votre Marc-Astolphe »

« Paris, le samedi 15 avril 1967

Cher Marc-Astolphe,

Je voudrais bien maintenant imiter votre style. Je me lance donc ! Je suis certain que, comme la plupart de nos sublunaires semblables, vous êtes nanti de ce que la méde-cine, depuis l'énorme Rabelais, a coutume de désigner sous le nom sobre et simple de *cerveau*. Figurez-vous que vous m'étonnez. Le baiser que je donne à la jeune femme a bien

1266

existé : il existe depuis vingt-trois ans exactement, et il est sororal. C'est à ma sœur que, sur ce « compromettant » cliché, je disais au revoir. Ma gentille nièce Manon, sans aucun doute, vous aura abusé. Cela ne m'étonnerait guère puisqu'elle a passé dans les malheureux départements de l'hôpital Sainte-Anne ces sept dernières années du calendrier grégorien.

En attendant de vous des menaces plus probantes, je vous salue très bas,

Gaston-Sosthène Vuitton »

« Orléans, ce mercredi 19 avril 1967

Cher Gaston-Sosthène,

Il est parfois des occasions, ici-bas, où les petits Vercin-gétorix doivent s'incliner devant les grands Césars. Pour la première fois depuis décembre, je m'avoue *vaincu*. Vous êtes certainement plus rompu que ma pauvre personne aux détours du vice et votre sens des affaires vaut tous les poisons de tous les Borgia du mondial monde.

Ceci étant précisé, je suis au regret de vous informer que, sans atteindre vos compétitifs sommets, je suis, à mon faible et résiduel niveau, d'une méchanceté convenable. C'est pourquoi je me dois de vous avouer – cette lettre dût-elle finir entre les peu précautionneuses mains de la maréchaus-sée – que je suis bien celui qui, par saligauds interposés et gentiment rétribués, a cru bon de faire découvrir à cinq piranhas directement importés de Manaus-les-Mimosas, Brésil, les profondeurs limitées de votre baignoire. J'eusse pu opter pour un serpent enroulé sous le traversin, ou pour une tête de putois décapité sous le canapé de votre salon aux dorures tellement rococos qu'elles provoqueraient de vomitives nausées chez les derviches tourneurs de la vieille Alep.

Quant à la main qui vous fait actuellement défaut – j'ai lu dans la presse que l'amputation s'était déroulée sans complications –, je suis fort aise qu'il ne s'agisse point de la dextre ; cela me vaudra le loisir de vous lire encore. Je vous serre donc, mais vivement, celle qui vous reste.

Marc-Astolphe.

PS : Le virtuose pianiste que vous êtes, pardon : que vous *étiez*, m'en voudra sans doute, mais du moins vous offré-je dès à présent l'occasion de défricher un genre neuf, où la dodécaphonie aura sans doute son rôle à jouer. Quelque chose me dit que cette atrophie vous inscrit à jamais au club très privatif de la modernité. »

« Paris, le vendredi 21 avril 1967

Cher Monsieur Oh,

J'ai longuement hésité. Vers qui devais-je me tourner pour réparer ce grand préjudice ? Mes avocats ? Mes gens ? D'autres gens plus brutaux que mes gens ? Après de très longues réflexions, j'opterai pour le duel. Je vous laisse le choix des armes. La lame ou le feu me conviennent tout également. Je vous prie instamment de me communiquer vos horaires, ainsi que l'identité de vos témoins.

G.-S. Vuitton

PS : Il me semble aberrant, en y songeant parfois, qu'un homme de la dimension de M. Yteulaire puisse tolérer les manières qui sont vôtres depuis plus d'un trimestre. »

« Orléans, ce mardi 25 avril 1967

Cher Monsieur Vuitton, cher Gaston-Sosthène,

Je suis très touché – sachez-le – par votre courageuse proposition. Dans une époque où les hommes font carrière dans la féminité, il est louable de rencontrer des adversaires en pleine possession de leurs virils atouts. En revanche – et vous m'en voyez contrit – je ne manie les instruments dangereux, telles ces armes que vous mentionnez, qu'avec une méfiante parcimonie. Je sais que votre handicap s'y prête assez peu, mais je voudrais malgré tout provoquer dans vos neuronaux soubassements l'hypothèse d'un match de boxe, duel de poings durant lequel vous pourriez peut-être prouver qu'une seule main vraiment belliqueuse nuit parfois davantage que deux mains poltronnes.

Si toutefois la boxe ne vous agrée point, je puis vous proposer la lutte gréco-romaine ou le catch, qui sont des moyens nobles de combattre et où nous aurons toute latitude pour nous faire du mal, *beaucoup* de mal.

J'attends de vous une réponse claire et rapide,

Marc-Astolphe »

« Paris, le jeudi 27 avril 1967

Cher Monsieur Oh,

Ayant suffisamment goûté de votre misérable cruauté, j'accepte sans plus tarder votre proposition de corriger votre inacceptable personne de l'unique main qui me reste.

Rendez-vous lundi matin, à cinq heures précises, au lieu dit "Le Champy", à Villeroy, en présence de vos deux témoins.

Bien à vous,

Gaston-Sosthène Vuitton »

« Orléans, ce mardi 2 mai 1967

Cher Sosthène,

Je déteste, la plupart du temps, décevoir l'attente de ceux-là mêmes avec qui j'ai fixé rendez-vous. Comme vous aviez pu le constater jadis, quand je vins à l'heure arithmétiquement prévue de onze heures, je suis homme d'exactitude et mets autant de précision à régler ma pendule que la dentellière à façonner les jupons de ces dames sans lesquelles nos vies ne seraient que des existences. Je ne supporte pas, non, d'agacer la patience de mes contemporains en fabriquant des suspenses maniérés : cette façon d'occuper l'espace en étant ailleurs, cela n'est pas tolérable et j'espère que vous ne l'avez point toléré.

Seulement, la nuit précédent notre combat, une rage de dents m'a projeté sur le sol de mon parquet, et je ne puis comparer qu'aux cavalcades de l'Apocalypse les incessants galops que ma boîte crânienne, pourtant rompue aux molestations de fin de monde, dut enregistrer pendant douze bonnes heures.

Quant à mes deux témoins, le premier, Igor, fut appelé au chevet d'une grabataire tante en collapse ; le second, Ézéchiel, usuellement d'une ponctualité de tramway, dut enregistrer juste avant notre rendez-vous la perte de son puîné, emporté par un chancre mou. Je suis certain – bien sûr – que l'air revigorant de nos campagnes, par ce si clair matin, aura redonné un peu de santé à vos globules, et *vice versa*.

J'espère évidemment que ce contretemps sera réparé, et vous propose de remettre à *samedi matin* la concrétisation *définitive* de votre défaite.

Bien à vous,

Marc-Astolphe »

« Paris, le jeudi 4 mai 1967

Monsieur,

À samedi. Même lieu, même heure.

Gaston-Sosthène Vuitton »

« Orléans, ce lundi 8 mai 1967

Cher Sosthène,

C'est, je vous le jure, l'ultime fois que je vous fais faux bond. Mais ce qui m'est arrivé est à peine racontable. Lors que j'étais en route, escorté par mes gens et assis dans une voiture automobile de marque française, nous avons malen-contreusement croisé la route d'un nid-de-poule qui – après nous avoir éjectés dans un fossé que seuls les cantonniers de notre pays savent entretenir comme une maisonnée d'époux neufs – nous a vus plonger dans un coma général.

Lorsque mes témoins et moi-même reprîmes enfin connaissance, la tête ne tournait plus, mais l'heure, si. Il était dix heures quand je fus tout à fait en état de vous trucider par la poigne, et j'étais fâché contre le destin qui fit de moi, non pas un lâche, mais du moins un retardataire. Rentrant frustré, je passai la journée sous le drap, à secouer mon vit dans les concavités de quelque furibonde garce à commerce bon marché. Je ruminai, je manquai de pleurer. Puis, me ravisant aussitôt, je pris du papier à lettres pour vous informer que je suis libre jeudi.

Je paierai l'essence, et propose cette fois que nous roulions de concert, dedans le même véhicule, sur les chemins cahoteux de notre destinée. L'idée même que vous pussiez imaginer que je me défilai ces deux précédentes fois me donne autant de mal que vous vous en donnez à ne point céder les deux articles, modèle chapeaux et modèle armoire, à notre cher et exemplaire M. Yteulaire.

J'ose espérer que nos très respectifs biographes, quand viendra le temps de nous offrir la gloire, omettront ces incidents fâcheux pour ma réputation.

En vous suppliant – et sachez que je ne supplie jamais – de me croire sur parole, je vous adresse l'expression de mes sentiments les meilleurs en attendant de vous montrer par la dextre, passé les formules de politesse épistolaires, la puissance de l'inoxydable haine que je vous conserve par ailleurs en réserve de ma république.

Bien à vous,

Marc-Astolphe »

« Paris, le mardi 9 mai 1967

Cher Monsieur Oh,

Je choisis, bien arbitrairement, de vous croire. Arrivons chacun dans notre propre voiture.

À jeudi.

G.-S. Vuitton »

« Orléans, ce vendredi 12 mai 1967

Cher Sosthène,

Je crois bien qu'il existe un dieu pour les petits confectionneurs de malles. Alors que j'étais en chemin dans le but de vous faire ravaler votre impitoyable attitude et votre harpagonesque radinerie, des détrousseurs de grands chemins – droit sortis de quelque calamiteux roman de cape et d'épée – ont barré ma route et nous ont délestés de nos biens, mes hommes et moi, ainsi que de notre moyen de transport. Ledit moyen de transport était motorisé : nos jambes ne l'étaient point. Nous essayâmes bien d'honorer les horaires par une amorce de course à pied, mais mes brodequins me causèrent autant de désagréments que le froid d'hiver transperçant les frusques d'un pauvre gueux dans un chef-d'œuvre de Dickens.

J'ai fait, rentrant par la marche, une quarantaine de kilomètres qui ont failli me causer plus de préjudice que votre poigne impatiente et solitaire. Mes gens de main sont tombés gravement malades ; l'un d'eux, Nénesse, est au point qu'il mourra sans conteste avant les vêpres. Je sors à peine, pour ma part, de ce traumatisme, et vous enjoins, sous peine de définitivement attenter à mon humaine existence, de me faire parvenir les deux malles demandées. Je me suis engagé auprès de mon maître et il n'a cessé, ces derniers jours, de me les réclamer avec l'entêtement d'un bélier atteint de rage.

Je suis un homme de peu, Monsieur, et mon passage icibas, on peut le dire, n'aura point été des plus heureux. Abandonné nourrisson sur les fangeuses marches d'un presbytère, je fus livré à la violence maussade d'un foyer de ténèbres en regard duquel l'enseigne maudite des Thénardier eût fait figure d'établissement thermal et de gréco-romaine sinécure. Je ne compte plus mes hématomes, cher Sosthène, et j'eusse aimé voir en vous, plutôt qu'un calamiteux ennemi, un camarade de destin ; main dans la main qui vous reste, nous eussions pu nous entendre, prendre à la terrasse des boulevards de fameux apéritifs. Je suis grand amateur de vermouth et connais d'assez peu farouches jeunes femmes.

Au lieu de cela, vous m'abandonnez comme les autres, et je ne puis trouver que dans l'altitude des absinthes frelatées l'éphémère sensation de l'amitié.

Je vous aime, tiens.

Votre Marc-Astolphe »

« Paris, le dimanche 14 mai 1967

Cher ami,

J'ai disposé devant votre seuil deux malles à votre intention. Elles sont issues d'une collection spéciale et à tirage limité. Je vous saurais gré de n'en rien dire à M. Gean-Gérôme Yteulaire, ces deux malles ayant été gravées de vos initiales.

Voyons-nous assez vite pour partager, autour d'un vermouth menthe, nos illusions sur le genre humain. Une seule main suffit amplement pour lever son verre et trinquer.

Votre Sosthène. »

4

— Incroyable ! lança Burguet.

— Je crois, oui, confirma Marc-Astolphe.

— Sinon, je pense *enfin* avoir compris votre raisonnement sur la mort, cher Astolphe, lâcha Burguet, pratiquement émerveillé. Et j'avoue que c'est lumineux.

— Je vous écoute, dit Oh.

— Ce que vous dites, finalement, résuma Burguet c'est qu'on ne meurt jamais selon soi : on est immortel, non point éternel mais *immortel*, parce que lorsqu'on est vivant, on n'est pas mort et que lorsqu'on est mort, on ne sait pas que l'on est mort – ce qui d'une certaine façon nous rapproche davantage de la vie que de la mort. On ne peut jamais savoir qu'on est mort, *donc* nous n'avons à titre personnel jamais les preuves de cet état morbide ! Brillant ! Génial !

— Vous commencez à faire des progrès, et moi des émules, fameux ami ! se félicita Marc-Astolphe. Bien, nous sommes quasiment arrivés chez le sieur Yteulaire. Je vous demanderai de l'appeler *professeur*, en italique ! Il est très facilement vexable. Il est aisément irritable. Vous allez voir : c'est un homme tel qu'on n'en rencontre jamais. Certes, il est peut-être un peu bavard, il a la caquetoire – comment dire ? – hypertrophiée. Mais ce qu'il narre passionne ! Ah ! Nous arrivons. Je sonne donc.

— Il n'a pas l'air d'être là.

— Que si. J'entends des bruits.

Une jeune femme, métissée, aux grands yeux mentholés, vint ouvrir et leur indiqua la direction du salon. Oh Marc-As et Burguet traversèrent un long couloir sombre et carrelé qui s'apparentait à la galerie d'un musée. Les murs s'ornaient d'œuvres ténébristes, de dessins de Lorenzo Costa, de lavis bruns de Ligorio, de petits panneaux de Beer d'un maniérisme tout gothique, de photos sur papier albuminé, de peintures de fleurs et de fruits réalisées par l'Anversois Picart, d'un projet d'épitaphe rédigé par François Valentin, d'un Vaccaro représentant le Baptiste décapité, d'une *Cène* de Vouet, de la caricature de Carolus-Duran à cheval par Joire, de deux sanguines de Callet, d'une huile de Van Loo montrant Zéphyr au printemps, d'une gouache de Debret et, contrecollée sur bois, d'une encre sur papier coréen, époque Choson – un tigre en colère et une pie tranquille sous un pin. Accrochée au-dessus d'une chaise à l'estampille de chez Jacob Frères couverte d'un gourgouran violet agrémenté d'un galon lapis-lazuli et que jouxtait une ovoïde urne cinéraire beige – montée en colombin – remplie de restes humains calcinés mélangés à de la boue séchée, une *Arrestation du Christ* par Le Bisson, émail peint en grisaille et dont les rehauts turquoise – puis saumonés, puis rouges comme un soleil au coucher, puis carrément d'or comme le même soleil à midi – se détachaient graduellement sur un paillon d'argent aux imices translucides, faisait l'immense fierté de son jaloux propriétaire. Trois pendentifs reliquaires, lucetés en amande de kif, étaient suspendus à une potence, contenant un rameau de fleurs et de feuilles de cyprès qui connurent le privilège d'ombrager la sépulture de l'Empereur, une mèche de Bonaparte, une autre de Napoléon que quelques mauvais esprits – disait-on – n'avaient point hésité à attribuer au duc de Reichstadt. Posées sur une table de tric-trac en acajou moucheté et ornée de bronze doré, entourées de pierres polychromes, des porcelaines dures de Sèvres – autrefois propriété de la petite-fille du dernier duc de Bassano – prenaient la poussière aux côtés d'une statuette biscuit, marquée en rouge du château de Trianon à la date de 1843 et imitée de Clodion – un enfant gras au regard aboli jouant avec la porcelaine de ses pieds. Plus loin, juché sur un bureau-pervenche à l'entretoise grand siècle – pieds cannelés, extrémités en capsule de pavot –, souriait, sans le moindre bras mais sans la moindre plainte, les jambes sectionnées mais le sourire semblant inviter à de défendus plaisirs, un jeune torse de plâtre patiné qu'on eût dit de Chaponnière ou de Carpeaux. Sur une commode en marbre rose au placage en loupe de noyer – des reflets d'ivoire prodiguaient une dominicale tristesse en dehors même des dimanches – s'enlisaient, dans une temporalité sans bornes qui ressemblait aux rives de l'éternité, des statuettes bouddhiques thaïlandaises de la période de Ratanakosin ainsi qu'un émail sur cuivre signé Simone Christel. Une terre cuite ébréchée – au niveau de la lèvre supérieure – exécutée par Pajou pendant la Révolution donnait à un certain Jean-Baptiste Triban, Danton aux petits pieds de Montpellier, l'illusion d'avoir une forme d'existence non tout à fait répertoriée. Une minuscule fenêtre, jumelle du hublot, donnait sur un morceau de jardin où l'on apercevait, hurlant dans l'*ether*, un couple de gargouilles prélevées sur la

cathédrale d'Orléans. Nos deux amis – dont Burguet éberlué – passèrent encore devant des panneaux de bois peints
sur levkas – des iconostases portatives de la Russie des tsars –
révélant à l'hypothétique visiteur saint Nicolas, l'archange
Gabriel, saint Paul, Basile le Grand et Jésus soi-même réunis
autour de la scène de la Déisis, des pierres noires en filigrane
collé de Cabanel – l'une d'elles exhibait les sénatoriales péripéties de Cincinnatus –, des estampes et katagami japonais
– algues, mares, insectes – attribués aux maîtres de l'ukiyo-e,
des faïences de Cocotte porte Saint-Georges, des chande-
liers, des raviers et légumiers de la manufacture Haviland
de Limoges, des céramiques de Bussière, de nombreuses
pièces d'orfèvrerie de Saglier Frères, des gravures au burin
encadrées d'Anselin, des éclats de vitraux attribués à Francis
Chigot, l'épée d'Alexandre Ier – disposée sur une console en
acajou ronceux –, un argentique des ruines de Crozant sous
la neige, des impressions sur soie monogrammées, un verre
double couche de l'école de Nancy, une paire de flambeaux
en argent du service Orlov, une photo originale d'Eluard
avec son chien.

— Entrez, mes sieurs, entrez, lança le professeur Yteulaire. Eh bé ! Toi Marco tu as encore grossi ! Vous avez
croisé Fenouil ? C'est ma nouvelle bonniche. Jolie la gasille,
non ? Une véritable déganachée du derrière. Elle m'a soufflé
dans le biniou toute la nuit. Moi, en échange, en troc, je
lui léchai aux mêmes instants le callibristis. Sa lambruche
cognait un peu le stockfish, mais je ne pouvais pas me soustraire. Mes lichettes la rendaient toute goglue, dis donc.
De nos jours, les jeunesses sont drôlement sensibles du
coquillard ! À la fin – tout en me palpant les fruits – elle
m'a planté son petit frognon retroussé dans le guichet. J'avais
de la confiture aux contours, mais ça n'a pas eu l'air de la
dégoûter. Au contraire ! J'ai même lâché une buffe tandis
qu'elle m'enfougnait sa langue. Malgré nos quarante-sept ans
d'écart, nous formons une belle paire de pourcheaux tous les

deux. Nous n'arrêtons pas. Je lui fourre douillon sur douillon dans la galette. Tenez, à dix minutes près vous assistiez à la macaronade. Quand la sonnerie a retenti, j'avais encore les braies baissées. Mon humeur rissole encore sur ses lippes. Un vrai porno ! Si cette cadence se confirme, ce sera bientôt le cagadou sur la tête, et puis dans le gosier. Quelle catin, mon dieu. C'est vraiment la boutasse idéale pour mon bracot. Si Mamée voyait ça ! Elle ferait des tours sur elle-même dans son schiste. Pendant qu'elle repose éternellement, la Mamiche, fortune léguée, son fils unique de 67 billons court la mironne, fait des caressous – se fait dégraisser le lampion. Parfois j'ai honte. Mais ne restez pas plantés, les gars, posez donc une fesse. Nous allons boire une châtaigne.

— *Professeur*, entama Oh, j'ai le fatidique honneur de vous présenter mon camarade Burguet Frantz-André, dont l'œuvre littéraire, maintenue de toutes parts par la tradition Gallimard augmentée de la réputation Grasset, intimide jusqu'à la banlieue d'Andromède. On le lit dans les rues de Saturne ! C'est un universel gars, poli sympathique, et qui crève relativement de vous connaître.

— Enchanté, frémit Burguet, empêtré dans une insoluble timidité. Enchanté, *professeur*. Bonjour *professeur*.

— Asseyez-vous, bon Dieu ! rota Yteulaire. Vous allez pas rester plantés là comme des coucoumelles ! Par contre, dépattez-vous les grolles : vous êtes plein d'étrons canins dessous et ma feignante vient de passer la bâche dans toute la maison.

— Pardon, *professeur*, osa Burguet. Mais avant de m'asseoir, auriez-vous des toilettes par hasard ?

— C'est pour sortir le boyon de l'étable ou pour faire pleuvoir ton babolin ?

— C'est-à-dire que… Enfin, il est un peu gênant de répondre à cette question.

— C'est gênant parce que c'est la deuxième solution. C'est gênant parce que tu t'apprêtes à claquer ta patouille !

Oh ! C'est pas une fumière ici mon gars. Je ne suis pas ton cochon ! Tu as dîné où mon grand hier ?

— Chez moi, bégaya Burguet. Chez moi, professeur. Pardon : *professeur* !

— Pas mal ton système ! Tu te sustentes à bâbord et tu t'évacues à tribord ! Les papilles à la maison, le colombin chez les autres ! Chez des gens que tu connais pas. Chez qui tu ne t'es même pas assis. Ma réponse est *non*. Tu iras te vider là où tu t'es rempli : chez toi. Tu m'as pris pour qui, là, hé ? Allez ! Pose-toi maintenant. Tu me fatigues à rester debout. *(À Oh :)* Ah c'est un numéro ton acrobate ! Il chie toujours chez tes amis ? *(Un temps)* Pouet ! Vous avez vu cette chaleur ? Je vous sers une flaque ? J'ai une eau-de-vie de quetsche à décornailler les yaks. Elle brûle un peu le chantoir, elle pète un peu le chaillou, mais elle décamiote velu ! Seulement, il faut que tu aies la journée devant toi, parce qu'après deux gorgeons tu dindonnes comme un chancre à marée basse et ce, jusqu'à l'heure de la soupe à l'ail. Même un chuque trempé dedans, en canard, ça te démolit la boutique pour deux bonnes heures. Fenouil !

— *Professeur ?*

— Vous nous servez le lambic aux quetsches. Oui, oui, celui qui troue l'entendement. Avec une bonne grosse tranche de couque aux raisins. Voilà. Merci. À la vôtre !

— *Gosh !* Elle est casquée, la quetsche, dit Marc-Astolphe. Elle est dirai-je même cuirassée. Elle me fait comme un délit dans le tube.

— Allez, là, Dédé Gallimard, me regarde pas comme ça ! Mouille la meule. Ça va te désinfecter. Un gros dinde comme toi c'est saturé de bactéries. Ça ne tue pas, allez. Au pire, tu iras dodailler ton soûle dans une de mes chambres d'amis.

— Je ne peux pas boire *ça*, professeur, heu, *professeur* c'est trop fort, surtout avec la canicule, pensa Burguet, qui ne dit finalement rien et but quand même sa première gorgée.

— Ha ! Alors ? Vous avez vu cette comète ? rigola Yteulaire. Tu le sens venir le cognon, dis, l'écrivain Grasset ?

— Oui professeur, sorry : oui, *professeur*.

— J'ai l'impression de boire un rat, fit Marc-As.

— Arrête de clapoter ! Bois donc. Ça fait drôlement plaisir de voir ta viande mon biquion. Ça fait quoi ? six mois qu'on n'a pas blaguassé tous deux à la lumière des bitouses. Tes photocopieuses, ça se passe bien ?

— Chez Rank Xerox, il est proféré, cher et vigoureux maître, que je descends de Crassus, indubibitablement, pour les gains démoniaques que j'ai science d'engranger, et de Pompée, irréfufutablement, par mes furieuses victoires sur le chaland. Des cataractes de bile, formées par toute une jalouse tectonique, éclaboussent ma rigoureuse personne quand, rentrant au bureau parmi les dédaigneuses gueules de l'épisodique piétaille du microsalariat, couvert de contrats fraîchement signés comme Kikkiya roi d'Assur de son châle prodigieux, le grand patron me balbutie les procellaires râles d'admiratives congratulations que lui inspirent mes exorbitantes compétences.

— C'est vraiment fort votre quessche, *professeur*… bredouillompit Burguet. Je me sens bizarre.

— Ah ! Alors ça y est ? Tu entends le cri des mauves ? éternua Yteulaire. Je t'avais prévenu. C'est du qui éberlue. (*À Marc-Astolphe :*) Ma Doué ! Il est marrant ton poteaux-oeufs. Et sinon les bonnes femmes ? Toujours un sacré frotadou tel que je connais mon gone, hein ? Toujours le furet qui dépasse, n'est-ce pas ? Toujours l'aspic en sifflance !

— D'approximatives estimations, rendues par une algèbre étudiant le trafic des éplorées à grandes giclées d'équations, répondit Marc-As. montrent avec une pascalienne clarté que mon corps constitue un extravagant précipice à femmes. Ma pratique du libertinage, jointe au prodigieux maniement du cynisme, fait de votre affectueux disciple une sorte de Talleyrand du stupre.

— Bien joué ! Il faut bugner tant qu'on a le ramepois dressé dans la maronne. Après, ce sera morte flaque et on n'aura que nos yeux pour pleurer. *(Regardant soudain Frantz-André Burguet)* Ouye dis donc Marc-As...

— Quoi donc ?

— Dédé-la-*Nrf* : il a pas l'air dans son téton. *(À Burguet :)* Hé, camarade ! Eh, tu nous captes ? *(À Oh :)* J'ai l'impression qu'il nous claque une chaudée, ton gars nénérèf. Il est pébron, de teint. Je vous avais bien dit de faire attention les amis, que cette prune hébétait l'occiput. Les gens n'écoutent pas ce qu'on leur dit.

Frantz-André Burguet s'écroulait sur sa chaise, bavant. Glouloutant. Comatant. Il s'effondra sur le carrelage.

— Il ne tient pas la rampe, le capitaine-là, fulmina le professeur. Bon, Astolpho, tu vas m'aider à relever ce gros plouc. Ho hisse. Piou fite ! Il est lourd l'agneau. Il me dégoûte, à baver comme ça. Il sent drôlement le glaire. Tu vas voir qu'il va nous dégougner sa literie sur la tête tout à l'heure. Il a l'air à deux doigts. Eh ! Chatte ! C'est pire boudiou ! Il s'est fait dipadapa dessus. Il en a plein les linges ! Hé chameau cette infection.

Burguet avait chié – ce fut Marc-As qui dégueula, éjectant de ses entrailles, par une bouche devenue clapotis, une gerbe vivace et bariolée, accompagnées d'arrachées molécules de muqueuses, de sanguinolentes algues, d'ammoniac, d'alica très acide, et des restes, des fragments, des extraits mous – entremêlés à une orangeâtre purée de trash mousse – de gigot d'agneau, de zakouski, d'ambert, de sangria, de chou cabu, de bécasse en daube, d'asco, d'amou, de foutine, de balaou, d'oloron, de trôo, de paladru, de poupelin, de metton, de cailles Luculus, de paupiettes, de toasts aux anchois, d'agnolotti, d'amandes d'Aboukir, de dindonneau Sainte-Menehould, de fromage de Bresse, de rognons de coq, d'agon, de sagou des nègres, d'agoursi, d'éperlan, d'asperges forcées, de cardon de Tours, de chambertin 1946, de witloof, d'ignames de Chine, d'inchevilles, de bleu de Gex, de calmar farci, de fricadelles de porc, de niolo, de caponata, de barbarin, de barbue Mornay, de galantine de caneton, de caramels mous, d'imbibo, d'échourgnac, de zampino, de xérès 1921, de vol-au-vent, de choucroute aux calamars, de murols, d'omelette, de selle de mouton purée bretonne, de Linzertarte, de sapinette, de cassolette marquise, d'aulos, de tacon, de hachis de poule, de gelée de coings, de bar bouilli, de bonbons, d'angel cake, de pâté de jambon, de chausson aux écrevisses, de toupin, de filets de sole à la vénitienne, de broccio, de banon, de glux, d'ananas Bourda-loue, d'artichauts de Laon, de marasquin de Zara, de rigotte, de loupse, de fourme, d'époisse aux tortilles, de broutons de chou, de truffes, de poularde à la Nantua, de saucisses de Francfort, de blanquette beurrée, de château-lafite 1922, de poires à couteau, de soupe aux groseilles, de melons can-taloups, de laitance de carpe, d'andouille, de rollot, de liva-rot, de pétafine, de chambertin 1934, de voves, de laitue de couche, d'oude kaas, d'oignon jaune, de civet de marcassin, de poireaux de Rouen, de potage fontanges, de fricandeau, de cailles cocotte, de bombe glacée, de trang'nat, de bif-teck, de zuchette, de fraises Tagada, d'entrecôte à la Bercy, de madère retour des Indes 1846, de frinot, de chevru, de marmelade d'épinoche, de sabayon, d'escalopes de turbot au gratin, de bouchées aux moules, de frangipane, de terfezia, de vatrouschkis, de saucisses, de galichons, d'artichauts frits, de brinzen, de soufflé à la Reine, de canard mulard, de pois mange-tout, de ruffec, de figues fraîches, de poulet à la por-tugaise, de topinambours, d'albran, de glace à la framboise, de pudding aux seiches, de brie de Melun, d'aubergines Imam Baaldi, de babas, de gaperon, de sauce à la moelle, de macédoine, de tripes, de terrine d'œuf, de château-latour 1959, de beignet, de banane, d'agouti, de poussin tartare, d'aspic de foie gras, de ganache, de morue Mireille, de paëlla, de berlingot, de dattes, de leckerli, de crosnes du Japon, de barbillon, de fricassée d'anguille, de chantilly, de hareng, de ragoût, de banana split, de château-d'yquem 1907, de kache de semoule, de pannequets à la créole, d'alligator, d'ouka de lotte, d'attereaux d'huîtres, de pâte de verjus, de brioli, de zwieback – entre autres.

— Ça ne m'étonne plus que tu aies grossi ! Avec ce que tu fourgues dans la panche... Fenouil ! s'égosilla Yteulaire.

— *Professeur ?*

— Je suis pris en étau entre une cagade et une gerbaude ! Ces deux grattaculs ont surréagi à mon apéritif. L'un par la gerbe, l'autre par la cliche ! Ils ne sont pas sortables voilà tout. Le gars Grallimard faut l'évacuer dans le jardin en prenant les courtes et puis le balancer cabusse en avant, tout costumé, dans la fontaine. Ça le réveillera des pommes. Et attention aux flocons sur la route en le secouant ! Sa neige n'est pas super-propre. Mes collections sont sensibles à la bouse. Mon Dieu ce qu'il niouque ce norbert ! Pfutt ! *Raus !* Saloperie, va. Sac à merde ! Quant à toi, Marc-As...

— Je suis multicontrit, *professeur !* balbutia Marc-Astolphe. Je vais nettoyer, je...

— Non, tiens, tu vas dégager dans la fontaine aussi, beugla le professeur. Tout en habit. Ça t'apprendra. Et clave ta bavante. Tu dégoulines de glairons, là... On dirait un jabot de volaille. Et puis tu pouques drôlement toi aussi. Allez, fontaine !

5

Marc-Astolphe et Frantz-André, après nettoyage intensif, récurage, infiltrations, jets, Javel, Kärcher, furent installés chacun dans une chambre d'amis de la maison Yteulaire aux fins d'y pratiquer un petit somme. Le bâtiment comportait douze chambres, *toujours inoccupées* – le professeur n'avait aucun ami en dehors de Marc-As – et situées à l'étage noble. Chacune de ces chambres était meublée *différemment* des onze autres et dans chacune était diffusé, vingt-quatre heures sur vingt-quatre – au cas où surgirait de nulle part un occupant, comme c'est le cas maintenant, où deux venaient de faire irruption – un programme musical spécialisé. Le projet yteulairien avait eu pour ambition de redonner sa lisibilité au concept d'amitié, de convivialité et d'hospitalité (parcours fluide, distribution claire, décoration raffinée).

La première chambre, la « Clemenceau » – qui renfermait de fabuleux émaux champlevés du XVIe siècle –, avait nécessité dix-sept ans de travaux et vingt-huit mois de fermeture aux « amis ». Tout en décor damasquiné, peinte d'arabesques et de dorés rinceaux, son parquet se composait de lattes de bois de figuier. Un tapis pourpre, orné d'un motif en écoinçon, représentait l'allégorique figure d'un ange casqué. Enfermé dans une bulle de verre posée sur une commande à vantaux dont les pieds en sabot de bronze étaient des pattes de jaguar ou puma – peut-être de sphynx – qui sortaient les griffes – le tout ressemblant à un étêté monstre plat – un paon empaillé faisait face à un chef-reliquaire de saint Yrieix en cristal de roche caressé à l'endroit de la nuque et de l'oreille par les sempiternels rayons du même éternel soleil et juché sur un autel votif dédié aux Parques. Dans la Clemenceau, Yteulaire ne diffusait que *Les Nuits d'été* de Berlioz – ce, même les jours d'hiver. *(Rires)* Par Régine Crespin.

Régine Crespin n'était pas belle, mais secouée de larmes, son visage de concierge d'immeuble révolutionna les viscères, embauma les cœurs et fit couler les vraies larmes. Sur Berlioz, dans ses nuits, dans son spécial été qui sentait la vanille, la mort, les feux de la République et l'épicéa, la lune jaune au ciel coincée, Régine se soulève, parvient aux astres, tourne, pivote et pleure de sa voix vécue, de sa voix qui ne sort pas d'elle mais y entre plutôt – les notes sont *belles* dès l'intérieur, elles s'y plaisent : habitent ce corps dodu, qui les polisse, les lustre, les taille, les aiguise, les fait vibrer comme un petit insecte déjà presque mort sur la vitre. Sur les plis de la robe démodée fifties de Régine, la mer produit des vagues phosphorescentes. On a froid sous les tilleuls du monde, XIXᵉ siècle et caillou : les suicides se pénètrent, en racines de cimetières violets, en allées marron, en morceaux de draps tachés, en sang de toute viande. C'est un carnaval d'écorchés, au bas des étoiles, et les étoiles ne sont pas vivantes : décédées dans les millénaires, du temps de l'enfuie lumière, mais que Madame Crespin fait rester, attendre, *patienter*. C'est la lucarne des dieux : plantée dans un petit salon, boucles aux oreilles, le menton charnu et les yeux cendrés, elle fait glisser le verre sur la nappe, éteint les lustres, un à un, souffle une chandelle, chante le silence entre les mots qui montent, éclatent en bulle, tout n'est qu'air et phosphore. Berlioz n'a pas existé : Régine le tue, le remplace, le rend à la mémoire des terres, aux emblavures, au respect. Pousse un lierre, jaillit un nénuphar, triomphe l'herbu. Tout vainc tout. Jusqu'à la fin de la mort. Tout se passe *dans* Régine. Ce qu'elle prononce, les mots chantés qu'elle parle, qui d'elle s'évaporent, sont de tardifs lambeaux d'elle-même, non pas des notes mais des digestions de portions de nuages, recrachées dans les vapeurs, en souffle. Régine de ses sons se libère : saignée d'or pur. Régine Crespin ne chante pas – elle se chante. Comme on dit : elle se meurt. Le verbe *mourir* n'a il est vrai aucun sens. *Se mourir* était plus profond, plus vrai, plus proche de la mort – si l'on ne meurt pas qu'à soi, on ne meurt que par soi. Et l'on ne meurt que de soi. C'est en soi qu'on va chercher, qu'on finit par trouver sa propre mort. Elle était là, *depuis toujours*, inoffensive, invisible, acceptable et tapie – elle n'attendait que le jour où notre vie viendrait enfin coïncider avec elle. La mort n'est pas le contraire de la vie, ni son anéantissement : elle est le lieu où la vie coïncide infiniment avec la vie, elle est l'instant où la vie se ressemble

1286

absolument, elle est la marque d'une vie qui enfin est égale à elle-même en quantité en qualité, elle est ce carrefour parfait où les intentions deviennent des faits ; les remords, des projets ; les futurs, des regrets ; le passé, des avenirs ; où les rêves sont la réalité et inversement, où les débuts et les fins s'unissent, où les chronologies se mélangent en un point donné, où les années sont une heure, chaque heure une année, une seconde, un siècle. On appelle mort la réunification brutale de toutes les vies de notre vie. Régine Crespin sort par sa propre bouche, en évasion. Elle se fait la belle par les lèvres, s'immisce dans son propre soupir, au chorus mélangée, plane, s'évanouit, ping, le piano la cherche, elle est perdue, envolée. Régine Crespin.

La deuxième chambre, la « Cézanne », comprenait un bureau-bibliothèque. On y trouvait essentiellement, sur fond de l'intégrale des *Concertos pour piano* de Brahms par Pinto di Clarrau, des œuvres de Raymond Roussel, de Léo Taxil, de Jean-Pierre Brisset, de Paul Bourget, de Percy Fitzgerald, de Witold Gombrowicz, d'Alexis Vincent Charles Berbiguier de Terre-Neuve du Thym, de Fernando Arrabal et de Nicolas Cirier. Un grand drapeau de velours rouge de l'URSS, foncé à franges, servait de couette au lit de caserne en fer-blanc où dormaient des édredons américains. Sur la table de nuit : une paire de guerriers (faciès de videur, sourcils pompidoliens, pilosité de yéti) en terre cuite de l'époque des Sui. Une estampilleuse avait été installée sous la fenêtre. Une cigale en céramique était accrochée au-dessus du lit, à la place idéale des crucifix des chambres de putains, surveillée par un herpéton en plastique issu d'une tirette de fête foraine. Sur le dos de l'unique chaise, la trace d'une femme probablement décédée : une robe yé-yé, qu'eût pu enfiler Françoise Dorléac, en lainage chiné noir, vanille et rosé, formant encolure bateau, avec des manches courtes en sergé de coton jaune.

« Françoise Dorléac » se prononce toujours les yeux fermés. C'est la version abrégée de la vie. « Françoise Dorléac » est le signe abréviatif d'une femme, retournée par les flammes (Renault 10, pluie, autoroute A8, 1967) dans son spécial Orient. Sur les cartes géographiques, son corps né en 1942 se situe sous la dédicatoire épître d'un granit. Elle est moderne sous son inscription. Elle danse dans son abréviation. Elle se sent seule parmi la glace de son inscription. Elle n'est pas facile à embrasser. Aucun geste ne peut la rétablir : statue de fillette aux intestins dissous. Son entendement humain, armé pour négocier l'infanterie des hommes, la capitale de son corps, de son vrai nom son sexe, jouissaient des conditions légales pour posséder l'illusion du bonheur. Elle fut prélevée du temps. Elle est encore assez active dans les films restés. Elle porte des *cardine dress* rose Wurm, des rubans qui flottent. Des tissus de coton. Des serre-tête. Aux environs de sa chair, des amants renommés s'approchent. Ils sont généralement munis de tulipes. Visitent-ils ses restes ? Viennent-ils s'incliner devant son rempart ? L'ancienne petite fée, incendiée de soleils, si naturelle dans l'air bleu, lancée dans la vibration, manque les étés successifs, noyée dans ses nappes – ses nappes croupies. Allongée sous le niveau de la mer-sans-elle.

Pénétrons maintenant dans la chambre d'amis
Numéro trois. Nous y trouvons un tatami
Et des kimonos blancs lavés pour le combat.
Elle porte un nom rugueux aux relents de sabbat,
« Lucifer » est inscrit sur le bois de sa porte
Au-dessous d'un dessin qui le montre en eau-forte.
Son hilare gueule en double dimension
Accueille le rare hôte avec agression :
Il s'agit de faire fuir de leur appartement
Jusqu'au moindre invité, irréversiblement.
Sur la moquette bleue, non loin du matelas,
Un ciboire d'Alpais, dont les reflets lilas
Répondent aux pierreries d'une croix reliquaire
Racontant sur émail le destin trinitaire

De l'abbé Joséphat, attend toujours en vain
D'être rempli d'hosties. Sur le lit, l'écrivain
Qui tout à l'heure avait souillé son pauvre linge
Dort tête dans ses mains à la façon du singe.
Des pièces d'art premier surveillent son sommeil
Qui semble fait de plomb : un Civa khmer vermeil
Fondu de cire perdue pose ses yeux sur lui
Avec tant de chaleur que ce regard d'essui
Parvient à faire sécher les os passés par l'eau
De la fontaine. Un petit dieu debout d'Angkor,
Avant-bras projetés vers l'avant de son corps,
Tient des attributs flous dans ses mains fragmentaires
Et jette à Frantz-André des sorts rudimentaires.
Une entité bouddhique incrustée de ratnas
Prédit à notre auteur de douteux nirvanas :
Son visage est un cône aux allures grossières
(Incisions griffées en guise de paupières).
Une Shiva munie de son chignon d'ascète,
Un guerrier vishnuite avec son arbalète,
Une lionne Pre Rup à la queue soulevée,
Un archer Baphuon à la flèche élevée,
Entourent de silhouettes et de parfait silence
Le citoyen Burguet durant sa somnolence.
Sa bienheureuse masse alourdie d'un bouquin
Fait ployer en hamac le bois du palanquin.
La musique choisie dans ce si calme antre
Sont des magnificat exhalés par un chantre
Qui semble né des cieux. Mais l'instant est venu,
Aux fins d'accélérer mon récit saugrenu,
De quitter cet endroit à l'auteur assoupi
Pour pénétrer les lieux d'un autre ami flapi :
La quatrième chambre, imprégnée de Chopin,
Offre à son occupant, sculptée dans le sapin,
Une Vierge à l'Enfant au modelé gothique,
Au visage charnu, au cheveu germanique.

Elle veille sur Marc-As, les traits doux très étranges,
Son sourire évanoui imitant ceux des anges.
Diagonalement un cru rayon de soleil
Se pose sur sa joue comme cet appareil
Sur la lune invaincue une nuit de juillet.
Courbe est le mouvement, épais comme un feuillet,
Du dessin de sa mèche aux méandres coulant.
Orbes et mouchetures pigmentent, pullulant,
Sa face piquetée, semblables à des fourmis
Immobiles et rousses. Tout est au temps soumis,
Et cette mère au pan de manteau qui s'envole,
Et cet enfant replet nourri de parabole.
L'une a l'iris rogné par le bois qui pourrit,
L'autre n'a plus de pieds, rongés par un prurit.
Le petit mutilé, aux bourrelets multiples,
Abrite en son futur d'accumulés disciples :
Moins gras, supplicié, le teint de porcelaine,
Les genoux repliés et la souffrance humaine,
Les deux bras écartés, les mains percées d'un clou
Qu'un peu de rouille aura digéré peu ou prou,
Il jettera au monde, arrosé de salive,
Les principes qu'il faut pour que l'amour survive.
Le Marc-As Oh somnole, affalé sur la peau
D'une bête africaine achevée au couteau :
C'est à même le sol, en biffin aviné,
Qu'il étale un peu plus le fauve assassiné.
Son pantalon bouffant sèche devant le store,
Et sa chemise bleue, collée sur une amphore,
Forme des flaques d'eau. C'est dans ce clapotis
Que viennent s'amuser, essaims de confettis,
Des petits moucherons qui se noient aussitôt –
Le génocide a lieu sous les yeux d'un *putto*.
Un ronflement s'échappe un peu du léopard :
C'est notre Oh qui produit ce bruit de boulevard.
Mais une autre victime, dans la chambre à côté,

À tout également à la quetsche goûté.
C'est quelqu'un dont la vie, sur ces pages nombreuses,
Fut déjà, je l'espère en trouvailles heureuses,
Décrite çà et là. Il dort sans vêtement,
Hormis ses deux souliers, qui pendent lourdement
À ses gambettes frêles assorties au tissu
Dont la couleur est blanche et le motif ossu.
Ce petit homme gris enfermé dans les songes,
A la sueur analogue au giclé des éponges :
Il aurait dû mourir après cette lampée
D'une eau-de-vie de prune à six poisons coupée :
Il s'exerce au décès par un repos profond ;
La plupart de ses yeux sont collés au plafond.
De sa poche a glissé un miteux passeport,
Les lettres du prénom s'effacent mais ressort
Le patronyme nu de cet énergumène :
Il s'appelle Bataille, autant qu'il t'en souvienne.
Nous rencontrons parfois, dans le hasard des rues,
Des amis sans mémoire, des femmes disparues,
Ainsi dans les romans, des figures quittées
Sourdent incidemment : elles sont accréditées.
La pièce qui contient l'auteur du *Bleu du ciel*
S'orne d'un loqueteux cactus artificiel
Dont les picots de fer, telles des griffes pointues,
Lacèrent la fine peau des femmes dévêtues.
Un manteau de l'ordre de Saint-Esprit ayant
Appartenu à Charles X se veut seyant
Sur le vieux mannequin accolé aux persiennes
Vers qui la mite fond en boucles aériennes.

6

— Il faut secouer ta bidoche, gars Bataille ! tambourina le professeur Yteulaire. Ça va faire trois bonnes lourdées que tu ronques dans mes literies. Enfile un linge et réveille ta cabèche.

C'était le professeur Yteulaire qui était venu réveiller le premier endormi des trois.

— Mon Dieu. Quelle boisson ! Je ne sais où vous commandez votre quetsche, *professeur*, mais elle est d'une infernale efficacité, bredouilla Georges Bataille en cherchant le slip kangourou de rechange déposé par Fenouil dans la chambre d'amis. Je ne boirai plus, *jamais*. C'est dit !

— Parole de laitue ! Je ne te crois pas vraiment, glissa Yteulaire. J'ai deux autres locataires provisoires, là, à côté, qui poussent un petit pigron eux aussi. Pas vraiment frais, les types.

— Je ne suis pas certain, *professeur*, de vous accompagner à cette salle des ventes. Je suis peu en état, bâilla Bataille.

— Tu plaisantes ? s'étrangle le professeur. Tu enfiles un pecque, je réveille les deux citrons, et on laboure. J'ai dit !

— Bon. C'est bien parce que c'est vous.

C'est à cet instant que je fis mon entrée.

— Mais ? Tu es qui, toi, la guernouille ? me demanda le professeur.

— Tiens ! Mais je connais-reconnais, je reconnais-connais cet enfant, fit Bataille. C'est un certain Alain-Adolphe Oh qui assure je crois l'éducation.

— Marc-Astolphe Oh. Un de mes meilleurs clopoings. D'ailleurs c'est lui qui dort dans la « quatre ». La « Comtesse de Ségur ».

— Quoi ? Il est là ? Encore lui ?!? s'exclama Georges Bataille. Je le connais un peu. Je ne le connais que trop. Il est effrayant. Il couche régulièrement avec le cadavre d'une femme qui n'a jamais voulu de lui de son vivant.

— Oui ? Et ? fit Yteulaire. Et toi, mon garçon, tu es venu pour quoi donc ? me demanda le professeur.

— Je cherche Marc-Astolphe, dis-je, monsieur.

— Pas « monsieur », petit. *Professeur*. Ce qui n'a rien à voir non plus, avec « professeur ». Ton gars Marc-As, il pique une honteuse. Je lui laisse encore quinze minutes. On ira le réveiller ensemble après. Fenouil !

Et Fenouil accourut.

— Servez du jus de bigne à ce petit hors-venu ! Merci.

— Bien, *professeur*.

— Avec une tranche de mouchatte aux fraises. Les morveux en raffolent !

— Oui, *professeur*. Viens, suis-moi bonhomme.

Je suivis Fenouil.

— Il est bizarre, ce jeune gouère. Il sort d'où donc ? demanda Yteulaire à Bataille.

— Ses parents lui font des misères, à ce que j'ai cru comprendre, expliqua Bataille. Et Marc-Adolphe Eh l'a recueilli pour en faire une sorte de sbire. Un pauvre gosse, allez. Je ne comprends pas, *professeur*, cette façon qu'ont les gens de s'amuser au lit en oubliant les conséquences de leurs jeux. C'est d'une tristesse infinie, ces petits, couverts de bleus, éparpillés à la surface du globe. Je suis, à titre personnel, pour les génocides, la discrimination, la stérilisation à outrance, l'eugénisme des parents. Je suis un enfant moi-même. Tout le monde le sait – tout le monde le dit. Le stade anal est mon degré de vision sur le monde. Il est beaucoup plus puissant qu'on ne l'imagine, vous savez ? Être un enfant, ce n'est point s'éparpiller, ce n'est point se dissoudre dans des enfantillages. C'est une manière de ne ressembler à personne, de ne point être condamné à éprouver les vicissitudes et la laideur du monde de la même stricte façon que le voisin de palier. Je ne puis accepter de fonctionner comme un autre. Me dire que mes bassesses, mes courages, mes frousses, mes mesquineries les plus inavouables, mes louches manies, mes basses trahisons, mes laids réflexes, mes égoïstes petits plaisirs, mes moments de détente réservés, mes très intimes orgasmes, mes privés gais instants, mes douleurs, mes larmes, mes crispations, mes exaspérations sont les mêmes, *à la virgule près les mêmes* que ceux de mes contemporains. Les mêmes pour tous. Les mêmes chez tous. Cette seule idée pourrait bien me mener au suicide. Mais elle mène tout le monde au *même* suicide, et c'est *encore* l'horreur. Même la mort, tout le monde y pense de la même manière. Tout le monde la craint selon les mêmes modalités. Je me sens fait comme un rat – j'étouffe. Alors, je reste enfant : ainsi, je ressemble un peu moins à l'être humain responsable et moyen, adulte dans sa médiane soucieuse médiocrité, uniforme, importante, lambda. Je regrette qu'il n'y ait point de races : il y aurait eu ainsi des différences entre ces races. On eût un peu respiré. Dans les interstices. Je regrette qu'il n'y ait que deux sexes. Cela ne produit pas assez de contraires, de propositions, d'exotismes – de choix. Je regrette qu'il n'y ait davantage d'ethnies. Le véritable darwinisme, c'eût été, non le progrès vers une créature individuelle semblable à toutes les autres créatures de son espèce, mais une créature chaque fois aberrante au regard de toutes les créatures précédemment produites par la nature. *Une créature par espèce*, voilà mon rêve. Mieux : *une espèce par créature* ! Marre de cette universelle psychologie cul-de-sac, de cet entendement génétique générique. Nous sommes en taule dans l'espèce. Celui que je hais, celui que je méprise ou conchie, celui ou celle dont je souhaite de tout mon sang la mort, eh bien, en fait, celui-là, celle-là, *grosso modo*, c'est *moi*. Je suis comme eux. Ils sont comme moi. C'est moi que je hais quand je hais mon prochain. Cela n'est pas acceptable. Dès le départ, il y a un loup. Ça commence très mal. « C'est un garçon ou une fille ? » Nous sommes matés, hop, terminé. On ne pourra rien être d'autre qu'un garçon-comme-tout-le-monde ou qu'une fille-comme-tout-le-monde. Qu'un garçon-comme-tous-les-autres-garçons-de l'humanité, qu'une fille comme toutes les filles-passées-présentes-ou-à-venir. Masculin, féminin. Point. Eh bien je dis, j'affirme que c'est trop restreint. Il n'y a pas, non plus, assez de genres. Pomme ou orange ? Si on aime les bananes, comment fait-on ? Et les bananes à plumes ? Avec des pieds ? « C'est un garçon ? » Alors c'est parti : les parents vont lui administrer du garçon. Ils vont le *garçonniser*. Comme il porte des gonades, des petits testicules, un tuyau en pendentif, ils vont s'appliquer à le rendre, de biologiquement mâle, sociologiquement *garçon*. Ils vont le travestir en ce qu'il *doit* être. En ce qu'ils pensent qu'il est. Un *garçon*. Ils vont inculquer dans la chair de ce *garçon*, de ce *petit garçon*, toute la masculinité, toute la *garçonnité* inventée en dehors même de la biologie, ils vont faire entrer dedans lui la signification sociale, imaginaire, aberrante, arbitraire, immémoriale du mot *garçon* – sous prétexte qu'il est né sous la forme d'un mâle, qu'il est du sexe masculin. Quand on dit : « tu seras un homme mon fils », ça ne veut rien dire d'autre que : « on va fabriquer de toutes pièces – puisque les pièces sont là, toutes prêtes – du fils à partir de ton saillant petit mâle biologique sexe. » Tu vas entrer dans ta propre définition, au forceps. Tu n'as pas la *moindre* chance d'y échapper. *Tout* est prévu. Tu n'as qu'à te laisser guider. Ah ! On va t'en donner du *garçon*, mon garçon ! On va te parler en *garçon*, on va te parler *garçon*, on va t'enseigner les rudiments du *garçon*, être *garçon* va finir par être toi. Par se confondre avec la manière dont tu es né. On va te garçonpalper, te garçontoucher, te garçonbercer, te garçon-regarder, te garçonvoir, te garçongâter, te garçonpunir te surgarçonveiller, tu seras engarçonnisé du matin au soir et des pieds à la tête. Pendant que ta petite sœur, elle, puisque *née petite fille*, sera parallèlement fillisée, iofillisée, enfillisée, surfillisée, mégafillisée. À peine es-tu mâle qu'on te fait enfiler la panoplie du garçon. À peine es-tu femelle que tu portes le vêtement de la fille.

7

Le professeur et Georges Bataille, l'air important, fumaient des cigarettes argentines dans le salon rose en buvant du chocolat baratté dans des tasses de porcelaine stambouliote. La fumée formait de stagnantes grimaces dans l'air brûlant, de flottants sourires d'aliénés ; elle rendait les voix rauques et piquait les yeux. Le soleil, stoppé par d'épais rideaux, immisçait par effraction son muscle torride dans la pièce : il la chauffait, la faisait ployer sous des teintes mousseuses, rouges, espagnoles, orange. Une croix d'ébène portant un Christ aux côtes flûtées se décrochait doucement du mur – elle avait toute son éternité pour choir. Elle se fracasserait sur le sol, serait ramassée, remise à la même place, et tout recommencerait pour elle à l'identique.

— Tiens, j'entends un bruit, fit le professeur Yteulaire. Ce doit être Astolphololos qui se réveille.

— Ce Maurice-Rudolphe ne me lâchera donc pas... se maugréa Bataille. Il faudra que je pense à déménager dans un canton où je jouirai de davantage de tranquillité. Une mutation. Mais je ne suis plus tout jeune. Parfois, cher Gean-Gérôme, j'éprouve quelque difficulté à comprendre vos accointances. Vous ne prêtez point attention à vos amitiés. Cet homme, André-Rodolphe, m'apparaît comme dangereux, comme instable. Pour tout dire foireux. Je ne voulais pas vous effrayer outre mesure, mais il faut que vous sachiez – je vous le *redis* – qu'il pratique sur les cadavres, de préférence féminins, des choses qui – même pour moi qui les ai théorisées plus ou moins – relèvent du scandale. Sinistre personnage. Mais revenons à mes marottes. Cette universelle ressemblance de l'humain avec l'humain. Elle ne vous traumatise point, vous ? *Professeur ?*

— Je m'en cogne le coing, postillonna Yteulaire. Je m'en broue l'aisselle. Je m'en frotte l'obélisque. Je m'en mouche l'encensoir. Je suis *très* différent de ces bobins-là. Je m'en troue. Je m'en clanche. Je m'en danse. Je suis le seul à faire ce que je fais comme je le fais. Le reste peut cancher devant mes sabiots, je m'en bats la pine comme un refroidi se fout des tulipes.

— C'est vrai, je ne vous le cache pas, que vous êtes parfaitement exceptionnel, fayota Bataille. Bon… Cette vente… Quand débute-t-elle exactement ?

— Je vais en parler à mes deux pétés, fit Yteulaire. Mes saouls dormeurs. Nous ne voulons point la rater. Il s'y vend du gras. Des bibelots que je veux vite. Et de rares épastrouillants bouquins.

On cogna à la porte. Il ne s'agissait point de Marc-Astolphe, mais d'un homme d'une quarantaine d'années, vêtu tel un notaire, au nez en arquebuse et au regard marron. Sale il était. La saillie de sa mâchoire tenait du dogue. Les incisives étaient obliques, les lèvres, énormes, le menton reculé. La grosseur des pommettes faisait très nettement dans la disproportion. Les yeux s'inséraient dans d'étroites fentes qui pouvaient – éventuellement – glacer le sang. Ses cheveux étaient jaunes et filandreux, comme ce qui ne se mange pas dans les asperges. Ses oreilles avaient à voir avec celles de plusieurs singes, par leur petitesse, la faiblesse de leur tragus, et parce que leur bord externe était presque effacé dans leur postérieure partie. On devinait le vieillard qu'il deviendrait, une fois son corps abandonné à l'accélération du temps, à partir de ce stade étrange de l'existence humaine où les années semblent aussi courtes que des mois, les mois que des jours, les jours que des heures. On eût dit qu'il portait le deuil, mais il ne portait que la difficulté d'être, de trouver sa petite place sur la planète, parmi des gens mieux faits que lui – sans aucun doute – pour s'adapter aux violences économiques, biologiques, sociales. Il s'appelait Germain-Guy Mol-Fendu.

— Ah, c'est vous ? ne s'étonna point Yteulaire. Je suis désolé, mon salé. Ça ne va pas être possible pour le cours. Je me fisse à la salle des ventes avec des gaffs à moi. Bataille, un gamin, un slip-cagueur de la nénérèf et une tornade au vomi auteur chez « Que sais-je ? ». Pas vraiment des méchants. Mais de sacrés marrons.

— Vous donnez toujours vos cours particuliers de théologie dialectique ? demanda Bataille au professeur.

— Non. J'ai arrêté, répondit le professeur.

— De numismatique parallèle, alors ? De phénoménologie rétroactive ?

— Non.

— De dogmatique appliquée ? De scepticisme abélien ? De calvinisme ambulatoire ? De judaïsme unimodulaire ? Ce cours, il m'en souvient, était lumineux !

— Non.

— De métaphysique alternative ? De fondamentalisme norvégien ? De mondialisme analytique ? De contractabilité thomiste ? De psychanalyse équatoriale ? D'éthique probabiliste ? De management médiéval ? De socialisme relativiste ? De comptabilité thermique ? De dialectique financière ? De philosophie convexe ? De structuralisme continu ? De philologie congruente ? De chimie lente ? De ricardisme résoluble ?

— Non.

— De géologie parabolique ? D'œnologie cyclotomique ?

— Non.

— De logistique k-déplacée ? D'anatomie lacanienne ? De psychologie méromorphe ? D'antifreudisme ergodique ? De musicologie transcendante ? De calligraphie nucléaire ? D'économétrie florentine ? De géographie birationnelle ? De marxisme semi-simple ? De maximalisme autonome ? D'électronique roussélienne ? De pangermanisme appliqué ? De photométrie foucaldienne ? De marranisme eskimo ? De linguistique quaternaire ? De signalétique invariante ? D'élasticité primordiale ? De zoologie théorique ? De poétique contributive ? D'histologie asymptotique ? De balistique interruptive ? De libéralisme riemannien ? De panthéisme réactionnel ? D'évolutionnisme symplectique ?

— Je t'arrête tout de suite ! s'insurgea le professeur. Tu dérailles, gars Bataille. Je n'ai jamais donné de cours d'évolutionnisme symplectique de ma vie…

— Au temps pour moi ! s'excusa Bataille. De nominalisme orbital, alors ? Votre cours sur les quasi-cristaux cathares ? D'algorithmique paranormale ? D'embryologie communautaire ? D'idéalisme élémentaire ? De cinétique chinoise ?

— Non !

— De formalisme réformé ? De fiscalité précolombienne ? D'économie courbe ? De diététique obstructive ? D'algèbre catégorique ? De mécanique hypothétique ?

— Non…

— D'onto-mormonisme coranisé ? De littérature maximale ?

— Non, mon gardèche.

— De crypto-soufisme aléatoire ?

— Non, mon muge.

— De salafisme computationnel ? De néo-satanisme commutatif ? De maccarthysme nilpotent ? De communisme babylonien ?

— Non, mon pouche. Ça j'ai déjà donné !

— De nazisme hyperbolique ? De sectarisme sesquilinéaire ? De calculs combinatoriaux émulsifs ? De lutte homologique ? D'octovubisme ? De marquetique hilbertienne ? De poujadisme tibétain ? De nanisme différentiel ? De dualisme austro-nègre ? De comparatisme comparé ? De kinesis invariante ? De newtonisme non-newtonien ?

— Non ma dent. C'est du passé tout ça.

— D'emboutissage constitutionnel ? De harka couplé ?
D'obstructionnisme dissentant ? De crymothérapie habituelle ? Un cours Aguinaldo ? Ballot ? Edelfelt ? Cartailhac ?
Ruchet ? Nicolini ? Ibanez ? Diaz ? Sur le clarigère ? Le
cadmium clair ? Les harpiocéphales ? L'indra ? Le codono-
cère ? La fallia ? La poule conchinchinoise ? Le lixomorphe ?
La néphrure ? La cyclocosmie ? Le bombyliode ? Le jaune
soufre ? L'épitoquie ? Le lophuromys ? Le mimophis ? L'ec-
tocyclope ? La ficimia ? Le cinquième ministère Dupuy ?
Le dible ? *La Fille de Tabarin* ? Basile Clément ? L'ordre de
Marie-Anna ? Le mutoscope ? La fluthérite ? Hergé ?

— Non plus, mon buzon. Non plus. C'est *moi*, aujourd'hui,
qui, en l'occurrence, avais cours. C'est moi l'élève.

— Pardon ? n'en revint pas Bataille, bredouillant. Vous…
Vous, professeur, vous prenez des cours ?

— N'oublie donc pas les italiques, gourchis, quand tu
m'appelles *professeur*.

— Pardon, *professeur*. Je reprends de zéro : vous… vous,
professeur, vous prenez des cours ? Mais des cours de quoi
grands dieux ? Vous savez tout ! Vous connaissez tout ! Vous
parlez toutes les langues de la terre, tous les dialectes du
cosmos !

— Eh, c'est bien le hic, mon trou. Je connais tellement de
caquetages, tellement de zoulou, de parlers, qu'il faut que la
calebasse je m'allège. À 3 ans je parlais tout ce qui se parle
sur terre. Maintenant il faut que je fasse de la place, tu saisis ?
Alors je *désapprends* les langues. Une par une ! Le monsieur
que tu vois là, Herr Mol-Fendu, c'est mon professeur de
désallemand. Je prends des cours d'*oubli*.

8

— Enchanté, cher monsieur Bataille, fit Mol-Fendu. Je suis enchanté de faire votre connaissance. J'ai lu tous vos livres.

— Bonjour, cher monsieur. Mais je ne comprends pas très bien – pardonnez-moi – ce que vous enseignez.

— Je viens de te le grogner dans le biberon ! s'énerva Yteulaire Tu es lourdard comme bestiau. Monsieur Mol-Fendu est mon professeur de désallemand. Il me désenseigne cette langue. J'ai déjà désappris l'italien, le chinois, le turc, l'arabe, le bora-mabang, le mimi, l'avokaya – et le coréen. Je veux juste jaqueter franchouille et angliche, comme tout le monde. Et un zeste d'espingouin. Plus besoin du reste. Pas si facile à perdre, le chleuh. En ce moment, on travaille sur le génitif. Très difficile à désapprendre, figure-toi, le génitif. Mais avec du bouleton, beaucoup de bouleton, j'y arriverai ! Je suis pas plus tartine qu'un autre. J'étais agrégé, faut que je me désagrège. Il est plus facile d'apprendre une langue à 5 ans que de la désapprendre à 65. Mais Mol-Fendu est un cador. Il m'aide. Même si tout ça me pèse quand même sur le berlingot. Hein, Mol-Fendu-Man ?

— Vous avez fait d'énormes progrès, *professeur*, concéda Mol-Fendu. La langue allemande ne s'oublie pas comme ça, en deux jours. Mais je dois avouer que vous régressez plutôt vite. Vous êtes doué. Vos fautes commencent à être de plus en plus nombreuses. Les verbes irréguliers, notamment, vous posent davantage de problèmes que le mois dernier.

— Vous êtes agrégé, monsieur Mol-Fendu ? interrogea Bataille.

— D'allemand ? Ah non. Je suis professeur de carrosserie dans un lycée d'enseignement professionnel, un LEP. J'ai toujours été une véritable bite en allemand. En espagnol, je parviens à me débrouiller encore un petit peu, mais l'allemand, que dalle. Je n'ai jamais pu m'y faire.

— C'est la raison pour laquelle je l'ai coché lui, fit remarquer Yteulaire.

— Évidemment, concéda Bataille. Et pour l'accent ?.... Comment faites-vous pour cesser d'avoir ce parfait accent que je vous connais ?

— Il suffit d'un peu d'entraînement, expliqua Yteulaire : je tente de baragouiner l'allemand avec l'accent masalit. La ficelle est grossetouille, mais ça marche.

— Bien, écoutez, professeur, je vais me retirer... glissa Mol-Fendu.

— Mais nein, ma cauche, le retint Yteulaire. Viens donc à la ventouze avec nozigues. On va se rigoler la noisette. Allez oui, tu trisses avec la bande.

— Bien, si tel est votre désir, *professeur*. Je trisserai avec votre bande. Je trisserai.

— Un oulichon de quetsche ? proposa Yteulaire devant Bataille épouvanté. Mais par pitié ne chicague pas dans ton futal !

— Est-ce une si bonne idée, *professeur* ? se permit l'auteur de *Madame Edwarda*.

— Je ne bois que de l'eau, *professeur*. Vous le savez bien. Et je mange très peu de viande. En revanche, je consomme des fruits en quantité. Ceux que je vois là dans cette soucoupe étonnent par la beauté de leur choix, tenta Mol-Fendu en convoquant du regard une pyramide de pêches belles, de juteuses poires et de lustrées pommes.

— Sers-toi donc ! permit Yteulaire. Ils sont là pour ça.

Les lèvres de Mol-Fendu se mirent à palpiter ; ses mains, à frémir de joie. Mol-Fendu sortit un couteau à fruits et enroula autour de son cou une serviette de table qu'il avait sortie de sa poche. Il s'assit par terre, en tailleur, riant comme un petit enfant (ses épaules dansaient), tranchant dans la pulpe d'une poire de Doyenné. Cinq minutes passèrent durant lesquelles

Yteulaire, Bataille et Mol-Fendu évoquèrent la boxe anglaise, les *Fables* de La Fontaine, les lois de la thermodynamique et la notion de couple.

— Je ne supporte pas le couple, avait expliqué Mol-Fendu. Chaque fois que je rencontre une femme, c'est en imaginant le divorce qui s'ensuivra. Je ne supporte le mariage *que* parce que je sais pouvoir presque aussitôt le défaire. J'ai l'air austère, comme ça, mais en réalité je suis un homme de plaisir. La vie à deux m'empêche de profiter de ma vie. Je suis égoïste. Si je partage ma vie, il ne m'en restera plus assez pour moi. Pour moi tout seul. Si j'avais une vie passionnante, une immense vie, quelque chose genre une vie d'aventurier, un destin, vous pensez bien que je la partagerais. Mais ma vie est trop petite pour deux. C'est juste une poire pour la soif. Il n'y a pas grand-chose à grignoter dessus. Moi-même, je m'y sens à l'étroit. Ma vie a juste de quoi m'accueillir moi. Elle est monoplace. Je n'ai rien à offrir que cette monovie que je m'offre à moi-même, comme on s'écrit à soi ou bien comme on se masturbe.

On cogna *derechef* à la porte. Cette fois, *c'était* Oh Marc-As, *à peu près* réveillé. Marc-Astolphe, titubant, s'appuyait sur une grande canne vernissée, les lunettes à peu près à l'envers, en robe de chambre de calemande rayée, chemise à languette en lin, pantoufles. La lumière de son visage, crue comme celle d'un squelette dans la nuit, contrastait avec celle du décor, frappée de tons rouges. Dans les poches internes et externes de la robe de chambre prêtée par le professeur se trouvaient, en vrac, un bonnet de velours aurore brodé en argent, une poire à poudre, un flacon à cuvette, trois jeux de comète, un manchon de renard, une carte géographique de Bora-Bora, une flûte à bec, un petit jeu de l'oie de voyage, un sixain de piquet. À cet accoutrement, Marc-As Oh avait adjoint une cravate. Il salua Bataille (sans trop d'étonnement), Bataille salua Marc-Astolphe (avec un brin d'agacement).

— Cette quetsche inspire ! clama Marc-As. Quel fruit ! J'ai vu les fées. Je n'avais point rêvé ainsi depuis avril 61. J'espère toutefois que ce liquide n'ira pas pénétrer les couches populaires : il fracasse un peu la casserole à neurones.

— Au prix que je le capte, ça ne risque pas, précisa le professeur. Ça coûte un chien !

— Cette prune a une étonnante faculté d'augmenter la joie, *professeur*, euphémisa Marc-As.

— J'avoue, lui emboîta-le-pas Bataille, que j'ai moi-même, juste avant que vous n'arriviez, été stupéfait par la vigueur dudit breuvage. Il provoque facilement l'exubérance.

— J'ai pour ma part libéré, dans la plus anarchique des foisons, mon souper de la veille au soir et quelques récents déjeuners, confessa Oh. Ma singulière trombe a semé le désastre, mais mon maître, assisté de la juteuse Fenouil, a pu me tirer de cet horrible pas. Merci pour cette panoplie, mon maître…

— Normal, Babar… fit Yteulaire.

— Cette vôtre robe de chambre est tellement confortable qu'on dirait un lit vertical ! Et cette chemise en lin, je l'adore tant ! Que j'aimerais *professeur* vous l'acheter.

— Je te la donne, gars mon gars ! sourit Yteulaire. Cadeau.

— Très sublime ! Merci ! sourit Marc-Astolphe. Je suis un hystérique du lin. Un maniaque. Inouï ce que lin me sied. Quant à mon porte-coton, dont je crains qu'il ne se réveille point avant la minuit, il a été, luizaussi, la victime d'une vidange dont la phénoménale ignominie ne fut point sans effet dans le jaillissement de mes laves. *(À Bataille :)* Pardonnez l'extrême impétuosité de ma question, cher monsieur Bataille, mais fûtes-vous également l'objet d'un séisme physiologique ?

— Heu… hésita Georges Bataille. Non. Je suis comme le cheval. Jamais je ne vomis. La nature, m'a en effet affublé d'une sorte de sphincter découvert par les médecins à l'orifice supérieur de l'estomac. En outre, ils ont remarqué dans ce viscère une très oblique insertion de l'œsophage.

— Allez ! Vas-y mon rat, dis-le-lui, lança Yteulaire à Bataille. Sois honnête. Au point où tous vous en êtes !

— J'ai pissé à peu près partout, s'inclina Bataille, péteux.

— Voilà, fit Marc-Astolphe. Une honte nous lie à présent. Nous sommes collègues en naufrage.

— Vous n'avez pas chaud avec cette cravate ? Par cette pharaonique canicule ? demanda Bataille à Marc-As aux fins de changer *catégoriquement* de sujet. Même moi, qui en porte une quasiment depuis ma naissance, j'ai dû la laisser chez moi. Alors qu'elle fait partie *intégrante* de ma personnalité.

— Pas le moins du monde, cher monsieur Bataille, s'insurgea Oh. J'utilise de l'empois. Ici, l'empois se constitue de mon propre vomi. L'abondance de mes sucs gastriques, leur acidité surtout, confère à ma cravate, sans laquelle on ne pourrait plus vraiment m'identifier en tant qu'Oh Marc-Astolphe, une élasticité particulièrement adaptée aux chaleurs lourdes. Voyez comme le cou est enfermé ici sans contact aucun. C'est toute une science. J'apporte, pour ce qui me concerne, un extrême soin à la manière dont je plie les bouts, dont le gauche doit être plié de haut en bas et le droit, inversement, symétriquement, de bas en haut. Les avantages de cette procédure sont insondables en ce que, premièrement, elle prévient la barbare proéminence résultant de la jonction des bouts de la cravate à l'endroit de la nuque, gravissime inconvénient dont irrémédiablement se ressentent les collets du gilet et de l'habit. Secondement, de ce que les deux extrémités rappelées vers l'avant tels des tirailleurs sénégalais en panique tentant de fuir le champ de bataille, sans subir le plus petit froissement, sans être en proie à la plus microscopique souillure, restent susceptibles d'être entendues et confectionnées en un nœud à la coloniale élégance. Quant au choix des pois – en sus si je puis me permettre cette plaisanterie, de l'empois –, il a généralement ma préférence. Avec les gros carreaux, que j'arbore plus volontiers en hiver. Je goûte à l'excès cette manière de demi-tenue. Je suis quelqu'un qui se demi-tient. J'ôte même le tiret ! Je suis quelqu'un qui se *demitient*. Soyons fous, j'enlève l'italique ! Je suis quelqu'un qui se demitient ! Sachez que je ne plaisante pas, que je ne plaisante *jamais* en matière de cravate. Lorsqu'un quidam, devant moi dedans le dédale de nos rues, tombe en syncope ou en quelque asphyxie – comme il est de mode par cette accablante fournaise –, le spécialiste de cravate que je suis est plus utile qu'un médecin. Il faut un exégète de ma trempe pour délier le tissu ! On ne défait point un nœud n'importe comment. J'entends bien qu'il y a le respect dû à l'asphyxié, au syncopant. Mais enfin ! Il y a *aussi* le respect nodal. Le respect du nœud ! Le respect de la cravate elle-même. Défaire, relâcher, ôter : c'est une manipulation plus délicate que l'excision d'une mouche à miel par une guenon non-voyante. Mettre sa cravate, la nouer, est un exercice de précision *sacré*, un cérémonial qui réclame solennité et concentration, mais le rituel qui me la fait ôter n'en est pas moins grave ni sérieux. Je ne me délivre pas de son étreinte pour des occasions qui ne le mériteraient point. Je ne soustrais la belle à mon cou que pour ce qui exige ou de la contention cérébrale ou un exercice des musculaires tissus.

9

On frappa de nouveau à la porte. C'était le troisième larron.

— Ça y est, mon cade, tu as le derrière décaoué ? demanda Yteulaire.

Embarrassé par son intestinale gaffe, l'éternel Burguet, ridiculement vêtu d'un carrick appartenant au professeur, voulut lui aussi demander pardon à son hôte. Il ne savait plus où installer sa gêne. Il eût voulu n'être pas né, du moins être né ailleurs, au Moyen Âge, et à Rio. Il alla pour prononcer une excuse bien frottée, bien troussée par les usages, il l'avait préparée, il l'avait mélangée dans ses neurones. Il prit une sorte d'élan. L'élan de l'excuse. Yteulaire, immédiatement, le freina, le stoppa – l'arrêta.

— Non oula ! Pas de chiqueton, ordonna Yteulaire. Tu carres tes crêpes dans ton fourlinge. Pas de margarine entre nous. Ta cagaison est aux oublis. *(À Bataille :)* Il s'est calfienté dessus. *(À Burguet :)* On repart sur des bases neuves. Dieu d'un clou ! Personne porte le carrick mieux que toi, mon gros lardon ! Cette dégaine !

— Merci, *professeur*, merci, ressuscita Burguet. Jamais je n'oublierai votre mansuétude. Jamais !

— Il est vrai que cette magnanimité vous honore, maître, souligna Marc-Astolphe. Je voudrais ajouter que nous avons apprécié la réparation de nos organismes dans ces particulières chambrettes parfumées à l'amitié. Je vous expose ma gratitude. J'espère que ce qui jaillit tout à l'heure de mon gosier n'aura pas donné trop de besogne à la campagnarde et dévouée Fenouil. Ma tête me cogne en revanche à fendre du bois. C'est tracassé que je formule cette hypothèse : rentrer en mes maisons parachever l'ici commencé coma. Ici esquissé. Ici amorcé.

— Tu vas fourmer ta gargouenne, Lulucouille, balança le professeur. Assez lézardé. Y a vente, on y va donc ! C'est sacré ! Et le gars Grallimard, tu vas le laisser en plisse ? Tout solo ? Je n'aime pas les foireux – tu le sais. Cesse tes macaronis, et moi et Bataille et ton gros nougat et toi, on va à la vente.

— Vous m'avez donné envie de porter une cravate, cher Marc-As, dit Burguet. Pourrais-je, *professeur*, avoir le toupet de vous en emprunter quelqu'une ?

— Ouaiche, acquiesça Yteulaire. Je vais demander à ma grenille. Fenouil !

— N'en faites rien, cher maître, ne dérangez point votre domestique, s'immisça Oh Marc-Astolphe. Je crains que ce ne soit déplacé. Les entités courtes en cou, nanties d'épaules surélevées et affublées d'un visage rond, plein et fortement rubicond, celles autrement dit qui sont enclines à la congestion, aux scintillations de l'œil aux battements de tempes, celles qui ont les tonsilles squirreuses et tuméfiées n'ont nullement besoin de cravate. Vous êtes pivoine, ô Burguet. Je vous mets en garde contre l'usage de la cravate. Vous seriez susceptible d'un fatal coup de sang. D'une moche lésion du myocarde. D'une scission méchante des vaisseaux. La cravate n'est pas un jouet, mon ami. Son port est plus redoutable que celui d'une arme à feu. Je vous respecte au-delà de l'infini, mais vous me semblez par trop musqué pour ledit ustensile. Et puis, il vous faudrait trouver votre nœud – et un nœud cela ne se trouve plus à 35 ans. Vous êtes un puceau de la cravate. Je crains bien que vous ne le restiez. Dommage. Mais vous êtes perdu pour le nœud. Le « nœud Oh » est le résultat de trois décennies de successives approximations, de fausses pistes, d'hésitations multiples, d'esquisses à rendre fou, de remords ballotés, de ridicules, d'amateurisme, de crucifiants regrets, de pratiques incessantes – d'entraînements grecs. La cravate d'un géant ne saurait ressembler à celle d'un nain, celle d'un prodige à celle d'un employé des postes. Votre nœud, c'est vous. Chacun doit posséder, non pas la tête de son nœud, mais le nœud de sa tête. Comprenez-vous ? Un nœud de cravate raconte l'histoire de celui qui l'a noué. Rien ne m'irrite davantage que les navrants bougres qui voudraient qu'on leur apprenne un nœud de cravate. Donne-t-on des cours pour enseigner ses propres digitales empreintes ? Transmet-on sa propre odeur par un cours magistral ? Devrais-je publier le crucial épitomé de mes incommutables nœuds ? Byron faisait le sien comme personne, et Miles à son tour. Et Lincoln. Et notre actuel Giscard n'exécute point le sien comme Mitterrand ! Observez celui de Joyce, impeccable, gonflé de plis soyeux, qui semble défier celui de Faulkner, négligé, vol au vent, chiffonné. Oubliez donc la cravate, infortuné Burguet ! Vous feriez figure, emballé là-dedans, d'un zéphyr de salon. Sur vous, cela va faire collier de bouledogue sous un sapin de Noël. Même la cravate de chasse ne pourra vous seoir : vous n'êtes pas suffisamment campagnard.

La jeune Fenouil arriva avec un lot de cravates empruntées à la garde-robe du professeur Yteulaire.

— Tu caguètes pas dessus, gars Burguet, fit Yteulaire. Je compte sur toye.

— Promis, professeur… frissonna Burguet. Pardon : *professeur* !

Frantz-André passa la première cravate. Oh, aussitôt, fit la moue. Bataille et le professeur ne semblèrent pour leur part très convaincus non plus. Seul le sieur Mol-Fendu se donnait encore un peu de temps pour émettre un avis circonstancié.

— Atrocissimus ! éructa Oh Marc-As. Mousseline claire, non empesée ! Trop onduleuse sur votre jeune graisse. Et cette prétentieuse rosette fait de vous un cochon de lait pour vitrine de charcuterie. Ne manque que le persil au-dedans de vos oreilles. Vous n'êtes point noticier ! Abandonnez ce modèle à quelque inexorable bavard. Je ne dis pas cela pour vous, mon maître Yteulaire. Sur vous je sais cette cravate expressément faramineuse. Elle roule comme un flot sur votre torse impeccable.

Fenouil tendit une autre cravate à Burguet, mais qui, aussitôt, déplut tout autant à Marc-Astolphe.

— Ça ne vient pas du modèle, mais du modelé, analysa Oh. C'est encore vous le fautif, Burguet. Vous êtes très largement désespérant. Cette belle cravate en batiste, apanage pourtant du poète, ornement idéal de l'écrivain – même si j'ai tendance à penser que c'est nous qui ornons nos cravates et non point le contraire –, ne vous sied pas non plus. Mais alors *du tout*. Vous avez l'air d'un étron au bout d'une ficelle. Or, il est d'évidence que j'ai trop vomi pour cette journée. Pire : cette cravate vous rajoute comme une bile. Elle fait de vous un double phallophore. Le problème, majeur, voyez-vous est que vous ne sentez pas la cravate. Vous ne la comprenez pas. Je vous ai observé faisant votre nœud. Un massacre ! Vous tournez un morceau d'étoffe autour de votre cou, comme le ferait un membre du Ku Klux Klan autour de celui d'un négro. Vous n'avez point eu le moindre égard pour la matière. Vous faites partie de cette salope de foule mâle qui baguenaude, se faufile, se balade, bouffe, digère, vaque à ses lamentables merdoiements et s'endort sans scrupule, hors remords, sursatisfaits, repus des lymphes, comme si leur cravate eût été le mieux du monde mise ! Cravaté, vous avez l'air d'une basse crapule, d'un impudique baudet, d'un triste maquereau, d'un notaire de ruisseau. Tandis que franchement décravaté, vous redevenez un ami. Ne vous métamorphosez point, aux seules fins d'imiter la géométrie de mes vestimentaires perfections, en ce chancroïde que je vous sais parfois tenté d'incarner. Je ne nie pas que vous entrevoyiez vaguement ce qu'il peut y avoir d'avantageux dans le port de cet élégant ustensile, et que vous souhaitiez m'imiter me touche à convoquer les larmes, mais simplement, ce sélectif habillage – qui vous refuse de toutes ses pauvres forces – fait ressortir, fait rejaillir un je-ne-sais-quoi d'étroit dans votre esprit, certain penchant pour la stérilité intellectuelle. Si c'est pour vous engoncer la glotte tous les jours dans une flanelle sans âme qui accentue vos lacunes, je ne vois d'intérêt que dans l'immédiat abandon de cette lubie. Vous avez l'air là-dedans d'une spatule à mollets. La cravate vous fait comme un géant halminthe greffé. Cela devient gênant pour notre petite assemblée. La cravate – telle la couleuvre d'eau qui ne vit que d'eau douce – ne s'épanouit que dans la discipline, l'originalité, la discipline originale, l'originalité disciplinée, la noblesse de caractère et le génial trait. Son écosystème est menacé par les horribles trivialités, la balourdise, l'imitation – les naïvetés. Sur vous – quelle qu'en soit l'espèce –, nous voyons aussitôt la cravate s'étioler comme une petite araignée rabougrie, recroquevillée en feuille d'automne, morne, râlant d'agonie. Vous tuez les cravates, très cher ami. Vous ne parviendrez à la porter – j'en prends le pari – ni par l'étude approfondie, ni par le travail. Vous manquez d'instinct, et sans instinct, un nœud de cravate jamais sur vous ne coulissera. Il ne vous obéira point. C'est alors la cravate tout entière qui cessera de vous respecter. Eussiez-vous, pauvre tintin, la tentation d'étudier au ralenti, après scrupuleux filmage, ma façon de passer la mienne autour de mon cou, que vous saisiriez aussi peu le mystère qui s'y cache qu'un veau berrichon cherchant à analyser la raison pour laquelle, après son vingt-neuvième coup, dans la première partie l'opposant à Spassky à Reykjavik en 1972 lors des Championnats du monde, Fischer prit le pion $h2$ du Russe avec son fou. La cravate se noue par fulgurance. Celui qui y injectera du labeur ne parviendra jamais à se confondre avec elle. La cravate est d'essence romantique, mon Kamerad. Regardez-moi ça. On dirait que vous passez des langes à quelque nouveau-né. Que je souffre ! Dieu soit loué, vos livres sont plus joliment emmaillotés.

Une nouvelle cravate fut alors essayée par Burguet. Le petit groupe commençait à montrer quelques signes d'impatience que l'auteur de *Grand-mère*, dans son obstination à ne pas sortir le cou nu malgré l'extrême chaleur, ne percevait point.

— De pire en pis ! s'indigna Marc-Astolphe Oh. Vous prélevez d'irresponsables quantités de temps humain sur le vécu de vos amis, Frantz-An. Vous voyez bien que l'un des deux bouts est beaucoup trop long ! Déployez-le au moins. Donnez-lui de l'extension !

— Un peu d'extension ne lui ferait effectivement point de mal, confirma Bataille.

— Bien, voilà. Vous êtes chouette ! s'exclama Oh Marc-As. On dirait un valet de chambre de moyenne maison. Au mieux un conducteur de tilbury !

— Et si j'assujettis le tissu par l'extrémité, Marc-As ? interrogea Burguet.

— Où voyez-vous du tissu, mon pauvre ? soupira Marc-Astolphe Oh. C'est de la mousseline de Rouen !

— Et comme ceci ? Plus bas que le jabot ? interrogea Frantz-An.

— Comme un garçon coiffeur ? Eh bien pourquoi pas ! lâcha Marc-As, exaspéré.

Les cinq (le professeur, Oh, Burguet, Bataille et Mol-Fendu), alors, esquissèrent un départ pour la salle des ventes.

— On n'emmène pas le gamin ? demanda Bataille.

J'avais fini mon goûter. J'étais venu rejoindre le groupe.

— Vent dur ! Tu es là, toi filleul ? me lança Marc-Astolphe qui ne m'avait point remarqué. Purge ! Si tu connaissais l'aventure que notre Burguet vient de commettre !

— Je vous en prie, dit Burguet, ce n'est pas une histoire pour les petits enfants.

— Au contraire, renchérit Marc-As Oh. Cet enfantelet n'est point débile ! Et puis, il s'y connaît joyeusement en purées sauvages. Bon, *professeur*, ma personne vous accompagne tacitement vers cette vente. Mais je crains bien que ma cabèche, pourtant trempée dans tous les cognacs, ne m'incline pour les heures proches à ne produire que des miaulements, onomatopées ou hypocondres lamentations. Qu'importe ! À la guerre comme à la guerre.

10

La salle des ventes d'Orléans, sise au *22 ter* de la rue des Récollets – en face des Dames de France –, était une cocotte-minute. L'été avait un cancer. Il faisait près de 50 degrés à l'intérieur. L'air était si épais que les mouches s'y engluaient dans leur envol. Vrombissaient dans le goudron bleu. Les gens étaient collés aux gens. Ils suaient d'une seule sueur. Ils se haïssaient davantage que lorsqu'il neige. Il y a un climat pour l'amour du prochain et une température pour la haine de l'autre. L'universelle paix n'est pas soluble dans la canicule. C'étaient des Orléanais quasiment morts, cloués sur les bancs surchauffés. Carbonisés pour la plupart. Lessivés par le feu solaire. Les visages étaient rougis, les torses fumaient. Tout trempait tout. Des litres de sueur avaient formé un pédiluve. Des enfants étaient morts noyés. Les murs brûlaient : des bras s'y consumaient, des mains cuisaient. Les façades fondaient en beurre. Des chemises arrachées de torses en huile servaient de ventilateur. La parole humaine devenait particulière en cette fournaise. La foule insultait la foule. On blasphémait, on se poussait. On promettait des exécutions, on menaçait les femmes, les petites filles – les chats. Ceux qui étaient médecins le taisaient. Aucune disposition ne convenait : on était mal. Quoi qu'il arrivât cela n'allait pas. Aucune attitude n'était humainement acceptable. Les plus pondéraux exhalaient des odeurs – fort prononcées – de charcuterie salée. Quelques connaissances de Marc-As ou de mes parents étaient présentes : Karl Cost, Marc de Castelsort, Loïc Labric, François Argon, Noé Clarc, Claude Brice, notamment. Et aussi Conrad Moran, Paulin Franton, Mark Lassène, Jules Portin, Tom Muchemore, Tanguy Frantec. Le commissaire-priseur, M. Sal Gravebeck, vêtu de noir et de blanc ainsi qu'un valseur, était un verruqueux quinquagénaire arborant, de façon démodée pour 1976, un bouc à la Méliès et une perruque (trois mèches tombaient, plates et roussâtres, sur le front). Le fard utilisé pour cacher ses rides fondait en sucre glace, ne faisant que les accentuer. Traînante était sa voix.

— Lot n° 8 ! expectora Gravebeck. Magnifique tableau d'Antonin Siple. *La Halte à la fontaine des Cygnes...* Un cheval auxois, gris pommelé blanc, sur lequel est monté un agent de remplacements militaires, se désaltère à une jaillissante fontaine ornée de deux cygnes de pierre enroulés l'un dans l'autre. À gauche, près d'une aiguilletière qui se lave les pieds dans un ruisseau, se tiennent un enfant déchargeant du vin, puis deux chèvres. Au-delà de la fontaine est une ruine. 2 000 francs !

Avec une fréquence particulièrement élevée, Gravebeck reluquait les mamelles (difformes, flasques) d'une habitante de Combloux située au premier rang. Le dernier orgasme en date de Gravebeck remontait au 12 juin dernier – Le Huron Brigitte, 33 ans, sa secrétaire particulière. Il s'était agi d'une fellation de 9 minutes et 37 secondes.

— Adjugé monsieur Kass-Loup ! asséna Gravebeck en frappant son maillet sur son bureau embarrassé de paperasses et de bibelots.

J'étais là, rissolant aussi. Je tenais la main chaude et moite et glissante de Marc-Astolphe Oh. Burguet ressemblait à un hot-dog. Mol-Fendu était mou et se fondait.

— Lot n° 9 ! *Rade, effet de fog.* Huile sur toile d'Arnold Worf. Superbe composition. À droite, un tertre, plus loin quelques navires à l'ancre. Au centre, un homme pêche à la ligne. Des marins dans une chaloupe transportent des colis. À gauche, des marchands de poisson. Au fond, une forteresse défendant l'entrée du port.

Bataille était plus pâle encore qu'à l'accoutumée. On eût dit un somnambule électrocuté. Seul le professeur Yteulaire semblait parfaitement fringant, absolument *frais*.

— Adjugé monsieur Gagnon-Latran !

Marc-Astolphe ne cessait de fixer, installée quelques rangs devant lui, à l'oblique, une jeune femme aux andalous traits et au tee-shirt trempé sous lequel se dessinaient, en dodus fantômes, deux magnifiques juteux seins.

— J'aime cette fille ! s'exclama Marc-As *in petto*. Quel ciel bleu c'est ! Elle te plaît aussi petit filleul ?

J'ai répondu oui. C'étaient des seins comme ceux-là dont j'eusse rêvé, nourrisson. Au lieu de cela, ma mère m'avait tendu deux morceaux de chair antipathiques, froids, hostiles, qui le plus souvent avaient eu l'air ailleurs, comme s'ils s'ennuyaient. Le lecteur se souvient sans peine – je l'espère – des énormes difficultés que l'allaitement posait à ma mère, des atroces douleurs que cela, soi-disant, occasionnait.

— Vous savez, madame Moix, les mamelles sont utiles au nouveau-né, avait tenté d'expliquer le docteur Boule-Touchée. Elles lui fournissent son premier aliment, dont il est fort friand.

— C'est à nous de décider de la teneur de ses repas, docteur, avait tranché mon père. Ce n'est pas à vous. Ce n'est pas vous qui dressez le menu. C'est nous. C'est nous qui dressons le menu. En outre, cette viande à merde est en train de saccager les beaux seins de ma femme, ses seins pour l'excitation, ses seins pour la baise, ses seins pour la plage, ses seins pour les soirées en décolleté, ses seins pour rendre jaloux mes amis ! Vous croyez vraiment que je vais accepter très longtemps ce petit rituel grotesque ? Les seins de ma femme font partie de mon capital ! Il est hors de question que je les partage avec ce gibbon ! Je le répète : cette zone est érogène, non pas *alimentaire*. Ce n'est pas un garde-manger. C'est ma pelote, mon oreiller, mon appât magique, mon lupanar de poche – mon bordel portatif !

— Ces seins appartiennent pourtant tout également à ce gibbon, monsieur Moix, ne s'était pas démonté Boule-Touchée. Ces seins vous ont grisé les sens aux fins de vous porter à la reproduction de l'espèce. Et par conséquent à ce petit résultat humain dudit grisement qui est là sous vos yeux : votre fils. Partager les seins de sa femme avec son fils est le début du métier d'homme.

— Non. Ce sont *mes* seins, je suis désolé ! avait asséné mon père. J'ai suffisamment sué pour les acquérir, n'est-ce pas ma chérie ?

— Oui, mon loup, avait répondu ma mère.

— Si je n'aimais pas les seins, docteur, avait poursuivi mon père, les seins en général et ceux-ci en particulier, eh bien j'eusse fait profession de pédéraste. Je ne me fusse pas masturbé entre, je ne les eusse pas pourléchés des nuits entières, je n'eusse pas pris sur mes heures de sommeil pour en mordiller frénétiquement le téton !

— Mais il y en a deux, avait fait remarquer Boule-Touchée. Vous pouvez vous en octroyer un chacun. Prenez le droit, qui, plus gros que le gauche, sera plus propice à l'exercice de vos fantasmes et à la pratique de vos pulsions, et abandonnez-lui l'autre. Ainsi, le préjudice est amorti et le litige, réglé…

— Ce n'est pas bête, ça, mon loup… C'est un bon compromis, fit ma mère.

— Ha ha ! s'était esclaffé mon père. Vous essayez de me rouler… De me faire l'éloge de la cul-de-jatterie, de la cyclo-perie, de la manchoterie, de la monocouillerie. Bien essayé. Mais en vain ! Je suis stéréosexuel ! Vous voulez peut-être aussi que pendant qu'il s'allaite au gauche, je lèche le droit tout en me tripotant ? Les seins, cher docteur, ne représentent pas une fonctionnalité biologique, ils ne sont pas des appendices utilitaires : ils sont les principaux protagonistes de mon agrément, voyez-vous ? Vous les anatomistes, vous n'entendez *rien* à la pornographie ! La nature a fait descendre à bas, sous le ventre, les tettes de tous les animaux de la Création, sauf celles de la femme et de ma femme, et ça ne vous met même pas la puce à l'oreille ? Pourquoi, docteur, ma femme, contrairement à la musaraigne ou à la truie, à la biche ou à la chienne, a-t-elle les seins attachés à la poitrine, en assiette propre ? Pour que nous puissions les peloter quand nous le souhaitons, qu'on puisse les faire saillir à tout instant du corsage et les embrasser, les baiser, les sucer, les injurier, les humer, les lécher, les caresser. Les gifler ! Planter des épingles dedans ! Si je n'en garde qu'un seul, de sein, si je ne me contente – comme vous m'y invitez – que d'un orphelin de téton, qui profitera du fabuleux, du vertigineux vide qui les sépare et qui, chez les femmes aux formes opulentes, sert parfois de porte-bouquet ? C'est *là* que *tout* se joue, docteur : entre les deux loches. C'est *là* que les femmes planquent leurs lettres compromettantes, leurs clefs interdites, c'est de *là* que munies de pincettes, elles extorquent le billet doux de l'amant ! Avec un seul sein débile, que devient la fondamentale notion de corset ?

— Je suis obligé, monsieur Moix, bien qu'étant sensible à vos conclusions, et très proche de vos intérêts étant moi-même un homme abouti, de me faire par devoir, et par profession, l'avocat de l'enfant. Non du vôtre spécifiquement, mais de tous. Je ne fais que mon métier. Vous le comprendrez. Le lait des mamelles constitue pour le nourrisson un mets particulièrement goûteux.

— Faites très attention à vos propos, docteur, avait menacé mon père. Même si je comprends que vous ne faites qu'incarner la parole médicale, je suis quelqu'un de suffisamment obtus pour pratiquer la politique de la terre brûlée.

— Je crains de ne pas tellement vous comprendre, s'était inquiété Boule-Touchée.

— Ne m'obligez pas à brûler les mamelles de ma femme au fer rouge. Je suis également capable de les lui couper, de les remplir de poudre allume-barbecue et d'y mettre le feu ! Si vous voulez que je joue les Chinois, je jouerai les Chinois. J'opterai, jusqu'aux dernières extrémités, pour l'indifférence totale à ces organes et je me mettrai à idolâtrer les pieds. Et vous viendrez encore m'expliquer, cher docteur, que mon fils tétera le gros orteil de ma femme pour se nourrir !

— Tu es fou, loup ! s'était manifestée ma mère.

— Ce sont mes seins ! Ce sont *mes* tes-seins ! s'était mis à hurler mon père. C'est *ma* sexualité qui est en jeu. Et je ne comprends pas bien pourquoi ce petit bidule aurait sa gamelle au même endroit que mes couilles. Il ne faut pas mélanger les plaisirs, docteur. Ni les genres. Je ne baise pas ma femme dans la cuisine des autres. Et les gens ne viennent pas bouffer dans notre lit.

— On devrait peut-être essayer, avait suggéré ma mère.

— *Hé !* avait éructé mon père. Mais qu'est-ce donc, là ? Un complot ! Une ligue contre moi ? Je ne vous laisserai pas abîmer *mes* seins de ma femme. J'en suis après tout le principal bénéficiaire. Pourquoi autoriserais-je quiconque à altérer mon bien ? Je vous vois venir, docteur. Vous êtes jaloux de ne pas avoir les mêmes chez vous. Non mais regardez-moi ces mamelles ! Il ne s'agit pas de pâte à mâcher. Voyez comme elles sont bien proportionnées. Il faut dire que je me soucie de les bien nourrir. Hors de question qu'elles deviennent nourriture à leur tour. Regardez comme elles sont rondes et blanches mes mamelles, docteur, bien séparées dans leur milieu mais point trop. Ce que j'apprécie particulièrement, dans *mes* seins de *ma* femme, c'est qu'ils ne sont placés ni trop haut, ni trop près des aisselles. Et qu'ils ne pendent pas comme des jambons.

11

— Tête-bleue quelle beauté ! Quel fou soleil ! s'exclama Marc-As Oh – toujours vêtu de la robe de chambre de calemande rayée d'Yteulaire et chaussé des pantoufles prêtées par le professeur –, fixant la jeune femme aux seins parfaits, le regard avide et brûlant accompagné d'une vive rougeur, en se passant sur le visage un peu d'eau de fleur d'orange, bondissant telle la salamandre en jupon d'or dans un feu de la Saint-Jean. Quelle merveilleuse créature ! Quelle céleste physionomie, mon vieux Burguet. Aïe.

— Magnifique, répondit Burguet. Magnifique j'avoue.

— Quel feu. Quelle Rome ! astolpha Marc-As. Quel enjouement. Quel roudoudou. Une forte grêle s'abat-*da* sur mon cœur. Ah mais quel daim. Ah mais quel rail. Ah mais quelle chose.

— Lot n° 10 ! Une balance aérothermique de Westphal, un bec Bunsen avec virole d'air, une boîte à épingles en bois à six gorges et un compartiment pour la pince empêchant les épingles de se mélanger, un germoire à rainures, un chauffe-beckers, sept boules de naphtaline, une boussole à pinnules avec patin de pentes, un four à moufle, une gouttière brisée de Bernard, trois fioles Sauvinet, un oncographe de Roy, un thermo-lacto-densimètre Dornic, un ergographe de Mosso, un chalumeau de Berzelius, une coupelle Lebaillif, un pendule de Kater, une sonde Palissy, un écorçoir modèle Boubée, une étude de Liebig, un cadre de Foucault, un goniomètre de Haüy, une pince de Péan, une machine d'Atwood, un spiromètre de Chéron, une vis d'Archimède, un phonendoscope de Bazzi-Bianchi...

— J'ai les linges en torture, Burguet. Il me faut cette dindette ! Je dois jouir dedans avant le début de ma vieillesse ! Je dois mâcher cette croupe ! s'agita Marc-As.

— Elle est très *érotique*, dit Burguet. Vraiment très *érotique*.

— ... un plateau de Piche, un ophtalmoscope de Morax, un treuil de Bailey, une batterie de Smith, une plaque de Ferguson, un circuit de zinc d'Albicock, une sphère creuse de Pascal, un couple de Callaud, un cryoscope de Raoult, un lacto-butyromètre Marchand, 25 cm³ de bleu de Borrel, un vase de Boudreau, un calorimètre de Black, un chariot inducteur de Du Bois-Reymond, un condensateur de Voss, une bouteille de Tomasi, un hygromètre d'Alluard, un tabouret de Volta, un manchon de Ranvier, un moteur Gramme, une lampe à huile de Plattner, une fontaine de Héron…

— Je vacille. Je suis in love. Je meurs énormément. Je calanche en bite. J'étouffe des glandes. Je revis beaucoup… suintait Marc-Astolphe. Il faut faire quelque chose Burguet.

— Elle est splendide, confirma Burguet derechef. Véritablement splendide.

— … un éolipyle de Salomon de Caux, une cuve à glace de Daniell, une soupape de Laugier, un pèse-acide de Quévenne, une pile Ciniselli, un hémisphère de Magdebourg, un pléthysmographe digital de Comte et Hallion, un résonateur de Helmholtz, un diapason Negretti, une sirène de Seebeck, une roue de Savart, une hélice de Clarke, une bobine de Ruhmkorff, un filet Aubé, une lentille de Cooke, un tire-bouchon de Maxwell, un électroscope de Laborde, une verge de Dony, un appareil de Donders, une aiguille d'Oerstedt, un bâton de Leleux, une canule à fistule de Dastre, un microtome type Minot, un autoclave selon Saussure, un mortier d'Abich, deux dynamomètres de Poncelet, un banc de Stephenson, un perce-verre de Wolff, un vinomètre Bernadot, un ballon de Franklin, une torpille de Guillemin, un lactoscope du Docteur Donné…

— Je vais me suicider Burguet si je ne lui lèche pas le slip, exagéra Oh Marc-As. Et ce sera votre faute. Parce que vous n'aurez rien fait pour m'aider.

— Pas de panique, cher Astolphe. Nous allons bien trouver une solution pour que vous parveniez à lui faire l'amour. Je nous-vous fais confiance.

— Quel nénuphar ! Ah quelle mouche ! Quelle fleur. Quelle pute-et-fée !

— … un cryophore d'Ingenhousz, un alambic Dujardin, un calcimètre René Blanc, un ébullioscope Levesque, un esthésiomètre de Caroll, un pluviomètre de Pixii, une loupe d'Haidinger, un tambour de Marey à levier de Chauveau, un disque de Markowitz, un spiroscope de Pescher, quatre étagères de Malassez, un cadran de Wollaston, un échenilloir Aubert, un bloc Maquenne, un métronome Maëlzel, un colorimètre Dubosc, un pneumographe de Tournade, un revolver triple, un oculaire quadrillé, un excitateur à verrou, un pain de ciment, une épuisette en étamine, un agitateur à secousses, une machine à scier, une surplatine, un autoclave vertical, une boussole à pèlerin, un appareil à grêle, une trousse de taxidermie en portefeuille – contenant des ciseaux nickelés à cataracte, un ludion à membrane, une pince brucelles et un cure-crâne –, mille aiguilles fines montées, deux billes inégales, une fraise à charbon, un explorateur du cœur, une toupie, un chandelier d'amphithéâtre sur pied de fonte, une larme batavique, 4 cm³ de fuchsine phéniquée…

— Je bande comme un avion, asséna Marc-Astolphe Oh. Je dois beurrer cette cacahuète, Frantz-An ! C'est une question de mort ou de mort !

— Elle est mirifique, reconfirma Burguet. Spécialement mirifique.

— … des yeux de couleur pour oiseaux, reptiles et poissons, un marteau d'eau chantant, une embouchure de cor, un harmonica chimique, un anneau de Saturne, un siphon automatique incassable en celluloïd, une cage à chenille, une planchette à grenouille, un flacon de bitume de Judée, un pèse lettre, un bocal à graines, un tube de chasse en Pyrex, un cercle azimutal, dix rats de cave, un 33 t rayé des Who, une carcasse sphérique, un pèse-moût, un flacon de chlorure de cobalt de dix grammes, trois perce-bouchons, une trompe à eau, six scalpels, un eudiomètre, un baromètre anéroïde, 6 cm³ de rouge congo, un jet d'eau, un conoïde horizontal, une peau de chat… Le tout 200 francs !

— Je pleus d'envie. Faut que je la dévisse ! Cette petite fraise est à épouser sur place ! ne tenait plus Oh Marc-As, ébloui. Hanches d'une danseuse de l'Opéra. Tête souriante et mobile. Retroussé nez comme toujours je préconise. Ardente

lèvre, noir œil étincelant pensif, démesurés cils, soyeux…
Non mais matez Burguet. Matez donc ça. Cette parfaite perfection. Vite vite ! Placer mon pain dans sa boîte ! Carrer
mon foetus dans son œilleton !

— Superbe, opina Burguet. Incontestablement superbe.

— Cheveu noir, pied blanc. La main petite et effilée. Gencives d'un pourpre sombre, reprit Marc-Astolphe, le regard
cinglé. Elle doit être moldave. Ou bien valaque. Le front
fait pour un musée. Et cette tresse ! Et cette fesse ! C'est la
femme de Dieu ou quoi ? Cette protubérante fesse, élastique,
tremblante, qui vibre au mouvement moindre. Cette ferme
mammaire masse. Mahomet fut bien inspiré de dire : « Le
sein de la femme nourrira l'enfant et réjouira le père. » Quel
rayonnage putain. Ces seins. Quelles bosses. Envie de les
dévorer. De les découper en menus morceaux sur un plat,
et m'en délecter. De relier les *Œuvres complètes* d'Ernest
Capendu avec la peau de ces là-lolos. De me confectionner
un tambour que je tapagerai de ma verge. J'aime les femmes
lourdes en loches. Les plus généreuses ce sont. Les mamelles
rudimentaires sont l'apanage des impassionnées et des vira-
gos. Dehors, les hommasses ! À la flotte, bossues crétines au
petit sein. Mon pied au derche, les flasques du mamelon, les
atrophiées, les squirreuses, les bistouriques, les Artaynte, les
Scythes, les comprimantes, les brûlées. Je veux des pesantes
du mazos. De l'habité soutien-gorge. Du soutien-regorge.
Pas du dé à coudre, de la crevasse, de l'abcès, du mamelon
rentre-en-glande de l'œuf de tourterelle, de la borgne tétine,
encore moins de postiche nibe, d'artificiel robert en cupule
de gland.

— Ma grand-mère paternelle, syphilitique à 20 ans, fut
affublée d'un artefact de ce genre, confessa Burguet. La
pauvre vieille. Elle allaitait mon père à l'aide d'une téterole.
Le bout de son sein droit était un mamelon de caoutchouc
agrémenté d'une tétine en peau de chamois. À gauche, elle

possédait un bout de sein en coquillage, recouvert de belles ciselures.

— Adjugé madame Lahideux-Tallien ! adjugea Gravebeck.

— Aaaaah, faillit jouir Oh Marc-As sans prêter la moindre attention aux propos de Frantz-André Burguet, je veux de la gorge, de la gorge, toujours plus et davantage de *gorge*. De l'hypermama ! De l'hémisphère gras. Du gênant-le-mouvement. De l'abîme-colonne. Du tue-dos. De l'infirme-foutre. De la dodue mappemonde. De la glande impossible. De l'extravagant lipome. Du babylonien kyste. De l'encombré thorax. Du qui ondule, en flan. De la trimamme, de la quadrimamme, de l'heptamamme ! Des nichons, des beaux ! Vermeils. Mouchetés. Larges. De chair pleins. Je ne veux pas voir *un* os. Regardez bien cette jolie-là. Son sein droit semble piriforme, pommiforme le gauche. C'est rare. C'est rarissimus. C'est collector. Jusqu'à l'âge de 20 ans, je préférais les seins en poire. Depuis – à tort ou à raison – j'ai opté pour la pomme. J'explique pourquoi dans un « Que sais-je ? » encore inachevé : les seins en pomme sont plus résistants, moins susceptibles de tourner au cuir à rasoir.

— Je préfère poire, fit Burguet après un court temps de réflexion et quelques mouvements de tâtonnement dans les airs.

— Les piriformes me font un peu l'effet d'un étalage de saucissonnier des Halles, grimaça Marc-Astolphe.

— N'empêche, ils sont plus agréables à tâter, même si moins heureux à regarder, se défendit Burguet. Mais vous écrivez donc un « Que sais-je ? » sur les seins ?

— Pardon ? s'offusqua Marc-Astolphe. Cela ne représenterait qu'un intérêt secondaire. Des ouvrages généralistes sur les seins, il en existe des tombereaux : j'écris un « Que sais-je ? » sur les seins *en pomme*. Intitulé par ailleurs fort judicieusement *Le Sein en pomme*, répondit Oh avant de se replonger, féru, dans le spectacle de la poitrine de la jeune et bandantissime inconnue. Le mieux encore, de tous les nichons, c'est le « en forme de citrouille ». Le cucurbitasein ! Suivez mon regard. Halalalala ! *Lala.* C'est *ça* que je veux pour ma vie – et *à vie.* Je la voudrais, je la *veux.* J'ai faim, voilà tout. Déchirer ses voiles. Ses parures. Si je quitte cette vie sans avoir pu la déboutonner, je partirai vers les ténèbres avec une acrimonie de moine puceau.

— Ha ! Elle te fait bien fantasier, hein ? se moqua le professeur Yteulaire. Remarque ! Je lui passerais bien mon rouleau sur la galette.

— Oui, *professeur,* oui, fit Oh, hébété. Lui écrire tout. Triturer la matière dramatique, en homme qui possède à fond ses *Mystères d'Udolphe* et son Ducray-Duminil. Lui moduler mes stances. Composer pour elle des airs neufs arrangés pour flûte et violon. Lui pondre des opéras, des gros gras romans à la sir Walter Scott, des plus petits aussi, funèbres et folâtres, à la Paul de Kock, ainsi que force « Que sais-je ? » ! Pour la prochaine édition de mon *Photocopie et Reprographie,* je demanderai aux PUF de rajouter une dédicatoire épître ! L'épître dédicatoire, je le sais, s'en va grand-erre, depuis que le Nouveau Roman a chié sur la beauté. Je vais moi la remettre à la mode. Ah Burguet ! Je sens que je minaude. Mon paravent des pudeurs se perce. Je prends l'eau. J'aperçois qui monte en moi : le fripon. Le très, très, *très* gros porc.

12

— Lot n° 11 ! clama Gravebeck. Un grand vase en terre de Kolao, à figures. Une boîte de forme contournée, décorée de fleurs, bordures à fond bleu, faïence hollandaise. Un coq empaillé, deux cornets de pharmacie à décor de médaillons, figures de style antique, sur fond vert chargé de fleurs. Vase à deux anses en mascarons, faïence de Castel-Durante avec têtes d'homme barbu et de femme. Un flacon à thé en écaille posée argent, composition de style chinois, époque Régence, un serin en grès brun du Japon, une cafetière en porcelaine de la Compagnie des Indes. 12 000 francs !

— Que pensez-vous de quelque chose dans ce goût, brave Burguet, demanda Marc-As, pour mon épître ? « Souffrez, mademoiselle Femme de ma vie, qu'il me soit permis, en dépit des sourires équivoques et des moqueries parasitaires et, *quoi qu'on die*, de rétablir en votre principal hommage, et *dès tout de suite*, le culte des galanteries médiévales et de vous faire cadeau de ce mignon volume plus génial encore qu'exceptionnel, plus profond que simplement brillant, historié plutôt qu'historique, mais composé avec le sentiment de facilité et tout l'agrément que procure une plaisante thématique sur laquelle ma fantaisie – concurrente des fantaisies baroques des andalouses terres – a trouvé de quoi semer ses arabesques, ses broderies, ainsi que l'inimitable tracé de sa précision d'épingle. »

— Fort bon, admit Burguet.

— Je suis prêt pour cette petite salope à tous les duels au clair de lune, affirma Marc-Astolphe.

— L'intrépidité seule est peu fertile en résultat, se permit Burguet. Même si elle contribue parfois à prodiguer aux actes de celui qu'elle entraîne un très accentué cachet de ridicule.

— Enlevez à Oh le bonheur, se dressa Oh, on appellera son héroïsme d'un autre nom. Mille purées ! J'ai *déjà* peur qu'elle m'oublie. Je me demande bien si pucelle elle est. Ou si Toto lui a gratté les écailles. Envie de lui lécher la langue, de lui mordre les dents, de lui sentir les narines, de lui regarder les yeux, de lui écouter l'oreille, de lui chier dans le cul !

— Je suis sûr qu'elle a le cul chaud, balança Yteulaire. Que c'est un râtelier à testicules ! Ah Marc-As, il faut vite que tu joues du flageolet dedans, sinon un double clown va prendre ta place. Elle doit avoir l'œil au gibier, cette garce.

Je m'y connais en vicieuses. Perds pas ton temps ! Aiguise ton couteau ! Fonce. Monte sur l'ours !

— Adjugé monsieur Zimbardo-Lévêque !

— Fais-la frire ! poursuivit Yteulaire. Chausse la croupe. Fraie ton porcin chemin. Montre-lui ta denrée ! Frotte ton lard. Loge-lui derrière. Renverse la marmite. Mets des coups de cul ! Bien placés entre les gros orteils. Tourne à l'envers. Entre en lice ! Fais-lui la barbe. Fais criquon criquette ! Fais chosette. Lâche ton diable. Secoue-lui le pochet. Casse-lui le linge. Fracture-lui le bidet !

— C'est vrai qu'elle est très très exceptionnelle, commenta Burguet. Plus je la regarde, plus j'en atteste. Belle plante. Je n'exclus pas de me masturber en passant à elle quand je serai de retour en mes appartements.

— Une plante, où ? aboya Oh. Elle n'est que *fruit*. Tout fruit ! Fruit de partout. Elle fruite ! C'est une fruiteuse. Je vois *tellement bien*, tellement nettement ce que je pourrais, ce que je saurais en faire.

— À suce-anus toute ! s'excita Yteulaire. À fourre-motte. À lèche-gousset. À perce-bouton. À saute-poil. À trie-poux. À chasse-mouches. Fais du bien à ses odeurs ! Pince-lui les genoux. Cure-lui le bitume, mon garçon. Crâne-lui la viande. Mords-lui le morpion !

— Si elle savait ! s'énervait Marc-As. Si quelqu'un pouvait lui dire. Lui dire *qui* je suis. Ce que je suis, ce que j'écris, ce que je lis. Ce que je sais, ce que j'ai vécu. Burguet !

— Oui Marc-Astolphe ?

— Poussez-vous donc de cinquante ! Vous exhalez quelque odeur de fagot qui incommode les muses. Vous vexez point : surtout. Mais je ne puis – à tel niveau de compétition – courir le *moindre* risque. Vous faites un peu épais macaque, nature ou cravaté. Nous parlons là de la *femme de ma vie* ! De celle qui viendra fermer mes yeux sous mes lunettes. L'église Sainte-Euverte se tendra alors de noir et cette blanche inconnue à l'œil goudron – qui ne sait pas encore que son destin est un fleuve se jetant dans l'estuaire de mon destin – pleurera des larmes argentées. Rue Royale, sur le quai Barentin, on ne rencontrera plus que des Orléanais pleurant au milieu des tambours aux baguettes entortillées d'un crêpe. Les gendarmes porteront mélancoliquement leur képi incliné vers la terre. Les cordes du frisson s'ébranleront dans le corps de cette petite belle comme un instrument sous les doigts glacés d'un korrigan. Tous, révérant ma femme, salueront machinalement mon astolphienne carcasse en imminence d'immarcescible postérité. Et cette même mienne femme, dont les seins auront été les plus beaux de la Création, viendra arroser ma tombe avec son lait.

— Lot n° 12... *Miscellanea Berolinensia ad incrementum scientiarum*, Berolini, 1710, deux volumes. Auxquels se joint un rapport annuel sur les travaux de la Société d'histoire naturelle des îles Gololo, 1831-1832.

— Je les ai déjà, ces volumes, soupira Yteulaire. Pas tellement originale, cette vente, mes fins agneaux. Je suis déçu.

— Que cherchez-vous exactement, professeur ? demanda Mol-Fendu.

— « *Professeur* », pas « professeur » ! fayota Burguet.

— Je suis à la renifle de plusieurs binzes, répondit Yteulaire, en eau, à Mol-Fendu, en sueur. *Le Traité de l'aurore boréale* du duc de Méran, dans l'édition de l'Imprimerie royale de 1754. À force de l'offrir à des tatasses de vos espèces, je n'en possède plus un traître exemplaire. Je voudrais bien aussi mettre une paluche sur *Mémoires sur l'action d'un feu égal et violent...*

— ... *continué sur un grand nombre de terres, de pierres et chaux métalliques*, par Marou-Darcet ? L'édition 1771 ? demanda Marc-Astolphe. En deux volumes ? Je l'ai en double, maître. Je vous l'offrirai.

— Je cherche l'édition de 1766, Astolphus. La « 71 » on la trouve chez Mammouth ! l'arrêta aussitôt le professeur

Yteulaire. La « 66 » en revanche… On me l'a coulissée ! Si j'attrape le matar qui a fait ça, je lui mâche la prostate.

— Adjugé mademoiselle d'Aboville de la Lanse-Fresnière !

— Dame ! continua Marc-Astolphe, plus monomaniaque que jamais, en se remettant à son poste de mateur dégoulinant. Quels colossaux projets j'associe à la juteuse poitrine de cette jeunesse cambrée. Il faudrait qu'elle se retournât et me remarquât. Elle serait surprise par mon fameux sourire comme sœur mésange par la branche élastique et châtaignière d'une reginglette. Mon charme – qui constamment ses rayons lance – est un péril extrême pour les petites belles.

— Lot n° 13, miaula Gravebeck. Une « campagne italienne » d'Aselin. Mise à prix 1 700 francs !

— Je cherche aussi, précisa Yteulaire, le *Traité sur l'art de fabriquer les sirops de raisin* du marquis de la Tringle, un *Traité de l'eau-de-vie* par Pillas, le bon gros *Sénèque* de Babin, le portrait de Juste Lipse par Corneille Galle et des assiettes de Delft.

— Jamais avec elle ma vie érotique ne s'émoussera, continua Marc-Astolphe. Nous épuiserons la chose. Je barbouillerai le plafond de ma chambre de ses cris. Pas un orgasme ne lui sera épargné. Et non seulement je la ferai jouir mais je la jouirai. Et non seulement elle me fera jouir mais elle me jouira.

— Je vous le souhaite de tout mon cœur, lâcha Burguet.

— Adjugé monsieur Pupu-Macnamara !

— Je l'emmènerai dans mon pavillon de chasse solognot, au fond des bois. Le lieu idéal pour les fiancées salopes. Les pénétrantes odeurs de nos amoureux corps se mêleront à l'inquiet murmure des biches, au son du cor, au ronsardien parfum des bruyères, au vacillement de ma lampe à pétrole, au brouillard sur l'eau de l'étang, à l'évanoui galop de l'alezan, à l'ondoyant cortège des silhouettes de bêtes dans l'opaque nuit sans lune. Puis je l'enculerai.

— C'est un *excellent* programme, admit Burguet.

— Lot n° 14 ! aboya Gravebeck. Un étui porte-tablettes Louis XV, décoré en rose au vernis et galonné d'or. Quatre petites cuillers en argent, à poignées surmontées de figurines, une aiguière avec couvercle et plateau en or, toujours Louis XV, à décor de guirlandes et rosaces gravées, bordures d'oves, anses plates à rocailles, année 1768, poinçons d'Alaterre, adjudicataire des droits de marque. Un secrétaire en jade gris de Chine, décoré de chevaux et d'arbustes en relief.

— J'enseignerai à sa fraîcheur, d'abord indignée, les intérêts de l'extravagance sexuelle, trépigna Marc-As. Quitte à comparaître devant le temporel jugement des hommes, en tribunal – mais que m'importe ! –, je me ferai auprès d'elle, jusqu'à ce qu'elle *crève* de satisfaction, l'ambassadeur des vices de belle taille.

— Oui, souligna Burguet.

— Adjugé monsieur Gagar-Otlü !

— De foutre chargé, à l'avance glorieux de l'imminente saillie, mais prologuemment désireux de délester ma vessie de son embonpoint, j'avancerai vers le drap plissé comme une mer d'ondes et commencerait, crotale en main, tirant ses cheveux dans la poudre blanche du pénétrant soleil, à uriner sur elle aussi mêmement qu'on compisse un trottoir. « Mais, Marc-Astolphe, ô mon amour absolu pour toute la vie jusqu'à la mort ! Que faites-vous donc là ?

— Je viens vous apprendre beaucoup. Retenez de ce qui va suivre ce que vous en pourrez, petite chère hirondelle.

— Mais c'est de l'urine !

— Je n'ai point encore appris à pisser de l'orangeade, ô frétillante puceronne. En outre, en super-outre, il ne s'agit pas tant d'urine que de *mon* urine. Qui peut douter des indélébiles et puissants services qu'elle a rendus et qu'elle rendra encore à la cosmogonie des plaisirs humains ? L'extase féminine, assez notamment, doit une grande partie de sa florissante marche à mes rabelaisiens jets de pure tisane. Mais si tu bouges sans cesse, je ne vais pouvoir te parfaitement souiller. Cette urine, *mon* urine, chérie-jolie, est riche d'ancestrales alluvions : c'est tout l'inconcevable génie de mes gènes qui là-jaillit. Au lieu que de te rouler dans d'enfantines contorsions, tu ferais bien d'essayer la chose. Laisse-toi donc doucher. Ouvre donc tout bien tes bouches pour t'en désaltérer. Je suis le Marc-Astolphen-pis ! Fraîchement émise, ma pluie d'ambre claire est aussi limpide que le cristallin rictus de la purrissime Mother de l'Oint. J'ai le pipi ambré, chaussé de soie, galonné de fin !

— Oooh, Astolphe d'amour ! Tu avais raison. Comme elle est bonne ! Quelle superbe douche, salée plus qu'amère !

— Hé ! Tu as vu ces aromates ? Ils ne manquent pas d'écriture, non ? »

— Si je puis me permettre, je doute que ce soit vraiment son truc, douta Burguet.

— C'est leur truc à toutes, cher Eckhart ! s'emporta Marc-Astolphe. En outre, évoquant l'urine en général, l'universelle commune générique pisse, tu passes *totalement* à travers l'essentiel : la mienne est plus proche de celle du moineau pour comptines que de celle du carnivore. Mes analyses sont formelles. J'ai l'acide phénique aussi volatil que l'âme de Mésochris. Dans les cliniques, on se dispute virulemment mes phosphates.

13

— Lot n° 15 ! mugit Gravebeck. *Hercule précipitant Lycas dans la mer.* Très *très* beau groupe en bronze florentin. Accompagné d'une superbe garniture de cheminée de la maison Pinquet, en bronze doré et finement ciselée, composée d'une pendule avec sujet représentant deux Amours tenant une guirlande de fleurs et deux candélabres formés par d'autres Amours supportant six lumières. Auxquels se rajoute une autre incomparable garniture en onyx, avec monture en bronze, composée d'une pendule, de deux coupes, de deux candélabres et de deux flambeaux. Mise à prix 4 600 francs !

— Je pourrais gagner ma vie rien qu'en pissant, se vanta Marc-Astolphe. Les plus redoutables soupeurs de la place Saint-Laurent, dont les festins feraient lever le cœur des damnés de la merde dans les fécaux bolges de Dante, s'infligent devant ma porte de gémissantes et vaines attentes pour obtenir, quignon rassis brandi, un flacon de jus de Marc-As. Ils font peine à voir, semblables à des camés, hideux, le teint blanchâtre ou violacé, implorant que ma vessie les entende mieux que mon oreille. J'ai décidé une fois pour toutes de couper court à leur requête : ce serait encourager un indigne trafic, une spéculatoire énurésie qui ne laisserait aucun repos à ces engeances déjà usées par des années de diététiques babouinages. Je puis, à l'extrême rigueur, abandonner un lot d'échantillons, de temps en temps, à des chercheurs urinaires dont les saillantes propriétés de mon nutritif et revigorant sirop affolent les certitudes et les prédictions, mais je n'entends point céder mon potage au tout-soupant.

— Ce en quoi vous avez parfaitement raison, entérina Burguet.

— Adjugé monsieur Limaye-Franca !

— J'ai eu un oncle soupeur ! concéda Mol-Fendu. L'oncle Andripode. Mort en avril 66 de complications dues à son régime alimentaire.

— Les soupeurs ne me dégoûtent pas quand il s'agit d'urine femelle, expliqua Marc-Astolphe. En revanche, imaginer qu'on puisse presser l'empissée mie de mâles déjections me remue les ventres jusqu'à me fondre en moelle.

— Lot n° 16... croassa Gravebeck. Un petit meuble-cabinet en laqué de Chine, un autre en laqué burgauté, une belle glace style Louis XVI, un petit guéridon en palissandre et thuya avec plaque de faïence, deux vases en porcelaine de Bueno del Mesquito, fond bleu, décor de fleurs, à la marque et au chiffre de Louis-Philippe, avec indication de provenance, douze chaises en cannées en noyer sculpté, deux fumeuses en satin cerise, un fauteuil en reps gris, un fond de lit en mousseline, un narguilé d'Alep… 5 000 francs !

— Une fois ruisselante et douchée, poursuivit Oh, je mettrai ainsi cette petite demoiselle en quartiers, par franches saccades, tout à la pointe du pisseur – occupé maintenant à d'autre atelier. À l'instant que j'officierai par caresses maintes, elle donnera de l'ongle. Quant à son repas, livré sur place, il se constituera – en remède à tout lyrisme, en pare-feu de toute gourmandise – de l'huître sans beauté de mon crachat. Après quoi elle devrait notoirement me ranger parmi les moins retenus des hommes qu'elle pourra jamais rencontrer. Pour la toute première fois de ma vie, je conçois, la regardant, la scrutant, la matant, que le couple est soluble dans l'*éros* et l'*éros* soluble dans le couple. Quel souverain fabricateur a conçu cette diablesse ? J'en jute du colosse. Oh lala. Elle va voir ce qu'on appelle : un lion. J'aimerais beaucoup poser mes doigts sur sa beauté. Là. Maintenant. C'est pressé. C'est pressant. Je sais ! Je vais lui écrire un doux billet. Professeur ? Je peux vous emprunter votre Montblanc ?

— Tu peux, mon gras. Tiens, fit Yteulaire. Mais son petit nom est *Zurück*. Tu pipes ?

— *Jawohl !* germina Marc-As. Juste le temps de griffonner quelques sentences.

— Adjugé monsieur Fausto-Fischoff !

— Je me sens là lubrique *et* romantique, s'envola Marc-Astolphe en remplissant, appuyé sur le dos de Frantz-André, le verso d'une publicité en offset monochrome orange vantant la venue, à Jargeau-sur-Fèces, de Rémy Julienne et de sa fameuse équipe de cascadeurs. Oui ! Grivois *et* fleur bleue, ami Burguet. Libidineux *et* langoureux. Lascif *et* lyrique. Alban Ceray *et* Werther. Pornocrate *et* cœur tendre.

— C'est ainsi que chaque homme devrait toujours se présenter, acquiesça Burguet. Le rêve de toute femme est que l'homme qui la couvre de fleurs soit celui-là même qui la recouvre de sperme, et réciproquement. Mais les spécialistes floraux sont trop coincés pour salir leurs compagnes, et les porcs-à-foutre hélas point assez sensibles, ou intelligents, ou malins, pour aller acheter un petit bouquet de n'importe quel chiendent coloré au fleuriste du coin. Les hommes sont des cons.

— Lot n° 17, coassa Gravebeck. *Fleurs dans un vase de marbre et fruits posés sur un socle enrichi d'un bas-relief* d'Albin Bouchard. Mise à prix 1 300 francs.

— Je sens monter en moi la jalousie, vieux Burguet, tressaillit Oh Marc-Astolphe : de son passé, de son présent, de son avenir. Je veux fouiller ses pensées. Je veux mordre ses fesses. Je veux *tout* lui dire et qu'elle me dise *tout*.

— Écrivez donc, dit Burguet. Écrivez donc votre bafouille. J'ai besoin de mon dos.

— J'écris, mon camarade. J'écris. Et l'inspiration est là. Veuillez m'en croire !

— Adjugé monsieur Plomin-Begley !

— Je veux lui faire confiance, martela Marc-Astolphe. Mais la faire suivre pour le principe. Par un détective privé. Pas de grande jalousie sans investigation. Je n'aime pas qu'on me trompe. C'est pire que la mort. *C'est* la mort. Une femme qui vous trompe, c'est une femme qui passe sa vie à mettre la vôtre à la poubelle. Je peux partir à la guerre, me faire enterrer vivant, attendre la fin dans un fauteuil roulant en regardant les petits ortolans et bavant mon hagarde salive sur mes tissus. Mais la tromperie, je n'y parviens pas. Cela m'abîme la carapace. Ça me détériore la carlingue. Ça me lamine le cabinet. Nous sommes là, gentiment, nous adressons de surconfiants sourires, intimes, nous partageons le présent, et en réalité tout est faux – en réalité cela n'est pas la réalité. La réalité est ailleurs, dans la malhonnête tête de l'empoisonnée trompeuse, dont nous n'avons de présence que celle du corps. On voudrait la trucider pour qu'elle se consacrât pleinement à nous, mais elle est évadée de partout, polie ici, mais tellement heureuse dans sa tête, dans ses sagouines pensées où l'amant convoqué se glisse. Et quand soudain elle semble gratuitement, niaisement sourire, c'est à *lui* qu'elle sourit, à *lui* qui n'est pas là mais qui pourtant – le scélérat – est partout. Il est absent, et cette absence emplit peu à peu tout l'espace... Le vide devient une présence : celle de l'autre, plus lointain – donc plus parfait. Plus évanescent – donc plus aimable. Davantage ailleurs – donc plus essentiel. Quand je devine la tromperie, Burguet ô, je refuse de me l'avouer immédiatement. Je me niche dedans le déni. Les signes sont là, plantés devant mes lunettes comme des étendards, et pourtant ma raison quête-enquête ailleurs. Je cherche un peu de terre meuble à me carrer dans les mirettes. Je veux tout savoir et en même temps, par couardise, pour ne pas sur-le-champ surmourir de chagrin, pour ne point d'abandon périr, je cherche à m'en *empêcher*. Mon cerveau sécrète, en temps réel, une réalité biaisée, une féerie sur mesure dont mon instinct n'est nullement dupe, mais dont mon orgueil se saisit comme d'une perche l'enfançon qui se noie. J'essaye alors d'être un peu différent de moi-même, afin de la surprendre, de devenir exotique à la marge, de la reséduire comme au jour premier, adoptant des attitudes dans lesquelles je ne me reconnais pas, arborant des poses qui me sont étrangères, essayant d'élever le niveau de mes considérations, ou de les abaisser au contraire. C'est comme si je tentais de me rapprocher – à tâtons, à l'aveugle – de la déloyale perfection de celui qui n'est pas là, devenu l'ennemi, mais devenu en même temps l'ignominieux modèle, le parangon dégueulasse, et, au sens strict, le seul *patron*. Je me défais de moi-même, je me renie pour être un autre, pour être presque comme l'autre, son avatar, un autre de remplacement, un autre de rechange, et ce faisant je me dissous, je m'oublie, je patauge en moi, je perds pied, je me renie. Je perds ainsi sur *tous* les tableaux. Je ne suis plus Marc-Astolphe Oh, mais je ne suis pas non plus mon concurrent. Je suis informe. Flaque je suis. Dans ces instants, le vide s'empare de moi, et j'ai faramineusement envie de me tirer une balle dans la gueugueule. Car je ne suis point parvenu – je le sens bien – à la surprendre, à la reprendre, à reprendre la main. Son exponentiel manque d'intérêt pour moi pèse des gigatonnes. Il faudrait un évangélique miracle pour que de sa lumineuse bouche jaillît le similaire même sourire qu'autrefois, c'est-à-dire qu'il y a encore deux mois à peine. Je panique : je ne sais pas comment quelles forces convoquer pour transmuer en or ce plomb, réobtenir ce qui m'avait été généreusement, gracieusement, gratuitement et surtout si *naturellement* offert, sans que j'eusse alors à fournir le moindre minuscule ectoplasmique effort. Je ne suis plus le but de sa vie, ni le sens de son existence, mais un frein au contraire, un haïssable obstacle dont elle se demande, déballant d'évasifs creux propos, lançant d'inhabités regards, comment elle pourrait le tuer sans être inquiétée. La femme amoureuse *d'un autre* souhaite inévitablement, sinon votre mort, du moins votre étymologique disparition. Elle souhaite que vous fussiez catapulté sur Mars. Votre présence, jadis exagérément réclamée, paraît désormais une insulte à ses turquoises rêveries. Vous n'êtes plus qu'un motif, déclassé, de comparaison. Un article démodé, une pourrissante banane. Déjà, par quelques regards dont vous vous refusez de deviner la teneur et d'interpréter le contenu – tel un message crypté que malgré votre formation spécialisée vous vous déclareriez inepte à déchiffrer –, la petite maudite salope que, par son évasif comportement, vous aimez chaque minute davantage vous plaint, vous plaint de ce qu'elle a commencé à pratiquer sur vous et qui ne s'arrêtera plus à présent qu'est lancée – comme un skieur acrobatique sur sa rampe de lancement – la sentimentale machinerie : votre mise à mort. Elle entrevoit, une par une, mentalement, par successives fulgurances, le visage des semaines et des mois que vous allez devoir affronter à cause d'elle. Ce qu'elle devine, intellectuellement et à toute vitesse de vos imminentes souffrances, vous, vous allez devoir vraiment le vivre, le traverser comme jungle, coupe-coupe au poing, la gorge serrée, les larmes sur la joue et le cœur en sang. Avec elle, avec cette petite à si, si, si, si, si beaux seins, je ne vais point me laisser avoir, je ne vais point me laisser faire, Burguet. Je ne veux *rien* respecter de son intimité. Je veux regarder dans ses tiroirs. Je veux m'engager avec elle. Pas d'adultère, *jamais*. Je pense chaque fois la même chose – je sais bien – quand je rencontre une toute neuve femelle. J'aimerais qu'on me dise à partir de quand, de quel instant précis – il faudrait pouvoir le filmer, comme le mouvement de la grande aiguille d'une pendule, si difficile à saisir – une relation *meurt*. L'acte de décès ! Une relation meurt quand l'un des deux ne comprend plus la rencontre, se demande ce qu'il fait dans l'embarcation. Quand l'un des deux se dit que sa vie est l'otage d'une autre vie, que cette possibilité d'existence empêche toutes les autres, par définition meilleures puisqu'elles possèdent la pureté, la virginité de ce qui n'a point encore été vécu – et ne le sera sans doute jamais. Les femmes, les hommes ne sont heureux – ma vieille Burguette – que dans les lendemains que leur follâtre imagination bâtit. Ce n'est *jamais* moi qui suis décevant, savez-vous : c'est le présent. Le présent n'a à offrir que de la réalité. Le passé a inventé le souvenir, cette machine à rêver sous forme de nostalgie. Le futur a inventé l'espoir. Le présent ne fait pas le poids, Burguet, pris en tenaille qu'il est entre deux concurrentes imaginations beaucoup plus fortes que lui. Il est compressé, il est tenaillé. Il est perpétuellement menacé. Il est étriqué. C'est une laideur entre deux beautés. Un sas, une salle d'attente. Un îlot-poubelle entre une terre quittée et une terre promise. Un pont, giga branlant, entre ce qu'on voudrait redevenir et ce qu'on voudrait devenir. Ce que l'être ne supporte pas, c'est d'être. C'est leur « maintenant » qui cloche. Leur « je fus » les éblouit, leur « je serai » les transporte. Mais leur « je suis » les lamine et les tue. La femme qui est auprès de nous préfère la femme qu'elle fut, la petite fille, l'adolescente, celle qu'elle sera, l'accomplie femme auprès d'un homme parfait, entourée d'idéaux lardons. Elle n'aime pas cette femme en transit qu'elle incarne au présent. Le problème du présent, c'est qu'on ne peut rien projeter dessus. Ce n'est point un écran. Ni projeter en arrière, ni devant. Non. C'est un mur – tout blanc. On ne se sent pas avancer, dedans. Il a l'air immobile. Le passé est mobile : il fuse, il accélère, il fait des loopings dans la tête, il passe, repasse, freine, manœuvre, glisse, coule, jaillit, surgit, se saccade, se cabre, monte, descend – caracole. Il est vivant. L'avenir se dessine sans arrêt à la vitesse de la lumière, par fougues, par fulgurances, par foudres, par accélérations d'hypothèses, par browniens mouvements d'infinies possibilités, par entrevus futurs qui se jouxtent et se cognent comme d'élémentaires particules. Il grouille de demains. Il est vivant. Le présent ne ressemble qu'à lui-même. Il est fade et ralenti. Il est statique. Il n'existe que par lui-même, indépendamment de nous. Il n'est point actionné par notre imaginaire. Il n'est point secoué par nos rêves. Il est à côté de nous, inerte. Il est comme une poupée posée. Il est mort. Il est crevé. Nous ne savons qu'en faire. Comme l'étale mer devant nous. Le présent est *mal taillé*. Il fuit de partout. Notre passé est géométrique, il se déploie derrière une clôture. L'avenir est esquissé selon des désirs fantasmés, mais précis. Le présent est un bourbier. Une grosse glauque flaque. On voudrait s'en échapper mais on ne le peut pas – lorsqu'on y parvient on se retrouve *encore* bloqué dans le présent. C'est au présent qu'on s'évade du présent. Il ne peut point encore servir de tremplin aux souvenirs, c'est-à-dire à son propre embellissement. Il ne peut plus être considéré comme de l'avenir : c'est de l'avenir dans lequel on est rendu, c'est de l'avenir advenu.

De l'avenir *déjà* contaminé. De l'avenir happé. De l'avenir qui commence à pourrir déjà. De l'avenir frappé de progéria. Le présent, c'est le purgatoire. Le passé sait être un paradis, un paradis perdu – puis retrouvé. L'avenir peut être un paradis, un paradis d'espérance – un paradis entrevu. Le présent est leur intermédiaire purgatoire.

14

— Lot n° 18 ! rugit Gravebeck. *Sphynx fuyant la poursuite du dieu Pan*, de Jean Van Butterwort, un revêtement en marbre de Paros, des portes façon Trianon, une cheminée en marbre cipolin, un stylobate en bois de cèdre. 16 000 francs.

— Je veux qu'on s'emboîte comme des timbrés. Qu'on ne se quitte plus, jusqu'à la tombe, gloussa Marc-Astolphe.

— Travaille-la du braquemart, mon savon, recommença le professeur. Sonne-lui les cloches. Mouille l'ancre. Hante-lui le bas couvent. Daube-lui la mouille. Jette-lui ton briquet.

— Je veux la délester du réel, la faire rêver. J'ai très envie de la pénétrer en lui malaxant les pêches.

— Adjugé monsieur Curti-Damasio !

— Sers-lui le gigot, trouva encore Yteulaire. Larde-lui le connin. Va voir sa tante. Remue-lui la plume. Joins-lui les culs. Trie ses vers. Tonds-lui le faon. Touille sa salade. Casse-lui la cale !

— Aah Burguet ! reprit Oh Marc-Astolphe tout en poursuivant la rédaction de son billet. Je veux lui… lui cracher dans la bouche, voir ma salive qui ruisselle.

— Crache ta guêpe ! Vinaigre-lui le paillasson. Crie-lui dans l'église.

— Uriner sur ses beaux cheveux blonds, tandis qu'elle m'enfonce un doigt dans l'anus en soupirant. Oui ! C'est *exactement* ça que je veux avec elle : lui faire des enfants et lui fourrer des doigts dans le cul !

— Mais de qui parlez-vous, à la fin ? interrogea Bataille.

— D'*elle*, fit Burguet en désignant la jeune femme.

— *Elle* ? Mais je la connais, lâcha Bataille. Vous avez le goût fort sûr, messieurs. Elle s'appelle Lila Wessel. Elle travaille pour moi, sous mes ordres, à la bibliothèque municipale.

— Quoi ?! s'étouffa Oh Marc-As. Mais enfin ! Vous ne pouviez pas le dire plus tôt ! ? Cela fait un siècle que moi, moi-même, le *professeur* et Burguet reluquons cette formidable créature. Je suis même en train de lui composer un mot doux ! Et vous ne disiez rien ! Au fou ! Au superfou !

— Je vous prie de bien vouloir m'excuser, s'excusa Bataille, mais j'étais absorbé par la vente et pensais à l'agencement des chapitres de mon prochain ouvrage, consacré à Wittgenstein.

— Elle est célibataire ? interrogea Mol-Fendu, également séduit.

— Ho vous Molle-Fente hé ! Je l'ai vue le premier ! frémit Oh Marc-Astolphe.

— Pas de problème, s'inclina Mol-Fendu. J'ai de toute manière tout ce qu'il faut dans mon carnet d'adresses... Des petites cochonnes à la pelle, toujours prêtes à délaisser leur mari, à mentir à leur fiancé, pour venir me faire les choses les plus sales et vicieuses qui soient. En saleté, il se trouve que l'humanité a infiniment plus d'imagination que dans le domaine de la propreté. C'est ainsi. Par une dérangeante asymétrie, l'on remarque que, sur terre, les choses qui font du mal font plus de mal que ne font de bien les choses qui font du bien.

— Lila est chargée des incunables, poursuivit Bataille. J'ignore si c'est une vicieuse. C'est en revanche un très bon élément. Et je dois dire, en effet, qu'elle ne passe pas véritablement inaperçue en nos locaux. Les hommes – comme les femmes – sont attirés par elle. Il y a encore quinze ans, je l'aurais baisée sans ambages. Nous ne lui connaissons point de relation. Je sais seulement qu'elle est très proche de ce mouvement en vogue mis sur pied par des femmes.

— Quel mouvement nom d'une poule ? explosa Marc-Astolphe Oh. Elle n'est pas dans une secte au moins ?

— Le mouvement féministe, répondit posément Bataille.

— Une grande révolution pour l'espèce, fit Burguet.

— Mais qui ne doit pas nous empêcher de les baiser toutes, ajouta le professeur Yteulaire.

— Et en particulier celle-là, rajouta Burguet.

— Arrêtez tout hé ! C'est *ma* Lila ! se contorsionna Marc-Astolphe.

— Lot n° 19. Un bourdon, un prestant, un principal, une flûte douce, un nazard, une doublette, une bombarde, un cromorne, un quintaton, un salicional, un unda-maris, une voix céleste, un carillon, un plein-jeu, un octavin, un psalmodikon… 7 000 francs !

— J'ai une théorie, commença Oh Marc-As. C'est que…

— Vous parlez trop et n'écrivez point assez ! dit Burguet – qui commençait à souffrir du dos – à Oh Marc-Astolphe.

— Vous plaisantez ! Pendant que je vous entretenais, je rédigeais ! Et j'ai achevé mon doux-doux-billet-doux ! jubila Marc-Astolphe Oh. Je vais vous demander de le lui faire passer…

15

« Mademoiselle,

Peut-être vous y connaissez-vous *un peu* en précipices. Les cailloux, les porphyres, et autres pierres de la même époque, formèrent au commencement de ce monde – créé de toutes pièces par le Grand Souffle pour que vous vinssiez y danser – de hautes montagnes escarpées. Le précipice, ainsi, fut inventé par l'altitude. Vous êtes mon altitude – permettez que je devienne *immédiatement* votre précipice.

Depuis que vous êtes installée dans cette salle, vous n'avez point encore daigné me regarder. Mille maîtresses m'ont pourtant délivré, jusqu'à cette importante journée (lourde pour les autres de canicule et pour nous de destin), un élogieux certificat de regardabilité. Je suis même tellement regardable que, partout où ma personne fait l'aumône de son passage, l'on ne voit généralement que moi.

Il est possible, toutefois, que vous ne m'ayez point aperçu. L'étourderie – comme le jardinage, la fiscalité, les courses automobiles – existe *effectivement* dans l'univers. Aussi, dès que votre regard aura passé sur cette ligne, veuillez je vous prie vous retourner d'un quart de cou vers votre droite. Le Zéphyr orné d'une robe de chambre, chaussé de mules turques, agitant ses doigts comme un petit troupeau de marottes déchaînées et vous administrant le meilleur sourire du département 45 ne sera nul autre que celui qui vous aura rendue curieuse pour cet après-midi et amoureuse pour toute la vie.

Mon nom pour cette vie est *Marc-Astolphe Oh*. Ce nom vous servira désormais de passeport pour le rêve et de visa pour le bonheur. Il vous débarrassera des vautours et prétendants de mauvais augure, tant je suis par ici craint. Il fera office de formule magique en cas d'accident s'abattant sur votre personne, et constituera l'éponyme et sobre intitulé de la biographie de 1 482 pages – cahier photo *non compris* – que vous me consacrerez après que j'aurai disparu – si tant est que je sois appelé à disparaître.

Sur moi, je ne m'étendrai pas tellement. Deux choses toutefois sont à connaître. *La première* : jouir de l'insolent privilège de croiser mon chemin relève d'une probabilité aussi merveilleuse que la démonstration des principes d'Euclide par un chimpanzé trisomique. *La seconde* : je ne suis point de ceux qui, une fois réveillés d'un amour, en prolongent les infantiles désillusions jusqu'au jambage des grilles de leur ultime résidence.

En cas de rupture, je puis toutefois participer aux frais d'assistance médicale et d'aide psychologique habituellement indispensables à la gestion du vide que n'aura pas manqué d'occasionner mon irrémissible départ.

Mais parlons plutôt de vous : vous m'agréez. C'est là la seule information, à cette date, qu'à votre sujet je possède. Avec celle-ci qu'on me délivre à l'instant : votre nom serait Vaisselle et votre prénom Lila.

Par pitié, Mademoiselle, ne prêtez *aucune* attention aux insignifiants larrons qui semblent m'accompagner. Il ne s'agit point de confrères – je suis unique en à peu près tout – mais d'étranges parasites, oscillant entre malotrus et butors et qui, souhaitant recopier de trop près mon génie, me suivent tel un ciseau son pointillé. Lorsque, par exemple, je vante l'impeccable charpente de votre nuque blanche, le scintillement de vos regards ou la lissité de vos mèches, cette insondable canaille ne pense qu'à commenter, rivalisant de trivialités de basse troupe, le mammaire contenu de votre jeune tee-shirt.

Vos yeux tout noirs, je les préfère à vos faciles attributs : dans le plaisir, quand je monterai votre chair et que nos parallèles sueurs stagneront dans l'odeur de nos corps, ces yeux-là deviendront blancs, bleus, violets, verts, et puis blancs, et puis bleus, et puis violets, et puis verts. Veuillez dès à présent noter que leur pupille sera dilatée.

Le seul, parmi cette impossible escorte, qui vaille un peu plus qu'une huître inouvrable – et à qui je dois de connaître votre inestimable identité – est sans conteste votre patron, M. Bataille, Georges, aussi proche de moi que peut l'être Titan de Saturne. C'est un être humain qui, sur un seul mouvement de ma narine, peut faire décidément beaucoup pour le futur de votre carrière.

Les autres rudimentaires bonshommes qui collent à mon pompon sont des buveurs, des soupeurs, des gens de pisse et d'excrément. L'un d'eux, pas plus tard que tantôt, a régurgité ses viscères après l'abusive absorption de mauvais alcool. Un autre a fait caca chez son hôte. Un autre encore a uriné sur lui l'équivalent d'un bassin de carpes. À ce niveau d'insane crapulerie, je dis qu'il faudrait ébouillanter les gens.

Tout ceci, je l'écris parce que j'ai postulé que vous ne m'avez nullement remarqué. Mais il se peut que je me fourvoie. Peut-être m'avez vous repéré. S'il s'agit d'indifférence, cette indifférence ne m'impressionne guère, il vaut mieux que vous le sachiez.

Dans la zoologie de l'amour, on distingue deux grandes familles pour l'indifférence : l'assommante indifférence de l'indifférence indifférente et l'indifférence contournée du calcul.

J'évacue l'hypothèse de l'indifférence *vraiment* indifférente. Reste donc celle, hautaine comme un fabuleux dieu, de la *tactique amoureuse*.

Guter Gott ! Je connais bien les carapaces utilisées par la femme fléchissante pour ne rien laisser paraître de ses inclinations. Votre armure, je la fendrai en cubiques petits morceaux. Je la fendrai comme vous fendrez la foule, après cette vente, soulevée par dix épaules, dans l'enflammé souci de me rejoindre le cœur battant, pressée de faire coïncider ce long ruban de phrases miennes avec la figure qui le confectionna selon votre mesure.

Alors, je vous communiquerai de voix vive les mots d'amour de mon inépuisable répertoire. À loisir, devant un bock glacé, quelques gouttes de bière renversées sur la nappe comme des étoiles éparpillées sur leur firmament violet, nous réduirons cette mystérieuse distance qui sépare les inconnus afin de mettre au point la naissance de nos enfants à venir.

Enfants que je voudrais sonores et vivants – comme leur papa.

Main dans la main, le front lustré par les perles de sueur, tétons mordus par les molaires de la canicule, nous rentrerons chez moi (je vis actuellement dans un ascenseur qui vous mènera au ciel) par des venelles compliquées, sous l'argentée lueur de la lune. Le maigre beffroi frappera ses douze coups métalliques et pompeux, anachroniques et médiévaux, imbéciles, semblables à des épées qui ferraillent. Nous serons seuls dans les rues bouillantes. À la chandelle d'un réverbère que je connais – et dont la vacillante pâleur fera notre autel –, les pieds mulés et le corps enrubanné de robe de chambre, tremblant des viandes ainsi qu'on monte à l'échafaud, j'agacerai de ma meilleure haleine vos lèvres gorgées de grenadine.

Des pétales d'acacia se mettront à pleuvoir sur nous deux. Dans cette étuve d'Apocalypse où roussissent les ailes d'anges ainsi qu'aux vantaux de l'enfer, chaussons collés sur le bitume fondant comme chocolat, j'inclinerai vers vous ma silhouette. Assommé par la Gueuze, je réciterai d'ossianiques poèmes de Baour-Lormian. L'admiration vous figera. Les yeux brûlants comme des astres en fusion, vous vous agglutinerez sur mon torse poisseux. Levant nos crânes étourdis vers quelques galaxies aux lacis fixes et tourmentés, nous apercevrons un géant vaisseau fendre le roulis du ciel : notre amour infini, réciproque – immédiat.

Dès que, de votre part, j'aurai reçu un petit signe, je sortirai de cette étouffante salle pour vous attendre sous le bleu du ciel. Puisse la chaleur de l'été me consumer comme un cierge de notre cathédrale Sainte-Croix brûlant déjà à notre amour.

Votre Marc-Astolphe. »

16

— Je déteste respecter les femmes, déclara Mol-Fendu. N'y voyez aucun machisme : je n'oublie pas que ce sont les femmes qui choisissent ceux qui auront le droit, et surtout le devoir, de ne pas les respecter. C'est comme avec l'allemand du *professeur*, il s'agit de *désapprendre* le respect. Les femmes nous quittent non parce que nous ne les respectons point, mais parce que nous ne savons pas bien ne point les respecter. Nous leur manquons *mal* de respect. Elles attendent que nous leur manquions mieux de respect. Ce n'est pas à la cuisine qu'il faut reléguer la femme, telle est précisément l'erreur des machos et autres phallocrates. Leur place n'est pas derrière l'évier, mais devant notre sexe. La femme est faite pour le lit, la femme est faite pour le sexe. Les femmes sont malheureuses parce qu'elles ne trouvent *jamais* d'hommes aussi sexuels qu'elles.

— Surfaux ! Elles me trouvent moi ! fit observer Oh Marc-As en surveillant de près l'erratique cheminement de son langoureux billet.

— Moi itou, ajouta Yteulaire.

— Pareil ! se joignit Burguet, qui fit passer le mot de Marc-Astolphe à une femme qui le fit passer à un homme qui le fit passer à une femme qui le fit passer à un homme qui le fit passer à une femme.

— Adjugé monsieur Alaca-Zabao !

— Calmez-vous messieurs. Et laissez-moi continuer. Nous, les hommes, poursuivit Mol-Fendu, entre deux orgasmes, entre deux séances de plaisir, nous ressentons la nécessité de faire des *pauses*. De penser à nos vacances, à nos impôts. Nous avons envie d'aller boire un verre d'eau, d'écouter Poulenc, Lou Reed, d'écrire une page ou d'apprendre le grec ancien.

— Et même d'écouter Elton John ou Harry Partch, lança Oh tandis que son billet passait des mains d'un homme à une femme, puis de cette femme à une autre femme qui le fit passer à un homme qui le passa à une femme.

— Si vous voulez, concéda Mol-Fendu. Les femmes peuvent faire l'amour *sans arrêt*, toute la sainte journée, du matin au soir et du soir au matin. Insatiables.

— Ou les Eagles, *Hotel California* ! poursuivit Marc-As, l'œil sur son billet voyageur.

— Il faut leur rendre leur liberté, ne s'interrompit-plus Mol-Fendu. Les laisser travailler, voyager, voter, faire la cuisine à leur place : parce que cette liberté, elles n'en useront *que* pour se faire plaisir sexuellement. Et de *qui* ont-elles besoin pour accéder à ce plaisir ? Je vous le donne en mille, messieurs : *des hommes*. Le féminisme est une invention qui nous permet de baiser beaucoup plus de femmes qu'auparavant. Surtout, beaucoup plus de femmes beaucoup plus salopes qu'elles ne le furent jamais ! C'est comme avec les nègres : depuis qu'ils ne portent plus de chaînes, ils sont devenus déchaînés, ils nous ont donné le jazz. Je n'imagine pas vivre sans jazz. C'est strictement la même chose avec les salopes. Il faut débrider les femmes comme nous le fîmes avec les Africains ! Je milite pour que tous les progrès de la technologie, que toutes les politiques économiques convergent vers la totale libération de la femme. La division du travail est un barrage à la jouissance. À l'orgie ! Dans toute boîte échangiste qui se respecte, il devrait y avoir un portrait de Pasteur. Et au-dessus de tous les lits ! Et dans les ascenseurs. Et dans les parkings ! Et dans les jardins publics. Et dans les bagnoles ! Des statues de ce génie devant les portes cochères, et son visage encore dans les toilettes des avions : c'est grâce à son lait de vache, son lait de vache *pasteurisé*, que nous pouvons forniquer à tout-va ! Ainsi, le bébé lâche le téton de maman, bébé est indépendant, bébé mène sa vie et *parrallèlement* maman va sucer des messieurs. Or il se trouve – c'est un hasard qui tombe plutôt bien – que ces messieurs, c'est nous !

— Vous êtes d'une vulgarité ! s'indigna une dame en se retournant vers nos « amis ».

— Nous ne vous parlons point, madame, *puisque* vous êtes imbaisable, renchérit Marc-As du tac au tac qui se fit immédiatement traiter de « grossier personnage ».

— Je goûte plutôt cette analyse, reconnut Burguet.

— Conne cannasse ! rebalança Oh tandis que son billet passa d'une jeune à un vieux, puis d'un vieux à un jeune qui le passa à une vieille.

— Pareil ! applaudit Yteulaire.

— Lot n° 20 : un aquarium, des lattes en bois d'alisier, un buste de la République, un parallélépipède en hêtre, un prisme en caoutchouc, un tétraèdre en plâtre, un cube en mousse, un cylindre en aluminium, un icosaèdre en acacia, une pyramide en mélèze, un paraboloïde en sycomore... 200 francs !

— Je suis à fond, poursuivit Mol-Fendu encouragé au centuple, pour l'amniocentèse, les échographies, la contraception et l'IVG. Ce n'est pas Simone Weil ma déesse mais Simone *Veil* évidemment ! Toutes ces techniques nous permettent de continuer à faire nos cochonneries avec les plus jeunes. Et plus elles sont jeunes, plus elles sont sexuelles ! Ensuite, avec l'âge, la fraîche frénésie, la folle saoulerie se transforme en technique et en vice. En diverses déviances. J'aime les femmes jeunes parce qu'elles n'ont besoin de rien, justement, pour s'émoustiller. Elles sont l'émoustillement lui-même. Elles sont l'émoustillage incarné. Elles sont toutes de biologie. Toutes, de nature, et non encore de culture. Les jeunes filles, les jeunes femmes baisent épaulées par l'inné. Les plus mûres sont poussées *par l'acquis* vers nos braguettes. C'est d'ailleurs incroyable – pour ne pas dire incompréhensible – que quelque chose d'aussi simple, évident, génétique, instinctif, élémentaire, vital que le sexe ait pu, au cours des siècles, se travestir ainsi en *vice*. En « cochonneries ». En spécialités sales, en catégories malades, en cessions pointues – en antichambres de la mort. Je sais que c'est là votre sujet favori, cher monsieur Bataille. Et je vous comprends. L'érotisme, c'est une invention de la culture. De la civilisation. De la modernité. C'est qu'il en aura fallu des tonnes de lois, d'interdictions, de morale, de clergés, de systèmes politiques pour qu'une tige dans une moule devienne un *problème*. Comment en sommes-nous arrivés à déguiser, masquer, censurer, occulter la seule chose au monde qui – avec la respiration et les battements de nos cœurs – coulait *vraiment* de source. Alors, messieurs, vive le féminisme ! Il est une bénédiction pour les hommes. Il nous faudra chaque année fêter la convention de Seneca Falls ! Que la femme se libère, puisqu'une fois libérée elle peut s'adonner à sa passion – le sexe ! Qui est justement non notre passion, à nous, mais notre passe-temps. Notre passe-temps favori. Vous rendez-vous compte de la chance inouïe que nous avons ?

— Excellent ! admit Marc-Astolphe. Grandiose.

— Chiendent ! s'exclama le professeur. C'est lustré, c'est brillant. C'est clair.

— Merci, dit Mol-Fendu.

— Adjugé monsieur Rossignon-Laval des Prairies !

— Ce que j'aime moi, cher monsieur Mol-Fendu, fit Frantz-André, c'est cette immense différence entre les sexes. Le fait que les hommes et les femmes ne soient en rien des sosies. Certes, l'homme et la femme, c'est certain, sont identiquement stupides. Et similairement mesquins. Présentent les mêmes symptômes de radinerie, de cruauté, d'arrivisme. Appartiennent au même carnaval. Médisent de jumelle façon. Sont aussi peu dignes de confiance l'un que l'autre. Mais la différence entre les sexes est là, elle trône, elle est *plantée* dans l'espèce. En étendard. *Les Deux Étendards*, ce ne sont pas le Bien et le Mal, Dieu et le Diable, mais l'Homme et la Femme. Rebatet, ce pauvre sordide con, n'avait pas compris ça.

17

— Lot n° 21, expectora Gravebeck. Un sarcophage, une branche d'olivier tordue, un capuchon de bénédictin, une édition en bande dessinée de *Ecce Homo*, un hérisson mort, un morceau de clôture, un éclat de vitrail de Notre-Dame de Cléry, un fouet sans lanières, une épine, six mille cinq cent quarante-cinq grains de sable de Loire prélevés sur une dunette de Sully, trois roses blanches, un sifflet à deux billes, une branche de citronnier, un petit radeau de liège, une dalle fissurée, un pompon, trois babouches de Maure, une sucette sucée, une tasse minuscule, un coffret en pierre ciselée, un flacon de Mercurochrome, un pot de confiture de framboises, un outil à faire la guerre, un Traité de paix, un galet, une gabarre d'olives, quatorze bulles de savon, le 45 tours original de *Pingo les noix* par les Quatre Barbus accompagnés par Lucienne Vernay...

— « Derrière chez nous il y a t'un bois », commença Marc-As voyant que son billet venait de passer d'une rousse à un brun, puis d'une auburn à un chauve, qui le fit passer à une sorte de punk avant la lettre.

— « Pingui, pingo, pingo les noix », continua Burguet.

— « Deux lièvres sont dedans le bois », enchaîna Bataille.

— « Bibelin, bibelo, popo la guenago », emboîta Mol-Fendu.

— « Pingui, pingo, pingo la guenago, pingo les noix », ponctua Yteulaire.

— ... une cagoule de gauchiste, des bas de coton écru, un clavecin calciné, un oreiller crevé, une paire de sandales de capucin, deux chaises de poste rempaillées par la maman de Charles Péguy, un santon décoratif, une tête de moine décapité, un fusil ayant fusillé, une alliance sans doigt, un éperon sans botte, des mitaines, des cystes, des lilas séchés, une paire de souliers de rechange, un mouchoir sorti, un exemplaire brésilien de *Mein Kampf*, une flasque de bile d'un aigri qui n'a pas laissé son nom, la roue voilée d'un haquet à tonneaux, quatre-vingt-treize poils d'un gros sourcil anonyme, un attelage pour mules, un brevet de cent pages, un flacon d'huile d'aloès, un flacon de brume verdunoise, le fer d'un cheval arabe, un grelot, un nourrisson, la queue d'un mickey, un plat mijoté, une étiquette avec son prix, sept épis de blé mûrs de Chartres, une malle cordée remplie d'eau de pluie, huit cigares très fort, un temple rose d'Égypte, une boucle de cheveux noirs, le masque mortuaire de quelqu'un, une marionnette sans tête, un bâton merdeux, le fou en buis d'un jeu d'échecs, *tout* Paul Guth, un cadre de paille tressée, une crotte de brebis, les galons de lieutenant de Charles Péguy, de prétentieuses armoiries, un pull-over endiamanté, un tableau d'ancêtres, un mort, des souliers lessivés, un morceau de crépi, un bras ballant, un stalactite, deux stalagmites, trois cent quatre-vingt-onze poux, une caisse pleine de papiers, les favoris de Raymond Roussel, une mitraillette enrayée, une paire de rideaux tombants, un dé, un banc de pierre sans ses petits vieux, un tulipier arraché quelque part. Mise à prix 6 500 francs !

— Franchement, Rebatet eût mieux fait de travailler sur les sexes, reconnut Mol-Fendu. Mais les fascistes ont peur du sexe. Et plus spécifiquement de la sexualité. Et plus exactement de *leur* sexualité. Ils oscillent entre la masturbation et l'orgie. Ils mettent en place toute une virilité sociale, politique, esthétique parce que la virilité naturelle, la virilité élémentaire, la virilité biologique les effraie. Il ne faut pas exclure que c'est aussi ce que les nazis ne supportaient pas chez les juifs : la place considérable que les juifs ont toujours accordée au sexe. Le christianisme a compliqué la question du sexe. Et je ne parle pas de l'islam ! Dans la Genèse, tout de suite, les juifs commencent sur les chapeaux de roue. Adam, Ève… Cham – autrement dit « Chaud » – voit Noé, son père, en tenue d'Adam !

— Mais Noé était bourré, fit remarquer Burguet. Cela n'a rien à voir.

— Il avait siroté de ma quetsche ! rigolarda Yteulaire.

— Adjugé monsieur Simorre-Lalala !

— Trêve de plaisanteries, renchérit Mol-Fendu, c'est ça qui n'a pas été pardonné – et dont on ne parle jamais : la *jouissance* juive. Le côté jouisseur des juifs. S'il y a génie du judaïsme, il est là ! Et pas ailleurs ! C'est cela qu'on a voulu empêcher, éradiquer, stopper, punir, dans les camps… « La terre était informe et *toute nue.* » Voilà comment commence cette histoire juive telle que Moïse nous la raconte. Dieu, après avoir installé le décor du monde en cinq ou six jours, forme une femme pour perpétuer l'espèce : c'est par une bénédiction qu'il invente la fécondité.

— L'étreinte est bénie ! lâcha Oh à l'instant où une veuve fit passer son billet à un orphelin, qui le fit passer à Pince-Mi, qui le fit passer à Pince-Moi, qui le fit passer à son voisin.

— Exactement, répondit Mol-Fendu. Dieu *ordonne* aux deux sexes de se multiplier et de peupler la terre. Un ordre, un ordre venu d'en haut.

— Quel diapason ! s'exclama Oh Marc-As quand son billet passa des mains d'un cul-de-jatte à celles d'un aveugle qui le fit passer à un sourd qui le passa à un muet. Quel cube !

— Chez les juifs, le sexe vient en premier et il est béni, et il est obligatoire. Et on voudrait camoufler cela ? L'ensevelir ? L'union des fils de Dieu et des filles de l'homme ! Saraï, la femme d'Abraham, immédiatement, est présentée pour sa beauté.

— C'est vrai qu'on a tout de suite envie d'elle, concéda Oh Marc-Astolphe (tandis que son billet passait des mains de Laurel à celles de Hardy). Ce devait être une fille dans le genre de *ma* Lila.

— Je me suis masturbé, adolescent, en imaginant Saraï, confessa Frantz-André. Elle devait sans doute ressembler à Raquel Welch.

— C'est vrai ! ajouta Yteulaire. Nul besoin d'aller chercher le Marquis ! Tout le monde, Bible en main, veut déjà coucher avec la femme d'Abraham.

— La chose la plus incroyable à mes yeux, fit remarquer Bataille, c'est cette histoire de paraclet. Une histoire d'amour, celle-là aussi. De reproduction. Un coup de génie chrétien. Le seul, peut-être. Mais lumineux. Mais faramineux.

— Vas-y, cause ton jus, fit Yteulaire. Paraclète !

— C'est ne rien entendre à la foi catholique, se lança Bataille, que de se poser la question de savoir si Jésus-Christ est mi-homme mi-dieu. Ce n'est pas Dieu qui est intéressant dans cette affaire. Si l'on cherche à définir Jésus comme étant la moitié d'un homme et la moitié d'un dieu, on passe à travers la chose. Jésus est autre chose. Il est mi-mi *autre chose*. Il est mi-père mi-fils. C'est une moitié de père et une moitié de fils. Une moitié de fils dont il est le propre père. Et une moitié de père dont il est le propre fils. Le paraclet, le Saint-Esprit est ce qui a permis cette procréation de sa partie fils par sa partie père. C'est la partie père qui, chez Jésus, a engendré la partie fils. La partie père du fils a « fait l'amour » à Marie, la mère, pour que vînt au monde la partie fils du père. Cette manière de « faire l'amour » n'est nullement biologique. Peut-être est-elle sexuelle, mais d'une sexualité inbiologique, abiologique, antébiologique. Ce qu'on appelle « Jésus-Christ » n'est rien d'autre qu'une part de fils et une part de père accolées ensemble. La part fils du père est amoureuse de sa mère, la part père du fils est amoureuse de sa femme : Marie. Marie est celle qui, par l'opération du Saint-Esprit, a donné une portion de fils à son époux, et une portion d'époux à son fils. L'Esprit saint est un incessant gommage d'inceste. Jésus s'est uni avec Marie, sa mère, pour devenir le Christ. Le Christ s'est uni avec Marie, sa femme, pour devenir le petit Jésus. Ce n'est pas du divin qui fabrique de l'humain, ni de l'humain qui produit du divin, mais du fils qui engendre du père, mais du père qui conçoit du fils. La révolution de Jésus, c'est celle-là : un fils et son père naissent au même instant.

— De cette Lila-future-mère doit absolument naître Oh-futur-fils, dit Oh Marc-As (son billet venait de passer des mains de Jo à celles de Zette, puis de celles de Zette à celles de Quick, et de celles de Quick à celles de Flupke). Sinon je me tranche la gorge au beau milieu de la place du Martroi.

— Je pense que Dieu est androgyne, dis-je.

Mais comme je n'avais que 8 ans, personne ne fit attention à cette remarque. Je venais d'apprendre le mot *androgyne*. Je pense encore aujourd'hui que Dieu est androgyne – et que la mère de Jésus, à savoir son amante, est également sa sœur.

18

— Chapitre 18 mais lot n° 22... crachouilla Gravebeck. Douze coups de minuit, de l'air pur, une hernie, un rayon de clair de lune, une fiole de silence éloquent, un bras ouvert, un flacon de larmes aux yeux, une histoire drôle, une curieuse coïncidence, une pipe fabuleuse, les trois pommes d'origine de l'expression « haut comme trois pommes », une porte ouverte enfoncée, des bras cassés, un bout de souffle, la fameuse pâte où mettre la main, une pendule pour heures pétantes, une paire de lunettes d'un premier de classe, deux coups de foudre, un jeu de quilles pour chien, un bout de course, une petite bête à chercher, un kilogramme de fraises à sucrer, un bon chat livré avec son bon rat, un bout portant, des pieds nickelés, trois clichés, un lot de cordes avec leur arc, un morceau de pain enlevé d'une bouche par des immi-grés, un 31 pour se mettre dessus, un pied du mur, une main paresseuse munie de son poil d'origine, une puce avec son oreille, une oreille avec sa puce, une paire de beaux draps, un cœur d'artichaut, 300 grammes de sucre à casser avec son dos d'origine, un lapin posé, un adieu déchiré, un dessous-de-table, une main tendue, un avenir bouché, un endroit fourni avec son envers, un ticket de métro de retard, un doigt dans le nez avec doigt *et* nez d'origine, un bout du monde, une botte de foin à bouffer, une faim de loup sans son loup, un sale pétrin où se fourrer, une tête creusée, les pommes originales de l'expression « tomber dans les pommes », un bras long...

— Je ne sais pas si vous imaginez, reprit Mol-Fendu, la portée de ce que je vous disais avant d'être interrompu par les passionnantes analyses de monsieur Georges Bataille, camarades. Abraham, qui alors s'appelle encore Abram, arrive en Égypte avec Saraï et son neveu, Loth. Ils sont à deux doigts d'y entrer, mais Abram s'arrête quelques instants. Il dit à Saraï qu'excitante comme elle est, lascive, si elle se dit sa femme, les Égyptiens mettraient tout en œuvre pour...

— ... la baiser, la lécher, l'anulinguer, la partouzer, la doigter, la fist-fucker, la sodomiser, la gomorrhiser, lui cracher dans la bouche, lui donner des coups de verge sur le sexe, la recouvrir de sperme, lui enfoncer leur sexe dans la bouche, lui donner des petites fessées, la faire jouir jour et nuit... compléta Oh – son billet venait de passer de mains grasses à des mains manucurées, puis de ces mains manucurées à des mains de bricoleur, puis de ces mains de bricoleur à des mains moites, puis de ces mains moites à des mains d'assassin, puis de ces mains d'assassin à des mains en l'air, puis de ces mains en l'air à des mains pleines, puis de ces mains pleines à des mains baladeuses, puis de ces mains baladeuses à des mains heureuses, puis de ces mains heureuses à des mains légères, puis de ces mains légères à des mains lestes, puis de ces mains lestes à des mains lourdes, puis de ces mains lourdes à des mains mises, puis de ces mains mises à des mains vertes, puis de ces mains vertes à des mains courantes, puis de ces mains courantes à des mains sûres, puis de ces mains sûres à des mains crochues, puis de ces mains crochues à des mains libres, puis de ces mains libres à des mains de fer, puis de ces mains de fer à des mains de velours.

— ... étant pour cela fin prêts à lui faire la peau à lui, Abram, ajouta Mol-Fendu.

— Puissiez-vous cesser de blasphémer ! s'exaspéra la même identique (et romanesquement) ectoplasmique dame de tout à l'heure. Surtout par cette chaleur ! Si vous persistez, j'appelle la sécurité.

— Il a donc cette idée incroyable, ne s'interrompit pas Mol-Fendu : il lui suggère de dire qu'elle est sa sœur ! C'est le début de l'inceste. À peine entrée en Égypte, ça ne rate pas. Le Pharaon Roi a déjà entendu parler de cette pure beauté. Sosie de Raquel Welch. Saraï Welch ! Il la fait enlever et conduire jusqu'à lui, en son palais. Les Égyptiens, pendant ce temps, tentent d'occuper le pseudo-frère mais vrai mari cocu. C'est Fassbinder chez Feydeau ! Ils lui donnent des brebis, des bœufs, des ânes, des serviteurs, des servantes, des ânesses et des chameaux.

— ... une main armée, un cœur vaillant, une main sur le cœur sans le cœur, les mauvais outils d'un mauvais ouvrier, un billet de faveur, un animal interdit, plusieurs reprises, une moitié de *quelque chose*, un pot-de-vin, une carte blanche, une bouche cousue, un fer à battre tant qu'il est chaud, une paire de chaussures de cordonnier, un jeu de cartes avec leur dessous, une barque chavirée, une main sur le cœur sans la main, des souris qui dansent livrées avec leur absence de chat, un numéro à composer, une langue de vipère, les trois coups d'une pièce de théâtre oubliée, un bon débarras, trois bouches à nourrir, un petit creux, un chat qui s'appelle un chat, d'autres chats – à fouetter –, des bouts de doigts pour applaudir un spectacle raté, un bout du compte, les mains pleines d'un innocent, 1,5 litre de pipi de chat, un cul de poule pour la bouche, quatre dents longues ayant appartenu à un ambitieux non identifié, une bouchée de pain, un midi retrouvé à quatorze heures, quelques nuages pour mettre la tête dedans, un bon fromage, 200 grammes de chair de poule, une série de bornes dépassées, une gorge avec son chat, un même refrain, un chou avec son bout, 2,5 kilogrammes de bouillie pour les chats, un feu vert, un bouche-trou qui ne demande qu'à jouer, une dent contre quelqu'un sans le quelqu'un en question, une bonne fourchette…

— Mais le Seigneur, en sa très puissante surpuissance, rétorqua Marc-As (sa lettre venait de passer d'une tête de mule à une tête d'abruti), frappa de plaies Pharaon et ceux de sa maison à cause de Raquel Welch.

— *Morale oblige*, cher Marc-Astolphe, contrecarra Mol-Fendu : mais le plus important n'est pas la morale. C'est l'acte. Une femme déguisée en sœurette qui se tape un Pharaon pendant que le mari se sert en servantes. Pharaon découvre que Raquel Saraï Welch est la femme d'Abram. Il le fait venir, il le convoque. Il lui fait des reproches. Il n'aime pas qu'on le prenne pour un imbécile. Il ne digère pas le sororal mensonge. Il la lui rend, donne ordre à ses gens de prendre soin d'Abram et de le conduire avec sa femme et tout ce qu'il possède. Morale oblige. Très bien. Mais le sexuel *a eu lieu*. Le sexuel a gagné.

— … une ceinture dorée, un chat fouetté, un bon compte destiné à se faire de bons amis, une bonne poire, un essai sans son bout, une bouche particulièrement bée, une gouttière sans le chat d'origine, un bras dessus proposé avec son bras dessous, un chien vivant, un lion mort, des crosses cherchées, des briques cassées, deux temps cédés avec leurs trois mouvements, une bête noire attendant d'être la vôtre, trois pattes de canard cassées, un signe des temps, une fontaine à laquelle on finit par boire, un trèfle à zéro feuille, un château en Espagne, une nénette cassée, une magnifique peau d'ours vendue avant décès de l'ours, deux voiles mises, une collection de doigts de dents et de talons claqués, un chat échaudé, un gâchis très beau, des mots cherchés, un jeu complet d'os trempés, une botte de foin avec aiguille incluse, un chien faisant des chats, un corps donné à la science qui n'en a pas voulu, des eaux perdues, une pierre à deux coups, des blancs en neige, un portrait craché…

— Le sexuel a remporté la partie, poursuivit Mol-Fendu sur sa lancée. Tout s'est déroulé selon le scénario de la jouissance et du corps, de la beauté, de l'envie. De la pulsion. On est dans le sexe, dans la bonne débauche, ça respire un peu partout le foutre. À partir de là, ça n'arrête plus une minute. La Bible juive est le livre le plus sexuel du monde. C'est ce qu'il a fallu punir. Abram s'en va. Abram et Loth se séparent : le neveu choisit de s'installer à Sodome. Des villes, il y en avait des centaines. Il choisit Sodome. Abram reste longtemps sans avoir d'enfants avec Saraï. Elle le persuade de prendre pour seconde femme une Égyptienne nommée Agar qui était son esclave. Abram la féconde à l'âge de 86 ans. Ismaël va en naître, mais le vieux n'a pas dit son dernier mot : il besogne Welch jusqu'à ce qu'elle tombe enceinte. Il affiche alors 99 printemps. C'est là que Dieu change son nom. D'*Abram*, qui signifie un « père élevé », Abram passe à *Abraham*, « père d'une grande multitude ». C'est *là* le lieu du sexe. Tout s'opère en *ce* point de renomination. De redéfinition. L'élevé, le céleste, l'inaccessible, l'au-dessus descend de ses étagères pour ressembler à son anatomie, pour coïncider avec sa nature et sa biologie – il redescend de son altitude désintéressée, désincarnée, haute, embuée, afin de passer aux choses sérieuses : baiser comme un malade. Devenir une bite. Elle est *là*, la véritable et prime révolution sexuelle. L'obsession n'est plus dirigée vers les anges, mais vers les femmes. Abraham, c'est Abram avec une queue. Le romantisme – qui n'est pas encore inventé – vient de mourir à tout jamais. Il restera une illusion. Une impasse. Ça date de là. De cet épisode. Abraham, qui est un homme un vrai, a laissé derrière lui sa misérable mue d'Abram. Dieu lui promet une postérité fournie, à laquelle Il octroierait la terre dans laquelle il habitait jusque-là comme étranger. Et pour signe de l'Alliance qu'Il faisait avec lui, Il lui ordonna de circoncire tous les enfants de sexe masculin le huitième jour après leur naissance.

— ... une croix dessus, une grive sans faute, une poche dûment percée, un habit faisant le moine, un latin perdu, une paire de couilles brisées, deux lièvres courus à la fois dont il manque hélas le deuxième, cinq doigts mordus, une ligne occupée, trois choses mises au point, un plat avec deux pieds mis dedans, une douzaine d'œufs mis dans leur originel même panier, un petit doigt qui dit, un bourrichon monté, des murs avec leurs oreilles intactes, un tison de Pâques, un four proposé avec son moulin, une boule et des pédales perdues par leur propriétaire, une pierre qui roule, une caisse de vin tiré qu'il faut boire au plus vite, la queue du célèbre loup, un œuf volé, des mécaniques roulées, un mouton sauté, un mode encore mineur, un autre déjà majeur, six boulets rouges, une courte paille non tirée, vingt-neuf chandelles retrouvées parmi les trente-six... Le tout 7 000 francs !

— C'est par le sexe qu'on s'allie à Dieu, enchaîna Mol-Fendu. Sans sexe, pas d'Alliance possible. Celui qui naît sans sexe ne saurait être juif ! Dieu passe par le sexe, par l'organe lui-même ! Il ne s'agit point d'une entaille au front. Ni d'un tatouage sur l'épaule, d'initiales sur le bras, d'un morceau de scalp, d'un petit doigt qu'on coupe, ni d'un œil qu'on s'arrache. Non : c'est sur le membre que cela commence. C'est par le membre, par l'organe, que le dialogue avec Dieu devient possible. Ce faisant, *Saraï* devient *Sara* : ce n'est plus « ma princesse », l'exclusive princesse d'Abram-Abraham, mais c'est « *la* princesse », la princesse absolue, la princesse de *tout le monde*. Elle est livrée au monde, à *tout* le monde. C'est la femme qui n'appartient plus à. Qui n'est plus la propriété de. C'est la première femme absolument *libre*. La première femme féministe ! Qui fait ce qu'elle veut. Qui n'est plus prisonnière d'un prénom possessif. Cela est très clair. Le message est transparent : la possède au fond qui veut.

— Adjugé, monsieur Sinztück-Hernstein... Lot n° 23 ! éternua Gravebeck : une veste de Will Marion Cook en cuir lamelé de Bornéo, bordée de lys à canelures façon « colonel » portée le 12 juin 1922 à Clayton, vendue ici avec son détachant adapté. Un lot exceptionnel. Mise à prix de...

Marc-As (le visage éclairé de l'intérieur) leva la main avant même d'entendre le montant de la mise à prix (son billet doux venait de passer d'un Verseau à une Balance qui le fit passer à un Capricorne qui le fit passer à un Bélier ascendant Sagittaire qui le fit passer à un Bélier ascendant Vierge).

— 8 000 !

19

— J'allais débuter la vente à *300* francs, indiqua Gravebeck, mais bon... Ce sont les surprises du métier. Adjugé : *8 000 ! (Clameur dans la salle)* C'est monsieur... ?

— Oh ! hurla Marc-As. Sur le compte de M. Burguet, ci-présent !

Frantz-André Burguet se décomposa.

— Quoi ? *8 000 francs ?!*

— C'est grandiose, n'est-il-point ? C'est une merveilleuse affaire, non ? lança Marc-Astolphe à Burguet.

— Pour celui qui met en vente, oui ! rétorqua Frantz-André.

Un homme à lunettes noires et Stetson blanc tapota sur l'épaule de Burguet.

— J'en sais quelque chose ! C'est moi, le vendeur...

— Franchement, c'est une plaisanterie, mon cher Marc-Astolphe ! Vous vous moquez ? s'enquit le très fortement pâle auteur de *Grand Canal* et de *Grand-mère*. Je ne possède pas un fifrelin sur mon compte courant. Vous me prenez pour un coing ?

— Non nenni, assura Oh Marc-As. Je ne me permets *presque* jamais d'insulter mes amis. Mais vous aurez remarqué je crois que, ces temps derniers, je vise à la transformation de mes appartements en quasi-temple d'Ur. Or, les travaux occasionnés, qui me poussèrent à loger dans l'ascenseur avant que vous ne m'ayez menacé de me retirer votre amitié si je n'acceptais pas d'emménager chez vous, s'avèrent si pharaoniquement onéreux que – malgré les rothschildiennes liasses que le dieu Rank, secondé par son fidèle Xerox, fait abattre en trombes sur mon irremplaçable personne au terminus de chaque mois – je préfère garder quelque prudence et confier mes menues dépenses à de tierces personnes triées sur le volet. Voyez donc, bel Burguet, cet honneur que je vous fais !

— Mais enfin, commença Frantz-André…

— Tût ! On ne refuse pas la dépanne à un ami qui est dans la gouinche, asséna Yteulaire à Burguet. C'est comme ci. Quand on fait partie d'une bande, on n'autruche point. On fait le cadeau recta. On se pose en bonhomme. Tu ne vas trouzouiller pour huit cents papelards.

Au même instant, Lila Wessel eut enfin le mot de Marc-Astolphe entre les mains. Étonnée, elle tourna son joli visage à gauche, puis à droite. Elle déplia le billet et se plongea, « l'air intrigué » (cette tournure est laide, cette tournure démérite, cette tournure n'est pas *acceptable*), dans les mots d'Oh – qui exultait, et en même temps paniquait, un peu à la manière d'un lycéen attendant les résultats du baccalauréat.

— Lot n° 29… toussa Gravebeck. Un lot assez particulier de photos à caractère pornographique prises au Jardin d'acclimatation en 1926… On y devine la future madame de Gaulle en proie à des acrobaties somme toute assez licencieuses… Avec ce lot, quelques photos inédites du tournage d'*Emmanuelle*. Les coulisses ! Mise à prix, 4 000 francs…

— Cher monsieur Marc-Astolphe, si vous demandez à votre ami Burguet de m'avancer cette somme, je vous arrange définitivement le coup avec la Wessel… glissa Bataille à l'oreille d'Oh Marc-Astolphe, prenant bien garde à ce que Frantz-André n'entendît rien.

— Sans rire, monsieur Bataille ? Vous me la mettez dans le lit-*le lit* ? surtranspira Marc-Astolphe.

— M'avez-vous déjà vu rire ? interrogea Bataille. Ne fût-ce qu'*une* fois ?

— Certes, admit Marc-Astolphe. Mais… Vous savez, je crois que je n'aurai besoin de nulle aide : elle est en train de lire ma prose. Et je suis puissant en ce domaine, vous savez.

— Je n'ignore pas votre génie, Oh Marc-As, manipula Bataille. Mais je connais *fort bien* Lila. Elle est très difficile avec les hommes. Et dans l'hypothèse – assez certaine je vous le concède – où votre libelle ferait mouche, je vous assure qu'un coup de pouce de ma part ne pourra pas faire de mal. Lila est *très* méfiante. Des sales coups lui ont été fourbis dans le passé. Or, moi, il se trouve qu'elle me fait aveuglément confiance. Et je compte bien, en échange de ces 4 000 francs, mettre le paquet.

— Le paquet du paquet du paquet ? vérifia Oh Marc-Astolphe.

— Sur la tête de Simone Weil ! jura Bataille.

— Mais elle est morte, fit remarquer Marc-As, suspicieux.

— Oui, mais c'est elle qui l'a voulu, rétorqua Bataille. Pour elle, la mort était plus précieuse que la vie.

Oh Marc-As leva la main :

— 4 500 !

— Adjugé… Encore à monsieur Oh. Toujours sur le compte de monsieur Burguet, je suppose ?

Signe de tête approbateur de Marc-As.

— Adjugé 4 500 monsieur Oh sur le compte de monsieur Burguet ! conclut Gravebeck.

— *Quoi ?!* manqua de s'évanouir Frantz-André. Mais enfin Marc-As mais vous voulez ma mort ? Vous avez déjà votre veste de Will Marion Cook !

— Oui mais là ce n'est pas pour moi, ce lot porno. C'est pour un ami. C'est pour offrir ! expliqua Oh Marc-As.

— *Hein ?!* hurla Burguet. Mais qu'est-ce que c'est que cette histoire ? Vous me prenez pour Crésus ? Pour *quel* ami ?

— Je crains fort que cela ne vous regarde pas, regretta Marc-Astolphe.

L'homme au chapeau se pencha vers Bataille :

— Vous êtes Georges Bataille, n'est-ce pas ? Des photos, j'en ai d'autres avec Dorothy Parker et Chaplin... Au zoo de Vincennes... Si cela vous intéresse...

— Dorothy Parker-Chaplin, je les ai déjà, fit Bataille... Je vous remercie.

— *Mais Marc-As !* tremblait Burguet, vous êtes en train de me foutre sur la paille avec tous ces achats ! Je ne suis pas Hervé Bazin ! Je vends dix mille exemplaires à tout casser !

— Eh bien ! Cela vous poussera à écrire des best-sellers ! pirouetta Oh Marc-Astolphe. Prenez ce mal pour un bien.

— Si je puis me permettre, intervint fourbement Bataille, notre ami a raison. Et je suis un spécialiste du mal. Je m'y connais. Je sais reconnaître quand le mal agit au nom ou au bénéfice du bien... C'est si rare...

Ici, Lila Wessel se retourna pour chercher Oh Marc-As du regard. Il lui sourit et, belle joueuse, elle lui adressa le petit signe demandé dans la lettre. Oh ne se sentit plus de joie – vous connaissez Oh Marc-As. Vous le voyez ? Tu le vois ? En couleur ? En relief ? Regarde, regarde-le. La manière dont la réalité le secoue. Cette électrocution. C'est un Marc-Astolphe qui suce la réalité comme un bonbon – en cette seconde la réalité est douce. Ce n'est pas une réalité de pierre tombale, de souffrance, de deuil de rupture amoureuse : mais une réalité qui sent bon, une belle réalité de bleutée matinale mer, d'océan, d'effluve de cardamome, une réalité de nar-guilé syrien – une réalité *fruitée*. Il existe (se dit Oh) quelque chose entre cette femme et moi. Définitivement. Même si elle se retire, si elle gomme/rature tout ce qui est en train d'avoir lieu, qu'importe : cela, son retournement, son retournement avec petit geste à moi (à moi seul) destiné aura *existé*. Ama *été*. Mon biographe, s'il est digne de ce nom, sera *obligé* d'en rendre compte : cette réaction de Lila est inscrite jusqu'à la fin des temps dans ma marc-astolphienne existence. C'est un acquis. Ça n'en bougera plus, de ma vie. Il est à moi, cet instant. J'en fais ce que je veux. Il m'appartient. Il est ma propriété. J'en jouis. J'en possède l'usufruit – à jamais. On dira : Marc-As est né à Alger en 1943, il a été dépucelé sur une dune le samedi 14 janvier 1961, il a visité Venise pour la première fois entre le vendredi 11 août et le jeudi 17 août 1972, et *Lila Wessel lui a adressé un signe le samedi 24 juillet 1976*. Le 24 juillet ne sera donc plus jamais le jour de l'arrestation de Mussolini, mais celui du petit geste, celui de l'égard. Celui du contact.

Oh Marc-As avait encore la possibilité de tout entre-prendre avec cette femme : être terriblement gentil, la cares-sant comme du coton, comme une chevrette, une cloche de bronze polie, ou se montrer aussi sauvagement cruel, méchant, assassin, faisant tout son possible pour la réduire à l'état de moignon – de maquillé moignon. Ce petit être faisait confiance à l'univers, aux choses, aux hommes posés quelque part dans cet univers, installés : elle était en train de se lover dans le poing d'Oh Marc-Astolphe, inabîmée par lui. Lila Wessel était vierge des douleurs qu'il se savait capable d'inculquer. Allait-il la souiller comme les précédentes, la gâcher ? Puis la regretter ? L'implorer d'oublier les ravages ? De ce goût fruité que la vie lui passait sous les papilles, allait-il fabriquer du pourrissement ? Je suis un pourrisseur, dit Marc-Astolphe. Un grand assassin de bonheur. Un casseur d'avenir. Un détraqueur de joies. Un boucher du cœur.

20

Oui. Un petit geste avait eu lieu. Accompagné d'un sourire. Oh, léger. Timide encore, frêle. Maigre. Une esquisse. Mais Oh Marc-As pouvait mourir : pour le moment, elle lui avait obéi en *tout*. Marc-As *planait*. Oh rêvait.

— Lot n° 30, poursuivit Gravebeck. La collection des *Œuvres complètes* de Lénine. En quarante-sept volumes. Éditions originales, très rares, « Éditions sociales », 1956. Avec – notez-le car c'est notable – des notes au crayon de bois de monsieur Georges Marchais en personne, actuel secrétaire général du Parti communiste français.

— Onglededieu ! Ça c'est pour moi ! s'exclama le professeur Yteulaire.

— Mise à prix : 11 francs, précisa Gravebeck.

Le professeur aussitôt leva le bras.

— À monsieur... ? s'enquit Gravebeck.

— Yteulaire ! hurla le professeur, bras toujours levé.

Au mot de *Hitler*, ce fut la consternation. Une clameur s'étendit dans la salle suante.

— Veuillez immédiatement évacuer ce monsieur ! C'est intolérable ! s'indigna Gravebeck.

— Mais quoi ?!? C'est mon nom ! Je suis historien ! Je suis connu ! Je suis fameux ! Je suis célèbre ! Vous pouvez vérifier ! s'insurgea le professeur.

— Salaud ! Provocateur ! Fasciste ! Oignon ! hurlait la salle. Turlupin ! Inadvertant ! Plastron ! Gros fou ! Pasnormal ! Dépulpé ! Balourd ! Figue ! Rachis ! Enorme enculé ! Nostalgo ! Fumée ! Sale frite ! Néonazi ! Râblure ! Pissotière ! Collabo ! Botte !

— Mon nom complet, intégral, exact, civil, est Gean-Gérôme *Yteulaire* ! *Y-T-E-U-L-A-I-R-E !* Je n'y peux pas grand-chose. Je trime actuellement sur le siège de Leningrad ! Je suis passé six fois dans « Tribune libre » sur FR3 !

Dont la dernière fois au printemps, entre Alain de Benoist et la Confrérerie des Chevaliers de l'Ordre Christien ! La C.C.O.C. ! Amas de pécores, va ! Incultissimes !

— Comment osez-vous faire ce geste odieux, monsieur ? Le salut *hitlérien*, monsieur ! trembla l'homme au Stetson. Je vous signale que je suis *né* à Mauthausen.

— Placid et Muzo *aussi*, monsieur, répliqua Oh Marc-As, prenant la défense de l'illustre professeur. Placid et Muzo *aussi* sont nés à Mauthausen ! Vous n'êtes point le seul, monsieur, à être né à Mauthausen. En outre, mon ami le professeur *Y-teu-laire* n'a pas exécuté le *moindre* salut hit- lérien. C'était un lever de bras, c'était un bras levé de salle des ventes, cher pas un salut nazi. Le salut nazi, ce n'est pas comme ça. Mais comme ça. *(Il s'exécuta)* Vous voyez bien que cela n'a aucun rapport ! Révisez votre histoire mondiale, cher béotien.

La démonstration *technique* d'Oh Marc-Astolphe ne fit qu'aggraver la situation. Le petit groupe formé par Bataille, Mol-Fendu, Yteulaire, Burguet et moi passa pour un grou- puscule de fascistes. Nous fûmes aussitôt, sous les lazzis, évacués de la salle par la force des gorilles. Ce coup nous assomma. Nous bûmes des bières. *Ils* burent des bières. Un Orangina, pour moi. Burguet commanda un hamburger dégoulinant de moutarde, de graisses, de sauces, de ketchup. Dans le crâne d'Oh, après deux bières cul sec bues, des idées grouillaient, des idées qui sautaient visqueuses, des idées en forme de grenouilles : il voyait, effrayé, dégoûté, Lila Wessel se lever de son banc dans la salle des ventes, pourvue d'une jambe gauche et de deux jambes droites, dont l'une présen- tait un pied monstrueusement déformé. À côté de la jambe surnuméraire, existait le rudiment d'une quatrième jambe avec une mamelle en avant. Elle ne possédait à la main droite que quatre doigts, dont deux unis l'un à l'autre, et la main gauche était composée de six os formant six doigts avec des ongles bien marqués. Par un faux mouvement dont je ne me rappelle pas le ralenti, le ketchup du hamburger de Burguet se répandit sur la robe de chambre et, *surtout*, la tachant ignoblement, de la chemise *en lin* désormais propriété de Marc-As.

— Dieu ! Burguet, ma chemise en lin ! hurla Marc-Astolphe comme si l'on venait de le damner – et nous allons voir bientôt que c'était *effectivement* le cas.

21

S'approcha à cet instant un enfant de mon âge, roux, édenté. Il tendit à Marc-As un pli. Il s'agissait de la réponse de la bergère au berger.

« Cher Monsieur Oh,

Je reçois à l'instant votre mot. J'y réponds comme suit, rebondissant sur vos propos à brûle-pourpoint.

Peut-être vous y connaissez-vous un peu en précipices. Les cailloux, les porphyres, et autres pierres de la même époque, formèrent au commencement de ce monde – créé de toutes pièces par le Grand Souffle pour que vinssiez y danser de hautes montagnes escarpées. Le précipice, ainsi, fut inventé par l'altitude. Vous êtes mon altitude – permettez que je devienne immédiatement *votre précipice :*

Je m'y connais mieux en précipices qu'en tout autre objet géomorphologique. Je veux bien être votre altitude, votre chaîne de montagnes, si cela signifie que j'ai "élevé le sommet que devra franchir [votre] attente quand demain disparaîtra". Je veux bien que vous soyez mon précipice (j'ai eu envie

1366

d'écrire "un" précipice, mais vous y auriez vu – à raison – une perfidie vouée à vous désingulariser et à nier tout ce que vos stratagèmes possèdent d'idiosyncratique…) car ma tension existentielle est tout entière tournée vers les profondeurs, vers le nucléaire davantage que vers le céleste. Bref, l'existence est pour moi un forage plus qu'une élévation. Voilà pourquoi je suis un être essentiellement a-religieux, a-moral, et plus généralement imperméable à toute forme de transcendance.

Depuis que vous êtes installée dans cette salle, vous n'avez point encore daigné me regarder. Mille maîtresses m'ont pourtant délivré, jusqu'à cette importante journée (lourde pour les autres de canicule et pour nous de destin), un élogieux certificat de regardabilité. Je suis même tellement regardable que, partout où ma personne fait l'aumône de son passage, l'on ne voit généralement que moi :

Je ne comprends guère ce sentiment d'humiliation. Est-ce à dire que l'orgueil est votre seul carburant ? Que votre plus glorieux fait d'armes est de placer votre adversaire dans un état de servitude volontaire où vous jouissez de le voir se débattre avant d'en disposer d'un battement de cils distrait ? Ne chercheriez-vous pas, par hasard, dans ces affaires de cœur et de corps, l'adoucissement d'une blessure narcissique originelle ?

Mais je suis touchée par l'aveu de cette faiblesse (touchée et non flattée, notez, je vous prie, la nuance).

Mon nom pour cette vie est Marc-Astolphe Oh. Ce nom vous servira désormais de passeport pour le rêve et de visa pour le bonheur. Il vous débarrassera des vautours et prétendants de mauvais augure, tant je suis par ici craint. Il fera office de formule magique en cas d'accident s'abattant sur votre personne et constituera l'éponyme et sobre intitulé de la biographie de 1 482 pages – cahier photo non compris – que vous me

consacrerez après que j'aurai disparu – si tout est que je sois
appelé à disparaître :

Cette infatuation pleine de certitudes me plaît. Quel que
soit son degré, premier, deuxième ou troisième.

Sur moi, je ne m'étendrai pas tellement. Deux choses toute-
fois sont à connaître. La première : jouir de l'insolent privilège
de croiser mon chemin relève d'une probabilité aussi merveil-
leuse que la démonstration des principes d'Euclide par un
chimpanzé trisomique. La seconde : je ne suis point de ceux
qui, une fois réveillés d'un amour, en prolongent les infan-
tiles désillusions jusqu'au jambage des grilles de leur ultime
résidence :

Sur vous, car vous connaissant si peu, je ne puis encore
savoir si je veux bien m'étendre. Comprenez-le comme il
vous plaira. En outre, le privilège des probabilités n'est pas
un privilège, car un coup de dés jamais n'abolira le hasard.
Ne croyant ni au destin, ni au déterminisme, je privilégie une
approche scolairement scientiste de l'existence et me refuse
par conséquent à accueillir votre première proposition. En
tout cas dans la présentation magique que vous en faites.
    La seconde est-elle une menace à peine voilée ? Une
anticipation pessimiste de ce que serait le lendemain d'un
aujourd'hui qui, si je ne me trompe, reste à construire ? J'en
serais attristée.

En cas de rupture je puis toutefois participer aux frais
d'assistance médicale et d'aide psychologique habituellement
indispensables à la gestion du vide que n'aura pas manqué
d'occasionner mon irrémissible départ :

Je suis sensible à cette délicatesse. J'accepte la carte Ame-
rican Express.

Mais parlons plutôt de vous : vous m'agréez. C'est là la seule information, à cette date, qu'à votre sujet je possède. Avec celle-ci, qu'on me délivre à l'instant : votre nom serait Vaisselle et votre prénom Lila :

Sachez, pour ce qui me concerne, que je ne formulerai jamais explicitement mon éventuel retour d'agrément. Quant à mon patronyme, que vous vous vantez si hardiment de connaître, vous n'en bredouillez que de phonétiques approximations qui nous éloigneraient pour longtemps, pour toujours sans doute, si je n'avais déjà essuyé dans ma vie, tant de fois, cette foutue vaisselle.

Par pitié, Mademoiselle, ne prêtez aucune attention aux insignifiants larrons qui semblent m'accompagner. Il ne s'agit point de confrères – je suis unique en à peu près tout – mais d'étranges parasites, oscillant entre malotrus et butors qui, souhaitant recopier de trop près mon génie, me suivent tel un ciseau son pointillé. Lorsque, par exemple, je vante l'impeccable charpente de votre nuque blanche, le scintillement de vos regards ou la lissité de vos mèches, cette insondable canaille ne pense qu'à commenter, rivalisant de trivialités de basse troupe, le mammaire contenu de votre jeune tee-shirt :

Je suis lucide, et les susdits larrons, transparents.

Les autres rudimentaires bonshommes qui collent à mon pompon sont des buveurs, des soupeurs, des gens de pisse et d'excrément. L'un d'eux, pas plus tard que tantôt, a régurgité ses viscères après l'abusive absorption de mauvais alcool. Un autre a fait caca chez son hôte. Un autre encore a uriné sur lui l'équivalent d'un bassin de carpes :

Pouah.

Le seul, parmi cette impossible escorte, qui vaille un peu plus qu'une huître inouvrable – et à qui je dois de connaître votre inestimable identité – est sans conteste votre patron, M. Bataille, Georges, aussi proche de moi que peut l'être Titan de Saturne. C'est un être humain qui, sur un seul mouvement de ma narine, peut faire encore beaucoup pour le futur de votre carrière :

Sans doute, en effet, M. Bataille a-t-il plus d'amour pour vous qu'aucune greluche post-pubère de votre goût ne pourra jamais en avoir.

Tout ceci, je l'écris parce que j'ai postulé que vous ne m'avez nullement remarqué. Mais il se peut que je me fourvoie. Peut-être m'avez-vous repéré. S'il s'agit d'indifférence, cette indifférence ne m'impressionne guère, il vaut mieux que vous le sachiez.
Dans la zoologie de l'amour, on distingue deux grandes familles pour l'indifférence : l'indifférence assommante de l'indifférence indifférente et l'indifférence contournée du calcul.
J'évacue, l'hypothèse de l'indifférence vraiment indifférente. Reste donc celle, hautaine comme un fabuleux dieu, de la tactique amoureuse :

Je suis et ai toujours été mauvaise en calcul mental. Mauvaise en tactique et en stratégie. Je me contente d'avoir des épiphanies, et m'apparente en cela à une sorte de Jeanne d'Arc de l'Amour.

Lila.

PS : Vous m'appelez *Mademoiselle* : mais qui vous dit que ce n'est pas *Madame* ? »

22

La réponse de notre ami ne se fit *guère* attendre – comme on peut aisément se le figurer dès lors qu'on est un tant soit peu renseigné sur la figure d'Oh Marc-Astolphe. Après une nuit de profond sommeil, propice à la décantation de son pur génie génial, Oh se précipita au bistro du coin (ce, dès 6 h 32), commanda huit menthes à l'eau qu'il but cul sec, façon cow-boy, et commença, avec furie, de griffonner ce qui suit.

Mais avant de bêtement, mais avant de platement recopier ce qui suit, il s'agit d'interroger Oh Marc-As sur sa vision du monde : Marc-Astolphe rêve d'un univers clos, où toutes les femmes porteraient un *badge* à son effigie – façon Pyongyang. À présent, je puis bien recopier ce qui suit.

« Mademoiselle,

C'est décoré encore des brumeuses guirlandes du sommeil que je reçois votre réponse à mon mot joli qui pourtant n'en attendait point : tout ce que je signe, déclare, annonce (déplore, aussi) se veut aussi définitif que la fermeture de la dalle du sarcophage de Néferkarê.

J'imagine que vous restâtes toute la journée d'hier, impuissante, enfermée dans l'irrépressible besoin de me couvrir de salivatoires poutous, courbée comme un arc qui retient sa flèche. Je compatis.

Dans la salle des ventes, par prose grattée, vous me décochâtes – hier, toujours – le quasi-contenu de votre carquois. Il s'en fallut de peu que je le confondisse avec celui de Cupidon – mais, *aussitôt*, une vieille vigilance dont je ne me dépare pas davantage qu'un grognard de ses croquenots, m'avertit qu'il fallait vous lire comme on goûte à la ciguë, et non comme on savoure, l'auriculaire en érection, une lampée de chocolat Van Houten dans une tasse de Gien.

Le zèle, néanmoins, a parfois du bon. Vos mots m'ont réveillé comme une bande d'enfants en récréation surprennent le major en retraite sous sa municipale fenêtre. Vous êtes parvenue, oui, à m'arracher à tel flegme endormi – et certains passages de votre lettre ont pu agir sur mon esprit comme sur la peau diaphane et martyrisée du Seigneur le claquement du fouet romain.

Fouet dont, tels ces mêmes fonctionnaires de Tibère, vous n'avez pu vous empêcher d'agrémenter les lanières – aux fins sans doute de lacérer plus sûrement mon épiderme – de petites cordelettes à nœud et de boulettes de plomb. Dois-je admettre que je reconnais bien là l'ingénieux sadisme des femmes ?

J'ai, en effet, opté pour le terme de *Mademoiselle*. C'est que ce mot de *Madame* m'horrifie. Ceci indique statut une liberté qui *fut*, mais *n'est plus*. Cette catégorie trahirait, en outre, aussi bien que les pots funéraires signalent la mort, votre appartenance à *quelqu'un*. Et à quelqu'un qui ne semble point être moi.

L'usage du terme *Mademoiselle*, bien que lourd de naïveté, dégage un parfum d'illusion, de frais lilas, qui m'accompagne dans la joie, la liberté, la gaieté nécessaires à toute correspondance nouvellement éclose ; avec *Madame* pour motif je ne vous enverrais que des géraniums.

Et puis, en *Madame*, l'oreille entend que vous puissiez être la dame d'*un seul* tandis qu'en *Mademoiselle*, l'imagination se plaît à conclure que vous êtes la demoiselle de quelques autres – ce qui me dérange aussi, mais moins morbidement. D'abord parce je puis, ainsi, faire graver mon fameux nom sur la colonne des quelques bénéficiaires ; ensuite, parce que par équipotence des deux ensembles que nous formons (et dont vos amants et mes maîtresses ne sont que les éléments), je puis, sans que vous vous en offusquiez d'aucune manière, appliquer sur vous la fonction réciproque.

Voilà pourquoi, à choisir entre deux asymétriques douleurs, je vous préfère en vrombissante petite libellule éperdue, en princesse évasive et lubrique accointée aux poternes, qu'en fidélissime duègne branlant infiniment le même avenir et le même boyau, ressassant à l'envi les mêmes rêves et le même bonhomme. Quand le futur commence à ressembler au passé, Mademoiselle, on dit de l'avenir qu'il a des relents.

Je respecte, s'il existe, évidemment votre mari (mais M. Bataille m'assure de sa fiction) ; plaise à Dieu, toutefois, que je n'en fasse autant à votre endroit. Je m'en voudrais beaucoup de vous respecter et je crois bien que vous m'en voudriez davantage encore.

Venons-en maintenant à mes aveux de faiblesse. Je suis d'autant plus faible que cette faiblesse, débarrassée de sa honte comme une mule de sa charge, affichée sur mon front comme une plaie d'or, sonnée sans vergogne en buccin, constitue ma seule et unique force – comme elle constituait celle de l'Oint, du temps des sandales et des tuniques, avant que de préchrétiens énarques ne le clouassent sur la Croix fissurée d'une butte.

Ma force consiste précisément à *avouer* ce qui me transperce, me crucifie, me tracasse, m'inquiète et fait couler sur mon profil, à travers la fente du capuce qui voudrait me servir de heaume, des larmes de petit enfant.

Cette originelle blessure, comme vous dites, n'est point tant une plaie qu'un fleuve où Narcisse vient régulièrement tremper son reflet comme le nageur trempe d'abord ses arpions dans le pédiluve. Cette blessure n'est pas une explication, tout au plus est-elle un prologue, un *incipit*, un avant-propos – une préface. Je ne m'y abriterai donc pas pour vous redire que, sans un signe oral ou scriptural de vous dans les plus brefs délais, je sentirai s'abattre sur moi de cette tristesse de marbre lisse qui fige la glotte lorsqu'on frôle, au cimetière des villages, par un dimanche écrasé de canicule, la dalle datée de ceux qui ne dansent plus.

N'en concluez pas que vous incarneriez la figure générique, interchangeable, d'une névrotique béance : ce serait vous attribuer là le rôle d'un schème, d'un ectoplasme ou d'un squelette. Or je vous conçois toute de lacis, de neurones et de chair (je reviendrai plus loin sur ce point, quand je déploierai le programme des divers traitements, assez peu répertoriés, que je réserve à votre biologie). Vous n'êtes pas un pain de mastic. Hé ! Vous êtes ma petite amoureuse.

Oui. C'est en avouant ces failles que je me remplis de surhumains pouvoirs. Non en les colmatant de testostérone, de virils bavardages et de bourgeois cynisme. Si, par conséquent, je me manquerai point de me sentir *humilié* quand (par caprice, incurie, calcul, etc.) vous interromprez notre correspondance – ou en réviserez la fréquence –, c'est parce que je suis *déjà* attaché à vous.

D'une part, parce que vous n'êtes pas une autre, mais *vous* et simplement *vous* ; d'autre part, parce qu'un lien tacite, aussi fragile qu'une cordelette précieuse, nous attache gratuitement, nous raccorde gentiment l'un à l'autre. Sa soudaine rupture me ferait l'effet de me retrouver seul au milieu de la cour de l'école communale, en linge intime et souillé, entouré de condisciples hideux et rigolards ; semblable, encore, au pauvre con qui, victime d'un sale gag ou d'un contretemps néfaste, arrive chez ses hôtes de Cardin vêtus dans les vêtements du Duc de Guiche ou en diablotin brandissant trident pour un bal costumé finalement annulé.

Je ne vous demande point, pour le moment, d'être *amoureuse* (vous aurez bien assez tôt tout loisir de l'être, et surtout tout souci de le rester) – mais du moins de vous montrer *solidaire*. On n'abandonne point son binôme au piton.

Ce point, qui méritait qu'on le précisât, ne supporterait pas qu'on y revînt, ni par les effets ni par les causes. J'ose espérer que ce théorème, un postulat en réalité, aura pénétré votre entendement comme une règle de trois, un crétin poème de Maurice Carême ou les hébraïques Commandements du Super-Haut. Bref, ne me faites *jamais* cela.

Sur mon infatuation, que vous relevez, je passe aussi rapidement qu'une goélette happée par les rapides d'Iguaçu. Le génie se prête autant à son propre commentaire que la confection des sorbets amalfitains (ou que la fonte des glaciers chiliens) par les Bédouins édentés de Wadi Rum.

Je vous veux, je vous aurai. Sur les modalités, la logistique et autres questions de calendrier, je vous propose de mettre en contact nos secrétaires et assistants respectifs.

Mais venons-en à vos petits enfantins venins, vos fléchettes mignonnes au curare, vos lanières infectées, vos lanières lestées.

Par un mental processus qui regarde les chantres du lacanisme plutôt que votre serviteur, vous refusez toute indication d'une éventuelle réciprocité là où j'indique, avec une simplicité qui confine au dénuement, que vous me plaisez. Ce ne serait là rien que de très normal si je n'avais reçu de votre personne – semble-t-il dédoublée – un message composé sous la vaporeuse emprise de l'alcool et où vous me signifiiez, vos petites joues sans doute empourprées d'une teinte d'astre en fusion, que vous m'aimiez. J'entends bien que l'alcool est ventriloque ; d'ailleurs je ne vous en demande pas tant. Vous avez, en quelque sorte, débordé mon débordement.

Ce que je veux, c'est vous revoir. Ensuite, je vous baiserai, je vous fesserai, je vous caresserai, je vous enculerai, je vous souillerai, je cracherai sur vous, je vous ligoterai, je vous enfermerai, je vous traînerai par les cheveux sur le plancher, je vous mordrai, et essaierai sur vous toutes ces choses que vous attendez de moi.

Oh Marc-As.

NB : Pardon pour la vaisselle. »

23

Burguet, énervé, se rendit dans la (dans *sa*) salle de bains. Cette salle de bains (la sienne) était occupée par son hôte (forcé) du moment : un certain Oh Marc-Astolphe, poète, vampire, dictateur, vendeur de photocopieuses, musicien, collectionneur, saltimbanque, chercheur, amoureux.

— Mon Dieu, cher Marc-As. Vous êtes encore dans le bain ?

Oh Marc-As était dans son bain, mangeant des chips Flodor dont la moitié du paquet baignait dans la mousse. Il arborait ses habituelles grosses lunettes. Tout en se goinfrant, il lisait un « Que sais-je ? » (le n° 6 765), intitulé : *Le Bain moussant*.

— Je ne voudrais vous manquer ni de respect ni d'amitié, Astolphe, se lança Burguet. Mais ne croyez-vous pas que vous exagérez un *tout petit peu* ? Cela fait quatre heures à présent que vous mijotez dans ce bain ! Dans l'eau bouillante ! Par cette canicule !

— Ah mais non, s'insurgea Marc-As. Vos propos, sans être tout à fait calomnieux, n'en sont pas moins erronés, cher ami. Il ne s'agit pas du *même* bain qu'il y a quatre heures – cinq heures, *actually*, mais passons... Je le renouvelle toutes les demi-heures, ce foutre de bain. Quant à sa chaleur extrême – que vous évoquez – je vous fais remarquer que nos camarades bédouins, dans le très chaud désert, boivent pour se désaltérer du thé également très chaud. Vous semblez ignorer ces triviaux rudiments de thermodynamique. Et ce n'est pas bien. La thermodynamique est une science qui s'apprête à fêter ses 100 ans, et vous eussiez pu vous y intéresser davantage. Depuis cent années qu'elle est là, vous eussiez eu mille fois l'occasion de le faire ! Mais non, vous ordonnez vos priorités de fantaisiste façon. Ce qui ne manquera pas, quelque jour, de vous drôlement nuire.

— J'en prends bonne note, j'en prends bonne note. Mais que lisez-vous donc là ? interrogea Burguet, agacé.

— Un ouvrage de *référence* sur le bain moussant. Écrit par Célestin Fumet, *le* spécialiste du bain moussant dans le monde...

— *Petit un*, très cher Oh Marc-As, bouillit Burguet, ce n'est pas avec de telles habitudes que vous allez réduire le réchauffement climatique, et *petit deux*, je suis contraint de vous informer – je ne voulais pas vous en parler mais vous *m'obligez* à aborder le sujet –, vos orgies de flotte m'ont coûté ce trimestre le prix d'une Fiat 500 !

— D'occasion ? demanda évasivement Marc-Astolphe en poursuivant en toute tranquillité la lecture de son « Que sais-je ? ».

— Non, *flambant neuve*, cher ami ! Flambant neuve ! Avec toutes les options ! craqua Burguet.

— Ça, c'est parce que vous avez des goûts de luxe, ana-lysa Marc-As. Je peux vous en procurer une pour beaucoup moins cher. Prenez donc plutôt une Volvo !

— Ne vous payez pas ma tête, Marc-As ! se crispa Bur-guet. Vous m'obligeriez.

— De toute façon, cette eau, je vous la rembourserai, promit Astolphe. Vous connaissez la mirifique ampleur de mon capital... Je gagne par mensualités davantage qu'il y a de fautes de syntaxe dans votre dernier opus. C'est dire !

— Ça aussi, c'est fini, cher Oh, trancha Burguet. J'ai ouvert – par inadvertance il va sans dire – un des courriers que la Banque nationale de Paris vous a adressés. Vous leur devez près de deux millions de francs ! Un million et sept cent mille deux cent cinquante francs très exactement ! Vous êtes à la rue. Vous n'effectuez pas de travaux chez vous : votre appartement a été saisi. J'ai également lu – cette fois sans la moindre mégarde – la lettre de l'huissier. Vous êtes venu vous installer ici sans me mettre le moins du monde au courant de la réalité de votre situation. Et, en attendant, sans la *moindre* expression de gêne, vous êtes assoupi dans ma baignoire que vous remplissez toute la journée. Permettez-moi de vous dire que vous n'êtes pas sans posséder un certain toupet.

— Rank Xerox est en train de me faire une himalayesque avance, tenta Marc-As. Ils viennent de m'élire vendeur de la décennie.

— Hélas, vous n'y travaillez plus depuis six mois. Ils vous ont notifié votre renvoi en février dernier.

— Je vois que vos informations sont d'excellente qualité, s'inclina Oh. Je ne puis, beau joueur, que vous en féliciter. D'ailleurs, je ne faisais rien que me livrer sur votre personne à un petit test. Certes, je ne fais plus partie de cette société à laquelle j'ai tant apporté, tant en termes de bénéfices que de bonne humeur. Mais ne vous inquiétez pas, cher petit camarade. J'ai une nouvelle importante à vous dire. Je vais monter ma propre entreprise !

— « Votre propre entreprise » ! Vous passez vos journées au lit !

— Une société à responsabilité limitée, précisa Marc-Astolphe.

— À irresponsabilité illimitée, oui !

— Son siège social sera basé à Mokpo... Connaissez-vous Mokpo, Burguet ? Bon, je vais me refaire couler un bain, dit Oh Marc-As.

— Encore ? Mais cela relève de la psychiatrie, mon ami ! s'indigna Burguet.

— Hé quoi ? réagit Astolphe. Vous imaginez sans doute, malheureux, qu'un bain moussant du niveau de celui-ci se réussit du premier coup ?

— Marc-As, vous vous rendez bien compte que ce que vous êtes en train de dire n'a *aucun* sens.

— Ne vous énervez pas, Burguet, tempéra Oh, c'est mauvais pour vos pellicules. Ces bains moussants que je prépare, nous sommes – à tout casser – cinq dans le monde à les réussir. Cinq ! Observez donc cette mousse.

Oh en préleva un échantillon qu'il tendit à Frantz-André. Ce dernier refusa avec une moue dégoûtée. Puis Marc-Astolphe commença de lire la notice :

— « Onctueuse, au gingembre et aux algues, avec reflets savonneux vanillés et senteurs légèrement ambrées, à la figue fraîche avec quelques gouttes de mercure au romarin »...

— Nom d'une patte ! bondit Burguet. Vous mettez du mercure dans ma baignoire, Marc-As ! Mais vous êtes *cinglé* ! C'est cancérigène !

— Pas avec le romarin, riposta Oh Marc-As.

— Écoutez... Nous reparlerons de tout ça ultérieurement, ravala Burguet. Il faudrait que vous me laissiez quelques instants... J'ai besoin deux ou trois heures. J'ai un *très* délicat chapitre de mon roman à terminer. Très technique, notamment en termes d'émotion. Mon héroïne s'aperçoit, à ce stade de mon travail, que l'homme qu'elle aimait n'était pas celui qu'elle croyait. Une telle situation requiert une concentration *parfaite*. J'ai promis à Fasquelle que je lui remettrais mon manuscrit vendredi prochain. Je me trouve donc dans ce qu'il est convenu d'appeler la merde. Merci, *par conséquent*, de me laisser en paix trois heures.

— Ces trois heures, vous ne les aurez point, répondit calmement Oh Marc-Astolphe. Ma petite Lila sera là dans vingt minutes. Et je veux pas de vous chez vous pendant qu'elle est là. Surtout avec ce que je compte lui faire. Et lui me faire faire ! Ainsi est-ce vous, cher ami, qui allez devoir dégager. Ce dont je suis très sincèrement attristé.

On sonna.

— Allez donc ouvrir, Burguet, c'est pour moi : c'est Lila.

24

Frantz-André Burguet fit entrer Lila Wessel (quelle beauté). Son corps était installé dans une période du temps humain (le milieu des années 70) et il était à son apogée. Dans trois ans, guère plus, ce corps commencerait à décliner – dans cinq ans il daterait. Ce corps de femme belle était parfait dans son 1976, c'était *son* année. Auparavant, il avait manqué de maturité, d'affirmation. Demain, il regretterait aujourd'hui. Mais en cet instant, il était né pour cette date de 1976, pour *l'été* 1976. C'était *maintenant* qu'il fallait la rencontrer (cette beauté), dans cette actualité-*là*, dans ce maximum de fraîcheur, d'élasticité. Il était (ce corps) présenté ici en son idéale texture.

— Bonjour Lila, vous allez bien ? Astolphe se prépare. Il est dans la salle de bains. Il ne va plus tarder *(dit Burguet)*.

— Pas terrible, ce quartier, déplora Lila. Je me suis fait emmerder en bas.

— Quelques loubards. Rien de méchant. Entrez, je vous en prie, sourit Frantz-André en ajustant ses grosses lunettes sur son nez. Vous voulez boire quelque chose ?

— Un Cocasher light… demanda Lila.

— Un *quoi* ? s'étonna Burguet.

— C'est le nouveau Coca qui vient de sortir, pour nous autres les juifs pratiquants, expliqua Lila. Vous n'êtes pas au courant ? C'est du Coca casher…

Frantz-André se rendit à la cuisine et ouvrit la porte du réfrigérateur. Puis il fit mine de chercher le précieux breuvage.

— Non, je ne crois pas que nous en ayons, regretta Burguet… En revanche, Marc-Astolphe nous a rapporté l'autre jour du Mequa-Cola, c'est du Coca musulman… Du Corsica-Cola, c'est du Coca pour les Corses… Du Breizh-Cola, c'est breton…

— Attendez, sursauta Lila, mais Oh Marc-As n'est pas juif ? Il prépare bien une biographie de Maïmonide, non ? Et un « Que sais-je ? » sur le Maharal de Prague ? N'est-ce pas ? En plus « Oh », c'est bien juif... Non ?

— On va dire, bredouilla Frantz-André pour sauver la mise de son camarade, que Marc-As n'est pas encore tout à fait complètement juif au sens où les juifs le sont.

— Il n'y a pas cinquante mille manières d'être juif, répondit sèchement Lila.

— Détrompez-vous, tenta-le-tout-pour-le-tout Burguet. Il y a les juifs qui sont juifs : ça c'est facile, il suffit d'avoir une mère juive. Et puis il y a les juifs plus compliqués. Marc-Astolphe, c'est plus compliqué que ça, donc déjà, en un sens, c'est plus juif. Puisque c'est plus compliqué ! Ses parents sont catholiques. Mais à très lourde tendance israélite.

— C'est n'importe quoi ce que vous dites, grimaça Lila.

— Pas du tout, ne se démonta pas Burguet. Oh est un juif qui a la biologie contre lui, je l'admets. Il a les lois de la génétique contre lui, c'est vrai. Mais il faut voir ça comme une sorte de complot génétique. C'est un peu le Mesrine du judaïsme, un hors-la-Loi-juive... Ce sont ses gènes qui ne sont pas juifs. Du coup, à cause de cette originelle injustice, il n'a point eu le goût de pratiquer *à bloc*. Mais intellectuellement – je le connais bien – je vous assure qu'il est juif.

— C'est un goy, *point* ! fulmina Lila. Le salaud ! Il m'avait dit qu'il était juif d'Alger.

— Oh Marc-As est effectivement d'Alger, confirma Burguet. Il été élevé, *contre son gré*, dans la tradition chrétienne. À l'intérieur, il a toujours été juif. Il s'est toujours montré extrêmement critique envers le Christ, vous savez. Dès son plus jeune âge. Voire moqueur. Son corps est goy – mais son cerveau est juif.

— Et vous a-t-il dit, par hasard, comment il comptait faire pour concilier les deux ? ironisa Lila.

— Justement ! s'exclama Burguet, plus offensif que jamais. C'est là tout son projet ! Faire comprendre à son corps que son cerveau ne se laissera pas intimider par un goy. Je vous jure sur la Bible – la vôtre, mais aussi la mienne – que Marc-As nous a parlé, à nous ses amis – et depuis quelques semaines déjà –, de sa ferme volonté d'abandonner la foi catholique au bénéfice de l'étude talmudique.

— Son corps ne sera *jamais* juif tant qu'il ne sera pas circoncis ! trancha Lila.

— Pardonnez cette question, bégaya Burguet, mais faut-il être *vraiment juif* pour avoir une chance de coucher avec vous ?

— Si votre ami Astolphe était *vraiment juif*, comme vous dites, il aurait toutes ses chances, confirma Lila. Il est bien le genre de tordu qui pourrait me plaire. Mais il n'est *pas* juif. Il n'y aura par conséquent *rien* entre nous. Point.

— Attendez ! Tout ça peut s'arranger ! s'écria Burguet. Il suffit que son cerveau demande gentiment à son corps de se rendre à la clinique de la Reine Blanche, à deux cents mètres d'ici, et c'est dans la poche. Ils iront ensemble tous les deux : son cerveau et son corps. Ensemble. Main dans la main.

Lila sembla étonnée et ravie à cette perspective.

— Il ferait ça pour moi ? Vous qui le connaissez bien, vous pensez que je lui plais à ce point ?

— Hé Lila, on est bien d'accord, hein ? négocia Frantz-André. Le jour où Oh Marc-Astolphe est *vraiment* juif, vous êtes *vraiment* à lui… N'est-ce pas ?

— Totalement ! Sur la Torah ! jura Lila. Le jour où Marc-Astolphe Oh sera le Roi des juifs, Lila Wessel sera la Reine des salopes !

— Mais je vous le redis, redit Burguet : Oh Marc-Astolphe est le plus juif des catholiques que je connaisse. C'est une manière de Monsieur Jourdain du judaïsme. Une sorte de marrane si vous préférez. Astolphe a toujours pratiqué le judaïsme en secret, mais sans toujours le savoir. Beau nom, non, vous ne trouvez pas, pour un juif qui s'ignore : *Monsieur Jourdain* ? Cela explique d'ailleurs la certaine – et touchante – intranquillité de notre ami. Le lieu absolu de l'intranquillité, ce n'est pas tant le juif que le marrane. Le marrane est le juif du juif. C'est un juif au carré. L'équivalent du juif des *goyim*, mais chez les juifs ! Il n'a ni sa place dans le catholicisme ni sa place dans le judaïsme. Éloigné qu'il est des racines. Le marrane est *presque* chrétien. Le marrane est *presque* juif. Le marrane est *presque*. Le marrane est un presque. Le marrane est *le* presque. Le marrane n'est pas simplement presque chrétien, il est presque juif. Il est privé de tout – y compris de communauté. Le juif des juifs, celui qui, chez les juifs, au sein du monde juif, est l'équivalent d'un juif au sein du monde tout court, c'est celui-là qu'on appelle le marrane. Le marrane est marginal au sein de la marginalité elle-même. Le marrane combine haine de soi et haine des autres. Le marrane est étranger à lui-même. Le marrane est son propre nomade. Le marrane est son propre juif.

On sonna derechef.

— Je vous en prie, allez ouvrir. Je vais faire un tour dans votre bibliothèque, fit Lila… Rien ne me fascine davantage que les bibliothèques des gens… surtout quand ils s'apprêtent à devenir juifs.

25

Burguet alla ouvrir. Il s'agissait d'un jeune livreur de pizzas. Ce dernier portait un casque de mobylette sur la tête et cinq pizzas empilées les unes sur les autres.

— Pizzas Rapizza. Monsieur Oh Marc-Astolphe, c'est bien ici ? demanda le jeune homme.

— Qui a commandé ces pizzas ? s'inquiéta Burguet.

— Monsieur Oh Marc-Astolphe, sur le compte de monsieur Burguet Frantz-André, répondit le livreur.

— Morte putain, fulmina Burguet. C'est pas vrai ! Les cinq ?!?!?!?!?

— Oui, cinq familiales géantes… précisa le livreur. Une *Quatre fromages* sans jambon, une *Quatre jambons* sans fromage, une *Quatre saumons* avec supplément poulet, une *Quatre poulets* sans fromage avec supplément jambon et une *Spéciale Quatre suppléments*… Avec un Coca light pour la *Quatre fromages*, un Pepsi Max pour la *Quatre jambons*, un Coca zéro pour la *Quatre saumons*, un Coca normal pour la *Quatre poulets* et un Coca sans caféine light pour la *Spéciale* !

— Bon, posez-les là, transpira Burguet.

— Pardon monsieur ? se cabra le livreur. Ah ça, jamais monsieur ! Chez Pizzas Rapizza, on ne pose pas les pizzas. On les remet en mains propres, monsieur. Or il est stipulé que je dois les remettre à monsieur Oh Marc-Astolphe *en personne*. Sur le compte de monsieur Burguet Frantz-André. Telle est notre charte qualité/confiance.

— Mâââârc-As ! hurla Burguet.

— Je suis toujours dans le bain ! répondit la voix de Marc-As. Je pense que je viens de découvrir une nouvelle façon de les faire, les bains. Et de les prendre ! Il ne faut point trop que je me déconcentre ! *(In petto :)* Les gens ne comprennent pas, ne comprendront jamais la science du bain. Ils sont trop barbares. Ils s'imaginent que prendre un bain, c'est plonger sa masse corporelle dans un bac de flotte plus ou moins tiède. Ces gens-là ne doivent pas être très connaisseurs non plus en vins fins. Des amateurs d'abrupte piquette ! Je suis, moi, très raffiné du bain, des bains – des eaux. Je tente ici le bain câlin, le bain *parfait*. Un bain parfait se doit de caresser le corps, de cajoler l'épiderme. Il doit flatter l'entrefesson. Il doit se prendre facilement, il doit rendre le baigneur achaliné. Je ne suis pas un cambusard. Je m'insurge contre le gros rouge du bain ! Contre les bains bâclés, contre les bains approximatifs, contre les bains gelés – contre les bains caillés. Un bain, cela doit s'appréhender comme un grand cru classé. D'ailleurs, à partir de la semaine prochaine, je vais organiser ici, cher sieur Burguet, en cette gentille salle de bains, des séances de dégustation de bains. On classera les bains ! On vérifiera, on étudiera les mélanges, les effluves, les condiments, les parfums, les lotions – la mousse. Un bon bain ne doit pas être envahi de mousse, ni noyé de flotte plate et bêtement coulée. Il doit pouvoir se boire quasiment. Un bon bain est rare. Ce n'est pas une chose pour les barbistes. Pour les barboteurs. Il est criminel, il est sacrilège de remuer dans l'eau d'un bain classé grand bain comme s'il s'agissait d'une gadoue. Il s'agit, bien au contraire, de faire lever la mousse, en provoquant un quota raisonnable de petites bulles. Les bons bains sont bulleux. Les mauvais bains le sont trop ou pas assez. Le produit moussant, les onguents, cardamome, pyllis, romarin, clacidandre, élymoliane, doivent être harmonieusement équilibrés. Tout est dans la consistance, le confort, c'est comme un élixir. Et c'est ce que l'être humain de passage ne comprendra jamais.

— Monsieur Oh est dans son bain. Dans ma baignoire mais dans son bain. Donnez-moi les pizzas, ordonna Burguet.

— C'est que notre éthique m'oblige à remettre le produit au commanditaire exclusivement. En l'occurrence : monsieur Oh Marc-Astolphe. Sur le compte de monsieur Burguet Frantz-André.

— Je *suis* monsieur Burguet Frantz-André, indiqua Frantz-André Burguet. C'est donc moi qui paye. Qui paie. Qui règle. Qui régale.

— Oui mais c'est lui qui mange. Qui savoure. Qui déguste. Qui se régale, fit remarquer le jeune livreur. Pour obtenir le produit, le point 5 de notre règlement stipule que vous avez la possibilité de vous substituer à monsieur Oh Marc-Astolphe à la condition *expresse* que celui-ci signe une décharge.

— Terminé, stoppa Burguet. C'est combien ? Qu'on en finisse.

— C'est 128 francs et 52 centimes, monsieur.

Burguet, verdâtrissime :

— Tenez, voilà 200 francs… Je n'ai pas de monnaie. Vous avez de la monnaie, vous ?

— De la *monnaie* ? grimaça le livreur. Ah jamais ! Jamais, cher monsieur. Nous mettons un point d'honneur, chez Pizzas Rapizza, à n'avoir jamais la *moindre* monnaie. Nous ne sommes pas le genre. Nous ne mangeons pas de ce pain-là. En revanche, je me permets de vous offrir deux bons « Offre spéciale de 50 % » sur les steaks grillés dans nos restaurants… Je mets donc un bon au nom de monsieur Burguet Frantz-André et *(apercevant Lila)* un pour mademoiselle… heu…

— Wessel… grincha Burguet avant de claquer la porte au nez du livreur. Maintenant merci, au revoir, bonne soirée.

— Bon alors ça vient ces pizzas ? L'eau ça donne faim ! tonna la voix d'Oh Marc-Astolphe.

— Attendez, les amis, s'inquiéta Lila… Vous vivez vraiment *ensemble* ? Vous êtes homosexuels, tous les deux ? Vous êtes bi ?

— Non, la détrompa aussitôt Burguet. Marc-Astolphe en avait assez de vivre dans l'ascenseur de l'immeuble en attendant la fin des faramineux travaux qu'il a entrepris dans son appartement. Je l'héberge en attendant. Et je dois avouer que c'est un peu difficile pour se concentrer. J'ai un roman à achever et je ne sais pas si je serai dans les temps.

C'est alors que Marc-As fit enfin son apparition, vêtu d'un peignoir Pierre Cardin emprunté à Burguet.

— Je vais me faire un sandwich aux cornichons, moi… Tu as racheté des corniches, mon gros Frantz-An ? fit Astolphe.

— Ton amie Lila est ici, indiqua Burguet.

— Ha ! Lila ! Je ne vous avais pas entendue ! Ça va ? hypocrita Oh Marc-As.

Oh but soudain cul sec le jus d'une boîte de cornichons.

— Mais vous êtes décidément fou, mon ami ! hurla Lila. C'est incomestible !

— Oh vous savez, il est capable de tout, plaça Burguet. Sauf de partir d'ici.

— Dites-moi, Marc-As, attaqua Lila. Vous m'avez menti. Vous n'êtes pas juif le moins du monde.

— Je suis le plus juif que puisse être un goy, retourna Oh Marc-Astolphe sans se démonter. C'est-à-dire qu'à ce stade, on doit pouvoir trouver sur la terre un ou deux vrais juifs qui sont plus goys que moi. Si mes parents avaient été juifs, cela eût été tautologique. Je suis suffisamment juif sans avoir *en plus* besoin d'une mère qui le soit ! Cela ferait de moi un juif trop juif, un juif superfétatoire, un surjuif. Un juif surjectif. Un juif obèse. Un métajuif. Un juif redondant. Un juif judaïque. Un juif israélite. Il y a des gens qui n'ont pas besoin de cause pour être des effets. Heureusement que mes parents ne sont point juifs, car j'eusse à moi seul déclenché un antisémitisme plus énorme encore que tous ceux déjà répertoriés. Je me flatte de ne devoir – à l'instar de mon filleul – mon judaïsme qu'à moi-même. Mon filleul, juif achéropite par la biologie, moi, juif achéropite par le cerveau. Vous avez besoin, vous les juifs juifs, de juifs un peu moins juifs – ne serait-ce que pour apporter du dégradé, de la nuance, de la couleur dans votre définition de l'être-juif. Il vous faut, à vous les pur-sang, la présence de zèbres tels que moi. Je suis un juif-zèbre. J'ai la judéité zébrée. Mais ma forme est la même : mêmes sabots, même queue, même nuque, même galop, même oreilles longues, même crinière, même hennissement, même cambrure, mêmes naseaux, mêmes mouches autour. Et même odeur qui se dégage. Mêmes crottins. Même maréchal-ferrant. Même, toute même étable. Même position debout pour le sommeil. Même foin partagé.

— Ça suffit le charabia ! s'énerva vraiment Lila. Tout ça, ça tourne autour du pot, ça blablate, mais en concret, *rien* ! Il s'agit d'assumer, à présent ! Il y en a *très* marre. Si vous voulez être juif – et votre ami m'a confirmé que vous en exprimiez depuis quelque temps le désir, ce dont je vous félicite –, il faut l'être *vraiment*. Il faut l'être *complètement*. Il faut l'être *judaïquement*. J'appelle mon rabbin, Rabbi Aloab. Puis-je, cher André-Francis, utiliser votre téléphone ?

— Heu… Bien entendu, hésita Frantz-André essuyant un regard noir de Marc-Astolphe.

— Vous n'y pensez pas ! paniqua Marc-As.

Lila avait déjà composé le numéro. C'était un numéro à deux chiffres. Un numéro *d'urgence*.

— Oui, allô, Rabbi Aloab, Lila à l'appareil. C'est pour un ami. Pour une conversion. Oui, il est prêt. Vendredi 14 heures, avant shabbat ? Oui, OK, parfait, parfait. Merci Rabbi !

— Vous allez devoir vous faire circoncire, très cher Oh Marc-As, grimaça Burguet. Oh madone ! Vous allez jongler. Un ami écrivain du Seuil a tenté récemment l'expérience et je peux vous dire que…

— Taisez-vous, Burguet !… interrompit Oh, livide.

26

Voici la scène – appartement Yteulaire, Mol-Fendu était là, en train de montrer à Fenouil une lettre d'amour envoyée par une de ses fraîches conquêtes. Le professeur Yteulaire faisait de la place dans sa bibliothèque. Il se débarrassait notamment de l'intégrale des romans de son ami Georges Bataille.

— Alors, Fenouil, qu'est-ce que je lui offre à Hong-jung ma nouvelle petite fiancée coréenne ? interrogea Mol-Fendu. Elle a 17 ans. À peine ! J'avais pensé à des roses ? Ou alors je puise dans mon stock de vieux Tintin ?

— Écoutez, monsieur Mol-Fendu, je veux bien vous conseiller sur les femmes, mais pas sur les gamines, répondit sèchement Fenouil.

— Comment cela ? Je ne comprends rien, répondit Mol-Fendu. Nous sommes dans les années 70, là. Pas dans les années 2000.

— Excusez-moi, lui rétorqua Fenouil, mais nous avons beaucoup de livres à classer et de rangement à faire, le professeur et moi...

Le professeur Yteulaire balança les livres de Georges Bataille dans une grande poubelle grise.

— Mais, *professeur*, vous êtes tombé sur la tête ! Vous êtes en train de jeter les livres de votre ami Bataille, là !

— C'est pour faire de la place nom d'une quinte !... répliqua Yteulaire.

— Certes, répondit Mol-Fendu. Mais, tout de même, ce n'est guère sympathique de votre part.

— Il y avait deux solutions, répondit le professeur. Soit je les gardais et je les lisais pas, soit je les lisais et je les gardais pas. J'ai choisi la deuxième solution. Vous saisir ? Vous pouvoir vous entrer cette information dedans le minon ?

— Hong-jung me propose un rendez-vous à la Chancellerie, lâcha Mol-Fendu. Place du Martroi. Mais j'ai la trouille que ses parents passent – et nous voient.

On sonna à la porte. Fenouil alla ouvrir. C'était le livreur de pizzas déjà rencontré chez Burguet quelques pages plus haut. Oui oui, c'était bien lui. Il portait le même casque. Il était venu muni d'un énorme chariot de livres.

— Monsieur Hitler ? demanda le livreur.

— Non, pas *Hitler*, non ! répondit très sèchement Fenouil – elle était évidemment secrètement amoureuse du professeur, qui la traitait comme elle l'espérait tout aussi secrètement, c'est-à-dire : mal.

Le jeune livreur vérifia sur son papier :

— Je suis navré, mademoiselle, mais je dois déposer à cette adresse quarante-sept volumes des *Œuvres complètes* de Lénine à monsieur Hitler Gean-Gérôme.

— Tu ne prononces pas correctement mon nom, gamin ! Je suis monsieur YTEULAIRE. Y-T-E-U-L-A-I-R-E. Ça dérive d'un mot basque des années 30... *1430* ! Si ça peut t'éclairer, mon gouincheux, ça provient très exactement du mot *Outoulaïrou*...

— *Outoulaïrou* ? C'est-à-dire ? se méfia le jeune livreur.

— Littéralement : « leader charismatique », expliqua le professeur. C'est mon oncle qui m'a appris ça, Yves-Escobar Ymeulaire. *Ymeulaire*. Je dis bien : Y-*meu*-laire. Pas d'amalgame, hein ?

— Bon en attendant, fit le jeune livreur, j'ai vos quarante-sept volumes de Lénine, L-É-N-I-N-E qui attendent, là. Je suis un peu pressé...

— Mais, dit Fenouil... Je vous ai connu livreur de pizzas, vous ? Non ? Je me souviens d'un samedi soir où j'avais commandé des pizzas avec des copines à moi... Et c'était bien vous, je crois bien, qui nous aviez livrées...

— Mais je suis *toujours* livreur de pizzas, cher mademoiselle, répondit le jeune livreur.

Le jeune livreur sortit sa carte et la tendit à la jeune domestique.

— Je suis livreur *alimentaire* aux heures des repas, et livreur *littéraire* aux heures de lecture.

— Ce jeune livreur dit vrai, fit Fenouil... C'est écrit : « Mario Mario, livreur culino-littéraire »...

— Non pas *Mario Mario* : Mario MARILLAUD... M-A...

— Ouais c'est bon, c'est bon, on s'en tortille la cascade ! trancha le professeur.

Le jeune livreur sembla vivement intéressé par les livres jetés.

— Il ne faut pas jeter les livres, il faut me les donner pour que je les vende ! s'excita-t-il.

Le jeune livreur entrouvrit la poubelle grise. Puis fit la moue.

— Des Georges Bataille ?!? Merci bien ! Dédicacés en plus ? Invendables !

Le jeune livreur les remit dans la poubelle. Puis le jeune livreur désigna au moins cent tomes de livres cartonnés rouges sur les étagères de l'appartement du professeur. Il se saisit d'un exemplaire.

— Ceux-là aussi vous les foutez en l'air ?

— Oh ! Pas touche, là ! Bas les pouches, mon veau ! blêmit le professeur. Tu remets ça en place tout de suite ! Tu le remets à sa place ! Sinon je te coque mon lure dans le crapoussin !...

Le jeune livreur ouvrit une page au hasard, étonné.

— Mais enfin ! Ce ne sont que des listes de titres !

— Arrête immédiatement avec le mot *liste* ! Une liste, c'est pour les courses ou pour Schindler ! Ça, qui te pousse sous les mirettes, c'est un *catalogue* ! Et qui plus est, un catalogue intégral, et synthétique, en cent volumes *pour l'instant*, et trois annexes synoptiques de *tous* les livres que j'ai prévu de lire et que je ne possède pas encore.

Le jeune livreur fit une drôle de tête, abasourdi. Il ne comprenait pas bien de quoi il retournait.

— Quoi ? Vous êtes sérieux ?! Mais à quoi cela peut-il bien servir ? s'enquit le jeune livreur.

— Ça lui sert à savoir où il en est, expliqua Fenouil.

— Et c'est par ordre alphabétique, crâna le professeur.

— Dieu ! Vous avez tout pas lu ça ? Enfin... Vous avez lu tout pas ça ? demanda le jeune livreur

— Ah ben ceux-là je les ai lus. C'est ceux qu'il y a *dedans* que j'ai pas lus ! J'ai lu l'intégrale de la liste des livres par moi non encore lus ! Et crois-moi, mon gouyou, ça m'a déjà pris un temps fou !

27

Pendant ce temps : Marc-Astolphe, dans le salon de Frantz-André Burguet, chez qui, au grand dam dudit, il venait – donc – de s'installer pour quelque temps. Oh était dressé devant un miroir, en train de frotter la fameuse chemise en lin offerte par le professeur et qu'il portait sur lui.

— Galette, cette tache ! Elle veut pas partir... *(Un temps)* Oh, tiens, d'ailleurs, à propos de tache qui veut pas partir... *(Hurlant :)* Burguet !

— Oui, cher Oh Marc-As ?

Pendant ce temps : le livreur, épuisé, finit de déposer les livres et s'en alla. Le professeur ouvre les cartons, en tire un volume.

Yteulaire (humant l'exemplaire) :

— Oooh, toi le tome 12, sur les réformes agraires de 1919, je te sens bien. Tu vas être ma cocaïne petit salopard. Hein, tu es ma cocaïne, toi ? Tu me plais déjà...

— C'est bon, exulta Mol-Fendu. Hong-jung accepte de m'accompagner au « 007 », sur la route ! Elle va me réhabiliter auprès de Liliane, la patronne, auprès de laquelle j'étais quelque peu grillé. C'est le plus beau jour de ma vie !

Le professeur Yteulaire reposa le volume et vérifia quelque chose dans une caisse ; et soudain, hurla :

— L'enculé ! L'anchois !

Entre-temps : Marc-As s'était rendu au rabbinat. Nous l'y retrouvons, en cette minute. Deux rabbins lui faisaient face. Il s'agissait de Rabbi Silberschmidt (ashkénaze) et de Rabbi Aloab (séfarade). Rabbi Silberschmidt était un rabbin d'apparence on ne peut plus classique : chapeau, nattes, etc. Rabbi Aloab, lui, portait des Ray-Ban. Il faisait un peu « rockeur ».

— *Shalom !* Vous venez pour la conversion ? demanda Rabbi Silberschmidt.

— Oui, répondit Oh Marc-As.

— C'est hypercool, ta démarche, mec. Enfin je veux dire ton projet ! Chapeau ! Enfin, kippa, plutôt ! dit Rabbi Aloab.

— Je n'ai pas encore décidé si je voulais être ashkénaze ou séfarade, tint à préciser Oh.

— Ah tu hésites entre les deux, reprit Rabbi Aloab… Si tu es hésitant, c'est que tu es forcément déjà un peu ashkénaze… Dommage ! Vraiment. On perd une recrue ! Mais bon chez nous, les séfarades, on est beaux joueurs.

— Je suis désolé, Rav Aloab. Notre ami n'est pas *hésitant*, il se pose des questions. Et c'est en cela qu'il peut faire un bon ashkénaze ! fit valoir Rabbi Silberschmidt.

— Oui, on est ashkénaze si on se pose des questions… On n'est séfarade que si on pose les bonnes ! renchérit Rabbi Aloab.

— Un ashkénaze est un juif qui contredit. Un séfarade est un juif qui interrompt, riposta Rabbi Silberschmidt.

— Attendez, messieurs ! Je n'ai point pour l'instant posé la moindre question. J'ai dit que je n'avais pas encore pris ma décision, rectifia Oh Marc-Astolphe. La perfection de mon cerveau fait passer les décisions par des réseaux d'une complexité que même un juif ne saurait imaginer. Cela prend donc un peu de temps.

— Voici une très mauvaise réponse à la question que vous n'avez point posée. Vous êtes effectivement peut-être bien un futur ashkénaze, vous ! se félicita Rabbi Silberschmidt.

— Et qu'est-ce qu'un *futur* ashkénaze ? persifla Rabbi Aloab. C'est un séfarade ! Car les ashkénazes, nous le savons tous, rêvent tous d'être séfarades dans le futur.

— Cela n'advient que dans tes rêves, Rav. Tes rêves qui sont mes cauchemars… fit Rabbi Silberschmidt. Sinon, cher monsieur Oh, notre amie Lila nous a dit que vous étiez l'auteur du « Que sais-je ? » intitulé *Photocopie et Reprographie* ?

— C'était bath, comme « Que sais-je ? »… Je l'ai dévoré en une nuit le jour de sa sortie, mentit Rabbi Aloab.

— La petite Wessel, nous l'aimons beaucoup. C'est une gentille petite *schiksel* ! fit Rabbi Silberschmidt. Les parents sont des gens épatants, très intelligents, très cultivés, et qui ont beaucoup d'entregent – notamment à Paris. Dans le milieu du spectacle et de la variété. Je crois qu'ils sont notamment très amis avec Michel Delpech, Maxime Le Forestier, Henri Salvador et Dalida.

— Moi, mon père était mohel et c'est lui qui s'est occupé de la *brit mila* de Gilbert Bécaud ! crâna Rabbi Aloab.

— De la circoncision de Gilbert Bécaud ? s'étonna Marc-Astolphe. Mais je croyais je pensais que Bécaud faisait partie de l'Église orthodoxe orientale autocéphale...

— Vous confondez avec Lama. Bécaud est juif séfarade ! Il s'appelle en réalité Elie-Yaacob Bekhov... expliqua Rabbi Silberschmidt

— Tu ne savais pas ça ? s'esclaffa Rabbi Aloab. Et, même si je suis séfarade, je me suis également occupé, il y a quelques années, de la bar-mitsva du fils de Paul McCartney !

— Quoi ? vacilla Astolphe. McCartney le... ?

— Oui, de Saül Levi-Strauss si tu préfères, alias Paul McCartney.

— Vous ne saviez pas que les Beatles étaient juifs ashkénazes ? s'étonna Rabbi Silberschmidt.

— Très franchement non, admit Marc-As.

— Sauf Lennon ! rectifia Rabbi Aloab. Il est séfarade, Lennon.

— Ce point, cher confrère, est controversé aujourd'hui dans toutes les synagogues, corrigea Rabbi Silberschmidt. Mon gendre en parlait encore hier dans la synagogue de mon quartier avec un rav ashkénaze assez connu.

— Qui ça ? Rav Steinman ? rigola Rabbi Aloab. Steinman n'y connaît *rien* aux Beatles ! Il n'en a que pour les Stones ! Ce en quoi d'ailleurs je ne lui jette pas la pierre.

— Je vous en prie, Rav. Surveillez vos expressions... intima Rabbi Silberschmidt. Le Rav Steinman est un des grands de sa génération ! En guemara, c'est le meilleur du Loiret. Je n'aime pas tellement la *haïmnara* que vous dégagez, là, en ce début de journée sainte, cher ami... Vous n'êtes que mauvaises ondes, Rav.

— En général, les ashkénazes sont plutôt Beatles et les séfarades plutôt Rolling Stones, expliqua Rabbi Aloab à Astolphe. Sauf Rav Steinman, qui est un ashkénaze-Stones... Moi, en tant que séfarade – donc pro-Stones –, je m'entends mieux avec un ashkénaze-Beatles qu'avec un ashkénaze-Stones ou qu'avec un séfarade-Beatles...

— Tout cela est inouï ! s'exclama Oh Marc-As.

— La coupe Beatles, c'était pourquoi à ton avis ? poursuivit Rabbi Aloab. C'était pour pouvoir mettre la kippa ? Et leur tube *Hey Jude* ? Veux-tu que je te fasse un dessin ?

— Et *Lucy in the Sky with Diamonds* ? interrogea Oh.

— Ça c'est dans la kabbale, mon ami, répondit Rabbi Silberschmidt. « LSD », c'est *lamed*, *shin*, *dalet*... L'association *shin-dalet* signifie « Shaddaï », c'est le Nom tel qu'il est inscrit sur toutes les mézouzas.

— Et le *lamed* ? demanda Oh Marc-Astolphe.

— Lamed est la plus haute lettre de l'alphabet hébraïque, répondit Rabbi Silberschmidt. C'est l'aiguillon de Qui vous savez.

— Je suis stupéfait... s'émerveilla Marc-Astolphe. Et il en faut beaucoup, vous savez, pour me stupéfaire. Je ne suis point connu pour faire dans la fanfreluche. Vous pouvez vous renseigner auprès des lecteurs qui seront parvenus jusqu'à cette page de l'incroyable épopée que Yann Moix vient de presque intégralement me consacrer.

Le téléphone sonna.

— C'est pour vous... fit Rabbi Silberschmidt à Oh Marc-Astolphe, l'air à la fois étonné et réprobateur, en lui tendant le combiné. Je ne vous cache pas que vous faire appeler ici un jour comme celui-ci n'est pas du meilleur effet...

— Oui, là tu déconnes un peu, Marc-As… glissa Rabbi Aloab.

Dans le combiné : la voix tonitruante du professeur.

— C'est un ami, c'est Yteulaire, mon maître… fit Oh.

— *Hitler* ??!! s'exclamèrent les deux rabbins en chœur.

— *C'est des tarés ! Des salauds !* hurlait le professeur. Il me manque le dernier tome des *Œuvres complètes* de Lénine ! C'est ignoble ! C'est inhumain ! Le tome 47 !

— Heu… Je ne puis vous parler, cher Yteulaire. Je passe un examen, répondit Oh Marc-As.

— Celui qui m'intéressait le plus : le second volume de l'index des statistiques des tableaux chronologiques ! À l'assassin ! hurlait le professeur !

28

— Il va falloir que vous nous expliquiez un peu mieux, mon cher monsieur, ce que vous êtes venu chercher ici, entama Rabbi Silberschmidt. Des soucis ? Un retour de mépris ? Des ennuis judiciaires ? Nous ne comprenons effectivement que malaisément le bien-fondé de cette provocation. La haine du peuple juif n'est peut-être pas ce qui vous a guidé jusqu'à nous. Mais il est certains mots – et en l'occurrence certains noms – qui ne sont pas forcément les bienvenus dans un endroit comme celui-ci. Sans parler bien sûr de vos étonnantes fréquentations. Je serais assez curieux de connaître la façon dont vous évoquez notre communauté, avec vos hitlériens amis, quand nous avons le dos tourné et que vous buvez vos bières à la *Stammtisch* de votre bistro de prédilection. La *lachone ha-ra* se paie très cher, chez nous. Très, *très* cher.

— La ?… fit Oh Marc-Astolphe.

— La langue de pute, traduit Rabbi Aloab. L'insulte.

— Ma langue ne s'adonne à aucune forme de prostitution, se défendit Marc-As.

— Tu joues au con, gars Oh, se fâcha Rabbi Aloab. Hitler, ce n'est pas possible. Tu comprends ? Il nous a fait des trucs. Des choses. Il nous a causé beaucoup de tort. Il s'est conduit avec nous d'une façon qui n'est pas acceptable. Je crains que ton entretien d'embauche comme comique de service chez les juifs ne s'achève ici ? Serais-tu antisémite, mec ?

— Non point ! Du tout ! « Yteulaire » est le nom de cet ami, je vous le jure sur la Torah.

— Je te déconseille vivement de jurer quoi que ce soit sur le Livre, coupa Rabbi Aloab. Tu n'es pas, disons, dans une position *optimale* pour le faire. Tu ne puis pas présentement te le permettre.

— Auriez-vous des amis qui pratiquent le nazisme ? interrogea Rabbi Silberschmidt.

— Non. Quelques staliniens, tout au plus. Et qui ont viré trotskistes, pour la plupart, répondit Astolphe. Mais en ce qui concerne le nazisme, la réponse est *non*. Je suis formel sur ce point. C'est une homophonique coïncidence. Le professeur Y-teu-lai-re est mon maître. C'est un intellectuel aussi réputé dans les choses de l'esprit que notre municipale universelle Jeanne dans les choses de la virginité. Je puis vous assurer que le professeur n'a déporté personne et que sur ce point, il ne compte pas changer d'avis. Techniquement, il n'en aurait de toute façon pas les moyens. Moralement, il n'en a pas le vice. Politiquement, il n'en possède pas l'ampleur. Et philosophiquement, il n'est pas convaincu par le racisme.

— Nous nous fichons bien qu'il soit *raciste*. Ce n'est pas le problème ! s'agaça Rabbi Aloab.

— Ce n'est pas du tout le problème, monsieur Oh, confirma Rabbi Silberschmidt.

— Le problème, c'est qu'il soit *antisémite*. Ce qui n'a rien à voir, insista Rabbi Aloab.

— Strictement *rien*, martela Rabbi Silberschmidt. Il faudrait voir à ne pas mélanger les torchons et les serviettes.

— La peinture à l'eau, ce n'est pas la même chose que la peinture à l'huile, Marc-As, fit Rabbi Aloab. Tu comprends Oh ?

— Le racisme et l'antisémitisme sont deux concepts parfaitement et également répréhensibles, messieurs. Et je les condamne avec une équanime et parallèle indignation, répliqua Marc-Astolphe.

— Bien. Nous allons faire simple, mon vieux, reprit Rabbi Aloab. Est-ce que j'ai une tête de juif ?

— Heu… hésita Astolphe. Non, enfin. Je ne crois pas.

— Et lui ? demanda Rabbi Aloab en désignant Rabbi Silberschmidt.

— Non plus, se méfia Marc-As.

— Vous avez parfaitement bien répondu, monsieur… dit Rabbi Silberschmidt. Un juif ne se reconnaît pas. Il n'y a aucune ressemblance physique entre un juif et un juif.

— Il n'y a que des différences, compléta Rabbi Aloab.

— Je ne vois guère où vous voulez en venir, messieurs… confessa Marc-Astolphe.

— Un juif ne ressemble pas à un autre juif, par conséquent, un juif ressemble à tout le monde, enchaîna Rabbi Silberschmidt.

— Un juif ressemble à n'importe qui, souligna Rabbi Aloab.

— Je suis entièrement d'accord sur ce point, affirma Oh Marc-As. Prétendre le contraire serait verser dans l'abomination antisémitique.

— Voilà. Très bien. C'est bien. Nous sommes parfaitement d'accord. Un juif, par conséquent, peut *te* ressembler, Oh Marc-Astolphe, dit Rabbi Aloab. Puisqu'il ne ressemble à personne en particulier.

— Mais je suis un particulier, fit remarquer Oh. C'est en général ainsi que les gens me dépeignent. Comme un particulier – qui plus est particulièrement particulier. Un particulier très particulièrement particulier.

— Parfait. Si un juif ressemble à tout le monde, c'est qu'il ressemble aux gens en général, n'est-ce pas ? continua Rabbi Silberschmidt.

— Je vous reçois cinq sur cinq, Rav, confirma Astolphe.

— Le particulier, cher monsieur, est bien inclus, si je ne m'abuse, dans le *général* ? poursuivit Rabbi Silberschmidt.

— Absolument, opina Marc-As.

— *Donc* si le juif ressemble à tout le monde en général, il a de grandes chances de ressembler à tout le monde en particulier. Vous me suivez ? s'enquit Rabbi Silberschmidt.

— Qui peut le plus peut le moins ! lança Rabbi Aloab.

— Oui, obtempéra Oh Marc-As. Je suis d'accord avec cette vôtre assertion.

— *Donc* vous ressemblez à un juif, conclut Rabbi Silberschmidt. Deux juifs entre eux ne se ressemblent pas. Mais *vous*, vous leur ressemblez.

— Mais auquel des deux ? questionna Marc-Astolphe.

— Aux deux à la fois ! rétorqua Rabbi Silberschmidt. Le raisonnement est valable pour le juif Aleph et pour le juif Beth. Il est donc *normal* que vous ressembliez *à la fois* au premier et au second.

— Oui mais eux, ils ne se ressemblent pas, fit valoir Oh Marc-Astolphe. Si le premier me ressemble et que je ressemble au second, par transitivité, le premier devrait *logiquement* ressembler au deuxième.

— Le judaïsme n'est pas transitif, Oh, trancha Rabbi Aloab. Il est transmissible, mais pas transitif.

— Vous ressemblez *donc* à deux juifs qui ressemblent à tout le monde en général sauf à eux en particulier, s'obstina Rabbi Silberschmidt.

— *Donc* les juifs sont vos semblables. *Tes* semblables, fit Aloab. Alors pourquoi les insulter en fréquentant des Hitlers ? C'est moche. *(Un temps)* Quelle est donc cette tache sur ta chemise en lin ?

— C'est une tache de Burguet, un gros mien ami qui, se sustentant fort salement d'un hamburger, éclaboussa de sauces ce vêtement que le professeur Yteulaire, justement, venait de m'offrir. Ça va partir. Ce n'est rien.

— « Ce n'est rien » ? manqua de s'étrangler Rabbi Silberschmidt.

— L'épouvantable, et écœurante, et révoltante, et provocante et inadmissible tache que tu arbores sur ta veste devant des rabbins, reprit Rabbi Aloab, est une tache répertoriée dans le Lévitique ! Et crois-moi, lorsqu'on commet une erreur qui sort du Lévitique, cela sent jamais très bon.

— La tache que vous avez là, monsieur Oh, est *une plaie de lèpre* ! asséna Rabbi Silberschmidt.

— Lévitique 13, 47 : « Si la partie attaquée est d'un vert ou d'un rouge foncé, c'est une plaie de lèpre... », récita Rabbi Aloab.

— Est-ce grave ? s'inquiéta Marc-As.

— C'est simple, cher monsieur Oh : il n'y a *pas* plus grave, expliqua Rabbi Silberschmidt. Vous êtes *impur*.

— C'est *hain horeh*, mon pote, tu as le mauvais œil... confirma Rabbi Aloab.

— C'est très, très, très, très-très-très très, TRÈS, très, *très très*, très !, très... Très ! Très très très : très, très-très grave, reprit Rabbi Silberschmidt.

— Ah fargue ! Faine ! Camail ! Croûte ! Et cela valable pour les fans des Beatles et des Stones, enfin je veux dire pour les ashkénazes et les séfarades ? demanda Oh Marc-As.

— *Ken*... Oui... regretta Rabbi Aloab.

— Que puis-je faire, mes bons messieurs, pour réparer ce malencontreux affront ? Je ne souffrirai pas que vous puissiez me considérer comme une fripouille, un rodomont, un rat d'évier, un empâté des protocoles, un persifleur du

Sinaï, un papillon gras, un zigoto gammé, un douteux œuf, un ennemi de l'Aleph !

— Vous y connaissez-vous en bains, monsieur Oh ? demanda Rabbi Silberschmidt.

— Je suis incollable en bains moussants ! frima Marc-Astolphe. Sans me vanter, je pense faire partie des dix meilleurs mousso-baigneurs mondiaux. J'ai vu, cet après-midi, qu'il existait à Sydney des championnats de bains. Je songe sérieusement à m'inscrire dans la catégorie « bain chaud ».

— Un bain chaud, c'est un bain chaud, non ? Nul besoin de catégories, lâcha Rabbi Aloab.

— Ha ! Ha ! ricana Oh. Que vous croyez. Un bain chaud, cher monsieur Aloab, ne doit pas posséder une température trop élevée. Il ne doit pas être trop chargé en mousse, ce qui donnerait une sensation pseudo-thermique de chaleur. Un bain chaud, cela doit être d'abord et avant tout un bain *chaleureux*.

— Eh bien, cette science du bain va vous être d'un grand secours, indiqua Rabbi Silberschmidt. Car voilà ce qu'il va falloir faire si un jour vous désirez devenir l'un des nôtres…

29

Astolphe était installé dans un bain moussant. Frantz-André Burguet, vêtu d'un tee-shirt, tenait dans la main un « Que sais-je ? » sur le Lévitique. Il exécutait d'inlassables et perpétuels va-et-vient de la cuisine vers la salle de bains avec des casseroles remplies d'eau qu'il déversait dans la baignoire.

— Hâtez-vous mieux ! Ouste ! lança Oh Marc-As à Burguet. C'est long. Vous êtes un laborieux, Frantz-An.

— Vous ne me parlez pas sur ce ton, hé, monsieur l'impur !... ne se laissa point faire Frantz-André. Vous êtes déjà tout souillé mon pauvre vieux, alors doucement ! Ce n'est pas ma faute si le Lévitique interdit d'utiliser l'eau des canalisations métalliques.

— Vous ne croyez pas que vous en faites un peu trop, là, Frantz-An ? s'énerva Oh Marc-Astolphe.

— Voulez-vous laver votre impureté ou pas ? s'agaça Burguet. Vous êtes impur, vous êtes impur ! Et sans moi, vous risqueriez fort bien de le rester ! En outre, si vous restez impur, ce sera pour toute votre vie, et vous ne forniquerez pas avec Lila Wessel pour toute votre vie ! Moi, je fais ce qu'on me dit, et le type qui a écrit le Lévitique, il a l'air d'en connaître un sacré rayon sur les bains. Plus que vous en tout cas, cela dût-il vexer votre majestueuse personne !

— Bon, okay, Burguet... Calmez-vous. Mais en avez-vous encore pour longtemps ? se modéra Marc-As paniqué à l'idée de rester éternellement impur.

— Vous êtes tenu, répondit Frantz-André sur un ton docte et professoral et lisant son « Que sais-je ? », de vous immerger, je cite, dans un « mikvé »... Alors je vais vous demander, très cher Marc-As, de me rappeler ce qu'est un mikvé.

— Il suffit Burguet ! Vous n'êtes ni rabbin ni juif... Ni *rien* d'ailleurs ! Vous n'êtes même pas athée ! Un mikvé est un bain rituel.

— « Le lépreux, c'est-à-dire vous, reprit Burguet – ah, c'est dégoûtant, quand Lila Wessel va savoir ça –, baignera, *je cite*, son corps dans l'eau. La tradition nous apprend que le volume minimum d'eau nécessaire pour cette purification est celui dans lequel le corps entier d'un adulte peut être immergé, soit 40 séahs », ce qui fait environ... Attendez, ne bougez pas... 20 séahs, calcula Burguet, cela fait 250 litres soit... Soit pour 40 séahs... Misère Oh ! Je vais devoir vous faire couler un bain de 500 litres ! Notre camarade Lalonde

Brice n'est pas près de se convertir au judaïsme ! Comme ma baignoire n'a qu'une capacité de 100 litres, d'après mes calculs il va falloir cinq baignoires à ras bord pour que vous puissiez pratiquer le coït sur la judéenne personne Lila Wessel. Sachant que je mets trois heures pour remplir une baignoire, il nous reste encore douze heures de travaux de purification !

— Doux Jésus ! C'est dur, d'être juif ! se lamenta Marc-As, installé dans la baignoire de Burguet, tandis qu'au strict même instant, quelques quartiers orléanais plus loin, le professeur Yteulaire entrait en trombe, furieux, dans l'entrepôt de la salle des ventes, saisissant au col le commissaire-priseur.

— Vous m'avez fait livrer hier les *Œuvres complètes* de Vladimir Ilitch Oulianov, alias Lénine, cracha le professeur... Quarante-sept volumes reliés cuir sur papier vélin, Éditions sociales, 1956, traduction française d'après la deuxième édition russe de l'Institut Marx-Engels-Lénine de Moscou...

— Il m'en souvient parfaitement, monsieur Hitler, répondit le commissaire-priseur.

— Vous n'allez pas recommencer : Y-*teu*-laire. Vous ne dites pas *Mitrand*, vous dites *Mitterrand* : eh bien là c'est pareil...

— Je suis hélas de ceux qui disent *Mitrand*... Que puis-je pour vous, monsieur Hitler ?

— Vous m'avez arnaqué, fulmina Yteulaire. Vous m'avez encaillé. Vous m'avez enzuké. Vous m'avez padapé. Vous m'avez volaillé. Vous m'avez volé. Vous m'avez joué la courte. Vous êtes un jean-fesse, gros coco ! Alors vous allez réparer cette rouillette. Sinon je fais appel à la poulasse et ce sera tout prison pour votre corps.

— Comment ça ? Les *Œuvres complètes* de Lénine pour 150 francs ? De l'arnaque ? Du vol ? C'est moi qui devrais me sentir volé tellement c'est presque gratuit ! s'indigna le commissaire-priseur.

— Les œuvres *quoi* dites-vous ? bondit Yteulaire.

— *Complètes*, répéta le commissaire-priseur.

— Alors là non mon buron. Je vous arrête tout de suite. Il y a un haricot. Il y a une crotte. Il y a une nadouille. Vous me prenez pour une fente. *Il me manque le tome 47.* Le dernier. Ce qui fait que vous m'avez vendu les *Œuvres incomplètes* de Lénine. Et je crois pas que celles-là, il les ait jamais publiées ! Si on avait dit un jour à Lénine : « Hé, Vladimir, ça te dit de publier tes *Œuvres incomplètes*, toutes tes œuvres *sauf une ?* », il y eût eu 100 000 morts de plus à Leningrad ! Alors vous me remboursez, et fissa lustucru ! Sinon je vous coupe la natte.

— Écoutez monsieur, je vous comprends bien, mais il ne s'agit je crois que d'un tome de statistiques, fit remarquer le commissaire-priseur. Statistiques par ailleurs parfaitement obsolètes en 1976.

— Non ma morve, non ! s'indigna le professeur. Ce n'est pas qu'un vulgaire tome de « statistiques », comme vous dites : il s'agit du second et *excellent* volume d'*index des statistiques des tableaux chronologiques des quarante-six volumes précédents* – qu'à cause de l'incurie d'un gras-cuit de votre panche je ne pourrai jamais lire car il me manque le tome qui me donnait envie de le faire !

— Écoutez, monsieur Hitler, mesurez vos paroles, tempéra le commissaire-priseur. Je ne suis pas un gras-cuit.

— Mais je ne peux pas me concentrer, frettis de merde ! sortit-de-ses-gonds le professeur. Vous niflez ? Ou du tout ? Il me faut *l'intégrale* sinon je ne vais pas bien, je ne lis pas bien, n'étudie pas bien ! Il me manque ce tome. Et par conséquent cela me gratte. Me chatouille. Me démange. Me dérange les neurones.

— En avez-vous parlé à un psychanalyste ? s'inquiéta le commisseur-priseur.

Le professeur aperçut soudain, parmi les stocks, une *autre* collection, *vraiment* complète des *Œuvres complètes* de Lénine – c'est-à-dire *comprenant le tome 47.*

— Mais… C'est quoi, ça ? demanda Yteulaire.

— Mais enfin, monsieur Hitler, vous le voyez bien, vous savez lire je crois, c'est écrit dessus : Lénine, *Œuvres complètes*, indiqua le commissaire-priseur.

— Mais attendez mais : *avec* le volume 47 ? manqua de s'étouffer le professeur.

— Avec le tome 47 monsieur, confirma le commissaire-priseur.

Yteulaire retrouva le sourire.

— Eh bien, mais il fallait le dire mon grêlon ! On va trouver une solution, alors !

— Quelle solution, monsieur ? interrogea le commissaire-priseur, sceptique.

— Je vais tout simplement vous acheter le tome 47 de cette collection, dit le professeur.

— Je crains fort que ce ne soit impossible, monsieur, répondit le commissaire-priseur.

— Pardon ? Mais pourquoi ? s'étonna Yteulaire.

— Ce volume, 47e de son état, entama le commissaire-priseur, appartient en propre à sa collection *d'origine*, monsieur. Il lui est indéfectiblement attaché. Il lui est irrémissiblement lié. Il lui est intrinsèquement intégré. Il lui est génétiquement agrégé. Il lui est bibliophiliquement destiné. Il lui est consubstantiellement intégré. Bref : je ne vous le vends pas.

— Bon écoutez, malendur, proposa le professeur Yteulaire, je vous paye *l'intégralité* de la collection *complète*, et je ne prends *que* le volume qui me manque, le 47.

— Pour qui me prenez-vous monsieur ? s'indigna le commissaire-priseur. Je ne suis pas un salaud, monsieur. Vous voudriez que je sépare ce jeune ouvrage, le dernier-né, le puîné, du reste de sa famille ? Sortez, monsieur. Sortez. Vous êtes un sale type, monsieur.

Le professeur, abasourdi, gagna la sortie.

— C'est la correspondance *complète* de Voltaire, que vous avez ? demanda-t-il au commissaire-priseur avant de quitter l'entrepôt.

— Exact, répondit le commissaire-priseur. Seriez-vous intéressé ?

Soudain, le professeur se saisit du tome 12 de la correspondance et s'échappa en sprintant comme un détraqué.

— Au voleur ! À l'assassin ! se mit à hurler le commissaire-priseur.

30

Oh Marc-Astolphe faisait face, en la salle principale de la Pizza Rapizza et dans la caniculaire chaleur de 76 déjà décrite, à l'une de ses multiples maîtresses, Istrande-Belule de la Vox, médecin de son état. C'était une fille d'eau douce. Il y a les filles marines et les filles d'eau douce – c'était du moins une théorie marc-astolphienne supplémentaire dans laquelle je n'ai pas envie, dans ce tome, de m'aventurer plus avant. Istrande était insomniaque et jolie, ses seins étaient robustes – sa tête semblait minuscule comparée à la taille de sa poitrine. Elle avait les cheveux fins, clairs, le regard pénétrant, bleu et portait une jupe-culotte vert pomme.

— Je me sens en très bonne santé, commença Marc-Astolphe. Je pourrais bouffer un gosse. Si abyssal est mon appétit. Tu peux m'annoncer une splénomégalie, une dysphagie, une hépatite, une dyslipidémie, que point je n'y croirai. Ce que je sens me semble supérieur à ce que tu sais. Pourtant, il est possible que je sois atteint de quelque chose de véritablement insidieux, de traître, de salopard – d'ignoble. Aussi, je vais te demander, à l'instar de Gepetto prenant son misérable petit enfant de bois dans ses bras, de bien vouloir

– avec cette même délicatesse propre au vieux menuisier –
prendre mon pouls. De le prendre au sens de prendre un
enfant dans ses bras. Car si je meurs, si la mort s'avère au
programme dans les tréfonds de mon sang, je voudrais que
ce fût toi, reine des matutinaux pompiers, qui me l'apprisses.
Je crois que j'ai un peu de tension.

— Écoute, Oh Marc-As, je ne suis pas dans mon cabinet,
et je peux dire pour t'avoir consulté au moins dix fois cette
année que tu n'as rien. Tu es en pleine forme.

— Mais tu peux quand même prendre mon pouls dans
tes bras, non ? se révolta Astolphe.

Soudain fit irruption un dénommé Ibrahim, gérant de la
pizzeria, un Algérien qui s'efforçait d'imiter l'accent italien.
Oh Marc-Astolphe, enfant d'Alger, tenta de parler arabe avec
lui, mais ce dernier fit mine de ne rien entendre à sa propre
langue natale.

— *Ouné* pizza petite madame ? demanda Ibrahim à
Istrande-Belule.

— Non ! Je vais plutôt prendre un steak grillé, répondit
la jeune femme.

— Très bon choix, fit remarquer le gérant.

— Même chose, dit Oh.

Ibrahim s'éloigna.

— Bon, que voulais-tu me demander, Marc-As ? interrogea Istrande. Tu m'as l'air bien mystérieux.

— Voilà. J'ai promis à une petite *jewish princess*, Lila, Lila
Wessel, de devenir juif. Ce, aux seules fins de pouvoir recourir à l'hymen en son appétissante compagnie. Le problème est
que cette petite dinde m'a pris au mot. J'ai passé un entretien
avec des rabbins. J'ai pris des bains parce que j'étais souillé.
Et j'ai reçu une convocation pour ma circoncision vendredi
à 14 heures au rabbinat de Paris.

— Oui, fais-le, il s'agit d'une posthectomie, répondit
Istrande, c'est un peu douloureux pendant quinze jours mais,
religion ou non, c'est de toute façon plus hygiénique.

— Heu, écoute, bredouilla Marc-As, je suis désolé de te demander cela, je sais que c'est un peu délicat. Mais ce que je voudrais surtout, c'est une dispense, une dérogation, un mot des parents.

— Mais un mot qui dit *quoi* ?

Oh Marc-As regarda à sa droite, sa gauche puis se mit à parler tout bas avec un air de comploteur.

— Un mot qui dit que tu m'as *déjà* circoncis il y a quelques années pour de médicales raisons.

— Je te dis non tout de suite, tracha Istrande. Je t'aime bien, mais ce serait contraire à ma déontologie. À mes principes. Si tu veux être juif, il faut assumer.

— Mais ils ne le sauraient point que c'est un faux, ils ne vont pas aller vérifier, tout de même ! s'insurgea Astolphe. Ce sont des rabbins, pas la Gestapo ! En très sus, je me convertis pour coucher avec Lila, et avec ce qu'ils vont me faire, cela va s'avérer complicado !

— Oui, mais elle, Lila, elle va s'en apercevoir tôt ou tard que tu n'es pas circoncis, argua Istrande.

— J'y ai pensé, bouffie chère ! Mais en enfilant immédiatement une capote, je masque le tout, et le tour est joué ! ricana le génie.

— Tu t'es mis dans un *sacré pétrin* ! lança Istrande, utilisant une de ces vieilles expressions qui font encore la joie d'être écrivain.

Ibrahim arriva avec deux steaks. Il les servit à Istrande et à Oh Marc-As :

— *Buone appetito ! Inch'allah !*

Istrande vérifia son steak, inquiète :

— Il y a un problème, là ! Mon steak n'est grillé que d'un seul côté ! fit-elle remarquer.

— Le mien aussi ! se scandalisa Marc-Astolphe.

— Rien de plus logique, *signora* et *signore*, sourit Ibrahim.

— Comment ça *logique* ? s'agaça Marc-As.

— Vous m'avez donné un bon de réduction chacun, de 50 % sur nos steaks grillés. Il est donc normal qu'il n'y ait *que 50 %* du steak qui soit grillé.

— Vous êtes un malade ! osa Istrande.

— Il y a une autre solution, reprit Ibrahim, car le client est roi chez moi. Je peux vous proposer des steaks *deux fois plus petits* grillés *des deux* côtés.

— Nenni non, coupa Oh. Nous voulons nos 250 grammes chacun ! Nous exigeons nos steaks dans leur intégralité. Dans leur intégrité ! Dans leur indivisibilité ! Bref : dans leur dignité !

— D'accord, d'accord ! s'exclama Ibrahim. Pas de *problemo* ! Le client est roi. Je vous suggère donc la troisième solution.

— Laquelle ? s'inquiéta Istrande.

— Vous choisissez – ou vous tirez au sort –, expliqua Ibrahim, celui de vous deux qui aura un steak cru, et l'autre aura son steak bien grillé des deux côtés.

31

Voici la scène – épargnons-nous les détails, les bavardages, les choses qui dépassent (oui, restons sur l'os) : appartement de Frantz-André Burguet. C'était l'heure du petit déjeuner. Frantz était plongé dans la lecture du Lévitique. Astolphe était installé sur une table basse (encombrée de croissants et de pots de Nutella), jouant aux échecs seul contre lui-même.

Lorsqu'il avait fini de jouer un coup avec les blancs, Marc-As appuyait sur l'horloge déclenchant la minuterie des noirs et il changeait de place, se mettant en face : il avait alors les noirs. Quand il avait les noirs, il enfilait aussitôt une chemise pour se mettre dans la peau d'un autre joueur. Cette chemise était la fameuse chemise en lin sur laquelle figurait la tache.

Oh Marc-Astolphe jouait en « blitz », une partie rapide et ne cessait par conséquent de se rendre d'un fauteuil à l'autre, faisant chaque fois le tour de la table basse en courant comme un sprinter. Il glissait, se cognait dans les fauteuils, se plaignait d'un point de côté. Il arborait une tenue de sport : jogging et débardeur. Il était en nage.

— Nom de Dieu, Oh Marc-As ! craqua Burguet. Ne pouvez-vous pas cesser cinq minutes, là ? C'est infernal.

— Hé quoi ? répliqua Astolphe, je suis en plein tournoi d'échecs ! Avec le seul joueur digne de moi : *moi*. Je suis en train de jouer en blitz, une partie rapide ! Qu'est-ce que je joue vite ! Qu'est-je ce que je joue bien. Bobby Fischer ferait figure de plat trisomique en regard de mes implacables combinaisons.

— Comment ? On ne joue pas aux échecs contre soi-même ! se gaussa Burguet.

— Ah non ? Et que croyez-vous que je sois en train de faire ? En outre, j'ai noté, vous refusez systématiquement de m'affronter, fit observer Oh.

— C'est normal, gémit Burguet, vous ne voulez pas admettre que les fous avancent en diagonale !

— Tant qu'on n'aura pas expliqué *pourquoi*, je les ferai avancer tout droit ! se défendit Marc-Astolphe. Je ne suis point de ces panurgiques animaux qui suivent les autres sous prétexte qu'ils auraient tout simplement « raison ».

— Alors ne vous étonnez pas que *personne* ne veuille jouer contre vous… Maintenant vous êtes gentil, je travaille sur le Lévitique ! Pour vous aider, qui plus est ! Vous pourriez au moins m'aider à vous aider !

— Je suis exténué, soupira Marc-As, une serviette-éponge autour du cou, ruisselant. Ça y est je suis mat… Je vous

confirme qu'il n'est vraiment pas simple que de me battre.
Je suis en eau.

— Ciel ! s'indigna Burguet. Vous portez la chemise en lin,
Oh Marc-As ! Elle doit être totalement purifiée d'ici shabbat
prochain ! Vos deux rabbins doivent l'inspecter !

32

Des humains sont installés dans le décor des choses. Il
pourrait pleuvoir, mais le temps est stable, enserré dans les
gris. La réalité ressemble à une pierre. Oh, assis dans la pizzeria d'Ibrahim, attendait Lila Wessel.

— *Signore* Astolphe, lança Ibrahim, nous pouvons
aujourd'hui vous proposer une formule à 50 % de réduction
pour *deux* personnes sur les salades napolitaines. Ce qui vous
fait la salade à 15 francs.

— Qu'est-ce donc, citoyen, qu'une salade napolitaine ?
questionna Oh Marc-Astolphe.

— Graines de tournesol, ananas, sarrasin, pois chiches,
knepfle, fèves, raisins secs, safran… Et tutti frutti ! répondit
vaillamment Ibrahim.

— Je n'aperçois pas *très bien* le rapport avec Naples…
glissa Marc-Astolphe.

— Avec qui ? lâcha Ibrahim.

— La ville de Naples en Italie, enfonça Marc-As.

— Jamais entendu parler, *signore*, lâcha Ibrahim. L'Italie,
c'est pas plutôt Venise ? *(Il interpella un cuistot :)* Momo,
l'Italie c'est Naples ou Venise ?

— Je crois que c'est Rome ! cria ledit Momo.

C'est cet instant que Lila choisit pour pénétrer dans la
pizzeria.

— Bonjour Lila ! lança Oh Marc-As. Asseyez-vous... Je viens de commander une salade napolitaine. À propos de mets, vos deux camarades rabbins me grignotent dans la main. Casher, mais dans la main ! Je pense que mon invicible personnage les aura drôlement séduits.

— Fabuleuse nouvelle ! Je suis si contente ! exulta Lila.

— Figurez-vous que, d'après mes calculs, je devrais être reçu à la première étoile, informa Marc-Astolphe.

— La première étoile ? sursauta Lila.

— Oui, comme au ski. Ma première étoile de David ! Ce qui fait de moi un juif grand débutant, mais un juif *quand même*. Bientôt la deuxième étoile, la troisième étoile, la ménora de bronze, et un jour, qui sait, la mézouza d'or ! se félicita Oh.

Ibrahim s'approche, ou bien s'approcha. Heureux semblait-il, d'apprendre *enfin* quelque chose à Marc-As :

— *Signore !* commença-t-il. Je vous ai entendu la dernière fois avec votre amie médecin. Elle n'a pas su vous écouter : mais moi je peux vous arranger, par un ami médecin, un faux certificat de circoncision. C'est 1 000 francs ! Payables maintenant, c'est-à-dire *tout de suite*.

Astolphe se liquéfia. Lila se pétrifia, en état de choc.

— J'en reste bouche bée ! Quel est donc ce délire ?

Oh Marc-Astolphe (blême) :

— Je vais vous expliquer Lila ! C'est très simple, c'est que je suis *douillet* ! tenta de se justifier Marc-Astolphe.

— Ça fait très mal, rit Ibrahim en se rendant aux cuisines.

— C'est fini entre nous ! laissa tomber Lila. Vous ne me reverrez jamais ! Pauvre minable !

Elle partit en faisant vibrer la porte en verre.

— Et *ouna salata napolitana* ! *Ouna !*... La *signora* Oh est partie ?

— Oui, lâcha Oh Marc-Astolphe, la lunette humide.

— Alors ça vous fera 21 francs et 50 centimes.

— Tu m'avais dit 15 francs, Ibrahim ! se révolta Oh Marc-As.

— Oui, remise de 50 % pour *deux* personnes. Mais là, vous êtes *tout seul*.

— Okay, c'est bon, répondit Marc-As, agacé. Je ne me sens pas de discuter. De gloser. De disserter. De polémiquer. D'ailleurs, je n'ai plus faim. Tu viens de foutre ma vie en l'air, Ibrahim.

Astolphe – meurtri – tendit 25 francs à Ibrahim.

— Pardon, mais il n'y a pas le compte, là, *signore*.

— Tu te fous de moi, je viens de te laisser 25 francs ! s'emporta Marc-Astolphe.

— Écoutez bien mon raisonnement, *signore*, se lança Ibrahim. À deux, je fais une remise de 50 %. Tout seul, je fais une remise de 25 %. Donc, moins y a de monde sur ma salade, plus elle est chère. Et si vous ne la mangez pas, vous n'êtes plus à deux, ni même à un seul sur ma salade : vous êtes à *zéro* sur ma salade. Donc réduction zéro pour cent. Vous me devez donc 30 francs tout rond… Service non compris ! *(Il sortit une calculette)* Ce qui nous fait un total de 58 francs et 25 centimes. Plus la TVA. J'arrive à un total de 66 francs et 20 centimes.

33

Voilà. On m'abandonne, moi Marc-Astolphe, à la morbide désolation des solitudes. J'appartiens désormais, Lila miss partie, aux vestiges de la vie. Seules les abjectes profondeurs du Très Grand Trou réclament encore, de toutes leurs infernales mâchoires, quelques échantillons de mon mystère. Très bien ! J'accepte les ténèbres et tantôt me pendrai. Les gens du Panthéon – perruqués athées, préfets tuméfiés, médaillés blessés –, impatients de partager leur antre avec une âme contemporaine des brûlés petits corps d'Hiroshima et de l'avènement du giscardisme, verront s'abréger – pour le malheur énorme du progrès humain – l'indécente attente que mon hellène santé faisait subir à leur éternité. Aux biographes je laisserai donc le morne privilège d'annoncer que c'est en la pleine altitude de son excellence cérébrale qu'Oh Marc-Astolphe, mordu de l'orteil à l'occiput par les furieux clébards de la jalousie, frappé au cœur par les femmes qui n'en possèdent aucun, délaissé par les amis qui n'en sont pas, choisit l'an 76 pour se désabonner du cosmos. Ces dévoués tâcherons confirmeront pour les siècles qu'Oh Marc-Astolphe avait accepté de naître à ces seules fins que Blaise Pascal pût être finement complété, Einstein poliment contredit, Proust décemment conclu. Si maintenant je suis la proie des froids conseils de la mort, c'est parce que la constipée guenon que l'on appelle l'existence aura choisi de rester sourde aux miens. Okay ! Qu'à cela ne tienne ! Je me retire. Je m'en vais me vautrer dans l'agonie. Je m'en vais soumettre mon squelette aux gymnastiques de l'Hadès. Dans la poussière je me vengerai de l'eau, sous la glaise j'annulerai le ciel, par le vermisseau j'abolirai le moineau. En enfer, où l'on biberonne laves et se sustente de clous, je côtoierai, aux symétriques infinis du Ciel, les moribonds damnés conspués ici-bas par leurs pairs. C'est que le paradis – ce Club Méditerranée des ébahis – est chaque jour davantage saturé par les cons. Toutes les récoltées d'assaisonnés imbéciles, d'incontinents curés, de stériles bien-pensants, de prodigieux salariés, de cylindriques professeurs, d'effroyables sous-chefs, de croûteux critiques, de pénitentiels auteurs, de foireux *lovers* et d'indispensables têtes de nœuds que la Terre aura comptées se retrouvent Là-Haut, à l'apéritif des hébétés – bienheureux et satisfaits et repus de toutes les saloperies commises de leur vivant sur des gens de mon degré –, entourés de gras putti à plumes qui distribuent les auréoles en flatulant dans les rosâtres nuages de leur firmament d'hypocrites et de pourris. Nul finalement n'aura su, sur cette ignare petite boule bleue où je fus lâché mille ans trop tôt, épeler la première lettre de l'alphabet de mon génie fondamental. J'eusse raffolé d'être incompris : mais m'incomprendre eût déjà supposé quelque fréquentation magnifique des cimes de l'esprit. Quel papion cynocéphale pour jouer du Stradivarius ? Quel têtard de quelle basse mare pour frémir aux *Te Deum* de la Callas ? Autant disparaître. Je dépose donc mon irrévocable démission entre les surpuissantes mains de l'universelle médiocrité. Mon ennemi, ma tumeur, mon pal aura été l'homme-moyen. L'homme-moyen comme on dit l'homme-canon. Les six capitaines et demi qui eussent pu affronter les bibliques zéphyrs sévissant sur les innavigables mers de mon entendement étaient ou bien déjà morts, ou bien non encore nés. Clio, cette vieille jouisseuse, aura une fois encore découché. Je suis un cocu de l'Universel. Inutile de pleurnicher : j'abandonne aux caprices de la postérité – aux goûts moins agricoles que cette époque qui s'agenouille devant les gesticulantes manifestation du Rien – mon « Quc sais-je ? » sur la photocopie de la reprographie. Je me rends. Je me sacrifie. Je me dissous. Je me rature. Rarement l'ignorance, sur la chronologie des hommes, aura fait montre de tant de prospérité. Rarement le mépris, sur la géographie des siècles, aura fait preuve de tant de vitalité. Si, depuis les fenêtres des ducaux palais de sa céleste Venise, Monsieur Dieu – entouré de flagellés petits martyrs et d'évêques archimorts à bagouzes – daigne écouter ces mots qui seront mes tout derniers et observer ces gesticulations qui sont presque posthumes, je lui adresse, sans simulacre aucun, l'infaillible projet de préférer aux rengaines fleuries de sa gentillette lyre – dont les compositions ne séduisent plus que les cadres supérieurs et les journalistes sportifs – l'ergastulaire et crépitante proximité du Marquis de Satan. Ce purgatif séjour parmi le soufre et les bannis, Seigneur, fera passer, en comparaison des trois virgule cinq décennies de crachats subies sous Vos si insensibles pieds, mes dix prochains millions d'années pour un week-end à La Baule. Oui, Oh Marc-Astolphe – délesté de bagages et de tous ses regrets – fuira chez Lucifer en personne les giboulées d'indifférence de ses ternes conculcateurs. Oui, *Herr Gott*, Oh Marc-Astolphe s'en va griffer, sans regret ni honte, dans le marécageux voisinage de Sade et de Caligula, de Jack l'Éventreur et de Néron, d'Oppenheimer et de Petiot, son humilié paraphe sur l'obituaire des mânes. Et le griffer de son sang têtu. Coryphée des larves et crawlant dans le Léthé, recouvert d'un turgescent crépi de pustules, parcourant les excrémenteux corridors des limbes et sodomisé du soir au matin par d'infectieux démons, je serai plus heureux qu'immergé – comme je le suis aujourd'hui – dans les foules surpeuplées de vos impensables connards et de ces athées néfastes qui ne prient vos cieux raphaéliques, aveugle Seigneur, qu'à l'approche imminente de leur péteux petit décès. À l'humaine racaille de mon temps, réfractaire à l'édification de mes cathédrales comme aux combinaisons de ma grandeur, hostile à l'élévation de mes vues comme aux pronostics de ma supériorité, je réponds – dans le mouvement de ma reddition lasse – que les punais pénis de la multitude ne souilleront plus de leur urine chargée de vinaigre le sépulcral visage de mon importance maltraitée ! Fatigué des excès virtuoses de la quotidienne nullité, fourbu par l'exceptionnelle obstination de tout ce qui est nain à vouloir le rester, courbé sous l'effroyable injonction des masses populacières de me faire regagner leur abruti troupeau, tordu à l'inoxydable cabestan des grasses manies démocratiques, je capitule. Trop de grossiers entourages auront fini par corrompre l'émulation de mes dons par incessantes louchées de leur méchant vomi. Trop de fieffés branleurs auront enseveli sous leur gélatineuse production l'ultravisionnaire grondement de mes orages littéraires. Cette répugnante habitude qu'ont les proliférants pucerons d'étouffer la voix des mastodontes remonte certes au temps de Galilée. Mais je ne puis condescendre plus longtemps, malgré la granitique solidité du caractère qui est le mien, à réparer les édéniques cafouillages d'Ève et d'Adam par le constant holocauste de ma personne. Je n'ai plus la force, usé par les horribles sciences de la petitesse et les incessantes sollicitations de la mesquinerie, de contredire les idiots ouragans de mon siècle. Ma finesse délicieuse, en ce tiède ici-bas, donne l'impression d'accoucher de délits. C'est qu'il faut roter pour y être entendu. Oh Marc-Astolphe tire donc dès à présent son irrévérence. Ô inhumains frères, ô infrères humains, je vous quitte. Tous, je vous abandonne. Ma détersive disparition me soulagera de vos fientes. Aux footballeurs et à leurs fanatiques colonies de biturés crétins sous-nazis, aux pachydermes analphabètes qui font profession du rugby, aux obtus coureurs du Tour qui n'ont jamais lu que le bitume, aux champions de France qui ne savent point où se trouve la France, je dis *adieu*. Comme *adieu* je dis aux mononeuronaux commentateurs de tournois et matches, aux prépondérants salopards de l'investigation, aux dégoulinants charognards de l'information, aux condoléants scribouillards de l'édition, aux sublimes fins fayots des boudoirs, aux anonymes carcaillots de couloirs, aux cacochymes godillots du pouvoir, aux rétronymes cabillauds de Giscard, aux scarlatines endives du Journal, aux dépressives babouines de la Matinale, aux momentanés reporters, aux trépanés pamphlétaires, aux ingénés contestataires, aux eunuchats de la guerre en face, aux polymuqueux intervieweurs, aux embarrassants animateurs de jeux, aux coassants ampliateurs de Dieu, aux jacassants propagateurs de cieux, aux grimaçants continuateurs d'aïeux, aux cabotins du direct, aux Trissotins de l'intellect, aux calotins de l'incorrect, aux puritains de la quéquette, aux aimantins de la braguette, aux curotins de la levrette, aux fagotins de la branlette, aux liquides chroniqueurs, aux chancroïdes fornicateurs, aux sympathiques maquereaux de l'édition spéciale, aux pathétiques salauds de l'action radicale, aux authentiques corbeaux de la pression fiscale, aux phtisiques suce-goulots du croupion syndical, aux nécrosiques grelots pour morpion clérical, aux pigistes météo recrutés dans les ordures, aux vichystes archéos ramassés dans les rognures, aux jobistes intellos récupérés dans les chiures, aux excellents cochons du scoop, aux fascinants croûtons pour soupes, aux pestilents moutons pour troupes, aux plafonnantes connes qui commentent la Bourse, aux putissantes lionnes qui tourmentent les ours, aux suintants amuseurs, aux suants strip-teaseurs, aux humoristes glaçants, aux automédons de l'imbécillité générale, aux acrochordons des séborrhéités familiales, aux comiques de métier, aux polémistes suceurs d'orifices, aux trotskistes fumeurs de cannabis, aux épileptiques experts de la scatologie, aux catastrophiques pépères de l'idéologie, aux abjects troupiers de nos téléviseurs, aux infects croupiers de nos horodateurs, aux cénaculaires abrutis de la permanente Rigolade, aux vomitifs académiciens du calembour, aux intermittents lauréats de l'ironie, aux indécents salariés du pet, aux automates du fou rire, aux immobiles lieutenants de la bidonne, aux alibiles clients de la déconne, aux bouffons microphoniques, aux avocaillons mégaphoniques, aux télégéniques engeances de la divertissante fripouillerie, aux ravis du blaguoscope, aux à-moumoutes mecs, aux châtrés enfanteurs de refrains balnéaires, aux attitrés actuateurs de purins prolétaires, aux sébaciques chanteurs pour groupies ménagères, aux éthérés crooners des smiqueux littoraux, aux affairés chineurs de muqueux numéros, aux déférés violeurs de malchanceux ados, aux détraqués lécheurs de recreux vaginaux, aux concupiscents voyeurs, aux déliquescents soupeurs, aux indéhiscents archibranleurs, aux surhennissants tétrajouisseurs, aux mégahurlants éjaculateurs, aux surpénétrants surfistfuckers, aux fluorescents skieurs, aux si indécents rieurs, aux

1418

récalcitrants farceurs, aux ignaves ados de bubons revêtus, aux gros-culteux motards tatoués de « Stéphanie pour la vie », aux hordes de loubards à front très rétréci, aux cercles de zonards que la seringue troue, aux nouveaux riches ignares qui portent haut le bagout, aux éternels tubards qu'on opère de tout, aux maigrichons nudistes des mazoutés estuaires, aux ripaillants tontons des mariages à chenilles, aux bourgeonneux auteurs de romans automnaux, aux enfarinés totos de la spéculation, aux infaillibles Jackies des boîtes où l'on partouze, aux rudimentaires dragueurs torturés par leur slip, aux alopéciques pédégés incultes, aux chevalines speakerines touchées par le farcin, aux mannequins polaires visitées par le vide, aux créateurs de mode chatouillés par le néant. Je dis *adieu*, de toute ma voix censurée, à ces acteurs posés comme bouses au milieu de l'écran, aux surjouisseurs abdominés qui surfent sur nos mers, aux transhumants lubriques qui bronzent sur nos sables, aux imbibés gendarmes qui arrêtèrent nos juifs, aux profs avinés qui rapetissent nos goûts, aux insapides cadres qui jouissent dans nos femmes, aux nichées d'ouvriers qui encombrent nos routes, aux confesseurs abbés qui masturbent nos fils ! Je vous laisse dans la misérable compagnie de vous-mêmes, face à mon absence, qui deviendra au prorata du vide laissé une présence absolue. On ne verra que moi dans ces désolés décors où je ne serai plus. D'inconsolables solstices viendront proposer mon souvenir aux saisons de la terre. De neuves générations, vierges d'acidités et dont je serai l'ami, arroseront de leurs pleurs mes cendres excessives. Enfin, Oh Marc-Astolphe, dont la graine attendait sa pluie, deviendra digérable et légitime en ces messianiques futurs cousus pour lui comme une bottine en daim. Je sais bien que je dis adieu, aussi, à la liliale peau des femmes, au si grenu grain de leurs rousses rousseurs. Tant pis ! Les hommes du présent ne méritent pas mon présent. Mon présent est un présent que j'offre aux hommes du futur. Loin des vipérines vociférations qui rabaissaient à d'accablantes cacophonies de basses-cours la fluviale mélopée de toutes mes proses, les habitants de l'avenir sauront, eux, goûter mon Verbe comme mes papilles savent s'émousser au damassé velours d'un grand millésime. Je ne supporte plus que les Black et Decker de la petite outillerie germanopratine trouent à la perceuse électrique la gloire qui m'est due, qu'ils me devront demain, avec des intérêts proportionnels à leur inintérêt d'aujourd'hui. Je ne tolère plus qu'on crève chaque matin, avec un systéma-tisme de champion d'échecs ukrainien, l'oh-marc-astolphienne outre de ma débordante inspiration. Chateaubriand, Goethe, Homère, Catulle, Kafka, Tolstoï sont encore parmi nous puisqu'ils sont parmi moi ! Qu'on ne s'inquiète donc point pour moi, je n'ai pas peur de partir. Les fanatiques assem-blées de marc-astolphiens disciples qui viendront visiter ma tourbe cimentée sauront mieux que vous, gras bâtards, que sous les illusions de ce pétrifié silence et de cette surcuite sépulture se dissimulera, mille étages par-dessous, dans l'Émonctoire suprême où slaloment les scrofuleuses sala-mandres de Belzébuth, un Oh Marc-Astolphe pourléché par les flammes, sursautant sur de furieux tisons, persécuté par d'incandescents brandis pointus tridents, poursuivi par les cris irréfrénés des ébouillantés et l'incommunicable hur-lement de tous les mauvais morts. Bref : un Marc-Astolphe vivant et en pleine possession de ses moyens. Venez donc orner à la Vian de vos morves et mucus telle dalle à mon nom libellée. Mouillez donc de vos biles mon mausolée quiet. Salissez donc de vos perturbées matières et de vos nébuleuses coliques l'abolique cénotaphe d'Oh Marc-Astolphe. Humi-liez donc de vos furibondes vidanges le placide emplacement de ma sieste. Recouvrez donc de vos lamentables colombins ma coite catacombe. Souillez donc de vos plus baroques selles l'impassible parpaing de mon ultime casbah. Altérez donc de vos miasmatiques dévers l'apyre sépulcre ratifié par deux dates. Barbouillez donc de vos inqualifiables substances l'imprescriptible logement de ma figure abrégée. La chrétienne beauté de mon tertre, la diaphane envergure de mon silence vous adressent pour les siècles des bibles de marc-astolphien mépris. Oui, je fus bien malheureux sur ce petit caillou de vos danses, cet astricule perdu dans les vents de l'*ether* qu'on intitule Terre et à la surface duquel, tous autant que vous êtes, vous fabriquez des cadavres, vous répandez le sang, vous faites offense aux génies. Je pars parce qu'il n'y a plus pour moi le moindre arpent de quiétude ici. Je pars puisque les salauds, partout, étendent un peu plus chaque jour leur imposturale magistrature. Je quitte vos misérables latitudes pour m'égayer ailleurs et me poursuivre autrement, sous d'impalpables formes, sous des apparences qui dépassent le désastreux ciment de vos bornes spirituelles. Je prends congé, le sourire implacable, de l'aberrante vulgarité des lâches et veules multitudes. Je vous hais en intégralité, et jusqu'au dernier teckel. Puissiez-vous, spécialistes que vous êtes des catacombes et de l'oubli, effacer au recreux de vos bas fronts la sonore sonorité de mon nom, dont vous ne méritez pas même le souvenir. À toutes vos existences qui n'existent pas, à toutes vos vies que vous n'êtes point capables de seulement vivre, je préfère cette mienne mort, franche et vaste, joyeuse et bleutée, qui déjà me fait signe de la suivre vers tous les lieux où vous ne serez pas. La joie de mes os, je le pressens, sera plus divertissante que le chagrin de vos chairs. Je vous abandonne à la microgestion de vos trouilles. Je boirai, fou de glaise, le limon poreux des enterrés. Je fréquenterai les infectes et argileuses sous-galeries du monde, où grouillent à grands cris muets les germes, les vermisseaux, les punaises. Je jouirai de ma toute belle mort dans le foisonnement des terres, fêtant mes neufs enracinements. Je serai déguisé en linge pâle, plaqué aux goudrons des nappes, émacié, élimé, aux afflux des fermentations frotté, aplati-courbé sous chaque lourde pierre, exhalant mes sueurs de putréfaction pure. Immobile et blanc, figé dans mon ardeur calcaire. Je serai fibrome et spectre, un corail d'entrailles, une misère éclaboussée, un pore de muqueuse à gadoue, infiltré par vos pluies imbéciles. Parmi les peuplements de métazoaires, en humus offert. Oh Marc-Astolphe, allongé là sous vous en grand schiste, verte conque gonflée d'algues, avarié citoyen des argiles. Éventré de gaz à bulles dedans la piscine des terres, remugle d'os entaché de rosâtres mouchetures, sans âge enfin, abandonné aux translations du lombric, emporté par la sourde modulation des ventres mous. Oh Marc-Astolphe juste dessous vos semelles, sans plus de paupières ni de cils, aveugle de partout, fier engrais, fouillée chair à murmures d'asticots, transpercée de noires épines. Les orbites de terreau remplies, regard pointé vers de bouchés firmaments. Ma suppression des registres de l'Être vous fera pleurer, pérorer, prier, réciter des strophes en l'honneur de qui je fus, moi frais compagnon du Grand Souffle, moi morbide compagnon des nappes phréatiques. Je pars, délesté de Retour, abruti de peines, flanqué de relents, empli de la salive baveuse des délateurs, tué par la violence des hommes, cherchant le fabuleux repos – celui qui apaise toute chose – au sein des proliférantes voracités. Insectes verts, mouches bleues, chenilles sans yeux, mon champignon dernier vous réclame et vous attend. Métissé par les alluvions, grignoté par vos denticules, dépecé par vos tentacules, digéré par vos ventricules, éviscéré par vos mandibules, j'attesterai que la vie humaine n'est bondée que de cris nocturnes, de sueurs laides, de fraudes et de frayeurs, de saugrenues noces, de démangeaisons, d'insanes instants, de délires sales, d'emphatiques cicatrices, de pleurs jaunissants et de crabes, de déserts qui durent et de maladies qui traînent. Je quitte, menton tourné vers la godasse, ce qui remplit l'existence, tous ces « instants de joie » qui trompent sans arrêt la lente molle mort. Adieu, le lait des femmes. Adieu, croûteux genoux de l'enfance. Adieu, lanternes entourées de phosphènes. Adieu, mes lèvres collées à d'autres lèvres. Adieu, vieilles cordes rongées par tous les sels de l'Océan. Adieu, poissons dansant sur le gril. Adieu, buissonneux parfum de mes juillets. Adieu, clameurs des petits matins. Adieu, belles courbatures de l'effort. Adieu, senteur des cocculus. Adieu, odorants coupés foins. Adieu, granuleuse mélancolie des soupentes de grenier. Adieu, mer à l'aube. Adieu, essaims de moucherons sur l'aupébine. Adieu, morsures de la fatigue sur le corps amoureux et baigné. Adieux, orange semences du soir sur le ciel fissuré. Adieu, enivrants punchs couleur de ciel bleu. Adieu, crachante poussière des routes africaines. Adieu, choses douces qui s'envolent. Adieu, souffles de la santé. Adieu, texture de l'œuf à la coque. Adieu, inéclose folie des petites fiancées. Adieu, haleine du sable sous les pieds. Adieu, sonores soulagements de l'urination. Adieu, belles dates des calendriers. Adieu, rousses crinières des rousses. Adieu, fruité giclement des pulpes. Adieu, couleur des roses à midi pile. Adieu, miel des sexes goûtés. Adieu, frondes coriaces des fougères. Adieu, scintillants halos d'étoiles à bout de combustible. Adieu, les résonantes gerbes de sonate autrichienne. Adieu, la silhouette d'un petit rendez-vous sous l'ocellée lune. Adieu, les mains de la pluie qui giflent le bitume. Adieu, les pénombres luisantes où l'on embrasse. Adieu, les roches jaunes où l'on glisse. Adieu, les nuées de baigneuses qui sortent de l'eau. Adieu, l'opalescente moue des étudiantes musquées. Adieu, l'ombre emmêlée des grands arbres. Adieu, les nuages de pollen tandis qu'agonise août. Adieu, le sillon chloré des corps en piscine. Adieu, la nuit violacée colorant Los Angeles. Adieu, le cliquetis des escarpins lustrés comme des lucioles. Adieu, l'instant multicolore où nous héberge le golfe des femmes. Adieu, la langue étrangère que parlent les salives. Adieu, tel impeccable solo de Miles. Adieu, la pourrie fragrance des ports à l'heure de l'appétit. Adieu, l'âcre fusée de sperme éclaboussant ta paupière. Adieu, le vernis du caviar et le blanc des chayottes.

Adieu, la langue fuligineuse des frissonnantes amoureuses. Adieu, la pression nécessaire à l'écrasement juteux des groseilles. Adieu, la vrombissante suspension du bourdon dans l'air brûlant. Adieu, l'ondulation cognée des glaçons dans la cruche. Adieu, le jazz frotté des grillons dans l'éteinte toison des thyms. Adieu, ce qui crotta mon brodequin et saoula mes sens. Adieu, le froid contre les tempes et le vent dans les naseaux. Adieu, le juin sucré des broussailles et l'altitude vanillée des cimes. Adieu, le cœur qui cogne comme la porte d'une grange contre la poitrine. Adieu, l'opaque oubli du sommeil et l'automne peuplé de brumes. Adieu, neige mousseuse de mes cafés crème. Adieu, chatoyant goudron de mes négresses. Adieu, balcons balnéaires et serviettes trempées. Adieu, crépuscules bariolés de volutes aux horizons de lave. Adieu, geysers de rires et versicolores flaques. Adieu, brésiliennes brunes gorgées d'eau de sucre. Adieu, cocktails à l'ananas d'avant brutal coït. Adieu, bras enroulés et mains tendus, cuisses offertes et jupes fendues. Adieu, routes fumantes et lunettes de soleil. Adieu, lèvres pâles des maîtresses neuves. Adieu, grouillantes foules des concerts en pinède. Je vais moi-Marc-As tenter ma chance dans la mort, dans de douloureux limbes de résine et de champignon, là où tout s'englue, dans les frigides bouillonnements de la pure poussière, dans le brasier liquide des voûtes. Rivières de tessons, lames fondues, noirs alligators, anges calcinés, gorgones surgies des épines et des flammes, tricéphales doryphores encerclés de pustules à pattes formeront mon quotidien éternel. Ébouillanté à l'eau de latrines, ingérant des rouilles. Écrasé, souillé, cisaillé, fossoyé, avalant des siroccos de coliques, naviguant sur des fleuves de seringues, accroupi dans les murènes, englouti dans les diarrhées, noyé dans des torrents de vomi de vieilles. Nourri de verrues arrachées. Rassasié de pus bouilli. Diverti par des limaces nymphomanes et des babouins sans cul. Persécuté par des molards et baptisé par des urines.

Logé dans d'affreux géants anus. Livré en ustensile aux croque-mitaines. Enseveli sous les glaires. Abonné à toutes les charognes. Écrabouillé par des sabots. Envasé dedans des chiasses. Arrosé de mille pisses. Disloqué dans l'épouvante, maudit de la tête aux pieds, accroché aux farandoles de bubonneuses canailles en lambeaux, slalomant entre des corps sans tête et shootant dans des crânes qui rient. Je m'en vais prendre le toboggan des caves, direction les fracas, pris dans les rafales de bouse et les volcans crachant des lymphes. Secoué par des cyclones de globules. Là où tout est strident. Là où tout est contondant. Là où tout est tranchant. Là où tout sans cesse est fusillé, là où tout sans cesse est pendu. Dans le Trou du Cul de la mort. Où la Vierge se viole, où l'on fouette les petits enfants. Je serai racorni. Hébété dans ces vénéneux remous. Insulté. Dominé. Tourmenté. Avec en écharpe des barbelés. Je serai flétri. Je suffoquerai. Je me contorsionnerai. Mon teint sera verdâtre. Tout crapaud sera mon jumeau. Il y aura des lunes, des nuits un peu partout. Apéritifs à pastis de poix, quand s'annoncera le soir sifflant. Je serai bouffi. Des salamandres viendront sucer mon os. Et puis, comme une besace éventrée pourrie, j'éclaterai. J'aurai le teint marron, je serai sans retour. Je serai sans appel. Je serai gratuit. Je serai fumier. Je serai viscère. Je serai envahi de sangsues, tété par des méduses. Je serai compissé. Je serai décapé. Je serai étrillé. Ma figure sera gueule, une espèce de chimie. Je ne serai pas présentable. Je ne serai point guilleret. Je serai faisandé. Je serai mou. Je serai crevé. Je serai trifouillé. Je serai aspergé. Je serai mouillé. Je serai limon. Je serai mauve. Je serai agrume. Je serai vase et varech. Je serai fatigué. Je serai froissé. Je serai pittoresque. Un jour de grande éclipse, je recevrai la pâle visite du Christ, qui fixera mes pathétiques traits. Je lui dirai quel rude métier est le sien. Dans les plafonds en feu, de grands anges se déplaceront comme des voiliers sur la mer étale. Je lui dirai ma vie monotone, l'infernale glu des événements. L'air ici-bas est plein de bavardage et de ris, de médisances et d'ironies. Là est la capitale du bruit des choses. Le lieu ultime de tous les éclats, de toutes les brisures, de toutes les fractures, de toutes les cassures. J'expliquerai à Jésus que je fus le dernier poète, le dernier carré de lumière, celui qui pour la toute dernière fois aura voulu faire couler les rayons du miel. Celui qui fait revenir les souvenirs. Celui qui a lutté contre son temps. Celui qui voulut fraterniser sans jamais collaborer. Celui qui dérouta. Je me suicide dans ce monde, mais je nais dans un autre. L'air des sous-sols est plein de bêtes, les murs y sont recouverts de griffes et d'acné. Toutes les mains qui se tendent sont tranchées, orphelines de leurs moignons. J'ai voulu ce voyage, loin de mes confrères humains. Mes crachats, en ces abysses, font briller les pierres. Jésus, nous nous retrouverons ce soir, au repas, où du sable est versé dans la soupe aux yeux. Nous sommes ici empêchés de mourir. Pour tuer le temps, nous rions. Nous rions sans cesse, et nous applaudissons nos propres rires. Et nous respirons nos propres ignobles fumets. Nous sommes démonstratifs. Nous sommes nos propres buvards. Nous nous absorbons. Nous sommes notre propre mort. Nous sommes notre propre prison. Nous sommes notre propre souffrance. Nous tourbillonnons en nous-même. Nous sommes toujours le même. Nous sommes fixe. Le centre du monde gît là. Nous possédons la qualité d'être central. Bientôt se formera la glace. Et toute parole se taira. Le monde, alors, disparaîtra. Il s'agira de le recommencer, de trouver un Verbe neuf pour tout redire de zéro. Toutes les langues de tous les peuples auront été vaincues. Nous entrerons dans la parole du silence. Je sais que vous êtes dans les petits papiers de Notre Père qui est avant tout le Vôtre. Dites-lui de ma part, avant que ma mort elle-même ne meure, que les hommes et moi-même fûmes tout simplement terrassés par cette mystérieuse humiliation : vivre. Et que nous voulons bien mourir, que nous voulons bien disparaître, que nous voulons bien décéder, que nous voulons bien nous dissoudre dans la nuit des nuits à cette seule condition : ne plus jamais avoir à naître. Sinon dans la zébrure d'un éclair. Qui aussitôt s'éteint.

REMERCIEMENTS

Xavier Collet
Marie Tillol
Agnès Nivière
Laurine Bénéteau et son équipe

Table

Yann Moix
dans Le Livre de Poche

Anissa Corto   n° 15292

Tu vois Maria, je l'ai terminé, mon livre. C'est un peu grâce à toi.
Les nuits que j'ai passées à écrire *Anissa Corto* sont des nuits où
je n'ai pensé qu'à ton regard par-dessus mon épaule. J'ai tenté, à
chaque phrase, de deviner tes exclamations, ton étonnement, tes
doutes. Il m'est arrivé de te retrouver à São Paulo, pour écrire
auprès de toi. Auprès de toi, je n'écrivais pas beaucoup. J'ai très
peur de ta réaction à présent.

Les cimetières sont des champs de fleurs   n° 14575

Après un accident de voiture au cours duquel ses deux enfants
meurent, le narrateur voue une haine sans pareille à celle qui
conduisait, Élise, sa femme. Le roman détaille alors longuement
les tortures morales qu'il lui inflige.

Cinquante ans dans la peau de Michael Jackson   n° 32606

Quand Michael Jackson était noir, il était blanc. Quand Michael
Jackson était vieux, il était jeune. Maintenant qu'il est mort, le
voici vivant.

À douze ans, Nestor a connu Hélène et a aussitôt décidé qu'elle serait son amoureuse. Pendant quarante ans, il essaiera de la séduire. Cette variation sur l'amour, mélange de délicatesse et de brutalité, à travers un amour fou mais impossible, a obtenu le prix Goncourt du premier roman et le prix François Mauriac de l'Académie française.

Mort et vie d'Edith Stein   n° 31483

Ce livre raconte l'histoire d'une femme (1891-1942) qu'on a tour à tour nommée Edith dans sa famille, Fräulein Edith Stein au lycée, Doktor Edith Stein à l'université, sœur Thérèse au Carmel, matricule 44074 à Auschwitz, et sainte Thérèse Bénédicte de la Croix au ciel.

Panthéon   n° 31483

Panthéon est un roman sur l'enfance. L'enfance est souvent une horreur – mais quand on finit par la rejoindre, tard dans la vie, elle est peut-être enfin cela, qu'on appelle le paradis.

Partouz   n° 30483

« Ce livre dangereux, je l'ai écrit comme une aubade et j'ai reçu en retour ce que je méritais : une bonne raclée. Depuis le temps que j'en rêvais ! Lettres d'insultes, critiques violentes, haines extraordinaires ont accueilli ce joli roman d'amour qui parle de Dieu, du 11-Septembre, de François Mitterrand, de Wagner et de Charles Péguy. Bref, je l'ai écrit comme doivent s'écrire tous les livres dangereux et haïs : dans le plaisir et l'insouciance, dans le bonheur et la vitesse. Et avec enfance. Bref, tout ce que l'adulte ne peut pas supporter. » (Y. M.)

Roman burlesque sur les sosies, fable sur les années Cloclo, balade nostalgique au musée Grévin des icônes de la culture populaire, *Podium* raconte drôlement une histoire désespérée : comment le désir d'être célèbre est devenu la religion des temps modernes.

Du même auteur :

JUBILATIONS VERS LE CIEL, Goncourt du premier roman, Grasset, 1996.

LES CIMETIÈRES SONT DES CHAMPS DE FLEURS, Grasset, 1997.

ANISSA CORTO, Grasset, 2000.

PODIUM, Grasset, 2002.

PARTOUZ, Grasset, 2004.

TRANSFUSION, Grasset, 2004.

PANTHÉON, Grasset, 2006.

APPRENTI-JUIF, hors commerce, 2007.

MORT ET VIE D'EDITH STEIN, Grasset, 2008.

CINQUANTE ANS DANS LA PEAU DE MICHAEL JACKSON, Grasset, 2009.

LA MEUTE, Grasset, 2010.

UNE SIMPLE LETTRE D'AMOUR, Grasset, 2015.

Films

GRAND ORAL, 2000.

PODIUM, 2004.

CINÉMAN, 2009.